Dieses Buch gehört Gudrun Kose

Mary Ryan

Muschelherz & Grünes Feuer

Mary Ryan

Muschelherz & Grünes Feuer

Zwei Romane in einem Band

Weltbild

Die englischen Originalausgaben erschienen unter dem Titeln
The Seduction of Mrs. Caine und *Glenallen*
bei Headline Book Publishing, London und Attic Press, Dublin.

Besuchen Sie uns im Internet:
www.weltbild.de

Genehmigte Lizenzausgabe für Verlagsgruppe Weltbild GmbH,
Steinerne Furt, 86167 Augsburg
Muschelherz

Übersetzung: Sonja Schuhmacher
Grünes Feuer

Übersetzung: Christine Strüh und Sonja Schuhmacher
Umschlaggestaltung: Agentur Hauptmann & Kompanie,
München-Zürich
Umschlagmotiv: Mauritius Die Bildagentur GmbH,
Mittenwald (Harscher)
Gesamtherstellung: Oldenbourg Taschenbuch GmbH,
Hürderstraße 4, 85551 Kirchheim
ISBN 3-8289-7865-7

2008 2007 2006 2005
Die letzte Jahreszahl gibt die aktuelle Lizenzausgabe an.

Mary Ryan

Muschelherz

Roman

Aus dem Englischen
von Sonja Schuhmacher

Weltbild

Für Nora

Jäh drängte sich ein Missklang ein
Ermüdet lösten sich die Tänzer aus den Reih'n

Oscar Wilde
»Das Haus der Dirne«

Prolog

»Wir machen einen Spaziergang im Stadtpark, sobald der Regen etwas nachlässt«, versprach Bernard Whiston, und Herbie, an den die Bemerkung gerichtet war, keuchte voller Vorfreude und wedelte mit dem Schwanz. Bernard sah sich um, weil er sichergehen wollte, dass er alleine war, bevor er sich freimütig im Spiegel über dem offenen Kamin musterte und mit gewohntem Sarkasmus sein Spiegelbild ansprach.

»Du bekommst immer mehr Ähnlichkeit mit einem Geier, alter Junge. Trotzdem könnte es schlimmer um dich stehen! Miller sieht einem Krallenaffen immer ähnlicher, und Warren ist von einem Wiesel kaum noch zu unterscheiden.« (Dies bezog sich auf zwei seiner Freunde, die demselben Club angehörten wie er.) »Geier besitzen immerhin Würde… und einen gewissen Hochmut. An sie wagt sich keiner so schnell ran…«

Durch die Terrassentür konnte er seinen Schwiegersohn Keith draußen im Garten herumwerkeln sehen. Sogar bei Regen ging Keith der Gartenarbeit nach. Wie alt ist er jetzt eigentlich, fragte sich Bernard. Mal überlegen… er war sechsundzwanzig, als er Marguerite geheiratet hat, und das ist dreißig Jahre her. Also ist er sechsundfünfzig… Bei Zeus, langsam holt er auf! Wenn er nicht aufpasst, ist er unversehens ein Langweiler in mittleren Jahren …

Bernards Blick fiel auf das Porträt seiner verstorbenen Tochter an der gegenüberliegenden Wand; er dachte an seine Enkelin Mo, die eigentlich Sophie hieß und jetzt in New York für eine Anwaltsfirma arbeitete, mit der er einmal zu tun gehabt hatte. Er gedachte sogar seiner Frau, die sich mit fünfzig von ihm hatte scheiden lassen, nur um im darauf folgenden Jahr zu sterben (wegen Mangel an Aufregung, wie er vermutete). Gelegentlich ließ er sein Leben an sich vorüberziehen. Manchmal kam es ihm eigenartig kurz vor, im Grunde war so wenig geschehen … Dann wieder erschien es ihm, als würde es bis in die Unendlichkeit zurückreichen.

»Ich bin so alt wie die Sünde«, gestand er Herbie, ein offenes Wort von Hund zu Hund sozusagen. »Aber was soll's! Zeit ist reine Einbildung! Das Einzige, was wir alle wirklich nötig haben, ist ein bisschen Aufregung.«

Er griff nach seiner Zeitung und setzte sich damit ans Fenster, doch seine Augen wanderten immer wieder zu der Gestalt im Regenmantel draußen im Garten. »Diese Introvertiertheit kann dem Jungen nicht gut tun … Ich muss mir da etwas einfallen lassen …«

1. Kapitel

Die Siedlung erstreckte sich in die Ferne, so weit das Auge reichte, und dahinter erhoben sich die Berge. Polly fragte sich oft, wie die Häuser wohl von oben aussahen. Vermutlich ziemlich geometrisch – in exakten Reihen angeordnete Hundehütten. Manchmal wünschte sie sich, am Rande der Siedlung zu wohnen; dann befänden sich hinter ihrem Haus nur noch von Wolkenmustern überzogene Wiesen, und sie könnte vom Küchenfenster aus die grüne Ebene sehen, die bis zum Fuße der Berge reichte. Ihr Traum von Freiheit beschränkte sich auf solche Ausblicke. Die Namen der Straßen und Sackgassen der Siedlung gemahnten an Waldidylle: The Grove, The Willows, The Copse. Es gab die Beeches Road, obwohl es zwanzig Jahre her war, seit hier Buchen ihre Zweige ausgestreckt hatten. In den Ashgrove Lawns, der Sackgasse, in der Polly wohnte, standen Doppelhäuser mit kleinen Gärten; manche waren sehr gepflegt, während andere sichtlich unter Kindern und Haustieren zu leiden hatten. Doch alle diese Häuser wirkten wie Zwerge neben dem Willow House in ihrer Mitte, das von der merkwürdigen Atmosphäre einer längst vergangenen Epoche erfüllt schien.

Im inneren Kreis der wuchernden Vorstadt lag das Dorf, ein malerisches Kuriosum, das sich trotz des kürzlich errichteten Einkaufszentrums ein Ambiente des vergangenen Jahrhunderts hatte bewahren können. Der neue Einkaufskomplex war auf einem Brachfeld neben dem alten Kirchhof des Arbeitshauses errichtet worden. Das Arbeitshaus selbst, halbverfallenes Mahnmal früherer Armut, hatte man abgerissen, um Platz zu schaffen für die Pyramide mit der Glaskuppel und den sich selbsttätig öffnenden Türen. Hier gab es auf zwei Etagen die verschiedensten Geschäfte, eine Sporthalle, die sich Fitnesscenter nannte, und ein Café. Aus diesem Gebäude kamen an einem Freitagnachmittag im Februar zwei Frauen; ein Schaudern durchfuhr sie, und sie zogen ihre Schals enger um den Hals, um sich gegen den Ostwind zu schützen. Die eine war Polly, die andere ihre Nachbarin und Freundin Susan O'Brien.

»Polly«, sagte Susie und strich eine rote Haarlocke zurück, die der Wind ergriffen hatte, »kennst du den von der Frau, die das Baby gekidnappt hat?«

»Nein.«

»Fünfzehn Jahre später brachte sie es zurück. Ha… ha… Und rate mal, wer es nicht wiederhaben wollte? Ha ha…«

Polly, die mit Susies seltsamem Sinn für Humor wohlvertraut war, lachte zwar, blickte aber ein wenig genervt zum bedeckten Himmel hinauf.

Eigentlich hieß Polly Pauline Caine. Sie und Susie waren Nachbarinnen und bewohnten die Häuser Nr. 14 und 15 von Ashgrove Lawns. In ihrer Sackgasse, die Anschluss an die Hauptstraße der Siedlung hatte, reihten sich etwa dreißig Häuser um einen Wendeplatz.

Nur die Gegenwart von Willow House, das allein auf einem weitläufigen Grundstück stand und mit einem hohen Zaun umgeben war, verlieh Ashgrove Lawns einen Hauch des Ungewöhnlichen.
Die Besitzer von Willow House, die Familie Reeves, hatten einst über das Land geherrscht, auf dem die Siedlung errichtet worden war. Doch dann waren schlechte Zeiten für sie angebrochen, und die letzte ihres Geschlechts, Muriel Reeves, hatte die Ländereien als Baugrundstücke verkauft und einen Teil des beträchtlichen Erlöses in die Renovierung des Herrenhauses gesteckt.
Manchmal dachte Polly an den Tag ihres Einzugs in Ashgrove Lawns zurück; damals, vor zwanzig Jahren, hatte sie wenig Selbstbewusstsein besessen, denn ihre zweideutige Position als Nachfolgerin von Martha, Rorys erster und einzig rechtmäßiger Ehefrau, war ihr überdeutlich bewusst gewesen. Susie, die nebenan wohnte, hatte ihre Ankunft bemerkt und ihr immerhin noch zwei Stunden Zeit gelassen, bevor sie an die Tür klopfte.
»Willkommen in Arkadien«, hatte sie gesagt und Polly ein Glas selbst gemachter Orangenmarmelade überreicht. Später, als sie zusammensaßen und sich zwei Gläser Sherry genehmigten, gab Susie Polly ein paar Tipps im Hinblick auf die anderen Nachbarinnen. »Diese Laura Flanagan an der Ecke brauchst du überhaupt nicht zu beachten, genauso wenig wie die ach so vornehme Dame in dem Riesenkasten gegenüber…«
Polly hatte Laura Flanagan bald kennen gelernt; sie wohnte in einem der drei freistehenden Häuser am Ende der Sackgasse, wo diese in die Hauptstraße mündete.

Laura war die nicht mehr ganz taufrische Witwe eines Steuerberaters und gab sich der Illusion hin, das gesamte Universum kreise nur um sie. Polly hatte auch die Bekanntschaft von Muriel Reeves gemacht, der reservierten, geheimnisvollen jungen Frau, die auf der anderen Straßenseite in Willow House wohnte, die letzte Angehörige der alteingesessenen Landbesitzerfamilie. Eines Tages war sie ihr im Dorf begegnet, und Susie hatte die beiden einander vorgestellt.

»Muriel… das ist Polly Caine. Sie wohnt in Nummer 14. Polly, das ist Muriel Reeves… sie wohnt in Willow House.«

»Ach ja, Rorys neue Frau!« Muriels Stimme war klar und deutlich wie Kristallglas. »Ich hoffe von Herzen, dass Sie sich in Ashgrove Lawns wohlfühlen werden.«

Die Herrin von Willow House besaß eine Aura der Andersartigkeit, als wäre sie mittels einer Zeitmaschine aus der Vergangenheit in die Gegenwart befördert worden. Alles an ihr verriet, dass sie Wert auf ihre Erscheinung legte: ihre Stimme, ihre Haltung, ihre strenge Frisur – sie hatte ihre blonden Haare nach hinten gekämmt und zu einem Knoten aufgesteckt –, ihre makellose Kleidung; vor allem aber ihr korrektes Benehmen, geradezu überkorrekt in einer Zeit der Zwanglosigkeit. Polly hatte sich anfangs von ihr eingeschüchtert gefühlt, aber sie hatte sich leise bedankt und erwidert, wie gut ihr der Blick von ihrem Fenster auf Willow House gefiele. »Wenn ich morgens hinausschaue, habe ich immer das Gefühl, als hätte ich eine Reise in die Vergangenheit gemacht… Es verleiht der ganzen Straße eine wunderbare Atmosphäre…«

Dann war Polly rot geworden und hatte sich gefragt, ob sie

womöglich zu überschwänglich gewesen sei. Das Schwärmen lag ihr eigentlich gar nicht, aber sie hatte ihre Worte durchaus ernst gemeint. Sie war auf dem Land aufgewachsen, als Kind hatte ihr nichts den Blick auf den Horizont verstellt, und als Studentin hatte sie in einem großzügigen, wenn auch altersschwachen georgianischen Haus gewohnt, wo sie sich mit anderen Studentinnen eine Wohnung teilte. Nur Rory und Susie und Willow House versöhnten sie mit der Sackgasse. Früher hatte sie stets lautstark ihre Abneigung gegen die Vorstadt bekundet: »In so eine Hundehütte ziehe ich nicht, nein danke … Ein bisschen Luft zum Atmen, ein bisschen Ambiente oder ihr könnt es vergessen …«

Das war natürlich gewesen, bevor sie eines Montags um die Mittagszeit in einem Feinkostgeschäft in der Upper Leeson Street Rory Caine begegnet war, bevor die Leidenschaft von ihr Besitz ergriffen und sie sich eingebildet hatte, dieses Gefühl würde bis in alle Ewigkeit andauern und niemals seine Gültigkeit verlieren.

Damals hatte diese Ewigkeit gerade erst begonnen. Muriel hatte ihre neue Nachbarin gemustert und lächelnd gesagt: »Warum kommen Sie nicht vorbei … Sie beide … warum kommen Sie heute Abend nicht auf einen Drink vorbei?«

»Anscheinend hast du Eindruck gemacht auf die feine Dame!«, sagte Susie später, als sie über die Straße auf die Tore von Willow House zugingen. »Warte nur, bis du ihren Palast gesehen hast … Geld spielt da keine Rolle. Weißt du, als die Siedlung neu gebaut wurde, gab sie jedes Jahr eine Gartenparty – als sei sie verzweifelt bemüht, alle kennen zu lernen. Aber seit zwei Jahren hat sie uns nicht mehr eingeladen. Wahrscheinlich sind wir ihr nicht fein genug, schließlich ist sie ja etwas Besseres!«

Doch als Muriel an diesem Abend ihre beiden Nachbarinnen in ihrem Salon empfing, zeigte sie eine merkwürdige Schüchternheit, als bäte sie um Nachsicht für die Wechselfälle des Glücks. »Wissen Sie, erst nach dem Verkauf der Ländereien konnte ich es mir leisten, das Haus herzurichten. Davor lebten wir – meine Mutter und ich – wie unter einem Sieb. Auf dem Treppenabsatz standen Eimer, weil es durchs Dach hereintropfte. Es war wie in der Arche Noah. Damals haben wir ziemlich primitiv gehaust... ziemlich ländlich... zwischen uns und dem Dorf stand kein einziges Haus.«

Muriel nippte an ihrem Glas und sah ihre beiden Gäste an. »Als sie starb, habe ich mich entschieden, das Land zu verkaufen... aber die Arche habe ich behalten!«

»Nettes Bötchen!«, meinte Susie prompt und ließ den Blick über den seidenen Chinateppich und die Antiquitäten schweifen. »Aber wo haben Sie all die Tiere einquartiert?« Und Muriel lachte plötzlich, ein fröhliches, hemmungsloses Lachen, das, wie Polly schien, mehr durch Susies Großspurigkeit hervorgerufen wurde als durch ihren kleinen Scherz.

Polly hatte die schönen Stücke in Willow House bewundert und dann schüchtern ihre Vorliebe für Antiquitäten eingestanden. Susie beeilte sich zu versichern, Polly sei eine Expertin – hatte sie vor ihrer Heirat nicht in einem Antiquitätengeschäft gearbeitet?

»Wirklich?«, fragte Muriel. »Dann kennen Sie sich wohl recht gut aus?«
»Ich habe Kunstgeschichte studiert, und danach war ich zwei Jahre bei Adams, das war eigentlich mehr eine Lehrzeit…«
Ein paar Tage später traf Muriel Polly im Dorf, als sie gerade mit der gedankenverlorenen Miene einer Verliebten vor der Auslage eines kleinen Antiquitätengeschäfts stand. Mit feierlich ernster Miene betrachtete Polly eine weiße italienische Marmorstatuette; das dazugehörige Preisschild bezifferte sie auf fünfzig Pfund.
»Was fesselt denn so Ihre Aufmerksamkeit?«, fragte Muriel.
Polly deutete auf die kleine weiße Marmorstatue, ein Mädchen von zeitloser Anmut. »Ist sie nicht phantastisch?«
Muriel musterte die Statuette interessiert. »Ja… Wollen Sie sie kaufen?«
»Das kann ich mir nicht leisten!«
»Polly«, sagte Muriel nach einer Weile, »wäre es möglich, dass Sie ein Inventar der Sachen in meinem Haus erstellen… für Versicherungszwecke? Ich wollte Sie ohnehin fragen…«
»Mit dem größten Vergnügen.«

Polly hatte den folgenden Samstag in dem alten Haus verbracht und die Antiquitäten katalogisiert, ihre Feinheiten mit Muriel diskutiert und dabei allmählich jene Schüchternheit abgelegt, die sie zuweilen fast erdrückte. In Willow House gab es Dinge aus dem achtzehnten Jahrhundert, eine Sheraton-Vitrine, frühes Coalport-Porzellan, Silber mit altem irischem Feingehaltsstempel. Es gab Porträts von Menschen, die mit ernster Miene aus einer seit zwei Jahrhunderten verflossenen Epoche zu ihnen herüberblickten. »Das ist eine Handarbeit meiner Ururgroßmutter«, erklärte Muriel und hielt eine wunderschöne Leinentischdecke in die Höhe; sie war bestickt und mit Spitze eingefasst. In den Schubladen fand sich altes Leinen, Spitzendeckchen und ein Tischtuch für eine Festtafel, das so schön war, dass es eine Sünde gewesen wäre, es zu benutzen. Doch im Lauf des Tages wurden aus Vitrinen und Schränken noch geheimnisvollere Gegenstände ans Licht geholt; unter anderem Fotografien in Silberrahmen, die kopfunter in einer Schublade lagen. Polly bekundete ihr Entzücken über die Rahmen, doch als sie sah, dass nicht nur das Glas zerbrochen war, sondern dass man auch die Gesichter absichtlich unkenntlich gemacht hatte, befiel sie ein merkwürdiges Unbehagen, so als lauere im Kern von Muriels Leben etwas Dunkles, das sie zu überwältigen drohe, wie die Fäulnis in einem nach außen hin makellosen Apfel. Bevor sie ging, fragte sie: »Wie steht es mit alten Büchern – Erstausgaben vielleicht …?«

Sie standen in der Halle. Dunkelrot und bernsteinfarben fiel das Licht durch das Buntglasfenster am Treppenabsatz auf die gegenüberliegende Wand.

Muriel deutete auf eine geschlossene Tür. »Ach, die sind alle in der Bilbliothek. Sie ist abgeschlossen … ich fürchte, der Schlüssel ist verloren gegangen.«

»Oh …«, machte Polly und verstummte. Muriel erkundigte sich, was sie ihr für ihre Arbeit schuldig sei.

»Ich könnte einer Nachbarin für etwas, das mir so viel Vergnügen bereitet hat, nichts berechnen …«

Ein paar Tage später traf ein kleines Paket im Haus Nummer 14 ein, das die italienische Statuette enthielt. Auf der beigelegten Karte stand nur: »Liebe Polly, ein kleines Zeichen des Dankes. Muriel.«

Das war nun zwanzig Jahre her. Die Marmordame verschönerte nach wie vor Pollys Wohnzimmer, aber die beiden Nachbarinnen hatten sich mehr und mehr voneinander entfremdet, obwohl Muriel ihr stets im Vorbeigehen zuwinkte und Polly oft anbot, sie im Auto mitzunehmen, wenn sie sich im Dorf begegneten. Es war fast so, als sei Muriel in einer früheren Zeit stecken geblieben, als lebe sie unter einer Glasglocke. Als Polly versuchte, mehr über sie herauszufinden, erfuhr sie, dass Muriel sitzen gelassen worden war. Über die näheren Umstände wusste niemand Bescheid; es ging das Gerücht, ihr Verlobter sei Arzt gewesen. Einen Freund hatte sie offenbar nicht. Abgesehen von den exotischen Auslandsreisen, die sie jedes Jahr unternahm (es fielen Namen wie Antigua und die Seychellen), lebte sie praktisch wie eine Einsiedlerin. Doch als Polly und Sue ihre Kinder bekamen, erschien sie mit gravierten silbernen Taufbechern bei ihnen und ließ wehmütige Bemerkungen über das Glück ihrer Nachbarinnen fallen.

»Ach die!«, meinte Susie aufgebracht. »Das sind doch nur schöne Worte! Oder hat sie dir etwa angeboten, Babysitter zu spielen?«

»Es war sehr nett von ihr, vorbeizukommen und ein schönes Geschenk mitzubringen«, sagte Polly, der Susies schroffer Ton nicht behagte.

»Das schon ... aber ich glaube, sie denkt, dass Freundschaft käuflich ist.«
Polly widersprach, aber da sie wusste, dass Susie Muriel nicht mochte, zögerte sie, die Beziehung zu ihr zu vertiefen; und so war ihre aufkeimende Freundschaft, die auf gemeinsamen Interessen beruhte, mehr oder weniger todgeweiht.

Die Zeit verging, und alles veränderte sich, leise und fast unmerklich. Aus den süßen Babies wurden Teenager, die nun keinerlei Ähnlichkeit mehr mit den bezaubernden Kleinkindern aufwiesen, die sie einst gewesen waren. Sie waren laut, aggressiv und eigensinnig und interessierten sich vor allem dafür, ihre Eltern niederzumachen, ihre Pickel mit verschiedenen Salben zu bekämpfen und sich mit lärmender Musik zuzudröhnen.
Und auch das Leben forderte seinen Tribut. Susies Mann Fergus, der in der Computerbranche arbeitete, stand kurz vor der Entlassung. Er hatte unter anderem ein Programm entwickelt, das es auf der Basis von Fraktalgeometrie ermöglichte, umfangreiche Programme zu komprimieren, aber da das Unternehmen seine Forschungsabteilung verkleinerte, wurde er plötzlich nicht mehr gebraucht.
Pollys Mann Rory, der an der staatlichen Schule des Ortes Geschichte unterrichtete, war nicht zum Fachbereichsleiter aufgestiegen, wie er es sich erhofft hatte, und suchte bei der Beschäftigung am Computer Trost, wo er jeden freien Augenblick damit verbrachte, eine Datensammlung zur europäischen Frühgeschichte zusammenzustellen, da er beabsichtigte, über dieses Thema ein Buch zu

schreiben. Gelegentlich versuchte er Polly dafür zu interessieren, die sich zwar für Geschichte erwärmen konnte, nicht aber für den Computerjargon. Fergus unterstützte ihn, indem er Suchstruktur-Algorithmen entwarf, die bei der Zusammenstellung der Querverweise helfen sollten.

Susie hatte trotz Mutterschaft ihre Teilzeitstelle als Anwaltsgehilfin bei William Penston nicht aufgegeben, der im Dorf eine gut gehende Kanzlei besaß. »Penston und Co., Anwälte und Notare« stand in kühnen Goldlettern auf seinen Fenstern. William Penston hatte die Kanzlei von seinem verstorbenen Vater geerbt, hatte aber die Inneneinrichtung modernisiert, sodass die großen Aktenbündel mit Testamenten und verstaubten Papieren, die früher die Wände säumten, nun den Blicken entzogen waren. Er trug einen kleinen rotgrauen Schnurrbart und wies gewisse Ähnlichkeit mit einem Terrier auf. Doch abgesehen davon, dass er sich gelegentlich zu sehr aufspielte, war er nett, und darum – und aus Trägheit – blieb Susie all die Jahre bei ihm. Dass ihr Mann Fergus auf William Penston eifersüchtig sein könnte, kam ihr dabei nicht in den Sinn.

Die unterwürfige, schüchterne Polly, die ihre Pflichten als Ehefrau und Mutter treu erfüllte, hatte sich nichts vorzuwerfen, wenn sich der Pfarrer bei der Predigt über das schreckliche Schicksal so genannter Schlüsselkinder ausließ; wenigstens in dieser Hinsicht war sie nicht verwundbar, denn sie arbeitete nicht außer Haus. Rory war strikt dagegen gewesen. »Eine Frau, mit der ich verheiratet bin, braucht nicht zu arbeiten«, hatte er geprahlt, als sie ihren Hausstand gründeten.

Damals war Polly damit zufrieden gewesen. Solange die Kinder klein waren, freute sie sich, dass sie die Muße hatte, ausgiebig mit ihnen zu schmusen, sie auf ihrem Rücken reiten zu lassen und mit ihnen zu scherzen. Später, als ihr diese Art von Leben zu eng und zu eintönig zu werden begann, musste sie zu ihrem Ärger feststellen, dass sie wertvolle Zeit verloren hatte, in der sie beruflich hätte weiterkommen können – Zeit, die nicht mehr aufzuholen war.

Sie hatte Kunstgeschichte studiert, ihre berufliche Laufbahn aber hintangestellt. Neben den wunderbaren Babies gab es noch einen anderen Grund, warum sie sich ohne weiteres damit abgefunden hatte, sich auf die Rolle des Hausmütterchens zu beschränken. Sie war Rorys zweite Ehefrau, wenn sie sich überhaupt Ehefrau nennen durfte, da er vor dem Gesetz nach wie vor mit Martha verheiratet war; daher glaubte sie, die konventionellen Moralvorstellungen verletzt zu haben, und bekämpfte ihre heimlichen Schuldgefühle, indem sie sich bemühte, ihre Rolle als Hausfrau und Mutter möglichst perfekt auszufüllen. Das war in Ordnung gewesen, solange sie noch schrecklich verliebt war, sich danach sehnte, dass Rory sie berührte und küsste, dass sein Körper auf sie reagierte und beide den Zauber der gemeinsamen Stunden genossen. Andere Wünsche, die sich mit der Zeit einstellten, unterdrückte Polly. Ohnehin war sie zutiefst schüchtern, ein Handicap, das so lähmend auf sie wirkte wie Stottern oder partielle Lähmung. Zudem war sie gläubige Katholikin, sie glaubte an aufopfernde Pflichterfüllung und die verschiedenen anderen frommen Gebote, die vor allem auf Frauen gemünzt waren. In diesen Glauben rettete sie sich vor dem wachsenden Unbehagen, das sie peinigte. Der Glaube gestattete ihr, sich einzureden, ihr Schicksal sei unabänderlich, und wenn die leise innere Stimme, die Bewegung und Veränderung forderte, überlaut wurde, entband der Glaube sie von der beängstigenden Aussicht auf eine radikale Neugestaltung ihres Lebens.

Polly blieb vor dem Tor von Nummer 14 stehen. Hinter ihr ließ die zögernde Februarsonne die Mauern von Willow House aufleuchten.

»Ich muss jetzt rein und weitermachen«, sagte sie zu Susie. »Schade, dass du nicht zum Essen kommen und Michelle kennen lernen kannst. Sie klingt richtig nett!« Sie sprach von der Besucherin, die sie am Abend erwarteten, der Verlobten ihres Bruders Tom. Sie befand sich auf Geschäftsreise in Irland und wollte ihre zukünftige Schwägerin und deren Familie kennen lernen. Polly hatte Susie und Fergus auch eingeladen, aber sie hatten schon etwas anderes vor.

»Ach ja… du hast mir ja erzählt, dass sich dein mysteriöser Bruder endlich verlobt hat«, sagte Susie. »Er hat sich ziemlich viel Zeit gelassen, nicht wahr?« Susie kicherte, und als ihr Blick auf ihr eigenes Haus fiel, sagte sie unvermittelt: »Lieber Himmel, ich muss neue Gardinen besorgen. Das war dieser verdammte Hund…«

Polly, die in Gedanken noch bei ihrem Bruder und seiner Verlobten war, konnte diesem Gedankensprung nicht gleich folgen. Aber dann sah sie den Schmutz auf den weißen Stores von nebenan, die an einer Ecke angeknabbert waren, und da fiel ihr auch Wags wieder ein, das neue Haustier der Zwillinge.

»Meine Mutter hätte sie nie ins Haus gelassen … Hunde!«

»Da hatte sie verdammt Recht«, meinte Susie. »Ich drehe dem kleinen Teufel noch den Hals um …« Entschlossen griff sie nach ihrer Einkaufstasche, legte den kurzen Weg zu ihrer Haustür zurück und schloss sie auf. Ein freudiges Kläffen war zu hören, dann ertönte Susies Stimme:

»So, du kleine Ratte. Ich schicke dich nach China, wo Hunde wie du im Eintopf landen … He! Hör auf … Okay … okay … Immer mit der Ruhe, ich hab' dich ja auch lieb …« Nun ging auch Polly ins Haus, machte die Tür hinter sich zu und stellte die Einkaufstüten auf den Tisch. Ihre Arme fühlten sich an wie ausgekugelt; sie setzte sich kurz und betrachtete die Einkäufe, den Tisch, den Fußboden, den sie gewischt hatte, bevor sie wegging, die tickende Küchenuhr mit dem roten Minutenzeiger, der behäbig seine Runden drehte. Es war drei Uhr. Jason kam um halb vier von der Schule heim und Peter um sechs vom College, ungefähr um die gleiche Zeit wie sein Vater, der nach dem Unterricht gern noch in der Schule blieb, um Hefte zu korrigieren. So konnte er sich, wenn er nach Hause kam, ganz seinem Computer widmen.

Polly holte ihr abgegriffenes Lieblingskochbuch heraus, schlug das Rezept für Boeuf Bourguignon nach und trank eine Tasse Instantkaffee, während sie es durchlas. Dann stand sie auf und begann zu kochen, schnitt Fleisch und Speck, schälte die Schalotten und den Knoblauch. Das

Haustier der Familie, eine rundliche Tigerkatze, die keinen richtigen Namen hatte und einfach nur Cat gerufen wurde, erschien draußen am Fenstersims. Als sie Polly erblickte, miaute sie, erst klagend und dann gebieterisch, wie es einer bedeutenden Katze zukam, die nach ihrer Dienerin rief. Polly seufzte, fuhr jedoch in ihrer Arbeit fort und versuchte das Wehklagen am Fenster so lange zu ignorieren, bis sie den Wein dazugegeben und die Kasserolle in den Backofen geschoben hatte. Dann öffnete sie die Hintertür, und Cat, die ihre vornehme Haltung wieder gefunden hatte, kam mit hocherhobenem Schwanz hereinstolziert und marschierte geradewegs auf ihren Napf zu, der in der Ecke bei der Spüle stand. Der Napf enthielt ein paar Fleischbrocken, die Polly hineingeworfen hatte; Cat verspeiste sie rasch und deutete durch sachtes Miauen an, dass sie noch nicht satt war. Polly seufzte erneut, holte eine Dose Katzenfutter, öffnete sie und gab etwas von dem unangenehm klebrigen Inhalt in den Napf.

65 Pence!, dachte sie, als ihr Blick auf das Preisetikett fiel (billigeres Futter strafte Cat nämlich mit Verachtung). Eine Dose reicht für einen Tag. Das Jahr hat 365 Tage. Das macht 237 Pfund im Jahr. Mal zwölf, was der durchschnittlichen Lebenserwartung einer Katze entspricht. Außerdem mussten wir sie sterilisieren lassen, und als sie damals von dem Auto angefahren wurde, war sie im Tierkrankenhaus. Bis sie abkratzt, haben wir für diese Katze über dreitausend Pfund ausgegeben!

»Du bist nicht gerade billig, Cat«, sagte Polly. »Das ist dir bisher vielleicht entgangen, aber mir nicht…« Dann dachte sie: Mein Gott, das Zeug stinkt ja zum Himmel. Sie nahm den Napf und stellte ihn nach draußen vor die Hintertür. Cat eilte ihr mit mitleiderregendem Miauen nach.

Als Polly nach dem Kochen die Küche sauber gemacht hatte, ging sie nach oben. Die Kinderzimmer sahen fürchterlich aus, besonders Jasons, dessen Socken unter dem Bett verstreut lagen. Polly hatte kürzlich beschlossen, nicht mehr hinter ihren Söhnen herzuräumen, und so widerstand sie der Versuchung, Ordnung zu schaffen, machte beide Türen schnell wieder zu und ging in ihr Schlafzimmer, das auf den hinteren Garten blickte. Sie setzte sich an die Frisierkommode und betrachtete prüfend ihr Gesicht. Sie hatte sich zuvor im Spiegelglas eines Schaufensters gesehen, in dem Damenwäsche für den Valentinstag ausgestellt war, sich aber rasch wieder abgewandt. Jetzt nahm sie ihren ganzen Mut zusammen und sah genauer hin, suchte nach Falten und drehte das Gesicht zum seitlich einfallenden Licht. Falten hatte sie noch nicht, aber ihre kurzen Haare waren unscheinbar und graumeliert. Sie stand auf und musterte mit nüchternem Blick ihren Körper, bemerkte resignierend den Rettungsring um die Taille und ihre matronenhafte Gestalt in dem alten Trainingsanzug.
Draußen verblasste allmählich das Tageslicht, und die Dämmerung setzte ein. Vom Spielplatz hinter ihrem Garten drangen die Stimmen von Jugendlichen zu ihr herüber. Für einen Augenblick meinte sie, Jasons Stimme herauszuhören. Sie sah aus dem Fenster, aber die Buchsbaumhecke am Zaun war inzwischen so hoch geworden, dass sie ihr die Sicht versperrte.

Einem Impuls folgend, ging sie in sein Zimmer und blickte auf die Sackgasse hinaus. Der einzige Mensch, den sie sah, war Sharon O'Brien, Susies Tochter, die mit der Schultasche über der Schulter nach Hause kam. Polly beobachtete, wie Sharon in die Einfahrt einbog, zu Nummer 14 hochblickte und schnell wegsah, als sie Polly am Fenster bemerkte. Ein nettes Mädchen, dachte Polly. Aber dann kehrten ihre Gedanken zu Toms Verlobter zurück, und sie fragte sich, wie sie wohl sein mochte. Polly hatte ihren Bruder seit Jahren nicht mehr gesehen und während der ganzen Zeit nicht einen Brief von ihm erhalten. Bis er ihr dann vor sieben Wochen mitgeteilt hatte, er habe sich verlobt. Die Karte, die er aus London schickte, war maschinengeschrieben und enthielt darüber hinaus nur die kurze Nachricht, seine Verlobte Michelle werde in Kürze geschäftlich in Irland zu tun haben und gedenke bei dieser Gelegenheit Polly und Rory zu besuchen.

Polly hatte sich über dieses erbärmliche Lebenszeichen geradezu närrisch gefreut. Sie hatte es immer bedauert, dass es zu diesem dummen Zerwürfnis mit Tom gekommen war. Er war ihr jüngerer Bruder, ihr kleiner Prinz, für den sie während der Kindheit bei all seinen Streichen ihren Kopf hingehalten hatte. Dass sie ihn verloren hatte, war ihr wunder Punkt, an den niemand rühren durfte.

»Ich werde immer auf dich aufpassen«, hatte sie ihm versprochen, als er vier war und sie sieben und sie zu Tante Rita in der Nähe von Tipperary aufs Land zogen, nach diesem schrecklichen Unfall, bei dem ihre Eltern umgekommen waren.

Als sie ihm sagte, dass sie Rory zu heiraten gedenke, hatte er erklärt, sie habe völlig den Verstand verloren.
»Wovon soll er dich denn ernähren … wo er doch bereits eine Frau hat? Willst du den Rest deiner Tage in Armut verbringen? Und außerdem, der Kerl ist ein Maulheld … Er ist nicht gut genug für dich! Und du mit deinem Spatzenhirn merkst es nicht mal … Wenn sich ein Maulheld und ein Spatzenhirn zusammentun, was kommt dann wohl dabei heraus?«
Polly war für diese Argumente unempfänglich, obwohl sie ahnte, dass in den bösen Worten ihres Bruders ein Körnchen Wahrheit steckte. Rory hatte bereits eine Frau, und er hatte kein Geld. Aber er war kein Maulheld; er war wirklich sehr intelligent. Allerdings vermutete sie, dass sie selbst keine überragenden Geistesgaben besaß und ihr Urteilsvermögen von Leidenschaft und Hoffnung getrübt war. Außerdem war Tom jünger als sie, und es stand ihm nicht zu, ihr die Leviten zu lesen. Folglich hatte sie wütend reagiert.
»Kümmere dich um deinen eigenen Kram und misch dich nicht in mein Leben ein!«
»In Ordnung … ich halte mich raus! Aber heul dich dann bloß nicht bei mir aus!«
»Hau doch ab! Du hast kein Recht mir zu sagen, was ich tun und lassen soll!«
Er hatte sie beim Wort genommen und war abgehauen. Ihre Beziehung hatte einen Sprung bekommen und war dann ganz zerbrochen. Ursprünglich hatten sie einander nur einen Denkzettel verpassen wollen. Polly wollte, dass er ihre Privatsphäre achtete, sie wollte seinen Respekt. Sie

befand sich im Griff einer Macht, die sie blind machte, aber sie mochte nicht hören, dass sie blind sei. Als sie es schließlich selbst merkte, hatte sie sich die Suppe bereits eingebrockt, und ihr Anstand wie auch ihr Stolz geboten ihr, sie nun ganz allein auszulöffeln.

Sie hatte versucht, die Beziehung zu Tom zu kitten, indem sie ihm Karten zum Geburtstag und zu Weihnachten schickte, aber er hatte diese Geste nie erwidert. Die Erfahrung, dass ihr geliebter Bruder, der einzige Mensch, auf den sie immer gezählt hatte, sie im Stich ließ, sie angriff, sie verurteilte und dann aus seinem Leben strich, diese Erfahrung führte dazu, dass sie ganz für sich ihre Lebenseinstellung überdachte und zu dem Schluss kam, dass Beziehungen wie ein stürmisches Meer ohne sicheren Hafen seien. Die Folge war, dass sie sich noch bereitwilliger mit ihrer überstürzten Ehe identifizierte, da sie zu der Überzeugung gelangt war, es gebe nichts Besseres, auf das es sich zu warten lohne.

Vielleicht aber hatte sich genau in dem Augenblick, da sie die Karte von ihrem Bruder erhielt, die seine bevorstehende Hochzeit ankündigte, ihre Unzufriedenheit geregt; eine Unzufriedenheit, die möglicherweise schon seit Jahren unter der Oberfläche schwelte. Angesichts der immer noch spürbaren inneren Dynamik im Leben ihres Bruders, dessen Gestaltung noch nicht abgeschlossen war, das immer noch wunschgemäß verändert werden konnte, empfand sie das Dasein, das sie selbst führte, als lächerlich. Polly ertappte sich dabei, dass sie sich auf den Anruf von Michelle freute, weil er ihr das Gefühl vermitteln würde, wieder im Kreis der Familie aufgenommen worden zu sein. Aber der Anruf blieb aus. Ach, Tom, dachte sie, warum rufst du nicht an und sprichst mit mir? Sie versuchte es bei der britischen Auskunft, doch seine Nummer stand nicht im Telefonbuch und seine Adresse hatte sie nicht.

»In meinem Leben geschieht nichts Aufregendes«, beklagte sie sich bei Gott, als sie am Sonntag zur Messe ging. »Ich verbringe das einzige Leben, das mir gegeben ist, als Stütze der Familie, und du sitzt ganz selbstgefällig da oben, in deinem kleinen goldenen Tabernakel, und lässt zu, dass meine Kräfte vergeudet werden.«
Polly erweckte den Eindruck, glücklich zu sein; sie besaß die Ausstrahlung einer Frau, die ihr Leben im Griff hat; bei Veranstaltungen wie Gemeindefesten und Schulbasaren beteiligte sie sich tatkräftig. Aber im privaten Bereich, wo sie eigentlich zu Hause war, keimte eine Verzweiflung in ihr, die sie kaum noch unterdrücken konnte.
Ihre Zukunftsaussichten waren trostlos. Die Kinder würden aus dem Haus gehen, und sie würde bleiben, wo sie war, verwelken und verkümmern, aber nach wie vor dienen. Sie wusste, dass Rory sie kaum noch wahrnahm, zumindest nicht als Frau; und weil er, der Mensch, dem sie ihr Leben gewidmet hatte, sie nicht sah, fiel es ihr schwer, sich selbst wahrzunehmen. Dadurch wurde ihr Selbstwertgefühl so untergraben, dass es kaum noch vorhanden war.
Als sie die goldene Tür des Tabernakels betrachtete, aus dem sie sich Hilfe erhoffte, dachte sie, von Panik er-

griffen – wie immer, wenn sie es wagte, über die Zukunft nachzusinnen: »Was soll ich tun? Was kann ich tun?«
Polly brauchte Gott, aber Gott hüllte sich in Schweigen. »Du könntest mir ein Zeichen geben«, bat Polly. »In der guten alten Zeit war das doch deine Stärke… zumindest steht es so in der Bibel…«
Der Zweifel, der in letzter Zeit ebenfalls immer stärker wurde, dass sich auf dem Altar in Wirklichkeit nichts befand außer wertvollem Zierrat, veranlasste sie zu einer anmaßenden Forderung: »Wahrscheinlich gibt's dich gar nicht, soviel ist mir schon klar. Ich verlange aber trotzdem, dass du mir etwas schickst, ein Wunder, einen Engel zum Beispiel, der Schwung in mein langweiliges Dasein bringt!«
Aber das große Wunder blieb aus, und im Lauf der Zeit vergaß sie ihre Forderung an den Schöpfer wieder. Im Rückblick kam sie ihr sogar ziemlich albern vor. Statt sinnlose Forderungen an übersinnliche Wesen zu stellen, übte sie sich in Resignation und Entsagung.
Schließlich kam der Anruf der künftigen Schwägerin doch; Michelle hatte eine melodische Stimme mit amerikanischem Akzent und erklärte, sie brenne darauf, Polly kennen zu lernen. Und so hatte Polly sie gleich für den nächsten Freitag zum Abendessen eingeladen, um sie in die Familie einzuführen.

Als sie nun vor der Frisierkommode stand und ihr Spiegelbild betrachtete, fragte sie sich, wie Michelle aussehen mochte. Polly wusste weder, wie alt sie war, noch, was sie beruflich machte. Sie holte den neuen Pullover, den sie im

Schlussverkauf erstanden hatte, aus dem Schrank; dazu zog sie einen engen schwarzen Rock an, hatte aber mit dem Knopf am Bund zu kämpfen.
Sie hörte, wie unten die Hintertür auf- und wieder zuging. Dann wurde der Kühlschrank geöffnet, und Geschirr klapperte.
»Bist du das, Jason? Finger weg vom Salat im Kühlschrank, und auch von der Mousse au chocolat…!«
Sie eilte hinunter. Es war gefährlich, den siebzehnjährigen Jason unbeaufsichtigt in der Küche zu lassen. Er besaß einen gewaltigen Appetit, und nichts Essbares war vor ihm sicher. Er sah seine Mutter an, als sie in die Küche kam, und blickte dann kummervoll auf die Mousse in der Glasschüssel, die er aus dem Kühlschrank genommen hatte und die nun nicht mehr ganz so schön war. Polly sah, dass er sich einen großzügigen Löffel voll genehmigt hatte.
»Die Mousse ist für heute Abend – die Verlobte von deinem Onkel Tom kommt doch heute. Du hättest aber auch ruhig erst fragen können«, sagte Polly bestürzt, als sie den Schaden sah. »Das muss ich dann wohl mit Schlagsahne tarnen.« Jason seufzte vernehmbar. Er war fast eins achtzig groß und unglaublich mager für jemanden, der an einem Tag mehr vertilgen konnte als sie in einer Woche. Seine Stirn war mit Pickeln gesprenkelt, und die Überreste der Salbe, mit denen er sie behandelte, schimmerten unappetitlich gelb.
»Gibt es denn in diesem Haus überhaupt noch irgendwas zu essen?«
»Du kannst dir ein Käsebrot machen. Es gibt auch Schokoaufstrich oder Erdnussbutter…«

»Ich meine richtiges Essen, Mama.«
»Da musst du dich bis zum Abendessen gedulden…«
Jason seufzte erneut und noch lauter als zuvor. Cat, die ihre Mahlzeit draußen beendet hatte, sprang auf den Fenstersims und starrte die beiden an. Der Ostwind war nicht nach ihrem Geschmack, und sie forderte mit leicht drohendem Unterton Einlass.
»Scher dich zum Teufel, Cat«, sagte Jason, während er sich dick Erdnussbutter auf eine Scheibe Brot strich.
»Wie war's in der Schule?«, fragte Polly.
»Langweilig, wie immer.«
»Wie ist es dir mit der Französischarbeit ergangen?«
Jason kaute nachdenklich. »Vierzig Prozent… Immerhin bin ich durchgekommen«, fügte er hinzu, als er das enttäuschte Gesicht seiner Mutter sah. »Die meisten in der Klasse haben nicht bestanden! Es war ziemlich schwer!«
»Du musst schon mehr bringen, wenn du studieren willst…«
Jason schnitt eine Grimasse. »Ich kriege die verdammten Noten schon noch. Du machst dir zu viele Sorgen, Mama…«
»Und du machst dir nicht genug Sorgen!«
Jason aß sein Brot auf, spülte es mit einem halben Liter Milch hinunter und ging nach oben. Die Katze miaute erneut, diesmal ungehalten und drohend; offenbar war ihre Geduld erschöpft, und sie hatte nicht vor, noch länger lieb und nett zu sein. Polly öffnete die Hintertür, und das Tier sprang hastig von seinem frostigen Sitz am Fenster, wusste sich jedoch wieder zu benehmen, sobald es das

Haus betrat. Cat verzog sich in den Katzenkorb unter dem Regal in der Küche, wo Wörterbücher und Atlanten aufbewahrt wurden. Mit einigen Kreisbewegungen machte sie es sich auf dem Kissen bequem, rollte sich ein und gab vor zu schlafen, hielt jedoch ein Auge halb offen, nur für den Fall, dass noch etwas Aufregendes geschah. Sie erinnerte sich dunkel an einen Besen, mit dem ihre Herrin sie eines Morgens zur Tür hinausbefördert hatte, nachdem sie in einer Ecke des Flurs ein Häufchen erbrochenes Katzenfutter gefunden hatte.

Polly räumte Jasons Teller, das Glas und das Messer vom Tisch ab und bemerkte dann die Schmutzspur, die er auf dem Boden hinterlassen hatte. Sie hastete auf den Flur und sah, dass der zuvor makellose olivgrüne Teppichboden mit Erdklümpchen übersät war, die sich von Jasons Sohlen gelöst hatten; die Spur setzte sich die Treppe hinauf fort. In ein paar Sekunden hatte er die Arbeit des halben Vormittags zunichte gemacht, den sie damit verbracht hatte, überall sorgfältig zu saugen.

»Jason«, brüllte sie, »hol den Staubsauger und mach den Dreck weg, den du auf der Treppe hinterlassen hast! Aber zieh zuerst deine Stiefel aus...«

Jason erschien auf dem Treppenabsatz und blickte über das Geländer. »Welchen Dreck?«, fragte er empört. Dann sah er die Bescherung. »Sch...«, murmelte er, kam aber dann herunter, holte den Staubsauger aus der Abstellecke unter der Treppe hervor und begann sauber zu machen.

»Und wenn du das erledigt hast«, fuhr Polly fort, »kannst du dir dein Zimmer vornehmen. Da sieht es aus wie auf einer Müllhalde! Und ich bin nicht deine Sklavin!«

»Ich muss noch was für die Schule tun«, entgegnete Jason. »Einen Aufsatz für Geschichte ...«

Polly seufzte. Diese Ausrede war das bewährte Patentrezept gegen alle Forderungen, die sie stellte.

»Dann lass zumindest deine Socken frei«, sagte seine Mutter erbittert. »Unter deinem Bett vegetieren so viele vor sich hin – es ist wirklich ein Wunder, dass sie noch kein Entlassungsgesuch eingereicht haben. Vor deiner Tür steht ein Wäschekorb. Was glaubst du wohl, wozu der da ist?«

Jason murmelte eine abfällige Bemerkung über mütterlichen Sarkasmus. Dann ging er in sein Zimmer, sammelte die Socken ein, die unterm Bett lagen, und schleuderte sie in den Weidenkorb auf dem Flur.

Polly war erschöpft. Jasons Widerwillen war überdeutlich zu spüren; er tat ihre Anordnungen verächtlich ab. Sie fragte sich, ob er vielleicht Recht hatte, ob sie wirklich eine pedantische alte Nörglerin war, die anderen das Leben schwer machte. Aber sie hatte keine Vergleichsmaßstäbe und wusste nicht, wie sie das Problem lösen sollte. Instinktiv neigte sie dazu, sich mit den Grenzen abzufinden, die ihr gesteckt worden waren, Grenzen, die sie bereits mit der Muttermilch eingesogen hatte. Sie war in einer Atmosphäre groß geworden, in der die Familie und mütterliche Aufopferung die wichtigsten Werte darstellten. Doch in letzter Zeit kamen diese automatischen Reflexe immer mehr mit der hartnäckigen inneren Stimme in Konflikt, die ein Recht auf ihr eigenes Leben einforderte. Um sich abzulenken, griff Polly nach einem Staubtuch

und begann, die Möbel in Wohn- und Esszimmer sorgfältig abzustauben. Liebevoll verweilte sie bei der italienischen Statuette auf dem Kaminsims, die ihr Muriel vor so vielen Jahren geschenkt hatte, dem Pfeilerspiegel mit dem Goldrahmen und dem viktorianischen Intarsientisch. Diese beiden Stücke hatte sie vor ein paar Jahren auf einer Auktion erstanden, sie dann gesäubert und restauriert.
Weniger enthusiastisch widmete sie sich Rorys Computer, der in einer Ecke des Esszimmers stand. Neben dem Computertisch mit der Arbeitslampe stand ein Bücherregal. Es war mit Geschichtsbüchern und kleinen Taschenbüchern mit Titeln wie *Tipps und Tricks für Word for Windows* vollgestellt.
Sie blickte in den kleinen winterlichen Garten hinaus, dem so offenkundig die Hand des Gärtners fehlte, sah die Schneeglöckchen, die zaghaft ihre kleinen weißen Köpfe neigten, sah die verwilderte Buchsbaumhecke am Zaun und malte sich aus, wie schön dieser Garten sein könnte – mit einer Terrasse, einem mit Natursteinen gepflasterten Weg zum Schuppen, einem hübschen kleinen Rasen, der nicht von Teenagern zertrampelt wurde, ein paar Rosensträuchern, die in Ruhe blühen durften.
Dann holte sie ihr Damastleinentischtuch heraus und deckte den Tisch. Als das erledigt war, ging sie wieder in die Küche und begann zu backen. Sie wollte zum Gemeindeflohmarkt einen Schokoladenkuchen beisteuern.
Als Rory nach Hause kam, holte sie den Kuchen gerade aus dem Ofen. Sie hörte das Auto in der Einfahrt, die Wagentür, die zugeschlagen wurde, seine Schritte auf dem Weg zur Hintertür, das dumpfe Geräusch, als er seine

dicke Aktentasche abstellte. Die alte Erleichterung – dass er sicher daheim angekommen war, dass er keinen Unfall gehabt hatte, dass er nicht zu Martha zurückgekehrt war – stieg in ihr auf, ungeachtet dessen, dass inzwischen zwanzig Jahre vergangen waren und Martha ihn wahrscheinlich gar nicht zurückhaben wollte.

»Hallo, Liebling«, sagte sie.

Rory war sechsundvierzig Jahre alt, mittelgroß und mager; sein Haar war schütter, und er trug eine Brille. Er hatte seine festgefügten Ansichten; über Geschichte und einige andere Themen, nicht zuletzt über den Umgang mit Computern, wusste er eine ganze Menge, und er war jederzeit bereit, interessierte Mitmenschen an seinem Kenntnisschatz teilhaben zu lassen. Alles im Leben stellte er auf die solide Grundlage von Logik und Vernunft. Für alberne Gefühlsregungen hatte er keine Zeit. Dessen ungeachtet funktionierte sein Gedächtnis im Alltag nicht immer einwandfrei, und so kam es, dass er gelegentlich seine Kinder verwechselte oder vergaß, wo er sein Gebiss gelassen hatte. Diese Kinkerlitzchen waren jedoch unbedeutend im Vergleich zu den Fragen, die ihn beschäftigten, Fragen zu historischen Problemen und zu der wachsenden Komplexität von Computerprogrammen.

Rorys Ohren waren in den vergangenen Jahren haarig geworden. Polly mochte seine haarigen Ohren, und wenn ihn die Kinder in ihrer Gegenwart (niemals in seiner) »Hobbit« nannten, so wurden sie nicht sonderlich scharf getadelt; der Name ließ an ein Geschöpf denken, das zugleich friedfertig und liebenswert war. Friedfertig war Rory gewiss, es sei denn, er suchte gerade seine Socken oder seinen Schlüssel oder seine Unterhosen oder seinen neuen Pullover – oder wenn man ihn am Computer störte. Bei solchen Anlässen kam es zu kurzen, aber heftigen Wutausbrüchen, und er schimpfte über diese verdammten Kinder.

Um seine Sachen vor ihrem Zugriff zu schützen, hatte er sich eine schwere lederne Pilotentasche mit Kombinationsschloss besorgt, in der er seine Unterwäsche und seine Socken aufbewahrte. Doch selbst unter Verschluss verschwanden diese Dinge auf mysteriöse Weise. Jason hatte bei dem Kombinationsschloss alle Familiengeburtstage durchprobiert und dabei offensichtlich die Zauberformel entdeckt.

Polly verschwieg Rory, dass der Pullover, den er vermisste, in einem Nachtklub verschwunden war und dass dieses Missgeschick auf das Konto seines jüngeren Sohnes ging. Der Pullover war, wie Jason Polly versicherte, weg gewesen, als er sich nur einmal kurz umdrehte. Es war nicht seine Schuld. Es war die Schuld der Nachtklubinhaber, weil sie Penner ins Lokal ließen.

»Insgesamt macht das dann also eine Lederjacke, einen Regenmantel, eine Levis-Jacke und einen teuren Pullover, die nun verschiedenste junge Leute in Dublin und Umgebung kleiden… Du solltest besser auf deine Sachen aufpassen, vor allem wenn die Sachen eigentlich deinem Vater gehören…«

»Es war nicht meine Schuld«, wiederholte Jason mürrisch.

»Du hättest deine Jacke an der Garderobe abgeben können.«

»Das kostet Geld, Mama. Immerhin ein Pfund!«

Polly gab auf. Schließlich kaufte sie bei Penneys für fünfundzwanzig Pfund eine Jacke für Jason als Ersatz für die, die ihm im Nachtklub gestohlen worden war.
»Die kann ich nicht anziehen!«
»Warum nicht? Sie ist warm, sogar schick…«
»Aber es merkt doch jeder gleich, dass sie nur fünfundzwanzig Pfund gekostet hat«, erklärte Jason. Er riss die Augen auf und runzelte entsetzt seine pickelige Stirn.
»Das ist natürlich hart! Aber ich muss davon ausgehen, dass sie nächste oder übernächste Woche wieder verschwunden ist und mir dann nichts anderes übrig bleibt, als noch einmal eine neue zu kaufen.«
»Die ziehe ich nicht an!«, knurrte Jason. »Ist schon gut, Mama. Du kannst so gemein sein, wie du willst… Es macht mir nichts aus zu frieren!«
Jetzt sah sie Rory an, versuchte abzuschätzen, wie müde er war, sehnte sich heimlich nach einem lieben Wort oder einer Berührung.
Rory sagte: »Hallo, Polly«, stellte seine große Tasche ab und verschwand im WC. Anschließend ging er ins Esszimmer und kam mit verdrießlicher Miene wieder heraus.
»Warum ist der Tisch im Esszimmer gedeckt? Bekommen wir etwa Besuch?«
»Ja… hast du es etwa vergessen? Michelle kommt zum Abendessen.«
»Und wer ist Michelle?«
»Ich habe einen Bruder namens Tom«, bemerkte Polly kühl; sie erinnerte sich genau, ihm in den letzten achtundvierzig Stunden mindestens zweimal erklärt zu haben, wer Michelle war. »Er wird bald heiraten. Michelle ist

seine zukünftige Frau. Ich habe dir das schon vor einiger Zeit gesagt. Und gestern Abend habe ich erwähnt, dass sie zum Essen kommt!«

»Was ich gerne wissen würde, ist, warum er jetzt auf einmal ankommt… und uns seine Auserwählte schickt. Zwanzig Jahre lang hat er sich nicht um uns geschert!«

»Ich bin sehr froh, dass sie kommt!«, entgegnete Polly. »Ich halte nichts davon, sich in alle Ewigkeit böse zu sein!«

Rory brummte, zog einen Stuhl an seinen Tisch heran, schaltete den Computer ein und vertiefte sich in seine Arbeit. Offensichtlich war er nun nicht mehr ansprechbar; seine Stimme verlangsamte sich, so dass er sich anhörte wie Hal, der kranke Computer in *2001: Odyssee im Weltraum*. Polly sehnte sich danach, das Gespräch fortzusetzen, über Toms Verlobte zu reden, über Susies jungen Hund, über Laura Flanagan, die beinahe von einem Dobermann angefallen worden wäre (wie ihr besagte Dame im Einkaufszentrum erzählt hatte), über Jasons schlechte Noten (stets ein wunder Punkt) und darüber, ob sie sich neue Vorhänge fürs Wohnzimmer leisten konnten. Aber an Rorys Haltung erkannte sie, dass es sinnlos war, mit ihm zu reden. Er würde auf alles, was sie sagte, verlangsamt wie ein Roboter reagieren, da er in Gedanken woanders war. Sobald er vor dem Bildschirm saß, ergriff der Computer von ihm Besitz.

Peter kam kurz nach sechs vom College heim. Er war sehr groß, einsneunzig, sah gut aus und hatte blaue Augen. Er trug eine runde Brille mit einem schmalen schwarzen Ge-

stell, mit der er an einen Revolutionär aus dem neunzehnten Jahrhundert erinnerte.
»Wie geht's meiner liebsten Mama?«, fragte er und beugte sich über sie.
Polly blickte ihn liebevoll an. Das war ihr Erstgeborener, das sieben Pfund schwere Wunder, das ihren Glauben an die natürliche Geburt zerstörte, das es so eilig hatte, das Licht der Welt zu erblicken, dass es sie beinahe zerrissen hätte, und das drei Monate lang nahezu ununterbrochen schrie, bis sie nahe dran war, den Verstand zu verlieren. Doch als die Kolik vorüber war und er ihr sein erstes Lächeln schenkte, ein strahlendes Lächeln, das bereits Intelligenz verriet, war sie für alles entschädigt. Manchmal verglich sie seine hünenhafte Gestalt von heute mit dem kleinen Wurm, den sie damals gestillt hatte.
»Was hast du mit meinem Baby gemacht?«, fragte sie ihn einmal, als er ihr stolz verkündete, er sei jetzt einsachtzig.
»Aber ich bin doch dein Baby, Mama«, hatte er mit Leidensmiene erwidert.
Jetzt ließ er seinen Segeltuchrucksack mit den Büchern auf den Boden fallen, warf einen Blick ins Esszimmer, um sich zu vergewissern, dass sein Vater wie gewohnt am Computer saß, und erklärte dann, er sei am Verhungern.
»Was gibt's zu Abend … es riecht köstlich!«
»Heute essen wir erst um acht … wir haben Gesellschaft!«
»Wen?«
»Die Verlobte deines Onkels Tom, Michelle. Ich habe es dir doch gestern gesagt.«
»Im Ernst?« Er machte ein langes Gesicht. »Ich bin nicht da.«

»Warum nicht? Ich habe sie eingeladen, damit sie die Familie kennen lernt.«

»Ich habe der Bande versprochen, dass wir uns um acht treffen. Aber ich bin zurück, bevor sie geht.« Polly kannte die Mitglieder der Bande und sie wusste, dass eine von ihnen, ein Mädchen namens Elsa Rattigan (die liebevoll Rats genannt wurde) besondere Anziehungskraft auf Peter ausübte.

Polly seufzte und sagte, wenn dem so sei, dann solle er lieber jetzt gleich essen, aber Peter wühlte bereits im Gefrierschrank.

»Hamburger... du würdest sie nicht kaufen, Mutterherz, wenn du wüsstest, was da drin ist...«, erklärte er. »Fischstäbchen... Essen für Schwule... ah... Pizza... mit Käse... das ist okay.«

»Ich schiebe sie für dich ins Rohr«, sagte Polly. »Du solltest jetzt lieber duschen und dich umziehen.« Sie riss den Karton auf, legte die Pizza auf einen hitzefesten Teller und stellte ihn auf ein freies Gitter im Backofen.

»Ist das Pickelmonster zu Hause?«, erkundigte sich Peter.

»Dein Bruder ist kein Pickelmonster!«, tadelte Polly. »Und zieh deine Stiefel aus. Jason hat heute schon den Dreck im ganzen Haus verteilt.«

»Aber sie sind völlig sauber«, wandte Peter ein.

»Zieh sie aus!«

Peter gehorchte, schnürte seine schwarzen Doc-Martens-Stiefel auf und stellte sie neben Cat. Er kraulte sie zwischen den Ohren, und sie begann zu schnurren, hob den Kopf und sah ihn hoheitsvoll an. Dann ging er auf den Flur hinaus, blieb kurz an der Esszimmertür stehen und sagte:

»Hallo, Vater. Kennst du mich noch? Ich bin's, dein Sohn …«
Rory blickte stirnrunzelnd auf den Bildschirm. »Ich versuche mich zu konzentrieren, Jason. Stör mich jetzt nicht …«
»Ja, Papa. Tut mir wirklich Leid, Papa«, erwiderte Peter lammfromm.
Polly in der Küche fing leise an zu lachen. Von jäher Heiterkeit überwältigt, musste sie sich setzen. Cat sah sie verständnisvoll an, als wolle sie sagen, wenigstens sie könne die beiden Jungen auseinander halten und sie werde nie dem Bann des Computers erliegen, solange noch eine Dose Katzenfutter im Haus sei.
Peter erschien wieder an der Küchentür. »Hast du mein blaues Hemd gesehen, Mama?«
»Ich habe es erst kürzlich gebügelt … es ist in deiner Kommode.«
»Da ist es aber nicht«, sagte Peter mit einem gefährlichen Unterton in der Stimme und rannte, zwei Stufen auf einmal nehmend, die Treppe hinauf.
»Jason, du Idiot! Du hast mein Hemd genommen … mein gutes blaues …«
»Nein, hab' ich nicht«, entgegnete Jason.
»Und was ist dann das hier, du Lackaffe?«, rief Peter triumphierend. »Unter deiner grauenhaften Jeans begraben. Ich hätte Lust, dir den Hals umzudrehen, du verlogener Scheißkerl!«
»Dazu musst du dir aber erst mal Verstärkung holen.«
»Hört auf zu streiten!«, rief Polly von unten herauf. »Peter, lass deinen Bruder in Ruhe lernen! Ich bügle dir ein anderes Hemd.«

Durch die Esszimmertür sah sie ihren Mann, der ihr den Rücken zuwandte. »Diese verdammten Kinder«, murmelte er, um gar nicht erst den Gedanken aufkommen zu lassen, er könne vom Computer aufstehen und eingreifen. Polly ging nach oben, verhinderte eine Schlägerei, schickte Peter aus Jasons Zimmer und ermahnte Jason, sich nicht an den Sachen seines Bruders zu vergreifen. Dann holte sie Peters cremefarbenes Hemd aus der Wäschekammer und fragte ihn, ob ihm dieses auch recht sei. Als er laut seufzend meinte, das müsse es wohl, nahm sie das Hemd mit nach unten, holte das Bügelbrett heraus und bügelte es. Als sie damit fertig war, klappte sie das Brett zusammen, wobei sie sich den Zeigefinger einklemmte. Sie stöhnte laut auf; unter der Haut bildete sich eine schmerzende Blutblase. Sie fragte sich, ob Rory wohl ihren leisen Aufschrei gehört hatte, aber offensichtlich war er ihm entgangen; die Tastatur im Esszimmer jedenfalls klickte genauso fröhlich wie zuvor. Sie saugte an der Wunde, dann fiel ihr ein, dass sie noch das Feuer im Wohnzimmerkamin vorbereiten und anzünden musste. Als das erledigt war, erinnerte sie der Geruch nach heißem Käse daran, dass Peters Imbiss fertig war; sie nahm die Pizza aus dem Backofen und rief nach ihm.

Er kam in Unterhemd und Unterhose herunter und roch, als hätte er in Aftershave gebadet; als er das gebügelte Hemd über der Stuhllehne sah, sagte er: »Danke, Mama.« Er setzte sich an den Tisch, um seine Pizza zu essen. Mit hochgezogenen Augenbrauen und Unschuldsmiene sagte er dann: »Mama, ich … könntest du mir vielleicht zehn Pfund borgen …«

Obwohl die Haushaltskasse fast leer war, wollte Polly nicht nein sagen. Sie rechnete rasch durch, an welchen Ecken und Enden sie noch sparen konnte, holte ihre Tasche, nahm eine Zehn-Pfund-Note aus ihrem Geldbeutel und gab sie ihm. »Du kannst morgen die Hecke schneiden. Das Geld wächst nicht auf Bäumen, weißt du.«
»Ich dachte aber, das tut es!« Er grinste. »Danke…« Er ging wieder nach oben, um sich anzuziehen, war nach kurzer Zeit wieder da, sagte: »Wiedersehen, Mama«, warf einen Blick ins Esszimmer und säuselte: »Leb wohl, Vater.«
Nach kurzem Schweigen fragte Rory, ohne sich umzudrehen: »Was? Was hast du gesagt, Jason?«
Peter zwinkerte seiner Mutter zu und ging zur Hintertür hinaus.
Als er fort war, erklärte Polly Rory, der nach wie vor im Esszimmer saß und ihr nach wie vor den Rücken zuwandte: »Gerade eben hat dein Sohn Peter mit dir gesprochen, nicht Jason!«
»Oh…«
»Du hast zwei Söhne. Beide wohnen in Ashgrove Lawns 14. Ich nehme an, du weißt, wo das ist!«
Rory drehte sich um und sah sie fragend an. Er lächelte einfältig.
»Michelle wird in fünfzehn Minuten da sein«, fuhr sie fort. »Warum machst du dich nicht fertig?«
»Ich bin fertig…«
»Du bist computersüchtig!«, rief Polly wütend, als ihr klar wurde, dass er nicht die Absicht hatte, sich von der Stelle zu rühren. »Du könntest wenigstens ein frisches Hemd anziehen!«

»Um Himmels willen! Ich bin mitten in einem wichtigen Gedankengang…«

Polly zog sich ins Wohnzimmer zurück und stellte fest, dass sich Jason inzwischen hier eingefunden und den Fernseher eingeschaltet hatte.

»Ich dachte, du wolltest lernen.«

»Wie soll man in diesem Haus lernen? Kaum hab' ich angefangen, ist Peter reingekommen und hat mich drangsaliert.«

»Du hättest eben sein Hemd nicht nehmen dürfen!«

»Er bedient sich ja auch ständig bei mir!«

Polly wusste, dass er Recht hatte. Sie sah ihrem Sohn ins Gesicht, sah seine Unruhe, seine Unsicherheit und gespielte Tapferkeit.

»Ist schon gut«, sagte sie und zerzauste ihm die Haare.

In diesem Augenblick klingelte es. Als sie zur Tür ging, um zu öffnen, steckte sie den Kopf ins Esszimmer. »Rory«, zischte sie, »mach den verdammten Computer aus. Sie ist da!«

2. Kapitel

Die junge Frau stand vor der Tür und hielt eine Flasche Wein im Arm. Polly holte sie rasch aus dem schneidenden Wind herein, nahm ihre Hand und begrüßte sie herzlich. Michelle schien um die dreißig zu sein. Sie trug ihre langen schwarzen Haare nach hinten gekämmt. Ihr Parfum wehte in kleinen Wolken heran, die bernsteinfarbenen Augen leuchteten aus dem ungetrübten Weiß. Sie war schön, was aber nicht in einer Regelmäßigkeit der Züge begründet lag, sondern in einer Aura des Exotischen, die sie umgab.

»Hallo«, sagte sie. »Ich war schon so darauf gespannt, euch kennen zu lernen. Tom hat mir viel von euch erzählt!«

»Bitte glauben Sie kein Wort von dem, was er sagt«, meinte Polly mit einem Seitenblick auf ihren Mann; mit einem Mal fühlte sie sich unsicher. Was findet so ein junges Mädchen an Tom, überlegte sie. Und dann fragte sie sich: Was mag er ihr bloß über uns erzählt haben?

Rory, der lautlos aus dem Esszimmer herbeigekommen war, zeigte sich plötzlich von seiner höflichsten und liebenswürdigsten Seite; er führte den Gast ins Wohnzimmer, wo Jason den Fernseher abgestellt hatte und nun den Versuch unternahm, sich möglichst unauffällig aus dem Staub zu machen.

»Das ist unser jüngerer Sohn Jason«, sagte Polly. Jason schüttelte Michelle die Hand, murmelte, er müsse noch einen Aufsatz fertigschreiben, und verließ verlegen den Raum.

Rory übernahm das Ausschenken der Getränke. Michelle entschied sich für ein Glas Weißwein. Polly fragte, wie es Tom ginge, was er mache, ob bei ihm alles in Ordnung sei. Michelle antwortete nicht sofort. »Es geht ihm gut... Er ist sehr beschäftigt...«

»Wir haben uns vor Jahren zerstritten«, erklärte Polly, die meinte, ihrem Gast müsse es merkwürdig erscheinen, derart ausgefragt zu werden. »Es war wirklich albern, aber nach einer Weile bekommt so etwas eine Eigendynamik – und dann erscheint es einem unabänderlich...«

»Das passiert in solchen Situationen immer, wenn man nicht gleich etwas dagegen tut!«

Polly war sich bewusst, dass die junge Frau sie musterte. Bin ich zu dick?, fragte sie sich. Oder habe ich einen Schmutzfleck im Gesicht? Was hat Tom ihr erzählt? Dass wir nicht richtig verheiratet sind? Dass ich ein Spatzenhirn habe?

Rory goss ein, und Polly reichte ihrem Gast das Glas. Als sie sich umdrehte, bemerkte sie, dass Rory Michelle ansah; in seinen Augen lag ein Leuchten wie schon seit Jahren nicht. Polly verspürte einen schmerzlichen Stich. Als sie sich umwandte, erblickte sie sich und dahinter Michelle im Spiegel über dem Kamin; Michelle musterte sie immer noch. Sie entschuldigte sich, ging in die Küche, betrachtete ihr Gesicht im Spiegel, konnte keinen Schmutzfleck entdecken und nahm die Kasserolle aus dem Backofen. Das Essen sah appetitlich aus. Cat hob den Kopf, sprang aus ihrem Korb und miaute erbärmlich; sie lief zu Polly, richtete sich an der Holztür des Unterbauschranks auf und blickte flehentlich zu ihr empor.

»Raus mit dir«, zischte Polly, nahm Cat hoch und setzte sie vor die Tür. Dann zündete sie die Kerzen auf dem Esszimmertisch an und lief hinauf, um Jason zu holen. Normalerweise hätte sie gerufen, aber da ein Gast im Haus war, ließ sie es lieber nicht auf eine rüde Antwort ankommen.

»Komm runter, das Essen steht auf dem Tisch...«

»Ich esse später!«

»Ach, komm schon!«

»Mir ist nicht danach. Ich esse später. Lasst mir was übrig. Ich gehe jetzt weg.«

»Wohin?«

»Ich will nur bei Tim vorbeischauen. Wahrscheinlich spielen wir 'ne Partie Billard.«

»Und was ist mit Michelle? Ich habe sie eingeladen, damit sie die Familie kennen lernt.«

»Ich hab' doch schon guten Tag gesagt! Und sie will sowieso nur mit dir und Dad reden.«

»Was ist mit deinen Hausaufgaben?«

»Was soll damit sein?«

Polly unterdrückte eine scharfe Antwort. Jetzt war nicht der richtige Zeitpunkt für eine Auseinandersetzung. Wie immer fand sie sich mit der Niederlage ab. »In Ordnung. Zieh dich warm an!« Er murmelte noch irgendetwas davon, dass er diese Jacke auf keinen Fall anziehen werde, aber Polly hörte nicht mehr richtig hin.

Sie ging wieder nach unten, räumte Jasons Gedeck ab, arrangierte die übrigen neu und rief ihren Gast und Rory zum Essen.

»Das ist einfach köstlich«, erklärte Michelle.

»Sie war schon immer eine wunderbare kleine Köchin«, erwiderte Rory und sah seine Frau liebevoll an. Immer wenn ihr jemand ein Kompliment machte, bedachte Rory sie mit einem taxierenden Blick, als wäre ihm ihre Existenz als eigenständiges Lebewesen gerade erst wieder bewusst geworden. »Ich habe einen Glückstreffer gelandet, als ich sie zu mir genommen habe!«

Michelle runzelte die Stirn. »Zu mir genommen?«

Polly erklärte mit heiterer Stimme, obwohl sie insgeheim gekränkt war: »Hören Sie nicht hin. Er ist ein wahrer Experte darin, unverschämte Komplimente zu verteilen!«

Rory machte ein beleidigtes Gesicht. »Ich wollte sagen: als ich dich geheiratet habe, aber…«

»Aber das wäre nicht ganz zutreffend gewesen…?«, führte Polly den Satz zu Ende. »Hast du das sagen wollen?«

Michelle war verwirrt.

»Wir haben durchaus geheiratet«, erklärte Polly hastig. »Es war eine richtige kirchliche Hochzeit, aber vom Staat wird sie nicht anerkannt. Wissen Sie, Rory war schon einmal verheiratet. Die Ehe hat ein Jahr gehalten… und dann hat er mich kennen gelernt. Aber in Irland gibt es keine Scheidung, und so wurde die Ehe von der Kirche annulliert. Tom hat Ihnen wahrscheinlich die ganze Geschichte erzählt.«

»Was heißt annulliert?«

»Eine Annullierung wird vom geistlichen Gericht ausgesprochen und bedeutet, dass die Ehe in den Augen der katholischen Kirche nie bestanden hat. Also hatte er das Recht, sich mit mir kirchlich trauen zu lassen.«

»Aber in den Augen des Staates ist es Bigamie«, sagte Rory lachend und griff nach der Hand seiner Frau. »Polly und ich leben nicht in Sünde, nur in Bigamie! Das ist Scheidung auf Irisch!« Rory nahm einen Schluck Wein. »Aber demnächst soll es ein Referendum zur Scheidungsfrage geben, und dann bringen wir die Sache in Ordnung… und ich werde Martha endlich los!«

Michelle zog ihre hübsch geschwungenen Augenbrauen hoch. »Ich glaube, Tom und ich werden in London wohnen bleiben«, sagte sie nachdenklich.

Rory brüllte vor Lachen. »Auf diese Weise könnt ihr euch eure Optionen offen halten«, sagte er. Aber durch das Lachen lockerte sich seine Zahnprothese; sie war erst kürzlich angepasst worden und machte noch Probleme. Sie wackelte gefährlich, und er schloss hastig den Mund.

»So habe ich es nicht gemeint! Ich brauche nur einfach das Großstadtleben. Ich komme nämlich aus New York.«

»Dann erzählen Sie uns doch etwas über sich, Michelle«, regte Polly an. »Aus welchem Teil von New York stammen Sie?«

Michelle hatte eine nette Art, die Nase zu runzeln, wenn sie lachte, was Polly an ein Kaninchen erinnerte. Sie beschrieb ihnen Brooklyn und Manhattan und die Bronx. Polly lachte Tränen über eine Geschichte von einem Taxifahrer und einem Papagei, und es tat ihr Leid, als ihr Gast

sagte, sie müsse jetzt gehen. Polly hätte Michelle gern noch länger dabehalten und mehr über ihr und Toms Leben erfahren.
»Was macht er eigentlich genau?«, hatte sie wissen wollen, und Michelle antwortete, er sei immer noch selbstständig.
»Ach … und in welcher Branche?«, fragte Polly hartnäckig nach. Sie spürte den Verlust, die Trauer über ihre getrennten Lebenswege. Tom war von jeher von brennendem Ehrgeiz besessen gewesen; es war, als sei er sich immer bewusst gewesen, dass sich zu seinen Füßen eine Schlucht auftat und der einzige Ausweg nach oben führte. Sie erinnerte sich, dass er, als er gerade achtzehn geworden war, verkündet hatte, er werde in London arbeiten.
»Wart nur ab, Mädel!«
»Ich warte!«
»Wir müssen dafür sorgen, dass du einen guten Job findest … irgendwo, wo du den richtigen Typen kennen lernen kannst … reich … einen, der dich verdient hat. London ist der richtige Ort dafür. In London kann man Geld machen!« Sie hatte sich oft gefragt, ob er verheiratet war; jedenfalls war sie überzeugt, dass er genug Charme besaß, um eine Frau glücklich zu machen. Und jetzt saß seine Auserwählte hier am Tisch und lächelte Rory an.
»Und was machen Sie?«, warf Rory ein.
»Ach, ich bin eine Art Public Relations-Expertin«, erklärte Michelle ruhig. Dann erwähnte sie, dass sie auf Kosten ihrer Firma im Westbury Hotel übernachte.
»Und welche Firma ist das?«
»Wahrscheinlich haben Sie nie davon gehört – Hanker Limited.« Polly fand den Namen merkwürdig, aber

Michelle stellte Rory eine Frage über seine Schule, bevor sie nachhaken konnte.
Michelle lehnte ab, als Rory ihr anbot, sie ins Hotel zu fahren, und bestand darauf, ein Taxi zu rufen.

Während sie auf das Taxi warteten, kam Jason nach Hause; er war mit einem dicken Pullover bekleidet und brachte einen Freund mit, David Flanagan, der in der gleichen Straße wohnte. Sie sagten mit verlegener Miene guten Abend und verschwanden sodann in der Küche. Kurz danach ließ sich auch Peter blicken und konnte Michelle vorgestellt werden.
»Das ist mein ältester Sohn, Peter.«
»Du bist sehr groß!«, sagte Michelle.
»Da kann ich nichts für«, entgegnete Peter. »Mir war immer klar, dass ich der Größte und Stärkste werde. Das ist eine schwere Bürde! Nicht dass es in der Familie läge«, fügte er hinzu und blickte mit strenger Miene auf seinen Vater hinab.
»Hör auf zu prahlen«, mahnte Polly und fuhr, an Michelle gewandt, fort: »Wenn er nicht bald aufhört zu wachsen, weiß ich nicht mehr, was wir tun sollen!«
Peter entschuldigte sich und meinte, er hätte eine dringende Verabredung in der Küche. Von dort hörte man nach kurzer Zeit einen Wortwechsel. Der Streit drehte sich allem Anschein nach darum, dass von der Mousse nichts mehr übrig war, und Jason bekam zu hören, er sei ein kleiner Scheißkerl.
Polly ging in die Küche und wies ihre Kinder mit leiser Stimme zurecht. »Hört mit diesen ständigen Streitereien

auf! Ich will keinen Ton mehr hören. Peter, komm ins Wohnzimmer und unterhalte dich mit Michelle. Da du offenbar keine Zeit hattest, mit uns zu essen, kannst du jetzt auch noch damit warten, bis sie fort ist!«

Peter warf seinem Bruder einen drohenden Blick zu, gehorchte aber. Er kehrte ins Wohnzimmer zurück, setzte sich und lächelte Michelle an.

Er nutzte eine Gesprächspause, um mit jugendlicher Unbefangenheit eine Frage zu stellen: »Hat jemand von euch schon mal von einem Verein gehört – Rosenkreuzer oder so ähnlich?«

Rory war verblüfft. »Ja… das war eine Geheimorganisation. Ihre Ursprünge liegen im siebzehnten bis achtzehnten Jahrhundert. Wie kommst du jetzt darauf?«

»Ach, die Frage kam bei einem Quiz im Pub auf.«

»Ja«, pflichtete Michelle Rory mit ihrem melodischen amerikanischen Akzent bei, »sie hatten sich zu einem religiösen Geheimbund zusammengeschlossen und behaupteten, magisches Wissen zu besitzen.«

Peter starrte sie neugierig an. Jason kam mit David im Schlepptau aus der Küche. »Was heißt denn magisches Wissen?«, erkundigte er sich.

»Was meinst du wohl, du kleine Pickelfabrik?«, entgegnete Peter ungehalten. »Magisch… Zaubersprüche, Beschwörungsformeln, Erwachsene, die sich wie Idioten aufführen!«

Jason warf ihm einen wütenden Blick zu. »Ach ja?«, sagte er. »Hab' ich's mir doch gedacht!«

»Oh, ich weiß nicht…«, fuhr Michelle fort. »Sie glaubten daran, dass es zwölf Gerechte auf Erden gibt, die sie die

Wächter nannten. Manche Leute sind heute noch davon überzeugt, dass die Wächter unter uns leben.«

Nun wurden die Jungs neugierig. »Wo haben Sie solche Sachen gelernt?«, fragte Jason.

»Ich habe Geschichte im Hauptfach studiert«, entgegnete Michelle lächelnd. »Früher einmal wollte ich sogar Lehrerin werden.«

»Und was machen Sie jetzt?«

»Ich habe mit Public Relations zu tun«, sagte sie und fügte rasch hinzu, »aber im Ernst, es ist faszinierend, auf welche erstaunlichen Dinge man in der Geschichte stößt. Ich bin sicher, dass Rory das bestätigen kann.«

Rory sah aus, als sei er bereit, nahezu alles zu bestätigen, was sie sagte.

Sie hörten draußen das Taxi vorfahren. Polly holte Michelles Kaschmirmantel, und gemeinsam mit Rory begleitete sie sie hinaus.

»Ich freue mich, dass wir uns kennen gelernt haben, Michelle. Bestell bitte Tom liebe Grüße. Sag ihm«, Pollys Stimme wurde unsicher, »dass ich mich sehr darauf freue, ihn wieder zu sehen. Wirst du ihm das von mir ausrichten?«

Michelle zuckte zusammen und sah Polly plötzlich sehr aufmerksam an. In ihrem Blick lag keine Freundschaft.

»Selbstverständlich!« Dann fügte sie hinzu: »Du bist nicht wie er. Ihr habt nicht die geringste Ähnlichkeit.«

»Ich weiß«, gab Polly zu. »Ich habe nicht viel auf dem Kasten. Tom hat immer gesagt, ich hätte ein Spatzenhirn. Aber meinst du, ich könnte ihn mal anrufen? Du könntest mir die Nummer geben. Oder wäre es besser, wenn ich warte, bis er anruft?«

Auf diese erwartungsvolle Bitte folgte kurzes Schweigen.

»Er ist viel unterwegs. Vielleicht wäre es nicht schlecht, darauf zu warten, dass er dich anruft…«

Michelle nahm auf dem Rücksitz des Taxis Platz und kurbelte das Fenster herunter.

»Es war überwältigend, euch kennen zu lernen«, sagte sie und sah dabei von einem zum anderen, wobei ihr Blick jedoch am längsten bei Polly verweilte. »Ich melde mich wieder. Bald.«

Als das Taxi wegfuhr, sah Polly, wie sich an einem Fenster des großen alten Hauses gegenüber die Vorhänge bewegten, als hätte der Wind sie berührt; doch dann entdeckte sie Muriels Gesicht. Muriel beobachtete immer noch gern, was sich in der Straße tat. Manchmal machte sich Susie darüber lustig: »Gestapo-Freya beobachtet dich!« Und dann gab sie noch einen Limerick zum Besten, den sie sich ausgedacht hatte:

»Gestapo-Freya
Passt auf wie ein Geier;
Sie ist auf der Hut
Und weiß, was sich tut…«

Das alberne Gedicht ging noch weiter, und je mehr Polly sich bemühte, es aus ihrem Kopf zu bekommen, umso hartnäckiger setzte es sich fest.

Später, im Bett, sagte Polly, die auf der Seite lag und nachdachte, zu Rory, der sich in einem Computermagazin über Software-Angebote informierte:
»Was hältst du von Michelle?«
»Sie ist umwerfend!«
»Ja… aber ein bisschen jung für Tom, meinst du nicht auch?«
»Ach, eine junge Frau wirkt sicher belebend auf ihn.« Rorys Tonfall war plötzlich anzüglich geworden. »Nichts ist besser für die Gesundheit als eine junge Frau!«
»Glaubst du das wirklich?«, sagte Polly leise und schob seine Hand weg, die zu ihrem Po gewandert war.
Rory seufzte. »Oh, Polly! Ich bin mit der Frau zufrieden, die ich habe. Glaubst du etwa, ich stelle da irgendwelche Vergleiche an?«
»Natürlich nicht«, versicherte ihm Polly hastig. »Michelle sagte, es sei überwältigend, uns kennen zu lernen!« Sie drehte sich zu ihm um und versuchte sich zu erinnern, was sie gesagt oder getan haben könnte, um ein so überschwängliches Kompliment zu verdienen,
»Das ist der amerikanische Hang zur Übertreibung«, meinte Rory ungerührt. »Hast du das etwa wörtlich genommen? Oh, Polly… wie naiv du doch bist!«
»Aber«, beharrte Polly, die sich ihrer Naivität wohl bewusst war, aber nicht daran erinnert werden wollte, »findest du nicht, dass sie etwas Eigenartiges an sich hat?«
»Eigenartig? Wenn du es eigenartig nennst, sehr attraktiv und feminin zu sein…«
Er vertiefte sich wieder in sein Magazin, während Polly an Michelle und Tom dachte und versuchte, mit der Enttäu-

schung fertig zu werden, dass sie immer noch nicht seine Telefonnummer oder seine Adresse hatte.

Oh, Tom … wie kannst du nur so unversöhnlich sein?

Rory legte sein Magazin beiseite, machte das Licht aus und griff nach ihr. Sie hatten seit mehreren Wochen nicht mehr miteinander geschlafen, und nun vermutete Polly, dass seine Leidenschaft mehr mit der umwerfenden Michelle zu tun hatte, die den ganzen Abend über an seiner Seite gesessen hatte, als mit ihr.

Als es vorüber war, küsste Rory wie zum Dank ihr Ohrläppchen, drehte sich um und schlief sofort ein.

Polly starrte in die Dunkelheit; sie roch den Rinderbraten noch, den Peter sich warm gemacht hatte. Sie wünschte, dass er spätabends nicht mehr kochen oder Essen aufwärmen würde, weil sie fand, dass sich dabei ein unangenehmer Geruch im Haus ausbreitete. Sie hatte es schon so oft gesagt, aber die Kinder ignorierten sie einfach. Sie hörte Gelächter und wusste, dass Peter immer noch unten war. Sie dachte an Michelle in ihrem Hotelzimmer und fragte sich, ob sie und Tom sich leidenschaftlich geliebt hatten, ob sie eine Liebe kannten, die die Einsamkeit verbannt und einen in neue Dimensionen des Staunens und Friedens katapultiert.

Am nächsten Tag war Samstag. Polly wachte um neun auf und sah, dass Rory bereits aufgestanden war. Sie wusste, dass er an seinem Computer saß und nicht ansprechbar war, also blieb sie noch etwas im warmen Bett liegen, beobachtete den Sonnenstreifen, der durch die Vorhänge einfiel. Ihr Blick wanderte weiter über die Wand und über die

Decke; sie bemerkte die Spinnweben in einer Ecke und nahm sich vor, sie wegzusaugen. Dann ließ sie sich durch den Kopf gehen, was sie an diesem Tag alles zu erledigen hatte: Hausarbeit, kochen, einkaufen, den Kuchen für den Gemeindeflohmarkt glasieren …

Sie wusste, dass ihre Kinder noch schliefen und ihr Mann nicht vom Computer loskam. Susie war nebenan, doch obwohl sie eine gute Freundin war, führte sie ihr eigenes Leben, vor allem samstags, wenn sie und Fergus gern den Vormittag im Bett verbrachten. Manchmal hörte Polly sie durch die Wand, Susies jähes helles Lachen, Fergus' tiefere Tonlage, die langen Intervalle der Stille.

Da überkam es sie plötzlich, das Gefühl, dass sie ganz von Schweigen erfüllt war. Sie gewahrte seinen besonderen Klang, seinen Ursprung – eine innere Leere, die nichts mit Frieden gemein hatte. Dieses Schweigen war weiße, unberührte, vollkommene Einsamkeit. Es besaß die Reinheit der Gletscher in der Antarktis, wo alles reflektiert wird und wo nur Pinguine leben.

Erschrocken über die Intensität des Schmerzes, überwältigt von ihrer verzweifelten Sehnsucht nach echter Nähe, stand sie auf, zog ihren Morgenmantel an und ging nach unten. Rory saß, wie vorausgesehen, im Esszimmer an der Tastatur und arbeitete vollkommen konzentriert. Er bemerkte nicht, dass seine Frau in der Tür stand. Erst als sie dort verharrte und ihn anstarrte, blickte er auf, da er instinktiv spürte, dass er beobachtet wurde.

»Guten Morgen!«, rief er fröhlich, aber es kostete ihn sichtlich Mühe, sich vom Bildschirm loszureißen. »Wie geht es uns heute Morgen?«

Polly sah, wie sich sein Blick wieder am Monitor festsog. »Gut«, antwortete sie spöttisch. »Uns geht es wunderbar. Aber willst du den ganzen Tag vor diesem Ding hängen?«

»Ich hänge nirgends«, erwiderte Rory unfreundlich; er sprach nun etwas lauter und mit kalter Präzision. Rory gehörte nicht zu den Ehemännern, die sich besorgt erkundigen: »Liebling, stimmt etwas nicht? Ärgerst du dich über irgendetwas?«

Polly empfand Rorys Verhalten als Bestätigung ihrer Unwichtigkeit. Doch sie wusste, dass man häuslichem Zwist am besten aus dem Weg ging, indem man sich nie beklagte. Also zog sie sich in die unordentliche Küche zurück. Obwohl sie am Abend zuvor noch das Geschirr gespült hatte, standen schon wieder schmutzige Teller auf dem Tisch. Peter machte grundsätzlich nicht hinter sich sauber und entzog sich mit Schmeicheleien dem mütterlichen Zorn. »Ach, liebste Mami ... tut mir Leid ... es wird nicht wieder vorkommen.«

Jason kam mit tragischer Miene zur Tür herein.

»Was ist mit dir los?«, fragte Polly leicht gereizt, während sie die benutzten Teller in die Spüle stellte. »Du siehst aus wie zehn Tage Regenwetter.«

»Ich bin deprimiert.«

»Was bedrückt dich denn?«

»Ich weiß einfach, dass ich die Abschlussprüfung nicht schaffe!«

Pollys Herz wurde schwer. Sie teilte Jasons Befürchtung. Er war kein Intellektueller und musste sich durch ein System quälen, in dem Begabungen auf anderem Gebiet nichts zählten. Sie fing seine Angst auf, unterdrückte ihre eigene, tröstete ihn, versicherte ihm, dass alles gut gehen würde, wenn er sich nur anstrengte.

»Ich kann das Lernen nicht ausstehen«, sagte Jason. »Ich will Schauspieler werden oder in einer Rockband spielen … oder irgendwas anderes Aufregendes machen!«

»Aber ganz gleich, was du tust, ohne Arbeit kommst du auf keinen grünen Zweig!«, erklärte Polly. »So ist es nun mal. Nur so lernen die Menschen etwas dazu und entwickeln sich weiter. Auch als Schauspieler oder Rockmusiker müsstest du arbeiten …«

»Aber das würde mir nichts ausmachen!«

»Leg dich dieses Jahr noch einmal richtig ins Zeug«, redete Polly ihm gut zu und schenkte ihm Tee ein. »Möchtest du Toast?«

»Danke, Mama.« Dann fügte er hinzu: »Wie findest du Onkel Toms neue Flamme?«

»Sie ist nicht seine Flamme!«, entgegnete Polly. »Sie ist zufällig seine Verlobte.«

»Aber sie hat nicht nur ein hübsches Gesicht zu bieten. Für intelligente Frauen hab' ich was übrig«, erklärte er herablassend und mit ernster Miene, wie um sich in einer künftigen Rolle zu üben. »Obwohl ich das Gefühl habe, dass sie sich hier von ihrer Schokoladenseite gezeigt hat.«

»Von ihrer Schokoladenseite? Was soll das jetzt wieder heißen?«

»Nur dass es nicht zu ihr passt, wenn sie so tut, als könnte sie kein Wässerchen trüben.«

Polly seufzte.

»Ja«, meinte Jason nachdenklich, »aber ansonsten ist sie 'ne Klassebraut …«

Das Telefon klingelte. Polly ging auf den Flur und nahm ab. »Polly«, meldete sich die Stimme mit dem amerikanischen Tonfall, »vielen Dank für den wunderbaren Abend. Es hat mir wirklich gefallen … Das Essen war köstlich!«
»Keine Ursache, Michelle. Wir haben uns gefreut, dass du gekommen bist. Jason hat gerade gesagt, wie … hübsch du bist!«
»Das ist aber nett von ihm. Polly, eigentlich wollte ich nur fragen, was du heute Nachmittag vorhast.«
»Ich muss ein paar Einkäufe erledigen.«
»In der Stadt?«
»Ja.«
»Warum kommst du nicht im Westbury vorbei und trinkst eine Tasse Tee mit mir? Ich bin hier ganz allein, und mein Flug geht erst heute Abend um acht.«
»Danke … das wäre schön!«
»Gegen vier?«
»Wunderbar.«
»Bis dann!«

Um vier Uhr betrat Polly das Foyer des Westbury Hotels, ging ein paar Stufen nach oben in die großzügige Lounge und fand Michelle in einem Lehnstuhl am Fenster, in eine Zeitschrift vertieft. Als Polly näher trat, sprang sie auf und rief: »Hallo!« Mit einem Seufzer ließ Polly sich auf den Stuhl neben ihr sinken.
»Mein Gott«, sagte sie, »meine Füße bringen mich um!«

Es waren die Stiefel, die sie im Schlussverkauf ergattert hatte. Der rechte drückte, und ihr großer Zeh fühlte sich an, als bekäme sie dort eine Blase. Am liebsten hätte sie den Schuh ausgezogen und nachgesehen, aber das war hier nicht der rechte Ort dafür.

»Wie geht's, Michelle?«, fragte sie so ungezwungen sie konnte. »Du siehst großartig aus. Mit Tom verlobt zu sein bekommt dir offensichtlich gut!«

»Oh, ich sehe immer großartig aus!«, erwiderte Michelle munter. Pollys Gesichtsausdruck entlockte ihr ein Lächeln. »Das ist durchaus machbar. Es kostet ein wenig Anstrengung, aber die Wirkung ist der Mühe wert. Macht hat schreckliche Auswirkungen auf jene, die sie nicht besitzen – soll irgendein Italiener mal gesagt haben. Gut auszusehen ist ein Grundpfeiler weiblicher Macht!«

»Das sagt sich leicht, wenn man noch jung ist«, bemerkte Polly lächelnd und fügte hinzu: »Aber wer möchte schon Macht, die nur auf dem Aussehen beruht?«

»Es spielt keine Rolle, worauf sie beruht«, erklärte Michelle. »Solange du sie nur hast! Und was die Jugend betrifft – meine ist schon so lange vorbei, dass ich die Jahre lieber nicht mehr zähle ...«

Die Kellnerin kam, und Michelle bestellte zwei Portionen Tee. Dann rekelte sie sich und zog ihren schwarzen Pullover zurecht, der an ihrer schmalen Taille in einem Wildledergürtel steckte.

»Michelle ... darf ich dir eine persönliche Frage stellen?«

»Sicher!«

»Wie alt bist du?«

Michelle lachte so laut, dass die Leute auf dem Sofa am

Nebentisch sich nach ihr umdrehten. Sie beugte sich zu Polly hinüber und vertraute ihr im Flüsterton an: »Einundvierzig!«

Polly musste sich zurücklehnen. »Dann bist du ja fast so alt wie ich!«

»Tatsächlich? Aber dafür kommt man hoffentlich nicht gleich an den Galgen, oder?«

»Aber du siehst so jung aus... Ich glaub' das nicht... Du nimmst mich doch auf den Arm!«

»Nein. Für wie alt hast du mich denn gehalten?«

»Um die dreißig... vielleicht sogar achtundzwanzig...«

»Gott erhalte dir deine fromme Unschuld!«

»Tom ist einundvierzig...«

»Ich weiß. Er glaubt, ich sei fünfunddreißig.«

Polly machte große Augen. »Du hast ihm nicht die Wahrheit gesagt?«

»Natürlich nicht. Du kannst doch nicht herumlaufen und den Männern die Wahrheit sagen!«

Amüsiert beobachtete sie Pollys Mienenspiel. »Männer sind Küchenrevolutionäre. Sie können Frauen nicht ausstehen, die tun, was sie wollen! Aber versuchst du es mit einer sanften Revolution und machst dir ihre Selbstgefälligkeit zunutze, dann beten sie dich an. Du solltest sie so lange wie möglich zappeln lassen.«

»Im Grunde können sie einem leid tun«, meinte Polly naserümpfend. »Warum so viel Energie verschwenden?« Sie wusste, dass sich Rory höchstens durch neue Software in Erregung versetzen ließ. Nach einer Weile fügte sie hinzu: »Verrat mir doch das Geheimnis ewiger Jugend!«

»Was für eine Schmeichlerin du bist, Polly!«

»Ich meine es ernst.«
»Wenn überhaupt, dann ist es ein offenes Geheimnis. Nimm dir die Freiheit. Hol dir, was du haben willst…«
»Oh, Michelle…!«
Michelle lehnte sich zurück, starrte sie aus bernsteinfarbenen Augen an und sagte dann so leise, dass Polly zunächst nicht wusste, ob sie recht gehört hatte: »Weißt du, was ich glaube, Polly Caine? Ich glaube, was du brauchst, ist eine Verführung. Durch bestimmte unverhoffte Erfahrungen kann man Erstaunliches lernen!«
Als sie begriffen hatte, worauf Michelle hinauswollte, lachte Polly spöttisch. »Ich habe genug Probleme, vielen Dank. Ein Verführer hat mir da gerade noch gefehlt! Und außerdem, wer würde sich schon die Mühe machen?«
»Oh, ich meine nicht sexuelle Verführung mit nichts dahinter. Ich meine etwas viel Besseres, etwas, das dich dazu bringt, Bilanz zu ziehen, Abstand zu gewinnen, um dir die Ketten genauer ansehen zu können.«
»Welche Ketten? Wenn du meine Familie meinst, dann irrst du dich. Ich liebe meine Familie!«
»Natürlich tust du das!«
Nach einer Weile fügte Michelle hinzu: »Ich glaube einfach nur, dass es gut ist, das Schicksal ein wenig herauszufordern. Verstehst du? Es gibt Menschen, die aufstehen und sich die Lebensumstände suchen, die ihren Vorstellungen entsprechen; und wenn sie sie nicht finden, dann schaffen sie sie sich eben!«
»Ist der Spruch von dir?«
»Nein, ehrlich gesagt stammt er von George Bernard Shaw. Aber der war ja auch nicht auf den Kopf gefallen!«

»Wie kommst du auf die Idee, dass ich überhaupt etwas verändern möchte?«, fragte Polly ein wenig unaufrichtig, da es sie erstaunte, wie gut ihre zukünftige Schwägerin Gedanken lesen konnte.
Michelle antwortete nicht, hob aber beschwichtigend die Hände. Dann sagte sie: »Entschuldige, Polly, versteh mich bitte nicht falsch. Ich brabble einfach zu viel drauflos!«

Polly nippte an ihrem Tee. Sie fühlte sich ein bisschen wie Alice im Wunderland. Michelle lächelte ihr aufmunternd zu. Alles, was sie gesagt hatte, entsprang einer völlig anderen Geisteshaltung als Polly sie hatte – einer Geisteshaltung, die es einem ermöglichte, zwanzig Jahre jünger auszusehen, wenn man wollte. Alles, was man dazu tun musste, war, sich die Freiheit zu nehmen, die einem zustand, alles ein wenig aufzumischen, das Schicksal herauszufordern!
Ihr Blick wanderte zu ihrem Rettungsring hinunter, ihrer formlosen Figur, ihren rundlichen Knien. Sie bemühte sich, eine etwas anmutigere Haltung anzunehmen, hatte aber das Gefühl, dass der Versuch misslang. Warum sollte sie nicht so gut aussehen können wie die bezaubernde Frau ihr gegenüber? Was war mit ihrem hübschen Gesicht, mit ihrem Körper geschehen, dass sie sich in eine Vogelscheuche verwandelt hatte? Sie kannte die Antwort; nicht das Familienleben war schuld. Sie war selbst dafür verantwortlich. Sie war damit einverstanden gewesen, hatte die Häuslichkeit in den Mittelpunkt ihrer Aufmerksamkeit gerückt, aus Hoffnung und aus Angst, und vor allem aus Liebe.

Nach einer Weile fragte Michelle zögernd: »Kennst du die erste Frau deines Mannes?«

Polly dachte an Martha, die Rory gelegentlich (und halb bewundernd) die Gottesanbeterin nannte.

»Oh, Martha… ach ja…« Polly hörte sich reden, hörte sich ihrer künftigen Schwägerin Dinge erzählen, die sie sonst mit niemandem außer mit Rory besprach.

»Aber sie ist noch seine Frau?«

»Ja… rein rechtlich gesehen.«

»Ich weiß. Also… wenn Rory etwas zustoßen sollte… in welcher Situation wärst du dann?«

»Martha hätte ein Anrecht auf die Hälfte seiner Hinterlassenschaft.« Polly hasste es, darüber zu reden, obwohl ihr das Thema ständig Sorge bereitete. »Sie hat sich geweigert, einen richtigen Trennungsvertrag zu unterschreiben und auf ihre Erbansprüche zu verzichten. Dafür wurde ein Vertrag geschlossen, in dem er sich verpflichtet hat, ihr ihren Anteil am Haus in Raten auszuzahlen. Das Problem ist nur, dass er mit den Zahlungen in Verzug ist.«

»Keine allzu rosige Situation«, stellte Michelle voller Mitgefühl fest und schüttelte den Kopf.

»Nein.«

»Da kann man wohl nur das Beste hoffen.«

Als Polly nach Hause fuhr, war ihre Laune denkbar schlecht. Die euphorische Stimmung, die sie zuvor im Hotel ergriffen hatte, war verflogen, und sie verbrachte die Heimfahrt im Bus damit, über ihr Leben nachzudenken, Bilanz zu ziehen.

Warum zum Teufel saß sie mit vierundvierzig in einer

Hundehütte – einer Doppelhaushälfte – fest, mit einem Ehemann, mit dem sie von Rechts wegen nicht verheiratet war, und einem Einkommen, das die Bedürfnisse der Familie nicht deckte, mit zwei finanziell von ihnen abhängigen Jugendlichen und dem ständigen Damoklesschwert über sich, was aus der Familie werden sollte, wenn Rory den Löffel abgab. Dabei blieb ihr nicht einmal der Trost einer innigen Beziehung. Rory, der einstmals unersättliche Liebhaber, war computersüchtig geworden.

Wieder zu Hause, stellte Polly fest, dass Rory nach wie vor am Computer saß und in der Küche erneut Unordnung herrschte. Offensichtlich hatten die Kinder, die sich nicht blicken ließen, ein paar Freunde eingeladen und sich Pommes mit Würstchen gemacht. Die benutzten Teller standen noch auf dem Tisch. Es roch nach heißem Fett und angebrannten Pommes frites. Sie öffnete die Hintertür und ging ins Esszimmer, um mit Rory zu sprechen.

Er drehte sich nicht einmal zu ihr um, sagte nur: »Wie war's in der Stadt?«, worauf Polly antwortete: »Schön.« Als er keine Anstalten machte, das Gespräch fortzusetzen, ging sie wieder. Sie hatte ihm von dem Treffen mit Michelle erzählen wollen, aber jetzt fand sie, dass es keinen Sinn hatte. Was brachte es, einen Computer-Junkie in ein Gespräch zu verwickeln, das nichts mit Windows, E-Mail oder Internet zu tun hatte? Und davon verstand sie nichts. Stattdessen wappnete sie sich mit der Geduld, die sie im Lauf der Jahre als eine Art innerer Kraftquelle kultiviert hatte, machte die Küche sauber und spülte das Geschirr, das ihre Kinder und deren Freunde für sie hinterlassen hatten. Aber ihre Wut schwelte und verlieh ihr zusätzlichen Schwung bei der Arbeit. Zufällig erblickte sie sich im Spiegel, was sie dazu veranlasste, sich ein Eis aus dem Gefrierschrank zu holen. Sie brauchte jetzt einfach einen kleinen Seelentröster.

Dann ging sie nach oben, machte die Betten und begann zu saugen. Es hatte keinen Sinn, darauf zu warten, dass die Kinder ihre Zimmer sauber machten. Obgleich sie sich fest vorgenommen hatte, sie in ihrem Müll versauern zu lassen, wenn sie es denn so wollten, geriet ihr Entschluss ins Wanken und sie sorgte auch bei ihren Söhnen für Ordnung, weil sie den Gedanken nicht ertrug, mit zwei Schweineställen auf einer Etage zu leben. Dann sortierte sie die Kleider für die Waschmaschine. Auf dem Nachtkästchen lag ihr Bibliotheksbuch. Sie griff danach und setzte sich auf die Bettkante. Da kam es ihr in den Sinn, dass sie die Ereignislosigkeit ihres Lebens von jeher mit Ersatzwelten aus Büchern zu kompensieren gesucht hatte, und sie legte es schnell wieder weg.

Sie sah sich in dem Zimmer um, in dem sie seit zwanzig Jahren Nacht für Nacht schlief. Nichts hatte sich seitdem verändert. Viermal war es gestrichen worden, immer in derselben Farbe – Magnolie.

Ein ungebetener Gedanke drängte sich ihr auf: Ich muss mein Leben ändern!

Als die Kinder herunterkamen, erklärte sie ihnen, sie hätte die Nase voll und werde alles hinschmeißen, wenn sie sie weiterhin wie eine Dienstmagd behandelten. Sie sagte es so laut, dass sogar Rory in die Küche kam, um zuzuhören.

Er lehnte an der Tür und lächelte. Dann lachte er laut auf. »Mein Gott, Polly, du bist so komisch, wenn du wütend bist.« Mit diesen Worten kehrte er an seinen Computer zurück, während die Kinder (sofern man sie noch so nennen konnte) ihren Standpunkt wortreich und aggressiv verteidigten, vor allem Jason, der das Gefühl hatte, dass ständig nur auf ihm rumgehackt wurde.

In dieser Nacht hatte Polly einen Traum. Darin sah sie sich selbst, wie sie auf die Völker der Erde hinabblickte. Sie lagen ihr alle zu Füßen. Sie besaß Macht und unermessliche Schätze. Außerdem war sie schön, und ein Prinz hielt um sie an.

»Aber ich bin mit Rory verheiratet«, sagte sie, und er entgegnete, er habe nicht gedacht, dass es eine Ehe sei. Er habe geglaubt, es sei eine Vereinbarung anderer Art. Dann entschuldigte er sich und ging davon.

Polly wachte auf, als das erste Morgenlicht durch die Vorhänge drang. Es war Sonntag. Rory lag neben ihr. Er war sehr spät ins Bett gekommen, was in letzter Zeit oft vorkam, und er schlief noch tief und fest. Er sah aus wie ein Junge, unschuldig, vertrauensvoll. Die alte Liebe zu ihm stieg in ihr auf. Sie berührte seine Hand. Er regte sich, wachte aber nicht auf, und sie ließ ihn schlafen, döste selbst noch einmal ein bei dem Versuch, den Traum wieder lebendig werden zu lassen und damit auch den Prinzen und das Gefühl, wichtig zu sein – doch vergebens. Sie hatte Rory geheiratet, um mit ihm zusammen zu sein, um mit ihm allein zu sein. Damals war ihr diese Aussicht wie die höchste Ekstase erschienen, die die Welt zu bieten hatte. Aber sie waren nie miteinander allein. Sie waren einfach nur allein, jeder für sich, und zwischen ihnen türmte sich eine Mauer aus Monotonie und unbezahlten Rechnungen auf.

Als sie wieder erwachte, war Rory bereits aufgestanden. Sie zog ihren Morgenmantel über und ging nach unten, doch er saß schon wieder am Computer, die Tastatur klickte unter seinen Fingern.

»Guten Morgen«, sagte Polly.

»Morgen«, erwiderte Rory, ohne den Blick vom Bildschirm zu wenden.

Polly ging in die Küche, um Frühstück zu machen. Sonntags bereitete sie immer ein Frühstück nach allen Regeln der Kunst zu: Schinken, Eier, Würstchen, Tomaten. Als alles fertig war, rief sie die Jungen; sie kamen verschlafen die Treppe herunter und stießen sich gegenseitig in die Rippen, was auf dem Flur in eine Balgerei ausartete; dann fingen sie plötzlich an zu tuscheln.

»…nein… nimm die Brille ab… er wird nicht merken, wer du bist… vor allem wenn du ein Hemd mit Krawatte anziehst… da wette ich zwei Pfund drauf.« Es war Jasons Stimme, und Polly merkte, dass er ein Lachen unterdrückte. Sie streckte den Kopf in den Flur hinaus, um zu sehen, was vor sich ging, und beobachtete, wie ihre beiden Söhne wieder nach oben huschten. Als sie wieder die diesmal auffällig leisen Schritte hörte, warf sie einen erneuten Blick in den Flur. Peter trug jetzt Hemd und Krawatte, sein Haar war glatt nach hinten gekämmt, und die Brille fehlte. So ging er neben seinem jüngeren Bruder ins Esszimmer.

»Dad«, sagte Jason, »das ist mein Freund Derek.«
Rory riss sich widerwillig vom Computer los. Es ärgerte ihn, dass er gestört wurde, und er sah den Jugendlichen namens Derek, der angeblich Jasons Freund war, nicht richtig an, schüttelte ihm aber mit gespielter Freundlichkeit die Hand. »Ah… guten Tag, Derek… schön, dich kennen zu lernen…«
Peter stand stocksteif da, dann sagte er: »Lieber Himmel, Dad, ich bin's doch…«
Da war es mit Jasons Selbstbeherrschung vorbei. Vor Lachen brüllend, ließ er sich gegen die Wohnzimmertür fallen, die nicht ganz geschlossen war und mit einem Krachen nach innen aufging. Die Tür riss an dem Verlängerungskabel, an dem Rorys Computer hing, so dass der Stecker aus der Dose gezogen wurde. Rory sprang auf, packte Jason am Kragen und beförderte ihn auf den Flur hinaus. Dann knöpfte er sich Peter vor.
»Warum könnt ihr beiden euch nicht zusammenreißen? Ich habe die Nase voll von euch… Keinen Augenblick hat man hier seine Ruhe. Wegen euch ist mir gerade mein Programm abgestürzt…«
Er starrte Peter wütend an, dann kehrte er schwer atmend zu seinem Platz am Computer zurück.
Polly hörte nicht nur seine Worte. Sie hörte die echte Frustration, die Enttäuschung in seiner Stimme. Sie zog ihren Mantel an.
»Weißt du, wer ich bin, Mama?«, fragte Peter schüchtern, als er in die Küche kam.
»Natürlich weiß ich, wer du bist!«
»Dad nicht.«

»Selbstverständlich weiß er es. Aber er ist in Gedanken woanders«, sagte Polly.

»Wohin gehst du, Mama?«

»Euer Frühstück ist fertig. Esst und räumt dann die Küche auf. Ich gehe in die Messe.«

Die Kirche war vor zwanzig Jahren eigens für die Neubausiedlung errichtet worden, ein Gebäude mit Buntglasfenstern, Kieferbänken, gefliestem Fußboden und ohne dunkle Nischen; von der düsteren Atmosphäre alter Kirchen war hier nichts zu spüren.

Polly setzte sich in eine Bankreihe seitlich vom Altar und lauschte der Messe, sah, wie Father Brennan in seinem goldweißen Chorrock mit dem Kelch hantierte, wartete auf die Konsekration. Und die ganze Zeit über schwelte die merkwürdige Unzufriedenheit und der Ärger der vergangenen Tage in ihr.

Das Leben, dachte sie, ist ein Prozess, bei dem man alle Illusionen verliert, bei dem unsere Träume an den Klippen der Wirklichkeit zerschellen.

Das ist doch alles Schwachsinn, erklärte sie der Heiligen Jungfrau, die neben ihr auf einem Sockel stand. Da stehst du nun und blickst zu den Jungs im Himmel auf. Da sind der Vater, der Sohn und der Vogel. Und was ist mit dir? Sind wir alle verrückt, oder was?

Doch die Heilige Jungfrau ließ sich in ihrer frommen Haltung nicht beirren.

Als der Priester bei der Konsekration die Hostie emporhielt, neigte Polly nicht den Kopf. Sie starrte wie gebannt die weiße, runde Oblate an, die der Transsubstantiation unterzogen wurde. Michelles Worte kamen ihr wieder in den Sinn: »Hol dir, was du haben willst.« Es war wie mit der alten »Bittet und ihr werdet empfangen«-Masche, dachte Polly. Das hatte sie schon als Kind ausprobiert: sie bat um eine Banane, aber es tauchte keine auf. Okay, Gott, sagte sie im Stillen, du solltest dich lieber ranhalten. Ich glaube, dieses Gespräch habe ich schon mal mit dir geführt! Ich habe eigentlich gar nicht erwartet, dass du mir einen Engel schickst, weißt du. Aber ich will, dass sich etwas tut. Wenn du dich nicht zusammenreißt und mir etwas Interessantes bietest, dann kannst du mich abschreiben – und die Kinder gleich mit. Die einzige, die es wenigstens ab und zu mal schafft, die beiden in die Nähe der Kirche zu schleifen, bin nämlich ich…

Sie rechnete beinahe mit einem Donnerschlag, mit einem Blitz, der auf sie niederfahren würde. Aber es passierte nichts. Nur das Murmeln des Priesters war zu hören, und schließlich standen die Leute auf, um die Kommunion zu empfangen. Das ist also alles nur dummes Gerede, das auf taube Ohren stößt, dachte sie. Bitte und du wirst völlig ignoriert…

Ach ja… ich bin ja nur egoistisch. Es gibt viele Leute, die viel wichtiger sind als ich.

Aber da kam ihr ein merkwürdiger Gedanke, mehr eine Stimme als ein Gedanke, klar und kräftig: »Niemand ist wichtiger als du, Polly.«

Sie erhob sich aus ihrer knienden Haltung und setzte sich, von Panik ergriffen.

Ich verliere den Verstand. Mein Gott, ich höre ja schon Stimmen! Sie blickte um sich, um zu sehen, ob die ande-

ren auch etwas gehört hatten, aber niemand schien auf sie zu achten.
Erleichtert seufzte sie auf. Denk an das verdammte Abendessen und halt deine fünf Sinne beisammen, ermahnte sie sich.
Nach einer Weile konnte sie sich wieder auf die Predigt konzentrieren. Father Brennan wetterte, wie sollte es auch anders sein, gegen die Scheidung. Da eine Volksabstimmung zu dem Thema ins Haus stand, war damit zu rechnen gewesen. Er sprach von dem, was Gott zusammengefügt hat, von Kindern, von ehelicher Pflicht, und er erklärte, dass die Scheidung den nicht trennungswilligen Partner in Bedrängnis stürze, unglücklich mache und sich nachteilig für ihn auswirke.
Polly lauschte und gab ihm insgeheim Recht. Es wäre schrecklich, wenn ein Partner durch die Scheidung unglücklich gemacht würde. Aber dann kam ihr in den Sinn, dass es ja zwei Partner gab. Ging das Glück des einen Partners über das des anderen? War eine Ehe, die nur weiterbestand, damit der eine Partner zufrieden war, für den anderen eine so gute Sache? Wenn der eine sein Leben opferte, damit für den anderen nichts ins Wanken geriet, war das als Zeichen von Moral zu werten? Oder konnte man es vielleicht als … Sklaverei bezeichnen?

Als Polly die Kirche verließ, lief sie Laura Flanagan in die Arme.
»Oh, hallo, Polly«, rief Laura fröhlich lächelnd. »Wie fanden Sie die Predigt?«
»Nicht besonders, ehrlich gesagt«, entgegnete Polly; ihr

ungewohnt barscher Ton schien Laura Flanagan zu überraschen. Normalerweise konnte man sich darauf verlassen, dass Polly die Predigten gut fand.
»Aber natürlich … man darf nicht erwarten, dass Sie das billigen, meine Liebe … obwohl Sie in unserer Gegend das leuchtende Beispiel häuslicher Pflichterfüllung sind, ungeachtet«, hier wurde ihre Stimme leiser, »Ihrer besonderen Lebensumstände.«
»Entschuldigen Sie mich«, sagte Polly. »Ich muss heim.« Sie zwang sich zu einem Lächeln.

Nicht weit entfernt, in ihrem prachtvollen Haus, schaltete Muriel Reeves den protestantischen Gottesdienst im Fernsehen ein.
Gelegentlich ging sie zur Kirche, aber meistens unterließ sie es. Sie fürchtete, sie könnte dort auf Alan Barrington treffen, so wie damals or zwei Jahren, als sie ihn mit seiner Frau sah. Es war nicht seine Gemeindekirche, aber als Muriel nach dem Gottesdienst herauskam, stand er da und plauderte mit dem Pfarrer. Sie erkannte sein weltmännisches Lachen, noch bevor sie ihn erblickte. Ihre Augen waren sich begegnet, er schien sich plötzlich zu erinnern, und in seinem Blick lagen vorsichtige Höflichkeit, Herablassung, zugleich auch Bestürzung. Was ihre Augen verrieten, wusste sie nicht, aber sie versuchte, Gelassenheit zu demonstrieren.
»Guten Tag«, sagte sie so selbstverständlich wie möglich und wandte sich rasch ab.
Aber die Erinnerung war ihr gefolgt, die Straße hinunter, ins Auto, bis nach Willow House und in ihre Küche. Es

kam ihr vor, als trüge er seine Eroberungen wie Ehrenzeichen einer gewonnenen Schlacht am Ärmel. Die Jahre hatten ihm kaum zugesetzt; er wirkte lebendig und selbstzufrieden, wie ein Vampir, der aus vielen Quellen Energie schöpft.

Es spielt keine Rolle, sagte sie sich. Warum lachst du nicht einfach darüber?

Sie versuchte sogar zu lachen, und Sable, ihre kleine schwarze Katze, sah sie überrascht an.

»Was ich gerne wissen würde«, flüsterte Muriel Sable zu und blickte in ihre klaren grünen Augen, »ist, warum es überhaupt passieren musste! Und vor allem, warum es ausgerechnet jemandem passieren musste, der einfach nicht fähig ist, damit fertig zu werden!«

Sable sprang auf ihren Schoß, und Muriel streichelte sie, bis sich ihr innerer Aufruhr ein wenig gelegt hatte – eine seelische Unruhe, die ständig von ihr Besitz zu ergreifen drohte und die zu unterdrücken einen Großteil ihrer Kraft aufzehrte.

»Hast du Hunger, mein Liebling?«, fragte sie die Katze und streichelte die kleinen kühlen Pfoten. Aber da Sable nicht reagierte, rührte sie sich auch nicht und saß noch eine Weile da, dankbar für die Wärme der kleinen Katze, und blickte durchs Küchenfenster hinaus ins Leere.

3. Kapitel

Auf dem Weg von der Messe nach Hause schaute Polly rasch bei Susie vorbei, um zu fragen, ob sie für den Nachmittag schon etwas vorhabe.
»Hast du Lust, nach dem Mittagessen einen Spaziergang zu machen? Rory kommt von seinem kybernetischen Liebling nicht los, und ich bin schon so weit, dass ich Stimmen höre!«
»Was für Stimmen?«
»Ach nichts … da war nur etwas während der Messe … ich habe eine Stimme in meinem Kopf gehört.«
»Eine göttliche Offenbarung meinst du?«, fragte Susie augenzwinkernd.
Polly lachte verlegen, schon wieder bereit und willens, die Erfahrung herunterzuspielen. »So spektakulär war's auch wieder nicht.«
Susie bereitete gerade das Mittagessen zu. Es roch nach Lammbraten. Aus dem ersten Stock war dröhnende Rockmusik zu hören, durch die Tür zum Wohnzimmer sah man inmitten von Sonntagszeitungen Fergus' Beine. Wags, der junge Hund, war draußen im Garten und bellte Cat an, die auf der Gartenmauer saß und ihn aus sicherem Abstand neckte.
»Dieser verdammte Hund macht mich noch wahnsinnig«,

sagte Susie. »Ich wäre überglücklich, ein bisschen rauszukommen. Wo wolltest du hin?«
»Ich bin für alles offen!«
»Das hört sich gut an.«
»Kommst du um halb drei rüber? Dann verschwinden wir.«
»Okay.«

Polly parkte den Wagen in Sandycove unweit vom Joyce-Tower und ging mit ihrer Freundin am Meer spazieren.
»Hast du eigentlich auch manchmal die Nase voll von allem?«
Susie sah sie nachdenklich von der Seite an. »Natürlich.«
Polly seufzte. »Mir ist das kürzlich aufgegangen. Es ist, als erwachte man aus einem langen Schlaf! Was zum Teufel habe ich die letzten zwanzig Jahre gemacht?«
»Dasselbe wie jede andere... Kinder gekriegt, einen Mann geliebt, den Haushalt geschmissen.«
Als Polly sich nicht näher erklärte, fragte Susie: »Was hättest du sonst tun wollen, was dich glücklich gemacht hätte?«
»Ich weiß es nicht. Wahrscheinlich würde ich alles noch einmal genauso machen. Es ist nur, dass sich das Leben verändert. Man bekommt einen bestimmten Text zugewiesen, aber die Handlung, die Darsteller, die Bühnenanweisungen, alles ändert sich, so dass der Wortlaut dadurch plötzlich völlig Unsinnig wird!« Susie wusste nicht, was sie darauf sagen sollte.
»In deinem Fall«, fuhr Polly fort, »liegt die Sache anders, weil sie sich mit der Zeit entwickelt hat. Du hast einen

Mann, der in dich vernarrt ist. Ihr habt miteinander Schritt gehalten.«

»Er ist schon in Ordnung«, räumte Susie stirnrunzelnd ein, aber um ihre Mundwinkel spielte ein Lächeln. »Ja... er ist in Ordnung... mein armer alter Fergus. Er ist eifersüchtig und besitzergreifend, und in vierzehn Tagen setzen sie ihn an die Luft. Ich kann die Vorstellung kaum ertragen, dass er dann den ganzen Tag zu Hause sitzt!«

Die beiden Frauen blickten über den Deich, beobachteten die graugrünen Brecher, hörten die Schreie der herabsausenden Möwen, spürten am Wind den herannahenden Regen.

Susie schlug ihren Mantelkragen hoch, und Polly band sich ihren Tartanschal um den Kopf. Hinter ihnen erhob sich der Martello Tower, in dem einst James Joyce gewohnt hatte, und zu ihrer Linken wand sich der Pfad zum Forty Foot hinab. Das Meer, unruhig, trüb, grautürkis, schäumte um die Felsen. Sie standen schweigend da und blickten auf den leeren Horizont hinaus, hielten dem kalten Toben des Windes stand, schmeckten das Salz im Gischtnebel, der von den Felsen zu ihnen heraufwehte.

Die ersten Regentropfen fielen.

»Wir sollten lieber umkehren«, sagte Polly. »Es wird gleich anfangen zu schütten!«

Als sie zum Auto zurückgingen, bat Susie: »Erzähl mir von Toms Verlobter!«

»Du hättest sie sehen sollen! Eine Filmschönheit, einundvierzig, sieht aber aus wie achtundzwanzig. Gestern haben wir uns im Westbury zum Tee getroffen...«

»Deshalb bist du also so unzufrieden! Du hast Vergleiche angestellt. Aber ich wette, sie hat auch ihre Probleme. Die hat jeder.«

Polly seufzte. »Ach, Susie, sie hat mir nur klargemacht, dass ich kein Dach über dem Kopf habe, wenn Rory etwas zustößt. Ich habe Angst. Und nichts stimmt mehr richtig... Er hat sich mit Leib und Seele dieser Maschine verschrieben. Und die Kinder werden groß und gehen aus dem Haus. Ich habe das Gefühl, als wäre ich der einzige Mensch im Haus, der meine Sprache spricht!«

Susie sah ihre Freundin von der Seite an, sah ihre rundliche Figur und erinnerte sich an die gertenschlanke Polly, die damals zu ihr gekommen war und verkündet hatte, sie erwarte ein Baby.

»Durch sie ist mir wieder bewusst geworden, wie sehr ich Tom vermisse. Nicht einmal seine Telefonnummer wollte sie mir geben«, fügte Polly mit ausdrucksloser Stimme hinzu.

»Weißt du, was du brauchst, Polly?«, sagte Susie. »Du brauchst einen Job. Wenn dir nichts anderes als deine häuslichen Sorgen im Kopf herumgeht, dann nehmen sie auf einmal überdimensionale Ausmaße an. Ein richtiger Job würde deinen Verstand beanspruchen... dir neue Aussichten eröffnen...«

»Und wo soll ich einen solchen Job hernehmen?« Susie zuckte die Achseln, und Polly lachte verächtlich. »Nein, dafür ist es zu spät! Mir hätte rechtzeitig klar werden müssen, dass das Leben für Mimosen keine Verwendung hat, dass es nur etwas für Kämpfer ist. Und da ist noch etwas – bis du so weit bist, einzusehen, dass deine Zeit begrenzt ist, hast du sie bereits vertan.«

»Unsinn. Du hast noch nie etwas vertan.« Susie starrte verstimmt durch die Windschutzscheibe auf die regennasse Straße.

»Ich habe gut reden«, fuhr sie nach einer Weile wehmütig fort, »ich sitze bei dem verdammten alten Penston in seiner armseligen Kanzlei fest... Ich wollte die Welt aus den Angeln heben, und stattdessen bin ich auf meinem Hintern sitzen geblieben und nehme immer noch Diktate auf, weil ich bequem geworden bin. Ich hätte abends meinen Abschluss nachmachen können. Vielleicht hätte ich sogar Anwältin werden können!«

»Und den Rest deiner Tage damit zubringen, einen Haufen muffiger Dokumente nach dem anderen durchzulesen?«, fragte Polly. »Das klingt aber nicht sehr spannend!«

»Kann sein. Aber es wird wenigstens anständig bezahlt! Vielleicht wäre Fergus sich dann nicht so sicher, dass ich mit Willy Penston durchbrenne!« Sie sah Polly an und lächelte, um anzudeuten, dass sie scherzte.

Als sie heimkamen, nahm Polly Susies Einladung zu einer Tasse Tee an. Sie trugen das Tablett ins Wohnzimmer, wo Fergus auf der Couch schlief. Die *Sunday Tribune*, der *Sunday Independent* und die *Sunday Times* lagen zu seinen Füßen am Boden verstreut.

Susie sammelte die Zeitungen auf und griff nach einer Beilage. »Schau dir das an«, sagte sie lachend und las von der aufgeschlagenen Seite vor:

»Gentleman, Steuerberater, sucht Dame zwischen vierzig

und fünfzig für Kameradschaft, Romantik, Liebe. Sie sind humorvoll, intelligent, treu, und ich bete Sie an.« Susie lachte. »Da hast du's, Polly! Das ist deine Chance!« Polly sah Fergus verstohlen an. Er lag ausgestreckt, mit offenem Mund da. Ein jähes Schnarchen und Luftholen brachte den Rhythmus seines Atems durcheinander.

»Ach, halt den Mund, Ferg«, meinte Susie gleichmütig.

Polly nippte an ihrem Tee. Sie begrüßte Fergus, als er schließlich aufwachte. »Oh, hallo Polly«, sagte er und richtete sich auf. »Ich bin wohl ein bisschen eingedöst.«

Polly sagte, sie müsse jetzt gehen. Sie half Susie, Tee und Kekse wieder in die Küche zu räumen, die makellos war, da Fergus und die Kinder sauber gemacht hatten, während Susie fort war. Von draußen drang das jämmerliche Winseln von Wags herein, der ins Haus wollte. Polly verabschiedete sich, und Susie ließ den Hund in die Küche.

Aber Polly ging nicht sofort nach Hause. Stattdessen schlug sie den Weg zu Kinlans Lebensmittelladen im Dorf ein, der sonntags geöffnet hatte. Dort kaufte sie Milch und eine Ausgabe der *Sunday Times*.

Als sie nach Hause kam, saß Rory immer noch vor dem Computer. Ungeachtet ihrer ausdrücklichen Anordnung, sauber zu machen, sah die Küche noch genauso wüst aus wie nach dem Mittagessen, und Polly machte sich ans Aufräumen. Die Jungen ließen sich nicht blicken. Sie streckte den Kopf durch die Tür zum Esszimmer und fragte: »Wo sind Peter und Jason?«

»Weggegangen!«

»Wohin?«

»Ich weiß nicht. Sie haben nichts gesagt.«
»Du hättest fragen können. Und du hättest dafür sorgen können, dass sie vorher aufräumen!«
Rory registrierte ihren gereizten Tonfall. »Ich hab' was Besseres zu tun, als mir Gedanken zu machen, wo sie sich rumtreiben. Sie tun sowieso nicht, was wir ihnen sagen. Sie wissen ja alles besser!«
Während er das sagte, klickte die Tastatur, und seine Klage verlor sich, während der Computer seine Aufmerksamkeit wieder voll in Anspruch nahm.
Polly verweilte einen Augenblick an der Tür, wusste aber, dass sie für ihn nicht mehr existierte. Sie kehrte in die Küche zurück, schloss die Tür und besah sich das dortige Chaos. Cat kam aus ihrem Korb und begann zu miauen, um anzudeuten, dass man sie schlecht behandelt und seit mindestens drei Stunden vernachlässigt hatte und dass es höchste Zeit sei, diesen Zustand zu ändern. Polly gab ihr zu fressen. »Ich füttere dich, die Jungs füttern dich, und immer wenn du rausgehst, findest du jemanden, der dir was zu fressen gibt. Doch du führst dich auf, als wärst du gerade aus einem Notstandsgebiet geflüchtet! Du wirst noch so fett, dass du bald einen Schubkarren brauchst, um dich fortzubewegen.«
Cat ignorierte diesen Vorwurf und spazierte mit einem höflichen Schnurren zur Tür.
Polly ließ sie hinaus. Aus irgendeinem Grund wirkten die Küche und das Haus leer und trostlos wie eine Wüste. Aber Polly tat, was sie immer tat, räumte geduldig den Tisch ab, erledigte den Abwasch und wischte den Boden. Dann legte sie die Zeitung auf den Tisch.

Rory kam in die Küche. »Ich gehe mal eben Zigaretten holen.« Er sah sie an und fügte mit beschwichtigender Stimme hinzu: »Kann ich dir etwas mitbringen?«
»Eigentlich nicht.«
Er warf einen Blick auf die Zeitung. »Was liest du da?«
»Die *Sunday Times.*«
»Steht was Interessantes drin?«
»Das weiß ich erst, wenn ich sie gelesen habe.«
»Du brauchst doch nicht gleich so schnippisch zu werden!«, entgegnete Rory erbittert, drehte sich um und ging zur Tür.
Polly hörte, wie die Haustür krachend ins Schloss fiel. Sie setzte den Teekessel auf, griff in die Kuchendose und schnitt sich ein Stück Schokoladenkuchen ab. Dann wandte sie sich mit Bedacht den Bekanntschaftsanzeigen zu.

Als Rory zurückkam, hatte Polly alle in Frage kommenden Anzeigen bereits durch. Da gab es den Typ liebenswerter alter Bock, der sich ein gescheites, attraktives junges Ding wünschte, um sich von der drohenden Verkalkung abzulenken (so drückte er sich zwar nicht aus, aber Polly konnte es zwischen den Zeilen lesen); dann war da der aktive Junggeselle von vierzig Jahren, fürsorglich, aber vorsichtig, ferner der Ritter ohne Fehl und Tadel, der eine schmachtende Maid suchte und Polly zum Kichern brachte. Nicht zu vergessen der warmherzige, fürsorgliche, berufstätige Gentleman, der eine gebildete, intelligente Dame, 40–50, für eine dauerhafte Beziehung suchte. Polly überlegte. Wenn es nun ehrlich gemeint war?

Wenn es irgendwo da draußen tatsächlich einen Mann gab, der sich, ebenso wie sie, nach Gesprächen, Wärme, Liebe sehnte? Ich bin intelligent, dachte sie. Ich muss es sein, schließlich habe ich mal studiert. Und ich bin warmherzig und fürsorglich, schaut euch doch diese Familie an. Ich habe sie so gut versorgt, dass sie es für die selbstverständlichste Sache der Welt hält, so wie das Wetter – es geschieht praktisch alles von selbst, nur bedingt durch die Sonne und den Wind und die Drehung der Erdachse.
Sie warf einen Blick auf ihre unförmige Taille. Himmel, ich sollte etwas dagegen unternehmen, sonst sehe ich bald selbst aus wie die rotierende Erde. Dieser Gedanke stimmte sie traurig, und sie aß noch ein Stück Schokoladenkuchen, um sich aufzuheitern.

»Na«, erkundigte sich Rory, als er zur Tür hereinkam, »steht denn nun was Interessantes in der Zeitung?«
Er legte eine Tafel teure belgische Schokolade vor sie auf den Tisch. Polly wusste, dass es ein Friedensangebot war. Sie sagte ihm dann immer, er solle das lassen, und diese Reaktion schien ihm zu genügen. Er wusste, dass seine Frau belgischer Schokolade nicht widerstehen konnte.
Jetzt sagte sie: »Ach, Rory, ich habe gerade Kuchen gegessen!«
»Na und? Eine kleine Tafel wird dir schon nicht schaden.«
Er blickte in die offene Zeitung. »Sind Anzeigen für Computer oder Software dabei? In England sind die Preise viel günstiger.«
»Nein«, sagte Polly. »Zumindest habe ich keine gesehen. Ich habe die Bekanntschaftsanzeigen studiert.«

»Oh … du bist wohl auf der Suche nach dem Märchenprinzen? Ha ha!«
»Ja«, sagte Polly. »Was meinst du, für wen soll ich mich entscheiden, für den liebenswerten alten Bock oder den unvergleichlich männlichen Mann …?«
Rory lachte. »Warum probierst du nicht gleich beide aus? Des Guten kann man nie zu viel haben!«
Polly war verletzt. »Würdest du mich nicht vermissen, wenn ich durchbrennen würde?«
»Natürlich würde ich dich vermissen. Wer würde denn dann an mir herummeckern? Dieses anheimelnde Hintergrundrauschen würde mir schon fehlen …«
Polly spürte den Kloß in ihrer Kehle, aber sie ließ ihrem Ärger nicht freien Lauf. Rory würde dann nur denken, dass sie irrational wäre, eben typisch Frau. Stattdessen sagte sie in sanftem Ton: »Wenn das alles ist, was dir fehlen würde, dann kann ich ja ebenso gut auf die Anzeige antworten!« Aber Rory war schon wieder auf dem Weg ins Esszimmer und reagierte nicht.
»Rory«, sagte Polly laut, »hast du mich verstanden?«
Das Klicken der Tastatur verriet, dass Rory wieder seinen Posten bezogen hatte.
»Hmmm?«, machte er.
Ein paar Minuten später kam Jason heim.
»Wo ist der Hobbit, Mama?«
»Dein Vater sitzt vor dem Computer«, erwiderte Polly mit einem Seufzer. »Und du solltest ihn nicht immer Hobbit nennen.«
»Warum nicht? Ich habe den verschrobensten Vater in der ganzen Siedlung. Das sagt jeder!« Jason zögerte; seine

Augen leuchteten auf, als er die Krümel auf dem Teller sah. »Oh fein, Kuchen! Du hast wieder reingehauen, Mama... Wo hast du ihn versteckt? Oder hast du alles allein aufgemampft?«

Polly sah ihn an und fragte sich, wo das anbetungswürdige Kind von einst geblieben war.

»Du könntest deiner Mutter ruhig etwas mehr Respekt erweisen«, sagte sie mit einem scharfen Ton in der Stimme.

Jason nahm eine drohende Haltung an. »Ich war überhaupt nicht respektlos!«

»Doch, das warst du, Jason, widersprich mir nicht. Und du brauchst nicht so aggressiv zu werden!«

Jason wurde laut. »Ich war nicht aggressiv. Das einzige, was ich wollte, ist ein Stückchen Kuchen. Du bist diejenige, die immer gleich aggressiv wird und an einem herumnörgelt! Brauchst nur die anderen zu fragen, Peter oder Dad...« Er stand da, die Füße gegen den Boden gestemmt, und blickte von seinen einsdreiundachtzig auf sie herab.

Polly war auf einmal verwirrt. War dieser Frontalangriff die natürliche Folge dessen, was sie gesagt hatte? Ja, gewiss war es ihre Schuld. Bei Jugendlichen musste man nachsichtig sein und aufpassen, dass man sie nicht zu sehr reizte. Folglich verzichtete sie auf eine Antwort.

Aber Jason wollte dem Ärger, der in ihm aufstieg, Luft machen. »Du bist doch diejenige, welche«, fuhr er fort. »Wir haben unsere Eigenschaften von dir geerbt, du hast also das, was wir sind, dir selber zuzuschreiben!«

»Verstehe! Deine Eigenschaften, wie du sie nennst, haben

dann vermutlich rein gar nichts mit dir zu tun?« Aber Pollys sarkastischer Unterton ging an ihm vorbei.
»Selbst wenn sie etwas mit mir zu tun haben«, erklärte Jason bitter, »bin ich doch nur ein armes uneheliches Kind, was erwartest du also von mir?«
Polly war, als hätte sie einen Schlag in die Magengrube erhalten. »Du bist nicht unehelich«, entgegnete sie schwach. »Dieser Status ist vor ein paar Jahren abgeschafft worden!«
»Aber du und Dad, ihr wart etwas voreilig! Und ihr habt nie richtig geheiratet, ihr lebt immer noch in Sünde!«
»Doch nicht in Sünde, Jason…«
»Nein, nur in Bigamie!« Jason warf ihr einen zufriedenen Blick zu; in der Gewissheit, das letzte Wort gehabt zu haben, ging er in den Flur hinaus und hinterließ eine Schmutzspur auf dem Teppichboden.
Polly unterdrückte den Impuls, ihm zu folgen. Aber sie ging ins Esszimmer hinüber und sprach Rory an, der ihr nach wie vor den Rücken zukehrte. »Rory, es ist an der Zeit, dass du dich um deine Söhne kümmerst! Jason hat sich gerade eine unglaubliche Frechheit herausgenommen. Er glaubt, er kann sagen, was er will!«
»Hmm«, meinte Rory geistesabwesend. »Was hat er denn gesagt?«
»Er hat gesagt, er sei ein uneheliches Kind«, entgegnete Polly leise.
»Das ist er doch auch«, bemerkte Rory freundlich, ohne den Blick vom Bildschirm zu wenden. »Das ist zwar hart, aber es lässt sich nun mal nicht leugnen! Er kann erst für ehelich erklärt werden, wenn wir legal verheiratet sind!«

»Und wir können erst heiraten, wenn Martha tot ist!«
»So was in der Art«, brummte Rory, plötzlich gereizt, und warf ihr einen Seitenblick zu. »Mein Gott, Polly, wie kannst du so etwas sagen? Die arme alte Martha.«
»Es stimmt aber.«
»Du kannst dir doch nicht dein Leben lang wünschen, dass jemand stirbt!«
»Warum nicht?«
Rory drehte sich um und sah sie forschend an.
»Polly?«
»Oh, ich denke dabei nicht an Martha, sondern an mich!«
Rory wandte sich wieder dem Computer zu und erklärte mit eisiger Stimme: »Polly, du solltest dich einmal reden hören. Du solltest einen Kassettenrecorder bei dir tragen und dir anhören, was du sagst. Dauernd hast du was zu meckern, wenn nicht über mich, dann über die Jungs. Ständig lässt du dich über irgendetwas aus, immer diese versteckten Anklagen, diese Drohungen, was du tun wirst, wenn wir uns nicht zusammenreißen. Ist dir eigentlich schon mal der Gedanke gekommen, dass das Leben für mich auch kein Zuckerlecken ist, oder für die Jungs? Wenn du für einen Augenblick aufhören könntest, nur an dich selber zu denken, würdest du das vielleicht einsehen!«
Polly überlegte, wann sie sich zuletzt beklagt hatte, und es fiel ihr ein, dass es am Vortag gewesen war, also schluckte sie die Antwort, die ihr auf der Zunge lag, hinunter. Abgesehen von gestern habe ich mich jahrelang kein bisschen beklagt. Warum wirft er mir also vor, ich würde immerzu nur meckern? Sie sah in sein selbstgerechtes Gesicht und

fühlte sich wie in einem von Außerirdischen geleiteten Straflager.

»Dann mach ihm wenigstens klar, dass er den Dreck aufsaugen soll, den er wieder mal auf dem Teppich hinterlassen hat!«

»Welchen Dreck?«

»Den, den er immer mit seinen Stiefeln ins Haus trägt.«

Rory seufzte und erklärte mit herrischer Stimme: »Nein, das tue ich nicht, Polly. Davon geht die Welt nicht unter, und ich werde ihn deshalb nicht schikanieren. Du machst noch einen Schwächling aus ihm, wenn du weiterhin so auf ihm rumhackst!«

Polly ging wieder in die Küche zurück. Eine Weile starrte sie die Zeitung an, die Anzeige des berufstätigen Gentleman. Die Versuchung war groß, aber wenn sie antwortete, gab sie ihre Anonymität auf, und der berufstätige Gentleman konnte sich womöglich als Psychopath erweisen. Stattdessen holte sie eine Schere, schnitt den Vordruck aus der Zeitung aus, gab ihren Namen und die Nummer der gemeinsamen Kreditkarte an und legte den Text für eine Heiratsanzeige bei.

»Freundliche Dame, warmherzig, intelligent und gebildet, möchte ebensolchen Mann (45+) kennen lernen.«

Sie schrieb den Text mit Druckbuchstaben auf ein Blatt Papier, steckte es zusammen mit dem Vordruck in einen Umschlag und brachte den Brief sofort zum Briefkasten.

Susie saß im Wohnzimmer, als sie Polly mit einem Brief in der Hand und unter dem Schutz eines geblümten Regenschirms vorbeigehen sah.

»Die arme alte Polly«, sagte sie zu Fergus. »Rory hat sich in einen Computersüchtigen verwandelt, und die Jungen benehmen sich wie Primadonnen – sie rühren keinen Finger im Haushalt. Alle behandeln sie wie eine Sklavin! Sie tut ihr Leben lang nichts anderes als putzen und kochen. Wirklich ein typisches Beispiel für eine Frau, die zu viel gibt. Und jetzt steckt sie mitten drin in dem, was diese supergebildeten Dummschwätzer Midlife-Crisis nennen. Plötzlich packt sie die Unzufriedenheit! Das Problem ist nur – sie ist viel zu gut für die Bande und merkt es nicht einmal!«

Fergus blickte von seiner Zeitung auf.

»Wenn du das nächste Mal mit Rory redest«, fuhr sie fort, »könntest du doch anregen, dass er ihr mal Blumen mitbringt oder so … Mach es taktvoll. Sie könnte eine kleine Aufmunterung gebrauchen!«

»Sie ist selbst schuld«, meinte Fergus. »Wenn man sich alles gefallen lässt, springt das Leben gnadenlos mit einem um.«

»Oh, Fergus, sie ist einfach nur naiv, und sie ist wirklich schrecklich schüchtern … Sie will alles wunderschön und perfekt haben, und sie glaubt, dass die Verantwortung für dieses glückselige Nirvana allein bei ihr liegt.«

»Dann wird sie wohl endlich aus ihrer Traumwelt aufwachen müssen, was meinst du?«

Susie schnaubte wütend. »Kein Funken Mitleid … typisch Mann!«

Fergus grinste sie an und kniff drohend die Augen zusammen. »Im Augenblick fühle ich mich wirklich wie ein typischer Mann.« Er zog die Augenbrauen rauf und runter wie

Groucho Marx. Sein Haar war inzwischen grau und schütter geworden, aber seine Brauen waren nach wie vor tiefbraun und buschig.

Fergus hatte das Gesicht eines Spaßmachers, das Lachen und der Humor vieler Jahre hatten ihre Spuren darin hinterlassen. Niemand, der ihn ansah, hätte vermutet, dass ein disziplinierter Software-Entwickler in ihm steckte, oder geahnt, welch ein leidenschaftlicher Liebhaber er sein konnte.

»Da die Kinder außer Haus sind, sollten wir die Gelegenheit nutzen und unseren *palais de joie* im ersten Stock aufsuchen!«

»Das hört sich an, als wäre unser eheliches Schlafzimmer ein Bordell!«

Fergus ließ seinen Worten Taten folgen. Sue kreischte, als sie seine Zähne an ihrem Hals zu spüren bekam. Aber ein Schauder der Erregung durchlief sie bis in die Zehenspitzen. Diese Anziehungskraft hatte ihre Macht über sie nie verloren, seit er zum ersten Mal ihr Gesicht mit seinen Händen umfasst und sie geküsst hatte, damals, als sie zwanzig war.

»Du bist ein Sexbesessener!«

»Wir haben es seit ewigen Zeiten nicht mehr auf dem Kaminvorleger getrieben«, sagte Fergus, der nun wie ein großer Hund mit dem Bauch nach oben auf dem Boden lag.

»Und wir werden es auch jetzt nicht auf dem Kaminvorleger treiben! Aber wenn du mir versprichst, dich *nicht* zu benehmen, treffen wir uns in fünfzehn Sekunden oben…«

Sie lachte und rannte zur Treppe, während Fergus schwer-

fällig die Verfolgung aufnahm. Keiner von ihnen hörte, wie die Hintertür aufging und die Kinder heimkamen.
»Ich wette, die beiden bumsen schon wieder!«, sagte Sharon mit ärgerlicher Miene zu ihrem Bruder, als die Lustschreie ihrer Eltern von oben zu ihnen drangen.
»Widerwärtig!«, entgegnete Mark. »Man möchte meinen, dass sie in ihrem Alter vernünftiger sind! Wo ist der neue Schokoaufstrich? Ich weiß, dass Mama ihn irgendwo versteckt hat.«
»Ich frage mich, wie das ist«, bemerkte Sharon nachdenklich, nachdem ihr Bruder den Aufstrich hinter den Spagettipackungen entdeckt hatte. »Das Bumsen meine ich. Dad ist so ein Nilpferd … stell dir vor, wenn er auf unserer armen Mutter liegt!«
Mark tauchte einen Löffel in die Schokoladenkreme, zog ihn wieder heraus und steckte ihn in den Mund.
»Ich denke, die Alten haben so ihre Methode«, meinte er und nahm sich noch einen Löffel voll. »Vielleicht haben sie ja einen tragbaren Kran, von dem wir nichts wissen.«
»He, hör auf, das Zeug mit dem Löffel zu essen. Das gehört aufs Brot! Gleich ist alles mit deinen Bazillen verseucht und für mich bleibt nichts mehr übrig! Das ist nicht fair!«
»Warum beklagst du dich? Du dürftest das Zeug sowieso nicht essen, sonst wirst du so fett wie Mrs. Caine!«
»So fett ist Mrs. Caine gar nicht! Sie ist nur ein bisschen pummelig!«
»Okay, pummelig, wenn du auf Beschönigungen stehst. Aber wenn du pummelig bist, wie willst du dir dann Peter, den kühnen Recken, angeln?« Mark sah seine Schwester

triumphierend an. »Ich habe ihn übrigens vorhin im Dorf getroffen«, fügte er verschmitzt hinzu.

Sharon zuckte die Achseln, ging aber aus der Küche ins Wohnzimmer und sah zum Fenster hinaus. In ihr tobte ein Sturm. Woher wusste Mark, ihr grässlicher Zwillingsbruder, was sie für Peter Caine empfand? Sie hatte es ihm nie verraten.

Sie sah, dass die Tore von Willow House offen standen – der Wagen von Miss Reeves parkte in der Einfahrt. Sie beneidete Miss Reeves, die alles hatte. Plötzlich sah sie Peter Caine, und wie immer, wenn sie ihn erblickte, blieb ihr fast das Herz stehen. Mit hochgeschlagenem Kragen, aber ohne Hast, schlenderte er vorbei; der Nieselregen schien ihm nichts auszumachen. Sie mochte seinen komischen, ernsten Gesichtsausdruck, und seine runde Brille fand sie cool; sie träumte davon, seine Freundin zu sein. Sie dachte kurz an die Schokoladenkreme, die Mark in der Küche verputzte, ging dann aber nach oben in ihr Zimmer.

Es war das zweitgrößte Schlafzimmer des Hauses. Von hier aus überblickte sie den Vorgarten, die Straße und Willow House. Die Wände waren weiß, der Teppichboden grün (eklig grün, wie ihr Bruder fand) und die Vorhänge grün und rosa. Die Vorhänge, auf die sie so stolz war, hatten einen Querbehang und wurden von Bändern gehalten. Sharon hatte verschiedene Poster aufgehängt; eins von der Gruppe Boyzone, für die sie schwärmte, und eins von Batman. Auch ein Bild von Jeanne d'Arc war dabei, das ihr jemand aus Frankreich mitgebracht hatte. Darauf hielt die Heilige, sehr aufrecht auf ihrem Pferd sitzend in ihrer sil-

bernen Rüstung, ihre Standarte hoch und trotzte allem, was da kommen mochte.
Ein Einbauschrank aus Kiefernholz und eine Frisierkommode standen an der Wand am Fenster; über dem Spiegel hing eine schmale Lampe. Ihre Kosmetika, einige billige Lippenstifte und Lidschatten, bewahrte Sharon in einer Schublade auf. Gelegentlich experimentierte sie damit herum. »Du siehst völlig verkommen aus«, hatte Mark bemerkt, als er sie bei einer ihrer heimlichen Makeup-Sitzungen ertappte. Aber Mark war ihr Bruder und ein Junge und hatte folglich keine Ahnung. Auf dem kleinen Schreibtisch neben dem Bett stapelten sich die Schulbücher. Ganz unten im Stapel, versteckt in einem Erdkundebuch, bewahrte Sharon ein paar Fotos von Peter Caine auf. Manchmal, wenn sie sicher sein konnte, nicht gestört zu werden, holte sie sie hervor und betrachtete sie voller Sehnsucht. Sie waren bei einem Grillfest im Vorjahr aufgenommen worden. Mein Gott, wie er den Kopf hielt und wie er lächelte, als müsste man ihn dazu nötigen, aber seine Augen verrieten ihn. Sie sah die Venen auf seinem Handrücken und seinen Adamsapfel an, als wären es Kennzeichen, die Gott nur Auserwählten verleiht, als besäße sonst kein Geschöpf auf Erden solch außerordentliche körperliche Merkmale.
Sharon begehrte Peter leidenschaftlich, aber sie wäre entsetzt gewesen, wenn jemand im Zusammenhang damit das Wort Sex gebraucht hätte. Sie begehrte ihn so, wie man den Himmel begehrt, wenn man stirbt, so wie man sich nach Faszination und Aufregung sehnt, so wie man von einem Musikstück ergriffen ist, das einen zugleich auf-

wühlt und befriedigt. Er stellte etwas Absolutes dar, den Inbegriff von Attraktivität und Vollkommenheit. Natürlich hatte sie dieses Traumbild selbst erschaffen, aber sie wäre nie auf die Idee gekommen, dass sie es tat. Es hörte sich so an, als balgten sich ihre Eltern immer noch im Schlafzimmer, aber Sharon ignorierte die Geräusche. Was immer sie da trieben, sehr romantisch konnte es nicht sein. Sie hatten doch alles schon hinter sich, die Qual und die Ekstase. Sharon setzte sich an ihren Schreibtisch, griff nach ihrem Block und schrieb: »Mein geliebter P., ich liebe dich auf ewig. Deine treue Frau ...«
Und darunter malte sie in verschnörkelten Buchstaben: Mrs. Peter Caine. Sie strich die Worte wieder aus, fügte aber ein seelenvolles Gedicht von Byron hinzu, das sie kürzlich entdeckt hatte und das sie den Umständen entsprechend leicht abänderte.
Sie glaubte, Mark auf der Treppe zu hören, schob den Block rasch unter ihre Schulbücher und wandte sich zur Tür. Aber Mark war nur kurz in seinem Zimmer gewesen und nun wieder auf dem Weg in die Küche.

Susie zog die Vorhänge zurück, die Fergus im Taumel der Leidenschaft hastig zugezogen hatte, während er sich die Kleider vom Leib riss.
»Gestapo-Freya beobachtet uns«, sagte sie. »Anscheinend verbringt sie ihr ganzes Leben an diesem Fenster!« Susie betrachtete das elegante viktorianische Herrenhaus auf der anderen Straßenseite. Die wunderschöne alte Eingangstür hatte ein halbrundes Oberlicht und vier Steinstufen. Das Haus stand im Fünfundvierzig-Grad-Winkel

zur Sackgasse und überblickte einen großzügigen Vorgarten. Seine Architektur, die hohen Fenster mit je acht Glasscheiben, gemahnten an eine vergangene Epoche; dahinter sah man die von Bändern gehaltenen Vorhänge und das blasse Gesicht seiner Besitzerin, Muriel Reeves, die von ihrem Schlafzimmer aus auf die Welt hinausblickte.

»Sie ist wie ein Vampir!«

»Gib ihr eine Chance!«, meinte Fergus verschlafen. »Versuch einfach, sie zu mögen!«

»Die macht sich doch einen Spaß draus, sich über uns zu erheben!«, entgegnete seine Frau. »Warum sollte sie sonst in einem solchen Haus wohnen bleiben, umgeben von den Hundehütten der Möchtegern-Mittelklasse!«

»Es ist eben ihr altes Zuhause!«

»Wenn ich ein solches Haus hätte, käme ich nie auf die Idee, das Land als Baugrund zu verkaufen, und wenn ich es täte, würde ich wegziehen …«

»Ja, weil du ein Snob bist, Susie.«

»Natürlich wäre ich ein Snob, wenn ich etwas hätte, worauf ich mir was einbilden könnte!«, gab Susie zu.

Fergus, der auf der Seite lag, antwortete nicht sofort.

»Komm wieder ins Bett«, schlug er schließlich vor.

»Nein, ich hab' vorhin die Kinder reinkommen hören. Aber da wir gerade von Muriel reden, sie könnte eine Doktorarbeit über die Häufigkeit von Geschlechtsverkehr am Sonntagnachmittag in dieser Sackgasse schreiben!«

Schweigen.

»Wage es ja nicht, einzuschlafen, wenn ich mit dir rede!«

Fergus machte ein Auge auf, lächelte seine Frau an und schloss es wieder.

»Eine soziologische Statistik«, fuhr Susie fort, »irgendjemand könnte bestimmt etwas damit anfangen.«
»Und wenn sie tatsächlich eine Doktorarbeit schreibt«, meinte Fergus verträumt, »wird sie uns vielleicht ein Exemplar überlassen, wenn wir sie nett darum bitten… Es wäre sicher recht interessant. Ich meine, hat Laura Flanagan nun einen Liebhaber oder nicht, und wie steht es mit Eugene und Phil in Nummer 10?«
»Was die braucht, sind ein paar Kinder, dann hätte sie keine Zeit, auf uns alle herabzublicken!«, fuhr Susie aufgebracht fort. »Sie hat schon wieder ein neues Auto. Diesmal ist es so ein blöder Aston Martin!«
Fergus hörte den Neid in Susies Stimme und hielt die Augen geschlossen. Wenn er diese Sehnsucht spürte, wollte er immer ein anderer sein. Für ihn war es wie eine Anklage. Deshalb zog er es vor, sich schlafend zu stellen. Als er nicht antwortete, sah Susie ihn an. Ein leises Schnarchen ertönte. »Ich hasse Männer, die schnarchen«, sagte Susie schlecht gelaunt. Aber sie deckte ihn fürsorglich zu. »Übrigens«, fügte sie hinzu, »was ich dir noch sagen wollte: Ich gehe morgen Abend aus… und zwar direkt vom Büro aus. Achtest du bitte darauf, dass die Kinder ordentlich essen?«
Fergus hörte auf zu schnarchen, schlug die Augen auf und fragte: »Wo gehst du denn hin?«
»Dann hast du also doch nicht geschlafen!«, rief Susie. »Valerie, Willys Sekretärin, hat sich verlobt, das wollen wir feiern.«
»Oh«, sagte Fergus. »Nimmt Willy Penston an diesem glanzvollen Abend auch teil?«

»Woher soll ich das wissen?« Sie machte die Tür auf und ging nach unten.
»Hallo, Mama«, begrüßte sie Mark.
»Hallo, Mama«, sagte auch Sharon, die hinter Susie die Treppe herunterkam. Beide Kinder starrten sie wie gebannt an.
»Zwei Eltern geh'n ins Bett, bumsfiderallalla«, sang Mark mit unschuldiger Miene vor sich hin. »Hei ho…« Sharon wandte sich ab und kicherte.
Susie sah die beiden missbilligend an. »Wir haben nichts dergleichen getan… und gebrauch gefälligst nicht solche Ausdrücke. Wir haben uns nur ein bisschen ausgeruht…«
Sharons Kichern artete in hemmungsloses Lachen aus.
Lieber Himmel, dachte Susie, früher hatte ich mal ein Privatleben.
»Mach die Sandwiches fürs Abendessen«, wies sie Sharon an.
»Warum kann das nicht Mark machen?«, entgegnete diese. »Immer werd' ich eingespannt!«
»Ich weiß nicht, wie das geht«, meinte Mark. »Ist sowieso Frauenarbeit.«
Sharon verpasste ihm einen Tritt, und er brüllte auf, humpelte im Kreis herum, drückte die Hand auf die Leistengegend und stöhnte: »O Gott, sie hat mich in die Eier getreten!«
»Gut«, meinte Sharon. »Noch ein paar Schläge in die Familienjuwelen, und du findest mühelos Arbeit – als Chorknabe!«
Sie floh durch die Hintertür, als Mark eine Wunderheilung

durchlebte und hinter ihr herflitzte. »Komm zurück, du dumme Kuh...«

Susie warf einen Blick in den Kühlschrank, wo die Überreste des Lammbratens lagerten.

»Ich hoffe, sie murksen sich gegenseitig ab«, murmelte sie. Sie sah aus dem Fenster; Wags hatte beschlossen mitzuspielen und hetzte, aufgeregt japsend, hinter den Zwillingen her.

Susie ging auf den Flur, um ihre Schwester anzurufen. Fergus' Schnarchen war durch die offene Schlafzimmertür laut und deutlich zu vernehmen. Sie wählte und kam sofort durch.

»Hallo, Jean. Ich bin's. Weißt du etwas Genaueres über diese Stelle... die im öffentlichen Dienst, wofür man diese Prüfung ablegen muss? Es ist für eine Freundin. Ja, ich weiß, aber es gibt doch immer eine Chance... Über Tagespolitik ist sie auf dem Laufenden. Mein Gott, Jean, sie ist nicht zu alt...!«

»Was ist das für ein Geräusch?«, fragte Jean unvermittelt.

»Das ist Fergus, er schnarcht fürchterlich. Kannst du ihn etwa hören?«

»Ich dachte, es wäre deine Waschmaschine!«

»Sehr komisch.«

»Geht das jede Nacht so? Wie kannst du dabei bloß schlafen?«

»Ich verpasse ihm eine Tracht Prügel. Das ist die einzige Sprache, die Männer verstehen. Jetzt sag mir bitte die Einzelheiten.«

Sie schrieb alles auf. Die Civil Service Kommission suchte hochqualifizierte Leute für Führungspositionen im öf-

fentlichen Dienst. Ein abgeschlossenes Studium war Voraussetzung. Die Bewerbungsunterlagen mussten spätestens Ende nächster Woche eingereicht werden.
»Polly hat studiert«, sagte Susie, »auch wenn sie nicht viel davon gehabt hat.«
»Sie hat keine Chance«, meinte Jean. »Aber verrat ihr nicht, dass ich das gesagt habe. Die Prüfung ist sauschwer, und der Konkurrenzkampf gnadenlos.«
»Wer wagt, gewinnt«, entgegnete Susie. »Zumindest wird das doch immer behauptet.«

Mit ihren Notizen über die Stellenausschreibung ging sie zu Polly hinüber. Sie klopfte an die Küchentür und trat ein.
Ihre Freundin saß am Tisch und starrte vor sich hin.
»Polly, falls du dich für einen Job im öffentlichen Dienst interessierst, da werden Leute gesucht. Ich hab' grade Jean angerufen, die weiß da ganz gut Bescheid… Du brauchst nur bei denen anzurufen und dir das Bewerbungsformular schicken zu lassen.« Sie legte ein Blatt Papier vor Polly auf den Tisch. »Stimmt was nicht?«
»Sue, ich glaube, ich habe den Verstand verloren.«
»Wieso denn das?«
Susie sah, dass Pollys Augen fiebrig glänzten und ihre Stirn feucht war.
»Polly, was ist passiert? Du siehst zum Fürchten aus!«
Polly begann zu lachen, ein unnatürliches, leicht hysterisches Lachen.
Sue starrte sie an und fragte erneut, leise und mit besorgter Miene: »Was ist los, Polly?«

»Nichts!«, erwiderte diese. Als sie sah, wie bestürzt ihre Freundin war, sackte sie auf ihrem Stuhl zusammen. »Ich weiß, es ist albern, aber ich habe mich gerade gefragt, wie ich es anstelle, einen Brief zurückzuholen, den ich eingeworfen habe.«

»An wen war der Brief?«

Polly kicherte, legte dann aber schnell die Hand auf den Mund. »Du wirst es nicht glauben, aber ich habe gerade eine Bekanntschaftsanzeige an die *Sunday Times* abgeschickt, so nach dem Motto: Suche einen netten Gentleman…«

Susie wollte schon zu einer schlagfertigen Antwort ansetzen, da ging ihr auf, dass Polly es vollkommen ernst meinte. »Oh, Polly«, rief sie, laut auflachend. »Warum in aller Welt hast du das getan?«

»Hör bloß auf, um Himmels willen. Wenn ich das nur wüsste! Es war so eine Art spontaner Eingebung…«

»Oh, Polly«, meinte Susie unter Lachtränen, »du bist einfach wunderbar!«

Rory verspürte wieder den vertrauten gichtartigen Schmerz im Zeigefinger. Er war auf das stundenlange Arbeiten mit der Maus zurückzuführen. Rory ignorierte die Beschwerden, so gut es eben ging, und konzentrierte sich auf seine Datensammlung. Sein Traum, ein Grundlagenwerk über die Weltgeschichte im ersten Jahrtausend zu verfassen, war zu einer Besessenheit geworden, die seine ganze Kraft verschlang. Er war sich dessen bewusst, doch die Aussicht, dass seine Bemühungen letztendlich von Erfolg gekrönt sein würden, war einfach zu verlockend. Er hörte beinahe schon den Rat, den man künf-

tigen Studenten der Frühgeschichte erteilen würde: »Schlagt in eurem Caine nach.«
Ohne Zuhilfenahme des Computers war es völlig ausgeschlossen, eine komparative Datenbank zu erstellen, aus der hervorgehen könnte, inwieweit sich die Kulturen Chinas, Indiens und Ägyptens gegenseitig beeinflusst hatten.
Von Dschingis Khan war er von jeher fasziniert gewesen; also hatte er sich vorgenommen, Beweise für seine Theorie zu liefern, dass sich diese drei großen Kulturen trotz dessen Raubzüge gegenseitig befruchtet hatten, gerade weil Dschingis Khan sie alle zusammen seinem Reich einverleibt hatte.
Zudem war es Rorys Anliegen, Licht in das Durcheinander zu bringen, das die katholische Kirche durch die Einführung des gregorianischen Kalenders geschaffen hatte, wobei der Welt elf Tage verloren gegangen waren.
Ferner wollte er aufzeigen, dass es gewisse legendäre Könige und Prinzen tatsächlich gegeben hatte. Zu diesem Zweck sammelte er Daten über die verschiedenen Länder Europas im ersten Jahrtausend, um sie anschließend miteinander in Verbindung zu bringen.
Das Internet übte dabei eine besondere Faszination auf ihn aus. Es war der erste echte Umschlagplatz für Informationen, und das allein war die steigende Telefonrechnung schon wert.
Sobald er das Buch veröffentlicht hätte, würden seine finanziellen Sorgen ohnehin der Vergangenheit angehören.
Er dachte kurz an Polly; teils voller Zuneigung, weil sie so ein komisches, unschuldiges Ding war, teils ärgerlich, weil

sie in letzter Zeit so schnell giftig wurde. Dann fragte er sich, was sie wohl zum Abendessen zaubern würde.

Weit weg von Ashgrove Lawns, in der Londoner Vorstadt Wimbledon, saß Bernard Whiston vor dem Kamin. Die Sonntagszeitungen lagen säuberlich gestapelt auf dem Kaffeetisch, er hatte sie noch nicht aufgeschlagen. Er dachte an ein bestimmtes Aktienpaket, das er zu erwerben gedachte; ein Risiko, sicherlich, die Wertpapiere konnten sich sehr rasch in die eine oder die andere Richtung entwickeln, aber wenn die Fusion tatsächlich zustande kam… Ja, Börsenspekulation war die Antwort auf die Langeweile und den Blues der späten Jahre.

Geistesabwesend nahm er die Hitze des Feuers wahr, das Radio, das in der Küche lief, und die leiseren Klänge des Spatens, der im Garten Anwendung fand.

Als das Telefon läutete, fuhr er zusammen und hastete dann zum Apparat. »Hallo?«

»Großpapa!«, sagte eine junge weibliche Stimme.

»Miss Mo! Wie geht es dir, mein Schatz?«

»Schrecklich… ich hatte Streit mit Bob!«

»Wer ist Bob?«

»O Gott, das hab' ich dir doch erzählt. Auf jeden Fall ist alles aus… Ich habe ihm klargemacht, dass er sich bei mir nicht mehr blicken zu lassen braucht… Und wie geht's dir? Passt du auch gut auf dich auf?«

»Liebes Kind, ich passe so gut auf mich auf, dass ich eher an Langeweile sterbe als an Altersschwäche. Aber ich habe noch ein, zwei Trümpfe im Ärmel…«

»Da bin ich mir sicher, Großpapa! Aber lass lieber die Fin-

ger davon. Du weißt, was der Doktor gesagt hat. Keinen Schnaps, keinen Spaß und immer hübsch brav sein! Ist Dad da?«
»Er ist im Garten. Einen Augenblick …«
Bernard öffnete die Terrassentür und rief nach draußen: »Keith! Sophie ist am Telefon!«
Keith steckte den Spaten in den Lehm und eilte ins Haus; die Gummistiefel ließ er auf der Terrasse.
Bernard kehrte zu seinem Sessel am Feuer zurück und hörte zu, wie sein Schwiegersohn mit Sophie, genannt Mo, sprach. Er braucht mehr als das, dachte Bernard nach einer halben Stunde. Inzwischen hatte Keith aufgelegt und seine Tochter wie verabredet zurückgerufen. Mein Gott, er ist erst Mitte fünfzig, also noch ein junger Hecht! Man kann doch nicht nur durch seine Kinder leben! Aber wie soll ich ihm da helfen?
Er griff nach der *Sunday Times* und blätterte die verschiedenen Beilagen durch. Da kam ihm plötzlich eine Idee, die ihm ein Kichern entlockte. Aber er verwarf sie wieder, denn sie erschien ihm dann doch zu verwegen.

4. Kapitel

Am nächsten Morgen um fünf vor zehn postierte Polly sich am Briefkasten im Dorf und wartete auf den Postboten, der den Kasten leeren würde. Sie hatte sich entschlossen, ihren Brief zurückzuholen, und sah keinen anderen Weg dazu, als sich einer Auseinandersetzung mit dem Postbeamten zu stellen.

Es war sehr kalt, und sie kam sich albern vor. Sie lehnte am Geländer der Staatsschule und tat so, als suche sie etwas in ihrer Handtasche. Ein Auto kam vorbei, und die Fahrerin hupte zur Begrüßung. Polly blickte auf. Es war Muriel in ihrem neuen blauen Aston Martin. Das Fenster wurde heruntergelassen, und Muriel sprach Polly an; ihre vornehme Aussprache war ererbt und durch die Sprecherziehung in der Schule zusätzlich verfeinert worden.

»Kann ich Sie mitnehmen?«

Polly entfernte sich nur ungern vom Briefkasten, wollte aber nicht unhöflich sein, also ging sie zu dem Wagen, der ein paar Meter von ihr entfernt hielt. Auf ihrem schwarzen Lederschalensitz sah Muriel aus wie eine Besucherin vom Planeten Perfektion. Polly hatte den Eindruck, dass ihre Nachbarin sie neugierig musterte, und wurde rot. Bestimmt sah sie ein bisschen komisch aus, wie sie da in der

Kälte herumstand. »Nein, danke, Muriel. Ich warte nur auf jemanden.«
»Sie frieren sich ja zu Tode«, meinte Muriel.
Aus dem Augenwinkel sah Polly, wie das Postauto vorfuhr, der Postbote ausstieg, den grünen Briefkasten aufschloss, die Briefe herausholte und in seinen Segeltuchsack steckte. Polly entschuldigte sich und rannte auf den Postboten zu. Er trug eine marineblaue Uniform mit hellblauem Hemd und richtete sich auf, als sie ihn ansprach.
»Entschuldigen Sie bitte … ich habe gestern einen Brief hier in den Kasten geworfen … und ich möchte ihn gern zurückhaben!«
»Herrje, Missus«, entgegnete der Postbote, »ich kann doch jetzt nicht anfangen, Briefe an irgendwelche Leute zu verteilen, nur weil die danach fragen. Wo kämen wir denn da hin?«
»Es ist aber sehr wichtig«, beharrte Polly. »Ich muss ihn unbedingt wiederhaben! Es war unüberlegt, was ich da abgeschickt habe …«
Der Postbote schüttelte den Kopf. Seine ganze Haltung drückte Bedächtigkeit aus; er war ein Mann, der um seine Macht wusste.
»Sobald Sie einen Brief in den Briefkasten werfen, gehört er Ihnen nicht mehr«, erklärte er in einem Ton, als habe Polly einen Vortrag über die unabänderlichen Tatsachen des Lebens nötig. Er blickte in Pollys verzweifeltes Gesicht. »Sicher, ich hatte da mal ein Mädchen, das hatte seine Briefe vertauscht. Den an ihren Freund hat sie in den Umschlag gesteckt, der an die Mutter adressiert war, und den an die Mutter hat sie an den Freund geschickt.

Sie war ziemlich wütend!« Er sah Polly an, als wollte er andeuten, dass es Schlimmeres gab.

»Bitte«, sagte Polly flehentlich, »es ist wichtig.«

»Sie hätten dieser Person, wer immer es war, eben nicht schreiben sollen, Missus! Erst denken, dann handeln!«

Er zog den Sack oben zusammen, warf ihn in den Bus und ließ Polly einfach stehen.

Sie sah sich nach Muriels Wagen um, doch der fuhr gerade an. Also überquerte sie die Straße, kaufte bei Kinlan's die *Irish Times* und einen Laib Brot und wechselte mit Peggy, die an der Kasse stand, ein paar Worte über das anhaltend kalte Wetter.

Peggys Schwangerschaft war nun nicht mehr zu übersehen. Das Mädchen sah müde aus. Ihre Haare waren glanzlos, und ihr rundliches Gesicht hatte seinen fröhlichen Ausdruck verloren. Ihr Freund war zweiundzwanzig und arbeitete in England. Ihre Mutter war entsetzt, über die Schwangerschaft ebenso wie darüber, dass Peggy deswegen die Schule abgebrochen hatte. Weiblichen Teenagern sollte man vaginale Rattenfallen einsetzen, dachte Polly. Wer sich an ganz jungen Mädchen vergreift, soll ruhig eine Überraschung erleben.

Auf dem Rückweg ging sie weiter bis zum Ende der Straße und betrat die Kirche. Die Messe war gerade zu Ende, eine Hand voll Leute hatte daran teilgenommen. Polly kniete in einer hinteren Bankreihe nieder.

»Ich habe eine Dummheit gemacht«, erklärte sie dem unsichtbaren Wesen auf dem Altar. »Lach mich ruhig aus … Das ist sowieso alles, was du kannst! Es muss wirklich sehr unterhaltsam sein zu beobachten, was für idiotische Sachen wir anstellen. Jetzt wird eine Anzeige in der *Sunday Times* erscheinen, und auf der Kreditkartenabrechnung wird ein unerklärlicher Posten auftauchen. Wie soll ich das Rory erklären? Du hättest diesen Brief ruhig abfangen, diesen Giftzwerg von Briefträger dazu bringen können, ihn mir zurückzugeben!«

Das Tabernakel mit der goldenen Tür blieb ihr eine Antwort schuldig.

Polly stand auf; beim Hinausgehen fiel ihr in der Vorhalle ein Plakat ins Auge, das großspurig verkündete: »Der Herr erfreut sich an dir.«

»Dass ich nicht lache«, murmelte Polly.

Auf dem Weg durchs Dorf kam sie am Furnace vorbei, dem neu eröffneten Restaurant mit der messingbeschlagenen Tür und den bunten Vorhängen. Sie warf einen Blick auf die größtenteils in Französisch gehaltene Speisekarte und fragte sich, ob sie Rory wohl dazu bewegen konnte, sie hierher zum Essen auszuführen.

In den Kanzleiräumen von Penston & Co. saß Susie am Computer und prüfte einen Kaufvertrag für ihren Chef. Mr. Penston war mindestens zehn Jahre älter als sie, und es erstaunte Susie immer wieder, dass er das Leben nach wie vor ernst nahm. Dass ein Mensch jenseits der fünfzig immer noch so viel Energie in seine Arbeit steckte, wo doch der Sand der Zeit unaufhaltsam durchs Stundenglas rieselte!

»Dieser verdammte Vertrag beurkundet«, murmelte sie schlecht gelaunt, weil sie montags nie in Hochstimmung war, »dass im Verfolg besagter blödsinniger Vereinbarung und unter Berücksichtigung der Summe von einhundertfünfzigtausend Mäusen... Himmel, so viel Geld blättert der für eine Wohnung hin...«

Sie druckte den Vertrag aus – eine eher nüchterne Version, aus der sie ihre mündlichen Ergänzungen wohlweislich herausgelassen hatte –, bereitete den Vertragsauszug vor und legte die Dokumente gegen Ende des Vormittags zusammen mit dem Rest ihrer Arbeit Mr. Penston vor. Ihr Chef sah die Unterlagen durch.

»Vielen Dank, Susan.«

»Und wann ziehen Sie um?«, erkundigte sich Susie.

Mr. Penston sah sie erstaunt an. »Umziehen?«

Susie deutete auf die Dokumente. »Na, in die neue Wohnung...«

»Die Wohnung ist eine reine Geldanlage«, erklärte Mr. Penston. »Ich werde dort keineswegs einziehen!« Sein Tonfall deutete an, dass Susie die Anstandsregeln verletzt und für einen Augenblick vergessen hatte, wo sie hingehörte. Mr. Penston war Junggeselle und allem Anschein nach ein Verfechter althergebrachter Wertvorstellungen.

Eingebildeter Fatzke, dachte Susie, und murmelte wie zur Erklärung, eine Wohnung in Dalkey müsse ja wunderschön sein, mit Seeblick, noch dazu ein Penthouse.

»Zweifellos«, entgegnete Mr. Penston streng und betonte dabei jede Silbe. »Vielen Dank, Susan.«

Halt's Maul, rügte ihn Susan im Stillen, senkte jedoch scheinbar demütig den Blick. Doch nach einer Weile fügte ihr Chef in einem Tonfall, den Susie nicht deuten konnte, hinzu: »Wenn Sie sich die Wohnung aber gern mal anschauen möchten, irgendwann, abends vielleicht...«

Als Polly heimkam, stürzte sie sich gleich in die Hausarbeit. Sie ärgerte sich immer noch über den blöden Brief, der nun nach London unterwegs war und auf einem Schreibtisch der Anzeigenabteilung bei der *Sunday Times* landen würde. Es blieb ihr nichts anderes übrig, als es lächelnd zu ertragen. Auf die Anzeige würde ohnehin niemand antworten.

Sie schaltete das Radio ein. Der Moderator, Gay Byrne, sprach gerade mit einer Frau, die erklärte, das Schulsystem sei eine Schande; die Einteilung in Leistungsgruppen führe dazu, dass sich die Kinder schon von frühester Jugend an als Versager fühlten. Polly interessierte sich allein schon Jasons wegen für das Thema. Sie machte sich eine Tasse Kaffee und hörte zu. Aber zuerst schaltete sie das Licht in der Küche aus, damit Cat, die draußen auf dem Fenstersims lauerte und aufmerksam hereinschaute, sie nicht sah. Dieses Manöver erwies sich als sinnlos. Cat erspähte Polly und begann zu miauen, erst leise, dann immer lauter und drohender, als wolle sie Polly klarmachen, dass ihr als Raubtier Mittel und Wege zur Verfügung standen, ihre Ansprüche durchzusetzen.

Polly näherte sich dem Fenster, und Cat zeigte ungehalten ihre kleinen scharfen Zähne.

»Du musst einfach warten«, erklärte Polly, »du wirst schon noch gefüttert, wenn die Zeit gekommen ist.«

Gay Byrne sprach sehr nett mit der Anruferin, nannte sie »meine Liebe«. Sie wusste ihre Argumente gut zu präsentieren. Ihr Sohn war in die schwächeren C-Kurse eingestuft worden und hielt sich deswegen für dumm. Sie hatte

mit ihm lernen müssen, um sein Selbstwertgefühl zu heben.
Ich kann nicht mit Jason lernen, dachte Polly. Er würde es nicht zulassen; ich habe versucht, Französisch mit ihm zu üben, aber er weiß ja immer alles besser. Wenn er die Abschlussprüfung wiederholen muss, dann wird er Nachhilfestunden nehmen wollen, und das wird ein kleines Vermögen kosten. Ich wünschte, wir hätten ein bisschen Geld übrig. Wie kommen die Leute nur dazu, Armut als eine Art Tugend hinzustellen! Armut macht einen machtlos, das ist alles; man muss die ganze Lebenskraft dafür aufwenden, um irgendwie über die Runden zu kommen. Aber ich will mir nicht mehr ständig den Kopf darüber zerbrechen müssen, wie wir über die Runden kommen.
Das Telefon klingelte. Polly lief zu dem halbrunden Tisch auf dem Flur und nahm ab.
»Hallo?«
»Hallo… Polly? Hier ist Michelle!«
»Oh, hallo Michelle. Ich dachte, du wärst schon wieder in London?«
»Bin ich auch. Ich rufe dich von London aus an. Schau, Polly, ich dachte, ich melde mich einfach mal… Hast du Ostern schon was vor?«
»Nichts Besonderes.«
»Warum kommst du dann nicht rüber und verbringst die Feiertage bei mir? Tom ist den Großteil der Osterwoche unterwegs, und ich dachte, du würdest dir vielleicht gern einen kleinen Urlaub gönnen! Nur wir beide in unserer Wohnung am Eaton Square…«

»Danke, Michelle, aber ich kann nicht…«
»Warum nicht?«
Weil ich es mir nicht leisten kann, dachte Polly. Warum ist sie nur so begriffsstutzig? Ich habe nicht genug Geld, um mich einfach so in London herumzutreiben. Reichen Leuten ist nie klar, wie arm andere Leute wirklich sind – vor allem Leute, die so tun, als wären sie's nicht, das akademische Proletariat, die Arbeiter und die unterbezahlten Intellektuellen, die praktisch unser gesamtes Steuersystem tragen! Leute, die hart arbeiten, nur um den sozialen Abstieg abzuwehren; Leute, die alle Hände voll zu tun haben, sich selbst und anderen vorzuspiegeln, sie wären reicher, als sie es tatsächlich sind, so dass ihnen keine Kraft mehr für eine Revolution bleibt.
»Schade«, meinte Michelle enttäuscht. »Dann muss ich die Buchung eben stornieren. Ich weiß, es war eigenmächtig von mir, aber weil Ostern soviel los ist, habe ich deinen Flug provisorisch schon mal gebucht, da ich gedacht habe, du hättest Zeit!«
Schweigen. Dann fügte Michelle einschmeichelnd hinzu: »Polly, willst du es dir nicht noch überlegen? Ich wäre so dankbar. Weißt du, ich wäre mutterseelenallein… und ich kenne kaum jemanden in London… ich bin einfach nicht gern mit mir allein!«
Als Polly klar wurde, dass ihr Michelle den Flug bezahlen wollte, erschien ihr die Sache in einem völlig anderen Licht.
»Ich weiß nicht…«
»Schau, ich hole dich in Heathrow ab, und dann machen wir uns eine schöne Zeit. Rory und die Jungs kommen doch sicher ein paar Tage alleine klar?«

»Vermutlich schon. Auf jeden Fall würde es ihnen nicht schaden.«

Michelle lachte. »Gut. Das Ticket liegt am Ostersamstag am Aer Lingus-Schalter für dich bereit.«

»Ja, wenn es nur übers Wochenende ist…«

»Das kannst du entscheiden, wenn du erst mal hier bist. Den Rückflugtermin habe ich noch offen gelassen. Warum gönnst du dir nicht gleich einen richtigen Urlaub?«

Warum eigentlich nicht, dachte Polly, von plötzlicher Erregung gepackt. Sie war seit Jahren nicht mehr in London gewesen.

»Das ist wirklich nett von dir, Michelle. Ehrlich gesagt, würde ich unheimlich gern kommen!«

»Braves Mädchen. Hast du was zum Schreiben bei der Hand, dann gebe ich dir die Flugnummer durch und diesen ganzen Kram…«

Alles im Leben dreht sich um Abwechslung und Bewegung, dachte Polly, als sie wieder in die Küche kam. Ohne Abwechslung, ohne Dynamik, könnte man genauso gut tot sein. Aber so, wie wir leben, sind wir durch die Umstände und unsere Wahrnehmungen gefangen. Wir graben uns Erdlöcher, die immer enger und kleiner werden, aber wie die Kaninchen fürchten wir uns, sie zu verlassen, weil die freie Wildbahn gefährlich ist und das Erdloch scheinbare Sicherheit bietet. Aber wenn man keinen Mut hat, passiert etwas viel Schlimmeres: die sichere Erdhöhle verwandelt sich in ein Grab. Das Geheule auf dem Fenstersims störte ihren Gedankengang. Sie ließ Cat herein, nahm sie hoch und streichelte ihr den Kopf.

»Ich fahre nach London, Cat«, erzählte sie ihr lachend. »Jetzt klinge ich schon fast wie Dick Whittington. Willst du mitkommen?« Die Katze sah sie misstrauisch an, dann schloss sie die Augen und begann zu schnurren. »Du trägst natürlich ein Lederwams und deine Wildlederstiefel …« Cat schien mit allen Vorschlägen einverstanden.

Ich sollte lieber mal die Messingsachen polieren, dachte Polly, plötzlich in den Alltag zurückgekehrt. Und das Bad müsste auch mal wieder gründlich geputzt werden … Vor ihrem geistigen Auge sah sie bereits, wie das Badezimmer glänzen und Türklopfer, Briefkasten und Türknauf sich spiegeln würden, wenn sie ihr Werk vollbracht hätte. Anschließend konnte sie bügeln und sich dann die Küche vornehmen. Den Boden und die Spüle, die Schränke und den Kühlschrank, alles würde sie auf Hochglanz bringen. Dann ließ sie sich durch den Kopf gehen, was sie abends auftischen würde. Vielleicht Lasagne, die mochten alle. Sie musste nur nachsehen, ob noch genügend Pasta im Haus war; ansonsten konnte sie im Dorf noch etwas besorgen.

Als Polly am Nachmittag Muriel traf, erschrak sie über deren Blässe.

»Hallo, Polly. Sie sehen ja so vergnügt aus!«, rief Muriel ihr durch das offene Autofenster zu. Sie trug ein schönes Wollkostüm und dazu einen eleganten Mantel. Ihr Make-up war perfekt, und eine süße Duftwolke umgab sie. Sie war im Begriff, ihr Auto in den Hof zu fahren, und hatte gerade auf die Fernbedienung gedrückt, um die Tore zu öffnen.

»Ich hoffe, Sie haben den Postboten heute Morgen dazu

bewegen können, Ihnen Ihren Brief zurückzugeben«, sagte sie.

Polly wurde rot und fluchte in Gedanken. Es war ihr zutiefst unangenehm, dass Muriel sie beobachtet hatte und nun mit amüsierter Herablassung davon sprach.

»Ich habe es zufällig mit angehört!«

»Oh, es war nur ein Brief, den ich für Rory eingeworfen hatte… er hatte ihn in den falschen Umschlag gesteckt.«

Muriel musterte sie neugierig. »Verstehe. Und er hat Sie Ärmste losgeschickt, um den Brief abzufangen! Typisch Mann! Ich werde mal ein ernstes Wort mit ihm reden!«

»Bitte nicht!«, rief Polly, ehe sie sich versah. Dann errötete sie und sagte, sie müsse jetzt gehen.

»Polly«, sagte Muriel lachend, »Sie werden ja rot. Man könnte meinen, Sie hätten einen Liebhaber!«

Ich wünschte, diese Frau würde sich nicht ständig in die Angelegenheiten anderer Leute mischen, murmelte Polly zwischen den Zähnen, als sie Richtung Dorf weiterging. Hat sie denn keine anderen Sorgen, als dauernd zu beobachten, was ihre Nachbarn tun und lassen? Kein Wunder, dass ihr Verlobter sie sitzen gelassen hat!

Im Dorf kam ihr Rorys Wagen entgegen. Erfreut blieb sie stehen und winkte. Doch er sah sie nicht. Starr blickte er auf die Straße und achtete nicht auf die winkende Frau auf dem Gehweg. Er war vollauf damit beschäftigt, über das Problem nachzudenken, ob das Programm, das er installieren wollte, auf dem Hauptspeicher oder dem erweiterten Speicher laufen sollte, und, noch wichtiger, ob er deswegen den ANSI.SYS-Treiber löschen müsste, denn das würde ihm das Herz brechen.

5. Kapitel

Während der nächsten Tage wurde das Wetter merklich besser. Am Sonntag war es schön, sogar warm, und die milde Luft roch nach Frühling. Die Osterglocken waren fast schon verblüht, nur an kühlen Stellen prangten sie noch in leuchtendem Gelb. Polly spürte die Freude, die in der Luft lag, hörte die Vögel singen, empfand die Hoffnung, die der Frühling mit sich brachte.

Und dann fiel ihr ein, dass heute der verhängnisvolle Tag war. Aber vielleicht würde die dumme Anzeige ja erst in der nächsten Ausgabe erscheinen. Gott sei Dank war sie anonym. Wenigstens etwas.

Sie versuchte Jason dazu zu bewegen, sie in die Kirche zu begleiten. »Ich will aber nicht!«

»Du gehst mit. Ich lasse nicht zu, dass meine Kinder wie Heiden aufwachsen!«

»Was ist schon dabei, wenn man ein Heide ist? Die sind immerhin intelligent.«

»Warum intelligent?«

»Weil der Quatsch, den sie uns weismachen wollen, vollkommen unwahrscheinlich ist, Mutterherz. Tauben schwängern nun mal keine Jungfrauen, und Tote stehen nicht wieder auf!«

Polly ließ sich auf keine Diskussion ein. Sie erteilte einen Befehl: »Ab in die Kirche!«

»Nein!«

Also ging Polly allein. Die Kirchgänger waren farbenfroh gekleidet, das Sonnenlicht strömte durch die Buntglasfenster herein, Orgelklänge erfüllten den Raum. Polly sagte mechanisch die Erwiderungen auf, betete aber nicht.

»Ich bin müde«, flüsterte Polly, als müsse sie sich gegen den leisen Vorwurf verteidigen, der sich in ihr Bahn zu brechen drohte. »Ich bin dumm und ich bin müde.«

Bei Kinlan's kaufte sie die *Sunday Times* und ging nach Hause. Laura Flanagan war mit ihrem Hund unterwegs und blieb stehen, um mit Polly zu plaudern. Was für ein schöner Tag, das ideale Wetter für einen Ausflug aufs Land, verkündete sie mit fröhlicher Stimme. Lauras Herablassung war anders geartet als Muriels. Muriel wirkte einfach aufgrund ihrer Ausstrahlung überlegen, obwohl sie im Grunde kein bisschen arrogant war. Sie hatte einen Punkt erreicht, an dem Geld und alles, was für Geld zu haben war, keine Bedeutung mehr hatte.

Laura hingegen gab sich herablassend, weil sie es nötig hatte. Schließlich war sie die Tochter eines Arztes und die Witwe eines Steuerberaters. Ihr Vater hatte ein Haus und eine große Praxis in der Upper Mount Street besessen, und damals hatte sein Berufsstand hohe Achtung genossen.

»Wir hatten ein Häuschen in den Bergen... Eines Abends im September ist es niedergebrannt, nachdem wir heimge-

fahren waren. Der Rauchfang war nicht in Ordnung, und die heiße Asche hat die Dachsparren in Brand gesetzt!«
Polly bemerkte, wie nett es sein müsse, ein Wochenendhaus auf dem Lande zu besitzen, da habe Laura wirklich Glück gehabt. Diese quittierte das mit offensichtlicher Genugtuung.
Als Polly wieder zu Hause war, schlug sie die Zeitung auf, suchte die Seite mit den Heiratsannoncen und fand ein fett gedrucktes Inserat, in dem es hieß: »Freundliche Dame, warmherzig, intelligent und gebildet, möchte ebensolchen Mann (45+) kennen lernen. Zuschriften bitte mit Bild unter Chiffre 1287.«
Polly starrte die Anzeige an. Dann fing sie an zu lachen und schlug sich die Hand vor den Mund.
Mein Gott, dachte sie, jetzt bin ich schon so weit, dass ich über die Zeitung einen Mann für mich suche. Und das alles ist nur passiert, weil ich die Nase voll hatte und einen Umschlag in den Briefkasten gesteckt habe. Eine kleine Geste mit unverhältnismäßig bizarren Folgen.

Peter kam in die Küche geschlurft. Er war noch im Bademantel, da er gerade erst aufgestanden war.
»Worüber kicherst du denn so, Mama?«
»Über nichts«, erklärte Polly und legte die Zeitung beiseite. Das Telefon klingelte. Da Peter keine Anstalten machte, seine Cornflakes stehen zu lassen, ging Polly selbst auf den Flur und nahm ab.
»Könnte ich bitte mit Jason sprechen«, forderte eine gebieterische weibliche Stimme.
»Einen Augenblick.«

»Jason«, rief Polly, erhielt aber keine Antwort. »Jason!«, rief sie noch einmal, diesmal etwas lauter.
»Der Pickelsack ist weggegangen«, ließ sich Peter mit vollem Mund aus der Küche vernehmen.
»Ich fürchte, er ist nicht da«, sagte Polly ins Telefon.
»Wann kommt er wieder?«, wollte die Anruferin wissen.
»Ich weiß es nicht. Kann ich etwas ausrichten?«
»Sagen Sie ihm, Veronica hat angerufen.«
»In Ordnung.«
Als sie aufgelegt hatte, sagte Polly gereizt zu Peter: »Warum kannst du dich nicht mal vom Fleck rühren? Du gehst nie ans Telefon, sitzt immer nur da wie ein Pascha!«
»Tut mir Leid, Mama, meine alte Kriegsverletzung macht mir grad wieder zu schaffen!«
Polly machte eine ärgerliche Handbewegung.
Rory saß im Esszimmer am Computer. Polly brauchte gar nicht erst nachzusehen, denn sie hörte das Klicken der Tastatur. Sie ging wieder in die Küche. Peter hatte inzwischen Cat hereingelassen und fütterte sie gerade.
»Ich habe ihr schon was zu fressen gegeben, bevor ich in die Kirche gegangen bin«, erklärte Polly. »Sie wird noch so fett, dass sie platzt.«
»Es wäre sicher ein interessanter Anblick«, meinte Peter, »wenn Fell und Haare so durch die Gegend fliegen würden. Cats Überreste an den Küchenwänden…« Er kitzelte sein Haustier am Kinn. »Das tust du doch nicht, oder, Dickerchen? Und wie geht es dir heute, liebste Mutter?«
Polly wusste, dass er als nächstes um einen Vorschuss auf sein Taschengeld bitten würde. Sie schätzte, dass sie ihm, wenn sie all seine bisherigen Vorschüsse zusammenzählen

würde, bis zur Jahrtausendwende überhaupt kein Taschengeld mehr zu zahlen bräuchte.
»Kann ich mir zehn Pfund von dir borgen?«
»Und wann gedenkst du sie wieder zurückzuzahlen?«
Peter lächelte. Früher hätte er auf ihren Tonfall mit einer groben Antwort reagiert. Aber inzwischen wusste er um die Zauberwirkung von Charme.
»Ich werde dir als Sklave zu Diensten stehen!«
»Jetzt hör aber auf!«, rief Polly. »Versuch dich lieber daran zu gewöhnen, dass ich kein Goldesel bin!«
Peter ließ den Kopf hängen. »Ich weiß. Als nächstes sagst du mir, dass du knapp bei Kasse bist. Aber ich verspreche dir hoch und heilig, dass ich alles bis auf den letzten Heller zurückzahle!«
»Ich will es gar nicht zurück«, entgegnete Polly. »Ich möchte nur, dass du endlich selbstständig wirst und uns nicht mehr auf der Tasche liegst.«
»Das kannst du haben. Und zwar schon sehr bald!«
»Gut«, sagte Polly. Ich kann einfach nicht den Mund halten, dachte sie selbstkritisch.
»Und komm mir nicht auf die Idee, deinen Vater auch noch um Geld anzugehen«, fügte sie hinzu. Peter versuchte das hin und wieder. Seine Sprüche taten bei beiden Eltern ihre Wirkung, und auf diese Weise gelang es ihm nicht selten, seine Einnahmen zu verdoppeln.
»Hackende Hobbits soll man nicht stören«, bemerkte Peter nachsichtig und schaufelte sich eine Ladung Cornflakes in den Mund. »Außerdem würde er mich sowieso nicht erkennen!«
Jason kam zur Hintertür herein. Er musterte seine Mutter

vorsichtig, da er fürchtete, dass er mit seiner Weigerung, sie in die Kirche zu begleiten, in Ungnade gefallen war.

»Wo warst du?«, fragte Polly kühl.

»Draußen.«

»Was du nicht sagst! Geht es noch ein wenig genauer?«

»Ich war nebenan bei Sharon und Mark. Sie sind völlig fertig… Wags ist verschwunden!«

»Das ist aber traurig«, meinte Polly. »Bist du sicher, dass Cat ihn nicht gefressen hat?«

Jason lachte unwillkürlich. Cat lag zusammengerollt in ihrem Korb und sah verdächtig dick aus.

»Sie vertilgt alles, was ihr unterkommt. Ich glaube, ästhetisches Empfinden allein kann sie nicht davon abhalten…«

»Du bist heute Morgen ausgesprochen witzig, Mama«, sagte Peter mit vollem Mund. »Was ist nur in dich gefahren?«

»Der Frühling!«, erwiderte Polly. »Früher war ich jung und albern. Und jetzt bin ich alt und albern!«

»Erstaunlich«, meinte Peter, »was die Zeit so alles anrichtet!«

Jason, der fand, dass er nicht ausreichend beachtet wurde, mischte sich ein: »Morgen haben die Zwillinge Geburtstag!«

»Und ich in drei Wochen«, sagte Peter. »Ich erwähne es nur, damit es nicht irgendwie in Vergessenheit gerät!«

Er lehnte sich zurück und wischte sich den Mund mit einem übergroßen Taschentuch ab. »Erinnerst du dich noch an den Tag, als ich geboren wurde, Mama?«

»Ach«, sagte Polly, »an den Morgen erinnere ich mich gut. Die Sonne schien hell ins Krankenzimmer. Ich fragte die

Schwester, ob ihr die Lust auf eigene Kinder vergangen sei wenn sie täglich mitbekam, was die Frauen bei der Geburt alles durchmachten. Aber sie sagte: Überhaupt nicht – die Schmerzen sind so schnell vorbei, und warten Sie ab, was Sie dann haben!« Sie sah Peter an. »Ich warte immer noch!«

»Mama«, meinte Peter, »ich möchte mich ja nicht selbst loben, aber du hast einen wunderbaren Sohn. Er ist eins siebenundachtzig groß, hat einen Brustumfang von 112, kann 115 Kilo drücken...«

»Und ist in der Lage, einen mit nur drei Sätzen zu Tode zu langweilen«, ergänzte Jason und wandte sich zur Tür.

»Warte, Jason«, rief Polly ihm nach, »es hat jemand für dich angerufen, ein Mädchen; sie heißt Veronica!«

Jason blieb unten an der Treppe stehen und nickte, als wäre diese Information nicht besonders interessant für ihn.

»Wer ist diese Veronica überhaupt?«, fragte Polly Peter, als Jason nach oben verschwunden war.

»Eine Mieze, die er vor ein paar Wochen in einem Nachtklub kennen gelernt hat.«

»Hast du sie gesehen?«

»Klar.«

»Ist sie nett?«

Peter zuckte die Achseln. »Sie ist in Ordnung.«

»Was heißt das?«

»Das heißt, es kann ihm nichts passieren, solange sie sich nicht auf ihn setzt!«

»Du meinst, sie ist stark?«

»Kommt drauf an, was du unter ›stark‹ verstehst. Sie wiegt ungefähr zwei Zentner.«

»Das arme Mädchen«, murmelte Polly. »Babyspeck kann wirklich ein Problem sein.«

»Sie ist kein Kleinkind, Mama. Sie ist ein ausgewachsenes Weib.«

»Wie alt ist sie denn?«

»Keine Ahnung … so um die dreißig?«

Polly sah ihn entgeistert an. »Lieber Himmel, mein Baby!«

Wieder klingelte das Telefon. Diesmal ging Peter ran. »Oh, hallo, Veronica«, sagte er. »Ich schau' mal nach, ob er da ist.«

Polly sah, wie sich Jason über das Treppengeländer beugte. Er schüttelte vehement den Kopf und wirkte wie jemand auf der Flucht.

»Oh, tut mir Leid, sieht so aus, als wäre er ausgeflogen«, erklärte Peter höflich. »Ja, ich sage ihm, dass du angerufen hast. Ich weiß nicht, ob er schon gehört hat, dass du versuchst ihn zu erreichen. Okay, gib mir deine Nummer, und ich sorge dafür, dass er sie kriegt.« Er notierte die Nummer und legte auf.

Jason, du kleiner Scheißer, schalt dein Hirn ein, bevor du Leute anquatschst!«, zischte er seinen Bruder an, der immer noch oben an der Treppe stand.

Jason machte ein finsteres Gesicht. Seine Pickel leuchteten im Sonnenlicht, das durchs Flurfenster hereinfiel. »Ich kann doch nichts dafür, wenn mich die Frauen unwiderstehlich finden!«

Polly trat auf den Flur und schaute zu Jason hinauf.

»Ist diese Veronica aufdringlich?«, wollte sie wissen. »Ich werde ihr was flüstern, wenn sie das nächste Mal anruft.«

Jetzt wurde Jason böse. »Nein, Mama. Damit werd' ich schon allein fertig!«

Polly versuchte, ihr Entsetzen nicht zu zeigen. Sie wusste inzwischen nur allzu gut, dass, wo die Ränke des Schicksals nicht verfangen, einen immer noch die eigenen Kinder zu Fall bringen können.

»Jason, du bist ein unerträglicher Pickelsack«, erklärte Peter. »Aber wenigstens liegt meine Zukunft noch vor mir, du alter Knacker!«

Peter plusterte sich auf. »Ich sehe schon, du schreist nach einer Tracht Prügel!«

»Hört auf«, mahnte Polly. Sie ging wieder in die Küche, griff nach der Beilage der *Sunday Times* und betrachtete noch einmal die Anzeige der freundlichen Dame, warmherzig und intelligent, die im Grunde nur einen Menschen suchte, mit dem sie sich auf einer Ebene wusste und mit dem sie endlich einmal vernünftig reden konnte.

Muriel rief bei Claire an, ihrer alten Freundin, die in England lebte.

Aber Claire war mit ihrem Mann zu einem Kurzurlaub nach Schottland gefahren. Ihre älteste Tochter Annabelle meldete sich.

»Mama und Papa sind unterwegs«, sagte sie. »Morgen sind sie wieder zu Hause.«

»Wie geht's dir, Annabelle? Erinnerst du dich noch an mich?« Das Mädchen zögerte. »Natürlich nicht«, fügte

Muriel hinzu. »Du warst noch ganz klein, als ich dich zuletzt gesehen habe. Wie alt bist du jetzt?«

»Zwölf«, antwortete Annabelle schüchtern.

Muriel machte noch ein wenig Konversation, bat Annabelle, ihren Eltern schöne Grüße zu bestellen, dann legte sie auf. Zwölf, dachte sie, beinahe schon ein Teenager. Beinahe eine Frau. Sie wusste nicht, wer ich bin. Wie sollte sie auch? Muriel blickte aus dem Fenster auf die Sackgasse hinaus. Sie sah einige der jungen Leute, die vor ein paar Jahren noch Babys gewesen waren, lachend vorbeischlendern. Bevor man weiß, wie einem geschieht, ging es ihr durch den Kopf, gehört die Welt, die man für die eigene gehalten hat, anderen Menschen, der lebenshungrigen jungen Generation. Und dann dachte sie, von jäher Angst überwältigt: Habe ich mein Leben etwa schon hinter mir?

6. Kapitel

Gegen Ende der folgenden Woche erhielt Polly die ersten Antworten auf ihre Anzeige in der *Sunday Times*. Der große braune Umschlag mit der Aufschrift »Privat und vertraulich« fiel am Freitag vormittag um elf Uhr auf ihren Fußabstreifer. Sie sah ihn an, fragte sich im ersten Moment, um was es sich dabei wohl handeln könnte, und erkannte erst beim Öffnen erschrocken, was sie da eigentlich in der Hand hielt. Sie fand die Situation lächerlich. Es waren vier Briefe, die an ihre Chiffrenummer adressiert waren. Sie griff nach einem Messer, schnitt den ersten auf, der ihr in die Finger kam, und nahm den Briefbogen ungläubig heraus.

> Hallo,
> Sie hören sich an wie eine Frau, die mir gefällt. Freundlich! Frauen sollten freundlich sein. Ich lege ein Bild von mir mit meinen Kumpels bei (ich bin der in der Mitte). Wenn Sie mich anrufen wollen, erreichen Sie mich unter der unten genannten Nummer. Fragen Sie einfach nach Fred.

Es folgte eine Telefonnummer.

Polly sah sich das Foto an. Fred war dick. Er grinste, trug ein kurzärmeliges Hemd und hatte eine Tätowierung auf dem Unterarm. Seine Kumpel hielten Biergläser in der Hand und vermittelten den Eindruck, als würden sie, wenn ihnen jemand zu nahe kam, erst zuschlagen und dann Fragen stellen.

Der zweite Brief trug die Handschrift eines gebildeten Menschen. Das beigelegte Foto zeigte ein glattrasiertes Gesicht mit Brille und ernstem Ausdruck. Der Mann schrieb, er sei geschieden und liebe Violinmusik. Polly schaute sich das Bild genauer an, sah den schwachen Mund, das fliehende Kinn, die großen empfindsamen Augen.

Der dritte Umschlag enthielt das Bild eines alten Esels mit Brille. Sein Brief war kategorisch.

»Ich will Sie sofort hier bei mir haben«, schrieb er. »Sie werden mit meinen Kindern hier im Haus leben. Ich weiß, sie werden Sie mögen.«

Die Handschrift war unsicher. Die Adresse war nachträglich in die linke untere Ecke gesetzt worden. Polly betrachtete das Gesicht auf dem kleinen Foto, den verwirrten Ausdruck, als hätten ihn die Ereignisse überrannt und nun müsse er sich erst mühsam orientieren. Eine Furcht, die fast an Panik grenzte, ergriff sie, als sie den letzten Briefumschlag aufschnitt. Das Foto war an das steife Briefpapier geheftet. Ein Glatzkopf starrte sie aus hervortretenden Augen an.

»Es ist nicht so schlimm, wie es aussieht«, hieß es in dem Brief. »Die Aufnahme wurde bei schlechtem Licht gemacht.«

In den folgenden Tagen erhielt Polly noch mehr Zuschriften. Es war ein wenig, als würde sie belagert: all diese Männer, die Interesse an ihr zeigten, sie für sich zu erobern suchten. Allmählich fühlte sie sich wie eine Kurtisane, die brieflich umworben wird. Aber es wurde ihr auch klar, dass viele Männer weder so glücklich noch so selbstgenügsam waren, wie sie immer gedacht hatte. Viele von ihnen sprachen von ihrer Einsamkeit; viele schienen sich nach einer festen Beziehung und echter Kameradschaft zu sehnen. Einer von ihnen sprach sogar von der schwer fassbaren verwandten Seele. Ein anderer erklärte, er suche eine liebevolle, ehrliche Frau.

Abends, wenn sie Rorys Hinterkopf betrachtete, während er sich im Cyberspace verlor, dachte sie an diese Männer, die heimlich von Zweisamkeit träumten und nicht wussten, wie sie es anstellen sollten, eine Gefährtin zu finden.

»Nach fünfundzwanzig Jahren habe ich vergessen, wie man eine Frau anmacht«, hatte einer von ihnen geschrieben.

Nach zwanzig Jahren, dachte Polly, wäre es für mich die merkwürdigste Erfahrung auf der Welt, von jemandem angemacht zu werden. Der Gedanke weckte in ihr großes Unbehagen, und sie war froh, dass keiner dieser Männer wusste, wo sie wohnte. Mit großer Erleichterung schlüpfte sie wieder in die Rolle der guten Hausfrau und Mutter, die vor der Welt beschützt wird.

Der einzige Brief, der wirklich etwas in ihr auslöste, traf fast eine Woche später ein.

Liebe freundliche Dame,
ich bin sechsundfünfzig, von Beruf Psychiater, jetzt mehr oder weniger im Ruhestand. Vor zwei Jahren wurde ich Witwer. Nur mit Scheu antworte ich auf eine solche Anzeige, aber Sie hören sich an wie ein echter Mensch. Es wäre mir ein Vergnügen, Sie aufsuchen zu dürfen, wo immer Sie sind.
Wie Sie an meiner Adresse sehen, lebe ich in Wimbledon. Mein Haus ist alt und zu groß für meine Bedürfnisse, aber es hat einen großen Garten, den ich sehr liebe.
Ich habe eine Tochter, die gegenwärtig für eine Anwaltsfirma in New York arbeitet, so dass ich sie nur von Zeit zu Zeit sehe.
Ich spiele Bridge, lese viel, beschäftige mich im Garten und versuche, fit zu bleiben, indem ich mit meinem Hund im Park spazieren gehe. Gelegentlich jogge ich auch. Aber etwas fehlt in meinem Leben – der wichtigste Bestandteil überhaupt! Ich freue mich darauf, von Ihnen zu hören, und wünsche Ihnen von Herzen Glück,

Bernard Whiston

Polly musterte neugierig das Foto. Es war klein und zeigte einen Mann, der in einem Garten saß. Sie trat an Rorys Schreibtisch, holte sein Vergrößerungsglas und schaute sich das Gesicht genauer an. Der Mann hatte eine Halbglatze, aber sein Gesichtsausdruck war kultiviert und freundlich. Er sieht nett aus, dachte Polly, sehr nett sogar. Was vom Garten zu sehen war, gefiel ihr auch – Rosen,

Lupinen und dahinter eine Terrassentür, die ins Haus führte. Dann blickte sie auf ihr eigenes bescheidenes Fleckchen Grün hinaus. Der Rasen musste gemäht werden, und die dicke, runde, egoistische Cat schlief in der Frühlingssonne. Es hatte keinen Sinn, den Garten verschönern zu wollen. Die Jungen spielten nach wie vor Fußball darin, und die hübschen Pflanzen, die sie gern gesät hätte, hätten niemals überlebt. Oje, dachte Polly, ich kann diese Briefe nicht beantworten. Dazu bin ich viel zu feige. Ich habe eine Dummheit begangen. Aber ich werde alles zurückschicken, Briefe, Fotos, alles. Das ist nur fair. Sie ging ins Esszimmer zurück und schaltete Rorys Computer ein. Sie wusste, wie das Textverarbeitungsprogramm funktionierte – zumindest in den Grundzügen –, wie man einen Brief aufsetzte und den Drucker in Gang brachte. Das war die ideale Methode, um ihre Post zu beantworten. Also fing sie an:

> Lieber… (hier setzte sie den entsprechenden Namen ein), vielen Dank für Ihren Brief. Die Anzeige habe ich aus einem dummen Impuls heraus aufgegeben, und ich schicke Ihnen hiermit Ihr Foto zurück. Ich bin überzeugt, dass Sie ein sehr sympathischer Mensch sind.

Sie sah sich den kleinen Briefstapel an und dachte darüber nach, ob sie den Brief unterschreiben sollte. Es kam ihr ein bisschen gemein vor, Menschen dazu zu bringen, einem zu schreiben, und dann nicht einmal einen Namen unter die Antwort zu setzen. Aber meinen richtigen Namen kann ich nicht nennen, dachte sie. Sie überlegte eine Weile und unterschrieb die Briefe dann in einer leichtfertigen Anwandlung mit Concepta.

Sie hatte eine Schulfreundin, die so hieß. Als die Freundin zum Arbeiten nach England ging, hatte sie sich in Carmel umbenannt. Allem Anschein nach wussten die Engländer nicht viel über unbefleckte Empfängnis, und so war sie gelegentlich auf Missverständnisse gestoßen.

Bei dem Brief von dem netten Mann mit Garten in Wimbledon verweilte Polly ein wenig länger. Als sie sein Foto zusammen mit ihrem Antwortbrief in den Umschlag steckte, seufzte sie auf. Aus irgendeinem Grund, sie wusste selbst nicht genau warum, klebte sie ihn nicht gleich zu. Sie holte die Schachtel mit den Briefmarken, frankierte die Briefe und steckte sie in ihre Tasche, um sie später einzuwerfen. Doch als sie im Begriff war, auf den Brief an Bernard Whiston eine Marke zu kleben, fiel ihr plötzlich ein, dass sie am folgenden Wochenende in London sein würde und ihn gleich dort aufgeben konnte.

»Spielt es eine Rolle, von wo aus du ihn wegschickst?«, fragte die leise, sardonische Stimme in ihrem Kopf. Polly antwortete ihr demütig. Es bedeutete einfach nur, dass sie ihre kategorische Absage an Bernard Whiston um ein paar Tage hinauszögern könnte. So bliebe ihrer Phantasie noch ein wenig Spielraum.

Ich vermute, ich habe den Verstand verloren, dachte Polly, als sie ins Dorf ging. Ist es das, was geschieht, wenn man unter Reizentzug leidet? Wird man da ein wenig merkwürdig, um sich selbst etwas Abwechslung zu verschaffen? Die Stimme, die sie als ihr verborgenes zweites Ich erkannte, das in letzter Zeit über sie zu wachen schien und sich hin und wieder mit Zwischenrufen einmischte, flüsterte ihr ein: Wie kann dir jemand irgendetwas verwehren? Du bist erwachsen! Nimm dir, was dir zusteht. Schnapp jetzt bloß nicht über, erwiderte Polly. Was soll ich deiner Meinung nach tun?

Mehr aus Gewohnheit als aus einem echten Bedürfnis heraus ging sie in die Kirche. Das Buntglasfenster über dem Altar leuchtete in alter Symmetrie; auf dem weißen Marmoraltar standen zu beiden Seiten des Mittelteils Bildnisse der Heiligen Jungfrau und des heiligen Joseph. Polly dachte an Jason und seine Bemerkungen. »Tauben schwängern keine Jungfrauen, und Tote stehen nicht wieder auf.« Was sagst du dazu? Fragte sie wortlos den unsichtbaren Geist auf dem Altar. Du kannst dich doch nicht jeglicher Logik widersetzen!

Als die Antwort ausblieb, fügte sie hinzu: Ich vermute, Gott, nüchtern betrachtet, ohne dieses ganze Brimborium, würdest du mit einem Mal ziemlich langweilig wirken.

Beim Verlassen der Kirche traf sie auf Father Brennan, den Gemeindepfarrer. Er war ein dünner freundlicher Mann, ganz in Schwarz gekleidet bis auf den weißen Stehkragen. Frauen gegenüber gab er sich onkelhaft; Polly schätzte er ganz besonders, und sie war sich dessen bewusst. Immer wenn er mit ihr sprach, war ihr klar, dass er sie als leuchtendes Vorbild einer guten Frau sah. Sie empfand sein Wohlwollen als eine Zwangsjacke. Ein Teil von ihr war weiterhin bestrebt, es sich zu verdienen; ein anderer Teil ärgerte sich über die Engstirnigkeit, auf der diese Billigung beruhte. Der Einsiedler, der in einer Höhle lebt,

ging es ihr unverhofft auf, schätzt jene, die es ihm gleichtun.
Hinter ihnen wurde plötzlich eine wütende Stimme laut. Sie drehten sich um und sahen draußen vor den Toren der Kirche Sam Riley stehen, der einen Passanten beschimpfte. Der Passant ging weiter, und Sam ließ sich gegen die niedrige Mauer sinken, hinter der er schließlich verschwand.
Father Brennan seufzte und sagte: »Armer Sam! Eine Tragödie! Aber was soll man machen?« Er schüttelte den Kopf und ging wieder hinein.
Polly trat unterdessen auf die Straße hinaus und wurde sogleich von Sam begrüßt. Offensichtlich betrunken, saß er gegen die Mauer gelehnt auf dem Pflaster. »Hätten Sie ein paar Pence, Ma'am … für eine Tasse Tee?«
Polly suchte in ihrer Handtasche nach Kleingeld. Der Mann tat ihr Leid; er musste einmal gut ausgesehen haben, bevor sein rotgesprenkeltes Gesicht und seine verfilzten Haare ihn als Gescheiterten auswiesen. Es hieß, er sei erst dreißig und seine Familie habe ihn hinausgeworfen. Jetzt lebte er hinter dem Dorf in einem verfallenen Häuschen, dessen Fenster mit Zeitungspapier zugeklebt waren. Sein Mantel wurde von Schnürsenkeln zusammengehalten, sein Gesicht war schmutzig, sein Blick starr.
»Sie kennen doch das Papier, in das man Fisch einwickelt?«, fragte er, als Polly ihm etwas Geld gab. Sie nickte. Es hatte keinen Sinn, Sam zu bitten, sich klarer auszudrücken.
»Ich hatte zwei schöne Dorschfilets darin eingepackt und steckte sie in eine Keksdose, damit die verdammten Vögel nicht rankommen …«

»Oh«, sagte Polly, »ich verstehe.«
»Ich habe die Dose in die Mülltonne gesteckt, sicherheitshalber... aber als ich heute früh rauskomme, ist der Fisch weg!«
»Oh«, wiederholte Polly, »wie schade.«
»Das Papier war ganz zerrissen.«
»Ich verstehe«, versicherte ihm Polly noch einmal.
»Das waren die Katzen«, erklärte Sam und schlug ärgerlich mit der Faust aufs Pflaster, »diese Katzenbiester!«
Sie ging zu Kinlan's, um die Zeitung zu holen. Von Peggy war nichts zu sehen. Nur ihre Mutter, Madge, war im Laden.
»Ziemlich kalt heute«, meinte sie, als sie die Kasse öffnete und das Wechselgeld herausgab. »Man möchte nicht glauben, dass Ostern vor der Tür steht! Unternehmen Sie etwas Schönes an den Feiertagen?«
»Ja, das tue ich. Ich fahre nach London und besuche meine zukünftige Schwägerin!«
»Sie Glückliche! Das wird bestimmt ein netter Urlaub.«
»Und was haben Sie vor, Madge?«
»Machen Sie Witze? Wo ich bald Großmutter werde?«
Madge machte ein verbittertes Gesicht.
»Wie geht es Peggy denn?«, fragte Polly mitfühlend; sie erinnerte sich nur allzu gut an ihre erste Schwangerschaft und die Zeit kurz vor der Geburt.
»Sie ist völlig kaputt.« Im vertraulichen Von-Frau-zu-Frau-Ton ergänzte Madge: »Im letzten Monat ist es immer hart – wenn Sie sich erinnern.«
»Ja, ich erinnere mich nur allzu gut«, sagte Polly. »Ich hatte so die Nase voll, dass ich einen Tag vor Peters Ge-

burt einen kleinen Dauerlauf gemacht habe, es war schon eher ein Sprint. Das hat gewirkt! Kaum war ich wieder zu Hause, setzten die Wehen ein!«

»Mein Gott«, sagte Madge. »Das muss ja was gewesen sein – rennen im neunten Monat!«

»Na ja, als Rennen war es nicht gerade zu erkennen – eher als eine Art Trudeln ...«

»Armes Kind«, sagte Madge mit leiser Stimme, »sie hat keine Ahnung, was ihr bevorsteht!«

»Heutzutage ist das nicht mehr so schlimm«, murmelte Polly. »Da gibt es doch diese neumodischen Methoden, Epiduralanästhesie und das alles.«

»Es ist die Hölle«, beharrte Madge, »neumodische Methoden hin oder her! Und welchen Dank bekommen wir dafür?« Sie verstummte, als ein Kunde mit seinem Korb voller Lebensmittel an die Theke kam. »Guten Tag, Mr. Cassidy«, sagte sie, das Thema wechselnd, »wie geht's denn so? Sie sehen richtig frisch und gesund aus!«

»Ach, gehen Sie, Madge ...«

Polly trat auf die Straße hinaus. Es war still, abgesehen von ein paar Autos unten an der Kreuzung, die zur Umgehungsstraße führte.

Früher war das Dorf an der Hauptstraße gelegen. Damals erstickte es fast im Verkehr und in den Abgasen. Aber jetzt hätte es wieder dem letzten Jahrhundert angehören können, in dem es gebaut worden war, so ruhig war es hier – tagsüber wenigstens, bevor die Pendler aus der Stadt in die Siedlung zurückkehrten.

Ich bräuchte ein paar neue Kleider für London, dachte Polly vergnügt, stellte sich das bevorstehende Wochen-

ende vor, die Fahrt zum Flughafen, die Landung in London, die neue Welt, in die sie am Wochenende mit der raffinierten Michelle eintauchen würde. Da kann ich doch nicht aussehen wie eine Landpomeranze.
Sie überschlug, wie viel sie noch auf dem Konto hatte, und stellte seufzend fest, dass die Lage nicht rosig war; sie hatte es bereits überzogen.
Wenigstens gab es noch die Kreditkarte. Doch wenn man die in Anspruch nahm, musste man Zinsen zahlen, und durch ihre Annonce in der *Sunday Times* hatte sie ihre Finanzen schon genug strapaziert.
Oh ihr Gesetzgeber, dachte sie; wenn ihr uns doch nur ein bisschen weniger Steuern abknöpfen würdet, könnten normale Leute wie Rory und ich halbwegs ordentlich leben. Polly wusste, dass sie steuerlich benachteiligt wurden, weil sie nicht von Rechts wegen verheiratet waren. Eheleute bekamen Steuerfreibeträge; Alleinstehende erhielten zwar auch Freibeträge, aber das lief nur dann auf das gleiche hinaus, wenn beide ein eigenes Einkommen hatten.
Sie stellte ihre Einkäufe in der Küche ab und sah nach, ob die Kreditkarte in ihrer Geldbörse steckte.
Im Bad betrachtete sie sich im Spiegel, sah ihren nervösen Gesichtsausdruck. Ich mache mich schon noch, dachte sie. Ich muss. Ich kann doch nicht mein Leben lang aussehen wie eine Gestalt aus *Puh, der Bär*. Ich bin vierundvierzig, und jetzt ist der richtige Zeitpunkt für eine Metamorphose.

Sie nahm einen Bus in die Stadt. Weil der Bus vor ihnen eine Panne hatte, stiegen auf halbem Weg weitaus mehr Leute zu als sonst, unter anderem eine ältere Frau. Es war kein Platz mehr frei, und Polly, die auf der Bank vorne im Bus saß, rückte ein Stück gegen die gläserne Abtrennung, um zwischen sich und ihrem Nachbarn Platz zu schaffen. Aber es reichte nicht.

»Entschuldigen Sie«, sagte sie zu dem Mann neben ihr, der in die andere Richtung hätte rücken können, »würden Sie etwas Platz machen, damit sich die Dame hinsetzen kann?«

»Sie sind wohl nicht gescheit«, erwiderte dieser in breitestem Cork-Dialekt, »ich lasse mich doch nicht herumschubsen.« Er presste die Lippen aufeinander und drückte das Kinn gegen die Brust, um zu beweisen, dass er sich nichts gefallen ließ.

Polly drückte sich noch weiter in die Ecke und bedeutete der älteren Frau, sich zu setzen. Das tat diese auch, saß zunächst sehr unbequem, aber dann zunehmend entspannter, als Polly halb von ihrem Sitz rutschte, um Platz zu machen. Gegenüber saß eine Frau in einem blauen Anorak, die den Mann, der sich nicht herumschubsen ließ, unaufhörlich wütend anstarrte.

Als der Bus das Stadtzentrum erreichte, stieg die Frau im Anorak aus. Auf der obersten Stufe blieb sie stehen, fixierte den unfreundlichen Mann und rief: »Möge Gott Ihrer Mutter verzeihen, dass sie Ihnen so einen fetten Arsch mitgegeben hat!« Die anderen Fahrgäste gaben sich kaum Mühe, sich das Lachen zu verbeißen. Der Mann wurde rot. Polly kicherte in sich hinein. In Dublin braucht man wirklich nicht ins Theater zu gehen, dachte sie. Eine Fahrt mit dem Bus tut's auch!

Doch bei ihrem Einkaufsbummel fand Polly nichts, was ihr passte und gefiel. Bin ich dicker und älter und immer fürchterlicher geworden?, fragte sie sich. Wie kommt das nur? Ich esse doch nicht viel. Nur hie und da einen Happen. Ab und zu ein Stückchen Kuchen. Das kann doch nicht so viel ausmachen.

»Kauf dir eine verdammte Kalorientabelle«, riet die neue Stimme in ihrem Kopf.

Wofür brauche ich eine Kalorientabelle?, fragte Polly zurück.

»Damit du endlich anfängst zu leben!«

Ich muss diese blödsinnige innere Stimme loswerden. Vielleicht bin ich verrückt.

»Du bist nicht verrückt«, meinte die Stimme. »Noch nicht.«

Polly schlenderte durch den Glaspalast des Stephen's Green Einkaufszentrums, als sie spontan beschloss, einen Lottoschein auszufüllen. In der Mitte der Halle war ein Lottostand, vor dem sich eine kleine Warteschlange gebildet hatte. Wieder ein Pfund vertan, dachte sie, während sie die Zahlen ankreuzte; aber wer nichts wagt und so weiter...

Sie wählte zwei Zahlen willkürlich, dann die 21 für ihre Ehejahre und die 14 und 15 für ihre und Susies Hausnummern. Bevor sie sich für die letzte Zahl entschied, überlegte sie kurz.

Sollte sie die 20 oder die 30 ankreuzen? Keine von beiden,

entschied Polly. Ich nehme die 1. Das ist schließlich eine absolut einzigartige Zahl.
Dann gab sie ihren Schein ab.

Als Polly an diesem Abend aus dem Bus stieg, traf sie Muriel im Dorf und nahm ihr Angebot an, sich in dem hellblauen Aston Martin mit den schwarzen Ledersitzen nach Hause bringen zu lassen.
»Haben Sie sich etwas Hübsches gekauft?«, fragte Muriel aus ihrer Duftwolke heraus.
»Ach, nichts Besonderes … nur eine Hose und ein Top bei Dunne's Stores.«
Muriel erwiderte nichts, als fände sie Polly bemitleidenswert.
»Kein übler Tag heute«, meinte Muriel dann. »Sieht aus, als würden wir schöne Ostern bekommen!«
Polly warf einen Blick auf Muriels blutrote Fingernägel, ihre steife Frisur, ihr blasses Gesicht. Sie sollte keine so helle Grundierung nehmen, dachte Polly in einer Anwandlung von Sympathie. So sieht sie aus wie ein Toter auf Urlaub.
»Geht es Ihnen gut, Muriel? Sie sind so blass.«
Muriel sah sie an; ihre Augen waren merkwürdig, die Pupillen geweitet und voller Schmerz. Mit einem Mal hatte Polly das Gefühl, dass sie in diesen Augen Dimensionen sah, von denen sie nichts geahnt hatte.
»Natürlich geht es mir gut, Polly. Was reden Sie nur!«
Polly verstummte. Als der Wagen hielt, stieg sie aus und bedankte sich. Sie fühlte sich ein wenig unsicher, als hätte sie einen unzulässigen Blick in einen privaten Bereich er-

hascht, in die Welt jenseits der Illusion, in die Welt der alten Verletzungen.

Später am Abend kam Susie vorbei. Sie brachte Wags mit, der unversehrt von seinem Abenteuerurlaub zurückgekehrt war und nun gehorsam im Flur saß. Cat war in der Küche und fauchte, als sie ihn erblickte, aber Polly schloss einfach die Tür.

Susie musterte Pollys neue beige Hose, machte ihr aber kein Kompliment.

»Schwarz macht schlanker«, bemerkte Peter, »aber sie ist sehr hübsch, Mama, du füllst sie gut aus!«

Oh Gott. Laut sagte Polly: »Wenn man deinen Gesichtsausdruck so sieht, könnte man meinen, ich sehe wie ein Walross aus.«

»Nein, nicht direkt wie ein Walross, Mama… Ich dachte eher an einen wohlgerundeten Delphin…«

Peter wartete auf einen Klaps mit dem Geschirrhandtuch oder ein anderes Zeichen, dass sie ihm den Scherz nicht übel nahm. Aber Polly machte keine Anstalten dazu. Sie wandte sich nur ab und kämpfte gegen die Traurigkeit an, die sie jäh überfallen hatte.

Sie ging ins Wohnzimmer, und Susie folgte ihr; voller Mitgefühl blickte sie in das angespannte Gesicht ihrer Freundin.

»Schau, warum machst du nicht einfach eine Diät, Polly? Du bist doch nicht fett. Du würdest dich nur wohler fühlen, wenn du ein paar Pfund runter hättest. Ich habe dieses Zeug daheim, das Fergus benutzt – Svelte heißt es. Damit fühlt man sich satt, und es unterdrückt den Appetit!«

»Ich habe gar keinen echten Appetit. Mein Appetit beruht auf purer Langeweile!«

»Hast du dich für die Stelle im öffentlichen Dienst beworben?«

»Klar… wo ich doch so große Chancen habe!«

»Sei nicht so negativ. Du brauchst etwas, das dich beschäftigt!«

Als beide schwiegen, war das Klicken von Rorys Tastatur deutlich zu hören.

»Sitzt er immer vor dem Kasten?«, fragte Susan gereizt.

»Ja«, seufzte Polly. »Der ist viel interessanter als ich.«

»Gestern habe ich dich in Muriels Wagen gesehen. Hat sie dich von der Stadt nach Hause gebracht?«

»Nein, nur vom Dorf.«

»Ich nehme an, sie war nüchtern?«

»Ich denke schon… Warum? Trinkt sie?«

»Keine Ahnung. Ich könnte nur schwören, dass ich sie kürzlich habe herumtorkeln sehen.«

»Sie tut mir Leid«, sagte Polly. »Ich glaube, sie ist einsam. Schade, dass ihre Verlobung in die Brüche gegangen ist… Ich weiß, es ist lange her, aber…«

»Einsam! Mit ihrem ganzen Geld! Du machst wohl Witze! Sie muss nicht einsam sein!«

Polly seufzte. »Ich weiß nicht. Ich habe nur das Gefühl, dass es ihr nicht gut geht.«

»Was sie bräuchte, ist eine Bande Teenager. Dann hätte sie etwas anderes im Kopf als ständig nur ihre blutroten Krallen, ihre Kaschmirmäntel und dieses neue Auto!«

»Ach, sei doch nicht so ungerecht«, gab Polly zurück. »Letztendlich sollten wir uns für sie freuen. Es ist schön zu sehen, dass es in diesem Leben jemand zu etwas bringt!«

Susie zuckte die Achseln. »Ich weiß, dass ich eine dumme Kuh bin. Aber ich sterbe vor Neid. Ich sehe diese hochnäsige Frau, die noch keinen Tag ihres Lebens gearbeitet hat und trotzdem alles hat, was man für Geld nur kaufen kann. Und dann besitzt sie noch die Frechheit, ihre ganze Umgebung herablassend zu behandeln …«

»Ich finde nicht, dass sie herablassend ist! Vielleicht ist es nur ihre Art.«

Susie machte ein finsteres Gesicht. »Nein. Sie lehnt sich zurück, lässt es sich gut gehen und beobachtet, wie wir übrigen uns durchs Leben wurschteln!«

»Ach, Susie …«

»Nimm nicht ernst, was ich sage! Heute Abend habe ich die Schnauze voll! Ich hatte Streit mit Fergus.«

»Oh!«

»Er glaubt, ich treffe mich mit Willy Penston!«

»Und? Tust du es?«

»Eigentlich nicht. Ich habe mir nur seine neue Wohnung mit ihm angesehen … draußen in Dalkey! Ich war einfach neugierig, Polly!«, fügte sie unsicher hinzu. »Ich wollte eben wissen, wie sie ist …«

Polly brachte Susie ans Gartentor, sprach dort noch eine Weile mit ihr und ging dann ins Haus zurück. Auf dem Flur traf sie Peter.

»Ich habe nicht gemeint, dass du wie Flipper aussiehst, Mama«, sagte er verlegen. »Du siehst wunderbar aus …«

Polly zog es vor, die Bemerkung zu überhören. »Wo ist dein Bruder hingegangen?«

»Das Pickelgesicht trifft sich mit Veronica!«
»Hör auf, ihn so zu nennen! Das ist nicht schön! Und wer ist Veronica?«
»Das Mädchen, das ihn ständig anruft, natürlich. Ich soll dir ausrichten, dass es bei ihm spät wird.«
»Verstehe.«
Polly stellte sich das Zweizentnermädchen und ihren kleinen Jason zusammen vor. Plötzlich wurde ihr klar, wie sich das Leben veränderte, wie es verschiedene Gestalten annahm, neue Kapitel aufgeschlagen wurden, und dass man nicht mehr mitkam, den Anschluss verlor, wenn man sich an ein bereits abgeschlossenes Kapitel klammerte. Ihr Baby war jetzt ein junger Mann. Nun ja, noch nicht ganz, aber fast.
Sie ging ins Esszimmer und sagte zu Rorys Hinterkopf: »Jason ist mit irgendeinem Mädchen ausgegangen. Hat er gesagt, wann er wiederkommt?«
»Hmm?«, sagte Rory und ließ seine Finger über die Tastatur huschen.
Polly wiederholte ihre Frage. Rory hatte keine Ahnung, wann Jason heimkommen wollte. »Er ist erwachsen, Polly, in Gottes Namen!«, sagte er gereizt.
Polly stand hinter ihm und beobachtete eine Zeit lang den Monitor. »Er ist noch nicht erwachsen ... aber er wird flügge«, sagte sie, mehr zu sich selbst als zu ihm. Dann fügte sie mit leiser Stimme hinzu: »Alles ändert sich. Ich sollte mich auch ändern, aber ich habe Angst davor!«
Sie erwartete keine Antwort darauf, aber plötzlich sagte Rory völlig gelassen, ohne sich umzudrehen: »Das Schlimme am Leben ist, dass es dich zerstört, wenn du

nicht deinen Mut zusammennimmst und dich ihm stellst.«
Nachdenklich, wie immer, wenn Rory unverhofft eine tiefsinnige Bemerkung machte, ging Polly in die Küche. Ach Rory, dachte sie, wie ich dich lieben könnte, wenn du es nur zulassen würdest, wenn du mir Raum geben würdest, nur ein bisschen, damit ich einen Fuß in die Tür bekomme. Aber du treibst es noch so weit, dass ich entweder zerbreche oder eine andere werden muss. Und beides bedeutet das Aus für uns.
Plötzlich rief Rory: »Polly, eins wollte ich dich noch fragen … da ist so ein komischer Posten auf der Kreditkartenabrechnung, um die siebzig Pfund …«
»Oh, das ist nur so eine Versandhausabbuchung«, entgegnete Polly hastig.

Muriel ließ Sable, ihre Katze, herein und setzte sich in ihrer geräumigen Holzküche zu einem spartanischen Abendessen. Das Licht der Dämmerung erfüllte den Raum und den kleinen Küchengarten draußen vor dem Fenster, wo sie im Sommer gerne saß, las oder strickte, gelegentlich auch von der Vergangenheit träumte. Ich sollte nicht soviel an die Vergangenheit denken, sagte sie sich. Vor mir liegt nur die Zukunft; sie ist das einzige, mit dem ich mich befassen sollte. Aber so oft sie sich diesen klugen Satz auch vorsagte, sie konnte ihn nicht in die Praxis umsetzen.
Wenn ich wenigstens mit jemandem darüber reden könnte, flüsterte sie. Welch eine Erleichterung wäre das. Aber mit wem? Claire war in England, hatte mit ihren Kin-

dern alle Hände voll zu tun, hielt zwar noch Kontakt, aber nur gerade eben. Wahrscheinlich würde sie später zurückrufen, weil Annabelle ihr ausrichten würde, dass Muriel angerufen hatte. Aber vielleicht auch nicht. Ein Zitat aus *Macbeth* war ihr tagsüber in den Sinn gekommen. Vor Jahren hatten sie das Stück in der Schule durchgenommen; seine Dramatik und seine Sprache hatten ihr gefallen, einiges daraus war ihr im Gedächtnis haften geblieben. Jetzt versuchte sie sich an das Zitat zurückzuerinnern.

Die gesammelten Werke Shakespeares standen im ehemaligen Studierzimmer ihres Vaters. Es war das einzige Zimmer im Haus, das sie nicht hatte renovieren lassen. Nach seinem Tod war es nicht mehr benutzt worden. Tür und Fensterläden blieben verschlossen.

Sie suchte nach dem Schlüssel, fand ihn in einer Blechdose in der Kommode, wo sie ihn vor langer Zeit verwahrt hatte. Er war schwer, ein solider frühviktorianischer Schlüssel, mit Rostspuren bedeckt. Sie tauchte ein Tuch in Olivenöl und polierte den Schlüssel, dann ging sie damit zur Tür des Studierzimmers und steckte ihn ins Schloss. Zuerst wollte es nicht nachgeben, aber mit sanfter Gewalt ließ sich der Schlüssel dann doch ächzend umdrehen. Die Tür öffnete sich widerstrebend, als sie den Knauf drehte und dagegendrückte. Einen Augenblick später stand sie im Studierzimmer.

Das Gestern roch modrig. Durch die Ritzen der Fensterläden drang ein wenig Licht. Sie schob den Eisenriegel hoch, der sie sicherte, und öffnete sie. Die jähe Helligkeit fiel auf Staubschwaden, Plankton im reglosen, schalen Licht. Das ganze Zimmer wirkte wie erstarrt, gegen jede

Veränderung gefeit. Die Bücherregale, der Ledersessel, der Mahagonischreibtisch, das silberne Tintenfass, der Briefbeschwerer in Gestalt einer Eidechse, alles war noch genauso, wie er es hinterlassen hatte. Auf einem der Regale hinter dem Schreibtisch standen Shakespeares Dramen. Sie trat an das Regal, eine zu lebenslanger Haft Verurteilte, die ihr Recht auf Selbstbestimmung einforderte, und nahm das Buch heraus.

»Komm her, Kind.«

Die Stimme ihres Vaters. Sie sah die Spuren, die seine Finger auf dem staubigen Einband hinterlassen hatten. Sie kannte dieses Wispern – einschmeichelnd, herrisch, getränkt mit ihrer Schuld.

»Nein, Daddy … bitte … bitte …«

Sie griff nach dem Buch. Ihre Knöchel knackten. Sie stand reglos da, nahm das donnernde Pochen ihres Herzens wahr, den Konflikt zwischen Gehorsam und Fluchtimpuls, die Last der vage empfundenen weiblichen Verantwortung für alles und jedes.

»Komm her, Kind!« Dann leise, schmeichelnd: »Ich habe ein paar saure Drops für dich …« Sie hörte, wie die Schublade aufglitt, nahm den männlichen Geruch nach Tabak wahr.

»Nein … ich will dich bewundern können, Daddy …«

Als er noch lebte, hatte sie das nie zu ihm gesagt. Es war ihr ein großes Bedürfnis, ihn zu bewundern. Größer als vieles andere, größer als das nach Liebe.

Irgendwo jenseits der Gartenmauer bellte ein Hund. Muriel verließ das Studierzimmer, zog die Tür hinter sich zu und schloss ab.

»Du musst hier bleiben, Daddy«, flüsterte sie, als sie den Schlüssel umdrehte. »Tut mir Leid, Daddy …« Später, als das Buch abgestaubt und aufgeschlagen vor ihr auf dem Küchentisch lag, fand sie die Stelle, die sie suchte:

> Kannst nichts ersinnen für ein krank Gemüt?
> Tief wurzelnd Leid aus dem Gedächtnis reuten?
> Die Qualen löschen, die ins Hirn geschrieben
> Und mit Vergessens süßem Gegengift
> Die Brust entled'gen jener gift'gen Last,
> die schwer das Herz bedrückt?

Shakespeare wusste Bescheid. War er dort gewesen, in der Hölle des Selbsthasses, versklavt von der Unfähigkeit, sich selbst zu verzeihen?
Sie spürte, wie die Kopfschmerzen wieder einsetzten, griff nach ihren Tabletten und sagte zu Sable, sie ginge jetzt zu Bett.

7. *Kapitel*

In dieser Nacht fand Polly keinen Schlaf; sie lag wach und wartete darauf, dass Jason heimkam. Abgesehen von dem Licht, das aus dem Flur hereindrang, herrschte Dunkelheit im Zimmer, aber sie war weit davon entfernt einzuschlafen. Ihre Gedanken rotierten, und sie befand sich in jenem Zustand größter Wachsamkeit, der jedes Geräusch im Haus überlaut erscheinen lässt. Vergebens horchte sie auf das vertraute Geräusch, dass die Haustür aufgeschlossen würde, doch gleichzeitig dachte sie über die Vergangenheit nach. Ballyglen! Das Haus ihrer Tante, ein gediegenes Steinhaus auf dem Lande bei Tipperary. Sie war sieben gewesen, Tom vier. In der ersten Nacht hatte sie geweint, allein in dem großen Bett, umgeben vom ungewohnten Kampfergeruch des Zimmers. Anders als daheim in Dublin, wo die Straßenlaternen hereinleuchteten, war es dort vollkommen dunkel. Aber sie hörte Toms flachen Atem. Er schlief in einem Bett am Fenster. Sie wollte ihn nicht mit ihrem Schluchzen aufwecken, deshalb zog sie sich die Decke über den Kopf. Der Hals tat ihr weh vom Weinen, ihr Gesicht war steif vom Salz. Tom begriff nicht richtig, dass Papa und Mama fort waren; er wusste nicht, dass Menschen, die sterben, nie mehr zurückkehren. Der Autounfall sagte ihm nicht viel. Für ihn stand nur fest, dass Mama und Papa im Himmel waren – sie waren bei Gott. Sie waren irgendwo; sie waren auch früher schon fort gewesen, und andere Leute hatten auf ihn aufgepasst. Bestimmt würden sie bald wiederkommen.

Ich werde mich um dich kümmern, dachte sie, von schmerzlicher Zärtlichkeit überwältigt. Ganz gleich, was wird, ich bin für dich da. Ach, Mama, ach, Papa… lasst mich nicht allein.

Aber das Leben mit Tante Rita war schließlich für die beiden zum Alltag geworden. Ihre Kusinen, Marie und Kate, zehn und elf Jahre alt, hatten anfangs nur versucht, ihren Groll vor ihnen zu verbergen, doch dann hatte Tom ihre Herzen erobert.

Er war schön, wie ein Engel, hörte sie eine von ihnen über ihn sagen. Es stimmte. Er hatte ein Engelsgesicht und das Selbstbewusstsein eines geborenen Diplomaten. Er war das Kind, das nach draußen stürzte, um für Tante Rita die Autotür zu öffnen. Er war der Cherub, der beim Krippenspiel in der Schule so wunderschön sang. Er war der Dieb, der so geschickt stahl, dass es Jahre dauerte, bis er ertappt wurde.

Sie erinnerte sich noch an den Brief von ihrer Tante. Polly war auf dem College gewesen, es war ihr letztes Jahr. Der Brief wartete auf sie, als sie eines Abends in ihre Wohnung kam. Sie hatte ihn mit wachsender Beklemmung gelesen. Ihr wurde schlecht vor Angst und Zorn. Sein Direktor hatte sich an Tante Rita gewandt. Er wollte ihn von der Schule verweisen. Tom war auf frischer Tat ertappt worden, als er Geld aus dem Büro des Priors nahm. Man hatte ihn schon seit einiger Zeit verdächtigt.

Er war nach Ballyglen zurückgekehrt. »Es war alles ein Irrtum«, versicherte er seinen Angehörigen. »Und ich muss die Sache ausbaden! Father Andrew hatte es schon immer auf mich abgesehen, vom ersten Schultag an…«
Sie hatten ihm glauben wollen, aber der Schatten des Zweifels war aus Tante Ritas Augen nicht gewichen. Polly glaubte fest an Toms Unschuld und konnte mit der Zeit auch ihre Tante davon überzeugen. Sicher, er hatte als Kind hin und wieder etwas stibitzt, aber welches Kind macht nicht eine solche Phase durch? Tante Rita begann sogar darüber nachzudenken, ob sie nicht einen Anwalt einschalten sollte. Schließlich nahm sich ein Schulverweis im Lebenslauf wie ein Schandfleck aus.
»Ich mache es wieder gut!«, versprach Tom.
Eine Weile sah es so aus, als würde er sich selbstständig auf die Abschlussprüfung vorbereiten wollen, aber plötzlich entschied er sich anders. Ein Job in Dublin, bei Handbury's, einem großen Baustofflieferanten, lockte ihn; der Manager hatte ihren Vater gekannt.
Polly war froh, Tom in ihrer Nähe zu haben. Er besuchte sie oft in ihrer Wohnung, und sie machte ihm etwas zu essen. Ihre Wohnungsgenossin Anne hatte danach einmal gesagt: »Dein Bruder sieht aus wie Clark Gable! Und wo hat er um Himmels willen nur diesen Charme her?«

Sein Arbeitgeber gab eine Abendgesellschaft mit Tanz. Tom hatte ein Mädchen aus dem Büro dazu eingeladen. Nachdem er sie spätabends heimbegleitet hatte, klingelte er an Pollys Tür. Sie lag schon im Bett und stand auf, um ihn hereinzulassen. Sie merkte sofort, dass er völlig auf-

gewühlt war. In seinem geliehenen Smoking und der schwarzen Krawatte sah er aus wie ein Filmstar; er setzte sich auf die Couch, von einer seltsam gedämpften und zugleich fiebrigen Stimmung ergriffen.
»Wie sehe ich aus, Polly?«
»Großartig!«
»Siehst du, das ist der Punkt. Ich möchte Smokings tragen und Kaschmirmäntel und vom Türsteher mit Sir angesprochen werden…«
»Ist das denn so wichtig?«
»Ja! Ich will nicht Jahre und Jahre damit zubringen, bei diesem verdammten Handbury die Karriereleiter hochzukriechen!«
Er war aufgestanden, zum Spiegel über dem Kaminsims gegangen, hatte sein Gesicht darin betrachtet, erst von vorne, dann im Halbprofil. »Ich liebe das Geld, Polly. Es ist Gott. Nichts kann sich damit messen!«
»Mach dich doch nicht lächerlich!«
Als sie ihn das nächste Mal sah, wirkte er munter und aufgeweckt. Dann, ein paar Wochen später, erklärte er, er wolle zum Arbeiten nach England gehen.
»Wohin denn dort?«
»Nach London!«
»Und was willst du in London machen?«
»Erst mal denselben Mist wie hier. Aber wart nur ab!«
Bei einem seiner Besuche hatte sie ihm von ihrer Verlobung mit Rory erzählt, hatte die beiden einander vorgestellt. Er war explodiert. Rory sei ein Spießer, ein Langweiler, ein Kriecher, ein kleiner Lehrer ohne Zukunft. Außerdem sei er bereits verheiratet. Wie konnte sie ihn

überhaupt in Betracht ziehen? Sie war hübsch, gebildet. Sie konnte jeden Mann haben. Tom verdiente inzwischen nicht schlecht; er würde sie bald mit interessanten Leuten zusammenbringen können.

»Was machst du eigentlich genau?«

»Oh… ich habe meine Finger in allen möglichen Dingern.«

»Was für Dingern?«

»Geschäften, Polly. Gute Geschäfte… mit denen man Geld machen kann!«

»Du legst zu viel Wert auf Geld, Tom.«

»Und du wirst immer mehr zum Tugendbold, zur guten Seele, die immer in die Bresche springt… Du heiratest diesen Kretin, weil du dir ein Plätzchen wünschst, wo du hingehörst. Warum lässt du es nicht mal drauf ankommen und schaust, was passiert, wenn du ein Risiko eingehst?«

Aufgebracht hatte Polly ihn angefahren, er solle den Mund halten und verschwinden.

»Ich werde mein Leben mit Rory verbringen, und damit hat sich's! Ich liebe ihn nämlich, aber das kannst du ja nicht begreifen. Das einzige, was du begreifst, ist Geld!«

Jetzt regte sich Rory neben ihr und murmelte etwas Unverständliches. Von Jason war immer noch nichts zu hören. Als sie schließlich erwog, die Polizei einzuschalten (obwohl sie wusste, wenn sie das tat, würde Rory aufwachen und eine Szene machen – »Was hast du eigentlich mit den Jungs vor, willst du sie in Watte packen?«), hörte sie den Schlüssel in der Eingangstür. Sie sprang aus dem Bett und eilte zur Treppe.

»Wo warst du, Jason? Es ist spät!«
»Unterwegs«, gab er zurück.
»Wo?«
Jason presste die Lippen aufeinander, wie um zu sagen, dass es sie nichts anging, dass sie eine Glucke war, eine alte Mutter, die sich in alles einmischte und ihm seine Jugend verdarb.
Doch dann begnügte er sich mit einem ärgerlichen Seufzer und erwiderte: »Im Kino, mit einer Freundin. Danach waren wir Kaffee trinken und sie hat ihren Bus verpasst, also musste ich sie nach Hause begleiten.«
»Wo wohnt sie?«
»Drumcondra.«
»Und du musstest den ganzen Weg zu Fuß zurück?«
»Ja, stimmt genau. Ich hatte kein Geld für ein Taxi.«
»Du hast morgen Schule.«
Jason zuckte die Achseln, bekam schmale Lippen und zog die Brauen zusammen. Die Schule war ihm zur Zeit offenbar nicht besonders wichtig, das ganze System schien ihm nur darauf angelegt, die Autonomie des Menschen zu untergraben. Aber bevor er sich über dieses Thema auslassen konnte, fragte seine Mutter: »Hast du Hunger? Hast du zu Abend gegessen?«
»Nein. Ich bin am Verhungern!«
»Soll ich dir etwas machen?«
»Ist schon gut, Mama. Ich schiebe mir eine Pizza in den Ofen.«
Polly lag eine weitere Ermahnung über den Geruch nach heißer Pizza im Haus zu dieser späten Stunde auf der Zunge, und über die Französischarbeit morgen, aber da sie

wusste, wie flegelhaft Jason sein konnte, und weil sie unangenehme Auseinandersetzungen lieber vermied, drehte sie sich wortlos um und ging ins Schlafzimmer zurück. Sie öffnete das Fenster weit, um den drohenden Essensgeruch zu bannen. Verdammt noch mal, es ist drei Uhr morgens, dachte sie nach einem Blick auf die Leuchtanzeige des Weckers.

Sie legte sich wieder hin. Rory schnarchte und lag quer im Bett. Sie stemmte ihre Füße gegen seinen Po und versuchte ihn wieder auf seine Seite zu schieben.

»Aber ich kann drei E acht nicht benutzen... da hängt meine Maus dran«, sagte er mit der merkwürdigen Präzision des Träumenden.

»Es ist nicht deine Maus, es ist dein Arsch«, flüsterte ihm Polly ins Ohr, »und er nimmt im Bett mehr Platz ein, als dir zusteht!«

»Acht Megabyte RAM. Nimm bloß nicht weniger«, murmelte er nach einer Weile mit sorgenvoller Stimme und fing dann wieder an zu schnarchen.

»Da habe ich ja einen richtigen Sexbolzen erwischt!«, seufzte Polly.

Rory zuckte zusammen. »Was hast du gesagt?«, erkundigte er sich aus den umnebelten Tiefen des Traumlandes. »Das ist ein MFN-Laufwerk, du Idiot!«

»Soll ich dir ein paar Vorschläge machen?«, säuselte die unwillkommene Stimme in Pollys Kopf. »Es gibt da nämlich einige Alternativen, die du in Betracht ziehen könntest... nur für den Fall, dass du dieses geistreiche Bettgeflüster nicht bis ins nächste Jahrtausend fortsetzen willst.«

Warum denke ich so etwas bloß?, überlegte Polly, von Panik erfasst.

Sie schaltete die Nachttischlampe aus, lauschte den Geräuschen in der Küche, und nach einer Weile erfüllte der Geruch nach Käse und Hefeteig den Raum. Am liebsten wäre sie hinuntergegangen und hätte Jason angewiesen, den Dunstabzug einzuschalten, aber ihre Glieder fühlten sich bleiern an, ihr Wille erlahmte, und endlich schlief sie ein. Sie träumte, dass sie mit Rory an einem See spazieren ging. Kleine Wellen schlugen leise ans Ufer. Es war Abend, und mit einer Abruptheit, wie sie Träumen häufig eigen ist, befand sie sich plötzlich im Wasser. Sie wusste, dass Rory in die Mitte des Sees hinausschwamm, und versuchte ihm zu folgen, aber da sie nicht gut schwimmen konnte, geriet sie in Schwierigkeiten. Als sie Angst bekam und strampelte, wollte sie ihren Mann rufen, brachte aber keinen Ton heraus. Die Wellen schlugen über ihrem Kopf zusammen, und sie wusste, dass sie ertrinken würde.

In diesem Augenblick tauchte ihr mysteriöser Retter auf. Er kam aus dem dunklen, stillen Wasser, ein Mann mit einem kurzen schwarzen Umhang und einem mittelalterlichen Helm. Das Visier war heruntergeklappt, so dass sie sein Gesicht nicht sah. Er trug sie ins seichte Wasser zwischen den Felsen. Seine geheimnisvolle Aura hüllte sie ein – er strahlte Fürsorglichkeit, Anteilnahme und eine unerklärliche Zärtlichkeit aus. Polly fühlte sich mit einem Mal lebendig, sichtbar, verstanden. Eine seit zwanzig Jahren angestaute Sehnsucht, diesen Mann zu treffen, stieg in ihr auf. Sie war sicher, dass sie ihn kannte, und brannte da-

rauf, sein Visier hochzuschieben, um sein Gesicht zu sehen.
Aber genau in diesem Augenblick rief Rory nach ihr, die vertraute, ein wenig besorgte Stimme erreichte sie dort, wo sie sich auf den Arm des Fremden stützte, der immer noch ohne Gesicht und ohne Stimme war.
»Polly«, rief Rory. »Polly, wo bist du?«
Polly zögerte. Der schweigsame Fremde stand reglos da, als erwarte er ihre Entscheidung. Aber der Ruf der Pflicht, der alten Treue und Liebe, erwies sich letztendlich als stärker. Sie riss sich von ihrem Retter los, trat aus dem Schutz der Felsen und rief: »Ich bin hier.«
Doch als sie sich umdrehte, war ihr Retter in das Element zurückgekehrt, aus dem er gekommen war. Voller Entsetzen sah sie, wie die Spitze seines Helms im Wasser versank. Sie schürfte sich an den Felsen die Füße auf, als sie ans Ufer stolperte. Rory kam ihr entgegen, und zusammen setzten sie ihren Weg um den See fort. Sie fragte sich, ob sie ihm von dem seltsamen Mann erzählen sollte, aber sie sah ihm an, dass er in Gedanken woanders war. Jetzt, da er sie zurück an seiner Seite wusste, war sie für ihn wieder unsichtbar geworden. Die alte, wohl bekannte Einsamkeit griff erneut nach ihr. Sie blickte über den heiter wirkenden See, aber mit einem jähen, gewaltsamen Schaudern verwandelte sich die liebliche, friedliche Szene in einen öden geteerten Parkplatz. Zu spät wurde ihr klar, dass die Entscheidung, die zu treffen sie aufgefordert worden war, unabänderlich war.
Sie fuhr aus dem Schlaf hoch. Rory schnarchte, und durch die Vorhänge drang das matte Licht der Dämmerung.

»Ich weiß nicht, was mit euch allen los ist«, sagte Rory am nächsten Morgen. »Was habt ihr letzte Nacht nur getrieben?«
»Ich habe nur versucht, deinen Luxuskörper in die dir zustehende Betthälfte zu bugsieren!«, bemerkte Polly mit einer – wie ihr schien – angemessenen Ironie. »Ich beanspruche auch ein Fleckchen, auf dem ich mich ausruhen kann.«
Rory lächelte. »Aber ich erinnere mich, dass du irgendetwas geschwafelt … dich beklagt hast!«
»Nicht beklagt«, sagte Polly gelassen. »Schimpfen hat da keinen Sinn. Taten zählen mehr als Worte! Ich habe nur deinen Hintern dahin geschoben, wo er hingehört, und als du mir versichert hast, ich hätte mich an deiner Maus vergriffen, habe ich dich höflich korrigiert!«
Rory lachte laut auf, dann lächelte er sie freundlich an.
»Polly, hast du irgendwas?«
»Nicht im Geringsten!«, gab Polly zurück. »Warum sollte ich …
Rory sah sie scharf an.
»Aber ich hatte einen interessanten Traum«, fuhr sie fort, »da hat sich ein See in einen Parkplatz verwandelt, und ein seltsamer Ritter hat versucht, mich zu retten.«
Rory seufzte und wandte seine Aufmerksamkeit der Frage zu, wo der Autoschlüssel abgeblieben war; bestimmt hatten ihn wieder die verdammten Kinder verräumt. Und sobald diese Krise ausgestanden war (er hatte den Schlüssel die ganze Zeit in der Hosentasche gehabt), machte er sich auf den Weg zur Arbeit.
Polly räumte den Frühstückstisch ab. »Glaube, Hoffnung

und Sinn für Humor sind ja schön und gut«, meldete sich die eigensinnige Stimme in ihr wieder zu Wort, »aber wann fängst du an zu leben?«

»Mein Gott!«, sagte Polly. »Werde ich verrückt, oder was ist los?«

»Jeder ist verrückt«, antwortete die innere Stimme. »Das ist das Geheimnis des Überlebens. Aber es ist sehr wichtig, das Geheimnis auch geheim zu halten...«

Cat saß wieder auf dem Fenstersims und bewegte den pelzigen Kopf hin und her, um mit Polly durchs Fenster Blickkontakt aufzunehmen. Dann begann sie zu miauen, um ihre Dienerin herbeizurufen.

»Ist schon gut!«, sagte Polly. »Ist schon gut, verdammt noch mal!«

»Du solltest dieser Katze den Kopf abhacken«, flüsterte ihr die innere Stimme zu.

Aber Polly schüttelte den Kopf und schlug sich an die Stirn. Dann ließ sie Cat herein, damit sie sich ihr Frühstück holen konnte.

Mittags klingelte das Telefon.

»Könnte ich bitte mit Jason sprechen?«, forderte eine junge weibliche Stimme.

»Ich fürchte nein«, sagte Polly. »Er ist in der Schule!«

»Ich dachte, er kommt vielleicht zum Mittagessen nach Hause.«

»Nein.«

»Dann sagen Sie ihm, er soll mich heute Abend anrufen.«

Polly holte tief Luft. Die junge Frau war ihr eine Spur zu unverschämt. »Mit wem spreche ich?«

»Veronica.«
»Gut, Veronica, ich sage ihm, dass Sie angerufen haben. Wenn er Sie anrufen will, wird er das vermutlich tun. Aber wenn Sie glauben, dass ich ihm befehle Sie anzurufen, dann wissen Sie weder über Jason noch über mich besonders gut Bescheid. Und anscheinend haben Sie auch keinen Schimmer, wie man eine Beziehung aufbaut! Ich denke, Sie sollten sich außerdem klarmachen, dass Jason erst siebzehn Jahre alt ist!«
»Oh«, machte Veronica. Eine Weile blieb es still am anderen Ende der Leitung, dann vernahm Polly den wohl an sich selbst adressierten Ausspruch: »Die Mutter ist doch nicht ganz dicht!« Unmittelbar darauf wurde der Hörer aufgelegt.
Polly ging in die Küche zurück, holte den Käse aus dem Kühlschrank und machte sich ein Sandwich. Im Gefrierfach war noch Schokoladeneis, also gönnte sie sich auch das. Sie entdeckte eine halbe Flasche Weißwein, die Rory hinten im Kühlschrank deponiert hatte, und schenkte sich ein Glas ein.
Sie fühlte sich ein wenig vom Alkohol umnebelt, also setzte sie sich für eine Weile in einen Sessel im Wohnzimmer. Sie merkte nicht, dass sie eindöste, aber als sie im Schlaf zuckte, wurde ihr klar, dass sie ein Nickerchen gemacht hatte. Da hörte sie jemanden ans Fenster klopfen. Im ersten Augenblick dachte sie, es wäre Susie, aber dann sah sie, dass sie sich irrte. Die Frau, die ans Wohnzimmerfenster klopfte, war die wahre Miteigentümerin des Hauses und keine andere als Rorys rechtmäßige Ehefrau.

»Hallo, Martha!«

Polly ging an die Tür. Sie wollte Martha nicht sehen und sich auch nicht mit ihr unterhalten, aber sie hielt die Tür auf und ließ sie herein, weil sie es nicht über sich brachte, unhöflich zu sein.

Martha war groß und dünn und hatte schwarze, graumelierte Haare, was ihr jedoch gut stand. Mit ihrem pirschenden Gang glich sie einem langbeinigen Raubtier, das auf der Suche nach dem Büffel die Prärie durchstreift. Man spürte, dass mit ihr nicht zu spaßen war.

»Gottesanbeterin« hatte Rory sie genannt, und bei Polly brachte dieser Name etwas zum Klingen, beschwor die Vorstellung von sich öffnenden Kiefern und langen Spinnenbeinen herauf. In Wirklichkeit war Martha ziemlich attraktiv und besaß eine Figur, die sich bei entsprechender Schulung auch auf dem Laufsteg gut gemacht hätte.

»Möchten Sie vielleicht eine Tasse Tee oder Kaffee?«, erkundigte sich Polly höflich.

»Nein, danke«, erwiderte Martha, aber sie ging in die Küche, blickte um sich, pirschte dann ins Wohnzimmer und sah sich auch dort um. Polly hatte Angst vor ihr, ihrem taxierenden Blick, ihrer Miene, die ausdrückte: »So halten sie also mein Haus instand!«

Martha war ein Mensch, der, in einem Zimmer allein gelassen, in allen Schränken herumschnüffelte. Ihre Neugier war groß, richtete sich jedoch auf handfeste Dinge. Sie war durch und durch pragmatisch. An diesem speziellen Haus hatte sie Eigentumsrechte, und obwohl sie einige der Raten erhalten hatte, die zu zahlen Rory sich verpflichtet hatte, war sie noch nicht vollends ausbezahlt. Jetzt wollte sie wohl sehen, wo der Rest blieb.

»Das ist kein Höflichkeitsbesuch«, erklärte sie Polly. »Ich wollte euch im Voraus wissen lassen, dass ich Rory verklage, weil er mir für meinen Anteil an diesem Haus immer noch Geld schuldet. Eine derartige Überraschung wollte ich euch nicht unvorbereitet zumuten.«

Sie beobachtete Pollys Gesicht, als sie das sagte. Polly versuchte mit aller Macht, ihr Entsetzen zu verbergen; sie wusste, dass diese Frau sie hasste. Hatte sie ihr nicht einen einwandfreien Ehemann weggeschnappt? (Aber ich habe ihn ihr nicht weggeschnappt, rief sich Polly immer wieder in Erinnerung. Er ist mir so lange nachgelaufen, bis er mich eingefangen hatte.)

»Wie viel schuldet er Ihnen?«

»Sechzehntausend, einschließlich Zinsen. Der Rest der Schuld wird auf einmal fällig, da er sich nicht an die Vereinbarung gehalten hat!«

»So viel Geld haben wir nicht.«

Martha machte ein trauriges Gesicht und schüttelte den Kopf. »Ich fürchte, darauf kann ich keine Rücksicht nehmen. Ich habe eigene Pläne… wissen Sie, ich habe nämlich mit Joe Schluss gemacht…«

»Was sollen wir machen?«

»Keine Ahnung. Ich nehme an, ihr werdet das Haus verkaufen müssen! Es dürfte nicht allzu schwer sein, etwas Kleineres zu finden…«

»Wahrscheinlich nicht«, gab Polly zurück. »Aber dieses hier ist auch schon nicht besonders groß.«

Martha zuckte die Achseln. »Tut mir Leid, Polly… aber

Sie verstehen doch meine Situation? Ich kann mein Leben nicht euretwegen auf Eis legen.«

Polly starrte Martha an, und zu ihrer Bestürzung traten ihr Tränen in die Augen.

»Ich weiß, dass es hart ist… aber was soll ich machen?«, fügte Martha hinzu; mit einem Mal klang ihre Stimme tief unglücklich.

»Was ist mit den Kindern?«, fragte Polly und wischte sich die Augen.

»Die werden sich schon damit abfinden. Sie müssten inzwischen ohnehin fast erwachsen sein.«

»Jason wird dieses Jahr mit der Schule fertig.«

»Die nächsten paar Monate wird sich sowieso nicht viel tun… Sie wissen ja, die Mühlen des Gesetzes mahlen langsam.«

Sie musterte Polly kurz. »Macht er Sie glücklich?«

Polly zuckte zusammen. »Wer?«

»Wer wohl? Romeo natürlich!«

Polly murmelte etwas, was sich so oder so auslegen ließ. Früher einmal hätte sie diese Frage hastig bejaht. Jetzt wusste sie nicht, was sie sagen sollte. Ihr ging plötzlich auf, dass es nicht Rorys Aufgabe war, sie glücklich zu machen; dass sie für ihr Glück selbst verantwortlich war.

Martha machte ein finsteres Gesicht. »In meinem Fall war es so, dass ich direkt vor seinen Augen auf dem Fußboden eine Fehlgeburt hätte haben können, und er hätte es nicht einmal gemerkt. Zu viel Interesse an Elektronik… das war damals seine Leidenschaft. Aber es freut mich, dass es mit euch besser klappt!«

Sie sah Polly scharf an, aber als diese keine Anstalten

machte, sie ins Vertrauen zu ziehen, fügte sie hinzu: »Dann mache ich mich wieder auf den Weg. Sie brauchen ihm ja nicht zu sagen, dass ich da war… außer, Sie wollen es unbedingt!«

Sie pirschte zur Tür und trat ins Freie. Polly schloss die Tür hinter ihr.

»Martha war heute hier«, teilte Polly ihrem Mann am Abend mit.

»Was wollte sie denn?«

»Nichts Besonderes. Nur das Haus.«

Rory machte eine Geste der Verärgerung. »Hör nicht auf sie, Polly. Ich habe alles unter Kontrolle.«

»Sie hatte eine Fehlgeburt auf dem Fußboden!«

»Was?«

»War nur ein schlechter Witz.«

Rory machte ein finsteres Gesicht. »Manchmal mache ich mir ernsthaft Sorgen um dich, Polly!«

»Nicht nötig«, erwiderte Polly gelassen. »Ich bin nicht so verrückt wie ich aussehe! Aber aus Erfahrung weiß ich, welch eine elektrisierende Wirkung ungeheuerliche Behauptungen haben… es ist immer wieder erfreulich zu sehen, wie auf diese Weise dahinsiechende Gespräche wieder zum Leben erwachen!«

Rory wieherte und schüttelte den Kopf. »Ich hoffe, du hast Martha nicht den Eindruck vermittelt, dass du…«

»Dass ich nicht alle Tassen im Schrank habe? Aber keineswegs! Sie weiß, dass ich ganz trunken vor lauter Glück bin. Schließlich wohne ich in ihrem Haus. Jedenfalls will sie sechzehntausend Pfund. Sie wird dich verklagen.«

»Bei mir ist nichts zu holen.«
»Sie wird verlangen, dass du das Haus verkaufst! Sie sagte, sie habe ihre eigenen Pläne. Sie hat mit Joe Schluss gemacht …«
Rory horchte auf. »Tatsächlich?« Die Neuigkeit schien ihn zu freuen. »Ich habe den Kerl nie gemocht! Hat sie gesagt, was sie nun vorhat? Gibt es einen anderen … hat sie jemanden kennen gelernt?«
Polly musterte ihren Mann; seine Augen funkelten neugierig. »Ich hoffe es für sie! Du bist doch nicht etwa eifersüchtig, oder?«
Rory stützte den Kopf auf die Hand. »Natürlich nicht.« Ach, Polly, lass das alles meine Sorge sein. Ich habe das Problem im Griff. Warum fährst du nicht einfach nach London und vergisst die ganze Sache für eine Weile?«
»Wie kann ich das jetzt noch?«
»Ich bestehe darauf, dass du das tust!«, erklärte Rory streng. »Du hast dich in letzter Zeit ziemlich eigenartig benommen vielleicht findest du dadurch dein Gleichgewicht wieder Und du wirst doch nicht so dumm sein, dir einen kostenlosen Urlaub entgehen zu lassen!«

Als Polly an diesem Abend in ihrer Handtasche nach dem Lippenstift suchte, fand sie ihren Brief an den netten Mann in Wimbledon, den Brief, den sie in London abschicken wollte. Er steckte in einem Seitenfach, gleich neben dem Lottoschein. Der Umschlag war nicht zugeklebt, also nahm sie ihn heraus und sah sich das Foto noch einmal an. Er sei Psychiater, hatte er geschrieben. Sie hatte einen Psychiater nötig. Trug sie nicht neuerdings ein

anmaßendes Ich in ihrem Kopf herum, das sie selbst war und gleichzeitig auch wieder nicht?
Sie hörte das Telefon im Flur klingeln; Peter nahm ab.
»Er ist nicht da«, sagte er. »Ich sage ihm, dass du angerufen hast.«
Polly ging zur Treppe.
»Wer war das?«
»Ach, nur Jasons Superweib!«
»Meinst du diese Veronica?«
»Wen sonst? Sie ist spitz auf ihn!«
»Sei nicht so ordinär! Und noch etwas: behandle deinen Bruder mit etwas mehr Respekt. Er ist der einzige Bruder, den du hast! Wie du ihn ständig schlecht machst, ist eine Schande!«
Peter machte ein verblüfftes Gesicht. Aber bevor er antworten konnte, ertönte draußen vor der Küchentür ein lautstarkes Heulen.
»Cat ist wirklich beknackt!«, meinte Peter mit leisem Lachen. »Hör dir das mal an!«
»Ob ihr etwas fehlt?«, fragte Polly, die einen neuen Unterton in Cats Repertoire wahrzunehmen glaubte.
Peter ließ die Katze herein, die sich jedoch erstaunlicherweise nicht fürs Fressen interessierte. Sie wimmerte nur untröstlich und verzog sich in ihren Korb, wo sie weiterheulte wie eine kleine verlorene Seele.

Muriel saß am Fenster ihres geschmackvollen Salons und blickte auf die Sackgasse hinaus. Sie dachte an die Familien ringsherum, vor allem an die O'Briens und die Caines, weil sie ihre nächsten Nachbarn waren und Muriel sie am besten kannte. Jahrelang hatte sie sie um ihr erfülltes Leben beneidet, um die Kinder, die sie hatte aufwachsen sehen. Sie dachte an Susie, ihr Temperament und ihre spitze Zunge und die Art, wie sie Polly immer in Schutz nahm; Polly, die Muriel besonders gern mochte, weil sie etwas Unschuldiges und merkwürdig Ängstliches an sich hatte. Manchmal beobachtete Muriel, wie Polly die Eingangstür auf Hochglanz brachte, und fragte sich, wie eine Frau, die von solcher Leidenschaft für das Schöne erfüllt war, es fertig brachte, diese im Namen der Häuslichkeit zu sublimieren. Unterdrückte Kreativität kanalisiert in die Beseitigung von Schmutz! Was, so fragte sie sich, hatte die Häuslichkeit Polly je eingebracht, dass sie sich dieser Arbeit mit solcher Inbrunst widmete? War das Eheleben so wunderbar, gewährte es einen solchen Seelenfrieden? Oder war dieses hektische Bemühen um den perfekten Haushalt eine Flucht? Objektiv gesehen, konnte man nicht erwarten, dass Menschen jahrelang in einer Kleinfamilie zusammenlebten, ohne einen gemeinsamen Weg zu finden, auf dem beide wachsen und sich entwickeln konnten, andererseits aber auch nicht, dass sie sich dabei keinen Notausgang offen hielten. Das wäre unnatürlich. Waren Polly und Sue wirklich Käfigvögel, die ihre Gefangenschaft kompensierten? Und wenn ja, was würde geschehen, wenn man sie freiließ?

Muriel dachte, sie hätte eine Sensibilität für die Kräfte entwickelt, die das Leben der Menschen formen. Gelegentlich versuchte sie zaghaft den Umständen nachzuspüren, die ihr eigenes Leben geformt hatten, das Leben, das sie einst glaubte, im Griff zu haben, denn damals wusste sie noch nicht, welche Wendungen es nehmen, wie es einem entgleiten konnte, schlüpfrig wie ein Aal. Ihre Gedanken kehrten für eine Weile zu ihrem geselligen, charismatischen Vater zurück, nicht zu dem Geist im Studierzimmer, sondern dem Mann, den die Leute kannten und bewunderten. Wenn er nachts kam, um sie zuzudecken, lag sie reglos da und hielt die Augen geschlossen, damit er dachte, sie schliefe schon. Dann roch sie den Alkohol in seinem Atem. Sie liebte ihn. Sie wollte Kraft aus dieser Liebe schöpfen. Sie wollte ihn nicht verachten. Ihn verachten zu müssen machte ihr mehr Angst als das, was er tat.

»Du darfst es niemandem erzählen, es ist unser Geheimnis, Püppchen.«

Erst nach seinem unerwarteten Tod durch einen Jagdunfall, als Muriel zwölf war, kamen seine Schulden ans Licht. Ihre Mutter beglich den Großteil aus ihrem eigenen Vermögen. Das war in den fünfziger Jahren gewesen, als die Einkünfte aus dem Grundbesitz gering waren. Danach setzte der allmähliche Verfall des Hauses ein: hie und da eine fehlende Schieferplatte, eine kaputte Dachrinne, neu entstehende Schlaglöcher in der Allee zur Hauptstraße, die niemand auffüllte. Zu jener Zeit war die Hauptstraße eine relativ schmale, von Bäumen gesäumte Nebenstraße gewesen, wo im Sommer auf dem langen Acker Wildblumen – Hahnenfuß, Löwenzahn, Fingerhut – in Hülle und Fülle wuchsen. Die Bäume streckten ihre Zweige baldachinartig aus und trafen sich in der Mitte, so dass man wie durch einen grünen Tunnel ging. Die nächsten Nachbarn wohnten im Dorf, und Dublin lag irgendwo in verschwommener Ferne.

Mit siebzehn war sie von der Schule abgegangen und hatte Arbeit bei der Anglo-Belgian Bank gefunden. Durch ihr Gehalt verbesserte sich die prekäre finanzielle Situation der Familie, und ihre Mutter brauchte nicht mehr zu fürchten, sich von Willow House und den dort angesammelten Familienschätzen und -erinnerungen trennen zu müssen. Muriel hatte das Internat gehasst, hatte sich immer nur nach den Ferien gesehnt, wenn sie sich in die heimischen Gefilde zurückziehen könnte, um Romane zu lesen, in denen der Held die Heldin wirklich liebte und verstand, und um auf Bäume zu klettern, wo sie vor ihrer Mutter sicher war. Zwischen den Zweigen fand sie Zuflucht; hier brauchte sie niemandem in die Augen zu sehen und sich zu fragen, ob die Leute ihr Geheimnis ahnten. Aber ihre Mutter wusste Bescheid. Es wurde nie erwähnt, aber es stand bedrohlich zwischen Mutter und Tochter; es durfte nicht darüber gesprochen werden, und so wuchs das Geheimnis mit jedem Jahr, das verstrich, bis es zu einer Barriere von gewaltigen Ausmaßen geworden war, die wie eine undurchdringliche Glaswand zwischen Himmel und Erde aufragte.

8. Kapitel

Endlich kam die Boeing 737 unter den Wolken hervor und steuerte Heathrow an. Polly, erleichtert, dass sie nicht mehr ohne Sicht und Aussicht im grauen Nebel Warteschleifen zogen wie Verstorbene in der Vorhölle, folgte der Menge zum Gepäckkarussell. Sie holte ihre Tasche und ging durch den blauen Ausgang auf die Wartenden zu, die ihre Blicke über die ankommenden Passagiere schweifen ließen. Es dauerte einen Moment, bis sie Michelle entdeckte, die die Hand hob, um auf sich aufmerksam zu machen. Polly sah sie mit neuen Augen an, dieses zukünftige Familienmitglied aus Amerika, sah, dass sie aufrecht und angespannt dastand, wie ein Ausrufezeichen, als wollte sie sagen: Hier bin ich, vergiss das bloß nicht.

»Polly!«, sagte sie. »Hallo! Hattest du einen guten Flug?«

»War ganz okay …«

Die Frauen küssten sich auf die Wange und strebten dann zum Taxistand; Michelle übernahm den Kofferkuli – »lass ruhig mich das Ding schieben!« –, und im Nu entführte sie ein schwarzes Taxi in Richtung der Londoner Innenstadt.

Polly machte es sich im Taxi bequem und musterte Michelle unauffällig, während sie ein oberflächliches Gespräch über ihr Zuhause führte. Ja, Rory ging es gut. Den Jungs auch. Cat war wieder in der Tierklinik gewesen, aber man hatte nur ein Gummiband entdeckt, das ihr ein Kind über den Schwanz gezogen hatte, so dass die Blutzufuhr abgeschnitten war.

»Man konnte es durch den Pelz nicht sehen.« Ja, es ging ihr gut, nur dass man den Schwanz rasiert hatte, so dass sie nun aussah wie eine Halbratte. Ja, man hoffte, dass der Schwanz noch zu retten war.

Michelle schien diese Geschichte nicht sonderlich zu interessieren.

»Wie geht's Tom?«, fragte Polly nach einer Weile schüchtern. Wie sollte sie bloß das Gefühl abschütteln, sie sei schuld daran, dass er mit ihr gebrochen hatte, als habe sie ein schweres Verbrechen begangen, das sie selbst nicht begriff? Warum hätte er sie sonst völlig im Stich lassen sollen, all die Jahre lang? Gut, sie hatte Rory, aber das war mehr oder weniger dasselbe, als wäre man allein.

»Tom ist unterwegs… Ich habe ihm gesagt, dass du kommst, und er lässt dich herzlich grüßen!«

Polly strahlte. »Wirklich?« Dann fragte sie zaghaft, da sie fürchtete, Michelle damit auf die Nerven zu gehen: »Was hat er gesagt?«

»Er sagte, ich soll dich herzlich grüßen«, erwiderte Michelle nicht unfreundlich.

Polly lächelte glücklich.

Michelle roch nach teurem Parfüm. Der Duft von First by Van Cleefe und Arpels umhüllte sie sanft. Ihr Haar wurde von einem schwarzen Samtband gehalten, ihr glattes Gesicht und ihre tief liegenden Bernsteinaugen wirkten irgendwie fremd, beinahe orientalisch in ihrer Unergründlichkeit. Polly beneidete sie darum. Es muss schön sein, dachte sie, ein Gesicht zu haben, dem nicht gleich alle Welt ansah, was man gerade empfand.

»Ich bin so froh, dass du gekommen bist«, sagte Michelle und lächelte Polly an. »Ich hasse es, mit mir allein zu sein! Wie geht's dir, Polly? Du siehst ein bisschen müde aus, wenn ich mir die Bemerkung erlauben darf.«

Polly betrachtete ihr Gesicht im Rückspiegel.

»Abgesehen von Cat ist in letzter Zeit noch etwas passiert, was mich beunruhigt. Martha ist vorbeigekommen und hat uns angedroht, Rory zu verklagen und zu verlangen, dass er das Haus verkauft!«

»So eine Ziege!«

Polly runzelte die Stirn. »So sehe ich das nicht. Sie tut mir sogar ein bisschen leid. Ich weiß nur nicht, was wir tun sollen, wenn wir das Haus tatsächlich verkaufen müssen.«

»Was sagt Rory dazu?«

»Er behauptet, er hätte alles im Griff!«

»Das ist ja immerhin etwas …«

Polly sah Michelle in die Augen und wandte sich dann rasch ab. Sie fühlte sich unbehaglich. Die Kluft zwischen Michelles Leben und dem ihren schien so tief und unüberbrückbar, ein Abgrund verpasster und nunmehr unerreichbarer Möglichkeiten. Wie es wohl sein mochte, wenn man so erfolgreich war, dass man niemals sparen musste, nie zu fürchten brauchte, nicht über die Runden zu kommen? Wenn man wusste, dass einem die Welt gehörte, und man sie sich so einrichten konnte, wie man wollte?

Aber nach einer Weile wurden diese Gedanken von der

Freude verdrängt, in London zu sein. Erwartungsvoll blickte sie aus dem Fenster. Es war Jahre her, seit sie zuletzt diese großartige Stadt besucht hatte, und die Erregung ließ ihr Herz schneller schlagen, erweckte das junge Mädchen wieder zum Leben, das als Studentin hierher gekommen war, um sich nach einem Job umzusehen.

»Schau«, rief sie in der Nähe des Oxford Circus, »da ist das Gorgeous East! Ein Jurastudent, Tony Maloney, hat mich einmal zum Essen dorthin eingeladen. Er war aus Donegal und hat in den Sommerferien bei Wimpey gearbeitet. Dann hat er die letzte U-Bahn zu seiner Wohnung verpasst und musste die Nacht auf einer Parkbank verbringen!«

»Hast du auch auf der Bank übernachtet?«

»Lieber Himmel, nein. Ich bin in das Mädchenwohnheim gegangen, wo ich ein Zimmer hatte.«

»Du warst offensichtlich eine sehr anständige junge Frau.«

»Theoretisch schon«, räumte Polly ein. »Der Anstand wurde mir schon in jungen Jahren eingebläut… Aber ich war sehr formbar, sehr leicht zu beeinflussen…«

Polly wurde rot, als sie das sagte, denn sie erinnerte sich an Tony Maloney und seine Küsse im St. James Park, seine Hände auf ihrem Körper, seine Erregung, als er ihr unter die Bluse griff. »Nicht, Tony…«

»Warum nicht, du Prachtweib? Gefällt es dir denn nicht?«

Noch heute erinnerte sie sich an sein Keuchen, seine belegte Stimme, an seine Erektion, die sie an ihrem Körper spürte.

Hatte es ihr gefallen? Es war unmöglich gewesen, sich so weit zu entspannen, dass sie es hätte herausfinden können. Schließlich war er gegangen, um sich auf seine Parkbank zu legen. Zumindest hatte er ihr das nachher so erzählt.

Das Taxi hielt am Eaton Square, vor einem imposanten Gebäude mit beigen Säulen. Michelle bezahlte den Taxifahrer und führte ihren Gast durch die Vordertür in eine großzügige marmorverkleidete Eingangshalle mit Lift und einem elliptischen Treppenhaus.

»Die Wohnung liegt im ersten Stock«, sagte Michelle und drückte auf den Knopf mit der 1. Der Lift brachte sie geräuschlos in einen Flur, der mit dickem dunkelrotem Teppichboden ausgelegt war. Michelle ging mit Polly zu einer weißgestrichenen Holztür, die sie mit Hilfe von zwei Schlüsseln öffnete.

»Nummer dreizehn«, sagte Polly und betrachtete die schwarze Zahl oben an der Tür. »Bist du nicht abergläubisch?«

»Dummerchen! Dreizehn ist eine starke Zahl. Ob sie Glück bringt oder nicht, hängt ganz von dir ab! Ich vermute, es ist eine Frage des Mutes«, fügte sie in leicht überraschtem Ton hinzu, »obwohl ich noch nie so darüber nachgedacht habe.«

Die Wohnung wirkte riesig, mit zwei passablen Schlafzimmern, einer gut proportionierten Küche, einem großzügigen Salon mit einer Essnische sowie einem großen Badezimmer mit griechischem Dekor. Wenn man aus dem Fenster auf den Platz blickte, sah man sich umgeben von gepflegten Gärten und stattlichen Häusern im Regency-Stil mit säulengeschmückten Fassaden.

»Tom muss ja ein Heidengeld verdienen!«, sagte Polly.

»Ich hätte nie gedacht, dass er sich so etwas leisten kann!«
»Oh, ich trage auch mein Scherflein zur Haushaltskasse bei, so ist es ja nicht«, bemerkte Michelle.
»Du musst einen sehr guten Job haben!«
»Ja, er ist nicht schlecht... Aber ich habe auch aus früheren Inkarnationen ein wenig Zaster beiseite gelegt!«
Polly sah sie fragend an: »Was heißt das?«
Michelle lachte. »Gar nichts, nur dass ich nicht mit leeren Händen dastehe!«
Polly sah ihre zukünftige Schwägerin an; es wollte ihr kaum gelingen, ihren Neid und ihre Neugier zu verhehlen. »Du hast ja anscheinend alles gut im Griff. Wie hast du Tom eigentlich kennen gelernt?«
»Ich habe ihn im Traum gehört!«, sagte Michelle in schnoddrigem Ton und lachte. »So ähnlich wie dieser idiotische heilige Patrick, der die Stimme der Iren im Schlaf gehört hat.«
»Ach Michelle«, rief Polly aufgebracht. »Ich weiß überhaupt nicht, was ich von dir halten soll! Du nimmst nichts ernst, und doch gelingt es dir anscheinend, das Schicksal auszutricksen.«
»Ich glaube an den Umbruch«, erklärte Michelle. »Du kannst das Schicksal nur austricksen, wenn du es herausforderst! Willst du etwas trinken«, fügte sie hinzu. Es war mehr ein Befehl als eine Frage, und sie füllte ein Glas mit Gin und Tonic. Als Polly einwenden wollte, sie trinke nichts Hochprozentiges, hielt sie das Glas bereits in der Hand.
»Setz dich um Himmels willen hin«, sagte Michelle.
Polly gehorchte. Sie sah sich in dem Zimmer um, betrach-

tete die pastellfarbenen Möbel, die leuchtenden Farben des Gemäldes über dem Kaminsims, den geschickten Einsatz von Licht und Farbe, um die Illusion großzügiger Dimensionen zu erzeugen. Die Couch war sehr bequem, die Seidenkissen angenehm, die Klänge Bachscher Musik, die einsetzte, als Michelle die Fernbedienung auf eine Stereoanlage in der Ecke richtete, umschmeichelten sie.

Sie nahm einen Schluck, dann noch einen, und unversehens stellte sich das Gefühl ein, dass der Augenblick, den sie gerade durchlebte, vollkommen war und sie sich nie wieder vom Fleck rühren wollte.

»Hast du Hunger?«, fragte Michelle ein wenig später.

Polly hatte sich in sprunghaften, traumartigen Sätzen sprechen hören, und nun nahm sie Michelles Stimme wie aus großer Ferne wahr.

»Nein«, sagte Polly und fragte sich, ob der Gin ungewöhnlich stark gewesen war, denn sie fühlte sich nicht nur benommen, sondern auch wie eine Besucherin aus einer anderen Dimension. »Ich habe überhaupt keinen Hunger. Es ist mir gleich, wenn ich nie wieder etwas zu Essen bekomme...«

»Was würdest du gern tun, Polly?«

»Was ich wirklich gern möchte«, sagte Polly verträumt, aber ehrlich, aus den Tiefen einer Sehnsucht heraus, in der kein Platz für Ausflüchte war, »ich wünsche mir, dass mich ein gut aussehender, zärtlicher Mann in die Arme nimmt. Nein, wenn ich es mir genauer überlege, ist es mir gleich, ob er gut aussieht oder nicht... solange er nur zärtlich ist. Warum erzähle ich dir das bloß?«

»Weil es dir ein Bedürfnis ist. Gibt es noch etwas, das du gerne möchtest?«
»Ich möchte schön sein!«
»Aber das bist du doch!«
»Ich habe Übergewicht«, erwiderte Polly.
»Dicksein ist eine relative Vorstellung. Du bist gut gepolstert und sehr attraktiv.« Sie senkte die Stimme und fügte einschmeichelnd hinzu: »Wenn du dir wirklich einen zärtlichen Mann wünschst, könnte ich für heute Abend einen besorgen ...«
»Wer bist du?«, flüsterte Polly. »Eine Art Hexe?«
Michelle lachte. »Wir sind alle selbst für unsere Hexenkünste verantwortlich!«
Polly räkelte sich. »Ich hätte nichts dagegen, eine Hexe zu sein, aber ich wüsste nicht wie! Es setzt ein breites Spektrum an Wissen voraus, Dinge, die ich ohne sie zu prüfen ablehnen würde. Ich glaube, man braucht Erfahrung, um Erfahrungen richtig einordnen zu können.« Sie lachte leise. »In dem Bereich habe ich so meine Defizite. Als ich einen verheirateten Mann geheiratet habe, habe ich mir praktisch die Hörner abgestoßen. Und danach habe ich getan, was von mir erwartet wurde ... Ich musste beweisen, wie gut ich sein konnte ... wie ehrbar und anständig!«
»Und?«
»Plötzlich ist mir aufgegangen, dass ich mich nicht auf die Maßstäbe beschränken kann, die von anderen festgelegt werden, und dann sagen, ich hätte gelebt!«
Beide schwiegen; schließlich setzte Polly verträumt hinzu: »Ich vermute, ich bin stinksauer!«
Michelle sagte noch immer nichts. Sie betrachtete das

Telefon am anderen Ende des Raums, als müsste sie eine Entscheidung treffen.

»Erfahrungen kannst du jederzeit machen, meine Liebe, wenn dir danach ist!«

»Du bist so nett«, fuhr Polly mit derselben verträumten Stimme fort. »Du bist ein wirklich guter, lieber Mensch!«

»Oh Gott«, sagte Michelle, warf den Kopf zurück und schloss die Augen.

Als Polly am nächsten Morgen aufwachte, war die Wohnung leer. Sie nahm an, Michelle sei kurz weggegangen, um die Zeitung zu holen, doch dann entdeckte sie zu ihrer Enttäuschung den Zettel am Kühlschrank.

Liebe Polly,
ich bin für den Tag abgerufen worden – heute Abend erzähle ich dir alles darüber. Tut mir Leid… Mach dir einen schönen Tag! Viel Spaß!

Michelle

PS: Die Ersatzschlüssel hängen neben der Küchentür.

Es war Ostersonntag. Die Sonne schien, der Eaton Square war grün, ruhig und heiter. Polly machte sich Kaffee und aß ein wenig Toast.

Ich hole mir die Sonntagszeitungen, überlegte sie. Dann habe ich etwas zu tun. Wenigstens stehen heute keine Anzeigen von mir drin, das ist doch wirklich ein Trost.

Sie sah sich in der Wohnung um, riskierte auch einen Blick in Michelles (und vermutlich Toms) Schlafzimmer. Da stand eine prachtvolle Frisierkommode mit einer volantbesetzten Einfassung, auf der Glasplatte fand sich eine reiche Auswahl an französischen Parfums und Kosmetika. Plötzlich fiel ihr auf, dass es hier keine Anzeichen für die Anwesenheit eines Mannes gab, weder im Wohnzimmer, wo man ein paar Fotos hätte erwarten dürfen, noch im Schlafzimmer, noch anderswo. Sie hätte gerne die Schränke geöffnet und sich Toms Kleider angesehen, aber sie ertrug es nicht, so verstohlen herumzuschnüffeln. Aber sie spähte ins Badezimmerschränkchen in der Hoffnung, hier einen Hinweis auf seine Existenz zu entdecken, Rasiercreme zum Beispiel. Sie fand nichts. Das weiße Schränkchen enthielt Mundwasser, Reinigungscreme, Zahnseide, ein Antiseptikum, Pflaster, Aspirin und die Pille.

Sie duschte, zog sich an, griff nach ihrer Tasche, um den Lippenstift herauszuholen, und stieß auf den Brief an den Mann in Wimbledon. Da kam ihr ein Gedanke: Warum sollte sie ihn nicht persönlich abliefern? Statt ihn von hier aus abzuschicken, konnte sie doch die U-Bahn nach Wimbledon nehmen und ihn dort in den Briefkasten des Empfängers stecken. Ja, dachte sie. Auf diese Weise hätte sie wenigstens etwas zu tun.

Verdammt, dachte Polly, ich bin eine erwachsene Frau mittleren Alters, und dabei fühle ich mich unsicher wie ein Teenager.

Gegen ein Uhr gelangte Polly zu der U-Bahn-Haltestelle am Sloane Square. Sie brauchte eine Weile, bis sie auf dem Übersichtsplan an der Wand Wimbledon gefunden hatte; es lag etwas außerhalb. Sie kaufte sich am Automaten eine Rückfahrkarte und eilte die Steintreppe zum Bahnsteig hinunter.

Das Schöne an der Haltestelle Sloane Square war, dass sie überirdisch lag und nicht in einem Loch tief unter der Erde, wo kein Sonnenstrahl hinreichte.

Ich bin frei, dachte sie. Ich mache mich auf zu einem Abenteuer in Wimbledon. Auch wenn ich noch nie dort war, ich werde es schon finden. Ich lebe in einer so engen Welt, dass diese kleine Eskapade für mich gleich zu einem romantischen Abenteuer wird. Es ist, als würde ich eine Terra incognita betreten und mich dem Drachen stellen.

Sie tastete in ihrer Handtasche nach dem Brief, dachte amüsiert, wie merkwürdig es sein würde, ihn in Bernard Whistons Briefkasten zu werfen, wie merkwürdig, das Haus zu sehen, in dem er wohnte, dieser unbekannte Mann, der auf ihre schamlose Anzeige in der *Sunday Times* geantwortet hatte.

Manchmal, räumte Polly ein, als sie daran dachte, was Michelle am Abend zuvor zu ihr gesagt hatte, macht es Spaß, das Schicksal auszutricksen. Wenn sonst nichts dabei herauskommt, werde ich wenigstens ein wenig mehr von London gesehen haben, den Weg nach Wimbledon, das Haus eines Menschen, mit dem ich durch die absonderlichsten Umstände in Berührung gekommen bin. Wenn ich nicht verheiratet – oder halb verheiratet – wäre, hätte ich den Brief vielleicht sogar beantwortet, wie es sich gehört.

Der Londoner Stadtplan kam zu seinem Recht, als Polly aus dem Zug stieg. Eine Weile stand sie da und suchte die Marbonne Road. Endlich fand sie die Straße auf dem Plan; sie lag am Stadtpark, war eine Nebenstraße der Parkside. Polly ging Wimbledon Hill hinauf, folgte der High Street und gelangte schließlich zur Parkside. Auf der einen Seite standen schöne Häuser hinter hohen Zäunen, zur anderen Seite hin erstreckte sich der Park mit seinen Bäumen und Rasenflächen.

Schließlich erreichte sie die Marbonne Road, eine ruhige, vornehme Ringstraße mit Häusern in verschiedenen Baustilen, manche mit Stuckatur, andere mit unverputzten Ziegeln, einige im Tudorstil, doch alle auf eigenem Grundstück und von der Straße zurückgesetzt. Nummer 17 war ein Pseudo-Tudorbau mit dunklen Balken in den Ziegelmauern und einer auf Hochglanz polierten schwarzen Eingangstür. Auf dem Kies hinter den hohen Toren parkte ein weißer Mercedes. Ein hellbrauner Labrador lag auf den Granitstufen und genoss die Nachmittagssonne. Die Haustür stand einen Spaltbreit offen.

Vor dem eisernen Tor verließ Polly der Mut. Plötzlich kam sie sich unsäglich lächerlich vor. Der Labrador hob den Kopf und starrte sie an, dann bellte er kurz; es klang fast wie ein Gruß, Polly fühlte, wie Panik in ihr aufstieg, während die innere Stimme, die sie inzwischen zu fürchten gelernt hatte, in einschmeichelndem Ton zu ihr sagte: »Was zum Teufel machst du hier überhaupt, du dummes Huhn?«

Laubwerk raschelte, und sie vernahm die Stimme eines Mannes: »Hallo ... kann ich Ihnen helfen?«

Ein Mann mit einer Heckenschere in der Hand tauchte aus dem Gebüsch auf. Er war in mittleren Jahren, hatte eine Halbglatze, war etwas rundlich, mittelgroß und hatte kluge freundliche Augen. Polly, die sich gut an das Foto erinnerte, erkannte, dass ihr kein anderer als ihr Briefpartner gegenüberstand.

»Mr. Whiston?«, sagte sie.

Er zuckte sichtlich zusammen, starrte sie an und runzelte dabei die Stirn, als hätte sie sich nach einem Geist erkundigt.

»Wer möchte ihn sprechen?«

Polly wurde rot. Sie spürte, wie ihr das feurig heiße Blut bis an die Haarwurzeln stieg und sich über Brust und Oberarme ausbreitete. So war sie schon lange nicht mehr errötet; Rory pflegte sich darüber lustig zu machen, über diese Glut, die früher so leicht über sie gekommen war.

»Oh … ich habe nur einen Brief abzugeben …«

Sie öffnete ihre Handtasche, holte den Brief heraus, übergab ihn dem Mann.

Dieser nahm ihn stirnrunzelnd entgegen, wandte sich kurz ab und riss den Umschlag mit dem Finger auf.

Polly entfernte sich rasch, aber um Unauffälligkeit bemüht. Sie ging so schnell es ihr möglich war, ohne zu rennen.

»Warten Sie«, rief der Mann ihr nach. »Einen Augenblick!« Sie schaute sich um und sah, dass Mr. Whiston ihr folgte.

Oh Gott, dachte Polly, wenn sich doch nur der Boden auftun und mich verschlucken könnte …

»Stell dich, du dumme Kuh«, sprach sie sich innerlich Mut

zu. »Lern dich zu verstellen ... Du hast dich doch selbst in diese Situation gebracht! Das Mindeste, was du jetzt tun kannst, ist, mit Anstand und Würde wieder herauszukommen! Dieser Mann frisst dich schon nicht!«

Polly drehte sich um, bemühte sich, ein gleichmütiges Gesicht aufzusetzen, und wartete, bis er sie eingeholt hatte.

»Haben Sie diesen Brief geschrieben?«, fragte er beinahe schüchtern.

»Lieber Himmel, nein«, sagte Polly und errötete schon wieder. »Ich habe eine ... Schwester, die mich gebeten hat, den Brief für sie einzuwerfen, wenn ich nach London komme. Und da ich heute Nachmittag hier in der Nähe unterwegs bin, habe ich mir gedacht, ich gebe ihn persönlich ab.«

»Ich verstehe ... Dann ist er also von Ihrer Schwester! Concepta McCann?«

»Ahm ... ja ...«

»Dann vielen Dank auch, dass Sie sich die Mühe gemacht haben, ihn zu überbringen. Darf ich fragen, woher Sie kommen?«

»Ich lebe in Dublin. Ich bin auf Urlaub hier ... meine Schwägerin hat mich eingeladen.«

»Hier in der Gegend?«

»Nicht direkt. Sie wohnt am Eaton Square.«

»In Belgravia?«

»Ja.« Polly entspannte sich ein wenig. Er wirkte freundlich, halb amüsiert, halb verlegen. »Ich nehme an, dass Sie Mr. Whiston sind?«, sagte sie.

»Nein, der bin ich nicht. Das war mein Schwiegervater. Er ist letzte Woche unerwartet verstorben.«

Er musterte sie mit ernster Miene und runzelte die Stirn. »Sehen Sie, es würde mich wirklich interessieren, warum Ihre Schwester einen Brief an meinen verstorbenen Schwiegervater gerichtet hat«, fuhr er fort und warf einen Blick auf den Brief in seiner Hand, »aus dem hervorgeht, dass er ihr, nun ja,... mit gewissen Absichten geschrieben hat. Das erscheint mir doch ziemlich rätselhaft!«
»Ja, das ist es wirklich!«, pflichtete ihm Polly bei. »Ich weiß natürlich nichts Näheres darüber, aber ich könnte sie fragen... wenn Sie wollen.«
»Das wäre nett... Möchten Sie nicht einen Augenblick hereinkommen, damit wir über die Sache reden können? Wissen Sie, ich bin der Testamentsvollstrecker des alten Herrn, und vielleicht sollte ich wissen, ob er da etwas vorhatte... ich möchte nicht denken müssen, dass es hier noch offene Fragen gibt...«
Polly wusste nicht, was sie tun sollte. Ihre Panik kam ihr idiotisch vor, aber sie war da.
»Mach schon!«, riet ihr die grauenhafte innere Stimme. »Schluss mit diesem ewigen Zaudern und Zögern, das ist ja zum Kotzen! Lüg einfach munter drauflos. Bilde dir nur nicht ein, dass du das Schicksal an der Nase herumführen kannst, indem du dich in kindischer Weise an die Wahrheit klammerst! Wahrheit ist nur ein anderer Name für Faulheit!«

Polly folgte ihrem Gastgeber durch den Eingang und den Flur ins Wohnzimmer, wo zwei große Terrassentüren in den Garten hinausführten. Die Sonne beschien die von Bäumen gesäumte Ziegelmauer am anderen Ende des

Gartens. Der grüne, frisch gemähte Rasen, die steinerne Sonnenuhr, die Gartenbank, alles war so, wie sie es sich in diesem Zaubergarten vorgestellt hatte. Es gab auch eine Weide und Büsche und Blumenrabatten.

»Wollen Sie sich nicht setzen?«, forderte sie ihr Gastgeber auf und trat an einen Tisch mit Getränken, der in einer Ecke stand.

Polly, die am Fenster gestanden hatte, setzte sich auf einen antiken Lehnstuhl.

»Was möchten Sie trinken?«

»Ach … irgendwas … Limonade, Mineralwasser, was Sie gerade da haben!«

»Wie wär's mit einem Gin Tonic?«

»Ja, gern.«

Er reichte ihr ein Glas. Sie sog den Duft von Alkohol und Chinin ein, schwenkte die Eiswürfel, nahm einen Schluck, mühte sich, gefasst zu wirken. Der Labrador, der ihnen ins Haus gefolgt war, legte seine Schnauze auf ihr Knie, sah sie fragend an und trollte sich schließlich hechelnd vor die Terrassentür. Polly betrachtete die Hundehaare auf ihrer Hose.

»Das ist Herbie. Offensichtlich sind Sie ihm sympathisch!« Polly sah den Hund an.

»Wer sind Sie?«, fragte ihr Gastgeber plötzlich und beinahe streng.

Polly ließ sich Zeit mit ihrer Antwort. Darauf war sie nicht gefasst gewesen, und es bereitete ihr Missbehagen, dass sie sich wie eine Betrügerin und wie ein Eindringling fühlte.

»Ich heiße Pauline«, erwiderte sie bedächtig.

»Pauline wie?«
Polly nannte ihren Mädchennamen. »McCann.«
»Und Ihre Schwester ist Concepta McCann, die einen merkwürdigen Brief an einen Toten geschrieben hat?«
»Sie hat mich nur gebeten, ihn abzuschicken«, sagte Polly, plötzlich von ihrer qualvoll lächerlichen Lage zum Lachen gereizt. »Ich fürchte, ich bin mit seinem Inhalt nicht vertraut.«
Er nahm ihr gegenüber in dem zweiten, mit verblichenem Damast bezogenen Lehnstuhl Platz und sah sie zweifelnd an.
»Ist das eine Art Witz ... ein Ulk?«
Sie sah das unsichere Lächeln, das um seine Mundwinkel spielte, und blickte rasch in den sonnendurchfluteten Garten hinaus.
»Nein, wirklich nicht«, sagte Polly, die für einen Moment vergas, dass sie ja angeblich nichts über den Brief und sein Zustandekommen wusste. »Ich glaube, es ist keineswegs ein Witz. Ich glaube, es war so, dass meine Schwester so einsam und unglücklich war, dass sie schließlich eine Anzeige in die Zeitung setzte. Ihr verstorbener Schwiegervater hat darauf geantwortet. Offenbar hat er Ihr Foto mitgeschickt... aber dafür kann doch meine Schwester nichts!«
»Nein, der alte Draufgänger hatte eben einen verschrobenen Humor! Möchten Sie wissen, wie er wirklich ausgesehen hat damit sie es Ihrer Schwester erzählen können?«
Polly hob abwehrend die Hände, aber ihr Gastgeber war bereits an den Bücherschrank gegangen und holte ein rotgebundenes Fotoalbum heraus. Er blätterte die Seiten

um, schwer vom Gewicht verflossener Tage, dann reichte er ihr das Buch. »Das ist er, oben auf der rechten Seite!«

Das Gesicht, das Bernard so oft im Spiegel betrachtet hatte, blickte nun Polly entgegen. Er hatte, so dachte sie, Ähnlichkeit mit einem ausgesprochen aggressiven Lachs; er wirkte nüchtern und sachlich, seine Augen waren rund und kalt. Aber er hatte einen sardonischen Zug um den Mund, als hätte er sich das Leben gründlich angesehen und verstanden, worauf es dabei ankam.

»Er sieht wie ein komischer alter Kauz aus… finden Sie nicht?«

»Ich finde, er sieht wie ein Zyniker aus«, meinte Polly, um eine taktvolle Formulierung bemüht.

»Oh, das war Bernard zweifellos!«

Für eine Weile schwiegen beide.

»Ich heiße übrigens Keith Warrington«, sagte ihr Gastgeber.

»Aber abgesehen vom Namen treffen die Einzelheiten, die Bernard genannt hat, auf mich zu und nicht auf ihn. Meine Frau ist vor zwei Jahren gestorben, ich bin halb im Ruhestand, und ich habe eine Tochter, die in New York arbeitet. Da sieht man's mal wieder! Wir sind den exzentrischen Einfällen unserer Eltern auf Gnade und Ungnade ausgeliefert!«

Polly stellte ihr Glas ab. »Ich sollte jetzt lieber gehen. Vielen Dank für den Drink.«

Sie wollte sich dafür entschuldigen, dass sie seine Sonntagnachmittagsruhe gestört hatte, überlegte es sich dann aber anders. Schließlich hatte er sie hereingebeten, und

nun mit Entschuldigungen anzufangen hätte alles nur noch schlimmer gemacht.
»Müssen Sie wirklich schon los?«, fragte er. »Sie haben mich neugierig gemacht. Warum erzählen Sie mir nicht ein wenig von Ihrer Schwester? Warum ist sie so unglücklich, dass sie Anzeigen in die Zeitung setzt?«
Er sagte das sehr freundlich. Polly spürte, dass ihr der Gin zu Kopf stieg. Sie wünschte, es wäre ihr eine unverfängliche, witzige Bemerkung eingefallen. Doch stattdessen sagte sie: »Sie ist sozusagen verheiratet…«
»Sozusagen verheiratet? Was heißt das?«
»Bei uns in Irland kann man sich nicht scheiden lassen zumindest noch nicht… und wenn eine Ehe scheitert, versuchen die Leute eine Annullierung von der Kirche zu erwirken, dann können sie wieder kirchlich heiraten. Doch vor den Augen des Gesetzes sind solche Ehen bigamistisch…«
Keith lauschte mit hochgezogenen Augenbrauen.
Polly zuckte die Achseln. »Aber die Ehe, wenn man sie so nennen kann, war ein Fehler… Sie hat ihr Bestes versucht…«
»Und jetzt will sie raus?«
»Ich weiß es nicht genau«, sagte Polly. »Ich glaube, sie hoffte jemanden kennen zu lernen, mit dem sie reden kann. Doch jetzt hat sie kalte Füße bekommen und alle Briefe zurückgeschickt. Es schien ihr sehr ungehörig, Briefe von fremden Männern zu erhalten, verstehen Sie?«
Sie sah Keith Warrington an, aber er hütete sich, eine Gefühlsreaktion zu zeigen. »Wissen Sie«, fuhr sie fort und blickte wieder in den Garten hinaus, »wenn man nieman-

den hat, mit dem man wirklich reden kann, wird man langsam verrückt. Das hängt mit einem Bedürfnis nach einem gewissen Maß an Nähe zusammen. Wenn es einem verweigert wird, ist Wirklichkeit nur ein Wort, dann nimmt man die eigenen Grenzen nicht mehr deutlich wahr. Allmählich erstickt man an der Überfülle der Gefühle, der Freuden, der kleinen Dinge, der Probleme, über die man reden möchte. Man hätte so viel zu geben, und es ist alles vergebliche Liebesmüh …«

Keith antwortete nicht. Er hörte ihr so unaufdringlich zu, dass sie kaum merkte, wie aufmerksam er in Wahrheit war, noch wie sich seine Miene veränderte und er sie mit professionellem Interesse zu mustern begann.

»Aber«, sagte er, »Ihre Schwester könnte doch jederzeit gehen. Warum tut sie es nicht?«

Polly hob die Hände, wie um sich von den wunderlichen Einfällen ihrer Schwester zu distanzieren. »Sie weiß nicht, wie sie es anstellen soll. Sie hat Kinder …« Polly senkte die Stimme und betrachtete ihre Hände. »Ich würde sagen, sie sitzt in der Falle. Sie bemüht sich, den schönen Schein zu wahren …«

»Warum?«

Polly zuckte die Achseln. »So sind die Menschen eben …«

»Weil sie sich fremdbestimmen lassen«, ergänzte Keith, und nach einer Weile fügte er hinzu: »Sind Sie auch verheiratet?«

Polly zuckte zusammen. »Eigentlich nicht.«

»Und was machen Sie beruflich?«

»Nicht viel«, sagte Polly, verzweifelt um eine Erklärung ringend, die sie nicht als die Nur-Hausfrau dastehen lassen würde, als die mittellose, abhängige Dienerin, die sie in Wirklichkeit war. »Ich besitze Wertpapiere. Das ist zwar eine reichlich dekadente Lebensweise, aber ich finde sie sehr erholsam!«

Als er nicht antwortete, fügte sie hastig hinzu: »Aber ich verstehe etwas von Antiquitäten und helfe meiner Schwester im Geschäft. Das ist auch der Grund für meinen Aufenthalt in London.«

»Ich verstehe, Pauline«, sagte er nach einer kleinen Pause. »Ich habe heute Abend nichts vor und würde mich sehr freuen, wenn Sie zum Abendessen blieben… das heißt, wenn Sie nichts Besseres zu tun haben. Der ganze Fall, den Sie mir da geschildert haben, hat mich neugierig gemacht, und ich habe den Eindruck, dass sowohl Sie als auch Ihre Schwester sehr interessante Menschen sind.«

Polly wurde rot und stand auf. »Ich kann leider nicht. Ich muss jetzt wirklich los! Vielen Dank für Ihre freundliche Einladung.«

»Ich habe hier im Haus so viele alte Sachen, mit denen Sie mir helfen könnten«, beharrte Keith, »da Sie sich offensichtlich auskennen – ich meine mit Schätzungen und so etwas. Meine Frau war eine Art Sammlerin«, fuhr er fort. »Ich hatte vor, die Sachen von jemandem prüfen zu lassen, für die Versicherung. Wie würden Sie zum Beispiel den Stuhl beurteilen, auf dem Sie sitzen?«

Polly spürte mit Unbehagen, dass sie tiefrot geworden war. Aber sie sah sich die beiden zusammengehörigen Lehnstühle an und ließ den Blick durchs Zimmer schweifen.

»Das ist ein Fauteuil aus der Zeit Ludwigs XV.«, sagte sie,

»ebenso wie der, auf dem Sie sitzen. Er ist sehr viel wert …«
»Tatsächlich? Und wie steht es mit dem Rest der Möbel? Ich bin auf dem Gebiet leider ein Ignorant!«
»Tja, das ist eine viktorianische Kommode mit Aufsatz.« Polly deutete auf den Alkoven beim Kamin und dann auf die anderen Stücke im Raum; ihre Augen leuchteten vor Begeisterung. »Der halbmondförmige Tisch dort drüben müsste georgianisch sein, ein Kartentisch aus Mahagoni und indischem Satinholz, der sich wahrscheinlich rund ausziehen lässt. Der runde Tisch bei der Terrassentür ist ein Sheraton-Arbeitstisch aus Mahagoni mit Einlegearbeit aus Buchsbaumholz …«
Keith entspannte sich sichtlich. All das wusste er bereits.
»Und der Bücherschrank?«, fragte er.
Polly betrachtete ihn eingehend und versuchte, die Titel durch die Glastür zu entziffern.
»Ein viktorianischer Zylinder-Bücherschrank aus Mahagoni. Sie haben anscheinend ein paar schöne alte Bücher darin … vielleicht auch einige Erstausgaben?«
Sie sah Keith an, und wieder stieg ihr die Röte ins Gesicht, die sich gerade ein wenig gelegt hatte, als sie in die Betrachtung der Möbel vertieft gewesen war.
Hastig stand sie auf. »Ich muss los … vielen Dank noch mal für den Drink!«
»Es war mir ein Vergnügen! Werden Sie Ihrer Schwester erzählen, dass Sie mich getroffen haben?«
»Ich glaube nicht. Das würde sie in schreckliche Verlegenheit bringen! Ich wurde nicht beauftragt, mich aufzudrängen …«

Auf dem Flur fragte Polly schüchtern: »Hätten Sie etwas dagegen, wenn ich Ihre Toilette benutze?«
Keith deutete auf eine Tür. »Hier geht's rein.«
Polly starrte sich im Spiegel an. Meine Güte, dachte sie, ich sehe aus wie eine Tomate, die zu lange in der Sonne gelegen hat. Oh Gott, warum habe ich mir nur derart kindische Lügengeschichten ausgedacht? Was bin ich nur für ein Idiot!
Sie suchte in ihrer Handtasche nach der kleinen Plastikflasche mit dem Makeup, fand sie zunächst nicht, grub tiefer zwischen Zetteln und Rechnungen und fand sie schließlich ganz unten, unter dem Metallbügel eingekeilt. Rasch trug sie das Makeup auf, um zu retten, was noch zu retten war. Als sie wieder auf den Flur trat, stand die Haustür offen und Keith saß draußen auf den Stufen.
»Und Sie wohnen am Eaton Square, während Sie in London sind?«, erkundigte er sich, als er sie zum Gartentor brachte.
»Ja... Die Verlobte meines Bruders ist diese Woche allein, er ist zur Zeit unterwegs. Sie hat eine wunderschöne Wohnung und hat mich freundlicherweise für die Woche zu sich eingeladen. Sie wohnt in Nummer 13«, fügte sie zusammenhanglos hinzu.
»Sind Sie abergläubisch?«
»Lieber Himmel, nein.« Sie lachte, und in ihrem Lachen lag echter Humor. »Allem Anschein zum Trotz bin ich wirklich ganz... ausgeglichen. Wenigstens«, ergänzte sie mit unsicherem Grinsen, »glaube ich das, aber das ist natürlich eine rein subjektive Einschätzung!«
Keith Warrington lächelte. Um seine Augen bildeten sich

Lachfältchen; sein Gesicht legte sich in Falten, die lange Jahre der Toleranz und Freundlichkeit darin eingegraben hatten.
Polly legte die Hand auf das Tor, vor dem sie eine Stunde zuvor so unsicher gestanden hatte. Ein Wort veranlasste den schwanzwedelnden Herbie, sitzen zu bleiben.
»Sie haben etwas Leben in meinen Sonntag gebracht, Pauline McCann«, sagte Keith feierlich. »Ich habe das Gefühl, dass wir uns heute nicht zum letzten Mal sehen!«
Polly strahlte. Die Aussicht, für immer von ihrem sympathischen Gesprächspartner Abschied zu nehmen, war ihr nicht angenehm gewesen. Dann trug jedoch der gesunde Menschenverstand den Sieg davon.
»Das glaube ich nicht… aber es war mir trotzdem ein Vergnügen!« Sie schüttelte ihm die Hand und ging ihrer Wege.
Keith Warrington stand noch eine Weile am Tor und sah ihr versonnen nach. Dann kehrte er in seinen Garten zurück.

Daheim in Willow House sah Muriel ihre Papiere durch, sortierte sie in zwei Haufen: einen zum Verbrennen, den anderen zum Aufbewahren. Da waren die Briefe von Michael, aber es hatte keinen Sinn, sie aufzuheben. Sie fand die Zeichnung von dem Hochzeitskleid, von dem sie einst geträumt hatte. Wildseide. »Weiß«, hatte ihre Mutter bemerkt und den Mund verzogen. »Das muss wohl so sein.«
»Natürlich, Mama!«
»Natürlich…«

Muriels Mutter war an einem Schlaganfall gestorben, der sie niederstreckte, als sie an einem verregneten Morgen Punkt neun Uhr die Treppe herunterkam.
Muriel hatte sie in der Familiengruft beisetzen lassen, bei den Reeves', die vor ihr das Zeitliche gesegnet hatten.
»Das Leben geht weiter«, hatte Michael gesagt. Er stand kurz vor der Abschlussprüfung an der Universität und leistete ihr Beistand, soweit es seine Zeit erlaubte. Muriel hatte in aller Stille getrauert, um die Mutter geweint, die es ihr so schwer gemacht, sie so unnachgiebig verurteilt hatte und die sie nun so schrecklich vermisste. Es gab Dinge, die sie ihrer Mutter hätte sagen sollen; sie hätte sie zwingen müssen, diese Dinge zu verstehen; sie hätte die Tür öffnen und Licht hereinlassen müssen. Doch nun war es zu spät.

Sie griff nach einem Umschlag mit einer saudi-arabischen Briefmarke, zog den Brief heraus, überflog ihn, erinnerte sich, wie glänzend Michael seine Prüfungen bestanden hatte und man ihm praktisch sofort einen Jahresvertrag bei einem Krankenhaus in Saudi-Arabien angeboten hatte.
Er war so aufgeregt gewesen, als er ihr von dem tollen Gehalt und den zusätzlichen Leistungen erzählte, die er bekommen würde. »Reichtümer«, sagte er, »die die kühnsten Träume der Raffgier übersteigen! Wir heiraten auf der Stelle, wenn ich zurück bin …«
Muriel kam zu dem Schluss, dass es ihr nichts ausmachte, da zu bleiben. Es war doch nur für ein Jahr. Durch die Trennung würde ihre Zuneigung nur noch größer werden. Sie würde den Schmuck ihrer Mutter verkaufen, damit sie

das Dach von Willow House reparieren lassen könnte, sich für ihn schön machen, ein wunderbares Wiedersehen feiern.

Also war Michael abgereist. Und kurz darauf, als hätte er nur auf sein Stichwort gewartet, war Alan Barrington in ihr Leben getreten.

Sie steckte den Brief wieder in den Umschlag und legte ihn auf den Haufen, der zum Verbrennen bestimmt war.

9. Kapitel

Am selben Abend schrieb Keith Warrington einen Brief an seine Tochter:

Liebste Mo,
ich nehme an, dass du wohlbehalten angekommen bist, mein Liebling. Beerdigungen sind immer so deprimierend, vor allem, wenn es jemand ist, den wir lieben. Irgendwie hatte ich mir vorgestellt, der alte Bernard wäre einfach nicht umzubringen. Aber als er beschloss, doch zu gehen, hat er keine Zeit verloren! Doch die ganze Geschichte habe ich dir ja schon erzählt… Obwohl der Schlaganfall so plötzlich gekommen ist, denke ich immer, er wollte mir noch etwas sagen, bevor er das Bewusstsein verlor, aber das werden wir nun nie erfahren.
Heute stelle ich mir dich als Sonnenstäubchen im Big Apple vor, halb erstickt in der ungesunden Luft eurer Betonschluchten. Das kommt daher, weil ich den ganzen Tag im Garten verbracht habe, mit dem armen alten Herbie als einzige Gesellschaft. Ich habe ein wenig die Hecken geschnitten, Unkraut gejätet und herumgewerkelt, was ich immer als so angenehm empfinde.
Gegen drei Uhr bekam ich Besuch von einer merkwür-

digen kleinen Person, die einen Brief abgeben wollte. Ich will dir die Einzelheiten ersparen, nur dass es mit einer Frau zusammenhing, die eine Anzeige in die *Sunday Times* gesetzt hatte (nach dem Motto: Nette Dame sucht freundlichen, fürsorglichen Herrn) und die tatsächlich eine Antwort von dem alten Schurken, deinem Großvater, erhalten hat! Der alte Esel hatte die Frechheit besessen, ein Foto von mir mitzuschicken (einen der Schnappschüsse, die du letzten Sommer, an deinem Geburtstag, gemacht hast). Auf jeden Fall hat die betreffende Dame kalte Füße bekommen und sowohl den Brief als auch das Foto zurückgegeben, aber da sie neugierig war, hat sie wohl beschlossen, beides persönlich vorbeizubringen. Sie sagte, ihre Schwester hätte die Anzeige aufgegeben und sie täte ihr nur den Gefallen, den Brief abzuliefern. Aber ich hatte in meinem Beruf lange genug mit Lug und Trug zu tun, um es zu merken, wenn jemand am Sonntagnachmittag hier aufkreuzt und mir einen Bären aufbinden will!
Nicht dass an dieser armen Frau irgendetwas Unheimliches gewesen wäre. Sie ist mir nur ein wenig drollig vorgekommen, sie war es nicht gewohnt zu lügen. Sie ist um die vierzig, kommt aus Dublin und verbringt eine Woche bei ihrer Schwägerin in London, in Belgravia. Klingt das nicht alles ein bisschen komisch?! Vielleicht war sie ja darauf aus, die Bude auszukundschaften und ihre Gangster darauf anzusetzen, die französischen Sessel zu klauen, die deine Mutter so geliebt hat … Jetzt, da du mich verlassen hast, kann ja alles Mögliche passieren! Womöglich arbeitet sie ja für die IRA! Auf jeden Fall hat

sie mir heute Nachmittag angenehm die Zeit vertrieben (als Rationalist lasse ich mich stets durch das Bizarre bezaubern). Nimm es mir nicht übel, Liebes! Ich vermisse dich sehr, aber es freut mich unheimlich, dass es dir beruflich so gut geht. Der arme Jack ist am Samstag vorbeigekommen, er sah ziemlich bekümmert aus. Du könntest es dir mit ihm doch noch mal überlegen – wenn deine Romanze mit Bob tatsächlich vorbei ist, wie du sagst. Er betet dich an und ist ein wirklich netter junger Mann. Aber ich sollte mich da nicht einmischen.

Pass auf dich auf und schreib, wenn du kannst, deinem dich liebenden

Dad.

Als Keith den Brief fertig hatte, steckte er ihn in einen Umschlag, frankierte ihn und legte ihn auf den Tisch im Flur. Dann ging er in die Küche, holte ein Budweiser aus dem Kühlschrank und setzte sich damit in den Garten.

Die Abendsonne fiel nun auf die Veranda vor der Küchentür und ließ die Wand des Werkzeugschuppens aufleuchten, wo die rosablühenden Klematis sich emporrankten. Junge Schwalben, die in einem Nest unter der Traufe geschlüpft waren, übten sich zum Spaß im Sturzflug, drehten ihre Kreise in der warmen Abendluft und erhoben sich triumphierend gen Himmel.

Keith hatte einen Band mit Gedichten von Alfred Tennyson mit nach draußen genommen und las Herbie laut aus »The Princess« vor, über die Klage der Tauben in uralten Ulmen und das Summen unzähliger Bienen. Der Hund hob ein Ohr, legte es wieder an und begann zu heulen.

»Ich weiß einfach nicht recht, ob du ein Ästhet bist oder ein Philister«, sagte sein Herrchen und musterte ihn über den Brillenrand hinweg. »Höre ich da eine kritische Würdigung oder ein vernichtendes Urteil heraus?«

Herbie wedelte mit dem Schwanz und blickte fragend zu Keith auf; er hatte die Schnauze auf den Boden gelegt, und seine Augen waren feucht vor Zuneigung.

Keith dachte an Marguerite, seine verstorbene Frau. Herbie war ihr Hund gewesen, und sie hatte ihm jene behutsame Liebe geschenkt, die sie allem zuteil werden ließ, was sie besaß, ob es nun ihr Ehemann war, ihre Tochter Sophie, Herbie oder die französischen Lehnstühle, die sie zu einem horrenden Preis bei einer Auktion erstanden hatte.

Marguerite hatte ihn stets an die unglückselige Gemahlin in Robert Brownings Gedicht »Meine letzte Herzogin« erinnert:

Mein Kopf an ihren Brüsten,
Der Sonnenuntergang im Westen,
Der Kirschzweig, den ein liebeskranker Kuli
Eigens für sie brach; der weiße Muli,
Auf dem sie um die Terrasse ritt – einfach alles
Erfreute sich bei ihr des gleichen Kommentares …

Natürlich mit dem kleinen Unterschied, dass Keith, anders als der Herzog, seiner Frau nicht den Garaus gemacht hätte, weil sie alles in gleichem Maße liebte, obwohl ihm diese Gleichbehandlung in der Seele weh getan hatte.

Aber Gedichte hatte sie nicht geliebt, die weckten bei ihr Unbehagen, denn sie war sicher, dass die Dichter ihre Leser in hinterlistiger Weise manipulierten. Ungeachtet ihrer freundlichen Wesensart war Marguerite nicht frei von Argwohn gewesen. Er vermisste sie schrecklich, die Zielstrebigkeit, die von ihr ausging, und ihre zärtliche Fürsorglichkeit. Aber nichtsdestotrotz hatte er in letzter Zeit, mit sich allein gelassen, merkwürdige Perspektiven entdeckt, verborgene Ecken und Winkel, die er sonst nie beachtet hatte. Die Einsamkeit, so dachte er, macht einen mit sich selbst bekannt, nicht mit dem angenehmen, abgenutzten Ich, sondern mit dem, das im Verborgenen schlummert und träumt, mit dem Fremden im eigenen Innern.

Er dachte an die Frau, Pauline, die heute Nachmittag hereingeplatzt war wie jemand von der *Versteckten Kamera*. Er hatte sie merkwürdig attraktiv gefunden. Sie strahlte eine seltene Mischung aus Unverschämtheit und Schüchternheit aus, obwohl sie offensichtlich nicht ganz dicht war. Doch er war seltsame Menschen gewohnt; sie waren sein täglich Brot, sein Sargnagel und seine Freude.

Er ertappte sich dabei, dass er überlegte, was für ein Leben sie wohl führen mochte. Was hatte sie dazu gebracht, eine Annonce in die Zeitung zu setzen? Hatte sie es aus Einsamkeit getan, aus Schüchternheit, Enttäuschung, Leidenschaft, Hoffnung? Die Menschen erfanden immer neue Varianten auf der Jagd nach Erfüllung. Aber Pauline hatte sich von den Möglichkeiten, die sich aufgetan hatten, wieder abgewandt, nur dass sie nicht fähig gewesen war, ihre Neugier zu unterdrücken. Und die Ausrede mit

der Schwester war bei Gott leicht zu durchschauen gewesen.
Doch zweifellos verstand sie etwas von alten Möbeln. Vielleicht war sein Scherz in dem Brief an Mo gar nicht so abwegig; vielleicht wollte sie tatsächlich das Haus ausbaldowern. Würde er morgen früh mit eingeschlagenem Schädel und ohne seine Lehnstühle aufwachen?

Als sich die Dämmerung auf die Veranda senkte und die Luft kühl wurde, ging er hinein. Im Fernsehen gab es nichts, was ihn interessiert hätte; er warf einen Blick in den Kühlschrank, fand aber nur die Reste des Schinkensalats, den er zu Mittag gegessen hatte. Dies erschien ihm mit einem Mal so deprimierend, dass er beschloss, zu Chez Patrice zu gehen, das französische Restaurant in der High Street. Er benutzte die Toilette im Erdgeschoss und bemerkte auf dem Boden einen rosafarbenen Zettel. Er hob ihn auf, drehte ihn um und sah, dass es sich um einen Lottoschein handelte, noch dazu um einen irischen Lottoschein mit rosafarbenen Phantomgestalten, die anscheinend vor der Qual der Wahl standen – Ballett, Musik, Sport, alle diese Freuden harrten der glücklichen Gewinner, die nichts zu tun und dafür den ganzen Tag Zeit hatten.
Er schmunzelte. Plötzlich erschien ihm seine geheimnisvolle Besucherin als ein ganz normaler Mensch, von denselben seltsamen Sehnsüchten erfüllt wie jeder andere auch. Er wollte den Zettel schon zusammenknüllen und ins Klo werfen, als er auf die Idee kam, aufs Datum zu schauen. Der Schein war von vorgestern. Sollte er ihr ihn

schicken? Da fiel ihm ein, dass er nicht wusste, wo sie wohnte. Er legte ihn auf die Glasablage über dem Waschbecken und kämmte, was ihm an Haaren noch geblieben war. Dann ging er auf den Flur, schlug die Nummer von Chez Patrice im Telefonbuch nach, bestellte einen Tisch und erklärte dem enttäuschten Herbie, das Leben sei hart und er solle gut auf das Haus aufpassen. Er griff nach dem Brief, um ihn unterwegs einzuwerfen, und zog die Haustür hinter sich zu.

Als Polly in die Wohnung zurückkehrte, lag Michelle auf der Couch. Sie rauchte, und der Raum war von einem aromatischen, durchdringenden Duft erfüllt. Sie lächelte versonnen wie immer und bot Polly einen Joint an.

Polly fuhr zusammen. Ein solches Angebot war ihr seit zwanzig Jahren nicht mehr gemacht worden.

»Nein, danke.«

Sie ging in ihr Zimmer, blickte in den Spiegel und seufzte erleichtert. Ihr Gesicht sah nun wieder einigermaßen normal aus; die glühende Verlegenheit hatte sich gelegt. Aber seelisch war sie völlig aufgewühlt. Sie hatte ihren merkwürdigen Nachmittag gedanklich zu verarbeiten versucht und kam nun erschöpft heim, nur um festzustellen, dass Michelle Haschisch rauchte. Das warf die Frage auf, ob Tom es auch tat. Hatte er jetzt mit Drogen zu tun – selbst wenn es so genannte weiche Drogen waren? Sie erinnerte sich, wie wütend er gewesen war, als sie einmal versuchsweise eine Zigarette geraucht hatte. Vielleicht habe ich ihn nie richtig gekannt, überlegte sie ernüchtert. Vielleicht beruhen meine Gefühle für ihn auf Wunschvorstellungen. Dann musste sie halb amüsiert, halb ungläubig wieder an ihren Nachmittag denken. Sie hatte ihn kennen gelernt, den Mann auf dem Foto, nur dass er ihr überhaupt nicht geschrieben hatte. Es war eine Art Witz gewesen, den sich sein Schwiegervater erlaubt hatte, bloß um unmittelbar danach das Zeitliche zu segnen! Und da ging man nun durchs Leben in dem Glauben, alles liefe nach den Gesetzen der Vernunft ab!

Als sie aus ihrem Zimmer kam, lag Michelle immer noch träge auf der Couch.

»Liebes Mädchen«, sagte sie, ohne sich vom Fleck zu rühren, »tut mir Leid, dass ich heute Morgen einfach so verschwunden bin! Aber ich habe heute früh einen Anruf bekommen, den ich einfach nicht ignorieren konnte!«

»Oh«, sagte Polly und wartete darauf, dass ihre künftige Schwägerin ausführlicher von dem überstürzten Rendezvous berichtete, durch das sie sich hatte weglocken lassen; als die Erklärung jedoch ausblieb, fuhr sie fort: »Wozu rauchst du eigentlich diesen Mist? Es verändert die chemischen Prozesse im Gehirn.«

»Gerade deswegen rauche ich es ja!«, erwiderte Michelle ungerührt. »Meine Denkprozesse müssen ein bisschen aufgemischt werden!«

»Und das sagt eine tolle Frau wie du?«

»Du findest mich toll?«, vergewisserte sich Michelle nach einer Weile mit leiser Stimme.

»Natürlich. Du bist schön und elegant und charmant, und dazu noch unheimlich intelligent! Und außerdem hast du Geld. Du hast alles … Du brauchst dieses Zeug nicht! Und du hast Tom!«

Michelle wandte sich ab; sie hatte plötzlich einen bitteren Zug um den Mund. »Und was hast du heute unternommen, Polly?«
»Ach, dies und jenes«, erwiderte Polly unbestimmt.
Michelle starrte sie aus bernsteinfarbenen Augen an und lächelte. »Nach deinem strahlenden Gesicht zu urteilen, solltest du dies und jenes ruhig öfter und intensiver tun.«

An diesem Abend war Polly recht schweigsam. Insgeheim grübelte sie immer noch über ihren außergewöhnlichen Nachmittag nach, von dem sie auf keinen Fall etwas erzählen wollte. Als Michelle vorschlug auszugehen, sagte sie, sie sei müde und wolle früh ins Bett. Im Kühlschrank fand sich noch kaltes Hühnchen; die beiden Frauen machten daraus einen Salat zum Abendessen, und da das Gespräch erlahmte, legten sie sich früh schlafen.
Polly lag im Halbdunkel und lauschte den Geräuschen des Londoner Straßenverkehrs. Ihre Gedanken kehrten immer wieder zu Keith Warrington zurück; sie dachte an seinen zauberhaften Garten, seinen freundlichen Hund und seine witzigironischen Kommentare über seinen Schwiegervater. In gewisser Weise fühlte sie sich durch die Begegnung unglaublich bereichert, als wären ihr einige Edelsteine in den Schoß gefallen, die sie nun in Ruhe betrachten und ins Licht halten konnte, um ihre Facetten und Farben zu bewundern. Sie erinnerte sich an seine freundlich amüsierte Stimme, als er sie gefragt hatte, ob sie mit ihm zu Abend essen würde.
Nach ein paar Minuten knipste Polly die Nachttischlampe an, stand auf, zog ihr Nachthemd aus und betrachtete sich

nackt in dem hohen vergoldeten Spiegel. Sie versuchte sich mit objektivem Blick zu sehen, ließ ihre Handflächen über ihren Körper gleiten. Ihre Taille war immer noch in Ordnung, relativ gesehen, und ihre Haut fühlte sich weich und seidig an. Ihren Körper, sagte sie sich, konnte man getrost als üppig bezeichnen, so wie den jener Frauen, die Rubens malte: ganz Fleisch und passive Weiblichkeit. Ich könnte ein paar Pfunde abnehmen, dachte sie, und hätte immer noch genug. Und dann fragte sie sich, warum sie dies hier überhaupt tat.

Im Nebenzimmer lag Michelle und starrte an die Decke. Ihre Nachttischlampe war noch an. Sie griff nach ihrem kleinen schwarzen Tagebuch und schrieb mit winziger Schrift: »Den ganzen Tag gevögelt; den Abend mit Pollyanna verbracht, der Unschuld vom Lande. Sie wird sich nicht darauf einlassen wollen, aber ich versuche es morgen wieder… Diese verdammte Keuschheit ist ja schon beinahe ansteckend!«

Am nächsten Morgen rief Polly zu Hause an. Peter meldete sich. Ja, daheim war alles in Ordnung; das merkwürdige hobbitartige Wesen befand sich mal wieder im Cyberspace. Als sie sich nach Jason erkundigte, sagte Peter, der picklige kleine Schwule widme sich gerade der Gesichtspflege.

Im Hintergrund hörte Polly Jasons Stimme: »Hör auf, mich zu beschimpfen.«

»Der kleine Scheißkerl wird aufmüpfig«, verkündete Peter in den Hörer.

»Lass mich mit Jason reden«, forderte Polly.

Es folgte ein Klappern, als Peter den Hörer hinlegte, dann kam Jason ans Telefon.
»Mama?«
»Hallo, Liebling... alles in Ordnung?«
»Ja... kaufst du mir ein paar T-Shirts bei C&A?«
»Gut. Lernst du auch fleißig?«
Jason seufzte, dann sagte er: »Wenn Peter mich in Ruhe lassen würde, könnte ich mehr schaffen...«
»Kann ich mit deinem Vater sprechen?«
Der Hörer landete krachend auf dem Tisch. »Dad«, ertönte Jasons gedämpfte Stimme, »Mama ist am Telefon!«
Polly musste eine Weile warten, bis der Hörer am anderen Ende wieder aufgenommen wurde.
»Hallo«, meldete sich Rory endlich. »Tut mir Leid, dass es etwas länger gedauert hat, aber ich war gerade mitten in einer wichtigen Sache. Wie steht's in London?«
»Rory«, sagte sie, »könntest du dafür sorgen, dass Peter Jason nicht unablässig quält? Wie soll er lernen, wenn ihn sein Bruder nicht in Ruhe lässt? So geht das nicht. Und Peter täte gut daran, sich auch ranzuhalten!«
Schweigen. »Jason ist dein jüngerer Sohn«, schrie Polly plötzlich ins Telefon. »Halt deinen älteren Sohn davon ab, ihm ständig zuzusetzen. Ich kann es von hier aus ja wohl schlecht tun!«
»Ich bin mir über die Identität meiner Kinder vollkommen im Klaren, danke bestens«, sagte Rory schließlich mit einer herrischen, selbstgerechten Stimme, die dafür reserviert war, Polly zum Schweigen zu bringen.
»Dann ist es ja gut«, brüllte Polly, »denn letztesmal, als das zur Diskussion stand, hattest du keine Ahnung!«

»Man kann doch nicht von mir erwarten, dass ich Leute erkenne, die plötzlich ganz anders aussehen als sonst!«, protestierte Rory, der sich mit einigem Ärger an den Zwischenfall zurückerinnerte, auf den Polly anspielte.
»Das stimmt«, räumte Polly ein. »Nur dass andere Kleidung und das Fehlen einer ansonsten vorhandenen Brille nicht unbedingt ausreichen, eine solche Verwechslung zu rechtfertigen!«
Rory schwieg, aber sein Zorn war auch ohne Worte spürbar. »Das muss ich mir nicht anhören«, erklärte er schließlich schwer atmend. Dann legte er auf.
Polly sah Michelle an, die gerade aus der Küche kam. Sie zog ihre feinen Augenbrauen hoch.
»Alles in Ordnung, Polly?«
»Nein … Warum habe ich das nur getan? Ich weiß nicht, was in mich gefahren ist. Hast du was dagegen, wenn ich zurückrufe? Er hat einfach aufgelegt!«
Sie wählte erneut, in Dublin klingelte das Telefon, wieder meldete sich Peter.
»Peter, kann ich mit deinem Vater sprechen?«
»Ich fürchte, der Hobbit ist ausgegangen.«
»Zeig bitte etwas mehr Respekt deinem Vater gegenüber und hör auf, die Leute mit Schimpfnamen zu belegen«, sagte Polly gereizt. »Jetzt hör mir mal zu. Lass deinen Bruder in Ruhe … lass ihn lernen! Kümmere dich lieber um deine eigene Arbeit und sei nicht so eine Plage!«
Peter holte tief Luft.
»Vielleicht interessiert es dich zu hören, Mama«, sagte er mit beleidigter Stimme, »dass heute Morgen, als ich noch

geschlafen habe, dein kleiner Engel in mein Zimmer gekommen ist und mich mit Wasser bespritzt hat…«

»Oh Gott!«

»Ja, Mama«, sagte Peter in dem kummervollen Tonfall, dessen er sich bediente, wenn er klarstellen wollte, dass ihm Unrecht widerfuhr. »Auf Wiedersehen, Mama.«

Polly legte auf und sah Michelle an. »Der ganze Haushalt bricht zusammen, sobald ich nicht da bin«, stöhnte sie. »Die beiden Jungs gehen sich gegenseitig an die Gurgel, und Rory schreitet nicht ein!«

»Das ist schrecklich«, murmelte Michelle. »Aber ich glaube, Jungs sind nun mal so…«

»Ich glaube, ich sollte lieber heimfahren«, sagte Polly unglücklich und biss sich auf den Daumennagel. Gegen ihren Willen traten ihr Tränen in die Augen.

Michelle machte ein ungläubiges Gesicht; sie kam auf Polly zu und legte ihr den Arm um die Schulter.

»Polly Caine«, sagte sie, »wenn du es wagst, mich in der Stunde der Not im Stich zu lassen, und das wegen dreier erwachsener Männer, die es dringend nötig hätten, endlich selbst die Verantwortung für ihr Leben zu übernehmen, dann werde ich dir das nie verzeihen!«

»Aber die Jungs müssen lernen… und das tun sie nicht, wenn ich nicht da bin.«

»In dem Fall sollte man ihnen die Erfahrung zugestehen, dass sie durchfallen!«, sagte Michelle halblaut. »Was in aller Welt veranlasst dich zu glauben, dass du ihnen die Gestaltung ihres Lebens abnehmen musst?«

»Aber ich bin doch ihre Mutter!«

»Du kannst ihnen zu einem guten Start verhelfen, für sie

sorgen, bis sie selbst klarkommen, aber du kannst ganz bestimmt nicht ihr Leben für sie leben!«

Polly überlegte. »Hmm«, sagte sie, nicht sonderlich überzeugt.

»Und Rory ist schließlich schon ein großer Junge.«

»Es ist nur, dass er völlig in seinen Computer vernarrt ist...« Sie sah Michelle an. »Er ist natürlich großartig... er ist sehr gescheit... du würdest nicht glauben, was für brillante Einfälle er manchmal hat... Aber er will sich einfach nicht um die Kinder kümmern...«

Michelle nickte. »Sie kommen schon zurecht, Polly. Dir ist doch klar, dass du diesen Urlaub bitter nötig hast!« Leise setzte sie hinzu: »Das verdammte Pack!«

Polly trat ans Fenster. Sie blickte auf den Platz hinaus, auf die eleganten Regency-Häuserreihen, die schwarzen Taxis, die friedlichen Gärten mit ihren Rasenflächen und Blumenrabatten, die durch die Bäume schimmerten.

»Ich habe eine Schwäche für Gärten, weißt du«, erklärte sie Michelle mit Wehmut in der Stimme. »Ich habe versucht, aus unserem etwas zu machen, aber die Jungs machen mit ihrem Fußball alles kaputt. Wenn ich Geld hätte, würde ich... gestern habe ich einen so schönen Garten gesehen...« Sie warf Michelle einen Blick zu. »Trotzdem glaube ich, dass ich morgen heimfahren sollte.«

»Warte wenigstens bis Mittwoch«, bat Michelle, »morgen habe ich etwas mit dir vor!«

»Was denn?«

»Och... ich dachte, wir könnten in... in den Botanischen Garten gehen, außerdem wollte ich dir ein paar Leute

vorstellen. Komm schon, Polly«, mahnte sie, »lehn dich gegen deine Quälgeister auf! Tu was für die kleine Polly!«
Polly lachte. »Du redest von meinen Lieben wie von Graf Dracula!«
»Tut mir Leid… Ich weiß, sie sind wunderbar, phantastisch, anbetungswürdig, sensibel, liebevoll… aber schließlich hast du auch deine Rechte!«
Polly lächelte. »Das verstehst du nicht.« Dann sagte sie, um das Thema zu wechseln, aber auch, weil es sie brennend interessierte: »Wann, hast du gesagt, kommt Tom zurück? Ich würde ihn so gerne sehen, bevor ich fahre!«
»Oh, er kommt frühestens übernächste Woche wieder«, sagte Michelle gelassen.
»Wo ist er überhaupt?«
»In Dubai… glaube ich. Er ist ziemlich viel auf Achse!«
»Was macht er denn in Dubai?«
Michelle zuckte die Achseln. »Woher soll ich das wissen? Wahrscheinlich verkauft er Waffen an die Araber!«
»Wie bitte?«
»Oder Frauen an die Araber…«
»Michelle, was redest du da?«
»War nur ein Scherz. Nein, er hat mit einer dieser großen Ölgesellschaften zu tun.«
»Verstehe… das wusste ich nicht.«
»Oh, er hat verschiedene erfolgreiche Geschäfte am Laufen.«
Michelle schenkte ihr einen rubinroten Aperitif ein, Cherry Brandy, wie Polly vermutete.
»Jetzt erzähl mir von deinen Nachbarn und dem Leben in Ashgrove Lawns!«

Polly seufzte, nippte an ihrem Glas und verspürte plötzlich dieselbe Benommenheit wie am Samstag. »Ach, da gibt es nicht viel zu erzählen«, sagte sie verträumt. »Ich habe eine gute Freundin, Susie, und in der Siedlung wohnen viele Menschen wie wir, die hart arbeiten und ihr Bestes tun und sich viel auf Lappalien einbilden, weil sie sonst nichts haben, auf das sie sich etwas einbilden könnten … Und dann gibt es natürlich noch Muriel …«

»Erzähl mir von ihr«, ermunterte Michelle sie.

»Sie ist eine reiche, einsame Frau, die in diesem großen Haus nebenan wohnt.«

»Reich und einsam«, wiederholte Michelle nachdenklich. »Eine ungewöhnliche Kombination. Hat sie denn keinen Freund?«

»Ich glaube nicht. Anscheinend geht sie nicht viel aus. Sie war einmal verlobt, aber es ist nicht gut gegangen.«

»Hättest du gerne einen Freund, Polly?«

Polly starrte sie an. »Bist du verrückt? Ich bin verheiratet!«

»Ach, ich meine doch nur jemanden, mit dem du plaudern oder ausgehen könntest. Ich habe für heute Abend ein paar Freunde eingeladen, die du kennen lernen solltest …«

Alan war Bankdirektor. Muriel war noch nie jemandem mit einer so starken, energiegeladenen Ausstrahlung begegnet. Er war etwa fünfundzwanzig Jahre älter als sie, verheiratet und hatte zwei Kinder, die beide schon erwachsen waren.

»Meine Frau und ich leben nur noch nebeneinander her«, hatte er ihr versichert. »Unsere Ehe hat sich schon so lange totgelaufen, dass ich gar nicht mehr weiß, wie lange!«

Voller Wehmut hatte er sie angesehen, um Mitgefühl und Verständnis heischend – ein einsamer Mann, der die Gesellschaft einer jungen Frau, die seine Tochter hätte sein können, zu schätzen wusste. Muriel fühlte sich geschmeichelt, fühlte mit ihm, ging, zumindest geistig, auf seine stumme Bitte ein.

Muriel hatte Alan schon seit einiger Zeit vom Sehen gekannt. Als sie sich zufällig auf einer Party trafen, hatte er mit seiner freundlichen, humorvollen Art ihre natürliche Schüchternheit verscheucht und die warnende innere Stimme zum Verstummen gebracht, auf die sie sonst vielleicht gehört hätte. Seit Michaels Abreise nach Dschidda war erst ein Monat vergangen, und Muriel war einsam. Sie fühlte sich unsicher, zweifelte an ihrer Attraktivität und fürchtete, Michael würde in Saudi-Arabien einer anderen Frau begegnen.

In dieser Gefühlslage traf sie Alan, der Leben und Charme verströmte. Seine Aufmerksamkeiten gaben ihr das Gefühl, sichtbar zu sein, ja sogar Macht über ihn zu besitzen. Er umwarb Muriel, bat sie um eine Verabredung, rief sie an und machte ihr so charmante Komplimente wie: »Hat die schönste Frau der Welt heute Abend schon etwas vor? Weiß sie, wie sehr ich sie vermisse?«

Muriel war dreiundzwanzig gewesen damals, schüchtern, unerfahren, verletzlich und von einer elfenhaften Anmut, die ihr selbst kaum bewusst war. Sie fühlte sich nahezu überwältigt von dieser neuen Erfahrung. So hatte noch kein Mann mit ihr gesprochen, auch Michael nicht. Es war wie im Märchen: Der Prinz meint es ernst, quält sich aufrichtig, und seine Worte kommen aus dem Herzen.

Es tut ja niemandem weh, sagte sie sich, wenn ich mit ihm ausgehe. Es kam ihr wie ein raffinierter Schachzug vor, mit einem der Direktoren der Bank auszugehen. Michael hätte bestimmt nichts dagegen. Er erwartet doch sicher nicht von mir, dass ich jeden Abend zu Hause sitze, während er weg ist, dachte sie. Außerdem war Alan so viel älter als sie, dass er doch bestimmt keine Hintergedanken hatte.
Also hatte sie eine Einladung zum Abendessen angenommen und war mit Alan Barrington ins Mirabeau gegangen.

Er hatte sie heimgebracht, zu ihrem abgelegenen verfallenen Haus, und hatte sie beim Abschied im Auto unverhofft und leidenschaftlich geküsst. Dann hatte er sie voller Zärtlichkeit angesehen. Er strahlte liebevolle Besorgnis aus, hielt ihre Hände und sagte, wie schön der Abend gewesen sei.
»Es war wunderbar, Muriel. Du gibst mir das Gefühl, wieder jung zu sein. Du lässt mich die Angst vor der Midlife-Crises vergessen!«
Nach diesen Worten fühlte Muriel sich ihm ein wenig überlegen. Es lag auf der Hand, dass sie im Vergleich zu ihm sehr jung war, und weil ihre Jugend für ihn etwas Begehrenswertes darstellte, hatte sie ihm damit etwas voraus. Das Zusammensein mit ihm war gleichzeitig aufregend und ungefährlich. Er erinnerte sie an ihren Vater, und zugleich schien er ganz anders zu sein; das weckte bei ihr die unklare, nicht in Worte zu fassende Vorstellung, sie könnte auf diese Weise den alten Konflikt lösen. Als Vaterfigur, als vertrauenswürdige, ehrenwerte Vaterfigur, wurde er für sie zum Symbol der Erlösung.

Die Art, wie er ihre Hände nahm, wirkte so ungekünstelt, seine Lachfältchen, der Spaß, den sie miteinander hatten, dass sie gemeinsam lachen konnten, alles war so natürlich. Es war viel schöner, mit einem Mann auszugehen als mit einem Jungen. Ein Mann bedrängte einen nicht; ein Mann respektierte einen. Also war eine zweite Verabredung gefolgt, dann eine dritte, und am vierten Abend lud ihn Muriel, die sich erfahren und weltklug geben wollte, aber nichts im Sinn hatte außer einem schnellen Drink und einer kleinen Plauderei, auf einen Schlummertrunk ein.

»Liebling«, sagte er und zog sie auf der Couch an sich, »ich habe mich den ganzen Abend danach gesehnt, das zu tun!«

Und dann küsste er sie, und seine Hände tasteten nach ihren Brüsten.

Schon bei der ersten Liebkosung spürte Muriel, wie ihr Körper reagierte, und im tiefsten Innern war ihr klar, wenn sie nicht sofort aufhörte, war sie verloren.

An diesem Abend kamen zwei fremdländisch aussehende Männer in die Wohnung am Eaton Square. Vermutlich aus dem Nahen Osten, dachte Polly, die sich erinnerte, dass Tom in Dubai arbeitete. Sie schienen Michelle gut zu kennen, waren teuer gekleidet und brachten ein paar Flaschen Wein mit.

»Das ist Hussein und das ist Abdullah«, erklärte Michelle strahlend. »Und das ist meine Freundin Polly Caine!«

»Das ist also die Dame, von der du gesprochen hast«, sagte Abdullah mit orientalischem Akzent, lächelte Polly an und bedachte sie mit einem glühenden Blick. »Sie ist bezaubernd!«

Hussein sagte mit leiser Stimme etwas zu Michelle, die daraufhin lachte, und seine Hand glitt wie zufällig über ihren Po.

Polly wurde rot und fragte sich, wie dieser Mann dazu kam, in der dritten Person von ihr zu sprechen, als wäre sie nicht anwesend, und warum Hussein auf so vertrautem Fuß mit Michelle stand.

Sie kam zu dem Schluss, dass Michelle die Geste gar nicht aufgefallen war. Vielleicht war es ja nicht böse gemeint gewesen, schließlich kamen die beiden aus einem anderen Kulturkreis.

Sie nahmen von Michelle ihre Getränke entgegen, setzten sich, plauderten mit ihr und legten Polly gegenüber eine Vertraulichkeit an den Tag, die sie in Erstaunen versetzte. Gelegentlich sprachen sie miteinander in einer Sprache, die Polly nicht verstand. Sie fragte sich, wie Michelle so begriffsstutzig sein konnte, dass ihr die offensichtlich anzüglichen und unverschämten Blicke entgingen, mit denen die Männer sie beide musterten.

Michelle servierte Cocktailhäppchen, die sie zusammen mit Polly vorbereitet hatte: Räucherlachs, Garnelen auf Nudeln und Käsecreme auf Kräckern.

Polly lehnte den Gin Tonic ab, der ihr angeboten wurde, trank aber Wein und versuchte, sich höflich zu unterhalten, während ihr heimlicher Groll wuchs.

Abdullah zeigte sich besonders aufmerksam ihr gegenüber. Er setzte sich neben sie aufs Sofa und sah sie aus großen Augen an, wie Omar Sharif.

»Meine liebe Dame«, sagte er, »Sie sind so hübsch. Wir bewundern Damen, die ein wenig...«, und seine Hände zeichneten den Umriss einer üppigen weiblichen Figur.

»Wie bitte?«, sagte Polly.

Michelle und Hussein waren für einen Moment in die Küche verschwunden und hatten Polly mit ihrem neuen Verehrer allein gelassen.

»Ich habe Ihr Gesicht und Ihren Körper gesehen, als ich hereinkam, und mich sofort in Sie verliebt«, flüsterte er ihr ins Ohr. Eine fleischige Hand lag plötzlich auf ihrem Knie und wanderte mit ruhiger Zuversicht weiter zu ihrem Schenkel. »Sie wirken so anders... so frisch...«

Polly fühlte sich abgestoßen. Was sich da abspielte, war ihr völlig fremd, eine Ekel erregende Intimität und eine Haltung gegenüber Frauen, die sich nicht wesentlich vom Hunger des Schweins am Futtertrog unterschied. Sie wurde puterrot, stand auf und stellte ihren Möchtegernliebhaber zur Rede.

»Ich glaube, Sie sind bei mir an der falschen Adresse, Abdullah. Ich will nicht unhöflich sein, aber ich bin mir sicher, dass Ihre Frau über dieses Betragen entsetzt wäre. Es bringt doch nichts, sich so schamlos zu benehmen, nur weil Sie Heimweh haben, oder was auch immer! Ich lege keinen gesteigerten Wert darauf, betatscht zu werden, genauso wenig wie Ihre Frau das wünschen würde oder Sie es bei ihr zulassen würden!« Abdullah wich zurück, als hätte er eine Ohrfeige bekommen. Michelle und Hussein kamen aus der Küche und hörten, wie Polly mit erhobener Stimme fortfuhr: »Wenn Sie mich jetzt entschuldigen würden, ich mache einen Spaziergang...«

Sie ging in ihr Zimmer, um ihren Mantel zu holen. Michelle folgte ihr und schloss die Tür. Sie sah aus, als könnte sie sich nur mit Mühe das Lachen verkneifen.

»Oh, Polly, was mache ich nur mit dir«, sagte sie beschwichtigend. »Der arme Abdullah hat es doch nicht böse gemeint. Er wollte dich nicht beleidigen!«

»Ich vermute, dass es ihm gleich ist, ob er mich beleidigt oder nicht«, erklärte Polly. »Und ich vermute außerdem, dass er nicht arm ist, höchstens bemitleidenswert. Ich finde, er ist ein schlecht erzogener kleiner Widerling, und ich für meinen Teil will nichts mit ihm zu tun haben. Ich frage mich, warum du dich mit solchen Typen abgibst, während Tom weg ist… selbst wenn sie seine Geschäftspartner sind. Nimmst du ihr zudringliches Benehmen etwa in Kauf, um seine Geschäftsbeziehungen zu fördern?«

Michelle machte ein verwirrtes Gesicht. »Du bist viel zu hübsch und gescheit, als dass du dich soweit erniedrigen müsstest, Umgang mit diesen Männern zu haben!«, fuhr Polly wütend fort. »Geschäft hin oder her, es ist vollkommen geisttötend, sich auch nur in ihrer Nähe aufzuhalten! Und es färbt ab. Wenn Tom so etwas von dir erwartet, ist das wirklich eine Schande. Du solltest um deine Würde kämpfen!«

Polly hatte ihren Mantel bereits an. Sie hörte, wie die Männer im Wohnzimmer miteinander sprachen. Michelle stand mit dem Rücken zur geschlossenen Zimmertür.

»Lieber Himmel!«, sagte sie mit gespieltem Seufzer. »Ach, Polly…« Sie öffnete die Tür und ging auf den Flur hinaus. »Offensichtlich hat es da ein kleines Missverständnis gegeben«, verkündete sie draußen mit gezwun-

genem Lachen. »Ich glaube, ihr beide solltet jetzt gehen, da die Damen in dieser Kasbah für Besucher nicht mehr zu sprechen sind.«
Polly hörte, wie die Männer protestierten und wie Michelle plötzlich mit einer Stimme antwortete, die keinen Widerspruch duldete: »Tut mir Leid, Freunde ... wir haben andere Pläne!« Zu ihrer großen Erleichterung hörte sie dann, dass die Besucher gingen.
Michelle kehrte in Pollys Zimmer zurück.
»Du kannst deinen Mantel wieder ausziehen. Sie sind fort.«
»Ich wollte deine Freunde nicht vergraulen«, sagte Polly, »aber ich habe den Eindruck, dass sie unverschämte Opportunisten sind!«
Michelle antwortete nicht, aber sie sah Polly an, als wäre gerade etwas sehr Komisches passiert, als vergliche sie das, was in den letzten Minuten geschehen war, mit ihrem ursprünglichen Vorhaben und fände den Kontrast ungemein lustig.
»Ich gebe dir einen guten Rat«, fuhr Polly fort. »Lass dich nicht mit ihnen und ihresgleichen ein, egal, was Tom sagt, und egal, ob es dem Geschäft schadet oder nicht. Hier steht mehr auf dem Spiel als ein paar Kröten!«
Michelle verließ das Zimmer. Als Polly ihr folgte, fand sie sie im Wohnzimmer, Tränen eines hysterischen Lachanfalls auf den Wangen.
»Kein Wort mehr, bitte, Polly«, sagte sie, hob den Kopf und wischte sich die Augen. »Du könntest dich wirklich als Generalsekretärin bei den Vereinten Nationen bewerben!«

»Kommt etwas Interessantes im Fernsehen?«, fragte Polly nach einer Weile. Jetzt, da ihr Ärger abgeklungen war, fühlte sie sich ernüchtert und ein wenig albern. »Warum entspannst du dich nicht, legst die Beine hoch, und ich mache dir ein nettes kleines Abendessen! Wie wär's mit einem leckeren Käseomelett?«

10. Kapitel

Am Mittwochabend fuhr Polly wieder nach Hause. In ihrem Koffer befanden sich zwei Kleider, die Michelle ihr unbedingt hatte kaufen wollen. Das eine war ein kleines schwarzes Abendkleid, das andere ein Sommerkleid mit Gürtel. Beide machten eine schlanke Figur, waren jedoch auch recht teuer gewesen, aber für Michelle schien das keine Rolle zu spielen. »Oh, Polly, bitte lass mich das zahlen! Es ist ein Privileg, wenn man seinen Freunden etwas kaufen darf. Außerdem hast du mich am Wochenende vor mir selbst gerettet. Das ist mit Geld gar nicht aufzuwiegen.«

»Inwiefern habe ich dich vor dir selbst gerettet?«

Michelle lächelte. »In einer Weise, von der du gar nichts ahnst …«

Um halb acht kam Polly zu Hause an. Sie war müde und freute sich auf eine gemütliche Tasse Tee. Es herrschte Totenstille, und im ersten Moment dachte sie, sie hätte das Haus für sich.

»Ist jemand da?«, rief sie.

Dann hörte sie das beruhigende Klicken hinter der geschlossenen Esszimmertür und wusste, dass ihr Mann wie gewohnt auf seinem Posten war.

»Wer ist da?«, rief er.
»Ich bin's!« Polly streckte den Kopf ins Esszimmer.
»Ich dachte, du wärst in London?«, sagte Rory.
»Ich habe beschlossen, vorzeitig heimzufahren. Wo sind die Jungs?«
»Weggegangen.«
Polly ging in die Küche, die aussah wie nach einem Erdbeben. Schmutzige Teller stapelten sich auf dem Tisch und im Spülbecken; Gläser mit Schokoaufstrich und Erdnussbutter standen offen auf der Arbeitsfläche neben der Spüle. Cat lag in ihrem Korb und blickte auf, als sie eintrat. Offenbar freute sie sich, Polly zu sehen, aber ihre Freude war nicht frei von Berechnung.
»So ein Saustall!«, rief Polly entsetzt aus; der Schock darüber traf sie unerwartet. Aus irgendeinem Grund erschien ihr der Gegensatz zwischen diesem Chaos und Michelles makelloser blauweißer Küche wie eine persönliche Kränkung. Mit ein wenig Unordnung hatte sie ja gerechnet, sie hatte sich damit abgefunden, dass das nun einmal ihr Schicksal war. Sie hasste es, deshalb viel Aufhebens zu machen und die familiäre Harmonie zu stören, die ihr so wichtig war. Was war schon das bisschen Hausarbeit, wenn man dafür spannungsfrei zusammenleben konnte?
»So ein Saustall!«, wiederholte sie. »Ich habe diese Küche blitzblank hinterlassen!«
»Wir wussten ja nicht, dass du schon heute kommst«, meinte Rory kleinlaut; er war ihr in die Küche gefolgt. »Ich habe deinen Kindern gesagt, sie sollten sauber machen… aber sie waren wie üblich zu nichts zu gebrauchen!«

»Haben sie gestritten?«
»Machen sie je etwas anderes?«
»Ich habe Peter gesagt, er soll Jason nicht ärgern... ich habe am Sonntag deswegen extra noch einmal zurückgerufen.«
»Ja, er hat es mir gesagt. Aber Jason ist auch kein Unschuldslamm, weißt du. Er provoziert seinen Bruder ständig.«
»Ich weiß.«
Polly seufzte. »Ich wollte dir keine Vorwürfe machen, Rory, neulich am Telefon. Es tut mir Leid, dass ich dich angeschrien habe.« Sie lächelte ihn wehmütig an. »Und ich weiß auch, dass du deine Kinder in Wirklichkeit sehr wohl auseinander halten kannst.«
Rory machte ein verlegenes Gesicht. »Sie sind beide so groß geworden und sie sehen sich so ähnlich, und wenn ich nicht genau hinsehe, komme ich ein bisschen durcheinander. Aber sie hören sowieso nicht auf mich. Heute haben sie sich gegenseitig wüst beschimpft, und dann ist Jason wutentbrannt abgezogen und seitdem nicht wiedergekommen...«
Rory füllte den Wasserkocher und schaltete ihn ein. Polly begann den Tisch abzuräumen.
»Hast du mich vermisst?«, fragte sie.
»Natürlich habe ich dich vermisst!«
Polly warf ihrem Mann einen durchdringenden Blick zu, aber er sah sie nicht an. Er widmete sich dem Inhalt einer Packung Cannelloni, die er aus der Tiefkühltruhe geholt hatte.
»Möchtest du was essen?«, erkundigte er sich. »Eine Mil-

lion Kalorien pro Bissen, ha ha. Übrigens, du hast abgenommen!«

»Wirklich?«

»Ich glaube schon!«

Polly räumte auf, und Rory schickte sich an, die Cannelloni warm zu machen. Ein paar Minuten lang herrschte in der Küche die kameradschaftliche Atmosphäre, die Polly so liebte und schon seit geraumer Zeit schmerzlich vermisste. »Erzähl mir von London... Was hast du alles unternommen?«

»Abgesehen davon, dass ich wegen der Kinder überstürzt heimgefahren bin?«

Rory machte ein verärgertes Gesicht. Er runzelte die Stirn. »Bist du deshalb so früh wiedergekommen? Warum hast du das getan?«

»Weil ich Angst hatte, die Jungs würden den ganzen Tag nichts anderes tun, als sich gegenseitig an die Gurgel zu springen. Sie müssen sich beide auf den Hosenboden setzen und lernen, ich weiß sonst nicht, was aus ihnen werden soll!« Sie stellte einen Stapel schmutziger Teller in die Spüle, ließ heißes Wasser einlaufen und gab Spülmittel dazu.

»Du musst doch in London etwas unternommen haben!«, sagte Rory.

»Ich bin mit Michelle einkaufen gegangen, und ich habe einen Mann namens Keith und einen Hund namens Herbie kennen gelernt. Außerdem bin ich U-Bahn gefahren und war im Botanischen Garten.«

»Das war alles?«

»Ja, soviel Zeit hatte ich ja auch wieder nicht.«

»Wer ist Keith?«
Polly schrubbte eingetrocknetes Ketchup von einem Teller. »Ach, nur jemand, den ich zufällig kennen gelernt habe. Er wohnt in Wimbledon.«
»Hast du ihn im Botanischen Garten kennen gelernt?«
»So ähnlich«, erwiderte Polly nach einer Weile.
»Dir muss man ja wirklich alles aus der Nase ziehen.«
»Es gibt nicht viel zu erzählen. Michelle und Tom haben eine schöne Wohnung. Sie muss ein Heidengeld kosten! Anscheinend ist Tom geschäftlich viel unterwegs, bewegt sich auf internationalem Parkett.«
»Tom? Auf internationalem Parkett? Dass ich nicht lache!«
»Du brauchst nicht so gemein von meinem Bruder zu reden. Er war schon immer ein Draufgänger!«
»Sicher. Aber was hat er damit erreicht? So genau wissen wir das doch gar nicht, oder?«
Polly hielt mit ihrer Arbeit inne und starrte Rory an.
»Was willst du damit sagen?«
»Tut mir Leid, Polly. Das war nur so eine klugscheißerische Bemerkung von mir.«
Polly fuhr in ihrer Schilderung der Wohnung und ihrer Umgebung fort.
»Vielleicht sind sie ja die mysteriösen Lottogewinner vom letzten Samstag!«, mutmaßte Rory und räumte die sauberen Teller weg.
Polly dachte gerade an ihre Söhne, aber sie hütete sich, immer wieder davon anzufangen. »Oh«, sagte sie geistesabwesend, »hat jemand den Jackpot geknackt? Wie viel war denn drin?«

»Nur einer der größten Lotteriegewinne, die es in diesem Land je gegeben hat. Vier Millionen Pfund!«

»Hmm«, meinte Polly, während sie mit aller Kraft eine schmutzige Pfanne scheuerte. »Wie schön für den glücklichen Gewinner!«

»Der Gewinner hat sich noch nicht gemeldet«, sagte Rory. »Wahrscheinlich ist es irgendeine begriffsstutzige Kuh, die nicht einmal ahnt, dass sie ein Vermögen in der Tasche mit sich herumträgt!«

Polly schrubbte jetzt die eingetrockneten Überreste des gestrigen Abendessens von den Tellern. »Ich wünschte, wir könnten uns eine Spülmaschine leisten«, murmelte sie. »Vielleicht bekommt man ja irgendwo eine gebrauchte …«

»Nicht dieses Jahr«, wandte Rory hastig ein. »Nicht solange mir die Gottesanbeterin im Nacken sitzt …«

Polly sah Rory an, aber sie scheute sich, Fragen zu stellen. Wenn sie das Haus verlieren sollten, dann wollte sie es jetzt nicht wissen; nicht heute Abend.

Polly und Rory aßen die Cannelloni zum Abendbrot. Als Rory fertig war, sagte er, er müsse rasch etwas nachsehen, und kurz darauf war, wie vorherzusehen, das Klicken der Tastatur zu hören. Polly brachte die Küche allein in Ordnung. Sie warf Cat mit der Erklärung hinaus, die Küche sei nicht ihr Altersruhesitz. Sie musste – von Schadenfreude nicht ganz frei – lachen, als sie den rasierten Rattenschwanz sah, der so gar keinen katzenhaften Charme ausstrahlte. »Beweg dich ein bisschen, du Fettsack!«, riet sie ihrem Haustier und übersah geflissentlich den bedrohlichen Blick, den ihr Cat über die Schulter hinweg zuwarf. »Willst du dich nicht auf die Socken machen und unter den Mäusen ein bisschen Verwirrung stiften? Jetzt hat deine große Stunde geschlagen, mit deinem neuen Schwanz …«

Polly trug ihren Koffer nach oben, packte ihn aus und gab sich eine Weile der Freude an ihren neuen Kleidern hin. Sie probierte sie an, stolzierte ein wenig vor dem Spiegel herum, zog den Bauch ein, stellte sich vor, sie wäre richtig schlank.

Als sie die neuen Sachen in den Schrank gehängt und den Koffer weggeräumt hatte, fiel ihr Blick auf den Wecker auf Rorys Nachttisch. Es war bereits elf. Sie fragte sich, wo die Jungen blieben, vor allem Jason. Warum kam er nicht heim? Sie ging nach unten und fragte Rory, ob Jason gesagt hätte, wie lange er ausbleiben wollte.

»Nein«, erwiderte Rory. »Aber das sagt er ja nie!«

»Mir sagt er es normalerweise schon.«

»Du warst ja nicht da.«

Peter kam um Mitternacht heim. Zuerst freute er sich, seine Mutter zu sehen, bis ihm einfiel, dass er sauer war, weil sie ihn vor zwei Tagen am Telefon zusammengestaucht hatte. Da wurde sein Verhalten kühl und lakonisch.

»Wo ist Jason?«, fragte Polly.

»Woher soll ich das wissen? Ich bin nicht der Hüter von diesem kleinen Scheißer!«

»Es ist Mitternacht, und er ist immer noch unterwegs!«

»Er ist siebzehn, Mama!«

»Siebzehn ist sehr jung!«
»Nur für a te Leute!«
»Hat er nichts zu dir gesagt?«
»Nein!«
Peter inspizierte den Kühlschrank, holte die Milch heraus, schenkte sich ein Halbliterglas davon ein und stürzte es hinunter. »Ich hau mich in die Falle … Gute Nacht.«
»Gute Nacht«, sagte Polly. »Bist du sicher, dass Jason nicht gesagt hat, wo er hingeht?«
»Mein Gott, geht das schon wieder los«, stöhnte Peter. »Die Antwort ist immer noch nein. Ich weiß es nicht, und ehrlich gesagt ist es mir auch egal, was der kleine Idiot anstellt!«
»Das ist keine Art, über deinen Bruder zu reden!« Aber Peter war schon im Flur verschwunden und nahm zwei Stufen auf einmal die Treppe hinauf.
Polly sagte zu Rory: »Vielleicht hat er einen Unfall gehabt!« Rory stöhnte leise. Er wandte den Blick nicht vom Bildschirm, und an seiner Haltung erkannte Polly, dass es sinnlos war, mit ihm reden zu wollen. Also ging sie nach oben, zog sich aus und legte sich ins Bett, ließ aber die Schlafzimmertür offen. Sie griff nach einem Buch und versuchte zu lesen, aber sie wartete die ganze Zeit angestrengt auf das Geräusch des Schlüssels in der Haustür, den Klang von Jasons Stimme, ja sogar auf das schreckliche Aroma heißer Pizza.
Polly war noch wach, als Rory ins Bett kam. Auch lange nachdem er eingeschlafen war, lag sie noch wach, bis das Licht der Dämmerung durch den Schlitz zwischen den Vorhängen fiel und die ersten Vögel ihr Morgenlied an-

stimmten. Jason war immer noch nicht heimgekommen.

Um neun Uhr begann sie, reihum Jasons Freunde anzurufen. Es waren immer noch Schulferien, also hatte sie keine Schwierigkeiten, sie zu Hause zu erreichen.
Als erstes rief sie bei Conor an, der noch im Bett lag. Polly erklärte seiner Mutter, worum es ging; diese murmelte ein paar mitfühlende Worte und holte ihren Sohn aus dem Bett. Conor hatte Jason seit dem letzten Sonntag nicht mehr gesehen. Als nächstes rief sie John an, der ihr dasselbe erzählte. Dann rief sie Declan an. Dieser meinte, er habe Jason am Tag zuvor getroffen. Ob ihm irgendetwas an Jason aufgefallen sei, fragte Polly und erklärte, ihr Sohn sei die ganze Nacht nicht nach Hause gekommen.
Declan war nichts Besonderes aufgefallen. Nur dass Jason einen Rucksack dabeihatte.
Polly bedankte sich und legte auf. Einen Rucksack! Sie lief in Jasons Zimmer, öffnete seine Schubladen, sah, dass einige Jeans, Hemden und T-Shirts fehlten.
Seine Bücher lagen unordentlich auf dem Tisch verstreut, und als sie sie mechanisch aufeinander stapelte, fand sie eine leere Marlboro-Schachtel. Mein Gott, also rauchte er doch! Der freche Kerl! Nach allem, was sie ihm darüber gesagt hatte!
Er übernachtet bei jemandem, versuchte sie sich zu beruhigen. Aber bei wem?
Erst als sie wieder aus dem Zimmer ging, fand sie den Zettel, der an der Innenseite der Tür klebte.

Liebe Familie,

es hat keinen Sinn, mich zu suchen! Ich bin für immer fortgegangen und werde nie wiederkommen.

Jason

Polly riss den Zettel von der Tür und hastete die Treppe hinunter in die Küche, wo Rory saß und frühstückte.

»Rory ... Rory ...«, rief sie und hielt ihm den Zettel unter die Nase. »Jason ist weggelaufen!«

Rory hielt inne, um den Zettel zu lesen, und kaute dann weiter an seinem Brot. Er seufzte und schenkte sich eine Tasse Tee ein.

»Ja.«

»Ist das alles, was du dazu zu sagen hast?«

»Er kommt schon wieder, Polly.«

»Er schreibt aber, dass er es nicht tut«, sagte Polly leise. »Er schreibt, dass er nie mehr zurückkommt! Wir wissen nicht einmal, wo er ist! Seine Freunde wissen es nicht. Er hat seine Kleider mitgenommen. Er ist erst siebzehn. In acht Wochen ist seine Abschlussprüfung ...«

Peter erschien mit verschlafenem Gesicht an der Küchentür.

Rory gab ihm den Zettel zu lesen. »Bist du dafür verantwortlich?«, fragte er seinen Ältesten.

Peter las die Nachricht durch und presste die Lippen aufeinander. Halb wütend, halb unsicher sah er seinen Vater an. »Nein, bin ich nicht. Für alles, was in diesem Haus passiert, wird mir die Schuld in die Schuhe geschoben ... Du zum Beispiel weißt nicht einmal, wer ich bin!«, fuhr er seinen Vater an.

»Werd nur nicht unverschämt, junger Mann!«, schrie Rory zurück.
Polly traten die Tränen in die Augen. Sie setzte sich, schlug die Hände vors Gesicht und weinte. »Ich hätte nie nach London fahren dürfen!«
»Oh Gott«, sagte Rory und tätschelte unbeholfen ihre Schulter. »Sei nicht albern, Polly... Alle Kinder machen mal Unsinn!«
»Nein, tun sie nicht«, schluchzte Polly.
»Nein, tun sie nicht«, pflichtete ihr Peter bei.
Rory starrte seinen Sohn wütend an und tätschelte seine Frau noch ein wenig mehr; dann stand er auf, ging ins Esszimmer, schaltete den Computer ein und schloss die Tür.

Während Polly sich die Augen wischte, sah sie, dass Cat auf dem Fenstersims herumstrich und versuchte, ihre Aufmerksamkeit auf sich zu lenken. Sobald Cat Blickkontakt aufgenommen hatte, fing sie an zu miauen, erst freundlich, dann laut und drohend.
»Halt den Mund, Cat!«, sagte Peter.
»Wo ist Jason? Wo ist mein armes, dummes Baby?«, wisperte Polly.
»Ich weiß es nicht, Mama...«
Er ist kein Baby mehr, kam es ihr in den Sinn. Wahrscheinlich ist er nach London durchgebrannt und wohnt jetzt in einem Pappkarton. Plötzlich hatte Polly eine Vision von ihrem halbwüchsigen Sohn, wie er ein Leben auf der Straße führte, Umgang mit dem Abschaum der Gesellschaft pflegte, mit Alkohol und Drogen und allen

Folgeerscheinungen davon in Berührung kam und nachts unter Zeitungen schlief.
Sie ging auf den Flur hinaus und rief die Polizei an.
»Könnten Sie aufs Präsidium kommen, Ma'am, und eine Aussage machen?«, fragte die müde Stimme des Gesetzes am anderen Ende der Leitung.

Wachtmeister Scanlon, der Jasons Verschwinden in allen Einzelheiten zu Protokoll nahm, schien sich die Katastrophe nicht besonders zu Herzen zu nehmen. Polly fühlte sich allein gelassen. Weder Rory noch Peter hatten eine allzu große Besorgnis an den Tag gelegt; beide meinten, das abtrünnige Familienmitglied werde bald wieder auftauchen.
»Was meinst du, bei wem könnte er sein?«, hatte sie Peter noch einmal gefragt, bevor sie sich mit dem widerstrebenden Rory auf den Weg zur Polizei gemacht hatte. »Du musst doch irgendetwas wissen!«
»Ich weiß aber nichts!«, hatte Peter gerufen. »Und ich habe es wirklich satt, als Oberaufseher für das Pickelgesicht herhalten zu sollen. Er schmollt, das ist alles!«
Aber Polly hörte die Sorge aus seinen Worten wohl heraus.
Wachtmeister Scanlon sah sich den Abschiedsbrief an, erfuhr, dass Jasons Rucksack fehlte, schrieb sich den Namen des Jungen auf, der ihn am Vortag noch gesehen hatte, stellte eine Liste aller Freunde von Jason zusammen.
»Sonst noch jemand?«, fragte er, bevor er sein Notizbuch zuklappte.
»Mir fällt sonst niemand ein...«
»Keine Sorge«, sagte der Wachtmeister freundlich, »wahr-

scheinlich wird er wieder auftauchen. Manchmal sind sie gar nicht weit weg und versuchen einfach, ihren Eltern eine Lektion zu erteilen. Aber wir informieren die englische Polizei, die sollen nach ihm Ausschau halten für den Fall, dass er die Fähre genommen hat. Hatte er viel Geld zur Verfügung?«

»Nein … Es sei denn, er hat sein Sparbuch geplündert.«

»Wie viel war drauf?«

»Ungefähr zweihundert Pfund. Erst kürzlich hat er sich noch über die Zinsen gefreut. Er hat das Geld zur Firmung bekommen.«

»Wann wird er achtzehn?«, fragte der Wachtmeister als nächstes, in einem Ton, als hätte er die nahe liegendste Frage beinahe vergessen.

»In ein paar Monaten … am vierzehnten Juni!«

»Aha … wissen Sie, mit achtzehn sind die Kinder volljährig. Dann kann man sie nicht mehr zwingen, nach Hause zu kommen.«

»Wenn ich doch nur wüsste, dass ihm nichts passiert ist«, klagte Polly.

»Wir versuchen auf jeden Fall herauszufinden, wo er ist, Mrs. Caine. Sie sollten jetzt nach Hause gehen, sich eine schöne Tasse Tee machen und sich ein bisschen ausruhen. Sie können nichts weiter unternehmen. Wir melden uns, wenn wir Neuigkeiten für Sie haben.«

Bei diesen Worten sah er Rory an, und Rory nahm Pollys Arm und führte sie auf die Straße hinaus.

»Er kommt schon zurecht, Polly«, sagte er zum x-ten Mal.

»Das kannst du doch gar nicht wissen!«, fuhr Polly ihn an.

»Wenn du dafür gesorgt hättest, dass Peter ihn nicht ständig ärgert, dann wäre das vielleicht nicht passiert. Warum kann ich nicht mal für ein paar Tage wegfahren, ohne dass gleich die ganze Familie auseinander bricht?«

»Um Himmels willen, Polly! Nun mach mal halblang! Was hast du denn nur?«

»Was ich habe? Ihr hockt alle da wie dicke egoistische Katzen und glaubt, dass alles, was ich tue, euch ganz selbstverständlich zusteht. Wie kommt ihr in Gottes Namen dazu, so anmaßend zu sein?«

Rory machte ein verblüfftes Gesicht. Polly war nicht laut geworden, aber diesen schneidenden Tonfall war er von ihr nicht gewohnt.

Sie drehte sich auf dem Absatz um und ließ ihn stehen.

Als Polly nach Hause kam, stand Susie vor der Tür.

»Es tut mir Leid, Polly. Ich habe gehört, was passiert ist. Geht's dir gut?«

»Von wem hast du es gehört?«

»Rory hat mich im Büro angerufen… Ich habe mir den Vormittag frei genommen.«

Polly führte ihre Freundin in die Küche. Peter hatte einen Zettel auf dem Tisch hinterlassen, auf dem stand, er sei in der Unibibliothek und werde erst abends heimkommen. Sie setzte sich und ließ den Kopf auf die Tischplatte sinken. Susie machte Tee, stellte eine dampfende Tasse vor Polly hin und steckte Brot in den Toaster.

»Ich will nichts essen!«

»Du musst etwas essen, Polly. Du hältst das sonst nicht durch!«

»Ich kann nichts essen. Mein Hals ist wie zugeschnürt. Es

ist diese Ungewissheit. Ich frage mich ständig, ob ich ihn je wiedersehe! Weißt du, Sue, jedes Jahr verschwinden Hunderte von Menschen. Manchmal tauchen die Vermissten nie wieder auf!«

Susie legte ihr tröstend die Hand auf die Schulter. »Jason würde dir das nicht antun!«

»Ich wünschte, ich hätte ein bisschen Geld… dann könnten wir einen Privatdetektiv anheuern. Ich mache das auf jeden Fall, wenn ich etwas für meine Ringe bekomme!«

»Oh, Polly…«

Um ein Uhr hörten sie die Rundfunknachrichten. Von Jason war nicht die Rede, obwohl Polly halb erwartet hatte, dass man ihn als vermisst melden würde. Am Ende der Nachrichten hieß es, dass der Lottogewinn vom vergangenen Samstag immer noch nicht abgeholt worden sei; den Hörern wurde geraten, ihre Lottoscheine noch einmal zu überprüfen, da der Gewinn nach neunzig Tagen verfiel.

»Der Schein mit dem Hauptgewinn wurde am Mittwoch letzter Woche gegen sechzehn Uhr fünfzehn im St. Stephen's Green Einkaufszentrum aufgegeben.«

»Vielleicht ist der glückliche Gewinner ja gestorben«, sagte Susie. »Oder er hat den Schein verloren! Großer Gott, stell dir vor, du verpasst die Chance deines Lebens, reich zu werden!«

Polly interessierte sich nicht dafür. »Oh, wo ist mein Baby?«, jammerte sie, als die Nachrichten vorbei waren und Marian Finucans Sendung anfing, ohne dass der vermisste Jason auch nur mit einem Wort erwähnt worden wäre.

Als es an der Haustür klingelte, ging Susie hin, um zu öffnen. Es war Muriel, mit einer Flasche Remy Martin in einer Geschenkbox unterm Arm.

»Ich habe von der Sache mit Jason gehört«, vertraute sie Susie an. »Ich habe mir gedacht… Kann ich irgendwie helfen?«

»Eigentlich nicht, Muriel.«

»Peter hat es mir gesagt… Ist es nicht schrecklich, dass Jason so etwas tut? Er muss doch gewusst haben, wie sehr er seine Eltern damit beunruhigt!«

»Ich glaube, wir sollten nicht vorschnell urteilen«, meinte Susie spitz.

Muriel zuckte zusammen. »Es tut mir Leid… Ich wollte niemandem zu nahe treten«, sagte sie mit unsicherer Stimme. »Polly hat sich hingelegt«, erklärte Susie, um Muriel nicht hereinbitten zu müssen, aber bereits eine Spur freundlicher.

»Oh… Wenn es so ist, könnten Sie ihr das vielleicht geben«, sagte Muriel und überreichte ihr den Brandy. »Hier und da tut ein Schlückchen wirklich gut!«

Susie nahm die Flasche entgegen, bedankte sich und schloss die Tür. Sie kehrte in die Küche zurück.

»Ich weiß, dass es Muriel war«, sagte Polly. »Ich war schon auf dem Weg zur Tür und habe ihre Stimme erkannt.«

»Neugierige Kuh!«, empörte sich Susie. »Aber sie hat dir das hier mitgebracht.«

»Wie nett von ihr!«, sagte Polly. »Ich sollte rübergehen und mich bedanken.«

»Nicht jetzt. Ich habe ihr gesagt, dass du im Bett liegst. Sie meinte, ein Schlückchen würde dir gut tun!« Susie zog

die Augenbrauen hoch und lachte leise. »Sie muss es ja wissen…«
Sie holte zwei Gläser und machte die Flasche auf.

Als es das nächste Mal klingelte, war es der Briefträger mit einem Einschreiben für Rory. Polly unterschrieb und legte den Brief auf den Tisch im Flur.
»Du musst dich ein bisschen ausruhen«, riet Susie. »Hast du Schlaftabletten im Haus?«
»Nein.«
»Ich habe Valiumtabletten drüben, ich hole dir ein paar.«
Susie verschwand und kam nach einer Weile mit der Arznei zurück.
Polly nahm eine Tablette und spülte sie mit ein wenig Brandy hinunter, gerade als Susie einwenden wollte, Beruhigungsmittel vertrugen sich nicht mit Alkohol. Dann setzte sie sich auf die Couch und war kurze Zeit später eingeschlafen.
Susie holte eine Decke, um ihre Freundin damit zuzudecken, betrachtete sie voller Sorge und verfluchte Jason leise. Dann rief sie in der Kanzlei an, erzählte Mr. Penston, was passiert war, und fragte, ob er ihr einen guten Privatdetektiv empfehlen könne.
»Die sind nicht billig!«, meinte Mr. Penston.
»Ich weiß…«
Susie schrieb sich die Angaben auf. Detektei Focus. Um das zu bezahlen, würde sie auf ihre Ersparnisse zurückgreifen müssen. Sie dachte an Fergus und die drohende Arbeitslosigkeit. Am besten sagte sie ihm nichts davon. Was Männer nicht wussten, tat ihnen auch nicht weh. Sie

kaute auf ihrem kleinen Finger herum, während sie einiges durchrechnete. Bei der Detektei würde man ihr sagen können, was so eine Sache kostete.
Sie sah hinaus; auf den Fenstern von Willow House spiegelte sich die Sonne. Da kam ihr eine Idee. Schließlich hatte Muriel heute ihre Hilfe angeboten.

Muriel ging nach Hause und sagte zu Sable: »Wahrscheinlich denken sie, ich bin eine dumme Gans, die sich in alles einmischt. Ich kann es ihnen nicht einmal verübeln. Wenn ich mich doch ein wenig ungezwungener benehmen könnte. Ich bin immer so steif. Nur einmal in meinem Leben habe ich meine Schüchternheit abgelegt, als ich mit Alan zusammen war. Es war, als würde er mich genau kennen und ich ihn. Wirklich seltsam: bei ihm hatte ich keine Angst. Wahrscheinlich habe ich gehofft, er würde mir eine Fluchtburg sein, mir einen Raum einrichten, in dem ich mich so geben kann, wie ich bin, in dem ich endlich meinen Frieden finde.« Sie sah ihren schnurrenden Liebling an. »Oder so ähnlich…«
Der Sex mit Alan war nahezu eine Offenbarung gewesen. Muriel war in keiner Weise darauf vorbereitet gewesen, weder auf die Intensität und Tiefe noch auf das Selbstbewusstsein und die Erfahrung ihres Liebhabers. Er tat Dinge, die Michael in hundert Jahren nicht getan hätte und die sie sich von ihm auch gar nicht gewünscht hätte.
Aber die Sexualität dieses Mannes war ansteckend; sie war wie ein Energiefeld aus purem Feuer. Nach einer kurzen Phase unklarer Schuldgefühle und Unsicherheit

gab Muriel, die seinen Liebesbeteuerungen und seinen Plänen für eine gemeinsame Zukunft Glauben schenkte, sich ihm nicht nur mit ihrem Körper, sondern mit ihrer ganzen Seele hin. In der Euphorie ihrer neuentdeckten Freiheit verlor sie alle Scheu.

»Ich liebe dich so sehr, Alan«, sagte sie glücklich, »dass ich sterben könnte.«

Sie träumte von der wunderbaren Zukunft, die vor ihnen lag. Sie sprachen darüber, wo sie leben, wohin sie reisen würden. Sogar das Leben mit Michael erschien ihr langweilig im Vergleich zu der Schwindel erregenden Vorstellung, mit Alan zusammen zu sein.

Alan trieb die Beziehung sehr intensiv voran, bis er Muriels Sinnlichkeit ausgelotet, ihr Innerstes berührt hatte; und er war zufrieden mit dem, was er fand, mit dem, was er in ihr geweckt hatte.

Muriel spürte, wie die Kopfschmerzen kamen. Sie würde ihr Schmerzmittel nehmen, sich ins Bett legen und die Vorhänge zuziehen müssen, um sich etwas Linderung zu verschaffen.

Sie wollte sich nicht daran erinnern, wie verzweifelt sie gewesen war, als Alan sich zurückzuziehen begann. Wie ein Geldanleger, der bereits schwere Einbußen hatte hinnehmen müssen, hatte sie immer mehr investiert, um die Katastrophe vielleicht doch noch abzuwenden.

»Es würde nur schreckliches Unheil anrichten«, sagte er mit schlechtem Gewissen, als Muriel endlich versuchte, die glühenden Versprechungen einzuklagen, die er ihr gemacht hatte. Er sprach von seiner Ehefrau, der Frau, die er im Laufe seiner Affären immer im Hintergrund gehalten hatte, wie einen unbedeutenden Bauern – aber nur solange, bis er sie für seinen nächsten Schachzug als Dame auf dem Spielbrett brauchte. Sodann stieg sie zu seiner unentbehrlichen Helferin auf und lieferte ihm die moralische Rechtfertigung für seinen Rückzieher. War er ihr denn nicht verpflichtet? War er nicht letztendlich ein verheirateter Mann?

»Ja«, wiederholte Muriel mechanisch, »Unheil ...!«

»Ich wurde dazu erzogen, die Ehe ernst zu nehmen«, fügte er mit traurigem Lächeln hinzu, so als könne er von ihr erwarten, mit einer großzügigen Geste gutzuheißen, was er im Begriff war ihr anzutun. Sein Tonfall deutete an, wie unvernünftig er ihr Verhalten fand.

Als sie die Treppe hinaufstieg, ertönte die Türglocke. Es war Susie.

»Muriel, ich habe eine Idee. Ich dachte, Sie könnten vielleicht ...«

»Kommen Sie herein!«

Susie folgte Muriel in ihren in Pastelltönen gehaltenen Salon. Ihr kam der Gedanke, dass Muriel genauso blass war wie ihre elfenbeinfarbenen Wände.

»Geht es Ihnen auch gut, Muriel?«

»Ja ... ich habe nur ein wenig Kopfschmerzen. Ich wollte mich gerade hinlegen.«

Muriel wartete. Susie fühlte sich unbehaglich.

»Die Sache ist die«, fing Susie an. »Wegen Jason. Ich meine ... was halten Sie davon, wenn wir einen Privatdetektiv einschalten?«

»Was für eine großartige Idee! Kennen Sie einen?«
»Ja. Ein Büro, Focus heißen die. Sie wurden mir empfohlen. Aber sie sind teuer!«
»Oh … lassen Sie das ruhig meine Sorge sein!«
Susies Miene hellte sich auf. »Sind Sie sicher, Muriel? Ich habe auch etwas auf der hohen Kante …«
»Natürlich bin ich mir sicher. Es wäre mir ein Vergnügen. Ich hätte von allein daraufkommen sollen!«

11. Kapitel

Muriel dachte an den Tag zurück, an dem sie Michael zum ersten Mal mit nach Hause gebracht, ihm alles gezeigt und ihn in den Stallhof geführt hatte, wo gelber Löwenzahn in den Ritzen des Kopfsteinpflasters blühte; danach gingen sie wieder ins Haus. Es regnete in Strömen, und das Wasser schoss spritzend und gurgelnd aus der kaputten Dachrinne. Im Haus tropfte es präzise und gleichmäßig durch das verrostete Dachfenster auf dem oberen Treppenabsatz in eine alte Schüssel, die man daruntergestellt hatte.

»Wollt ihr das nicht mal reparieren lassen?«

»Eigentlich müsste ein neues Dach her. Aber das Geld meiner Mutter ist verbraucht, und ich habe nicht genug für so etwas.«

»Ihr könntet doch das Land verkaufen.«

»Dadurch würden wir das Geld auch nicht zusammenbekommen, das wir bräuchten, um das Haus zu renovieren.«

»Ich meine doch nicht als Ackerland, du Dummerchen…« Ein Kuss auf die Nase, der Duft des feuchten Pullovers, plötzlich erwachter Geschäftssinn, ein junger Verstand, der Möglichkeiten erwägt, ein Gefühl der Zusammengehörigkeit, verschwörerische Blicke. »Ich meine als Baugrund. Die Vorstädte überwuchern doch schon die Dörfer hier in der Gegend – überall wird Baugrund ausge-

wiesen –, und eines Tages bekommt deine Mutter bestimmt die eine oder andere Anfrage, ob sie an einem Verkauf interessiert sei. Du solltest dich frühzeitig um eine Baugenehmigung bemühen… und dich darauf gefasst machen, ein Vermögen zu verdienen!«
Muriel lachte. »Du hast eine blühende Phantasie… Aber es nützt alles nichts, für Mama käme so etwas überhaupt nicht in Frage.«
Doch als hätte Michael hellseherische Fähigkeiten, war keine drei Monate später ein solcher Brief eingetroffen.

Sehr geehrte Mrs. Reeves,
ein Kunde unserer Firma ist sehr daran interessiert, in Ihrer Gegend Grundbesitz zu erwerben. Falls Sie einen Verkauf erwägen, können wir Ihnen überaus günstige Konditionen anbieten.
Bitte zögern Sie nicht, mit uns in Kontakt zu treten, sofern wir Ihnen behilflich sein können.
Mit freundlichen Grüßen

Joe Murphy
Partridge & Ross Ltd.
Grundstücksmakler

Wie Muriel vorhergesehen hatte, reagierte ihre Mutter mit Ablehnung; sie hielt den Brief mit spitzen Fingern, als wäre er irgendwie verseucht.
»Was hätte das für einen Sinn… wir würden vielleicht viel Geld bekommen, wären dann aber von schrecklichen Leuten umgeben. Wie kannst du es überhaupt in Betracht ziehen, Muriel! Die Allee wäre fort, die Wiesen, die Stille,

sie würden die Buchen fällen ... Es wäre grauenhaft!« Ihre Mutter sprach das Wort »grauenhaft« in drei überdeutlichen Silben aus und verzog verächtlich den Mund. »Ich will meine Tage hier in Ruhe und Frieden beschließen«, sagte sie kategorisch.
Muriel wusste, dass ihre Mutter Recht hatte. Plötzlich kam es ihr sehr dumm vor, es überhaupt zur Sprache gebracht zu haben.
»Ja, Mama«, hatte sie geantwortet.

Muriel lag im Bett und blickte um sich. Sie kannte dieses Zimmer gut, hatte es bewohnt, solange sie zurückdenken konnte. Der Schrank aus Walnussholz hatte früher ihre Teenagerkleider beherbergt; alles zweckmäßige Sachen bis auf zwei Miniröcke, die sie sich in Dunne's Stores gekauft und dann versteckt hatte. Damals waren draußen Bäume zu sehen gewesen und eine lange Allee, und sonst nichts außer Torpfosten. Das Innere des Hauses war voller Schatten gewesen, brauner Lack, verblichene Tapeten, eine Außentür, die stets abgesperrt war, um Eindringlinge fern zu halten, und eine Mutter, die nun, da die Zukunft für sie vorgezeichnet schien, mehr und mehr in den Bann einer übermächtigen Vergangenheit geriet.
Aber Mutter und die Torpfosten gab es längst nicht mehr. Reihen identischer Doppelhäuser standen nun auf den Wiesen längs der ehemaligen Straße ins Dorf. Muriel hatte nichts dagegen, im Gegenteil: Sie war froh, dass es die Siedlung gab. Da lebten Leute, die sie kannte, Leute, die sie beobachten konnte. Manchmal saß sie stundenlang am

Fenster, starrte auf die Sackgasse hinaus und sah die Bewohner kommen und gehen.
Heute hatte sie sich nachmittags etwas hingelegt, war mit einem Gefühl der Verzweiflung aufgewacht und hatte vergeblich versucht, sich an den Traum zu erinnern, der sie so abrupt in die Tagwelt zurückgeholt hatte – er hatte etwas mit ihren Eltern zu tun gehabt. Reglos lag sie da. Das Gesicht ihres Vaters stieg vor ihr auf, ein mächtiger Geist, unauslöschlich ins Gedächtnis eingebrannt; dann das Gesicht ihrer Mutter.
»Ich möchte studieren, Mama…«
»Es ist nicht gut, wenn eine Frau zu viel weiß. Such dir lieber eine gute Stelle und bemüh dich, einen jungen Mann von der richtigen Sorte kennen zu lernen! Wir haben kein Geld, Muriel… Dafür hat dein Vater leider gesorgt!«
Nach Ansicht ihrer Mutter waren Männer eine Art Belohnung, die man für gutes Benehmen erhielt. Muriel hatte diese Einstellung übernommen, sie nicht in Frage gestellt. Nicht dass sie sich den Männern irgendwie unterlegen gefühlt hätte, sie hatte nur sehr früh im Leben zu unterscheiden gelernt, wer Macht hatte und wer nicht. Gegen diese Bevormundung hatte sie sich nie aufgelehnt; sie erschien ihr ebenso unumstößlich wie alle anderen Tatsachen des Lebens, wie die Stellung von Sonne und Mond im Planetensystem.
Doch um in diesem System zu bestehen, um daran teilzuhaben, um vor Missbrauch geschützt zu sein, mussten Frauen heiraten. Das Leben außerhalb des Systems glich einem Aufenthalt in der Vorhölle, in arktischer Kälte; um

hineinzugelangen, mussten Frauen sich zahlreiche Beschränkungen auferlegen. Sie hatten sich korrekt zu benehmen, korrekt zu denken, und sie durften es nicht wagen, auch nur einen falschen Schritt zu tun. Es verstand sich von selbst, dass sie nie und nimmer das innere Feuer anfachen durften, das in ihnen schlummerte wie ein Drachen und das, wenn es erst einmal gebrannt hätte, die Vernichtung der bestehenden Ordnung eingeleitet hätte.

Sie akzeptierte ohne jedes Hinterfragen, dass das wahre Wesen einer Frau unterdrückt und ihre Identität verschleiert werden musste. An erster Stelle stand das Überleben. Nur wenn das sichergestellt war, und zwar auf allen Ebenen, gab es Spielraum für irgendetwas anderes.

Die Mutter schien sich über ihre Verlobung mit Michael zu freuen. Er hatte erwähnt, er sei kein praktizierender Katholik. »Eigentlich bin ich gar nichts«, hatte er erklärt und dabei die Augenbrauen hochgezogen, wie um sich über seine kleinen Eigenheiten lustig zu machen.

»Schade, dass er nicht unserem Glauben angehört«, bemerkte Mrs. Reeves anschließend und fügte hinzu, dass Protestanten heutzutage dünn gesät seien. Aber er sei ein vorzeigbarer junger Mann, und wenn er seine Karten richtig ausspiele, könne etwas aus ihm werden. Außerdem deutete sie an, dass Muriel Schwierigkeiten haben könnte, einen anderen Mann zu finden.

»Ich bin doch nicht hässlich, Mama, oder?« Ihre heimliche Angst vor dem einsamen Dasein einer hässlichen Frau hatte sie dazu getrieben, ihrer Mutter diese kühne Frage zu stellen.

Der Gesichtsausdruck ihrer Mutter ließ sie vor Schreck erstarren. »Nein … du bist nicht hässlich.«
In dieser Bemerkung schwang so viel Unausgesprochenes darüber mit, was sie stattdessen sein könnte, dass Muriel verstummte. Sie wagte nicht zu fragen, was die Mutter andeuten wollte, weil sie es ohnehin wusste.
Michael durfte es um keinen Preis erfahren. Sie rief sich sein Gesicht in Erinnerung, die blauen Augen, die langen schwarzen Wimpern wie bei einem Mädchen, sein schwarzes Haar, schon mit fünfundzwanzig romantisch graumeliert.
Michael war leidenschaftlich, aber er zeigte Respekt. Er erklärte sich bereit zu warten, bis sie verheiratet wären, wenn Muriel das wünschte.
Trotz dieser Beteuerungen hatte er eines Abends, als sie nach dem Kino noch auf einen Kaffee in seine Souterrainwohnung mitgekommen war, ein wenig die Kontrolle verloren. Sein Mitbewohner war nicht zu Hause gewesen. Michael hatte Muriel geküsst, liebkost, und eins hatte zum anderen geführt. Aber Muriel stellte fest, dass sie ihre Zurückhaltung nicht ohne weiteres über Bord werfen konnte. Sie lag steif und unbeholfen da und wartete darauf, dass er mit ihr tat, was auch immer es war, das er mit ihr tun wollte. Doch dann schaute er sie an, sah, dass sie die Zähne zusammenbiss, und ging plötzlich mit einem Ausruf der Enttäuschung, splitternackt wie er war, in den feuchten Garten hinaus, kam dann jedoch wieder, redete ihr gut zu und streichelte ihr Haar, während sie in seinen Armen weinte. »Ist schon gut. Das kommt nur, weil es neu für dich ist …«, sagte er.

Muriel war sich da nicht so sicher. Aber eines wusste sie: Das einzige, was sie vom Leben wollte, war Liebe – sie hatte jede andere Möglichkeit, die das Leben sonst noch bot, genau geprüft und dabei nichts gefunden, was der Mühe wert gewesen wäre. Sex war nicht Liebe, hatte mit Liebe nichts zu tun; es war nur etwas, das man geben musste, um Liebe zu bekommen.

Am Mittwochmorgen ließ Keith Warrington seine Putzfrau ins Haus und ging dann mit Herbie in den Park. Der Frühling lag in der Luft, die Sonne schien, und es versprach ein warmer Tag zu werden. Er hatte Herbies Spielzeug, einen Schaumgummiball, dabei, der früher bunt gewesen, jetzt aber so zerbissen war, dass man nur noch das graubraune schwammige Innere sah. Keith warf den Ball, der taumelnd zwischen den Dornensträuchern verschwand. Herbie raste, die Ohren aufgestellt, den Schwanz gestreckt, mit hängender Zunge hinterher. Er fand den Ball, brachte ihn triumphierend seinem Herrchen zurück und wartete hechelnd auf den nächsten Wurf.

Herbie war glücklich. Seit sich sein Herrchen zur Ruhe gesetzt hatte, hatte er ein gutes Leben; sie gingen oft spazieren, spielten, taten alles, was ihm gefiel. Er knurrte nur der Form halber, als Mrs. Jopling mit ihrem Pudel Fluffsy vorbeikam. Der Pudel war blaugrau und meist auf lächerliche Weise herausgeputzt. Heute trug er ein besonders scheußliches Tartanmäntelchen. Herbie beschnüffelte das Hinterteil der Hündin, aber Fluffsy hatte nach schweren Prüfungen zu einer würdevollen Haltung gefunden

und ließ sich nicht dazu herab, seinen Annäherungsversuch zur Kenntnis zu nehmen.
Keith wechselte ein paar Worte mit Mrs. Jopling. Sie war Witwe, und er hatte sie auf seinen Spaziergängen im Stadtpark kennen gelernt. Sie wohnte ein wenig näher am Zentrum von Wimbledon als er, und manchmal spielte er mit dem Gedanken, sie zu einem Drink einzuladen. Sie besaß ein fröhliches Naturell, obwohl in ihrem Blick etwas Gehetztes, Ausgehungertes lag und ihr Lachen ein wenig wiehernd klang; wenigstens lenkte sie ihn von seinen Grübeleien ab.
»Guten Morgen«, wieherte Mrs. Jopling. »Ist es nicht einfach wunderbar zu beobachten, dass es wieder Sommer wird!«
»Großartig«, pflichtete Keith ihr bei.
Eine Weile gingen sie schweigend nebeneinander her. Dann begann sich Mrs. Jopling darüber auszulassen, wie klug Fluffsy sei und dass sie am Tag zuvor praktisch mit ihr gesprochen hätte.
»Sie hatte ihre Vorderpfoten auf den Tisch gelegt … und mich mit solchem Verständnis angesehen, als wüsste sie genau, was ich empfunden habe …«
Keith ließ sich nicht dazu hinreißen zu fragen, was Mrs. Jopling denn empfunden habe. Er wusste aus Erfahrung, dass sie es ihm sehr ausführlich schildern und dann mit angehaltenem Atem auf seine Einschätzung als Fachmann warten würde.
»Wussten Sie, dass Pudel ursprünglich Jagdhunde waren?«, fragte er stattdessen. »Sie sind hochintelligent!«
Mrs. Jopling war entzückt. »Hast du gehört, mein Schatz?«,

sagte sie zu Fluffsy, die an der Leine zog. »Es ist amtlich, wie gescheit du bist … aber ich wusste es ja schon immer!« Fluffsy sah sie gequält an.

»Ja, so ein hübsches Gesichtchen!«, rief Mrs. Jopling. »Sehen Sie sich nur das hübsche Gesichtchen an!«

Keith spürte, dass sich bei ihm eine Nebenhöhlenentzündung anbahnte.

»Haben Sie von Ihrer Tochter gehört?«, erkundigte sich Mrs. Jopfing dann, und Keith sagte, ja, sie komme beruflich gut voran und habe kürzlich sogar eine Gehaltserhöhung erhalten.

»Ist das nicht wunderbar? Wie schön für junge Menschen, wenn sie sich in der Welt umsehen können! Ich war vor zehn Jahren mit meinem verstorbenen Mann in New York. Frank hatte eine Schwäche für Amerika. Er sagte immer, er wolle sich dort zur Ruhe setzen … war natürlich nur ein Scherz.« Sie seufzte. »Die Ereignisse haben ihn eingeholt … Jetzt liegt er auf dem St. Swithin Friedhof! Er war natürlich wesentlich älter als ich«, fügte sie hastig hinzu, um nur ja keine morbide Stimmung aufkommen zu lassen.

Keith drückte ihr sein Mitgefühl aus. Hoch über ihren Köpfen huschte ein Eichhörnchen mit schwereloser Behändigkeit von Zweig zu Zweig. Herbie blickte auf und bellte, aber das Eichhörnchen sprang blitzschnell, wie um sich über ihn lustig zu machen, auf den nächsten Zweig und verschwand im Blätterdach.

Nach etwa einer Stunde im Stadtpark wanderten Keith und Herbie nach Hause. Keith zog zum Abschied seine

Tweedmütze vor Mrs. Jopling und wünschte ihr einen angenehmen Tag. Er hatte es sich anders überlegt und sie nicht auf einen Drink eingeladen. Er ärgerte sich über die beginnende Nebenhöhlenentzündung und hatte das Bedürfnis nach Ruhe und Frieden. Aus irgendeinem Grund musste er immer wieder an die merkwürdige kleine Person denken, die ihm einen so unterhaltsamen Sonntagnachmittag beschert hatte und nun entschwunden war wie eine Fata Morgana. Bisher war niemand in sein Haus eingebrochen, und man hatte ihm auch nicht im Schlaf den Schädel eingeschlagen; also nahm er an, dass sie doch nicht der IRA angehörte – obwohl man natürlich nie wissen konnte.

Als er heimkam, legte Mrs. Dencher gerade letzte Hand an die Küche und polierte die alten Wedgwood-Teller auf dem Küchenschrank. Sie lächelte ihren Arbeitgeber an und entblößte dabei ihr Pferdegebiss, dann fuhr sie summend mit ihrer Arbeit fort. Sie gab eine Melodie aus *Oliver* zum besten. Keith erinnerte sich an das Musical; er hatte es vor dreißig Jahren mit Marguerite zusammen gesehen. Er ging ins Wohnzimmer, wo das Porträt seiner verstorbenen Frau von der Wand herunterblickte. Sie trug darauf ein hübsches schulterfreies Kleid, das sie gemeinsam gekauft hatten, und um ihre Lippen spielte dieses leise geheimnisvolle Lächeln, von dem er einst gedacht hatte, es sei ihm allein vorbehalten und habe eine geheimnisvolle, tiefsinnige Bedeutung, bis er beobachtet hatte, dass sie es auch ihrem jeweiligen Hund zuteil werden ließ.

Plötzlich fiel ihm auf, wie still es im Haus und in seinem

Leben geworden war, wie schnell die Jahre verflogen waren, die ihn unversehens zu einem Witwer mittleren Alters gemacht hatten. Was in aller Welt hatte er nur getan, dass er sich nicht erinnerte, älter geworden zu sein, nicht genau wusste, ab wann das Leben für ihn an Schwung verloren hatte? Es war nicht einmal vorrangig ein körperlicher Prozess, es war mehr eine Veränderung der Perspektive; keine Müdigkeit, sondern eine unbarmherzige, ungebeten sich einstellende Weisheit.

Er nahm die Post an sich, die auf dem Flurtisch lag, und sah die Briefe durch. Einer davon kam von der Anwaltskanzlei, die sich um die Hinterlassenschaft seines Schwiegervaters kümmerte.

»Lieber Keith«, hieß es in dem Brief, »ich würde mich freuen, wenn Sie mich aufsuchen könnten. Es hat den Anschein, dass mit dem Nachlass des verstorbenen Mr. Whiston etwas nicht ganz in Ordnung ist. Die Einzelheiten würde ich gern in einem persönlichen Gespräch klären, denn es haben sich unerwartete Komplikationen ergeben.« Unterzeichnet war der Brief von Keiths Anwalt Jonathan Wheatley.

Keith stieß einen leisen Pfiff aus. »Der alte Bock hat wahrscheinlich eine Horde Bastarde hinterlassen«, murmelte er, »offenbar habe ich mich zu früh gefreut, dass der Nachlass problemlos zu regeln sein wird …«

Er dachte sofort an seine Besucherin und fragte sich, ob da nicht doch irgendetwas faul war … vielleicht hatte sie ja wirklich eine Schwester … vielleicht hatte Bernard irgendwelche Dummheiten angestellt …

Mrs. Dencher machte sich noch ein bisschen in der Küche

zu schaffen, dann kam sie ins Wohnzimmer. »Ich bin jetzt fertig, Dr. Warrington.«

Keith hatte ihr Geld schon bereitgelegt und gab es ihr nun. »Haben Sie nicht Lust, zum Mittagessen zu bleiben?«, fragte er spontan. Er verspürte plötzlich das Verlangen, mit jemandem darüber zu reden, wie die Welt vor dreißig Jahren gewesen war.

Mrs. Dencher war verblüfft. »Na ja«, sagte sie in einem Ton, der nicht frei von Tadel war, »ich muss doch noch für meinen Harry das Essen richten…«

»Natürlich.«

Keith fand, dass seine Putzfrau müde aussah, und sprach nun als Arzt zu ihr: »Sie haben Urlaub nötig, Mrs. Dencher. Es würde Ihnen gut tun, ein bisschen auszuspannen!«

»Urlaub?«, wiederholte sie. »Du meine Güte… ich habe seit fünf Jahren nicht mehr Urlaub gemacht! Seit mein Harry arbeitslos geworden ist.« Sie lachte beinahe vorwurfsvoll. »Zur Zeit ist auch kein Urlaub in Sicht, Dr. Warrington. Jedenfalls nicht für mich!«

Als sie ging, zog sie die Eingangstür leise hinter sich zu. Keith ging in die Küche, holte Fischstäbchen aus dem Gefrierschrank und legte sie auf die Grillpfanne. Er schaltete den Grill auf die höchste Stufe, machte dann eine Dose Hundefutter auf und füllte Herbies Napf. Der Labrador schlang seine Mahlzeit hinunter, ließ einen übel riechenden Furz, verzog sich in seinen Korb neben der Tür und leckte sich mit seiner langen rosigen Zunge das Maul. Keith faltete die *Times* auseinander, vertiefte sich in die Titelseite und vergaß sein Essen vollkommen.

Erst der stechende Geruch machte ihn darauf aufmerksam, dass die Fischstäbchen angebrannt waren. Keith eilte in die Küche, zog die Grillpfanne heraus, fluchte entsetzt, als er die qualmenden Überreste sah, warf sie vor die Tür, suchte nach der Dose Thunfisch, die er noch irgendwo haben musste, und machte sich stattdessen ein Sandwich. Für den Nachmittag hatte er sich Verschiedenes vorgenommen; unter anderem wollte er den Artikel über Schizophrenie fertig bekommen, an dem er gerade schrieb. Doch als erstes rief er Jonathan Wheatley an.

»Er ist noch bei Tisch«, sagte Jonathans Sekretärin. »Aber ich richte ihm aus, dass Sie angerufen haben.«

Keith schaltete den Computer an, aber bevor ihm klar wurde, was er da tat, ertappte er sich dabei, dass er einen Brief an die seltsame Frau tippte, die am vergangenen Sonntag an seinem Gartentor aufgetaucht war. Dabei hatte er den Brief vor sich, den Bernard ihr geschrieben hatte.

Liebe Pauline,

ich weiß nicht, wo Sie wohnen, daher schicke ich dieses Schreiben an die Chiffrenummer, die in dem Brief meines Schwiegervaters an Ihre Schwester erwähnt wird (klingt das sehr gewunden?). Ich hoffe von Herzen, dass sie in der Zwischenzeit eine Lösung für ihre Probleme gefunden hat und Sie ihr mitteilen konnten, dass Sie mir ihren Brief übergeben haben. Hoffentlich war sie nicht allzu ärgerlich darüber, dass alles nur ein Streich des Verstorbenen war (dessen Angelegenheiten immer etwas verworren waren und die offenbar auch jetzt noch nicht geordnet sind).

Vielleicht haben Sie Lust, mich anzurufen, wenn Sie wieder in London sind? Ich habe eine Sammlung silberner Schnupftabakdosen, die ich gerne von einer Expertin beurteilen lassen würde, und vielleicht könnten Sie mich auch im Hinblick auf verschiedene andere antike Gegenstände beraten. Meine verstorbene Frau war eine große Sammlerin, und nun, da sie nicht mehr da ist, stelle ich fest, dass ich von all diesen Dingen, die sie angehäuft hat, keine Ahnung habe.

Auf jeden Fall war es nett, Sie kennen zu lernen. Mit herzlichen Grüßen

Keith Warrington

PS: Herbie lässt Sie ebenfalls schön grüßen.

In Ashgrove Lawns ging das Telefon. Polly nahm ab.

»Halt dich fest, Polly!«

»Oh Gott… Susie… was ist los?«

»Gute Nachrichten. Ich rufe vom Büro aus an, muss mich also kurz fassen. Es hat den Anschein, dass dein vermisstes Baby in Sünde lebt, und zwar in einem Einzimmerapartment in Drumcondra.«

»Wie bitte?«

Polly setzte sich auf den kleinen Hocker, der immer unter dem Tisch im Flur stand.

»Es ist die reine Wahrheit. Seine Mitverschworene ist eine junge Frau namens Veronica Settle. Sagt dir der Name etwas?«

»Jasons Superweib!«, flüsterte Polly. »An die hatte ich überhaupt nicht mehr gedacht…«

»Nun«, sagte Susie, der ein kurzer Blick auf die fragliche junge Frau vergönnt gewesen war, »Superweib würde ich sie nicht gerade nennen, vielleicht eher Lagerkommandantin.«
»Ich weiß... das heißt, ich hab' mal am Telefon mit ihr gesprochen...«
»Ach ja?«
»Peter sagt, sie sei dreißig und wiege zwei Zentner!«
»Sieht mir mehr nach einundzwanzig und anderthalb Zentner aus! Aber sie scheint eine beruhigende Wirkung auf Jason auszuüben. Ich habe mit ihm gesprochen und dabei den Eindruck gewonnen, dass das Leben seinen Übermut ein wenig gedämpft hat, wenn du weißt, was ich meine!«
»Ich drehe dem kleinen Scheusal den Hals um!« Pollys Erleichterung war einer plötzlichen Wut gewichen. »Wo steckt er?«
»Okay, ich sage es dir... aber unter einer Bedingung... er will nicht nach Hause kommen, Polly. Das hat er mir unmissverständlich klargemacht.«
»Er will nicht nach Hause kommen? Was macht er denn den ganzen Tag, um Gottes willen? Hat er denn überhaupt ein anständiges Bett zum Schlafen? Zieht er sich warm genug an?«
Es folgte ein kurzes Schweigen, dann sagte Susie: »Polly, es hat mal eine Zeit gegeben, da hast du manches klarer gesehen als heute!«
»Oh nein...«, flüsterte Polly. »Du meinst doch nicht etwa...«
»Doch... und soviel ich weiß, macht er sich Hoffnungen,

in irgendeinem Nachtcafé Arbeit zu finden«, fuhr Susie fort. »Und im Großen und Ganzen ist er völlig zufrieden mit seinem Los. Er hätte sich nie träumen lassen, dass das Leben so erfüllend sein kann!«

»Hat er dir das gesagt?«

»Nein. Aber man hat es ihm angesehen – die zage Ekstase der Freiheit... eine kaltherzige, grausame Familie bekommt die Quittung... und so weiter und so fort...«

»Wir sind keine kaltherzige grausame Familie!«, rief Polly aufgebracht. »Ich hab' ihn doch lieb! Wir alle haben ihn gern. Und wie kann er in einem Einzimmerapartment glücklich sein? Und was ist mit seinem Schulabschluss? Will er denn sein Leben wegwerfen? Und überhaupt! Die ganze Sache... mit einer Frau zusammenleben, ohne verheiratet zu sein... das ist unmoralisch! Gib mir die Adresse. Ich hole ihn sofort nach Hause zurück!«

»Ich gebe dir einen guten Rat, Polly. Lass ihn in Ruhe. Er wird die wahren Freuden des Zusammenlebens mit Queen Maeve in einem Einzimmerapartment schon noch kennen lernen... aber nur, wenn du ihn in Ruhe lässt!«

»Ich kann doch nicht hier rumsitzen und zulassen, dass mein Sohn verwildert!«

»Du brauchst ja nicht rumzusitzen«, sagte Susie. »Du könntest doch Mitglied im Fitnessklub im Einkaufszentrum werden. Da kannst du deine ganzen Ängste und Sorgen abreagieren und gleichzeitig fit werden. Es ist nicht teuer, zur Zeit haben sie ein Spezialangebot... für Frauen... tagsüber. Und eine kostenlose Probestunde!«

Polly stellte sich vor, wie sie im Gymnastikanzug aussehen würde.
»Sei doch nicht albern!«
Susie musste auflegen, weil Mr. Penston sie zum Diktat rief, und Polly ging wieder in die Küche, machte sich eine Tasse Tee, setzte sich an den Tisch, runzelte die Stirn und lachte unwillkürlich bei der Vorstellung, dass ihr kleiner Jason mit Queen Maeve ein Doppelbett teilte.
»Wenn man allein vor sich hinkichert, ist das ein sicheres Anzeichen für ...«, meldete sich die belehrende Stimme in ihrem Kopf.
Plötzlich fragte sie laut: »Wie hat Susie das überhaupt herausgefunden? Sie hat es nicht erwähnt, und ich habe ganz vergessen, danach zu fragen!«

Sie hörte, wie die Post auf die Fußmatte fiel, und fand darunter einen Umschlag mit Londoner Briefstempel. Außerdem war ein Brief für Rory gekommen, den sie neben den Computer legte. Im ersten Moment scheute sie sich, den Brief aus England zu öffnen, da sie fürchtete, dass es sich um eine weitere Antwort eines Liebeskranken auf ihre Anzeige handeln könnte. Als sie einen Blick auf die Unterschrift geworfen hatte, war sie selbst überrascht, wie sehr sie sich freute.
Sie las den Brief von Keith Warrington mehrmals durch. Leider hatte sie sein Foto nicht mehr (sie hatte es mit dem Antwortschreiben an Bernard Whiston zurückgegeben), aber sein Gesicht hatte sich ihr ohnehin klar eingeprägt. Sie erinnerte sich voll Vergnügen an ihr lustiges, merkwürdiges Gespräch an jenem Sonntagnachmittag. Offen-

sichtlich hatte er ihr die Geschichte mit der Schwester abgenommen. Dadurch war ihr die ganze Angelegenheit ein bisschen weniger unangenehm.
Sie nahm einige Papierbögen von Rorys Schreibtisch und schrieb zurück, bevor sie es sich noch anders überlegen konnte.

Lieber Keith Warrington,
vielen Dank für Ihren Brief. Ja, ich habe meiner Schwester von unserer Begegnung erzählt, und es war ihr überaus peinlich. Ich kann wirklich nicht sagen, wann ich wieder in Ihrer Gegend bin. Ich habe hier alle Hände voll zu tun – Geschäftliches und so weiter –, sodass ich kaum einmal wegkomme. Wegen Ihres verstorbenen Schwiegervaters möchte ich Ihnen noch einmal mein Beileid aussprechen. Wenn mich meine Geschäfte das nächste Mal nach London führen, würde ich mir Ihre Schnupftabakdosen sehr gerne ansehen.

Polly strich den letzten Satz durch und schickte den Brief ohne ihn ab.

Mitten in der Nacht fuhr sie grundlos aus dem Schlaf auf, setzte sich aufrecht hin und dachte: »Lieber Himmel, habe ich letzte Woche nicht einen Lottoschein gekauft?«
Sie legte sich wieder hin. Rory grunzte im Schlaf, und sie schob seinen Ellenbogen weg, der sich schmerzhaft in ihr Kreuz bohrte. »Was?«, brummte er. »Waaa… s?« Sein Schnarchen endete in einem Pfeifton.
»Ach, halt den Mund«, sagte Polly.

Ich habe diese Woche Lotto gespielt, überlegte sie, am Mittwoch, bevor ich nach London geflogen bin. Am Lottostand im Stephen's Green Einkaufszentrum. Haben sie im Radio nicht gesagt, dass der Schein dort gekauft wurde? Wo habe ich ihn bloß hingetan? Wahrscheinlich ist er noch in meiner Tasche …

Sie schlüpfte aus dem Bett und ging in die Küche hinunter, um ihre Handtasche zu suchen.

Das hat nichts zu sagen, dachte sie. An diesem Tag sind dort bestimmt Hunderte von Scheinen verkauft worden.

Ihre Handtasche hing hinter der Tür. Sie machte sie auf, durchsuchte alle drei Fächer, holte ihre Brieftasche heraus, durchsuchte auch sie. Von dem Lottoschein keine Spur. Sie leerte die Tasche auf dem Tisch aus, sortierte die Einkaufszettel, die Lippenstifte, die Haarspangen, die Kreditkartenabrechnungen, die Zahnarztrechnung, aber der Lottoschein blieb verschwunden.

»Ich weiß, dass er in meiner Tasche war«, sagte sie laut. »Habe ich ihn nicht selbst hineingetan? Er muss herausgefallen sein. Aber wo könnte das nur passiert sein?«

Praktisch überall, dachte sie. Eine Weile blieb sie noch am Tisch sitzen, dann ging sie wieder ins Bett.

Am nächsten Morgen teilte Rory ihr endlich mit, dass er wegen des Geldes, das er seiner Frau schuldete, eine Vorladung vom Bezirksgericht erhalten hatte.

»Wo sollen wir das Geld hernehmen?«

»Wahrscheinlich werde ich das Haus verkaufen müssen, Polly … Wir können uns was Kleineres suchen. So schlimm ist das doch auch wieder nicht!«

Er sah sie an und zog ratlos die Schultern hoch. Polly starrte ihn an. »Eigentlich willst du doch damit sagen, dass es für dich nicht so schlimm wird, weil du genauso weitermachst wie bisher... und ich sitze in irgendeinem Loch fest, meilenweit weg von Susie und ohne jede Hoffnung!« Polly bekam feuchte Augen, und Rory wandte sich, wie immer, wenn er Tränen sah, wütend ab.

»Es besteht kein Anlass, so abfällig zu reden, Polly! Du solltest lieber ein wenig Mitgefühl zeigen! Jetzt, wo der kleine Unruhestifter Jason nicht mehr da ist, könntest du dir für den Rest der Familie ruhig ein bisschen mehr Zeit nehmen!«

Polly unterdrückte ein Schluchzen, fand aber erst nach einer Weile ihre Sprache wieder.

»Du hast nicht zufällig irgendwo im Haus einen Lottoschein gefunden?«, fragte sie schließlich.

»Nein... warum? Hast du etwas gewonnen?«

»Woher soll ich das wissen, wenn ich ihn nicht mehr finde?«

Rory presste die Lippen zusammen und schüttelte den Kopf.

»Du solltest mal zum Arzt gehen, Polly«, brummte er. »In letzter Zeit bist du ziemlich aggressiv und benimmst dich auch sonst reichlich merkwürdig!« Rory schüttelte erneut den Kopf. »Wo habe ich bloß diese Umrechnungstabellen hingetan?«

Polly warf ihm einen ungläubigen Blick zu, aber Rory hatte die Tabellen bereits gefunden und machte wieder einen zufriedenen, wenn auch geistesabwesenden Eindruck.

Aus irgendeinem Grund kam Polly das Fitnessstudio in den Sinn, das Susie ihr empfohlen hatte, die Gewichte und die Trainingsgeräte, einfach als Möglichkeit, eine Stinkwut abzureagieren, ohne gleich jemandem den Schädel einzuschlagen.

Verdammt noch mal, dachte sie, ich habe doch einen alten Trainingsanzug. Würde der es nicht für den Anfang tun?

Als Peter vom College heimkam, überbrachte ihm Polly die gute Nachricht, dass Jason gefunden worden war. Peter hatte sich, was das Verschwinden seines Bruders anbetraf, anfangs defensiv verhalten und sich dann immer mehr in sich zurückgezogen.

Sie sah ihm an, wie erleichtert er nun war. Er wandte sich ab, weil er nicht zu viel von seinen Gefühlen preisgeben wollte.

»Ich wusste, dass die kleine Schwuchtel wieder auftaucht. Was der bräuchte, ist eine Tracht Prügel!«

»Er braucht nichts dergleichen. Und er kommt vorerst auch nicht nach Hause«, sagte Polly. »Ich hatte überlegt, ihn zu holen, aber dein Vater und Susie meinen, er sollte die Chance haben, aus eigenem Antrieb heimzukommen!«

»Ja… Soll er ruhig auslöffeln, was er sich eingebrockt hat! Er kommt schon wieder – mit eingezogenem Schwanz!«

»Aber ich mache mir trotzdem Sorgen. Ich meine, isst er denn auch anständig?«

Peter sah seine Mutter liebevoll an.

»Mütter sind schon verblüffend!«, meinte er. »Sie sorgen

sich wirklich um einen.« Er sah sie schalkhaft an. »Aber vermutlich macht das alles nur der Instinkt!«
Polly gab ihm eins hinter die Ohren und ließ ihre Hand über seinen Hinterkopf gleiten, über die kurzgeschorenen Haare, die sich wie ein Teppich anfühlten. Er schnurrte vor Wohlbehagen. »Ah, schlag mich nicht, Ma!«, sagte er gespielt ängstlich.
»Nimm mich in die Arme«, bat Polly. »Ich kann's gebrauchen.«
Peter tat ihr den Gefallen. Als er sie losließ, sagte er mit leiser, untypisch unsicherer Stimme: »Ich kann nichts dafür, Mama … ich habe ihn nicht aus dem Haus getrieben!«
»Oh, Peter, hast du gedacht, dass wir dir die Schuld geben?«
Sie sah, dass ihr Sohn den Tränen nahe war.
»Ja, der Hobbit hat es getan«, flüsterte er unglücklich. »Er hat gesagt, es sei meine Schuld! Du hast es doch gehört!«
»Du sollst deinen Vater nicht immer Hobbit nennen«, sagte Polly streng. »Das gehört sich nicht … Du hast nicht zufällig irgendwo im Haus einen Lottoschein gesehen?«, fragte sie dann, um das Thema zu wechseln, da sie fürchtete, ihr großer Sohn, der ihr ein ganzes Stück über den Kopf gewachsen war, könnte jeden Moment in Tränen ausbrechen.
»Nein. Haben wir etwa was gewonnen?«
»Nein … es ist nur, dass ich einen gekauft und nicht nachgesehen habe.«
»Mach dir nichts draus, Mama«, sagte Peter, der allmählich seine Fassung wieder fand. »Die Chancen stehen doch bloß eins zu neun Millionen …«

In einem ungestörten Augenblick rief Polly bei der Nationallotterie an und fragte, ob der Gewinner der Ziehung vom Osterwochenende sich schon gemeldet hätte. Nein, sagte man ihr. Dann erkundigte sie sich nach den Gewinnzahlen. 1, 14, 15, 21, 32 und 41.
Sie schrieb sich die Zahlen auf, sah sie sich in Ruhe an und versuchte sich zu erinnern, welche Zahlen sie angekreuzt hatte. Die 1 war dabei gewesen, da war sie sicher. Und sie glaubte sich auch an die 21, die 14 und die 15 zu erinnern. Sie rief noch einmal bei der Lotterie an.
»Ich glaube, ich könnte den Ostergewinn gewonnen haben«, sagte sie.
»Haben Sie den Gewinnschein?«, fragte die höfliche junge Stimme zurück.
»Nein… unglücklicherweise habe ich ihn verloren!«
»Verstehe…«
»Sie meinen, Sie glauben mir nicht?«, sagte Polly, der die Nuance im Ton ihrer Gesprächspartnerin nicht entgangen war.
»Ich meine, wir brauchen einfach den Nachweis!«
Polly legte auf und murmelte: »Ich weiß, dass ihr den elenden Nachweis braucht… oder haltet ihr mich für völlig blöd?«
Wo hatte sie den Schein nur gelassen?

Muriel kam abends vorbei, um zu sagen, wie sehr sie sich freute, dass Jason gefunden worden war.
Polly, die sich zum ersten Mal seit Jasons Verschwinden wieder entspannen konnte, hatte gerade in einem ihrer Kunstbücher gelesen, einem Band über Ägyptologie. Als

sie an die Tür ging, ließ sie es offen auf dem Kaffeetisch liegen; sie bat ihre Nachbarin herein und bot ihr Tee an. Muriel nahm die Einladung freudig an. Dann machte sie eine Bemerkung darüber, dass Polly abgenommen habe; gertenschlank sei sie geworden, wie Muriel sich ausdrückte.

»Wirklich?«, sagte Polly ungläubig und warf einen verstohlenen Blick in den Spiegel. Es stimmte. Sie hatte selbst gemerkt, dass ihr die Röcke zu weit wurden, aber nun bemerkte sie auch, dass ihr Gesicht schmaler geworden und ihr Doppelkinn zurückgegangen war.

»Sie sehen ausgesprochen hübsch aus«, sagte Muriel.

Polly wurde rot. »Das war ich mal, als ich jung war.«

»Sie sind es immer noch! Wenn man Sorgen hat, nimmt man bestimmt leicht ab …«, fuhr Muriel fort.

»Das glaube ich nicht«, sagte Polly, obwohl sie wusste, dass es stimmte, denn solange Jason vermisst gewesen war, hatte sie kaum einen Bissen herunterbekommen, so zugeschnürt war ihre Kehle gewesen.

Als sie sich wieder ihrem Gast zuwandte, fiel ihr auf, dass Muriel unnatürlich blass aussah und ihre Augen groß und glanzlos waren.

»Und wie geht es Ihnen? Muriel, Sie sehen ein bisschen angeschlagen aus, wenn ich mir die Bemerkung erlauben darf!«

»Oh, mir geht's gut, danke. Obwohl mir manchmal ein wenig schwindlig wird. Komisch, nicht?« Muriel gab sich förmlich wie immer, doch in ihren letzten Silben schwang eine Art innerer Unruhe mit, ein Bedürfnis nach ein paar beschwichtigenden Worten. »Wahrscheinlich macht mir

das Alter allmählich zu schaffen!«, zwang sie sich zu scherzen.
»Das Alter kann es nicht sein«, sagte Polly. »Sie sind doch noch jung!« Und dann dachte sie an Susie und deren Bemerkung über Muriels Alkoholkonsum, und plötzlich fragte sie sich, ob Susie vielleicht Recht hatte. Doch in diesem Moment läutete es an der Haustür. Es war niemand anders als Susie selbst.
»Muriel ist hier«, informierte Polly sie leise.
»Oh Gott... ich komme lieber später wieder. Ich wollte dir nur sagen, dass die kleine Peggy Kinlan ein Mädchen bekommen hat. Beiden geht es gut...«
»War das Susie?«, fragte Muriel, als Polly ins Wohnzimmer zurückkehrte.
»Ja. Sie konnte nicht bleiben... sie wollte mir nur sagen, dass Peggy Kinlan ihr Baby bekommen hat, ein Mädchen. Mutter und Kind sind wohlauf!«
»Da fällt der armen Madge bestimmt ein Stein vom Herzen!«, murmelte Muriel. »Sie hat sich solche Sorgen gemacht! Susie ist so dynamisch«, fügte sie hinzu, »so quicklebendig! Und zur Zeit hat sie es bestimmt nicht leicht... soviel ich weiß, wird ihr Mann Ende des Monats arbeitslos...«
Polly lächelte angestrengt. Sie fand, dass es Muriel nichts anging, ob Fergus arbeitslos wurde oder nicht.
»Wer hat Ihnen das erzählt?«
»Laura Flanagan.«
»Sie ist eine schreckliche Klatschbase!«
Muriel machte ein bestürztes Gesicht. »Ich wollte nichts Unpassendes sagen, Polly.«

»Oh, das war doch nicht gegen Sie gerichtet, Muriel ...« Muriel spielte mit einem Keks. »Polly«, sagte sie dann und ließ dabei ihren Blick durch den Raum schweifen, bemerkte die Statuette der jungen Dame auf dem Kaminsims und betrachtete das Buch mit dem Titel *Die Wunder des Alten Ägypten*, »haben Sie nie darüber nachgedacht, wieder berufstätig zu werden ... bei Ihrem Wissen über Kunstgeschichte ist es doch eigentlich ein bisschen schade, nichts daraus zu machen ...« Sie hielt inne. »Aber vielleicht ist das auch schon wieder eine unpassende Bemerkung! Ich dachte nur, dass es Ihnen zu Hause vielleicht manchmal langweilig wird.«

»Langweilig ist eine glatte Untertreibung!«, antwortete Polly mit bitterem Lachen. »Ich habe mich kürzlich für eine Stelle im öffentlichen Dienst beworben, aber dazu muss ich erst eine Prüfung ablegen.«

»Schön für Sie!«

Schweigend blätterte Muriel in dem Buch über altägyptische Kunst. Dann sagte sie: »Das sieht alles so interessant aus. Ich war noch nie in Ägypten, und Sie?«

»Nein.« Polly sah mit in das Buch, während Muriel blätterte; sie ließ ihren Blick über die liebliche Nofretete gleiten, über das merkwürdige Antlitz ihres Gemahls, des Pharao Echnaton. »Irgendwann reise ich nach Ägypten, bevor ich sterbe und wenn ich zu Fuß dorthin gehen muss! Wissen Sie, das Außerordentliche an der ägyptischen Kunst ist – zumindest für mich – ihre völlig ungebrochene spirituelle Kraft, ihre heitere Gelassenheit. Wenn man sie mit der griechischen Kunst vergleicht, in der ein so aggressiver Hedonismus herrscht, so viel Selbstbehauptung, dann wird einem klar, wie nachhaltig Jahrtausende friedlicher Theokratie die Geisteshaltung und die Wahrnehmung eines Volkes beeinflussen…«

Polly hielt inne und sah Muriel zweifelnd an, da sie fürchtete, sie zu langweilen. Sie war es gewohnt, dass ihre gelegentlichen Gefühlsergüsse über Fragen der Kunst auf vollkommenes Desinteresse stießen. Aber ihre Besucherin sah sie mit gespannter Aufmerksamkeit an.

»Sie haben eine große Leidenschaft in sich, Polly… das verstehe ich.« Sie senkte die Stimme. »Leidenschaft führt zum Glauben, und deshalb ist es so wichtig, dass sie in die richtigen Bahnen gelenkt wird! Sagen Sie mir eins… was würden Sie tun, wenn Sie viel Geld hätten… würden Sie dann alle diese Orte besuchen und sich die Dinge ansehen, die Sie so lieben?«

»Oh, ja«, erwiderte Polly lächelnd. »Wenn ich nur wenigstens den Louvre noch einmal besuchen könnte! Ich war als Studentin einmal dort und erinnere mich noch sehr gut an die ägyptische Abteilung, die Mumie im Sarkophag, gehüllt in Wachsleinwand, ihre kleinen Hände so sicher eingewickelt, ihr kleiner blinder Kopf mit solcher Anmut nach hinten geneigt… ach… es war, als spräche sie über den Abgrund all der Jahrtausende hinweg…«

Polly bemerkte nicht, wie sich die Farbe ihrer Augen veränderte und ihr das Blut ins Gesicht stieg.

»Teilt jemand in Ihrer Familie Ihre Liebe zur Kunst?«, fragte Muriel, tief gerührt und mit leiser Stimme.

Polly zuckte die Achseln, lehnte sich zurück und sagte seufzend: »Eigentlich nicht… sie haben alle genug damit zu tun, über die moderne Welt zu staunen…«

Als Muriel fort war, ging Polly nach oben, betrachtete sich im Spiegel und stellte fest, dass sie tatsächlich, wie Muriel gesagt hatte, viel schlanker geworden war. Sie sah eine Schublade mit alten Sachen durch und holte einen Rock heraus, in den sie sich seit Jahren nicht mehr hatte zwängen können. Er passte wie angegossen.
Wieder blickte sie in den Spiegel und bürstete sich die Haare aus dem Gesicht. »Wenn ich mir ein paar Strähnen blondieren lasse und noch ein, zwei Pfund abnehme... Vielleicht ist noch nicht alles verloren...«
Zu dem engen schwarzen Rock zog sie eine weiße Bluse an, die zu ihren Lieblingssachen gehört hatte, bevor die Knöpfe über der Brust bei jeder Bewegung, die sie machte, aufsprangen. Die Bluse passte. Sie beugte die Arme. Die Knöpfe blieben zu.
Sie zog die Bluse aus und setzte sich aufs Bett. Oh Gott, dachte sie, danke, dass Jason gefunden worden ist. Jetzt brauche ich nur noch dafür zu sorgen, dass wir das Haus behalten können. Vielleicht sollte ich mit Martha reden, sie bitten, ihre Bluthunde zurückzupfeifen, und ihr sagen, dass ich mir einen Job suche und einen Kredit aufnehme, um sie auszahlen zu können. Kunstgeschichte genießt nicht gerade oberste Priorität, vor allem nicht in Irland. Und zu den Kreisen, die mit Kunst zu tun haben, bekommt man hier als Normalsterblicher keinen Zugang. Aber es muss jemanden geben, der Arbeit für mich hat, irgendwo. Und wenn Jason nicht zu Hause wohnt, Peter bald mit dem Studium fertig ist und Rory ohnehin im Cyberspace lebt, warum sollte ich dann nicht versuchen... einen Job in London zu finden? Warum sollte ich, ver-

dammt noch mal, nicht das Unmögliche möglich machen? Sie suchte und fand ihren alten blauen Nike-Trainingsanzug. Er befand sich in der so genannten Todeszelle – einer Kommode im Flur, wo sie die Sachen aufbewahrte, die zwar aussortiert und somit zum Tode verurteilt worden waren, die man aber vielleicht noch irgendwann gebrauchen konnte. Sie zog ihn an. Die Hose hing sackartig herunter.

»Aber es geht noch … es erfüllt seinen Zweck.«

Peter kam ihr auf der Treppe entgegen.

»In dem alten Ding habe ich dich ja seit Urzeiten nicht mehr gesehen, Mama! Was führst du im Schilde?«

»Ich bringe mich jetzt in Form, junger Mann. Und nein, du kannst dieses Wochenende keinen Zuschuss kriegen«, fügte sie hinzu, als Peter sie mit kummervoller Miene ansah – in der Regel ein untrügliches Anzeichen dafür, dass er sie um Geld anbetteln würde. »Da ich noch relativ klar im Kopf bin, werde ich mein Geld für mich selbst ausgeben!«

12. Kapitel

»Sie sind dynamisch, hochmotiviert, haben einen guten Hochschulabschluss und besitzen die Fähigkeit, mit Menschen umzugehen. Antiquitäten und Kunstobjekte sind Ihr Spezialgebiet. Wir sind ein eingeführtes Auktionshaus, spezialisiert auf georgianische, viktorianische und Regency-Möbel, Skulpturen, Miniaturen, Silber, Standuhren, Bronzeobjekte und Kunstgegenstände, die wir im Auftrag von Erbschaftsverwaltern, Treuhändern und Sammlern verkaufen. Wir haben die Stelle eines Assistenten/einer Assistentin der Hauptgeschäftsführerin zu besetzen. Wenn Sie die obengenannten Anforderungen erfüllen, schicken Sie bitte Ihre vollständigen Bewerbungsunterlagen einschließlich Ihrer Gehaltsvorstellung an Shetly & Sons, New Bond Street, London…«

Die Anzeige nahm im Stellenmarkt der *Sunday Times* verhältnismäßig geringen Raum ein.
Polly betrachtete sie eine Weile wehmütig, eine Exilantin, eine Entsagende, die zurückblickt. Shetly and Sons. Der Name war ihr ein Begriff. Sie waren nicht so renommiert wie Sotheby's, aber sie konnten sich sehen lassen. Polly blätterte um, sah sich andere Stellenangebote an – Hauptgeschäftsführer, Manager, Wertpapieranalysten und Pro-

jektmanager wurden gesucht. Eine Anzeige, die »die Kommunikation von morgen« versprach, nahm eine halbe Seite ein.

Die Kommunikation von morgen habe ich schon, dachte sie verdrossen, und was hat mir das eingebracht?

Doch als sie die Zeitung zusammenfaltete, sie beiseite legte und begann, die eiverkrusteten Frühstücksteller abzuspülen, kehrten ihre Gedanken zu Shetly and Sons zurück. Es war, als hätte die kleine Anzeige die Atmosphäre der Welt mitgebracht, die Polly so sehr liebte, den Zauber, den Geruch alter Dinge, den Duft von poliertem Rosenholz und Mahagoni, den weichen Glanz von Bronze, das Schimmern von Silber und das Gewisper einer längst vergangenen Zeit.

Als sie mit dem Abwasch fertig war und alles weggeräumt hatte, murmelte Polly vor sich hin: »Wer wagt, gewinnt. Aber meine Aussichten, diesen Job zu bekommen, sind praktisch gleich Null. Wie kann eine Frau wie ich, die kaum einen guten Rock besitzt und seit 1970 kein vernünftiges Gespräch mehr geführt hat, sich für eine solche Stelle bewerben, in der sich alles um die Welt der Reichen und Kultivierten dreht?

Rory war bei den O'Briens und bearbeitete mit Fergus irgendetwas an dessen Computer. Sue war weggegangen, und Fergus wusste nicht, wohin. »Sie ist spazieren gegangen«, sagte er, als Polly herüberkam und mit ihr sprechen wollte. »Sie hat gesagt, sie will allein sein! Wo könnte sie hin sein, was meinst du? Warum in aller Welt will sie denn allein sein?«

»Keine Ahnung!«

»Hat sie dich denn nicht gefragt, ob du mitkommen willst?«, fragte er misstrauisch.

»Nein, Fergus. Allem Anschein zum Trotz sind wir keine siamesischen Zwillinge!«

Polly ging nach Hause und setzte ein Bewerbungsschreiben auf. Sie war mit Leib und Seele bei der Sache. An Erfahrung hatte sie nicht viel zu bieten, aber in ihrem Lebenslauf ging sie ausführlich auf ihre – wenn auch nur kurze – Karriere als Antiquitätenhändlerin ein, die ein jähes Ende fand, als sie Rory heiratete. Sie hatte bei Adams in Dublin gearbeitet und seitdem den Antiquitätenmarkt aufmerksam beobachtet. Ihr Studium der Kunstgeschichte hatte sie mit der Note Eins abgeschlossen, und sie hatte auch bereits einige Artikel in einer Sammlerzeitschrift namens *Times Past* veröffentlicht. Über Silber wusste sie besonders gut Bescheid. Sie war verheiratet und hatte zwei Kinder, die jedoch inzwischen erwachsen waren; daher stand es ihr frei, wieder ins Berufsleben zurückzukehren. Weiter schrieb sie, sie sei mit einem niedrigen Anfangsgehalt zufrieden, werde sich in nächster Zeit in London aufhalten und stehe für ein Gespräch gern zur Verfügung. Als sie Brief und Lebenslauf fertig hatte, ging sie nach unten, schaltete den Computer ein, tippte alles ab und druckte es aus. Sie steckte das Schreiben zusammen mit den übrigen Bewerbungsunterlagen in einen Umschlag und machte sich auf den Weg zum Briefkasten im Dorf.

Als sie die Hauptstraße hinunterging, hörte sie jemanden rufen. Sie drehte sich um und sah Muriel in ihrem Auto neben ihr anhalten.

»Hallo, Polly«, rief Muriel durch das offene Fenster. »Springen Sie rein! Ich nehme Sie mit!«

»Ich muss mir ein bisschen die Füße vertreten, aber trotzdem vielen Dank.«

Doch Muriel hatte offenbar keine Lust, gleich weiterzufahren. »Sie sehen viel besser aus, seit Jason gefunden wurde«, sagte sie.

»Ich vermute, dass Susie einen Privatdetektiv auf ihn angesetzt hat«, erklärte Polly kläglich. »Immer weicht sie mir aus, wenn ich sie danach frage… aber ich wüsste nicht, wie sie sonst herausgefunden haben könnte, wo er steckt!«

Muriel sah sie mit ausdrucksloser Miene an. »Hat sie das tatsächlich?… Ich möchte Sie um einen Gefallen bitten, Polly«, fuhr sie dann fort, »das heißt, wenn es Ihnen nichts ausmacht.«

Polly entgegnete höflich, es mache ihr nicht das Geringste aus. Doch in Wirklichkeit machte es ihr wohl etwas aus, nicht weil irgendein kleiner Gefallen, um den Muriel sie bitten würde, ihr eine Last gewesen wäre, sondern weil Muriel eine Art an sich hatte, die Polly immer das Gefühl gab, sie würde gefangen genommen, herumkommandiert und einer Herde zugetrieben werden, die sich um die Gunst einer reichen Frau bemühte. Sie fühlte sich an ihre Schulzeit erinnert, als sie für kurze Zeit der Liebling der Lehrerin war und sich ob deren Aufmerksamkeit zu sehr geschmeichelt fühlte, um sie abschütteln zu können.

»Ich werde wohl bald für eine Weile verreisen…«, sagte Muriel unbestimmt. »Und ich habe mich gefragt, ob Sie während meiner Abwesenheit vielleicht ein wenig auf das

Haus achten könnten. Ich würde Ihnen die Schlüssel und den Code für die Alarmanlage dalassen ...«

»Natürlich. An welchen schönen Ort fahren Sie denn?«

Polly unterdrückte die Eifersucht, die plötzlich in ihr aufstieg, den unwillkürlichen Neid. Wahrscheinlich hatte Muriel einen Flug auf die Seychellen oder an sonst einen wunderbaren Urlaubsort gebucht, und die Kosten würden in ihre Privatfinanzen kein größeres Loch reißen als in Pollys Haushaltskasse, wenn sie sich Tee und Kuchen bei Bewley's genehmigte.

Aber Muriel antwortete nicht sofort; schließlich lächelte sie freudlos und sagte, sie wüsste es noch nicht genau, aber sie würde es Polly rechtzeitig wissen lassen.

Polly sah Muriels Wagen nach, der mit schnurrendem Motor davonglitt, und flüsterte neidisch: »Oh, Muriel ... du bist ein Glückskind und weißt es nicht einmal ...«

Laura Flanagan kam ihr mit ihrem Collie Scrumpy entgegen, der wie wild an der Leine zog. Laura schnappte Pollys letzte Bemerkung auf und sah sie mit einem merkwürdigen Blick an.

»Selbstgespräche«, erklärte Polly hastig, »sind das erste Anzeichen dafür, dass man den Verstand verliert!«

»War das Muriel Reeves?«, fragte Laura und sah dem sich entfernenden Aston Martin nach.

Laura übte auf Polly immer eine so irritierende Wirkung aus, dass sie ihr nun beinah erzählt hätte, Muriel habe eine Reise vor und habe sie gefragt, ob sie auf das Haus aufpassen könnte; gerade noch rechtzeitig biss sie sich auf die Zunge. Laura erwartete jedoch keine Antwort auf ihre

Frage und musste natürlich sogleich hinzusetzen, dass ihr Vater der Hausarzt der Reeves' gewesen sei. In den Schulferien habe sie Muriel manchmal im Wartezimmer gesehen, wenn sie einen Termin bei ihm hatte. »Sie hatte damals eine Zahnspange. Sie war sehr still … aber selbstverständlich ein hübsches Mädchen … eine richtige Dame. Als ich kürzlich mit ihr über die alten Zeiten sprach, konnte sie sich noch gut an mich erinnern, wissen Sie …«

Polly sah die Dellen, die sich an Lauras Oberlippe abzeichneten, und fragte sich, warum nicht auch Lauras Eltern etwas unternommen hatten, damit ihre Zähne gerade wuchsen.

Laura warf einen taxierenden Blick auf Pollys Kleidung und ließ sich dann von Scrumpy weiterziehen.

»Hoppla, manchmal frage ich mich, wer hier mit wem spazieren geht!«

Als Polly nach Hause kam, war Rory noch nicht wieder da. Peter war auf seinem Zimmer, wo er angeblich lernte, und Jason war nicht heimgekehrt – ein Wunder, auf das sie insgeheim immer noch hoffte. Aber wenigstens, so tröstete sie sich, wusste sie nun, dass er in Sicherheit war. Sie ging in den Vorgarten, pflückte die wenigen noch verbliebenen Osterglocken und nahm sie mit ins Haus. Als sie die Blumen ins Wasser stellte, läutete das Telefon.

»Hallo, Mama«, meldete sich eine verlegene Stimme.

Im ersten Moment erkannte sie ihn nicht; Jasons Stimme klang halb zaghaft, halb trotzig, aber sie hatte einen Unterton, den sie bei ihm noch nie gehört hatte – eine ernste Note, so als übernähme er, wenn auch eher zögernd, endlich Verantwortung.

»Jason! Geht es dir gut?«

»Ja, alles okay…«

Polly wollte gerade ein Klagelied darüber anstimmen, was er angerichtet hatte, als er von zu Hause weglief, doch dann erinnerte sie sich an all die Ermahnungen von Susie, Rory und Peter und ließ es bleiben. Außerdem stieg unversehens der Ärger in ihr hoch, den sie bis dahin unterdrückt hatte.

»Na, das ist ja immerhin etwas!«

»Willst du nicht wissen, wo ich bin?«

Sein Tonfall zeugte von Überraschung, aber Polly meinte auch eine gewisse Selbstgefälligkeit herauszuhören.

»Nein.«

»Warum nicht?«

»Weil ich weiß, wo du bist… und weil ich finde, es ist an der Zeit, dass du mit dem Unsinn aufhörst und heimkommst!«

Jasons zuvor so höfliche Stimme wurde nun hart und quengelig. Jetzt befand er sich auf vertrautem Boden; seine Mutter hatte ihn gereizt.

»Mrs. O'Brien hätte dir nicht sagen sollen, wo ich bin. Sie hat es mir versprochen. Ich bin jetzt mein eigener Herr, Mama. Ich mache mit meinem Leben, was ich will. Ob das den Leuten passt oder nicht, ist ihr Problem…«

»Rufst du nur an, um mir das zu sagen?«

»Nein…« Seine Stimme wurde wieder ruhiger. »Ich wollte nur fragen, wie es dir geht…«

»Mir geht's gut.«

»Ist auch sonst alles in Ordnung?«

»Wenn du wissen willst, ob wir immer noch in Ashgrove

Lawns 14 wohnen, ist die Antwort ja. Aber wenn du wissen willst, ob wir auch noch in Ashgrove Lawns 14 wohnen werden, wenn du dich entschieden hast, ob du heimkehrst oder endgültig aus dem Nest flüchtest, lautet die Antwort vielleicht... aber das hängt natürlich davon ab, wann du hier deinen nächsten Auftritt gibst!«

Es folgte Schweigen. Jasons Stimme wurde nun leiser und weniger herrisch.

»Ihr habt doch nicht etwa vor umzuziehen, Mama, oder?«

»Es sieht ganz danach aus. Die Frau deines Vaters will Geld sehen, und hier wohnen keine Kinder mehr, sondern nur noch große, tyrannische Kerle. Aber wenn du möchtest, dass ich irgendwas von deinen Sachen aufhebe – alte Teddybären, Action Force-Puppen, Armeelaster, Asterixhefte, alte Kaugummis, die an deinem Bett kleben, das aufgerollte Poster einer unbekleideten jungen Frau –, dann kannst du mir ja eine Liste schicken.«

»Das nehme ich dir nicht ab, Mama! Und dieses Poster... es ist nicht meins... es gehört...«

»Ich weiß, ich weiß, es hat nichts mit dir zu tun. Du hebst es nur für einen guten Freund auf. Und ich suche mir einen Job in London!«

»London!«, kreischte Jason. »Aber... du kannst doch nicht einfach nach London ziehen!«

»Warum nicht?«

Nach einer Weile fragte er leise: »Aber... was wird dann aus uns?«

»Offen gesagt, mein Lieber«, sagte Polly, mit Wonne Rhett Butler zitierend, »ist mir das völlig schnuppe!«

»Mama!«

»Ja?«
»Bist du sicher, dass es dir gut geht?«
»Es ist mir nie besser gegangen.«
»Könntest du mir zwanzig Mäuse leihen? Ich zahle sie dir nächste Woche zurück!«
Endlich kommt er zur Sache, dachte Polly.
»Ich schicke dir zehn Pfund. Mehr kann ich nicht erübrigen. Leute, die den Weg der Freiheit einschlagen wollen, sollten vorher ihre Finanzen prüfen!«
»Aber, Mama…«

Als Polly den Hörer auflegte, ließ sie sich das Gespräch noch einmal durch den Kopf gehen. Ich hätte netter zu ihm sein sollen, dachte sie aus alter Gewohnheit. Warum zum Teufel solltest du das, meldete sich ihr neues Selbst zu Wort. Er reißt aus, es ist ihm egal, was er dir damit antut. Und dann hat er auch noch die Frechheit, anzurufen und um Geld zu bitten. Zum ersten Mal in ihrem Leben erlebte Polly ihre Wut als echte Kraft, als etwas, wozu sie berechtigt war, eine elektrisierende, befreiende Energie.
Draußen vor der Küchentür war anklagendes Miauen zu hören. Cat hatte zwar bereits eine Mahlzeit vertilgt, war jedoch zu der Überzeugung gelangt, dass ihr Hunger noch nicht vollkommen gestillt war.
Diese Katze macht mich noch wahnsinnig!, dachte Polly. Am liebsten wäre sie hinausgegangen und hätte Cat einen Tritt in den Hintern verpasst, aber sobald dieser Gedanke in ihr aufkam, erstarb ihre Wut, als hätte sie Angst vor sich selbst bekommen.
Polly verbarg ihr Gesicht in den Händen. Ich werde noch

verrückt, sagte sie sich. Ich bin bis zum Äußersten angespannt und tue immer noch so, als würde ich mit allem fertig. Ich fürchte, ich werde nicht mehr damit fertig, außer ich ändere alles ganz radikal. Und das wird mehr Kraft kosten, mehr seelische Kraftreserven aufbrauchen, als ich habe.

Sie ließ Cat herein, nahm sie hoch, streichelte ihren komischen Schwanz, an dem allmählich wieder das Fell nachwuchs.

»Du bist ein wahrer Überlebenskünstler, du armes altes Biest«, sagte Polly. »Von dir kann man sich sogar etwas abschauen, und zwar vor allem deine Hartnäckigkeit!«

Cat schnurrte zufrieden.

Polly dachte an ihre Bewerbung für den Job in London, die morgen zugestellt werden würde, und fragte sich, ob sie auch nur die geringste Chance hatte. Wenn ich ein bisschen Geld hätte, dann hätte ich auch mehr Freiheit. Das erinnerte sie wieder an den verlorenen Lottoschein.

Sie sah alle ihre Schubladen durch, hielt Ausschau nach diesem kleinen Formular mit den Nummern, aber es war nirgends zu finden. In keinem der Schlupflöcher, die sie durchsuchte, tauchte der rosafarbene Zettel auf. Wenn er nicht da ist, dachte sie, habe ich ihn offensichtlich verloren. Und dann traf es sie mit voller Wucht: Was, wenn das verdammte Ding tatsächlich der Gewinnschein war? Es konnte sein, dass sie Multimillionärin war und es nicht einmal wusste. Je mehr sie darüber nachdachte, umso sicherer wurde sie, dass ihr Schein die Gewinnzahlen aufwies. Sie konnte sich jetzt ganz deutlich daran erinnern, dass sie die Zahlen 1 und 21 angekreuzt hatte und außerdem 14 und 15, weil das die Nummern von ihrem und Susies Haus waren. Das waren vier Zahlen. Wenn sie die restlichen zwei Zahlen auch richtig hatte, dann hatte sie gewonnen. Alle Anzeichen sprachen dafür. Der Schein war zu dem Zeitpunkt gekauft worden, den die Leute von der Lotterie angaben; er stammte von derselben Annahmestelle. Es hatte sich noch niemand gemeldet, obwohl inzwischen vier Wochen verstrichen waren. Was war daraus zu schließen?

O Gott… ich muss Michelle fragen, ob sie ihn gefunden hat. Vielleicht habe ich ihn in ihrer Wohnung liegen lassen.

Sie versuchte, sich in Erinnerung zu rufen, was sie in London alles gemacht hatte. In Gedanken legte sie noch einmal den Weg zur U-Bahnhaltestelle an der Sloane Street zurück; war ihr etwas aus der Tasche gefallen, als sie nach Kleingeld suchte? Nein, sie konnte sich nicht erinnern. Und in der U-Bahn? Aber im Waggon hatte sie ihre Tasche nicht aufgemacht, dazu bestand keine Veranlassung. Auch als sie in Wimbledon ausstieg und zu Keith Warringtons Haus ging, hatte sie die Tasche nicht geöffnet. Und dann fiel ihr plötzlich ein, wie sie in ihrer Tasche nach der Tagescreme gesucht hatte, als sie seine Toilette benutzte. Sie war etwas aufgeregt gewesen. Alles Mögliche hätte ihr aus der Tasche fallen können, und sie hätte es nicht gemerkt. Vielleicht hatte sie das verdammte Ding bei ihm verloren.

Was sollte sie jetzt nur tun? Ihm einen Brief schreiben? »Lieber Keith… haben Sie meinen Lottoschein auf Ihrer Toilette gefunden?«

Nein. Schlimm genug, dass sie mit ihrem idiotischen Brief bei ihm aufgetaucht war; sie musste dem nicht auch noch lächerliche Briefchen folgen lassen, in denen sie sich nach verlorenen Lottoscheinen erkundigte. Polly wurde rot, als sie daran dachte, wie dumm sie sich benommen hatte und für wie albern sie der netteste Mann, den sie je getroffen hatte, gehalten haben musste.

Ich kann ihm einfach nicht wegen diesem blöden Lottoschein schreiben, dachte sie schließlich. Wahrscheinlich hat er ihn eh weggeworfen und müsste nun seine ganze Mülltonne danach durchwühlen. Oder der Schein ist inzwischen auf der Mülldeponie gelandet und von einer Möwe verspeist worden. Das ist zu viel. So etwas Peinliches können nicht einmal vier Millionen Pfund wieder gutmachen. Ich kann das einfach nicht. Ich bringe es nicht über mich.

Sie begann, ihre Kleider auszusortieren, stapelte die Altkleider auf einen Haufen, leerte die Schubladen auf dem Flur, wo die ausrangierten Sachen seit Jahren ihres Schicksals harrten und immer wieder eine Gnadenfrist bekommen hatten. Systematisch und unbarmherzig warf sie Sachen weg, von denen sie sich zehn Jahre lang nicht hatte trennen können. Einige ihrer neueren Kleider waren ihr jetzt zu weit, also warf sie auch sie weg. Die alten Schuhe packte sie in eine Plastiktüte.

Peter kam aus seinem Zimmer. »Was machst du da, Mama? Man könnte meinen, du bereitest eine Evakuierung vor!«

»Das tue ich auch!«

Er stand da und lächelte sie unsicher an; sein Blick war besorgt.

»Vielleicht interessiert es dich zu hören, dass ich heute Vormittag mit Jason gesprochen habe«, sagte Polly.
Peters Augen leuchteten auf. »Dann hat der kleine Scheißer also angerufen?«
»Nenn deinen Bruder nicht kleiner Scheißer!«, entgegnete Polly wütend. »Ich halte das alles nicht mehr aus!«
»Tut mir Leid ... Kommt er heim?«
Polly lächelte grimmig. »Ich glaube, er ist noch nicht soweit, den verlorenen Sohn zu spielen ... aber ich habe den Eindruck, er merkt allmählich, dass nicht alles Gold ist, was glänzt.«
»Du bist ganz schön skrupellos, Mama«, sagte Peter und sah sie spöttisch an. »Ich dachte, du wärst absolut entsetzt und am Boden zerstört, weil er abgehauen ist und mit Veronica zusammenlebt! Stattdessen wirst du jetzt richtig boshaft!«
»Ich war schon boshaft, bevor ich meine beiden Kinder hatte! Ich hatte nämlich schon ein Leben, bevor ihr mich mit eurem zahnlosen Lächeln beglückt habt. Und, ehrlich gesagt, tut mir das Mädchen ein bisschen Leid!«
»Warum?«
»Weil sie etwas sucht, was sie bei einem Teenager nicht finden wird. Aber das muss sie wohl auf die harte Tour lernen!«
»Mama!« Peter tat, als sei er schockiert. »Auf die harte Tour!«
»Verzieh dich jetzt an deinen Schreibtisch!«
»Wo ist Dad?«
»Wo soll er schon sein? Wenn er nicht an seinem eigenen Computer hockt, dann an dem nächsten in Reichweite!«

»Also ist er bei unseren Nachbarn?«
»Ich denke schon.«
Peter stand noch eine Weile unentschlossen da, während weitere Sachen auf den Haufen für die Altkleidersammlung wanderten.
»Ich gehe ein bisschen raus ...«

Polly bereitete gerade das Mittagessen zu, als Rory mit Fergus im Schlepptau wiederkam. Peter, der noch die Katze gestreichelt hatte, kam hinter ihnen herein.
»Hallo, Polly.«
»Hallo, Fergus. Wie geht's denn so?«
Rory zog einen Blumenstrauß hervor, den er hinter seinem Rücken versteckt hatte, und legte ihn verlegen auf den Tisch.
»Wofür sind die?«, fragte Polly, unwillkürlich gerührt. Aus irgendeinem Grund wäre sie am liebsten in Tränen ausgebrochen.
»Brauche ich denn immer einen Anlass?«
Fergus machte ein verlegenes Gesicht. Peter lächelte. Plötzlich wurde Polly klar, dass er seinen Vater zu dieser Geste bewegt hatte.
»Danke, Rory.« Sie trug die Blumen zur Spüle und sah sich nach der großen Glasvase um.
»Wir haben uns über Fergs Zukunft unterhalten«, sagte Rory, als müsse er eine Erklärung abgeben.
»Du wirst schon etwas finden«, ermutigte Polly ihren Nachbarn. »Gute Software-Entwickler müssen doch im Moment sehr gefragt sein!«
»Auf unserem Gebiet drängen jetzt viele junge Senk-

rechtstarter auf den Markt, und die kosten nicht soviel. Aber ich habe schon noch ein, zwei Tricks auf Lager«, meinte Fergus mutlos.
»Polly«, kam Rorys Stimme aus dem Esszimmer, »hast du den Computer angemacht?«
»Ja.«
»Wofür hast du ihn gebraucht?«
Rory stand jetzt im Türrahmen.
»Ich habe das Textverarbeitungsprogramm benutzt… ich musste einen Brief schreiben.«
»Was denn für einen Brief?«
Polly legte das Huhn auf den Bratenrost und bedeckte es mit Butterpapier. Dann schob sie das Huhn ins Backrohr.
»Nur eine Bewerbung.«
»Eine Bewerbung? Wer sollte dir schon Arbeit geben!«, bemerkte er halb ungläubig, halb amüsiert.
Beinahe hätte Polly es ihm gesagt, doch sie hielt sich zurück und zuckte nur die Achseln.
»Kannst du dir vorstellen, dass unsere Polly arbeiten geht?«, fragte er Fergus.
»Natürlich«, kam die aufrichtige Antwort aus dem Esszimmer.
»Danke, Fergus! Ich weiß jeden Vertrauensbeweis zu schätzen!«, rief Polly.
Rory kehrte ins Esszimmer zurück und schloss die Tür. Polly hörte das Klicken der Tastatur, dazu die Stimmen der beiden Männer, gedämpft und ehrfürchtig, als wären sie in der Kirche.
»Ist Ferg da?«, fragte Susie, als sie ungefähr eine Stunde später vorbeikam.

»Ja. Er hat sich gefragt, wo du wohl abgeblieben bist.«

»Oh, ich musste nur ein bisschen raus!«

Polly sah ihre Freundin forschend an. »Stimmt etwas nicht, Sue?«

»Ja und nein. Ich habe Angst, dass mich Willy Penston vor die Tür setzt.«

»Wie kommst du denn auf die Idee? Ich dachte, du kommst gut mit ihm aus!«

»Bloß weil er mir seine neue Wohnung gezeigt hat? Interpretier da nur nichts hinein. Ich habe mich vollkommen korrekt verhalten, und er auch! Übrigens ist es eine wunderschöne Wohnung…«

»Was ist dann los?«

»Muriel hatte in letzter Zeit ein paar Mal Termine bei ihm. Und seitdem ist er ein bisschen seltsam geworden. Er sieht mich an, als hätte ich irgendwas Verrücktes angestellt.«

»Hast du sie in der Kanzlei gesehen?«

»Nein. Sie ist jeweils an meinem freien Nachmittag gekommen. Und ich weiß nicht, was sie mit ihm zu besprechen hatte. Scheint aber alles streng geheim zu sein, es gibt überhaupt keine Aufzeichnungen darüber! Und jetzt ist Willy vorsichtig geworden mit der Arbeit, die er mir gibt… Sie hat ihm doch nicht etwa irgendwas Schlimmes über mich erzählt, was meinst du, Polly? Sie kennt ihn nämlich recht gut; sein Vater war schon der Anwalt ihres Vaters! Ich weiß, dass ich nicht immer nett zu ihr war, aber…«

Sie saß unruhig auf ihrem Stuhl und knabberte an ihrem Daumennagel.

»Du machst deine Arbeit gut«, sagte Polly. »Du kommst

gut mit ihm zurecht. Warum sollte er dich also entlassen wollen?«

»Ich leide an Verfolgungswahn, ich weiß. Es ist nur, wenn ich diesen Job verliere… ich weiß nicht, was wir dann machen sollen. Wir müssen immer noch die Hypothek abbezahlen, und bis jetzt zeichnet sich noch nicht ab, ob Fergus neue Arbeit findet… Er kann keinen Moment stillsitzen, so nervös ist er. Ich weiß nicht, was ich mit ihm anfangen soll. Sein Stolz erträgt es nicht, dass man ihn aufs Abstellgleis schiebt! Er ist reizbar und irgendwie verändert! Ständig sind wir bemüht, einander nicht auf die Zehen zu treten. Warum ändert sich bloß alles, Polly? Warum kann nicht alles so bleiben, wie es war? Wir haben uns immer so gut verstanden!«

Polly sah ihre Freundin nachdenklich an. »Weil wir nicht stillstehen. Alles ist in Bewegung, ob es sich nun zum Guten wendet oder zum Schlechten; so läuft das Spiel nun mal!«

»Du hast dich auch verändert… du bist beinah Furcht einflößend geworden!«

»Wirklich? Mir hat mal jemand gesagt, ich sollte mich vom Leben verführen lassen. Ich habe beschlossen, es drauf ankommen zu lassen!«

Sue deutete auf die Esszimmertür. »Was machen denn unsere Göttergatten gerade?«

»Die Beratungen sind offenbar streng geheim!«

»Du wirst doch auf deine alten Tage nicht etwa sarkastisch, Polly Caine?« Susie lehnte sich zurück und seufzte. »Tut mir Leid – ich komme her und jammere dir die Ohren voll. Und du wirst immer dünner, Polly! Wie hast du es nur geschafft, so viel abzunehmen?«

»Ich versuche einfach, ohne Nahrung zu überleben!«, sagte Polly mit freudlosem Lachen. »Das ist die Endlösung – warum Geld für Zyklon B ausgeben, wenn Verhungern nichts kostet!«

Sie warf Susie einen schnellen Blick zu, die die Stirn runzelte. »Außerdem habe ich deinen Rat beherzigt und mich im Fitnesscenter eingeschrieben… Sonderpreis für die ersten drei Monate, und das nutze ich weidlich aus!«

Sue war erstaunt. »Das tut dir bestimmt gut. Ich hätte dir das gar nicht zugetraut!«

Dann ging sie an die Esszimmertür und sagte: »Fergus O'Brien, dein Essen steht auf dem Tisch!«

»Hallo, Susie«, begrüßte Rory sie mit seiner schleppenden, jede Störung abweisenden Computerstimme.

»Muss ich ein Geheimhaltungsabkommen unterzeichnen oder kann ich einfach reinkommen?«, fragte Susie.

Susies Scherz war kein großer Lacherfolg beschieden. Die beiden Männer saßen vor Rorys Computer und betrachteten angestrengt die Graphiken auf dem Bildschirm.

»Wo warst du?«, erkundigte sich Fergus beiläufig.

»Ich war unterwegs. Erst habe ich eine Spritztour gemacht, um einen klaren Kopf zu bekommen, dann habe ich meinen Liebhaber zu einem Quicky vor dem Mittagessen getroffen. Was meinst du denn, wo ich gewesen bin?«

Aber Fergus reagierte nicht, da er mit gespannter Aufmerksamkeit beobachtete, was sich auf dem Bildschirm tat.

»Verdammt noch mal«, sagte Susie und ging hinaus. »Er wird schon genauso wie Rory. Man sollte die beiden mit der neuesten Entwicklung aus Silicon Valley in einen Sack binden und bei Flut in den Liffey werfen!«

»Sue... hast du einen Privatdetektiv angeheuert, um Jason zu finden?«, fragte Polly unvermittelt.

»Wie kommst du denn auf die Idee!«

»Ich kann mir einfach nicht vorstellen, wie du sonst herausgefunden haben könntest, wo er ist. Heute Morgen habe ich Muriel getroffen... und sie schien zu glauben, dass du dahinter steckst.«

»Muriel, die Meisterdetektivin!«

»Dann stimmt es also!«

Susie zögerte. »Mach dir deshalb keine Gedanken.«

»Das war lieb von dir, Susie, und ich zahle es dir zurück. Wie viel hat es gekostet?«

Susie machte ein verlegenes Gesicht. »Du meinst, sie hat es dir nicht erzählt? Sie hat es tatsächlich geschafft, den Mund zu halten?«

»Wir tun Muriel unrecht. Sie ist gar nicht so übel. Übrigens fährt sie bald in Urlaub. Sie hat mich gebeten, solange auf ihr Haus aufzupassen!«

»Diese Frau besitzt alles, was man sich nur wünschen kann alles, außer Feingefühl! Aber ich wünsch' dir viel Spaß bei der Verwaltung des Grand Palais!«

Polly fühlte sich unbehaglich. Sie wusste, dass bei dieser ständigen Kritik an Muriel dunklere Motive im Spiel waren als nur Susies Gerechtigkeitssinn.

»Aber was schulde ich dir, Susie? Du musst es mir sagen!«

»Nichts. Sag mir nur Bescheid, wenn du im Lotto gewonnen hast!«

Bei dieser Bemerkung zuckte Polly zusammen. »Sue…«, flüsterte sie.
Susie sah sie erwartungsvoll an. »Was ist los? Sprich weiter!«
»Erinnerst du dich an den Lottogewinn, den noch niemand beansprucht hat?«
»Du meinst den Ostergewinn?«
»Ja… Ich glaube, ich könnte gewonnen haben, aber ich finde den verdammten Schein nicht!«
Zuerst reagierte Susie amüsiert, als hätte Polly ihr einen guten Witz erzählt, doch als sie merkte, dass Polly es ernst meinte, sah sie sie ungläubig an.
»Ich habe den Schein im Stephen's Green Einkaufszentrum abgegeben, und zwar genau um die Zeit, als der Gewinnschein abgegeben wurde«, fuhr Polly beharrlich fort. »Ich weiß, dass ich ein paar Richtige hatte…« In Susies Gesicht spiegelte sich Unglauben. »Das ist kein Witz!«
»Was hast du damit gemacht?«
»Ich hab' ihn verloren!«
»Der Gewinner hat sich noch nicht gemeldet… Oh Gott! Stell dir nur mal vor, wenn du gewonnen hast… das ist ein Vermögen!«
»Ich glaube, ich könnte ihn in London verloren haben vielleicht im Haus von jemandem, den ich besucht habe, während ich dort war!«
»Michelle?«
»Nein, ich glaube nicht, dass es in ihrer Wohnung war. Bei jemand anderem. Es war jemand, den ich am Sonntag nachmittag besucht habe.«
»Und wer?«

»Nur so ein Kerl.«
Susie warf ihr einen durchdringenden Blick zu. »Hast du diesen Kerl schon danach gefragt?«
»Nein… es ist mir zu peinlich!«
Susie griff sich an die Stirn.
»Du nimmst jetzt auf der Stelle den Telefonhörer in die Hand und findest es raus, du dummes Huhn. Mit vier Millionen Pfund kannst du dir reichlich Trostpflaster für dein sensibles Seelchen kaufen.«
Bevor Susie ging, bemerkte sie noch: »Und erzähl um Himmels willen Muriel nichts davon, sonst weiß es bald die ganze Siedlung!«

Als Sue fort war, rief Polly in London an. Michelle meldete sich.
»Meine Liebe«, sagte sie, »ich habe gerade an dich gedacht und mich gefragt, wie es dir wohl geht!«
»Michelle, ich weiß, es klingt albern, aber habe ich in deiner Wohnung irgendetwas vergessen? Irgendeinen Zettel?«
»Einen Zettel?«
»Genauer gesagt, einen Lottoschein«, erklärte Polly schüchtern.
»Einen Lottoschein? Hast du etwas gewonnen?«
»Keine Ahnung… Es ist mir so unangenehm, aber ich dachte mir, besser ich frage nach, nur für alle Fälle.«
»Tut mir Leid, Polly. Du hast nichts liegen lassen!« Sie hielt inne. »Wann besuchst du uns wieder? Tom und ich würden uns freuen, wenn du kämst.«
»Oh. Ist er jetzt da?«, fragte Polly eifrig.

»Ich fürchte nein. Er ist ein Workaholic, weißt du. Jetzt verstehst du vielleicht auch, warum ich mich so gefreut habe, dass du Ostern bei mir warst. Ich bin nicht gerade für die Einsamkeit geschaffen.« Dann fügte sie hinzu: »Wann leistest du mir wieder Gesellschaft? Am besten kommst du schnellstmöglich, weil ich bald für eine Weile verreise.«

Polly glaubte, einen spöttischen Unterton in Michelles Stimme zu hören. Sie wollte schon höflich ablehnen, da fiel ihr ihre Bewerbung ein. Vielleicht werde ich ja zu einem Vorstellungsgespräch gebeten, dachte sie. Man kann nie wissen.

»Es könnte sein, dass ich dich beim Wort nehme. Ich weiß es noch nicht genau, aber vielleicht komme ich in nächster Zeit nach London!«

»Sag mir nur rechtzeitig Bescheid. Du kannst die Wohnung auf jeden Fall benutzen, auch wenn ich nicht da bin…«

Polly erzählte, es sei noch nichts endgültig entschieden, aber sie habe sich für eine Stelle im Kunsthandel beworben. »Das würde genau zu dir passen, Polly! Mach das auf jeden Fall! Bring dein Leben nicht damit zu, in die Vergangenheit zu blicken und darüber nachzugrübeln, wo du was versäumt hast…«

Als sie aufgelegt hatte, suchte Polly Keith Warringtons Brief heraus. Seine Telefonnummer stand auf dem Briefkopf. Nur Mut, nur Mut, du dumme Kuh, sagte sie sich. Ruf diesen Mann an. Frag ihn.

Als Muriel nach Hause kam, zog sie die Tür hinter sich zu und ließ den Blick durch ihre geräumige Eingangshalle schweifen, hinauf über die geschwungene Treppe bis zu den Buntglasfenstern, die ein Kaleidoskop von Farben an die Wand warfen.

Ihre Freude über diese elegante Festung hielt sich in Grenzen; in diesem Augenblick sah sie darin nicht viel mehr als ein Trugbild, das viel versprochen und nichts gehalten hatte.

Sie ließ ihre Handtasche auf dem Flurtisch liegen, ging hinauf in ihr Schlafzimmer, zog die Schuhe aus und ihre Hausschuhe an, stellte sich ans Fenster und beobachtete eine Weile das sonntägliche Treiben in der Sackgasse.

Schemenhaft sah sie, wie Polly in ihrem Wohnzimmer Blumen in einer Vase arrangierte.

Jemand unterhielt sich mit einer Nachbarin über den Gartenzaun hinweg. Die beiden O'Brien-Kinder, Mark und Sharon, waren unter den Teenagern, die den Weg hinter Muriels Haus entlanggingen, um an einem stillen Plätzchen zu rauchen. Muriel hatte sie oft durch eines der rückwärtigen Fenster beobachtet und gesehen, wie sie die Zigaretten geschickt verschwinden ließen, sobald ein Elternteil herannahte, oder sie rasch in den Efeu warfen.

Sie fand das rührend, diesen Tanz der Generationen, die Eltern, die sich so intensiv mit ihrem Nachwuchs beschäftigten, dass ihnen keine Zeit mehr für sich selbst blieb, und die Jugendlichen, die taten, was sie wollten, und zwar ungeachtet der elterlichen Kritik, denn ihnen ging es nur darum, sich selbst zu finden und ihre eigenen Fehler zu machen.

Muriel war froh, dass sie hatte mithelfen können, Jason zu finden. Es wäre nicht gut gewesen, wenn Polly es herausgefunden hätte; sie würde dann vielleicht denken, dass Muriel sich einmischte. Sollte sie lieber glauben, dass Susie allein dahinter steckte.

Als das Telefon klingelte, zuckte sie zusammen. Die Freude, Claires Stimme am anderen Ende zu hören, war nahezu ein sinnliches Erlebnis.
»Hallo, Claire. Wie schön, dass du dich meldest…«
»Hallo, Muriel, wie geht's dir?«
»Gut… du bist ja leider ein seltener Gast geworden!«
Muriel bereute sofort, dass sie das gesagt hatte. Es klang wie eine Anklage, und Claire schien nicht recht zu wissen, was sie darauf erwidern sollte.
»Ach weißt du, mit den Kindern, dem Haus und allem… Ich flitze ständig hin und her wie eine Irrsinnige… für nichts bleibt mir noch Zeit. Aber ich rufe an, weil ich dir mitteilen wollte, dass wir nach Frankfurt ziehen.«
»Wann?«
»Im Juli. Es ist nur für drei Jahre. Nigel ist zum Manager für Europa aufgestiegen!«
»Herzlichen Glückwunsch! Aber was macht ihr mit den Kindern?«
»Ellen und Gavin kommen aufs Internat, und die Kleineren nehmen wir mit.«
»Das klingt aufregend…«
»Ich würde lieber hier bleiben. Aber es ist mal eine Abwechslung.«
Dann begann Claire von dem Restaurant im West End zu

erzählen, in dem sie und Nigel kürzlich gegessen hatten. »Und du wirst nicht glauben, wen wir dort getroffen haben, Muriel. Ein Gespenst aus früheren Zeiten …

»Wen?«

»Einen gewissen Alan Barrington!«

»Oh.« Muriel spürte die altbekannte, verhasste kalte Leere im Magen, den Ballast einer Vergangenheit, mit der sie nicht fertig wurde.

»Und er hatte eine Zuckerpuppe dabei! Ich glaube aber nicht, dass er mich erkannt hat«, fuhr Claire fort. »Er hat sich kaum verändert, anscheinend hat er das Elixier der ewigen Jugend entdeckt – Dorian Gray in Person! Na ja, um die Augen sieht er ein wenig verlebt und abgestumpft aus, und er ist natürlich älter geworden, aber insgesamt hat er sich gut gehalten. Nur das Mädchen hat mir Leid getan, sie fühlte sich so offensichtlich geschmeichelt … unschuldig wie ein Kaninchen …«

Muriel wusste nicht, was sie sagen sollte. Der Name Alan Barrington löste mehr in ihr aus, als sie begriff oder benennen konnte. Und sich zu verstellen war ihr auch unmöglich.

Doch als sie sich Alan vorstellte, wie er im Restaurant diesem Mädchen gegenübersaß, das seine Tochter hätte sein können, war es ihr plötzlich, als sähe sie ihn zum ersten Mal. Sie sah seine schreckliche Not, seine Unsicherheit, sah, dass er sich das Recht anmaßte, andere auszubeuten; vor allem aber sah sie seinen Hass. Er war kein Mann voller Leben und voller Feuer, wie sie einst gedacht hatte. Nein, sein Lebensplan sah ganz anders aus, und er gründete in Angst und Raubtierverhalten.

»Muriel?«
»Ja?«
»Bin ich da ins Fettnäpfchen getreten? Du hast doch nicht etwa noch immer eine Schwäche für den Kerl?«
»Oh, nein.« Muriels Stimme klang seltsam nachdenklich, ließ jedoch keinen Raum für Zweifel. »Jetzt nicht mehr. Hör mal, Claire«, fuhr sie fort, »warum kommst du nicht einfach rüber und gönnst dir eine kleine Pause, bevor ihr nach Frankfurt zieht! Wir könnten uns ein bisschen amüsieren und einen Ausflug an die Westküste machen!«
»Danke für die Einladung, Liebes. Es wäre wunderschön. Aber ich weiß nicht, wo ich die Zeit dafür hernehmen soll. Du musst aber unbedingt kommen und uns in Frankfurt besuchen.«
Muriel war schlagartig klar, dass sie niemals nach Deutschland fahren würde.
»Danke, Claire«, sagte sie. »Das würde ich gerne, irgendwann einmal! Ich habe in letzter Zeit öfter solche Kopfschmerzen. Vielleicht, wenn es mir wieder besser geht…«
»Warst du schon beim Arzt? Wenn du hartnäckige Kopfschmerzen hast, solltest du dich behandeln lassen.«
»Ja, ich weiß…«

Als sie aufgelegt hatte, öffnete Muriel die Türen ihrer beiden Schränke und sah ihren reichhaltigen Vorrat an Designerkleidern durch.
Alles Symbole der Verzweiflung!, dachte sie bitter. Nicht die Kleider an sich, sondern einfach für mich persönlich. Ich wollte mir mit ihnen einen Sinn im Leben erkaufen, aber der ist nicht für Geld zu haben. Wenn ich wieder-

komme – falls ich wiederkomme –, werde ich mich davon trennen!
Sie dachte an Alan Barrington mit einem Mitleid, das sie selbst überraschte. Sie hatte ihn mit falschen Federn geschmückt. Plötzlich war ihr eine Einsicht zuteil geworden, so als hätte sie ihn nackt gesehen, aller Lügen und aller Anmaßung entkleidet. In diesem Augenblick war der Schmerz, der ihr jahrelang das Leben vergällt hatte, verschwunden. Er war zerbrochen wie ein Glasbild, zerborsten in kleine, erbärmliche Scherben. Sie sah, dass Alan nichts besaß, abgesehen von dem, was er gestohlen hatte, dass er in Wirklichkeit ein Mann ohne Bedeutung war. Die Deutlichkeit dieser Wahrnehmung schloss jeden Irrtum aus, sodass sie sich fragte, warum sie so lange gebraucht hatte, um diese Wahrheit zu erkennen.
Sie konnte sich jetzt, ohne etwas auszublenden, die Folgen ihrer Affäre in Erinnerung rufen.
Als Michael aus Saudi-Arabien zurückgekehrt war, hatte Muriel, halb wahnsinnig vor Schmerz, ein Geständnis abgelegt.
»Ein ekelhafter alter Weiberheld wie der!«, sagte er in einem Tonfall, den sie noch nie von ihm gehört hatte. »Du hast einen alten Bock, der jeder Frau in der County nachsteigt, in dein Bett gelassen?«
»Ich dachte, er liebt mich. Er hat es gesagt. Ich habe ihm vertraut. Es tut mir Leid… es tut mir so Leid! Oh, Michael, verzeih mir! Ich weiß nicht, warum ich es getan habe…«
Aber Michael konnte nicht verzeihen, war nicht alt genug, um zu vergeben.

Muriel hatte eine Packung Schlaftabletten ihrer Mutter geschluckt. Claire, ihre Freundin und Kollegin, war vorbeigekommen, hatte sie gefunden und ihr die Finger in den Hals gesteckt, damit sie sich übergab.
Als Muriel aus dem Krankenhaus entlassen worden war, hatte sie bei der Bank gekündigt und das Land rund um ihr Haus als Baugrund verkauft; dafür bekam sie mehr Geld, als sie sich hatte träumen lassen. Der Erlös – drei Millionen Pfund – hatte es ihr ermöglicht, ihr altes Heim vollkommen zu renovieren und es umzugestalten; hell, schön und anheimelnd sollte es werden. Es hatte ihr Freude gemacht, die Renovierungsarbeiten voranschreiten zu sehen, obwohl eine Tür stets verschlossen blieb. Ein Zimmer, das im ewigen Schatten lag wie ein für alle Zeiten aufgebahrter Leichnam – das einstige Studierzimmer ihres Vaters.
Aber sie hatte ihre Freude daran gehabt, dass eine neue Ära angebrochen war; sie sah die Kommoden mit dem feinen alten Leinen durch, ließ Gemälde reinigen und restaurieren, musste nun nicht mehr mit einer Schüssel auf den Flur hinauslaufen, wenn der Regen auf das Dach peitschte. Natürlich waren die Ställe weg, ebenso die Allee und die Wiesen; es blieb nur noch der Garten, den die Bauunternehmer für sie gestalteten. In der Umgebung entstanden die neuen Doppelhäuser. Muriel beobachtete, wie Ehepaare einzogen, Gardinen aufhängten und Kinderwagen über die frisch gepflasterten Gehwege schoben. Dann gab sie eine Party und lud alle Bewohner der Sackgasse draußen vor ihrem neuen Gartentor dazu ein.
Die Siedlung wurde immer größer, und sie wohnte mit-

tendrin, gehörte hierher, ohne wirklich dazuzugehören. Claire heiratete einen leitenden Bankangestellten aus England, Nigel Denton, und zog mit ihm in seine Heimat.

Lange Zeit hatte Muriel gehofft, dass Michael zu ihr zurückkommen würde. Sie hatte Träume, in denen er mitten in der Nacht vor ihrer Tür stand, um ihr zu verzeihen und seinerseits sie um Verzeihung zu bitten. Sie würden heiraten – auf dem Standesamt in der Westland Row, ohne Pomp, ohne kirchliche Trauung. Und dann würde eine ganz andere, eine heitere Atmosphäre im Haus herrschen, es würde erfüllt sein von Kinderlachen.
Doch im Morgengrauen verschwanden die Trugbilder wieder; das große Haus wirkte, trotz all ihrer Bemühungen, eine schöne Atmosphäre zu schaffen, trostlos und dumpf. So lange hatte es sie innerhalb seiner Mauern festgehalten, wie Miss Havisham aus Dickens' *Große Erwartungen*, bis sie sich der Welt draußen nicht mehr gewachsen fühlte. Die Liebe zu ihrem Haus schien sich immer mehr in eine dämonische Kraft, eine Besessenheit zu verwandeln, wie ein schöner Teufel wohlvertraut, aber eigensinnig, ein übermächtiger blutloser Ersatz für das Leben.

13. Kapitel

Keith Warrington hatte sich gerade in das Problem der paranoiden Schizophrenie vertieft, als das Telefon schrillte. Das Geräusch störte ihn; es riss ihn aus dem Gedankengang, den zu formulieren er im Begriff war. Er rundete seine Sätze gerne ab und arbeitete an den Formulierungen, bis sie sich flüssig lasen. Er sah keinen Grund, warum medizinische Fachartikel schwer verdaulich sein sollten. Was zu Papier gebracht wurde, sollte auch lesbar sein; er hatte sich schon durch genug geschwollene Abhandlungen kämpfen müssen, die mehr dunkelten als erklärten. Er stellte die Hypothese auf, schizophrene Halluzinationen würden hervorgerufen durch das Zusammenwirken der Gehirnbereiche, die das Denken und die Emotionen steuerten, mit jenen Regionen, die optische und akustische Sinneseindrücke verarbeiteten. Dadurch wirkten jene Halluzinationen ebenso echt wie sinnliche Wahrnehmungen. Wenn man die dafür verantwortlichen Gehirnströme genau lokalisieren könnte, würde man in der Lage sein, die medikamentöse Behandlung sehr fein abzustimmen …

Wieder war es Sonntagabend, ein wunderbarer Tag. Durch die Terrassentüren sah Keith, dass der Garten seine ganze verführerische Pracht entfaltet hatte: Tee- und Moschusrosen wetteiferten um das üppigere Rosa, die liebliche Queen of Denmark verströmte ihren Duft im Sonnenlicht. Herbie schlief im Schatten, zu träge, um nach Schmetterlingen zu schnappen oder Jocasta anzubellen, die Siamkatze der Nachbarn, die sich auf fremdes Terrain vorgewagt hatte und ihn von ihrem Versteck an der Gartenmauer aus mit lapislazuliblauen Augen anstarrte.

Keith nahm den Hörer ab.

»Hallo?«

»Ist dort Keith Warrington?«, fragte eine zaghafte weibliche Stimme. Als Keith den irischen Akzent hörte, wusste er sofort, wer am Apparat war.

»Pauline! Wie schön, dass Sie sich melden!«

Polly lachte, was sie selbst überraschte.

»Ich dürfte Sie eigentlich nicht anrufen... Sie werden mich für verrückt halten...«

»Lassen Sie's drauf ankommen!«

»Also, es gibt zwei Gründe für diesen Anruf: Der erste ist, dass ich möglicherweise in nächster Zeit nach London komme...«

»Gut. Wollen Sie sich dann die alten Sachen anschauen, von denen ich Ihnen erzählt habe?«

»Ja natürlich, wenn Sie möchten.«

Einen Augenblick lang sagten beide nichts, aber bevor es peinlich wurde, fragte Keith: »Und der zweite Grund?«

»Nun, ich fürchte, die Sache ist zu dumm...«, begann Polly und fügte dann hastig hinzu: »Ich kann einfach nicht darüber reden... es tut mir schrecklich Leid!«

»Dafür ist es jetzt zu spät«, bemerkte Keith nüchtern. »Sie

haben bereits darüber geredet, Sie brauchen sich jetzt nur noch etwas präziser auszudrücken!«

Polly hüstelte. »Gut. Ich glaube, dass mir in Ihrer Toilette ein … Lottoschein aus der Tasche gefallen ist!«

»Ach so.«

»Ich meine, er ist nicht in die Toilettenschüssel gefallen … es könnte nur sein, dass er auf den Boden gefallen ist. Die Sache ist die … dass er vielleicht ein paar Pfund wert ist!«

»Verstehe.«

Polly hörte an seinem Tonfall, dass Keith keineswegs verstand, worum es ging. Seine Stimme war vorsichtig geworden, und das gefiel ihr gar nicht.

»Ich weiß, dass Sie jetzt denken, bei mir ist eine Schraube locker«, fuhr sie gereizt fort. »Aber ich habe tatsächlich diesen blöden Lottoschein verloren, und die Anzeichen sprechen dafür, dass er etwas wert sein könnte. Der Gewinner vom Osterwochenende hat sich noch nicht gemeldet, und ich habe den Schein zu der betreffenden Zeit und an dem betreffenden Ort abgegeben!«

Keith strich sich durch die Haare; die noch verbliebenen Strähnen fühlten sich weich und angenehm an. »Warum haben Sie mir das nicht schon früher gesagt?«

»Weil ich es eine kleine Ewigkeit gar nicht bemerkt habe und dann habe ich es nicht über mich gebracht, Sie wegen einer so absurden Sache anzurufen!«

»Wie hoch ist die Gewinnsumme?«

»Hm … um die vier Millionen.«

»Verstehe.«

Beide schwiegen. Schließlich sagte Polly: »Schauen Sie, es ist schon gut. Es tut mir schrecklich Leid, dass ich Sie damit belästigt habe. Sie müssen denken, dass ich nicht alle Tassen im Schrank habe!«

Das hörte sich so gesund an, dass Keith sich allmählich fragte, ob an der Geschichte nicht doch etwas dran war.

»Es tut mir Leid, Pauline. Ich hoffe, Sie irren sich… ich meine, ich hoffe, dass der Schein, den Sie verloren haben, nicht das große Los war. Denn ich fürchte, ich habe ihn nicht.«

»Oh, ist schon gut«, sagte Polly erleichtert. »Ich hatte nur das Gefühl, dass ich es wenigstens versuchen sollte. Herzlichen Dank.«

Und dann legte sie auf.

Erst danach erinnerte er sich, dass er tatsächlich einen rosafarbenen Lottoschein auf der Toilette gefunden hatte, und zwar am Abend des Tages, an dem die merkwürdige kleine Person bei ihm erschienen war.

Danach fühlte sich Keith nicht mehr in der Lage, an seiner Abhandlung über Schizophrenie weiterzuarbeiten. Er machte es sich in seinem Lehnstuhl bequem und dachte über das Außerordentliche nach. Diese kleine Pauline, die völlig unverhofft bei ihm hereingeschneit war, hatte einen Lottoschein verloren. Er hatte genug Ahnung von Statistik, um zu wissen, dass die Chancen auf einen Hauptgewinn praktisch gleich Null waren. Aber sie hatte ihn verloren, sie machte sich deshalb Gedanken, und vielleicht war an der Geschichte ja etwas dran. Er wusste auch, wie gefährlich es war, die eigene Sicht der Dinge als die einzig mögliche zu betrachten. Von diesem Irrtum hatten ihn seine Erfahrungen im Berufsleben gründlich geheilt.

Aber was hatte er mit dem Lottoschein angestellt? Er strengte sein Hirn an. Dass er ihn vom Boden aufgehoben und irgendwo hingetan hatte, wusste er noch. Aber wohin? Es wollte ihm nicht einfallen. Er stand auf, ging in die Gästetoilette und sah sich um. Hier lagen keine Lottoscheine herum. Wahrscheinlich hatte Mrs. Drencher den Zettel gefunden und ihn weggeworfen. Und das würde bedeuten, dass er bereits auf irgendeiner gottverlassenen Müllhalde lag, wo sein verblassendes Rosa sich bald nicht mehr von den anderen Schattierungen des Zerfalls unterscheiden lassen würde.

Ein interessanter Gedanke, räumte er ein – vier Millionen Pfund, die irgendwo inkognito zwischen altem Zeitungspapier, Glasscherben und Kartoffelschalen dahinvegetierten. Er warf einen Blick in den Spiegel, richtete sich auf, nahm eine beinahe militärische Haltung ein, zog den Bauch ein und schob die Brust vor. Nicht schlecht, sagte er sich. Das Leben ist noch nicht vorbei! Immer vorausgesetzt natürlich, dass ich nicht schon angefangen habe, dem Rhythmus jenes heimtückischen Trommlers zu lauschen, der den Takt einer anderen Wirklichkeit schlägt. Das soll heißen, vorausgesetzt, dass ich noch nicht angefangen habe, mir Sachen einzubilden.

Er prüfte im Spiegel seine Augen. Sein Blick war weder glasig noch verschwommen, wie er es bei bestimmten Patienten wahrgenommen hatte. Aber das hieß noch nicht, dass alles in Ordnung war. Man führte ihn an der Nase herum. Merkwürdige Frauen tauchten mit verrückten Briefen aus dem Nichts auf; dieselben Frauen riefen ihn dann an und fragten nach Lottoscheinen im Wert von vier Millionen Pfund, die sie in seiner Toilette zurückgelassen hatten. Bernard, der alte Bock, deichselte das alles wahrscheinlich vom Jenseits aus. Doch am übelsten hatte er ihm in Bezug auf das Haus mitgespielt. Das Haus hatte Bernard gehört, obwohl Keith seit seiner Heirat darin wohnte, und Bernard hatte es ihm hinterlassen. Aber er würde es nie sein Eigen nennen können. Bernard hatte sich interessanterweise kurz vor seinem Ableben hoch verschuldet, um seinen Zahlungsverpflichtungen an der Börse nachzukommen. Sein Anwalt Jonathan Wheatley hatte ihm bei ihrer letzten Unterredung sein Bedauern darüber ausgedrückt, dass das Erbe zwar solvent sei, aber nur unter der Voraussetzung, dass das Haus verkauft wurde, um die Schulden zu decken.

Hart, dachte Keith, aber entweder fand man sich mit den Schlägen ab, die das Leben austeilte, oder man ging unter. Immerhin gab es noch das Cottage in den Cotswolds; Marguerite hatte sich einst in das Häuschen verliebt, und sie hatten es gekauft, es hergerichtet, ein, zwei Wochen darin gewohnt und es schließlich mit einem jährlich kündbaren Vertrag an ein holländisches Künstlerehepaar vermietet. Keith hatte ohnehin daran gedacht, aus London wegzuziehen; außerhalb war die Luft frischer und das Leben weitaus stressfreier.

Aber er wusste, dass er sich mit diesen Überlegungen etwas vormachte. Er wollte sich nicht von diesem Haus und dem Garten trennen, in den er so viel Liebe gesteckt hatte. Er mochte den nahen Stadtpark mit den schmalen Pfaden und den schönen Ausblicken, die Sippe der frechen grauen Eichhörnchen, die Herbie neckten, die Windmill und das Café, den Spaziergang die Windmill Road hinunter, die kurze Busfahrt mit dem 93er nach Putney. Und die arme kleine Mo würde das Haus vermissen, wenn sie aus New York heimkam. Es zog ihn nicht in die Cotswolds. Aber da er Geld zu Mos Eigentumswohnung in New York beigesteuert hatte, blieb ihm nicht genug, um Bernards Schulden zu begleichen und das Haus zu übernehmen; für die Testamentseröffnung war es auf über dreihunderttausend Pfund geschätzt worden.

Er seufzte, ging ins Wohnzimmer, trat durch die Terrassentür auf die Veranda hinaus in die windgeschützte Ecke, die noch von der milden Abendsonne beschienen wurde. Herbie blickte erwartungsvoll auf. Er hätte eine Dose Hundefutter vertragen können, aber die wohlige Müdigkeit ließ es erträglich erscheinen, noch ein bisschen zu warten. Bevor es dunkel wurde, stand noch ein Ausflug in den Park an, und dann würde man sich zufrieden ins Körbchen legen.

»Was hältst du davon, in die Cotswolds zu ziehen, alter Junge?«, fragte Keith.

Herbie wedelte mit dem Schwanz, als wollte er sagen, das Leben sei wunderbar und er wüsste genau, dass Keith alles genau richtig machen würde.

Als Keith wieder ins Haus ging, wurde ihm schmerzlich bewusst, dass er sich von einem Großteil seiner Möbel würde trennen müssen. Im Cottage war kein Platz für sie. Und dann dachte er wieder an Pauline, wie komisch sie ausgesehen hatte, als sie dort drüben in dem französischen Lehnstuhl saß, merkwürdig unschuldig, rot vor Verlegenheit, Verletzlichkeit in den dunklen Augen. Keith wusste, dass es Menschen gab, die den Eindruck erweckten, als wären sie Neulinge im Spiel des Lebens, aber diese Frau war die erste dieser Art, die ihm seit langem begegnet war. Die meisten, die er im Laufe seiner Karriere kennen gelernt hatte, hatten Jahre in Einrichtungen zugebracht, weit weg vom harten Alltag.

Aber was hatte ihn dazu gebracht, sie hereinzubitten, und, nachdem er sie hereingebeten hatte, sie auch noch zum Abendessen einzuladen? Das war nicht gerade eine typisch englische Geste, angesichts der Umstände, unter denen sie sich kennen gelernt hatten, seiner Unkenntnis ihrer Motive und all der Unwägbarkeiten, die Vorsicht und Zurückhaltung geboten.

Weil sie anders war, unbewusst feminin und ungekünstelt? Vielleicht. Vor allem aber, weil er ein Gespür für das Echte hatte – in einer Welt, der es gerade daran besonders mangelte. Er hatte oft beklagt, dass das Informationszeitalter seinen Tribut forderte, der in zunehmender Homogenität bestand.

Er ließ sich auf den Stuhl nieder, auf dem sie gesessen hatte, und begann darüber nachzudenken, was für ein Leben sie wohl führte. Er wusste wenig über sie; aber bestimmt hatte sie die Anzeige aufgegeben und nicht die vielbeschworene Schwester mit dem unglückseligen Namen.

Offenbar hatte sie irgendwie mit Antiquitäten zu tun, von denen sie einiges zu verstehen schien. Sie war verheiratet oder verheiratet gewesen, weil sie einen Ring trug.

Plötzlich kam ihm in den Sinn, dass sie ja eine Romanautorin sein könnte, die wagemutige Recherchen anstellte, um zu sehen, was dabei zum Vorschein kam. Bei Schriftstellern musste man bekanntlich auf alles gefasst sein.

Ich sollte selbst einen Roman schreiben, dachte er. Was ich alles zu berichten hätte! Eines Tages werde ich die Welt damit überraschen. So schwierig kann das doch nicht sein. Wenn ich an all die Idioten denke, die Literatur produzieren … und was man als Psychiater so alles erlebt …

Nein, ihr Ton war zu vernünftig gewesen, ihre Verlegenheit zu echt, als dass versteckte Beweggründe im Spiel sein könnten. Aber da war noch etwas gewesen, das er intuitiv erkannte und das seine berufsmäßige Neugier weckte. Bei dem Telefongespräch hatte er es wieder deutlich empfunden.

Er glaubte zu spüren, dass sie ernsthaft unter Druck stand. Nicht dass er ihr die Geschichte mit dem Lottoschein nicht abgenommen hätte. Er wusste, dass der Schein existiert hatte; ob er wirklich etwas wert war, mochte fraglich sein, aber das war seine persönliche Meinung. Es ließ sich leicht herausfinden, ob es einen hohen, nicht abgeholten Gewinn bei der irischen Lotterie gab. Vielleicht hatte Pauline gute Gründe, anzunehmen, dass sie gewonnen hatte. Abgesehen davon sagte ihm das Gespür für Menschen, das er im Lauf der Jahre entwickelt hatte, dass diese Frau uneins mit sich selbst war, mit dem Leben, das sie führte und das offenbar nicht den Mindestansprüchen entsprach, die sie ans Leben stellte. Er ahnte auch, dass sie sich nicht das Recht zugestand, etwas einzufordern, und das führte möglicherweise dazu, dass sie sich innerlich gespalten fühlte. Sie wirkte unheimlich lebendig und zugleich am

Wachstum gehindert, wie ein nach altem chinesischem Brauch eingebundener Fuß.
Die Unschuldigen und die Schönen, dachte er in Anlehnung an Yeats, haben nur sich selbst zum Feind.
Keith fand Geistesgestörte interessant, weil sie Geheimnisse des Herzens preisgaben. In seinem Buch vertrat er die These, der einzige Unterschied zwischen ihnen und dem Rest der Menschheit bestehe darin, dass sie die Wahrheit mit einer anderen Messlatte maßen.
Gut, dachte er, also bin ich hier der Verrückte, der eine komplette Seelenlandschaft für eine Frau entwirft, die er gar nicht kennt. Ich bin gespannt, ob sie sich die Mühe macht, anzurufen, wenn sie demnächst geschäftlich in London zu tun hat, und vor allem, wie sie reagieren wird, wenn ich ihr dann sagen muss, dass ich ihren Lottoschein gefunden und wieder verloren habe. Aber erst einmal muss ich zu diesem Zwecke gewisse Nachforschungen bei der ehrfurchtgebietenden Mrs. Dencher anstellen.

Muriel packte eine Reisetasche. Sie wusste, dass sie nicht allzu viel brauchen würde, doch ihr französisches Lieblingsparfum und ihre weißen Batistnachthemden wollte sie schon mitnehmen. Sie waren viktorianisch und sehr hübsch.
Sie war zu den Caines hinübergegangen, aber Polly war nicht da gewesen, also hatte Muriel den Schlüssel und die Nummer der Alarmanlage bei Rory hinterlassen.
»Und wann kommen Sie zurück?«, hatte er gefragt, als Muriel nicht damit herausrücken wollte, wo sie hinfuhr.
»Ich weiß es wirklich nicht, Rory. Ich lasse es mal auf mich zukommen. Ich sage Ihnen dann Bescheid!«

Als sie fertig gepackt hatte, machte Muriel einen Rundgang durch ihr Haus. Sie ging dabei systematisch vor; im oberen Stockwerk fing sie an, betrat jedes der fünf Schlafzimmer, verweilte einen Augenblick in dem Raum, den sie einmal als Kinderzimmer auserkoren hatte. Die Freude, die sie lange Zeit an der makellosen Decke, der schönen Innenausstattung, dem Glanz der alten Möbel gehabt hatte, wollte sich jetzt nicht mehr einstellen.

Sie öffnete eine Schublade ihrer Frisierkommode und holte eine kleine Spieluhr heraus, die ihr Vater ihr einst geschenkt hatte. Sie war beige, mit rosa Rosen bemalt und von einer feinen Staubschicht bedeckt. Ohne nachzudenken, zog sie die Spieluhr auf. Als sie den Deckel öffnete, ertönte die Melodie des *Karnevals der Tiere*, und eine kleine Ballerina im Ballettröckchen drehte sich eifrig im Kreis.

Wie ein Duft beschwor die Melodie Erinnerungen herauf. Muriel dachte an den Tag zurück, an dem er ihr die Spieluhr gegeben hatte, erinnerte sich an alle Einzelheiten, wie seine Hände gezittert hatten, wie er nach Zigarren roch, wie er seine Liebe an Bedingungen knüpfte. »Wie hübsch deine Haut ist…«

In derselben Schublade fand sie ein Foto, das den lächelnden Alan zeigte; sie sah es sich noch einmal an, bevor sie es zerriss.

Sie packte die Spieluhr weg und ging als nächstes in das ehemalige Schlafzimmer ihrer Eltern. Da standen der Schrank ihres Vaters, ovale Mahagonipaneele mit Federmuster, und die hohe viktorianische Frisierkommode ihrer Mutter, mit der silbernen Haarbürste immer noch griffbereit. Muriel sah sie beinahe vor sich, in ihren Kimono gehüllt, wie sie sich zu ihr umdrehte, und ihr eigenes Gesicht als Zehnjährige, tränenüberströmt.

»Du bist ein boshaftes kleines Ding, dass du so etwas zu behaupten wagst...«

Sie betrachtete das Ölgemälde über dem Kaminsims, ein hervorragendes Landschaftsbild eines unbekannten englischen Künstlers aus dem vorigen Jahrhundert. Plötzlich fiel ihr etwas ein, das Polly kürzlich gesagt hatte. Diese Dinge waren nichts anderes als Grabbeigaben, wie das Marschgepäck, das man einer ägyptischen Mumie ins Jenseits mitgegeben hatte, der kleinen, in Wachsleinwand gehüllten Mumie, die mit blinden, toten Augen in eine unergründliche Zukunft starrte.

Sie ging die Treppe hinunter, blieb bei jedem Gemälde stehen, den Bildern von den Pferden, die ihre Familie einst besessen hatte, den Porträts der Herren mit Backenbart und im Gehrock, eines von ihrer Urgroßmutter, auf dem sie ein Satinkleid und eine Haarrolle trug und mit nachdenklichen Augen auf die Nachwelt blickte. Muriel trat in den Salon, betrachtete das restaurierte Gesims, den alten Marmorkamin, den georgianisch schlichten Damensekretär, an dem ihre Mutter immer ihre Korrespondenz erledigt hatte.

Über dem blank polierten Sofatisch in der Halle hing ein französischer Gobelin. Auf dem Tisch stand eine Alabasterlampe, die früher einen rosafarbenen Seidenschirm besessen hatte. Aber der Lampenschirm war im Lauf der Jahre verschlissen. Der Ersatzschirm war in genau demselben Rosaton gehalten. Sie hatte ihn eigens anfertigen lassen.

Im Esszimmer standen ein Hunt-Tisch und das Nelson-Büfett mit dem alten Silber. Sie sah ihr verzerrtes Spiegelbild auf einer Kaffeekanne, als sie den Blick über diese Erbstücke schweifen ließ.
Warum, so fragte sie sich, hatte sie sich so sehr darum bemüht, alle Überreste der Welt retten, wie sie vor dem Tod ihres Vaters bestanden hatte, bevor seine Schulden ans Licht kamen und das Haus verfiel? Es war, als hätte sie ihn dadurch vor dem Vergessen bewahren wollen und damit auch sich selbst, oder vielmehr das Selbst, das er aus ihr gemacht hatte und das das einzige war, das sie kannte. Nur indem sie an ihm fest hielt, konnte sie mit dem, was geschehen war, fertig werden. Manchmal vermochte sie in ihrer Erinnerung kaum noch zwischen ihm und Alan Barrington zu unterscheiden.
Ahnte sie überhaupt, was ihr entgangen war? Sie war für die Zukunft geschaffen und war davor geflohen. Stattdessen glich sie der Ballerina in der Spieluhr, die sich immer wieder zur selben Melodie im Kreis drehte, gefangen in einem freudlosen, ewig währenden Tanz. Irgendetwas in ihr forderte beharrlich, sie müsse das tun, wenn sie begreifen und die bösen Geister austreiben wollte. Es war wie ein unüberwindliches Hindernis, das sie dennoch überwinden musste, wenn sie nicht völlig den Anschluss verlieren wollte. Aber da ihr das normale Erfahrungsspektrum fehlte, in welchen Schlupfwinkeln der Phantasie hätte sie die Kraft und das Wissen finden sollen, den Albtraum hinter sich zu lassen und sich dem Leben zu stellen?
Die Schublade mit den Fotografien ihres Vaters, die frü-

her auf dem Kaminsims in seinem Zimmer gestanden hatten, öffnete sie nicht. Sie hatte das Glas zerbrochen und das Gesicht ihres Vaters zerkratzt. Kindisch? Vielleicht. Ach ja, dachte sie. Wenn ich wiederkomme, mache ich alles anders. Ich werde anfangen zu leben, bevor es zu spät ist.

14. Kapitel

Polly beschloss, Ernst zu machen und sich der Aufnahmeprüfung für den öffentlichen Dienst zu unterziehen. Verglichen mit den anderen war sie ein älteres Semester, kaum jemand hier war über dreißig, aber unverdrossen suchte sie sich einen Platz im großen Ausstellungssaal der Royal Dublin Society in Ballsbridge und wartete auf die Fragen. Die Teilnehmer wurden über Lautsprecher begrüßt, man erklärte die Regeln und wünschte ihnen viel Glück. Polly schätzte, dass sich hier um die tausend Menschen versammelt hatten. Unter denen, die die Prüfung bestanden, würde man mit Hilfe von Vorstellungsgesprächen die endgültige Auswahl treffen. Sie machte sich keine Illusionen. Auf diese Prüfung war sie nicht vorbereitet; sie hatte keine Ahnung vom Inhalt und Umfang der Fragen. Aber sie würde es versuchen, um ihr Gewissen zu beruhigen; und wenn sie es doch schaffen sollte, war ihr eine gut bezahlte Stelle in Dublin sicher. Man würde sie vielleicht sogar auf Dienstreisen an interessante Orte im Ausland schicken. Es waren schon seltsamere Dinge passiert als das.

Der erste Teil umfasste hundert Multiple-Choice-Fragen, die in einem knapp bemessenen Zeitraum zu beantworten waren. Der erste Abschnitt befasste sich mit Wortbedeutungen.

Was hieß Diaspora? Was bedeuteten die Worte Synthese und Gewohnheitsrecht, Plektron und Wegerich, Katafalk und Zirrhose?

Im zweiten Abschnitt wurde Allgemeinbildung abgefragt. Wer hatte die Asepsis entdeckt? Wie lautete die chemische Formel für Trockeneis? Wer hatte »Philadelphia Here I Come« geschrieben? Von welcher irischen Schriftstellerin stammte *Good Behaviour*? Was war Dendrologie? Wie hieß der amerikanische Botschafter in Irland? Welcher Partei gehörte Nelson Mandela an? Und so weiter.

Polly beantwortete alles zügig. Bei ein oder zwei Fragen zögerte sie, aber im Wesentlichen stellten sie kein Problem für sie dar. Als sie ihren Prüfungsbogen abgab, glaubte sie, den Job bereits in der Tasche zu haben, doch als der zweite Bogen ausgeteilt wurde, wurde ihr klar, dass das Spiel aus war. Sämtliche Fragen drehten sich um Wirtschaft und Mathematik, und sie war ebenso wenig in der Lage, die Fragen in der vorgegebenen Zeit zu beantworten, wie sie einen Marathonlauf in zehn Minuten geschafft hätte.

Ich habe es versucht, sagte sie sich, als sie nach Hause ging, ich habe mich dem Kampf gestellt und eine Niederlage einstecken müssen. So ist das eben.

Als sie heimkam, teilte ihr Rory mit, Muriel sei in die Ferien gefahren und habe den Hausschlüssel dagelassen.

»Wo fährt sie denn hin?«

»Hat sie nicht gesagt«, erwiderte Rory, nachdem er eine Weile seine Hirnzellen angestrengt hatte. Er fürchtete, dass Muriel es ihm doch gesagt und er nur nicht aufgepasst hatte.

Am Abend kam Susie vorbei, um zu fragen, wie die Prüfung gelaufen war.

»Nicht besonders«, sagte Polly. »Ich glaube, im ersten Teil habe ich um die neunzig Prozent richtig, aber im zweiten blüht mir wohl das, was meine frühere Klassenlehrerin eine dicke, fette Null zu nennen pflegte ... oder etwas in dieser Größenordnung! Im öffentlichen Dienst ist offenbar kein Platz für die Pollys dieser Welt!«
»Das war eine blöde Prüfung«, meinte Susie. »Sie sollten nicht alles von Mathe abhängig machen ...«
Polly kochte Tee, und die beiden setzten sich in die Küche. Rory war zu irgendeiner Abendveranstaltung in die Schule gegangen. Folglich blieb das gewohnte Klicken der Tastatur diesmal aus.
Polly zog ein Dokument aus der Küchenschublade und gab es Susie zu lesen. Es war die gerichtliche Vorladung, in der Martha Caine als Klägerin und Rory Caine als Beklagter genannt waren; die Klägerin forderte vom Beklagten die umgehende Zahlung von sechzehntausend Pfund aufgrund eines zwischen ihr und dem besagten Rory Caine geschlossenen Vertrages; im Falle der Zahlungsunfähigkeit sollte der Verkauf von Ashgrove Lawns 14, Dundrum, gerichtlich veranlasst werden.
Susie las alles schweigend durch. »Mein Gott«, sagte sie dann. »Und was macht ihr jetzt?«
Polly zuckte die Achseln. »Keine Ahnung.«
»Was ist mit dem Lottoschein? Hast du denjenigen, bei dem du ihn verloren haben könntest, endlich angerufen?«
»Ja ... aber er hat ihn nicht. Und Michelle weiß auch nichts davon. Er ist weg, Susie«, sagte sie und setzte ein wenig salbungsvoll hinzu: »Was geschehen ist, kann man nicht ungeschehen machen!«

»Welcher Klugscheißer hat das gesagt?«
»Shakespeare!«
»Ich wusste doch, dass ich das schon mal irgendwo gehört hab'.«
»Ich habe mich um einen Job in London beworben… Kunsthandel, die Liebe meines Lebens. Aber da mache ich mir wenig Hoffnungen.«
»London! Was in aller Welt würdest du ganz allein in London anstellen? Aber es wird sich hier schon etwas finden«, fügte Susie nicht gerade im Brustton der Überzeugung hinzu. »Ich werde Willy Penston bitten, an dich zu denken, wenn Wendy in Mutterschaftsurlaub geht. Sie macht die Registratur, weißt du«, erklärte sie. »Es würde dir doch nichts ausmachen, eine solche Stelle anzunehmen?«
»Lieber Himmel, nein… Ich bin schon soweit, dass ich jede ehrbare Arbeit nehmen würde. Als ich mit Rory darüber sprach, hat er gesagt, keine Frau, mit der er verheiratet sei, habe es nötig, arbeiten zu gehen!« Polly lachte sarkastisch. »Am liebsten hätte ich ihn daran erinnert, dass wir ja gar nicht verheiratet sind.«
Susie sah ihre Freundin an und verzog den Mund. »Großer Gott, dieses Land«, brummte sie. »Aber wenn das Scheidungsreferendum durch ist, dann wird alles anders! Dann könnt ihr euch standesamtlich trauen lassen.«
»Was bringt das schon«, murmelte Polly, und Sue sah sie fragend an.
Dann kamen sie auf Jason zu sprechen.
»Der Junge bricht mir noch das Herz!«, lamentierte Polly. »Ich weiß nicht, was ich bei ihm falsch gemacht habe. Wir haben doch wirklich unser Bestes getan. Ich finde es

schrecklich, dass er von zu Hause wegläuft, mit einem Mädchen zusammenlebt, das mehrere Jahre älter ist, und sein letztes Schuljahr vertut, indem er in einem Nachtcafé arbeitet. Was soll nur aus ihm werden?«

»Das Problem mit Jason ist, dass er im Augenblick den vollkommenen Durchblick hat!«, erklärte Susie. »Sobald er dieses Monopol einbüßt, kommt er heim. Wart's nur ab!«

»Vielleicht liegt's ja in der Familie«, meinte Polly. »Rory hatte einen alten Onkel, der auf die schiefe Bahn geraten und schließlich sogar im Kittchen gelandet ist. Wahrscheinlich ist das erblich!« Ihr traten Tränen in die Augen. »Ich muss immer daran denken, wie es war, als er noch klein war. Er war so süß, einfach zum Auffressen, und was ich mir alles für ihn ausgemalt habe! Er hat mich immer an Tom erinnert, so gut aussehend und, als Kind zumindest, so bezaubernd!«

»Hast du schon zu Abend gegessen?«, fragte Susie, die fand, dass Polly halb verhungert aussah.

»Ich habe etwas für Peter gemacht... er lernt in seinem Zimmer... aber ich kann jetzt nichts essen.«

»Du wirst schrecklich dünn!«

»Das schadet nichts. Ich schlucke Vitamine.«

»Du solltest es lieber nicht übertreiben. Sonst bist du bald so schlank wie das Gespenst von gegenüber, sieht alles, hört alles, weiß alles... Da wir gerade von ihr sprechen – ich habe heute gesehen, wie sie mit dem Taxi weggefahren ist. Ich kam gerade aus dem Dorf zurück, und sie hat mir zugewunken. Lächelnd ab in den Urlaub. Weiß wie Kreide, aber wenn sie wiederkommt, wird sie wie ein braun gebrannter Filmstar aussehen. Was die brauchen könnte, ist eine Horde Kinder und einen arbeitslosen Mann! Dann hätte sie etwas, worüber sie sich Gedanken machen könnte!«

»Sie ist reich«, meinte Polly. »Solche kleinen Unannehmlichkeiten würden sie nicht weiter belasten!« Dann fügte sie hinzu: »Während ich bei der Prüfung war, ist sie vorbeigekommen und hat die Schlüssel dagelassen.«

Als Susie heimkam, stellte sie fest, dass alle ausgeflogen waren. Am Kühlschrank klebte ein Zettel: »Hallo Mama, ich bin bei Mary Lavelle. Bin um zehn wieder da. Sharon.«

Sie rief: »Seid ihr oben?« Aber es kam keine Antwort. Sie fragte sich, wo Fergus und Mark steckten. Wahrscheinlich waren die beiden miteinander ausgegangen, das taten sie in letzter Zeit öfter. Susie fand das gut, weil es die Bindung zwischen Vater und Sohn stärkte, was einem Heranwachsenden bestimmt nicht schaden konnte.

Sie ging nach oben und warf einen Blick in das Zimmer ihres Sohnes. Es war alles an seinem Platz, die Bücher ordentlich gestapelt, das Bett gemacht. Mark hatte eine heimliche Jansenistische Neigung. Vor Gleichaltrigen tat er zwar so, als sei er ein Junge wie alle anderen auch, aber insgeheim verachtete er alle, die sich gehen ließen, und arbeitete hinter den Kulissen hart für seine Zukunft, die er bereits genau geplant hatte.

Sharon war vergleichsweise undiszipliniert. Ihr Zimmer sah nie ordentlich aus. Sie war eine Träumerin, eine Romantikerin, und manchmal machte Sue sich Sorgen, dass

Sharon sich Hals über Kopf in den falschen Jungen verlieben könnte. In Französisch und Englisch war sie gut, sie schrieb gern Aufsätze, hasste Mathematik und weinte bei traurigen Filmen still vor sich hin.
Susie stand im Zimmer ihrer Tochter, sah sich amüsiert um, bemerkte mit Wehmut die einst heiß und innig geliebte Stoffpuppe, die nun in eine Ecke des Bücherregals gequetscht war, das Poster mit den Jungs der Rockband, für die Sharon so schwärmte, die über den Schreibtisch verstreuten Bücher. Sie fing an, den Schreibtisch aufzuräumen, und als sie die Bücher ordnete, fiel ihr ein Gedicht in die Hände, das Sharon offenbar abgeschrieben und mit einer Gänseblümchengirlande verziert hatte.

> Wenn von der, die dich liebt, am Ende man munkelt,
> ihr Fehl und ihr Klagen seien alles, was bleibt,
> oh sag, wirst du weinen, wenn ein Schatten verdunkelt
> den Ruf eines Lebens, das sie dir geweiht?

Sue starrte das Gedicht lange Zeit an; sie wusste nicht, ob sie lachen oder weinen sollte. Oh Gott, das arme Kind… Kein Wunder, dass ihr in letzter Zeit das Essen nicht mehr schmeckte; sie war jener alten, heimtückischen Krankheit erlegen: der Liebe.

Am Montag traf auf gediegenem Briefpapier ein Schreiben aus London ein, in dem Polly für den 23. Juni zu einem Vorstellungsgespräch bei Shetly's in der New Bond Street eingeladen wurde.
Nach dem Telefongespräch mit Polly am Sonntagabend

rief Keith Mrs. Dencher an, um sich nach dem Lottoschein zu erkundigen, aber sie meldete sich nicht. Erst am folgenden Tag erfuhr er von ihrer Tochter Chris, dass ihre Eltern Urlaub auf den Bahamas machten und erst in vierzehn Tagen wiederkämen.

»Heiliger Strohsack«, murmelte Keith vor sich hin. »Was soll ich jetzt machen? Schreiben und Pauline mitteilen, dass ich ihren Lottoschein gefunden, aber verlegt habe, und dass die einzige Person, die Licht in die Sache bringen könnte, sich urplötzlich entschlossen hat, auf die Bahamas zu fliegen?«

Er dachte an Mrs. Dencher, ihre resolute Haushaltsführung, ihr ehrliches Gesicht. »Sie hat doch nicht etwa…«, überlegte er laut. »Sie hat ihn doch nicht etwa gefunden und… Nein. Das ist nicht möglich! Nicht die ehrfurchtgebietende Mrs. Dencher…«

Erst als er sich vom Schock dieses Gedankens erholt hatte, setzte er sich an seinen Schreibtisch, rief die Auskunft an und erkundigte sich nach der Telefonnummer der Irischen Nationallotterie.

Polly saß in stiller Verzweiflung auf ihrem Bett. Sie wollte unbedingt zu dem Vorstellungsgespräch nach London fahren. Das Geld für den Flug konnte sie gerade noch zusammenkratzen; wenn man rechtzeitig buchte, kam die Reise nicht so teuer. Dank Michelle hatte sie sogar einen Platz zum Übernachten in London. Polly hatte sie angerufen, und Michelle hatte gesagt, sie sei zu der Zeit nicht da, werde aber den Schlüssel für sie hinterlegen. Was sie aber nicht hatte, war etwas Anständiges anzuziehen. Für

dieses Vorstellungsgespräch wollte sie sich ihrer Rolle gemäß kleiden, oder lieber gar nicht hingehen.
Sie hatte ihren Schrank durchgesehen, und der war nicht gerade zum Bersten gefüllt. Nach der letzten Aufräumaktion waren nur noch wenige brauchbare Sachen übrig geblieben, und ihnen sah man an, dass sie nicht mehr neu waren; die Röcke hatten glänzende Stellen oder waren völlig aus der Mode gekommen. Da die Kleider, die Michelle ihr geschenkt hatte, inzwischen viel zu weit waren, hatte sie nichts wirklich Schönes, nichts Erstklassiges mehr, was von Geschmack und Fingerspitzengefühl gezeugt und jene Eleganz vermittelt hätte, die sie unbedingt ausstrahlen wollte, eine Eleganz, die tatsächlich zu ihrem Wesen gehörte und die sie über all die zermürbenden Ehejahre nicht verloren hatte.
Sie dachte an Susie, die ihr bestimmt ihr letztes Hemd geliehen hätte, doch Susie war zwar schlank, aber klein und zierlich, und von ihren Sachen hätte Polly nichts gepasst. Es gab wirklich niemanden, den sie hätte fragen können; es war ein viel zu persönliches Problem.
Sie überlegte, ob sie einen Bankkredit aufnehmen sollte. Aber da der Prozess um das Haus bevorstand, schien es ihr verrückt, Rory darum zu bitten, für einen Kredit zu bürgen; und ohne Bürgen würde man ihr kein Geld geben. Welche Sicherheit konnte sie bieten, ohne Arbeit, ohne Grundbesitz?
»Du würdest die Stelle in London sowieso nicht bekommen«, mischte sich ihre innere Stimme ein. »Wer sollte einer abgewirtschafteten alten Schachtel wie dir einen Job bei einer so renommierten Firma geben?«

Polly sagte leise vor sich hin, sie sei nicht abgewirtschaftet, sie habe zwar Angst, es zu werden, aber noch sei es nicht soweit. Plötzlich kam ihr der Gedanke, dass sie ja ihren Verlobungsring versetzen oder verkaufen könnte. Sie holte ihn heraus und sah ihn sich an, aber er beschwor so glückliche Erinnerungen herauf, dass sie ihn wieder wegpackte.

Am nächsten Morgen ging Polly in Muriels Haus hinüber, weil sie ihr versprochen hatte, jeden Tag nach dem Rechten zu sehen. Sie tat es gern; allein schon die Aussicht, sich in der Nähe dieser schönen Dinge aufzuhalten, bereitete ihr Freude. Rory saß zur Abwechslung einmal nicht an seinem Computer; er korrigierte Hefte, was er hasste, und daher war mit ihm momentan nicht gut Kirschen essen.
Muriels viktorianisches Haus war von einem hohen Zaun umgeben, der den kiesbedeckten Vorhof und den Garten umschloss.
Polly trat durch ein Seitentor ein, schritt langsam über den Kies, genoss den Geruch nach Blumen und Erde, der ihr entgegenwehte, stieg die vier Granitstufen zum Eingang hinauf. Sie schloss auf, schlupfte hinein, stellte die Alarmanlage ab und atmete befreit auf.
Im Haus war alles völlig in Ordnung, es gab keinerlei Anzeichen dafür, dass etwas nicht stimmte. Sie saß eine ganze Weile im Salon, einem Raum mit einer hohen Decke, einem wunderbaren Porzellankronleuchter, einer in altem Gold gehaltenen Chaiselongue, einem Landschaftsgemälde mit See, dem Porträt einer jungen Dame, einigen Porzellanobjekten auf einer Mahagonikommode und

einem viktorianischen Sofatisch mit verschiedenen Getränken darauf. Draußen waren der Garten mit seinen Rosen, der ruhige Vorhof, der hohe Zaun und jenseits davon die Sackgasse zu sehen. Auch ihr eigenes Haus sah sie, aber von hier aus wirkte es ganz anders, als sähe sie es zum ersten Mal.

Sie stellte sich dieses Anwesen vor, wie es wohl gewesen war, bevor die Siedlung errichtet wurde, stellte sich die Allee vor, die zur Landstraße führte. Sie fragte sich, wie dieses vornehme Haus die veränderte Umgebung wohl empfand, das Vordringen Hunderter von Doppelhäusern zu allen Seiten, die Kinderscharen, die Autos, die Hunde und Katzen, die Wellen einer grellen Moderne, die gegen seine Gestade schlugen.

Aber wenigstens lebte das Haus selbst weiter und mit ihm die Atmosphäre einer anderen Epoche und anderer Menschen, wie ein Duft, der sich in den Falten eines alten Gewandes hält.

Erst als Polly in der Küche nach dem Dosenfutter für Sable suchte, sah sie den Brief am Kühlschrank mit ihrem Namen in Großbuchstaben darauf.

Liebste Polly, ich bin auf dem Sprung. Sie waren nicht zu Hause, als ich vorbeikam, deshalb habe ich den Ersatzschlüssel bei Rory gelassen. Ich wollte mich nur bedanken, dass Sie so gut sind und nach dem Haus sehen und meine kleine Sable füttern.

Ich wollte Ihnen auch sagen, dass ich vorhabe, völlig neu anzufangen, sozusagen ein neues Kapitel aufzu-

schlagen, wenn ich wieder nach Hause komme. Da ich praktisch in Kleidern ersticke, werde ich vieles ausrangieren. Wenn Ihnen also irgendetwas von den Sachen im Walnussschrank in meinem Zimmer gefällt, bitte nehmen Sie es. Einiges ist mir inzwischen ohnehin zu weit geworden. Auf dem Boden des Schranks sind auch einige Umhängetaschen, die noch ganz gut aussehen.
Ich hoffe, Sie sind nicht verletzt, wenn ich Ihnen das anbiete, aber Sie kennen mich gut genug, um zu wissen, dass ich keinesfalls beabsichtige, Sie zu kränken. Ich dachte nur, Sie haben vielleicht Verwendung für einige meiner überflüssigen Sachen, und es würde mir solche Freude bereiten zu wissen, dass sie Ihnen helfen könnten, es mit der Welt aufzunehmen. Ich hatte einmal gehofft, dass sie mir diesen Dienst erweisen würden, aber bei meinen Problemen ist etwas mehr nötig als ein paar kleine Schönheitsreparaturen!
Alles Liebe,

Muriel

Polly fütterte Sable, las diese eigentümliche Nachricht noch mehrmals durch, stieg dann die Treppe hinauf und betrat voller Scheu Muriels Schlafzimmer.
Die Möbel waren antik wie im restlichen Haus, das eiserne Bettgestell hatte Messingknäufe. Es gab zwei Kleiderschränke, einen aus Mahagoni, den anderen aus Walnussholz mit Einlegearbeit. Die Tür dieses Schrankes stand offen. Auf der Stange hing eine stattliche Anzahl von Kostümen, Kleidern, Mänteln, eine wahre Schatzkammer edler Textilien.

Polly stand eine Weile unschlüssig davor, dann griff sie nach einem Kostüm in Jadegrün und Schwarz. Es war ein Mischgewebe aus feiner Wolle und Seide.
Sie hielt es sich an und blickte in den Spiegel. Oh Gott, dachte sie, das ist einfach sagenhaft! Das Grün unterstrich die Farbe ihrer Augen, das Schwarz brachte ihren Teint zur Geltung und ließ ihr Haar heller, fast blond erscheinen. Voller Ehrfurcht betrachtete sie das Designerlabel. Sie zog ihre Jeans aus und schlüpfte in das Kostüm. Es betonte die Figur, der Schnitt war traumhaft; sie sah um Jahre jünger aus. Am liebsten hätte Polly geweint. Ihr Spiegelbild hatte so wenig Ähnlichkeit mit der Frau in den schlechtsitzenden Jeans, die sie gerade noch vor sich gesehen hatte. Sie sah aus wie eine kultivierte Dame – aber eine, die eine neue Frisur vertragen konnte. Sie fasste ihre Haare zusammen und hielt sie sich aus dem Gesicht.
Oh, Muriel, flüsterte sie, danke, danke. Dir habe ich es zu verdanken, dass ich nach London fliegen kann, zu einem Vorstellungsgespräch. Ich werde zum Friseur gehen, mir ein paar Strähnen blondieren lassen, mich schminken und dieses wunderbare Kostüm anziehen. Klar, das alles ist ziemlich verrückt, gemessen an den Maßstäben, nach denen ich bisher gelebt habe, aber ich mache es trotzdem.
Sie suchte sich eine schwarze Schultertasche aus, die auf dem Boden des Schrankes lag. Dann faltete sie das Kostüm sorgfältig zusammen, packte es in eine Plastiktüte, die sie in der Küche fand, schaltete die Alarmanlage wieder ein, schloss das Haus ab und trug ihren Schatz nach Hause.

Als sie später am Vormittag Susie traf, erzählte sie ihr von dem Vorstellungsgespräch in London.

»Ich glaub's nicht!«, rief Susie aus. »Aber ich sehe dir an, dass du es ernst meinst! Und was machst du, wenn du diesen Job tatsächlich bekommst? Rory verlassen? Und die Kinder?«

Susie stand die Sorge ins Gesicht geschrieben. »Ich würde den Job einfach nehmen«, entgegnete Polly gleichmütig. »Und dann müssen sich eben alle an die neue Situation gewöhnen. Rory braucht keine Ehefrau, eine Hausangestellte würde es genauso tun; also wird er mich nicht vermissen. Peter ist bald mit dem College fertig, und Jason«, fuhr sie schmerzlich berührt fort, »geht jetzt schon eigene Wege ... Ich werde jedoch den Status quo aufrechterhalten und nach Hause kommen, sooft ich kann. Aber das sind alles Träumereien. Die Aussichten sind nicht gerade rosig!«

»Ich weiß nicht«, murmelte Susie. »Du hast dich irgendwie verändert ... du bist eine Größe geworden, mit der man rechnen muss. Als hättest du die Fesseln abgestreift, die dich zurückgehalten haben! Und du weißt so gut wie alles über Antiquitäten!«

»Na ja, das kann man nicht gerade sagen ... aber ich ziehe zu dem Gespräch ein Kostüm aus Muriels Kleiderschrank an«, fügte Polly augenzwinkernd hinzu. »Warte, das muss ich dir zeigen!«

Susie sah sie erstaunt an, als hätte Polly etwas getan, das sie ihr nie zugetraut hätte.

»Ich habe es mir nicht einfach genommen«, erklärte Polly schnell. »Sie hat mir geschrieben, ich könnte nehmen, was ich wollte! Sie rangiert viele Sachen aus!«

Sue sagte mit versteinerter Miene: »Die Frau versucht es doch mit allen Mitteln. Manchmal denke ich, dass sie nur deshalb das Land als Baugrund verkauft hat – damit sie uns alle vereinnahmen kann! Da steht sie blöde lächelnd mit ihrem Berg von Designerklamotten, und dann kommst du, einer der nettesten Menschen auf der Welt, und vergehst vor Dankbarkeit für ein Kostüm, das sie sonst weggeworfen hätte. Es ist einfach nicht fair!«
»Wie in aller Welt kommst du auf die Idee, dass das Leben fair ist!«, entgegnete Polly pikiert. »Das war es noch nie! Aber du kannst Muriel nicht dafür verantwortlich machen, dass das Leben nicht fair ist.«
Susie rümpfte die Nase. »Manche Menschen haben es aber viel leichter als andere!«
Polly lächelte nicht. »Ich weiß nicht. Ich würde eher vermuten, dass wir alle so unsere Probleme haben.« Als Susie nichts darauf erwiderte, wechselte Polly das Thema. »Wie geht's eigentlich deinem Chef zur Zeit?«
»Gut… Er benimmt sich nur so eigenartig. Als ich ihn kürzlich gefragt habe, was los ist, und angeboten habe zu kündigen, wenn ihm das lieber wäre, war er wie vom Donner gerührt. Er hat mich sogar eingeladen, am Freitag mit ihm auszugehen um ihn zu beraten, wie er die neue Wohnung ausstatten soll, stell dir vor!«
»Und? Gehst du mit ihm aus?«
»Nein. Ich bin nicht so schwer von Begriff, wie ich aussehe!«
»Ich finde nicht, dass du schwer von Begriff bist, Sue. Im Gegenteil!«
»Aber du fährst zu einem Vorstellungsgespräch, bekommst

vielleicht diesen Job, und dann verliere ich dich, wir alle verlieren dich! Davor habe ich Angst, Polly. Dann bin ich hier ganz alleine mit dem armen schlecht gelaunten Fergus und der feinen Dame von gegenüber und den Kindern, die mitten in der Pubertät stecken…«

»Ach was! Nichts dauert ewig, weder die Pubertät noch die Probleme mit feinen Damen von gegenüber. Alles ist im Fluss. Wenigstens hoffe ich das…«

»Ich dachte, ich könnte mich darauf verlassen, dass wenigstens du die Alte bleibst, Polly Caine. Aber plötzlich stellst du alles in Frage, findest dich nicht mehr mit allem ab!«

Polly nahm die Hand ihrer Freundin. »Jetzt sei doch mal vernünftig! Ich mache nur einen Flugversuch, um zu sehen, ob meine Flügel mich noch tragen oder ob sie inzwischen völlig verkümmert sind.«

»Das stimmt nicht. Du heckst heimlich etwas aus, das sehe ich dir an!«

»Okay, ich gebe zu, ich strenge mich an. Wenn ich die Wahl habe, wenn das Schicksal mir auch nur ein bisschen hilft, werde ich das Leben, das ich bisher geführt habe, hinter mir lassen!«

Sue schwieg. Nach einer Weile sagte sie: »Polly… es war Muriel, die den Privatdetektiv bezahlt hat, nicht ich. Als Jason weggelaufen ist… ich hätte es dir sagen sollen… Aber ich wollte der Star sein!«

»Du bist der Star!«, sagte Polly. »Ich werde mich bei Muriel bedanken, wenn ich sie das nächste Mal sehe.«

Sue schloss ihre Freundin schweigend in die Arme.

15. Kapitel

Die Nummer war längere Zeit besetzt gewesen, aber schließlich kam Keith Warrington bei der Nationallotterie in Dublin durch.

»Auf dieser Insel ist Glücksspiel scheinbar eine Art Volkssport«, murmelte er, während er mit dem Brieföffner aus Toledostahl spielte und mit der anderen Hand die Nummer wählte.

Endlich hatte er jemanden am Apparat, der ihm versicherte, dass es kurz vor Ostern tatsächlich einen Gewinn von vier Millionen Pfund gegeben hatte.

»Hat sich der Gewinner schon gemeldet?«, fragte Keith. »Ich habe nämlich einen Schein verloren …«

»Ja, die Gewinnerin hat sich letzte Woche gemeldet«, erklärte der Lotteriemitarbeiter fröhlich. »Es handelt sich um eine Dame aus England, die es vorzieht, anonym zu bleiben!«

»Verstehe. War es vielleicht jemand aus London?«

»Ja, ich glaube, sie lebt tatsächlich in London.«

»Ich nehme an, dass sie mir die Adresse nicht nennen können?«

»Da haben Sie vollkommen Recht!«

»Trotzdem vielen Dank«, sagte Keith.

»Keine Ursache.«

Keith fuhr sich mit der Spitze des Brieföffners über die Handfläche. »Sie war's, und jetzt ist sie über alle Berge!«, flüsterte er. »Die ehrfurchtgebietende Mrs. Dencher. Wer hätte das gedacht? Ein Betrug fast so gewaltig wie der Postraub damals in den Sechzigern!«
Er ließ Daumen und Zeigefinger über die Schneide gleiten, bevor er erneut die Auskunft anrief und sich nach der Nummer einer gewissen Pauline McCann, Ashgrove Lawns, Dundrum, County Dublin erkundigte.
»Das ist in Irland«, erklärte er dem Mann, der mit indischem Akzent sprach.
»Das ist mir nicht ganz unbekannt, Sir…«
»Wunderbar!«
Aber diesmal hatte er keinen Erfolg.
»Unter diesem Namen und der genannten Adresse haben wir keinen Eintrag.«
»Verstehe«, sagte Keith und legte auf. Was er tatsächlich verstand, war, dass sie vielleicht weder Pauline noch McCann hieß und auch nicht in Ashgrove Lawns 14, Dundrum, wohnte, oder aber, dass sie kein Telefon besaß oder eine Geheimnummer hatte und dass er, der sein Leben lang andere therapiert hatte, möglicherweise nun selbst ärztliche Hilfe brauchte.
»Ich habe den verdammten Lottoschein doch tatsächlich gefunden, und jetzt ist er weg!«, rief er sich laut in Erinnerung, als wollte er sich beweisen, dass er noch nicht jeden Realitätsbezug verloren hatte.
Er nahm ein Blatt Papier und schrieb:

Liebe Pauline,
ich habe versucht, Ihre Telefonnummer herauszubekommen, aber bei der Auskunft hat man noch nie von Ihnen gehört. Die Wahrheit ist, ich fürchte, dass ich tatsächlich Ihren Lottoschein gefunden habe. Es ist mir eingefallen, nachdem ich aufgelegt hatte, aber ich konnte Sie nicht zurückrufen, weil ich Ihre Nummer nicht habe.
Ich schicke Ihnen diesen Brief an Ihre Adresse und für alle Fälle auch an Ihre Chiffrenummer.
Der Lottoschein war auf der Toilette, wie Sie ganz richtig vermutet hatten, aber nun ist er verschwunden. Die einzige, die ihn an sich genommen haben könnte, ist meine Putzfrau (die gerade unter karibischem Himmel weilt). Soviel ich weiß, ist der Gewinn abgeholt worden, und ich zittere bei dem Gedanken, dass sie eine Kriminelle sein könnte.
Bitte melden Sie sich bei mir, damit wir die Sache klären können. Wenn meine Putzfrau den Gewinn tatsächlich eingeheimst hat, sollte die Polizei (wenn nötig) in der Lage sein herauszufinden, wie sie dazu gekommen ist.
Das alles beunruhigt mich zutiefst.
Herzliche Grüße,

Keith

Gut, dachte er. Ich habe getan, was ich konnte, wenigstens für den Augenblick. Er strich sich durch die ihm noch verbliebenen Haare und stellte sich voller Entsetzen vor, wie man Mrs. Dencher in Handschellen abführte. Doch während Keith sich ausmalte, welchen unglückseligen Verlauf die ganze Angelegenheit noch nehmen könnte, befand sich Polly bereits in einer Ryanair-Maschine nach Stansted.

Polly sah einfach umwerfend aus. Sie stand vor dem Spiegel der Damentoilette in Stansted, blonde Strähnchen, ein Kostüm von schlichter Eleganz mit Seidenbluse, schwarze Gucci-Handtasche, ein Hauch von Parfüm.

Spiel deine Rolle gut, sagte sie zu ihrem Spiegelbild, und du kannst glatt als dynamische weibliche Führungskraft durchgehen.

»Du hast sie ja nicht alle«, nörgelte ihre innere Stimme. »Größenwahn ist ein Anzeichen für…«

Die Geschäftsräume von Shetly & Sons befanden sich auf halber Höhe der New Bond Street. Es war ein wunderschöner Tag. Mit um die 26 Grad war es beinahe zu warm für ein Kostüm, selbst für ein leichtes. Londoner und Touristen in T-Shirts bevölkerten die Gehsteige, als Polly im warmen staubigen Luftstrom aus dem U-Bahnhof auf das Pflaster der Oxford Street trat.

Sie ließ sich Zeit, schlenderte gemütlich die New Bond Street hinauf; sie war früh dran. Hin und wieder drehte sich ein Mann nach ihr um. Mother Frances in der Schule hatte immer gesagt, man sollte so gehen, als würde man von einer Krone auf dem Kopf zum Himmel emporgezogen.

Ich werde nicht weichen und nicht wanken, dachte sie, als sie sich an die Worte erinnerte, die Muriel ihr geschrieben hatte. Ich bin hergekommen, um es mit der Welt aufzunehmen.

Sie rechnete mit einem spöttischen Kommentar ihrer lästigen inneren Stimme, doch diese schwieg.

Das Problem ist, wenn man fortwährend kritisiert wird, fängt man irgendwann an zu glauben, dass es zu Recht geschieht. Aber jetzt, in diesem Augenblick, schreibe ich das Drehbuch für das Leben, das ich führen *könnte*. Ich werde es schreiben, mich ganz besonders anstrengen, und vielleicht gelingt es mir sogar, es zu realisieren. Auf jeden Fall muss ich mir später nicht vorwerfen, ich hätte es nicht wenigstens versucht.

Shetly's hatte eine schöne Ladenfront zur New Bond Street. Im Schaufenster waren hübsch restaurierte viktorianische Ölgemälde neben einer Auswahl alten Coalport-Porzellans zu sehen, das Polly etwa auf das Jahr 1790 schätzte. Erfolglos versuchte sie, ihr plötzlich heftig pochendes Herz zu beruhigen; doch sie betrat den Ausstellungsraum hocherhobenen Hauptes und lächelte dem jungen Mann, der sie begrüßte, freundlich zu.

»Was kann ich für Sie tun, Madam?«

»Ich heiße Pauline McCann und habe einen Termin bei Mr. Denniston-Figgs.«

Man führte sie in einen kleinen fensterlosen Raum und bat sie, einen Augenblick zu warten. Verschiedene Zeitschriften, vor allem über Antiquitäten, und einige Kataloge lagen aus. Es roch nach Bienenwachs, alten Edelhölzern, und noch etwas anderes lag in der Luft – die Aura schöner alter Dinge, so als hätte die Liebe und Kunstfertigkeit, der sie ihre Existenz und ihr Fortbestehen verdankten, ihnen eine Ausstrahlung von unsterblicher Eleganz verliehen.

Die Tür ging auf, und ein Mann in mittleren Jahren trat ein. Er war graumeliert, gut gekleidet, hatte kluge, eng zusammenstehende Augen und vermittelte insgesamt den Eindruck, als mischten sich in seinem Charakter englische Kaltblütigkeit mit französischem Temperament. Seine Haltung verwies auf französische Vorfahren, während sein Gesichtsausdruck eher englisch wirkte.
Er musterte Polly für den Bruchteil einer Sekunde, lächelte dann und streckte ihr herzlich die Hand entgegen.
»Mrs. McCann, seien Sie gegrüßt. Ich bin Aubrey Denniston-Figgs.«
»Guten Tag.«
Polly nahm seine Hand. Dass er ihr die Hand gab, war einerseits nüchterne Geste, andererseits lag aber auch eine gewisse Wärme darin, so dass Polly sich in diesem Augenblick auch als Mensch anerkannt fühlte, und dafür war sie ihm dankbar.
»Wenn ich Sie in mein Büro bitten dürfte, dort können wir uns ungestört unterhalten. Mrs. Rollinson wird auch gleich kommen.«
Polly folgte ihm die Treppe hinauf und betrat ein Büro mit einem viktorianischen Mahagonischreibtisch; das Fenster lag zur Straße hinaus. Aus irgendeinem Grund war sie vollkommen ruhig geworden. Die Atmosphäre, die hier herrschte, machte ihr keine Angst. Mochte das Hausfrauendasein auch noch so entwürdigend und quälend sein – hier, in diesen Londoner Geschäftsräumen, wurden keine Anforderungen an sie gestellt, die nicht ihrem eigenen leidenschaftlichen Streben entsprochen hätten.
Sie fühlte sich wohl in ihrer Haut, in Muriels schönem

Kostüm, in ihrem neuerdings schlanken Körper, der ihr ein Gefühl von Geschmeidigkeit und Anmut gab; sie fühlte sich wohl in einer Umgebung, in der ihre aufkeimende Individualität nicht als Exzentrizität missdeutet wurde. Bei einem flüchtigen Blick in einen Spiegel erkannte sie, dass die Frau, die sie sah, die wirkliche Polly war.

Man bot ihr einen Stuhl an, und sie schüttelte Mrs. Rollinson die Hand, einer großartig aussehenden Frau Mitte fünfzig, beantwortete Fragen, quittierte gelegentliche Scherze mit schlagfertigen Bemerkungen.

»Wir suchen nach einer Mitarbeiterin«, erklärte Mrs. Rollinson, »die mit diesem Geschäft vollkommen vertraut ist. Aber Sie scheinen mir recht wenig praktische Erfahrung zu haben.«

»Das stimmt. Erfahrungen kann man jedoch sammeln. Was man sich nicht ohne weiteres aneignen kann, sind die Leidenschaft und das Interesse für das Geschäft, die einen dazu bringen, sich voll und ganz einzusetzen.« Polly sah sich um. »Ich würde mich glücklich schätzen, mein Leben inmitten dieser Dinge zuzubringen. Was Sie von mir bekommen können und was Sie vielleicht nicht überall finden, ist Motivation!«

Mr. Denniston-Figgs runzelte die Stirn, als wäre dieses Bekenntnis allzu enthusiastisch für seinen Geschmack; dann griff er in eine Schublade und holte einen Lederkasten heraus, Er enthielt eine Kollektion Silberlöffel. Er schob ihn ihr über den Schreibtisch zu.

»Was halten Sie davon?«

Polly nahm einen Löffel heraus, dann noch einen, prüfte den Feingehaltsstempel.

»Diese«, sagte sie nach einer Weile und wählte zwei Löffel aus, »sind aus Sterlingsilber, Edinburgh, um 1808. Und diese«, fuhr sie fort und griff nach zwei kleineren, »sind Apostellöffel, um das Jahr 1630 zu datieren, während es sich bei den größeren um Tafelbesteck handelt, um 1765, hergestellt im Betrieb von Joseph Hancock, wenn ich nicht irre.«

»Und auf wie viel würden Sie sie schätzen?«

Polly erschrak. »Ehrlich gesagt, bin ich da nicht mehr auf dem Laufenden. Die Apostellöffel sind am wertvollsten, gefolgt von denen aus Edinburgh ... Aber das liegt wohl auf der Hand!«

»Nur für die Eingeweihten«, meinte Mrs. Rollinson lächelnd.

»Und Sie haben ja einen hervorragenden Abschluss«, ergänzte Mr. Denniston-Figgs, »in Kunstgeschichte.«

»Ja.«

»Aber Sie haben Ihre berufliche Laufbahn abgebrochen? Warum, wenn ich fragen darf?«

»Aus verschiedenen Gründen. Ehemann, Kinder, das Fehlen echter Berufschancen da, wo ich herkomme ... familiäre Verpflichtungen. Aber meine Kinder sind inzwischen erwachsen. Jetzt bin ich frei und würde mich gern ganz der Arbeit widmen, die ich liebe.« Sie sah ihre Gesprächspartner an. »Ganz ehrlich gesagt, ich möchte jetzt wieder anfangen zu leben!«

Sie entspannte sich ein wenig und ließ ihren Gesprächspartnern Zeit zum Überlegen. Sie wollte nicht den Eindruck erwecken, dass ihre Begeisterung einer neurotischen Angst entsprang. Aber sie fand, dass sie ein Recht

hatte, ihre Situation ernsthaft und aufrichtig darzustellen, wie immer man es ihr auslegen würde.
Mrs. Rollinson lächelte. »Ganz ehrlich gesagt«, griff sie Pollys Formulierung auf, »sind Sie eine Frau ganz nach meinem Herzen!«

Polly trat auf die sonnige Straße hinaus. Das Gespräch war gut gelaufen. Das Gefühl, dass sie ihrem Ziel ein Stück näher gerückt war, erfüllte sie mit solcher Lebensfreude, dass ihr fast schwindlig wurde. So ist einem also zumute, wenn man sein Leben selbst in die Hand nimmt, dachte sie, man spürt die eigene Kraft.
Es folgten ein paar nüchternere Überlegungen – vielleicht würde sie den Job ja doch nicht bekommen. Aber ob es nun gut ausging oder nicht, sie war sich bewusst, dass sie den Kampf gegen die Mächte der Entropie und der Tradition aufgenommen hatte. Sie hatte Zugang zu ihren inneren Kraftquellen gefunden.
Und was fange ich jetzt mit meiner Zeit an?, fragte sie sich. Es liegt ein wunderbarer Tag vor mir, der nur darauf wartet, gelebt zu werden.
Sie konnte in die Wohnung am Eaton Square gehen, die sie heute Morgen, wie erwartet, leer vorgefunden hatte. Um sie herum pulsierte das Großstadtleben. Für einen Einkaufsbummel hatte sie kein Geld, aber eines konnte sie machen, dachte sie, einem impulsiven Einfall folgend. Sie konnte die U-Bahn nehmen und Keith Warrington in Wimbledon besuchen!

Muriel fühlte sich wie eine Schnecke am Meeresgrund. Sie verbarg sich unter einem Korallenriff, da sie wusste, dass sie gejagt wurde. Fischschwärme in schillernden Farben stoben vorüber, die Meerespflanzen wiegten sich in der Strömung des Unterwassermärchenlandes; aber Muriel, die Seeschnecke, drückte sich tiefer in ihr Versteck und wartete.
Gesprächsfetzen, traumartig, ohne Zusammenhang, drangen von der Welt dort oben an ihr Ohr.
»Sie ist noch nicht bei Bewusstsein … wir müssen abwarten …«
Und dann: »… eine radikale Methode … aber es gibt keine Alternative …«
Sie war froh, dass dieses Gerede nichts mit ihr zu tun hatte, dass sie sich in ihre Korallenfestung zurückziehen konnte, wo sie sich sicher fühlte. Es war schön, sich sicher zu fühlen. Nur geliebt zu werden war noch schöner, aber das wurde nur den vom Himmel Auserwählten zuteil.

16. Kapitel

Keith kehrte von seinem Morgenspaziergang mit Herbie im Stadtpark zurück. Er hatte Mrs. Jopling getroffen, die ihn ein wenig aufgemuntert hatte, zumal sie so redselig war, dass er wenig tun musste, um das Gespräch in Gang zu halten. Er brauchte nur gelegentlich ein »Hmm«, ein »Tatsächlich?« oder ein »Ach ja?« beizusteuern. Fluffsy allein hatte schon Stoff für einen zehnminütigen Monolog geliefert. Sie sollte wirklich an einer Hundeschau teilnehmen; es gab nicht viele Pudel, die so intelligent und schön waren … fand er das nicht auch?

»Auf jeden Fall!«, sagte Keith und verfiel wieder in die grüblerische Stimmung, unter der er heute zu leiden hatte. Nichts lief so, wie es laufen sollte. Sein zweiter Artikel über Schizophrenie war überfällig. Sophie würde erst im Herbst wieder aus Amerika zurückkommen, und das Haus stand zum Verkauf – gestern hatten sie das Schild aufgestellt. Und dann war da noch diese hirnrissige Angelegenheit mit dem Lottoschein, die aber anscheinend auf Tatsachen beruhte, und es ging dabei um viel Geld. Er hoffte, dass es sich um einen Irrtum handelte und er nie wieder mit dieser verrückten Irin, dieser Pauline, reden musste. Und doch, wenn er an sie dachte, fühlte er sich innerlich lebendig und frisch, so als füllte sich ein ausgetrocknetes

Flussbett wieder mit Wasser. Warum das so war, wusste er nicht, und er wollte auch keine Zeit damit vertun, darüber nachzudenken. Die Begegnung mit ihr war wie ein Traum gewesen, von dem nichts blieb außer einer freundlichen Erinnerung.

Die Kastanien prangten in üppigem Grün, die hellen Birken leuchteten im Sonnenschein. Die Eichhörnchen beobachteten die Spaziergänger aus luftiger Höhe und huschten dann plötzlich mit schwereloser Anmut davon. Herbie bellte der Form halber; er kannte diese wendigen kleinen Wesen, und sie kannten ihn; sie wussten längst, was sie voneinander zu halten hatten.

Keith warf den Ball; Herbie brachte ihn wieder und beschnüffelte quasi besitzergreifend Fluffsys Hinterteil. Die Pudeldame streckte die Nase in die Luft, warf ihrem Frauchen einen gequälten Blick zu und schaute dann Herbie nach, der sich verzogen hatte, um an einem ihm geeignet erscheinenden Baum das Bein zu heben, dabei jedoch ein Gesicht machte, als wäre es ihm peinlich.

»Ich frage mich, ob das eine Art Kode ist«, bemerkte Mrs. Jopling. »Wissen Sie… wie die Sprache der Fächer… in früheren Zeiten, meine ich natürlich. Ich meine, vielleicht ist es eine Art Hundezeichensprache…«

»Hmm?«, sagte Keith. »Da könnten Sie Recht haben, Mrs. Jopling.«

Sie gingen zum Windmill Café und setzten sich an einen der Holztische im Freien. Die Hunde hatten sich hechelnd zu ihren Füßen niedergelassen. Keith ging hinein, um zu bestellen.

»Zweimal Tee, bitte.«
»Kännchen oder Tasse?«
»Wie bitte? Oh ja... zwei Kännchen. Und zwei Stück Apfelkuchen.«
Er trug Tee und Kuchen zu der strahlenden Mrs. Jopling hinaus.
»Vielen Dank. Es ist nett, hier draußen zu sitzen und die Welt ringsherum zu beobachten, nicht wahr?«
Keith sah sich um. Ein Polizist zu Pferde ritt auf der anderen Seite der Hecke vorüber. Jenseits davon erstreckte sich der Stadtpark mit den sonnenbeschienenen Baumwipfeln. An einem Nachbartisch saß ebenfalls ein Paar, das Tee trank und ein offenbar nicht sehr fesselndes Gespräch führte. Sonst war niemand zu sehen.
Das ist wohl kaum die Welt, dachte Keith. Er lauschte noch eine Weile geduldig weiteren Schilderungen von Fluffsys Wundertaten.
Ich denke, ich sollte mehr Abwechslung in meinen Tagesablauf bringen, überlegte er. Bernard hatte wahrscheinlich Recht. Aber ich weiß nicht, wie ich es anstellen soll.
Mrs. Jopling teilte ihm gerade mit, dass sie Marcia hieße, und meinte, man brauche ja nicht so förmlich zu sein. Als ihr Keith eine Antwort schuldig blieb, fügte sie schnell hinzu, sie wolle sich selbstverständlich nicht aufdrängen und werde ihn gerne auch künftig mit Dr. Warrington ansprechen, wenn er den vertraulichen Ton nicht schätzte.
»Oh ja, ja natürlich«, sagte Keith. »Vornamen ... ich heiße Keith ... und Sie?«
»Marcia«, wiederholte Mrs. Jopling.

»Prima«, sagte Keith.
Wenn Mo erst im Herbst nach Hause kommt, fuhr er in seinen Überlegungen fort, wird sie das Haus nie wieder von innen sehen, weil es bis dahin verkauft ist. Sie wird traurig sein … das arme Kind. Das hat uns Bernard eingebrockt, dieser verdammte Kerl! Ich hätte es mir eigentlich denken können!
»Sie fühlen sich doch bestimmt manchmal einsam, Keith«, säuselte Mrs. Jopling, »seit Ihre liebe Frau nicht mehr da ist.«
»Hmm?«, machte Keith. Er dachte gerade an Mo und wie er ihr die ganze Angelegenheit beibringen sollte.
Als Mrs. Jopling nicht weitersprach, fuhr er aus seiner Versunkenheit auf und wiederholte: »Meine liebe Frau … oh, natürlich … einsam? Ja, manchmal, würde ich sagen. Ja, natürlich.«
Dann wurde ihm mit jener Klarsicht, die seine Gabe und manchmal auch sein Fluch war, klar, dass auch sie einsam war, einsamer, als er es sich hatte träumen lassen; eine alternde Frau, die sich selbst durch die Brille der vorherrschenden Sozialordnung sah, lebendig begraben unter der Zellstruktur der so genannten Gesellschaft. Wenn wir uns selbst nach den Verwüstungen definieren, die die Zeit anrichtet, blockieren wir damit unsere Lebensenergie. Und doch sind dieses Feuer und der Schwung das einzige, was wir jemals hatten.
Ein Ausspruch von Yeats kam ihm in den Sinn, über die Seele, die in die Hände klatscht und bei jedem Zeichen der Sterblichkeit lauter singt, aber der genaue Wortlaut wollte ihm nicht einfallen.

»Kommen Sie doch mal auf einen Drink vorbei«, schlug er vor. »Ich wollte Sie schon längst einmal einladen.«
Mrs. Jopling strahlte. »Oh, wie nett von Ihnen! Wann würde es Ihnen denn passen?«
»Warum nicht gleich heute?«, meinte Keith freundlich.
»Wie nett. Um welche Uhrzeit?«
»So gegen sechs? Wäre Ihnen das Recht?«
»Ja, danke.«
Als sie sich verabschiedeten, sagte Keith: »Vielen Dank für das Plauderstündchen … es war sehr angenehm … Verzeihung, wie war doch gleich Ihr Vorname?«
»Marcia!«
»Ich muss mich nochmals entschuldigen. Heute bin ich ein wenig zerstreut … in Gedanken, wissen Sie.«
Mrs. Jopling erklärte, das verstünde sie vollkommen.
Als Keith Herbie gefüttert hatte, warf er einen Blick in den Kühlschrank, um zu sehen, welche Köstlichkeiten er für sich auf den Tisch bringen konnte. Er fand einen schlaffen Kopfsalat, den er vor zwei Tagen gekauft und dann vergessen hatte, sowie zwei verschrumpelte Tomaten.
Ich mache mir einen Salat, dachte er. Irgendwo mussten noch ein paar Eier sein; ein bisschen Mayonnaise konnte auch nicht schaden. Unschlüssig betrachtete er den welken Salat. »Wie erwecken wir den wieder zum Leben?«, fragte er Herbie. »Ob es wohl hilft, wenn ich ihn ein wenig in Wasser lege?«
Herbie, der sein Mittagessen schon vertilgt hatte, biss sich zwischen den Hinterbeinen, wo es ihn schon den ganzen Morgen über gejuckt hatte, aber als sein Herrchen ihn ansprach, blickte er treu zu ihm auf.

»Wir sind nicht gerade Meisterköche, wir beiden, was?« Herbie war derselben Meinung. »Na, dann probieren wir's einfach aus«, murmelte Keith, warf den Salat in eine Schüssel und ließ sie mit Wasser voll laufen.

Keith nahm sein Essen mit nach draußen auf die Veranda. Der Salat hatte sich als Enttäuschung erwiesen. Statt frisch und knackig zu werden, hatte er sich mehr oder weniger in Schleim aufgelöst, und so musste sich Keith mit hart gekochten Eiern und den essbaren Teilen der Tomaten begnügen. Nicht dass ihn die Runzeln gestört hätten, doch die kleinen weißen Stellen, die er bei näherer Untersuchung entdeckte, waren ihm nicht ganz geheuer. »Na ja, ein bisschen Penicillin hat noch keinem geschadet!«, sagte er sich dann, schnitt die Stellen aber doch lieber weg.

Der Garten blühte in voller Pracht, und Keith verdrängte den wehmütigen Gedanken, dass er nie wieder den Sommer hier würde genießen können. Lebe im Jetzt, sagte er sich; Kummer und Sorgen kommen noch früh genug. Warum soll man seine Zeit damit vertun, sich wegen der Zukunft zu ängstigen und die Vergangenheit zu betrauern? Da kann man sich ja gleich ins Grab legen. Doch dessen ungeachtet kamen die Erinnerungen immer wieder hoch: die sommerlichen Abendessen auf dem Rasen; Bernard als rüstiger Großvater mit der kleinen Sophie. »Mo«, hatte sie geschrien, als er aufhörte, sie mit Eis zu füttern, und mit ihren kleinen Fäusten gefuchtelt. »Will Mo!«

Marguerite lächelte zurückhaltend, wie immer, als wollte sie sagen, dass es in Ordnung war, die Situation von der ko-

mischen Seite zu sehen, solange man sich nicht manipulieren ließ; Marguerite im kurzen Sommerkleid, die langen Beine auf dem Liegestuhl. »Du verziehst sie, Daddy.«
»Miss Mo verziehen?«, sagte Bernard, zog die Brauen hoch und betrachtete das zornige Baby voller Entzücken. »Unsinn! Solche Leidenschaft fürs Leben muss belohnt werden! Stimmt's, Keith?«
Geister, sie alle, außer Sophie und ihm selbst. Zwei erledigt, bleiben noch zwei übrig.

Als er mit seinem Imbiss fertig war, hätte er eigentlich hineingehen und sich an den Computer setzen müssen, aber er zögerte. Es war so ein schöner Tag; die leichte Brise ließ das Laub rascheln und beschwor Erinnerungen an andere wunderbare Sommertage herauf; er brachte es im Augenblick einfach nicht über sich, sich vom Fleck zu rühren.
Als es an der Tür läutete, war er schon halb eingeschlafen. Er fuhr auf, als Herbie plötzlich bellte und den Kopf hob. »Ist jemand an der Tür, alter Junge?«
Voller Entsetzen fiel ihm Mrs. Jopling wieder ein. Er wusste, dass er sie eingeladen hatte, aber nicht mehr, um welche Uhrzeit. Er beeilte sich nicht, zur Tür zu kommen, und deshalb war die Besucherin schon wieder am Gartentor, als er öffnete.

Nein, es war nicht Mrs. Jopling, sondern eine elegante Blondine. Sie drehte sich um, als die Tür aufging, und kam lächelnd auf ihn zu. Keith fluchte leise und ging ihr entgegen. Sie sah dieser Pauline zum Verwechseln ähn-

lich, nur war diese Frau schlank, strahlte Selbstsicherheit und Sexappeal aus, und sie lachte.
»Hallo«, sagte Polly. »Ich dachte, ich schaue mal vorbei…« Keith war noch nicht ganz wach.
»Aber… Sie sind doch… Oh, natürlich… die Schwester mit dem merkwürdigen Namen… Concepta!«, fügte er triumphierend hinzu; er freute sich, dass es ihm wieder eingefallen war.
Polly sah ihn ernst an. Sie konnte diese Farce noch eine Weile aufrechterhalten, um dann gemeinsam mit ihm darüber zu lachen – wenn er Humor hatte. Oder sie rückte gleich mit der Sprache heraus. Aber plötzlich erkannte sie, dass alles andere als Aufrichtigkeit sinnlos und unwürdig gewesen wäre.
»Keith, es fällt mir schwer, es zuzugeben, aber Concepta hat es nie gegeben; immer nur mich!«
Keith fing an zu lachen. »Wer hätte das gedacht?«
»Im ersten Augenblick habe ich geglaubt, Sie seien ausgezogen«, sagte Polly. »Weil hier dieses Schild steht – Zu verkaufen.«
Keith folgte ihrem Blick zu dem viereckigen Schild mit der Aufschrift Spiffney & Co., Immobilienmakler; auch die Telefonnummer war angegeben.
»Ach ja«, sagte er. »Ich will eigentlich gar nicht verkaufen; nur ist mit der Hinterlassenschaft meines Schwiegervaters einiges schief gelaufen. Aber kommen Sie doch herein. Sie sehen ein bisschen anders aus, es muss an der Frisur liegen.«
»Ich weiß«, sagte Polly seufzend. »Ich habe auch etwas abgenommen. Stört es Sie, dass ich einfach so herein-

schneie? Ich dachte, wo ich doch gerade in London bin, schaue ich mal vorbei… und sehe mir diese Schnupftabakdosen an, mit denen Sie mir keine Ruhe lassen!«, fügte sie mit schelmischer Miene hinzu. »Das heißt, wenn Sie noch interessiert sind.«

Als Keith darauf nichts erwiderte, sagte sie schnell: »Ich weiß, ich hätte vorher anrufen sollen.«

»Ehrlich gesagt«, erklärte Keith, führte sie auf die Veranda hinaus und räumte das benutzte Geschirr ab, »bin ich ziemlich verblüfft. Ich habe nämlich versucht, Sie zu erreichen. Haben Sie meinen Brief nicht bekommen?«

Polly griff nach seiner Kaffeetasse und folgte ihm in die Küche.

»Ihren Brief? Nein…«

»Ich habe ihn gestern abgeschickt.«

»Ich bin heute Morgen in London angekommen.«

Pollys Blick fiel auf die schleimige grüne Masse auf dem Abtropfbrett.

»Was ist denn das?«

»Ich weiß nicht recht«, sagte Keith. »Ich dachte, es wäre ein Kopfsalat, aber er hat mich eines Besseren belehrt!« Er warf den unansehnlichen Salat in den Müll.

Polly lachte. Keith nahm eine Flasche Wein aus dem Kühlschrank und holte zwei Gläser.

»Kommen Sie und setzen Sie sich, wie ein braves Mädchen. Ich möchte mit Ihnen reden.«

Polly setzte sich an den weißen schmiedeeisernen Tisch aus der Zeit König Edwards, den Marguerite einst gekauft hatte, und blickte in den Garten hinaus; Keith reichte ihr ein Glas Wein.

»Die Sache ist die … hier, trinken Sie das … Sie werden es brauchen!«

»Warum werde ich das brauchen?«, fragte Polly liebenswürdig. »Das klingt, als wollten Sie mir eine schlechte Nachricht überbringen!«

Keith sah ihr argloses Gesicht, ihre dunklen Augen, und fragte sich, wie er es ihr beibringen sollte. Wieder überkam ihn das Gefühl, dass sie nicht ganz dieser Welt angehörte, in einem Zustand der Unschuld lebte. Und er spürte ihren Mut – als wäre sie ein scheues Waldtier, das sich in die Ebene vorwagt, um sich einmal umzusehen. Bisher war ihr Abenteuer erfolgreich verlaufen, nach der Wärme zu urteilen, die sie ausstrahlte, der stillen Freude eines Wesens, das sich im Überlebenskampf gut behauptet hat.

»Die Sache ist die, Pauline … ich habe nach Ihrem letzten Besuch Ihren Lottoschein gefunden. Als wir telefoniert haben, hatte ich das vergessen. Deswegen habe ich versucht, Sie zu erreichen.«

Polly wurde rot. »Oh Gott! Es tut mir Leid, Sie mit so etwas überhaupt belästigt zu haben! Wo ist er denn?«

»Ich fürchte, er ist verschwunden, und ich vermute das Schlimmste. Meine Putzfrau ist überraschend in die Ferien gefahren, und ich habe bei der irischen Lotterie erfahren, dass der hohe Gewinn vom Osterwochenende kürzlich von einer Frau aus London beansprucht wurde.«

Polly rührte sich nicht. »Was wollen Sie damit sagen?«, fragte sie bedächtig. »Dass Sie glauben, Ihre Putzfrau hat meinen Lottoschein gefunden und den Gewinn einkassiert?«

»Könnte sein… Ich weiß nur, dass der Schein im Haus war, und dann war er fort. Und jetzt ist der Gewinn weg und sie auch.«

»Das muss ein Zufall sein!«, sagte Polly, die sich angesichts der Ungereimtheiten dieser Episode ihres Lebens kaum das Lachen verkneifen konnte. »Solche Dinge passieren in Wirklichkeit nicht!«

»Natürlich nicht«, meinte Keith unsicher. »Aber trotzdem…«

Er sah sie an. Er hatte damit gerechnet, dass sie sich aufregen, vielleicht sogar die Fassung verlieren würde. Es war ihm schrecklich unangenehm gewesen, ihr diese Eröffnung machen zu müssen. Aber Pauline wirkte gelassen, beinahe resigniert.

»Erschüttert Sie das denn gar nicht?«

»Was geschehen ist, kann man nicht ungeschehen machen«, zitierte Polly ihren Lieblingsausspruch. Doch insgeheim dachte sie: Du darfst dich nicht in diese Farce verwickeln lassen. Glaub bloß nicht, dass es ein so unwahrscheinliches Zusammentreffen von Umständen tatsächlich gibt.

»Aber vielleicht kann man es doch ungeschehen machen. Wenn sich herausstellt, dass ein Fall von Betrug vorliegt, kann man die Gerichte einschalten«, erklärte Keith ernst.

Polly sah ihn nachdenklich lächelnd an. »Und warum glauben Sie, dass eine Frau, die gerade vier Millionen Pfund gestohlen hat, aus dem Paradies, in dem sie das Geld verpulvert, brav und bescheiden wieder heimkehrt?«

»Daran hatte ich gar nicht gedacht!«, rief Keith aus. »Aber das Gesetz hat einen langen Arm.«

»Das stimmt. Aber dazu braucht es in der Regel eine kleine Vorbedingung namens Beweis! Wissen Sie … man muss sich die Mühe machen, dem Übeltäter seine Tat nachzuweisen!« Sie sahen sich in die Augen; dann mussten sie beide lachen und blickten in den Garten hinaus.

»Was würden Sie denn damit machen?«, fragte Keith schließlich. »Mit dem Geld, meine ich, wenn Sie es hätten?«

»Ein Haus mit Garten kaufen …«

»Dann leben Sie also in einer Wohnung?«

»Nein«, sagte Polly. »Ich wohne in einem Haus, aber der Garten ist nicht besonders groß. Es ist eine ganz gewöhnliche Doppelhaushälfte. Und ich habe kein eigenes Geld. Jetzt bin ich nach London gekommen, um mir Arbeit zu suchen. Ich bin groß darin, andere Wirklichkeiten für mich zu entwerfen; ich habe Sie sogar angelogen, nur um mir meine Verlegenheit nicht anmerken zu lassen!«

Sie wich seinem Blick aus. Sie dachte an Cat und Wags und die kahle Ecke des Rasens, wo die Jungs das Gras zertrampelt hatten; sie dachte an Martha und ihre fiktive Fehlgeburt auf dem Boden; sie dachte an die richterliche Verfügung zum Verkauf des Hauses; sie stellte sich vor, in einer neuen Hundehütte weit weg von ihren Freunden leben zu müssen.

»Sind Sie verheiratet?« Er stellte diese Frage sehr vorsichtig.

»Eigentlich nicht«, erwiderte Polly nach einer Weile. »Obwohl ich dachte, ich wäre es.«

»Könnten Sie das näher erklären?«

»Sicher. Ich bin mit einem Mann namens Rory Caine in

den Stand der Ehe getreten. Aber er war schon verheiratet, folglich muss man das Ganze wohl als Bigamie bezeichnen!« Sie sah ihn an und lachte über seinen Gesichtsausdruck. »Lieber Himmel, Sie müssen mich für eine arme Irre halten!«

»Keineswegs«, entgegnete Keith höflich. »Ich finde Ihre Geschichte faszinierend! Sind Sie noch mit diesem Rory zusammen?«

»Wir wohnen im selben Haus. Ich möchte ihn verlassen. Und wie es gekommen ist, dass ich so in der Patsche sitze – das ist eine lange Geschichte! Sie hat mit all den Fiktionen zu tun, die in Irland existieren… Schauen Sie doch!«, rief sie begeistert. »Ist das nicht eine wunderschöne Katze!«

Keith folgte ihrem Blick und sah das rauchblaue Fell Jocastas, die im Gebüsch saß und sie aus unergründlichen Augen anstarrte.

»Das ist Jocasta«, sagte er. »Sie gehört unseren Nachbarn.« Herbie setzte sich auf und knurrte.

»Sitz!«, befahl Keith und setzte lakonisch hinzu: »Jocasta ist typisch weiblich, sie spielt mit den Gefühlen anderer.«

Polly runzelte die Stirn. »Halten Sie das für typisch weiblich?«

»Eigentlich nicht. Im Grunde sind die Männer diejenigen, die viel versprechen und nichts halten. Sie versprechen alles Mögliche: Liebe, Zärtlichkeit, Sicherheit, Glück – alles, was Frauen wollen. Doch bei vielen ist nichts dahinter, und in meinem Beruf sieht man dann die Folgen.«

Nach einer Weile sagte Polly: »Keith, Sie sind doch Psychiater… nicht wahr?«

»Ja.«
»Und Sie sind im Ruhestand?«
»Ja, gezwungenermaßen. Ich habe Angina pectoris. Folglich muss ich ein braver Junge sein und darf die alte Pumpe nicht überlasten. Aber ich schreibe hin und wieder Fachartikel, das hält mich geistig fit.«
»Dann kennen Sie sich mit allen möglichen merkwürdigen Dingen aus, die in der menschlichen Psyche vorkommen?« Keith hörte mit einem Mal sehr aufmerksam zu. Er rührte sich nicht, aber er bemerkte, dass Polly den schmiedeeisernen Tisch anstarrte. Sie kam ihm plötzlich sehr jung vor.
Beinahe ausdruckslos fragte er: »Welche merkwürdigen Dinge?«
Polly holte tief Luft. »Ich habe da eine Freundin, wissen Sie … Nein, es geht um mich. Ich muss endlich damit aufhören, andere Existenzen für mich zu erfinden. Die Wahrheit ist – ich höre Stimmen!«
Als Keith dazu nichts sagte, fuhr sie fort: »Ich meine Stimmen, oder besser gesagt: eine Stimme, in meinem Kopf.«
»Erzählen Sie weiter!«
Polly blickte in den Garten hinaus, auf den mit Natursteinen gepflasterten Weg, der sich zu einem gemütlichen Plätzchen bei der freundlich aussehenden Ziegelmauer wand. Die kleine rustikale Bank in der Ecke war durch niedrige Lavendelbüsche, einen Magnolienbaum und eine Pergola abgeschirmt. Plötzlich verspürte Polly das Verlangen, dort zu sitzen.
»Es ist eine Art Dialog mit mir selbst. Es hat vor ungefähr einem Jahr angefangen.«

»Ist es eine Stimme oder ein Gedanke?«

»Eigentlich eher ein Gedanke … ich meine, es ist nicht eine Stimme in dem Sinne, dass ich wirklich eine akustische Erfahrung mache.«

»Was sagt sie denn?«

»Oh, dies und das! Geplapper, weise Aussprüche, manchmal ist sie auch unverschämt oder wütend …«

»Das ist alles?«

»Also, außer dass sie mir einmal nahe legte, der Katze den Kopf abzuhacken, hat sie mich nicht zu Gewalttaten aufgefordert, wenn Sie das meinen!«

Keith nickte.

»Und, nebenbei bemerkt, habe ich der Katze auch nichts getan!«, fügte Polly rasch hinzu.

Keith entspannte sich. Er sah ihr in die Augen, als sie sich ihm zuwandte.

»Erleben Sie diese Stimme als etwas, das von jemand anderem ausgeht?«, fragte er.

»Oh nein. Das bin ich, und ich rede mit mir selbst!«

»Dann projizieren Sie, das ist alles.«

Polly stand auf. »Ich kann nicht anders, ich muss mich auf diese Bank am anderen Ende des Gartens setzen. Haben Sie etwas dagegen?«

Keith begleitete sie zu der kleinen Holzbank neben dem Magnolienbäumchen. Und in diesem lauschigen Winkel erzählte ihm Polly die ganze Wahrheit über ihr Leben. Sie erzählte ihm von Rory im Cyberspace, von Peter und Jason, von Susie. Sie erzählte ihm, wie sie in der Kälte neben dem Briefkasten gewartet und der Postbote sich geweigert hatte, ihr den Brief zurückzugeben. Sie erzählte ihm von ihrer Einsamkeit und dass die Fahrt nach Wimbledon ein kleines Abenteuer für sie gewesen war. Auch Muriel und die Kinder und das Dorf und Madge mit ihrer Tochter Peggy und der arme alkoholabhängige Sam kamen in ihrer Geschichte vor. Und sie berichtete von Martha, die ihr solche Sorge bereitete. Und zuletzt erzählte sie, dass sie zu einem Vorstellungsgespräch nach London gekommen war und in der todschicken Wohnung am Eaton Square übernachtete, während ihr Bruder und seine Verlobte auf Reisen waren.

»Aber diese Stimme«, sagte sie abschließend, »die macht mir Sorgen. Sie ist wie ein kritisches Alter ego, fordert mich ständig heraus.«

»Ist sie immer da?«

»Nein … nur ab und zu.«

»Und sehen Sie dabei auch etwas? Manifestiert sie sich visuell?«

»Lieber Himmel, nein! Visionen haben mir gerade noch gefehlt.«

»Ich kann Ihnen keinen ärztlichen Rat erteilen«, sagte er schließlich. »Nicht weil ich im Ruhestand bin und geistig nicht mehr auf der Höhe wäre, sondern weil ich glaube, dass ich Sie … ziemlich gern mag. Aber ich kann Ihnen jemanden empfehlen, wenn Sie das möchten. Ich persönlich glaube aber nicht, dass Sie ein ernstes Problem haben. Es ist erst in jüngster Zeit aufgetreten und steht in Zusammenhang mit Stress. Sie haben keine Halluzinationen, und es quält Sie ja auch nicht unaufhörlich. Ich vermute, dass Sie über längere Zeit Ihre Identität verleugnet haben, und die will jetzt zu ihrem Recht kommen!«

»Also bin ich normal?«
»Vollkommen, würde ich sagen.«
»Und Sie … was ist mit Ihrer Angina?«, fragte sie.
»Ach, die ist unter Kontrolle!«, erklärte Keith rasch. »Ich habe das Rauchen aufgegeben und schlucke brav meine Pillen. Ich habe eine annehmbare Lebenserwartung und kann mir, wenn nötig, einen Bypass legen lassen. Klingt das zu sehr nach einem Empfehlungsschreiben?«
Er griff nach ihrer Hand. »Ich sollte Stress eigentlich meiden, aber im Augenblick packt mich ein Stress, der mir ganz angebracht erscheint …«

Als Mrs. Jopling kam, öffnete ihr niemand die Tür, also ging sie ums Haus herum in den Garten. Und da sah sie Keith Warrington und eine blonde Frau, die auf der Bank unter der Pergola saßen und sich küssten. Die beiden saßen aufrecht da, hielten Händchen und küssten sich vorsichtig, wie Teenager beim ersten Rendezvous. Eine kleine Siamkatze, halb im Gebüsch verborgen, starrte sie neugierig an. Du meine Güte, dachte Mrs. Jopling und trat rasch den Rückzug an. Und ich habe immer gedacht, Dr. Warrington sei ein so netter, ruhiger Mann.

An den beiden folgenden Tagen erwies sich jedoch, dass weder Keith noch Polly so waren, wie sie immer gedacht hatten. Denn keiner von beiden war ruhig, obwohl sie sich gegenseitig wirklich sehr nett fanden.
Doch erst einmal zeigte Keith Polly seine Sammlung silberner Schnupftabakdosen.
»Sehr hübsch«, bemerkte sie eifrig, prüfte die Feinge-

haltsstempel und schätzte das Herstellungsjahr. »Stell dir mal vor, welche Nieserei die alle miterlebt haben! Das fasziniert mich wirklich an alten Sachen … der menschliche Bezug, die Hände, die Augen, die einmal darauf geruht haben, die Schicksale, mit denen sie verbunden sind.« Sie hielt inne, denn sie wollte ihn nicht mit ihrem Hobby langweilen. Stattdessen griff sie nach einem sechseckigen Döschen mit einem durchbrochenen, gravierten Deckel. »Das ist übrigens keine Schnupftabakdose!«

»Was dann?«

»Es ist eine Riechdose.«

»Oh?«

»Man hat darin ein aromatisches Stärkungsmittel aufbewahrt«, erklärte Polly betont geziert, »zum Beispiel Riechsalz … für den Fall, dass eine Dame ohnmächtig wurde.«

Keith lachte. »Weißt du was, wir sollten uns auch ein aromatisches Stärkungsmittel gönnen … für den Fall, dass wir ohnmächtig werden. Lass dich von mir zum Essen ausführen!«

Später begleitete er sie zu der Wohnung am Eaton Square. »Möchtest du noch auf einen Schlummertrunk mit rauf?«, fragte Polly. »Ich habe ein reichhaltiges Angebot an Schnaps in meiner Luxusabsteige und bin aufgefordert worden, mich nach Herzenslust zu bedienen!«

»Vielen Dank«, sagte Keith, und ehe er sich recht versah, saß er oben in der Wohnung auf der Couch. Polly holte Eis, schenkte für ihn einen Dubonnet und für sich selbst einen Gin Tonic ein. Dann zog sie ihre Schuhe aus und machte es sich in einem Sessel bequem.

»Wie gefällt dir die Wohnung?«, fragte Polly mit ausladender Geste.
»Sehr hübsch! Nur ein bisschen dekadent… Womit verdienen sich dein Bruder und seine Verlobte doch gleich wieder ihren Lebensunterhalt?«
Polly zuckte die Achseln. »Ich habe nicht gefragt. Es wäre mir unhöflich vorgekommen, so neugierig zu sein. Anscheinend haben sie Geld wie Heu. Tom hat nie einen Beruf erlernt. Als er nach London kam, war er noch ganz jung, also muss er wohl etwas Außerordentliches auf die Beine gestellt haben. Er hat zwanzig Jahre lang nicht mit mir gesprochen, weil ich entgegen seiner Anordnung Rory geheiratet habe.«
»Aber ich dachte, du wärst nicht richtig mit Rory verheiratet?«
»Bin ich auch nicht – es war doch nur eine kirchliche Trauung. Aber Tom hat sich darüber geärgert… Er hat gesagt, dass ich mein Leben wegwerfe.«
»Du weißt also nicht, was er macht, um diesen Lebensstil zu finanzieren?«
»Eigentlich nicht. Ich habe Michelle gefragt, aber sie scheint einen seltsamen Sinn für Humor zu haben. Erst sagte sie, er verkaufe Waffen an die Araber, und dann, er verkaufe Frauen an die Araber. Als nächstes hat sie dann behauptet, er arbeite für eine Ölgesellschaft. Ich vermute, letzteres ist richtig.«
»Und was macht sie?«
»Oh, sie hat irgendwas mit Public Relations zu tun.«
»Verstehe.«

Keith beobachtete Polly in ihrem Sessel, sah ihre Rundungen, sah, wie anmutig sie sich bewegte, sah ihre Knie, ihre langen Beine. Vor allem aber sah er ihr Gesicht, ihr lebhaftes Lachen, das ganz plötzlich dem Ernst weichen konnte, wie ein Spiel von Licht und Schatten.
Warum ist mir nicht von Anfang an aufgefallen, wie hübsch sie ist?, dachte er. Das ist das Seltsamste, das mir in meinem Leben je passiert ist, und dabei ist es Realität! Sie ist wirklich da! Die süße Qual des Verlangens ergriff ihn.
Polly überlegte ihrerseits, wie merkwürdig es doch war, ein solches Zusammengehörigkeitsgefühl, eine so selbstverständliche Sympathie für jemanden zu empfinden, den sie erst seit kurzem kannte. Irgendwie rechnete sie damit, dass er sich gleich an den Computer verziehen würde, dass seine Miene ausdruckslos werden und er sich unruhig nach einer Tastatur umsehen würde, wie ein Junkie, der den nächsten Schuss braucht. Sie war so daran gewöhnt, dass sie schon glaubte, es handle sich um eine geschlechtsspezifische Eigenschaft, so wie Bartwuchs oder Hoden.
Ihre Sympathie wurde noch stärker, als ihr klar wurde, dass er sich kein bisschen um Computer scherte und es ihn vollkommen ausfüllte, mit ihr zusammen zu sein und mit ihr zu reden. Ihm in die Augen zu sehen elektrisierte sie; es war schon eine ganze Weile her, seit ein weltgewandter, attraktiver Mann sie so angesehen hatte.
Nach einem weiteren Drink, bei dem sie in spannungsgeladenes Schweigen verfallen waren, stand Keith auf, nahm Polly sanft bei der Hand und führte sie zur Couch.

»Diese Dekadenz hier färbt auf mich ab«, sagte er. »Was hältst du von einer altmodischen Knutscherei?«
»Der Mann sollte nie fragen«, meinte Polly. »Denn wenn die Frau ja sagt, setzt sie ihren guten Ruf aufs Spiel!«
Keith zog sie an sich und küsste sie. Polly erwiderte seinen Kuss, erst zurückhaltend, dann mit einer nicht mehr gekannten Leidenschaft.
»Ich glaube, ich falle aus der Rolle«, flüsterte sie benommen, als sie in seinen Armen lag.
»Ich glaube nicht, dass du Theater spielst«, sagte er ihr ins Ohr. »Und falls es dich interessiert, ich tu es auch nicht!«
Nach einer Weile stand die Couch nicht mehr ganz an der ursprünglichen Stelle, sodass eine beigefarbene Mappe zum Vorschein kam, die jemand daruntergeschoben hatte. Als Polly, etwas erhitzt und außer Atem, in die Küche gegangen war, um Kaffee zu kochen, bemerkte Keith die Mappe, hob sie auf, und ein Stapel Fotografien fiel ihm in den Schoß.
»Meine Güte«, murmelte er, als er die Darstellungen nackter junger Frauen betrachtete, denen allerhand angetan wurde, »ihr Bruder hat ja einen exotischen Geschmack! Ich frage mich, was das Sittendezernat wohl dazu sagen würde!«
Als er hörte, dass Polly aus der Küche zurückkam, schob er die Fotos rasch wieder in die Mappe und ließ sie unterm Sofa verschwinden.

17. Kapitel

Keith schaute im Polizeipräsidium vorbei, um sich ein wenig mit Sergeant Marsden zu unterhalten, den er gut kannte, da er ihn von Zeit zu Zeit auf seinen Spaziergängen mit Herbie traf; außerdem hatte er vor zwei Jahren dessen Dienste benötigt, als ihm sein Wagen gestohlen worden war. Der Sergeant war einsfünfundachtzig groß, kräftig gebaut und hatte scharfe blaue Augen, mit denen er Keith nun fragend ansah.

»Hallo, Dr. Warrington. Gibt es Probleme?«

»Nein … Eigentlich wollte ich nur kurz mit Ihnen reden, wenn Sie Zeit haben.«

»Kommen Sie nur herein. Heute haben wir weder Morde noch bewaffnete Raubüberfälle, also habe ich Zeit.«

»Prima.«

Keith wurde in ein kleines Büro mit Blick auf den Parkplatz geführt. Er nahm auf einem Plastikstuhl Platz, auf dem vor ihm bereits zahlreiche beunruhigte Mitbürger gesessen hatten, und fragte den Gesetzeshüter, was geschah, wenn jemand einen Lottoschein stahl und den Gewinn kassierte.

»Wann ist das passiert?«, fragte der Sergeant.

»Oh, ich weiß nicht, ob es überhaupt passiert ist! Es ist nur so, dass eine Freundin von mir einen Lottoschein verloren hat, und ich habe Grund zu der Annahme, dass jemand anders ihn gefunden und eingelöst hat.«

»War es eine hohe Gewinnsumme?«

»Vier Millionen. Der Schein war von der irischen Nationallotterie. Eine Irin, mit der ich befreundet bin, hat ihn bei mir zu Hause liegen lassen.«

»War der Schein unterschrieben?«

Keith dachte fieberhaft nach. Er wollte sich nicht unklar ausdrücken, wenn er schon das Polizeipräsidium aufsuchte, um eine ernste Sache zu besprechen.

»Das glaube ich nicht.«

»Wenn Lottoscheine nicht unterschrieben sind, wird der Gewinn an den Überbringer ausbezahlt. Ohne Unterschrift ist es sehr schwierig, die Eigentumsfrage zu klären.«

»Aber gewiss könnte man von der Diebin doch den Nachweis verlangen, wie sie zu dem Schein gekommen ist. Ich meine, an einen irischen Lottoschein kommt man hier ja nicht so ohne weiteres heran. Diebstahl ist schließlich Diebstahl!«

Der Sergeant sah ihn unschlüssig an. »Ich vermute, Sie sind sicher, dass der Schein, den Ihre Freundin verloren hat, der Hauptgewinn war?«

Keith fühlte sich ein wenig unbehaglich. »Ja, es sieht ganz danach aus. Ich habe mich nur gefragt, welche rechtlichen Mittel man in der Hand hat, falls es tatsächlich der Gewinnschein war und er geklaut wurde...«

»Warum erzählen Sie mir nicht die ganze Geschichte?«

Also berichtete Keith, seine Freundin habe einen Lottoschein in seiner Toilette liegen lassen, der besagte Schein sei in Dublin zur selben Zeit und am selben Stand gekauft worden wie der Gewinnschein, er habe ihn gefunden, sich aber nichts dabei gedacht. Jetzt sei der Schein verschwunden. Seine Putzfrau müsse ihn entdeckt haben, erklärte er, und was sie daraufhin damit gemacht habe, könne er nicht sagen, aber es käme ihm seltsam vor, dass eine Frau, die sich zuvor beklagt habe, sie hätte keinen roten Heller, plötzlich auf die Bahamas in Urlaub flog.

»Sie kann unverhofft zu Geld gekommen sein. Es könnte sich um ein Geschenk ihrer Familie handeln. Vielleicht hat sie die Reise bei einer Verlosung gewonnen, oder sie hatte was auf der hohen Kante … Es gibt andere Möglichkeiten. Können Sie nichts Näheres herausfinden?«

»Ja«, sagte Keith, »das kann ich, sofern sie wieder nach Hause kommt. Es kann ja auch sein, dass sie dort bleibt, um ihren unrechtmäßig an sich gebrachten Gewinn zu verprassen!«

»Natürlich, wenn Sie handfeste Beweise haben … Haben Sie welche?«

»Nein«, sagte Keith.

Der Sergeant malte Kringel auf seinen Block.

»Wie heißt sie?«

»Mrs. Dencher.«

»Und ihr Vorname?«

»Ich fürchte, den kenne ich nicht.«

»Und der Name der mutmaßlichen Gewinnerin?«

»Pauline McCann.«

Daraufhin schlug Sergeant Marsden vor, Pauline McCann dazu zu bewegen, selbst eine Aussage machen. »Ich nehme an, Ihre Freundin ist ganz sicher, dass sie die Gewinnzahlen getippt hat …?«

Keith murmelte etwas, was man als Ja verstehen mochte; langsam kam er sich albern vor, und so erklärte er, er müsse jetzt weiter.
»Ich schaue die Tage mal bei Ihnen vorbei«, versprach der Sergeant nicht unfreundlich.

Als Polly vom Flughafen heimkam, fand sie Rory allein im Wohnzimmer vor. Er war schweigsam und mürrisch und fuhr zusammen, als sie eintrat. Polly erschrak fast, ihn ausgerechnet hier zu finden. Es war so lange her, dass sie sich gemeinsam im Wohnzimmer aufgehalten hatten, dass sie sofort argwöhnte, der Computer sei kaputt. Als nächstes fragte sie sich, ob Rory vielleicht krank sei.
»Was ist los?«, fragte Polly. »Hast du etwas von Jason gehört?«
»Oh nein! Es würde ihm doch nicht im Traum einfallen, unseren elterlichen Kummer zu lindern …«
»Bist du schlecht gelaunt?«
»Ja. Mir geht nämlich gerade etwas auf. Ich rackere mich jede Minute, die Gott uns schenkt, für diese Familie ab, und jetzt werde ich von meiner Frau im Stich gelassen, die sich aus dem Staub macht und sich einen Job sucht – und das ausgerechnet in London, ich bitte dich!«
Als Polly darauf nichts erwiderte, fügte er hinzu: »Und mach dir keine Sorgen um Jason. Er hat angerufen, weil er Geld braucht. Mehr ist von ihm auch nicht zu erwarten! Ich habe ihm deutlich zu verstehen gegeben, dass er selber zusehen soll, wie er das Geld für seinen Lebensunterhalt zusammenbekommt!«
Sie sah Rory an, den sie einst für den Mann ihres Lebens

gehalten hatte; er machte ein trotziges Gesicht. Und sie stellte fest, dass sie keine Liebe mehr für ihn empfand, sondern nur noch Mitleid. Sie kannte ihn so gut, ihre bessere Hälfte, all seine Launen, seine fixen Ideen, und zugleich war ihr klar, dass er sie nur halb wahrnahm, wenn überhaupt. Heute nahm er sie immerhin zur Kenntnis, da ihm bewusst geworden war, dass sie möglicherweise für immer aus seinem Leben verschwinden könnte.

Rory gab ihr einen Brief. »Der ist gekommen, während du weg warst.«

Polly riss den Umschlag auf. Das Schreiben kam von der Civil Service Commission und betraf die Auswahlprüfung, an der sie teilgenommen hatte. *»A Chara«*, hieß es darin, »wir bedauern, Ihnen mitteilen zu müssen, dass Sie die obengenannte Prüfung nicht bestanden haben. *Mise le meas.*« Es folgte eine Unterschrift.

Sie gab Rory den Brief, der ihn durchlas und betreten meinte: »Arme alte Polly. Du hattest aber sowieso nicht damit gerechnet, dass du den Job bekommst, oder?«

»Nein. In Mathe habe ich einfach keinen Durchblick.«

»Und was ist bei dem Gespräch in London rausgekommen?«

Polly zuckte die Achseln. Die Euphorie, die sie nach dem Vorstellungstermin ergriffen hatte, war längst abgeflaut. Aber der Höhenflug der sich daran anschließenden Ereignisse hielt noch an.

»Das weiß ich noch nicht. Mal sehen. Sie geben mir schriftlich Bescheid.«

Dann holte Rory einen weiteren Brief aus seiner Jackentasche hervor. Er stammte von seinem Anwalt und be-

sagte, dass Marthas Prozess für den zehnten Oktober angesetzt war.
»Wir werden auch nach diesem Tag noch in unserem Häuschen wohnen«, erklärte Polly mit ausdrucksloser Stimme. »Ich werde schon irgendeinen Job finden. Vielleicht haben sie im Abrakadabra was für mich. Hamburger machen geht mir gut von der Hand!«
»Keine Frau, mit der ich verheiratet bin, wird Kellnerin!«, widersprach Rory.
»Und wovon sollen wir dann deiner Meinung nach leben?« Rory erwiderte, er habe immerhin noch sein Gehalt, und schlimmstenfalls müssten sie eben das Haus verkaufen und sich nach einem kleineren umsehen.
»Viel kleinere Häuser als das hier gibt es gar nicht!«, rief Polly. »Ich will nicht in einem kleineren Haus wohnen! Und was noch wichtiger ist: Ich werde in keinem kleineren Haus wohnen!«
Rory sah sie an. »Es könnte sein, dass du keine andere Wahl hast.«

Als Susie später vorbeikam, machte sie eine Bemerkung darüber, wie schmal Polly geworden war.
»Ich hätte dich kaum noch erkannt, so umwerfend wie du aussiehst!« Sie wandte sich an Rory, der wie gewohnt vor dem Computer im Esszimmer saß. »Sieht sie nicht phantastisch aus, Rory?«, rief sie. »Offenbar hast du es richtig angestellt… haha!«
»Was… oh ja, natürlich«, sagte Rory mit seiner Roboterstimme.
Die Frauen sahen einander an. Polly zuckte die Achseln,

lächelte und zog ihre Freundin in die Küche. Sie erkundigte sich nach Fergus. »Hat er bei der Jobsuche Glück gehabt?«

»Nicht die Bohne«, sagte Susie. »Er macht mich noch wahnsinnig, weil er sich solche Sorgen macht und so reizbar ist. Immer wieder deutet er an, er wolle sich selbstständig machen, irgendein Geschäft mit Computersoftware aufziehen. Ich habe nur Angst, dass er seine ganze Abfindung in diese Idee steckt!«

»Aber Fergus hat was auf dem Kasten, und wenn er es sich in den Kopf setzt, Unternehmer zu werden, dann wird auch was aus der Sache.«

Susie rümpfte die Nase. »Vielleicht. Aber der Konkurrenzdruck ist viel zu groß. Man kann in diesem Land doch kaum einen Fuß auf den Boden setzen, ohne auf irgendeinen Computer-Crack zu treten!« Susie seufzte. »Und zu alledem habe ich auch noch Probleme mit meinem kleinen Fräulein.«

»Deinem kleinen Fräulein? Ach… meinst du etwa Sharon?«

»Ja. Sie will nicht essen!«

»Oh Gott! Sie wird doch nicht etwa magersüchtig?«

»Das hoffe ich nicht. Sie zieht sich stundenlang in ihr Zimmer zurück. Anfangs dachte ich, sie schreibt Aufsätze, aber jetzt stelle ich fest, es sind Gedichte und Briefe. Die Gedichte handeln nur von Leidenschaft, und die Briefe richten sich an jemanden, den sie ihren geliebten P. nennt. Ich habe sie in ihrer Schublade gefunden. Okay, okay, ich habe in ihren Privatsachen herumgeschnüffelt, aber schließlich bin ich ihre Mutter!«

»Offensichtlich hat sie sich verliebt«, meinte Polly. »Weißt du nicht mehr, wie das ist… die Qual und die Ekstase… die Illusionen?«

»Deshalb mache ich mir ja solche Sorgen! Womöglich ist es irgendein grauenhafter Typ…«

»Das glaube ich nicht! Hast du ein Auge auf Muriels Haus gehabt, während ich weg war?«

»Sicher. Ich habe die Katze gefüttert. Aber ich habe es nicht über mich gebracht reinzugehen. Dieser ganze Reichtum da macht mir Kopfschmerzen! Wahrscheinlich ist sie auf den Seychellen, hängt irgendwo an der Bar rum und versucht verzweifelt, einen Mann aufzureißen…«

Als das Telefon klingelte, stürzte Polly hin, um abzunehmen. Nach kurzem Schweigen meldete sich die inzwischen so vertraute Stimme: »Pauline, bist du dran?«

Pollys Herz machte einen Sprung. Sie lächelte und sagte dann mit leiser Stimme: »Wie geht es dir?«

»Gut. Ich war bei der Polizei wegen dem verdammten Lottoschein!«

»Oh, Keith… wir haben doch nichts in der Hand. Die können gar nichts unternehmen!«

»Scheint so! Und die verwegene Kriminelle hätte heute bei mir putzen sollen und ist nicht aufgetaucht… was schließt du daraus?«

»Sie hat beschlossen, auf den Bahamas zu bleiben!«

»Pauline?«

»Ja?«

»Mir ist gerade etwas eingefallen. Ich hätte dich gestern schon fragen sollen…«

»Was denn?«
»Kommst du bald wieder zu mir nach London? Da ist etwas, das ich zu erwähnen vergessen habe.«
»Und das wäre?«
»Das kann man nicht am Telefon besprechen …«
»Aha.«
»Also, kommst du?«
»Meinst du das ernst?«
»Ich hab es nie ernster gemeint.«
Polly lachte, um eine sentimentale Stimmung gar nicht erst aufkommen zu lassen. Sie sah sich um und bemerkte, dass Sue sie von der Küche aus interessiert beobachtete. Es fiel ihr keine banale Bemerkung ein, und etwas anderes zu sagen wagte sie nicht. »Kannst du offen reden?«, fragte Keith. Polly wusste, dass Sue die Ohren spitzte.
»Nicht wirklich!«
Sie hörte, wie es am anderen Ende der Leitung an der Haustür klingelte.
»Jetzt ist auch noch jemand an der Tür«, sagte Keith. »Ich rufe dich bald wieder an!«
Susie tat so, als läse sie die Abendzeitung, die offen vor ihr auf dem Tisch lag.
»Wer war das?«, fragte sie beiläufig, als Polly aufgelegt hatte. »Ach, nur eine alte Schulfreundin«, erwiderte Polly. »Ich habe seit Urzeiten nicht mehr mit ihr gesprochen!«
Sue sah sie merkwürdig an. »Tatsächlich! Wenn sie Keith heißt, dann überrascht es mich, dass du überhaupt mit ihr sprichst!« Sie schürzte die Lippen. »Wenn ich dich nicht so gut kennen würde, Polly Caine, dann würde ich schwören, du führst irgendetwas im Schilde.«

»Ah, guten Tag, Mrs. Dencher… kommen Sie rein, kommen Sie rein.«
»Es tut mir Leid, wenn ich Sie störe, Dr. Warrington«, sagte Mrs. Dencher ernst. »Ich konnte heute früh nicht kommen. Meinem Harry geht es nicht gut…«
»Sie stören mich überhaupt nicht«, erwiderte Keith aufrichtig. »Hatten Sie… einen angenehmen Urlaub?«
»Ja, es war großartig. So was Schönes haben Sie noch nicht gesehen. Herrliche Strände. Wie auf den Postkarten. Und die ganze Zeit Sonne! Aber ehrlich gesagt, Dr. Warrington«, fügte sie in vertraulichem Flüsterton hinzu, »es war so fremdländisch und so heiß, und dazu noch die Moskitos, die summen und beißen andauernd, sodass ich ganz froh bin, wieder daheim zu sein!«
»Der kam ja ziemlich überraschend, nicht wahr?«, fragte Keith. »Dieser Urlaub, meine ich?«
»Mein Harry hat ihn gewonnen. Kaum zu glauben, oder? Und da haben wir dann mit der Reise unseren Hochzeitstag gefeiert! Vierzig Jahre sind wir nun schon verheiratet!«, erklärte Mrs. Dencher und begab sich unverzüglich in die Küche.
In diesem Augenblick ertönte die Klingel erneut. Keith öffnete, und Sergeant Marsden trat mit fröhlicher Miene ein. »Guten Morgen, Dr. Warrington. Ich war gerade in der Gegend, und da hab' ich mir gedacht, ich schaue mal vorbei. Ich habe über die Sache nachgedacht, die wir neulich besprochen haben… die Zeit bleibt ja nicht stehen und so weiter und…«
Er fand, dass Keith ein wenig verwirrt aussah, und fügte daher mit lauter, fröhlicher Stimme hinzu: »Da habe ich

mich gefragt, ob Ihre Putzfrau vielleicht inzwischen wieder aufgetaucht ist. Sie wissen schon … die, die den Lottoschein gestohlen hat!«

Sergeant Marsden legte an diesem Morgen nicht sein gewohntes Feingefühl an den Tag, sonst wäre ihm nicht entgangen, dass Keith mit den Zähnen knirschte und ihm durch Gesten zu verstehen gab, er solle den Mund halten.

»Sie ist hier«, zischte er und deutete in Richtung Küche.

Mrs. Dencher, die offenbar das kurze Gespräch von der Küche aus mitgehört hatte, trat mit hochrotem Kopf auf den Flur.

»Ich bin Dr. Warringtons Putzfrau, und ich habe noch nie im Leben irgendetwas gestohlen!«, verkündete sie, baute sich vor dem Polizisten auf und sah ihm fest in die Augen.

Sergeant Marsden machte ein betretenes Gesicht. Aber nun hatte er schon einmal Farbe bekannt, und er war es gewohnt, dass seine Autorität respektiert wurde. Daher sah er nicht ein, warum er jetzt plötzlich den Rückzug antreten sollte.

»Haben Sie im Badezimmer dieses Herrn einen Lottoschein gefunden oder nicht?«, wollte er wissen.

»Das habe ich nicht!«

»Verstehe …«, erwiderte der Sergeant enttäuscht und sah Keith an. »Sind Sie sich da auch sicher?«

»Ich bin mir absolut sicher. Stehe ich etwa unter Verdacht?«, fuhr sie Keith an.

»Ganz gewiss nicht«, beteuerte er.

Aber Mrs. Dencher war bereits in Rage geraten. »Ich hole nur noch meine Jacke«, erklärte sie, »und dann bin ich weg. Ich bleibe nicht in einem Haus, wo ich beleidigt werde! Obwohl ich nichts dagegen hätte, wenn Sie mich für die Mühe, heute herzukommen, entschädigen würden!«

Keith versuchte etwas zu sagen. Er bedeutete Sergeant Marsden, zu bleiben, wo er war, und folgte der wutentbrannten Mrs. Dencher in die Küche.

»Bitte, seien Sie nicht beleidigt, Mrs. Dencher. Der Polizeibeamte hat von einer Frau gesprochen, die … hier war, als Sie im Urlaub waren. Er hat jemand anderen gemeint«, beteuerte er, als die Putzfrau grimmig schwieg.

»Hat diese Person etwas gestohlen?«, fragte sie schließlich in gestrengem Ton.

»Nicht direkt«, erklärte Keith. »Aber ich möchte Ihnen versichern, dass ich für meinen Teil niemand anderen mein Haus in Ordnung halten lassen würde als Sie.«

Mrs. Denchers Miene heiterte sich etwas auf. In vertraulichem Tonfall sagte sie: »In dem Augenblick, als ich zur Tür rein bin, war mir klar, dass eine andere Frau hier war. Sie müssen vorsichtig sein, wen Sie ins Haus lassen!«

Keith kehrte auf den Flur zurück.

»Das war wohl nicht die Übeltäterin«, meinte der Sergeant nachdenklich. »Entweder völlig unschuldig oder eine gute Schauspielerin! Wir werden das überprüfen.«

Polly sah in Muriels Haus nach dem Rechten. Auf den Fliesen der Halle lagen Briefe; Polly hob sie auf und legte sie auf den Tisch. Dann ging sie in den geräumigen Salon und blickte auf die Häuserreihen und die Kirschbäume am Straßenrand hinaus. Sie fragte sich, wann Muriel wiederkommen würde. Wie seltsam, dass sie keine Karte, keinen Brief aus dem Urlaub geschickt hatte. Sonst hatte sie immer geschrieben, wann sie zurückkommen würde, und im Plauderton über das Wetter und das Essen berichtet.

Aus irgendeinem Grund wirkte das große Haus unglücklich, wie ein lieblicher Geist mit Krinoline, den es in eine moderne Disco verschlagen hat, wo seine Schönheit und seine Anmut dem zynischen Blick der Moderne preisgegeben sind.

Zum ersten Mal kam es Polly in den Sinn, dass das Haus Muriel glich; es stammte aus einer anderen Ära, war zu fein und zu erlesen, um sich in die moderne Welt einzufügen. Sie meinte darin plötzlich eine Atmosphäre des Leidens zu spüren, eines geistigen Martyriums, das Muriel schweigend ertragen hatte. Anmut in Bedrängnis war die Umschreibung, die sich ihr in diesem Zusammenhang aufdrängte, und verstört erkannte sie, dass sie Muriel unrecht getan hatte.

Sie fütterte Sable, die vom Küchengarten hereingesprungen kam, dann ging sie nach oben und brachte die Gucci-Tasche und das Kostüm in Muriels Schlafzimmer zurück.

»Es ist besser, die Sachen zu borgen, als Muriel beim Wort zu nehmen… Ich werde mich bei ihr bedanken, wenn ich sie sehe. Und ich schulde ihr ohnehin Geld… wegen Jason…«

Sie warf einen Blick aus dem Fenster und sah, wie ihr Sohn Peter aus dem Haus kam und die Straße hinunterging; die kleine Sharon O'Brien kam ihm vom Dorf aus entgegen. Peter blieb stehen, um mit ihr zu reden. Sharon

wirkte merkwürdig verlegen. Sie starrte auf ihre Füße, sodass Peter kaum ihr Gesicht sehen konnte.
So ein schüchternes Mädchen, dachte Polly, und ihr fiel ein, dass Susie ihr erzählt hatte, Sharon sei verliebt. Sie muss etwas mehr Selbstbewusstsein entwickeln, wenn sie den Geliebten in ihren Bann ziehen will – wer immer er auch sein mag!
Als sie hinausging, hob sie ein Stück Papier auf, das neben Muriels Nachttisch lag. Sie drehte es um und erkannte, dass es eine zerrissene Fotografie war. Ein Mann lächelte ihr entgegen, hinter ihm waren Bäume zu sehen; doch der Körper fehlte, denn das Foto war in der Mitte durchgerissen. Sie sah sich das Bild genauer an, fand, dass der Mann gut aussah, legte es auf Muriels Nachttisch und ging nach unten.
Aus irgendeinem Grund hatte das schöne Haus für sie seinen Zauber verloren; es strahlte eine beängstigende Einsamkeit aus. Plötzlich hatte Polly den Eindruck, dass die wunderbaren alten Möbel von einer trügerischen Aura verzweifelter Wunschträume umhüllt waren, als hätte ihre Besitzerin versucht, aus leblosen Dingen einen Ersatz für ungelebtes Leben zu ziehen.
Zum ersten Mal war Polly froh, ins Freie zu treten und in Ashgrove Lawns 14 Zuflucht zu finden.

Am folgenden Morgen rief Sue sie von der Arbeit aus an. Sie wirkte bedrückt und sprach mit leiser Stimme, als hätte sie einen Schock erlitten.
»Polly … hast du heute Morgen schon in die *Irish Times* geschaut?«

»Nein. Die kann ich mir im Moment nicht leisten.«
Sue lachte nicht über den Scherz. »Ich habe eine Todesanzeige darin gelesen ...« Susies Stimme versagte.
»Wer ist denn gestorben?« Als keine Antwort kam, wiederholte Polly beunruhigt ihre Frage. »Sue ... wer denn?«
»Oh, Polly ... Muriel.«
»Unsere Muriel?«
»Ja ... Muriel Reeves, Willow House, Dundrum.«
»Oh Gott«, sagte Polly. »Wie ist das passiert? War es ein Unfall? Ist sie bei einem Unfall ums Leben gekommen?«
»Nein ... sie ist im Beaumont Hospital gestorben!« Wieder versagte ihre Stimme. »Es heißt, nach schwerer Krankheit, die sie tapfer ertragen hat.«
Ein bleiernes Gefühl der Endgültigkeit überwältigte Polly. »Aber ... ich dachte, sie wäre im Urlaub ...«
»Ich auch«, flüsterte Susie, den Tränen nahe. »Ich dachte, sie rekelt sich in der Sonne und macht sich an irgendwelche Schwerenöter ran. Aber offensichtlich war dem nicht so ...«
»Wann ist die Beerdigung?«
»Trauergottesdienst morgen, die Beerdigung übermorgen. Oh, Polly ...«
Alles geht zu Ende, sagte sich Polly, als sie weinend im Wohnzimmer stand und zum Willow House hinüberschaute. Das Ende kündigt sich nur nicht immer rechtzeitig an, so dass man Zeit hätte, sich darauf einzustellen. Es geschieht einfach.

Die Welt dreht sich, die Sonne scheint weiter. Aber Muriel wird sich nie wieder an ihr freuen können. Jetzt, da es ihre exzentrische Nachbarin nicht mehr gab, hatte Polly das Gefühl, als sei Ashgrove Lawns plötzlich auf das Gewöhnliche reduziert worden. Von einem Augenblick auf den nächsten war es zu einem normalen Bestandteil der Siedlung, zu einer unscheinbaren Sackgasse geworden, in der nur ein Haus aus dem Rahmen fiel. Und dieses Haus war zu einer Art Denkmal, zu einem bloßen Ding geworden.

»Ich werde dich vermissen, Muriel«, sagte sie laut. »Ich wünschte, ich wäre dir eine bessere Nachbarin gewesen. Ich wünschte, ich hätte dich besser gekannt. Aber ich werde dich sehr vermissen!«

Am nächsten Tag nahmen Polly und Susie am Trauergottesdienst für Muriel teil. Es kamen Trauergäste, die sie noch nie gesehen hatten. Unter ihnen war ein Mann in mittleren Jahren, mit sonnengebräunter Haut und hochmütigem Gesicht. Er verströmte die Selbstsicherheit eines Menschen, der jahrelang angebetet worden war.

»Guten Tag«, sagte Susie und streckte ihm die Hand entgegen. »Ich denke, Sie kennen uns nicht, aber wir wohnen direkt gegenüber von Willow House. Ich heiße Susan O'Brien, und das hier ist Polly Caine.«

»Ah ja«, sagte er und schüttelte ihnen höflich die Hand. »Ich bin Michael Connolly.«

»Schreckliche Geschichte! Die arme Muriel.«

»Ja.«

»Ist das nicht der Scheißkerl, der sie hat sitzen lassen?«, sagte Susie wütend, während sie sich entfernten.

»Schsch …«, wisperte Polly.

Eine gutgekleidete Frau trat aus der hinteren Bankreihe

und schloss sich Polly und Sue an, als sie die Kirche verließen.

»Guten Tag. Ich heiße Claire Denton und bin eine alte Freundin von Muriel. Wir waren früher Kolleginnen.«

»Polly Caine, Sue O'Brien«, stellte Susie vor.

»Dann sind Sie also die Nachbarinnen! Sie hat oft von Ihnen gesprochen. Muriel hat Sie beide beneidet.«

»Uns beneidet?«, wunderte sich Susie. »Das kann nicht sein. Was hatten wir denn schon im Vergleich zu ihr?«

Claires Wimpern zuckten. Sie musterte diese kleine taktlose Frau mit den ergrauenden roten Haaren voller Widerwillen.

»Ich glaube, sie dachte, Sie hätten alles.«

»Wo haben Sie denn gemeinsam gearbeitet?«, fragte Susie.

»In der Bank, der Anglo-Belgian Bank. Sie wurde vor Jahren von einer anderen Bank übernommen.«

»Was haben Sie dort gemacht?«

»Wir waren Schalterangestellte«, sagte Claire knapp, als dächte sie nicht gern an diese Zeit zurück.

Während sie so in der Sonne standen, kam ein Mann mit dichten grauen Haaren, dunklem Anzug und Brille vom Kirchentor auf sie zu, einen Regenmantel über dem Arm. Polly musterte ihn unbeteiligt, doch als er näher kam, wurde ihr klar, dass sie sein Gesicht schon einmal gesehen hatte. Er schritt selbstbewusst auf die Frauen zu und lächelte verschwörerisch, sodass man sich, ob man wollte oder nicht, in seinen Bann gezogen fühlte. Der Charme, den er ausstrahlte, schmeichelte und schien zu sagen, wir sind alle Freunde, wir sind alle gleich wichtig und verstehen einander. Er suchte stets den Augenkontakt. Man gewann den Eindruck, dass er die Person, die er ansprach, kannte und schätzte.

»Entschuldigen Sie – ist der Gottesdienst schon vorbei?« Seine Stimme klang herzlich und kultiviert.

»Ja.«

Er verweilte noch kurz, um abzuschätzen, welchen Eindruck er hinterließ. In diesem Augenblick fiel ihm sein Regenmantel vom Arm, und er hob ihn wieder auf. »Ich gehe nur kurz hinein, um Abschied zu nehmen.«

Polly wandte sich an Claire, die dem späten Gast nachsah. Ihr war plötzlich wieder eingefallen, woher sie ihn kannte. Sie hatte sein Gesicht auf dem zerrissenen Foto gesehen, das in Muriels Schlafzimmer lag. Der Mann auf dem Foto hatte jünger ausgesehen... aber die Ähnlichkeit war unverkennbar.

»Kennen Sie den Mann? Ist er ein Verwandter?«

Claire machte ein ernstes Gesicht. »Er ist kein Verwandter.«

Polly sah etwas auf dem Boden liegen. Sie wollte es gerade aufheben, als Claire ihren Fuß darauf setzte und es in den Kies trat.

»Oh«, sagte Polly, »der Mann hat sein Feuerzeug verloren. Sie stehen darauf! Es muss ihm aus dem Mantel gefallen sein.«

Claire blickte zu Boden. Das Feuerzeug war halb mit Kieselsteinchen bedeckt.

»Oje! Wie dumm von mir.«

Polly hob das Feuerzeug auf. Es war ein Ronson; auf der Vorderseite waren die Initialen AB eingraviert.

»Wie schade, nun ist es zerkratzt«, bemerkte Claire kühl. Sie lächelte die beiden Frauen an und entfernte sich. Polly folgte dem Mann in die Kirche, holte ihn ein, als er gerade wieder ins Freie trat, und gab ihm sein Feuerzeug zurück.
»Vielen Dank«, sagte er.

Polly und Sue gingen zusammen nach Hause. Nach längerem Schweigen sagte Polly schließlich: »Ich habe das Gefühl, dass ich bestimmte Dinge über Muriels Leben nie geahnt habe. Glaubst du, sie hatte eine Geschichte?«
»Jeder hat eine Geschichte«, entgegnete Susie bissig. »Mit Ausnahme von dir natürlich.« Als wäre ihr plötzlich etwas aufgegangen, wandte sie sich ihrer Freundin zu und sah sie an. »Das heißt, soviel wir wissen …«

Am folgenden Tag versammelten sich die Gaines und die O'Briens auf dem kleinen protestantischen Friedhof zu Muriels Beerdigung. Sie wurde in einem neuen Grab beigesetzt. Die Trauernden konnten von hier aus die schlichte Kalksteingruft auf der gegenüberliegenden Seite des Friedhofs sehen, in der alle anderen Mitglieder der Familie Reeves lagen.
Alle Bewohner der Sackgasse waren gekommen. Auch Madge Kinlan vom Dorfladen war da, und sogar Sam Riley, blass wie die Wand, aber überraschenderweise nüchtern.
»Es war ein Hirntumor«, erklärte Madge, als die Beerdigung vorüber war, die Trauergäste aufbrachen und in kleinen Gruppen den eibengesäumten Weg zum Friedhofstor nahmen.

»Die arme Seele hat schon seit einiger Zeit gewusst, dass etwas nicht stimmte, und nichts dagegen unternommen! Grausige Kopfschmerzen muss sie gehabt haben! Eine Freundin von mir hat sie im Beaumont gepflegt. Ist es nicht eigenartig, dass sie nicht bei ihrer Familie beerdigt wird... ein einsames neues Grab. Sie wollte nicht in der Familiengruft liegen.«
Susie warf einen Blick zurück auf die kalte Gruft im romanischen Stil.
»Vielleicht ist die Luft da nicht so gut!«, witzelte sie. Als Madge sie tadelnd ansah, sagte sie rasch: »Tut mir Leid, Madge!«

Als sie am Tor angelangt waren, kam William Penston, im Nadelstreifenanzug und mit goldgerahmter Brille, auf sie zu.
»Hallo, Susie«, sagte er.
Sie deutete auf Polly. »Du kennst doch Mr. Penston, meinen Chef? Das ist meine Freundin Polly Caine. Sie kennen Madge?«
»Natürlich!« Lächelnd schüttelte er beiden Frauen die Hand.
Als Madge weitergegangen war, sagte William Penston: »Ich würde Sie beide gerne sprechen, Sie, Susie, und auch Sie, Mrs. Caine.«
»Sie können doch morgen mit mir sprechen, wenn ich zur Arbeit komme.«
William Penston lächelte gequält, als hätte er sich damit abgefunden, dass Susie unverbesserlich war, und als hätte er zugleich ein heimliches Vergnügen daran.

»Ich weiß, Susie. Aber ich würde trotzdem gern mit Ihnen beiden in aller Form einen Termin ansetzen. Es findet jetzt ein Mittagessen im Furnace statt, und Sie sind natürlich beide mit Ihren Familien herzlich dazu eingeladen. Alle Bewohner von Ashgrove Lawns sind eingeladen. Muriel hat es so gewollt.«
»Sind Sie ihr Testamentsvollstrecker?«, fragte Susie.
»Ja.«
Polly und Sue tauschten einen Blick.
»Warum wollen Sie mit uns sprechen?«, fragte Susie mit einer Spur Misstrauen.
Willy Penston lächelte. »Ich kann es Ihnen ebenso gut jetzt schon sagen – Muriel hat Sie beide in Ihrem Testament bedacht.«
Er ließ die Überraschung ein wenig wirken, dann fuhr er fort: »Sie war eine sehr einsame Frau, wissen Sie ... und hatte Sie beide ausgesprochen gern!« Etwas leiser und mit ernster Stimme setzte er hinzu: »Sie hat mich sogar eigens beauftragt, Ihnen zu sagen, was für ein großer Trost es ihr gewesen sei, zwei so wunderbare Freundinnen zu haben.«

Susie sah Mr. Penston nach, als er sich entfernte. Wie vom Donner gerührt, lehnte sie am Torpfosten und fasste sich mit beiden Händen an den Kopf.
Polly hielt sie fest. Sues Tränen brachten auch sie zum Weinen. Als Fergus und Rory, die angeregt über die Vor- und Nachteile von Windows diskutierten, während sie auf ihre Frauen warteten, herbeikamen, um sie zu trösten, schluchzte Susie nur umso heftiger.
»Ich bin das größte Scheusal, das je gelebt hat«, erklärte

sie ihrem erstaunten Mann immer wieder, »der erbärmlichste Neidhammel unter der Sonne!«

Fergus tätschelte seiner Frau die Schulter. »Ist schon gut, Schatz. Ist schon gut!«

Er sah Polly fragend an, aber die wischte sich nur schweigend die Augen.

»Nichts ist gut! Ich hatte solche Angst, ein Niemand zu sein...« Aber dann ließ sie sich doch von Fergus in die Arme nehmen.

Rory sah Polly unglücklich an. Er hasste es, wenn sie weinte. Es untergrub seine gewohnte Abwehrhaltung und machte ihn hilflos.

Unbeholfen versuchte er sie zu trösten. Pollys Tränen verwirrten ihn, und er rang darum, selbst Fassung zu bewahren. Er hatte Angst vor Gefühlen, weil sie ansteckend wirkten und seine Männlichkeit in Frage stellten. »Komm schon, Polly...«, sagte er.

Peter, der plötzlich aufgetaucht war, flüsterte: »Ist schon gut, Dad, ich kümmere mich um sie!«

Er ging zu seiner Mutter und legte den Arm um sie. »Komm, Mama.«

Als er sie wegführte, sagte er ihr leise ins Ohr: »Jason ist wieder da!«

Polly richtete sich auf und sah Peter an. »Seit wann?«

»Gerade eben ist er gekommen... er war kurz hier und ist dann gleich heimgegangen, weil er Hunger hatte!«

Polly wischte sich die Augen. »Danke, lieber Gott«, murmelte sie. »Danke.«

»Anscheinend hat der kleine Scheißkerl die Nase voll«, fuhr Peter sarkastisch fort. »Er ist ganz versessen darauf,

ten VL-IDE. $_4$HD Mainboard von Bull Electronics eingetroffen, das ihm, da er schon einige Zeit darauf gewartet hatte, große Freude bereitete. Die Mitteilung des Anwalts las er sich rasch durch, doch Pollys Brief vergaß er zu öffnen. Der Umschlag rutschte hinter den Computer, und dort blieb er auch liegen.

Als Polly zwei Wochenenden hintereinander nicht nach Hause kam, wurde Rory dann aber doch ein wenig unruhig. Er spielte mit dem Gedanken, sie an ihrem Arbeitsplatz in London anzurufen, entschied sich aber dagegen, da er nicht den Eindruck erwecken wollte, er könne nicht allein für sich sorgen.

Dennoch bemerkte er Susie gegenüber, als diese einige Zeit später vorbeikam, um Fergus zu holen: »Ich habe Polly schon eine ganze Weile nicht mehr gesehen. Letztes Wochenende ist sie auch nicht heimgekommen. Als die Jungs vor vier Wochen in London waren, hat sie ihnen gesagt, sie würde schreiben …«

»Ja«, erwiderte Susie. »Sie wird wahrscheinlich nächstes Wochenende herbeieilen, um den Gefrierschrank aufzufüllen und was sonst noch so anfällt … sich um euch kümmern …«

Rory entspannte sich sichtlich. »Dann hat sie sich also bei dir gemeldet? Zu Hause ruft sie nämlich kaum noch an!«

Susie sah ihn an und meinte voller Sarkasmus: »Weißt du, zur Zeit ist sie ziemlich beschäftigt. Mit ihrer Hochzeit letzte Woche und dem neuen Job hat sie im Moment den Kopf voll mit anderen Dingen!«

Rory nickte, wandte sich wieder seiner Tastatur zu, und dann erst ging ihm auf, was Susie da gerade gesagt hatte.

Entgeistert starrte er sie an. »Was soll das heißen – ihre Hochzeit letzte Woche! Ist das ein schlechter Witz?«
Susie zuckte mit den Schultern. »Ich dachte, du wüsstest es – sie hat es dir doch sicher erzählt. Bestimmt wissen es die Jungs! Mir hat sie gesagt, sie hätte dir geschrieben, aber keine Antwort bekommen. Als sie daraufhin versuchte, dich telefonisch zu erreichen, hatte sie immer nur den Anrufbeantworter dran!«
Rory musterte sie prüfend, entdeckte aber keine Spuren von Unaufrichtigkeit, nur Mitleid in Susies Augen.
»Sie kann gar nicht heiraten, denn sie ist bereits verheiratet – und zwar mit mir!«
Susie hob statt einer Antwort nur abwehrend die Hände.
»Ich weiß selber, dass wir nicht rechtmäßig verheiratet sind«, warf Rory ein. »Als ob es darauf ankäme! Eines will ich dir sagen, Susie: Im Leben zählen nicht nur juristische Spitzfindigkeiten. Polly und ich waren über zwanzig Jahre zusammen! Das ist doch auch etwas wert!«
»Es war viel wert«, bemerkte Susie nüchtern. »So viel, dass sie allmählich krank geworden ist … Es tut mir Leid, Rory, aber wenn es dir ein Trost ist, wird sie hin und wieder vorbeikommen und nach dem Rechten sehen …«
Rory war sehr blass geworden.
»Sie braucht sich hier nicht mehr blicken zu lassen!«
»Das kannst du halten, wie du willst«, sagte Susie. Sie sah Fergus an. »Dein Abendessen ist fertig«, erinnerte sie ihn. »Natürlich nur, wenn du dich hier losreißen kannst.«
Fergus meinte ziemlich nervös, er käme gleich.

Als Rory allein war, fiel ihm ein, dass sich die Jungs schon ein wenig seltsam verhielten, seit sie von ihrem Besuch in London zurück waren; sie hatten ihn wie ein rohes Ei behandelt. Dann erinnerte er sich auch wieder an den Brief mit der englischen Marke, der gleichzeitig mit dem neuen Mainboard eingetroffen war; fluchend machte er sich auf die Suche danach und fand ihn schließlich eingeklemmt zwischen Computer und Wand. Er riss den Umschlag auf und las:

Lieber Rory,
ich hatte einmal nebenbei erwähnt, dass ich in London jemanden kennen gelernt habe, aber ich bin mir nicht sicher, ob du zugehört hast. Viele Jahre lang habe ich darauf gewartet, dass du meine Existenz zur Kenntnis nimmst, aber du hast es nicht getan. Lange Zeit dachte ich, das wäre meine Schuld; ich meinte, dass mit mir grundsätzlich etwas nicht stimmte. Das glaube ich jetzt nicht mehr. Ich nehme eher an, dass deine anmaßende Haltung dich blind gemacht und sich am Ende auf uns beide zerstörerisch ausgewirkt hat.
Die Wahrheit ist, Rory, dass ich mich in einen anderen Mann verliebt habe. Er heißt Keith und ist ein wunderbarer Mensch. Er ist Psychiater, verwitwet und wohnt in London. Bei ihm fühle ich mich so verblüffend lebendig. Ich liebe ihn mehr, als ich je einen anderen Menschen geliebt habe, sogar mehr als dich. Und das will schon einiges heißen, weil ich dich lange Zeit angebetet habe. Deine Originalität hat mich fasziniert, deine klaren Ansichten über die Welt, aber deine innere Ab-

wesenheit während all der Tage, die ich mit dir zusammengelebt habe, hat mich letztendlich von dir fortgetrieben.
Es hat keinen Sinn, so zu tun, als täte es mir Leid. Ich bedaure, dass unsere Ehe nicht funktioniert hat, weil ich soviel Kraft hineingesteckt habe. Aber ich bedaure nicht, dass ich bin, wo ich jetzt bin.
Keith und ich werden am Samstag in einer Woche heiraten. Ich werde von Zeit zu Zeit zurückkommen und mich um alles kümmern, bis du dich an die neue Situation gewöhnt hast. Bitte mach dir keine Sorgen um Geld. Ich werde mit Martha alles in Ordnung bringen, ihren Anteil am Haus ablösen und es dir dann überschreiben. Aber ich vermute, dass sie nichts dagegen hätte, hin und wieder bei dir reinzuschauen. Schließlich ist sie deine rechtmäßige Ehefrau, und wenn du ein bisschen Verstand hast, lädst du sie mal zum Essen ein. Wer weiß, was sich daraus entwickelt! Und wenn du sie noch gern hast, was ich annehme, da wir eigentlich nie aufhören, die Menschen zu lieben, die wir einmal geliebt haben, könntest du vielleicht sogar einen Neuanfang mit ihr wagen.
Ich habe den Jungs stets erzählt, was in meinem Leben geschieht, und wenn du mit ihnen sprechen willst, wirst du feststellen, dass sie auf dem Laufenden sind. Als sie hier in London waren, sind sie mit Keith gut ausgekommen. Ich habe ihren Segen, wofür ich überaus dankbar bin.
Auf jeden Fall hoffe ich, dass sich für dich alles zufriedenstellend entwickelt. Ich hoffe auch, dass sich all die

Arbeit und die Zeit, die du in Computer investiert hast, irgendwann auszahlt. Das meine ich ernst! Die Dinge, die uns faszinieren, sollten uns anstandshalber für unsere Treue entlohnen.

Viel Glück, alles Gute. Wenn ich nichts von dir höre, sehen wir uns in sechs Wochen.

Polly

Eine Zeit lang dachte Rory, nun sei der Weltuntergang eingetreten. Aber dann fiel ihm ein, dass Polly immer zu ihrem Wort stand und dass sie zweifellos ihr Versprechen halten und ihn aus dem Schlamassel mit Martha freikaufen würde; daher fand er, es sei besser, nicht überzureagieren.

»Schließlich sind wir keine Teenager mehr«, sagte er laut. »In so einer Situation muss man sich wie ein Erwachsener benehmen.«

Er dachte an seine eigene Hochzeit mit Polly zurück und seufzte. Er wurde sogar ziemlich sentimental, und für kurze Zeit sah es so aus, als würde er ein paar Tränen vergießen.

Aber dann fiel sein Blick auf den Computer, und er erinnerte sich, dass er gerade dabei gewesen war, eine CD-ROM auf die Festplatte zu komprimieren, was nicht reibungslos klappte. Als Jason und Peter nach Hause kamen, war er wieder vollkommen in seine Arbeit vertieft.

»Eure Mutter hat geheiratet«, verkündete er seinen Söhnen in dramatischem Tonfall, als sie ihn aufforderten, in die Küche zu kommen, solange die Hamburger noch heiß seien. »Euer fürchterliches Benehmen hat sie aus dem Haus getrieben!«

»Wir wissen schon, dass sie geheiratet hat. Sie hat uns in ihre Pläne eingeweiht, als wir in London waren. Wir haben nur darauf gewartet, dass du es mal ansprichst!«

»Eine schöne Bescherung!«, jammerte Rory.

»Dad, wir können doch wie zivilisierte Menschen mit der Sache umgehen! Schließlich kommt sie hin und wieder zu uns zurück, und nach Weihnachten werden wir sie und Keith besuchen.«

»So, so. Warum sagt mir eigentlich niemand, was hier alles vor sich geht?«, fragte Rory trotzig. »Warum erfahre ich erst im nachhinein, dass meine eigene Frau geheiratet hat?«

»Oh Dad…«, fing Peter an, aber was immer er zu sagen im Begriff war, erstarb auf seinen Lippen.

Mit hochgezogenen Augenbrauen sah er zu seinem Bruder hinüber.

Als Martha am selben Abend anrief, war Rory am Telefon. Sie wollte wissen, ob er daran interessiert sei, sich gütlich zu einigen; sie wolle die Sache nicht bis zum bitteren Ende durchziehen, wenn es eine andere Lösung gäbe. Schließlich hätte es keinen Sinn, die Anwälte noch reicher zu machen, als sie ohnehin schon seien.

»Warum treffen wir uns nicht und besprechen die Sache?«, schlug Rory vor. Mit einem Mal lief ihm das Wasser im Munde zusammen, denn er erinnerte sich an die köstlichen Pfannengerichte, die sie ihm früher immer aufgetischt hatte: Rinderlendenstreifen mit Zwiebeln, Knoblauch, Bohnensoße, eine Prise Ingwer und Koriander. »Du könntest zu uns kommen, wenn du magst«, fügte er hinzu. »Polly ist in England.«

»Ich weiß«, sagte Martha gelassen. »Sie hat mir eine Karte geschickt und mir mitgeteilt, dass sie geheiratet hat. Ich schaue dann später vorbei … Hast du eigentlich schon was gegessen? Ich könnte uns einen kleinen Imbiss machen, wenn es dir recht ist!«

Sophie war wieder nach New York abgereist.
»Er hätte mir sagen sollen, wie nett du bist!«, erklärte sie Polly beim Abschied. »Ich hatte Angst, dass er irgendeine schreckliche Frau kennen gelernt hat … Möchtet ihr noch Kinder?«
»Ich glaube nicht«, erwiderte Polly. »Die Erfahrung habe ich schon hinter mir. Und wie ist das bei dir, wirst du Bob heiraten?«
»Vielleicht. Während der letzten Woche hab' ich mich richtig in ihn verliebt.«
»Aber du hast ihn doch die vergangene Woche gar nicht gesehen!«
Sophie zuckte die Achseln. »Du weißt ja, wie das ist… wenn sie nicht da sind, sind sie einfach wunderbar!«

Abends, als sie zusammen auf dem Kaminvorleger saßen, ins Feuer schauten und Keith sie in den Armen hielt, fragte er plötzlich: »Liebling, hast du deinen Brief schon gelesen? Den, der so offiziell aussah?«
Polly sah ihn an, ließ die Hand über seinen Bartschatten gleiten und lächelte.
»Ja, den habe ich gelesen…« Keith wartete. »Ich habe schon überlegt, wie ich dir beibringen soll, dass du in eine ziemlich fragwürdige Familie eingeheiratet hast«, fuhr

Polly fort. »Du weißt ja, dass ich einen Bruder habe, Tom. Ich habe dir doch von ihm erzählt…«
»Der Kerl mit der Wohnung, den du seit Jahren nicht mehr gesehen hast?«
»Genau der. Ich fürchte, er sitzt im Staatspensionat. Ich weiß nicht, ob es eine taktvolle Weise gibt, es dir zu sagen…«
Keith sah sie an und holte tief Luft. »Was willst du mir denn sagen. Pauline McCann… dass er ein Serienmörder ist, der eine Haftstrafe verbüßt?«
»O nein… ein Serienmörder ist er nicht. Aber im Gefängnis ist er schon – ich habe gerade die amtliche Bestätigung bekommen.«
Keith dachte an die Fotomappe, die er in der Wohnung am Eaton Square wieder unter das Sofa geschoben hatte, und an ihren Inhalt.
»So, so… was für eine Überraschung!«
Er setzte sich kerzengerade hin und sah Polly streng an. »Gibt es noch mehr Überraschungen, noch weitere Leichen im Keller?«
»Ich schwöre bei Gott«, sagte Polly, »dass du jetzt wahrhaftig über alle Fakten im Bilde bist! Aber ich werde mich in ein gewisses Gefängnis begeben müssen, um mich einem Gespenst aus alten Tagen zu stellen.«

Epilog

Im Dezember kehrte Polly ein letztes Mal nach Ashgrove Lawns zurück. Alles war hier noch beim Alten; im Dorf herrschte das gewohnte abendliche Treiben, alle waren warm eingepackt gegen die Kälte. Bei Kinlan's war die Auslage weihnachtlich geschmückt, aus den Fenstern der Kirche strahlte es gelb auf die Straße. Auch die Sackgasse sah noch aus wie früher, aber die Atmosphäre hatte sich verändert. Willow House stand dunkel da. Muriel hatte immer ein Licht angelassen, auch wenn sie unterwegs war, aber jetzt ragte das Haus wie ein düsterer Riese in den Nachthimmel. Es war an eine Baufirma verkauft worden, die dort Luxuswohnungen einrichten wollte; die Umbauarbeiten sollten erst im neuen Jahr beginnen.

Polly bezahlte den Taxifahrer und machte einen kleinen Umweg, um noch einmal an Susies Haus vorbeigehen zu können, obwohl sie wusste, dass es inzwischen verkauft war und sie mit Fergus in einem denkmalgeschützten Haus in Dun Laoghaire wohnte, unweit der Büroräume der neuen Firma, die er mit Rory zusammen gegründet hatte. Im Wohnzimmer von Nummer 15 brannte Licht, und Polly sah drinnen ein kleines Mädchen vor dem Fernseher sitzen. Sie dachte an Sharon und an den Abschlussball. Sharon und Peter waren offenbar in Verbindung geblieben. »Ich rufe sie ab und zu an, Mama, und lade sie auf ein Bier ein. Sie gehört jetzt zu meinem Harem!«

»Deinem Harem? Was sind denn das für Männerphantasien!«

»Ein Mann hat ein Recht auf seine Phantasien, Mama …«

»Aber sie trinkt doch kein Bier, oder?«

»Na ja, hin und wieder lässt sie sich hinreißen und bestellt ein Radler!« All das hatte er ihr am Telefon erzählt.

»Und was gibt es sonst noch Neues? Wie geht's eurem Vater?«

»Och, dem geht's gut …«

Polly war sein Zögern nicht entgangen. »Wirklich? Verheimlichst du mir irgendetwas?«

»Ihm geht's gut, ehrlich, Mama!«

Nummer 14 lag im Halbdunkel, nur auf dem Flur brannte Licht. Sie verweilte kurz am Gartentor, dann ging sie langsam auf das Haus zu und sperrte die Tür auf. Erst da fiel ihr ein, dass sie nicht erwartet wurde und sie eigentlich hätte läuten sollen.

Als sie eintrat, hatte sie das Gefühl, dass das Haus fremd wirkte; es war, als wohnte nun jemand anders hier; als wüsste das Haus, dass sie ihm die Treue aufgekündigt hatte, und hüllte sich nun in ein immaterielles Kraftfeld, um Eindringlinge abzuwehren.

Der Flur kam ihr irgendwie kleiner vor, als sie ihn in Erinnerung hatte. Auf dem Tisch stand eine neue Vase. Zwei chinesische Porzellanteller, die sie noch nie gesehen hatte, zierten die Wand. Die Küchentür war geschlossen, aber sie hörte Stimmen und nahm an, dass Rory und die Jungs in der Küche saßen.

Einen Augenblick lang fühlte sie sich wie ein Gespenst, das an den Ort zurückkehrt, wo es zu Lebzeiten gewohnt hat, um dem einstigen Dasein einen kurzen Besuch abzustatten, aber keinen Zugang mehr dazu findet.

Sie klopfte an die Küchentür und trat ein.

Rory saß an einem Ende des Tisches und schälte Kochäpfel. Die Szene wirkte anheimelnd, aber die Art, wie Rory das Messer handhabte, ließ vermuten, dass er seiner Aufgabe nicht gerade hingebungsvoll nachkam.

Neben ihm sah Polly eine Frau, die die frisch geschälten Früchte in Scheiben schnitt. Sie saß mit dem Rücken zur Tür und hatte den Kopf geneigt; erst als sie sich umdrehte, erkannte Polly, dass es Martha war. Deshalb hatte Peter am Telefon also so zögerlich geantwortet! Martha war offenbar wieder in Ashgrove Lawns eingezogen!

Das Radio lief. Mike Murphy sprach gerade einleitende Worte zur *Arts Show*.

Martha fuhr auf. »Mein Gott!«, sagte sie. »Haben Sie mich erschreckt!«

Rosy sah Polly mit dem Ausdruck eines Häftlings an, der hofft, auf Kaution freizukommen. »Polly!«, rief er. Aber sein Gesicht wirkte unsicher und verlegen, als kämpfe er voll innerer Vorwürfe gegen neuerwachte Gefühle an.

»Ich dachte doch, dass ich die Tür gehört habe!«, sagte Martha, als sie sich von dem Schrecken ein wenig erholt hatte. »Sie haben vielleicht Nerven, einfach so hereinzuspazieren! Ich sitze hier mit meinem Mann, und da kommt eine andere Frau mir nichts, dir nichts zur Tür herein!«

»Tut mir Leid… Ich fürchte, das war eine Art Reflex, aus

alter Gewohnheit sozusagen…« Polly legte den Hausschlüssel auf den Tisch. »Ich wusste nicht, dass Sie hier sind, Martha. Es wird nicht wieder vorkommen.«
Sie sah sich in der warmen Küche um; alles wirkte frisch, am Fenster hingen neue Vorhänge. Einen Augenblick brachte sie kein Wort heraus. Hier vor ihren Augen war der Ort, in den sie soviel Willenskraft und Hoffnung gesteckt hatte, wo sie mit aller Kraft, die sie aufbringen konnte, versucht hatte, dem Schicksal zu trotzen. So viel von ihr steckte in jedem Ziegel, jedem Holzspan, in der sich spiegelnden Kupferpfanne, auf die sie einmal so stolz gewesen war, in den Porzellantassen, die sie bei Clery's im Winterschlussverkauf erstanden hatte. Für einen Augenblick packte sie die Angst, dass sie dieser Welt, die sie so gut kannte, nie wieder angehören würde.
Aber fast gleichzeitig befiel sie das klaustrophobische Gefühl, am falschen Ort mit den falschen Menschen zu sein, und sie dachte erleichtert an Keith, der in Wimbledon mit Herbie auf sie wartete, und an den Montagmorgen, an dem sie wieder der Arbeit nachgehen würde, die sie so sehr liebte, an dem sie wieder mit den neuen Menschen zusammen sein und in der neuen Welt leben würde, die sie zu betreten gewagt hatte.
»Wo sind die Jungs?«
»Sie sind nicht da«, sagte Rory. »Peter ist in der Unibibliothek und lernt. Im Januar hat er Prüfungen. Und Jason übernachtet heute bei einem Freund. Sie arbeiten an einem Projekt für die Schule.«
»Ja, dann will ich nicht länger stören… ich hätte anrufen und sagen sollen, dass ich vorbeikomme. Ich übernachte

im Westbury … vielleicht könnten mich die Jungs morgen dort anrufen.«

Es folgte ein längeres Schweigen. Rory blickte auf die Schale, die sich vom Apfel löste, als läge in ihr die Lösung all seiner Probleme.

Martha stand auf und griff nach dem Wasserkocher. »Um Himmels willen, setzen Sie sich hin und trinken Sie eine Tasse Tee mit uns. So eilig haben wir's auch wieder nicht, Sie loszuwerden. Erzählen Sie uns von Ihren Heldentaten. In der Gegend hier genießen Sie als Pflichtvergessene eine gewisse Berühmtheit!«

Sie bewegte sich mit der zielgerichteten Geschmeidigkeit einer Kobra, holte die Keksdose, in der Polly Kuchen und andere Leckereien aufzubewahren pflegte, die sie früher in dieser Küche gebacken hatte. »Father Brennan war neulich Abend da«, fuhr Martha mit säuerlichem Lächeln fort. »Er ist natürlich zutiefst empört, aber er wird für Sie beten! Und für mich wird er auch beten, weil ich mit dem Mann, den er als Ihren Ehemann ansieht, nicht kirchlich verheiratet bin und folglich in Sünde lebe! Also sind wir beide gefallene Frauen, Sie, weil Sie den Mann verlassen haben, mit dem Sie nicht verheiratet waren, und ich, weil ich zu meinem rechtmäßigen Ehemann zurückgekehrt bin, von dem mich die Kirche geschieden hat! Vermutlich ist Rory aus demselben Grund als gefallener Mann anzusehen … obwohl ich glaube, dass der Zustand des Gefallenseins den weiblichen Angehörigen der Spezies vorbehalten ist.«

Sie sah Rory an und fügte kühl hinzu: »Frauen fallen, Männern unterläuft hin und wieder ein Fehltritt mit Folgen …« Rory grinste unbehaglich.

»Der Trick besteht wohl darin, eine weitere Annullierung von der Kirche zu erwirken«, sagte Polly zu Rory, »und zwar diesmal für unsere Ehe. Dann können Martha und du noch einmal kirchlich heiraten. Damit wären doch alle zufrieden!«

»Das ist so kompliziert«, meinte Martha, »dass man einen Computer dafür bräuchte!«

»Da wir gerade von Computern reden«, warf Polly ein, »wie läuft das Geschäft?«

»Großartig«, erwiderte Rory. »Fergus und ich kommen gut zurecht. Wir importieren zu einem Bruchteil der europäischen Kosten aus Taiwan und programmieren selbst. Fergus ist mit der Software-Entwicklung ganz in seinem Element. Und mit meinem Buch komme ich auch ganz gut voran…«

»Schön.«

»Wir werden bald in der Lage sein, Ihnen Ihre Anteile an der Firma abzukaufen«, meldete sich Martha zu Wort.

»Betrachtet es als mein Weihnachtsgeschenk an euch«, sagte Polly. »Als Abschiedsgeschenk, wenn ihr so wollt… Das war ohnehin meine Absicht gewesen, ich habe schon mit meinen Anwälten darüber gesprochen.«

»Vielen Dank!«, sagte Martha. »Aber wahrscheinlich können Sie es sich ja leisten. Jetzt muss ich nur noch ein Auge auf Rory haben, damit er nicht jede freie Minute im Büro verbringt.«

Sie beugte sich liebevoll über ihn, die dominante Hausgöttin, die ihren Altardiener anspricht. »Nicht wahr, Schatz?« Sie tätschelte seine Hand. »Früher hatte er einen Computer im Esszimmer stehen – aber wem erzähle ich das,

Polly! Den haben wir allerdings abgeschafft. Keine Computerarbeit daheim und Rauchverbot im Haus, das sind die Spielregeln!« Sie lächelte über ihre vernünftige Einstellung. Rory griff nach einem weiteren Apfel und vermied es, Polly in die Augen zu schauen.
Oh Rory, dachte sie, so hat sich das Blatt also gewendet! Fass dir ein Herz, Rory. Du kannst jederzeit eine Anzeige in die Zeitung setzen!
Zu Martha sagte sie: »Ich sehe nirgends eine Spur von Cat«, wobei sie auf den leeren Korb neben dem Bücherregal deutete.
»Sie meinen die schmutzige alte Tigerkatze?«, fragte Martha. »Ich wollte sie schon einschläfern lassen – ständig war sie krank! Aber jetzt ist sie verschwunden… wahrscheinlich kann sie Gedanken lesen!« Martha lachte. »Jetzt kommt immer eine kleine schwarze Katze zu uns. Sie ist praktisch hier eingezogen. Früher hat sie der Frau von gegenüber gehört… die, die gestorben ist.«
»Wie kommt Jason voran?«, fragte Polly nach einer Weile, nachdem sie insgeheim Cat zu ihrer Flucht gratuliert hatte. »Mir sagt er immer, dass er fleißig lernt.«
Martha nickte energisch. »Ich habe ihn vor die Wahl gestellt, sich entweder zusammenzureißen oder seine Koffer zu packen! In der letzten Französischarbeit hatte er fünfundsiebzig Prozent, und jetzt wundert er sich, was man alles erreichen kann, wenn man sich nur mal auf den Hosenboden setzt! Oh, und kürzlich gab es noch eine kleine Aufregung – eine impertinente Zehnzentnerschlampe ist hier aufgetaucht und hat nach ihm gefragt, aber der habe ich schnell klargemacht, wie der Hase läuft!«

Martha machte ein grimmiges Gesicht. Polly dachte an Veronica, die Lagerkommandantin, und musste sich ein Lächeln verkneifen. Offenbar war Veronica auf eine ebenbürtige Gegnerin gestoßen.
»Wie haben Sie es ihr denn klargemacht?«
»Sie stand hier vor der Tür und wollte sich partout nicht abwimmeln lassen. Schließlich fing sie an zu schreien und verlangte Jason zu sehen. Er hatte sich nach oben verzogen und wollte um nichts in der Welt herunterkommen. Rory hat es auf die freundliche Tour versucht und nichts erreicht... also bin ich in den Garten raus und habe einen Zweig von einem der Bäume abgebrochen. Mit dem Stock in der Hand habe ich ihr erklärt, sie soll verschwinden, bevor sie ihn zu spüren bekommt!« Martha zog die Brauen hoch. »Die Sprache hat sie dann endlich verstanden!«
Rory zuckte zusammen.
Ach Rory, ich habe dich in guter Obhut zurückgelassen, dachte Polly; deine Schlachten werden für dich geschlagen, und deine Burg wird verteidigt.
»Die beiden Jungen freuen sich natürlich darauf, Weihnachten in London zu verbringen...«
»Keith und ich freuen uns auch auf sie!«
Polly beobachtete Martha und versuchte einzuschätzen, ob sie sich ärgerte, dass sie sich bei ihrer Rückkehr nach Ashgrove Lawns die Sorge für zwei Jugendliche aufgehalst hatte. Sie kam zu dem Schluss, dass Martha trotz ihres Furcht einflößenden Auftretens durch und durch pragmatisch war; sie nahm kurzfristige Nachteile in Kauf, um sich langfristig ihren Mann und ihr Haus zu sichern. Für die Persönlichkeit von Rory oder seinen Kindern

interessierte sie sich nicht. Ihr ging es vor allem um ihren Lebensunterhalt; sie war eine wahre Überlebenskünstlerin.
Rory war es, der jetzt ihr Mitgefühl nötig hatte. Polly sah, wie gedämpft seine Stimmung war. Sein Leben war nun für ihn vorgezeichnet, ob es ihm recht war oder nicht.

»Kann ich dich ins Hotel fahren, Polly?«, fragte er höflich, als sie aufstand, um zu gehen.
»Nein, danke, Rory. Ich nehme im Dorf ein Taxi. Ich möchte noch einen Rundgang durch die Straße machen ... und Abschied nehmen.« Sie lächelte ihn an, wie um sich zu entschuldigen. Er erwiderte ihr Lächeln nicht.
»Es muss wirklich schön für Sie sein, dass Sie jetzt so wohlhabend sind ...«, sagte Martha ein wenig säuerlich; der Gedanke daran nagte offenbar an ihr, und sie musste ihrem Herzen Luft machen.
»Es war eine richtige Überraschung. Von wem haben Sie es eigentlich erfahren?«
»Ach, das weiß doch jeder!«, gab Martha zurück. »Kürzlich habe ich mit Laura Flanagan gesprochen, und sie wusste über alles Bescheid ... sie meinte, es sei ein Anzeichen für einen schwachen Charakter, wenn eine Frau ihre Familie im Stich lässt, nur weil sie zu Geld gekommen ist.« Sie warf Rory einen kurzen Blick zu. »Aber Rory und ich freuen uns für Sie, und für uns selbst freuen wir uns natürlich auch. Stimmt's, Rory?«
Rory lächelte kläglich.

Seltsamerweise empfand sie es als schrecklich, als sich die Tür hinter ihr schloss. In allen Häusern brannte Licht, die Vorhänge waren zugezogen. Sie fühlte sich wie eine Fremde, ausgeschlossen aus ihrer vertrauten Welt, wie ein Kind, das zu seinen früheren Lieblingsplätzen zurückkehrt und feststellt, dass es erwachsen geworden ist und nicht mehr dazugehört.

Sie überquerte die Straße und kam an Willow House vorbei. Der Efeu, der sich an der Gartenmauer emporrankte, streifte ihre Schulter; sie streckte die Hand danach aus, berührte ihn und nahm seinen aromatischen Geruch wahr. Das Haus schien sie zu beobachten, ohne dass sie es selbst sehen konnte; einen Augenblick lang stellte sich Polly die einsame Frau vor, wie sie aus ihrem Fenster auf die Sackgasse hinausblickt – ein begrenzter Ausblick auf ihre sich verengende Welt.

Überall war es still. In der Ferne, auf der Hauptstraße der Siedlung, schwirrte ein Auto vorüber, aber nichts vermochte die Ruhe von Ashgrove Lawns oder die Grabesstille des alten Hauses mit dem verlassenen Garten zu stören. Innerhalb der Mauern waren die Schatten noch tiefer, und als Polly durch die Tore blickte, konnte sie nur mit Mühe die ungepflegten Blumenbeete ausmachen.

»Ist da jemand?«, flüsterte sie, von wirren Gefühlen bedrängt, in die Dunkelheit hinein; sie erinnerte sich vage an ein Gedicht mit dem Titel »The Listener«, das sie in der Schule gelernt hatte; es handelte von jemandem, der in ein verlassenes Haus zurückkehrt. »Hältst du jetzt noch manchmal von deinem Fenster Ausschau, Muriel …?«, fuhr sie fort. »Oder hast du etwas Besseres zu tun gefunden? Hast du überhaupt eine Ahnung, was du mir gegeben hast? Und ich meine nicht nur das Geld.«

Sie hielt inne und belächelte sich selbst, wie sie hier allein auf dem Gehweg stand und mit einem Geist sprach. »Und was das betrifft – Sue und ich spenden den Großteil für die Krebsforschung. Wir haben nur genug behalten, um frei zu sein wie du es, so glaube ich, gewollt hast …«

Auf der anderen Seite der Tore bewegte sich etwas. Polly fuhr zusammen. Aus dem kiesbedeckten Vorhof war ein Miauen zu hören, und eine Tigerkatze, die erst sichtbar wurde, als das Licht der Sackgasse auf sie fiel, kam durch die Gitterstäbe geschlichen und strich Polly um die Beine. Polly hob das warme Tier hoch und streichelte es an der Nase und unterm Kinn.

»Wie geht es dir, Cat?«, sagte sie. »Schön, dich wieder zu sehen! Herzlichen Glückwunsch, dass du mit dem Leben davongekommen bist!«

Noch einmal betrachtete sie Willow House und Ashgrove Lawns 14. Dann setzte sie Cat ab, zog ihren Schal enger um den Hals, um die Kälte abzuwehren, und ging fort.

Danksagung

Herzlichen Dank an Johnny für seine Unterstützung und seine Anregungen, an Jean Perrem, die mir die Geschichte von der Frau im Bus erzählt hat, und an meine Söhne John und Pierce, die mich unabsichtlich mit Hintergrundinformationen versorgt haben.

Außerdem möchte ich meiner Cheflektorin Geraldine Cooke für ihren ermutigenden Zuspruch, Kirsty Fowkes für ihre Hilfe und meiner Lektorin Helen Norris für ihre gewissenhafte Arbeit danken.

Mary Ryan
Dublin, März 1996

Mary Ryan

Grünes Feuer

Roman

Aus dem Englischen
von Christine Strüh
und Sonja Schuhmacher

Weltbild

Für Johnny

Die Erd' hat Blasen, wie das Wasser hat,
so waren diese – wohin schwanden sie?

William Shakespeare, Macbeth

Erstes Buch

Prolog

Gestern bin ich nach Glenallen zurückgekehrt. Zuerst kam der Berg, Knockshee, wachsam wie eh und je, dann das schwere Tor, die Steinsäulen. Die Auffahrt war gepflegt, die Buchen, die sie säumten, standen in vollem Laub. Am Ende der Auffahrt stand das Haus, jetzt fast ganz vom wilden Wein erobert, aber es war da, es wartete mit unerbittlicher Geduld, als hätte es gewußt, daß ich eines Tages zurückkomme. Die Bäume warfen ihre Schatten auf den mit Gänseblümchen übersäten Rasen bis zur Hecke drüben, wo mit den Wildblumen die Wiesen begannen. Der Zierteich war immer noch da, sauber mit Steinen umrandet, das Wasser bedeckt von Seerosen mit den flachen grünen Blättern und den zarten Blüten.

»Aha«, brummte Dan, der erstaunt den Kopf schüttelte und den Wagen auf Schrittempo bremste: »So hat es hier also ausgesehen!« Er hatte noch nie eine Photographie zu Gesicht bekommen; ich hatte alle zerstört. Ein Druck legte sich auf meine Brust. Ich konnte kaum atmen. Hinter uns saß Michael auf der schwarzen Rückbank, den dunkelhaarigen Kopf gesenkt, spielte ganz versunken mit dem roten Feuerwehrauto, das ich ihm in Ballyharris gekauft hatte, und machte Geräusche, wie es Feuerwehrautos im Einsatz machen.

Mir ging durch den Kopf, was uns die Empfangsdame im Hotel gestern abend erzählt hatte; sie dachte, wir seien Ausländer, und hatte uns herzlich willkommen geheißen. Sie war jung – ein Ferienjob –, hatte blaue Augen und Sommersprossen und gehörte zur neuen Generation der Wohlstandskinder.

»Ich bin Irin«, erklärte ich lächelnd, und sie warf mit hochgezogenen Brauen einen Blick auf das Anmeldeformular.

»Ich habe vor langer Zeit hier in der Nähe gewohnt«, sagte ich, »auf dem Gut Glenallen.«

Sie bekam große Augen. »Glenallen House?«

Dann vertraute sie mir an, daß in Glenallen jetzt angeblich ein Gespenst umging, sie nickte, um ihrer Bemerkung Nachdruck zu verleihen, der Geist einer Mrs. Regan, die früher hier gelebt hatte.

Überraschend kam der Kummer, die Trauer um die versäumten Möglichkeiten, die Trauer um unsere Jugend. Wie kannst du denn ein Gespenst sein, Harriet?

Wir hätten Helene mitbringen sollen, dachte ich, und auch Catherine – sozusagen als Verstärkung. Selbst jetzt noch brauchte ich Rückenstärkung, um mich Glenallen zu stellen, der Schönheit und der Bedrohung.

Für mich waren die Jahre mit einem Mal bedeutungslos, und ich war wieder jung, verletzlich und voller Hoffnung.

Ich kämpfte dagegen an, daß die Vergangenheit mich überwältigte. Ich sah meinen Sohn neben mir, meinen

Enkel auf der Rückbank. Es ist nur ein altes Haus, sagte ich mir, und alles, was ich hier gekannt habe, ist längst verschwunden.

Aber wo hat alles begonnen?

1. Kapitel

Als ich geboren wurde, stellte sich noch jeden Sommer die Wiesenknarre ein, und Touristen waren eine Seltenheit. Meine Heimat war Ballycloghan, in der Grafschaft Galway, ein steiniges Land, wo die Wolken im wechselnden Licht über den Himmel fliegen. In dieser Gegend kommt es vor, daß man in einem Dorf einen gehörigen Guß abbekommt, während die Leute im Nachbarort trockenen Fußes nach Hause gehen, und manchmal bringt ein einziger Tag alle vier Jahreszeiten. Damals schienen die Jahreszeiten dort gar keine Rolle zu spielen, das Land existierte in ganz eigenen Dimensionen von Raum und Zeit, so, als wäre es gegen Eindringlinge und Veränderungen gefeit.
Wir hatten 145 Acres Land, ein Teil davon war gut, manches wurde im Winter überschwemmt, wenn die Garryogue über die Ufer trat, und ein Teil war mager und schilfbewachsen. Wir bauten Gerste, Hafer und Mangold an, hielten ein paar Vorräte und züchteten Bauernpferde, Irish-Draught-Pferde, lammfromm und zäh. Dank der Pferde konnten wir uns während der Wirtschaftskrise über Wasser halten.
Mein Vater starb im Winter des Jahres 1924, als ich fünf und mein Bruder Tom neun Jahre alt war. Meinen Vater

habe ich immer vermißt, obwohl ich ihn nie richtig kennengelernt habe; mir blieb nur die vage Erinnerung daran, wie ich auf dem Schoß eines großen Mannes saß, der nach Tabak roch, und da wußte ich, wenn er mich in den Armen hielt, konnte mir nichts auf der Welt etwas anhaben.

Später stellte ich mir vor, daß sein Geist noch irgendwie bei uns war, und fragte ihn oft: »Warum konntest du nicht länger leben? Warum hast du dir nicht Zeit gelassen mit dem Sterben so wie andere Väter? Hast du denn nicht gewußt, wie schwer das Leben ohne dich sein würde?«

Einmal fragte ich meine Mutter wütend, warum er nicht dageblieben war und sich um uns kümmerte, und sie ließ das Nudelholz sinken, wischte sich mit dem Arm die Tränen aus den Augen und flüsterte: »*A stór*, *a stór* …, er wollte nicht weggehen.«

Obwohl mein Vater nur ein Minimum an Bildung genossen hatte, war er sehr belesen. In seinen Büchern, die sich in der guten Stube auf den Regalen reihten, fand sich ab und zu eine kostbare Randnotiz in seiner steifen Handschrift, und in den langen Sommern meiner Kindheit vergrub ich mich in die Lektüre. Etliche leinengebundene Bände Charles Dickens mit viktorianischen Illustrationen standen da, auch Walter Scott und viele Gedichtbände sowie verschiedene Bücher und Broschüren über irische Geschichte und die Landfrage. Er stand den Feniern nahe und fackelte nicht lange, als sich die Gelegenheit bot, unter dem Windham-Landgesetz von 1903 dem Großgrundbesitzer die Farm abzukaufen. Doch von allen Büchern, die er besaß, ist mir *The Dream of Gerontius* am lebhaftesten in Erinnerung – nicht das Gedicht selbst, sondern die furchteinflößenden Bilder.

Nach dem Tod meines Vaters führte meine Mutter die Farm mit Hilfe von Jack Stapleton weiter, der schon immer als Knecht für uns gearbeitet hatte. Ganz in der Nähe hatte er ein kleines Haus mit einem Stückchen Land, auf dem er Zwiebeln anbaute. Er war Witwer und hatte einen Sohn, Paddy, der ungefähr ein Jahr älter war als ich.
Tom und ich besuchten die Dorfschule, doch Tom ging mit vierzehn ab, um ganztags auf der Farm zu arbeiten. Damals überredete er meine Mutter, die Zahl unserer Stuten von zwei auf vier zu verdoppeln. Er konnte gut mit Pferden umgehen, ritt sie ohne Sattel und galoppierte manchmal um die Weide, wobei er schrie wie ein Indianer. Die Tiere aber standen da, starrten ihn an und dachten wohl, er wäre verrückt geworden.
Auf meinen Bruder war ich stolz. Er war stark und groß, hatte dichtes braunes Haar und sah gut aus. Wie mein Vater liebte er Bücher, obwohl er wenig Zeit zum Lesen hatte – außer an den langen dunklen Abenden, dann setzte er sich mit einem Stuhl an den Herd, versenkte sich in die *Schatzinsel* oder *Robinson Crusoe* und bekam von der Außenwelt und dem Schwätzchen, das ich mit meiner Mutter hielt, nichts mehr mit. Meine Mutter ging vorsichtig um ihn herum, wenn sie den Teekessel holte, und angesichts seiner Entrücktheit mußte sie ein wenig lachen.
Mein Bruder vertiefte sich täglich in den *Irish Independent*. Nach dem Abendessen faltete er die Zeitung pedantisch

auseinander, lehnte sich in seinem Stuhl zurück und las uns daraus vor.

Ich erinnere mich, wie ich die Rückseite der Zeitung betrachtete, während er las, und einmal sah ich ein Photo von einem großen, alten Landhaus, das ich mit einer Art grausiger, unerklärlicher Faszination anstarrte. Das Bild löste bei mir ein komisches Gefühl in der Magengrube aus, halb Übelkeit, halb Angst. Das Herrenhaus in unserer Nachbarschaft war während der Unruhen zerstört worden, und wir Kinder durften dort nicht spielen, weil die Ruinen gefährlich waren.

An Winterabenden bekamen wir oft Besuch von Nachbarn, mit denen meine Mutter ein Leben lang befreundet war, und sie saßen beisammen, plauderten und erzählten Gespenstergeschichten. Manchmal traute ich mich vor Angst nicht mehr, den Lampenschein und die Gesellschaft zu verlassen, um nach oben ins Bett zu gehen, und dann kuschelte ich mich an meine Mutter und bettelte, noch länger aufbleiben zu dürfen.

Nahe Verwandte hatten wir nicht; mein Vater war einziges Kind in der Familie gewesen, und die beiden Schwestern meiner Mutter waren an Tuberkulose gestorben, die damals im Land grassierte. Aber sie hatte einen Onkel mütterlicherseits – Matthew O'Mahoney, der ein Lebensmittel- und Eisenwarengeschäft in Galway führte. Er war ein alter Junggeselle und kam nie zu Besuch.

»Stinkgemein ist der«, pflegte meine Mutter von ihm zu sagen. »Und Kinder hat er auch keine.« Sie glaubte aber, daß er Geld wie Heu besaß, und wir besuchten ihn, wenn wir nach Galway kamen. Dann stand ich im

Laden, sog den sauberen Geruch von Bürsten, neuen glänzenden Eimern und Spaten ein und warf sehnsüchtige Blicke auf die Süßigkeitentheke. Der Onkel schenkte mir immer Sahnebonbons und sprach ein paar Worte mit meiner Mutter. Dazu begaben wir uns in die staubige kleine Stube hinter dem Geschäft, wo sich vergilbte Zeitungen und Rechnungen stapelten, die mit spitzen, dolchartigen Nadeln zusammengeklammert waren. Er interessierte sich für Tom und nahm ihn oft mit hinaus in den Schuppen, der als Warenlager diente, während ich mit meiner Mutter in der muffigen Stube wartete und den viktorianischen Stahlstich betrachtete, auf dem ein Mädchen am Teich Gänse füttert. Das Bild hatte der Onkel bei einem Ramschverkauf erstanden und über den Kamin gehängt, auf dem Bücher mit fleckigen Umschlägen und Eselsohren unordentlich auf einem Haufen lagen.

»Gehen wir bald, Mama?«

»Scht, Kind, scht.«

Ich sagte dem Onkel, das Bild gefiele mir, und er lachte und meinte: »Ja …, ja … Vielleicht hinterlasse ich es dir später mal.«

Jack Stapletons Sohn Paddy hatte ein blasses, schmales Gesicht, braune Augen und einen widerspenstigen Haarschopf. Er stotterte, war aber gut in der Schule. Mit leidenschaftlicher Entschlossenheit kämpfte er sich Wort für Wort durch die Lektionen und achtete gar nicht auf gelegentliche höhnische Bemerkungen des Lehrers. In Mathe tat er sich besonders hervor, Zinseszinsen rechnete er

schneller aus als alle anderen, und auch im Kopfrechnen war er blitzschnell.
Ich mochte ihn sehr; in der Schule saß er hinter mir, sagte mir ein, wenn ich beim Gedichtaufsagen durcheinanderkam – was mir öfter passierte –, und ging mit mir und Niamh Houlihan auf dem Feldweg mit den tiefen Furchen und den Mauern auf beiden Seiten nach Hause. Niamh war eine der Gescheitesten in der Klasse. Sie war hübsch, hatte blaue Augen, hellbraune Locken und ein phänomenales Gedächtnis für alles, was sich auch nur ein bißchen reimte. Gedichte und Prosa konnte sie endlos aufsagen – Auswendiglernen machte ihr scheinbar nicht die geringste Mühe –, und ihr verzückter Gesichtsausdruck verriet die Freude am Rhythmus der Worte.
»Wie kannst du dir das ganze Zeug nur merken?« fragte ich sie eines Tages, und sie meinte, sie würde doch nur den Honig aus den Worten saugen, was hätte das schon mit Arbeit zu tun? Ich sagte ihr, sie solle sich um ein Stipendium bemühen, doch sie zuckte nur mit den Schultern. Unser Lehrer nahm ihre Begabung zur Kenntnis, ermutigte sie aber nicht. Sie war ein Mädchen; Bildung an ein Mädchen zu verschwenden hatte keinen Sinn.
Niamhs Mutter war Witwe. Sie bekam eine kleine Rente von der britischen Armee und hielt Hühner, sie erledigte Schneiderarbeiten und hatte ein paar Acres Land, auf dem sie Gemüse und Kartoffeln anbaute. Ihr Mann war im Ersten Weltkrieg Soldat gewesen und bei Ypres gefallen.
Im Winter verabschiedete ich mich immer an unserem Tor von Paddy, aber im Sommer fingen wir Elritzen mit Marmeladengläsern oder fischten Forellen in der Gar-

ryogue – dem Fluß, der an unsere Farm grenzte und wo sich im Sommer an dunklen unbewegten Stellen die Fische ausruhten. Paddy war der einzige Mensch, der mir je begegnet ist, der Forellen mit der Hand fangen konnte. Er legte sich flach auf den Bauch, ließ die Hand sanft ins ruhige Wasser unterm Flußufer gleiten, und wenn er Glück hatte, schnellte sein Arm nach ein, zwei Minuten wieder heraus, und eine braune Forelle zappelte auf der Wiese.

Weiter unten wurde der Fluß von einer alten Steinbrücke überspannt, vor der man uns gewarnt hatte. Sie war während der *Troubles* beschädigt worden, aber wir versuchten unser Glück mit dickem Bindfaden und Haken aller Art, die wir auftreiben konnten.

Wir rollten uns oft von dem grasbewachsenen Hügel bis zum Feld an unserem Haus hinunter und wetteten, wer als erster unten wäre. Paddy ließ mich immer gewinnen, und ich lachte, wenn ich schmutzig, mit aufgelösten Zöpfen unten ankam.

Er vertraute mir an, daß er mich heiraten wolle, wenn er groß war. »Wir werden reich sein, und ich schenke dir Diamanten so groß wie Drosseleier«, murmelte er eines Tages, als wir uns im hohen Sommergras am Fluß sonnten. Wenn er mit mir zusammen war, stotterte er nicht.

»Ich soll mit dir weggehen, Paddy Stapleton, Diamanten, wirklich wahr?« Ich blickte meinen vergnügten, barfüßigen Spielgefährten an, dessen nackte Waden aus schlecht geflickten Hosen ragten, und stellte mir vor, wie ich behängt mit kalt glitzernden Edelsteinen aussehen würde.

Offenbar weihte Paddy seinen Vater in seine Heiratspläne ein, und letzterer erzählte die Geschichte, als wäre sie ein

guter Witz, meinem Bruder Tom weiter, der sie mit grimmiger Miene beim Mittagessen in der Küche auftischte.
»Sicher brauchst du erst mal Geld auf der Bank, und studiert mußt du haben, wenn du Peg Donlon heiraten willst«, soll Jack seinem Sohn gesagt haben.
Mir entging nicht, daß sich mein Bruder ärgerte, weil Jack Stapleton vor ein paar Gelegenheitsarbeitern, die bei der Heuernte halfen, über mich redete. Ich wurde selber wütend, wenn ich mir das unausweichliche verstohlene Lachen der Männer vorstellte.
»Dieser Paddy wird es nie zu was bringen«, ermahnte mich Tom. »Wer sich mit ihm zusammentut, heiratet die Armut«, und ich stöhnte laut vor Wut. Heiraten war was für Erwachsene, für alte Leute.
Meine Mutter war eine kleine Frau mit schönen Augen und einer hohen Stirn, die durch jahrelange Existenzangst mit feinen Linien gezeichnet war. Nach dem verblaßten Hochzeitsbild zu schließen, das in der Stube hing, war sie früher hübsch gewesen. Sie stand hinter meinem Vater, der auf der rustikalen Bank des Photographen saß, und sah glücklich, aber angespannt aus. Ihr Haar war nach der damaligen Mode hochgesteckt, und ihre Augen waren voll Unschuld.
Mein Vater, wesentlich älter, untersetzt, mit schütterem Haar und Schnurrbart, saß sehr aufrecht und blickte mit schicklichem Ernst in die Kamera. Unter dem dunklen Anzug trug er ein Hemd mit hohem Kragen und eine Weste. Er hatte die überhebliche Miene aufgesetzt, die Männer auf Photographien gern zur Schau trugen; das Leben war kein Kinderspiel – schon gar nicht, wenn man mit

unbeweglichem Gesicht drei unendlich lange Minuten stillhalten mußte, bis die Kamera das Bild eingefangen hatte und endlich eine Schwarzweißaufnahme ausspuckte. Aber seine Augen waren gütig, und es lag ein Lächeln in seinem Blick.

Wenn meine Mutter von ihm sprach, hörte man Trauer und Liebe heraus. Eines Tages bat ich sie, mir ihren Hochzeitsring zu zeigen, und sie zerrte und zog ihn mit Mühe vom Finger, wo er eine tiefe Rille hinterließ. Ich betrachtete den Ring eingehend, entzifferte den Feingehaltsstempel und die Worte, die auf der Rückseite eingraviert waren – »Daniel und Maura 16.6.1914«. Dasselbe stand auf dem Ring, den meine Mutter in ihrem Kästchen im ersten Stock aufbewahrte und den, wie sie mir sagte, mein Vater getragen hatte.

»Warum hast du ihm den Ring nicht mitgegeben, als er starb?« fragte ich, und sie erklärte, mein Vater sei ins Grab gelegt worden, doch der Ring hätte etwas zu erzählen und sollte den Lebenden gehören. »Du kannst ihn später einmal deinem Mann geben.«

Unser Haus war ein bescheidenes einstöckiges Gebäude, ein altes Bauernhaus, wie man sie damals auf dem Lande oft sah. Wir hatten ein ungeheiztes, traditionelles Wohnzimmer, die sogenannte ›gute Stube‹, die kaum benutzt wurde, eine geräumige Küche, die ein großer, schwarzer Herd warmhielt, drei Schlafzimmer im ersten Stock und ein Badezimmer ohne fließendes Wasser. Das Wasser wurde vom ›Mädchen‹ hochgetragen, die in dem kleinen Zimmer hinter der Speisekammer schlief und für Kost und Logis und geringen Lohn arbeitete. Das ›Mädchen‹

meiner Kindertage war Sadie Murray, die kurz nach der Heirat meiner Eltern ins Haus gekommen war und bei uns blieb, bis der Kleinbauer, mit dem sie siebzehn Jahre lang verlobt gewesen war, sie sitzen ließ. Dann kündigte sie und ging nach England. Wir bekamen noch eine Weihnachtskarte und hörten dann nichts mehr von ihr.

Ich erinnere mich, wie meine Mutter mich oft ansah, halb prüfend, halb stolz. Sie war entschlossen, eine Dame aus mir zu machen; mir sollte die Knochenarbeit erspart bleiben, die das Leben auf einer kleinen Farm mit sich brachte; ich würde das Internat in Galway besuchen und eine ordentliche Ausbildung erhalten. Tom sollte die Farm bekommen, so hatte es mein Vater in seinem Testament bestimmt, für mich war ein Schulbesuch ›außerhalb‹ vorgesehen. Im Testament gab es dazu eigens eine Klausel; die Kosten meiner Ausbildung gingen zu Lasten der Farm.

Meine Mutter meinte, ich könnte später Lehrerin werden oder in einer Bank arbeiten. Und diese Aussicht behagte mir. Lehrer waren vornehme Leute, und Bankangestellte gehörten zur berufstätigen Elite. Bei uns auf dem Land waren alle arm – zwar empfanden wir das nicht so –, schließlich hatte man genug zu essen und ein Dach über dem Kopf, nur Geld war Mangelware. Im Sommer liefen die Kinder barfuß, und selbst im Winter schonten sie ihre Stiefel und trugen sie nur sonntags. Tom und ich bekamen jeden Oktober neue Stiefel, doch den Sommer über liefen wir barfuß wie alle anderen auch.

Der Unterricht in der Dorfschule am Ort gefiel mir; wir hatten einen temperamentvollen, cholerischen Lehrer, einen gewissen Mr. Clancy, den meine Mutter in ihre Pläne bezüglich meiner Bildung eingeweiht hatte. In meinem letzten Jahr riß er ständig Witze darüber und sagte, ich würde es ihnen allen zeigen, wenn ich auf mein piekfeines Internat ginge, »St. Catherine's College für junge Damen, wenn's recht ist, Jungs«. Er redete die Klasse immer mit ›Jungs‹ an, obwohl sie zur Hälfte aus Mädchen bestand.

Mr. Clancy war damals in den Fünfzigern. Er hatte strähniges, graues Haar, schlechte Zähne und eine spitze Zunge wie eine Viper. In einer späten Ehe war er noch Vater geworden – er hatte einen kleinen Jungen namens Joe, der sein ein und alles war. Immer wenn Mrs. Slattery, die die Kleinen und die beiden unteren Klassen unterrichtete, Kreide oder Hefte aus Mr. Clancys Schrank brauchte, schickte sie Joe, und alle konnten beobachten, wie die Züge des Vaters weich wurden, sobald der Junge das Klassenzimmer betrat.

Aber im übrigen war unser Lehrer, was meine Mutter ›einen Choleriker‹ nannte. Er hielt die Klasse mit viel Theatralik und der Furcht vor seiner spitzen Zunge und seinem Rohrstock in Schach. Wenn man ins Stottern kam, machte er sich über einen lustig. Der arme Paddy mußte so oft höhnische Bemerkungen einstecken: »Paddy verhaspelt sich, Jungs, Paddy verhaspelt sich.« Aber ohne mit der Wimper zu zucken, mühte sich Paddy weiter ab und schlug mit der Hand auf sein Pult, um die Worte aus der Kehle zu zwingen.

Mädchen waren gut dran: Wenn eine nicht stillsitzen konnte, wurde sie nach Hause geschickt. Jungs, die störten, trugen dagegen Striemen auf den Handflächen davon. Der Stock wurde erst liebevoll durchgebogen und schwirrte dann mit einem grausigen Pfeifen durch die Luft.

Mit solchen Methoden brachte unser Lehrer es fertig, daß eine gemischte Klasse von Zehn- bis Dreizehnjährigen nicht im geringsten aufbegehrte, wenn es galt, esoterische Verse zu lernen, wie etwa:

Kommt, ätherische Wesen,
Luftbewohner, die ihr über der Menschheit Los
Euch betrübt und erfreuet,
Aeols Saiten erwarten euch.
(Thomson, An Ode an Aeolus's Harp)

Er liebte Milton und Shakespeare, und wir lernten, was er uns aufgab, und manchen machte es sogar Spaß, ganz besonders Niamh Houlihan, die, barfüßig wie sie war, aufstand und ›Sein oder Nichtsein. Das ist hier die Frage‹ oder Miltons ›Ode an his blindness‹ mit solcher Leidenschaft rezitierte, daß wir alle wie gebannt zuhörten.

Die Jahre kamen und gingen, und es passierte nicht viel, außer daß unser Abschied von der Kindheit unaufhaltsam näherrückte. Bis ich schließlich ein Erlebnis hatte, das noch lange Zeit, bis in die Erwachsenenjahre hinein, in meinen Träumen wiederkehrte.

An einem Sommertag des Jahres 1932 hatte mich meine Mutter zu Mrs. Houlihan geschickt, um Eier zu holen. Am nächsten Morgen sollte in unserem Haus eine Jagdgesellschaft Station machen, und meine Mutter bereitete ein großes Frühstück vor.

Es war ein schöner Samstag morgen Anfang Juni, und mir fiel auf, daß die Zigeuner wieder an der üblichen Stelle ihr Lager aufgeschlagen hatten. Sie kampierten am Straßenrand, wo der ›lange Acker‹ am breitesten war. Mich faszinierte das fahrende Volk, das in bunten Wohnwägen lebte: über den Büschen waren leuchtende Tücher zum Trocknen ausgebreitet, Pferde weideten den Grasstreifen an der Straße ab, Kinder spielten im Schatten der Wohnwägen, und aus Holzfeuern stieg beißender Rauch auf. Diese Leute lebten außerhalb der Strukturen, die für mich selbstverständlich waren, und ich hatte ein wenig Angst vor ihnen, denn ich stellte mir vor, daß sie uns in ihrer Freiheit irgendwie verachteten. Also zögerte ich, als ich mich ihrem Lager näherte. Aber wenn ich nicht ohne die zusätzlichen Eier, die meine Mutter brauchte, nach Hause kommen wollte, mußte ich wohl weitergehen. Schließlich war ich fast dreizehn, alt genug, um ein bißchen Vernunft zu beweisen.

Also hielt ich mich auf der gegenüberliegenden Straßenseite und beobachtete die kleinen, in Lumpen gekleideten Kinder aus den Augenwinkeln. Sie unterbrachen ihr Spiel, starrten mich an, eines rief mir zu: »Hallo, Miss«, ein anderes schrie in heller Aufregung: »Vorsicht, die Pferde, Miss!« Dann sah ich nur noch, wie drei scheckige Stuten, die soeben noch im Straßengraben gegrast hatten, nun aber den Nachstellungen eines Hengsts auswichen und auf mich zustürmten. Die besinnungslosen Tiere rollten die häßlichen Augen; ich verdrückte mich in eine Einfahrt und versuchte, übers Tor zu klettern. Aber es half alles nichts. Eine Stute streifte mich an der Schulter, schleuderte mich zur Seite, und ich schlug mit dem Kopf gegen den Torpfosten.

Als ich in einem halbdunklen Raum wieder zu Bewußtsein kam, hatte ich schreckliche Kopfschmerzen. Mir wurde klar, daß ich mich in einem Wohnwagen der Zigeuner befand, und die furchterregendste Frau, die ich je gesehen hatte, beugte sich über mich. Ich nahm wahr, daß durch die offene Tür Licht hereinfiel, und sah die wenigen Möbel, die Pritsche, auf der ich lag, den Kieferntisch, die zwei Holzschemel und diese grausige Frau mit dem verfilzten Haar und dem weißen, blinden Auge.

Das gesunde Auge, das ihr geblieben war, blickte mich grimmig an, dann lächelte die Frau, und ich sah, daß sie nur noch wenige Zähne hatte. Es roch durchdringend nach Kartoffelwasser und Rauch.

»Reg dich nicht auf, kleine Lady«, krächzte sie und legte mir die Hand auf die Stirn, was meinen Schmerz linderte. Ich starrte sie an, und meine Angst wich, da sie mich so sanft berührt hatte. »Du hast dir deinen hübschen Kopf ganz schön angeschlagen, aber das wird wieder gut.«

Ich befühlte die Beule und spürte eine Schürfwunde, aber scheinbar war kein Blut geflossen. Die Alte kehrte mir kurz den Rücken und kam mit einer Tasse Milch wieder. Ich nahm die Tasse und trank die Milch, dann bedankte ich mich, wollte aufstehen und gehen. Aber plötzlich war ich einer Ohnmacht nahe; ich ließ mich auf einem Schemel nieder und wünschte mir sehnlichst, das Schwindelgefühl, das mir die Kraft nahm, und die Übelkeit würden vergehen, denn ich befürchtete, es würde sich mir der Magen umdrehen.

»Bleib noch eine Weile hier. Ich sage dir deine Zukunft voraus«, meinte sie und griff nach meiner Hand. Ich ließ sie meine Handfläche untersuchen, und merkte, wie sie stutzte und mich überrascht anblickte. Dann holte sie eine angeschlagene Emailleschüssel mit blauem Rand hervor; innen war sie verrostet, weil die Emaillierung abgesprungen war. Aus einem Emaillekrug goß die Alte Wasser hinein. Die Schüssel stellte sie zwischen uns beide auf den Tisch, beugte sich darüber und schirmte sie mit den Händen ab. Dann sagte sie eine Art Gebet auf – es klang wie ein Gebet an die Göttin Brede – und starrte schweigend ins Wasser.

»Oh, meine Kleine«, flüsterte sie einen Augenblick später, »eines Tages wirst du tatsächlich eine große Dame sein und ...«, sie deutete aufgeregt auf das Wasser in der Schüssel, »... die Hand Bredes beschützt dich.«

Ich blickte in die Schüssel und sah nichts als Rost. Die Alte aber starrte mich an und nickte. »Eine große Dame«, wiederholte sie staunend. Und ich stolperte die Holzstufen hinunter und lief nach Hause.

Ich erzählte meiner Mutter die ganze Geschichte, und sie steckte mich ins Bett, aber mir entging nicht, daß ihr die Prophezeiung der alten Zigeunerin keine Ruhe ließ. Tagelang verfolgte mich ihr fragender, besorgter Blick, und sie bat mich immer wieder, die Prophezeiung zu wiederholen, bis ich die Geduld verlor und Tom mich mit Sticheleien plagte: »Hier kommt die Große Dame. Macht Platz, ihr Bauerntölpel.« Ich schrie ihn an, er solle den

Mund halten, und sprach nicht mehr mit ihm, bis er sich lachend entschuldigte.

In diesem letzten Sommer meiner Kindheit verschwendete ich kaum einen Gedanken an die bevorstehenden Veränderungen. Wenn ich den Feldweg zur Schule hinunterging, vorbei an Weißdorn- und Brombeerhecken mit Winden und duftendem Geißblatt, und mich mit Paddy und Niamh oder anderen Klassenkameraden unterhielt, dachte ich nur an die Gegenwart; als würde es nie etwas anderes geben als den Wechsel von Licht und Schatten, den warmen, staubigen Weg unter den nackten Füßen, das liebevolle Gesicht meiner Mutter und die Küche, wo es nach frischgebackenem Brot roch.

Doch in dem ›piekfeinen Internat‹, das mir immer noch wie ein Traum erschien, wurde alles anders. Dort lernte ich Cissie und Mary kennen, und durch sie veränderte sich mein Leben.

An einem kühlen Septembertag des Jahres 1932 stieg ich in den Zug und fuhr nach Galway ins St. Catherine's College, um mein neues Leben aufzunehmen. Tom kam mit, er wollte mir mit dem Koffer helfen und mich wohlbehalten in der Schule abliefern. Ich war aufgeregt. Der Traum vom Internat war dabei, Wirklichkeit zu werden. Im Takt der ratternden Eisenbahnräder rumorte es die ganze Fahrt über wild in meinem Magen. Ein Leben weit weg von zu Hause schien mir wie ein dunkler Nebel, und in dieses Dunkel mußte ich jetzt eintauchen.

Als wir in Galway ankamen, zog Tom seine Mütze tief in die Stirn, schulterte meinen Koffer und marschierte los in

Richtung Kloster. Ich folgte ihm nervös in meiner brandneuen blauen Schuluniform, die noch nach dem Geschäft roch. In Galway wimmelte es von Leuten vom Land – überall sah man Männer mit Schirmmützen, Frauen mit schwarzen Kopftüchern, Eselskarren, Einspänner, Autos, Radfahrer, und die feuchte Luft war vom Geruch nach Pferdemist und salzigem Seetang erfüllt.

St. Catherine's College lag in einer Gartenanlage hinter hohen Mauern mit schweren Eisentoren. Die Auffahrt war von Kastanien gesäumt, und auf beiden Seiten waren Camogie-Spielfelder. Oberhalb des Sportplatzes neben dem Haus sah ich drei eingezäunte Tennisplätze. Das Internat selbst bestand aus einem stuckverzierten georgianischen Herrenhaus und zwei später angebauten Flügeln; in den Flügeln befanden sich die meisten Klassenräume, die Schlafsäle, das Refektorium der Mädchen und die Aula.

Während wir die Auffahrt hinaufgingen, kamen andere Mädchen an: in schwarzen Automobilen – Austins, Standards, Fords – oder Einspännern.

»Das ist Miss Margaret Donlon«, stellte mich Tom Schwester Barbara, der Pförtnerin, vor. Mir war sofort klar, daß sie meinen Bruder für einen Dienstboten hielt, und das ärgerte mich, denn Tom wußte sich zu benehmen und war stolz.

Wir wurden durch den kreisförmig angelegten Hauptgang geführt – mit den italienischen Fliesen, der reichverzierten Decke und der Statue des Erzengels Michael mit dem Drachen – und gelangten in einen langen Korridor mit glänzendem Parkett und schwarzgerahmten Heiligendarstellungen, die von einem Ende zum anderen die Wände zierten. Auf dem Boden standen offene Koffer und Reisetruhen; mehrere Mädchen waren beim Auspacken, und der Gang hallte von Stimmen und Gelächter wider. Man zeigte Tom, wo er meinen Koffer abstellen konnte, während die Mädchen ihn von oben bis unten musterten, sich gegenseitig in die Rippen stießen und ein Kichern unterdrückten. Dann verabschiedeten wir uns; er ergriff meine Hand mit dem eisernen Händedruck, den er für wichtige Anlässe bereithielt, und seine Stimme klang heiser.

»Alles Gute, Peg. Wir werden dich daheim schrecklich vermissen«, brachte er mühsam heraus. Den heftigen Gefühlen des Augenblicks und den auf ihn gerichteten Blicken konnte er kaum standhalten. Dann war er fort, und ich stand mit Tränen in den Augen auf dem langen Flur, mit all den dunklen Heiligenbildern in den schweren Rahmen. Am anderen Ende hing ein Spiegel, in dem ich mich sah – ein schlaksiges Mädchen mit der Schulmütze, unter der die frisch geschnittenen Haare hervorlugten. Die anderen Mädchen, die wie ich marineblaue Jacken mit weißer Bluse trugen, verloren nach Toms Abschied das Interesse an mir. Sie nahmen ihre Beschäftigung wieder auf, packten Koffer aus, lutschten Bonbons, redeten über die Sommerferien, warfen gelegentlich neugierige Blicke auf Neuankömmlinge und begrüßten mit Freudengeschrei alte Freundinnen. »Na, war es schön zu Hause?« – »Ist es nicht schrecklich, wieder hier zu sein?« – »In welchem Schlafsaal bist du dieses Jahr?«

Ich lehnte mich in eine Fensternische, von der aus ich die Auffahrt überblicken konnte, und beobachtete Tom, wie er auf das Tor zuschritt. Er drehte sich einmal um und warf einen Blick auf die Schule. Ich winkte ihm nach, aber er sah mich nicht. Dann verschwand er durchs Tor, ich aber blieb mit einem Gefühl der Leere im Magen zurück und fühlte mich elend und verlassen.

Während ich noch meinen Mut zusammennahm, um zu fragen, was ich als nächstes tun sollte, tauchte eine große, hagere Nonne auf. Sie hatte ein längliches Gesicht, aus dem eine Hakennase ragte, und segelte in ihrer schwarzen Tracht hoch erhobenen Hauptes durch den Flur. Die Perlen des Rosenkranzes, der an ihrem Gürtel hing, klapperten bei jedem Schritt, und das schwarz-silberne Kruzifix unten am Rosenkranz schwang in den Falten ihres Gewandes hin und her.

Es war die Schulleiterin Mother Mercy, zu deren Eigenheiten es gehörte, niemals den Kopf zu drehen. Wenn sie sich einer Schülerin zuwandte, mit der sie sprach, machte in einer Geste einstudierter Würde ihr ganzer Körper die Drehung mit. Ihre lange Gestalt beugte sich über das Mädchen, an das sie das Wort richtete, und sie blickte es mit ihrem vornehmen Gesicht prüfend an, während ihre weißen Hände ein verrutschtes Halstuch oder einen unordentlichen Kragen in Ordnung brachten. Dabei wurde man von ihrem Schleier gestreift, was eine merkwürdige Intimität schuf, und man sog den Geruch der Kernseife, die sie benutzte, und ihrer makellos sauberen, schwarzen Tracht ein.

»Schwester Barbara hat mir gesagt, daß du angekommen bist, Margaret«, sprach sie mich jetzt freundlich an. »Soweit ich weiß, hat dich deine Mutter nicht selbst hergebracht.«

»Nein, Schwester.«
»Ich bin Mother Mercy; du kannst mich mit ›Mother‹ anreden.« Ihre Stimme verriet absolute Autorität. Dann ließ sie ihren Blick über die Mädchen um uns herum schweifen.
»Catherine O'Shaughnessy«, rief sie nur wenig lauter, als sie mit mir gesprochen hatte, und ein dunkelhaariges Mädchen in meinem Alter löste sich aus dem geschäftigen Treiben und kam zu uns.
»Nimm Margaret unter deine Fittiche – sie schläft im St. Teresa's.«
Catherine lächelte schüchtern; sie hatte blaue Augen, dunkelbraunes Haar und ein offenes Gesicht, in der Art, die ich von den Illustrationen unserer Dickens-Ausgabe her kannte.
Mother Mercy entschwand, um sich anderer Neuankömmlinge anzunehmen, und Catherine fragte: »Wo ist dein Koffer?« Ich deutete auf meinen neuen, braunen Schrankkoffer mit den Ledergriffen.
»Nimm ein paar Sachen, und bring sie nach oben. Ich zeige dir, wo du hinmußt.«
Sie beugte sich über den Koffer, um mir zu helfen, und mir fiel auf, daß sie an der linken Hand einen grauen Baumwollhandschuh trug und die Hand nur vier Finger hatte, von denen einer verstümmelt war. Ich erschrak, versuchte aber, es nicht zu zeigen. Catherine blickte mich prüfend an, als wollte sie mich warnen, ja kein Mitleid zu zeigen.
Sie zeigte mir mein Bett im St. Teresa's Schlafsaal; die fünfzehn Betten im Saal waren durch Vorhänge abgeteilt;

jeder der so geschaffenen Schlafräume enthielt neben dem Bett einen verschließbaren Schrank sowie eine Waschschüssel und einen Wasserkrug. In der Ecke befand sich eine ›Zelle‹, die durch eine hölzerne Trennwand abgeteilt war. In der Zelle schlief eine ältliche Nonne, Mother Josephine, die für den Schlafsaal verantwortlich war. Später würde ich sie nachts schnarchen hören und mir ausmalen, wie sie wohl ohne Schleier aussehen mochte. Ich stellte sie mir mit rasiertem Schädel und Schlafmütze vor, doch meine Neugier wurde nie befriedigt. Nonnen waren geradezu übermenschliche Wesen, als Bräute Christi in ihrer wallenden Tracht und durch ihr Leben in Abgeschiedenheit verbreiteten sie eine Aura des Geheimnisvollen, durch die sie dem Alltäglichen entrückt schienen. Selbst für uns Internatszöglinge blieben sie undurchschaubar.

Ich bezog mein Bett, und nach mehreren Gängen treppab und treppauf war der Koffer leer. Meine Sachen hatte ich zum Großteil in das Schränkchen am Bett gelegt, während mein Mantel und mein Sportkleid zum Wechseln im großen Kleiderschrank für alle hingen. Im Schlafsaal war es kühl; an den Wänden verliefen etwa in einem Meter Höhe dicke Heizungsrohre, aber sie waren kalt. Ich fröstelte; die neue Umgebung machte mir angst; ich sehnte mich nach meiner Mutter, der warmen Küche und Tom, wie er lauthals lachte. Heiße Tränen liefen mir übers Gesicht; ich wischte sie mit dem Handrücken weg.

»Es ist gar nicht so übel hier, Margaret«, sagte Catherine, die hinter mir stand. »Du brauchst nicht zu weinen. Schau, heute abend gibt's Kuchen und leckere Sachen zum Tee!«

Ich dachte an den Tee daheim – das leckere Gebäck meiner Mutter, vielleicht frische Pilze, die am Morgen gesammelt und dann mit einer Prise Salz in Butter gedünstet wurden, und ein, zwei Scheiben gerösteter Speck mit Spiegelei. Ich unterdrückte das Schluchzen.

»Wo kommst du her?« fragte ich.

»Aus Ballyharris in der Grafschaft Longford.«

»Nie gehört«, erwiderte ich. Dann wollte sie wissen, woher ich käme, und ich erzählte ihr von meiner Mutter und Tom. Sie fragte, ob er der große Junge gewesen sei, den sie mit dem Koffer gesehen hatte, was ich bejahte. Sie half mir, alles in meinem Schrank zu verstauen, und nahm mich schließlich in ihr Abteil am andern Ende des Schlafsaals mit, wo sie mir ein paar Photographien von ihrer Familie zeigte. Neugierig betrachtete ich die Bilder, die ihre Eltern, ihren Bruder und ein Zwillingspärchen zeigten – »ein ziemlich freches Gespann«. Doch ich ertappte mich immer wieder dabei, wie mein Blick zu ihrer sonderbaren linken Hand wanderte.

»Was ist mit deiner Hand passiert?« fragte ich leise, denn ihre Verletzung flößte mir Ehrfurcht ein.

Sie zögerte, unterbrach, was sie gerade tat, und schaute mich prüfend an, dann zog sie den Handschuh ab und hielt mir die Hand zur Begutachtung hin. Der kleine Finger und die Spitze des Ringfingers fehlten, so daß die zarte Hand an eine Klaue erinnerte. Sie sah aus wie der gekrümmte Fuß eines seltsamen Vogels.

»Ich bin damit in eine Rattenfalle gekommen, als ich fünf war. Es ist grausig, ich weiß schon.«

»Nein, ist es nicht«, widersprach ich. »Die Hand sieht nur

ein bißchen anders aus, und ohne Handschuh würde es überhaupt nicht auffallen.«

Sie zog den Handschuh wieder an, lächelte und schüttelte den Kopf.

»Es ist lieb, daß du das sagst, Margaret. Aber ich kann den Anblick nicht ertragen.«

»Daheim nennen sie mich ›Peg‹«, sagte ich.

Sie sah mich aus ihren dunkelblauen Augen an.

»Und ich bin Cissie!«

So wurden Cissie und ich Freundinnen.

Die Wochen vergingen, das Wetter wurde schlechter, und die Blumen im Klostergarten verblühten. Hinter dem Haus hatten die Nonnen ihren Privatgarten, der von einer Steinmauer umgeben war – wahrscheinlich ein ehemaliger Obstgarten. Von den Schlafsaalfenstern aus konnten wir hineinsehen und am Samstag vormittag, wenn wir eigentlich unsere Schränke aufräumen sollten, unsere Erzieherinnen beobachten. Sie drehten je zu zweit ihre Runden, und die Schleier flatterten im Wind.

»Sieht aus wie Hofgang im Gefängnis«, meinte Rhona Flaherty, die neben mir schlief. Rhona war im zweiten Jahr. Im ersten Jahr hatte sie Ärger bekommen, weil sie sich unerlaubt entfernt hatte, und sie galt allgemein als Wildfang. Sie zeigte mir zwei Päckchen Zigaretten, die sie unter ihrem Schrank versteckt hatte. »Wenn ich Nachschub brauche, büxe ich aus.«

»Wie willst du das anstellen? Sie erwischen dich doch.«

Sie lächelte: »Ha! Heuer gehe ich verkleidet!«

Ich glaubte ihr kein Wort. Erst nachdem sie von der Schule verwiesen wurde, erfuhr ich von dem alten Regenmantel, dem Hut und der Brille, die sie in einem hohlen Baum am Tor verborgen hatte.

Ich gewöhnte mich ein, lernte Camogie spielen und wurde Flügelspielerin in der Juniormannschaft.

Die Religion beherrschte unseren Schulalltag. Um sieben Uhr morgens wurden wir von Mother Josephine geweckt. Sie trat der Reihe nach in jedes Schlafabteil, läutete ein Glöckchen und hielt uns ein kleines Weihwassergefäß hin; dabei stimmte sie »Benedicamus Domino« an. In das Gefäß mußten wir die rechte Hand tauchen, die Antwort »Deo Gratias« singen und uns bekreuzigen. Nach dem Morgengottesdienst gab es Frühstück; am Abend vor dem Essen wurde wieder gebetet und später noch einmal, wenn wir im Schlafsaal alle in einer Reihe vor unseren Betten standen und gemahnt wurden, daß wir sterblich seien. »Staub bist du, und zum Staube kehrst du zurück«, an dieser Stelle knieten wir nieder und küßten den Holzboden. Den Staub schmecke ich heute noch auf den Lippen.

Außerdem hielten wir einmal im Jahr Exerzitien ab. Der Redemptoristenpriester malte uns nicht nur die Hölle in allen Einzelheiten aus – die Teufel mit ihren rotglühenden Spießen und die Würmer, die einem die Augäpfel wegfressen –, sondern schilderte auch mit beredten Worten den Weg, der dorthin führt: Sex.

Man konnte auch wegen anderer Vergehen in der Hölle landen, doch Sex war das schwerwiegendste. Sex war eine Sünde, die in der Ehe unter bestimmten Voraussetzungen geduldet wurde, zum Beispiel durfte er nur der Fortpflanzung dienen. Alles, was mit Sexualität zu tun hatte, war sündig. Wir waren noch so jung, daß wir kaum wußten, wovon der grimmige Priester sprach. Doch als er sagte, sich selbst zum Vergnügen zu berühren sei eine Todsünde, malte sich Schuldbewußtsein auf den Gesichtern, denn die allmählich knospenden Brüste wurden nachts eingehend untersucht.

Die Exerzitien dauerten mindestens drei Tage. Während dieser Zeit herrschte absolutes Schweigen, und wir mußten über unsere Sünden nachdenken. Ich erforschte mein Gewissen, bekannte mich einiger Verbrechen schuldig und ging zur Beichte. Dabei starb ich fast vor Verlegenheit, doch ich wußte, daß es ein wichtiges Sakrament war – dieser ältliche Mann, der hinter dem Gitterfenster saß und pubertierende Mädchen über ihre ›Sünden‹ aushorchte.

Mitten im Trimester traf eine neue Schülerin ein. Ich beobachtete eifersüchtig, wie Cissie sie als alte Freundin begrüßte. Sie hatte tizianrotes Haar, grüne Augen und lange schlanke Beine. Ihr Name war Mary McElligott, und sie kam aus der Nähe von Ballyharris in der Grafschaft Longford – also aus demselben Ort wie Cissie, wo Marys Vater Dorflehrer war. Sie und Cissie kannten sich schon seit Jahren. In der Schule traf Mary mit Verspätung ein, weil sie sich bei irgendeiner tollkühnen Unternehmung auf dem See unweit ihres Elternhauses eine Lungenentzündung geholt hatte. Die Nonnen verwöhnten sie, behandelten sie als Rekonvaleszentin, duldeten es, wenn sie morgens nicht sofort aufstand, und schickten sie auch früh zu Bett.

Cissie war offensichtlich hoch erfreut, sie wiederzusehen. Ich aber schmollte ein, zwei Tage lang, während die beiden Freundinnen ihre Beziehung wiederaufnahmen. Aus ihrer Welt fühlte ich mich ziemlich ausgeschlossen und murmelte griesgrämige Bemerkungen über »die Rothaarige« und »für wen hält sie sich eigentlich« vor mich hin. Ich wollte mir Cissies Freundschaft erhalten und mußte feststellen, daß sich Mary zwar höflich, aber distanziert verhielt. Trotzdem faszinierte mich ihr Gleichmut und ihre geistreiche Art; sie wurde mit jeder Situation fertig, und doch war sie unter der Oberfläche sehr verletzlich. Gerade diese Verletzlichkeit bildete die Grundlage für ihre Ausstrahlung, sie verbreitete einen eigenartigen Zauber, und unter ihren Klassenkameradinnen herrschte die stillschweigende Übereinkunft, daß sie nicht verletzt werden durfte. Worauf dieser Zauber zurückzuführen war, weiß ich nicht, aber er war da.

Es war die Sache mit den Zigaretten, durch die ich einer Freundschaft mit ihr näherkam. Einige von uns rauchten auf der Toilette – Rhonas Zigaretten, die sie mir aufgedrängt hatte. Rauchen war schick, die Filmstars pafften, allerdings wenn auch mit langen, schwarzen Mundstükken. Wir zündeten uns eine an, inhalierten, husteten, bis uns die Augen tränten. Dann läutete es, die Pause war vorbei; die Zigaretten wurden ausgedrückt, und alle machten sich aus dem Staub. Ich war die letzte, die aus der Tür trat, und die einzige, die von Mother Mercy ertappt wurde, die unmittelbar darauf die Szene betrat und den verräterischen Rauch roch. Ich steckte die Schelte ein, gab das Vergehen zu und leugnete die Beteiligung anderer. Wie Mary mir später gestand, hätte ihr Vater sie von der Schule genommen, wenn er erfahren hätte, daß sie rauchte. Sie war dankbar und bezeichnete mich vor Cissie als »unsere

treue Kameradin«, als wären wir Partisanen im Guerillakampf.
Ich wurde bestraft; vier endlose Seiten füllte ich mit dem Satz: »Ich darf nicht rauchen.« Und ich tat ›Buße beim Tee‹, das hieß kein Kuchen am Sonntag. Aber es war die Sache wert. Cissie und Mary bewahrten Kuchenstücke für mich auf, und wir drei wurden unzertrennlich.
Cissie schlug eines Tages vor, wir sollten uns einen Geheimnamen zulegen. Ein, zwei Tage lang brüteten wir über der Frage, welchen Namen wir wählen sollten. In einem unbeschwerten Augenblick schlug ich ›Die drei Bären‹ vor, was seltsamerweise auf Hohn und Spott stieß. »Die drei kleinen Bären«, sagte Mary, »wer soll die Mammi sein und wer der Pappi; wer das Baby is', wissen wir schon«, und sie schaute mich streng an. Ich lachte über ihre komische Einlage, war aber heimlich beleidigt.
Schließlich kam Cissie mit Hilfe des *Oxford Dictionary* zu dem Schluß, wir seien furchtlos und unerschrocken und daher sei ›Die Unbezwingbaren‹ der richtige Name für uns. Er vermittelte Kraft und Zielbewußtsein. Und so besiegelten wir unser Bündnis eines Tages in der Camogie-Hütte mit Blut. Zu diesem Zweck ritzten wir uns die Handflächen mit der Klinge eines Spitzers und vermischten die austretenden Blutstropfen – so wurden wir Blutsschwestern. Außerdem ersannen wir einen geheimen Händedruck, so wie ihn die Freimaurer angeblich verwendeten. Es bot sich jedoch enttäuschend selten Gelegenheit, von diesem wichtigen Erkennungszeichen Gebrauch zu machen.
Manchmal sprachen wir über Jungs, übers Heiraten und

Kinderkriegen. Es gab eine Menge Spekulationen darüber, wie und wo die Babys herauskamen. »Das Baby ist an Schnüren festgemacht«, erklärte Rhona, die sich als eine Art Orakel etabliert hatte: »Und wenn die nicht zusammengebunden werden, stirbt die Mutter.« Dann erzählte sie uns irgendeine Geschichte über eine Frau, die auf einem Schiff niedergekommen war, wo niemand über die Schnüre Bescheid wußte. Selbstredend verschied die Mutter.

Jungs mochten wir nicht, aber wenn wir einmal heiraten sollten, würden unsere Männer uns anbeten, soviel stand fest.

»Kennst du jemanden, den du gerne heiraten würdest?« fragte ich Cissie, und sie errötete, als Mary wissend behauptete: »Aber sicher kennt sie jemanden. Den schönen Prinz Peter!«

»Wer ist das?« fragte ich.

»Och, nur ein einheimischer junger Adliger, der rechtmäßige Erbe von Glenallen.«

Ich versuchte, mehr in Erfahrung zu bringen, aber Cissie gab Mary einen schmerzhaften Stoß in die Rippen, und das Thema wurde fallengelassen. Als ich später noch einmal darauf zurückkam, erklärte Cissie mit einem tiefen Seufzer, sein Name sei Peter Fitzallen, und er lebe auf einem Gut namens Glenallen in der Grafschaft Longford, und Mary bilde sich da nur etwas ein.

Mary lächelte und zog die Augenbrauen hoch.

»Hat er nicht vielleicht einen Bruder, der für dich in Frage käme, Mary?« fragte ich, und Mary bejahte, er habe einen Bruder, Gott stehe ihm bei. Als Cissie jedoch außer Hörweite war, flüsterte sie, als spräche sie mit sich selbst: »Auf jeden Fall hasse ich Glenallen.« Zu weiteren Erklärungen war sie nicht zu bewegen.

Wir hatten eine Mathelehrerin, Miss Sweeney, die uns auch ein wenig in Naturwissenschaften unterrichtete, obwohl das nicht im Lehrplan stand. Mit Materialien, die sie von zu Hause mitbrachte, führte sie einfache Experimente durch – sie züchtete Alaunkristalle und zeigte uns die Flammenfärbung von Kupfer und die grünen Überreste: Kupferoxid. Die im Alltäglichen verborgenen Geheimnisse faszinierten mich, und so beschloß ich, Naturwissenschaften zu studieren, wenn ich erwachsen war, und Lehrerin zu werden. Ich wollte die Geheimnisse des Lebens enträtseln.

Weihnachten rückte näher. Im Refektorium hing ein Adventskranz mit vier Kerzen, eine für jede Woche der Adventszeit. Als drei Kerzen brannten, wurde das ganze Kloster von einer unterdrückten Erregung ergriffen. Wir saßen Abend für Abend im Refektorium und wußten, daß wir, sobald die letzte Kerze angezündet wurde, schon so gut wie zu Hause waren. Die Nacht draußen vor dem Speisesaalfenster, das sich manchmal beschlug, war pechschwarz. Ich malte Räder mit Speichen und kunstvolle Verzierungen auf die beschlagenen Scheiben, bis Mother Mercy erklärte, das Malen auf die Fenster sei zu unterlassen, da sie so schwieriger zu putzen wären.
Tom kam, um mich für die Weihnachtsferien abzuholen. Seit zehn Uhr morgens waren ständig Mädchen abgereist;

manche fuhren mit der Eisenbahn, andere wurden mit dem Einspänner oder dem Automobil geholt.
Ich stellte meinen Bruder Cissie und Mary vor.
»Ich freue mich, dich kennenzulernen, Tom«, sagte Cissie. Verlegen schüttelte Tom den beiden die Hand, und ich sah, daß Mary ihn mit dem geheimen Händedruck begrüßte. Cissie aber betrachtete ihn nur schüchtern und ließ die linke Hand in der Tasche verschwinden. Wir schwiegen; Tom war es nicht gewohnt, daß ihm Mädchen in die Augen schauten. Daheim stand er meist im Mittelpunkt, und deshalb hatte er übertriebene Vorstellungen von seiner Wichtigkeit.
Ich setzte den verhaßten Schulhut auf, zog den Gabardinemantel mit Gürtel und die Handschuhe an und präsentierte mich so der Pförtnerin, die mich kritisch musterte und mir dann frohe Weihnachten wünschte. Sie schloß die Tür hinter uns, und wir gingen zum Eyre Square, in Richtung Bahnhof. Es war ein frischer Dezembertag; das Mittagslicht glänzte trügerisch hell und ließ nicht ahnen, daß es schon in vier Stunden dunkel sein würde. In Galway herrschte vorweihnachtliche Geschäftigkeit. In den Fleischerläden hingen reihenweise hellbraune und weiße Truthähne, noch im vollen Federkleid, und in den Schaufenstern waren Spielsachen, Puppen mit üppigen Locken und großen Augen, Baukästen, Hornby-Modelleisenbahnen, Rauschgold und Stechpalmenzweige, Plätzchendosen und Pralinenschachteln ausgestellt.
Tom warf mir von Zeit zu Zeit einen Blick zu und machte Bemerkungen wie: »Du bist ganz schön vornehm geworden«, und ich nahm rasch den Schulhut ab und zerrte die

Handschuhe herunter. »Wenigstens kaust du doch noch an den Fingernägeln«, sagte er dann aufmunternd, als wäre in meinem Fall noch nicht alle Hoffnung verloren. Aber mir war klar, daß er sich über die Anzeichen meiner ›Vornehmheit‹ freute.

»Wie gefallen dir meine Freundinnen?« fragte ich, als der Zug aus dem Bahnhof ausfuhr.

»Cissie finde ich ganz nett«, bemerkte er widerwillig.

»Und was hältst du von Mary?«

»Die ist ein bißchen zickig. Sie hat mir nicht mal richtig die Hand gegeben.«

»Das war der geheime Händedruck.«

Er prustete vor Lachen und schlug sich mit der Hand an den Kopf. »Der geheime Händedruck! Natürlich! Wie dumm von mir!«

»Ich werde Mama fragen, ob sie im Sommer ein paar Tage zu uns kommen können. Cissie hat mich auch zu sich nach Hause eingeladen!«

»Hmm«, brummte er gedankenverloren. Einen Augenblick später platzte er plötzlich heraus, der Wirtschaftskrieg mit Großbritannien richte das Land zugrunde. Davon hatte ich schon gehört – wie Dev Eamon de Valera (irischer Ministerpräsident 1932–48) sich geweigert hatte, noch länger Landannuitäten, die Entschädigung für ehemalige britische Grundherren, die ihre Besitzungen im Zuge der Landreform um die Jahrhundertwende den Pächtern überschrieben hatten, an England zu zahlen, und wir infolgedessen nichts mehr nach Großbritannien exportieren konnten. »Schlimm für die Viehzüchter«, sagte Tom oft. »Schlimm für alle, die vom britischen Markt abhängig sind.«

Als ich nach Hause kam, fragte ich meine Mutter, ob meine Freundinnen kommen dürften, und sie wollte wissen, was ihre Väter machten. Als ich sagte, Cissies Vater sei Arzt, bekam sie große Augen, Ärzte rangierten für sie nur ein paar Stufen unter dem lieben Gott. Und Mary mit einem Lehrer als Vater stand auch nicht schlecht da.

An meinem ersten Ferientag traf ich Niamh, die mit dem Fahrrad die Straße herunterkam. Ich fragte sie, was sie so machte, und sie erzählte, sie sei Verkäuferin bei Percivals, dem Lebensmittelgeschäft im Dorf. Es sei langweilig, meinte sie lachend.

»Du hast dich verändert, Peg«, sagte sie traurig, als hätte sie nichts anderes erwartet.

»Ich habe mich bestimmt nicht verändert.«

An Weihnachten schaute Paddy Stapleton vorbei, angeblich um einen Sack Zwiebeln zu bringen. Er saß in der Küche und fragte nach meiner neuen Schule und ließ mich keine Sekunde aus den Augen. Ab und zu kam er ins Stottern; das war ihm früher bei mir nie passiert. Er hatte sich in den letzten Monaten verändert, war hoch aufgeschossen und im Stimmbruch.

»Wie g..g..gefällt's dir in der n..n..neuen Schule?«

»Willst du den ganzen Tag lang mit Peg schwatzen?« fragte Tom nach einer Weile unwirsch.

Als Paddy gegangen war, blickte meine Mutter von ihrem Strickzeug auf. »Kümmre dich nicht um solche wie den jungen Paddy«, sagte sie plötzlich. »Du kannst eine viel bessere Partie machen!«

Ich stöhnte. »Um Himmels willen, Mama, ich bin erst dreizehn. Und Paddy ist sowieso ein Bauernlümmel.« Ich schämte mich, weil ich meinen alten Freund verriet. Im Sommer war er mir noch nicht wie ein ›Lümmel‹ vorgekommen, doch jetzt hatte ich andere Maßstäbe.

»Ich möchte sowieso auf die Uni gehen«, fuhr ich fort. »Cissie auch. Wir wollen Wissenschaftlerinnen werden. Darf ich, Mama?«

Das Wort ›Wissenschaftlerin‹ gefiel mir. Es klang nach Geheimwissen und unterstrich die Bedeutung der so bezeichneten Person. Aber damals ging es mir eigentlich nur darum, Eindruck zu schinden.

Tom blickte zu mir auf, während er an seinen Stiefeln zerrte. »Dazu brauchst du mehr Hirn, als du hast, und woher sollen wir das Geld für ein Studium nehmen? Das möchte ich gerne wissen.«

Er ging hinaus, und die Tür fiel krachend hinter ihm ins Schloß. In der danach eintretenden Stille war eine Weile nur das Klappern der Stricknadeln meiner Mutter zu hören. Ich dachte, sie hätte mir vielleicht nicht zugehört.

»Ich werde in den Sommerferien arbeiten und etwas zu den Studiengebühren beisteuern«, bot ich an.

»Ich bin stolz auf dich«, sagte sie leise. »Ich wüßte nicht, was dagegen spricht. Es wird schön sein, eine Tochter zu haben, die studiert hat. Das Geld treiben wir schon auf, mach dir keine Sorgen. Du bist ein hübsches Mädchen. An der Universität lernst du bestimmt den Richtigen kennen.«

Ich seufzte laut.

»Ich mag keine Jungs«, erklärte ich mürrisch. »Mary übrigens auch nicht, und Cissie auch nicht, außer einem, der bei ihr in der Nähe in der Grafschaft Longford wohnt. Er

heißt Peter und lebt in einem großen Haus – in Glenallen.«
Meine Mutter lächelte und nickte zerstreut. Was hätte Glenallen damals schon für uns alle bedeuten sollen?

Das nächste Trimester war am längsten, oder zumindest kam es uns so vor. In der Schule war es kalt; die Heizkörper strahlten zwar Wärme ab, aber es zog überall. Bei dem eisigen Lufthauch liefen einem trotz der dicken Strümpfe Kälteschauer die Beine hoch. Am Morgen aufzustehen kostete viel Überwindung; so innig ich auch um wirkende Gnade betete, ich brachte es nie fertig, sofort aus dem Bett zu springen, wenn das Glöckchen erklang. Mother Josephine hatte uns gepredigt, Selbstdisziplin sei ein Weg zu Gott.
»Unverzüglich aufstehen, unverzüglich. Hat es nicht Seine Exzellenz, der Bischof selbst gesagt?«
Ich fragte mich, ob seine Exzellenz auch schon um sieben Uhr aus den Federn mußte.

An einem todlangweiligen Sonntag nachmittag bastelte ich drei kleine Puppen als Maskottchen, für jede von uns eines. Dazu verwendete ich Pappe und lange Haarsträhnen von uns dreien, die ich zusammenflocht, und tiefrotes Seidengarn, mit dem ich die Figürchen in Form brachte.
»Sie bringen Glück«, erklärte ich, als ich sie meinen Freundinnen schenkte. »Sie haben von jeder von uns etwas in sich!«
»Das ist doch Aberglauben, oder?« gab Cissie zweifelnd zu bedenken.

»Ich spüre schon was von dem Glück!« verkündete Mary. »Alle Schauspieler haben Maskottchen. Ich werde meins aufbewahren, bis ich sterbe!«

Mary schlief in einem anderen Schlafsaal, im St. Anne's. Sie war entschlossen, etwas gegen die ›tödliche Langeweile‹, wie sie es nannte, zu unternehmen und eine ›Mitternachtsparty‹ zu organisieren. Zu diesem Zweck hatte sie an einem verabredeten Ort hinter einer lockeren Fußleiste ein Briefchen für Cissie und mich deponiert. Das Briefchen war mit unsichtbarer Tinte geschrieben, in diesem Fall Zitronensaft, der durch Erhitzen sichtbar wurde.

Ich fand den Zettel und nahm ihn mit hinauf in den St.-Teresa's-Schlafsaal. In meinem Besitz befand sich ein Kerzenstummel – den hatte ich ergattern können, als ich ein paar Tage lang in der Sakristei geholfen hatte –, und Cissie besaß Streichhölzer. Bevor das Licht gelöscht wurde, schlüpfte sie unter dem Vorwand, auf die Toilette zu müssen, in mein Schlafabteil, und wir zündeten die Kerze an, um die Botschaft zu entziffern. Der Docht war lang, und der beißende Geruch stieg Mother Josephine in die Nase, die sofort angestürmt kam, um der Sache auf den Grund zu gehen.

Wir fühlten uns wie die Verschwörer gegen Jakob I. im Gunpowder Plot. Was machten wir in meinem Schlafabteil? Was stellten wir mit der Kerze an? Die Luft war erfüllt von unausgesprochenen Anschuldigungen. Cissie behauptete, wir hätten ein besonderes Gebet sprechen wollen. Mother Josephine sah uns zweifelnd an und bewegte die Lippen wie immer, wenn sie nachdachte. Cissie hatte sich bisher stets tadellos betragen. Wir erhielten eine milde Strafe, aber Mary kam wie üblich ungeschoren davon, wenn auch aus ihrer geplanten Party nichts wurde. Langsam kam ich dahinter, daß sie nicht glücklich war, solange sie nicht in irgendein Drama verwickelt war. An einem Sonntag, als sich eigentlich alle draußen aufhalten sollten, führte sie uns hinter den Bühnenvorhang in der Aula, denn sie brauchte uns als Nebendarsteller für eine zwölfzeilige Liebesszene, die sie geschrieben hatte.

Sie schritt über die Bühne und warf ihre rote Lockenmähne zurück, als wäre sie Sarah Bernhardt, von der uns Mother Xavier erzählt hatte. Cissie und ich rebellierten, weil wir nicht auf Befehl herumstehen und -sitzen wollten.

»Ihr seid wirklich gemein! Wie soll ich meine Bühnenausstrahlung erproben, wenn ihr mir nicht helft?«

»Du und deine Bühnenausstrahlung!« warf Cissie augenzwinkernd ein. »Mit einem Namen wie Mary McElligott!«

»Willst du dich etwa über mich lustig machen?« fragte Mary energisch, strich mit der rechten Hand ihr Haar zurück, und ihre schmalen Augen lachten. Da hörten wir, wie eine Nonne den Saal betrat, und kletterten rasch durch ein Fenster hinaus auf die Feuerleiter.

Doch als die Tage länger wurden und die Schneeglöckchen blühten, geschah etwas, was uns so ernüchterte, daß unsere Stimmung eine Zeitlang gedämpft und niedergedrückt war.

Rhona, die offenbar kaum Freundinnen hatte und sich uns gelegentlich anschloß, fragte eines Tages, ob wir schon einmal versucht hätten, mit den Toten Kontakt aufzunehmen.

»Sei nicht albern«, meinte Mary. »Das ist doch Quatsch. Man kann nicht mit den Toten sprechen.«
»O doch, das kann man«, beharrte Rhona und fuhr im Flüsterton fort: »Meine Tante Bridie geht auf Séancen, und da kommen die Geister.«
Cissie stöhnte, und ich lachte. »Das ist Betrug! Die ziehen den Leuten mit üblen Tricks das Geld aus der Tasche!«
Zur Abwechslung setzte Rhona jetzt eine todernste Miene auf. »Es ist nicht immer Betrug. Wenn ihr schon einmal die Alphabettafel befragt hättet, wäre euch das klar. Ich habe das mal mit meiner Tante gemacht.«
»Was ist eine Alphabettafel?«
Sie erzählte uns von dem Kreis aus Buchstaben und Ziffern – das Alphabet und die Zahlen 0 bis 9 –, dem umgedrehten Glas, der Beschwörung, die man ausspricht, und wie das Glas die Antworten buchstabiert. Beim Zuhören fanden wir, daß es Spaß machen könnte, einen Versuch zu wagen.
Da es am nächsten Tag regnete, war vorgesehen, daß wir uns alle in der Aula aufhalten und lesen oder auf dem alten Grammophon Musik hören sollten. Mary hatte ihre Bemühungen aufgegeben, uns für ihren Sketch mit dem Titel ›Napoleons Abschied‹ zu interessieren, den sie uns vorsprechen wollte, und wir entwischten in einen kleinen Raum neben unserem Schlafsaal, der gelegentlich als Handarbeitszimmer genutzt wurde. Rhona zog sechsunddreißig Zettel hervor, auf denen je ein Buchstabe des Alphabets oder eine Zahl stand, und verteilte sie kreisförmig auf dem Tisch. Sie hatte auch ihr Zahnputzglas mitgebracht, das sie kopfüber in die Mitte stellte. Wir setzten

uns um den Tisch und legten vorschriftsmäßig den rechten Zeigefinger auf das umgedrehte Glas. Rhona sprach eine Art Gebet und wandte sich dann mit feierlicher Stimme an einen unsichtbaren Geist: »Sag uns die Zukunft – sag jeder von uns die Zukunft voraus.«
Sie sah uns warnend an und zischte: »Ihr dürft jetzt keinen Druck auf das Glas ausüben.«
Das Glas bewegte sich, Mary fing an zu kichern, Cissie und ich konnten uns auch nicht mehr beherrschen und prusteten vor Lachen. Das Glas wanderte auf einen Buchstaben zu, dann auf den nächsten, und schließlich ergab sich das Wort WOLLY. Cissie sagte: »Das ist doch lächerlich.« Und wir brachen alle in heulendes Gelächter aus; nur Rhona war eingeschnappt, verzog den Mund und bemerkte wütend, wenn wir uns darüber lustig machten, würde es nicht funktionieren. »Die Geister haben heute ihren freien Tag«, vermutete Cissie unschuldig, und wir prusteten wieder los. Rhona schnalzte ärgerlich mit der Zunge, stand auf und rannte beleidigt hinaus.
Wir schauten uns an. Der Regen trommelte gegen das Fenster. Es blieb uns wohl nichts anderes übrig, als für den Rest der Freistunde wieder in die Aula zurückzugehen.
Cissie fing an, die Zettel einzusammeln, als Mary plötzlich sagte: »Warte. Machen wir noch einen Versuch.«
Sie ordnete die Buchstaben neu an und stellte das Glas wieder in die Mitte. Dann forderte sie uns auf, wie zuvor den Finger darauf zu legen, betonte, wir dürften keinen Druck auf das Glas ausüben, und ließ die volltönende, dramatische Stimme erklingen, die ihr zu Gebote stand,

wenn sie wollte: »Sag uns die Zukunft voraus, für jede von uns.«
»Für Mary, Cissie und mich«, ergänzte ich leise.
Wir schwiegen; jetzt verhielten wir uns ruhig, weil Marys Stimme absolut ernst geklungen hatte. Einen Augenblick lang rührte sich das Glas nicht, dann fing es an über den Tisch zu gleiten und bewegte sich auf den Buchstaben V zu, dann auf den Buchstaben E, dann auf das R, das L, dann das O, wieder das R, das E und schließlich das N. Dann blieb es stehen.
»VERLOREN«. flüsterte Mary. Sie sah angespannt und verwirrt aus, ließ aber mit einer Hartnäckigkeit, als führte sie ein wissenschaftliches Experiment durch, den Finger auf dem Glas. »Hat eine von euch das Glas geschoben?« fragte sie heiser, doch Cissie und ich schüttelten den Kopf.
»Jetzt Cissie«, sie holte tief Luft.
Wir warteten; die Regentropfen liefen traurig an den Fensterscheiben herunter, und der Wind heulte im leeren Kamin. Mir kam das Zimmer plötzlich sehr kalt vor.
Das Glas setzte sich wieder in Bewegung, es glitt zum T, dann zum O und dann wieder zum T. Ich warf einen Blick auf Cissie. Sie war kreidebleich geworden und schaute uns vorwurfsvoll an. »Das ist nicht lustig!«
»Nein, bei Gott nicht«, sagte ich leise. Mary schüttelte den Kopf, ihre Pupillen waren schwarz und angstvoll geweitet. »Hören wir jetzt auf«, flüsterte ich.
»Nein«, widersprach Mary heiser. »Jetzt du, Peg.«
Das Glas bewegte sich, blieb stehen und explodierte plötzlich mit einem Knall wie ein Kanonenschlag. Kleine

Splitter staken in unserem Fleisch, Blut tropfte auf den Tisch. In der Stille konnte ich fast unsere drei Herzen schlagen hören.

Wir verbanden uns die Hände mit Taschentüchern, beseitigten das Chaos und gingen auf die Krankenstube, wo wir irgendeine Lügengeschichte erzählten. Der Vorfall wurde nie mehr erwähnt, nur Mary meinte, wir hätten das Ding selbst herumgeschoben, ohne es zu merken, und zuviel Druck auf das Glas ausgeübt. Aber wir waren noch Wochen später bedrückt, und die Nonnen und unsere Mitschülerinnen beäugten uns neugierig, als spürten sie etwas. Auch Rhona erzählten wir nichts von dem Ergebnis unseres Experiments an dem Nachmittag. Sie wurde am Ende des Trimesters von der Schule verwiesen, weil sie sich wieder unerlaubt entfernt hatte.

Im Garten der Nonnen blühten die Osterglocken und Narzissen auf, sie wurden zu Sträußen gebunden und auf dem Altar in der Kapelle und vor der des Heiligen Herzens im Refektorium aufgestellt – als Frühjahrsboten des Jahres 1933.

Als ihre Eltern zu Besuch kamen, nahm Cissie mich mit ins Besuchszimmer, um mich ihnen vorzustellen. Sie luden Mary und mich auswärts zum Tee ein, und ich bestieg ganz aufgeregt vor Freude ihren großen Ford – das erste Auto, in dem ich je gesessen habe. Wir fuhren durch Salthill, umrundeten die Bucht und beobachteten, wie sich die Sturzwellen des Atlantik am Silver Strand brachen. Ich war glückselig und fand es todschick, in Decken gehüllt in einem solchen Auto zu sitzen. Cissies Mutter trug einen langen Pelzmantel und hatte Puder aufgelegt; man roch den Duft, den er verströmte, und sah die winzigen Körnchen auf ihrer Nase und ihren Wangenknochen. Sie war eine bezaubernde Frau, und ich stellte mir vor, sie wäre meine Mutter und Cissie meine Schwester, bekam aber gleich Schuldgefühle. Hatte ich denn nicht die beste Mutter auf der Welt, auch wenn sie neben Mrs. O'Shaughnessy schwerfällig und alt wirkte?

Dann ging's nach Hause in die Osterferien. Die Osterglocken und Narzissen, Überbleibsel der vom Gutshaus einst betriebenen Gartenpflege, blühten daheim zu Hunderten und bedeckten die Ufer der Garryogue, die schweres, dunkles Hochwasser führte. Ich erinnere mich an die Osterkerze in der Kirche, die Fahrt zur Messe im Gig mit Mama und Tom und wie mich die Nachbarn anschauten, als wäre ich eine bedeutende Persönlichkeit geworden. Selbst Niamh Houlihan begegnete mir schüchtern, und die alte Unbeschwertheit zwischen uns war dahin. Paddy Stapleton kam nicht mehr zu uns. Er wollte nach Amerika, sagte sein Vater.

Ich aber konnte es kaum abwarten, wieder in die Schule und zu meinen neuen Freundinnen zurückzukehren. Ich erzählte meiner Mutter, daß wir im nächsten Trimester Tennis spielten, und sie suchte im ganzen Haus nach einem alten Schläger, der irgendwo sein mußte. Doch das Holz hatte sich verzogen, und ich erklärte, so würde ich mich zum Gespött der Schule machen. Daraufhin sah ich die Anzeigen in der Zeitung durch, in denen unter anderem Damenschuhe für 16 Pfund, 11 Pence und karierter Gingham zu 6 Pence der Meter angeboten wurden. Dazwischen entdeckte ich eine Annonce, die für Slazenger-Tennisschläger warb, und erklärte meiner Mutter, so einer und kein anderer müßte es sein. Sie seufzte und trug Tom auf, mir einen neuen Schläger mit Spanner zu kaufen, wenn er zum Jahrmarkt nach Galway fuhr. Er erledigte den Auftrag pflichtschuldig, aber widerwillig, und grummelte etwas von Bankrott.

Damals wurde viel davon geredet, daß das Land vor dem Bankrott stünde. Desmond Fitzgerald warnte vor dieser Gefahr und betonte, es sei wichtig, unsere Waren wieder auf den britischen Markt zu bringen.

»Sie sollten auf ihn hören«, meinte Tom. »Wißt ihr, was ich kürzlich auf dem Eyre Square gesehen habe? – Einen armen Mann in Tränen aufgelöst. Er war von Connemara in die Stadt gekommen, um sein Kalb zu verkaufen, dann stand er den ganzen Tag im Regen, und kein Käufer in Sicht. Der Stolz des Long Fellow richtet das Land zugrunde. Vielleicht sind O'Duffy und die Blueshirts die Lösung!«

Mit den Blueshirts gab es eine Menge Ärger; überall, wo sie aufmarschierten, kam es zu Raufereien, und es flogen Steine. Auch über Hitler wurde in den Nachrichten geredet; ich erinnere mich an ein Photo aus dieser Zeit, auf dem zu sehen war, wie er in der deutschen Gesandtschaft in Dublin begrüßt wurde. In Empfangszimmern, die mit der Hakenkreuzfahne geschmückt waren, hoben durchreisende Deutsche vor seinem Bild den Arm zum ›deutschen Gruß‹. Ich aber machte mir um das Land oder die faschistischen Elemente in der Politik keine Gedanken. Meine einzige Sorge war mein neuer Tennisschläger.

Im nächsten Trimester stattete mir meine Mutter einen Besuch ab, und Tom begleitete sie. Sie trug einen neuen Strohhut mit schmaler Krempe, ein hellgraues Kleid mit langen Ärmeln und Sommerhandschuhe aus Baumwolle. Müde sah sie aus; sie war lieb und freundlich und auch ein wenig nervös.

Ich küßte sie, brachte dabei aber nur einen Bruchteil der Liebe zum Ausdruck, die mich plötzlich überwältigt hatte, als ich zur Tür hereinkam.

Tom drehte seine Mütze in den Händen, als Cissie das Besuchszimmer betrat. Sie begrüßte meine Familie, wobei sie es vermied, ihre linke Hand zu zeigen. In ihrem Bemühen, ihre Hand zu verstecken, wirkte sie manchmal unbeholfen, was sie in Wirklichkeit nicht war.

Mary war nicht da. Sie war mit ihrer Tante Lily ausgegangen, die eigens von Dublin angereist war, um sie zu besuchen.

Meine Mutter lud uns bei Lydons zu Tee und Kuchen ein, und wir schauten aus dem Fenster auf die Straße hinunter und beobachteten die Eselskarren, die Radfahrer und Gigs. Meine Mutter zeigte sich ziemlich redselig, während Tom ungewohnt schüchtern wirkte.

»Mrs. Donlon«, begann Cissie, »meine Eltern haben Peg für vierzehn Tage zu uns nach Hause eingeladen – von Anfang bis Mitte Juni, wenn das paßt. Im August wollen wir dann nach Kilkee fahren.«

»Das ist sehr nett von dir, Cissie«, erwiderte meine Mutter, und ich sah ihr an, daß sie selbst gegen einen Urlaub in Kilkee auch nichts einzuwenden gehabt hätte. Seit der einen Woche, die sie nach ihrer Hochzeit 1914 mit meinem

Vater in Dunmore East verbracht hatte, war sie nicht mehr in die Ferien gefahren.
»Du mußt uns aber auch einmal besuchen, du bist jederzeit willkommen«, sagte sie zu Cissie.
Cissie wurde rot. »Das würde ich gerne, sehr gern sogar.« Sie sah schüchtern in Toms Richtung, der verlegen auf seinem Stuhl hin- und herrutschte.
»Vielleicht könntest du ja zu uns kommen, statt nach Kilkee zu fahren?« schlug ich vor. Cissie schaute erst mich an und dann meine Mutter.
»Wir würden dich mit offenen Armen aufnehmen«, sagte meine Mutter herzlich. »Aber was werden deine Eltern dazu sagen?«
»Sie würden sich bestimmt freuen.«
Es war also praktisch abgemachte Sache. Cissie schrieb ihren Eltern, die ihr Einverständnis gaben, und ich lud Mary auch noch ein, die sich unheimlich freute. Auch sie schrieb ihrem Vater und bat um seine Einwilligung.
Den Rest des Trimesters verbrachten wir damit, uns oberflächlich auf die Prüfungen vorzubereiten; nur sonntags machten wir einmal einen Ausflug nach Connemara.
Anfang Juni, während draußen die Sonne strahlte, schrieben wir unsere Prüfungen. Als sie überstanden waren, ging es in die Ferien. Nur die älteren Mädchen, die staatliche Prüfungen, die Abschluß- und die Zwischenprüfung, ablegen mußten, blieben zurück.
Dachte ich in jenem Juni noch an die alte Zigeunerin, die mir erst ein Jahr zuvor die Zukunft vorhergesagt hatte? Ich glaube, sie war mir nur schattenhaft in Erinnerung und gewann erst Jahre später wieder Bedeutung.

Wußte ich es zu schätzen, daß ich in aller Unschuld sorgenfreie Stunden und Tage erleben durfte? Nein, ich wünschte, ich hätte sie schon hinter mir, und träumte von der Zukunft.

So ging mein erstes Jahr auf dem St.-Catherine-Internat zu Ende. Mein Koffer war ordentlich gepackt, und Tom erschien, um mich nach Hause zu bringen. Während der Fahrt war er ein wenig schweigsam und fragte nur hin und wieder nach Cissie und wann sie uns besuchen käme. Ich aber dachte nur an den Juli und sehnte meine Abreise in die Grafschaft Longford und nach Ballyharris herbei.

2. Kapitel

Es war ein feuchter Tag, der Himmel war bedeckt, und die erstickende Schwüle versprach Regen. Cissie holte mich vom Bahnhof ab. Ihr Bruder Desmond, ein hochgewachsener Junge von sechzehn Jahren, begleitete sie. Er hatte seidiges, dunkles Haar, das hinten und an den Seiten kurz geschnitten war; über den Rand seiner runden Brille warf er mir einen verlegenen Blick zu und griff nach meinem Koffer.

»Das ist mein Bruder Des«, erklärte Cissie, und er schüttelte mir ruppig und zugleich schüchtern die Hand. Eine Haarsträhne fiel ihm in die Stirn, und er strich sie mit der linken Hand zurück. Er trug einen Kragen mit Krawatte und eine braune Jacke mit Fischgrätmuster. Kleine Schweißperlen standen ihm auf der Stirn. Wie halten es die Männer im Sommer nur in ihrer Kleidung aus, fragte ich mich. Cissie trug, ebenso wie ich, ein luftiges Sommerkleid.

»Willkommen, Peg. Ihre Hoheit spricht seit vierzehn Tagen von nichts anderem als deinem Besuch.« Seine Augen waren genauso blau wie Cissies, nur sein Blick war nicht so verträumt. Er war unbeholfen, aber offen, und ich mochte ihn, aber ich fühlte mich ein bißchen verschüchtert, weil er schon so erwachsen war.

Dr. O'Shaughnessys schwarzer Wagen parkte vor dem Bahnhof. Des verstaute mein Gepäck im Kofferraum, öffnete schwungvoll die hintere Tür, Cissie und ich stiegen kichernd ein und brachen immer wieder über Lappalien in schallendes Gelächter aus. Dann fuhren wir los, zunächst blieben wir auf der Hauptstraße von Ballyharris, einem großen Marktflecken, etwa fünfundzwanzig Kilometer vom Hauptort der Grafschaft Longford entfernt. In der Stadt gab es viele Geschäfte, sieben Pubs und ein Hotel, das Royal Hotel. Der Turm der katholischen Kirche beherrschte den Marktplatz. Die Hauptstraße führte bergan, und oben auf dem Hügel stand die protestantische Kirche, deren karge, klare Konturen durch die Bäume sichtbar waren. Cissie zeigte mir verschiedene Läden, ein Café, in dem wir Eis essen konnten, und die Praxis ihres Vater mit dem Messingschild neben der dunkelgrünen Tür. Regentropfen klatschten an die Windschutzscheibe, und Des schaltete den Scheibenwischer ein.

Während wir langsam die Hauptstraße entlangfuhren, wurde Des von mehreren Leuten gegrüßt, die ihm zuwinkten. Wir überholten Pferdekarren und Radfahrer, ließen dann die Stadt hinter uns und fuhren weiter auf der nassen Landstraße.

»Ich dachte, ihr wohnt in der Stadt«, sagte ich.

»Fünf Kilometer außerhalb«, erklärte Cissie. »Aber Papa hat seine Praxis in der Stadt. Des muß ihm den Wagen zurückbringen, wenn wir zu Hause sind. Er konnte nicht selbst kommen, also hat er uns das Auto geliehen, damit wir dich abholen konnten.«

»Aber wie kommt Des wieder heim?«

»Mit dem Rad. In der Praxis steht ein Fahrrad. Aber keine Sorge, das ist es ihm wert, wenn er dafür den Wagen fahren darf. Stimmt's, Des?«
Des nickte. »Und ob.« Er trat das Gaspedal durch, und wir rasten mit 70 Stundenkilometern dahin.
»Papa hat gesagt, du sollst nicht so schnell fahren«, mahnte Cissie. Ich schaute mir die Landschaft an. Die Felder waren größer als zu Hause, ab und zu sah man Steinmauern und Stechginster. Nicht allzuweit entfernt ragte dunkel und bedrohlich ein riesiger Hügel in den grauen Himmel.
»Das ist Knockshee.«
›Der Elfenhügel‹ – übersetzte ich in Gedanken. Hoffentlich wird dieser Hügel nie seinen Schatten auf uns werfen, dachte ich bei mir.
Wir passierten ein großes, zweiflügliges Eisentor, und am Ende einer mit Buchen gesäumten Auffahrt erblickte ich ein imposantes altes Haus.
»Was für ein schönes Haus!« rief ich.
»Das ist Glenallen. Da kommen wir nächste Woche hin – zur Gymkhana.« Cissie drehte sich um und spähte durch das regennasse Rückfenster, bis das Haus nicht mehr zu sehen war. Auch ich blickte mich neugierig um, denn ich wußte ja, daß dort ›Prinz Peter‹ wohnte, den Cissie so gern mochte. Und weil es ein so schönes Haus war, schaute ich mir die Augen aus dem Kopf, bis es hinter den Bäumen verschwand. Dann warf ich einen Seitenblick auf Cissie, die verlegen lachte und die Schultern zuckte, als wollte sie damit eine unausgesprochene Frage beantworten.
Ein paar Minuten später wurde der Wagen langsamer, und

wir nahmen eine Linkskurve durch ein offenes Tor mit zwei Betonpfosten. Der Kies knirschte unter den Reifen, als wir die kurze Auffahrt hinauffuhren. Dann blieben wir so abrupt stehen, daß die Steinchen nur so spritzten. Cissie und ich flogen gegen die Vordersitze. »Gute Bremsen«, murmelte Des, der sich offenbar auskannte. Cissie seufzte und hob die Augen zum Himmel.
Cissies Elternhaus war ein rechteckiges, zweistöckiges Gebäude mit verputzten, efeubewachsenen Mauern. Von der Straße war es ein Stück zurückgesetzt hinter einer hohen Hecke und einem langen, sanft abfallenden Rasen. Die Eingangstür stand offen. Ich sah in den mit Steinplatten ausgelegten Vorbau und die geflieste Diele dahinter. Im Vorbau standen auf einem Tisch ein paar Blattpflanzen. Kletterpflanzen klammerten sich an Bambusstöcke, und Geranien leuchteten durch die Fensterscheiben in den feuchten Nachmittag hinaus. Eine flauschige graue Katze stakste vorsichtig an der Hausmauer entlang, und ein Cockerspaniel kam aufgeregt bellend angestürmt. Am Eingang erschienen Cissies Mutter und ihre kleinen Geschwister – die Zwillinge, von denen sie mir soviel erzählt hatte. Ich stieg aus und wartete nervös ab.
»Herzlich willkommen, Peg«, sagte Mrs. O'Shaughnessy lächelnd, nahm mich bei der Hand und zog mich in die Diele. »Oder sollen wir dich Margaret nennen?«
»So nennt mich nur Mother Mercy. Für alle anderen bin ich Peg.«
Vor lauter Verlegenheit fiel mir nichts weiter zu sagen ein. Ich schaute mich um: ein halbrunder Dielentisch mit einer Messingvase voller Rosen, ein Schirmständer und

zwei schwarze Schirme mit Ledergriff, ein paar Drucke und Aquarelle an den Wänden und ein Jagdstuhl in der Ecke. Hinten in der Diele war ein riesiger, schmuddeliger Teddybär mit einer Schlinge um den Hals aufgehängt.

Die beiden Achtjährigen drängten sich vor. »Das ist David, und das ist Barbie«, sagte Cissie streng. Die beiden blauäugigen, dunkelhaarigen Kinder betrachteten mich neugierig.

»Wie lange bleibst du da?« fragte Barbie ohne Begeisterung.

»Bis sie die Nase voll hat«, antwortete Des, der meinen Koffer hereinbrachte, und zwinkerte mir zu.

»Sie hat dieselbe Haarfarbe wie Fluff«, bemerkte David sachlich, als wollte er unterstreichen, daß ich auch positive Eigenschaften hätte.

»Du kannst in meinem Bett schlafen«, verriet mir Barbie. »Es hat ein Loch in der Matratze.«

Cissie verscheuchte sie mit einer Handbewegung. »Haut ab!« Sie lachte verlegen und starrte die Zwillinge drohend an.

»Wer ist Fluff?« erkundigte ich mich. Cissie deutete auf den goldbraunen Cockerspaniel. Mrs. O'Shaughnessy nahm jetzt die Zwillinge unter ihre Fittiche und meinte, Cissie solle mich hinaufbegleiten.

Im Vorbeigehen warf ich einen Blick in die Räume zur Linken und zur Rechten. Rechts war das Eßzimmer und links das Wohnzimmer, ein großer, gemütlicher Raum – es enthielt eine Polstergarnitur in geblümtem Chintz, ein zweites Sofa beim Fenster, ein Radio auf dem Tisch neben dem Marmorkamin, weißgestrichene Bücherregale, einen antiken Beistelltisch mit Zeitschriften und ein Klavier mit Messingkerzenständern. Neben einem Stapel Notenblätter stand ein Goldfischglas, das zwei leuchtende Fische beherbergte.

»Oh, ihr habt Goldfische«, flüsterte ich. Von diesen Tieren hatte ich gelesen, aber noch nie welche gesehen. Ich ging hinüber, um sie mir näher anzuschauen, und verglich sie mit den Elritzen, die ich daheim im Fluß gefangen hatte. Die Goldfische glänzten und waren fett und zufrieden.

»Sie gehören Barbie«, bemerkte Cissie, »hoffentlich überleben sie's.«

Ich folgte Cissie wieder hinaus auf die Diele. Wir kamen am Praxis-Arbeitszimmer ihres Vaters vorbei und stiegen die alte Treppe hinauf, die an einem großen Fenster eine Kurve machte und in entgegengesetzter Richtung zum Treppenabsatz hinaufführte. Die Stufen waren mit einem orientalisch blau-rot gemusterten Teppich bedeckt, der in der Mitte etwas abgewetzt war. Der Hund stürmte wichtigtuerisch und mit wehenden Ohren hinter uns her.

Cissie teilte ein Zimmer mit Barbie; ich sollte Barbies Bett bekommen, während sie ins Gästezimmer umquartiert wurde. Das Zimmer war hell, und man blickte in den Garten hinter dem Haus und sah die Spalierapfelbäume an einer alten Backsteinmauer. Jenseits der Mauer wuchs eine hohe Platane, die von grünen Samenschoten nur so strotzte. Die Wände des Zimmers waren cremefarben gestrichen, auf den Betten lagen weiße Tagesdecken aus Baumwolle, und die Chintzvorhänge zeigten ein Rosenmuster mit grünen Blättern. Ich ließ meinen Koffer auf Barbies Bett fallen. Am Kopfende hingen ein paar Blei-

stiftzeichnungen an der Wand – Strichfiguren mit Rock und ein paar Strichmännchen, die am Galgen baumelten. Ich betrachtete sie und lachte. Cissie schüttelte den Kopf. »Sie macht gerade so eine Phase durch.«
Cissie trat zu mir ans Fenster. Allmählich klarte es auf; hin und wieder kam kurz die Sonne durch.
»Das ist die Rückwand vom Stall. Wir haben zwei Pferdeboxen. Wenn du fertig bist, gehen wir hinunter und ich zeige dir Banner.«
Ich betrachtete meine Freundin voll Neid, die Grundstimmung ihres Lebens ging mir auf, und ich war glücklich, daß ich daran teilhaben durfte. Nicht, daß es mir an etwas gefehlt hätte, aber die Atmosphäre in diesem Haus ließ manches ahnen, was ich nicht kannte – Sorglosigkeit und Überfluß und die Wärme einer großen Familie, in der es lustig zuging. Aber vor allem empfand ich ein überwältigendes Gefühl der Freundschaft, in der man ganz selbstverständlich teilt und akzeptiert wird, und das Bewußtsein, daß eine schier unerschöpfliche Zukunft vor uns lag und die Welt uns gehörte.
»Du hast es so gut, Cissie.« Sie blickte auf ihre Hand, zuckte mit den Schultern und sah plötzlich bedrückt aus.
»Hast du Lust auszureiten?« fragte sie nach kurzem Schweigen, und ich bejahte, machte sie aber darauf aufmerksam, daß ich gar nicht reiten konnte. Meine Angst vor Pferden erwähnte ich nicht; die Erinnerung an rollende Augen und mächtige Körper, die auf mich zustürmen und mich zu zermalmen drohen, stieg in mir auf.
»Außer Toms Stuten haben wir nur das Pony für den Gig

daheim, und einen Sattel gibt es auch nicht. Tom reitet ohne Sattel.«
Cissie bekam große Augen. »Dann kann er ja sicher phantastisch reiten.«
»Hm, keine Ahnung. Er hat nicht viel damit am Hut. Er geht nicht auf die Jagd.«
Cissie prustete los: »Jagen ohne Sattel! Das wäre die Sensation! Vielleicht sollte ich es mal versuchen.«
»Um Himmels willen, Cissie, mach keinen Unsinn.«
»Ist nur ein Scherz«, meinte sie, und wir gingen hinunter und traten hinaus in den Sommertag.
Am selben Abend erhielt ich meine erste Reitstunde. Wir gingen hinaus auf das drei Hektar große Feld hinter dem Haus, auf dem zwei Pferde liefen, Banner und Tess. Cissie sattelte Banner, half mir aufsteigen, und ich ritt eine Zeitlang im Schritt, was er geduldig hinnahm. Doch als ich am nächsten Morgen wieder auf seinem Rücken saß, fand er scheinbar, daß es jetzt reichte, oder vielleicht spürte er auch meine geheime Angst, denn plötzlich fiel er in einen leichten Galopp, und ich plumpste sofort mitten in die Brennesseln.
»Peg, ist alles in Ordnung?«
Cissie hatte sich die rechte Hand vor den Mund geschlagen und versuchte, ihr Lachen zu unterdrücken.
»Mir geht's gut«, behauptete ich und leckte meine schmerzende Hand.
»Sieben Stürze braucht es, bis einer reiten kann«, meinte sie augenzwinkernd, »du hast also nur noch sechs vor dir.«
»Eines kann ich dir jetzt schon sagen – ich hab keinen mehr vor mir! Dieser Sport ist nichts für mich.« Ich stand

aus den Brennesseln auf, pflückte mir ein paar Ampferblätter und schrubbte die weißen Brandblasen so heftig, daß grüne Flecken zurückblieben. Dann rieb ich mir verstohlen mein Hinterteil, das auch weh tat.
Mit zerknirschtem Gesicht lief Cissie dem feixenden Banner nach, der zufrieden am Graben stand und mit seinen langen, gelben Zähnen Gras abrupfte.
»Du bist ein ganz, ganz böses Pferd«, tadelte ihn Cissie. Daraufhin gab er einen lauten Furz von sich – poff, poff, poff – und ließ ein paar scharf riechende Pferdeäpfel fallen.
Als Cissie sich zu mir umdrehte, konnte sie sich kaum noch halten vor Lachen.
»Komm, wir machen eine kleine Radtour. Ich hab Mary versprochen, daß wir vorbeischauen.«
Wir nahmen Banner Sattel und Zaumzeug ab und brachten die Sachen wieder ins Haus, nicht ohne vorher das Tor der Koppel fest zu verschließen. Das durchtriebene Pferd schaute uns triumphierend nach und schüttelte die kastanienbraune Mähne.
Als wir das Sattelzeug wieder an den dafür vorgesehenen Haken gehängt hatten, ging ich mit Cissie in den großen Torfschuppen, und wir zerrten zwei Fahrräder heraus, die hinter einer Trittleiter, einem Schubkarren und einem dreibeinigen Küchenstuhl eingekeilt waren. Wir schoben sie auf die Straße und machten uns unter fröhlichem Gelächter auf den Weg.
»Hast du Mary gesagt, wann wir kommen? Vielleicht ist sie gar nicht da«, sagte ich.
»Ist doch egal! Dann fahren wir eben wieder nach Hause.

Wir können uns auch ein bißchen die Umgebung anschauen. Was interessiert dich am meisten? Megalithkulturen, Vorgeschichte, Frühchristentum?«
»Eigentlich nichts davon«, antwortete ich einfältig.
Mary wohnte mit ihrem Vater im Lehrerhaus neben dem Schulgebäude. Das einstöckige, rechteckige Gebäude hatte Dachgauben und war Ende des vorigen Jahrhunderts eigens als Lehrerwohnung errichtet worden.
Mr. McElligott war ein freundlicher, mittelgroßer Mann. Er trug eine Brille, hatte angegrautes Haar und keinerlei Ähnlichkeit mit Mr. Clancy, dem Schrecken meiner Kindheit. Er kam zur Küchentür, als Cissie den Kopf hineinstreckte. Mary sei im Garten, sagte er, und wir schlichen uns hinter einer Hecke an und erspähten unser Opfer, das ganz in ein Buch vertieft auf einer Decke im Schatten einer Erle lag.
Cissie legte den Finger auf die Lippen, und wir versteckten uns hinter der Hecke und gaben leise Stöhngeräusche von uns. Mary blickte auf und runzelte die Stirn wie jemand, der an sich selbst zweifelt. Sie verzog den Mund, als wir aus unserem Versteck sprangen.
»Ihr seid doch wirklich zwei Idioten!« rief sie. Ich warf einen Blick auf das Buch, das sie las, und entzifferte den Titel *The School by the Sea*.
»Taugt es was?«
»Geht so.«
Mary nahm uns mit hinein. Ihr Vater las und schrieb am Küchentisch. Der kleine geflieste Flur führte in zwei Wohnzimmer. Überall lagen und standen Bücher, auf Regalen, Tischen, Stühlen, Fensterbänken. Es war nicht zu

verkennen, daß wir uns in der Wohnung eines Gelehrten befanden, aber es fehlte jede Spur Gemütlichkeit, in der man sich hätte heimisch fühlen können.
Mary schlief in einem kleinen Mansardenzimmer mit einer Gaube im schrägen Dach. Cissie und Mary setzten sich aufs Bett, ich thronte auf einem Stuhl, betrachtete mein Gesicht im Spiegel und verglich es mit Cissies klassischen Zügen und Marys verschwenderischer Schönheit, gab den Versuch aber gleich wieder auf, da ich dabei schlecht wegkam.
»Ich hasse kleine Zimmer«, erklärte Mary. »Wenn ich erwachsen bin, werde ich in einem Herrenhaus wohnen. Und ich werde in einem großen Schlafgemach sterben.«
»Wozu willst du denn ein Herrenhaus?« fragte ich.
Mary schloß die Augen. »Einfach aus Freude an der Pracht.«
»Denkst du an so was wie Glenallen?« fragte Cissie verwegen. Mary zögerte, wurde ein wenig blaß, und auf ihren Lippen erstarb das Lächeln.
»Vielleicht. Das muß ich mir erst noch überlegen.«
Wir lachten. »Du solltest Brian Fitzallen heiraten«, regte Cissie an.
Mary warf ihr rotes Haar zurück und ließ es durch ihre weißen Finger gleiten. »Der Falke paart sich nicht dem Brachvogel«, sagte sie theatralisch. »Und Brian heiratet Geld. Dafür werden sie sorgen.«
Sie war immer noch blaß. »Auf jeden Fall sieht Peter besser aus«, fügte sie schelmisch hinzu. In der Zwischenzeit überlegte ich mir, wer von beiden wohl der Falke und wer der Brachvogel sein mochte. Der Falke war ein Raub-

vogel, er stieg hoch in die Lüfte und genoß seine Freiheit. Der Brachvogel hingegen war ein einsames Tier. Daheim hatte ich oft vom Moor her seinen traurigen, unmelodischen Ruf gehört. Nichts davon paßte zu Mary. Sie gab immer irgendwelchen Unsinn von sich, um auszuprobieren, wie er sich anhörte.

Cissie errötete, als der Name ihres Helden fiel, und Mary stupste sie mit dem Ellbogen und sang einschmeichelnd: »Wer liebt Peter Fitzallen? Wer liebt Peter Fitzallen?«

»Wenn du doch bloß mal den Mund halten würdest, Mary«, brummte ich.

Sie schaute Cissie reumütig an. »Ach, laßt euch durch mich nicht aus der Ruhe bringen.«

Sie brachte mich aber aus der Ruhe. Es tat mir in der Seele weh, daß sie so einsam und ohne Mutter aufwuchs. Als wir vom Garten hereinkamen, hatte ich ihren Vater gesehen, der am Küchentisch in seine Bücher und Aufzeichnungen vertieft war. Er hatte uns freundlich zerstreut angelächelt und sich dann wieder seiner Arbeit zugewandt.

Und in der Diele hatte ich ein Bild gesehen, das eine junge Frau zeigte, die dasselbe dichte, lockige Haar wie Mary und ein liebes, offenes Gesicht hatte.

»Was ist mit Marys Mutter passiert?« fragte ich Cissie einmal.

»Sie ist gestorben, als Mary fünf war. An irgendeiner Virusinfektion. Sie war eine Woche im Krankenhaus und schien sich gerade zu erholen, da bekam sie einen Rückfall und war plötzlich tot. Papa hat es mir erzählt. Es war furchtbar traurig.

Ich glaube, es gab damals eine Familienkrise. Kürzlich habe ich gehört, wie Papa Mama erzählt hat, das sei für den Rückfall verantwortlich gewesen.«

»Was denn für eine Krise?«

»Weiß ich nicht. Darüber haben sie nicht geredet.«

Es war Mittagszeit. Wir nahmen Mary mit zurück zu den O'Shaughnessys und begaben uns in die Küche, wo Nellie, die Haushälterin, einen Imbiß für uns bereithielt – hartgekochte Eier und Schinken mit Tomaten und frischem Kopfsalat aus dem Garten. Die schöne, feine Katze, die ich bei meiner Ankunft gesehen hatte, schlief in ihrem Korb am Herd, während Barbie und David gerade ihre Mahlzeit beendeten. Barbie stellte ihren Teller in die Spüle und warf uns einen unschuldigen Blick zu, als sie sich aus der Küche stahl. David sprang vom Stuhl auf und wollte ihr nachlaufen, kippte dabei aber sein Glas um und verschüttete Milch auf dem Fußboden.

»Wisch das sofort auf, junger Mann«, befahl Nellie barsch, und David packte kurzerhand die schlafende Katze am Nackenfell und wischte die Pfütze mit ihr auf. Die Katze fauchte, betrachtete erst ihr nasses Fell und blickte uns dann aus grünen Schlitzen zutiefst beleidigt an. Schließlich trollte sie sich unter den Tisch, um sich gründlich zu reinigen. Cissie, Mary und ich lachten, bis uns die Tränen hinunterliefen, während Nellie zur Hintertür ging und hinter David herschimpfte, der in den Garten geflohen war. Dann wurde es ruhig.

»Dieser Spitzbub«, brummte sie. »Dieser freche, kleine Spitzbub.«

Mrs. O'Shaughnessy kam mit einem Arm voll Rosen her-

ein. Nellie holte eine Vase, und Cissies Mutter zeigte uns voll Stolz die Blumen, während sie sie ins Wasser stellte.
»Sie sind heuer so schön gewachsen.«
»Mama stellt sie auf der Blumenschau in Glenallen aus«, erklärte Cissie.
»Wann ist die Blumenschau?« fragte ich.
»Am selben Tag wie die Gymkhana.«
Ich wußte, daß Cissie an dem Hindernisrennen teilnahm, und wandte mich an Mary, um zu fragen, ob sie auch mit von der Partie war.
»Ich habe kein Pferd.«
»Natürlich hast du ein Pferd. Du kannst Hector reiten. Mr. Whitefield leiht ihn dir sicher gerne.«
»Wer ist das?« fragte ich.
»Der Pfarrer«, sagte Cissie. »Sein Pferd kann immer Bewegung brauchen.« Aber Mary zeigte sich merkwürdig zurückhaltend, was ich auf die Schwierigkeit mit dem Pferd zurückführte. Cissie versprach, sie würde den Pfarrer selbst fragen, und erinnerte Mary, wie gut ihr die Gymkhana damals in Barnstown gefallen hatte, lobte ihr Können als Reiterin und betonte noch einmal, wie dringend Hector etwas Bewegung brauchte. Mary seufzte und gab sich geschlagen.
Wir machten uns belegte Brote und nahmen sie mit hinaus an den Saleen-See, unweit von Cissies Elternhaus. Unsere Fahrräder lehnten wir ans Gebüsch, dann entzündeten wir ein Feuer, um die Mücken zu vertreiben, und ließen uns im Schatten einer Eiche nieder, wo wir uns über das Picknick hermachten. Ich blickte auf den See, über den die Schatten der Wolken zogen, sah, wie sich die

Wasseroberfläche kräuselte, wenn der Wind auffrischte, und hörte das leise Plätschern der Wellen. An diesem Tag prägte ich mir etwas ein: Ich bin fast vierzehn und vollkommen glücklich.

»Dieser See ist trügerisch«, bemerkte Mary. »Du darfst nie versuchen, hier zu schwimmen. Er ist voller Schlingpflanzen, die einen in die Tiefe ziehen.«

Ich zuckte die Schultern. »Schwimmen kann ich sowieso nicht.«

Ich ließ meinen Blick über die freundliche Landschaft schweifen und beobachtete das Spiel von Licht und Schatten auf dem Knockshee. Der Berg sah heute fröhlich aus, das Gefühl, daß er dumpf auf etwas lauerte, war verflogen, und die Sonnenstrahlen ließen die vielen Schattierungen von Grün und Braun aufleuchten. Es schien, als würde der Berg die drei jungen Mädchen, die am See picknickten, wohlwollend beobachten.

Ich bin wohl ein bißchen übergeschnappt, dachte ich bei mir und kämpfte gegen die zwanghafte Vorstellung an, der Berg sei ein echtes Wesen – uralt und amoralisch. Meine Phantasie trieb die wildesten Blüten. Warum sollte ein Bestandteil der Landschaft eine solche Ausstrahlung besitzen? Im ganzen Umkreis grünte und blühte das Land, meilenweit in alle Richtungen erstreckte sich die grüne Insel – ruhig und gelassen im sommerlichen Frieden. In der Ferne schrie ein Esel, ein trauriger, langer Klageruf.

Den Sommer über aß man im Haushalt der O'Shaughnessys, wenn man Hunger hatte; nur am Abend, wenn Dr. O'Shaughnessy nach Hause kam, versammelte sich die

ganze Familie im Eßzimmer. Manchmal wurde er mitten in der Mahlzeit fortgerufen, und Mrs. O'Shaughnessy seufzte dann: »Kannst du nicht erst fertigessen?« Und er erwiderte matt, daß Babys eben nicht warten könnten. Es wirkte geradezu berauschend auf mich, mit jemandem unter einem Dach zu wohnen, der tagtäglich mit dem wirklichen Leben, mit Geburt und Tod, in Kontakt kam. Doch angesichts dessen, was ich über die Geburt wußte, fand ich es peinlich, daß ein Mann, selbst wenn er Arzt war, an einem so intimen Ereignis im Leben einer Frau Anteil haben sollte. Ich beschloß, keine Kinder zu bekommen, wenn ich erwachsen war.
Cissies Vater erzählte mir Begebenheiten aus der Grafschaft und berichtete auch von der Schlacht bei Ballinamuck im Jahre 1798, als irische und französische Truppen unter General Humbert gegen die Engländer unter General Lake kämpften. Dr. O'Shaughnessy kannte sich in der Geschichte gut aus und verstand es, andere zu fesseln, da er ihnen sein eigenes großes Interesse nahebrachte.
Sogar Des, der eben noch vor sich hin gestiert hatte, schaltete sich in das Gespräch ein, um mir von dem Kanonier Magee zu erzählen, der gemeinsam mit seinen beiden Cousins kaputte Töpfe und Pfannen als Ersatzmunition für eine von Humberts Kanonen benutzt hatte. »Als ein Rad der Kanone zerbarst, stützten die beiden Cousins die Radachse mit dem Rücken ab, während Magee den letzten Schuß abfeuerte. Der Rückstoß brach ihnen das Kreuz, und Magee wurde von der englischen Kavallerie getötet.«
Er schilderte die Geschehnisse, als hätten sie sich erst

gestern zugetragen. Barbie und David hörten mit offenem Mund zu, bis Dr. O'Shaughnessy das Thema wechselte.
»Wie steht's mit dem Reiten?« wandte er sich an Cissie. »Bringst du heuer den Fitzallen-Pokal nach Hause?«
Cissie drehte die Hand hin und her – was ›vielleicht‹ bedeuten sollte. Sommers wie winters trug sie den dünnen Handschuh. Ich hatte mich schon so daran gewöhnt, daß ich weder den Handschuh noch die Mißbildung, die er verbergen sollte, als etwas Außergewöhnliches betrachtete.
»Und was ist mit dir, Des?«
»Ich habe nichts dagegen teilzunehmen – aber ihr braucht nicht zu erwarten, daß ich auf Tess gewinne. Sie ist einfach verdammt faul.«
Sein Vater musterte ihn kurz, und die ergrauten Brauen über den müden Augen zogen sich zusammen.
»Ich weiß schon, wer hier faul ist«, sagte Cissie, »und Tess ist es jedenfalls nicht. Du nimmst doch nur an der Gymkhana teil, um Harriet Fitzallen zu begegnen.«
Des wurde rot. »Kleine Mädchen soll man sehen, aber nicht hören«, entgegnete er patzig.
Die gegenseitige Neckerei nahm kein Ende. Man sprach über die Fitzallens und Glenallen und das dortige Gestüt, wo seit zwei Jahren, seit sich Mrs. Fitzallen im Komitee engagierte, die Blumenschau und das Reitturnier stattfanden.
Wie Des mir sagte, hatte die Familie Fitzallen drei Kinder; zwei Jungen – Peter und Brian – und ein Mädchen, Harriet. Altersmäßig waren sie nah beieinander; Peter war siebzehn, gerade mit der Schule fertig, und ging dem-

nächst nach Dublin, um Jura zu studieren. Harriet war ein Jahr jünger. »Sie besucht ein Internat in Dublin, und sie kann phantastisch reiten.«

»Sieht gut aus, das Mädchen«, ergänzte sein Vater und blickte Des spöttisch an.

Ich schaute von ihm zu Mrs. O'Shaughnessy, aber sie sagte nichts, sondern betrachtete nur lächelnd ihren Sohn.

»Ich mag sie nicht«, mischte sich Barbie plötzlich ein, die damit beschäftigt war, ihren Kartoffelbrei in einer dünnen Schicht am Tellerrand zu verteilen, so daß ihre Mutter denken würde, sie hätte fast alles aufgegessen.

»Warum nicht?« wollte Des wissen.

»Gestern bei Gogarty's hat sie mich ›Darling‹ genannt, als ich für Nellie Butter holen mußte.«

»Das ist ein alberner Grund«, urteilte ihr Zwillingsbruder David verächtlich, und Des murmelte vor sich hin, er hätte nichts dagegen, wenn sie ihn Darling nennen würde.

»Nein, das ist kein alberner Grund, sie hat es nämlich nicht gemeint. Und ihre Augen lächeln nie.«

»Und was ist mit Brian?« erkundigte ich mich.

»Er ist vierzehn«, sagte Cissie. »Ein Einzelgänger – aber ganz nett.«

Die Katze machte den ganzen Abend lang einen großen Bogen um David. Ich fragte Barbie, was sie am Nachmittag unternommen hatten, und sie zeigte auf ein Marmeladenglas auf der Fensterbank, in dem Stichlinge herumschwammen, die silbrig im Licht glänzten. Dann legte sie den Mund an mein Ohr und flüsterte, sie hätte ein paar davon zu den Goldfischen getan – »damit sie nicht so allein sind«. Ich dachte nicht mehr daran, bis einige Zeit später

Entsetzensschreie die Stille zerrissen und ich Barbie mit dem Goldfischglas in der Hand zielstrebig zur Toilette marschieren sah. Die Goldfische waren tot; die Stichlinge hatten sie erdolcht und schwammen nun unter den rotgoldenen Leichen ihrer Opfer herum, die auf der Seite trieben.

»Ihr habt meine Goldfische umgebracht«, schrie Barbie unter wütendem Geheul. »Ihr habt meine armen Goldfische umgebracht.« Dann hörte man, wie die Spülung betätigt wurde und die Missetäter mit sich riß.

3. Kapitel

Für die Gymkhana hatte ich mein bestes Kleid angezogen, ein blaues Sommerkleid mit Gürtel, V-Ausschnitt und weißem Revers, das Mrs. Houlihan für mich genäht hatte. Cissie und Des ritten nach Glenallen, während ich mit ihren Eltern im Wagen fuhr. Der Kofferraum war mit Rosen gefüllt, deren Duft uns beim Öffnen entgegenströmte. Als wir Glenallen erreichten, fuhren wir durch das hintere Tor auf das Grundstück, wo uns ein Schild den Weg zum Parkplatz wies. Ein paar Leute waren schon mit Pony und Gig eingetroffen, auch zwei Autos standen da. Es war ein wunderschöner Nachmittag, doch im Westen standen Wolken, die nichts Gutes verhießen.

Cissie auf Banner traf kurze Zeit später ein. Sie stieg ab und ging den Parcours mit mir ab, wobei sie ihr Pferd führte, das mit seinem gestriegelten Fell, Mähne und Schwanz frisch geflochten, sehr gut aussah. Sie erklärte mir die verschiedenen Durchgänge, die während des Wettkampfs zu absolvieren waren. Auf dem Feld waren Hürden und Hindernisse aufgebaut. Es gab ein Mauerrick, eine mit Stechginster aufgefüllte Hecke und Gutstore; die Stangen waren rot-weiß gestrichen.

Zum Schutz der Zuschauer war der Parcours durch einen

an Kiefernpfosten befestigten Maschendrahtzaun begrenzt. An einer Längsseite stand ein Heuwagen mit weißen Korbstühlen, die für die Schiedsrichter reserviert waren. In der Mitte zwischen den Stühlen befand sich ein Tisch, auf dem die Pokale ausgestellt waren, und daneben stand eine große Schachtel mit roten, blauen und grünen Bandschleifen als Trostpreise für die Verlierer.
An einer Schmalseite des Parcours war ein eingekoppelter Sattelplatz, dessen Tor offenstand. Cissie führte Banner hinein und begrüßte einen jungen Mann, der mit seinem Pferd am Halfter auf uns zukam. Er trug Kavalleriereithosen und eine grobe Tweedjacke. Er hielt sich gut, wirkte aber geistesabwesend und hatte die Ausstrahlung der privilegierten Gesellschaftsschicht. Als er vorbeikam, grüßte er Cissie ein wenig zaghaft und warf mir einen Blick zu.
»Wer ist das?« fragte ich, als er vorbei war.
»Brian Fitzallen.«
Dann wurde Cissies Stimme tiefer. »Schau, da ist sein Bruder Peter.«
Ich drehte den Kopf, um diesen Ausbund an männlichen Tugenden zu sehen, der Mary Anlaß zu so vielen Anzüglichkeiten gegeben hatte. Aus etwa fünfzig Metern Entfernung näherte sich ein junger Mann in Reithosen und schwarzen Stiefeln. Neben ihm ging ein blondes Mädchen. Er war etwa so groß wie sein Bruder, sah gut aus und hielt, auch wenn er im Gespräch war, den Kopf sehr gerade, was wohl seinen unbeugsamen Stolz demonstrieren sollte. Er trug eine schwarze Samtjacke mit einem steifen, schneeweißen Kragen und schlug im Gehen eine Reit-

peitsche mit silbernem Griff gegen die polierten schwarzen Stiefel.
»Das Mädchen neben ihm ist Harry«, ergänzte Cissie.
»Die Schwester?«
»Ja.«
Ich beobachtete die beiden unauffällig. Sie schienen ins Gespräch vertieft, doch Harriet ließ ihren Blick über die Anwesenden schweifen, während sie sich mit ihrem Bruder unterhielt. Sie war hochgewachsen, ebenso makellos gekleidet wie Peter und strahlte Fröhlichkeit und Selbstbewußtsein aus.
»Harry ist ein komischer Name für ein Mädchen, aber irgendwie paßt er zu ihr.«
Cissie nickte zerstreut. Mir fiel auf, wie ihre Augen an Peter hingen und ihre Pupillen dunkel wurden.
Die beiden sprachen mit anderen Wettkämpfern, und ich hörte Harriets helles Lachen. Dann schlenderten sie in unsere Richtung. Cissie begann sich intensiv mit Banner zu beschäftigen und streichelte unaufhörlich seine Nase, bis er unruhig schnaubte. Sie drehte sich zur Seite. Ich wußte, daß sie nervös war, fragte mich aber, warum.
»Hallo, ihr zwei!« Harriets Stimme klang herzlich und freundschaftlich.
»Hallo, Harry«, erwiderte Cissie ernst und fuhr fort, Banner zu streicheln. Sie warf einen Blick auf Peter, der direkt hinter seiner Schwester stand. Er lächelte Cissie flüchtig an und schaute dann weg.
»Das ist meine Freundin«, stellte mich Cissie vor, »Peg Donlon.«
»Hallo, Peg«, Peter schüttelte mir die Hand. Ich hatte den

Eindruck, als würde ich geprüft und für unwürdig befunden. Harriet schenkte mir ein strahlendes Lächeln, das ich ganz bezaubernd fand; sie wollte kontaktfreudig und charmant wirken. Außerdem strahlte sie die Überzeugung aus, daß die Menschen so waren, wie sie sie sehen wollte, daß andere nur in Beziehung zu ihr existierten und sie selbst der Nabel der Welt war. Der Charme, der mit dieser Weltsicht einherging, war verführerisch und vielversprechend: Der Lohn war Harriets Freundschaft und Anerkennung, und der Preis, den man dafür bezahlte, Anpassung – die Umgestaltung der eigenen Identität gemäß ihren Vorstellungen.

All das wird mir rückblickend klar, doch in jenen Tagen, als ich kaum persönliche Absichten verfolgte, war ich einfach hingerissen.

Plötzlich erschien Des auf Tess, stieg ab, begrüßte Peter flüchtig und wandte sich dann sofort und mit unverhohlener Bewunderung Harriet zu. Mir war sofort klar, daß sie sich seiner Gefühle bewußt war, sich geschmeichelt fühlte, aber im Grunde unbeeindruckt blieb.

»Ich habe dich auf deinem neuen Pferd gesehen«, bemerkte er.

»Ja, Mister Charming. Wie gefällt er dir?«

»Er ist ein Prachtkerl. Den Pokal holst du dir spielend.«

Dann tauchte Mary auf, die den geborgten Hector ritt, ein dickes, ungepflegtes Tier, von dem weiße Schaumklümpchen tropften. Sie hatte die aufrechte Haltung einer guten Reiterin. Das tiefrote Haar war mit einem Haarnetz unter dem harten schwarzen Hut gebändigt. Doch Mary preßte die Hände krampfhaft zusammen, und zu meiner Ver-

wunderung bemerkte ich, daß sie zitterten, als sie sich anschickte abzusteigen.
»Guten Tag, ihr lieben Leute«, begrüßte sie uns jovial und verriet mit keiner Geste den inneren Aufruhr, der sich gerade eben noch an ihren zitternden Händen gezeigt hatte. Sie schwang ein schlankes Bein über den Hals des Pferdes und glitt herunter. Alle lachten. Mary besaß die Gabe, den Anschein zu erwecken, als sei es ihr völlig gleichgültig, was andere von ihr dachten, und infolgedessen hatten alle Hochachtung vor ihr. Ich sah, wie Harriet, die ihr Willkommenslächeln aufgesetzt hatte, Mary musterte und mit hochgezogenen Augenbrauen auf Hector blickte.
»Wenn ich gewußt hätte, daß der arme Hector so schlecht in Form ist, hätte ich ihn für den lieben alten Herrn Pfarrer geritten.«
Dann wandte sie sich wieder Cissie zu, die mit Peter sprach, dabei Banner am Halfter hielt und die linke Hand in der Tasche versteckte. Banner rasselte mit dem Gebiß, zog die ledrigen Lippen kraus und zeigte seine Zähne. Ich merkte, daß Cissie ihre Umgebung kaum noch wahrnahm; die Wirklichkeit bestand für sie nur noch aus einem einzigen menschlichen Wesen.
»Cissie Darling«, ließ sich Harriet vernehmen, »findest du Banner nicht ein bißchen anstrengend?«
Cissie reagierte zunächst gar nicht. Dann drehte sie sich um und lachte. Ihr Gesicht war rosig, und ihre Augen leuchteten.
»Überhaupt nicht, er ist ein Schatz.«
»Aber er ist sehr kräftig. Fällt es dir nicht schwer, ihn beim

Wenden zu halten … mit deinem armen Pfötchen?« Sie zeigte auf Cissies linke Hand, die immer noch in der Tasche steckte. Cissie wurde blaß, wußte nicht, was sie sagen sollte, zog die Hand aus der Tasche und betrachtete sie unglücklich. Ich sah, wie Peter auf die Hand mit dem Handschuh blickte. Mary atmete tief durch.

»Nein«, stotterte Cissie, die sich gedemütigt fühlte, weil ihre deformierte Hand im Mittelpunkt der Aufmerksamkeit stand. Und wie ich vermutete, empfand sie es als schlimme Kränkung, daß Peter Fitzallen Zeuge dieser Szene wurde. Peters Gesichtsausdruck hingegen war geradezu unergründlich, nur ein harter Zug um den Mund verriet unversehens Mißbilligung. Er sah seine Schwester an, und seine Augen wurden schmal.

»Nein, ganz und gar nicht«, sagte Cissie mit zittriger Stimme. »Eine gute Reiterin lenkt mit den Knien und nicht mit der Hand«, erklärte Mary honigsüß, und als Harriet sie mit kühlen blauen Augen anschaute, fügte sie hinzu: »Wie ich sehe, benutzt du für Mr. Charming schon scharfes Gebiß.«

Harriets Gesicht, das liebenswürdig und überlegen wirken sollte, erstarrte plötzlich, und sie warf Mary einen Blick zu, bei dem es mir kalt den Rücken hinunterlief. Peter wandte sich mit einer netten, witzigen Bemerkung an Cissie und beugte sich dabei freundlich, aber herablassend zu ihr hinunter. Dann legte ihm seine Schwester die Hand auf den Arm. »Darling«, sagte sie munter: »Es ist gleich elf. Wir müssen weiter. Ich bin so zerstreut.«

Er reagierte mit einem leisen Lachen und schien fast erleichtert, daß sie ihn wegzog. Harriet und Peter entfernten sich langsam, sie gingen über den Parcours, plauderten mit anderen Leuten, und Cissie stand da, wie unter Schock, und streichelte immer noch Banners Nase. Ich sah, wie ihr Tränen in die Augen traten und sie die Lippen aufeinanderpreßte.

»Hör nicht auf sie. Sie hat es nicht so gemeint«, flüsterte ich. »Sie ist einfach ein bißchen unsensibel.«

»Sie ist einfach eine dumme Kuh«, sagte Mary, »die versucht, Cissie aus dem Gleichgewicht zu bringen.« Cissie antwortete nicht, aber ihre Lippen zitterten, und sie hielt nur mit Mühe die Tränen zurück.

»Für wen halten sie sich eigentlich?« flüsterte ich Mary ärgerlich zu.

Sie lachte kurz auf.

»Für Könige ... Sie halten sich für die königliche Familie, aber ich würde was drauf wetten, daß die sich besser zu benehmen wissen.«

Die Gymkhana begann. Ich saß mit Mrs. O'Shaughnessy und den Zwillingen in der kleinen Zuschauermenge. Einschließlich Des und Mary traten insgesamt zehn Wettkämpfer an. Harriet ritt ihr neues Pferd, einen schönen kastanienbraunen Wallach, voll Stolz, doch nach einer tadellosen Leistung stieß er die Stange der letzten Hürde hinunter.

»O mein Gott, o mein Gott.« Barbie, die neben mir stand und über den tragischen Tod ihrer Goldfische bereits hinweggekommen war, tuschelte die ganze Zeit vor Aufregung, bis sie von ihrer Mutter zur Ruhe gerufen wurde.

Schließlich waren alle Wettkämpfer ausgeschieden bis auf Cissie und die drei Fitzallens. Es gab ein Stechen auf Zeit.

Peter und Brian ritten zuerst und stießen je ein weiteres Hindernis um. Dann war Harriet an der Reihe. Als sie auf den Parcours ritt, spürte man förmlich ihre Konzentration, doch ihr Pferd war merkwürdig nervös und warf die zweite Hürde um. Jetzt war Cissie dran. Harriet räumte mit wütendem Gesicht das Feld und ritt auf den Sattelplatz.

Cissie trabte in die Einfriedung. Sie hatte darum gebetet, als letzte antreten zu können, und bei der Auslosung Glück gehabt. Ganz aufrecht saß sie auf ihrem Pferd – mit unbeweglicher Miene und tiefschwarzen Pupillen, wie immer, wenn sie aufgeregt war oder Angst hatte.

Banner verhielt sich vorbildlich. Die Menge hielt den Atem an. Ich spürte, daß die Zuschauer sie unterstützten, diese Vierzehnjährige mit der armen kleinen Hand, Gott steh ihr bei. Mrs. O'Shaughnessy lehnte sich zurück und tat so, als würde sie sich entspannen. Auf der anderen Seite der Einfriedung sah ich das Ehepaar Fitzallen. Ob sie wohl glaubten, der Sieg sei ihrem Kind schon sicher?

Später, als ich sie besser kennenlernte, wurde mir klar, daß ich sie falsch eingeschätzt hatte. Sie wurden von einem düsteren Fatalismus beherrscht und erwarteten rein gar nichts.

Cissie nahm das erste Hindernis, dann das nächste, die zweifache Kombination, den Wall, den Wassergraben. Die Spannung stieg, als Banner mit dem Hinterhuf gegen die oberste Stange einer Hürde schlug, doch sie zitterte nur einen Augenblick lang und blieb liegen. Das Pferd schien seinen Fehler zu bemerken, denn alle anderen Hindernisse nahm es mit Bravour. Dann war auch die letzte Hürde überwunden, und es war geschafft. Miss O'Shaughnessy auf Banner hatte ohne Fehler und mit nur einem Zeitfehler das Rennen gewonnen. Alle klatschten und jubelten, insbesondere die Zwillinge brüllten vor Freude. Ich sah, wie Cissie sich liebevoll über Banners Hals beugte, sah, wie ihre Augen wanderten, nicht dahin, wo ihre Familie und ich saßen, sondern zu Peter und Harriet Fitzallen. Ich sah, wie Peter ihren Blick erwiderte – mit einem Mal schien sein Interesse geweckt. Da stand er, dieser Teenager, hochgewachsen, aristokratisch und kalt, und folgte Cissie mit den Augen. Und vielleicht war es das Zusammenspiel seiner Schönheit und seiner Kälte, was Unbehagen bei mir auslöste – das und sein unverkennbares Interesse an Cissie.

Hier lauerte eine Gefahr, die ich nicht einschätzen konnte. Als ich die drei jungen Fitzallens auf dem Sattelplatz beobachtete, fiel mir auf, daß Brian nie bei seinem Bruder oder seiner Schwester stand; er hielt sich meistens abseits, doch einmal, als er das Wort an sie richtete, sah ich, wie Harriet ruckartig den Kopf wegdrehte und Peter seinem Bruder gezielt den Rücken zuwandte.

Dann folgte die Siegesparade. Die Sonne war herausgekommen und schien auf Cissie, die an der Spitze der Parade rund um die Einfriedung ritt, und auf Mary, die mit hoch erhobenem Haupt und unbeweglichem Lächeln die Nachhut anführte. Eine Weile lang beobachtete ich Harriet Fitzallen, weil ich wissen wollte, wie sie ihre Niederlage aufnahm. Sie trug ein heiteres Lächeln zur Schau, doch wie Barbie bereits bemerkt hatte, lächelten ihre Augen kein bißchen.

Die Wettkämpfer reihten sich vor den Schiedsrichtern auf, um ihre Preise entgegenzunehmen. Banner wurde mit einer Rosette geschmückt, ein Preisrichter gratulierte Cissie und überreichte ihr die Silbertrophäe, den Fitzallen-Pokal, den sie ein Jahr lang behalten durfte, und eine kleinere Nachbildung davon. Sie nahm die beiden Trophäen mit der rechten Hand entgegen, hielt mit der linken die Zügel und lächelte glücklich. Und in diesem Augenblick ihres Triumphs wurde mit einem Mal Harriet Fitzallens Pferd bockig und rempelte Banner von hinten an. Cissie griff instinktiv mit der gesunden Hand nach den Zügeln und ließ dabei den Pokal zu Boden fallen.
Ich sah, wie sie vor Scham blaß wurde und sich zitternd anschickte abzusteigen, als plötzlich Brian Fitzallen vor ihr stand, den Pokal aufhob und ihn Cissie mit einer Verbeugung zurückgab. Mehrere Zuschauer klatschten. Für diese Geste der Ritterlichkeit schloß ich ihn ins Herz; und es gefiel mir, wie er seiner Schwester zuzischte: »Kannst du das Tier denn nicht unter Kontrolle halten?« Auch der unverhohlene Haß, mit dem sie ihn anblickte, entging mir nicht. Währenddessen saß Peter mit unbeweglicher Miene auf seinem Pferd – unbeteiligt, kalt und verächtlich – und beobachtete Cissie. Sein Gesicht verriet kein Gefühl außer demselben gespannten Interesse, das ich wahrgenommen hatte, als er Cissies Siegesritt verfolgte.
Dann gingen der zweite und dritte Preis an die Fitzallens, und auch sie ernteten Applaus. Als Brian seine Rosette erhielt, drehte er sich um, schaute mir in die Augen und lächelte, und es entstand ein Gefühl der Nähe, das kaum einen halben Atemzug währte.

Dieses Ereignis war der Höhepunkt meines Aufenthalts in Ballyharris. Nach dem Rennen gab es Tee im großen Zelt, das man auf dem Rasen im Schatten des Herrenhauses errichtet hatte. Ich stand am Zelteingang, blickte beinah ehrfürchtig zu den georgianischen Fenstern des Hauses hoch und sog die Atmosphäre des Reichtums auf, mit all den Segnungen, die er in Form von Selbstvertrauen und Privilegien mit sich brachte. Jenseits des Rasens sah ich einen kleinen, künstlich angelegten See und dahinter ein Wäldchen. Auf den Wiesen, die sich im Hintergrund erstreckten, grasten Pferde – anmutige Silhouetten vor dem Horizont.

Ich fragte mich, wo Mary steckte, denn ich wollte gerne mit ihr über Cissies Sieg reden. Da sie im Zelt nicht zu finden war, ging ich nach draußen. Die kühle Abendbrise zerrte an der Zeltleinwand, und der Himmel sah nach Regen aus. Am Berg hatte es schon angefangen zu regnen. Ich suchte mit den Augen die Vorderfront und die Seite des Hauses ab und entdeckte endlich Mary, die unter einem Bogengang von den Ställen her kam. Ich wollte schon rufen, als sie auf eine Baumgruppe in Richtung Tennisplatz zusteuerte. Etwas an ihrem Gang beunruhigte mich. Ich rannte zu den Bäumen und fand sie dort im Schatten, wie sie sich vornübergebeugt erbrach.

»Warum ist dir schlecht geworden?« fragte ich schwer atmend, sie schaute zu mir auf und schüttelte zitternd den Kopf.

»Ich weiß nicht, Peg. Hier in Glenallen ist irgendwas …«

Einen Augenblick lang glaubte ich, daß sie scherzte, aber ihr trotzig gequälter Gesichtsausdruck sprach für sich.

»Das ist das schönste Anwesen, das ich je gesehen habe«, bemerkte ich verwundert. Im Moment hatte ich alles Bedrückende vergessen, was ich noch vor einer halben Stunde empfunden hatte. »Was sollte damit los sein?«

»Es macht mir angst«, flüsterte Mary. »Ich bekomme Angst, und es widert mich an, und ich weiß nicht, warum.« Mit einem Taschentuch, das sie aus ihrer Reitjacke zog, wischte sie sich den Mund ab und bestand darauf, mit mir in das Zelt zurückzukehren. Ich ging schweigend neben ihr her, spürte die ersten feinen Regentropfen und hatte das Gefühl, daß uns der Berg – eingehüllt in graue Nebelschleier – verfolgte.

Doktor O'Shaughnessy holte uns ab. Mrs. O'Shaughnessy hatte mit ihren Rosen den zweiten Preis gewonnen. Sie freute sich redlich darüber, und wir fuhren müde und zufrieden nach Hause. Cissie und Des brachten die Pferde heim, und Mary gab ihr Reittier wieder bei seinem Besitzer ab, um sich uns dann zum Abendessen anzuschließen. Und beim Essen ging es hoch her! Die Küche war erfüllt von schallendem Gelächter, und man stellte lebhafte Vergleiche an, was Harriets Pferd wohl gekostet haben mochte und wie billig Banner dagegen gewesen war. »Ich wußte, daß er was taugt«, bemerkte Dr. O'Shaughnessy zwischen zwei Bissen, und Des erklärte, Mr. Charming sei wirklich ein ziemlich störrisches Tier. »Habt ihr gesehen, was er beim Stechen für ein Theater gemacht hat?« Er fügte hinzu, Harry sei trotzdem die beste Reiterin in der Grafschaft, während David fand, ›Mr. Charming‹ sei ein blöder Name für ein Pferd. Mary, die sich offenbar wieder erholt hatte, trug wenig zur Unterhaltung bei, kicherte aber ab und zu boshaft. Nellie bediente uns, eilte geschäftig hin und her und meinte, es sei eine Gnade Gottes, daß das Wetter gehalten hatte; im Vorbeigehen legte sie Cissie die Hand auf den Kopf. Cissie hatte gebadet und sich umgezogen und sah erschöpft und zufrieden aus.

»Worüber hast du den ganzen Abend gekichert, Mary?« fragte Cissie später, nachdem wir Nellie beim Abräumen geholfen und uns in Cissies Zimmer zurückgezogen hatten. Ich schaute aus dem Fenster, die anderen beiden hatten sich auf den Betten ausgestreckt. Stürmische Windböen trieben den Nieselregen vor sich her, und das Laub der Platane und der Apfelbäume wiegte sich in einem wilden Tanz. Doch das Fenster war fest geschlossen, drinnen war es behaglich, und wir fühlten uns geborgen. Als ich mich umdrehte und meine beiden Freundinnen betrachtete, war ich froh, daß wir die Welt ausschließen konnten.

Mary ließ sich nichts anmerken. »Von was redest du?«

»Du hast beim Abendessen ständig vor dich hin gegackert. Wir wollen auch mitlachen.«

Mary sah erst Cissie, dann mich an.

»Es ist ein Geheimnis, das nur die drei Unbezwingbaren angeht.« Sie hielt inne und biß sich auf die Lippen, als ich losprustete. Die drei Unbezwingbaren! Das tat weh! Neun Monate war es her, darüber waren wir doch längst hinaus.

»Wißt ihr«, fuhr sie fort und kreuzte die Arme über der Brust, »ich habe ihm einfach ein paar Brennesseln dahin gesteckt, wo sie am besten wirken.« Sie lachte wieder, Tränen liefen ihr die Wangen hinunter, und sie war so ver-

gnügt wie jemand, der einerseits von der eigenen Tollkühnheit begeistert und andererseits froh ist, die schreckliche Spannung loszuwerden.
Mir war schleierhaft, wovon sie sprach. Cissie war einen Augenblick lang perplex, dann wurde auch sie von einem Lachkrampf geschüttelt, der nicht frei von Schuldgefühlen schien. »O Gott, ich habe eigentlich gar nicht gewonnen, das warst du!«
Mary schaute mich mit tränennassen Augen an. »Kapierst du es nicht, du lieber Dummkopf? Ich habe eine Kugel aus Brennesseln geformt, und vor dem Stechen, als sie alle in einer Reihe vor dem hinteren Zaun auf dem Sattelplatz standen, habe ich sie Mr. Charming in den Arsch geschoben.«
»Was hast du getan ...?« Ich kam nicht mehr mit.
»Das ist ein alter Zigeunertrick«, erklärte sie, als sie wieder sprechen konnte. »Das machen sie auf dem Pferdemarkt, damit ein alter Klepper jung und munter wirkt. Bin ich sehr schlimm?«
»Und wie«, rief ich und preßte mir ein Kissen aufs Gesicht, um meinen Lachanfall zu ersticken. Kein Wunder, daß Mr. Charming bockig gewesen war.
Was ich in dem Gehölz bei den Ställen miterlebt hatte, erwähnte ich an diesem Abend nicht. Beim Essen hätte ich es beinah erzählt, aber Mary hatte warnend die Stirn gerunzelt und den Kopf geschüttelt.
Als Mary ging, brachten wir sie die Treppe hinunter bis zur Haustür. Ich sah, daß sich Dr. O'Shaughnessy von einer Patientin verabschiedete – einer erschöpft wirkenden, spatzenhaft kleinen Frau mit verbundener Hand. Er

lehnte das Geld ab, das sie ihm hinhielt, und sagte: »Versuchen Sie, etwas kürzerzutreten, Kate, und befolgen Sie meine Anweisungen für die Hand. Sie wissen selber, daß Sie verhindern müssen, daß sich die Infektion festsetzt.«

»Zum Teufel damit – festsetzen. Ich hab schon schlimmere Kratzer abbekommen als den da.«

Sie schaute zu uns hinauf, als wir die Treppe herunterkamen.

»Mein Gott, Dr. O'Shaughnessy, die kleine Cissie ist ja unheimlich groß geworden; wir müssen dir einen Stein auf den Kopf legen, kleines Fräulein ... Und zwei so vornehme Freundinnen hat sie! Gott segne euch.«

Ich bemerkte, wie ihre Augen an Cissies linker Hand hängenblieben, trotz ihres Geplappers sahen sie ängstlich aus.

»Wer war das?« fragte ich Cissie, als Mary auf ihrem Fahrrad losgezogen und die Patientin nur noch als grauer Umriß auf der dunklen Straße zu sehen war.

»Du meinst die Patientin – oh, nur die arme Mrs. Hennigan. Sie leben in dem Häuschen weiter unten an der Straße; ihr Mann arbeitet für die Fitzallens. Sie haben elf Kinder.«

Als wir durch die Diele zurückgingen, fiel mir auf, daß die Praxistür offen war und Dr. O'Shaughnessy mit seiner Frau sprach, die in der Tür stand. »Die arme Frau ... Vielleicht verliert sie die Hand. Warum ist sie nicht eher zu mir gekommen? Ich habe es geöffnet, aber das ist nur eine Notlösung. Sie hat sich einen Splitter unter den Nagel gezogen ...« Er schüttelte den Kopf.

In diesem Moment stolperte ich über den halb erdrosselten Teddy, und Mrs. O'Shaughnessy wurde auf uns auf-

merksam. »Wo ist Barbie? Sagt ihr, sie soll das Ding aus der Diele räumen.«
»Barbie«, brüllte Cissie. »Schaff dein verdammtes Mordopfer weg. Peg hätte sich beinah den Hals gebrochen.«
Barbie kam mit schokoladenverschmiertem Mund aus der Küche, ihr Zwillingsbruder folgte ihr auf den Fersen. »Aber das ist der beste Platz für eine Hinrichtung«, erklärte sie ihrer Mutter und deutete auf das Ende des Stricks, der am Treppenabsatz am Geländer festgebunden war.
»Habt ihr die Mousse gegessen?« rief Cissie wutentbrannt; die Antwort gab ihr Nellie, die mit rotem Gesicht aus der Küche gestürmt kam.
»Ich kann sie keine Sekunde aus den Augen lassen, Ma'am. Ich war nur kurz in der Speisekammer, und als ich wiederkam, war ein Loch in der Nachspeise für morgen.«
»Ihr kleinen Ratten«, zischte Cissie die Zwillinge an. Barbie warf ihrer Mutter einen schuldbewußten Blick zu, packte den Teddy und lief die Treppe hinauf; dann zerrte sie heftig an dem Knoten am Treppengeländer, während uns David von oben Grimassen schnitt.

Cissie verbrachte in diesem Jahr den Großteil des August bei uns. Wegen der Wirtschaftskrise war die Lage auf dem Land schlimmer denn je. Unsere Farm war jedoch nicht so arg betroffen wie andere, denn Tom hatte in der Pferdezucht ebensoviel Erfolg wie im Handel, und die Nachfrage nach seinen Tieren war nicht vom britischen Markt abhängig. Trotzdem war mir klar, daß Geld knapp war und meine Mutter an allen Ecken und Enden sparte, um mein Schulgeld bezahlen zu können.

Wir hatten auch Mary zu uns eingeladen, aber sie hatte gleichzeitig eine Einladung von ihrer Tante erhalten, die in Sandymount in Dublin lebte, und die Stadt erwies sich als attraktiver.
»Ich reise in die Hauptstadt, meine Lieben, und werde die Lage der Dinge prüfen.«
»Das klingt, als wolltest du etwas auskundschaften«, meinte Cissie. Mary lachte.
»Genau. Ich muß mich mit dem Schauplatz meiner künftigen Triumphe vertraut machen.«
Mary wurde immer theatralischer, und das war nicht unpassend, wenn man bedachte, daß sie einmal eine berühmte Schauspielerin werden wollte.
»Warum willst du eigentlich Schauspielerin werden?« hatte ich sie einmal gefragt. Sie antwortete ungewohnt ruhig und überlegt. »Eigentlich geht es gar nicht darum, daß ich spielen möchte. Ich will nur etwas tun, was Sinn hat. Ich würde mich gern in wunderbare, gefährliche Abenteuer stürzen, etwas tun, was wirklich Bedeutung hat, aber das ist nicht möglich, und statt dessen tue ich eben so als ob.«

Ich befürchtete, daß es Cissie nach all den Aufregungen in Ballyharris auf unserer Farm langweilig werden würde, aber es schien ihr zu gefallen, und sie fühlte sich wie zu Hause. Tom und ich holten sie mit dem Gig vom Bahnhof ab, und kaum hatte sie das Haus betreten, da war sie schon wieder draußen, um die Stuten anzuschauen; Tom konnte kaum mit ihr Schritt halten. Eine Minute später hatte er sie auf eins der Pferde gehoben, und die beiden machten ohne Sattel einen Proberitt rund um die Koppel. Ich machte mir Sorgen um Cissie, weil sie auf der mächtigen, siebzehn Handbreit hohen Stute so zerbrechlich aussah, aber sie ritt mit der Leidenschaft einer Besessenen und kehrte lachend und mit roten Wangen zurück.

»Du mußt es auch mal versuchen, Peg – ich begreife nicht, warum du es noch nicht probiert hast.«

»Das Reiten ohne Sattel wurde mir schon in einem zarten Alter ausgetrieben.«

»Was ist passiert?«

»Tom hat mich vor sich aufs Pferd gesetzt und ist losgetrabt – ich wäre fast gestorben.«

Cissie blickte Tom streng an.

»Die Stute war schon alt«, erklärte er. »Ziemlich knochiger Rücken. Man konnte Peg bis ins nächste Dorf hören. Sehr kräftige Lungen.«

Ich lachte. »Und vor einem Jahr ungefähr habe ich einen Schock erlebt – mit ein paar Zigeunerpferden.«

»Was ist da passiert?«

»Nicht viel. Nur ein Schock«, und vor meinem geistigen Auge sah ich die scheckigen Pferde auf mich zustürmen.

»Steig zu mir auf«, sagte Cissie, tätschelte die Stute und warf Tom einen finsteren Blick zu, der entzückt lächelte. »Lila hier ist sehr brav und läßt sich gut reiten.«

Die Stute blickte auf mich herab und schnaubte gleichgültig.

»Komm schon«, beharrte Cissie und ließ Lila im Schritt zu dem Findling gehen, den Tom zum Aufsteigen benutzte. »So lernt man es am besten – ohne Sattel; da bekommst du einen guten Sitz.«

»Ich bin mit meinem Sitz völlig zufrieden«, protestierte ich, aber um Cissie einen Gefallen zu tun, raffte ich meinen weiten Baumwollrock zusammen und stieg hinter ihr auf.

»Jetzt halt dich an mir fest«, befahl Cissie und ließ Lila Schritt gehen. Ich legte die Arme um Cissies Taille und hielt mich fest; sie fühlte sich schlank und stark an. Als ich zu Tom hinunterschaute, sah ich, daß er feixte, und wußte sofort, daß er mich beneidete und viel darum gegeben hätte, an meiner Stelle zu sein und die Arme um diese Taille zu legen.

Diese Episode hatte zur Folge, daß Tom zwei gebrauchte Sättel kaufte und Cissie und ich fast täglich auf den beiden Stuten ausritten. Tom begleitete uns die ersten ein, zwei Tage, dann hatte er das Gefühl, wir kämen allein zurecht.

Auf einem unserer Spazierritte trafen wir Paddy Stapleton, der den Feldweg zu unserem Haus hinunterradelte. Als er uns näher kommen sah, stieg er ab und wartete.

»Hallo, Paddy«, rief ich. Wir hielten die Pferde an, und ich stellte ihm Cissie vor. Er streckte die Hand aus und ergriff die ihre. Er sah angespannt aus.

»Ist alles in Ordnung, Paddy?« fragte ich.

Er warf einen Blick auf Cissie, schaute dann mich an und wurde rot. »K..k..kann ich mal mit dir reden, Peg?« Wieder sah er Cissie an. – »Unter vier Augen, wenn d..d..du nichts dagegen hast.« Während er das sagte, nahm er seine Mütze ab und drückte sie verlegen zusammen. Er war ziemlich groß geworden. Über der Oberlippe war der Schatten eines Barts zu erkennen, und sein Gesicht verriet eine für sein Alter ungewöhnliche Entschlossenheit und Stärke.

Ich schaute Cissie an, die Lila wortlos in Trab setzte und ein Stück die Straße hinaufritt.

»Um was geht's, Paddy?« fragte ich, stolz auf Megs breitem Rücken thronend.

»H..h..hat Tom dir erzählt, daß ich nach Amerika gehe?«

Ich nickte. Tom hatte es vor ein paar Tagen erwähnt, aber ich hatte mir deshalb keine Gedanken gemacht. »Er hat gesagt, du fährst zu einem Onkel nach Chicago oder so.«

»Ich w..w..werde hart arbeiten und mein Glück machen«, fuhr Paddy hastig fort. »Und dann k..k..komme ich wieder und hole dich, Peg, wenn du mich h..h..haben willst.«

Ich starrte ihn an und dachte, er macht einen Witz. Innerlich mußte ich kichern. »Ach, hör doch auf!« sagte ich. »Und mach dich nicht über mich lustig.«

Er sah aus, als wollte er weitersprechen, überlegte es sich aber dann anders, lächelte mich ein wenig traurig an und sagte in neckendem Ton: »Ich schaffe es schon irgendwie, und dann komme ich und hole dich – du wirst schon sehen.«

Damit stieg er auf sein Fahrrad und radelte davon.

»Viel Glück in Amerika, Paddy«, rief ich ihm nach und wurde plötzlich von einer Vorahnung berührt. »Und vergiß nicht die Diamanten, die du mir versprochen hast!«

Zum Zeichen, daß er mich gehört hatte, hob er die Hand, drehte sich aber nicht um.

»Was wird hier gespielt?« fragte Cissie, als ich sie wieder eingeholt hatte. Ich fand sie hinter der nächsten Wegbiegung, wo sie sich auf Lilas breitem Rücken sonnte,

während sich die Stute das Gras auf dem ›langen Acker‹ schmecken ließ.
»Nichts, ich hab nur gerade einen Heiratsantrag bekommen«, entgegnete ich und lachte voll Erleichterung darüber, daß ich lachen konnte.
Cissie setzte sich im Sattel auf und machte große Augen. »Ist das dein Ernst?«
»Er hat nur Spaß gemacht«, behauptete ich. »Eigentlich wollte er einfach auf Wiedersehen sagen.«

In der zweiten Woche, die Cissie bei uns verbrachte, schlug das Wetter um. Der Himmel öffnete sich, Donner und Blitz kamen über uns, und es goß wie aus Kübeln. Währenddessen saßen wir in der guten Stube, spielten Karten und unterhielten uns. Cissie hatte sich auf einem Hocker am Herd niedergelassen, ihr dunkles Haar glänzte im Feuerschein. Mir fiel auf, daß Tom jeden erdenklichen Vorwand nutzte, um sich mit ihr zu unterhalten, und über ihre Witze unbändig lachte.
»Kennst du den über den Verrückten mit den Käfern?« fragte Cissie. Diese grauenhafte Geschichte handelt von dem Insassen eines Irrenhauses, der glaubt, seine geliebten Käfer würden taub, wenn er ihnen die Beine ausreißt. Ich stöhnte, denn ich hatte die Anekdote schon hundertmal in der Schule gehört. Tom brüllte vor Lachen. Auch Mama mußte lachen, allerdings mehr über Cissie und Tom als über den Witz.

Am nächsten Tag waren wir froh, wieder ins Freie zu kommen. Tom sattelte Lila und Meg für uns. Wir ritten hinunter zur Garryogue, die Hochwasser führte und in ihren donnernden Fluten Zweige und anderes Treibgut mit sich riß. Joe Clancy, ein wenig größer, als ich ihn in Erinnerung hatte, stand auf der alten Brücke und fischte. Ich konnte auch auf die Entfernung erkennen, daß inzwischen noch mehr Steine weggespült worden waren. Schon seit den *Troubles* war die Brücke nicht mehr begehbar, und Jahr für Jahr waren weitere Steine abgebröckelt.

Ich war wie gelähmt vor Angst um den Jungen, wagte es nicht, mich zu rühren, um ihn nicht abzulenken. Als er seine Angelschnur auswarf, beugte er sich zurück und rasch wieder vor, dabei stemmte er sich gegen einen Überrest des Brückengeländers, der wie ein abgebrochener Zahn vorragte, während unter ihm die reißende Strömung dahinschoß. Ein Lachs stieg aus dem Wasser, der Junge riß an der Angelrute und stellte einen Fuß auf den Stein, der plötzlich nachgab und mit ihm in die Fluten stürzte.

Es geschah alles so schnell – der Junge fiel samt dem Stein ins Wasser und trieb flußabwärts auf uns zu, fuchtelte wild mit den Armen und kämpfte gegen die Fluten. Ich mußte an seinen Vater denken – wie ihn das treffen würde, sein Joe, sein Liebling, in der Garryogue ertrunken – eine sinnlose Tragödie. Ich schrie dem Jungen zu, er solle zu den Felsen schwimmen, aber im tosenden Wasser hörte er mich nicht, und dann war Cissie auf Lila schon mitten im Fluß.

Ich hielt den Atem an. Cissie konnte nicht schwimmen. Wenn sie ins Wasser gerissen wurde, war es um sie geschehen. Sie war kreidebleich, hielt aber mit Lila geradewegs

auf den Jungen zu. Die Stute kämpfte gegen die Strömung an, stolperte. Das konnte nicht lange gutgehen.
Cissie rief Joe etwas zu, beugte sich hinunter, um seine ausgestreckte Hand zu packen, und sie wäre von der Stute heruntergespült worden, hätte sie sich nicht mit eisernem Griff an der Mähne festgehalten. Sie war jetzt bis zur Taille durchnäßt.
Da ich nicht tatenlos zusehen und um die beiden zittern wollte, trieb ich Meg ans Wasser, und sie machte zwar ein paar Schritte vorwärts, weigerte sich aber hartnäckig, in den Fluß zu gehen, obwohl ich sie in die Flanken trat. Also saß ich hilflos und unfähig zu helfen auf ihrem breiten Rücken und beobachtete das Drama.
Joe hatte die Geistesgegenwart, sich an Cissies Stiefel zu klammern, und Lila kämpfte sich, angespornt von Cissie, zum Ufer vor.
Ich hörte hinter mir jemanden rufen, und als ich mich umdrehte, sah ich Tom, der auf uns zuritt und gerade rechtzeitig kam, um den Jungen endgültig in Sicherheit zu bringen. Tom wickelte ihn in seine Jacke und hob ihn auf sein Pferd. Dann trabten die beiden los, Tom brachte Joe nach Hause, der inzwischen weinte – vor Schreck und Erleichterung und angesichts der Demütigung, von einem Mädchen gerettet worden zu sein.

»Du hättest ertrinken können«, schrie Tom Cissie an, als er nach Hause kam. »In so einem Fluß!« Er lief rot an vor Zorn. »Und Lila wird bald fohlen. Der Balg hat schon hundertmal gehört, daß die Brücke gefährlich ist.«
Cissie ließ ihn toben. Sie saß, eingehüllt in einen alten

warmen Bademantel am Herd und schlürfte die heiße Milch, die meine Mutter für sie gemacht hatte.

»Lila ist stark«, erwiderte Cissie eisern – diesen Ton hatte ich aus ihrem Mund noch nie gehört. »Und keiner von uns, auch du nicht, hätte es fertiggebracht zuzusehen, wie er stirbt.«

Tom kam zur Besinnung; er sagte nichts, aber seine Augen sprachen Bände.

Am nächsten Tag kam Mr. Clancy mit dem kleinen Joe im Schlepptau, um persönlich dem Mädchen zu danken, das seinem Sohn das Leben gerettet hatte.

»Ich habe ihm die Angelrute zum Geburtstag geschenkt«, sagte er schroff, doch plötzlich brach seine Stimme. »Aber eine Rute bekommt er, verdammt noch mal, nicht mehr in die Hand, die kriegt er höchstens noch hinten drauf. Sie sind die tapferste junge Frau auf der Welt.«

Joe schaute einfältig drein, Cissie lächelte, errötete vor Verlegenheit und versteckte ihre linke Hand in der Tasche. Und als sich der Lehrer, vor dem ich solche Angst gehabt hatte, abrupt die Tränen aus dem Gesicht wischte, empfand ich ungeahntes Mitgefühl und Verständnis für ihn.

4. Kapitel

Die Jahre vergingen – zwei Jahre bis zur Zwischenprüfung und dann die mittlere Reife, nach weiteren zwei Jahren die Abschlußprüfung und die Zulassungsprüfung für die Universität. Die Zeit verging im Schneckentempo, erst gegen Ende beschleunigte sich der Lauf der Dinge.

Jeden Sommer verbrachte ich etwa eine Woche in Ballyharris, und Cissie und Mary besuchten mich für einen ähnlichen Zeitraum. Meine Mutter machte vor ihrer Ankunft immer viel Wirbel, bekam den Putzfimmel und verbreitete schlechte Stimmung.

»Man könnte meinen, die Königin von Saba kommt zu Besuch«, brummte ich vor mich hin. Das Saubermachen erfüllte mich nicht gerade mit Begeisterung, denn wenn die Sonne schien, zog es mich nach draußen, und wenn es regnete, machte ich es mir am liebsten mit einem guten Buch gemütlich.

Anfangs schrieb mir Paddy alle paar Monate. »Vergiß mich nicht, Peg«, stand unter jedem seiner Briefe. »Eines Tages komme ich zurück. Und ich werde an die Diamanten denken!« Er berichtete, wieviel er in den Kaiser-Lagern lernte – neue Techniken, Vorfertigung. Amerika schaffte den Sprung aus der Rezession, und jeder, der bei diesem

Fortschritt mithalten konnte, war in der Lage, ein Vermögen zu verdienen.
Auf diese Briefe antwortete ich nur sporadisch. Paddy war fort; er tat mir leid, denn ich stellte mir vor, daß er in Amerika schuftete wie ein Tier. Ich hatte nur die Herausforderungen im Kopf, denen ich mich stellen wollte, und schwelgte in Zukunftsplänen, die sich ganz nach meinem Willen verwirklichen lassen würden. Von Zeit zu Zeit sah ich Niamh Houlihan; sie arbeitete immer noch bei Percival's und schien so fröhlich wie eh und je. Dennoch bemitleidete ich sie, denn beruflich war sie in der Sackgasse gelandet, und sie hatte ihr Schicksal nicht in der Hand. Wenn Cissie und Mary bei mir waren, mied sie mich, und wenn die beiden bei ihr im Laden Süßigkeiten kauften, begegnete sie ihnen schüchtern.
Mary ging mit gespielter Tapferkeit in die Abschlußprüfung. Sie wollte nicht aufs Lehramt hin studieren, wie ihr Vater es wünschte, sondern Schauspielerin werden. Und sie wollte Französisch lernen – »Französisch, wie man es wirklich spricht, liebes Kind, nicht die Galway-Variante!«
»Wozu in aller Welt braucht man Französisch?« hatte ich gefragt.
»Sei bitte nicht so ein Banause ..., wer nicht Französisch spricht, ist nicht kultiviert.«
»Warum willst du unbedingt kultiviert sein?«
Mary seufzte und zog einen Schmollmund.
»Ich glaube, es hat mit Macht zu tun«, sagte sie schließlich freimütig. »Und frag jetzt bitte nicht, wozu ich Macht brauche. Die braucht jeder, sogar du.«
Über Kontakte der Nonnen nach Frankreich wurde ver-

einbart, daß Mary im folgenden Jahr in ein Kloster nach Paris gehen sollte; dort würde sie den jüngeren Schülerinnen Englisch beibringen und im Kloster wohnen. Ich glaube, daß sie ihrem Vater halb versprochen hatte, wenn er sie ein Jahr nach Frankreich ließe, würde sie nach ihrer Heimkehr aufs College gehen. Doch wenn der Stein erst mal ins Rollen gekommen ist, läßt er sich nicht mehr aufhalten.
Wir schrieben das Jahr 1937. Mary war inzwischen achtzehn, Cissie und ich würden in wenigen Monaten unseren achtzehnten Geburtstag feiern. Cissie war zu einer Schönheit herangewachsen und hatte damit das Versprechen ihrer Kindheit eingelöst. Ihre Schönheit hatte nichts Kitschiges an sich, sondern war frisch und lebendig und zeugte von einem intensiven, reichen Seelenleben. Ihr Zauber lag in ihrer Natürlichkeit, sie strahlte Aufrichtigkeit und Selbstbeherrschung aus, doch in ruhigen Momenten richtete sie den Blick nach innen wie jemand, der nicht kühl berechnend in der Gegenwart lebt, sondern auch andere Perspektiven hat. Wie eh und je trug sie links einen kleinen schwarzen oder grauen Handschuh, doch sie versteckte ihre Hand nicht mehr. In der Schule fiel das niemandem mehr auf; wer schwarze Haare hatte, hatte eben schwarze Haare, und wenn man links einen Handschuh trug, dann gehörte das zum persönlichen Erscheinungsbild so wie andere Eigenschaften auch. Alle hatten sie ins Herz geschlossen und brachten ihr Liebe und Respekt entgegen.
Was Mary betraf – sie war die grünäugige Fee, sie barst fast vor unterdrückter Energie und Ungeduld. In der Schule

bekam sie stets Schwierigkeiten – alles stellte sie in Frage, konnte aber immer wieder den Hals aus der Schlinge ziehen, als würde sie von Zauberhand beschützt. Die wenigsten merkten, daß sie auch Augenblicke des Zweifels und der Nachdenklichkeit kannte, doch Cissie und mir entging nicht, daß sie im Innersten unsicher war und ihre Ängstlichkeit mit respektlosem Benehmen überspielte. Sie verbarg sich gerne hinter einer Maske.

Der Tag kam, an dem wir von St. Catherine's endgültig Abschied nahmen. Es war ein schöner Junitag des Jahres 1937, die weißen Kerzen auf den Kastanien waren den kleinen, grünen Früchten gewichen, und das Camogie-Feld, das für das Sommertrimester in einen Grasplatz umgewandelt worden war, lag verlassen da; die Netze hatte man hochgezogen. Ich schaute mich noch einmal um, bevor ich ging. Wie Geisterklänge im Wind hörte ich die Rufe von Miss Greely, unserer Sportlehrerin, die sommerlichen Stimmen auf den jetzt verwaisten Tennisplätzen und aus der Ferne das Geschrei der Mädchen, die Rounders, eine Art Baseball, spielten.

Tom holte mich nicht ab; einer der Stuten ging es nicht gut, und zu allem Überfluß war meine Mutter krank. Also schickte er ein Telegramm, und die O'Shaughnessys waren so freundlich, mich mit meinem Schrankkoffer zum Bahnhof zu bringen. Es war ein merkwürdiges Abschiednehmen von meiner Schulzeit: Ich sagte den Nonnen Lebewohl, warf noch einen Blick zurück in den gefliesten Flur, auf die Statue des Erzengels Michael mit dem Drachen, die schöne, stuckverzierte italienische Decke, und mir wurde klar, daß ich nie mehr als junges Mädchen im

Sportkleid hier stehen würde. Jetzt war sie zum Greifen nah, die Zukunft, die mir einst als Lichtblick am Ende eines unendlichen Tunnels erschienen war.

Tom holte mich in Ballycloghan ab, und ich fragte ihn sofort nach Mama; sie hatte schon seit Wochen nicht mehr geschrieben. Ich spürte, wie sich mein Herz vor Angst zusammenzog und diese Angst die Bedeutung des Tages verblassen ließ.

»Es steht nicht zum besten, Peg«, antwortete er leise. Ich versuchte, aus seinem Gesicht schlau zu werden, stellte ihm aber keine weiteren Fragen mehr. Er war verdächtig still und liebenswürdig, die ganze Fahrt über neckte und piesackte er mich kein bißchen; seine Kommentare beschränkten sich auf das Pony, als wir mit »Hoh!« und »Brr!« in den Hof abbogen. Das Pferd verscheuchte die Fliegen mit dem Schwanz, ich sah den Staub auf seinem Fell und den Schweiß am Geschirr; das Land um uns herum duftete nach Geißblatt, wilden Rosen und dem brennenden Gelb des Ginsters.

Schockiert nahm ich wahr, wie meine Mutter im Lauf von sechs Wochen verfallen war. Ich hatte sie seit den Ferien nicht mehr gesehen; jetzt zeichneten Falten ihr hageres Gesicht, und aus ihren Augen war die Lebensfreude verschwunden; ihr Blick richtete sich nach innen – als hätte sie sich zu einer persönlichen Bestandsaufnahme zurückgezogen. Ob man ihr damals die ganze Wahrheit gesagt hatte, weiß ich nicht, doch sie sprach oft darüber, was wir unternehmen würden, wenn sie wieder auf der Höhe war – daß wir alle drei Ferien machen würden, bevor ich im Herbst an die Universität ging. Dann wieder sprach sie von ihrem Tod und gab mir die wenigen Schmuckstücke, die sie besaß – ihre Goldbrosche und die goldene Uhr, die ihr Tom zum Geburtstag geschenkt hatte. »Da, wo ich hingehe, brauche ich das nicht mehr«, sagte sie mit leisem Lachen. Sehnsüchtig und nachdenklich ruhten ihre Augen auf mir, als ginge ihr vieles durch den Kopf, was sie nicht sagen konnte.

Seit ein paar Jahren wuchs ein Knoten in ihrer Brust, den sie ignoriert hatte, doch einmal hatte sie mit mir darüber gesprochen und dabei geringschätzig das Gesicht verzogen. Heute weiß ich, daß sie Rat und Hilfe gesucht hatte. Was wußte ich denn schon über Knoten? Der Tumor meiner Mutter war Krebs, und er brachte sie langsam um.

Der Krebs wucherte in ihr, und als meine Mutter endlich operiert wurde, war es zu spät. Sie wurde immer schwächer und magerer, und in der Küche, im Haus, auf der ganzen Farm breiteten sich Leere und Trostlosigkeit aus. Erschöpft vor Gram wachten wir an ihrem Bett in der langen, schrecklichen Nacht, in der sie starb, als sie nach Atem rang und uns ermahnte, füreinander zu sorgen, dabei aber nicht eine Sekunde lang Zweifel, Angst oder gar Sorge um sich selbst zeigte.

Als ich mir klarmachte, daß ich das Gesicht meiner Mutter, den Mittelpunkt meines Lebens, nie wiedersehen würde, packte mich ein brennender Schmerz. Ich hatte mir nicht vorstellen können, daß solche Qualen existierten, und so unerträglich sie waren, konnte ich ihnen doch nicht entfliehen.

Im Oktober sollte ich mein Studium am University College von Galway aufnehmen, aber jetzt wollte ich nicht mehr hin; alles schien bedeutungslos. Tom und ich klammerten uns aneinander und suchten Trost beieinander; er verrichtete mechanisch seine Arbeit auf der Farm und verbrachte den Feierabend mit mir in der Küche, meist ohne viel zu sagen. Er versteckte sich hinter der Zeitung und platzte nur ab und zu mit einer kurzen, schroffen Bemerkung heraus. Dann wieder führten wir bis tief in die Nacht hinein lange Gespräche über Mama, wie um unsere Erinnerungen zu festigen.

In dieser schrecklichen Zeit kam Tom eines Abends mit einem arg zugerichteten Tigerkätzchen nach Hause, das er auf der Straße gefunden hatte. Das Tier war halbtot, sein Fell blutverklebt, aber es atmete noch. Wir rätselten, was ihm zugestoßen sein mochte? War es von einem Hund oder Fuchs angefallen worden? Ich desinfizierte die Wunden, bereitete dem Kätzchen am Herd ein Lager in einer Keksdose mit einem alten Pullover als Matratze und fütterte das Tierchen mit warmer Milch, die ich ihm tropfenweise verabreichte. Ich taufte meinen Schützling Tiddles. Der Kampf um dieses kleine Leben half mir ein wenig, den Schmerz über meinen Verlust zu dämpfen. Ich haßte den Tod, und deshalb wollte ich, daß das Kätzchen am Leben blieb.

Eines Tages erhielt ich wieder einen Brief von Paddy Stapleton, der über sein Leben in Amerika berichtete. Er hatte fast ein Jahr lang nicht mehr geschrieben, und ich meinte schon, er hätte mich vergessen. Das Geschäft blühe, schrieb er. Es sei ihm gelungen, ein eigenes Unternehmen zu gründen, nicht im Baugewerbe, sondern in der sogenannten Logistik – das hatte mit Angebot und Nachfrage zu tun. Die Kaiser-Werften hatten jede Menge Aufträge von Armee und Marine erhalten, und Paddy belieferte beide. Die Sache war anscheinend unglaublich einfach. Er fand heraus, wo das Benötigte zu beschaffen war, und kassierte dafür eine Provision; das Geld benutzte er, um Schrott und Überschüsse einzulagern, die er am ›Großen Tag‹, wie er es nannte, wieder abstoßen würde. Wenn es in Europa Krieg gab, so meinte er, würde Amerika nicht außen vor bleiben. Er wollte gern heimkommen und mich wiedersehen – aber erst, wenn seine Rechnung aufgegangen war und er hohe Gewinne eingestrichen hatte! Er vermutete, ich sei jetzt mit der Schule fertig.

Ich beantwortete seinen Brief, teilte ihm mit, daß meine Mutter gestorben war und ich am University College in Galway Naturwissenschaften studieren wollte. Ich glaubte, das würde ihn von seinen Heiratsplänen abbringen, doch er zeigte sich begeistert und schrieb mir einen freundlichen Beileidsbrief, in dem er mir auch von deutschen Firmengründern berichtete, von Krupp und Bayer, die sich aus dem Nichts hochgearbeitet hatten, weil sie wissenschaftliche Erkenntnisse industriell umsetzten. Er riet mir, mich mit Metall-Legierungen zu beschäftigen, damit konnte man heutzutage ein Vermögen machen.

Paddy war jetzt seit vier Jahren fort, und ich konnte mir kaum vorstellen, wie er jetzt aussah. Wenn ich an ihn dachte, erschien vor meinem geistigen Auge das Gesicht des Jungen, der mich auf der Straße angehalten und mir versprochen hatte, wiederzukommen und mich zu holen, und ich sah das schmale Gesicht mit dem energischen Mund vor mir. In den vier Jahren war aus dem Jungen gewiß ein junger Mann geworden, aber ich fragte mich, warum er bei mir Eindruck hatte machen wollen. Auf seine Übung in Logistik brauchte er sich wahrscheinlich nichts einzubilden. Es konnte doch wohl nicht sein, daß ausgerechnet er die Armee und die Marine belieferte?

Mein seelisches Gleichgewicht war dahin. Den einen Tag putzte ich fieberhaft das Haus und buk mit Feuereifer, und am nächsten Tag saß ich lustlos am Herd. Ich wußte, daß Tom Angst vor dem Alleinsein hatte. Irgendwie war der starke, bärbeißige Tom zum Kind geworden, und ich war die Ersatzmutter, bei der er Wärme und Geborgenheit fand.

Doch als ich ankündigte, ich wolle daheim bleiben und nicht aufs College gehen, wurde er ärgerlich und erklärte, das sollte ich auf keinen Fall tun. »Im Oktober gehst du nach Galway, Mädchen, ob es dir paßt oder nicht.«

Nachdem die Ergebnisse der Abschluß- und der Universitätsaufnahmeprüfung bekanntgegeben waren, besuchte uns Cissie. Sie war bereits Ende Juni gemeinsam mit Mary zur Beerdigung meiner Mutter gekommen, doch als ich die Einladung, mit den beiden nach Ballyharris zurückzukehren, ablehnte, reisten sie wieder ab, denn sie spürten, daß Tom und ich uns brauchten und Dritte als störend empfanden. Das Ergebnis der Abschlußprüfung war enttäuschend – ›sehr gut‹ hatte ich nur in zwei Fächern, Mathe und Englisch –, selber schuld. Cissie hatte sechsmal ›sehr gut‹, und Mary war in Mathe durchgefallen und in allen anderen Fächern mit Müh und Not durchgekommen – außer in Englisch und Französisch, wo sie glänzend abschnitt.

Nun kündigte Cissie an, sie wolle mich zur Erholung mit zu sich nach Ballyharris nehmen, und fragte Tom, ob er allein zurechtkäme. Tom meinte, das sei überhaupt kein Problem, ob sie ihn für ein Kind hielte? Der kleine Schnurrbart, den er sich hatte wachsen lassen, sträubte sich, und er lächelte sie mit leuchtenden Augen an. Ausgelassen streckte Cissie die Hand aus und stieß ihn vor die Brust; es fiel ihr gar nicht auf, daß sie ihre verkrüppelte Hand gebrauchte, aber Tom bemerkte es und freute sich.
Ich fuhr mit Cissie nach Ballyharris zurück. Als wir am folgenden Tag zu dritt mit dem Rad unterwegs waren, trafen wir Brian Fitzallen. Er ritt den Feldweg entlang, eine Abkürzung zu Gogarty's, zum Einkaufen; hoch zu Roß machte er eine gute Figur – die Schultern gerade, die Fersen durchgedrückt. Wir hielten an, ließen ihn vorbei, und er lächelte uns schüchtern an. Während er mit Mary scherzhafte Bemerkungen austauschte, sah ich, daß er ein schönes Profil hatte. Ich schaute ihm zaghaft in die Augen, hatte aber den Eindruck, daß er uns nicht richtig wahrnahm.
»Im Grunde reitet er besser als die anderen beiden«, vertraute uns Cissie später an, als wir am See saßen, uns ein Picknick, bestehend aus Schinken-Sandwiches und Limonade, zu Gemüte führten und die Schatten beobachteten, die übers Wasser tanzten.
»Ihr hättet ihn dieses Jahr auf den Gymkhanas sehen sollen – er hat fast alle Preise gewonnen!«
»Wetten, das hat den beiden Garstigen gar nicht behagt«, meinte Mary.
Cissie schaute sie verwundert an.
»Die beiden Garstigen? Meinst du Harry und Peter?«

Mary nickte kichernd. »Die zwei garstigen Schwestern! Brian ist Buttons – sie machen ihm die Hölle heiß –, aber wer ist Cinders?«

»Och, ich glaube, die Stelle kann besetzt werden, sie brauchen nur eine Anzeige aufzugeben«, witzelte ich schwach.

»Was soll denn an ... Peter garstig sein?« wollte Cissie wissen und errötete.

»Tja, er ist arrogant, versnobt, oberflächlich und unverschämt«, zählte Mary auf.

Ich stimmte ihr insgeheim zu, denn es nagte noch an mir, daß er, als ich ihn am Vortag bei Gogarty's getroffen hatte, meinen Gruß so herablassend erwiderte, daß ich mir ganz klein und häßlich vorkam.

»Er hat dir doch nie was getan.«

Mary seufzte. »Im Hinblick auf den Mann bist du so voreingenommen, daß du seine kleinen Schwächen übersiehst«, murmelte sie.

Cissie wurde knallrot. Sie schwieg eine Weile und schnippte eine Bremse weg, die sich auf ihrem gebräunten Unterarm niedergelassen hatte.

»Und ich nehme an, für Brian Fitz gilt das nicht« sagte sie schließlich und sah mich verschmitzt an.

»Oh, wenn, dann hat sie eine Schwäche für Brian Fitz«, bemerkte Mary mit vielsagendem Blick. »Hast du gesehen, wie sie ihn gerade angehimmelt hat?«

»Und beinah hätte er sie auch angehimmelt«, ergänzte Cissie. »Wenn er für eine von uns Augen hat, dann für sie!«

»Wie würde dir denn die Rolle von Cinders gefallen?« fragte Mary schelmisch. »Denk doch nur, was für glänzende Aussichten sich dir bieten würden – Unterkunft, Verpflegung und die herablassende Duldung derer, die im Rang höher stehen als du.«

Nun war ich an der Reihe zu erröten; ich ärgerte mich über die zermürbenden Verbalattacken, die Mary ständig losließ.

»Mein Gott, Mary, wenn du doch bloß mal den Mund halten könntest.«

Sie hob die Hände, ließ den Kopf hängen und blickte mich voll gespielter Reue an.

»Und nächsten Monat geht er ans College nach Galway«, verkündete Cissie.

»Wie bitte?« Ich war wirklich überrascht.

»Ganz im Ernst. Er will Archäologie studieren.«

»Warum sollte er sich die Mühe machen? Ich denke, er bekommt Glenallen?«

Cissie hatte mir das einmal erzählt, und zwar mit der Begründung, Peter sei nach Dublin gegangen und Harry sei ›nur ein Mädchen‹.

Jetzt schüttelte sie den Kopf. »In Glenallen ist die Lage nicht mehr so rosig wie früher, meint Dad. Der Wirtschaftskrieg hat die Familie hart getroffen. Und Brian war schon immer an Ruinen interessiert. Er hat ein paar Artikel über die Ruinen hier in der Gegend für den *Chronicle* geschrieben. Über den Knockshee hat er auch etwas geschrieben, doch das wollten sie nicht veröffentlichen. Aber du kannst ihn ja selbst fragen, ob er aufs College geht.«

»Warum wollten sie den Artikel nicht veröffentlichen?« fragte ich.

Cissie zuckte die Achseln. »Keine Ahnung. Vielleicht hätte es Unglück gebracht!«
Eine Brise kam auf und strich über die Wasseroberfläche; der Wind schmeckte nach Regen. Ich blickte zum Berg hinauf, der jetzt in düsteres Brüten verfallen war – mir schien es fast, als läge er auf der Lauer.
»Ich mag den Berg nicht«, brummte ich. »Es scheint fast, als wäre er lebendig, auch wenn es lächerlich klingt.«
Wir schwiegen.
»Da oben kommt schnell dichter Nebel auf. Es haben sich schon Leute verirrt und sind im Hochmoor ertrunken«, sagte Mary. »Der Berg hat eine lange Geschichte – Knockshee, der Elfenhügel. Die Einheimischen halten sich von ihm fern.«
»Warum?«
»Angeblich spukt es da. Im Innern des Berges ist ein altes Ganggrab. Niemand läßt dort sein Vieh weiden – außer den Fitzallens.«
Ich ließ meinen Blick über den Knockshee schweifen. Tatsächlich sah man auf den Wiesen keine Schafe. Außer ein paar Pferden auf den tiefer gelegenen Hängen graste dort kein Tier.
»Warum nur?«
Mary zuckte die Achseln. »Bringt Pech, sagen die Leute. Aber die Fitzallens sind über solchen Aberglauben erhaben – obwohl man die zwei deutschen Wanderer, die sich vor fünf Jahren dort oben verirrt haben, nie gefunden hat.«
Mir wurde kalt, und ich sah, wie Cissie mit bitterer Resignation ihre verkrüppelte Hand betrachtete. Das Ge-

spräch erstarb, schließlich falteten wir die Decke zusammen und suchten unsere Räder.

Auf dem Heimweg fragte ich Mary, die am nächsten Tag nach Paris abreisen sollte, ob sie nervös sei.

»Ich stehe kurz vor dem Nervenzusammenbruch.«

»Was willst du machen, wenn das Jahr rum ist?« fragte ich weiter. »Wirst du zurückkommen und aufs College gehen?«

Sie schüttelte den Kopf. »Das kann ich nicht. Ich bin in Mathe und Latein durchgefallen. Und ich will sowieso Schauspielerin werden. Ich will leben.«

»Man kann auch leben, wenn man aufs College geht.«

Sie drehte sich zu mir um und lächelte mich an, unschuldig, aber eigenwillig.

»Du meinst wohl, ich soll die Nase in ein Buch stecken und mich wie ein braves Mädchen benehmen!«

»Das heißt also, du willst ein schlimmes Mädchen werden?« neckte Cissie.

Mary zuckte die Achseln und wurde ernst.

»Ich möchte die Chance haben, ich selbst zu sein. Ich will nicht mein Leben lang Zuschauerin bleiben.«

Es begann zu regnen, und wir nahmen sozusagen mit trauriger Heiterkeit Abschied. »Sagt, wann ich euch treffen muß: in Donner, Blitz oder Regenguß ...« zitierte Cissie kummervoll; ich bemerkte, sofern wir uns in Irland wiedersähen, könnten wir uns vor Regen bestimmt nicht mehr regen. Mary meinte, meine Wortspiele seien einfach mitleiderregend, umarmte mich aber heftig, als sie mir Lebwohl sagte.

Dann standen Cissie und ich im dämmrigen Nieselregen

und winkten ihr nach; dort, wo die Straße eine Kurve machte, drehte sich Mary noch einmal um und winkte zurück.

Ich bekam tatsächlich die Gelegenheit, Brian Fitzallen selbst zu fragen, ob er aufs College gehen würde, denn ich begegnete ihm am nächsten Tag. Ich war allein losgeradelt, um mit der Traurigkeit fertig zu werden, die mich überfallen hatte und die ich der Trennung von Mary und irgendwelchen trüben Vorahnungen zuschrieb. Cissie war bei ihrem Vater in der Praxis, um Schreibarbeiten für ihn zu erledigen.

Ich fühlte mich einsam, ein Verlassenheitsgefühl bemächtigte sich meiner, das mehr seelischer Natur war und gegen das ich mit dem Verstand nicht ankam; ich sehnte mich nach meiner Mutter. Es zog mich hinunter zum See, an unseren alten Picknickplatz unter der Eiche. Dort stieg ich ab. Als ich so dasaß und aufs Wasser hinausschaute, überkam mich der Kummer wie ein jäher Sturm. Ich legte den Kopf in die Hände und weinte, bis ich vor Erschöpfung zitterte.

»Mam, Mam«, hörte ich mich flüstern. »Geliebte Mam, wie soll ich nur ohne dich leben?« Ich war siebzehn, und der Todeswunsch der Unsterblichen beseelte mich. »Ich habe lang genug gelebt«, sagte ich mir. Erfüllt von morbiden Gedanken, starrte ich auf das stille Wasser und dachte an die Schlingpflanzen, die unter der klaren, unschuldigen Oberfläche warteten – die Blumen für Ophelia, für mich. Ich hatte aber keine Ahnung, daß mir jemand Gesellschaft leistete.

Ich bemerkte erst, daß Brian da war, als er seine Arme um mich legte. »Cissie hat es mir erzählt. Es tut mir so leid, Peg.«

Er hielt mich fest und wiegte mich schweigend. Was er tat, kam mir gar nicht seltsam vor. In diesem Augenblick gab er mir Wärme und Verständnis und Mitgefühl, er war jemand, der wußte, was Leiden heißt. Ich spürte seine Tweedjacke an meinem Handrücken und die rasierte Haut seines Kinns auf meinem Haar und sog zum erstenmal seinen Atem ein. Ich sagte nichts, und es kam mir vor, als würden wir lange Zeit so verharren, doch in Wirklichkeit waren es wahrscheinlich nur ein, zwei Minuten.

Später, als wir zum Zeitvertreib Kiesel und Zweige in den See warfen, fragte ich ihn, ob es stimmte, daß er ans College nach Galway ging, und er bestätigte, was Cissie mir gesagt hatte.

»Ich dachte, du bleibst zu Hause und kümmerst dich um Glenallen.«

Er zuckte die Schultern und bekam einen harten Zug um den Mund. »Glenallen kostet mich vielleicht mein Leben, aber das Studium, das mache ich für mich.«

»Warum Archäologie? Ich dachte immer, dafür muß man nach Ägypten fahren.«

»Peg, hier hat es schon Ruinen gegeben, bevor die Pyramiden gebaut wurden.«

»Ich habe gehört, daß du einen Artikel über den Knockshee geschrieben hast, der nicht veröffentlicht wurde.«

»Er handelte nicht vom Knockshee, sondern von den unterirdischen Gängen, die in den Berg führen. Am Eingang steht ein Stein mit einer Ogham-Inschrift, und auf dem

Friedhof gibt es ein keltisches Kreuz mit derselben Inschrift auf irisch. Hier in der Gegend wird überliefert, daß Stein und Kreuz beschriftet wurden, als St. Patrick die Gegend hier bekehrte. Der Bischof hat die Veröffentlichung im *Chronicle* verboten, weil ich darauf hingewiesen habe, daß der Ogham-Spruch aus vorchristlicher Zeit stammt!«
Ich schaute ihn an. »Ach komm! Das kann dem Bischof doch völlig egal sein!«
Er lächelte. »Normalerweise vielleicht. Aber in diesem Fall war es ihm nicht egal!«
»Wie lautet die Inschrift?«
»Ich kenne die Meinen, und die Meinen kennen mich.«
»Aber das steht doch in der Bibel!«
»Ich weiß, aber die Inschrift wurde in den Stein gehauen, lange bevor das Neue Testament niedergeschrieben war.«
Ich schwieg. Der Bischof wollte den Gläubigen verheimlichen, daß auf einem vorchristlichen Stein am Fuße des Knockshee machtvolle Worte aus dem Neuen Testament zu lesen waren.
»Kann ich mir das anschauen?«
»Das Kreuz schon. Aber der Eingang zu den unterirdischen Gärgen wurde vor ein paar Jahren durch eine Steinlawine verschüttet – einige Zeit, nachdem die Archäologen ihre Untersuchungen gemacht hatten.«
Er sprach mit Sachverstand und Leidenschaft, von seiner sonstigen Schüchternheit war nichts zu spüren. Nun schaute er mich plötzlich an und lächelte. »Das ist mein Hobby. Langweile ich dich?«
»Nein.«

Cissie und ich richteten uns zum Studium in Galway ein und bezogen eine Studentenbude in Salthill. Es war ein aufregender Herbst für uns, denn jetzt waren wir – wenigstens nach unseren Maßstäben – erwachsen und für unser Schicksal selbst verantwortlich. Es gab keine Mother Mercy mehr, die uns überwachte und auf die Nerven ging.
Am College herrschte die entspannte Atmosphäre der akademischen Welt; alle Studenten kannten sich untereinander, und es gab ein reges gesellschaftliches Leben mit Tanzveranstaltungen in der Aula, Partys und Bootsfahrten auf dem Corrib.
In meiner ersten Woche besuchte ich Onkel Matt. Er war nicht zur Beerdigung meiner Mutter erschienen, hatte aber ein Kondolenzschreiben geschickt, in dem er sein Fernbleiben wegen eines ›bösen Beins‹ entschuldigte. ›Geizkragen‹ hatte ihn meine Mutter genannt, weil er auf die Anregung, sich an den Kosten meiner Ausbildung zu beteiligen, nicht reagierte. Sie hatte auf ihn gehofft, aber vergeblich.
Jetzt lud er mich zu einer kurzen Unterhaltung in seine muffige Stube ein. Das Bild von dem Mädchen mit den Gänsen hing wie eh und je über dem Kamin. Die Zeitungen stapelten sich inzwischen noch höher, und ein abgestandener Geruch von Altpapier und Staub hing in der Luft. Sein Bein war tatsächlich nicht in Ordnung; er brummte etwas über Durchblutungsstörungen und die verdammten Ärzte, die ihm zur Amputation rieten. Er humpelte herum und war genauso kurz angebunden wie früher.

»Du studierst also jetzt an der Universität. Hm, hm, Miss. Weißt du, was Robert Bums über dieses Volk gesagt hat?« Er griff nach einem alten, unansehnlichen Band auf dem Kamin.
Ich schüttelte den Kopf, und mir fielen hundert Gründe ein, warum ich jetzt gehen mußte, aber er hatte die Stelle schon gefunden und rezitierte genüßlich die respektlosen Verse, in denen Studenten mit Ochsen und Eseln verglichen wurden.
Er lächelte triumphierend: »Aber das hat er natürlich geschrieben, als sie so kleine Mädchen wie dich noch nicht auf die Universität gelassen haben.«
Ich war heilfroh, daß ich Cissie nicht mitgebracht hatte.
»Ich muß jetzt gehen, Onkel, ich habe eine Vorlesung.«
»Tja, auf der Welt geht's seltsam zu, Miss. Und dein Bruder rackert sich ab, daheim auf der Farm. Er besucht mich immer, wenn er nach Galway kommt. Ein Pfundskerl!«
Er drückte mir ein paar Bonbons in die Hand, ich machte mich aus dem Staub und dachte mir insgeheim beleidigende Liedchen aus wie ›Rabatz, Rabautz, du komischer Kauz‹, bis ich auf der Straße war und laut herauslachte.

»Miss Donlon, Miss Donlon«, ermahnte mich der Zoologieassistent eines Tages. »Würden Sie sich bitte etwas zurückhalten. Er blickte mich mit unverhohlenem Sarkasmus über den Rand seiner Brille an; es schien ihm eine Bemerkung über Frauen in naturwissenschaftlichen Fächern auf der Zunge zu liegen. Im Labor war es kalt, es war ausgestattet mit polierten Arbeitstischen, hohen Hockern, Holzschränken, gravierten Glasgefäßen, Probenträgern

und angeschlagenen weißen Spülbecken; die Luft war mit Formalin geschwängert. Wir sezierten kleine Haie.
»Der Kerl riecht ganz schön sauer«, murmelte Jarlath, und einen Augenblick lang dachte ich, er meinte unseren Demonstrator. Jarlath stand neben mir und sezierte mit angeekeltem Gesichtsausdruck. Wir lachten beide und hielten den Blick auf unsere Arbeit gesenkt. Meinen anfänglichen Abscheu vor dem Sezieren hatte ich überwunden, und mir wurde nicht mehr übel von dem stechenden Formalingeruch, den aus den Tierkörpern quellenden Gedärmen auf dem Präpariertisch, den im Magen enthaltenen Würmern und dem süßlichen Verwesungshauch, der aus dem Nervensystem aufstieg.
Aber es waren nicht Jarlaths Kommentare, die mich an diesem Nachmittag aus dem Gleichgewicht brachten, sondern die Begegnung mit Brian, das Essen bei Lydons, unsere Unterhaltung bei Roastbeef und Salzkartoffeln. Ich war ihm um die Mittagszeit im Innenhof der Universität in die Arme gelaufen, als ich gerade mein Rad holen wollte, um in meine Bude heimzufahren. Seit Jahren verband uns eine freundschaftlich distanzierte Bekanntschaft, doch seit dem Tag am See war ich vor Schüchternheit wie gelähmt, wenn ich ihn sah. Im Rückblick schien es mir, daß zwischen uns eine Art stillschweigende Vereinbarung herrschte, und doch begegnete ich ihm so selten, daß mir der Gedanke selbst absurd vorkam.
»Hallo, Peg.«
»Hallo, Brian.«
»Hast du's eilig? Magst du nicht mit mir essen gehen?« Er grinste. »Ich meine an einem richtigen Tisch!«

Er lächelte schüchtern, und seine witzigen Bemerkungen wirkten ein wenig unbeholfen.
Ich errötete bis an die Haarwurzeln. Wie ich diese Röte haßte! Was hätte ich darum gegeben, das beschämende Brennen loszuwerden. »Danke, gern.«
»Wie geht's dir denn so, Peg?« fragte er, als wir bei Lydons in der ersten Etage saßen und bestellt hatten. »Du hast dich scheinbar gut eingelebt. Jedesmal wenn ich dich sehe, flitzt du gerade irgendwohin!«
Bei Lydons roch es nach Suppe, gebratenem Fleisch und Zwiebeln. Der Oktobertag draußen war grau und bleiern. Ich wünschte, ich hätte etwas anderes angehabt als den formlosen grauen Strickrock mit dem Fairisle-Muster, den Niamh mir zum Studienbeginn geschenkt hatte. Am Abend vor meiner Abreise war sie herübergeradelt und hatte mir ihr selbstgestricktes, in braunes Papier gewickeltes Geschenk gebracht.
»Mir geht's gut. Meine Bude ist ganz anständig.«
Er hörte nicht richtig zu, sondern schaute mich nur an und lächelte von Zeit zu Zeit.
»Und was machst du so?« fragte ich und wünschte mir sehnlichst, daß er sich stärker am Gespräch beteiligen würde.
»Na ja, du weißt ja, daß ich mich für Archäologie begeistern kann! Außerdem studiere ich noch Englisch.«
Schweigen. Seine Augen ruhten zärtlich auf mir. Es machte ihm nichts aus, daß das Gespräch stockte. Ich hatte das Gefühl, daß er einer anderen Zeit, einer anderen Dimension angehörte und sich von einer Sekunde auf die andere in Luft auflösen konnte.

»Dafür begeisterst du dich? Ich glaube, es ist ziemlich schwer, wenn man soviel lesen muß.« Halt doch um Gottes willen den Mund, Peg, sagte ich mir.
Er lächelte. »Es gefällt mir wirklich. Aber was wir bisher in Archäologie durchgenommen haben, weiß ich sowieso schon.«
»Und was machst du nach dem Studium?«
Er zuckte die Schultern.
»Vielleicht werde ich Lehrer. Oder ich gehe in den Staatsdienst, wenn sie mich nehmen, ins Außenministerium oder vielleicht auch zur Baubehörde.«
»Glaubst du, der Bischof läßt zu, daß dein Artikel über die unterirdischen Gänge veröffentlicht wird, von dem du mir erzählt hast, wenn du erst mal deinen Abschluß hast?« fragte ich.
»Nein. Die unterirdischen Gänge sind eigentlich ein Ganggrab, und davor fürchten sich die Leute immer noch.«
Während er aß, schaute ich ihn mir genauer an. Er hatte ein schönes, offenes Gesicht, obwohl seine Nase ein wenig schief war. Sein braunes Haar war über der rechten Schläfe gescheitelt, und er hatte ein nervöses Zucken am unteren Augenlid – vielleicht weil er zuviel las? Seine graublauen Augen betrachteten mich gleichermaßen interessiert und zurückhaltend. Brauen und Wimpern waren dunkler als die Haare. Ein Mundwinkel war etwas hochgezogen, und am Kinn hatte er vom Rasieren eine Schnittwunde, die gerade abheilte. Der Jahreszeit entsprechend war er warm angezogen: eine gut geschnittene Tweedjacke und einen Pullover über dem Hemd mit Krawatte.

»Und was ist mit Glenallen?« fragte ich vorsichtig. »Ich habe immer gedacht, aus dir wird einmal ein Gutsherr.«
Sein Mund wurde ernst und sein Blick ausdruckslos. »Glenallen? Peter und Harriet sind auch noch da, weißt du.«
»Aber Peter ist Anwalt. Und Harry ist ...« Beinah hätte ich gesagt ›eine Frau‹, aber ich hielt mich zurück. Vermutlich würde sie heiraten und sich anderswo niederlassen. Frauen spielten im ländlichen Irland keine Rolle. Das Land war mehr wert als das Leben, das Land gehörte Männern, und die sorgten dafür, daß es so blieb.
Brian wechselte das Thema und fragte mich über mein Leben aus. Ich erzählte ihm von Ballycloghan und Tom und den Stuten. Er wurde sofort munter, erkundigte sich nach den Tieren, wollte wissen, wie viele Fohlen wir hatten, und stellte jede Menge Fragen, die ich teilweise kaum beantworten konnte. Ich hatte mich nie sonderlich darum gekümmert, was Tom tat, und mich von den Pferden ferngehalten. Aber es entging mir nicht, daß Brian die Tiere liebte und sein Gesicht leuchtete, wenn er von Pferden sprach.
»Vielleicht lerne ich deinen Bruder ja mal kennen«, meinte er. Auf dem Markt würde er ihm auf alle Fälle begegnen, sagte ich.
Ich ließ Brian keine Sekunde aus den Augen. Jung und lebenshungrig wie ich war, hätte ich ihm nur allzugern eine Rolle in meinen geheimsten Träumen zugeteilt und ein überlebensgroßes Idol aus ihm gemacht. Er unterschied sich von allen anderen Jungs, die ich kannte, denn er erweckte den Eindruck, als wäre er gegen die Ansichten und

Perspektiven von Gleichaltrigen immun, als wäre er schon viel älter als sie, aber gleichzeitig hatte er nichts von ihrem Zynismus an sich. Und weil er geheimnisvoll wirkte und das Gefühl weckte, etwas Besonderes zu sein, wollte ich ihn dazu bringen, daß er sich für mich interessierte. Er hatte eine rasche Auffassungsgabe und einen scharfen Intellekt, war belesen, weltgewandt und dann plötzlich wieder seltsam schüchtern. Am meisten faszinierte mich vielleicht seine Verletzlichkeit. Sie trat jäh und unvermutet zutage, wenn es ihm plötzlich an Selbstbewußtsein fehlte, wo ich Sicherheit erwartet hätte, und eine Sensibilität bewies, die man bei Männern selten findet. Mein Instinkt trieb mich, ihn zu verteidigen, wenn er selbst einer Situation nicht gewachsen war, und ihn zu beschützen. Doch außerdem empfand ich noch etwas, was wichtiger war, als ich es mir je eingestanden hätte – ich begehrte ihn. Er war sexuell unheimlich attraktiv, denn er sprühte vor Leben und strahlte gleichzeitig Männlichkeit und Unschuld aus.

Als wir gingen und er mir in den Mantel half, schaute er mich von oben an: »Die Märchenprinzessin von wo war's gleich wieder? … Ballycloghan?« Und ungeachtet meines Strickrocks fühlte ich mich so zart und zerbrechlich wie Distelwolle.

»Ich bin fast so groß wie du.« Ich stellte mich auf die Zehenspitzen, und er lachte. Als wir die Treppe hinuntergingen, nahm er kurz meine Hand in die seine.

Auf dem Weg zurück zum College gerieten wir in einen Hagelschauer; als wir losrannten, spürten wir die Nadelstiche im Gesicht und die Eiskügelchen, die in unseren Haaren schmolzen.

Wie war es damals – achtzehn Jahre alt und bis über beide Ohren verliebt? Kann ich mich überhaupt noch erinnern, wie sich diese Ekstase anfühlte, wie mein Herz zum Bersten voll war und was ich mir alles zusammenphantasierte? Wie ich mir die Zukunft ausmalte, den Weg, der in ein geheimnisvolles künftiges Leben hineinführte? Ich weiß nur noch, daß es so war, doch die Wogen haben sich für immer geglättet.

»Kommst du mit ins Kino?« fragte er beim Abschied.

Im Savoy lief ›Anna Karenina‹. Ich sagte ja. Als ich in meine Übung ging, schlidderte ich auf den Hagelkörnern, und mir lachte das Herz.

Eine Zeitlang sahen wir uns häufig. Wir besuchten Diskussionsveranstaltungen in der Griechischen Halle. Er kam hinunter zum ›Swamp‹, wenn ich Camogie spielte, und später, als es Sommer wurde, fuhren wir Boot auf dem Corrib und besuchten Menlow Castle. Doch dabei hatte ich immer das Gefühl, daß ihn eine Aura des Vergänglichen umgab, als wäre er eine Erscheinung aus einer anderen Welt – anmutiger und harmloser als die unsere –, und irgendwann würde er entschwinden und mich auf ewig sehnsuchtsvoll und unerfüllt zurücklassen. Er besaß die Fähigkeit, mein Innerstes zu berühren, doch dann zog er sich plötzlich wieder zurück, wurde unerreichbar und hatte scheinbar den Kontakt zur Realität verloren. Und aus all diesen Gründen war er eine ungeheure Herausforderung für mich.

Doch unglücklicherweise wurde ausgerechnet er Zeuge meiner Demütigung: Als ich eines Tages mit dem Fahrrad an der Francis Street abbog, stieß ich mit einem Eselskarren zusammen, der mir auf der falschen Straßenseite entgegenkam, und wurde zwischen Deichsel und Esel eingeklemmt. Cissie und ich waren dahingeradelt, ohne auf unsere Umgebung zu achten, und plötzlich flog ich durch die Luft und landete in den Deichselarmen des Eselskarren. Den Geruch des Esels, den Staub auf seinem Fell, seine angelegten Ohren und die entblößten gelben Zähne habe ich bis heute nicht vergessen. Cissie, die hinter mir fuhr, bremste scharf, stieg ab und, statt mir zu helfen, hockte sie sich auf die Bordsteinkante und hielt sich den Bauch vor Lachen. Der Fahrer, der aussah wie eine verhutzelte Pflaume mit Schirmmütze und Kartoffelnase, brachte den Esel zum Stehen – »*Ye oinseach*«, seufzte er laut, lehnte sich zurück und sah mir mit verschränkten Armen zu, wie ich versuchte, mich zu befreien.

Er thronte auf seinem Karren, schaute die Leute auf der Straße an, als wollte er sagen: Seht ihr, wie geduldig ich armer Mann diese Provokation hinnehme. Kopfschüttelnd beobachtete er meine Bemühungen und beklagte sich hörbar bei den Passanten: »Und die soll einer heiraten!«

Da tauchte auf der anderen Straßenseite Brian mit Jimmy Delahunty auf. Sofort eilten sie mir zu Hilfe. Sie befreiten mich und mein Fahrrad aus der mißlichen Lage und hinderten gleichzeitig den Esel daran, mich zu beißen.

Dann luden sie uns zum Kaffee in *The Magnet* ein. Brian hatte es geschafft, seine Heiterkeit zu unterdrücken, obwohl seine Hand zitterte, als er nach meiner griff, und er die Zähne zusammenbeißen mußte, als er mich fragte, ob ich mir weh getan hätte. »Natürlich fehlt mir nichts«, erwiderte ich ungehalten. »Ich bin nur wütend!« Da lachte er laut heraus.

»Du warst mir ja eine große Hilfe«, hielt ich Cissie vor.

»Selber schuld. Du kannst nicht erwarten, daß dich jemand rettet, wenn er sich vor Lachen nicht mehr rühren kann.«

Cissie weckte bei jungen Männern den Beschützerinstinkt. Von dem Tag an, an dem wir miteinander Kaffee getrunken hatten, stellte Jimmy Delahunty ihr hartnäckig nach. Obwohl sie mit ihm scherzte und sich gelegentlich von ihm nach Hause begleiten ließ, wenn wir nicht zusammen unterwegs waren, lehnte sie seine Einladungen stets ab. Vielleicht war auch ihr nicht entgangen, wie mitleidsvoll und traurig sein Gesichtsausdruck wurde, wenn sein Blick auf ihre linke Hand fiel.

Wenn wir es uns leisten konnten, tranken wir bei Lydons Tee, was mich immer an meine Mutter erinnerte, die uns dahin eingeladen hatte. Auch Brian und unser gemeinsames Mittagessen an dem Tag, als es hagelte, kam mir in den Sinn. Aber nach dem Tag des Esels, wie Cissie zu sagen pflegte, bekam ich ihn nur noch selten zu Gesicht. Später erfuhr ich, daß er sich mit einer Studienkollegin traf, und der Versuch so zu tun, als wäre ich nicht eifersüchtig, kostete mich so viel Kraft, daß ich mich kaum noch mit anderen Dingen beschäftigen konnte.

Mitten im Semester traf ich Brian bei einem Tanzabend in der Aula. Er stand am anderen Ende des Saals und unterhielt sich mit den O'Hagan-Schwestern.

»Da ist dein Ritter«, flüsterte mir Cissie ins Ohr. Bedrückt schaute ich zu ihm hinüber. Ein schöner Ritter war das! Er lachte und gestikulierte, während ihn Kathie O'Hagan aus seelenvollen braunen Augen anhimmelte. Ich redete mir ein, es sei mir völlig schnuppe. Wie ich wußte, stammten die Mädchen, mit denen er sprach, aus einer reichen Galwayer Kaufmannsfamilie, und an ihrem Benehmen sah ich, daß sie es beide darauf angelegt hatten, diesen Fisch mit ihrem Charme zu fangen. Eine junge Frau Ende des zwanzigsten Jahrhunderts würde sagen, daß sich die beiden einen Mann angeln wollten, um gesellschaftliche Anerkennung zu bekommen. Denn der Wert einer Frau hing tatsächlich von der Stellung ihres Mannes ab, und es war wichtig, eine gute Partie zu machen. Junge Frauen, die noch keine Zwanzig waren, hatten schon Angst, sitzenzubleiben – Angst vor Einsamkeit, Armut und Machtlosigkeit, vor allem vor Machtlosigkeit.

Brian nahm diese Aufmerksamkeit als etwas hin, das ihm zustand, und mir, die ich ihn über den ganzen Saal hinweg anstarrte, erschien er in diesem Augenblick höchst begehrenswert und vollkommen unerreichbar.

Dann forderte mich Jarlath Quinn zum Tanzen auf – er war leicht zu durchschauen, noch leichter zu bezaubern, und im Vergleich zu dem faszinierenden Brian am anderen Ende der Aula fand ich ihn höchstens durchschnittlich. Doch Jarlath tanzte gut, wir legten einen gekonnten Foxtrott aufs Parkett, und als ich aufblickte, sah ich, daß Brian uns beobachtete. Der Tanz ging zu Ende, und ganz außer Atem suchte ich mein Taschentuch, das mir auf dem Tanzboden aus dem Ärmel gefallen war.

Im selben Augenblick war Brian bei mir, hob das Taschentuch auf und überreichte es mir. »Er unterwirft sich, um zu siegen«, sagte er leise. Für den Rest des Abends tanzten wir miteinander, und die O'Hagan-Schwestern, die ihn mit Beschlag belegt hatten, wandten sich anderen Studenten zu.

Brian begleitete mich nach Hause. Als wir auf der Türschwelle standen, küßte er mich – überraschend süß und heftig zugleich. »Du warst die Königin des Abends«, flüsterte er mir ins Ohr. »Du bist das schönste Mädchen am College.«

»Danke«, sagte ich, dann floh ich und schloß schnell die Haustür hinter mir; leidenschaftlich glücklich warf ich mich aufs Bett und umarmte in der Dunkelheit mein Kissen.

Tom kam häufiger als erwartet nach Galway, um mich zu besuchen. Immer wenn Pferdemarkt war, konnte ich damit rechnen, daß er sich in Salthill sehen ließ. Ich wußte, daß er neben dem Verkauf seiner eigenen Tiere mit Pferden handelte, die er kaufte und praktisch sofort wieder an den Mann brachte. In seinem kragenlosen Hemd, mit ausgebeulten Taschen, die Stoffmütze tief ins Gesicht gezogen, kam er in unsere Studentenbude. Mir war sein Aufzug peinlich, und das sagte ich ihm auch. Aber er lachte nur.

»Ich kann nicht mit Pferden handeln, wenn ich einen Kragen mit Krawatte trage. Wie sollte ich dann billig kaufen und teuer verkaufen? Da würde es andersrum gehen! Und was meine Taschen betrifft«, meinte er kläglich und leerte ihren Inhalt auf den Tisch, »das ist mein Wechselgeld. Ich muß Geld bei mir haben für den Fall, daß ich ein Tier

sehe, nach dem ich suche.« Fassungslos beäugte ich die Unmengen Bargeld, die sich auf dem Tisch häuften.
»Was glaubst du wohl, wo das Geld für deine Studiengebühren herkommt?« Und dann erkundigte er sich etwas leiser, wo Cissie sei.
»Da bin ich!« rief sie lachend wie immer, wenn Tom da war, und trat ins Zimmer. Sie hatte die Haare gewaschen und mit Schildpattkämmen festgesteckt. Dann entdeckte sie, was auf dem Tisch lag, und machte große Augen. Toms Gesicht wurde weich, und um seinen Mund spielte ein besonderes Lächeln, das nur für Cissie reserviert war.
»Was würdet ihr sagen, wenn ich euch beide zu einer ordentlichen Mahlzeit einlade?«
»Ja, bitte«, erklärte Cissie förmlich, »wenn du glaubst, daß du dir das leisten kannst!«
»Sehr gut!« sagte Tom lachend, sammelte sein Geld ein und stopfte es wieder in die Tasche.
Mir entging nicht, daß Cissie gern mit ihm zusammen war, in seiner Gegenwart war sie völlig entspannt. Sie versuchte jetzt nicht mehr, ihre Hand vor ihm zu verstecken, und begegnete ihm ganz unbefangen. Ich versuchte, meinen Bruder mit ihren Augen zu sehen – ein natürlicher, netter Mensch. Seit dem Tod unserer Mutter sah er älter, ernster, sensibler aus.
Immer wieder versicherte er mir, daß die Farm jetzt einiges abwarf, was natürlich hauptsächlich den Stuten zu verdanken war; der Wirtschaftskrieg war vorbei – Dev hatte ein Junktimabkommen mit England ausgehandelt, und wir bekamen eine neue Verfassung. Tom hatte dieses Jahr durch den Verkauf von über hundert Arbeitspferden,

Stuten und Ponys Gewinne gemacht; allmählich erwarb er sich in der Grafschaft einen guten Ruf, und wer ein Pferd brauchte, wandte sich gern an ihn. Ich wußte, daß er sparsam und umsichtig wirtschaftete und eine gute Hand für Pferde hatte. Nur selten kam es vor, daß er ein Fohlen verlor; und jetzt hatte er sich eine fünfte Zuchtstute gekauft.

Später im Semester machte ich ihn mit Brian bekannt, der sofort ein Gespräch über Pferde anfing. Tom lud uns alle drei zum Essen ein. Zu dieser Gelegenheit zauberte er sogar einen Kragen mit Krawatte hervor. Den ganzen Abend drehte sich die Unterhaltung um Pferde. Von Zeit zu Zeit warf Tom einen beinah ehrfürchtigen Blick auf Cissie, die sich gut amüsierte. Sprühend vor Vergnügen erzählte sie von den Ponys, die sie zu Hause hatten, während Tom und Brian belustigt und interessiert zuhörten.

»Fitzallen ist in Ordnung«, meinte Tom später. »Er versteht sein Handwerk.«

Aufmerksam sah er mich an.

»Glaubst du, er wird dich heiraten?«

»Sei nicht doof.« Er wirkte geistesabwesend, und ich wußte, an wen er dachte.

»Wie stehen meine Chancen bei Cissie, was meinst du?« fragte er unvermittelt. Seine Augen waren so sehnsüchtig, sein Ausdruck so zärtlich, daß ich kaum glauben konnte, daß mein Bruder vor mir stand, der doch sonst jede Gefühlsduselei zutiefst verachtete. Was sollte ich ihm sagen? Genau denselben Blick hatte ich schon oft in Cissies Augen gesehen, wenn sie von Peter Fitzallen sprach, aber ich wußte, daß sie Tom mochte, und war mir sicher, daß die

Schwärmerei für Peter vorbeigehen würde, denn sie hatte ja keine Zukunft.

Ich zuckte die Schultern. »Soviel ich weiß, mag sie dich, aber sie ist zu jung, um Heiratspläne zu schmieden; sie muß erst mal ihre Prüfungen machen.«

»Kannst du dir vorstellen, daß eine Frau, die studiert hat, mich heiratet?« wollte er wissen, und ich antwortete ihm wahrheitsgemäß, daß es auf der Uni viele Studenten gab, die ihm nicht das Wasser reichen konnten, und daß ich selten einen so attraktiven Mann gesehen hatte.

Da mußte er lachen und zog mich spielerisch an den Haaren.

Zu Weihnachten fuhr ich heim. Im Haus herrschte eine kalte, unpersönliche Atmosphäre. Tom hatte sich beim Aufräumen zwar Mühe gegeben, aber auf den Möbeln lag eine dicke Staubschicht, und außer der Küche waren alle Zimmer klamm und feucht. Ich hatte den Verdacht, daß er während meiner Abwesenheit ohne Küchenherd ausgekommen war und von Butterbrot und Speck gelebt hatte. Also krempelte ich die Ärmel hoch und versuchte, alles auf Hochglanz zu bringen, damit ich mich wieder zu Hause fühlen konnte. Trotzdem war ich wütend, daß diese Arbeit auf mich wartete. Ich wußte, daß Tom vorwärtskam; er hatte Land dazugekauft, etwa zwanzig Tagwerk, die an die Farm angrenzten. Ich sagte ihm, daß er eine Hausfrau brauchte, daß er heiraten sollte, was er sehr erheiternd fand. Dann nahm er mich mit in die Ställe, um seine jüngsten Anschaffungen und die Verbesserungen zu begutachten, die er bewerkstelligt hatte.

Ich stand neben ihm, schaute mir die großen, warmen, gutmütigen Stuten in den offenen Boxen an und sog den Geruch von Pferdedung und Heu ein. Tom stellte mir Pat O'Regan vor, der jetzt auf der Farm arbeitete, ein drahtiger kleiner Mann mit Schirmmütze, der mir kräftig die Hand schüttelte. »Freut mich, Sie kennenzulernen, Ma'am!«

»Er kann gut mit Pferden umgehen!« meinte Tom später. »Aber ich muß ihn im Auge behalten, er genehmigt sich gern mal einen!«

Als Weihnachtsessen gab es Gans; mit der Zubereitung und der Füllung gab ich mir viel Mühe; ich stach die Brust an und nähte die Gans zu, wie ich es bei meiner Mutter gesehen hatte. Wir aßen in der guten Stube. Tom war mal fröhlich, mal in Gedanken versunken; er hatte mir eine Goldkette mit einem Amethystanhänger geschenkt; mit unverhohlenem Vergnügen betrachtete er sie an meinem Hals. Gelegentlich erkundigte er sich nach Ballyharris, und weil ich wußte, daß er etwas von Cissie hören wollte, erzählte ich ihm, was sie in den Ferien machte und daß sie im Winter auf die Jagd ging. Da wurde er wieder nachdenklich und bemerkte schließlich, er denke daran, ein Jagdpferd zu kaufen, das sie reiten könnte, wenn sie zu Besuch kam.

»Ich habe jetzt einen schönen Batzen Geld zurückgelegt, Peg«, sagte er stolz, »trotz deiner Versuche, mich mit deinen Studiengebühren und deinem Luxusleben in den Bankrott zu treiben!«

»Luxusleben! Ich?«

Wir lachten.
»Du solltest heiraten«, wiederholte ich. »Niamh Houlihan hat dir heute morgen in der Messe schöne Augen gemacht. Und es gibt noch jede Menge andere Mädchen, die dich mit Freuden nehmen würden. Du bist der begehrteste Junggeselle in der Gegend.«
Er warf mir einen ärgerlichen Blick zu.
»Du weißt verdammt gut, daß ich Cissie heiraten möchte«, sagte er schließlich leise, »und du kannst dich drauf verlassen, daß ich ihr etwas zu bieten habe.«
Dann fragte er mich zum hundertsten Mal, was Cissie in den Ferien machte. Und zum hundertsten Mal erzählte ich es ihm, wenn auch allmählich besorgt.

Nach dem Essen kamen ein paar Freunde von Tom vorbei; sie setzten sich in die Küche, spielten Karten, tranken Whiskey und unterhielten sich. Obwohl sie mich einluden, mich zu ihnen zu gesellen, zog ich mich lieber in die gute Stube vors offene Torffeuer zurück. Ich schürte nach, ordnete meine Weihnachtskarten neu an – eine von Cissie, eine von Brian, eine von Paddy und noch ein paar von Studienfreundinnen und von der Zeichenlehrerin unserer früheren Schule, einer alten Nonne, die nicht in Vergessenheit geraten wollte.
Mary hatte schon vor einigen Wochen aus Paris geschrieben, ein schöner Brief, auf dem eine französische Briefmarke prangte. Das Wort ›IRLANDE‹ auf dem Umschlag, in Großbuchstaben und unterstrichen, schien daran zu erinnern, daß aus einer anderen Perspektive betrachtet unsere kleine Insel nicht der Nabel der Welt war

und es Menschen geben mochte, die nicht auf Anhieb wußten, wo Ballycloghan in der Grafschaft Galway lag.
Mary schrieb, sie werde über Weihnachten nach Hause kommen, mit dem Französischen hätte sie nun keine Schwierigkeiten mehr und sie liebte Paris. »Es ist eine bezaubernde, großartige Stadt. Ich habe einen charmanten Mann kennengelernt, der mit der französischen Gesandtschaft in Dublin zu tun hat; anscheinend hat er auch Geschäftsverbindungen nach Irland, importiert Wein oder so was. Vielleicht wird er in Dublin sein, wenn ich heimkomme. Und außerdem hat er Beziehungen zum Theater!«
Diesen Brief bewahrte ich zwischen den Seiten von *Der letzte Mohikaner* auf, meiner damaligen Lektüre, und las ihn immer wieder; ich versuchte mir vorzustellen, wie das Leben in Paris war, wie dieser Franzose aussah, wie es im Kloster zuging. Marys Beschreibungen wirkten richtig exotisch. Selbst das Kloster, wo anscheinend noch strengere Regeln herrschten als in St. Catherine's, bekam einen verzauberten Glanz. »Paris!« flüsterte ich und ließ mir den Namen auf der Zunge zergehen. Würde ich jemals Paris sehen? Der Franzose war bestimmt groß und dunkelhaarig mit blitzenden Augen. Aber ich beneidete Mary keineswegs; wie sollte ich sie beneiden, wo ich doch Brian Fitzallen liebte?
In meine Träumerei versunken saß ich im alten Sessel meines Vaters vor dem Feuer und wünschte mir insgeheim, die Feiertage wären schon vorbei und ich könnte nach Ballyharris fahren.
Cissie hatte mich über Weihnachten eingeladen, aber dann wäre Tom allein gewesen. Es war immer die Rede

von einem drohenden Krieg, und in den Zeitungen wurden die schwierigen diplomatischen Beziehungen zwischen Großbritannien und Deutschland ausführlich erörtert. Wie allen anderen machte mir die bevorstehende Katastrophe angst, aber ich konnte einfach nicht glauben, daß sie wirklich unvermeidbar war.

Am 27. Dezember 1937 fuhr ich nach Ballyharris. Des holte mich vom Bahnhof ab und schüttelte mir die Hand. »Wie geht's, Peg?« Dann erklärte er, Cissie sei erkältet und hüte das Bett. Davon konnte ich mich bald selbst überzeugen. Mit einem Kissen im Rücken und einem Roman saß sie im Bett. Sie trug ein wollenes Bettjäckchen ihrer Mutter, das unterm Kinn mit einem blauen Band zugebunden war.

»Ist das nicht abscheulich, Peg? Wenn es mir morgen nicht bessergeht, versäume ich unsere Party; so kann ich mich doch nicht sehen lassen!«

»Welche Party?«

»Des gibt eine. Wir haben alle dazu eingeladen, natürlich auch die Fitzallens.«

»Gut«, sagte ich und freute mich auf ein Wiedersehen mit Brian.

»Sie können aber nicht kommen.«

»Warum nicht?«

Cissie zuckte die Achseln, griff in die Schublade ihres Nachtkästchens und hielt mir ein Blatt Papier unter die Nase.

»Da ist der Brief.« Ihr unbekümmerter Tonfall wirkte nicht ganz überzeugend.

Ich faltete das Blatt auseinander und las: »Messrs. Brian

und Peter Fitzallen und Miss Harriet Fitzallen bedauern …«

»Mama ist zu Ohren gekommen, daß sie am Sonntag selbst eine Party geben«, fuhr Cissie im selben Tonfall fort.

»Und ihr seid nicht eingeladen?« flüsterte ich.

»Nein.« Wieder zuckte sie die Achseln. »Sie sind sehr vornehm, weißt du. Und ich bin nur eine Arzttochter.«

Das tat mir weh. Cissie kannte diese Leute seit Jahren. Es machte mich rasend, daß man sie so gekränkt hatte. Und ich war selbst bis ins Innerste getroffen. Wenn Cissie nur eine Arzttochter war, welcher Stellenwert kam mir dann zu? Es war mir verhaßt, daß jemand meinen Wert leugnen und mich mit engstirnigen Maßstäben messen wollte.

»Mary ist da«, fuhr Cissie fort. »Das wollte ich dir noch sagen. Sie ist am Heiligen Abend heimgekommen und hat uns schon zweimal besucht. Sie ist in Höchstform und kommt morgen auf die Party.«

Am nächsten Tag machte ich einen Spazierritt mit Des. »Als kleine Lockerungsübung vor der Party heute abend«, meinte er, aber ich wußte, daß er mich mit dem Ausflug aufmuntern wollte. Vielleicht hatte Cissie ihm von Brian und mir erzählt. Es war auch eine Jagd im Gange, aber dafür ritt ich zu schlecht, und Desmond konnte wegen der Vorbereitungen für die Party nicht teilnehmen.

Gegen drei, als es schon zu dämmern begann, machten wir uns auf den Weg. In der Ferne, vor der sich verdüsternden Kulisse des Berges, sah ich die Nachzügler, die von der Jagd heimkehrten. Es fing an zu regnen, kalte Tropfen klatschten mir ins Gesicht, doch durch die halb geschlossenen Lider erkannte ich Brian und seine Geschwister. Die Zügel waren unangenehm glitschig, und Banners Hals dampfte. Da sahen sie uns. Harry winkte. »Hallo ihr zwei«, rief sie, Peter nickte auf seine herablassende Art, und sie ritten vorbei.

Wie charismatisch der Hochmut doch sein kann, dachte ich erstaunt. Menschen, die sich für den Mittelpunkt der Welt hielten, besaßen eine geradezu hypnotische Ausstrahlung, der man auf den Grund gehen wollte – und sei es nur, um sie zu zerstören. Brian galoppierte auf uns zu.

»Peg!« strahlte er. Kühl erwiderte ich seinen Blick. Er war von der Jagd erhitzt, und sein Gesicht glänzte vom Regen. Sein roter Jagdrock war mit Pferdeschweiß und Schlamm bespritzt.

Desmond ritt taktvoll ein Stück voraus.

»Warum kommt ihr nicht zu Cissies Party?« fragte ich durch den prasselnden Regen.

»Zu welcher Party?«

»Zu der Party heute abend.«

Eine Weile ritt er schweigend neben mir her. Dann sagte er: »Vermutlich sind wir eingeladen worden?«

»Natürlich.«

»Es tut mir leid, Peg«, sagte er zögernd. »Scheinbar hat Harry einfach für uns alle geantwortet. Sie nimmt sich ziemlich viel heraus. Wir haben ein paar langweilige Tanten zu Besuch, um die wir uns kümmern müssen.«

»Verstehe.«

»Aber ich komme, wenn ich darf.«

»Mach dir keine Umstände. Ihr habt bestimmt mit eurer eigenen Feier am Sonntag alle Hände voll zu tun!«

Brian runzelte die Stirn.
»Du verstehst das nicht, Peg«, sagte er verlegen.
»Du hast völlig recht – ich glaube, du solltest lieber bei deinen Tanten bleiben.« Ich schmeckte den Regen auf den Lippen. Mir war kalt bis auf die Knochen, also trieb ich Banner an, der keine Ermunterung brauchte; ich holte Des ein, um mit ihm nach Hause zu reiten. Er winkte Brian kurz zu, und wir kanterten durch den Platzregen; die Pferde, stark und eigenwillig, sehnten sich nach ihrem warmen Stall. Ich war froh, als ich endlich wieder im Haus war und sofort ein heißes Bad nehmen konnte.

Die Party fing ganz gut an. Cissie war eine Weile mit dabei, entschuldigte sich aber dann, sie sei immer noch nicht ganz auf der Höhe, und ging früh zu Bett. Ich wurde einigen Leuten vorgestellt, plauderte und tanzte mit Freunden von Desmond, behielt aber die Tür im Auge, weil ich auf Mary wartete und mich auf das Wiedersehen freute.
Sie kam mit ihrem Vater. Als Des ihnen die Mäntel abnahm, eilte ich in die Diele und umarmte Mary. Ich hatte einen Klumpen im Hals. Sie wirkte irgendwie anders als früher, fast reserviert. In ihrem grünblauen Futteralkleid, das ihre Figur betonte und zu ihren Augen paßte, zog sie die Blicke aller Männer auf sich.
»Erzähl mir von Paris.«
»Oh, es ist wunderschön, Peg, aber im Winter ist es bitterkalt. Ich mußte über Weihnachten einfach heimfahren.« Sie sah zu ihrem Vater auf und drückte seinen Arm.
»Und wie steht's mit deinem Französisch?«

»Très bien, merci. Maintenant je le trouve très facile.« Marys Aussprache hatte mit dem Französisch, das wir in der Schule gelernt hatten, nichts gemein.

Ihr Vater lächelte sie nachsichtig an. Des zog die beiden in den Salon, besorgte ihnen etwas zu trinken, und sie plauderten mit Dr. O'Shaughnessy, der Mary mit Komplimenten überschüttete. Mrs. O'Shaughnessy umarmte sie und erklärte: »Die arme Cissie ist immer noch nicht ganz auf der Höhe. Sie hat sich wieder hingelegt.«

Gemeinsam stahlen wir uns nach oben in Cissies Zimmer. Barbie stand im Morgenmantel auf dem Treppenabsatz und starrte durchs Geländer auf die Leute hinunter, die durch die Diele kamen. »Ich bin auch schon alt genug für eine Erwachsenenparty«, murrte sie rebellisch, während sie Papierflieger faltete und in den Treppenschacht warf.

Wir fanden Cissie lesend im Bett. Mary zog ihr blaugrünes Kleid hoch und setzte sich auf die Bettkante; ich legte mich auf mein Bett und hörte zu, wie Mary ›zum zehnten Mal‹ alles über ihr neues Leben, die französischen Nonnen und den albernen Fehler erzählte, der ihr bei Tisch unterlaufen war, als man ihr einen Nachschlag anbot und sie erwiderte – »Non, merci … je suis pleine.« Auf meinen verständnislosen Blick erklärte sie, damit habe sie den guten Frauen mitgeteilt, sie sei schwanger, wo sie doch nur sagen wollte, sie sei satt.

Wir lachten herzlich. Dann fragte ich nach dem Franzosen, von dem sie mir geschrieben hatte. Sie zuckte die Schultern und erklärte, er sei der Onkel von einem Mädchen an der Schule. »Er ist nicht mehr der jüngste, unge-

fähr zweiunddreißig. Und er hat einen Titel. Schau mich nicht so an, Peg.«
»Ist er verheiratet?«
»Nein. Bei der Jagd heute habe ich dich vermißt, Peg«, sagte sie dann, um das Thema zu wechseln. »Es wird Zeit, daß du dich mal aufrappelst.«
»Du weißt so gut wie ich, daß ich nicht jage, Mary.«
Mir entging nicht, daß Cissie plötzlich gespannt zuhörte.
»Du könntest es zumindest versuchen. Es würde dir guttun!« beharrte Mary.
Ich seufzte.
»Ich würde beim ersten Zaun unfreiwillig absteigen.«
»Nein, würdest du nicht«, versicherte mir Cissie, nicht zum ersten Mal. »Du mußt dich nur gut festhalten, den Rest erledigt das Pferd. Es kann gar nichts passieren, solange du nicht über Reilly's Bank springst.«
»Wo ist denn das?« fragte ich und versuchte, das Hindernis zu lokalisieren. Ich hatte von dem Wall schon gehört, war mir aber nicht sicher, wo er sich befand.
»Oh, das ist an der Grenze zwischen Glenallen und der Allmende. Seit sie auf der anderen Seite einen Graben gezogen haben, springt niemand mehr darüber – es ist eine Todesfalle, man stürzt an die vier Meter ab.«
Warum wurde mir plötzlich so kalt?
»Keine Sorge«, sagte ich, während ich versuchte, den Schatten zu vertreiben. »Ich habe die Absicht, alt zu werden und euch noch möglichst lange zur Last zu fallen. Ist dort schon mal jemand zu Schaden gekommen?«
»Nicht ernsthaft.«
»Peter Fitz hat heute einen halbherzigen Versuch ge-

macht«, warf Mary ein und verzog abschätzig das Gesicht, »aber sein Pferd hat nicht mitgespielt.«

Ich spürte, wie Cissie reagierte, merkte, wie still sie wurde, aber Mary plauderte munter weiter. »Heute abend habe ich ihn noch nicht gesehen.«

»Nein«, sagte ich, »und das liegt nicht daran, daß man ihn nicht eingeladen hätte.«

Mary schnaubte verächtlich und sah Cissie an.

»Du bist doch nicht mehr in ihn verliebt, oder?«

»Ich habe wichtigere Dinge im Kopf«, erwiderte Cissie. Dann wechselte sie das Thema; wir sollten lieber wieder hinuntergehen, sagte sie, sonst würde Des behaupten, wir verderben ihm seine Party. Also ließen wir sie allein. An der Treppe warnten wir Barbie, daß alle Leute, denen sie mit ihren Papierfliegern die Augen ausgestochen hatte, nach ihr suchen würden.

»Ich hab kein Papier mehr. Den letzten hab ich nach Brian Fitzallen geworfen, aber nicht getroffen.«

Mary sah mich an.

»Wann ist er gekommen?« fragte ich.

»Gerade eben.«

Als wir nach unten gingen, kam er aus der Diele und lächelte uns an.

»Hallo, Mary. Schön, daß du wieder da bist.« Er schüttelte ihr die Hand.

»Ich dachte, du kommst nicht«, sagte ich.

»Warum? Man hat mich doch eingeladen, oder?«

Er lächelte mich unschuldig an. Aus dem Eßzimmer war Tanzmusik zu hören.

»Willst du tanzen?«

Und plötzlich war der Abend ein voller Erfolg. Ich tanzte, trank Wein, unterhielt mich, entdeckte, wie geistreich ich sein konnte, und fing ab und zu Marys erstaunte Blicke auf.

»Die Sache mit … Harrys Brief tut mir leid«, sagte Brian, bevor er ging. »Und es tut mir leid, daß ich dich und die anderen nicht zu der Party am Sonntag einladen kann. Es ist nämlich nicht meine Party. Harry hat sie organisiert. Wahrscheinlich verdrücke ich mich. Ich kann ihre Freunde nicht ausstehen!«

»Warum?«

»Sie langweilen mich zu Tode! Ihr Leben dreht sich nur darum, sich in Pose zu werfen.«

»Mag Peter sie denn?« fragte ich, weil ich an Cissie dachte.

»Er betet sie an. Warum auch nicht? Er versteht es selbst wunderbar, sich in Pose zu werfen, und er mag alles, was Harry gefällt.«

»Wie siamesische Zwillinge«, wagte ich zu bemerken.

»Genau, sie sind seelisch verwachsen, und Harry setzt alles daran, daß es so bleibt.«

Ich sah Peter und Harriet Fitzallen in diesen Ferien noch einmal, bevor ich wieder von Ballyharris Abschied nahm. Sie standen auf dem Bahnsteig, als ich abreiste. Peter kehrte nach Dublin zurück, und Harry brachte ihn zum Zug. Ich witzelte und lachte mit Cissie, die mich zum Bahnhof begleitet hatte.

Mir fiel auf, wie Harry neugierig zu uns herübersah und wie sie kühl abwägend erst Cissies linke Hand und dann mich musterte.

Schließlich drehten sich beide zu uns um und lächelten höflich. Cissie versteckte ihre Hand in der Tasche.
»Hallo, ihr zwei«, rief Harry mit gewohnter Jovialität.
Peter neigte lächelnd den Kopf; sein Blick war so forschend wie eh und je, aber ich fand, daß er noch länger als sonst auf Cissie ruhte. Mir war bewußt, daß ich ihn genauso unverwandt ansah wie Cissie. Er besaß eine Ausstrahlung, die für zehn Männer gereicht hätte, wofür in erster Linie seine atemberaubende Selbstsicherheit verantwortlich war.
»Peg fährt nach Hause«, erklärte Cissie. »Das neue Semester beginnt am Montag.«
Harry holte tief Luft.
»Ihr seid ja vielleicht klug, Kinder!« rief sie. »Ich bin viel zu dumm fürs College.«
Augenblicklich hatte ich das Gefühl, das College sei ein dubioser Ort, wo sich Leute von geringem Ansehen versammelten. Klug zu sein, zumindest in diesem Sinne, war keinesfalls eine bemerkenswerte Eigenschaft.
Peter wandte sich an Cissie.
»Bei unserem letzten Jagdtreffen habe ich dich vermißt.«
»Ja, ich hatte eine Grippe.«
Sie sah ihm in die Augen, und ich konnte fast spüren, wie ihr Herz bebte.
Der Zug fuhr schmauchend ein und kam ruckartig und unter lautem Zischen zum Stehen; der Dampf breitete sich im ganzen Bahnhof aus. Ich stieg in ein Abteil zweiter Klasse, sah hinaus, als der Zug aus einem riesigen Schlauch Wasser tankte, und beobachtete Peter Fitzallen, der sich kurz von Cissie verabschiedete und dann in sei-

nem Erste-Klasse-Abteil verschwand. Cissie winkte mir nach, als der Zug abfuhr. Ich lehnte mich in meinem Sitz zurück und überlegte, was Peter und Harriet an sich hatten, was mich mit so düsteren Vorahnungen erfüllte – wie die Warnung vor einem unerbittlichen Schicksal.

5. Kapitel

Als wir nach Galway zurückkehrten, rechnete ich damit, daß Brian sich bei mir melden würde. Ich sehnte mich nach ihm; ich wollte das Gefühl auskosten, daß wir einander etwas bedeuteten, daß wir zusammenhielten gegen den Rest der Welt. Doch eine Woche verstrich, und ich bekam keinen Brian zu Gesicht. Ich fragte mich schon, ob er nach den Ferien überhaupt zurückgekommen war; vielleicht war er ja krank. Aber am Ende der zweiten Woche erspähte ich ihn, wie er mit Jimmy Delahunty über den Eyre Square radelte. Er sah mich, hob höflich die Hand und fuhr in aller Seelenruhe weiter, und ich fühlte mich wie ein begossener Pudel. Cissie, die neben mir stand, zog skeptisch die Augenbrauen hoch.

»Den kann ich wohl abschreiben«, sagte ich.

»Macht es dir etwas aus?«

Ich sah sie an und fragte mich, warum es eine Rolle spielte. Ohne ihn war ich besser dran. Sein Benehmen strafte alles Lügen, was ich bisher an menschlichem Miteinander kennengelernt hatte: an einem Tag gab er mir das Gefühl, wir wären seelenverwandt, am nächsten tat er so, als wäre ich Luft für ihn.

»Ja, es macht mir etwas aus. Es ist eine Art Wettstreit, den ich gewinnen will.« In Wirklichkeit war es viel mehr als das, aber ich war jung und hatte meinen Stolz.

Cissie lachte. »Du kannst ganz schön eigensinnig sein, Peg. Aber ich weiß, wie du ihn aufrütteln kannst«, fügte sie schelmisch hinzu. »Geh mit einem anderen aus.«

»Ich will aber keinen anderen.«

»Das hat doch damit nichts zu tun. Geh mit einem anderen aus, und sorge dafür, daß Brian es erfährt!«

»Du bist ein kleiner Machiavelli, Cissie O'Shaughnessy.«

Wieder lachte sie. »Nur daß sich Machiavelli an seine eigenen Ratschläge nicht gehalten hat.«

Doch als ich ein paar Tage später noch einmal die Erfahrung machte, daß Brian meinen Gruß mit einer so nichtssagenden Höflichkeit erwiderte, als wäre ich eine Zufallsbekanntschaft, stand mein Entschluß fest. Zum Teufel mit ihm. Andere Mütter hatten auch schöne Kinder.

Als Jarlath mich bat, mit ihm auszugehen, sagte ich freudig zu. Er errötete bis an die Haarwurzeln und spielte nervös mit seinen großen Händen. Er hatte schreckliche Angst, einen Korb zu bekommen.

»Wenn du am Freitag nichts Besseres zu tun hast, Peg, würdest du dann mit mir ins Kino gehen?«

»Aber gerne, Jarlath. Danke.«

Er lächelte erleichtert. »Wir machen die Stadt unsicher, Peg. Heute morgen habe ich einen Scheck von zu Hause bekommen.«

Nach dem Praktikum kam ich mit ihm aus dem Labor, und zufällig lief uns Brian über den Weg.

»Hallo«, sagte ich lässig. »Jarlath, kennst du Brian Fitzallen? Brian, das ist Jarlath Quinn.«

Sie schüttelten sich die Hand. Nachdem wir ein paar Worte gewechselt hatten, schlenderte ich mit meiner neuen Eroberung davon und genoß das Gefühl, daß ich Brian aus der Ruhe gebracht hatte.
Noch am selben Abend erschien Brian an meiner Haustür. Er wolle mit mir reden, sagte er, aber in unserem Haus konnte man sich nicht ungestört unterhalten. Oben in unserem Zimmer saß Cissie und lernte, und es kam sowieso nicht in Frage, einen Mann mit hinaufzunehmen.
»Laß uns einen Spaziergang machen.«
»Sieht nach Regen aus«, wandte ich ein und sah an ihm vorbei in die von Straßenlaternen erhellte Dunkelheit. »Komm doch herein.«
Meine Wirtin steckte den Kopf aus der Wohnzimmertür, um zu sehen, wer der Besucher war, und verschwand dann wieder. Brian trug einen blauen Wollschal nachlässig um den Hals geschlungen. Der Seewind hatte sein Haar zerzaust. Der Lampenschirm auf der Diele warf einen bläulichen Schimmer auf sein Gesicht. Stirnrunzelnd musterte er mich.
»Peg, gehst du am Freitag mit mir ins Kino?« fragte er in sachlichem Ton.
»Tut mir leid, Brian, ich bin schon verabredet.«
Er schwieg. Mit einem Mal sah er überrascht und gekränkt aus.
»Verstehe.«
Er wandte sich zur Tür, blieb aber dann stehen, zog die Schultern hoch und lächelte mich an. »Du könntest die Verabredung doch absagen?«
»Nein.«

»Bist du wegen irgendwas wütend auf mich, Peg?« fragte er so charmant, daß ich liebend gern diese und jede andere Verabredung hätte sausenlassen.

»Nein, nur eines Besseren belehrt. Du bist wie ein Männchen in diesen lustigen Uhren – sie kommen nur zur vollen Stunde raus. Immer wenn ich dich treffe und du bist gerade nicht draußen, siehst du mich gar nicht.«

»Das tut mir leid, Peg. Manchmal bin ich so in Gedanken. Es gibt Dinge, die ich mir überlegen muß.«

»Selbstverständlich. Und weil ich grundsätzlich nie etwas zu überlegen habe, möchte ich solche hehren Betrachtungen auf keinen Fall stören«, sagte ich eigensinnig wie so oft, wenn ich das Gefühl hatte, die Oberhand zu haben. Aber als ich seinen Gesichtsausdruck sah, wünschte ich, ich hätte mir auf die Zunge gebissen.

»Wie du willst, Peg«, murmelte er höflich, aber gekränkt und drehte sich auf dem Absatz um. Ich schloß die Tür hinter ihm, noch bevor er das Gartentor erreichte, und fühlte mich elend. Am liebsten wäre ich ihm nachgelaufen. Ich ging hinauf, setzte mich an meinen Tisch und starrte in mein Chemiebuch, ohne etwas wahrzunehmen. Zum Teufel mit den Molekülen, Periodentafeln, Ketonen, Azetonen. Wie sollte ich darin Trost finden?

In den darauffolgenden Tagen war ich todunglücklich. Ich ging mit Jarlath ins Kino; an den Film kann ich mich nicht mehr erinnern; alles, was ich noch weiß, ist, daß ich Brian Fitzallens gekränktes, viel zu sensibles Gesicht vor mir sah. Mein Sieg hinterließ ein Gefühl der Leere; ich hatte das Gefühl, mich schäbig und kleinlich benommen zu haben.

Jarlath wollte mich küssen. Er war grob, hin- und hergerissen zwischen seinen sexuellen Bedürfnissen und dem Wunsch, mir zu gefallen. Seine knochigen Finger zerquetschten mir fast die Hand. Ich verweigerte ihm meine Lippen und stieß ihn lachend zurück. Jarlath akzeptierte meine Weigerung; anständige Mädchen taten so was nicht. Aber ich wünschte inständig, der Abend wäre vorbei, ich läge im Bett und könnte an Brian denken, der in heroischem Glanz erstrahlte, weil ich ihn verloren hatte.

Aber damit wollte sich Brian nicht ohne weiteres abfinden. Am nächsten Montag kam er nach dem Praktikum ins Labor, um mich zum Kaffee einzuladen, doch er nickte Jarlath mit so liebenswürdiger Herablassung zu, daß ich ablehnte. Ich fand ihn anmaßend, anscheinend ging er davon aus, daß er nur mit dem Finger zu schnippen brauchte, und schon würde ich springen.

Aber er gab sich nicht mit einem Nein zufrieden. Nach dem Unterricht stand er wieder draußen auf dem Korridor, lehnte an der Wand und beobachtete voll Unruhe, ob ich mit Jarlath aus dem Labor käme. Mit gespielter Gleichgültigkeit trat ich ihm entgegen, doch schließlich hielt ich es nicht mehr aus, und aus Angst, ihn endgültig zu verlieren, wenn ich so weitermachte, kapitulierte ich schließlich und ließ mich zum Abendessen einladen. Zu diesem Anlaß lieh ich mir ein Kleid von Cissie, cremefarben mit breitem Gürtel; dann saß ich ihm gegenüber, wie berauscht vor Glück, beeindruckt von der Kennermiene, mit der er den Wein auswählte, von der Leichtigkeit, mit der er über alle möglichen Themen plauderte, von seinen lustigen Kommentaren und seinem Wunsch, mich zu unterhalten.

Indirekt entschuldigte er sich für sein unnahbares Verhalten. »Weißt du, Peg, es gibt Schwierigkeiten in Glenallen, die mich belasten. Es tut mir leid, daß ich mich wie ein ungehobelter Kerl benommen habe.«
»Mir tut es auch leid, daß ich so grob war«, murmelte ich errötend.
Da mußte er lachen. »Erinnere ich dich wirklich an ein Männchen in einer Spieluhr?«
»Natürlich nicht.«
»Zu Hause sagen sie immer, daß ich in einer Traumwelt lebe. Zumindest Harry behauptet das. Es gibt so vieles, was mich bedrückt. Aber von diesem Augenblick an werde ich nur noch an Peg Donlon denken, die schöne Maid von Salthill!«
Er beugte sich über den Tisch und sah mich mit lachenden Augen an. »Jetzt verzeihst du mir meine Untaten, Peg, oder muß ich in Sack und Asche auf deiner Schwelle sitzen?«
Wie sollte ich bei soviel Demut hart bleiben?
»Was sind das für Probleme, die dich bedrücken?« fragte ich, um die Peinlichkeit des Augenblicks zu überspielen. Doch er ging nicht darauf ein, sondern wechselte das Thema. An diesem Abend küßten wir uns vor meiner Tür; es war ein langer, köstlicher Kuß.

Cissie beobachtete diese Entwicklung mit Interesse. »Er ist verrückt nach dir, Peg. Und er ist eine gute Partie, würde ich sagen.«
Ich wurde rot, weil ich mich über sie ärgerte. Die Unterstellung, Frauen seien nur aufs Geld aus und gingen auf

Männerjagd, um versorgt zu werden, war mir zuwider, denn die unerträgliche Schlußfolgerung war, daß sie selbst nichts wert waren.

»Ich bin die gute Partie!«

»Ich weiß«, lachte Cissie, »aber er ist auch nicht zu verachten.«

»Das interessiert mich nicht. Wenn du's genau wissen willst, hat er mir gesagt, daß er nicht viel zu erwarten hat.«

Das war richtig. Als wir einmal planlos über die Zukunft sprachen, sagte Brian, er würde gern nach Südafrika oder Kenia auswandern.

»Das ist aber weit weg. Warum willst du ins Ausland?«

»Da unten bieten sich phantastische Möglichkeiten. Ich möchte die Ruinen von Simbabwe sehen – das verlorene Ophir suchen. Afrika ist die Wiege der Menschheit. Dort könnte ich Geld verdienen. Auf mich wartet kein großes Erbe, weißt du«, fügte er lachend hinzu.

Was kümmerte es mich, was er einmal erben würde? Die Leidenschaft ging mit mir durch. Ich ließ meinen Gefühlen freien Lauf, projizierte alle Eigenschaften auf Brian, die ich von Romanhelden kannte. In meiner Vorstellung war er die Antwort auf jede Sehnsucht – körperlich oder seelisch. Damals bedeutete mir die Religion noch sehr viel, aber ich mußte schockiert feststellen, daß ich Brian mehr liebte als Gott. Doch es wäre mir nie in den Sinn gekommen, daß er all jene Eigenschaften, die ich ihm zuschrieb, gar nicht wirklich besaß, sondern daß ich sie nur in ihm sehen wollte und mir im stillen Kämmerlein meinen Helden konstruiert hatte.

Er bat mich nie, mit ihm zu schlafen. Cissie hatte mich

gewarnt, diese Aufforderung würde bedeuten, daß Peg Donlon nur fürs Bett tauge, aber zum Heiraten für einen Fitzallen nicht gut genug sei.

Immer wenn er von Glenallen sprach, wunderte ich mich über seine einstudierte Gleichgültigkeit, über die Mühe, die es ihn kostete, unbeteiligt zu klingen.

»Ich glaube, du liebst Glenallen sehr«, sagte ich einmal, nachdem er mir von der Farm erzählt hatte.

Er sah mich mit halbherzigem Lachen an. »Gut beobachtet, Peg. Ich liebe Glenallen und hasse es gleichzeitig! Ich möchte mich davon befreien und könnte diese Freiheit doch nicht ertragen. Klingt das verrückt?«

»Nein. Von dem Ort, der uns geprägt hat, können wir uns niemals befreien. Es wundert mich nur, daß du frei sein möchtest.«

Er starrte an mir vorbei, und ich stellte überrascht fest, daß sein Blick hart und verbohrt wurde, fast als packte ihn das Grauen.

Es schien ihm nichts auszumachen, daß ich schüchtern war und fast immer zurückhaltend reagierte.

»Ich finde schon noch heraus, was in dir vorgeht, Peige, ... wart nur ab.«

Er nannte mich oft ›Peige‹ – so daß mein Name zweisilbig wurde; das sei auf Aran – den Inseln im Westen – ganz geläufig, sagte er.

»Ich komme aber nicht von Aran.«

»Ich glaube, du kommst von Tír na n'Og, das ist dieselbe Richtung.« Er spielte auf das mystische Land von Sidhe an, die Heimat des Feenvolks, wo man nie altert.

»Du möchtest wohl, daß ich dich dahin mitnehme?« fragte

ich. »So wie Niamh mit dem Goldnen Haar Oisín mit sich nahm? Fort auf meinem weißen Pferd in das Land jenseits der sinkenden Sonne?«

Er lachte so herzlich und streckte mir die Hände entgegen. »O ja, bitte!«

»Aber dann würdest du, wie es in der Natur der Sache liegt, irgendwann wieder heim wollen, und sobald du den Fuß auf die Heimaterde setzt ...«

Sein Lächeln erstarb, und er ließ die Hände sinken.

»... würde ich altern und sterben«, vollendete er meinen Satz mit tonloser Stimme. »Ich weiß.«

Bei der Vorstellung, mit ihm zu schlafen, zitterte ich vor Erregung, aber ich hatte Angst, daß er mich nachher verachten könnte, und außerdem war es eine Todsünde. Auch erschien mir der Status der gefallenen Frau nicht gerade verlockend – Flittchen, Hure, Schlampe, Nutte und was Männer sonst noch alles an gemeinen Etiketten jeder Frau anhefteten, die auch nur einen Augenblick lang ihren eigenen Wünschen nachgab. Mit welchem Recht maßten sie sich eigentlich an, unsere Erfahrung zu benennen? Trotzdem wollte ich mir die erdrückende Last des moralischen Versagens nicht aufladen.

Manchmal fragte ich mich, was er eigentlich an mir fand. Er kannte meine beiden Freundinnen von Kindheit an, und sie waren schön. Einmal deutete ich etwas in dieser Richtung an, denn er bemerkte scherzhaft: »Mary ist ein Pfau, Cissie ist eine Ikone, und du bist ein Eichhörnchen. Ich habe eine Schwäche für Eichhörnchen!« Bei diesen Worten schloß er die Augen und holte tief und genüßlich Luft.

»In diesem Fall solltest du dich lieber in acht nehmen, denn Eichhörnchen schärfen ihre Zähne an allen möglichen Sachen.«

»Willst du deine kleinen Reißzähne etwa an mir schärfen?« fragte er lachend. Er küßte mich überraschend, ich erwiderte seinen Kuß, und mir drehte sich alles. Dann wollte ich wissen, warum er mich für ein Eichhörnchen hielt.

»Eichhörnchen sind wählerisch, graziös, scheu und unternehmen gelegentlich kühne Beutezüge«, erwiderte er nach einer Weile. »Wenn man sie beleidigt, verschwinden sie in den Zweigen.«

Ich lachte, aber wie er richtig bemerkt hatte, war ich wählerisch und auch konservativ, die Warnungen meiner Mutter über Männer nahm ich mir zu Herzen. Wie leicht konnte er mich, das Eichhörnchen, zerstören. Ich wußte nur zu gut, wie zart und empfindlich Eichhörnchen waren, denn ich hatte einmal ein Jungtier mit nach Hause genommen, das die erste Nacht in Gefangenschaft nicht überlebte.

Aber nachdem wir einige Monate zusammen waren, wußte ich, daß es nur eine Frage der Zeit war, bis er mich bitten würde, ihn zu heiraten, und meine Antwort stand längst fest. Der Gedanke an eine Zukunft ohne ihn war mir unerträglich; ich stellte mir die leeren Jahre vor, die endlose Langeweile, den Verlust von allem, was das Leben interessant und aufregend machte.

Mary war nach Ablauf ihres Jahres aus Frankreich zurückgekehrt, zog aber kurze Zeit später nach Dublin, um die

Abbey-Schauspielschule zu besuchen. Ihrem Vater war das nicht recht, aber er war so vernarrt in sein einziges Kind, daß er nicht nein sagen konnte. Jedes Jahr kam Mary über Weihnachten ein paar Tage und im Sommer eine Woche nach Hause, und sie wirkte fast leichtsinnig und sah so bezaubernd aus. Sie nahm überhaupt nicht zu, was mich nicht wunderte, denn offenbar aß sie so gut wie nichts; gegen Sommersprossen oder Pickel schien sie immun zu sein. Doch wir hatten uns entfremdet, so als würden Cissie und ich unbewußt davon ausgehen, daß Mary eine neue Identität angenommen hatte, die sich von unserer unterschied. Wir waren uns nicht mehr sicher, ob uns die gemeinsamen Erfahrungen noch verbanden, und im Vergleich zu ihr kamen wir uns merkwürdig kindisch vor. Cissie meinte, Mary sei hart geworden, ich aber war anderer Meinung. Jung und schön wie sie war, hatte sie jetzt die Ausstrahlung eines Menschen, der einiges durchgemacht hat.

Der Krieg begann im September 1939. Ich war an jenem Sonntag morgen zu Hause in Ballycloghan bei Tom; um elf Uhr fünfzehn hörten wir Chamberlains Stimme am Radio – metallisch, schwer zu verstehen, mal lauter, mal leiser. Er teilte uns mit, daß seine Friedensbemühungen gescheitert waren. Später bekamen wir die Rundfunkansprache des Königs herein, die mich zu Tränen rührte: »Es ist unsere Pflicht, uns gemeinsam mit unseren Alliierten der Herausforderung durch ein politisches Prinzip zu stellen, das, wenn es die Überhand gewänne, jegliche zivilisierte Weltordnung zunichte machen würde. Diese Aufgabe wird viel von uns fordern. Es mögen dunkle Tage vor uns liegen, und der Krieg wird sich nicht länger auf das Schlachtfeld beschränken. Aber wir können nur das tun, was wir als richtig erkennen, und unsere Sache Gott anheimgeben.«

Nach der Ansprache saßen wir im dunklen Wohnzimmer im Schein der Feuerglut und unterhielten uns über die schreckliche Zeit, die Europa jetzt bevorstand. »Wir lassen uns da nicht hineinziehen«, sagte ich, aber Tom meinte, ich solle mir nichts vormachen. Niemand, sagte er, würde von diesem Krieg unberührt bleiben; alles würde sich verändern.

Auf dem Land redeten alle vom Krieg. Nach der Sonntagsmesse standen die Leute beisammen, um die neuesten Nachrichten zu diskutieren – ob Giftgas zum Einsatz komme, ob Irland neutral bleiben könne und ob sich viele junge Männer freiwillig melden würden.

Ich ging zu Percival's, um einzukaufen und mich mit Niamh zu unterhalten. Als ich eintrat, war sie allein im Laden; rasch sprang sie auf und ließ ein Buch unter dem Ladentisch verschwinden, entspannte sich aber, als sie mich erkannte. »Ich sollte eigentlich die Regale einräumen, aber ich habe die Nase voll«, rief sie. »Ich ergebe mich dem Alkohol, wenn ich noch eine einzige Dose Kondensmilch sehe. Du hast es gut, Peg! Du bist privilegiert und weißt es nicht mal!«

»Doch, das weiß ich sehr wohl.« Sie tat mir leid; ihr Leben war so langweilig, tagaus, tagein wog sie Mehl und Zucker ab, zählte Geld in die Ladenkasse, und ihr lebhafter Verstand bekam keine Nahrung.

Als ich einen Monat später nach Galway zurückkehrte, stellte ich fest, daß einige Studenten nach Belfast gegangen waren, um sich freiwillig zu melden, obwohl sie im letzten Studienjahr waren. Wir Zurückgebliebenen hatten Schuldgefühle, schämten uns, weil sich Irland aus dem Krieg heraushielt, und empörten uns über Gerüchte von einer bevorstehenden Invasion unseres Landes. Wir verschlangen die Zeitungsberichte; wenn wir von Gasmasken und Evakuierungen hörten, lief es uns kalt den Rücken hinunter. Das behagliche, friedliche Galway sahen wir jetzt mit anderen Augen; wir fühlten uns wie Glückskinder und meinten gleichzeitig, etwas zu versäumen. Denn schließlich waren wir jung, und die spannenden, interessanten Dinge spielten sich anderswo ab.

Die Monate kamen und gingen, mit fieberhaftem Interesse verfolgten wir den Gang der Ereignisse und bereiteten uns nebenbei auf das Abschlußexamen vor, das wir im Juni 1940 ablegen mußten. Den Großteil der Weihnachtsferien 1939 verbrachte ich wieder bei Cissie in Ballyharris, und als Mary für ein paar Tage heimkam, trafen wir uns zu dritt, aber die einstige Unbeschwertheit war verflogen; Mary war uns irgendwie über den Kopf gewachsen. Ihre Schönheit wirkte anders als früher; sie war angespannt, diszipliniert, weltgewandt. Mary trat jetzt wirklich als Schauspielerin auf, nicht nur als Statistin, und durch die kleinen Rollen, die sie übernahm, wuchs ihr Selbstbewußtsein.

Nach einem Abend mit Mary, an dem sie wieder einmal zahllose Andeutungen über ihren französischen Grafen (den sie in Dublin wiedergesehen hatte) gemacht hatte – Lucien hin und Lucien her –, brach Cissie zusammen. Sie saß vor ihrer Frisierkommode, und plötzlich riß sie sich den Handschuh von ihrer verstümmelten Hand, schlug mit der Haarbürste darauf ein und weinte hemmungslos. Ich lief zu ihr und versuchte, sie zu beschwichtigen, aber sie warf sich aufs Bett, stopfte sich das Kopfkissen in den Mund und stieß unter Tränen erstickte Schreie hervor: »Scheußlich, scheußlich, scheußlich«.

Ich legte mich neben sie, hielt sie fest und mußte selbst weinen. Als sie erschöpft war, sah sie mich mit roten Augen an und sagte, sie wäre am liebsten tot; sie schlug mir ihre Hand mit dem fehlenden kleinen Finger und dem halb amputierten Ringfinger fast ins Gesicht. Wie sollte jemand sie lieben, mit einer solchen Verstümmelung? Ich entgegnete, daß jeder, der Cissie kannte, sie liebte; ich und alle anderen scherten sich einen Dreck um ihre Hand, ja, sie fiel uns überhaupt nicht mehr auf. Aber ich wußte, daß Cissie mir nicht glaubte.

Am Neujahrstag 1940, ein oder zwei Tage nachdem Mary aus ihren kurzen Weihnachtsferien in Ballyharris nach Dublin zurückgekehrt war, starb ihr Vater an einem Schlaganfall. Als sie nach Hause kam, wurde sie von einem fremdländisch aussehenden Mann begleitet, der einen Wagen fuhr, wie man ihn in der kleinen Stadt noch nie gesehen hatte.

»Das ist der Comte de Rais«, sagte Mary, als sie ihn uns nach dem Begräbnis vorstellte; ihr ungeschminktes Gesicht war fleckig vom Weinen und sah vor Kummer ganz zerknittert aus. Sie trug ein teures schwarzes Kostüm und einen schwarzen Hut mit Schleier; trotz ihrer Trauer wirkte sie geheimnisvoll und elegant.

Ich blickte in die braunen Augen des Fremden; das war also der Mann, den Mary in Paris kennengelernt hatte. Noch nie hatte mich jemand so aufmerksam betrachtet, auch Brian nicht – und obwohl wir zur Beerdigung von Marys Vater in der beißenden Kälte auf dem Friedhof standen, während die kahlen Bäume im Wind ächzten und die dunkle Silhouette von Knockshee sich im Nebel abzeichnete, verspürte ich ein seltsames Kribbeln. Später fragte ich mich, was für ein Gefühl das war – etwas Aufregendes, Gefährliches, etwas, was dem Leben Glanz verlieh.

»Ich heiße Lucien.« Ungeachtet seines französischen Akzents sprach er sehr gut Englisch. Ich nahm seine Hand, die erstaunlich warm war, sagte guten Tag und fühlte mich plötzlich jung, linkisch und unerfahren. Später im Royal Hotel nahm Brian ihn beiseite und horchte ihn über den Krieg aus. Ich bekam mit, daß sie sich über die Royal Air Force unterhielten – der Graf versprach, seine Freunde im Kriegsministerium zu kontaktieren –, »sie suchen Piloten«. Dann hörte ich, wie Brian erwähnte, daß er Flugstunden genommen hatte, als er in den Ferien vor dem Studium in Foynes, Grafschaft Limmerick, einen Schulfreund besuchte. Ich bekam Angst, daß Brian sich freiwillig melden wollte, und wünschte, ich hätte das ganze Gespräch verfolgt.

Dann brachte der Graf Mary in seinem großen schwarzen

Wagen zurück nach Dublin. Wir blieben mit dem Gefühl zurück, sie verloren zu haben; sie war kühl, reserviert und erwachsen geworden, und wir fühlten uns ihr gegenüber unsicher. Ich hatte sie gefragt, ob bei ihr alles gut liefe, und sie antwortete: »Etwa so, wie ich's erwartet habe.« Dann versank sie wieder in ihrem Kummer, aus dem sie nur ab und zu auftauchte, um uns zu fragen, ob wir meinten, daß sie ihren Vater in den letzten Jahren vernachlässigt hätte. Wir sagten nein, aber sie war untröstlich.

Was bedeutete ihr dieser Fremde? Würde sie ihn heiraten? Warum war sie nicht wenigstens ein, zwei Tage zu Hause bei ihren alten Freunden geblieben?

In der Zwischenzeit nahm der Krieg seinen Lauf. Der Januar und der Februar waren die kältesten Monate seit 45 Jahren. Wir hörten, daß sich die englische Zivilbevölkerung auf das Schlimmste gefaßt machte, was der Krieg bringen konnte: Zimmer wurden mit Celluloseplanen und Klebestreifen gasdicht gemacht, man errichtete Luftschutzbunker in den Gärten und kaufte Verdunkelungsrollos und Klebeband für Fensterscheiben, um die Gefährdung durch umherfliegende Glasscherben zu mindern. Wir wußten, daß die britischen Städte im Dunkeln lagen, Neonreklamen und Schaufensterbeleuchtungen blieben ausgeschaltet, und auch in Irland wurde die ›Verdunklung‹ eingehalten. Aber immer noch hörte man nichts von aktiven Kriegshandlungen. Im April marschierten die Deutschen schließlich in Dänemark und Norwegen ein, und im nächsten Monat folgte die Invasion Frankreichs, Hollands, Belgiens und Luxemburgs. Am selben Tag, dem 10. Mai, wurde Churchill Premierminister. Ende des Monats gelang die Befreiung der englischen und französischen Soldaten von Dünkirchen, aber Churchill warnte, ein Wunder sei noch keine Rettung.

Während unserer Studienjahre beobachtete ich mit zunehmender Sorge, wie Cissie immer verschlossener wurde. Ihre Augen leuchteten nur noch auf, wenn Peter Fitzallens Name fiel. Ich sah ihn gelegentlich, wenn ich nach Ballyharris fuhr. Zuzeiten wirkte er unnahbar wie ein Priester und schien seinen Mitmenschen nur Geringschätzung entgegenzubringen; dann wieder legte er urplötzlich eine Liebenswürdigkeit und einen Charme an den Tag, für den man ihm alles verzieh.

Seit wir uns kannten, verbrachte ich jedes Jahr einen Teil der großen Ferien bei Cissie. Sie nahm jeden Sommer an der Gymkhana von Ballyharris teil, und ihre Augen suchten Peter Fitzallen, der zu dem Anlaß immer nach Hause kam. Inzwischen hatte ich seine Eltern kennengelernt, und wenn Harry mich bemerkte, begrüßte sie mich mit derselben unnahbaren Fröhlichkeit wie ihre anderen Bekannten.

Harry behandelte auch Cissie freundlich und kameradschaftlich, aber mir fiel auf, wie oft ihr Blick zu Cissies zerstörter Hand wanderte. Dann wurden ihre Augen glasig und schmal, als würden ihr Dinge durch den Kopf gehen, die nur sie allein etwas angingen. Harry hatte viele Anbeter, mit denen sie sich gern auf ein scherzhaftes Geplänkel einließ, aber ich sah sie nie länger in Begleitung eines bestimmten Mannes. Sie mochte ältere Männer, die sie schamlos an der Nase herumführte.

Eines Tages sah ich, wie Des O'Shaughnessy, der von seinem Medizinstudium in Dublin nach Hause kam, Harry einen Blumenstrauß überreichte. Sein draufgängerisches Auftreten konnte jedoch kaum seine Verletzlichkeit überspielen.

»Blumen? O Gott, davon krieg ich Heuschnupfen!«

Der zutiefst gekränkte Des belästigte sie danach nie wieder. In den Weihnachtsferien sprach er davon, sich freiwillig zu melden, woraufhin sein Vater ihm ohne Umschweife erklärte, wenn er dergleichen tue, sei er für ihn gestorben; wenn England Streit suche, sei das nicht seine Sache. Darauf erwiderte Des ärgerlich, daß dieser Streit die ganze zivilisierte Welt anging und auf dem Antlitz dieser Erde die Zivilisation neben dem Nationalsozialismus nicht existieren konnte – eines von beiden mußte verschwinden. Des kehrte nach Dublin zurück, fuhr aber kurze Zeit später nach Belfast weiter, um sich zum Kriegsdienst zu melden, was seine Eltern sehr unglücklich machte.

Brian und ich hatten uns nie offiziell verlobt. Daß wir heiraten wollten, hatten wir schon seit langem stillschweigend abgemacht, und ich rechnete damit, daß es nach dem Studium soweit sein würde. Aber jetzt sprach Brian davon, Soldat zu werden; er wollte sich zur Royal Air Force melden. In jenem Sommer in Foynes hatte er schon Flugstunden genommen, die man ihm anrechnen würde, und er war sicher, daß ihm alles wieder einfallen würde. Mir wurde angst und bange. Als er mich bedrängte, seine Frau zu werden, stellte er klar, daß er sofort heiraten wollte – aus Glenallen sollte niemand dabeisein. Das kränkte mich; ob er sich meiner schäme, wollte ich wissen, aber er lachte: um Gottes willen nein, ganz im Gegenteil. Wenn ich ihn nicht heiraten wollte, würde er sich sofort aus dem Staub machen und zum Kriegsdienst melden.

»Heirate mich jetzt, Peg. Heirate mich sofort! Zum Teufel mit den Formalitäten und der Warterei und der Rücksicht auf die Familie. Ist dir klar, daß unsere Zeit in Galway schon fast vorbei ist und die böse Welt auf uns wartet? Womöglich verliere ich dich an die Welt.«

Ich ließ mir die Sache kurz durch den Kopf gehen und versuchte alle Wenn und Aber, so gut es ging, zu verdrängen. Eine überstürzte Heirat hatte schließlich auch etwas Romantisches, es war fast, als würden wir miteinander durchbrennen. Aber plötzlich fiel mir auf, daß Brian mir im Grunde nie gesagt hatte, daß er mich liebte; manchmal spielte er im Spaß darauf an, doch ich wollte, daß er mir seine Liebe richtig erklärte. Insgeheim war ich mir sicher, daß er mich liebte, daß er mich brauchte, weil ich seinem Leben Sinn und Inhalt gab – das hatte er mir einmal gestanden. Also wartete ich auf sein Bekenntnis.

»Warum willst du mich heiraten?« fragte ich schließlich.

Er schwieg und sah mich überrascht an, dann sagte er: »Wie kannst du das fragen? Weil ich dich liebe, Peige. Und ich liebe dich, weil du wirklich bist!«

Wir heirateten am 29. Juni 1940, am Ende einer Kriegswoche, in der Entscheidendes geschehen war. Auch für mich war es ein Ende und zugleich ein Neuanfang. Unsere Studienzeit war vorbei; die letzten Prüfungen hatten vor einer Woche stattgefunden. Es drehte sich uns noch der Kopf von den Gedanken der neugewonnenen Freiheit und der erschreckenden Tatsache, daß wir uns nun dem Leben stellen und aus dem Kokon des privilegierten Status großer Kinder schlüpfen mußten. Allem Anschein nach waren wir jetzt erwachsen, aber dennoch fühlten wir uns unsicher und blickten sehnsüchtig auf das zurück, was wir verloren hatten.

Frankreich und Deutschland hatten offiziell einen Waffenstillstand geschlossen; daraufhin war der französische Botschafter in London zurückgetreten, und die britische Regierung erkannte de Gaulle als Oberhaupt des freien Frankreich an. Scheinbar waren die Deutschen unbesiegbar, und das machte uns angst. Aber was mich betraf, hätte der Krieg an diesem Samstag morgen im Juni auch auf dem Mond stattfinden können. Brians Freund Jimmy Delahunty war Trauzeuge und Cissie meine Brautjungfer.

Jimmy hatte uns den Schlüssel für ein Cottage in Lettergesh anvertraut, das er kürzlich von einer kleinen Erbschaft gekauft hatte; dort wollten wir unsere Flitterwochen verbringen. Wir hatten schon ein Lebensmittelpaket vorbereitet, das wir mitnahmen.

Die meisten Naturwissenschaftsstudenten aus meinem Semester kamen in die Kirche. Ich trug ein schlichtes eierschalenfarbenes Leinenkostüm und einen kleinen Rosenstrauß. Tom, der in seinem neuen Anzug glänzte, spendierte uns das Hochzeitsfrühstück im Emerson's Hotel. Unsere Eile und Geheimnistuerei hatten ihn zutiefst schockiert; er konnte sich nur vorstellen, daß Brian lieber jetzt zur Tat schritt, bevor das Malheur allzu deutlich zutage trat. Tom drückte sich zwar nicht so aus, aber ich wußte, was er dachte.

»Du hättest Onkel Matt einladen sollen«, meinte er, als er die Gästeliste sah.

»Ich möchte nicht miterleben, daß der Kerl hereingehumpelt kommt und alle Leute beleidigt.«

»Er ist sehr reich, Peg. Du solltest ihn dir warmhalten.«

»Von mir aus kann er dir sein ganzes Geld hinterlassen.«

Mary, die ohne Begleitung kam, trug ein elegantes blaues Kleid und einen Hut mit breiter Krempe. Sie umarmte mich und machte mir ein Kompliment über mein Aussehen; ihr Parfum stieg mir in die Nase, und obwohl sie so gepflegt aussah und lächelte, wirkte sie zutiefst einsam. Mir wäre nie in den Sinn gekommen, daß Mary einsam sein könnte, aber jetzt, wenn ich in ihre ernsten grünen Augen sah, spürte ich es. Ich hatte auch ihren Grafen eingeladen, aber Mary entschuldigte ihn; er war nach London gefahren, um de Gaulle zu treffen, der dort eine französische Freiwilligenlegion auf die Beine stellte. Wie Mary sagte, war Lucien über den Waffenstillstand entsetzt, der am vergangenen Samstag bei Compiegne mit den Deutschen geschlossen worden war.

Nur zu gern hätte ich sie gefragt, ob sie Lucien heiraten würde. Cissie und ich waren schrecklich beeindruckt, daß sie einen solchen Mann kennengelernt hatte, aber Mary äußerte sich, wenn überhaupt, nur ausweichend.

Brians Familie glänzte durch Abwesenheit. Ich hatte Brian bewegen können, wenigstens ein Telegramm mit

Datum und Uhrzeit der Trauung und des Hochzeitsempfangs zu schicken, aber niemand kam.
Wir hatten vor, nach unserer Heirat nach Dublin zu ziehen. Brian hatte ein Internat in Dublin besucht, und sein alter Direktor stellte ihm eine Anstellung als Lehrer in Aussicht, sofern seine Ergebnisse gut waren.
»Wo würdest du gerne wohnen?« fragte er mich. »Welcher Stadtteil gefällt dir am besten?«
»Einer, den wir uns leisten können«, erwiderte ich.
»Die pragmatische Peige. Wenn wir zum Beispiel nach Rathfarnham ziehen würden, könnten wir von da aus mit dem Rad in die Berge fahren. Würde dir das gefallen?«
»Ich würde zusammenbrechen beim Versuch, dein Tempo mitzuhalten!«

Ich dachte an die Hauptstadt mit ihren belebten Straßen; dort würde ich Mary treffen und durch sie die Welt des Theaters kennenlernen; ich würde nach Herzenslust einkaufen und ins Kino gehen können. Auch unsere kleine Wohnung malte ich mir aus, das Wohn- und das Schlafzimmer, weiße Wände, helle Vorhänge und den Kamin, in dem im Winter ein Feuer loderte. Und Freiheit. Ein glückseliges Leben, lange Gespräche, ausgedehnte Liebesspiele und faule Sonntage. Ich würde kochen lernen und Parties geben, und wenn alle Gäste fort waren, würden wir alles einfach liegen- und stehenlassen, ins Bett gehen und uns lieben und aneinandergekuschelt einschlafen.
Ich steckte ihm den Ring an den Finger, den Ring meines Vaters mit der Aufschrift »Daniel und Maura 16.6.1914«,

während uns der Priester segnete wie schon zuvor, als Brian mir den Ring ansteckte.

Nach dem Hochzeitsempfang machten wir uns auf nach Connemara in die Flitterwochen. Wir nahmen den Bus nach Clifden, unsere Fahrräder auf dem Dachgepäckträger. Händchenhaltend hörten wir, wie der geschwätzige rothaarige Busfahrer über den Krieg sprach, ununterbrochen redete er auf den Schaffner ein, der neben einem Stapel brauner Pakete auf dem Vordersitz saß. Oben auf dem Stapel lag eine Schachtel mit Küken, die gerade einen Tag alt waren, piepsten und ihre kleinen gelben Schnäbel durch die Luftlöcher steckten.
Hin und wieder wurde haltgemacht und ein Paket abgeliefert, man unterhielt sich mit dem Empfänger, dann ging die Reise weiter. Wir saßen ganz hinten in dem halbvollen Bus. Bald ließen wir Oughterard hinter uns, und nun wurde es wildromantisch. Ich lehnte mich an meinen frischgebackenen Ehemann; wenn ich an die weitreichenden Folgen der heutigen Zeremonie dachte, wurde mir ganz schwindelig. Der Bus holperte durch die Schlaglöcher, aber wir achteten nicht darauf. In Clifden stiegen wir aus; der Schaffner holte unsere Fahrräder vom Dach. Er stieg auf die Leiter hinten am Bus, schnürte die Räder los und reichte sie Brian herunter. Wir hatten noch Konfetti im Haar, und der Schaffner zwinkerte Brian zu.
»Viel Glück wünsch ich euch!«
»Danke. Viel Glück.«
Wir befestigten unsere Taschen an den Gepäckträgern,

lächelten uns an und radelten los, um unser Cottage zu suchen. Zwischen uns herrschte eine eigenartige Spannung, wir waren merkwürdig schüchtern.
»Wo genau ist das Cottage, Brian?«
Er hielt an, ein Bein auf der Straße, und holte die Karte aus der Tasche, die Jimmy Delahunty für ihn gezeichnet hatte. Ein paar Meter weiter blieb ich auch stehen.
»Es sind noch ungefähr acht Kilometer.«
Ich sah mich in der majestätischen Wildnis um: blühende Heide, einsame Berge, schwarzgesichtige Schafe, die das magere Gras fraßen. Ihr langgezogenes Mähen und das Flüstern des Windes waren die einzigen Geräusche in der Stille. Wir fragten einen Mann, der Torf stach, nach dem Weg; er warf einen Blick auf meinen neuen, glänzenden Ring. Der Mann hatte dichte, dunkle Locken, einen braunen Zahn und ein wunderbar wettergegerbtes Gesicht. Lächelnd gab er uns Auskunft, und als wir weiterfuhren, rief er uns nach: »Alles Gute!«
Das Cottage, zu dem ein unbefestigter Weg führte, lag zweihundert Meter vom Rand der Klippe entfernt. Brian öffnete das Gartentor.
»Warte hier – ich schau nur mal nach, ob es das richtige Haus ist.«
Ich sah, wie die Brandung an den Felsen schäumte und wie die weißen Brecher auf die Küste zueilten. Dort in der blauen Ferne mußte Aran liegen, und ich glaubte fast, den Strand von Mayo zu sehen. Wolkenfetzen flogen über uns dahin und unterstrichen das malerische Panorama.
In der Landschaft, die mich umgab, zeugten nur die Torfhaufen von menschlichen Eingriffen; hinter mir erhoben

sich die beeindruckenden Twelve Pins, und das Land, das sich davor erstreckte, war von wilder Schönheit und Melancholie.

Brian winkte. Er hatte die Tür aufgeschlossen, und ich schob mein Rad über den Graspfad zu unserem vorübergehenden Ehedomizil. Das Cottage war traditionell mit verwittertem Reet gedeckt; über der offenen Feuerstelle konnte man einen Topf aufhängen, daneben in einer Kiste lagen Holz und Torf. Die Einrichtung bestand aus einer wurmstichigen Kommode, einem Kiefernholztisch und zwei Stühlen; in dem kleinen Schlafzimmer standen ein Doppelbett und eine Holztruhe mit Bettwäsche, die zum Schutz gegen Feuchtigkeit in Ölpapier gewickelt war.

Wir hatten einige Vorräte mitgebracht: Milch in einer Limonadenflasche, Brot, Butter, Eier und Speck, Würstchen und einen Schokoladenkuchen, den uns Cissie in letzter Minute gekauft hatte: »Um den Wolf vor dem Haus zu vertreiben!« Jimmy hatte gelacht und gesagt, ich sollte mich lieber vor dem Wolf im Haus hüten. Brian machte es nichts aus, daß man ihn einen Wolf nannte; er schmunzelte, als könnte er kein Wässerchen trüben. »Meinst du etwa mich?«

Wir schauten uns schüchtern an. Brian zog mich ins Schlafzimmer; wir nahmen uns eine Decke, legten uns in dieses quietschende alte Bett und vollzogen unsere Ehe, unschuldig-unbeholfen. Unsere Kleider lagen achtlos am Boden verstreut. Der Tag verblich, und als wir aus unserer Umarmung auftauchten, drehte sich Brian um und sah aus dem Fenster, das auf seiner Seite war. »Schau, Peg, schau dir die Sonne an!« Ich lehnte mich an seinen Rücken und beobachtete, wie das rotgoldene Feuer im Meer verschwand, meine Lippen an seinem Schulterblatt, meine Brust an seinem Arm.

In dieser Nacht fand ich wenig Schlaf; ab und zu döste ich ein, und wenn ich wieder aufwachte, war mein Kopf auf Brians Arm gebettet, er lag dicht bei mir, seine Hände streichelten mich zärtlich und fordernd, und er flüsterte leidenschaftlich: »Kleines Eichhörnchen – ich liebe dich so.« Und die ganze Nacht lang hörte ich das Meer, das für uns sang; zuletzt war aus der Ferne der Ruf eines Tiers zu hören, scharf und jäh in der Stille.

Spät am Vormittag entfachten wir ein kleines Feuer, um Frühstück zu machen; der Rauch wollte nicht abziehen, erfüllte die Küche und brannte in den Augen. Da öffneten wir die Tür und ließen den Sommer herein, und mit ihm den ländlichen Frieden und den Rhythmus des Atlantik. Ich betrachtete den Goldreif an meinem Finger und warf einen kritischen Blick in den kleinen fleckigen Spiegel im Schlafzimmer, um nach Anzeichen der Reife und Veränderung zu suchen. Mein Gesicht sah noch genauso aus wie vorher, aber glücklich. Ich sah sogar sehr jung aus, jünger als am Vortag, als ich Puder und Lippenstift aufgetragen hatte. Ich schlug eine kleine Erkundungstour mit dem Fahrrad vor.

Wir nahmen Handtücher mit und radelten über holprige Straßen und grüne Feldwege, die kaum mehr als Fahrspuren waren; nachdem wir ein gutes Stück zurückgelegt hatten, machten wir irgendwo in der Einöde halt, um in einer schmalen Bucht zu schwimmen. Das Wasser war bitterkalt, deshalb kehrte ich rasch zu den Felsen zurück, kletterte den Abhang hinauf und setzte mich halbnackt in die Sonne, um Brian beim Schwimmen zuzusehen. Kraftvoll warf er die Arme hoch, offenbar war er ganz in seinem Element. Um mich herum erstreckte sich die menschenleere Wildnis; ich sah die Silhouette der Berge und das Moor, das Wasser, das mit Macht in die kleine Bucht drängte, die langgezogenen Spuren, die die Strömung hinterließ, und an der Küste die weißschäumenden Wirbel im Blau. Da waren die grauen Felsen, das Lärmen des strömenden Wassers, die rauschenden Wogen. Der Geruch von verbranntem Stechginster stieg mir in die Nase. Ganz in der Nähe sah ich die jungen, frischen Triebe neben den geschwärzten Zweigen, ich hörte den Ruf der Seevögel, beobachtete die Ameisen, die neben mir in den rosa Strandwinden herumwuselten, und war glücklich in einer Welt voller Frieden.

Nach ein paar Minuten war Brian wieder bei mir; zitternd trocknete er sich ab, dann legte er sich auf den Rücken und betrachtete die bauschigen weißen Wölkchen.

»Ich fühle mich, als würde ich fliegen«, murmelte er; ich lag ganz nah bei ihm und versuchte einen hohlen Grashalm über ein borstiges Barthaar seines unrasierten Gesichts zu stülpen. Die Brise wirbelte meine Haare auf. »Du bist in Sommerfäden gekleidet«, sagte er leise und sah mich mit halbgeschlossenen Augen an. Er berührte meine Lippen, verfolgte die Konturen meines Mundes mit seinem Zeigefinger und flüsterte:

Ein Sonnenhang
Voll wilder Rosen
Blütenblätter wie ihr Mund
Brennendes Liebkosen

Ich hörte auf, ihn mit dem Grashalm zu kitzeln.
»Von wem ist das?«
»Gogarty.«
Den Namen hatte ich noch nie gehört.
Auf einmal sprang Brian auf und fing an, mich zu kitzeln; es gebe ein paar Dinge, die sich ein wehrlos auf dem Rücken liegender Mann nicht gefallen lassen konnte, meinte er. Ich schrie vor Lachen, bat ihn aufzuhören, flehte um Gnade, als er sich über meine Fußsohlen hermachte. Schließlich landeten wir in einer kleinen Bodensenke, wo wir uns liebten und dabei von einem Ochsen beäugt wurden. Die Gegenwart des Ochsen fand ich peinlich, doch Brian beachtete meine Proteste nicht.
Was weiß ich sonst noch von diesem Tag? Der Hunger, der uns auf der Heimfahrt quälte und den wir mit gebratenen Würstchen und Schokoladenkuchen stillten, die Fröhlichkeit, als wir miteinander kochten, das Erstaunen, daß dieser Mann, den ich anbetete, mir gehörte.
Später, als unser Feuer loderte, die Öllampe brannte und die offene Tür den Abend und weiße Nachtfalter hereinließ, sprachen wir über die Zukunft. Ich fragte ihn, ob er Glenallen vermissen würde. Obwohl er unbeschwert und glücklich war, verspannte er sich und zögerte einen Moment. »Nein. Es ist besser, wenn wir unser eigenes Leben führen.«

»Ist es nicht komisch, daß wir wahrscheinlich eines Tages Kinder haben werden?«
»Eine ganze Fußballmannschaft«, regte er an.
Ich schubste ihn von seinem Stuhl.
»Eine Fußballmannschaft, was fällt dir ein! Nicht von mir zartem Wesen!«
Er rappelte sich wieder auf, und sein Lachen erfüllte die Küche und erschreckte die Falter, die um die Lampe flatterten.
»Ich seh schon, daß ich mit dir noch einiges zu tun habe, Miss!« Er faßte mich um die Taille, zog mich von dem Hocker, auf dem ich thronte, und kitzelte mich mit einer Hand so lange, bis ich um Gnade bat und Besserung versprach.
Es war wie im Traum. Aber als er vor mir auf dem Boden saß, meine Beine umschlang, seinen Kopf an meine Knie lehnte und Gedichte für mich rezitierte, hätte ich für diesen Traum meine Seele verkauft.
Als wir diese Nacht im Bett lagen, kühlte ich meine Hände und meine sonnenverbrannte Stirn an dem eisernen Bettgestell. Aber das half nicht viel. Meine Schenkel taten weh, weil ich schneller geradelt war, als mir guttat, um mit meinem erbarmungslosen Lehrmeister Schritt zu halten, der gar nicht auf die Idee kam, mir zuliebe langsamer zu fahren. Trotzdem schliefen wir miteinander. Brian fiel schließlich in einen unruhigen Schlaf; ich hörte, wie er vor sich hin murmelte, sah sein dunkles Profil vor dem Fenster und spürte seinen nackten warmen Körper neben mir.
Mitten in der Nacht wachte ich auf, weil er im Schlaf auf-

schrie – Worte, die mir nichts sagten. Er schien schreckliche Angst zu haben und schwitzte. Als ich ihn weckte, entschuldigte er sich, sein Atem ging stoßweise.
»Tut mir leid, Peg. Es war ein alter Traum.«
Die Nacht war kurz. Bald kroch die Dämmerung übers Meer, drang durchs Fenster und zeigte mir das Gesicht meines Mannes, der jetzt friedlich und fest schlief. Sein Arm lag so schwer auf mir, daß ich mich kaum rühren konnte; ich hob ihn vorsichtig hoch und legte ihn wieder ab; dabei fielen mir zum ersten Mal die parallelen Narben an seinem Handgelenk auf, die darauf hindeuteten, daß er sich einmal mit einem sehr scharfen Gegenstand geschnitten hatte. Wie hatte er sie sich zugezogen? Durch einen Sturz? Einen Unfall? Ich dachte noch eine Weile darüber nach, bis sich schwer der Schlaf auf mich legte, der sich am Morgen nach einer unruhigen Nacht einstellt.
Als ich erwachte, war Brian schon aufgestanden; auf dem Küchentisch fand ich einen Zettel: »Bin spazierengegangen.« Darunter drei unsymmetrische durchbohrte Herzen als Unterschrift. Ich habe ihn heute noch.
Doch er kam erst nach einigen Stunden wieder, und als ich mich beschwerte, fertigte er mich schroff ab.
»Ich muß manchmal allein sein, Peg.«
Für den Rest des Tages war er schweigsam. Ich fühlte mich gekränkt und verwirrt, erklärte mir aber sein Verhalten mit dem Alptraum der vergangenen Nacht und der Sorge wegen seiner Eltern, die er erst von seiner Heirat informiert hatte, als sie schon fast ein *fait accompli* war.
Beim Abendessen sprach ich mit ihm darüber. Er gab zwar zu, daß er sich Sorgen machte, fand aber nach wie vor, daß

wir recht getan hatten. »Ich konnte nicht das Risiko eingehen, dich zu verlieren.«

»Du meinst, du hättest mich verloren, wenn deine Eltern Einwände gegen mich erhoben hätten? Bist du so ein gehorsamer Sohn?«

»Das nicht, aber ich könnte dich verlieren, weil du meine Eltern oder Glenallen nicht magst. – Vielleicht findest du auch an mir nichts mehr, wenn du uns erst besser kennst!«

»Warum sollte ich?«

»Es könnte ganz einfach sein.«

Ein Telegramm wartete auf uns, als wir fünf Tage später nach Galway zurückkehrten. Es war von Brians Mutter. »Herzlichen Glückwunsch stop Vater sehr krank stop Komm heim.«

6. Kapitel

Murty, der Stallknecht, holte uns vom Bahnhof ab; Brian stellte mich ihm vor. »Das ist Murty Kavanagh, Peg. Murty, das ist Mrs. Fitzallen.«
Ich aber wand mich vor Verlegenheit angesichts des seltsamen neuen Namens, den ich trug, und der servilen Art, wie Murty an seine Stoffmütze tippte. »Freut mich, Sie kennenzulernen, Ma'am.«
Mit grimmigem, konzentriertem Gesicht fuhr er uns nach Hause; hin und wieder warf er mir einen Blick zu. Müde schaute ich hinaus in den Sommerabend und sah die Schatten über Knockshee.
»Die arme Katie Hennigan ist letzte Woche gestorben!« bemerkte Murty plötzlich.
»Oh, woran denn?« fragte Brian.
»Es ist mir eben eingefallen. Jedenfalls ist es ihr nie mehr recht gutgegangen, seit sie vor sechs Jahren ihren Unterarm verloren hat. Nie mehr recht gut.«
Ich dachte an die Frau, die ich bei meinem ersten Besuch in Ballyharris vor Dr. O'Shaughnessys Zimmer gesehen hatte: die Frau mit der infizierten Hand.
»Mick ist schrecklich traurig, Gott steh ihm bei«, fuhr Murty fort.

Zu Brian gewandt, sagte ich: »Ich erinnere mich an sie. Sie hatte eine Infektion an der Hand.«
»Das hatte sie, die arme Seele«, nickte Murty. »Und jetzt hat der Berg sie geholt.«
Brian zuckte zusammen, und ich bekam eine Gänsehaut.
»Um Gottes willen, Murty, behaupte bloß nicht wieder, du hättest sie am Knockshee gesehen; das ist doch völliger Blödsinn.«
Murty sah gekränkt aus.
»Das ist kein Blödsinn, Master Brian, das wissen Sie genau. Knockshee hat schon immer Leute geholt«, erklärte er gequält, in geduldigem Tonfall und schwieg für den Rest der kurzen Fahrt.
Meine Aufregung wuchs, als sich der Wagen dem Tor näherte und langsam die buchengesäumte Auffahrt hinauffuhr, die ich vor sieben Jahren vom Auto der O'Shaughnessys aus gesehen hatte; er hielt an der Vordertreppe.
Neben uns stand düster das elfenbeinfarbene Herrenhaus im Abendlicht. Die Granitstufen, die zum Haupteingang hinaufführten, und die geschwungene, von Säulen getragene Balustrade machten mir jetzt angst. In einem der großen Fenster zu beiden Seiten der Tür sah ich Mrs. Fitzallens besorgtes Gesicht; sie hatte nach uns Ausschau gehalten. Im nächsten Augenblick ging die Tür auf, und sie eilte die Treppe herunter. Ich stieg aus dem Wagen und sah ihr unsicher entgegen.
Brian fragte als erstes nach seinem Vater.
»Er hatte einen schlimmen Anfall, aber heute ist er aufgestanden, und es geht ihm ein bißchen besser«, erklärte

Mrs. Fitzallen mit leiser Stimme, die den großen Ernst der Lage unterstrich. »Er braucht jetzt Pflege.«
Dann stellte Brian mich ihr vor.
»Mama, erinnerst du dich an Peg?« Er klang plötzlich heiser. Ich sah meine Schwiegermutter an, betete darum, daß sie mich mögen würde, und fühlte mich auf einmal schuldig, als hätte ich etwas Schändliches getan.
Mrs. Fitzallen war dünn geworden, zart, fast wie ein Vogel; eine Schulter zog sie immer etwas hoch. Ihr Gesicht war freundlich, aber ein unausgesprochener Tadel lag in ihren Augen. Sie betrachtete mich kurz mit dem Blick einer Mutter, die sich über diese neue, radikale Wendung im Leben ihres Sohns Gedanken macht. Dann streckte sie die Arme aus und zog mich an ihre Brust.
»Herzlich willkommen, Liebes«, sagte sie ohne Wärme, aber auch ohne Mißbilligung. Brian drückte ihr einen Kuß auf die Wange; sie hielt ihn an der Schulter fest und richtete seine Krawatte. Ich sah, wie ihre Augen leuchteten, sah die unverkennbare Liebe, ja sogar mehr als Liebe: den leidenschaftlichen Ausdruck einer Frau, die den Sinn und Zweck ihres Daseins vor sich sieht. In diesem Augenblick existierte ich nicht für sie, obwohl ich neben ihr stand, als sie Brian in die Augen blickte und langsam, ganz langsam seine Krawatte geradezog; ihre Finger wollten sich nicht von ihrem jüngsten Kind lösen, ihre Sehnsucht, ihn zu umarmen und zu küssen, war überdeutlich zu spüren. Das war offenbar das Los aller Mütter. Ich konnte mich in ihren Verlust einfühlen, ahnte, wie es mir eines Tages gehen würde, und verstand die Tränen, die sie zu verbergen versuchte. Schließlich wandte sie sich

mit spürbarer Anstrengung mir zu und nahm mich an der Hand.
»Ihr müßt todmüde sein, ihr Ärmsten. So eine schreckliche Reise.« Ich ging mit ihr die einschüchternden Granitstufen hinauf und betrat die Halle, wo uns Brians gebrechlicher Vater entgegenkam. Er schüttelte mir die Hand, und ich spürte, wie er mich eindringlich musterte, als er uns in den Salon führte.
»Wie geht's dir, Dad?« hörte ich Brian leise fragen, und die etwas verdrossene Antwort des alten Mannes: »Mir geht's gut, alles in Ordnung. Ich habe Angina.« Gedämpft fügte er hinzu: »Das war ein ziemlicher Schock für uns alle. Paßt sie denn in unsere Familie?« Dann hörte ich Brians ärgerliches »Nein!« und eine verlegene Erklärung, in der der Krieg vorkam – die Zukunft sei ungewiß.
War das mein Werk, fragte ich mich, dieser kranke Mann, der sich gegen die überstürzte Heirat seines Sohnes sträubte? Möglichkeiten, die ich noch nie erwogen hatte, kamen mir jetzt in den Sinn; Brians Eltern waren auf einmal konkrete Personen und nicht länger schattenhafte Figuren, die nur am Rande eine Rolle spielten.
Der Salon war ein großer, heller Raum, in Beige und Gold gehalten; den Mittelpunkt des Zimmers bildete der große Marmorkamin mit goldenem Aufsatz. Ich hatte zwar schon oft zu den Fenstern aufgeblickt, war aber noch nie im Haus gewesen, jetzt sah ich mich interessiert um.
An den Wänden hingen zahllose Bilder: Ölgemälde und Aquarelle; vor der Feuerstelle mit dem hohen Messinggitter lag ein abgenutzter Kaminvorleger. Neben einer Polstergarnitur in Rostrot gab es eine kleine, mit Gold-

samt bezogene Chaiselongue, am Fenster einen Damenschreibtisch mit einer riesigen Vase voller Rosen und zwei antike Beistelltische mit weiteren Vasen und Familienphotographien. Es war ein bezaubernd schöner Raum, der eine Behaglichkeit und anheimelnde Eleganz ausstrahlte, doch dieser Eindruck war weniger dem Haus an sich und den Möbeln zu verdanken als der Anwesenheit von Brians Eltern. Das weiß ich heute, denn diese Atmosphäre ist mit ihnen verschwunden und später nie wiedergekehrt.

Mr. Fitzallen wandte sich in liebenswürdigem Ton an mich.

»Sehr gut, sehr gut; was für ein schönes Mädchen!«

Zu Brian sagte er: »Ich wußte schon immer, daß du ein Auge für junge Stuten hast, mein Junge!«

Brian lachte verlegen. Ihm war bewußt, daß sein Vater mich schon einmal gesehen hatte und sich aber offensichtlich nicht erinnerte. Es lag auf der Hand, daß er die Äußerung, er habe ein Auge für junge Stuten, als Kompliment auffaßte – und mir war klar, daß ihm seine Reaktion selbst nicht angenehm war. Er benahm sich hier anders; er versteckte sich hinter einer Maske, die mir instinktiv mißfiel. Es hatte den Anschein, daß er den anderen etwas vormachen wollte. Seltsamerweise war er sich nicht sicher, welche Reaktion er von den Menschen, die ihm nahestanden, zu erwarten hatte.

»Patrick!« rief Mrs. Fitzallen tadelnd, seufzte schwer, schüttelte halb amüsiert, halb verärgert den Kopf.

»Diese ungehobelten Burschen vom Land, wissen Sie, meine Liebe!« sagte sie leise zu mir, wie um sich zu entschuldigen. »Kommen Sie mit«, fügte sie verschwörerisch hinzu. »Ich bin sicher, Sie möchten sich frisch machen.«

»Danke.«

Als ich mit ihr hinausging, begegnete ich Brians Blick. Er zwinkerte mir zu und folgte uns dann mit den Koffern. Als wir die Treppe hinaufgingen, sagte Mrs. Fitzallen. »Brian hätte Sie einmal mit nach Hause bringen sollen, Peg. Es ist wirklich nicht nett von ihm, daß er Sie uns so lange vorenthalten hat!«

Also konnte auch sie sich nicht mehr an mich erinnern. Brian hatte mich letztes Jahr bei der Gymkhana mit ihr bekannt gemacht.

Ich betrachtete mich im Badezimmerspiegel; jetzt war meine Nervosität gewichen. Brians Eltern waren ganz reizend. Mehr als alles in der Welt wünschte ich mir, daß sie mich akzeptierten. Wenn ich doch nur reich gewesen wäre, wenn ich etwas Greifbares mit in diese Ehe mitgebracht hätte. Aber ich hatte schließlich auch meine Begabungen, ich würde dafür sorgen, daß sie sich über unsere Verbindung freuten. Eines Tages würde ich viel Geld haben, und dann würden sie froh sein, daß er mich geheiratet hatte. Ich wußte zwar noch nicht, woher dieser Reichtum kommen sollte, aber damals beschloß ich einfach, reich zu werden.

Das Schlafzimmer, in dem man uns einquartierte, war hübsch: eine hellrosa Tagesdecke, ein weißer französischer Frisiertisch, in einer Nische ein Mahagonischrank und auf dem Boden ein alter indischer Teppich in Rosa und Elfenbein. Das Zimmer lag nach vorne hinaus und war von der Abendsonne erfüllt. Ich sah aus dem Fenster.

Die Auffahrt wand sich in einem Bogen durch die Rotbuchenallee vom Tor herauf. Auf der Wiese vor dem Haus grasten zwei Pferde. Zur Rechten lag ein Zierteich mit einem einsamen weißen Schwan, und daneben entdeckte ich zwei Reiter, eine junge Frau und einen jungen Mann, die im Schritt aufs Haus zuritten. Offensichtlich waren sie ins Gespräch vertieft. Ich erkannte sie sofort – Harry und Peter.

Brian kam mit den Koffern herein, stellte sie ab und versuchte mich zu umarmen, doch ich stieß ihn weg.

»Du bringst meine Frisur durcheinander!«

Er seufzte. »Komm runter, wenn du fertig bist. Es gibt bald Abendessen.«

Ich zog ihn zum Fenster. »Da sind Peter und Harry!« sagte ich und deutete auf die zwei Gestalten am Teich.

»Ja«, sagte er und warf einen Blick hinaus. Ich sah, wie sich sein Gesicht verdunkelte.

Er schubste mich zurück aufs Bett und liebkoste meinen Hals. Das Bett quietschte, als wollte es uns tadeln.

»Nicht«, flüsterte ich aufgebracht, den Blick auf die offene Tür gerichtet. »Deine Mutter hört uns bestimmt!«

»Wenn sie bis jetzt noch nicht weiß, was es damit auf sich hat«, brummte Brian, »dann hat sie im Lauf der Jahre aber schon einige Überraschungen erlebt!«

»Verdufte. Ich will mich jetzt fertigmachen.«

Er schaute sich in dem Raum um, als sähe er ihn zum ersten Mal. »Es wird komisch sein, im Gästezimmer zu schlafen. Mein altes Zimmer geht nach hinten raus.«

Er ging zur Tür. »Ich liebe dich«, sagte ich leise. Er warf mir eine Kußhand zu und war fort. Zehn Minuten später kam ich die Treppe herunter, und Brian erschien in der Halle. Ich trug das neue Kleid aus hellem Crêpe de Chine, das mich, oder besser gesagt Tom, ein Vermögen gekostet hatte; als ich ihm den Preis nannte, pfiff er durch die Zähne, zahlte aber anstandslos, wie es sich für einen guten Bruder gehört.

»Du bist schön wie ein Schwan«, flüsterte mein Mann, und ein jäher Stolz malte sich auf seinem Gesicht. Seinetwegen, wegen des Lichts in seinen Augen, fühlte ich mich plötzlich schön, spürte die Macht meiner Weiblichkeit und eine ekstatische Lebensfreude. Er nahm meine Hand und führte mich in den Salon, in dem Mr. Fitzallen alleine saß; er erhob sich sofort aus seinem Sessel.

»Bitte bleiben Sie sitzen«, murmelte ich verlegen.

Zittrig und unsicher stand er dennoch auf und lächelte mich an.

»Setzen Sie sich doch, Peg. Möchten Sie einen Sherry oder lieber einen Gin?«

Meine Mutter hatte mich ermahnt, mich niemals zu alkoholischen Getränken einladen zu lassen. Aber das war eine andere Welt, und ich hatte Angst, provinziell zu wirken.

»Einen Sherry, bitte.«

Ich setzte mich an den Kamin, wo es sich zwei rote Setter auf dem Vorleger bequem gemacht hatten.

Mr. Fitzallen schenkte den Sherry aus einer Karaffe auf einem der Beistelltische ein und sagte: »Erzählen Sie mir alles über sich.« Ich sah Brian an und dann wieder seinen Vater; der Charme des alten Mannes erwärmte mein Herz. Er sah wirklich wie ein Greis aus, obwohl er kaum älter als fünfundsechzig sein konnte. Seine Finger waren gekrümmt und wächsern, und sein blasses Gesicht und die Gebrechlichkeit seiner Bewegungen sprachen für sich.

Ich erzählte ihm von meinem Leben in Galway und von meinem Zuhause; er machte viel Wesens um mein Universitätsstudium.

»Ich bin selbst nie ein großer Gelehrter gewesen.«

Da ging die Tür auf, und Harry und Peter traten ein. Harry lächelte mich an, und in Peters tiefliegenden Augen erschien ein halb hochmütiger, halb neugieriger Ausdruck. Beide ignorierten Brian.

»Na hallo, Peg. Du bist mir ja eine!« rief Harry »Ganz heimlich, still und leise macht ihr euch davon und heiratet!«

»Wir haben ein Telegramm geschickt«, warf Brian ein, als wollte er sich entschuldigen, was ich abscheulich fand; auch daß er mich in seine Erklärung einbezog, gefiel mir nicht.

Als Harry wegging, um sich einen Drink einzuschenken, legte Peter seine Hände sanft auf meine Schultern und gab mir einen vorsichtigen Kuß. Seine Augen waren genauso kalt wie seine Lippen. Der kleine Kuß gehörte sich eben; mit Zuneigung hatte er nichts zu tun.

»Willkommen in Glenallen«, sagte er bedächtig.

»Reitest du morgen mit mir aus?« fragte Harry, und ich sagte ja, erklärte aber, ich sei keine gute Reiterin.

»Sie kann Mara reiten«, sagte sie zu Brian. »Du willst ihr sicher die Farm zeigen?«

»Mara kommt dafür nicht in Frage«, meinte er unbehaglich.

Schweigen. Harry goß Sherry in die alten Kristallgläser.
»Du kommst aus Galway?« fragte sie. »Kleine Farm?«
»Hundertvierzig Acres«, erwiderte ich verblüfft, aber meine Stimme ging im Dröhnen des Gongs unter, der draußen in der Halle zum Essen rief.
Mrs. Fitzallen kam herein.
»Kommt mit; das Abendessen ist fertig. Meine zwei Reisenden müssen schon halb verhungert sein!«
Harry gab Peter seinen Drink und umarmte ihre Mutter.
»Sie sind nicht die einzigen, liebste Mutter«, sagte sie.
»Peter und ich haben bis fünf Tennis gespielt, und danach sind wir ausgeritten.«
»Wie ihr beiden euch immer verausgabt!« sagte Mrs. Fitzallen halb besorgt, halb spaßhaft und schüttelte den Kopf.
Aber ihre Augen wanderten wieder zu Brian und ruhten zärtlich auf seinem Gesicht; es war derselbe Ausdruck von Mutterliebe, der mir bei unserer Ankunft aufgefallen war, und jetzt sah ich, wie die Augen ihrer Tochter zornig und bekümmert aufleuchteten.
Nora, ein schüchternes junges Mädchen, servierte das Essen. Es bestand aus Suppe, Brathuhn, Pellkartoffeln, Broccoli, Blumenkohl und wunderbarem hausgemachten Chutney. Zum Nachtisch gab es Erdbeeren mit Schlagsahne.
Man stellte mir Nora vor; sie schüttelte mir errötend die Hand und nannte mich ›Ma'am‹, was so altehrwürdig klang, daß es mir ganz peinlich war.
Im Eßzimmer lag ein roter Teppich, die Vorhänge waren eierschalenfarben und die Tapete dunkelrot; mehrere große Drucke mit Fuchsjagdmotiven und verschiedene

Pferdebilder hingen an der Wand. Die Fitzallens erkundigten sich nach meinen Eltern und nach Tom. Wann ich ihn mitbringen würde, damit sie ihn kennenlernen konnten? Doch ich spürte, daß sie im Grund kein Interesse an der Begegnung hatten. Immer wenn ich aufblickte, sah ich in Peters forschende Augen. Harry hielt das Gespräch in Gang, indem sie berichtete, was alle möglichen Freunde machten oder was Soundso mit seinen Ställen vorhatte. Peter erinnerte sich nostalgisch an Clifden, wo sie als Kinder ihre Ferien verbracht hatten.
Brian war der einzige, der sich kaum an der Unterhaltung beteiligte. Er verzehrte sein Abendbrot, hin und wieder warf er eine Bemerkung ein, wie einer, der weiß, daß er nur geduldet wird. Als er seine Meinung über den Austragungsort eines Pferderennens zum besten gab, sah ich, daß Harry ihm unter dem Tisch einen Tritt gegen das Schienbein versetzte und Peter ihn ärgerlich musterte. Wenn Brian mit seinem Bruder sprach, antwortete dieser mit der gequälten Geduld eines Menschen, der lieber nichts sagen würde und sich nur aus Höflichkeit am Gespräch beteiligt. Hier wurde unterschwellig ein Spiel getrieben, das die Eltern offenbar nicht bemerkten; ihnen schien nicht aufzufallen, wie still Brian war und wie die anderen auf ihm herumhackten.
Ich gab mir die Schuld; wir hatten seine Familie von unserer Hochzeit praktisch ausgeschlossen; da blieb eine negative Reaktion natürlich nicht aus. Die Leidenschaft, die Romantik, der Stolz auf meinen Mann, alles, was mir Auftrieb gegeben hatte, löste sich hier in nichts auf, und ich glaubte, mich für meine Dummheit entschuldigen zu

müssen. Ich fing Harrys Blick auf und lächelte zögernd. Sie erwiderte mein Lächeln. Ihr Charme und ihre Selbstsicherheit beeindruckten mich; ich hatte das Gefühl, daß sie mich akzeptierte, und es wurde mir etwas leichter ums Herz.

Als die Teller abgeräumt wurden, um der Nachspeise Platz zu machen, beugte sich Peter zu mir herüber und sagte mit leiser, liebenswürdiger Stimme: »Du siehst bezaubernd aus, wenn ich mir die Bemerkung erlauben darf.«

»Danke«, sagte ich errötend. Er wußte, wie attraktiv er war, dieser Mann. Ich dachte an Cissie und ihre einsame, aufrichtige Liebe.

Nach dem Essen nahm Brian meinen Arm und führte mich durchs Haus, von den acht Schlaf- und vier Badezimmern bis hinunter in die riesige Küche, wo ein großer Herd stand. Hier lernte ich Eilie, die Köchin, kennen, die mich prüfend musterte und mir herzlich die Hand schüttelte. Sie war schon seit Jahren bei der Familie, und Brian war ihr Liebling.

Sie stemmte die Hand in die Hüfte.

»Aha, da ist ja unser kluger Junge – macht sich einfach aus dem Staub und heiratet mal eben, und die arme Mutter ist halb von Sinnen, seit sie das Telegramm bekommen hat. Und der Herr bekommt einen schlimmen Anfall, und Miss Harriet schreit alle Leute an!«

Ich wurde puterrot, und Eilie sah mich schuldbewußt an. »Nichts für ungut, Ma'am. Aber so eine Aufregung haben wir weiß Gott wie lange nicht mehr erlebt!«

Nora stand am Büfett und stapelte Teller aufeinander; sie

grinste verlegen und warf mir ab und zu einen schüchternen Seitenblick zu; auf dem Kopf trug sie eine kleine weiße Haube, das dunkle Haar hatte sie zusammengebunden. In der Küche roch es anheimelnd nach frischgebackenem Brot und sauberer Wäsche. Die Fenster gingen auf den Stallhof hinaus. Der Fußboden war gefliest, und es gab mehrere Türen zu Speisekammern und Schränken. Der Mittelpunkt des Raums war ein großer, blank geschrubbter Kieferntisch, und an der Wand stand ein hoher, alter Geschirrschrank mit Tellern und Servierplatten. An den Wänden hingen verschiedene Kupfergefäße und Kochutensilien. Ein winziges hellrotes Kätzchen schlief in einem Korb am Herd; es erinnerte mich an den kleinen Tiddles, der inzwischen schon ausgewachsen war.

Ich nahm das Kätzchen hoch, streichelte es, fragte, ob es schon einen Namen hatte, und schnupperte an seinem weichen Fell.

»Klein-Tim«, stieß Nora hastig hervor. »Er gehört mir, Ma'am.« Überwältigt von ihrer eigenen Kühnheit, lief sie tiefrot an und verschwand rasch mit einem Butterteller in der Speisekammer.

»Das kleinste vom ganzen Wurf«, erklärte Eilie. »Die arme alte Gracie hat letzte Woche in der Scheune geworfen; Murty hat sie ertränkt, aber« – und sie deutete auf die Speisekammer – »Ihre Hoheit hat das da gerettet.«

»Bei der letzten Zählung hatten wir fünfzehn Katzen«, sagte Brian entschuldigend, als er mein bestürztes Gesicht sah. Ich schaute in die milchig-blauen Augen des Kätzchens und setzte es wieder in seinen Korb.

Dann folgte ich Brian in die Küchendiele, wo es einen

Garderobenständer für Mäntel gab; Brian zeigte auf eine enge Steintreppe, die in die Tiefe führte.

»Das ist der Keller – ziemlich düster da unten. Den brauche ich dir ja nicht zu zeigen.«

Ich beugte mich vor und sah am Fuße der Steintreppe einen gefliesten Boden, ein Regal mit Flaschen und verschiedene Besen. Dann nahm Brian mich mit hinaus auf den Stallhof.

»Das ist ja ein wahrer Palast«, sagte ich. »Du könntest dich nie daran gewöhnen, in einer kleinen Wohnung zu leben.«

»Ist schon komisch«, sagte er langsam, »aber im Grunde habe ich nie hierhergehört!«

Er sagte es ohne Groll. »Mir liegt nichts an dem ewigen blöden Gewäsch über Hunde und Pferde – und man wagt nicht zuzugeben, daß man schon mal ein Buch gelesen hat.«

Wir traten in die Dämmerung hinaus und genossen die Wärme des Sommerabends; die jungen Schwalben stießen kreischend herab und schwangen sich dann wieder in den blauen Abendhimmel. Brian führte mich durch den oberen Hof, wo er die Arbeiter grüßte, die dort zu tun hatten. In den Boxen standen einige Stuten, und da die Obertüren offen waren, konnten wir sie sehen. Brian zeigte mir seinen Liebling, Jessie, die uns mit aristokratischer Würde musterte und dabei Mähne und Schwanz schüttelte. Ich hob die Hand, um ihre samtige Nase zu streicheln, aber sie schnaubte unwillig und drehte den Kopf weg. Im unteren Hof gab es Boxen mit schweren Türen und eisernen

Riegeln an den Fenstern, und aus einer davon hörte ich aufgeregtes Wiehern, das Geräusch stampfender Hufe und nervöse Stimmen, unter anderem die von Murty. Ich wollte einen Blick durch das verriegelte Fenster werfen, doch Brian zog mich weiter.

»Das ist nur eine Stute, die gedeckt wird«, sagte er. »Ein bißchen zu wild für dich, Peige. Und gefährlich, auch wenn's nur Old Dickon ist. Außerdem«, fügte er verschmitzt hinzu, »möchte ich nicht, daß du Vergleiche ziehst!«

Dafür bekam er einen Stoß in die Rippen. Ich hatte noch nie gesehen, wie eine Stute gedeckt wird. In Ballycloghan hatten wir keine Hengste; Tom brachte die Stuten immer auf andere Farmen.

Dann besichtigten wir den Küchengarten und landeten schließlich beim Tennisplatz, wo Harry und Peter mit dem Einspielen begannen.

»Wie wär's mit einer Partie?« rief mir Harry zu, und ich sah Brian an, der mir bedeutete abzulehnen.

»Im Moment nicht, danke.«

Harry lächelte verständnisvoll und bedachte uns mit freundlichen, neugierigen Blicken. Peter trat an den Maschendrahtzaun. In seinen weißen Tennisshorts machte er eine gute Figur.

»Ich besorge dir Tennisschuhe, wenn du spielen möchtest«, bot er an.

»Laß die Verliebten in Ruhe«, rief Harry lachend. »Siehst du nicht, daß sie allein sein wollen?«

Peter amüsierte sich noch über die neckischen Bemerkungen seiner Schwester, während Brian und ich im Zwielicht weitergingen. Hinter uns erklangen Harrys helle Stimme und das Knallen der Tennisbälle in der Abendstille.

Wir gingen am Haus entlang und kamen zu dem Teich, den ich bereits von unserem Schlafzimmerfenster aus gesehen hatte. Der Schwan hatte sich ins Schilf verzogen.

»Früher waren es zwei«, sagte Brian. »Aber der Fuchs hat das Weibchen geholt, und das Männchen wird wahrscheinlich auch nicht mehr lange leben. Schwäne sind sich ein Leben lang treu.«

»Wolltest du vorhin gern spielen?« fragte er.

»Tennis? Ach Gott, nein. Wahrscheinlich hätte ich mich blamiert. Warum haben sie dich nicht auch gefragt?«

Er sah mich scharf an; sein Gesicht war blaß im schwindenden Licht. Dann lachte er. »Zu dir sind sie höflich. Auf mich brauchen sie keine Rücksicht zu nehmen!«

Verwirrt schaute ich ihn an. »Warum wehrst du dich nicht, wenn sie dich so behandeln?«

»Das habe ich schon oft getan; aber dann gehen sie einfach zu Mama und sagen, Brian macht schlechte Stimmung, und sie gerät sofort außer sich. Als nächstes geht Dad auf mich los, weil ich meine Mutter aufgeregt habe. Verstehst du«, fuhr er leise fort, »Mama verliert unheimlich leicht die Nerven, und es ist wichtig, daß man jede Aufregung von ihr fernhält.«

Eine Weile sagte ich nichts. Ob das, was mir Brian über seine Geschwister erzählt hatte, von seiner subjektiven Einschätzung geprägt war und auf Kindheitserlebnissen beruhte? Ich konnte mir nicht vorstellen, daß ein so bezauberndes Mädchen wie Harriet böse Absichten verfolgen sollte. Vielleicht war das Ganze einfach eine alberne

Geschwisterrivalität zwischen den dreien? Ein paar Minuten zerbrach ich mir den Kopf darüber, dann schob ich die Frage beiseite. Glenallen war schön; meine Schwiegereltern waren nett; Brian war mein Traummann. Das Leben würde wunderbar sein; die Zukunft strahlte in leuchtenden Farben; hatten wir denn nicht genug Kraft und Leidenschaft, um alles zu meistern?

Wir ließen den Teich hinter uns und gingen am Wald entlang weiter. Ich blickte über die Wiesen, auf denen Pferde grasten, ab und zu sah man auch ein paar Kühe. Ein Heuwagen mit einem riesigen Faß rollte über eine Wiese. »Wasser«, erklärte Brian. »Die Tröge müssen aufgefüllt werden.«

Der Wald war voller Eschen, Birken, Weiden, dunkler Schatten und kühler Düfte. Brian fand den Weg auch im Halbdunkel und zog mich in eine kleine, halbkreisförmige Bodensenke, wo wir uns setzten. Durch die Zweige über uns sahen wir den blaugrauen Abendhimmel. Hinter dem Haus ragte der Berg auf, an dem dunkel die Schatten der Dämmerung hingen, und es schien, als wisse er um den Lauf der Dinge. Ich lehnte mich an Brians Schulter.

»Erzähl mir vom Knockshee. Mich plagt der absurde Gedanke, daß er uns beobachtet.«

Brian lachte, aber nicht ganz überzeugend, es klang eher nach trockenem, intellektuellem Humor. »Du redest schon wie Murty. Er ist so abergläubisch, daß es mich wundert, wie er überhaupt noch einen Finger rühren kann. Knockshee ist ein Werk der Eiszeitgletscher, heute ist er zu niedrig für einen Berg und zu hoch für einen

Hügel. Wir lassen unsere Pferde auf der Allmende dort weiden, aber die anderen tun's nicht.«

»Warum?«

»Warum was?«

»Warum läßt niemand sein Vieh dort weiden, wenn es doch Allmende ist?«

Er hielt inne und sah mir fest in die Augen.

»Aus demselben Grund, weshalb niemand eine Elfenwiese umbricht. Die Leute haben Angst.«

»Vor was sollten sie Angst haben?«

»Es wird eine Unmenge Geschichten erzählt. Ich habe die volkstümlichen Überlieferungen zurückverfolgt, soweit ich konnte. Hast du schon mal von den Formorians gehört, Peige, den Vorläufern der Kelten?«

»Du greifst aber ganz schön weit zurück!«

»Ich weiß. Es ist etwa sechs-, siebentausend Jahre her. Die Legende berichtet, daß damals ein König namens Balor lebte, der ein schreckliches, ein böses Auge hatte. Normalerweise war es geschlossen, weil vier Männer nötig waren, um es zu öffnen. Aber wenn es erst einmal offen war, kamen – wie bei der Büchse der Pandora – alle möglichen Übel daraus hervor.« Nach einer Weile fuhr er fort: »Angeblich liegt Balor in dem Hügel begraben.«

Mir wurde kalt. Es ist nur eine Legende, sagte ich mir, und es fiel mir wieder ein, was Brian mir unten am See erzählt hatte – im Sommer nach dem Tod meiner Mutter.

»Die Inschrift, von der du mir erzählt hast – der Spruch auf dem Ogham-Stein – hat er etwas mit dem König zu tun?«

»*Ich kenne die Meinen, und die Meinen kennen mich*«, zitierte er leise. »Wer weiß? Wahrscheinlich gibt es viele Orte wie Knockshee. Die alte Religion, der jahrtausendealte Kult um die Göttin Brede, ist bestimmt nicht spurlos an Irland vorübergegangen! Die Fürsten hießen das Christentum willkommen, weil es ihre Macht festigte. Und was ist mit den Druiden geschehen, mit denen, die sich nicht bekehren lassen wollten – wurden sie womöglich in ihren eigenen Tempeln lebendig begraben?«

Dann fügte er mit einem kurzen verlegenen Lachen hinzu: »In früheren Zeiten hieß der Berg Súil Balóir – Balors Auge – und dann nannte man ihn Knockshee, weil die Landleute dort Elfen und die Geister der Verstorbenen sahen.« Ich stand auf und kehrte dem Berg den Rücken.

»Du bist doch nicht abergläubisch, oder, Peg? Es ist schließlich nur ein blöder alter Hügel mit einem Hochmoor. Wir können einmal hinaufreiten, wenn er nicht im Nebel liegt, und die Aussicht genießen.«

Warum nur hatte ich das Gefühl, daß er sich zu heftig gegen die Unterstellung des Aberglaubens verwahrte?

Etwas später, als wir über die Wiesen zurückgingen, hörten wir schnaubendes Atmen und stampfende Schritte hinter uns. Als Brian von einer Pferdeschnauze angestupst wurde, unterdrückte ich einen Schrei. Er streichelte dem Tier die Nase und schob seinen Kopf weg.

»Das ist nur Mara«, erklärte er und lachte über meinen Schreck. »Sie bettelt um Zucker.«

Ich nahm etwas Abstand, um mir die Stute anzusehen, doch man sah sie kaum, eine Geistererscheinung in der Nacht.

»Harry hat vorgeschlagen, daß ich Mara reiten sollte, nicht

wahr?« Ich nahm meinen ganzen Mut zusammen und streichelte ihr die Nase. »Sie ist ganz lieb.«

Brian seufzte.

»Ich würde eher sagen, sie ist ein Biest. Sie hat schlechte Angewohnheiten!«

»Was für Angewohnheiten?«

»Ihr Lieblingstrick ist, den Reiter am nächsten Torpfosten loszuwerden.«

Wir kamen von hinten wieder zum Haus. Ich hielt mich an Brians Arm fest; es war inzwischen fast dunkel, und er wußte, wo die Wassergräben verliefen. Wir kamen an einem runden Ziegelbau vorbei, der oben mit Brettern vernagelt war.

»Ist das ein Brunnen?«

»Es war früher einer. Und zwar ein ganz besonderer, weil eine Eisenleiter hinunterführte, die es jetzt nicht mehr gibt. Man sagt, daß ein unterirdischer Gang unter dem Haus verlief und in diesem Brunnen auf halber Höhe mündete. Wenn es je so einen Gang gegeben hat, wurde er inzwischen zugemauert – zumindest an diesem Ende!«

»Warum wurde der unterirdische Gang angelegt?«

Er zuckte die Achseln. »Das Haus ist ziemlich alt, spätes achtzehntes Jahrhundert. Die Familie war ein paar Generationen lang nominell protestantisch, doch die Priester kamen heimlich, um die Messe zu lesen. Falls es den Gang wirklich gegeben hat, haben sie ihn vielleicht benutzt, um unbemerkt zu kommen und zu gehen. Womöglich hat er sogar eine Verbindung mit den unterirdischen Gängen am Fuße des Knockshee.«

Wieder zuckte er die Achseln.

»Verstehe. Und wo ist der Eingang im Haus?«
»Ich weiß es nicht. Harry hat oft damit angegeben, sie hätte ihn gefunden, und sie hat gedroht, mich da einzusperren!«
Er lachte, aber ich hörte den Schmerz heraus.
Dann wechselte ich das Thema und fragte, wann wir nach Dublin gehen würden. Wie lange sollten wir in Glenallen bleiben? Ein oder zwei Wochen stellte ich mir vor, aber Brian seufzte und meinte, er sei sich nicht sicher. »Wir können natürlich jederzeit fahren, wenn du willst, aber im Augenblick braucht mich Dad hier. Zur Zeit kann er nicht viel tun; der Doktor hat ihm Ruhe verordnet. Und ausruhen wird er sich nur, wenn ich mich um alles kümmere. Ich bin der einzige, der den Laden schmeißen kann; Peter interessiert sich nur für seine Juristerei. Glenallen ist ihm schnuppe.«
»Deine Schwester könnte sich doch um das Gut kümmern. Das macht ihr bestimmt keine Probleme!«
Er sah mich im Halbdunkel an.
»Ja, wahrscheinlich würde sie es schaffen. Aber davon wird sie meinen Vater nicht überzeugen können.«
»Und was ist mit Murty?«
»Nein! Wir bräuchten einen erfahrenen Gutsverwalter, aber das Gehalt, das er verlangen würde, wäre im Moment für uns unbezahlbar. Es ist ja nur für eine Weile, Schatz. Bitte hab Geduld mit mir. Wenn das Gut erst einmal wieder in Schuß ist, sind wir frei wie die Vögel unter dem Himmel. Und in Dublin würde ich sowieso erst im September eine Anstellung finden, wenn das neue Schuljahr beginnt. Und dann werden wir es wunderschön

haben, nur wir zwei.« Er drückte mir die Hand. Seine war ganz warm.

Wir durchquerten den Torbogen, der zum Stallhof führte; dort hatte ich vor Jahren beobachtet, wie Mary sich zurückzog, weil ihr schlecht war. Schließlich kamen wir durch die Küche wieder ins Haus. An der Tür streiften wir uns gründlich die Schuhe ab, um Eilie zu besänftigen, die gerade eine Schublade im Geschirrschrank einräumte und uns verständnisvoll und nachsichtig anlächelte.

»Es ist Zeit, daß ihr zwei ins Bett kommt. Möchtet ihr noch einen Happen essen, bevor ihr euch hinlegt?«

Brian lachte, ich wurde rot und schüttelte den Kopf.

»Wir sind sofort wieder weg, Eilie«, sagte er, nahm mich an der Hand und führte mich über die Küchentreppe in die Halle.

Dort stand ein polierter Eichentisch mit einer Vase voller Sommerblumen und daneben eine Lampe, die ihr Licht über das alte Holz verströmte. Darüber hing ein antiker vergoldeter Spiegel an der Wand, und neben ihm prangte ein buschiger Fuchsschwanz in einer silbernen Halterung. Außerdem gab es mehrere Pferdebilder, und weiter hinten in der Halle befand sich neben einer Fuchsmaske eine Garderobe, an der ein paar Tweedmützen und Mäntel hingen.

Im rechten Winkel zu der gefliesten Halle lag die gewundene Treppe, die mit einem roten Teppich belegt war. Als wir auf die Treppe zugingen, sah ich, daß im Salon Licht brannte. Die Tür war angelehnt, und ich dachte, wir sollten hineinschauen und gute Nacht sagen. Aber als ich mich der Tür näherte, hörte ich Harrys Stimme.

»Es ist typisch für ihn, daß er eine Provinzgöre heiratet, die selbst nichts hat und nur hinter seinem Geld her ist.«

»Na ja, sie ist immerhin recht hübsch«, sagte Peter in seiner ruhigen, gemessenen Art.

Ich blieb wie angewurzelt stehen.

»Wirklich? Kann sein. Solange sie nicht den Mund aufmacht. Sie ist so vulgär wie Dreck. Und ich vermute, daß wir bald ihren schrecklichen Bruder hier haben werden, einer von der Sorte, die sich dauernd am Kopf kratzen. Wirklich schlimm, was Mama und Daddy da aushalten müssen.«

Ich hörte Peters verschwörerisches Lachen, das zeigte, daß er die Gesellschaft seiner Schwester schätzte und das Gespräch ihn amüsierte, auch wenn Harrys Einschätzung seinem Geschmack nach ein wenig extrem war. Ohne Brian anzusehen, der mir etwas zuflüstern wollte, entwand ich mich seinem Arm und stieg, gegen meine Tränen ankämpfend, die Treppe hinauf. Schließlich waren sie die Schwäne und ich das häßliche Entlein. Warum sollten sie mich akzeptieren?

In dieser Nacht wurde ich wieder davon wach, daß Brian im Schlaf aufschrie. Ich wiegte seinen Kopf in meinen Armen und sagte ihm, daß es nur ein Traum war. Erschöpft kam er aus dem Alptraum zurück, entspannte sich, und wir lagen lange Zeit halb wachend, halb schlafend da und sprachen miteinander, während das Mondlicht durch einen Spalt in den Vorhängen hereinfiel und einen silbernen Fleck auf den Teppich malte. Warum hatte er diese Träume? Warum blickten seine Geschwister mit solcher

Verachtung auf ihn herab? Was hatte es mit den Geistern auf dem Berg auf sich, und warum beteuerte er immer wieder, daß die alten Sagen, die sich darum woben, Blödsinn waren? (Natürlich hielt auch ich sie für unsinnig, und folglich brauchte er mich nicht ständig daran zu erinnern.) Warum hatte er Narben an den Handgelenken, und warum zögerte ich, ihn danach zu fragen? Kurz gesagt, was ging hier in Glenallen eigentlich wirklich vor?

Der ›schreckliche Bruder‹ schrieb mir ein paar Wochen später und versprach, mich zu besuchen, sobald er das Heu eingefahren hatte; er würde Ballyharris gerne kennenlernen. Aber, so betonte er, auf keinen Fall wollte er in Glenallen übernachten. »Ich bin sicher, Deine neue Familie hat genug zu tun, auch ohne Deinen herumstreunenden Bruder zu verpflegen! Ich übernachte im Hotel in Ballyharris.«

Ich erzählte Brian, daß Tom vorhatte zu kommen. »Gut«, meinte er, »sag Mama Bescheid, und bitte Eilie, ein Zimmer für ihn herzurichten.« Aber ich hörte das Zögern in seiner Stimme und ließ das Thema fallen. Tom kam Ende Juli, früher als erwartet, und ohne sich vorher noch einmal anzumelden. Eines schönen Nachmittags gegen drei, als niemand im Haus war, stand er plötzlich vor der Tür. Harry spielte Tennis mit Clare de Lacy, einer Schulfreundin, die für einige Zeit zu Besuch gekommen war, und Mr. und Mrs. Fitzallen ruhten in einer sonnigen Ecke des Obstgartens.

Ich war im Stallhof und unterhielt mich durch die offene Boxentür mit Brian, als Eilie aus dem Hintereingang kam.

»Ihr Bruder ist im Salon, Mrs. Peg.«
Ich rannte ins Haus, und tatsächlich, da war er, in dem guten neuen Anzug, den er sich zu meiner Hochzeit gekauft hatte, zur Abwechslung trug er sogar Kragen und Krawatte. Mit seiner Stoffmütze in der Hand stand er an einem der hohen Salonfenster und schaute hinaus. Ich umarmte ihn, doch als ich mich umdrehte, sah ich Harry, die hinter uns in der Halle stand und uns anstarrte.
»Ist das dein Bruder?« fragte sie kühl. »Ich habe ihn vom Tennisplatz aus gesehen.«
Ernst und höflich gab Tom ihr die Hand und blickte sie voll Bewunderung an. Sie trug ein weißes Tenniskleid, das ihre langen, sonnengebräunten Beine zeigte; das Spiel hatte ihre Wangen gerötet, und die Locken, die ihr in die Stirn fielen, waren schweißnaß.
»Freut mich, Sie kennenzulernen, Miss Fitzallen.«
»Wo übernachten Sie?« fragte Harry höflich, aber deutlich, und ich wurde rot, während Tom ruhig antwortete, er sei im Royal Hotel in Ballyharris abgestiegen; morgen fahre er wieder heim – mit dem Fünfuhrzug.
Harry nickte und erklärte, sie würde Eilie bitten, Eistee zu bringen. Dann verschwand sie.
Tom sah mich fragend an.
»Bist du hier glücklich?« wollte er wissen.
»Ja, sehr sogar«, erwiderte ich.
Ein schönes Haus sei das, meinte er, und ich stimmte zu. Doch ich fühlte mich nicht berechtigt, ihm mein Heim zu zeigen, denn es war nicht mein Haus. Ich wünschte, Brian käme endlich vom Stallhof herein. Durchs Fenster sahen Tom und ich, wie Cissie auf ihrem Fahrrad näher kam.

Gemächlich radelte sie durch den Halbschatten der Allee, und ihr bedrucktes Baumwollkleid flatterte im Wind. Ich sah sofort, wie Tom sich freute.
»Wie bist du hergekommen?« fragte ich ihn.
»Ich hab ein Fahrrad gemietet!« Er zeigte auf die Steinbalustrade, wo ein schwarzes Herrenrad lehnte.
Ich ging zur Tür, um Cissie zu begrüßen, und als ich wiederkam, brachte Eilie gerade ein Tablett mit Eistee und zwei Gläsern.
»Du errätst nicht, wen ich hier habe!« rief ich Cissie zu, und als ich mit ihr eintrat, sah ich, daß ihre Augen vor Freude aufleuchteten.
»Tom! Wie kommst du denn hierher?«
»Genauso wie du«, sagte er grinsend, nahm ihre Hand und hielt sie fest.
Ich wartete noch eine Weile vergeblich darauf, daß Brian endlich auftauchte, und als Tom nach ihm fragte, ließ ich mir eine Entschuldigung einfallen. Tom und Cissie löschten ihren Durst mit dem Eistee, dann machten wir drei uns mit den Rädern auf den Weg zu den O'Shaughnessys. Zuletzt landeten wir zum High Tea im Royal Hotel in Ballyharris. Tom fragte Cissie, ob sie ihn am nächsten Tag zum Mittagessen treffen wollte, und als ich sie zusagen hörte, entschuldigte ich mich. Ich wußte, was der eigentliche Grund für Toms Besuch in Ballyharris gewesen war.
»Wir sehen uns morgen, Peg«, sagte Tom. »Ich komme gegen vier vorbei, um mich zu verabschieden.«
»Ich weiß was Besseres«, wandte ich ein. »Ich treffe dich um halb fünf am Bahnhof. Dann können wir uns noch ein bißchen unterhalten, bevor der Zug fährt.« Ich wollte

nicht, daß er noch einmal in Glenallen auftauchte. Die Vorstellung, man könnte ihn beleidigen, war mir unerträglich.
Als ich wieder daheim in Glenallen war, fragte ich Brian, warum er meinen Bruder nicht begrüßt hatte. Er sah mich ärgerlich an.
»Mein Gott, Peg, tut mir leid. Ich hatte alle Hände voll zu tun. Ich wollte mit ihm reden, aber als ich raufkam, wart ihr alle verschwunden«, protestierte er, recht betroffen.
»Wir konnten schließlich nicht den ganzen Tag warten.«
»Sei nicht böse. Bitte Tom für mich um Verzeihung, wenn du ihm schreibst. Jetzt hör auf zu schmollen und küß mich, Peg.« Sein Haar war zerzaust, seine blauen Augen blitzten schelmisch, und es war ihm anzusehen, daß es ihm leid tat.
Die Briefe mit unseren Prüfungsergebnissen vom UCG trafen ein. Brian und ich hatten beide mit je zwei Einsern nicht schlecht abgeschnitten, aber es reichte nur für eine Auszeichnung zweiter Klasse. Trotzdem hatte ich das Gefühl, als wäre eine Last – die Angst vor Schande und Mißerfolg – von meinen Schultern genommen.
Brian dagegen war enttäuscht. »Ich hätte ein Examen erster Klasse schaffen können«, murrte er und sah mich an, als wäre es meine Schuld.
»Vielleicht hättest du es geschafft, wenn du nicht soviel Zeit damit zugebracht hättest, die schöne Maid von Salthill zu küssen«, flüsterte ich ihm ins Ohr, und in einer euphorischen Anwandlung biß ich ihn ins Ohrläppchen. Wir standen in der Halle. Brian musterte mich mit schalkhaftem Lächeln, dann verengten sich seine Augen, er ließ

den Brief fallen und jagte mich durch die offene Vordertür hinaus. Ich rannte die Allee hinunter, Brian dicht auf den Fersen; am Tor holte er mich ein und warf mich ins Gras.

»Ich will brav sein, ich tu nichts mehr«, schrie ich, trat und boxte und flehte ihn an, mich nicht zu quälen.

»Deinen Mann beißen, was fällt dir ein?« sagte er ernst. Er setzte sich auf mich, packte meinen rechten Fuß und kitzelte erbarmungslos Zehen und Fußsohle.

»Bitte um Gnade«, meinte er ungerührt, als mein Gelächter und meine Wutschreie einen neuen Höhepunkt erreichten.

»Gnade, Gnade«, heulte ich.

Da fiel ein Schatten über uns. Es war Harriet mit ihrem Fahrrad. Ich sah, wie sie uns mit kalter Neugierde musterte, während sie den Mund zu einem angeekelten Lächeln verzog.

Meine Euphorie und mein Lachen erstarben.

»Man sieht dein Höschen, Peg!« sagte sie verächtlich. Ich zog meinen Rock herunter und erklärte, wir hätten gerade unsere Zeugnisse bekommen.

»Und wie ist's ausgefallen?«

»Gut. Wir haben's beide ganz gut geschafft.«

»Schön für euch«, sagte sie ohne Enthusiasmus.

An diesem Abend bereitete Eilie ein Festessen für uns. Die Zukunft schien rosig; jetzt konnten wir endlich handfeste Pläne schmieden. Harry gratulierte uns ziemlich schnoddrig und wurde dann still. Ihr Schweigen war bedrückend, besonders als sie beobachtete, wie ihre Mutter Brian gratulierte, und ihren Vater sagen hörte: »Gut gemacht, mein lieber Junge. Gut gemacht, Peg.«

Ein Schatten verdüsterte Mrs. Fitzallens Augen, und ich wußte, daß sie Angst hatte und was dies bedeutete. Sie beobachtete Brian bei Tisch, und obwohl sie lächelte und plauderte, wirkte sie unsicher, ja ratlos.

Im Lauf der folgenden Wochen wurde Brian von seinen Eltern regelrecht umworben; sein Vater holte oft seine Meinung ein, und am Abend zogen sich die beiden zu ausgedehnten Gesprächen in die Bibliothek zurück. Der kleine Raum war eigentlich ein Arbeitszimmer, das bis unter die Decke mit ledergebundenen Bänden und Rechnungsbüchern gefüllt war; der marmorne Kaminsims hatte Rauchflecken, und durch das Fenster blickte man auf den Torbogen hinaus, der zum Stallhof führte. Wenn die Tür offenstand, hörte ich im Vorbeigehen, um was sich ihre Gespräche drehten: welche Stuten ›ausgebrochen‹ und welche von welchem Hengst und wie oft gedeckt worden waren; welche Muttertiere eine Fehlgeburt hatten und daß Jessie ein Hengstfohlen von Old Dickon und Ida ein Stutenfohlen von Argos bekommen hatte. Brians Vater nippte dabei an seinem Whiskey, den er eigentlich nicht trinken durfte, und die beiden waren so in ihr Thema vertieft, daß sie kaum bemerkten, wie mein Schatten an der Tür vorbeiglitt. Wenn seine Mutter Brian sah, nahm sie ihn kurz und liebevoll in die Arme, während bei Tisch eine gezähmte Harriet still und wachsam der Unterhaltung lauschte.

Brian blühte auf. Mit der Miene eines Herrschers stolzierte er über die Farm; stets war er beschäftigt und hatte wenig Zeit für mich. Ich vergrub mich in Bücher und strich ein paar Fußleisten und Schlafzimmertüren an. Ab und zu wanderte ich ziellos durchs Haus und versuchte mir vorzustellen, wie es in früheren Zeiten ausgesehen haben mochte; ich malte mir die Vergangenheit aus, als die Frauen noch lange Kleider trugen und alles viel romantischer war. Oft fuhr ich vor Schreck zusammen, wenn ich hinter der nächsten Ecke Harry traf, die plötzlich vor mir stand, obwohl ich dachte, sie wäre draußen. »Suchst du etwas, Peg?« fragte sie dann zuweilen, so daß ich mir wie ein Einbrecher vorkam, der auf frischer Tat ertappt wurde. Ich spürte die wütende Verzweiflung, die in ihr wuchs, und fühlte mich einerseits sehr unbehaglich, und andererseits war mir schrecklich langweilig.

Immer wenn Peter nach Hause kam, ritt Harriet mit ihm aus, und bei den Mahlzeiten verständigten sie sich auch ohne Worte. Man spürte, daß sie auf einer Wellenlänge waren und wie gut Peter sich in Gesellschaft seiner Schwester amüsierte; sie brauchte ihn und war auf seine Bewunderung angewiesen. Es war, als lebte sie nur für ihn. Ihre Eltern waren beide lieb zu ihr, behandelten sie aber wie ein Kind. »Wie geht's meinem Schätzchen?« sagte ihre Mutter zuweilen, und ihr Vater, der einen Kosenamen für sie hatte, bat: »Suzy, holst du mir wohl die Zeitung?« Wieviel Kraft in Harry steckte, nahmen beide nicht wahr. Nicht einmal Peter erkannte in vollem Ausmaß, zu was Harry fähig war, denn sie bezauberte ihn mit weiblichem Charme, witzigen Einfällen und einem oft beißenden Humor.

Peter benahm sich Brian gegenüber noch distanzierter als sonst; als wäre sein Bruder ein Eindringling, dem er mit gekünstelter und herablassender Geduld begegnete.

Aber Brian schien das gar nicht aufzufallen. Er ging ganz in seiner Arbeit auf, den vierhundert Acres, die er verwaltete und auf denen zwanzig Männer arbeiteten. Er hatte Vieh gekauft, mehrere Kühe und Ochsen zu einem Stückpreis von etwa zwanzig Pfund, und schmiedete eifrig Pläne für eine Betriebserweiterung. »Wir sollten Rinder züchten, damit kann man jetzt viel Geld machen!«

Ich hörte, wie er mit seinem Vater über die Lohnkosten sprach; wegen des Krieges sei es nötig zurückzustecken. Mehrere Leute wurden entlassen.

Die Zeitungen berichteten fast nur noch über den Krieg; es gab Luftangriffe auf Transportschiffe im Ärmelkanal; außerdem hatten die Deutschen die ersten großangelegten Angriffe auf Großbritannien geflogen, als sie walische Hafenanlagen bombardierten; in Irland wurden die Lebensmittel rationiert.

Auch beim Abendessen in Glenallen wurde viel spekuliert; Brian und sein Vater diskutierten die jüngsten Ereignisse; sie verstanden sich, da sie von den gleichen Ängsten geplagt wurden. Harry warf hin und wieder eine kluge Bemerkung ein, versank aber in grüblerisches Brüten, wenn sie nicht die erhoffte Aufmerksamkeit bekam. Nur wenn sie mit ihrer Mutter sprach, war Harry immer zu gutmütigen Neckereien aufgelegt; mit ihr ging sie stets sanft um. Aber Mrs. Fitzallen war besorgt; sie zerbrach sich über alles, was nicht ganz glattging, den Kopf. Sie hatte Angst vor dem Krieg und vor den Auswirkungen, die er auf die Vieh- und Pferdezüchter haben würde; und in den Sparmaßnahmen, die Brian ergriff, sah sie erste Anzeichen des drohenden Bankrotts. Da sie von Natur aus pessimistisch war, hielt sie sich strikt an die Verdunkelungsvorschriften und fragte sich, ob Hitler Glenallen bombardieren würde.

Eines Tages sprach Brian die Verfolgung der Juden in Deutschland an; er hatte einen Zeitungsbericht gelesen, der ihn zutiefst erschütterte. Auch ich hatte ihn gelesen und erklärte, für mich sei Hitler ein Verbrecher; zum ersten Mal wurde ein Krieg geführt, bei dem eine Seite klar im Unrecht und die andere im Recht war.

»Magst du etwa Juden?« fragte Harriet mit höflichem Erstaunen.

Ich zögerte. »Warum nicht? Sie sind schließlich Menschen.« Ich spürte, wie ich rot wurde, und meine Verzweiflung darüber machte es wie gewöhnlich noch schlimmer.

»Hast du denn schon mal welche kennengelernt?«

»Ich weiß wirklich nicht«, murmelte ich. Mein Gesicht war so heiß, daß ich das Gefühl hatte, im nächsten Moment in Flammen aufzugehen.

»Sie haben die Tendenz, alles an sich zu reißen, meine Liebe«, versicherte mir Mrs. Fitzallen mit gedämpfter Stimme und unterstrich mit einem leichten Kopfschütteln, wie ernst es ihr war. Ich wagte nicht mehr etwas zu sagen; von der Not der europäischen Juden wußte ich sowenig, und ich wäre ohnehin zu schüchtern gewesen, um meine Meinung mit Nachdruck zu vertreten. Ich sehnte mich danach, mit Brian allein zu sein, der die verächtlichen Blicke seiner Schwester nicht zu bemerken schien. Nur wenn ich mit ihm allein war, fühlte ich mich unbeschwert.

Aber ob unbeschwert oder nicht, ich hatte begonnen, mich

in Glenallen zu verlieben, in seine Schönheit und die Weite und den Frieden, der hier herrschte, obwohl ich mich von der unausgesprochenen Botschaft in Harriets Augen verfolgt fühlte – ungeachtet ihrer äußerlichen Freundlichkeit. Ich wußte, wie ich mit ihr stand. Es bedurfte nicht jener kleiner Episoden wie »Machst du mir das Tor auf«, eine in gebieterischem Ton formulierte Aufforderung, wenn ich zufällig draußen war und sie mit dem Wagen hinaus wollte – ich wußte auch so, wie unser Verhältnis aussah. Ich wünschte mir sehnlichst eine eigene Wohnung; ich wollte, daß Brian die Stelle als Lehrer antrat, die man ihm in seiner alten Schule angeboten hatte. Aber er wehrte ab.

»Tja, wir können wegziehen, wenn du willst, aber in Dublin kann es gefährlich werden. Vielleicht wird die Stadt bombardiert. Und meine Familie braucht uns noch. Dad ist nicht gesund. Es ist doch nur vorübergehend.«

Also stellte ich meine Bedürfnisse wieder einmal zurück. Meine Wünsche waren so belanglos im Vergleich zu den ernsten Familienangelegenheiten, mit denen sich Brian auseinandersetzte. Und er war glücklich, ihn beseelte das Hochgefühl eines Menschen, der endlich hoffen kann, die lang ersehnte Anerkennung zu finden. Sein Vater brauchte ihn, und seine Mutter freute sich von Herzen, ihn wieder bei sich zu haben. Ich spürte, daß ich in ihren Augen nur ein Anhängsel war, mit dem sie sich abfinden mußten, damit Brian sich fügte.

Ich hatte mich auf die Zeugnisverleihung im University College von Galway gefreut. Das war wie ein Urlaubstag, ein ganzer Tag nur mit Brian und Cissie. Es traf sich, daß

Cissies einundzwanzigster Geburtstag auf dasselbe Datum fiel. Aber zu guter Letzt erhielt Brian sein Zeugnis in absentia, weil er behauptete, keine Zeit zu haben. Ich fuhr mit den O'Shaughnessys nach Galway, gratulierte Cissie und schenkte ihr eine neue Reitpeitsche mit Silbergriff zum Geburtstag; das Geld dafür nahm ich von den fünfzig Pfund, die mir Tom zur Hochzeit geschenkt hatte. Von Mary bekam Cissie einen Brief und eine Flasche französisches Parfum. »Ich wünschte, Du könntest kommen und mich in Dublin besuchen«, schrieb Mary.

Tom kam zur Zeugnisverleihung und lernte anschließend Cissies Eltern kennen. Als er hörte, daß Cissie Geburtstag hatte, bestand er darauf, uns alle zum Essen einzuladen. Dann verschwand er und tauchte kurze Zeit später mit einem riesigen Blumenstrauß für Cissie wieder auf.

»Zu Weihnachten gebe ich eine Party«, sagte sie. »Ich hoffe, du kommst auch.« Tom versprach es ihr, und man sah ihm an, wie sehr er sich freute.

Es war ein wunderschöner Tag. Mein geliehenes Barett und den schwarzen Talar zu tragen machte Spaß; als ich hinaufging, um meine Urkunde entgegenzunehmen, wurde höflich geklatscht, und als ich mich umdrehte, vom Podium hinunterstieg und in der Versammlung Toms Augen suchte, sah ich, wie er den Daumen hochhielt.

Wir lachten viel an diesem Tag – Cissie, Tom und ich, wie in alten Zeiten. Gut gelaunt riefen sich Dr. und Mrs. O'Shaughnessy ihre eigene Studentenzeit in Erinnerung, was sich für mich anhörte wie Geschichten aus grauer Vorzeit.

Später, auf der Heimfahrt im Auto der O'Shaughnessys,

als ich Knockshee in der Ferne sah und wir uns dem Tor von Glenallen näherten, stellte sich die bedrückte Stimmung wieder ein; das Schweigen, das Dasein einer Außenseiterin erwartete mich, und ich wußte nicht, was ich dagegen machen sollte.

Brian kam in dieser Nacht in Hochstimmung zu mir ins Bett. Er weckte mich, schloß mich in die Arme, drückte seinen Mund auf meine Haare. Vor Freude war er ganz aufgeregt.

»Peg, mein Liebling. Glaubst du, du liebst mich genug, um Glenallen zu deinem Heim zu machen? Dad und ich haben uns unterhalten, und offenbar hat er vor, mir das Gut zu hinterlassen. Wenn ich dableibe.«

Ich befreite mich aus seiner Umarmung und setzte mich auf.

»Und was ist mit den anderen?« Angestrengt versuchte ich meine Bestürzung zu verbergen.

»Mama hat Geld, ihre Eltern haben es ihr bei ihrer Heirat überschrieben, aber sie kann nur über die Zinsen verfügen. Allerdings ist sie berechtigt, in ihrem Testament zu bestimmen, wer es bekommt. Sie könnte es Harry und Peter hinterlassen. Die Farm ist sowieso mit Hypotheken belastet – also würde es sich ausgleichen.«

»Ist deine Mutter gefragt worden, ob es ihr recht ist?«

»Natürlich. Sie ist vollkommen einverstanden!«

Ich sagte nicht viel dazu. Er war so glücklich, dieser künftige Herrscher über Glenallen. Ich liebte ihn und freute mich an seinem Glück. Wenn ich mich doch nur hätte zu Hause fühlen können; wenn ich doch nur nicht diese bedrückende Last gespürt hätte, die mir erst ganz bewußt wurde, nachdem ich einen Tag weg gewesen war. In dieser Nacht fand ich kaum Schlaf.

Nicht lange danach ritt ich mit Brian aus, der mir die Farm zeigen wollte und mich auf verschiedene interessante Stellen hinwies, die Elfenquelle, die Überreste einer alten Steinsauna, einen Steinbruch, der seit langem nicht mehr benutzt wurde, die ›Hungermauern‹, die von den Notleidenden errichtet worden waren – sie hatten dafür Lohn bekommen, damit sie sich während der Hungerjahre Brot kaufen konnten, denn man wollte sie nicht mit Almosen beleidigen.
»Wo sind die unterirdischen Gänge, das Ganggrab oder wie man das nennt?« fragte ich. »Ich möchte den Ogham-Stein sehen.«
Er zeigte auf den Fuß des Berges. »Er ist durch die Steinlawine verschüttet worden. Ich habe ihn damals gesehen, nachdem die Archäologen ihn freigelegt hatten. Und danach ist mir was verdammt Blödes passiert.«
Seine Stimme war düster geworden, und er sah in die Ferne, zum Gipfel hinauf.
»Was ist dir denn passiert?«
Stirnrunzelnd blickte er mich an, wegen der Sonne mußte er die Augen zusammenkneifen.
»Na ja, es war kurz nachdem die Archäologen ihre Untersuchungen abgeschlossen hatten. Ich war ungefähr zehn und hatte damals einen Hund, den ich sehr liebte, einen Terrier, er hieß Bob. Einmal war er ein paar Tage lang verschwunden, und ich machte mich auf, um ihn zu suchen. Er war mir sehr wichtig, weil er das einzige lebende Wesen

war, mit dem ich spielen konnte; Harry und Peter gaben sich nicht mit mir ab – sie waren ja auch ein bißchen älter –, und mit den Kindern aus der Nachbarschaft durfte ich nicht spielen.
Jedenfalls sah ich meinen Hund auf den Platz zurennen, den die Archäologen erforscht hatten. Ich rief nach ihm und schoß einen Pfeil aus meinem Bogen ab – ich hatte ihn selbst gemacht aus einem Eschenzweig und einer Sehne; Bob apportierte immer die Pfeile.
Aber er schien mich nicht zu hören und lief an dem alten Stein vorbei in den Tunnel hinein, ich folgte ihm und fragte mich, warum er nicht auf mein Rufen reagiert hatte.«
Er schwieg.
»Erzähl weiter.«
»Ich lief in die Dunkelheit hinein, sah und hörte aber nichts mehr von dem armen Bob. Und dann wurde mir klar, daß ich nicht mehr zum Ausgang zurückfand. Um mich herum waren nur noch Dunkelheit und Stille. Ich rief um Hilfe, denn ich hatte furchtbare Angst. Aber alles, was ich hörte, war das Echo. Ich schrie nach meiner Mutter, meinem Vater. Aber da war nur Dunkelheit.«
»Wie bist du wieder herausgekommen?«
Er sah mir in die Augen.
»Ich weiß es nicht mehr. Offenbar hat man mich gesucht, mit Fackeln, und sie haben mich in einem der Tunnel gefunden, wo ich zusammengekauert auf dem Boden lag. Ich erinnere mich an gar nichts mehr. Ich war anderthalb Tage da drin, und wenn nicht einer der Männer gesehen hätte, daß ich in die Richtung gelaufen war, und wenn ich

nicht meinen Bogen vor dem Eingang hätte fallen lassen, läge ich vielleicht heute noch dort.«

»Was für ein schreckliches Erlebnis! Warum hast du mir noch nie davon erzählt?«

»Ich rede nicht gern darüber! Ich möchte es lieber vergessen.«

»Was ist mit deinem Hund passiert?«

»Das war das Merkwürdigste an der ganzen Geschichte. Einer der Landarbeiter hatte ihn zwei Tage zuvor tot gefunden und ihn heimlich begraben, damit ich mich nicht aufrege. Was immer ich gesehen habe, als ich ihm in den Tunnel nachlief – es war nicht Bob!«

Ich spürte, wie es mir kalt den Rücken hinunterlief. O Gott, nichts wie weg von hier!

»Nach so einer Erfahrung mußt du eine Zeitlang ziemlich durcheinander gewesen sein.«

»Wahrscheinlich war ich das, aber ich habe es für mich behalten. In unserer Familie darf man keine Gefühle zeigen.«

»Aber kann es nicht sein, daß diese Erfahrung mit deinen Alpträumen zusammenhängt?« beharrte ich.

Er zuckte die Achseln und sah weg.

»Vielleicht. Ich träume, daß ich an einem dunklen Ort bin, in dessen Zentrum etwas Unersättliches, Zeitloses, Mächtiges lauert; es hat auch etwas Verführerisches an sich, denn es lockt mit der Erfüllung aller Wünsche, mit dem ewigen Frieden.« Er lachte sein trockenes, intellektuelles Lachen. »Schau mich nicht so an, Peg. Es ist nur ein Traum!«

»Ja«, sagte ich, »irgendwann wird auch die Wirklichkeit

eine halb zusammenphantasierte Erinnerung. Zeigst du mir den Ogham-Stein?«
Er ritt voran, bis wir die niedrigeren Hänge des Berges erreichten, wo ein von Felsbrocken bedeckter Buckel war, auf dem Brombeeren wucherten.
»Er ist hier drunter.«
»Schade«, sagte ich. Ich hätte den Stein gerne gesehen.

Ich zeigte mein Zeugnis den Fitzallens, die es höflich, aber desinteressiert lasen.
»Das heißt, du kannst unterrichten oder so was, nicht wahr?« fragte Harry.
Für gewöhnlich verbrachte sie den Großteil des Tages draußen auf der Langen Wiese, wo sie Pferde zuritt und trainierte. Ab und zu jagte sie Jungfüchse und brachte anschließend ein paar Freunde auf einen Drink mit. Einer davon war James Regan, der unlängst ein großes Gut – Conneely House – geerbt hatte, das etwa zwölf Kilometer von Glenallen entfernt lag. Er war ein kräftiger, gesunder junger Mann, und ich glaube, Mrs. Fitzallen hoffte, daß Harry ihn heiraten würde. Ich beobachtete sie in seiner Gesellschaft, konnte aber von ihrer Seite keine große Zuneigung feststellen, obwohl er sie nach Kräften umwarb. Seine Aufmerksamkeiten machten sie höchstens gereizt, denn wenn er fort war, war sie immer schlecht gelaunt. Eines Abends war ich in der Küche und sah, wie Harry sich mit ihm unterhielt. Klein-Tim spielte mit einem Gummiball, sprang und hüpfte herum; das Licht fing sich in dem Glöckchen, das Nora ihm um den Hals gehängt hatte. Da wurde er von einem Faden abgelenkt, der von Harriets

Rock herunterbaumelte. Klein-Tim wollte ihn fangen, verfehlte ihn aber und blieb an Harriets grauen Seidenstrümpfen hängen.
James Regan ging. Harry beugte sich vor, um die Laufmasche zu begutachten, dann fiel ihr Blick auf das spielende Kätzchen, und ich sah, wie ihre Augen vor Zorn schmal wurden.
Am nächsten Tag kam Harry um die Mittagszeit mit einer Menge Pilze heim, die sie mit langen Grashalmen zusammengebunden hatte. Sie ließ die Pilze in der Küche, wo ich sie wusch und mit etwas Salz und Pfeffer in Milch kochte, wie ich es meiner Mutter abgeschaut hatte. Eilie sah mir lachend über die Schulter und meinte: »An Ihnen ist eine Köchin verlorengegangen, Mrs. Peg, Ma'am.«
Am nächsten Tag brachte Harry wieder Pilze mit, aber diesmal hatte sie wohl auch ein paar ungewöhnliche Exemplare gesammelt, über die sie mit Murty im oberen Stallhof sprach. Scheinbar kannte Murty sich auf diesem Gebiet ganz gut aus. Er schüttelte den Kopf, und ich sah, wie er mit einem Stöckchen einen Pilz durchbohrte, die Lamellen nach oben kehrte und das Fleisch betrachtete, bevor er die Pilze auf den Boden warf und mit dem Stiefelabsatz zertrat.
Beim Mittagessen erkundigte sich Mr. Fitzallen, ob es dieses Jahr viele Pilze gebe, was Harry bejahte. »Sie sind riesig! Jeden Morgen schießen sie aus dem Boden. Ich sammle sie früh, bevor Maden in die Lamellen kommen.«
Ihr Vater nickte, und Brian fragte, ob sie auch welche von den giftigen gefunden hatte, die im Wald wuchsen.
»Wenn du welche siehst, zertritt sie.«

Harriet bekam glasige Augen.

»Pantherpilz, Knollenblätterpilz«, fuhr ihr Vater fort. »Die verdammten Dinger sind absolut tödlich.«

Harry sagte, sie hätte keine gesehen.

Brian war gut aufgelegt. »Siehst du, Peg, Harriet weiß alles über Pflanzen und Pilze, aber sie will nicht aufs College gehen. Sie wäre eine großartige Botanikerin. Sind wir faul oder stolz?« fragte er seine Schwester – ein unbeholfener Versuch, mit ihr zu scherzen, wie er ihn in letzter Zeit immer wieder unternahm, um die Kluft zwischen ihnen zu überwinden.

Doch Harrys Gesicht verdüsterte sich. »Du Idiot! Frauen verlieren ihre Macht, sobald sie zugeben, daß sie welche haben!«

Alle schwiegen erstaunt. Mrs. Fitzallen sah ihre Tochter erschrocken an, aber Harry lächelte schon wieder, und der Augenblick ging vorbei.

An diesem Abend war Nora sehr still, als sie das Essen servierte, und erst als wir sie schluchzen hörten, merkten wir, daß sie weinte.

»Was ist denn los mit dir, Nora?« fragte Mrs. Fitzallen.

»Ach, nichts, Ma'am. Es ist nur mein armes kleines Kätzchen. Es ist verschwunden.«

Mrs. Fitzallen hob die Augen zum Himmel.

»Das Mädchen ist ein bißchen einfältig«, meinte Harry, als Nora den Raum verlassen hatte.

Der Herbst schritt voran, und ich merkte, daß ich schwanger war. Mir wurde oft schlecht. Zweimal blieb meine Periode aus. Den Geruch der Hunde und der Pferde, alles nahm ich plötzlich viel intensiver wahr. Ich verlor den Appetit und ließ ab und zu eine Mahlzeit aus. Mrs. Fitzallen registrierte das sehr besorgt, und Harry erklärte daraufhin, ich sei aus irgendeinem Grund beleidigt; das erzählte mir Brian später. Da ich aber nur vermutete, in anderen Umständen zu sein, sagte ich ihm nichts davon, denn vielleicht hatte ich mich ja geirrt. Und wenn ich recht hatte, so wäre es ein Eingeständnis gewesen, mit dem mein Schicksal besiegelt war und der weitere Verlauf meines Lebens unabänderlich feststand.

Der große Vorteil meines Lebens in Glenallen bestand darin, daß Cissie in nächster Nähe wohnte; am Abend und am Wochenende konnte ich mein Fahrrad nehmen und sie besuchen. Sie unterrichtete an einer höheren Schule für Mädchen, einer neueröffneten Tagesschule in Ballyharris; ihr Vater nahm sie jeden Morgen mit, wenn er in die Praxis fuhr. Als Arzt bekam er immer noch Benzin für sein Auto.

Seit der Zeugnisverleihung sprach Cissie interessiert, ja fast zärtlich von Tom. Ich wußte, daß er ihr schrieb, und schlug vor, wir beide könnten nach Weihnachten für ein, zwei Tage nach Ballycloghan fahren. Sie stimmte zu. »Wenn Tom uns haben will«, meinte sie augenzwinkernd, und ich mußte lächeln. Und ob Tom uns haben wollte! Also schrieb ich ihm, kündigte unseren Besuch an und erhielt eine begeisterte Antwort: »Wunderbar – ich freue mich auf euch zwei!«

Cissie bekam ein neues Pferd, ein schwarzes, wunderschönes Jagdpferd namens Ebony. Er war das Geburtstagsgeschenk ihrer Eltern, und von nun an sah ich sie seltener, weil sie häufig ausritt.

Als Peter einmal übers Wochenende in Glenallen war, sahen wir bei der Heimfahrt von der Kirche Cissie, die oben am Weg wartete, bis sie die Straße überqueren konnte. Peter hielt an und kurbelte das Fenster herunter. Mit ihren vom Reiten geröteten Wangen sah Cissie wunderbar aus. Sie trug die neue Reitpeitsche, die ich ihr geschenkt hatte, und hob sie zum Gruß.

»Gratuliere«, sagte Peter und deutete auf das neue Pferd. »Wie findest du ihn?«

Sie lachte.

»Er ist großartig – richtig temperamentvoll!«

Wie um ihre Worte zu bestätigen, tänzelte das Pferd unter den Zügeln.

»Warum besuchst du uns nicht in Glenallen? Ich würde gern sehen, wie er sich im Vergleich zu Bella macht. Komm doch zum Mittagessen vorbei!«

Ich sah, wie Cissie darum kämpfte, Fassung zu bewahren; sie wurde puterrot, und ihre Augen leuchteten vor Freude. Mit glühenden Wangen sah sie mich an und lachte leise.

»In Ordnung. Wann?«

»Um halb zwei«, sagte Peter und fuhr weiter. Harry, die neben mir auf dem Rücksitz saß, schien vollkommen überrascht zu sein. Rasch warf sie ihrem Bruder einen Blick zu, aber er lenkte den Wagen mit unbeweglichem Gesicht nach Hause. An diesem Nachmittag und auch, als er am folgenden Wochenende heimkam, ritt Peter mit Cissie aus. Mr. und Mrs. Fitzallen nahmen sie freundlich auf, wenn sie mit uns am Mittagstisch saß, aber Harry entschuldigte sich jedesmal sehr früh. Ein paar Wochen später erzählte mir Brian, er hätte die beiden neben ihren Pferden im Wald gesehen, wo sie sich innig umarmten. Ich suchte bei Peter nach Anzeichen für eine sich anbahnende Romanze, stellte mir vor, wie er Cissie leidenschaftlich küßte, aber er kam mir noch undurchschaubarer vor als sonst. Ich wartete darauf, daß Cissie sich mir anvertraute, aber sie sagte nichts.

Mr. Fitzallens Gesundheitszustand verschlechterte sich. Er wurde immer blasser und gebrechlicher, legte sich häufiger auch tagsüber ins Bett und sprach davon, sein Testament zu machen. Danach bemerkte ich, daß Harry noch in sich gekehrter wurde, sich dann aber plötzlich freundlich und umgänglich gab und sowohl Brian als auch mich in den Bannkreis ihres Charmes zog. Ich dachte, sie finge nun doch an, mich zu mögen, und wollte in ihrer Beziehung zu Brian das Kriegsbeil begraben. Als sie eines Abends in unser Zimmer kam – ich hatte mich früh hingelegt, und Brian war bei einer Stute, die fohlte –, war sie mir ganz willkommen. Auf die Frage, was mir fehle, sagte ich, mir ginge es gut, und als sie dann wissen wollte, ob ich nicht ein ganz kleines bißchen schwanger sei, nickte ich und lachte, verblüfft über ihre Beobachtungsgabe. In diesem Augenblick wurde ihr Gesicht undurchdringlich, obwohl ihre Lippen nach wie vor lächelten.

»Gut gemacht, kluges Mädchen!« sagte sie. »Weiß Brian es schon?«

»Ich hab's ihm nicht gesagt – noch nicht.«

»Gut, dann bleibt es also erst mal unter uns«, meinte sie.

Sie erkundigte sich, was ich gerade las – es war *Anna Karenina*; wir hatten beide den Film gesehen und unterhielten uns über die Garbo. Dann erzählte Harry von ihrer Schulzeit und brachte mich mit lustigen Anekdoten zum Lachen. Es war ein schöner Abend – einer der schönsten, die ich in Glenallen erlebte.

Am nächsten Tag, dem 26. Oktober, hatte ich Geburtstag. Ich wußte, daß Brian nicht daran dachte; ich hatte ihn nicht daran erinnert, und er hatte auch nichts gesagt. Also wachte ich wie üblich alleine auf, und als ich die Treppe hinunterging, stolperte ich unerklärlicherweise. Ich spürte etwas Hartes, Rundes unter den Füßen, wie Murmeln oder Kugellagerkugeln. Harry war sofort zur Stelle, kniete neben mir am Fuße der Treppe nieder und rief nach Nora, die den Arzt holen sollte.

»Da war was auf der Treppe, Murmeln, glaube ich«, stöhnte ich unter Tränen.

»Du bist an der Stelle gestolpert, wo der Teppich lose ist«, erklärte Harry »Ich bin hinter dir heruntergekommen und hab es genau gesehen.«

Dann wurde ich ohnmächtig. Als ich wieder zu Bewußtsein kam, lag ich im Bett, mein Knöchel war bandagiert, und Doktor O'Shaughnessy saß neben mir; sein Gesicht war voll Sorge und Mitgefühl. Auf einem Hocker stand eine Schale, die mit einem blutbefleckten Tuch bedeckt war. Er mußte mir nicht sagen, was sich darin befand. Brian kam herein, nahm mich in die Arme, und wir weinten beide lange Zeit.

»Warum hast du mir nichts gesagt?«

»Ich war nicht sicher.«

Und er nahm mir das Versprechen ab, so etwas nie wieder zu tun. Ich versprach es unter Tränen und sagte, es seien Murmeln auf der Treppe gewesen, die ich nicht gesehen hatte. Er hörte zu und sah verwirrt aus.
»Ich glaube, da bildest du dir etwas ein, Peg. Wie sollten Murmeln auf die Treppe kommen?«

Der November kam, der November des Jahres 1940. Ich erhielt eine Karte von Tom, der mir verspätet zum Geburtstag gratulierte und sich dafür entschuldigte. »Dein Geschenk bewahre ich auf, bis wir uns wiedersehen!«
Auch von Mary kam eine Karte, aber kein Brief, auf den ich gehofft hatte.
Seit meiner Fehlgeburt war eine Woche vergangen; der Arzt hatte angeordnet, ich sollte mich soviel wie möglich ausruhen. Eilie brachte mir jeden Morgen auf einem kleinen, ovalen Tablett mit einem hübschen bestickten Tuch das Frühstück ans Bett und geriet dabei so außer Atem, daß ich vorschlug, sie solle sich hinlegen und das Frühstück selbst essen.
»Was reden Sie denn da, Mrs. Peg, Ma'am«, sagte sie und schüttelte meine Kissen auf. Sie brachte mir die Zeitung und zeigte mir ein Bild von Peter mit Perücke und Robe, wie er mit einigen bekannten Persönlichkeiten, die er in einem Zivilprozeß vertreten hatte, vor den Four Courts stand. In seiner Amtstracht wirkte er hochmütiger denn je, sein schönes Gesicht war blaß über dem dunklen Gewand mit dem weißen Kragen, und die Augen waren streng unter der anachronistischen Perücke aus dem achtzehnten Jahrhundert.

Tag für Tag berichteten die Zeitungen über Bombenangriffe auf London; der Blitzkrieg war bitterer Ernst geworden; die Spannung erreichte sogar uns im entlegenen Glenallen, denn auch wir hielten den Atem an und fürchteten um die Zukunft. Ich verschlang die Zeitungsmeldungen und bekam Alpträume, in denen ich verloren durch eine brennende Stadt wanderte und zwischen den Toten meinen Weg suchen mußte. Dann wieder träumte ich, ich sei in einem unterirdischen Gang verschüttet, mit Leichen um mich herum, gelb, weiß, verwesend, und unter ihnen war Toms Gesicht. Völlig verängstigt wachte ich auf, stellte fest, daß das Licht brannte und Brian noch nicht im Bett war. Ich setzte mich auf, schrieb meinem Bruder, was passiert war, und bat ihn, mir zu antworten.
In seinem Brief, der eine Woche später eintraf, fragte er, ob die Fehlgeburt bedeutete, daß ich meinen Besuch mit Cissie nach Weihnachten absagte. Darauf antwortete ich nicht sofort. Im Moment konnte ich mir nicht einmal vorstellen, die Auffahrt hinunterzugehen, ganz zu schweigen von einer Reise nach Ballycloghan.
Peter kam für ein paar Tage nach Hause, um zu jagen. Eines Abends erschien er nach dem Essen in meinem Zimmer.
»Wie geht's dir, Peg?« erkundigte er sich mit herablassender Liebenswürdigkeit.
Ich freute mich, ihn zu sehen, weil ich das Alleinsein satt hatte und man sich ausgezeichnet mit ihm unterhalten konnte, wenn er in der richtigen Stimmung war.
»Ich fühle mich jetzt besser.« Ich erwähnte, daß ich in der Irish Times sein Photo mit Robe und Perücke gesehen

hatte. »Ein Anwalt vom Scheitel bis zur Sohle.« Er wirkte geschmeichelt.

»Du mußt dich ausruhen«, sagte er, und auf der Suche nach Gesprächsstoff warf er einen neugierigen Blick auf mein Bücherregal.

»Eine schöne Auswahl. Du liest wohl viel?«

»Zur Zeit kann ich gar nicht genug kriegen. Cissie bringt mir oft was aus der Bibliothek mit.«

Seine Augen leuchteten kurz auf.

»Heute waren wir auf der Jagd«, sagte er leise.

Er lehnte sich im Stuhl zurück, sah sich im Raum um und wirkte auf einmal ganz entspannt; so hatte ich ihn noch nie gesehen.

»Findest du es nicht langweilig hier?« fragte er und musterte mich freundlich.

»Nein«, log ich. »Glenallen ist so schön, aber das weißt du ja besser als ich.«

»Schön? Ja.« Er hielt inne und sah mich unverwandt an. »Aber als Kind habe ich mich immer isoliert gefühlt. Wir waren zuviel allein. Ich möchte nie wieder hier in der Falle sitzen!«

Ich versuchte, mein Erstaunen zu verbergen, nicht über seine Worte, sondern darüber, daß er überhaupt etwas so Persönliches preisgegeben hatte.

»Weißt du«, fuhr er fort, »in gewisser Weise sind wir wie die drei Schwestern aus der griechischen Mythologie, die sich einen Zahn und ein Auge teilten. Keiner von uns ist ganz – eine klaustrophobische Kindheit und daher eine gehemmte Entwicklung!«

Ich hörte ihm erstaunt zu, hoffte, er würde weitersprechen, aber er wechselte abrupt das Thema. Kurz darauf gab er mir einen höflichen Kuß auf die Wange und verschwand. Das Zimmer wirkte plötzlich merkwürdig leer. Ich stand auf, zog die Vorhänge zu, um die schwarze Nacht zu verbannen, und kämpfte ohne Erfolg gegen die kalte Verzweiflung und Einsamkeit an, die mich jetzt fast täglich befiel – wie ein Feind, der auf eine Schwachstelle in meiner Abwehr lauert. Ich dachte an das Kind, das ich verloren hatte, meinen Sohn; ich weinte um ihn, bis mir ganz elend war, stellte ihn mir als Kind, als jungen, als erwachsenen Mann vor und trauerte um alles, was er hätte sein können. Ich sah sein Gesicht vor mir, malte mir aus, wie ich ihn laufen und sprechen lehrte und mit ihm die Welt entdeckte. All das tat ich allein, denn Brian war selten bei mir.

Ich wußte, daß er sich halb tot arbeitete, jetzt, nachdem so viele Leute entlassen worden waren; den Großteil seiner Freizeit widmete er seinem Vater. Doch solange Peter da war, verbrachte Brian manchmal den Abend mit mir in unserem Zimmer und erzählte von den Stuten, die bald fohlen würden, und von seinen Plänen für die Betriebserweiterung. Während ich zuhörte, überkamen mich dunkle Vorahnungen. Von unserem Umzug nach Dublin war jetzt nicht mehr die Rede. Brian ging davon aus, daß ich meinen Wunsch zurückgestellt hatte, nachdem er mir in jener Nacht von seiner möglichen Erbschaft erzählt hatte. Ich hatte nicht mehr davon gesprochen, um ihm die Freiheit zu geben, die er brauchte. Ich wußte, wie traurig er über die Fehlgeburt war – auch seine Eltern waren erschüttert; selbst Harry wirkte niedergeschlagen und versuchte, mich zu trösten. Sie bekam einen ihrer Migräneanfälle, die sie zwangen, zwei Tage in einem verdunkelten Raum das Bett zu hüten. Als sie wieder aufstehen konnte, besuchte sie mich; sie sah so blaß und krank aus, daß ich mich um sie sorgte.

»Geht es dir denn besser?« fragte ich.

Sie nickte mit leisem Lachen. »Ich wünschte, man würde endlich ein Mittel erfinden, das wirklich hilft. Wenn die Migräne schlimm ist, habe ich das Gefühl, daß man mir mit einem Holzhammer das Hirn aus dem Schädel klopft.«

Am Tag nach Peters Besuch kam Cissie am frühen Nachmittag zu mir. Ich hatte sie seit der Fehlgeburt erst einmal gesehen, und da auch nur kurz, denn ihr Vater hatte sie streng ermahnt, mich nicht zu ermüden. Jetzt kam sie auf leisen Sohlen, aber vor Glück strahlend herein, und legte ein hübsch verpacktes Geschenk vor mir aufs Bett.

»Zum Geburtstag«, sagte sie. »Früher wäre es unpassend gewesen.«

Ich nahm das Päckchen und wickelte es behutsam aus; es enthielt eine Schatulle aus rotem Saffianleder, und darin lag, gebettet auf weißen Satin, ein goldenes Armband mit einem runden Amulett, auf das die Initialen MF eingraviert waren. Auf der Innenseite des Deckels stand »Oliver Sweeny & Söhne, Juwelier, Ballyharris«.

Ein weißes Kärtchen war beigelegt: »Für unseren Liebling Peg mit den besten Wünschen zu Deinem Geburtstag. In Liebe von den O'Shaughnessys.«

Unfähig zu sprechen, nahm ich das goldene Armband heraus, legte es um mein Handgelenk und brach in Tränen aus. Cissie drückte ihr Gesicht an meine nasse Wange und flüsterte: »Kopf hoch. Ihr bekommt bald wieder ein Baby.«

»Es ist nicht nur das Baby«, schluchzte ich. »Alles ist so schrecklich!«

Als ich mich gefaßt hatte, dankte ich Cissie für das schöne Armband, bat sie, sich in meinem Namen auch bei ihrer Familie zu bedanken, und putzte mir die Nase.

»Und was ist mit dir los?« fragte ich dann. »Deine Augen leuchten wie Sterne.«

Sie lachte und zeigte dabei ihre schönen weißen Zähne.

»Danke, Peg. Es muß die Jagd sein. Ebony ist ein wunderbares Pferd.«

»Ja. Peter meint das auch. Ich weiß nicht, wer ihn mehr beeindruckt – du oder Ebony!«

Ich merkte, daß sie auf der Hut war. Sie hatte mir nie erzählt, was sich zwischen Peter und ihr anbahnte.

»Gestern hat es einen gehörigen Regenguß gegeben, da haben wir uns im alten Steinbruch untergestellt.« Bei diesen Worten sah sie mir nicht in die Augen, aber sie konnte ihre Freude einfach nicht verbergen und mußte lächeln.

»Sehr romantisch«, sagte ich und dachte schweren Herzens an Tom. »Küßt er gut?«

Cissie wurde rot und vermied es immer noch, mich anzusehen.

»Oh, Peg. Wie kannst du nur so albern sein?«

»Er ist ein attraktiver Mann«, bemerkte ich, »und das weiß er auch.«

Sie errötete noch tiefer, zuckte aber die Schultern und sah mich kopfschüttelnd an, als wäre ich ein altkluges Kind.

»Tja, ich gehe jetzt lieber. Hoffentlich bist du bald wieder auf den Beinen.«

Als sie an der Tür war, sagte ich: »Cissie«, und sie drehte sich zu mir um; sie lächelte immer noch, wirkte aber schon leicht angespannt.

»Sei vorsichtig! Und vor allem, hüte dich vor Peter!«

Das Lächeln erstarb. Erschrocken blickte sie mich an, ihre Pupillen waren groß und dunkel.

»Warum?« fragte sie. »Warum sollte ich mich vor Peter hüten?«

»Ich weiß nicht«, entgegnete ich unglücklich. »Er ist so undurchschaubar, so verschlossen. Und er ist schwermütig.«

»Du machst dir zuviel Sorgen, Peg«, seufzte sie. »Das ist es doch, was ich an ihm mag. Ich glaube, wir sind geistesverwandt.« Sie zog die Brauen hoch, um anzudeuten, daß ihre Bemerkung nicht so bedeutungsschwer war, wie es klang; dann zog sie die Tür leise hinter sich zu und war fort.

Am selben Abend erzählte mir Brian, er hätte Peter und Cissie gesehen, wie sie am Spätnachmittag zum alten Steinbruch ritten. Und Peter sei, als er zum Essen erschien, müde und nicht gerade mitteilsam gewesen.

»Ich weiß es nicht, zum Teufel«, meinte Brian. »Wenn ich meinen Bruder nicht kennen würde, könnte ich schwören, daß sich da etwas Ernstes anbahnt!«

»Tja, er ist schließlich auch nur ein Mensch.«

»Ja. Aber er ist zu verschlossen, er wird sich nie öffnen – sei es körperlich oder gefühlsmäßig; und wenn er es doch tut, wird er es dem, der ihn dazu gebracht hat, nie verzeihen.«

Ich biß mir auf die Lippen. Würde Peter mir zum Vorwurf machen, daß er bei unserem kleinen Tête-à-tête etwas von sich erzählt hatte? Ich dachte an Cissie, die so stark und gleichzeitig so zerbrechlich war. Und was Peter anging, war sie unsagbar verletzlich.
Brian zuckte die Achseln und tat das Thema ab.
»Cissie ist ohnehin zu vernünftig, um sich auf so was einzulassen«, meinte er.
Das Geschenk der O'Shaughnessys zeigte ich ihm nicht. Ich war zu wütend auf ihn, weil er meinen Geburtstag vergessen hatte. Ich versteckte das Schmuckstück ganz hinten in einer Schublade, hütete es wie einen Schatz und nahm es manchmal heraus, denn sein Anblick und die Liebe, die dahinterstand, gaben mir Kraft. Doch Brian und der Rest der Familie nahmen auch weiterhin nicht zur Kenntnis, daß ich volljährig geworden war.
Als ich wieder aufstand, war ich noch ein bißchen wacklig auf den Beinen; mein Knöchel war noch nicht voll belastbar, und mein Rücken tat weh. Aber nachdem ich meinen Alltag in Glenallen wiederaufgenommen hatte, spürte ich die Fesseln, die mir auferlegt waren, um so deutlicher. Liebend gerne hätte ich gearbeitet und mein Geld verdient so wie Cissie; und ein zusätzliches Einkommen hätte man in Glenallen gut gebrauchen können. Als ich beim Abendessen davon sprach, reagierte man jedoch nur mit Schweigen, und Brian runzelte vielsagend die Stirn. Offensichtlich (so erklärte er mir später) kam es für ein Mitglied der Familie Fitzallen nicht in Frage, sich so zu erniedrigen. Ich war überrascht, denn Brian hatte mir selbst gesagt, wie bedenklich die finanzielle Lage der Familie

war. Am Haus waren verschiedene Reparaturen notwendig; zum Beispiel gab es eine undichte Stelle in der Dachkehle, und die Dachrinnen mußten teilweise erneuert werden. Die Ausbesserungsarbeiten waren teuer, aber trotzdem sollte ich nicht arbeiten gehen. Ich konnte mich im Haushalt nützlich machen, wenn ich wollte, aber dadurch hätte ich mich wie ein Dienstmädchen gefühlt, vor allem da weder Harry noch Brian auf die Idee kamen, Hausarbeit zu machen. Das einzige Licht am Horizont war Cissie. Doch sie strahlte nun nicht mehr so wie an dem Tag, als sie mich besucht hatte; auf ein Gespräch über Peter ließ sie sich nicht ein, und als ich sie fragte, ob sie an der Reise nach Ballycloghan noch interessiert sei, entgegnete sie, wir sollten die Fahrt in die wärmere Jahreszeit verlegen, Ostern sei besser. Also schrieb ich Tom, daß wir nicht kommen würden; als Grund nannte ich meine Erschöpfung nach der Fehlgeburt.

Aber Cissie zog sich immer mehr in sich zurück, und ich beschloß, bei der nächsten Gelegenheit der Sache auf den Grund zu gehen. Sie war blaß geworden und hatte dunkle Ringe unter den Augen – war sie etwa krank?

Doch noch vor Weihnachten geschah etwas, was mir unsere Situation in Glenallen in einem mehr als fragwürdigen Licht erscheinen ließ. Brian ging selten auf die Jagd. Harry hatte ihm jedoch klargemacht, daß er sich zu diesem Anlaß öfter sehen lassen müßte, wenn er in der Nachbarschaft akzeptiert werden wollte, und außerdem würde ihm die sportliche Betätigung guttun. Also nahm er auf Rufus, einem braunen, etwa 16 Handbreit hohen Wallach, an der nächsten Jagd teil. Es war ein kalter, nebliger Dezembermorgen; die Jagdgesellschaft traf sich in Glenallen, und ich beobachtete sie vom Schlafzimmerfenster aus. Cissie war da – sie ließ sich keine Jagd entgehen – und die altbekannte eingeschworene Gemeinde, deren laute Stimmen die Erregung über die bevorstehende Hetzjagd verrieten. Ihr Atem dampfte in der kalten Morgenluft. Als sie losritten, drehten sich Cissie und Brian um und winkten mir zu. Mir fiel auf, wie aufrecht und selbstsicher sie sich auf ihren Pferden hielten, und da kam mir in den Sinn, daß Brian Cissie hätte heiraten sollen; sie waren ein schönes Paar. Ich sah Brian nach, bis er im Nebel verschwunden war.

Etwa eine Stunde nachdem die Jagdgesellschaft aufgebrochen war – ich beschäftigte mich gerade damit, zwei alte Gobelins im grünen Schlafzimmer auszubessern –, hörte ich laute Stimmen aus dem Erdgeschoß, und von plötzlicher Angst gepackt, eilte ich hinunter. Offenbar war Rufus ohne Reiter und Sattel zurückgekehrt. Als ich die Küche betrat, starrten mich alle an: Eilie, Nora und Murty, der eben vom Hof hereingekommen war, um zu berichten, was geschehen war.

»Ich bin sicher, daß ihm nichts passiert ist, Ma'am«, meinte Murty, aber die Angst sprach aus seinen Augen. Mir wurde klar, daß er auch um sich fürchtete; es war seine Aufgabe, sich um das Sattelzeug zu kümmern, und wenn der Gurt gerissen war, würde man ihm die Schuld geben. Dieselbe Angst, die ich beim Tod meiner Mutter erlebt hatte, packte mich – die Einsamkeit des menschlichen Daseins. Aber ich wußte auch, daß Brian ein guter Reiter war – auch wenn er stürzte, brauchte man sich noch keine Gedanken zu machen. Er wußte, wie man sich fallen lassen muß, bestimmt war er am Leben – aber war er verletzt?

Kurze Zeit später galoppierte Cissie auf den Stallhof. Ich sah sie durchs Küchenfenster und lief nach draußen.

»Brian ist nichts passiert!« rief sie mir zu. »Der Gurt ist gerissen, als er auf Jack Ryans Wiese einen Zaun nahm, und er ist in den Büschen gelandet. Er hat ein paar Kratzer abbekommen, aber er ist schon auf dem Rückweg!«

Ich lachte erleichtert auf und sah, daß auch Murty ein Stein vom Herzen fiel.

»Aber wie konnte der Gurt reißen?« fragte ich.

Cissie hob die Schultern und ließ sie wieder fallen. »Das kommt vor«, meinte sie. »Altes Leder?«

Murty starrte sie voller Empörung an.

»Das Leder war in Ordnung … da war nichts dran verrottet.«

Und er drehte sich auf dem Absatz um und verschwand in der Sattelkammer. Nach einer Weile kam er mit Sattel und Zaumzeug für Winny und einem weiteren Sattel für Rufus wieder heraus. Nachdem er die Pferde gesattelt hatte, ritt er mit Rufus am Zügel davon, um Brian zu holen; er würdigte uns keines Blickes mehr.

Cissie zog eine Grimasse, rollte die Augen und stieg vom Pferd.

»Willst du nicht zur Jagd zurückreiten?«

»Nein. Ich warte mit dir auf die Heimkehr des Verletzten. Die Jagd ist jetzt sowieso schon über alle Berge.«

Nach einer Weile kam Brian auf Rufus zurück; er sah

wütend aus. Hinter ihm ritt Murty; der schadhafte Sattel lag auf Winnys Schultern.

»Wie ist das passiert?« fragte ich Brian.

»Der verdammte Gurt ist gerissen.« Er warf Murty einen Blick zu, der mit verdrossener Miene den Sattel und den kaputten Gurt in die Sattelkammer schaffte. »Nur gut, daß ich nicht gerade auf die Straße gesprungen bin, sonst hätte es übel ausgehen können.«

Murty hielt sich ein paar Minuten in der Sattelkammer auf, dann kam er wieder heraus, sattelte in aller Ruhe Rufus und Winny ab und führte sie weg; ihre Hufe klapperten auf dem Kopfsteinpflaster. Dann nahm er Brian beiseite und sprach außer Hörweite mit ihm. Ich sah, wie Brian beim Zuhören blaß wurde und dann mit verkniffenem Mund dem Stallknecht in die Sattelkammer folgte. Cissie und ich folgten ihnen, doch man schlug uns die Tür vor der Nase zu.

Später versuchte ich, mit Brian über den Unfall zu reden, aber er war merkwürdig kalt und ungeduldig und wollte sich nicht ausfragen lassen. Beim Mittagessen sah Harry ziemlich betroffen aus; sie meinte, Murty sei alt geworden; ihre Augen huschten von einem zum andern und ruhten schließlich auf dem besorgten Gesicht ihrer Mutter. Auch Nora war wieder völlig durcheinander. Einer der Männer hatte die Leiche von Klein-Tim im Misthaufen gefunden. Sie war schon verwest, konnte aber an dem Glöckchen um den Hals identifiziert werden.

»Du kannst ein anderes Kätzchen haben«, versuchte Mrs. Fitzallen sie zu trösten.

Nora schluckte. »Aber das ist nicht das gleiche, Ma'am;

und das arme kleine Ding ist erstickt, im Misthaufen vergraben.«

Mit zornigem Blick fuhr Harriet Nora an, sie solle die Leute bei Tisch nicht mit ihrer dummen Katze belästigen.

»Ich bin nicht so leicht umzubringen«, meinte Brian lachend, als seine Mutter ihn nach dem Essen eindringlich bat, vorsichtig zu sein. Liebevoll scherzend legte er ihr den Arm um die Schulter, und sie blickte voll Stolz und Liebe zu ihm auf. Ich aber beobachtete Harry und sah dieselbe kalte Wut in ihren Augen, die mir an meinem ersten Abend in Glenallen aufgefallen war.

Als ich in dieser Nacht darauf wartete, daß Brian ins Bett kam, betete ich für ihn und für mich; ich betete für unsere Zukunft, ließ den Rosenkranz unter der Bettdecke durch meine Finger gleiten, erfüllt von einem Unbehagen, das ich weder abschütteln noch benennen konnte.

7. *Kapitel*

1940 verlebten wir ein ruhiges Weihnachten. Wir fuhren im Einspänner zur Elf-Uhr-Messe. Als wir heimkamen, war das Haus vom Duft nach gebratenem Geflügel erfüllt, und Nora eilte zwischen Küche und Eßzimmer hin und her, um den Tisch vorzubereiten. Die Bilder in der Halle waren mit Stechpalmenzweigen geschmückt, und am Fenster im Salon stand eine rote Weihnachtskerze in einem Trockenblumengesteck aus immergrünen Zweigen und vergoldeten Eicheln.

Brian und ich hatten für alle Familienangehörigen kleine Geschenke. Auch Harry verteilte ihre Gaben; sie küßte Brian mit kaum verhohlener Abneigung auf die Wange, während sie ihm eine kleine Schachtel mit Taschentüchern überreichte, und wünschte ihm frohe Weihnachten. Mrs. Fitzallen gab ihm einen Umschlag, der, wie ich sah, einen Scheck enthielt. Auch Harry war das nicht entgangen; ihre Miene verdüsterte sich, und sie musterte abschätzig den Schal, den sie von ihrer Mutter bekommen hatte.

Brian und ich hatten unsere Geschenke schon in unserem Zimmer ausgetauscht – einen Pullover für ihn, an langen einsamen Abenden gestrickt, und für mich eine Silberfiligranbrosche in Form eines Liebesknotens.

»Peg, mein Liebling«, sagte er mit traurigem Hundeblick, »ich habe deinen Geburtstag vergessen, und du hast nie ein Wort darüber verloren.«

»Das macht doch nichts«, entgegnete ich, hoch erfreut, daß er sich jetzt daran erinnerte. »Wir hatten andere Dinge im Kopf.«

Ich küßte ihn lange, atmete seinen Duft ein, spürte die rauhe Haut seines Kinns. Es war Weihnachten. Heute können wir uns etwas Zeit füreinander nehmen, dachte ich.

Ich wollte wieder mit ihm ins Bett schlüpfen, aber von unten rief jemand nach ihm, und er ging mit einer kurzen Entschuldigung hinaus.

Wir aßen um drei; durch die geöffneten Vorhänge kam bereits die Dämmerung herein, die Sonne versank tiefrot hinter den Bäumen in der Ferne. In der kalten Luft hing schwer der Nebel. Ich liebte den Gegensatz der toten Jahreszeit draußen und der behaglichen Wärme drinnen.

Peter fehlte beim Weihnachtsessen. Er verbrachte das Fest mit ein paar Freunden in Dublin und wurde für den folgenden Tag erwartet. Tante Rita, Mrs. Fitzallens Schwester, war der einzige Gast am Tisch; früher war auch ihre zweite Schwester über die Feiertage gekommen, doch sie war inzwischen verstorben. Tante Rita hielt sich sehr gerade; ihr gelbgraues Haar war zu einem Knoten aufgesteckt.

Die Festtafel war mit einer Damasttischdecke, silbernen Kerzenhaltern und Schalen voller Christrosen geschmückt; es gab Gans, Truthahn und Plumpudding mit Brandybutter. Es duftete herrlich nach dem gebratenen

Geflügel, den heißen Kartoffeln und Gemüsen und dem letzten guten Wein aus dem Keller. Das Gespräch drehte sich wie üblich um den Krieg.

Ich beobachtete die Flammen, die im Kamin züngelten, sah die Menschen am Tisch, die im Schein der Kerzen das Festessen genossen. Das frischpolierte Messing des Kamingitters glänzte; auf dem Büfett stapelten sich Porzellanplatten und -teller; die beiden roten Setter, Rex und Roger, schliefen auf dem Kaminvorleger, zuckten hin und wieder im Traum, den Kopf zwischen die Pfoten gebettet.

Man sprach vom Blitzkrieg; mein Schwiegervater schilderte drastisch die Not der Londoner: Menschen, die an den Eingängen der U-Bahn-Stationen Schlange standen; die Todesangst der Menschen, die hier unter der Stadt Schutz suchten, in den zugigen Tunnels, durch die unablässig der Wind blies, während in den Straßen die Bomben einschlugen. Was er erzählte, klang wie aus einem Roman von H.G. Wells, wie eine phantastische Erzählung, die nichts mit der Wirklichkeit zu tun hatte.

»Aber die Briten werden es mit ihnen aufnehmen; ich würde selbst gegen diese Barbaren kämpfen, wenn ich noch einmal jung wäre«, verkündete er. Mrs. Fitzallen lächelte unbehaglich, ihre grauen Augen richteten sich sofort auf ihren Sohn. Brian sagte nichts. Sein Vater sah ihn an und fügte rasch hinzu: »Du kannst natürlich nicht gehen. Deine Pflichten hier haben Vorrang.« Und er fuhr fort, daß man den Deutschen diesmal eine gehörige Lektion erteilen werde.

Mr. Fitzallens Gesundheitszustand hatte sich weiter verschlechtert; in den letzten Monaten war er zusehends schwächer und gebrechlicher geworden. Er wollte sich nicht mit seiner Krankheit abfinden und wurde so reizbar, wie ich es ihm nie zugetraut hätte. Mit Vorliebe sprach er über den Krieg, als wäre er selbst Heerführer. Aus der Tatsache, daß er Tante Rita nicht mochte, machte er kein Geheimnis. Später hörte ich von Brian, daß er sie für die Reparaturen am Dach um ein Darlehen gebeten hatte. Sie hatte sich geweigert, und das verzieh er ihr nicht.

Die alte Dame sprach mit großer Präzision, und diese monotone Genauigkeit ging meinem Schwiegervater auf die Nerven. Sie sagte freimütig, was sie dachte; meine Haare seien schön, bemerkte sie – dieselbe Farbe wie Danny; ich fragte, wer Danny sei, und Brian seufzte und flüsterte mir ins Ohr, es sei ihr alter Spaniel. Unwillkürlich lachte ich, weil ich an Barbie denken mußte. Ich hatte meine Haare aufgesteckt und trug mein Kleid aus Crêpe de Chine mit der neuen Filigranbrosche und den kleinen antiken Ohrringen, die mir Tante Rita zu Weihnachten geschenkt hatte.

Harry warf mir einen schadenfrohen Blick zu.

»Tante Rita, meine Liebe, möchtest du vielleicht noch etwas Truthahn?« fragte sie ein wenig zu laut. Die alte Frau, die gern aß und bereits nachgenommen hatte, sagte nicht nein und widmete sich ihrer nächsten Portion mit Genuß. Unwirsch raunte mir Mr. Fitzallen zu – sein Flüstern war am ganzen Tisch zu hören –, nichts sei abstoßender als Gefräßigkeit.

Harry versuchte einen Lachanfall zu unterdrücken, und die alte Dame sah mich mit schmerzerfüllten Augen an.

Ich hätte am liebsten lauthals jede Komplizenschaft an dieser Gemeinheit abgestritten, aber ich brachte keine Silbe heraus. Mein Schwiegervater saß neben mir am Kopfende der Tafel, und ich wagte es nicht, ein freundliches Wort an Tante Rita zu richten. Ich konnte nicht umhin, die alte Dame nett zu finden, die uns so großzügig beschenkt hatte und sich geradezu mitleiderregend darum bemühte, als Familienmitglied akzeptiert und gemocht zu werden. Ich wußte, daß ihrer Schwester daran genauso gelegen war; doch Mrs. Fitzallen saß machtlos und schweigend am anderen Ende des Tisches – die Kränkung ihrer Schwester war ihr keineswegs entgangen. Und so war die Atmosphäre des Weihnachtsessens, obwohl das Feuer munter loderte und der stilvolle alte Raum uns mit seiner Behaglichkeit umgab, voller Spannung und Schmerz.

»Wie geht es eigentlich Mary McElligott in Dublin?« fragte mich Harry plötzlich. Es gehe ihr gut, antwortete ich, sie sei eine gefragte Schauspielerin und habe nun eine Rolle in Strange Guest von Francis Stuart, das im Abbey Theatre gegeben werde. Mary hatte mir in einem Brief davon berichtet, aber nicht erwähnt, welche Rolle man ihr angeboten hatte. Ihr Erfolg erfüllte mich mit zärtlichem Stolz, und ich freute mich von Herzen auf unser Wiedersehen nach Weihnachten. In ihrer Karte hatte sie geschrieben, daß die O'Shaughnessys sie eingeladen hatten. Sie würde ein paar Tage bei ihnen bleiben.

Harry lehnte sich zurück, ein wenig beschwipst vom Wein und beflügelt von der Vorstellung, daß sie Tante Rita – vermeintlich unauffällig – eins ausgewischt hatte und Mr.

Fitzallen sich auf ihre Kosten amüsieren konnte. Harrys blaue Augen leuchteten, ihr glattes blondes Haar glänzte im Kerzenlicht, und die cremefarbenen Perlen ihrer Kette schimmerten; es war ein Familienerbstück, das ihr Tante Rita großherzig zu Weihnachten geschenkt hatte.

»Die arme alte Mary«, rief Harry und kicherte so hemmungslos, daß ihre Mutter sie stirnrunzelnd musterte.

Tante Rita legte den Kopf schief und zog die Brauen zusammen, als würde sie sich an etwas erinnern.

»Sie war eines Tages auf der Langen Wiese«, fuhr Harry fort. »Damals war sie noch ganz klein – ungefähr fünf. Peter und ich hatten Billy auf sie angesetzt. Sie glaubte, er wäre der Leibhaftige.«

Ich sah sie verständnislos an.

»Billy war unser Ziegenbock. Wir spielten immer Stierkampf mit ihm. Jeden, den er erwischte, stieß er mit seinen Hörnern. Die arme Mary hat er auch umgestoßen, und jedesmal, wenn sie aufstehen wollte, schubste er sie wieder um, so daß sie auf allen vieren über die Wiese kriechen mußte.«

Lachtränen liefen Harry übers Gesicht. »Es war so lustig, aber natürlich hat er sie nicht ernsthaft verletzt. Auf jeden Fall kam ihr Jim zu Hilfe, der komische Kerl, der damals im Stall geholfen hat, und hat sie von der Wiese getragen. Sie weinte und klammerte sich an ihn wie an einen Lebensretter, und wir liefen davon.«

Plötzlich herrschte Schweigen.

»War sie das kleine Mädchen … damals als … ihr erinnert euch doch an den schrecklichen Mann?« fragte Tante Rita in ihrer überdeutlichen Aussprache, und Mrs. Fitzallen

ließ ihr Weinglas fallen, so daß sich sein Inhalt auf die Tischdecke ergoß. Nora eilte mit einer Serviette herbei, um den Wein aufzuwischen.
Harrys Lachen erstarb schlagartig. Sie sah ihre Mutter beunruhigt an. Mr. Fitzallen schob seinen Stuhl zurück und sprach kurz mit Nora. Danach sagte niemand mehr ein Wort. Eilie und Nora standen am Büfett und beschäftigten sich mit dem Besteck.
Nur Tante Rita fuhr systematisch fort zu essen, schluckte, nippte an ihrem Wein und schien die wachsende Spannung nicht zu bemerken.
»Da war doch noch so ein armes Kind ... das den Unfall hatte«, bemerkte sie kopfschüttelnd, »so ein trauriger Unfall.« Ich ließ meinen Blick über die blassen, schweigenden Gesichter am Tisch schweifen. Mrs. Fitzallen schob ihren Teller von sich. Harry, der das Lachen endgültig vergangen war, starrte auf das Tischtuch, richtete dann in gequältem Ton einen Befehl an einen der Hunde, der sich am Ohr kratzte, und schließlich kehrte ihr Blick zu ihrer Mutter zurück. Brian blickte unverwandt auf seinen Teller.
Wer war das andere Kind, das den Unfall hatte? War es Cissie? Hatte sie etwa in Glenallen einen Teil ihrer Hand und ihren Seelenfrieden eingebüßt? Ich sah Brian in die Augen, der fast unmerklich den Kopf schüttelte, kurz seine Mutter ansah und flüsterte: »Später.«
Obwohl Weihnachten war, beschloß ich, nach dem Essen Cissie zu besuchen. Nicht daß ich sie über die Andeutungen ausfragen wollte, die an der Festtafel von Glenallen gefallen waren, aber ich mußte mit ihr reden.

Sie hatte uns schon seit vierzehn Tagen nicht mehr besucht, und so drängte sich mir die Frage auf, ob ich genauso langweilig geworden war wie mein beengtes Leben oder ob sie mir meine Bemerkung über Peter übelnahm. Seit diesem Gespräch gingen wir nicht mehr so vertraut miteinander um wie früher. Als ich ihr vormittags in der Messe begegnet war, wirkte sie blaß und müde, aber ihr Gesicht hellte sich auf, als sie mich sah.

»Gehst du morgen auf die Jagd?« hatte ich sie gefragt; sie sah an mir vorbei und meinte, ja, wahrscheinlich schon.

»Peter kommt nach Hause«, fügte ich hinzu. »Schaust du nach der Jagd auf einen Drink vorbei?«

»Nein, danke, Peg. Ich möchte mich nicht aufdrängen.«

»Aufdrängen? Cissie, bist du noch ganz bei Verstand?«

Aber sie lächelte nur leise und ging weg.

Offensichtlich stimmte da etwas nicht. Ich wollte Cissie zur Rede stellen und herausfinden, um was es ging, aber gleichzeitig wollte ich die Kluft zwischen uns nicht noch größer machen. So saß ich still an der Festtafel von Glenallen und ließ das gequälte Schweigen nicht an mich heran. Ich dachte an Tom, der sein Festessen allein verzehrte, und auch an Cissie. Tom hatte seiner Weihnachtskarte einen kurzen Brief beigefügt; er habe viel zu tun, bestimmt würde es nicht lange dauern, bis ich ihm mitteilte, daß wieder ein Baby unterwegs sei, und ich sollte mich vor solchen Treppen, wie es sie in Glenallen gab, in acht nehmen. Wie ging es Cissie? Er war enttäuscht, daß wir nach Weihnachten nicht kommen würden, aber wir sollten ihn doch so bald wie möglich auf ein paar Tage besuchen, wie in alten Zeiten. Dann schrieb er noch, Onkel Matt sei

nicht auf der Höhe und er werde ihn über Weihnachten nach Ballycloghan holen.
Ich hatte Brian bei Tisch davon erzählt. »Dein reicher Onkel? Du solltest ihn nach Glenallen einladen!« hatte Harry lachend eingeworfen; ich stimmte in das Lachen ein, meinte aber, er würde ihr bestimmt nicht gefallen. »Er hat eine schrecklich spitze Zunge, und Tom ist der einzige Mensch, den er mag. Wenn Onkel Matt stirbt, ist Tom ein Vermögen wert!«
Harrys blaue Augen richteten sich neugierig auf mich. »Tatsächlich?«
Auf Toms Karte war ein Bild mit einem blauen Band, das sich um zwei Rotkehlchen schlang, die auf einem schneebedeckten Zweig saßen. Seine Enttäuschung über Cissies aufgeschobenen Besuch tat mir weh; ich konnte mir gut vorstellen, wie es ihn getroffen hatte.
Nach dem Essen war es schon dunkel; ich konnte Brian überreden, mich zu Cissie zu fahren, obwohl ich wußte, daß Harry Einspruch erheben würde, weil das Benzin knapp war; der Tank im unteren Stallhof war kaum noch halbvoll. »Harry bekommt einen Anfall«, murmelte ich.
»Von mir aus kann sie so viele Anfälle bekommen, wie sie will«, bemerkte Brian gleichmütig.
Der kleine David, der inzwischen hoch aufgeschossen und im Stimmbruch war, öffnete uns die Tür zum Haus der O'Shaughnessys mit den Worten. »Wenn das nicht die vornehme Mrs. Fitzallen ist!« Er führte uns ins Wohnzimmer, wo sich die ganze Familie versammelt hatte – mit Ausnahme von Des, der in England bei seinem Bataillon

in Biggin Hill war, und Cissie, die sich zurückgezogen hatte.
Nachdem wir unsere Weihnachtswünsche ausgetauscht und eine Schachtel Pralinen erhalten hatten, schenkte Mrs. O'Shaughnessy Brian einen Whiskey ein und sagte zu mir, Cissie sei in ihrem Zimmer, ich solle ruhig hinaufgehen, was ich auch tat. Der Teppich auf der Treppe war an manchen Stellen fadenscheinig, aber das Haus strahlte immer noch die alte Gemütlichkeit aus, und ich fühlte mich wie immer geliebt und geborgen. Es war ein Haus, in dem die Menschen einander etwas bedeuteten, nichts lag ihnen ferner als ein engstirniger Kampf um Macht oder Überlegenheit, die doch nur auf Verachtung beruhten.
Die Tür zu Cissies Zimmer stand offen; ich klopfte flüchtig, steckte den Kopf hinein und wollte ihr schon frohe Weihnachten wünschen. Doch das Zimmer war leer. Ich trat ein und freute mich, hierher zurückzukehren, wo ich so viele glückliche Nächte meiner Kindheit verbracht hatte. Cissies Tagebuch lag auf dem Bett, ein maschinengeschriebener Brief war auf den Boden gefallen. Ich hob ihn auf, sah die Unterschrift, und einem Impuls folgend, für den ich mich später schämte, faltete ich den Brief auseinander und las ihn.

Liebe Cissie,
ich habe Deinen Brief erhalten. Ich bin sicher, wenn Du es Dir recht überlegst, wirst du feststellen, daß er ein wenig überspannt war. Es ist nett von Dir, daß Du vorschlägst, mich hier zu besuchen, aber ich habe jetzt und an Weih-

nachten so viel zu tun, daß ich wirklich keinen Augenblick erübrigen kann!

Du bist eine sehr attraktive junge Frau, ungeachtet Deiner kleinen Mißbildung, und ich bin sicher, daß es Dir nicht schwerfällt, einen Mann zu finden, der Deiner wert ist. Und da es sich wohl nicht vermeiden läßt, daß wir uns bei der Jagd sehen, bin ich überzeugt, daß Du genügend Taktgefühl besitzt, um Peinlichkeiten zu vermeiden.

Alles Gute

mit freundschaftlichem Gruß

Peter Fitzallen

Ich hörte, wie die Toilettenspülung betätigt wurde, und einen Moment später stand Cissie in der Tür. Ich ließ den Brief fallen. Cissie sah mich an, wurde blaß und hob ihn hastig auf.

Dann faltete sie den Brief sorgfältig zusammen, riß ihn in Fetzen und warf sie in den Papierkorb in der Ecke. Als sie sich zu mir umdrehte, glühten die Augen in ihrem kreidebleichen Gesicht.

»Das hätte ich dir nicht zugetraut, Peg.«

»Es tut mir leid, Cissie. Ich wollte dir nicht nachspionieren.«

Sie sah aus, als würde sie im nächsten Augenblick in Tränen ausbrechen. Ihre Mundwinkel zuckten, doch dann behauptete sich ihr Stolz und unterdrückte die Tränen.

»Er ist es nicht wert, Cissie.«

Die Zurückhaltung fiel von ihr ab.

»Ich bin so dumm, Peg. Aber du brauchst dir wirklich keine Sorgen zu machen. Ich bin nicht die erste Frau, die auf einen Mann hereingefallen ist, und ich werde nicht die letzte sein.«

Sie warf einen Blick auf ihre entstellte Hand, ließ sie in der Tasche verschwinden und brachte sogar ein gezwungenes Lächeln zustande. »Komm schon«, fügte sie mit gespielter Fröhlichkeit hinzu, »gehen wir zu den anderen hinunter.«

»Was ist passiert?« fragte ich. »Zwischen dir und Peter?«

»Alles und nichts. Wir haben uns ein paarmal ein wenig gehenlassen.« Sie wurde rot und verbarg ihr Gesicht in den Händen. »Und ich war so dumm zu glauben, daß ich ihm auch etwas bedeute.«

Ich schwieg. Wir hörten die Stimmen der anderen von unten; jemand hatte einen Witz erzählt, und das Gelächter erfüllte das Haus.

»Ich muß weggehen. Weißt du, ich bin nämlich schwanger!« Diese Worte hörte ich zwar, aber sie drangen nicht ganz in mein Bewußtsein vor – so wie man Sätze am Radio hört, die zwar aufrüttelnd sind, aber mit dem eigentlichen alltäglichen Leben nichts zu tun haben. Nur ging es jetzt ums wirkliche Leben.

»Dann muß er dich doch heiraten!« flüsterte ich.

»Nein! Er gibt mir ja nicht mal die Zeit, es ihm zu sagen.«

»Oh, Cissie ... Du kannst nicht weggehen! Wo willst du denn hin?«

»Ich weiß noch nicht. Kannst du dir vorstellen, was ich meinen Eltern damit antue?«

Wieder sagte ich nichts. Cissie würde Geld brauchen. Wenn sie wegging, mußte sie ihre Stelle kündigen.

»Um Gottes willen, Cissie, wenn ich doch nur Geld hätte,

das ich dir geben könnte, aber ich habe keinen roten Heller. Ich muß meine Strümpfe und meine Unterwäsche stopfen, und Brian ist auch völlig blank; er schuftet sich zu Tode, aber Geld kriegt er fast nie zu sehen.«
Cissie drückte mir die Hand. »Danke, Peg. Ich habe etwas gespart.«
»Du hast schon Kontakt mit ihm aufgenommen?« fragte ich; ich wußte zwar, daß ich keine Antwort erwarten durfte, hielt es aber nicht aus vor Neugier wegen des Briefes, den ich gelesen hatte.
»Ja. Ich wollte ein paar Weihnachtseinkäufe in Dublin machen und habe ihm geschrieben, ich käme am 8. Den Brief habe ich nach Glenallen geschickt. Natürlich wollte er mich nicht sehen. Ich bin nämlich mißgebildet, verstehst du.« Sie lachte bitter. »Den Brief hast du gelesen?«
»Ja. Und du liebst ihn immer noch?«
Sie sah mich an und preßte die Lippen aufeinander. »Liebe?« Und wieder lachte sie.
Eine Weile sagte sie nichts, dann murmelte sie. »Der Witz dabei ist – daß es in Glenallen passiert ist, mein Unfall mit der Hand.«
Sofort fiel mir das Gespräch an der Festtafel von Glenallen wieder ein, Mrs. Fitzallens Weinglas, das sich über die Tischdecke ergoß.
»Was ist damals geschehen? Du hast es mir nie genau erzählt.«
»Ach – ich will nicht darüber reden. Ein dummer Streich. Man hat Brian die Schuld gegeben, zumindest Harry und Peter haben es versucht.«
Ich schnappte entsetzt nach Luft. »Brian?«

»Aber ich habe nie geglaubt, daß er es war«, versicherte sie mir hastig. »Nie. Ich habe gehört, daß sein Vater ihn wegen der Geschichte fürchterlich verprügelt hat. Er war noch so klein und viel zu entsetzt, er konnte nichts damit zu tun haben.«

»Wer war es dann?«

Sie zuckte die Achseln.

»Keine Ahnung. Ich glaube nicht, daß die anderen beiden schuld waren – also muß es einer der Dienstboten gewesen sein – vielleicht ein Stallknecht.«

Und dann nahm sie mir das heilige Versprechen ab, niemandem von ihrer Schwangerschaft zu erzählen. »Niemandem, Peg, niemals. Es ist schlimm genug, daß ich mich zum Narren gemacht habe. Ich könnte es nicht ertragen, wenn jemand davon erfährt!«

Ich wußte, daß Mary sie bald für ein paar Tage besuchen würde, und ich begriff, daß sie nicht einmal Mary einweihen wollte. Also schwor ich.

Unten im Wohnzimmer hatte Brian unter dem Einfluß des John Jameson Whiskey angefangen, Anekdoten zu erzählen. Er saß gemütlich in dem großen Sessel, die langen Beine übereinandergeschlagen, hielt sein Glas fest, und die O'Shaughnessys hatten sich um ihn geschart, hörten zu und lachten. Ich sah auf den ersten Blick, wie glücklich er war, wie auch er in dem Familienglück, das hier herrschte, aufging. Er schien gar nicht zu bemerken, unter welcher Anspannung Cissie stand. Ich fragte nach Des, und die Eltern zeigten mir seine Weihnachtskarte und einen Brief, der so stark zensiert war, daß man ihn kaum lesen konnte. Dennoch klang er optimistisch. Brian erkundigte sich genauer nach ihm, wollte wissen, wie es ihm bei der Luftwaffe gefiel, welchen Maschinentyp er flog, wie viele Einsätze er schon gehabt hatte, aber die Familie wußte wenig.

»Du hast doch nicht etwa vor, dich auch zu melden?« fragte David, und ich wartete schweren Herzens auf die Antwort.

»Im Augenblick nicht. Peg läßt mich nicht los.« Er warf mir einen verschmitzten Blick zu.

Ich sah, wie seine Augen lachten und sein Mund zuckte, das schelmische Lächeln, das für mich bestimmt war, und das Glas mit dem bernsteinfarbenen Whiskey in seiner Hand. Er war betrunken, liebenswert, entspannt, wie er es schon lange nicht mehr gewesen war. Ich versuchte, ihn mir als Pilot vorzustellen, aber es wollte mir nicht gelingen.

Es ist Glenallen, was dich nicht losläßt, dachte ich und fühlte mich plötzlich sehr müde.

Barbie war jetzt ein Teenager, etwas unbeholfen, aber hübsch; sie erzählte mir von der Schule. Ich erinnerte sie an die alten Zeiten, den Stichling und den erhängten Teddybären. Sie lachte verlegen und meinte, auch die besten Menschen hätten eine Vergangenheit. David erinnerte sich lachend und puterrot im Gesicht, wie er den Boden mit der Katze aufgewischt hatte.

»Das arme alte Tier ist letzte Woche gestorben.«

»Sie hatte Wundstarrkrampf«, sagte Dr. O'Shaughnessy traurig, »ich mußte sie einschläfern.«

Wir blieben noch ein Weilchen, wünschten allen noch einmal frohe Weihnachten und traten dann auf eisigen menschenleeren Straßen mit unseren abgefahrenen Reifen die Heimfahrt an. In dieser Nacht fand ich nicht viel Schlaf. Ich horchte auf den Wind, den Graupel, der ans Fenster schlug, und Brians Atem neben mir. Er hatte mechanisch mit mir geschlafen, als wäre er in Gedanken anderswo. Zur Zeit plagten ihn selten Alpträume; wahrscheinlich war er zu müde. Ich aber konnte nachempfinden, welch ein Alptraum Cissie bevorstand, und überlegte angestrengt, wie ich ihr helfen konnte.

Am nächsten Morgen machte sich Brian im roten Jagdrock und in schwarzen Stiefeln früh auf zur Treibjagd. Zum Abschied küßte er mich flüchtig. Ich folgte ihm bis zur Treppe und beobachtete, wie er hinunterging; seine Schritte hallten auf dem gefliesten Fußboden, als er sich zur Küchentreppe wandte, und ich lief fröstelnd zurück ins warme Bett und zog mich unter der Decke an.

Das Gespräch, das wir letzte Nacht nach unserer Rückkehr von den O'Shaughnessys geführt hatten, ging mir nicht aus dem Kopf. Ich hatte Brian gebeten, mir zu erklären, wovon seine Tante gesprochen hatte. Von Mary und dem Ziegenbock wußte er nichts, aber er erinnerte sich, daß es vor vielen Jahren Ärger mit einem Stallknecht gegeben hatte. Er glaubte, daß der Mann von einem Hengst getötet worden war. Brian war damals noch ganz klein gewesen.

Dann fragte ich ihn nach Cissies Hand.

»Als es passiert ist, war ich ein kleines Kind«, sagte er und fuhr sich müde mit der Hand durchs Haar, als wünschte er, ich hätte das Thema nicht angeschnitten. Die Lebensfreude, die er bei den O'Shaughnessys gezeigt hatte, war von ihm gewichen, und jetzt kam er mir fast trübsinnig vor. »Es ist bei einem Kinderfest hier im Haus passiert. Man gab mir die Schuld – das heißt, Harry und Peter gaben mir die Schuld. Mama hat sich für mich eingesetzt, und letztendlich konnte sie Dad davon überzeugen, daß ich es nicht war. Er glaubt bis heute, daß es jemand vom Personal getan hat. Wir hatten damals ein, zwei komische Leute.« Er sah mich fast wütend an, als wollte er auf eine Frage antworten, die ich noch gar nicht gestellt hatte.

»Nein, Peg, ich habe es, verdammt noch mal, nicht getan. Wenn ich auch nur halb so schlimm wäre, wie dieses Pärchen mich hinstellen wollte, dann hätte man mich schon längst hinter Schloß und Riegel gesteckt.«

»Warum hassen sie dich so?« flüsterte ich, plötzlich überwältigt von dem Schmerz all dieser Erlebnisse. »Es erdrückt mich geradezu körperlich. Ich muß mit dir darunter leiden, und ich halte es nicht aus. Ich halte es einfach nicht aus.«

»Warum glaubst du, daß ich es aushalte?« fragte er unwirsch, nahm seine Manschettenknöpfe ab und zog den Ärmel hoch, so daß ich die Narben an seinem Handgelenk sehen konnte, die mir ein Rätsel aufgaben und nach denen ich nie zu fragen gewagt hatte.

»Ich war damals zwölf, es war in dem Jahr, bevor ich aufs Internat kam; ich konnte es nicht mehr ertragen; ich wollte sterben und habe mir diese Schnitte mit einer Max-Smiley-Rasierklinge zugefügt.«

Ich starrte die blassen Narben an und brach in Tränen aus.

»Peige, Peige. Es tut mir leid. Bitte weine nicht.«

Er schloß mich in die Arme. Auch ihm standen die Tränen in den Augen. »Ich muß hier jeden Tag meinen Wert unter Beweis stellen – aber mit einer Niederlage könnte ich mich nicht abfinden. Ich will ihnen zeigen, daß sie sich irren. Früher habe ich immer gedacht, es wäre mir gleichgültig, aber jetzt will ich einfach gewinnen.«

»Wissen sie davon?« fragte ich und deutete auf sein Handgelenk.

»Nein. Eilie hat mich gefunden und mich verbunden. Sie hat nicht einmal einen Arzt geholt. Die arme Eilie war weiß wie die Wand, sie warnte mich, niemandem zu erzählen, daß ich mir so etwas angetan hatte; sie sprach von Todsünde und von der Hölle, und daß mich der Berg holen würde. Mama war damals nicht zu Hause – sie war krank, in einem Erholungsheim. Und als sie wiederkam, waren die Narben verheilt. Es war eine Dummheit, aber es ist kein Anzeichen für eine Neurose. Du brauchst mich also nicht so anzuschauen, Peg. Ich war ein Kind und habe eine Dummheit gemacht, das ist alles.«

Ich trocknete mir die Augen.

»Ich glaube, wir müssen weg von hier«, sagte ich. »Du bist ein Besessener. Dieser Ort wird uns noch in den Wahnsinn treiben. Wenn eine Situation nicht mehr zu retten ist, bleibt einem nichts anderes übrig, als sich zurückzuziehen.«

Er sah mich an, den Kopf leicht geneigt, und lächelte einschmeichelnd.

»Na, na, Peg, alles halb so schlimm! Es ist kein hoffnungsloser Fall! Menschen werden erwachsen und ändern sich. Alles ändert sich. Ich kann mir die Chance nicht entgehen lassen, Glenallen wieder auf Vordermann zu bringen; ich darf die Erbschaft nicht ausschlagen. Dad glaubt, daß ich der einzige in der Familie bin, der den Laden schmeißen kann. Ich will mir die Chance nicht entgehen lassen, am Ende doch noch Erfolg zu haben.«

Mit einem Mal sah er hart und verbissen aus, das einschmeichelnde Lächeln war verschwunden.

»Ich behaupte nicht, daß du unrecht hast, Peg. Aber laß mir um Himmels willen diese eine Chance.«

Ich berührte seine Wange. »Mein Liebling, ich bin auf deiner Seite; ich bin deine Freundin, vergiß das nicht!«

Er schloß mich in die Arme. »Dem Himmel sei Dank für dich – Freundin.«

Harry ging an diesem Morgen nicht mit auf die Jagd. Sie blieb zu Hause, um Peter vom Bahnhof abzuholen. Verärgert stellte sie Brian zur Rede, weil er am Vorabend das Auto benutzt hatte. »Wir haben nur noch sowenig Benzin; wir müssen es für Notfälle sparen.«

Ihr Lächeln sollte unterstreichen, wie vernünftig ihre Vorhaltungen waren, Brian hatte das Lächeln wortlos erwidert, und das Unbehagen, das durch Harrys Gehässigkeit entstand, hing schwer in der Luft.

Die Runde geht an dich, Brian, dachte ich.

Nachdem Harry zum Bahnhof gefahren war, schlüpfte ich hinunter in die Küche. Ich wußte, daß Nora im oberen Stockwerk mit Bettenmachen beschäftigt war, und hoffte daher, Eilie allein anzutreffen. Sie knetete Kuchenteig, die Hände bis zu den Gelenken im Mehl. Zögernd trat ich ein, ging in die Speisekammer, um mir ein Glas Milch zu holen, damit es so aussah, als hätte ich hier etwas zu schaffen. Dann platzte ich mit meinem Anliegen heraus.

»Eilie, waren Sie schon hier, als Brian und die anderen Kinder waren?«

Sie sah mich neugierig an.

»Natürlich war ich damals schon hier, Mrs. Peg. Ich habe mit achtzehn in diesem Haus angefangen, als Hausmädchen.«

»Ich habe mich nur gefragt, ob hier vor langer Zeit – als die Kinder noch klein waren – einem Mädchen ein Unfall passiert ist?«

Eilie hörte auf zu kneten und sah mich scharf an.

»Was für ein Unfall soll das gewesen sein, Ma'am?«

Ich kam mir ein bißchen dumm vor, fragte aber weiter.

»Meine Freundin Cissie O'Shaughnessy hat sich ihre Hand verletzt, als sie etwa fünf Jahre alt war. Und ich weiß, daß der Unfall hier passiert ist.«

Einen Moment lang herrschte Schweigen. Eilie verzog den Mund, seufzte, heftete den Blick auf den Teig und nahm langsam ihre Arbeit wieder auf.

»Es war eine schreckliche Tragödie, Mrs. Peg«, sagte sie, »es war einfach nur schrecklich. Miss Harry gab eine Geburtstagsparty. Sie wurde sieben, und Miss O'Shaughnessy war eins der Kinder, die man eingeladen hatte. Ich sehe sie noch vor mir, ein kleiner Schatz mit großen Augen und Locken. Master Peter war da und Miss Harry in ihrem blauen Seidenkleid, aber den kleinen Brian hatte seine Mutter ins Bett gesteckt, weil er zu wild war – er hatte Limonade umgeschüttet, sein kleiner Anzug war ganz naß, und Miss Harrys neues Seidenkleid hatte auch etwas abbekommen. Sie hatte geweint und sich bei ihrer Mutter beklagt. Alles lief wunderbar, bis die Geschenke verteilt wurden. Die Kinder hatten am Abend zuvor mitgeholfen, Überraschungen für die Gäste einzuwickeln, kleine Geschenke, Farbstifte, Süßigkeiten und so Zeug. Auf jeden Fall hat sich ein Kind nach dem anderen ein Geschenk aus der Trommel gefischt und unter lautem Gekreische, wie Kinder nun mal sind, das Papier abgerissen. Und dann sah ich, wie die kleine O'Shaughnessy ein Päckchen herausnahm und sich damit in eine Ecke verzog, um es aufzumachen; mir fiel auf, daß es ein bißchen größer war als die Sachen, die wir am Tag zuvor verpackt hatten, aber ich achtete nicht weiter darauf, bis ich es zuschnappen hörte und dann den entsetzlichen Schrei.«

Eilie schüttelte den Kopf. Sie knetete eine Weile schweigend ihren Teig, sah aber ganz aufgewühlt aus. »Die arme Kleine hatte ihre Finger in einer Rattenfalle, zwei davon waren fast abgetrennt. Und dann ist etwas Merkwürdiges passiert – ist nicht der junge Master Peter, der sich normalerweise nie aus der Ruhe bringen ließ, auch wenn der Himmel heruntergefallen wäre, Mrs. Peg, so wäre er in aller Seelenruhe sitzengeblieben mit einer Miene, daß die Milch sauer wird, ist er nicht zu ihr hingestürmt, hat ihr die Falle von der Hand gemacht und sie in die Arme genommen. Es war seltsam, denn sie ließ sich von ihm trösten, sie hat den Kopf an seine Schulter gelegt, seine Sachen waren ganz voll Blut, und sie hörte schlagartig auf zu weinen, obwohl sie schwer verletzt war; und Peter hatte einen Gesichtsausdruck wie Nora, wenn sie ihr kleines Kätzchen liebkoste. Das war überhaupt nicht seine Art! Er war damals neun. Aber wie die Rattenfalle in die Trommel mit den Geschenken geraten ist, das kann ich nicht sagen, Ma'am.

Es wurde ein schrecklicher Wirbel gemacht, aber Miss Harry sagte, Brian wär's gewesen, und obwohl er es leugnete, hat ihm niemand geglaubt. Ich hab ihm natürlich schon geglaubt; er war ein Kind, das keiner Fliege etwas zuleide getan hätte.«

Plötzlich wurde Eilies Gesicht hart, und sie schien die Zähne zusammenzubeißen. »Nichts für ungut; Ma'am, aber bitte erwähnen Sie's auf keinen Fall, was ich Ihnen erzählt hab; die Familie will nicht daran erinnert werden.« Sie warf einen Blick über die Schulter in Richtung Tür. »Besonders die Herrin, alle versuchen sie zu schützen – seit der Geschichte hat sie's mit den Nerven.«

Schweigend saß ich am Küchentisch, fühlte mich hundeelend und malte mir die Szene aus. Mir war nur allzu bewußt, wieviel Leid daraus entstanden war und über wie viele Jahre; Peters Brief fiel mir ein, in dem er von ›Deiner kleinen Mißbildung‹ gesprochen hatte.

Gerade wollte ich Eilie fragen, was eigentlich mit Mary passiert war – die Geschichte mit dem Geißbock und dem Pferdeknecht, da hörte ich Motorengeräusche und wußte, daß Harry und Peter heimgekommen waren. Einen Augenblick später traten sie durch die Hintertür ein, sagten fröhlich guten Tag, aber Harrys Augen wanderten mit kalter Neugier zwischen Eilie und mir hin und her.

»Eilie weiht mich in die Geheimnisse des Kuchenbackens ein«, erklärte ich, trank meine Milch aus und stellte das Glas in die Spüle.

»Zu Mittag kommen zwei Gäste, Eilie«, sagte Harry. »James Regan und seine Schwester Kitty. Wir sind ihnen am Bahnhof in die Arme gelaufen.«

Ich fragte Peter, wie es in Dublin aussehe, und er meinte, es sei ein wenig trist wegen der Verdunkelung und der Benzinknappheit.

Als ich später auf der Suche nach Lesestoff in der Bibliothek war, hörte ich, wie die Regans eintrafen und Harry und Peter sich im Salon mit ihnen unterhielten. Ich dachte an den grausamen Brief und fragte mich, wie jemand, der etwas so Gemeines an eine so sensible Frau wie Cissie schrieb, in der Lage war, fröhlich und unbefangen mit Freunden zu plaudern. Ich wünschte, ich hätte mit Mary über Cissies Schwierigkeiten reden können; Mary hätte sicher Rat gewußt. Aber ich hatte mein Wort gegeben.

Brian kehrte in Begleitung eines Mannes von der Jagd zurück, der sich Pferde ansehen wollte. Ich traf sie in der Halle. An Brians Gesicht sah ich, daß der Handel unter Dach und Fach war. Die einjährigen Jagdpferde waren sein ganzer Stolz, besonders Hopscotch, ein Hengstfohlen von Jessie. Brian stellte mich seinem Kunden vor – er hieß Mr. Jackson – ein großer, grauhaariger Mann in den Vierzigern.

»Trink doch ein Glas mit uns, Peg«, schlug Brian vor und öffnete die Tür zum Salon. Die angeregte Unterhaltung verstummte, die Anwesenden wurden einander vorgestellt. Ich spürte, wie Harrys Blick auf mir ruhte, spürte ihren Ärger. Ich war zu schüchtern, um in Gesellschaft zu glänzen; Harrys Mißbilligung lastete zu schwer auf mir. Ich war Brians Frau, und das wurde mir nicht verziehen.

»War Cissie mit auf der Jagd?« fragte ich Brian, was er verneinte. Rechnete ich mit ihrem Besuch? Ich sah, wie Peter auf meine Antwort wartete, und sich entspannte, als ich nein sagte, nicht heute vormittag. Ich wollte ihn aus seiner Selbstzufriedenheit herausreißen, wollte ihn für das, was er getan hatte, zur Rede stellen. Ich haßte ihn für diesen schrecklichen Brief. Aber ich hielt mich an mein Versprechen, wahrte die Distanz und unterdrückte meinen Zorn.

Bei der nächsten Jagd, die drei Tage später stattfand, war Cissie wieder dabei. Man traf sich in Glenallen, und als ich Cissie mit Mary kommen sah, die tags zuvor eingetroffen war, nahm ich meinen ganzen Mut zusammen und beschloß, es mit der Jagd zu versuchen. Ich zwängte mich in Stiefel, Hosen und Jagdrock – es war ein abgelegter von Harry – und warf einen letzten Blick auf die Jagdgesellschaft, die sich unter meinem Fenster versammelt hatte. Ich sah, wie Mary einen ausländisch aussehenden Mann begrüßte, der gerade auf einem braunen Jagdpferd angeritten kam – offensichtlich war es Marys französischer Graf, den ich seit der Beerdigung ihres Vaters nicht mehr gesehen hatte. Ich beobachtete, wie er mehreren Leuten vorgestellt wurde, ihnen die Hand schüttelte, kurz mit Cissie plauderte, und ich ertappte mich dabei, daß meine Augen auf ihm ruhten, als repräsentierte er einen Aspekt der Wirklichkeit, der mir bisher entgangen war. Während ich ihn musterte, blickte er plötzlich zu meinem Fenster hinauf und schaute mir in die Augen.

Ich zuckte zusammen, als wäre ich ertappt worden, aber er lächelte mich an und neigte Kopf und Schultern fast unmerklich zum Gruß. Ich glaube, in diesem Augenblick hatte ich zum ersten Mal das Gefühl, daß er mein Verbündeter war, daß wir auf unerklärliche Weise Komplizen einer Verschwörung waren.

Ich eilte zu den Ställen hinunter und bat Murty, Joey für mich zu satteln. Meine Wahl war bewußt auf Joey gefallen, weil Murty ihn häufig als ›lahme Ente‹ bezeichnete.

Jetzt nickte Murty trübsinnig.

»Den Klepper«, brummte er, gehorchte jedoch, und als er mir beim Aufsteigen half, schärfte er mir ein, mich beim Springen über Zäune am Martingal festzuhalten.

»Keine Sorge, Murty,« sagte ich. »Um Zäune mache ich einen großen Bogen.« Seinen Blick werde ich nie vergessen.

Hoch zu Roß gesellte ich mich zu Cissie, Mary und den anderen, die sich vor dem Haus versammelt hatten. Ich lehnte mich vor, um Mary zu umarmen. Ich freute mich so, sie zu treffen. Sie sah gut aus, weniger angespannt als bei unserer letzten Begegnung. »Wie geht's der alten Ehefrau?« fragte sie mich lächelnd, und ich behauptete, es gehe mir gut.

»So bald nach dem Unglück wieder im Sattel?« flüsterte sie mir zu, damit die anwesenden Männer sie nicht hörten, aber ich erklärte beharrlich, es gehe mir wieder gut.

»Erinnerst du dich an Lucien?« fragte sie dann, und ich sah ihn errötend an, spürte, wie er mich eindringlich musterte und neugierig lächelte.

Schuldbewußt fing ich Brians Blick auf, denn er hatte mir

wiederholt klargemacht, daß ich nicht an der Jagd teilnehmen sollte, solange ich nicht besser ritt. »Du könntest stürzen und sogar getötet werden.«
Was die Jagd betraf, war ich mit ihm völlig einer Meinung und hatte mich deshalb gefügt, ohne jedoch Anstalten zu machen, besser reiten zu lernen. Ich ritt fast nie aus – ein-, zweimal war ich mit Brian über die Farm geritten –, aber nur, weil es die bequemste Möglichkeit war, das Land kennenzulernen. Der Wunsch, eine gute Reiterin zu werden, hatte dabei keine Rolle gespielt, denn ich wurde die Angst im Bauch nicht los, wenn es um Pferde ging. Die Angst war auch heute da, doch sie wurde von einem unwiderstehlichen Verlangen zurückgedrängt – ich wollte bei Cissie sein.
Brian kam auf Rufus zu mir herüber und befahl mir mit leiser Stimme zu verschwinden. Verblüfft über seinen zornigen Blick, starrte ich ihn an und entgegnete, das würde ich auf keinen Fall tun. Lucien beobachtete die Szene mit undurchdringlicher Miene, und Mary sah mit hochgezogenen Augenbrauen von einem zum anderen.
»Das ist ja eine Sensation. Peg besteht darauf zu jagen.«
Auch Cissie machte sich offensichtlich Sorgen; sie hielt Ebony zurück, der schon ganz ungeduldig war.
»Warum bist du gekommen, Peg?«
»Weil es Zeit ist, daß ich es mal ausprobiere!«
»Gut, aber sei vorsichtig, wem du folgst. Du solltest keine großen Hindernisse nehmen.«
»Ich werde überhaupt nichts nehmen, was höher ist als ein Kuhfladen!«
Cissie lachte unwillkürlich und sagte, das könnte ich mir

wahrscheinlich nicht aussuchen. »Aber reite bloß nicht mir nach.«
Brian war zwar immer noch besorgt und wütend, wagte aber nicht, eine Szene zu machen, sondern murmelte nur vor sich hin, ich solle um Gottes willen vorsichtig sein.
»Du darfst sie nicht so entmutigen, Brian«, meinte Mary liebenswürdig und eilte dann Peter zu Hilfe, der gerade versuchte, in aller Höflichkeit einen älteren Herrn abzuschütteln. Nur allzugern hätte ich Mary ein bißchen über Lucien ausgefragt, aber das mußte warten.
»Hallo, Lord Darlington«, rief Mary fröhlich. Das war also dieser Darlington; Brian zufolge war er ein entsetzlicher Langweiler, aber mein Schwiegervater, der eine Schwäche für Titel hatte, behauptete immer, er sei ein ›netter Kerl‹.
»Hallo, Peter!« Beide sahen Mary lächelnd an, und ihre Augen leuchteten auf, wie bei allen Männern, wenn sie dem Schönen begegnen. Dann kam Mr. Fitzallen selbst aus dem Haus, um die Jagdgesellschaft zu begrüßen; er schüttelte Lord Darlington die Hand, wurde Lucien vorgestellt, und Peter konnte fliehen.
Ich sah, daß Cissie Peter keine Sekunde aus den Augen ließ; jetzt unterhielt er sich mit Mary; kerzengerade saß er im Sattel; der rote Jagdrock mit dem schneeweißen Kragen stand ihm gut. Obwohl er zu Cissie hinübersah, wirkte sein Blick so unverbindlich, daß man nicht daraus schlau wurde. Wahrscheinlich spürte er, daß Harriet ihn beobachtete. In dem Gedränge, das dem Aufstöbern vorausging, ritt Cissie an ihm vorbei und sagte mit so leiser, schüchterner Stimme »Hallo, Peter«, daß ich sie am lieb-

sten in die Arme genommen hätte. Peter drehte sich um, warf ihr einen nichtssagenden Blick zu, grüßte sie freundlich, wie es die Höflichkeit gebot, und wandte sich dann wieder Mary zu. Mary sah Cissie an, dann mich, und schließlich wanderte ihr Blick zu Peter zurück, den sie nachdenklich musterte. Erst als Cissie ihm den Rücken kehrte, sah ich, daß Peter sie so konzentriert und hingebungsvoll anstarrte, als wollte er Cissies Bild in seine Netzhaut einbrennen.
Cissie aber erstarrte buchstäblich angesichts der kühlen Höflichkeit ihres Angebeteten. Sie ritt mit der gewohnten Eleganz davon, doch ihr Gesicht zeigte jetzt eine so bittere, verzweifelte Entschlossenheit, daß mich eine unerklärliche Angst befiel. Ich versuchte, Blickkontakt mit ihr aufzunehmen, rief ihr etwas zu, und sie drehte sich zu mir um, ohne mich wirklich zu sehen; der Brennpunkt ihrer Aufmerksamkeit lag anderswo. Ich versuchte, neben ihr zu bleiben, doch es hatte keinen Zweck; die ›lahme Ente‹ Joey machte ihrem Namen alle Ehre. Die Jagd setzte sich langsam in Bewegung, Joey aber war noch langsamer, während Cissie Ebony von mir weg nach links dirigierte.
Und dann ging alles ganz schnell. Ein Fuchs brach aus dem Unterholz hervor, und in wilder Jagd ging's auf und davon, die Hunde heulten, der Fieldmaster ließ den Halloruf erschallen. Joey aber verwandelte sich mit einem Mal in ein Energiebündel, das sich nicht mehr bremsen ließ: Die losstürmende Jagd hatte offenbar einen Instinkt in ihm geweckt. Ich hielt mich verbissen fest, klammerte mich an seine Mähne, schickte ein atemloses Stoßgebet zum Himmel. Der Wind brauste mir in den Ohren, meine

Nase lief. Dann überholte ich Lord Darlington, den vornehmsten Jagdgast; ich hörte noch, wie der Fieldmaster und der Piqueur riefen: »Hinter der Jagd bleiben!« Aber auch wenn sie sich die Lunge aus dem Leib gebrüllt hätten – ich war vollkommen machtlos. Verzweifelt sah ich mich nach Brian um; er galoppierte mir mit halb zorniger, halb besorgter Miene nach. Ich hatte nur den einen Wunsch: das Pferd zum Stehen zu bringen. Doch ich stieg noch vorher ab. Ich rutschte aus dem Steigbügel, verlor das Gleichgewicht, versuchte verzweifelt, mich an der Mähne festzuhalten, aber da landete ich auch schon mit einem Plumps auf dem Boden. Die Schlammspritzer der vorbeigaloppierenden Hufe trafen mich im Gesicht.

Ich sah, wie Brian über die Schulter blickte, um zu sehen, ob ich noch lebte. Da bemerkte ich, daß noch ein Pferd nach rechts ausscherte, umkehrte und auf mich zuhielt. Es war der Graf. Er stieg ab und half mir auf. »Alles in Ordnung?« Ja, sagte ich, nur leider könne ich überhaupt nicht reiten. Während ich mit ihm sprach, beobachtete ich, wie die Jagd, ein rotschimmernder Farbfleck, durch das Tor stürmte, das man geöffnet hatte, um Rileys Bank zu umgehen. Und dann sah ich Cissie, die in wildem Galopp auf Rileys Bank zuritt. Einige Leute starrten ihr nach und zügelten ihre Pferde, damit sie Cissie nicht instinktiv folgten; jemand rief etwas. Ich hörte Männer, die Befehle erteilten, und der Wind trug mir Brians Stimme zu, der brüllte: »Nein, Cissie, nicht!« Sein Ruf verlor sich, als Ebony das Hindernis nahm, und ich sah mit angehaltenem Atem, wie Cissie über den Wall setzte. Die andere Seite, wo er steil abfiel, konnte ich nicht sehen, wußte also nicht, wie sie aufgekommen war. Und daß Ebony mit den Vorderbeinen am Stacheldraht oben auf dem Wall hängengeblieben war, ahnte ich nicht.

Die ganze Jagdgesellschaft strebte nun auf das Hindernis zu; Lucien murmelte »Da ist was schiefgegangen«, stieg auf und ritt zum Wall, wo sich alle versammelt hatten. Leute stiegen ab, und ich rannte mit bangem Herzen, die Füße bleischwer, auf die Stelle zu. Mary, die inzwischen abgestiegen war, sprang auf den Wall und dann hinunter in den Graben. Endlich war ich selbst dort, und nun sah ich, was geschehen war.

Ebony lag im Wassergraben auf dem Rücken, den Kopf in einem unnatürlichen Winkel verdreht, die Beine, noch vom Stacheldraht gefesselt, schlugen unwillkürlich aus. Cissie lag unter ihm begraben im Brackwasser, das den Rücken des Pferdes bedeckte. Das Tier zitterte, Blut sickerte aus seinen Nüstern; Cissies Beine bewegten sich, und ihre rechte Hand, ihre gute Hand, schlug krampfhaft um sich. Ihr Gesicht, das unter dem Pferd war, konnte ich nicht sehen, aber wo es hätte sein müssen, stiegen Luftblasen auf. Ich hörte mich selbst schreien. »Sie ertrinkt, sie ertrinkt – zieht das Pferd weg!« Jemand sagte, ich sollte den Mund halten, und dann sah ich Brian, Peter und Lucien, die versuchten, das Pferd von Cissie wegzuzerren. Ebony schlug mit allen vieren aus, und ich sah, wie ein eisenbeschlagener Hinterhuf Lucien am Kopf traf; die Wunde begann sofort zu bluten. Aber sobald der Draht, der das Vorderbein bis auf den Knochen durchbohrt hatte, durchgeschnitten war, knickte das Bein an einer Stelle ab, wo kein Gelenk war. Das Pferd kam nicht hoch. Ich sah

Peters bleiches, entsetztes Gesicht, und Lucien, der reglos, betäubt von dem Schlag, gestützt von der aschfahlen Mary dastand, während ihm das Blut über die Schläfe lief und seinen weißen Kragen rot färbte.
Ich sprang in den Graben, mein Herz hämmerte wie wild, begehrte auf gegen das Unabwendbare, das sich vor meinen Augen abspielte und gegen das ich machtlos war. Ich schlug mit meiner Peitsche auf Ebonys Rumpf ein, griff nach Cissies Hand und versuchte sie unter ihrem toten Pferd herauszuziehen. Neun Minuten, dachte ich, neun Minuten dauert der Tod durch Ertrinken! Dann kniete ich bis zu den Hüften im Wasser, sprach mit Cissie, während die Jäger Ebony aus dem Graben zerrten. Unter einer Flut von Tränen gestand ich ihr, daß ich sie liebte – es war mir gleich, daß alle es hören konnten –, und hielt ihre kleine Hand. Nach einer Weile wurde sie ganz still in meiner, und so starb Cissie neben mir dort im Wassergraben.
Ich entsinne mich nicht mehr, wer wie oft versuchte, sie durch künstliche Beatmung wiederzubeleben. Sie gaben erst auf, als sich die Leichenstarre einstellte.
Vom Rest dieses Tages sind nur Erinnerungsfetzen geblieben. Wir warteten, zitternd und frierend, bis die Dämmerung kam und man Cissie auf einer Bahre forttrug; zwei Ackergäule schafften Ebony fort. Der Gemeindepriester gab Cissie die letzte Ölung und verständigte die Familie. Cissies Vater kam und wartete mit uns auf die Ambulanz. Er beugte sich über sie, tastete mechanisch nach dem Puls seines Kindes. Dann ließ er ihr Handgelenk los und schloß sie in die Arme.
Mary, Lucien, Brian und ich blieben zusammen in unse-

rem Schmerz; wir konnten es einfach nicht fassen. Es war bitterkalt; Schneeregen schlug uns ins Gesicht und verdunkelte den Winterhimmel über der dunklen massigen Gestalt des Knockshee.

Dann gingen alle zu den O'Shaughnessys, jeder umarmte jeden, alle weinten. David und Barbie hielten sich gegenseitig fest, wiegten sich, während sie hemmungslos schluchzte. Dr. und Mrs. O'Shaughnessy saßen zitternd Hand in Hand nebeneinander, begrüßten alle Neuankömmlinge wie im Traum. Harry stellte unterdessen ihre Tüchtigkeit unter Beweis; sie übernahm das Regiment in der Küche – Nellie saß nur da, schaukelte vor und zurück und murmelte unter lautem Schluchzen: »Mein armer kleiner Liebling.« Harry kochte Tee und reichte ein Tablett mit Scones und Keksen herum. Peter war sehr still; er starrte mit leerem Blick vor sich hin, sein Gesicht war fahl wie Wachs, aber er weinte nicht. Jemand schlug vor, einen Rosenkranz zu beten; alle knieten nieder, die gedämpften Worte des »Gegrüßet seist du, Maria« klangen wie Mantras, und an den ›Verzierungen‹ stimmten alle ein: »Und du, Herr der himmlischen Heerscharen, stoße den Satan hinab in die Hölle und mit ihm alle bösen Geister, die über die Erde wandern und die Seelen ins Verderben stürzen.« Ich blickte in die Runde, sah die bleichen Gesichter, Mr. und Mrs. O'Shaughnessy eng beieinander, Mary, die neben Lucien kniete, der sich weniger für den Rosenkranz interessierte als für sie; voll Sorge und Mitgefühl beobachtete er, wie ihr die Tränen unaufhörlich über die Wangen strömten.

Am nächsten Tag schickte ich ein Telegramm an Tom,

um ihn von Cissies Tod zu benachrichtigen. Er kam noch am selben Abend zur Überführung der sterblichen Überreste, sehr still und schweigsam, steif in allem, was er sagte oder tat – wie eine willenlose Marionette.
Zwei Tage später folgte ein großes Begräbnis. Ich saß neben Brian und Tom im Kirchenstuhl hinter Peter, starrte auf seinen Rücken, wenn er stand und niederkniete, spürte aber nichts mehr außer stumpfer, bitterer Trauer. Die Erinnerung an das schreckliche Gespräch, das ich am Tag zuvor mit Mrs. O'Shaughnessy geführt hatte, war noch frisch.
Am Morgen nach dem Unfall war ich in ihr Haus hinübergegangen. Cissie lag dort auf ihrem Bett aufgebahrt, wächsern, friedlich, die Hände über der Brust gekreuzt. Ich stand neben Mary und sah sie an. Durch eine Flut von Tränen sah ich den kleinen grauen Handschuh. Das Haus war von leisen Stimmen erfüllt; fast die ganze Gemeinde war gekommen, um der Familie ihr Beileid zu bezeugen. Die Vorhänge waren zugezogen, Mrs. O'Shaughnessys Gesicht war blaß und gramzerfurcht. Sie zog uns beide, Mary und mich, in ihr Zimmer und fragte uns, ob es in Cissies Leben jemanden gegeben hatte, von dem sie nichts wußte, eine Beziehung, die ihre Tochter unglücklich gemacht hatte. Ich log und behauptete, nichts zu wissen; Mary sagte, sie glaube es nicht. Da nahm Mrs. O'Shaughnessy ein Blatt Papier aus einer Schublade und gab es mir.
»Das habe ich in ihrem Papierkorb gefunden.«
Ich glättete das zerknitterte Blatt, um es zu lesen. Es war Cissies Schrift.

»Was kann ich über Dich sagen? Ich war zu einer blinden Leidenschaft verdammt und habe sie gelebt, sie erduldet, bin darin verbrannt. Es ist nicht vorbei; ja, es ist unwahrscheinlich, daß es mit meinem Tode endet, denn wenn es anderswo noch ein Leben gibt, muß ich Dich weitersuchen, selbst wenn ich mich nicht erinnere, wer Du bist.
Du bist blind. Du kennst kein Mitleid, Du hast kein Verständnis, aber ich kann Dir nicht entfliehen.
Du bist die Fessel, und ich halte meine Füße hin.
Ich verachte so viel an Dir, aber ich würde Herz und Seele hingeben, nur damit Du mich berührst. Ich bin eine Närrin, aber wie sollte ich klug werden? Klugheit ist ein ärmlicher Ersatz für Dich. Ich bin krank vor Liebe, und es gibt kein Heilmittel. Die Krankheit durchdringt mein Leben, ich bin davon besessen.
Du verzehrst mich, fesselst mich und nimmst mich doch nur halb wahr. Tu etwas Abscheuliches, nicht Wiedergutzumachendes, und laß mich los.«

Wir lasen schweigend, nur das herzzerreißende Schluchzen aus dem Nebenzimmer war zu hören; Barbie weinte sich die Seele aus dem Leib. Mrs. O'Shaughnessy entschuldigte sich, um zu ihr zu gehen, und ich steckte den kurzen Brief, vielleicht das letzte, was Cissie in ihrem Leben geschrieben hatte, in die Tasche.

Ohne Cissie war das Leben leer. Glenallen kam mir wie ein Gefängnis vor. Brian widmete sich nur noch seinen Plänen für die Farm; er arbeitete Tag und Nacht. Der Krieg ruinierte den Handel mit Vollblutpferden, der ohnehin darniederlag, völlig. Der Wirtschaftskrieg mit England hatte den alljährlichen Fahrten nach Doncaster mit den Einjährigen ein Ende gesetzt, und als diese Auseinandersetzung 1938 ausgestanden war, begann der Weltkrieg. Die Folge war, daß die Käufer aus England ausblieben und nur noch der Inlandsmarkt vorhanden war. Deshalb versuchte Brian um so hartnäckiger, seinen Vater für andere Formen der Landwirtschaft zu interessieren. Auch ein Milchwirtschaftsbetrieb war im Gespräch. Nach wie vor züchtete Brian Jagdpferde; dieser Betriebszweig lief vergleichsweise gut, und er hielt auch schon einige Rinder. Aber das Geld war knapp, und die Summen, die er investieren wollte, waren nicht verfügbar. Die Fitzallens waren finanziell am Ende.

Nach Cissies Beerdigung kehrte Peter in seine Anwaltskanzlei nach Dublin zurück, und ich brachte es nie über mich, ihm zu sagen, was ich von ihm hielt und was ich wußte. »Niemandem ... niemals«, hatte Cissie gesagt.

Vor seiner Abreise sprach Peter ein paarmal mit mir und klang dabei genauso selbstsicher und herablassend wie eh und je: er wisse, was sie mir bedeutet hatte, jeder würde sie schmerzlich vermissen. Ich sah ihm in die Augen und meinte einen Moment lang, mehr darin zu entdecken als höfliches Bedauern: ein zögernder Blick – die Pupillen wurden weit wie bei einem traurigen Kind, das auf ein bißchen Trost hofft.

Als ich erklärte, ich würde sie bestimmt nicht schmerzlich vermissen, starrte er mich entgeistert an. Nein, sagte ich wutentbrannt, nicht ›schmerzlich vermissen‹ und auch keine anderen abgedroschenen Phrasen. Sie war mir bru-

tal entrissen worden, und ihr hatte man das Leben entrissen.
Ich sehe noch vor mir, wie Peter entsetzt zusammenzuckte. Sein Gesicht wurde wieder abweisend und hochmütig; unangenehm berührt nahm er zur Kenntnis, daß ich den Verhaltenskodex verletzte, der absolute Zurückhaltung im Hinblick auf die eigenen Gefühle verlangte. Ich redete mir ein, daß er seine Beziehung zu Cissie nun, da keine Gefahr mehr von ihr ausging, als romantisches Intermezzo abtat, daß er sogar bewußt um sie trauerte, weil es sich eben gehörte, um seine Freunde zu trauern. Aber mir fiel auf, daß er sich noch mehr in sich selbst zurückzog und abgehärmt aussah. Auch konnte er seinen Schmerz nicht verbergen, als ich ihn am Tag nach der Beerdigung in seinem Arbeitszimmer störte, wo er über seinen juristischen Papieren brütete. Er hatte den Kopf auf die Arme gestützt, die Fäuste gegen die Stirn gepreßt, die Augen geschlossen und schien verzweifelt um Selbstbeherrschung zu ringen.
Ich schlich mich mit einer Entschuldigung weg. Vielleicht hatte das alles gar nichts mit Cissie zu tun, sagte ich mir. Und doch wurde ich das Gefühl nicht los, daß Peter seine ganze Willenskraft aufbot, um qualvoller Emotionen Herr zu werden, die zu überwältigend waren, um ihnen freien Lauf zu lassen.
Harry hingegen machte kein Geheimnis aus der Tatsache, daß sie sich schon bald wieder von dem Schock erholt hatte.
»Trauerst du etwa immer noch?« begrüßte sie mich fröhlich eines Morgens, etwa eine Woche nach dem Unfall, und musterte überrascht meine geschwollenen Augen.

Ihre unausgesprochene Unterstellung, ich sei sentimental und geschmacklos, war so heftig, daß ich meinen Schmerz erst einmal niederkämpfte. Immer wenn ich mich mit Harrys Augen sah, versuchte ich das zu korrigieren, was sie an mir störte, so schwach war mein Selbstbild und so stark ihre Verachtung. Aber in Wirklichkeit ließ mich Cissie nicht los; ich sehnte mich nach ihr, bat sie, als Geist zu mir zu kommen, versicherte ihr, es würde mir nichts ausmachen, daß sie ein Geist war. Aber sie kam nicht. Nur in meinen Träumen besuchte sie mich: Ich sagte ihr, wie sonderbar es sei, daß sie tot war; sie entgegnete, es sei wirklich seltsam, stand dann aber auf und meinte, sie müsse gehen. Und ich spürte im Traum den Zwang, dem sie unterworfen war: Sie mußte gehen, es war schlicht unmöglich, sie noch ein Weilchen festzuhalten, denn anders als im wirklichen Leben konnte sie nicht mehr über ihre Zeit verfügen – sie besaß diese Freiheit nicht mehr. In trostloser Einsamkeit wachte ich auf.
Nun wurde erneut die Frage des Testaments aufgeworfen, denn mein Schwiegervater hatte Anfang Januar einen weiteren schlimmen Anfall, und so war wieder einmal von seinem letzten Willen die Rede. Harrys Augen bekamen den altbekannten grüblerischen, verzweifelten Ausdruck. Zu Brian und mir war sie jetzt freundlicher, holte zu den verschiedensten Themen unsere Meinung ein und besprach sogar ihren geplanten Ausflug nach Dublin mit uns. »Vielleicht möchtest du mitkommen, Peg. Ein bißchen Abwechslung würde dir guttun!«
Ein Anwalt aus Ballyharris wurde herbeigerufen; er kam mit dem Auto, trug einen Tweedanzug und hatte einen

Aktenkoffer in der Hand; er verbrachte über eine halbe Stunde bei meinem Schwiegervater. Man hatte vereinbart, daß er Instruktionen für das Testament entgegennehmen und es in der folgenden Woche zur Unterzeichnung vorlegen sollte.
Ich stand vor dem Haus, als der Anwalt wieder herauskam; höflich lüftete er den Hut vor mir, bevor er in den Wagen stieg und wegfuhr. Das war an einem Freitag, Peter kam am selben Abend übers Wochenende nach Hause. Er verbrachte den Großteil der Zeit mit seiner Schwester; sie unternahmen ausgedehnte Spaziergänge über die Wiesen, machten aber keine Anstalten, andere Leute zu treffen. Bei den Mahlzeiten hatte Peter wenig Appetit, und ich merkte, daß er mich ansah, wenn er sich unbeobachtet glaubte. Am Sonntag fuhr Harry ihn im Gig zum Bahnhof, und er kehrte nach Dublin zurück.

Am nächsten Tag verkündete Harry beim Frühstück, die Perlenkette, die sie von Tante Rita zu Weihnachten bekommen hatte, sei verschwunden. Auf meine Frage, wo sie sie zuletzt getragen hatte, entgegnete sie, seit Weihnachten hätte sie die Kette nicht mehr umgehabt. Da es ein sehr wertvolles Schmuckstück war, bat sie Eilie, sie solle Nora anhalten, beim Putzen danach zu suchen. Auch ich beteiligte mich an der Suche, sah unter den Kissen im Salon und unter den Teppichen im Eßzimmer nach. Als ich im Laufe des Vormittags auf dem Weg zu unserem Zimmer an Harrys offener Tür vorbeikam, blieb ich stehen und fragte Nora, die dort saubermachte, ob sie die Kette gefunden hatte.

»Nein, Miss Peg.«
»Haben Sie überall nachgesehen?«
Nora schüttelte den Kopf und sagte, Miss Harry hätte bestimmt selbst ihre Schubladen durchgeschaut, aber dennoch zog sie eine der oberen Schubladen in der Kommode neben der Tür auf.
Ich warf einen Blick hinein und sah ein Sammelsurium von Erinnerungsstücken; Tagebücher, mit einem Band zusammengehaltene Briefe, ein Autogrammalbum und in einer Ecke der Schublade ein paar kleine Kugeln: Murmeln – kleine, rote Tonmurmeln. Sofort schoß mir durch den Kopf, daß Harriet an dem Tag, als ich die Treppe hinunterfiel, behauptet hatte, es seien keine Murmeln im Haus.
Ich stand an der Tür, während Nora die anderen Schubladen öffnete, die mit ordentlich zusammengelegten Kleidungsstücken gefüllt waren, und ließ sie schließlich allein weitersuchen. Ich ging hinaus auf den Stallhof, streichelte die warmen Nüstern der Pferde in den halboffenen Boxen, während Murtys Gehilfen mich verwundert beobachteten. Murty in seiner alten braunen Tweedjacke kam vorbei und fragte, ob ich reiten wollte.
»Nein, Murty ...«
Murmeln in Harriets Schublade hatten nichts zu bedeuten, sagte ich mir. Wahrscheinlich wußte sie nicht einmal, daß sie welche besaß. Und ich war mir auch gar nicht mehr sicher, ob ich wirklich auf etwas kleines Rundes getreten war, als ich an jenem Morgen die Treppe hinunterfiel. Wahrscheinlich war ich über einen offenen Schnürsenkel gestolpert, wie Harry gesagt hatte. Etwas anderes war einfach unvorstellbar.

Als ich ins Haus zurückkehrte, kam mir Nora in der Halle entgegen. Sie war ganz aufgeregt und rang die Hände.
»Mrs. Fitzallen wartet im Salon auf Sie, Ma'am.«
Die Tür zum Salon war aus poliertem Mahagoni mit Beschlägen und einer Klinke aus Messing. Zu meinem Ärger spürte ich, wie mein Herz zu pochen anfing, als wäre ich in Mother Mercys Büro gerufen worden, und ärgerte mich darüber. Was hatte Mrs. Fitzallen mit mir zu besprechen, was nicht bis zum Essen Zeit hatte, und warum kam sie nicht einfach zu mir, wenn sie etwas von mir wollte?
Ich öffnete die schwere Tür und trat ein. Meine Schwiegermutter saß auf dem Sofa, während Harry sich aus der Sherrykaraffe auf dem Couchtisch einen Aperitif einschenkte. Sie sah mich kurz an, als ich hereinkam; um ihre Lippen spielte ein kühles kleines Lächeln, aus dem Macht, Verachtung und Neugier sprach.
Mrs. Fitzallen sagte mit ihrer leisen, ziemlich nervösen Stimme: »Ach, Peg, meine Liebe, da bist du ja.«
Ich wartete. Harry nippte an ihrem Drink, blieb aber am Tisch stehen, so daß ich sie aus den Augenwinkeln gerade noch sehen konnte. In dem großen Sofa wirkte Mrs. Fitzallen klein und zerbrechlich. Sie deutete auf einen Sessel.
»Setz dich doch einen Augenblick.«
Ich setzte mich und spürte, wie mir vor Aufregung schlecht wurde.
»Ja?« sagte ich mit einer Stimme, für die ich mich haßte, weil sie so zittrig klang. Ich verabscheute Auseinandersetzungen, und die Atmosphäre in diesem Raum ließ keinen Zweifel über die Natur des Gesprächs aufkommen.

»Du weißt, daß Harriet ihre Perlenkette verloren hat?« fragte meine Schwiegermutter nervös, aber mit strengem Unterton.

»Ja, natürlich. Ich habe beim Suchen geholfen.«

»Die Kette ist jetzt gefunden worden.«

Mrs. Fitzallen beobachtete mich, aber nicht mit der gespannten Aufmerksamkeit eines Menschen, der die Wahrheit ans Licht bringen möchte; ihr traurig anklagender Blick deutete vielmehr darauf hin, daß sie die Wahrheit kannte.

»Wie schön«, krächzte ich; mir war bewußt, daß ich mich gegen etwas verteidigen mußte, wußte aber nicht, gegen was.

»In deinem Zimmer.«

»In meinem Zimmer?«

»Ja.«

Ihre traurig vorwurfsvolle Stimme wurde etwas fester. »In einer Schachtel auf deiner Frisierkommode.«

»Das ist nicht möglich.«

»Ich dachte, du würdest mehr Anstand besitzen, Peg«, sagte sie tadelnd. »Das beste wäre, es offen einzugestehen. Vielleicht wolltest du sie dir nur ausleihen?«

Das Blut stieg mir ins Gesicht. Ich eilte durch den Raum und zog die Klingel. Nora erschien sofort an der Tür.

»Ja, Ma'am?«

»Nora, wo haben Sie Miss Harrys Perlenkette gefunden?«

Nora zögerte. Dann sah sie mir in die Augen.

»Ich habe sie in Ihrem Zimmer gefunden, Ma'am. Sie lag in der kleinen Blechschachtel, in der mit dem Hirsch.«

Sie sprach von einer kleinen Bonbondose, die ich seit meiner Kindheit besaß und nach Glenallen mitgebracht hatte. »Sie ist mir beim Abstauben von Ihrer Kommode gefallen, Ma'am, und der Deckel ist abgesprungen.«

Ich starrte sie an und sah, daß sie zitterte.

»Die Dinge, die ich in dieser Schachtel aufbewahre, haben meiner Mutter gehört – ihr Hochzeitsring und eine Brosche.«

»Die Sachen sind auch herausgefallen, Ma'am. Aber die Kette war unten drin in einer Papiertüte.«

Nora, die bleich und händeringend dastand, war das Inbild schüchterner Aufrichtigkeit. Mrs. Fitzallen nickte ihr zu, sie verließ das Zimmer und zog leise die Tür hinter sich zu. »Ich habe die Kette nicht in die Dose gelegt«, protestierte ich mit zittriger Stimme, den Tränen nahe, unfähig in die geduldigen Augen meiner Schwiegermutter zu sehen.

Sie schüttelte den Kopf und murmelte: »Wirklich eine böse Sache.« Dann wandte sie sich ihrer Tochter zu.

Harry musterte mich herablassend und gelangweilt. »Ich bin nur froh, daß ich sie wiederhabe ...«, sagte sie seufzend. »Nicht, daß ich die Polizei mit der Sache belästigen möchte.« Dann verließ sie den Raum und warf mir im Vorbeigehen einen verächtlichen Blick zu, als wollte sie sagen: Das hätte ich dir aber nicht zugetraut – ich bin zutiefst enttäuscht. Ich rannte ihr in die Halle nach, meine Schritte hallten auf den Fliesen.

»Harry, du glaubst doch nicht wirklich, daß ich sie gestohlen habe?«

Sie war schon halb die Treppe hinauf und blickte hochmütig auf mich herab, reglos wie eine Statue, blaue Augen, zusammengepreßte Lippen.

»Tja, wie würdest du es nennen, wenn jemand ohne Erlaubnis eine Kette wegnimmt und sie behält?«

Beißende Tränen liefen mir über die Wangen.

»Ich habe sie nicht genommen, Harry.«

Sie zuckte die Achseln, ihre Augen wurden schmal.

»Und was hast du in meinem Zimmer gemacht?«

»Ich war nicht in deinem Zimmer.«

»Nora hat gesagt, du warst heute morgen in meinem Zimmer.«

»Du meinst ... als ich ihr geholfen habe, die Kette zu suchen?«

»Also gibst du zu, daß du in meinem Zimmer warst?«

Ich sah sie an und plötzlich stieg ein solcher Zorn in mir auf, daß ich alle Vorsicht fahren ließ. »Ja, und ich habe die Murmeln in deiner Schublade gesehen, die Murmeln, die du auf die Treppe gelegt hast, damit ich stürze. Du hast gesagt, es sind keine im Haus!«

Sie wurde blaß und klammerte sich ans Treppengeländer. Dann zischte sie mich an: »Du bist entweder verrückt oder böse oder beides.«

Damit machte sie auf dem Absatz kehrt und ließ mich mitten in der Halle stehen. Noch immer zitternd fragte ich mich, warum ich das gesagt hatte, obwohl ich es selbst nicht glaubte. Oder doch? Ich verkroch mich in unser Zimmer, starrte mit blinden Augen hinaus auf den nassen, kalten Rasen, nahm die vertraute Blechschachtel mit den Rehkitzen in die Hand, machte den Deckel auf und wieder zu.

Als Brian hereinkam, erzählte ich ihm die ganze Geschichte und erklärte, ich käme nicht zum Mittagessen. Er schlüpfte aus seiner feuchten Jacke, seufzte ärgerlich und zog schweigend einen Pullover über. Dann fragte er mich ruhig nach weiteren Einzelheiten, und als der Gong erklang, packte er mich am Arm und sagte, ich käme auf jeden Fall mit hinunter zum Essen; ich dürfte mich nicht verstecken, so daß mich alle für schuldig halten würden. Weil ich wußte, daß er recht hatte, begleitete ich ihn widerstrebend nach unten und setzte mich an meinen Platz. Bei der Mahlzeit wurde nicht viel gesprochen; die Unterhaltung verstummte, als wir eintraten, und kam danach nicht mehr recht in Gang; man bat höchstens um Salz und Pfeffer. Mr. Fitzallen saß wie immer am Kopfende der Tafel; er musterte mich mit kühler Höflichkeit. Meine Schwiegermutter lächelte mich halb streng, halb nachsichtig an, und Harry warf mir hin und wieder einen verstohlenen Blick zu, sah mir aber nicht in die Augen. Schließlich knüpfte sie mit spröder Fröhlichkeit ein Gespräch mit ihrem Vater an, in das sie auch ihre Mutter einbezog. Im übrigen aber tat sie so, als säße sonst niemand am Tisch. Zu ihrem hellblauen Twinset trug sie die Perlen; das Blau ihrer Augen war leuchtender denn je, und ihre Wangen waren leicht gerötet. Sie würdigte Brian keines Blickes. Fast während der ganzen Mahlzeit saß er schweigend da; das gewohnte angeregte Gespräch mit seinem Vater kam nicht zustande, denn dieser richtete nie das Wort an ihn.

Ich brachte keinen Bissen hinunter, harrte aber am Tisch aus, um Brian einen Gefallen zu tun und weil ich selbst wußte, daß alles andere feige gewesen wäre. Ich sah, wie erregt Mrs. Fitzallen war; ihre nervösen Augen wanderten immer wieder zu Brian, als wüßte sie nicht recht, wie sie ihn einschätzen sollte. Aber Brian aß mit Appetit; die gespannte Atmosphäre schien ihn nicht zu erschüttern. Hin und wieder trug er etwas zur Unterhaltung bei, was allerdings meist überhört wurde. Ich sah in sein starres, entschlossenes Gesicht, sah die Muskeln am Kiefer zucken und spürte seine Wut.

Als die Mahlzeit beendet war und Harry eben den Tisch verlassen wollte, forderte Brian sie auf zu bleiben. Er sah sich um und bat Nora, den Raum zu verlassen, was sie sichtlich nervös tat; ihre rundlichen Hände zitterten, als sie die schmutzigen Teller vom Büfett nahm. Draußen vor dem Fenster schwebten ein paar Schneeflocken nieder, fielen auf den Boden und schmolzen. Das Feuer sackte zusammen, so daß ein Funkenregen den Kamin hinaufflog. Der Torfrauch verbreitete einen aromatischen Duft.

Als sich die Tür hinter Nora geschlossen hatte, sah Brian erst seine Mutter, dann Harry an und fragte: »Was soll diese Geschichte mit deiner Kette bedeuten, Harry?«

Harry fuhr auf und machte wieder Anstalten zu gehen.

»Darüber kann ich jetzt nicht reden, ich bin zu aufgeregt«, sagte sie.

»Ich möchte wissen, warum du Peg, meine Frau, des Diebstahls beschuldigst?« fragte Brian sehr laut und deutlich.

Harry sah aus, als würde sie gleich in Tränen ausbrechen. Sie wandte sich an ihren Vater.

»Siehst du jetzt, wie er mit mir redet, was er sich herausnimmt? Ich habe niemanden beschuldigt, ein Dieb zu sein, oder, Mama?«

Mrs. Fitzallen sah blaß und erschöpft aus, ihr standen Tränen in den Augen. »Wirklich eine böse Geschichte«, sagte sie. »Die arme Harry hat ihre Perlenkette vermißt, und ich habe im Haus suchen lassen. Nora hat die Kette bei Pegs Sachen gefunden. Ich bin sicher, daß es dafür eine Erklärung gibt.«

»Peg konnte es sich jedenfalls nicht erklären«, sagte Harry traurig, »also bleibt es ein Rätsel.« Wie von einem jähen Schmerz gepackt, zuckte sie zusammen und massierte mit Daumen und Zeigefinger die Nasenwurzel, was sie oft bei einem Migräneanfall tat.

Ich wagte nicht, in die kalten fragenden Augen meines Schwiegervaters zu sehen. Harry triumphierte, und Brian merkte offensichtlich, daß seine Bemühungen keinen Erfolg hatten. Wie hätte er diese Konfrontation je gewinnen sollen, wenn seine Eltern beide unter Harrys Einfluß standen, die ihn mit einigen wenigen Worten und Gesten entwaffnen und je nach Belieben als Narr oder als Unruhestifter hinstellen konnte?

»Wenn meine Frau in diesem Haus so behandelt wird ...« Brian hielt schwer atmend inne.

Harry schwieg. Sie wartete darauf, daß er sagte, was geschehen würde, wenn seine Frau in diesem Haus so behandelt wurde. Doch jetzt schaltete sich mein Schwiegervater ein. Er starrte seinen Sohn zornig an, seine eingefallenen Wangen waren gerötet, die Augen funkelten vor Wut.

»Wie kannst du es wagen, deine Mutter mit dieser nichtswürdigen Geschichte zu beunruhigen!« rief er, und ich sah, daß Mrs. Fitzallen lautlos schluchzte und ihre Schultern zitterten.

»Liebste Mama«, sagte Harry und wollte ihre Mutter in die Arme nehmen; Mrs. Fitzallen stieß sie jedoch von sich, stand unsicher auf und verließ den Raum.

Vater und Sohn starrten sich zornig an.

»Ich glaube, du gehst jetzt besser und entschuldigst dich bei deiner Mutter«, befahl der alte Mann ärgerlich.

Aber Brian gab nicht nach. »Ich will dieser Sache auf den Grund gehen, Dad; Peg hat die Kette nicht genommen.«

»Nein«, flüsterte ich. »Wirklich nicht.«

Doch keiner hörte meine Worte, denn in diesem Moment schlug der alte Mann mit der Faust auf den Tisch, daß die Kaffeetassen wackelten.

»Ich will von dieser erbärmlichen Geschichte nichts mehr hören. In unserer Familie ist etwas Derartiges noch nicht vorgekommen. Kein Wort mehr davon.« Damit stand auch er auf und ging hinaus; schon die Haltung seines hageren Körpers, schon das vorgestreckte Kinn waren ein einziger Vorwurf. Harry folgte ihm mit gekränkter Miene.

Brian sah mich mit kreideweißem Gesicht an, in dem Wut und Ohnmacht miteinander rangen.

»Der Teufel soll sie alle holen«, sagte er leise. Dann verließ auch er das Zimmer, und ich saß allein an der großen Tafel, zitternd, wie hypnotisiert, eine moderne Alice im Wunderland, hilflos einem Alptraum ausgeliefert, in dem alle die Spielregeln kannten außer mir. Ich wußte, daß Brian auf mich wütend war, so unvernünftig das sein mochte. Hatte er nicht gerade das Terrain wieder verloren, das er seit unserer Rückkehr nach Glenallen so mühsam erobert hatte?

Ich weinte, das Gesicht in den Händen, bis Nora hereinkam, um das Kaffeegeschirr abzuräumen.

»Machen Sie sich nichts draus, Miss Peg«, tröstete sie mich mit gedämpfter Stimme. Sie stapelte die Teller, während ich um Fassung rang; dann flüsterte sie mir ins Ohr, in der Küche gebe es eine Kanne heißen Tee und der würde mir bestimmt guttun.

Ich nahm ein paar Sachen vom Tisch und trug sie in die Küche hinunter. Die rundliche Eilie mit ihrer Schürze war da und auch Murty, der gerade seine Mahlzeit am Küchentisch beendete. Beide sahen mich mitleidig an. Eilie schenkte mir Tee ein, schob mir einen Stuhl hin und stellte die Tasse vor mich.

»Trinken Sie das, Ma'am.«

Ich nahm einen Schluck von dem kochendheißen Getränk und versuchte, meine Tränen niederzukämpfen. Ich hätte Nora gern ein paar Fragen darüber gestellt, wie sie die Kette gefunden hatte, mußte aber den Versuch aufgeben.

Als ich mich gefaßt hatte, dankte ich Eilie für den Tee und verließ die Küche. Murty kam hinter mir hinaus in die untere Diele.

»Seien Sie vorsichtig, Ma'am«, raunte er.

Ich sah ihn an, während er sich nervös umblickte.

»Erinnern Sie sich noch an den Tag, Ma'am, an dem Master Brians Gurt auf der Jagd gerissen ist?«

»Natürlich.«

»Ich glaube, Sie sollten wissen, Ma'am, daß dieser Gurt in Wirklichkeit gar nicht gerissen ist!«
Ich erstarrte. »Was soll das heißen, Murty?«
»Es heißt, daß er durchgeschnitten wurde, Ma'am; jemand hat ihn vorher halb durchgeschnitten.«
Damit verschwand er durch die Hintertür.

8. Kapitel

Ich stellte Brian wegen seines Jagdunfalls zur Rede, und er gab zu, ja, es sah so aus, als hätte etwas oder jemand den Gurt beschädigt.

»Was meinst du, wer könnte das gewesen sein?« fragte ich.

Er zuckte die Achseln. »Vielleicht war ich es mit meinen Sporen oder ein Stück Glas oder ein Tritt von einem anderen Pferd mit einem abgenutzten Hufeisen. Es muß nicht unbedingt ein Mensch gewesen sein. Warum? Was meinst du, wer es war?«

»Dein Schwesterherz natürlich.«

Abrupt verstummte ich; sein Gesichtsausdruck nahm mir den Mut.

»Na, überleg doch mal, wie sie sich uns gegenüber verhält, die ganze Geschichte mit der Perlenkette zum Beispiel.«

»Du hast anscheinend was gegen Harry!« Etwas leiser fragte er dann: »Hast du die Kette genommen, Peg?«

Ich sah ihm ins Gesicht. War das Brian, dieser Mann mit den kalten, harten Augen? War das derselbe Mann, der mich in den Armen gehalten und getröstet hatte, an diesem Tag vor Jahren, unten am See, der Mann, der mich sein ›Eichhörnchen‹ genannt, der mich bestürmt hatte, ihn zu lieben und zu heiraten? Der Mann, der mir so viel bedeutete, daß ich nichts mehr gefürchtet hatte, als ihn zu verlieren. Er hatte sich innerhalb weniger Wochen verändert, allmählich erst, so daß ich es kaum bemerkte, bis er verkrampft und unnahbar geworden war, höflich wie ein guter Nachbar, ganz in seine Welt versunken.

Mir war bewußt, daß er mich im tiefsten Innern für den Vertrauensverlust verantwortlich machte, den er wegen der ›gestohlenen‹ Kette erlitten hatte. Ich hatte das Gefühl, daß ich für eine Weile weggehen sollte, aber ich wollte nichts unternehmen, was theatralisch gewirkt hätte. Für mich war unser Traum noch nicht verblaßt; ich spürte, daß wir ihn hätten leben können, wenn wir nur für uns gewesen wären. Unsere Flitterwochen hatte ich noch gut in Erinnerung – waren sie nicht Beweis genug, was wir einander sein konnten? Ich übte mich in Geduld, fühlte mich abwechselnd optimistisch und deprimiert. Ich brauchte Brian, besonders jetzt, wo mir nach Cissies Tod das Herz schwer war. Aber er schien das alles nicht zu bemerken. Allmählich fragte ich mich, ob er mich nur geheiratet hatte, um seinen Willen zu bekommen; ich begriff, wie wichtig ihm seine Familie war, wie er nach ihrer Anerkennung lechzte. Ich hatte bereits bemerkt, daß er über kleinere Meinungsverschiedenheiten zwischen uns einfach hinwegging. Ich durfte meinen Standpunkt nicht durchsetzen; ganz gleich, um was es ging, er mußte recht behalten. Er verhielt sich wie jemand, der die Erfüllung einer großen Sehnsucht zum Greifen nahe vor sich sieht und bereit ist, alles dafür aufs Spiel zu setzen, auch wenn andere dabei auf der Strecke bleiben. Von meinem Wunsch, Glenallen zu verlassen, wollte er nichts mehr hören. Das geliebte ›Eichhörnchen‹ war ich nur, solange ich keine Schwierigkeiten machte. Aber ich fand immer neue Ausreden, um ihn vor mir zu entschuldigen. Er hatte Sorgen, stand unter Druck, weil er gute Ergebnisse erzielen mußte, um Glenallen zu retten.

Aber jetzt hatte er mich tatsächlich gefragt, ob ich Harrys elende Kette genommen hatte. Ich sah ihm fest in die Augen, hielt seinem Blick stand.

»Ich meine nicht, daß du sie gestohlen hast, Peg. Ich möchte nur wissen, ob du sie genommen hast.«

»Wie kannst du es wagen, Brian! Wofür hältst du mich eigentlich? Aber wenn du es genau wissen willst: Nein. Ich habe die Kette nicht genommen. Und ich bin auch keine Diebin.«

Von jähem Entsetzen gepackt, beteuerte er, daß er mich bestimmt nicht des Diebstahls hatte bezichtigen wollen.

»In diesem Haus passieren ziemlich viele merkwürdige Dinge«, zischte ich. »Sattelgurte reißen ohne Grund, Halsketten werden ›gestohlen‹, und ich rutsche auf Murmeln aus, falle die Treppe hinunter, und jetzt entdecke ich, daß deine Schwester in einer Schublade Murmeln aufbewahrt.«

Er lachte kalt. »Was willst du damit andeuten, Peg?«

»Was zum Teufel glaubst du wohl? An dem Tag, als ich auf der Treppe gestolpert bin, war ich mir sicher, daß ich etwas kleines Rundes gespürt habe – wie Murmeln, und als ich es zu Harry sagte, meinte sie, ich bilde mir etwas ein – es wären keine im Haus! Und dann hat sie welche in ihrem Zimmer.«

Brian schwieg einen Augenblick, und er biß die Zähne zusammen. »Woher weißt du, was sie in ihrem Zimmer aufbewahrt – in ihrer Kommode?« fragte er leise.
Ich drehte mich wütend um und rannte zur Treppe, aber er folgte mir, packte mich am Handgelenk und führte mich zu Harrys Zimmer am anderen Ende des Treppenabsatz. Die Tür stand offen, und er zog mich in den Raum.
»Also gut. Zeig mir die Murmeln«, sagte er.
Mit zitternder Hand wies ich auf die Kommode zwischen dem Kamin und der Tür.
»Die oberste linke Schublade.«
Er zog sie heraus und schaute hinein.
»Ich sehe keine Murmeln, Peg«, sagte er ganz ruhig. Es stimmte. Die Schublade war aufgeräumt, die Briefe mit Schleifen zusammengebunden, die Füllfederhalter waren da, das alte Autogrammalbum, aber keine Murmeln. Ich öffnete die andere Schublade, aber sie enthielt nur Handschuhe und Schals.
»Sie hat sie rausgenommen.«
»Verstehe«, sagte er. »Wenn du jetzt glaubst, daß ich systematisch das Zimmer meiner Schwester durchsuche, hast du dich getäuscht.« Brian trat mit mir hinaus auf den Treppenabsatz und schloß Harrys Tür hinter sich. Dann ging er die Treppe hinunter. Ich hörte, wie sich seine Schritte entfernten und er sich durch die geflieste Halle der Küchentreppe näherte.
»Wohin gehst du?« rief ich ihm mit bebender Stimme nach.
»Auf die Jagd«, sagte er und war verschwunden.

Ich mußte Glenallen verlassen. Aber wie? Ich nutzte die Stunden bis zur Abenddämmerung für einen ausgedehnten Spaziergang und versuchte, mir darüber klarzuwerden, was ich am besten machen sollte. Über zwei Pullovern trug ich einen alten Regenmantel, dazu eine warme Hose und Gummistiefel. Um den Kopf wickelte ich mir einen handgestrickten, alten Schal, der Brian gehörte; er war so lang, daß er mich auch am Halsausschnitt vor dem Wind schützte.

Das Gehen wirkte heilsam und half mir, die Ereignisse im rechten Verhältnis zu sehen; das mußte ich alleine bewältigen, denn ich hatte niemanden, mit dem ich mich aussprechen konnte. Cissie war tot, Brian stellte sich gegen mich, und seine Familie verachtete mich. Ich hatte kein Geld; ich konnte nicht reiten; ich war so vulgär wie Dreck; ich war eine Diebin.

Dann versuchte ich mir einzureden, daß Harry ihren Fehler einsehen und sich entschuldigen würde; alles würde wieder gut sein. Ich war jung genug, um zu glauben, daß man nur die Wahrheit beweisen mußte, um eine Veränderung herbeizuführen.

Es mußte Nora gewesen sein; bestimmt hatte sie die Kette genommen und dann versucht, mir die Sache anzuhängen. Ich sollte sie zur Rede stellen. Aber dann dachte ich an Murtys Warnung. Nora hatte sich wohl kaum an dem Gurt zu schaffen gemacht. Die einzigen, die von Brians Tod profitiert hätten, waren Harry und Peter, denn dann wären sie die Alleinerben gewesen. Doch Peter war an dem fraglichen Tag in Dublin gewesen.

Die Alternative zur Ermordung Brians bestand darin, ihn

und seine Frau in den Augen des Vaters in Mißkredit zu bringen. Ich fragte mich, ob ich verrückt war, dieser Familie soviel Haß zu unterstellen.
Ich spürte, daß ich Brian verlor. Er sollte mein Freund, mein Geliebter, mein Mann sein. Statt dessen hatte er sich zu einem Inquisitor entwickelt, der sich auf die Seite der Menschen schlug, die sich durch meine Anwesenheit belästigt fühlten. Wir hatten schon seit Wochen nicht mehr miteinander geschlafen – seit der Nacht nach Cissies Beerdigung, als wir uns aneinander klammerten, während der Wind in der Dachkehle heulte. Nachts sehnte ich mich manchmal danach, ihn zu umarmen, aber mein Stolz war stärker. Wenn er nicht zu mir kam, dann würde er feststellen, daß ich mehr Standfestigkeit besaß, als er glaubte. Ich liebte ihn; es war eine Liebe, auf die ich nicht verzichten konnte, ohne meinem Leben den Sinn zu nehmen. Und ich hatte das Gefühl, daß sich alles irgendwie klären würde. Damit rechnete ich, weil ich mir ein Leben, all die Jahre voller Hoffnung, die sich nie erfüllen würden, einfach nicht vorstellen konnte. Der Augenblick, in dem alles gut werden würde, stand immer kurz bevor.
Ich wünschte mir sehnlichst, von Brians Familie akzeptiert zu werden; bis jetzt war ich mit seinen Eltern gut ausgekommen; Peter war freundlich gewesen und nur Harriet launisch wie eine Wetterfahne. Ich hatte gehofft, daß sie mich allmählich als eigenständige Persönlichkeit sehen würden. Aber nach dem heutigen Tag hatte ich etwas von meiner Glaubwürdigkeit verloren und war auf eine Weise angegriffen worden, gegen die ich mich nicht verteidigen konnte. Ich überlegte, wer mir unvoreingenommen Rat-

schläge erteilen konnte, aber mir fiel niemand ein außer Mrs. O'Shaughnessy. Sie war jedoch immer noch untröstlich über Cissies Tod; die ganze Familie hatte sich in ihrem Kummer von der Außenwelt abgekapselt. Auf keinen Fall konnte ich sie mit meinem absurden Problem belästigen. Und da ich kein Geld für eine Zugfahrkarte besaß, blieb mir wohl nichts anderes übrig, als zu Fuß nach Ballycloghan zurückzukehren, heim zu Tom, um meine Wunden zu lecken. Ich rechnete mir aus, wie lange die Reise dauern würde – ich mußte einen ganzen Tag und eine ganze Nacht durchmarschieren, dann wäre ich dort. Ich konnte sofort losgehen und Glenallen nie wieder betreten. Dort gab es ohnehin nicht viel, was mir gehörte, abgesehen von ein paar Schmuckstücken und Kleidern. Das goldene Armband mit dem Talisman hatte ich schon umgelegt, bevor ich zum Mittagessen hinunterging. Ich spürte es gern an meinem Handgelenk; es war gut zu wissen, daß es einmal in Cissies Händen gewesen war; so fühlte ich mich ihr nahe.

Ich machte einen Rundgang über die Wiesen, ging am Waldrand entlang, wo ich Schüsse hörte; das muß Brian sein, dachte ich. Immer wieder fing es an zu schneien, als wüßte der Himmel nicht, was er will. Der Schnee knirschte unter meinen Füßen und sammelte sich hier und da in lockeren Verwehungen. Ich sah die Silhouetten der Pferde vor dem Himmel, rundlich in ihrem dicken Winterfell, und hinter mir den Berg ›Balors Auge‹, weiß vom Rauhreif.

Als ich das Gelände der Farm über einen Zauntritt verließ

und auf den Wall zuging, an dem Cissie gestorben war, sah ich, wie Harry die untere Weide überquerte. Sie hielt sich nah bei den Hecken und ging langsam, als schleppte sie etwas mit sich herum, obwohl ich in ihren Armen nichts sah. Anscheinend trug sie den alten Gabardineregenmantel, den ich oft an einem Haken in der Sattelkammer hatte hängen sehen; bei dem Wetter und auf die Entfernung war ich mir aber nicht ganz sicher.

Wieder hörte ich Schüsse, die im Wald widerhallten, und wieder fragte ich mich, ob Brian etwas erlegt hatte, und ungeachtet meines Entschlusses wegzugehen, überlegte ich, wie ich mich mit ihm versöhnen konnte, ohne zu Kreuze zu kriechen.

Eine Zeitlang dachte ich angestrengt über ihn nach. Wie sehr er sich verändert hatte! Er klammerte sich verzweifelt an die Hoffnung, das Gut retten zu können. Ich spürte, wie tief sein Verlangen ging, das Gut zu besitzen, gerade jetzt, da seine Aussichten so vielversprechend waren. Er wußte natürlich, daß Mr. Fitzallen Instruktionen für sein Testament erteilt hatte, und ihm war klar, daß diese Instruktionen ihn begünstigten, also wollte er es vermeiden, daß etwas dazwischenkam. Vermutlich glaubte er auch – bewußt oder unbewußt –, daß alles gut sein würde, wenn er sich mit seiner Schwester verstand und sie ihn als Erben von Glenallen akzeptierte. Wenn er sie auf seiner Seite hatte, würde auch Peter keine Schwierigkeiten machen.

Gut, ich hatte ein abgeschlossenes Studium, ich konnte unterrichten, und in England, wo die Männer in den Krieg zogen, wurden Lehrer dringend gesucht, und zwar insbesondere in naturwissenschaftlichen Fächern, die von jeher

eine Männerdomäne gewesen waren. Ich war also nicht ganz hilflos. Und wenn ich heimging, würde sich Tom freuen, mich zu sehen.
Dann fiel mir ein, daß es feige gewesen wäre, einfach wegzulaufen und der Auseinandersetzung mit Brian auszuweichen. Sie hielten mich alle für einen Gegner, der sich leicht unterkriegen ließ – sollte ich ihnen recht geben? Und wieder mahnte mich mein Gewissen, ich dürfe nicht im Zorn handeln, nicht überreagieren.
Während mir diese Gedanken durch den Kopf gingen, verblaßte der kurze Wintertag, und es wurde bitterkalt. Bald gelangte ich wieder ins Haus, froh, ins Warme zu kommen, und entschlossen, den Streit mit Brian zur Entscheidung zu bringen.

An diesem Abend zwang ich mich, zum Essen hinunterzugehen, obwohl ich überhaupt keinen Appetit hatte und wenig sagte. Ich erwartete, daß Harry, die ja nun die Oberhand gewonnen hatte, ihre gewohnte fröhliche Unterhaltung mit ihrem Vater fortsetzen würde, aber statt dessen herrschte bei Tisch eine bedrückte Atmosphäre, und ich sah sofort, daß Brian Schwierigkeiten hatte. Nora bediente uns so verschüchtert, als hätte sie Angst, den Mund aufzumachen. Ich wollte Brian fragen, was los war, wagte es aber nicht.
Nach dem Essen trieb mich Mrs. Fitzallen in die Enge; sie forderte mich auf, mich bei Harry zu entschuldigen, dann käme alles wieder in Ordnung. Ich sah die nervöse alte Dame an, die sich so nach Harmonie sehnte, und erklärte, ich sei meinerseits gern bereit, Harrys Entschuldigung

anzunehmen. Mrs. Fitzallen schüttelte nur den Kopf und ging traurig weg. Als ich ihr nachsah, verspürte ich den verrückten Impuls, zu Harry zu gehen und zu sagen, daß es mir leid tat. Aber die Vorstellung, wie sie voller Genugtuung meine Entschuldigung annehmen würde, war mir unerträglich, und so ging ich müde hinauf, um mich hinzulegen. Da hörte ich Stimmen aus der Bibliothek – Mr. Fitzallen und Brian, die offenbar eine heftige Auseinandersetzung hatten.

»Du bist ein verdammter Narr«, rief der alte Mann. »Welcher Trottel käme auf die Idee, ein Pferd zu blenden? Eine solche Fahrlässigkeit ist ja schon kriminell.«

Ich stand schon oben an der Treppe und hörte, wie Brian laut und entschieden widersprach.

»Ich war mitten im Wald; ich bin nicht einmal in der Nähe der unteren Weide gewesen. Hältst du mich eigentlich für einen Idioten?«

»Wie kannst du es wagen, mich anzuschreien, mein Lieber?« krächzte sein kränklicher Vater erbost. Ich stand wie angewurzelt da und hörte, wie die Tür krachend ins Schloß fiel. Dann stürmte Brian die Treppe herauf, musterte mich wütend und verschwand in unserem Zimmer.

Auf Zehenspitzen schlich ich in die Küche hinunter und fragte Eilie, was passiert war; sie war dabei, Geschirr abzutrocknen, und sah ganz verängstigt aus. Sie hatte die Verdunkelungsvorhänge zugezogen, und die Küche war nur schwach erleuchtet.

»Es hat einen Jagdunfall gegeben, Ma'am. Eine der Stuten ist auf einem Auge erblindet, die arme Jessie.«

»Erblindet? Jessie? Wie konnte das geschehen?«

Eilie zuckte die Achseln. »Master Brian war zu der Zeit auf der Jagd. Sonst war niemand mit einem Gewehr unterwegs.«

Da kam Murty zum Tee herein, er sah verbittert aus und schüttelte den Kopf.

Ich wandte mich ab. Ich hatte gesehen, wie Harry nahe am Waldrand die untere Weide überquerte. Aber sie hatte nichts bei sich gehabt, nur den alten Regenmantel. Sie hatte nicht geschossen. Oder doch?

Ich ging in die Nacht hinaus. Auf dem Hof pfiff der eiskalte Wind, und auf dem Weg zur Sattelkammer rutschte ich auf dem Kopfsteinpflaster aus. Der Schnee hatte sich inzwischen in wäßrigen Graupel verwandelt. Als ich an Jessies Stall vorbeikam, spähte ich hinein. In einer Ecke brannte eine Sturmlampe; offensichtlich war der Tierarzt dagewesen und hatte das Auge der Stute verbunden. Sie stand reglos da, und angesichts ihres stummen, stoischen Leidens tat mir das Herz weh.

Dann betrat ich die Sattelkammer, zündete die Lampe an und sah mich um; alles war ordentlich aufgeräumt; das Lederzeug schimmerte von Sattelseife; die Steigbügel und Gebisse glänzten blank poliert, und der Raum roch nach Leder und Lederfett.

In der Ecke hing an dem gewohnten Haken der alte Regenmantel. Ich befühlte ihn von innen; das gesteppte Futter war zerrissen, die beiden großen Innentaschen waren leer – bis auf eine leere Patronenhülse, die ich herausnahm. Der Mantel selbst stank nach frischem Kordit.

Ich ging hinauf, um mit Brian zu reden. Er saß in unserem Zimmer im Sessel, den Kopf auf die Hände gestützt. Als ich hereinkam, würdigte er mich keines Blickes. Einen Augenblick lang war ich versucht, ihn einfach zu ignorieren; nach dem, was er mir am Nachmittag gesagt hatte, war ich immer noch wütend. Aber das schreckliche Ereignis, das unmittelbar auf unseren Streit gefolgt war, seine Verzweiflung und die Neuigkeiten, die ich für ihn hatte – all das drängte meine Wut zurück.

»Ich weiß, wer die arme Jessie geblendet hat«, sagte ich.

Er blickte auf und musterte mich stirnrunzelnd, als würde ihn meine Anwesenheit stören.

»Ja«, fuhr ich fort, »es war dieselbe Person, die den alten Gabardinemantel aus der Sattelkammer getragen hat.«

»Wovon redest du, Peg?« fragte er gereizt.

»Ich habe heute nachmittag gesehen, wie Harry über die untere Weide ging, sie trug diesen Regenmantel und hohe Gummistiefel.«

Er seufzte, legte die Hand an die Stirn, wie Harriet es zu tun pflegte, und sagte in barschem Befehlston: »Bitte, Peg. Ich kann den Unsinn nicht mehr hören.«

»Na gut, dann geh hinunter, und riech selbst an dem verdammten Mantel«, zischte ich ihn an, »vielleicht wird dir dann klar, wovon ich rede. Und das habe ich in der Manteltasche gefunden.«

Ich warf die leere Patronenhülse aufs Bett. Er nahm sie und blickte sie prüfend an.

Seine Augen wurden schmal.

»Was soll das heißen … riechen?«

»Schau, Brian, wenn jemand ein Gewehr und verschossene Munition unter einem Mantel versteckt, nachdem das Gewehr abgefeuert wurde – würde der Mantel dann nicht nach Kordit riechen? Und das habe ich in der Tasche gefunden!«

Er antwortete nicht und sah fast verängstigt aus. Dann fuhr er mich ärgerlich an.

»Der blöde Mantel ist bestimmt schon hundertmal bei der Jagd getragen worden – warum sollte er also nicht nach Kordit riechen? Warum sollte keine Patronenhülse in der Tasche sein?«

»Ach, geh zum Teufel«, sagte ich, »du verschließt einfach die Augen, du willst nichts kapieren. Die Sattelkammer ist feucht, der Mantel ist feucht; aber schau dir die Patronenhülse an; der Messingring und die Kupferkappe sind nicht angelaufen; das Papier ist nicht durchweicht.«

Er schwieg.

»Schau«, fuhr ich fort. »Welchen Schrot hattest du geladen?«

»Nr. 5.«

»Und das ist Nr. 8!«

»Na und?«

»Tja – wofür würdest du Nr. 8 verwenden?«

»Für die Schnepfenjagd.«

»Oder für ein Pferd, das du nur verwunden, aber nicht töten willst?«

Er sah mich angewidert an und steigerte sich allmählich in einen Wutanfall hinein.

»Du bist genauso unmöglich wie meine Familie! Woher soll ich denn wissen, daß nicht du Jessie angeschossen hast, nur um dich an Harry zu rächen!«

Ich sah ihm ins Gesicht. Er hatte Ringe unter den Augen, seine Gesten waren zornig und abweisend.
»Ja«, sagte ich, »ich frage mich allerdings auch, woher du das wissen sollst. Dieses Haus ist eine Irrenanstalt, aber ich gehöre nicht zu den Verrückten.«
Ich wünschte, ich hätte mich irgendwohin zurückziehen können, aber es gab nur das kleine Ankleidezimmer, also ging ich hinein, zog die Tür hinter mir zu und setzte mich hin. Nach einer Weile hörte ich, wie Brian das Zimmer verließ. Was sollte ich jetzt tun? Ich wollte Brian nicht zwingen, zwischen mir und Glenallen zu wählen. Aber ich war etwas geworden, was ich mir nie hätte träumen lassen: ein lästiges Anhängsel. Partnerschaft, Liebe, Ehe, all das spielte keine Rolle mehr. Solange er glaubte, daß ich hier festsaß und ihm nicht entkommen konnte, würde es so weitergehen.
Ich kehrte ins Schlafzimmer zurück. Brian war weg, und auch die Patronenhülse war verschwunden. Auf dem Nachtkästchen lag seine Brieftasche. Ich nahm sie, fand fünf Pfund darin und steckte das Geld ein. Dann holte ich aus der Abstellkammer eine Reisetasche und fing an zu packen. Ballyharris konnte ich mit dem Fahrrad erreichen; dort wollte ich im Hotel übernachten und am nächsten Morgen heimfahren.
Für Brian hinterließ ich einen kurzen Brief unter dem Kopfkissen; er würde ihn nicht gleich finden.

Lieber Brian,
es tut mir leid, daß es soweit kommen mußte. Ich würde diesen Schritt nicht tun, wenn ich eine Alternative hätte.

Die Situation hier ist nicht zu retten, deshalb brauche ich Abstand. Ich fahre heim. Wenn ich Arbeit finde, gehe ich nach England.

Peg

Ich schlüpfte durch die Hintertür aus dem Haus, nahm mir ein Fahrrad, schlug auf der dunklen Winterstraße den Weg nach Ballyharris ein und kämpfte mit gesenktem Kopf gegen den Schneeregen an. Im Hotel nahm ich ein Zimmer für eine Nacht, und am nächsten Morgen schickte ich ein Telegramm an Tom. Er holte mich in Ballycloghan vom Bahnhof ab. Ich hatte mich danach gesehnt, ihn zu sehen, wieder daheim zu sein, an dem Ort, an dem ich ohne Hintergedanken geliebt und akzeptiert wurde, wo ich einfach ich selbst sein konnte.

Aber mein Gott, wie hatte er sich verändert. Wo war der gutgelaunte Tom, der mich so gern auf den Arm nahm? Der Mann, der mir gegenüberstand, erschien mir fast wie ein Fremder; seine Augen waren blutunterlaufen; er hatte sich schon seit Tagen nicht mehr rasiert, war schweigsam und stank nach Whiskey.

Ich umarmte ihn heftig, und seine Augen füllten sich mit Tränen.

»Schön, dich zu sehen, Peg«, sagte er.

Im Haus war es kalt; der Herd war nicht angeheizt, und in der Spüle stapelte sich schmutziges Geschirr, auf dem schon der Schimmel wuchs. Mir wurde das Herz schwer, und ich sah meinen Bruder ärgerlich an. Ehrst du so Cissies Andenken? wollte ich ihn anschreien, aber er hätte mich kaum verstanden, tief unglücklich, wie er war.

Mir wurde klar, daß ich Feuer machen und diese Bescherung beseitigen mußte, und plötzlich überkam mich eine heillose Wut auf diese Männer, die an nichts und niemanden dachten als an sich selbst. Brian hatte mich mit seinem Mißtrauen verraten. Er hatte zugelassen, daß seine Familie unsere Beziehung zerstörte. Ich verstand einfach nicht, warum das Leben, das so vielversprechend begonnen hatte, so düster und bitter geworden war.

9. Kapitel

Ich saß am Küchenherd in Ballycloghan und betrachtete den gefliesten Fußboden, den Tisch, den ich jeden Morgen schrubbte, den Küchenschrank mit dem Porzellan meiner Mutter, die alte angeschlagene Emaillespüle, den Weidenkorb mit dem Torf und Tiddles, den großen, mageren Kater, der mit mir am Herd saß. Tiddles schnurrte, wenn ich mit ihm sprach, und rieb sich an meinen Beinen, den Schwanz hoch aufgerichtet wie ein Fahnenmast. Seit Tagen war ich wütend und verstört, denn ich fürchtete, daß zwischen mir und Brian alles aus war. Ich stellte mir sein Gesicht vor, wenn er meinen Brief fand, malte mir seinen Zorn und die Reaktionen der übrigen Hausbewohner aus. Im Rückblick kam es mir vor, als hätte ich voreilig gehandelt, und trotzdem gab es kein Zurück. Ich wollte Brians Stimme hören, ich sehnte mich nach dem innigen Gefühl der Gemeinsamkeit, das uns früher verbunden hatte, nach den langen Gesprächen, dem Lachen, der Zärtlichkeit, dem Glück, das wir genossen hatten, bevor unsere Ehe allmählich und unmerklich vergiftet worden war.

Ich machte lange Spaziergänge in der Umgebung, versuchte, mir die Geborgenheit einer unbeschwerten Kindheit zu vergegenwärtigen. Ich ging die Landstraße hinunter, kam an der Stelle vorbei, wo die Zigeuner zu kampieren pflegten, dachte an die alte Frau, die mir die Zukunft vorausgesagt hatte, und verzog verächtlich den Mund. Große Dame – ach wirklich! Da stand ich nun, hatte eine gescheiterte Ehe hinter mir und schleppte ein gewaltiges, unbenennbares Schuldgefühl mit mir herum.

Immer wieder ließ ich mir alles, was sich in Glenallen abgespielt hatte, durch den Kopf gehen und spürte wie schon zuvor, als ich einen Tag fortgewesen war, die unfaßbare, bedrückende Spannung, die in diesem Haus alles durchdrang.

Wenn ich doch nur mit meinen Freundinnen hätte sprechen können! Aber Cissie war tot, und Mary widmete sich in Dublin ihrer Karriere. Die Alphabettafel in St. Catherine fiel mir wieder ein, und ich erkannte entsetzt, daß sich ein Teil der Prophezeiung bereits erfüllt hatte und ein anderer Teil, das zerspringende Glas, mein Leben, das in die Brüche ging, war gerade dabei, wahr zu werden. Wenigstens Mary war in Dublin in Sicherheit.

Sonntags nach der Messe traf ich Niamh Houlihan. Mir entging nicht, daß sie immer noch Interesse an Tom hatte, sich aber über seine Gleichgültigkeit keine Illusionen mehr machte. Sie sprach davon, nach Amerika auszuwandern. Ich dachte an Paddy, fragte mich, wie es ihm ging.

»Entweder gehe ich nach Amerika, oder ich heirate Pakkey Rafferty«, gestand mir Niamh und warf einen Blick in seine Richtung. Packey Rafferty hatte eine kleine Farm und war dreißig Jahre älter als Niamh; seine Mutter war unlängst gestorben, und jetzt hielt er Ausschau nach einer

Frau. Ich sah ihn an, wie er in Sonntagsanzug und Stiefeln bei den anderen Männern stand – ein solider, aber derber Mann, der hart arbeitete.

»Es gibt Schlimmeres als hierzubleiben«, meinte ich, und dann fragte sie mich neugierig, warum ich so lange blieb und was mein Mann davon hielt, wenn ich mehrere Wochen weg war.

Ich sagte das erste, was mir durch den Kopf schoß – er habe sich freiwillig gemeldet –, und sah, wie sie mich mit neugierigen blauen Augen musterte.

Mr. Clancy, immer noch jeder Zoll der Pädagoge, war bei der Messe nicht zu übersehen; mit seinem weißen Haarschopf überragte er den Rest der Gemeinde, denn er hielt sich unerschütterlich aufrecht. Neben ihm ließ seine nervöse kleine Frau den Rosenkranz durch die Finger gleiten, und sein Sohn Joe verfolgte den Gottesdienst mit dem Meßbuch in der Hand; hin und wieder wanderten seine Augen zu den Frauen hinüber, wo eine hübsche junge Farmerstochter neben ihrer Mutter kniete.

Während ich Tom den Haushalt führte, hatte ich das Gefühl, vom Regen in die Traufe gekommen zu sein. Ich hatte einen Mann, der vor lauter Arbeit keine Zeit fand, mit mir zu reden, gegen einen Bruder eingetauscht, der fast völlig verstummt war. Er nahm es hin, daß ich bei ihm Ferien machte, und fragte mich nicht aus; sein eigener Kummer beschäftigte ihn so, daß er gar nicht auf die Idee kam, bei mir könnte etwas nicht in Ordnung sein. Die Langeweile wurde unerträglich; Tag für Tag wartete ich mit unterdrückter Spannung auf die Morgenpost (bestimmt würde Brian schreiben, bestimmt würde er zu mir kommen ...). Den Rest des Tages brachte ich mit planloser Hausarbeit zu, las die Zeitung oder kochte; Tom kam zu den Mahlzeiten heim und verschwand abends im Pub. Er ging einfach davon aus, daß eine Frau im Haus dazu da war, ihm das Leben angenehm zu machen; das war sein gutes Recht und ihre Pflicht. Mit Pflügen und Eggen hatte er alle Hände voll zu tun, aber er wirkte müde, stand später auf, als gut war, mit roten Augen und saurem Atem, der von der Sauferei am Vorabend zeugte.

»Wirst du jetzt um Gottes willen aufhören, soviel zu trinken?« schrie ich ihn eines Morgens an. »Ich weiß, daß Cissie tot ist, aber es hat keinen Sinn, wenn du dich auch noch zerstörst.« Aber er sah mich nur ärgerlich an. Später beim Abendessen fragte er mich unvermittelt, ob es ein Unfall gewesen sei – oder hatte sie sich ...? Niemand, sagte er, hätte diesen Wall genommen, es sei denn ein Selbstmörder oder ein Angeber, und Cissie war eine gute Reiterin, sie hätte ihr Pferd niemals durch solchen Übermut gefährdet.

Ich sagte ihm, er sei verrückt; Cissie war durch einen Unfall gestorben. Die Tränen liefen mir übers Gesicht, und ich fing an, hemmungslos zu schluchzen, plötzlich überwältigt von den Ereignissen der jüngsten Vergangenheit. Tom versuchte, mich zu trösten. An diesem Abend blieb er zu Hause, kochte mir Tee, strich fürsorglich um mich herum und warf mir bekümmerte Blicke zu. Wie gern hätte ich mit ihm über die wahren Umstände von Cissies Tod gesprochen, aber ich konnte es nicht, weil ich wußte, daß es ihn zur Verzweiflung getrieben hätte. Also trank ich

meinen Tee, kühlte mir das Gesicht mit einem nassen Tuch und gab mich mit dem Trost zufrieden, der mir geboten wurde.
Endlich kam ein Brief von Brian. Ich erkannte seine Handschrift und fürchtete mich fast, ihn zu öffnen; schon ahnte ich das Schlimmste, ein emotionsloses Sich-Abfinden mit der Trennung, das Ende unserer Ehe.

Meine Peige,
verzeih mir, daß ich so spät schreibe – aber ich mußte nachdenken. Und da ich in diesem Augenblick alles ganz klar vor mir sehe, muß ich jetzt handeln.
Du hattest recht. Man sollte auf Distanz gehen, wenn eine Situation nicht mehr zu retten ist. Ganz gleich, was ich hier anpacke, alles wird zunichte. Und dahinter steckt noch mehr, als Du mit Deiner Bemerkung über die ›Irrenanstalt‹ angedeutet hast. Alle, die in diesem Haus leben, sind verdammt und finden keine Ruhe; um damit fertig zu werden, reicht meine Kraft allein nicht aus. Es ist fast, als würde uns, als würde mich etwas beobachten und mir die Lebenskraft aussaugen.
Du und ich, wir sind hier seelisch zerstört worden. Wenn ich jetzt gehe, ist der Bruch besiegelt. Wenn ich bleibe, wird es jedesmal schwerer sein. Selbst wenn Du zurückkämst – was wäre die nächste Katastrophe, der nächste kleine Zwischenfall, der uns zwingt, unsere Position hier im Haus zu verteidigen, unsere schiere Existenz zu rechtfertigen?
Und wenn Du nicht zurückkommst, wie sollte ich dann weiterleben? Seit Deiner Abreise werde ich von Tag zu Tag kälter, wie eine Leiche.

Dieser Ort übt eine Anziehungskraft auf mich aus, die ich nicht erklären kann; ich glaube, es ist mehr als nur das Familiengefühl. Ich hasse es zu scheitern, aber ich habe keine Chance. Meine Chancen hier sind vom Glück oder den Gesetzen des Zufalls abhängig.
Harry ist nur ein Werkzeug; sie weiß es nicht einmal. Ich habe diese Macht fast mein Leben lang gespürt, seit dem Tag, an dem ich mich in das Ganggrab unter dem Berg verirrt habe. Ich glaube, daß ich etwas mit herausgebracht habe. Siehst Du! Das klingt schon ein bißchen verrückt, und ich hoffe wirklich, daß es nur verrückt ist!
Ich werde Dich zu mir holen, sobald ich kann – vorausgesetzt, Du willst noch mit mir zusammensein. Jetzt fahre ich nach Belfast, um mich freiwillig zu melden; ich möchte zur Royal Air Force. In Europa werden Millionen abgeschlachtet, während ich mich hier mit Schatten herumschlage. Vielleicht wird uns der Krieg am Ende noch die Freiheit bringen!
Meiner Familie habe ich erzählt, daß Du zur Erholung nach Hause gefahren bist. Was ich vorhabe, sage ich ihnen nicht, sondern schreibe ihnen, sobald ich in England bin. Es tut mir leid, daß aus unseren Plänen nichts geworden ist, aber ich glaube, daß ich die richtige Entscheidung treffe, wenn ich mich jetzt zum Kriegsdienst melde.
Ich liebe Dich

Brian

Ich las ihn immer wieder durch, diesen Brief, der bestätigte, was uns verband, und uns gleichzeitig auf eine Weise trennte, die ich nicht erwartet hatte. Brian ging nach England und setzte sich Gefahren aus, die ich mir nur vage vorstellen konnte. Und auch ich würde fahren. Auf keinen Fall würde ich warten, bis er mich ›holte‹.

Kurze Zeit später erhielt ich zwei weitere Briefe, einen mit einer amerikanischen Briefmarke, adressiert an Miss Margaret Donlon, und einen zweiten an Mrs. B. Fitzallen; er kam von Mary.

Paddys Brief berichtete vor allem vom Krieg; er war sicher, daß Amerika mit hineingezogen würde. Er wünschte, er könnte heimkommen und mich wiedersehen, auch der Anblick der grünen Wiesen und des wilden Himmels fehlte ihm. Finanziell ging es ihm jetzt gut, schrieb er, und er hätte mir etwas zu bieten, wenn ich ihn nehmen wollte.

Gerührt dachte ich an Paddy, den ›Bauernlümmel‹, und schämte mich für meine Herzlosigkeit. Er war nie ein Bauernlümmel gewesen; er war gescheit, ein bißchen linkisch und arm, aber ein guter Mensch, und Güte war eine Eigenschaft, deren Wert ich erst jetzt allmählich erkannte.

Ich antwortete ihm, daß ich mich freue, von ihm zu hören, aber inzwischen verheiratet sei. Ich wünschte ihm alles Gute und berichtete ein paar Neuigkeiten aus der Gegend, die ihn wahrscheinlich interessierten. Brian, mein Mann, sei für England in den Krieg gezogen, und Niamh könne sich nicht entschließen, ob sie ein Schiff nach Amerika – sobald man gefahrlos reisen konnte – oder einen Mann, in Gestalt von Packy Rafferty, nehmen sollte.

Die Vorstellung, daß sie einen Mann heiraten würde, der soviel älter war und so an seinem Stückchen Boden hing, fand ich entsetzlich.

Marys Brief kam einen Tag nach Paddys. Sie teilte mir

mit, daß Brian sie auf dem Weg nach Belfast in ihrer Wohnung besucht hatte. Er hatte sie gebeten, mir zu schreiben, daß es ihm gutging und er bald von sich hören lassen würde. Der Brief war nach Glenallen gegangen und mir nachgeschickt worden; der Poststempel war von Anfang Februar und schon zehn Tage alt.
Marys Brief gab den Ausschlag für meine Entscheidung. Brian war nach England gegangen, und dahin zog es mich auch. Ich schrieb an Mary und bat sie, ob ich eine Weile bei ihr in Dublin wohnen könnte – um von dort aus meine Überfahrt nach England vorzubereiten. Sie antwortete mir postwendend, ich sei jederzeit willkommen. Wenn Brian in England war, so überlegte ich, würden wir uns dort treffen. Ich brauchte sowieso Arbeit, denn ich wollte unabhängig sein und ein neues Leben anfangen. Also bewarb ich mich auf Anzeigen in der *Irish Times*, in denen Lehrer für Schulen in England gesucht wurden. Eine davon war die Highcombe School in Nottingham.

Marys Wohnung befand sich am Merrion Square in einem fünfstöckigen georgianischen Haus. Im Erdgeschoß und im Keller befand sich eine Arztpraxis, Marys Wohnung lag im ersten Stock. Eines Abends traf ich mit dem Taxi vom Westland Row Bahnhof ein; mein Gepäck bestand aus einem Lederkoffer aus Ballycloghan, der von einem Gürtel zusammengehalten wurde. Ein schneidend kalter Ostwind wehte, das Taxi war ungeheizt, ein großer schwarzer Austin mit einem Ersatzreifen am Heck, und mir war schlecht vor Nervosität.
Ich bezahlte den Fahrer und drückte die Klingel unter

dem Schild ›Miss M. McElligott‹. Einen Moment später öffnete Mary lächelnd die Tür, zog mich in eine geflieste Halle, in der jeder Schritt widerhallte, und führte mich die Treppe mit dem geschwungenen Mahagonigeländer hinauf.

Die Wohnung hatte hohe Decken mit Originalbordüre, im Salon gab es einen Marmorkamin, einen hell erleuchteten Kronleuchter, orientalische Teppiche und Porzellanvasen. Mary trug ein jadegrünes Kleid und wirkte wie ein Juwel in ihrem in Apricot und Elfenbein gehaltenen Salon; üppiges, feuriges Haar umrahmte ihr Gesicht, und in ihren grünen Augen strahlte die Wiedersehensfreude.

»Mein Gott, Mary, du verdienst scheinbar nicht schlecht«, rief ich entzückt, denn ich hatte mir vorgestellt, daß sie in einer Mansarde hauste, in der man sich kaum umdrehen konnte – und in Wirklichkeit wohnte sie wahrhaft fürstlich. Der Raum hatte zwei Fenster, die fast bis zur Decke reichten. Ich zog einen Vorhang zurück und sah, daß man auf den dunklen Merrion Square hinausblickte; da draußen lag Dublin, die wenigen Fahrzeuge, die noch unterwegs waren, fuhren langsam. Kaum zu glauben, daß wir uns mitten in der Stadt befanden!

Mary lachte und zeigte mir das kleine Gästezimmer, durch dessen Fenster man auf den schmalen Garten und die zu Wohnungen umgebauten Stallungen blickte, die sich dahinter anschlossen. Ich zog meinen Mantel aus und nahm die luxuriöse Atmosphäre in mich auf, die von den Teppichen auf dem Boden ausging, von den Damastgardinen, die mit Satinkordeln gehalten wurden, der dicken, weißen Tagesdecke.

Mary streckte den Kopf zur Tür herein.
»Wieviel Hunger hast du? Ich frage, weil wir später essen gehen, aber wenn du am Verhungern bist, können wir jetzt einen Imbiß nehmen.«
Ich schüttelte den Kopf. »Essengehen ist heute nichts für mich. Ich sehe schrecklich aus und fühle mich noch schlimmer … Aber laß dir nicht den Abend verderben. Ich möchte mich lieber hinlegen.«
Sie sah mich prüfend an.
»In Ordnung. Ich kann mir vorstellen, wie du dich fühlst«, sagte sie und zog sich zurück. Dann hörte ich sie in der Küche hantieren.
Ich zog Hausschuhe an und ging zu ihr. Sie hatte angefangen zu kochen, etwas Köstliches – Hühnchen in Weinsoße. Ich protestierte, sie solle sich meinetwegen keine Umstände machen, und sie entgegnete, ja, ich sei tatsächlich eine schreckliche Last, aber jetzt solle ich mich in Gottes Namen hinsetzen und mich mit ihr unterhalten. Nur allzugern hätte ich etwas von Brian gehört, und ich mußte sie nicht lange bitten.
Mary erzählte mir von dem Abend, an dem er unverhofft vor ihrer Tür gestanden war, und sah mich, während sie sprach, halb mitleidig, halb neugierig an.
»Was ist in Glenallen geschehen, Peg?« fragte sie unvermittelt. »Ich weiß, daß irgendwas gewesen sein muß, aber Brian wollte nicht mit der Sprache herausrücken.«
Ich schüttelte den Kopf.
»Macht es dir was aus, wenn ich jetzt nicht darüber rede?«
»Tut mir leid. Ich war schon immer eine neugierige Person.«

Mary deckte den kleinen Küchentisch, und wir setzten uns. Ich stellte fest, daß meine Übelkeit mit dem Essen verschwand, und so ließ ich es mir schmecken. Mary hingegen nahm nur ein paar Bissen.

»Mary, du ißt ja wie ein Spatz.«

»Ich esse später. Ich muß auf meine schlanke Linie achten«, sagte sie wehmütig.

»Du siehst wunderbar aus«, erklärte ich wahrheitsgemäß. »Wie ein richtiger Filmstar; und du mußt eine große Schauspielerin sein, daß du dir diesen Luxus leisten kannst.« Ich deutete mit einer umfassenden Handbewegung auf unsere Umgebung. Mary prustete vor Lachen.

»Liebes Kind! Jeder, der Augen im Kopf hat, sieht doch, daß ich mich aushalten lasse. Eine Schauspielerin in Dublin hat nicht die geringste Chance, soviel zu verdienen, daß sie diese Wohnung bezahlen könnte.«

Ich saß da und starrte sie mit vollem Munde und weit aufgerissenen Augen an. Sie zog die Augenbrauen hoch.

»Du findest das wohl nicht gut?«

Ich schluckte. Was sollte ich sagen? Natürlich fand ich das nicht gut. Wir waren dazu erzogen worden, an die Ehe zu glauben, an eine dauerhafte Beziehung, in der es schlichtweg ausgeschlossen war, daß man sich veränderte, langweilte oder einfach nicht zusammenpaßte. Außerdem war ich im Glauben an die Keuschheit aufgewachsen. Eine Ermessensfreiheit, ob und unter welchen Umständen eine Bindung außerhalb der Ehe eingegangen werden durfte, war nicht denkbar; das war eine Todsünde, die den Ruf ruinierte und damit die Glaubwürdigkeit. Als ich in ihre klugen Augen blickte, hatte ich Angst um Mary.

Aber sie zuckte nur die Achseln. »Schau mich um Himmels willen nicht so an, Peg. Ich bin's, immer noch die gute alte Mary. Nach deinem Gesichtsausdruck zu schließen, hältst du mich für eine Hure!«
Sie klang ein wenig verärgert.
»Du hast immer gesagt, du machst, was du willst, Mary«, lächelte ich. »Aber das habe ich dir nicht abgenommen.«
»Ich mir auch nicht!«
»Ist es immer noch Lucien?«
Mary machte ein vielsagendes Gesicht; offenbar waren ihr ihre französischen Manierismen schon in Fleisch und Blut übergegangen.
»Natürlich. Du siehst ihn später.«
»Und das ist seine Wohnung?«
Sie seufzte. »Nein, meine. Aber er bezahlt dafür. Er ist ziemlich reich. Seine Familie besitzt Bleiminen in den Pyrenäen und Weinberge im Loiretal – folglich kann er sich diesen Luxus leisten.«
Ich hatte ihn noch gut in Erinnerung: sein Gesicht, wie er zu meinem Fenster aufblickte, das Zusammengehörigkeitsgefühl, das er in mir weckte, seine Freundlichkeit, nachdem ich bei der Jagd vom Pferd gefallen war, das Blut, das ihm über die Wange lief, als er von Ebonys Huf getroffen wurde.
»Was macht ein französischer Graf in Dublin?«
»Er ist bei der französischen Botschaft. Das habe ich dir doch schon erzählt.«
»Liebst du ihn?«
Sie hielt inne. Ihr Gesicht wurde ernst, der Ausdruck ihrer Augen fast hart.

»Ich frage mich, ob ich überhaupt einen Mann lieben kann.« Jetzt verstand ich gar nichts mehr.
»Warum nicht?«
Sie zuckte die Achseln. »Es hat mit Macht zu tun. Ich könnte es nicht ertragen, hilflos zu sein. Das würde mich vernichten.« Erstaunt sah ich, daß sie lächelte, als hätte sie einen Scherz gemacht. Die Verbitterung, die ich gerade noch wahrgenommen hatte, wich einem charmanten, liebenswürdigen Ausdruck.
»Er ist doch nicht etwa verheiratet, oder?«
»Nein.«
»Was passiert, wenn ...«
»Wenn ich schwanger werde?« Sie zuckte die Achseln. »Ich werde nicht schwanger. Er ist ... rücksichtsvoll. Er ermöglicht mir, mich der Arbeit zu widmen, die ich liebe. Und wer weiß, wenn der Krieg vorbei ist, schaffe ich vielleicht den Sprung nach London. Vielleicht«, fügte sie nach kurzem Überlegen hinzu, »wenn ich meine Karten richtig ausspiele, schaffe ich es sogar noch vorher. Lucien hat die richtigen Beziehungen. Er kennt Sir John Maffey. Und jetzt erzähl mir von Glenallen«, sagte sie leise, »wenn es dich nicht zu sehr aufregt.«
Sie bot mir eine Golden Flake an, gab mir Feuer und zog an ihrer Zigarette, die in einem langen, schwarzen Zigarettenhalter steckte. Und ich begann mit meinem Bericht. Ich erzählte ihr von Brians Sturz, von dem Jagdunfall, bei dem Jessie angeschossen wurde, von meiner Fehlgeburt und der Geschichte mit der Perlenkette, von den ständigen kleinen Kränkungen und der Art und Weise, wie Brian von Harry und Peter behandelt wurde. Aber Peters

Brief an Cissie und das, was sie mir am Weihnachtsabend in ihrem Zimmer anvertraut hatte, erwähnte ich nicht. All das ging nur Cissie etwas an, ob sie nun lebte oder tot war.
Als ich fertig war, lehnte Mary sich in ihrem Stuhl zurück und blies genüßlich den Rauch aus. Mir fiel auf, daß ihre Fingernägel überraschend kurz und nicht lackiert waren. Ihre Hände waren schmal und weiß.
»Mir war von Anfang an klar, daß Harry dir auf keinen Fall eine Chance geben würde. Weißt du, sie will Glenallen nach außen abschotten wie ein kleines Königreich, nur für ihre Eltern und Peter, und sie selbst ist die Königin. Brian läßt sich nicht beherrschen, also wirft sie ihn raus. Und du ...«
»Ich weiß, ich bin ein Eindringling aus der banalen kleinen Welt der normalen Leute. Aber es steckt mehr dahinter. Die Gegend an sich ist sonderbar. Hast du das nicht auch gemerkt?«
Mary musterte mich eindringlich, dann sagte sie mit gedämpfter Stimme: »Mein liebes Kind, ich habe jahrelang regelmäßig eine Gänsehaut gekriegt, wenn ich dem Haus zu nahe gekommen bin. Es war vollkommen richtig, daß du gegangen bist. Mich wundert nur, wie du es so lange ausgehalten hast.«
Dann fragte sie nach Peter, und ich erwiderte, daß ich ihn nach Cissies Beerdigung nicht mehr gesehen hätte. Wir sprachen eine Weile über Cissie, was uns die Tränen in die Augen trieb. Mary zerbrach sich den Kopf darüber, warum sie versucht hatte, den Wall zu nehmen. »Sie wußte doch, wie gefährlich es war, Peg.«
Schließlich nahm ich meinen Mut zusammen und fragte

sie nach dem Zwischenfall, der mich seit dem Weihnachtsessen beschäftigte.
»Mary, erinnerst du dich, daß du als kleines Kind in Glenallen von einem Ziegenbock gejagt worden bist?«
Sie sah mich an.
»Was für eine Frage! Von einem Ziegenbock gejagt?« Sie lachte laut. »Warum fragst du?«
»Ach, nur weil Harry es erwähnt hat. Sie sagte, daß du damals fünf warst und sie und Peter einen Ziegenbock auf dich gehetzt haben.«
Sie zuckte die Achseln. »Ich kann mich nicht erinnern. Als ich klein war, habe ich manchmal in Glenallen gespielt, aber irgendwann bin ich nicht mehr hingegangen.«
Dann wechselte sie das Thema, plauderte fröhlich, aber ich sah, daß sie nachdenklich die Stirn runzelte, wenn sie sich unbeobachtet fühlte, als würde sie angestrengt versuchen, sich an ein lange verschüttetes Ereignis zu erinnern.

Noch am selben Abend sah ich Lucien wieder. Er kam mit einem Strauß Narzissen in die Wohnung. Zu seinem grauen Anzug trug er ein weißes Hemd und eine rote Seidenkrawatte; er sah fremdländisch aus, dynamisch und reich: ein Mensch, der sein Schicksal in der Hand hat. Diesmal musterte ich ihn genau. Er hatte braune Augen, schwarze Haare mit Geheimratsecken. Sein Gesicht wirkte angespannt, aber sein voller, fester Mund sprach von Stärke und Humor. Er wirkte, als wäre er es gewohnt zu befehlen und seine Meinung zu vertreten; ich hatte den Eindruck, daß er sich niemals einem Dogma unterwerfen würde.
Mary kam aus dem Schlafzimmer; in ihrem schlichten

schwarzen Kleid sah sie umwerfend aus. Dazu trug sie glitzernde grüne Ohrringe. Smaragde? Lucien musterte sie mit dem Kennerblick eines Kunstliebhabers, küßte sie auf die Wange und kam lächelnd auf mich zu, während Mary mit den Blumen in der Küche verschwand, um sie ins Wasser zu stellen; ihre hohen Absätze klapperten auf dem Küchenfußboden. Ziemlich nervös saß ich auf dem apricotfarbenen Sofa, lächelte unbeholfen und gab ihm meine Hand, die er an die Lippen führte.

»Madame!« rief er und neigte höflich den Kopf. »Ich bin entzückt, Sie wiederzusehen!«

Er sah mich interessiert an.

Als Mary mit der Blumenvase aus der Küche kam, drehte er sich um und sagte etwas auf französisch, sprach aber so schnell, daß ich nur die Worte ›elle‹ und ›Botticelli‹ verstand.

Mary sah mich an, als wollte sie sich für ihn entschuldigen. »Ja«, sagte sie. »Peg war schon immer bezaubernd, aber es ist schwer, sie davon zu überzeugen.«

Daraufhin machte er ihr ein Kompliment, wieder auf französisch, und sie lächelte und streichelte ihm liebevoll mit der Hand über die Wange.

»Ich habe in Jammets einen Tisch reservieren lassen«, sagte er. »Wir können deine schöne junge Besucherin nicht ganz allein hier lassen. Sie muß uns begleiten.«

»Oh, nein«, protestierte ich. »Vielen Dank. Ich habe schon gegessen und würde viel lieber ins Bett gehen. Ich bin todmüde.«

Plötzlich fühlte ich mich wirklich erschöpft; die Übelkeit hatte sich wieder eingestellt, die Angst vor der Zukunft;

ich wollte bei Brian sein, in seinen Armen liegen und die alte Sicherheit wiederfinden.
»Bevor wir weggehen«, sagte Mary, »solltest du dich mit Peg unterhalten. Sie will nach England gehen, um dort zu unterrichten. Sie hat Naturwissenschaften studiert, aber sie braucht einen Paß.«
Er setzte sich neben mich aufs Sofa, und ich spürte seine Nähe. Als ich ihn wieder anblickte, sah ich, daß er stark und auch skrupellos sein mochte, aber ein liebenswürdiges Wesen hatte.
»Sie haben einen ungewöhnlichen Namen.«
»Eine Abkürzung für Margaret«, erklärte Mary.
Er lächelte mich an und verneigte sich leicht.
»Ein vornehmer Name, Margaret. Aber warum wollen Sie nach England? Sie wissen doch, daß dort Krieg herrscht? Es ist gefährlich. Das ist kein Ort für eine junge Frau, der noch andere Möglichkeiten offenstehen.«
»Pegs Mann ist dort«, warf Mary ein. »Er hat sich unlängst zur RAF gemeldet!«
»Aha! Wissen Sie, wo er stationiert ist?«
Wieder errötete ich, denn ich fühlte mich gedemütigt, weil ich es nicht wußte. Ich sah, wie Mary Lucien mit einem leichten Kopfschütteln warnte. »Ich weiß nicht, wo er ist«, gab ich zu. »Ich warte auf Nachricht von ihm.«
»Aus einem Brief werden Sie seinen Aufenthaltsort nicht erfahren! Die Zensur würde es herausstreichen. Können Sie nicht hier auf ihn warten?«
»Nein«, sagte ich. »Das kann ich nicht. Ich muß nach England; ich muß Arbeit finden.« Er hob resigniert die Hände.
»Gut, ich werde tun, was in meiner Macht steht. Ich habe

Freunde, die Ihnen vielleicht helfen können.« Er lächelte mich an und wandte sich dann Mary zu, die aufstand. »Ich hole meinen Mantel«, sagte sie und ging ins Schlafzimmer.

Als sie fort war, sah mich Lucien an, und aus seinen braunen Augen sprachen Sorge und Bewunderung.

»Es ist ein gefährliches Abenteuer, allein nach England zu reisen, noch dazu mitten im Krieg – eine schöne junge Frau wie Sie –, passen Sie gut auf sich auf.«

Und plötzlich wünschte ich, ich hätte jemanden, der mich so aufmerksam betrachten und mit so zärtlichen Worten umwerben würde wie dieser Fremde. Er gab mir das Gefühl, daß Frauen zauberhafte, andersartige Wesen waren, daß sie stark waren und nicht minderwertig, wie ich es so oft erlebt hatte; Weiblichkeit war nicht länger etwas, was eine Frau wegwerfen mußte, um sich die Unbeugsamkeit anzueignen, die notwendig war, um angesichts des aggressiven Egoismus von Ehemännern, Vätern, Söhnen zu überleben.

Mary kehrte mit dem Mantel über dem Arm zurück, eine Duftwolke umhüllte sie. Lucien half ihr in den Mantel. Sie versprach, gegen Mitternacht wieder dazusein; dann gingen sie und schlossen leise die Tür.

Ich stand auf, ging zum Spiegel und betrachtete mein Gesicht aus verschiedenen Blickwinkeln. Meine Augen leuchteten wie schon lange nicht mehr, und die rosige Farbe meiner Wangen ließ sich nicht allein durch die Wärme des Salons erklären. Ich vergrub meine Nase in Luciens Narzissen; sie hatten den Duft des Frühlings mitgebracht.

Zweites Buch

10. Kapitel

Die Reise war furchtbar anstrengend. Ich hatte das Schiff nach Holyhead genommen, und die aufgewühlte See, die Gefahr, auf Minen zu stoßen, und meine ungewisse Zukunft – all das machte mich krank vor Angst.

In Crewes und in Derby mußte ich umsteigen. Überall sah man Plakate: *Unüberlegte Worte können Menschenleben kosten;* eins schien sich direkt an mich zu wenden: *Ist Ihre Reise wirklich notwendig?* Darauf waren ein Soldat in Uniform mit einem Stahlhelm und ein großes Fragezeichen abgebildet; der Soldat deutete mit dem rechten Arm mahnend auf den Betrachter und stützte mit dem linken das Gewehr auf den Boden.

Im Bahnhof wimmelte es von echten Soldaten, von jungen Frauen in Uniform, Ehefrauen und Freundinnen am Arm ihrer Männer – hier pulsierte das Leben, hier hatte man das Gefühl, daß etwas Wichtiges passierte. Hinter mir lag die Welt der drohenden Schatten, vor mir die Welt der Taten. Ein wenig fühlte ich mich wie die Hauptperson aus Wells' *The Sleeper Awakes,* so fremd und so anders war die Umgebung, in der ich mich jetzt befand.

Es gab unendliche Verzögerungen, so daß ich sieben Stunden im Zug saß, ehe ich um elf Uhr nachts in der Victoria

Station von Nottingham eintraf. Die schwarzen Rollos an den Fenstern sperrten die übrige Welt aus; innen war alles nur schwach erleuchtet. Das Abteil war voll besetzt: zwei Frauen mit Filzhut und Wintermantel, ein gutgekleideter alter Mann mit Schnurrbart, der mir gegenübersaß, und vier Offiziere in Uniform, die fast die ganze Fahrt über Karten spielten. Ab und zu öffnete sich ratternd die Tür, weil jemand noch einen Sitzplatz suchte. Dann hörte man den Lärm und roch den Zigarettenrauch vom Gang, auf dem dicht gedrängt die Soldaten standen, lachend und rauchend, mit dem plumpen, prahlerischen Selbstbewußtsein von Männern, die ein gemeinsames männliches Interesse verbindet.

Ich saß am Fenster und tat, als würde ich *Without My Cloak* lesen, den Roman von Kate O'Brien, den mir Lucien in Dun Laoghaire in die Hand gedrückt hatte, als Mary und er sich von mir verabschiedeten. Mary hatte mich umarmt und geflüstert: »Wir sehen uns in London.« Lucien drückte meine Hand. »Bon Courage«, flüsterte er, und seine braunen Augen waren herzlich und warm. Jetzt dachte ich an ihn, während der Zug, dieses ratternde Ungetüm, durch die Kriegsnacht brauste. Ich hatte mich so an Lucien gewöhnt, hatte mich von ihm und Mary verwöhnen lassen, aber noch immer schockierte mich ihre Beziehung, noch immer war ich argwöhnisch gegenüber diesem Fremden, der es wagte, meine schöne Freundin zu seiner Geliebten zu machen, immer noch voll Staunen über seine Ansicht, daß man das Leben nicht gewaltsam an sich reißen, ihm aber weder ausweichen noch entfliehen sollte. Ich vermißte ihn in diesem Zug, der in eine ungewisse Zu-

kunft fuhr. In meiner Handtasche lag die Karte, die er mir besorgt hatte – *Reisegenehmigung für England, Irland und Nordirland,* mit einer Fünf-Shilling-Briefmarke.
Während ich an ihn dachte, fiel mir plötzlich auf, daß er nie eine Nacht in unserer Wohnung verbracht hatte, wenn ich zu Hause war. Vielleicht traf er sich in seiner eigenen Wohnung mit Mary, vielleicht schlief er nur mit ihr, wenn sonst niemand in der Nähe war. Ungläubig und entsetzt erinnerte ich mich daran, was er mir an dem Tag meiner Abreise ins Ohr geflüstert hatte, als er in mein Zimmer kam, um die Koffer zu holen: »Werden Sie vielleicht irgendwann einmal mir gehören?« Dabei hatte er mich mit seinen dunklen Augen völlig unverfroren angesehen, als wäre es das normalste der Welt, eine Frau, die man kaum kannte, zu fragen, ob sie mit ihm ins Bett ginge. Als wüßte er etwas über mich, was mir selbst verborgen war.
Ich wandte mich schnell ab, unsicher, ob ich richtig gehört hatte, und versuchte, den unwillkürlichen Schauer der Erregung zu ignorieren. Für wen hielt er sich überhaupt? Für einen orientalischen Pascha? Mir tat Mary leid, weil der Mann in ihrem Leben offenbar sowenig von Treue hielt. Und ich dachte mit einer Mischung aus Aufregung und Angst an die Highcombe School in Nottingham, wo ich mich vorstellen mußte. In Gedanken schickte ich ein kleines Stoßgebet zum Himmel.
Aber hauptsächlich dachte ich an Brian, mit dem Schmerz, der Teil meines Lebens geworden war, überzeugt, daß alles gut werden würde, wenn wir nur eine Weile zusammenbleiben konnten. Schließlich war Glenallen nicht das Maß aller Dinge – man konnte auch anders leben. Ich

dachte an die Nacht, in der Jessie angeschossen worden war, wie der Schnee auf Knockshee fiel, als sollte nichts zwischen den Berg und seinen Schatten treten.

In England würden Brian und ich uns wiederbegegnen, unseren eigenen Rhythmus, unseren Frieden finden. Aber England war ein riesiges Land, dort wohnten viele Menschen, und es herrschte Krieg. Natürlich war mir das schon klar gewesen, aber jetzt erst bekamen diese Tatsachen eine konkrete Bedeutung, jetzt, da ich in diesem Eisenbahnwagen saß, der mich in eine Stadt brachte, die für mich bisher nur ein Name gewesen war. In Robin Hood, dem ersten Buch, das ich gelesen hatte, spielte Nottingham eine Rolle – mehr wußte ich nicht darüber. Nun wünschte ich mir, ich hätte gewartet, bis Brian mich aufforderte zu kommen, dann hätte ich wenigstens ein klares Ziel gehabt, jemanden, der mich vom Bahnhof abholte, und nicht dieses unangenehme Gefühl, der Welt auf Gnade und Barmherzigkeit ausgeliefert zu sein. Gleichzeitig war mir klar, daß dieses Gefühl aus meiner Angst vor dem Unbekannten erwuchs. Es war besser, etwas zu unternehmen, als die quälende Warterei zu ertragen. Wenn Brians Brief eintraf, würde Tom ihn mir nachschicken, und in der Zwischenzeit konnte ich vielleicht selbst Brians Aufenthaltsort ausfindig machen und ihn überraschen. Doch all das hing davon ab, ob ich bei der Arbeitssuche erfolgreich sein würde.

Als wir uns Nottingham näherten, erlosch plötzlich das Licht im Waggon. Einer der Offiziere brummte: »Verdammt« – mehr aus Ärger, daß das Spiel unterbrochen wurde, als aus Angst vor drohender Gefahr. Ich wartete

darauf, daß die Lichter wieder angingen, aber die Finsternis blieb, nur durchbrochen von den zwei glühenden Lichtpünktchen, den Zigaretten der beiden Frauen, die ein paar hektische Worte wechselten und schließlich in Schweigen verfielen.
»Warum ist das Licht ausgegangen?« fragte ich nervös.
»Die Deutschen sind über uns.«
Die Antwort kam von dem alten Mann; seine Stimme klang belustigt, freundlich und sachlich. Falls er doch Angst hatte, ließ er es sich nicht anmerken; vielleicht war er aber auch zu alt, um sich Sorgen zu machen. Die deutschen Bomber flogen also über uns, sagte ich mir überrascht, aber ohne mir etwas vorzumachen. Womöglich würden sie die Gleise und den Zug bombardieren, sie brauchten nur Licht. Ich spürte, wie mir die Angst die Kehle zuschnürte, aber von den Umsitzenden ließ sich niemand etwas anmerken. Flüsternd setzten sie ihre Gespräche fort, als könnte der Feind in der Luft sonst etwas hören.

Vollkommen unbeleuchtet fuhr der Zug in Nottingham ein. Ich zerrte meinen Koffer aus dem Gepäcknetz, schleifte ihn zur Tür und hinaus auf den Bahnsteig. Erst da fiel mir auf, daß ich plötzlich mutterseelenallein war. Noch einen Augenblick zuvor hatte ich mich von der Nähe der anderen Reisenden fast bedrängt gefühlt, und jetzt war auf einmal alles absolut still um mich herum. Der Bahnhof war menschenleer, und es war so dunkel, daß ich kaum die Hand vor Augen sehen konnte. Die Menschen aus dem Zug waren verschwunden; ich schien als einzige noch auf dem Bahnsteig zu stehen, und aus Angst, beim ersten Schritt auf die Gleise zu stürzen, wagte ich nicht, mich von der Stelle zu rühren.

Nach einer Zeit, die mir sehr lang vorkam – obwohl es in Wirklichkeit wahrscheinlich nur fünf bis zehn Minuten waren –, hörte ich in der Ferne das Rattern eines Gepäckwagens.

»Hallo!« rief ich. »Hallo! Können Sie mir vielleicht helfen?« Meine Stimme hallte im leeren Bahnhof.

»Moment, Schätzchen, Moment«, antwortete eine Männerstimme.

Das Rattern kam näher, dann war der Mann neben mir. Ich erzählte ihm, daß ich mich nicht auskannte, und fragte, weshalb alle anderen Passagiere so schnell verschwunden waren. Darauf erklärte er mir, daß für die Deutschen über uns der Bahnhof ein Ziel war.

»Wird Nottingham bombardiert?«

»Nein, Miss, die Deutschen bombardieren Derby; draußen können Sie den Feuerschein am Himmel sehen.«

Dann fragte er noch, was denn ein nettes irisches Mädchen in Nottingham zu suchen hätte und wo ich wohnte. Ich erklärte ihm, daß ich noch keine Unterkunft hatte, und bat ihn, mir ein Hotel zu empfehlen. Etwas verwundert nannte er mir ein paar Hotels, in denen ich es versuchen, und erwähnte auch die, von denen ich mich lieber fernhalten sollte. Schließlich nahm er mir meinen Koffer ab und schlug vor, ich könne ihn ja am nächsten Morgen bei der Gepäckaufbewahrung abholen – falls der Bahnhof dann noch stand.

So wagte ich mich mit meiner Tasche hinaus in die Dunkelheit. Am Himmel sah ich den roten Schein, von dem der Mann gesprochen hatte. Keine Straßenlaterne brannte, und es waren nur sehr wenige Leute unterwegs. Ich folgte der Wegbeschreibung zum nächsten Hotel – ›The Wickerly Arms‹ – und klingelte.

Sofort wurde die Tür geöffnet, ein Mann kam heraus und betrachtete mich argwöhnisch. Bis zu diesem Augenblick war mir nicht in den Sinn gekommen, daß jemand denken könnte, ich wäre eine Prostituierte, aber jetzt erklärte ich ganz aufgeregt, ich sei Lehrerin, gerade in Nottingham eingetroffen und brauchte eine Unterkunft für die Nacht.

»Kommen Sie aus Irland?« – »Ja.«

Er machte einen Schritt zur Seite, ich trat ein, und er führte mich in eine dunkle Eingangshalle, durch eine weitere Tür und von dort in eine zweite Halle. Rechts war der Salon; er war hell erleuchtet, und mehrere Leute, größtenteils Offiziere in Uniform, saßen an den Tischen oder an der Bar, einige Pärchen plauderten, eng aneinandergeschmiegt, hielten Händchen und schenkten ihrer Umgebung keinerlei Beachtung.

Die Luft war stickig; es roch nach Schnaps und Bier, und im gedämpften Licht standen Rauchschwaden. Durch die schwarzen Rollos an den Fenstern sah man weder die Nacht noch den unheilvollen roten Schimmer draußen. Ich wurde nach oben zu einem kleinen Einzelzimmer geführt, der Nummer 13, die nur wegen der Zahl an der Tür noch frei war. Da ich seit Mittag nichts gegessen hatte, war ich inzwischen entsetzlich hungrig. Doch ich traute mich nicht weiter als ins Badezimmer, so eingeschüchtert war ich von den im Hotel allgegenwärtigen Uniformen. Und selbst der Ausflug ins Badezimmer verlief nicht ohne Zwischenfall, denn ein betrunkener, schwankender Offizier – ein Kanadier – stellte sich mir in den Weg und fragte, ob er mich zu einem Drink einladen dürfe. Nein? Aber er müßte morgen an die Front, erzählte er, und vielleicht würde er nie zurückkehren. Er war etwa fünfundzwanzig, mit blauen, blutunterlaufenen Augen. Sein Atem stank nach Whiskey. Ich erklärte, ich sei schrecklich müde, und er bestand darauf, mich zu meiner Tür zu begleiten.

Später hörte ich, wie jemand am Türknauf drehte und rüttelte, und eine Stimme flüsterte eindringlich: »Miss ... Miss ...« Aber ich hatte die Tür von innen verriegelt und für alle Fälle noch einen Stuhl unter den Griff geklemmt. Schließlich gab mein Möchtegern-Liebhaber auf.

Am nächsten Morgen ging ich erst spät zum Frühstück nach unten, in der Hoffnung, den Uniformierten und vor allem dem Kanadier zu entgehen. Es war zehn Uhr; ich hatte den Speiseraum für mich allein, und ich genoß ein Festmahl mit Tee, Toast und Würstchen. Während ich meinen Toast mit Margarine und Marmelade bestrich, dachte ich daran, daß in England eine Lebensmittelknappheit herrschte, von der ich, die ich in Irland auf dem Land und von seinen Produkten gelebt hatte, keine Ahnung hatte.

Als ich fertig gefrühstückt hatte, erkundigte ich mich bei der Frau an der Rezeption nach Busverbindungen zur Highcombe School. Mein irischer Singsang klang neben ihren knappen englischen Erklärungen fremd und schwerfällig. Ich kam mir naiv und unbeholfen vor; meine Welt bestand aus Galway und Glenallen, Ballyharris und Ballycloghan, Orten, die mir mitten in dieser unmittelbaren, absolut nüchternen Gegenwart vorkamen wie Traumgebilde.

Ich nahm den Oberleitungsbus und stieg vor der Schule aus: ein großes Backsteingebäude, umgeben von leeren Sportplätzen. Durch die unverschlossene Vordertür gelangte ich in die Eingangshalle, konnte aber nirgends eine Menschenseele entdecken. Der übliche Schulgeruch schlug mir entgegen, eine Mischung aus Kreidestaub, Bleistiftspänen, Papier und Tinte. Die Türen der Klassenzimmer standen offen; auf den Tafeln Kritzeleien, Mathematikaufgaben, naturwissenschaftliche Formeln, englische Stilübungen. Alles war da – Bücher, Stifte, Füller, Hefte –, aber keine Spur von Schülern oder Lehrern. Ein ähnliches Gefühl wie gestern auf dem Bahnhof überfiel mich. Wenn die Schule geschlossen war? Wohin sollte ich mich dann wenden? Ich hatte nur sehr wenig Geld; Tom hatte vergessen, mir welches zu geben, und als Lucien mir seine Hilfe aufdrängen wollte, hatte ich gelogen, ich bräuchte nichts.

Doch auf einmal hörte ich Schritte hinter mir in der Halle.

»Kann ich Ihnen helfen?« fragte eine höfliche, etwas mißtrauische Stimme. Sie gehörte einem jungen Mann in einem blauen Blazer und grauer Hose. Er war groß, gutaussehend und etwa achtzehn Jahre alt.

»Ich wollte zu Mr. Drencher«, erklärte ich. »Ich bin die neue Lehrerin für Naturwissenschaften.«

»Ach, wirklich.« Er begutachtete mich eingehend. »Nun, der Direktor ist zu Hause; die Schule ist heute geschlossen. Soll ich Ihnen zeigen, wo er wohnt?«

»Gern, danke.«
Er stellte sich vor – Paul Smithers – und meinte, wahrscheinlich sei er in meiner Klasse; Mr. Rogers, sein früherer Naturkundelehrer, war einberufen worden. Nach Schuljahresende würde er selbst zur Luftwaffe gehen.
Weiterhin taxierte er mich verstohlen; ich spürte seine Vorbehalte: Ich war zu jung für eine Lehrerin, ich war Irin, und die Iren waren bekanntlich alle ungehobelte Kerle oder sympathisierten mit den Deutschen. Und außerdem war ich eine Frau.
Als ich ihm erzählte, daß mein Mann ebenfalls in der Luftwaffe war, merkte ich, daß ich für ihn sofort zur Familie gehörte; seine Augen strahlten, und seine Höflichkeit verlor an Distanz. Interessiert erkundigte er sich, wo mein Mann stationiert sei, worauf ich antwortete, das wisse ich noch nicht, weil er erst vor kurzem einberufen worden sei.
So führte er mich durchs Schultor, über die mit Ulmen gesäumte Allee, die stille Vorstadtstraße entlang. Nach etwa zehn Minuten zeigte er auf ein weißes Haus, das zwischen Bäumen am Ende einer Sackgasse stand.
»Dort ist es!« Ich bedankte mich. Mein Begleiter grinste zu mir herunter und meinte leise: »Der alte Bursche sieht aus wie ein Löwe, aber man hat ihm die Zähne und die Krallen längst gezogen. Lächeln Sie ihn an, Mrs. Fitzallen. Er mag Frauen!«
Damit machte er kehrt und ging den Weg zurück, den wir gekommen waren.
Der ›Löwe‹ war gerade dabei, Rosenstöcke einzupflanzen. Er hatte weiße, unordentliche Wuschelhaare, buschige Augenbrauen, melancholische Hängebacken wie ein

Spaniel, trug einen löchrigen dunkelgrauen Pullover, und seine Finger waren dreckverkrustet. Auf den ersten Blick hielt ich ihn für den Gärtner.
»Ist Mr. Drencher da?«
Er fuhr hoch, starrte mich an und zog erstaunt die buschigen Brauen hoch. »Wer möchte ihn denn sprechen?«
»Ich habe einen Termin bei ihm. Ich bin Mrs. Fitzallen, die neue Naturkundelehrerin.«
»Ach, wirklich!«
Das kurze Zucken um seinen Mund entging mir nicht. Mr. Drencher war groß, Mitte Fünfzig; von seiner Nase zogen sich zwei tiefe Falten zum Mund, und er hatte eng zusammenstehende, kluge Augen.
»Dann kommen Sie lieber mal rein.«
Während ich im Salon wartete, sah ich mich um: ein ordentlicher Stapel Bücher und Papiere auf dem Tisch, ein glühendes Kohlefeuer im Kamin, eine Sitzecke aus blaugrauem Velours. Über die Fenster waren kreuzweise Klebebandstreifen gezogen, die Verdunklungsvorhänge waren offen, so daß man in den Garten hinaussah. Von oben hörte ich Mr. Drencher etwas sagen und eine Frauenstimme, die ihm antwortete. Als er schließlich wieder erschien, sah er vollkommen verändert aus: Er trug einen dunkelgrauen Nadelstreifenanzug, die weißen Haare waren gebändigt und ordentlich frisiert, die strengen Augen betrachteten mich gelassen.
»Ich habe Sie erst morgen erwartet, Mrs. Fitzallen.«
Mit rotem Kopf versuchte ich zu erklären, ich hätte ja keine Ahnung gehabt, daß er der Direktor war, und im stillen schimpfte ich mich eine dumme Gans, weil ich einfach

mit meinem »Ich bin die neue Naturkundelehrerin« herausgeplatzt war, wo ich doch nur zu einem Vorstellungsgespräch angemeldet war.

Mr. Drencher stand mit hängenden Schultern am Feuer, so daß ich sein ernstes, autoritäres Gesicht im Spiegel über dem Kamin sah. Wenn er sich nun gegen mich entschied, wenn er mich für zu jung und unerfahren hielt?

Lächeln Sie ihn an, Mrs. Fitzallen! Der Rat des jungen Mannes fiel mir wieder ein. Also lehnte ich mich zurück, und als sich Mr. Drencher zu mir umwandte, lächelte ich ihn an – mit demselben selbstbewußten Lächeln, das ich bei Harry hundertmal gesehen hatte, dem Lächeln, das sagte: Ich habe mein Schicksal in der Hand, ich durchschaue die Welt.

»Sie kennen sich aus in Ihrem Beruf, was?«

»Ja, davon bin ich überzeugt.«

Danach erkundigte er sich nach meinem Mann, und als ich erklärte, daß er bei der Luftwaffe war, rückte ich dank dieser Information wieder in den privilegierten inneren Kreis auf, und Mr. Drencher vermittelte mir augenblicklich ein warmes, beschützendes Zusammengehörigkeitsgefühl.

»Mein Sohn ist auch Pilot.«

Am nächsten Tag begann mein neues Leben. Jetzt war ich Mrs. Fitzallen, Naturkundelehrerin an der *Highcombe Boys' Public School.* Glenallen und Ballycloghan hätten genausogut auf dem Mond sein können, so weit entfernt und fremd schien mir meine Heimat plötzlich. Aber ich hatte Heimweh, und zwar nicht einmal so sehr nach einem

der beiden Orte, an denen ich gelebt hatte, sondern nach Irland, den subtilen sozialen Konventionen, die ich kannte, nach dem Humor, nach der Respektlosigkeit. Und vor allem nach Mary. Die alte Vertrautheit hatte sich wieder eingestellt, und auch Lucien konnte ich nicht vergessen.
England war pragmatisch, vernünftig, entschlossen und kämpfte mit dem Rücken zur Wand; die Engländer waren nett, höflich, praktisch und besaßen eine Courage, die um so unbezwingbarer war, als sie keinerlei Prahlerei kannte. Aber am erstaunlichsten für jemanden, der aus einem Land kam, in dem Snobismus nie offen gezeigt wurde, war die fraglose Anerkennung der Klassenzugehörigkeit, als wäre diese Ordnung gottgegeben.
Mich umgab mein Beruf wie ein Schutzmantel, der Pflichten mit sich brachte, mir aber auch einen gewissen Respekt sicherte. Jetzt hieß ich Margaret; Peg gab es nicht mehr, sie war ein Geist, der nur noch Ballycloghan und Glenallen heimsuchte – schöne, schmerzliche Erinnerungen.
Rund sechshundert Jungen besuchten unsere Schule. Manche davon hätten eigentlich schon im ersten Semester an der Universität sein sollen, aber in den sicheren Gegenden waren die Universitäten voll, wenn nicht sogar überfüllt. Da Nottingham als relativ sicher galt, war es eine sogenannte Aufnahmestation, in der sich Studenten aus London, Oxford und Cambridge einfanden. Viele Oberstufler, die eine Universitätslaufbahn geplant hatten, warteten jetzt auf ihre Einberufung. Ich traf Mr. Warren, meinen Vorgänger, der ebenfalls jeden Tag damit rechnete,

eingezogen zu werden; er war ungefähr achtunddreißig, ein ernster Mann mit Brille.
»Ich habe mich bei der Luftwaffe beworben, aber man hat mich abgelehnt – wegen meiner Sehschwäche«, erklärte er mir. »Aber die Marine wäre nichts für mich. Ich bin kein guter Matrose ... ich werde nämlich seekrank ... also komme ich sicher zu den Bodentruppen.«
Er erläuterte mir den Lehrplan, führte mich in der Schule herum und stellte mich den anderen Lehrern und den Klassen vor, in denen ich unterrichten sollte. Die Schüler musterten mich neugierig. Als ich hereinkam, erhoben sich alle unter lautem Stühlerücken.
»Das ist Mrs. Fitzallen, Jungs. Sie wird bei euch Botanik unterrichten.«
Manche lächelten, manche grinsten, und ich hörte auch ein geflüstertes: »Nicht übel!« Mr. Warren musterte die Jungen über den Rand seiner Hornbrille, und sein Blick brachte alle umgehend zur Ruhe. Ich fragte mich, wie er das fertigbrachte, und versuchte es ihm nachzumachen: Ich setzte ein Gesicht auf, mit dem ich Ernst und Kompetenz zu vermitteln hoffte, und kniff streng die Augen zusammen. Ob ich die Schüler damit beeindruckte, weiß ich nicht, mich selbst konnte ich jedenfalls damit nicht täuschen.
Meine erste Klasse, die 3A, bestand aus dreiundzwanzig vierzehnjährigen Knaben. Im Raum herrschte das reinste Chaos: Papiergeschosse aller Art flogen durch die Luft, die Tafel war mit kleinen gekauten Pappmachébällchen übersät, mit denen man ein Kreidegesicht beschossen hatte – einen Mann mit einem Schnurrbart und einem Ha-

kenkreuz auf der Stirn. Einen Augenblick blieb ich unter der Tür stehen, und als niemand Notiz von mir nahm, ging ich zum Pult. Doch der Lärm hörte nicht auf. Da drehte ich mich um und machte Anstalten, die Klasse wieder zu verlassen. Fast sofort trat Ruhe ein. Ich betrat also zum zweiten Mal ›meine‹ Klasse und stellte mich dem Meer erwartungsvoller Gesichter, die mich gespannt anstarrten. Ein Junge sprang auf, um die Tür zu schließen, ein anderer rannte zu meinem Stuhl, um ein auf dem Sitz niedergegangenes Papiergeschoß zu entfernen.
»Steht auf, bitte.« Alle erhoben sich und murmelten: »Guten Morgen, Mrs. Fitzallen.« Ich bat sie, sich zu setzen und einen kurzen Aufsatz über Transpiration zu schreiben, damit ich mir ein Bild von ihrem Wissensstand machen konnte. Von Mr. Warren wußte ich, daß sie das Thema bereits durchgenommen hatten.
Während die Jungen arbeiteten, fertigte ich mir einen Plan von der Sitzordnung an und beauftragte einen Jungen in der ersten Reihe, die Namen einzutragen, damit ich nachsehen konnte, wer wo saß, bis ich wußte, welcher Name zu welchem Gesicht gehörte.
Die gleiche Prozedur wiederholte ich in jeweils leicht abgewandelter Form in allen Klassen, die ich an diesem ersten Tag unterrichtete. Bei Schulschluß kam ich beladen mit Heften, die ich korrigieren mußte, ins Lehrerzimmer. Mr. Warren hatte angeboten, mich zu dem Haus zu führen, in dem er mittags eine ›Bude‹ für mich organisiert hatte, und so machte ich mich mit ihm auf den Weg zu dem roten Backsteinhaus am Stanhope Boulevard, das mein Zuhause werden sollte.

Meine Vermieterin, Mrs. Burton, hatte braune Haare und Krampfadern an den Beinen. Sie führte mich die mit Linoleum ausgelegte Treppe hinauf in ein kleines Zimmer mit rosaroten Vorhängen, einem schmalen Bett, einem Tisch, einem Stuhl, einem Schrank und einer Spiegelkommode. Vom Fenster hatte man einen Blick auf den Garten hinter dem Haus mit seinen Gemüsebeeten und einem Holzschuppen, in dem der Zugang zum Luftschutzbunker lag. Wie Mrs. Burton mir erklärte, gab es im Haus noch drei weitere Mieter: einen berufstätigen Herrn und zwei Studentinnen. Der Preis für das Zimmer mit Halbpension betrug zwei Pfund pro Woche, und da mein Gehalt bei sechs Pfund lag, war das durchaus akzeptabel. Nachdem alles geregelt war, verabschiedete sich Mr. Warren. Mrs. Burton nahm mich mit in die Küche und machte Tee mit Teebeuteln, die sie beinahe sofort wieder aus der Tasse holte. Dann erkundigte sie sich, ob ich schon Lebensmittelkarten hatte. Als ich verneinte, versprach sie, mir welche zu besorgen, und beschwor mich, zu warten, bis ›der Gentleman‹ nach Hause kam, bevor ich meinen Koffer vom Bahnhof abholte. Es sei draußen für ein Mädchen allein zu gefährlich, meinte sie, vor allem jetzt, da es abends so früh dunkel würde. Ich folgte ihrem Rat; um sechs erschien ein mittelgroßer junger Mann in der Halle; er trug einen Gabardinemantel mit Gürtel. Als er mich im Salon sitzen sah, begrüßte er mich einigermaßen überrascht, und sofort kam Mrs. Burton, ihre Katze Queenie im Schlepptau, aus der Küche herbeigestürzt, um uns bekannt zu machen.

Er hieß John Eyreton und arbeitete als Bauingenieur auf

dem neuen Flugplatz von Castle Donnington außerhalb Nottinghams. Mrs. Burton erklärte ihm, daß mein Gepäck noch am Bahnhof war, und er begleitete mich dorthin. Unterwegs erzählte er mir vom Militärcamp am Gregory Boulevard, und auch er betonte, ich solle mich nach Einbruch der Dunkelheit lieber nicht allein auf die Straße wagen. Ich fragte ihn, weshalb er keine Uniform trug, und er antwortete, daß Männer, die kriegswichtige Arbeit leisteten, nicht eingezogen wurden; es klang fast, als wolle er sich entschuldigen. Später erfuhr ich, daß er auf seinem Posten kürzlich mit zwei weißen Federn dekoriert worden war. Ich erzählte ihm von Brian und von meinem Vorhaben, ans Kriegsministerium zu schreiben. Am nächsten Tag half er mir dabei. Außerdem beantragte Mrs. Burton meine Lebensmittelkarte, und ich meldete mich polizeilich an.

Auch meine anderen Mitbewohner lernte ich an diesem Tag kennen: Claire Stonebridge und Ellen Warrell, zwei ernste junge Frauen; eine studierte Naturwissenschaften, die andere Jura. Ich schrieb einen kurzen Brief an Mary nach Dublin und teilte ihr mit, daß ich gut angekommen war und die Stelle an der Highcombe School bekommen hatte.

Als ich am ersten Abend meinen Koffer auspackte, fand ich in einer Seitentasche einen Umschlag, den ich nicht hineingesteckt hatte. Darin fand ich fünf Zehnpfundscheine und einen Zettel: »Ein Geschenk von einem Freund, das Sie hoffentlich annehmen, als kleine Unterstützung für Ihr neues Leben. L.«

Ich ließ das Geld aufs Bett fallen; zuerst fühlte ich mich angesichts eines solchen Reichtums unwillkürlich beruhigt, aber dann überfiel mich ein gewisses Unbehagen. Warum wollte er mir soviel Geld schenken? Ich beschloß, es als Leihgabe zu betrachten und es ihm bei erster Gelegenheit zurückzuzahlen. »Werden Sie irgendwann einmal mir gehören?« hatte er gesagt. Ich schnaubte verächtlich. Ganz bestimmt nicht! Judas mochte sich für dreißig Silberlinge verkauft haben, aber dafür war ich nicht zu haben – und auch nicht für fünfzig Pfund. Schließlich war ich nicht käuflich.

Am nächsten Tag lief mir wieder Paul Smithers über den Weg. Er gehörte zu den jungen Männern, die im Jahr zuvor ihr Abitur abgelegt hatten und in Friedenszeiten jetzt mit dem Studium begonnen hätten. Aber wegen des ständigen Zustroms an Studenten hatte Boots University die Schule gebeten, die jungen Männer noch zu behalten, so daß vor mir jetzt Studenten der Zahnmedizin im ersten Semester saßen. Paul und seine Klassenkameraden waren für mich eine ziemliche Herausforderung, und ich studierte meine Lehrbücher bis tief in die Nacht, um sicherzustellen, daß ich ihnen gewachsen war. Ich spürte, daß am Anfang meine Kompetenz auf die Probe gestellt wurde, aber als sie mich genau wie die übrigen Schüler immer mehr akzeptierten, begann ich mich sicher und heimisch zu fühlen. Vor allem aber verlor ich allmählich das Gefühl, wertlos und unwichtig zu sein, das mich seit der Zeit verfolgte, als ich Harry an jenem ersten Abend in Glenallen über mich hatte reden hören.

Die Lehrer übernahmen abwechselnd Feuerwache in der Schule; dafür wurden wir alle mit Blechhelmen und Gasmasken ausgestattet. Letztere wurden allgemein an die Zivilbevölkerung verteilt, weil man Angst hatte, daß Hitler zur chemischen Keule greifen würde. Jede Nacht wurde Feuerwache gehalten, für den Fall, daß ein Luftangriff stattfand. Unsere Aufgabe war es dann, nach Brandbomben Ausschau zu halten und gegebenenfalls Sand auf sie zu schütten, bevor sie explodierten. Einmal, als ich Wache hatte, wurde Nottingham bombardiert und mein Blechhelm flog davon, aber zum Glück wurde die gefürchtete chemische Kriegsführung nie Wirklichkeit.

In dieser Nacht stand ich da wie angewurzelt; gelähmt vom schauerlichen, verzweifelten Geheul der Sirenen, beobachtete ich die Explosionen und die plötzlich auflodernden Flammen in der Stadt, die bellende Antwort der Flak. Plötzlich merkte ich, wie mir der Helm vom Kopf gerissen wurde und spürte den heißen Wind, der ihn über das flache Dach trieb, auf dem ich stand, hinunter aufs Grundstück, während der Oberstufenschüler, der mit mir Wache schob, im Luftschutzbunker verschwand. Schließlich raffte ich mich auf, ging zurück ins Schulgebäude und wartete dort; irgendwann hörte das Bombardement auf, das langgezogene Heulen der Entwarnung erklang, und der Schüler kam aus dem Bunker. »Sie hätten umkommen können, Mrs. Fitzallen«, meinte er. Ich stand noch zu sehr unter Schock, um zu antworten, aber an seinem Gesichtsausdruck sah ich, daß er meine Tatenlosigkeit falsch interpretiert hatte und mich für standhaft und tapfer hielt.

In mondhellen Nächten wurde der Fluß Trent mit einer Rauchschicht bedeckt, um ihn aus der Luft unsichtbar zu machen. Wenn dann die Sirene erscholl, lauter und lauter wurde und schließlich wieder erstarb, fragte ich mich, ob ich je wieder eine Nacht erleben würde, in der ich den tiefen, entspannten Schlaf meiner Kindheit genießen könnte. Die erste Sirene zeigte an, daß die Bomber noch knapp hundert Kilometer entfernt waren, die zweite, daß sie sich über der Stadt befanden. Inzwischen sollten alle ihren Platz in den Luftschutzbunkern eingenommen haben. Einige Zeit später kam dann ohne weitere Zwischenfälle die Entwarnung. Allmählich gewöhnten sich die Nerven daran.

Und ich war glücklich. Denn endlich war ein Brief von Brian eingetroffen.

Meine liebste Peg,
ich habe gehört, Du bist in England. Ich habe Dir nach Ballycoghan geschrieben, aber keine Antwort erhalten. Wahrscheinlich warst Du schon weg. In Irland wärst Du sicher; Du hättest dort bleiben sollen. Doch abgesehen davon bin ich ganz hingerissen von dem Gedanken, Dich bald sehen zu können. Ich habe demnächst Urlaub – am ersten Wochenende nächsten Monat. Soll ich nach Nottingham kommen, oder treffen wir uns lieber in London? Schreib so bald wie möglich.

Er schickte liebe Grüße und Küsse und drei kleine Herzen mit Pfeil unten auf der Seite, die mich an Lettergesh und Verliebte am einsamen Meeresstrand erinnerten.

Dann kam ein Brief von Mary, frankiert mit einer Londoner Briefmarke.

Liebste Peg,
wundervolle Neuigkeiten! Lucien hat mich nach London geschleppt (hört sich das an, als wäre ich ein Paket?). Wir wohnen in Knightsbridge, im Haus von L.'s Bekannten, die sich vor dem Krieg verdrückt haben. Das Dienstmädchen ist noch da; sie findet uns ein wenig absonderlich – eine Irin, die mit einem Franzosen zusammenlebt –, Paddy mit Frosch! Aber wie es sich für ein nettes Mädchen aus Devonshire gehört, macht sie das Beste draus. Ist es Dir schon gelungen, mit Brian Kontakt aufzunehmen, oder hat er sich bei Dir gemeldet?
L. und ich werden eine Weile in London bleiben. Er möchte gern in der Nähe von de G. sein. Und er ist viel unterwegs. Komm doch bitte und besuch uns! Ich suche Arbeit und habe schon zwei Termine zum Vorsprechen.
Wir haben regelmäßig Luftangriffe, aber es gibt einen Luftschutzkeller im Haus, also sind wir eigentlich ziemlich sicher. Ich weiß nicht, weshalb man sich im Krieg so lebendig fühlt; der ganze Schall und Rauch hat so etwas Absolutes an sich.
Alles Liebe
Mary

Zwei Wochen nachdem ich diesen Brief bekommen hatte, stieg ich an der Midland Station von Nottingham in den Zug nach St. Pancras in London. Das Leben war schon seltsam; in ein paar Stunden würde ich Brian wiedersehen.

Wir sollten bei Mary und Lucien wohnen, die jetzt in Knightsbridge lebten – wo immer das sein mochte.
Ich hatte mich hemmungslos in Unkosten gestürzt und mich neu eingekleidet – ein schwarzes Kostüm mit Gürtel und eine rosafarbene Bluse aus Crepe de Chine –, und meine Haare waren frisch gewaschen und eingelegt. Ein flottes schwarzes Hütchen vervollständigte meine Aufmachung. Ich lackierte mir die Fingernägel purpurrot, legte Make-up und Lippenstift auf, zog die Nähte an meinen Strümpfen gerade und betrachtete sehr angetan mein verwandeltes Spiegelbild. »Heul dir die Augen aus dem Kopf, Myrna Loy«, rief ich der Person im Spiegel zu. Zum Teufel mit Zurückhaltung und Strenge – ich hatte eine Verabredung mit dem Leben und der Liebe. In einem eigens in mein Korsett eingenähten Täschchen trug ich Luciens fünfzig Pfund, die ich ihm zurückgeben wollte. Ich hatte mein eigenes Geld; ich war herrlich unabhängig und stolz darauf.
In St. Pancras herrschte ein ungeheures Gedränge; es stank nach Qualm; das Dröhnen der Ankunfts- und Abfahrtszeiten verkündenden Lautsprecher, das Rattern und Quietschen der Lokomotiven, das Zischen des Dampfs, das alles vermischte sich zu einem ohrenbetäubenden Lärm über dem Gemurmel unzähliger Menschenstimmen.

Lange bevor der Zug in den Bahnhof einfuhr, war ich schon unendlich nervös. Wenn Brian mich nun nicht abholte? Ich war noch nie in London gewesen; wo würde ich ein Taxi finden? Es gab doch eine Untergrundbahn, sicher konnte ich auch damit fahren, aber wo stieg man ein?

Als der Zug dann hielt, holte ich meinen kleinen Koffer aus dem Gepäcknetz, reihte mich in die Schlange der Aussteigenden ein und landete schließlich auf dem Bahnsteig; meinen Mantel über dem einen Arm, den Koffer in der anderen Hand, so ging ich langsam hinter den anderen Passagieren her in Richtung Sperre. Meine Nervosität versuchte ich soweit wie möglich zu unterdrücken. Ob Brian sich wohl darauf freute, mich zu sehen? Daß wir uns bei unserem letzten Treffen gestritten hatten, lag mir noch im Magen. Mit meinem Verhalten an jenem Abend hatte ich einen entscheidenden Umbruch in unserem Leben heraufbeschworen. Stand er noch zu dem, was er selbst danach getan hatte, oder machte er es mir jetzt zum Vorwurf?

Ich sehnte mich danach, ihn zu sehen, und ich hoffte voller Spannung, daß wir jetzt trotz des Krieges wieder zueinander finden würden. Aber meine Wut war noch nicht ganz verraucht; Brian hatte zugelassen, daß sich die Dinge so entwickelten, er hatte sich nicht für das entschuldigt, was er in jener Nacht gesagt hatte: »Woher soll ich wissen, daß nicht du Jessie angeschossen hast ...?«

Plötzlich sah ich ihn auf mich zukommen, den Offizier in der graublauen Uniform der RAF, mit dem gestickten Emblem – Flügel über einer Krone – auf der Brusttasche und den glänzenden goldenen Knöpfen. Er hatte ein wenig abgenommen; sein Gesichtsausdruck war eifrig und erwartungsvoll, und mit gerunzelter Stirn musterte er die Leute, die sich der Sperre näherten. Dann sah er mich an, die junge Frau im schwarzen Kostüm, ein Hütchen auf dem Kopf, die Lippen geschminkt, und sein Blick ging

erst über mich hinweg, kehrte aber rasch zurück, bewundernd und dann lachend.
Er hob mich hoch, drückte mich an sich, küßte mich und hielt mich schließlich auf Armlänge von sich weg.
»Peige!«
Der Bahnhof, die Menschen, der Krieg – alles löste sich auf wie ein Nebel. Es gab nur noch uns beide, hier und jetzt. Alle Vorbehalte waren verflogen.
»Du siehst wunderschön aus«, flüsterte er mir ins Ohr, nahm meinen Koffer und schlang den Arm so eng um mich, daß es an den Rippen richtig weh tat.
Mit einem wehmütigen Lächeln musterte uns eine Frau mittleren Alters, die einen schweren Koffer schleppte. Ich erwiderte ihr Lächeln, denn damals lag in England die Liebe förmlich in der Luft, eine emotionale Verbundenheit, die den Schrecken der Nacht und den langen, zermürbenden Arbeitstag wettmachte. Auch Brian sah die Frau und bot an, ihren Koffer zu tragen. In hektischen Schüben erzählte sie uns, daß ihr Haus zerbombt und ihr Mann ums Leben gekommen war. Brian trug ihr den Koffer auf Bahnsteig vier, wo ihr Zug abfahren sollte, half ihr beim Einsteigen und führte sie zwischen den Soldaten durch, die auf ihren Reisesäcken hockten, zwischen eng umschlungenen Pärchen, die mit verzweifelten Küssen den unvermeidlichen Augenblick der Trennung hinauszögern wollten.
Später saßen Brian und ich in einem Café beim Bahnhof, lehnten uns zurück und konnten uns endlich in Ruhe ansehen. Noch immer war für mich die übrige Welt weit weg und irgendwie unscharf, das Klappern von Geschirr und

Besteck, das Stimmengewirr nur unwichtige Hintergrundgeräusche. Ich sog Brians Bild buchstäblich in mich auf, das vertraute Stirnrunzeln, mit dem er mich musterte, die Fältchen um seine Augen, wenn er lachte, sein Charme und seine männliche Unbefangenheit. Keine Spur von dem ungeduldigen, gequälten Brian, mit dem ich zusammengelebt hatte, bevor ich von Glenallen wegging.

»Du siehst aus, als könntest du dich nicht entscheiden, ob du streng und unnachgiebig oder doch lieber nett zu deinem Ehemann sein willst«, meinte er und konnte ein Schmunzeln kaum unterdrücken.

»Ich rede nicht mit dir. Du bist einfach ohne mich abgehauen.« Aber auch ich lächelte, während ich das sagte. Ich konnte ja nicht leugnen, daß ich als erste weggelaufen war.

Für mich war es das Paradies auf Erden, Brian hier in diesem anonymen Café mitten in London gegenüberzusitzen. Es war, als hätten wir uns gerade erst kennengelernt. Die Last der Unsicherheit, der Mißbilligung, der Angst war gewichen. Jetzt waren wir einfach ein junges Paar, das sich um nichts sonst zu kümmern brauchte, zwei Gefangene, die nicht gewußt hatten, was ihnen fehlte, bis jemand die Tür entriegelte.

»Was hätte ich tun sollen, Peg? Wir hatten wenig Geld und keine Arbeit. Niemand hätte mir garantiert, daß sie mich beim Militär annehmen. Ich wollte mich erst ein bißchen einleben, bevor wir Entscheidungen für die Zukunft treffen. Ich wollte dich nicht in Gefahr bringen.«

»Habe ich auch etwas zu sagen, wenn es um die Zukunft geht?«

»Aber selbstverständlich.«
»Na ja ... dann hättest du mich in deine Überlegungen vielleicht einbeziehen sollen.«
Mit ernstem Gesicht beugte er sich zu mir. »Du bist in allen meinen Überlegungen; ich denke ununterbrochen an dich! Aber ich hatte Angst, du würdest mich endgültig verlassen. Wenn ich dir nach Ballycoghan gefolgt wäre, ohne dir etwas anderes anbieten zu können, was hätte das gebracht?«
»Ich hätte wenigstens gewußt, woran ich bin!«
»Glenallen liegt hinter uns, Peg.« Er nahm meine Hand und drückte sie fest. »Jetzt können wir tun, was wir wollen, und dieses Wochenende sollst du das ganz allein bestimmen.« Zärtlich und sehnsüchtig ruhten seine Augen auf mir – die Augen eines Liebhabers. »Und mit deiner Stellung klappt alles gut?« erkundigte er sich. »Wie es aussieht, wirst du auch noch reich dabei, was?«
Ich nickte. »Sechs Pfund pro Woche. Burnham-Skala. Kannst du da mithalten?«
»Nein, bestimmt nicht«, schmunzelte er.
»Wo bist du stationiert?«
»Manston – in Kent.« Dann erzählte er von seiner Ausbildung, die verkürzt worden war, weil er durch die Flugstunden in Foynes ja schon einige Erfahrung mitbrachte. Er hatte gerade mit dem Dienst begonnen.
Die Kellnerin servierte Tee und Sandwiches, und während sie alles auf den Tisch stellte, betrachtete ich Brian.
Als sie weg war, goß ich Tee ein.
»Gefällt es dir ... das Fliegen?«

»Ja. Oben am Himmel zu sein ist unglaublich aufregend, ein bißchen wie das Jagen, nur noch intensiver, weil die Gefahr ja echt ist. Aber das seltsame an der Sache ist – es fällt mir leichter, im Krieg in England zu leben als in Glenallen, es ist einfacher zu kämpfen, als Glenallen zu bewirtschaften.« Nachdenklich hielt er inne. »Glenallen hat mich besiegt, Peg!«

Plötzlich spürte ich das altbekannte Unbehagen. »Es hat dich doch nicht besiegt, um Himmels willen. Sieh dich doch nur an, du bist schön, tapfer, klug, jung und hast eine nette, hübsche Frau!«

Sein Lachen war, als würde die Sonne durch die Wolken brechen; die Leute an den Nebentischen drehten sich zu uns um.

Ich fragte ihn, ob seine Eltern wußten, wo er war, und er antwortete, er habe ihnen geschrieben. »Zwar nicht direkt meine Adresse, aber ich habe sie wissen lassen, daß es mir gutgeht und ich bei der RAF bin. Ich möchte ihnen Zeit lassen, damit sie sich daran gewöhnen können. Mummy regt sich bestimmt furchtbar auf, das weiß ich. Ich hasse es, ihr Kummer zu bereiten, und ich will keinen hysterischen Brief von ihr bekommen. Aber ich kann doch kein eigenes Leben führen, wenn ich immer nur tue, was sie will!«

»Vermißt du Glenallen?«

Er legte die Hand an meine Wange.

»Ich vermisse Knockshee! Komisch, nicht? Und vor allem vermisse ich dich.«

»Was ist mit Jessie passiert?«

»Wir mußten sie erlösen.«

Ich merkte, daß er meine Nägel betrachtete und spreizte die Finger.

»Rot wie die Sünde.« Mir gefiel der Farbton. »Es ist nicht leicht, die Farbe zu kriegen.«

»Diese Peige kenne ich gar nicht«, meinte er kopfschüttelnd. »Sie ist so souverän, daß es schon beinahe dekadent ist.«

Warum bist du weggegangen, um dich zum Militär zu melden? Im stillen stellte ich ihm immer wieder diese Frage, ich wollte mich nicht dadurch besänftigen lassen, daß er in Sicherheit war. Wir hätten unser Glück in Dublin versuchen können.

Aber ich fragte ihn nicht; ich war hier, alles andere spielte keine Rolle mehr. Wir hatten eine Menge nachzuholen, eine Menge gemeinsam aufzubauen. »Jetzt sind wir zusammen, das ist das einzige, was zählt«, sagte ich. »Wenn der Krieg vorbei ist, kaufen wir ein nettes Häuschen, kriegen Kinder und sind eine richtige Familie!«

Er grinste mich schelmisch an, dann beugte er sich unvermittelt vor und küßte mich mitten auf den Mund.

Ich sah sein Gesicht, seine Schultern, spürte sein Geheimnis, das zur Welt des Kriegs und der Flugzeuge gehörte, seine große Verletzlichkeit. Und wieder spürte ich auch diese schwer faßbare Aura, die mich von Anfang an so an ihm fasziniert hatte.

»Ich liebe dich«, platzte ich heraus. »Ich liebe dich sehr.«

Dann berichtete ich ihm von Marys Einladung, bei ihr und Lucien zu wohnen.

»Gibt es ein Doppelbett in diesem Haus in Knightsbridge?« erkundigte er sich ganz beiläufig. Ich antwortete, das könne schon sein, und wir lächelten einander verschwörerisch zu. Danach bezahlte er die Rechnung, und wir nahmen ein Taxi zu der Adresse, die Mary mir gegeben hatte.

Wie sich herausstellte, war das Haus in Knightsbridge eine Regency-Villa, mit Säulen vor der glänzend gelb gestrichenen Eingangstür. Es lag nicht weit vom Französischen Konsulat in Knightsbridge Nummer 58, das damals noch von der Vichy-Regierung beansprucht wurde. Brian klingelte, und ich schaute die belebte Londoner Straße hinunter, sah die erschöpften Gesichter der Menschen, roch den Staub und Qualm, der aus den zerstörten Gebäuden aufstieg, spürte, daß ich mich im Zentrum einer Nation befand, die alles daransetzte, zu überleben. Auf der Strecke vom Bahnhof hatten wir eine Trümmerlandschaft gesehen: Ruinen anstelle von Geschäften und Büros, abgesperrte Bereiche, in denen vom Einsturz bedrohte Gebäudehülsen standen.

Ein Dienstmädchen in Uniform und weißer Haube öffnete uns. Sie hatte die Haare streng zurückgesteckt, und ihre Haut war auffallend blaß, als wäre sie lange Zeit nicht an der frischen Luft gewesen. Dann hörte ich einen Freudenschrei vom Treppenabsatz, und schon kam Mary die Treppe heruntergerannt – schlanke Beine und schicke Pumps. Sie zerrte uns in die geflieste, teppichbelegte Halle mit ihrem goldgerahmten Spiegel und dem antiken Tisch mit geschwungenen Beinen und Marmorplatte, auf der eine Schusterpalme in einem großen Messingtopf prangte. Mary trug ein schlichtes blaues Kleid mit Schulterpolstern, die roten Haare fielen ihr in üppigen Wellen auf die Schultern. Lachend umarmte sie mich und hielt mich dann ein Stück von sich weg, um mich begutachten zu können.

»Gott, Peg, bist du das wirklich? Ist das unsere Peg? Du siehst großartig aus, richtig schick!«

»Sag das nicht so überrascht«, erwiderte ich, ebenfalls lachend. »Sonst kriege ich noch Minderwertigkeitskomplexe.«

Sie gab Brian einen Kuß auf die Wange und meinte, er sehe geradezu beängstigend gut aus.

»Wir trinken Tee im Salon, Janet«, informierte sie dann das Dienstmädchen, das mit einem »Sehr wohl, Madam« verschwand.

Dann erschien Lucien aus einer Tür hinten in der Halle, in Pullover und offenem Hemdkragen. Zum ersten Mal sah ich ihn so leger gekleidet. Er wirkte älter, als ich ihn in Erinnerung hatte, und ein wenig müde. Mit einer Förmlichkeit, die seinen Blick Lügen strafte, küßte er mich auf beide Wangen. Auch er musterte mich von Kopf bis Fuß.

»Bezaubernder denn je, Madame.« Er schüttelte meinem Mann, der sich noch gut an ihn erinnerte, die Hand, und ich spürte, daß Brian ihn nicht billigte. »Warum sucht Mary sich nicht einen Mann, der sie heiratet?« fragte er mich später. »Statt ihre Zeit mit so einem Rumtreiber zu verschwenden?« Brian war der Ansicht, die Ehe sei das höchste Kompliment, das ein Mann einer Frau machen konnte, und eine Frau, der man dieses Kompliment gemacht hatte, hatte die endgültige Erfüllung gefunden. Meine Mutter hatte mehr oder weniger dieselbe Meinung vertreten, aber Mary McElligott war aus anderem Holz geschnitzt. Sie betrachtete die Männer mit einer Art gleichgültigem Interesse. »Warum sollte sie heiraten?« antwortete ich Brian deshalb mit einer Gegenfrage. »Sie lebt nach ihren eigenen Regeln.« Da schnaubte er verächtlich und meinte, das sei ja schön und gut, aber schließlich blieb sie auch nicht ewig jung und schön. Und auf alle Fälle sei es unmoralisch.

Lucien war ein sehr aufmerksamer Gastgeber und verwöhnte uns mit streng rationiertem Tee; dazu gab es kleine Schokoladenkuchen. Als ich staunend und dankbar eine Bemerkung darüber machte, lächelte er nur und murmelte irgend etwas über den Schwarzmarkt, worauf Brian sofort mißbilligend die Augenbrauen hochzog. Lucien erklärte, das Haus gehöre Freunden, die sich momentan nach Schottland zurückgezogen hätten, um in der Nähe ihres Sohns zu sein, der bei der Flotte in Scapa Flow stationiert war. »Es ist mehr als genug Platz für euch!«

»Und mehr als genug zu essen, ihr könnt also ruhig aufhören, euch Sorgen zu machen«, fügte Mary hinzu, während sie den Tee nachschenkte. Ich sah, wie Luciens Augen auf ihr ruhten, spürte den sanften Respekt, den er ihr entgegenbrachte, und war tief beeindruckt. Die Nonnen hatten uns immer eingetrichtert, daß eine Frau nur Verachtung erntete, wenn sie einem Mann das gab, was er wollte, ohne es zuvor mit dem Preisschild der Ehe versehen zu haben. Doch hier sah ich Mary, die von dem Mann, mit dem sie seit zwei Jahren zusammenlebte, hofiert wurde wie eine Prinzessin.

»Man hat mir die Rolle der Titania im Sommernachtstraum angeboten. An einem kleinen Theater in Kensington namens ›The Walpole‹, das ist wenigstens ein Anfang«, erzählte sie leise, als ich sie fragte, ob sie denn schon Arbeit gefunden hätte.

»Hervorragend!« rief ich und applaudierte. »Als nächstes trittst du im West End auf!«

Sie winkte ab und meinte, jede Karriere brauche eine gewisse Zeit, um in Schwung zu kommen. Trotzdem machte sie einen zufriedenen Eindruck.

Als wir unseren Tee getrunken hatten, zeigte Mary uns das Haus, von der riesigen Küche im Untergeschoß bis hinauf zu den beiden oberen Stockwerken. Zu meiner Überraschung nächtigten Mary und Lucien in getrennten Schlafzimmern, allerdings Tür an Tür.

Vor unserem Zimmer verließ uns Mary. »Bestimmt wollt ihr euch ein wenig ausruhen«, meinte sie mit ernstem Gesicht, was Brian so unvorbereitet traf, daß er knallrot wurde. Mary lächelte unbeeindruckt und erklärte, um acht gebe es Abendessen.

»Ist das Bett hier groß genug für dich?« fragte ich meinen Ehemann, als er die Tür hinter sich geschlossen hatte. Ich legte meinen Hut auf den Frisiertisch und setzte mich aufs Bett. Brian zog die Vorhänge zu und knöpfte sein Jackett auf. Dann warf er sich neben mich und küßte mich nach jedem Wort:

»Komm-her-und-hör-auf-Quatsch-zu-machen.«

Dann trat Schweigen ein, denn jetzt verständigten wir uns ohne Worte, mit Händen und Lippen, während sich um uns herum eine Aura ausbreitete wie Nebel. Körper und Seele verschmolzen. Brian war voller Leidenschaft, aber sehr zärtlich. Ich sehnte mich nach ihm und danach, Vertrautes neu kennenzulernen. Danach schliefen wir ein.

Etwa um halb acht klopfte Mary an die Tür. Ich schlüpfte in den Morgenmantel, der an der Tür hing, und öffnete. Als sie sah, wie zerzaust ich war, entschuldigte sie sich und gab mir einen Brief.

»Er kommt aus Glenallen«, erklärte sie. »Bevor ich abgereist bin, war ich bei den O'Shaughnessys und bin dort Harriet begegnet. Ich habe ihr unsere Londoner Adresse gegeben. Gestern ist dann dieser Brief für Brian gekommen. In der ganzen Aufregung über eure Ankunft habe ich ihn vergessen.«

Ohne die Tür zu schließen, lief ich zu Brian, der noch im Bett lag. Ich gab ihm den Brief; er setzte sich sofort auf, öffnete ihn und wandte mir dann ein seltsam ausdrucksloses Gesicht zu, aus dem jede Farbe gewichen war.

»Mummy ist tot!«

Ich ließ mir den Brief geben und erkannte sofort Harriets Schrift.

Lieber Brian,

Mary McElligott ist nach England gefahren und hat versprochen, Dich aufzuspüren. Ich dachte, Du solltest erfahren, daß Mummy tot ist. Sie ist am 23. März gestorben. Von dem Schlag, daß Du uns verlassen hast, hat sie sich nie ganz erholt. Auf dem Sterbebett wollte sie Dich noch einmal sehen, aber wir wußten natürlich nicht, wo Du bist. Sie hat Dich immer so sehr geliebt, und Du mußtest ihr das antun.

Daddy geht es auch nicht besonders. Du hast beiden das

Herz gebrochen, und ich finde, Du bist dafür verantwortlich, was mit ihnen passiert ist. Gerade als es aussah, als ginge es wieder bergauf, hast Du uns allein gelassen. Ich hoffe, Du bist zufrieden mit dem, was Du erreicht hast. Dabei hätte alles so gut werden können. Wir hätten alle eine glückliche Familie sein können, aber natürlich mußtest Du alles zerstören. Wenn Dir noch etwas an Daddy liegt, solltest Du heimkommen und ihn besuchen. Dr. O'Shaughnessy macht sich große Sorgen um ihn.

Harriet

Ich las den Brief, und mein Herz wurde schwer. Stille breitete sich über das Zimmer, eine Stille, die von dem Verkehrslärm draußen nicht berührt wurde. Mein fesches Hütchen, das auf dem Frisiertisch lag, erschien mir plötzlich geschmacklos. Ich griff nach Brians Hand. Er war wie erstarrt. Als ich hörte, daß Mary sich von der Tür entfernte, lief ich ihr nach und drückte ihr den Brief in die Hand. »Dieses Miststück!« murmelte sie vor sich hin, dann hörte ich Luciens Schritte, hörte, wie sie ihm etwas zuflüsterte und die Tür geschlossen wurde.
Brian aber saß immer noch im Bett; er hatte den Arm übers Gesicht gelegt und weinte. Ich versuchte, ihn zu umarmen, aber er machte sich ganz steif. Wahrscheinlich schämte er sich seiner Tränen und wollte nicht, daß ich ihn anfaßte, und ich konnte seinen Schmerz und die Schuldgefühle nachempfinden, spürte die vernichtende Wirkung seiner unerwiderten Liebe zu diesen Menschen, seiner Familie. Ich ertrage deinen Schmerz nicht, wollte ich schreien. Du hast doch mich. Ich liebe dich. Ich brauche dich.

Abgesehen von den traurigen Neuigkeiten lag die ganze Macht des Briefes in der Unterstellung, daß Harriet ihren Bruder vermißte, daß sie ihn auf ihre Weise liebte und er sie ebenso wie seine Eltern im Stich gelassen hatte. Ich fragte mich, ob sie sich verändert hatte oder ob ich sie falsch einschätzte. Ihr Verhalten war schon immer inkonsequent und mir letztlich unverständlich gewesen. Aber tief im Herzen verfluchte ich sie. Ein solcher Brief wäre einfach nicht nötig gewesen.

Schließlich zogen wir uns an und gingen nach unten. Mary und Lucien standen in der Eingangshalle.

»Ich muß nach Hause fahren«, erklärte Brian.

Lucien legte ihm die Hand auf die Schulter und murmelte ein paar tröstende Worte. Dann führte er ihn in den Salon und goß jedem von uns ein Glas Brandy ein. Sein Gesicht war voller Mitleid, aber fest entschlossen.

»Sie können nicht heimfahren. Dazu besteht auch absolut kein Grund. Die Beerdigung ist vorbei. Sie würden keinen Urlaub bekommen!«

»Ich könnte heimfliegen!«

Lucien sah ihn an. »Wenn Sie das ohne Erlaubnis versuchen, erreichen Sie gar nichts. Man wird Sie vors Kriegsgericht stellen und womöglich erschießen!«

»Aber ich würde ja gleich wiederkommen!«

Lucien winkte ab. »Die größte Ehre würden Sie Ihrer Mutter erweisen, wenn Sie weiterkämpfen gegen unsere Feinde.«

Brian schwieg und trank seinen Brandy. Nur das Zittern seiner Hände verriet den Aufruhr, der in ihm tobte.

»Nein, ich muß meinen Vater sehen«, sagte er nach einer

Weile. »Ich will nicht, daß er auch noch stirbt, bevor ich mit ihm reden konnte.«

Lucien schüttelte den Kopf. »Dieses Land stirbt. Alle trauern, und doch kämpfen sie weiter!«

Der Brief stand von nun an wie ein Unstern über unserem gemeinsamen Wochenende.

Brian zog sich ganz in sein Schneckenhaus zurück und benahm sich äußerst förmlich. Den Brief las er noch mehrere Male. Als ich einmal versuchte, mit ihm zu schlafen, endete das als eine seelenlose Ausübung unserer ehelichen Pflichten. Nichts war übrig von der Heftigkeit und dem leidenschaftlichen Verschmelzen, in dem wir die Welt vergessen konnten. Zwar war die Leidenschaft noch spürbar, aber sie richtete sich auf etwas, was ich nicht fassen konnte, etwas Dunkles, Rätselhaftes und Ungutes.

Am frühen Sonntag abend sollte Brian sich wieder bei seiner Staffel einfinden. Mir fiel die Trennung unsäglich schwer, denn ich hatte Angst, daß er sich in irgendwelche riskanten Aktionen stürzen würde. Ich konnte meine Sorgen nicht in Worte fassen, aber genausowenig konnte ich sie vertreiben.

Am Samstag abend deckten Mary und ich den Tisch zum Abendessen; Janet half uns und mußte immer wieder einen Lachanfall unterdrücken, wenn wir irische Redewendungen gebrauchten, die ihr unbekannt waren und ulkig erschienen. Wir aßen im Frühstückszimmer neben der Küche; Janet servierte, und Mary versuchte, Brian von seiner Trauer abzulenken, indem sie ihm Fragen über das Leben bei der RAF stellte.

»Was ist das denn für ein Gefühl, wenn man da oben in der Luft ist?«

»Man fühlt sich frei«, antwortete Brian; Lucien lehnte sich vor und betrachtete ihn interessiert. »Wir fliegen in Formation; im Hurricane sind acht Browning-Maschinengewehre untergebracht, vier in jedem Flügel, und wenn sie abgefeuert werden, bäumt sich das Flugzeug auf wie ein Pferd. Es riecht nach Kordit und nach Benzin – das Zeug mit der hohen Oktanzahl ist anfangs ziemlich unangenehm, aber man gewöhnt sich daran. Wenn wir den Feind sichten, greifen wir an, wir schlagen zu und suchen dann das Weite. Manchmal dreht man sich um, und plötzlich ist der Himmel, auf dem es vorher nur so von Flugzeugen gewimmelt hat, absolut leer. Das ist ein unglaubliches Gefühl und ziemlich gruselig.«

Lucien stellte noch ein paar Fragen über wassergekühlte Rolls-Royce-Motoren; tausenddreißig Pferdestärken, Geschwindigkeiten von um die fünfhundert Stundenkilometern kamen zur Sprache, doch mittendrin ertönten plötzlich die Luftalarm-Sirenen, und Lucien scheuchte uns in den Keller.

Ein Teil des Kellers war mit Wellblech verkleidet – ein Anderson-Schutz –, und dorthin verkrochen wir uns. Es war kalt hier unten. Zum Glück hatte Lucien eine Taschenlampe mitgebracht, in deren Schein wir Stühle, einen alten Kartentisch und eine Petroleumlaterne sehen konnten. Er zog eine Schachtel Streichhölzer aus der Tasche und zündete die Lampe an.

Auf dem Boden neben uns standen ein paar Weinkisten, und unser Gastgeber wählte eine Flasche aus, nahm ein paar Gläser, die unter einem Geschirrtuch auf dem Tisch standen, und spielte weiterhin den vollendeten Gastgeber. Ganz offensichtlich war er schon öfter hier gewesen, denn er kramte auch gleich ein paar Decken hervor, die in ein Wachstuch gewickelt waren, und breitete sie uns über die Knie. So saßen wir im Kerzenschein und tranken Burgunder, während draußen ganz in der Nähe die Bomben niedergingen; man hörte das stetige, dumpfe Krachen der Explosionen durch die Wände und den Boden. Mir war das vollkommen gleichgültig, und ich wußte, daß es Brian genauso ging – für uns spielte es keine Rolle, ob das Haus über uns zusammenstürzte oder nicht. Als der Angriff vorüber war und ich vor Lucien die Kellertreppe hinaufstieg, spürte ich, wie im Dunkeln seine Hand meine Wange streifte.

11. Kapitel

Brian und ich verließen London: er nach seinem Stützpunkt in Manston, ich in Richtung Nottingham. Lucien fuhr uns in einem Daimler zum Bahnhof, wobei er sarkastisch feststellte, der deutsche Wagen gehöre zum Glück nicht ihm, sondern sei eine Leihgabe an die Freien Franzosen.

Mary sagte mir an der Tür Lebewohl und meinte, ich solle den Kopf nicht hängenlassen und mir wegen Brian nicht solche Sorgen machen. »Er wird drüber wegkommen, Peg.« Aber in ihren Augen sah ich wenig Überzeugungskraft. Ihr war nicht entgangen, in welcher Verfassung er sich von ihr verabschiedet hatte.

Was Mary anging, so hatte ich das Gefühl, daß es in ihrem Leben etwas gab, was sie vor mir verheimlichen wollte. An Kleinigkeiten war es mir klargeworden, Momente der Geistesabwesenheit, daran, daß sie sich bei Gesprächen immer wieder ganz in sich selbst zurückzog, sobald sie sich unbeobachtet glaubte. Ein paarmal hatte ich sie dabei erwischt, wie sie aus dem Fenster starrte, mit angespanntem, distanziertem Gesicht. Auch Lucien schien es zu bemerken, denn ich bekam oft mit, wie er sie besorgt und ratlos anblickte.

Als Lucien und Brian am Sonntag morgen einen Spaziergang machten, um die Folgen des Bombenangriffs der Nacht in Augenschein zu nehmen, versuchte ich, mit Mary zu reden. Wir saßen im Salon mit den großen Fenstern, durch die man die Straße und die großen roten Busse sehen konnte. Gedämpft drang der Verkehrslärm herein.

»Wie geht es dir eigentlich, Mary? Wir hatten kaum Gelegenheit, uns in Ruhe zu unterhalten.«

Mary bot mir eine Zigarette an, inhalierte tief und legte den Kopf auf die Sessellehne.

»Ach, es ist alles wunderbar. Ich freue mich sehr, daß wir in London sind. Bald fangen auch die Proben an.« Sie lächelte mich an. »Es war schön, dich wiederzusehen – und Brian natürlich auch. Die Sache mit seiner Mutter ist schrecklich. Es wäre mir lieber gewesen, er hätte es nicht ausgerechnet hier erfahren. Nimmt er es sehr schwer?«

»Ja. Er gibt sich selbst die Schuld für alles.«

Mein eigenes schlechtes Gewissen erwähnte ich nicht: Schließlich war ich dafür verantwortlich, daß er Glenallen verlassen hatte.

Mary seufzte. »Ich erinnere mich nicht mal mehr an meine Mutter. Vermutlich wird man im ganzen Leben nie wieder so geliebt.«

Ich nickte. »Das Wochenende hat so fröhlich begonnen, und dann mußte das passieren. Schade, daß er nicht heimfahren kann. Wenn man das Ritual versäumt, durch das der Tod endgültig besiegelt wird, solange man den Toten nicht gesehen und ihm Lebewohl gesagt hat, kommt einem die Sache einfach unerledigt vor. Ich kann sowenig

für ihn tun, vor allem, wenn er heute wieder zu seiner Staffel zurückkehrt.«
Mary schwieg. Nach einer Weile meinte sie: »Arme Peg, du hast es schon schwer. Ich frage mich, wie viele Leute überhaupt heiraten würden, wenn sie im voraus wüßten, was auf sie zukommt – der Kampf, für einen anderen Menschen alles zu sein, das Ende des persönlichen Friedens!«
»Sei nicht so zynisch, Mary. So ist es doch gar nicht.«
»Wirklich nicht? Hat Brian dir Frieden gebracht?«
Jetzt war ich an der Reihe zu schweigen.
»Nein«, antwortete ich schließlich. »Er hat mir viel geschenkt, aber Frieden gehört nicht dazu.«
»Ich sollte lieber den Mund halten«, meinte Mary, die merkte, wie angespannt ich war. »Aber ich bin eben eine alte Jungfer und sehr neugierig!«
»Du und eine alte Jungfer!« lachte ich. »Du bist eine hochbegabte Frau, und eines Tages wird dir die Welt zu Füßen liegen. Und du wirst großartig sein als Titania. Erinnerst du dich noch, wie wir das Stück in der vierten Klasse mit Mother Benedict gelesen haben? ›Also wirklich, Mary McElligott, es besteht keine Veranlassung, dich aufzuspielen, als stündest du auf der Bühne!‹« Ich versuchte unsere Lehrerin mit ihrer hohen Stimme und ihrem Akzent zu imitieren, gab mein Vorhaben aber rasch wieder auf. »Ich komme zur Premiere auf jeden Fall nach London.«
Mary kicherte gut gelaunt, und ihr Gesicht strahlte, so angenehm war ihr offenbar diese Erinnerung. »Die arme alte Mother Benedict! Sie war ein nettes altes Haus, auch wenn sie sich mit Haut und Haaren den Prinzipien von

Sittsamkeit und Geschlechtslosigkeit verschrieben hatte, nach denen sich Frauen wie liebe kleine Schattenwesen am Rand des Geschehens aufzuhalten haben.«

Sie trommelte mit den Fingern auf der Armlehne des Stuhles.

»Ich wollte, du könntest länger bleiben und müßtest nicht schon wieder nach Nottingham. Ohne dich werde ich mich ganz schön einsam fühlen.«

Überrascht und betroffen sah ich sie an.

»Aber du hast hier doch alles, was man sich wünschen kann! Du bist talentiert und schön. Und du hast Lucien.«

Ihr Lächeln gefror.

»Meinst du?« flüsterte sie.

»Das weißt du doch. Er liebt dich, das sieht man auf den ersten Blick.«

Mary zog an ihrer Zigarette, starrte zur Decke, und erst nach zwei, drei Sekunden merkte ich, daß sie weinte. Leise rannen die Tränen über ihre Wangen.

»Er liebt dich«, wiederholte ich bestürzt. »Und ich dachte, du liebst ihn auch.«

Ärgerlich wischte sie die Tränen weg.

»Arme kleine Peg. Du liebst Brian, und du weißt, daß du die einzige Frau in seinem Leben bist. Aber Lucien ... einen solchen Mann liebt man auf eigene Gefahr. Was ihm nicht gefällt oder ihn nicht interessiert, existiert für ihn einfach nicht. Was denkst du, wie sicher ist mein Platz in seinem Leben? Er ist sicher, bis Lucien die nächste Frau kennenlernt, die ihn fasziniert. Er trifft sich schon jetzt ab und zu mit anderen Frauen, aber er kommt immer zu mir zurück und hält mich hier« – sie machte eine ausladende

Handbewegung über das Zimmer – »hält mich hier im Luxus, nur weil ich ... weil ich eine Herausforderung für ihn bin. Also, um deine Frage zu beantworten – ich liebe ihn nicht. Ich habe ihn sehr gern, aber ich liebe ihn nicht, nein.«

»Aber du lebst doch mit ihm zusammen«, sprudelte ich hervor. »Wie kannst du mit jemandem zusammenleben, den du nicht liebst ... Geschenke von ihm annehmen ... mit ihm schlafen?«

Sie funkelte mich wütend an und stand auf.

»Um Himmels willen, Peg«, fauchte sie. »Siehst du denn nicht, daß ich unfähig bin zu lieben? Ich bin nicht normal!«

Sie stürzte aus dem Zimmer, und ich wollte ihr gerade nachlaufen, als ich die Haustür sich bewegen hörte und Lucien und Brian hereinkamen.

»Sie sehen blaß aus – ist was nicht in Ordnung?« Luciens Gespür für Menschen und ihre Gefühle war untrüglich. Er lächelte mich an, mit zusammengekniffenen, fragenden Augen – er ahnte etwas. Zwar war er kleiner als Brian, aber wenn man die beiden zusammen sah, zweifelte man keine Sekunde, welcher von beiden mehr Energie und Zielstrebigkeit ausstrahlte. Obwohl Brian natürlich wesentlich jünger war und sein Idealismus noch ungebrochen.

»Wo ist Mary?«

»Oben, glaube ich.«

Brian setzte sich zu mir aufs Sofa und nahm meine Hand. Auf der Treppe hörte man Luciens Schritte. »Chérie, où es-tu?« rief er mit vollkommen veränderter Stimme, sanft, beinahe ängstlich.

Ich packte meinen Mann am Arm. Also war Marys Leben doch nicht so, wie ich es mir vorgestellt hatte, und die Lässigkeit, die sie ausstrahlte, nur wieder eine Maske – wie früher.

Brian zog mich an sich, und ich lehnte den Kopf an das blaue Royal-Air-Force-Jackett, fuhr mit dem Finger über den Streifen an der Manschette, lauschte dem Pochen seines Herzens. Auf den Goldknöpfen prangte der Adler mit ausgestreckten Schwingen, über ihm die Königskrone.

»Wenn du doch nur bei mir bleiben könntest.«

Ganz deutlich spürte ich seine innere Anspannung, die Trauer um seine Mutter, die er weder zeigen noch mit jemandem teilen wollte. Worüber er grübelte, konnte ich nur raten, seine Augen fixierten etwas, was sich meinem Blick entzog, als versuchten sie irgendein dunkles seelisches Wirrwarr zu durchdringen.

Ich sah ihm ins Gesicht, und unsere Blicke begegneten sich.

»Du sollst wissen, daß du das Beste bist, was mir je passiert ist«, sagte er. »Ich möchte, daß du das weißt, Peg.«

Schweigen. Ich hörte Schritte in der Etage über uns. Draußen dröhnte der Verkehr.

»Brian, bitte sei doch nicht so unglücklich. Der Tod deiner Mutter ist wirklich sehr traurig, aber Harriet hat dir einen ganz üblen Brief geschrieben, der mehr über sie selbst aussagt als über dich.«

»Ich wünschte bei Gott, ich könnte diesen Ort ein für allemal vergessen«, brach es aus ihm hervor.

»Aber du hast doch gar nichts mehr damit zu tun!«

Er sah mich an.

»Ich habe nichts damit zu tun? Ich schleppe Glenallen die ganze Zeit mit mir herum! Ich bin dort verwurzelt. Ich versuche, das alles zu durchschauen, denn ich kann es erst loslassen, wenn ich es durchschaut habe. Verstehst du das?«

Ich verstand es nur zu gut.

Kurze Zeit später kam Lucien ins Zimmer und meinte, wir müßten aufbrechen, wenn wir unseren Zug noch erwischen wollten. Also erhoben wir uns und holten unser Gepäck. An der Tür umarmte Mary uns beide.

Lucien fuhr Brian zur Victoria Station. Dort brachte ich ihn zum Zug, stand auf dem Bahnsteig und winkte bei der Abfahrt. »Bis bald, mein Schatz«, rief er. »Wir sehen uns bald wieder.«

Ich blickte dem Zug nach, wobei ich versuchte, das Fenster, hinter dem er saß, im Auge zu behalten. Schließlich sah ich nur noch das Schlußlicht des letzten Wagens, und dann war alles hinter einem einfahrenden Zug verschwunden.

Anschließend fuhr mich Lucien nach St. Pancras. Ich schwieg, und er sah mich hin und wieder an, sagte ein paar Worte, sanft und leise. Aber ich nahm wenig Notiz von ihm und antwortete einsilbig, denn ich machte mir große Sorgen um Brian.

Ich war nicht darauf gefaßt, daß sich Lucien, als er geparkt hatte, über mich beugte, und ich war auch nicht auf die sinnliche Berührung gefaßt, mit der er seinen Mund auf meinen preßte.

Meine Knie wurden weich. Jetzt gehörte ich wieder in die wirkliche Welt, die Welt aus Fleisch und Blut. Der Schock und eine sexuelle Erregung, wie ich sie noch nie erlebt hatte, fesselten mich auf meinen Ledersitz. Doch Lucien machte keine Anstalten, mich weiter zu berühren, er legte lediglich die Hand auf meine Wange, und diese zärtliche Geste machte den Kuß unendlich süß. Als er sich zurückzog, starrte ich auf meinen Schoß und dann in sein Gesicht, das einen leicht benommenen, halb amüsierten, halb neugierigen Ausdruck hatte. In seinen Augen jedoch glühte ein gieriges Verlangen. Er lächelte.

»Nun, Madame«, sagte er leise. »Jetzt hatten wir unseren Moment der Nähe.«

Damit öffnete er die Tür und stieg aus. Er holte meine Reisetasche aus dem Kofferraum, und ich legte den Umschlag mit den fünfzig Pfund ins Handschuhfach. Dann stieg auch ich aus und ging neben ihm zum Bahnhof. Trotz meines Protests bezahlte er meine Fahrkarte und begleitete mich zum Zug.

»Au revoir, süße Peg«, sagte er, während er mir in den Wagen half. »Wir sehen uns wieder.«

»Lucien«, entgegnete ich. »Schau in deinem Handschuhfach nach. Ich habe etwas dorthin gelegt, was dir gehört.«

Durch mein Abteilfenster sah ich sein Stirnrunzeln und hörte sein Lachen. Mit einer Geste gespielter Hilflosigkeit streckte er die Hände aus, nahm dann den Hut ab und schwenkte ihn in meine Richtung, ehe er in der Menge auf dem Bahnsteig verschwand.

Wieder in Nottingham, stürzte ich mich in die Arbeit; jeden Abend saß ich stundenlang über der Unterrichtsvorbereitung für den nächsten Tag. Inzwischen war ich die Botanikspezialistin im Naturkundebereich, denn Mr.

Warren, mein Vorgänger, war eingezogen worden. Auch die Erstsemester in Zahnmedizin, die ich unterrichtete, warteten auf ihren Marschbefehl, und zwar größtenteils höchst ungeduldig. Eines Tages fragte ich sie ganz traurig, weshalb sie denn so darauf brannten, in den Kampf zu ziehen und zu sterben, wie schon so viele vor ihnen, und als Antwort bekam ich zu hören, sie täten es für eine schöne neue Welt.

»Es wird eine wunderbare, vollkommen veränderte Welt sein, Mrs. Fitzallen. Keine Kriege mehr, ein höherer Lebensstandard für alle, und Flugreisen werden zum Alltag gehören.«

Letzteres wollte ich nicht glauben, sowenig Ahnung hatte ich von der Zukunft.

An Brian schrieb ich einen langen Brief. Wenigstens weiß ich jetzt, wo er ist, versuchte ich mich zu trösten. Aber ich sehnte mich danach, etwas von ihm zu hören. Ob er noch in der Depression steckte, die ihn nach Harriets taktloser Nachricht überfallen hatte? Würden wir Glenallen und das Leid, das alle dort verfolgte, je ganz aus unserem Leben verbannen können? Auch an Harriet schrieb ich einen kurzen Brief, in dem ich ihr mein Beileid zum Tod ihrer Mutter ausdrückte und ihr erklärte, daß Brian und ich jetzt in England seien, wo ich eine Stelle als Lehrerin hatte und er zur Einsatztruppe der RAF gehörte. Ich schrieb ihr auch, wie sehr er sich über ihren Brief aufgeregt hatte. Ich weiß nicht, wieviel der offizielle Zensor aus meinem Schreiben herausstrich, aber etwa zehn Tage darauf erhielt ich eine Antwort. Harriet bedankte sich für meine Anteilnahme. Sie hätte eine harte Zeit hinter sich und freute sich, von mir zu hören. Ob ihr Vater wohl wußte, daß ich geschrieben hatte? Bestimmt hätte er nichts dagegen gehabt, daß Brian zur Luftwaffe gegangen war. Seinen Bemerkungen über den Krieg nach zu urteilen, hätte er selbst an Stelle seines Sohns das gleiche getan. Aber Harriet erwähnte den alten Mann mit keinem Wort.

Eines Abends lud mich John Eyreton ins Kino ein.

»Sie arbeiten zu hart, Peg«, verkündete er. »Heute abend führe ich Sie aus. Wie wäre es, wenn wir uns *Die kleinen Füchse* ansehen?«

Zwar mochte ich Bette Davis und freute mich über den Vorschlag, aber ich zögerte, weil ich Angst hatte, er könnte auf Ideen kommen, die sich mit meinem Stand als verheiratete Frau nicht vereinbaren ließen. Aber in seinen Augen war nichts weiter zu lesen als reine Nettigkeit.

Wir gingen also ins Kino, aber mitten im Film heulten die Sirenen. Da Nottingham so zentral lag, wurde es regelmäßig von deutschen Bombern überflogen, und der Alarm ging los; ein regelrechter Bombenangriff fand nur zweimal während meines Aufenthalts statt.

»Warten Sie eine Sekunde«, meinte John. »Ich seh mal nach, was los ist.«

Kurze Zeit später kam er zurück. Ein zweites Sirenensignal blieb aus; also sahen wir uns die zweite Hälfte des Films an und gingen anschließend am Ufer des qualmverschleierten Flusses heim. John sprach über den Krieg, seine Arbeit auf dem neuen Flugplatz und über das, was Hitler den Juden antat. Genau wie ich – wie jeder von uns – haßte er Hitler. Das lag damals regelrecht in der Luft, dieser tiefe, allumfassende Abscheu. Die Judenverfolgung wurde oft diskutiert; auch im Lehrerzimmer an der Schule stand sie häufig zur Debatte, allerdings äußerten manche die Ansicht, es könne einfach nicht wahr sein, was man darüber hörte, und sei sicher Teil der Propaganda.

Als ich John fragte, ob er glaube, es handle sich nur um Propaganda, sah er mich fragend und ein wenig schockiert an.

»Bestimmt nicht. Es ist die Wahrheit. Ich bin selbst zu einem Viertel Jude«, fügte er fast angriffslustig hinzu. »Von der Seite meiner Mutter. Wenn die Deutschen einmarschieren, hab ich bestimmt nichts zu lachen!«

Dann begann er ganz vorsichtig, mir Fragen über Brian zu stellen, über meine Heimat in Irland. In groben Zügen schilderte ich ihm die Ereignisse, die zu unserem Umzug nach England geführt hatten, und erkundigte mich, was er nach dem Krieg vorhatte.

»Ich hätte gern eine eigene Firma, Eyreton Consulting Engineers. Wie hört sich das an?« Er lachte. »Und Sie werden wahrscheinlich mit Ihrem Mann auf Ihre Insel zurückkehren?«

Eigentlich hätte ich gern geantwortet, daß wir uns ein kleines Haus kaufen und in England bleiben wollten, aber ich ließ es bleiben. Eine kalte Vorahnung sagte mir, daß es nie soweit kommen würde.

Zu Hause kochte Claire gerade Tee. ›Die Zauberin von Halb-Oz‹, wie sie Mrs. Burton nannte, war mit ihrem Freund ausgegangen, einem Luftschutzwart, der sie nach der Entwarnung abgeholt und in ein Lokal ausgeführt hatte.

Als ich später in meinem Zimmer den Rosenkranz betete und die göttlichen Mächte – was immer sie sein mochten – anflehte, Brian zu schützen, hörte ich ein Klopfen an der Tür. Da ich annahm, es wäre Claire, rief ich: »Herein!« Aber es war John, im Morgenmantel, ein Buch in der Hand.

»Ich dachte, vielleicht gefällt Ihnen das.«

Es waren Cartoons von Lowe. Er legte das Buch auf den Tisch und blieb ein bißchen unsicher stehen. Dann entdeckte er den Rosenkranz in meiner Hand.

»Entschuldigen Sie«, meinte er verlegen. »Ich wußte nicht, daß Sie beten.«

»Für Brian.«

»Natürlich.«

Ganz leise schloß er die Tür hinter sich.

Am folgenden Sonntag machte ich mit Claire und John einen Spaziergang im Wooloton Park. Wir hatten Sandwiches mitgenommen und verbrachten einen sehr erholsamen Nachmittag im Park und unten am See. John war ein unerschöpflicher Quell interessanter Informationen; er zeigte uns das verfallene Camellia Hause mit seinem viereckigen Grundriß und erklärte uns alle möglichen historischen Details des Bauwerks. Wie immer genoß ich es, mir die Sehenswürdigkeiten von meinen neuen Freunden zeigen zu lassen; auch Nottingham Castle hatte ich auf diese Weise kennengelernt – den Ort, wo der böse Sheriff von Nottingham die Vernichtung Robin Hoods geplant hatte, von dessen Abenteuern ich in den Sommertagen an der Garryogue geträumt hatte.

Der Tag war wunderschön; viele Familien waren unterwegs, Alt und Jung genossen einen Spaziergang und den Frühlingssonnenschein.
Beim Heimkommen erfuhr ich, daß ein fremder Herr dagewesen war, um mich zu besuchen. »Ein Franzose allem Anschein nach«, meinte Mrs. Burton mit höchst argwöhnischem Gesicht. Gegen fünf wollte er noch einmal vorbeikommen. »Er hatte einen französischen Akzent und war sehr enttäuscht, daß er Sie nicht angetroffen hat.«
»Das war sicher Lucien«, erklärte ich hastig. »Der ... der Freund meiner Freundin. Ich habe bei ihnen übernachtet, als ich in London war.«
Pünktlich um fünf traf ›mein Franzose‹ ein, bleich und ungewohnt einsilbig. Ich stellte ihn vor.
»Lucien, das ist Mr. Eyreton und das Mrs. Burton. Comte de Rais.«
John schüttelte ihm die Hand und sagte: »Guten Tag, wie geht es Ihnen?«, während Mrs. Burton: »Freut mich, Sie kennenzulernen« murmelte, ganz kribbelig vor Freude, einen Aristokraten unter ihrem Dach zu beherbergen. Lucien unterhielt sich angelegentlich mit John, der von seinem Akzent und seinem Charme offensichtlich bezaubert war, aber die ganze Zeit spürte ich, wie geistesabwesend Lucien in Wirklichkeit war und wie er das Haus und die Leute um mich herum taxierte.
»Ich habe Neuigkeiten für dich, Peg«, sagte er schließlich. »Darf ich dich vielleicht zu einer Tasse Tee einladen? Ich muß mit dem Abendzug zurück nach London.«
Auf dem Weg nach draußen holte ich meinen Mantel, und Lucien führte mich zum Black Boy Hotel. Als wir in den

Bus kletterten, ergriff Lucien meine Hand und hielt sie fest. Ich genoß seine Berührung und seine Nähe, und gleichzeitig war ich zutiefst mißtrauisch. Was ich empfand, hatte nichts mit meinen Gefühlen für Brian zu tun, es war eher wie eine chemische Reaktion. Außerdem ärgerte ich mich, weil Lucien zu Mary gehörte und sich nicht an mich hätte heranmachen dürfen. Ich mußte daran denken, was sie mir gesagt hatte: daß ihr Platz in seinem Leben nur sicher war, bis er die nächste Frau kennenlernte, die ihn faszinierte. Doch Mary gehörte zu meinem Leben, sie war beinahe ein Teil meiner Identität. Im Vergleich zu ihr war Lucien unwichtig.

Was hatte er mir zu sagen, daß er den weiten Weg gekommen war?

Das Black Boy Hotel war das schönste in ganz Nottingham. Wir saßen vor dem silbernen Tee-Service im Salon, und beim Anblick der kleinen Sandwiches und der reichverzierten Kuchen lief mir das Wasser im Mund zusammen. Garantiert mußte Lucien einiges dafür springen lassen. Ich verspeiste meine Ration von einem Viertelpfund Süßigkeiten immer gleich, wenn ich sie bekam, und die letzte hatte ich erst vor zwei Tagen erhalten. Dank des Krieges hatte ich einen schrecklichen Heißhunger auf Süßes entwickelt.

Schließlich riß ich meine Augen von den Leckereien los und sah Lucien an.

»Wie geht es Mary?« fragte ich.

»Mary ist nicht mehr bei mir«, antwortete er leise. »Nach der Probe am Freitag wollte ich sie abholen, aber sie war

nicht da. Man hat mir gesagt, sie sei gerade weggegangen, und seither ist sie fort. Weißt du vielleicht, wo sie ist?«
Er hatte die Sätze hastig hervorgestoßen, mit fast ausdruckslosem Gesicht, aber ohne mich eine Sekunde aus den Augen zu lassen, falls ich irgendeine Reaktion zeigte. Ich war wie vor den Kopf geschlagen.

»Aber wo soll sie denn sein? Meinst du, sie ist nach Irland zurückgefahren?«

»Ich habe gedacht, wenn jemand das weiß, dann du«, meinte Lucien und seufzte. Aber anscheinend habe ich mich geirrt.« Auf einmal machte er einen erschöpften Eindruck.

Ich bat ihn, die Geschichte noch einmal in allen Einzelheiten zu wiederholen: Um welche Zeit hatte er sie abholen wollen, wen hatte er nach Mary gefragt?

»Ich habe alle gefragt, das gesamte Ensemble, den Portier, die Verkäufer in den umliegenden Läden, Taxifahrer, Busschaffner. Ohne Erfolg. Natürlich habe ich auch die Polizei informiert«, fügte er mit mildem Lächeln hinzu, »aber dort hat man mich nur mitleidig angesehen, meine Aussage aufgenommen und mich daran erinnert, daß eine volljährige Frau das Recht hat, zu gehen, wohin sie will; ich habe mich auch bei den Luftschutzwarten der Gegend nach ihr erkundigt, und sie haben gesagt, sie hätten niemanden gefunden, auf den Marys Beschreibung paßt.«

»Sind in der Nacht, als sie verschwunden ist, Bomben gefallen?«

»Ja.«

»Womöglich haben wir sie durch den Bombenangriff verloren. Vielleicht ist sie tot«, flüsterte ich und spürte, wie

mir Tränen in die Augen stiegen. Lucien nickte, und auch seine Augen waren feucht. »Aber ich glaube das nicht.«
Ohne jede Scham ließ ich meinen Tränen freien Lauf, dann ging ich zur Toilette und weinte dort weiter, bis ich mich einigermaßen gefaßt hatte. »Oh, Mary«, dachte ich. »Ich kann dich nicht auch noch verlieren, nachdem uns Cissie schon verlassen hat. Wo bist du? O Gott, bitte, paß auf sie auf! Mach, daß sie nicht tot ist.«
Es gab so vieles, was ich wissen wollte. Welche Rolle spielte Lucien bei der ganzen Sache? Warum war Mary weggegangen? Hatte er eine Ahnung, wo sie war?
Aber er seufzte nur und schüttelte den Kopf.
»Du hattest also nichts damit zu tun?« fragte ich.
Mit seinem vertrauten leisen Lächeln blickte er mich an.
»Du wirst aggressiv, süße Peg.«
»Du liebst sie doch, oder?«
»Selbstverständlich.«
»Aber vor kurzem hat sich Mary abends nach einer Probe sehr seltsam verhalten«, fuhr er nach einer Weile fort. »Sie wurde regelrecht hysterisch wegen einer Maske, die einer ihrer Kollegen aufhatte. Das war wirklich merkwürdig und hat überhaupt nicht zu Mary gepaßt.«
»Was für eine Maske war das?«
»Sie gehörte dem Puck – eine Ziegenmaske.«

Fast wortlos begleitete mich Lucien zurück zum Stanhope Boulevard. Unterwegs begannen die Sirenen zu heulen, und ich hätte am liebsten mitgeschrien, hätte meine Faust gegen den Himmel erhoben, gegen den Krieg und die tödlichen Spiele der Menschen.

Lucien zog mich in den nächstbesten Bunker, wo wir mit etwa einem Dutzend anderer Leute auf die Entwarnung warteten. Es fielen keine Bomben; offensichtlich waren sie für eine andere Stadt bestimmt gewesen, es war wieder einmal falscher Alarm.
Erneut spürte ich seine Hand auf meiner, spürte, wie er sie in seine Armbeuge legte, und fühlte mich seltsam beruhigt. Irgendwie waren wir uns wieder nähergekommen, und so wanderten wir in der hereinbrechenden Dämmerung den Stanhope Boulevard entlang.
Vor der Haustür küßte er meine Hand.
»Du bist stark, süße Peg, viel stärker, als du ahnst«, sagte er traurig und war verschwunden.

Ein paar Tage darauf begannen die Träume. Ich sah Cissie auf dem Berg, sah sie kommen und gehen wie einen Schatten, als wäre sie Teil des wechselnden Lichts. Dann trat Mary in den Traum, und plötzlich waren wir wieder in St. Catherine, an jenem Januartag, als das Glas auf der Alphabettafel zersprang. Nach Atem ringend, wachte ich auf, mit dem Gefühl, daß etwas Böses, Unfaßbares, Gemeines mich erdrücken wollte, etwas, was Cissie, Mary und ich damals unwissentlich heraufbeschworen hatten.

12. Kapitel

Als ich am folgenden Freitag von der Schule heimkam, lagen zwei Briefe für mich auf dem Garderobenständer in der Diele. Einer davon trug eine irische Briefmarke. Ich hob ihn auf, sah aber zuerst noch den anderen an, auf dem ich Marys ungeduldige Handschrift erkannte. Gespannt und voller Hoffnung riß ich ihn auf.

Liebste Peg,
sicher hat Lucien Dir längst erzählt, daß ich ihn verlassen habe. Ich will keine Spielchen mehr spielen, höchstens solche, die nützlich sind.
Mach Dir keine Sorgen um mich.

Alles Liebe, Mary

Ich drehte den Brief um, erfüllt von den widersprüchlichsten Gefühlen: Einserseite ärgerte ich mich, daß sie keine Adresse angegeben hatte, andererseits war ich froh und dankbar, daß sie lebte. Auf dem Brief klebte eine Marke, die vor vier Tagen in London abgestempelt worden war. Mit wachsender Enttäuschung untersuchte ich den Umschlag, als könnte ich ihm noch irgendeine Information entlocken, wenn ich mich nur anstrengte. Daß dieses Papier nicht sprechen konnte, machte mich beinahe wahnsinnig – wußte es doch, wo Mary war, sie hatte es ja in der Hand gehalten!

Die Handtasche unterm Arm, trat Mrs. Burton in die Diele, warf einen Blick auf den Brief und sah mich fragend an.

»Alles in Ordnung, Liebes?«

»Ja. Der Brief ist von meiner Freundin Mary.«

Weil ich jemandem mein Herz ausschütten mußte, hatte ich Mrs. Burton und John von Marys Verschwinden erzählt, und das Gesicht meiner Vermieterin erhellte sich prompt.

»Von der Freundin, die durchgebrannt ist?«

»Ja. Aber sie schreibt mir keine Adresse.«

Mrs. Burton schlüpfte in den Mantel, warf einen Blick in den Garderobenspiegel, zog ihre Puderdose aus der Tasche und tupfte sich etwas mit der Quaste auf die Nase.

»Jetzt kann ich es Ihnen ja sagen, Liebes«, meinte sie leise und vertraulich. »Ihre Freundin hat es bei diesem Franzosen nicht mehr ausgehalten. Ausländer sind ein wenig ... na, Sie wissen schon« – sie riß bedeutungsvoll die Augen auf –, »na ja, sie sind eben keine Briten, wenn Sie verstehen, was ich meine, Liebes.«

Als sie die Puderdose zuschnappen ließ, schwebten ein paar duftende Puderflocken auf den Linoleumfußboden. Die Katze Queenie kam die Treppe heruntergeschlendert; sie hatte auf ihrem bevorzugten Sonnenplätzchen am Treppenfenster gelegen, und Mrs. Burton beugte sich zu ihr hinunter.

»Miez, Miez, Miez«, flötete sie. »Sieh dir das hübsche Gesicht an, sieh's dir gut an.« Queenie blickte mit ihren grünen Katzenaugen zu ihr empor, mit erhobenem Schwanz und zufrieden schnurrend.

Den Brief aus Irland nahm ich mit hinauf in mein Zimmer. Wegen der irischen Marke hatte ich gehofft, er käme von Tom, aber es war nicht seine Handschrift, obwohl sie mir bekannt vorkam. Sie sah aus wie Peters ordentliche Schrift, aber es erschien mir seltsam, daß er einen Brief an mich mit Mrs. Fitzallen adressierte. Es war, als würde er meinen Status anerkennen, und das machte mir beinahe angst.

Ich wollte diesen Brief nicht öffnen und ließ ihn deshalb auf meinem Tisch liegen, während ich zwanzig oder mehr Übungshefte der Lower Five korrigierte. Als Mrs. Burton zum Abendessen rief, war ich fast fertig.

John war in Hochform; auch Claire und Ellen beteiligten sich angeregt an dem Gespräch über den Krieg.

Zu meinem Leidwesen gab es Shepherd's Pie; ich war hungrig, aber es war Freitag.

»Geben Sie mir bitte nur etwas von den Kartoffeln, Mrs. Burton.«

Erschrocken schlug sie sich die Hand vor den Mund.

»Oh, das tut mir aber leid, Liebes. Ich habe es vollkommen vergessen. Aber es ist wirklich nur ganz wenig Fleisch drin.«

»Worauf Sie sich verlassen können«, flüsterte mir John ins Ohr, mit einem Blick auf die dicke alte Queenie, die in ihrem Körbchen in der Ecke lag, sich putzte und sehr zufrieden wirkte. »Das meiste ist bei Schnuckiputzi gelandet!«

»Es ist so schwierig, heutzutage Fleisch zu bekommen – außer Pferdefleisch«, fuhr Mrs. Burton unterdessen fort, »aber ich habe Mr. Tinsley gesagt, daß ich meinen Mietern so etwas nicht vorsetzen kann.« Sorgfältig kratzte sie die Kartoffeln von der oberen Lage des Auflaufs ab und reichte sie mir, zusammen mit Brot und Margarine. John gab mir noch seine Kartoffeln und schüttelte dabei den Kopf. Dieser irische Katholizismus!
Zum Nachtisch gab es einen mit Saccharin gesüßten Wakkelpudding und aus Milch und zerstoßenen Eierschalen fabrizierte Sahne.

Mrs. Burton erzählte John von Marys Brief, und ich holte ihn aus der Tasche, um ihn ihm zu zeigen. Er las mit gerunzelter Stirn, sagte dann aber, mit Mary sei wohl alles in Ordnung.
»Wahrscheinlich hat sie momentan nur eine Übergangsadresse, oder sie zieht gerade um.«
Seine Sicherheit heiterte mich auf. Gewiß, Marys Brief klang sehr energisch. Und sie lebte.
Während wir die Teller in die Spülküche trugen, meinte John mit einer Geste zum Fenster und dem sonnigen Abend draußen, Claire und er wollten spazierengehen, ob ich nicht mitkäme. Aber ich lehnte ab, ich hätte noch zuviel zu arbeiten. Vielleicht morgen. Der nächste Tag schien mir sehr weit weg, angesichts der Tatsache, daß in meinem Zimmer ein Brief von Peter Fitzallen auf mich wartete, den ich nicht öffnen wollte.
Aber ich tat es schließlich doch. Nach dem Essen ging ich hinauf in mein Zimmer, holte meine Nagelfeile und

schlitzte damit den Umschlag auf. Das sauber beschriebene feste Papier trug den Briefkopf von The Law Library Four Courts, Dublin.

Liebe Peg,
Harriet hat mir Deinen Beileidsbrief zum Tod unserer Mutter gezeigt. Leider habe ich weitere schlechte Neuigkeiten. Am 2. Mai ist Vater gestorben. Brian muß es erfahren, aber wir haben nur einen einzigen Brief von ihm erhalten, der jedoch keine Adresse trug.
Es gibt nun einige Dinge, die dringend mit ihm besprochen werden müssen, und ich wäre Dir sehr verbunden, wenn Du mir seine Anschrift mitteilen würdest.
Ich hoffe, es geht Dir gut.
Mit freundlichen Grüßen

Dein Peter

Ich dachte eine Weile über den Brief nach, dann schrieb ich an Brian.

Mein Liebling,
ich schicke Dir Peters Brief, den ich heute erhalten habe. Es tut mir schrecklich leid, und ich wollte, ich könnte bei Dir sein. Ich liebe Dich sehr. Bitte sei nicht zu unglücklich. Dein Vater hatte das Braune Skapulier, also ist er jetzt sicher im Himmel. Ich lasse den Pfarrer hier eine Messe für ihn lesen – einen gewissen Father Riordan aus Galway! Für Deine Mutter hat er auch eine gelesen.
Der Gedanke, daß wir zusammensein können, wenn Du Deinen nächsten Urlaub bekommst, hält mich aufrecht.

Ich hasse diesen schrecklichen Krieg und sehne mich danach, daß endlich Schluß ist, damit wir wieder beieinander sind.
Bitte schreib mir. Ich weiß, daß Du sehr beschäftigt bist, aber ich hätte so gern einen Brief von Dir.

»Ich muß von Dir hören«, wollte ich hinzufügen, aber ich tat es nicht, denn es klang, als wäre ich schwach und wollte mich an ihn klammern.
Also wischte ich die Tränen aus meinen Augen und beendete den Brief in heiterem Ton, obwohl ich mich alles andere als heiter fühlte, und versprach, bald wieder zu schreiben. Ich beschloß, nichts von Mary zu erwähnen – noch nicht. Er hatte schon genug zu verkraften an diesem Brief.
John ging mit Claire spazieren, Ellen machte sich mit ein paar Freunden auf den Weg ins Kino; im Haus wurde es still. Ich ging mit einem Buch von Damon Runyon früh zu Bett, konnte aber nicht lesen. Gerade als ich dabei war einzudösen, hörte ich Mrs. Burtons Schritte auf der Treppe, gefolgt von denen ihres Freundes Jack, und die Geräusche aus dem Nebenzimmer, als sie miteinander schliefen, das rhythmische Quietschen der Bettfedern, das Stöhnen und plötzliches Gelächter.
Der nächste Tag war Samstag, und ich machte mit John und Claire einen Ausflug zur Newstead Abbey, der Heimat von Lord Byron.
»Sie wurde von Henry II. für die Augustinermönche gebaut, als Buße für den Mord an Thomas Beckett«, erklärte mir Claire, während wir in der Abtei und der verfallenen

Kirche herumgingen. Danach führte uns John zum Nachmittagstee in *The Hut*, ein altes Wirtshaus beim Tor.
Wie üblich war John der Inbegriff englischer Höflichkeit, und ich fand Frieden in der emotionalen Ruhe, die er ausstrahlte, in der Distanz zu psychologischen Kriegsspielen. Claire redete wie ein Wasserfall, und ich merkte, daß sie die Augen kaum von John abwenden konnte. Sie war ein hübsches, ziemlich ernstes Mädchen, deren Aussehen etwas unter der runden Brille litt, die sie trug.
Als John meinte, er würde gern einmal Irland kennenlernen, erzählte Claire, daß sie schon einmal in Dublin gewesen war. »Ich fand die Stadt ziemlich deprimierend.«
»Wenn Sie nach dem Krieg mit Ihrem Mann zurückziehen, könnten Sie uns doch vielleicht für ein paar Tage einladen?« schlug John vor.
Aber selbstverständlich, antwortete ich – falls wir wirklich zurückgingen. Es konnte auch sein, daß wir in England blieben.
»Ich verstehe nicht, was Sie hier halten könnte, wenn Sie doch in Irland, wo es so wunderschön ist, ein Landgut haben«, staunte John, und ich dachte an Glenallen und an Balor's Eye und an Cissie und Mary, die nicht mehr da waren, und an Brian, der mir immer fremder wurde, in seiner Verletzlichkeit und mit seinen fixen Ideen. Plötzlich begann meine Hand zu zittern, meine Teetasse klapperte, und der Tee schwappte auf die Untertasse.
»Ich werde nie nach Glenallen zurückgehen, nie, nie!« stieß ich hervor; ich hörte, wie schrill meine Stimme klang, schloß die Augen und versuchte, wieder Fassung zu er-

langen, stemmte die Ellbogen fest auf den Tisch und drückte die geballten Fäuste gegen die Stirn.

Claire legte den Arm um meine Schulter. Bestimmt hatte ich sie und John vor den Kopf gestoßen, aber sie meinten nur freundlich, wir sollten heimfahren, und Claire nahm mich mit nach draußen, während John die Rechnung beglich.

In diesem Augenblick sehnte ich mich sehr nach der emotionalen Sicherheit einer Familie; ich dachte an Harriet und Peter und daran, daß ich einmal gehofft hatte, bei ihnen wenigstens Sympathie, wenn nicht sogar eine gewisse Zuneigung zu finden. Doch sie waren Teil des Szenarios, in das ich mich eingemischt hatte, ein Szenario, das sich anscheinend jeder vernünftigen Überlegung entzog.

Draußen setzten sich meine englischen Freunde neben mich auf eine Parkbank und fragten mich besorgt, was denn los sei und ob sie irgend etwas für mich tun könnten. Als ich mich einigermaßen gefaßt hatte, erklärte ich, Glenallen sei ein sehr seltsamer Ort, an dem ich um keinen Preis leben wollte. Da die beiden ja wußten, daß mein Schwiegervater gestorben war und ich an Brian geschrieben hatte, sagte ich ihnen, ich sei vor allem deswegen so durcheinander.

»Es war einfach zuviel auf einmal«, meinte ich.

»Sie Ärmste«, entgegnete Claire, und John führte uns, nett wie er war, zum nächsten Lokal. »Ein Brandy ist jetzt genau das richtige für Sie.«

Abends ging ich zur Beichte und erzählte Father Riordan, daß ich krank war vor Sorge um meinen Mann. Er fragte mich in seinem monotonen Galway-Akzent, weshalb sich

mein Mann von mir getrennt hatte, warum er in den Krieg gezogen war. Hatte ich mich ihm verweigert? War ich meinen ehelichen Pflichten nicht nachgekommen? Sofort dachte ich schuldbewußt an die wenigen Male, als ich Kopfschmerzen vorgeschützt oder, wenn ich mitten in der Nacht zu schläfrig war, nicht auf Brians fordernde Hände reagiert hatte. Deshalb gestand ich dem Mann aus Galway, daß ich mich meinem Ehemann tatsächlich gelegentlich verweigert hatte, und das war mir so peinlich, daß ich rot wurde. Plötzlich fühlte ich mich nackt, ich kam mir vor, als wäre ich an allem schuld, was passiert war. Doch der Priester hörte mich geduldig an und sprach mich dann von meinen Sünden frei, die rechte behaarte Hand vor meinem gesenkten Gesicht erhoben – *in Nomine Patris et Filii et Spiritus Sancti* –, Worte männlicher Macht. Meine kalten Hände kühlten mein glühendes Gesicht, während ich meine Bußgebete sprach. Voll Schrecken fiel mir ein, daß ich Luciens Kuß am Bahnhof zu beichten vergessen hatte. Aus Angst, deshalb am nächsten Morgen nicht zum Abendmahl gehen zu dürfen, kehrte ich an den Beichtstuhl zurück.
Father Riordan klang matt, murmelte etwas über notwendige Skrupel und warnte mich, ich solle mich vor Ausländern in acht nehmen, vor allem vor Franzosen.

Nach der Messe am Sonntag schrieb ich Brian ein zweites Mal, einen langen Brief mit Geschichten über die Schule und meine Schüler, über meine Bude und Mrs. Burtons entsetzlich verwöhnte Katze – ich versuchte einfach fröhlich zu wirken.

Aber auch darauf antwortete er nicht, was mich sehr deprimierte. Ich war hin- und hergerissen zwischen dem Wunsch, seine Staffel ausfindig zu machen und mich direkt an ihn zu wenden, und dem Ärger, der sich in mir zusammenbraute. Ich hatte es satt, ständig neben den Launen seiner Familie und seinen eigenen Allüren die zweite Geige zu spielen. Jetzt, da Glenallen endlich hinter uns lag, hatte ich gehofft, es würde alles gut werden. Doch plötzlich zeigte sich, daß Glenallen nicht nur ein geographischer Ort war, sondern vielmehr eine seelische Verfassung. Bis in die Nacht hinein betete ich für Brians Sicherheit. »Bitte beschütze ihn. Mach, daß er nicht umkommt.« Ich konnte mir nur in groben Zügen vorstellen, wie Brians Leben bei der Luftwaffe aussah, aber von der Flak kannte ich das scheußliche Bellen der Maschinengewehre, und auch das stetige Dröhnen der Bomber am Nachthimmel war mir vertraut. Die Vorstellung, daß sich Brian irgendwo dort oben am Himmel in einer ähnlichen Situation befand und mit dem Feind kämpfte, war so nah, daß ich nicht länger darüber nachdenken wollte. Ich versuchte mit allem mir verfügbaren Optimismus in die Zukunft zu blicken, aber oft genug stand ich wie vor einer kahlen Mauer.

Als ich am Montag nachmittag gerade aus der Schule zurückgekehrt war, kam das Telegramm. Ich war in meinem Zimmer, hatte meine Bücher und die Jacke abgelegt und mich mit einer Zigarette in dem alten braunen Sessel zurückgelehnt. Seit neuestem rauchte ich ziemlich viel; die Zigaretten waren kaum mit Gold aufzuwiegen, aber sie beruhigten meine Nerven. Zuerst hörte ich die Haustürklingel, dann Mrs. Burtons Stimme in der Halle, dann das

Türenschließen, und einen Moment herrschte Stille, bevor sich schwere Schritte die Treppe heraufbewegten. Ich weiß nicht, weshalb ich diesen Augenblick so überdeutlich wahrnahm oder weshalb ich mit wachsender Angst lauschte, wie die Schritte sich näherten. Mrs. Burton klopfte, trat mit nervösem Gesicht ein und überreichte mir den amtlichen Umschlag mit dem Telegramm. Meine Hände zitterten. Ich legte die Zigarette weg, wobei ich seltsam distanziert die kleine Rauchspirale, das braune Bakelit des Aschenbechers und eine zuschlagende Tür nebenan wahrnahm. Dann riß ich das Telegramm auf.

Wir bedauern, Ihnen mitteilen zu müssen,
daß Kampfpilot Brian Fitzallen
seit heute vermißt wird.

Wie versteinert saß ich da und starrte auf das Stück Papier mit den nüchternen Worten in meiner Hand. Von nebenan hörte man weiterhin Lärm, jetzt aber gedämpft wie durch eine Glaswand, die sich zwischen mir und der Welt aufgerichtet hatte; die Zigarette qualmte weiter, das Licht, das durchs Fenster fiel, war seltsamerweise genauso hell wie vorhin. Mein ganzes Wesen konzentrierte sich auf diesen einen Moment und weigerte sich zu glauben, was passiert war. Ich spürte, wie mir das Telegramm aus der Hand genommen wurde, und später erinnerte ich mich, daß von irgendwoher Tee mit Milchpulver und Zucker und Kekse auftauchten, ich erinnerte mich an Mrs. Burtons tröstende Stimme, an John, der sich neben mich auf den Boden kniete, als er heimkam, und mich im Arm hielt,

bis sich der Aufruhr in meinem Herzen in einem lauten Schluchzen Luft machte.
Am nächsten Tag ging ich zu Father Riordan und gab ihm fünf Pfund, damit er für Brian Messen las. Er nahm das Geld an, versprach, die Messen zu lesen, und ermahnte mich, auf Gottes Ratschluß zu vertrauen. »Und beten Sie zu unserer Heiligen Jungfrau, damit sie Fürbitte für ihn einlegt.«

»Vermißt – was bedeutet das eigentlich?« fragte ich John, der mir sagte, da könne mir nur das Kriegsministerium weiterhelfen. Ich schickte Lucien ein Telegramm. »Brian vermißt STOP muß beim Kriegsministerium nachfragen STOP Kann ich in Knightsbridge wohnen STOP«
Er antwortete umgehend, ich solle sofort kommen, er werde mich in St. Pancras abholen.

Direktor Drencher saß hinter seinem Mahagonischreibtisch, als ich sein Büro betrat, um ihm die Nachricht zu überbringen. Während er mir zuhörte, schwand die Strenge aus seinem Gesicht; er kam zu mir, legte mir die Hand auf die Schulter und sagte ganz ohne seine übliche Förmlichkeit: »Lassen Sie die Hoffnung nicht sinken, Peg; vielleicht ist ihm nichts passiert.« Dann gab er mir den Rest der Woche frei. Nachdem ich Lucien telegraphisch meine Ankunftszeit mitgeteilt hatte, packte ich meine Tasche und machte mich auf den Weg zur Midland Station. Wie versprochen erwartete mich Lucien in St. Pancras.
Als wir in Knightsbridge eintrafen, dämmerte es bereits; wir fuhren durch die verdunkelte Stadt: Die Ampeln hatten

nur noch horizontale Lichtschlitze, die Straßenlaternen spezielle Masken, durch die nur das notwendigste Licht drang. Hin und wieder waren Sandsäcke vor einem Gebäudeeingang gestapelt. Fußgänger verhüllten ihre Taschenlampen mit Seidenpapier, und wie geschäftige Dämonen huschten behelmte Luftschutzwarte durch das Dämmerlicht. Lucien drückte mir sein Mitgefühl ohne viele Worte aus; in der Dunkelheit ergriff er meine Hand und drückte sie fest, eine Geste voll Wärme und Sympathie.

Nur Lucien und ich waren jetzt in dem großen Haus. Überall standen Umzugskartons, Körbe, zusammengerollte Teppiche. »Ich reise bald ab, und die Hauseigentümer wollen ihre Sachen einlagern.«

Im Salon zog er die schweren, schwarzen Vorhänge zu und zündete eine Lampe an. Ich setzte mich auf das Damastsofa. Im Halbdunkel sah ich mich um und dachte an das letzte Mal, als ich in diesem Raum gewesen war. Lucien holte eine Flasche Cognac aus einem Karton und schenkte zwei Gläser ein. »Trink das, Peg«, meinte er. Dann ließ er sich neben mir nieder und fragte beinahe schüchtern, ob ich etwas von Mary gehört hätte.

»Sie hat mir einen Brief geschickt.«

Seine dunklen Augen leuchteten hoffnungsvoll und gespannt. »Hast du ihn dabei?«

»Nein«, sagte ich, obwohl er in meiner Handtasche lag, denn ich erinnerte mich an den Satz über das Spielespielen und wollte Lucien nicht weh tun. »Aber sie schreibt, es gehe ihr gut und sie wolle sich bald wieder mit mir in Verbindung setzen. Allerdings hat sie mir keine Adresse mitgeteilt.«

»Hat sie meinen Namen erwähnt?«
»Nein. Aber es war auch nur eine sehr kurze Notiz.«
Lucien lehnte sich zurück und nippte an seinem Drink. »Wenn ich wenigstens sicher sein könnte, daß es ihr gutgeht«, seufzte er und strich mit der Hand über meine tränennasse Wange. »Nur Mut, Kopf hoch.« Aber er klang erschöpft, von seinem sonstigen unbeugsamen Optimismus war jetzt nicht viel zu spüren. Nach einer Weile entschuldigte er sich, stand auf und kam wenig später mit einem Tablett zurück.
»Entschuldige die Verpflegung, Peg. Momentan geht es mir ein wenig wie Mother Hubbard.«
Damit stellte er das Tablett auf den Couchtisch und servierte mir eine Omelette mit Toast. Den Wein, den er ebenfalls mitgebracht hatte, lehnte ich dankend ab.
»Wo ist Janet?« fragte ich.
»Janet ist weg, sie arbeitet in einer Munitionsfabrik – kocht sozusagen für den Feind. Wußtest du, daß sie jetzt sogar Frauen einziehen?«
»Ja, sie machen die ganze Nation mobil.«
Ich übernachtete im selben Zimmer, das ich mit Brian geteilt hatte. Für mich allein war das Bett viel zu groß. Obwohl es schon Mai war, fror ich jämmerlich; meine Füße fühlten sich an wie Eisklötze. Ich wachte mehrmals auf, und meine Hand suchte nach der in einem Doppelbett vertrauten menschlichen Wärme.
Am folgenden Morgen begleitete mich Lucien zum Kriegsministerium. Ein freundlicher Offizier erklärte mir, daß Pilot Fitzallen von einem Patrouillenflug nicht zurückgekehrt sei. Doch weitere Details waren ihm nicht zu

entlocken. »Tut mir leid, Mrs. Fitzallen, wir können derartige Informationen nicht preisgeben.« Auch über Brians Stationierungsort ließ er sich nicht näher aus, sondern sagte lediglich, Brian sei über dem Meer vermißt und man habe bislang weder seine Leiche noch sein Flugzeug gefunden.

»Keine Sorge, Peg«, versicherte mir Lucien, als wir wieder draußen waren. »Ich werde selbst Nachforschungen anstellen. In der RAF gibt es mehrere französische Offiziere.«

So brachte er mich zurück nach Knightsbridge. Bevor er sich wieder auf den Weg machte, führte er mich in Marys Zimmer, öffnete ihren Schrank und zeigte mir ihre Kommode. »Du solltest ihre Sachen an dich nehmen. Ich bleibe nicht mehr lange hier, und ich bringe es nicht fertig, das Zeug wegzupacken.« Dann ließ er mich allein, versprach allerdings, so bald wie möglich zurückzukommen.

Ich sah mich in Marys Zimmer um: Die ordentlich aufgereihten Schuhe, ihre Kleider im Schrank, ihr Parfüm und ihre Lippenstifte auf dem Toilettentisch, die Bürste mit dem silbernen Griff, die dort lag, als warte sie nur auf die Berührung von Marys Hand. Außerdem gab es ein Messingbett und einen antiken französischen Sessel, der mit Gobelin bezogen war. An einem Haken hinter der Tür hing ein cremefarbener Morgenmantel aus Seide. Ich vergrub mein Gesicht in den weichen Stoff und war sofort in Marys Lieblingsduft von Chanel gehüllt, der seit Kriegsbeginn fast nicht mehr aufzutreiben war. »Wo bist du, Mary, warum hast du uns verlassen?« fragte ich laut, aber natürlich erhielt ich keine Antwort. Nur der Lärm der Straße drang zu mir herein.

Ein paar Stunden später kam Lucien zurück. Er hatte telefonisch einen französischen RAF-Piloten erreicht, der in der Nähe von Dover stationiert war und Brian gekannt hatte.
»Setz dich, Peg.« Er legte mir den Arm um die Schultern, ließ mich auf dem Bett Platz nehmen, ließ sich neben mir nieder und nahm meine Hände.
Brian war in Manston stationiert gewesen und hatte an einer Patrouille über den Ärmelkanal teilgenommen, die von deutschen Torpedo-Booten entdeckt und angegriffen worden war. Das unvermeidliche Messerschmitt-Geschwader war zu spät gekommen, und die meisten Maschinen von Brians Formation waren nach einem erbitterten Kurvenkampf heil zur Basis zurückgekehrt. Aber nicht das Flugzeug von Brian Fitzallen. Man vermutete, daß es über dem Kanal abgeschossen worden war.
Das alles erzählte mir Lucien stockend, während er mich mitfühlend musterte und mich an sich zu ziehen versuchte.
»Dieser Kontaktmann, war er bei dem Einsatz dabei?«
»Nein, aber das ist die offizielle Version.«
Schweigen trat ein.
»Ich möchte eine Weile allein sein!« sagte ich schließlich.
»Sie haben seine Leiche nicht gefunden und auch nicht sein Flugzeug. Also besteht noch Hoffnung«, beharrte Lucien, aber ich sah ihm in die Augen. Und er verstummte, stand auf und zog die Tür leise hinter sich ins Schloß.

So saß ich lange auf der Bettkante, starrte in den Spiegel und sah eine junge Frau mit modisch gewelltem Haar und einem weißen Gesicht, gelähmt vor Schmerz. Das Zimmer kam mir riesig vor, Einsamkeit erfüllte es – greifbar, kalt, hart und leer. Brian konnte doch nicht einfach weg sein! Wie konnte die Welt sich weiterdrehen, als wäre nichts geschehen?

Nach einem Tränenstrom kam die Wut. Brian und seine tapferen Manöver! Er hatte sich selbst umgebracht, ohne auch nur einmal an mich zu denken, ohne je in Erwägung zu ziehen, was er mir antat. Ich lag auf dem Bett, ohne mich zu rühren; nur ab und zu wischte ich mir mit dem Leintuch die Tränen vom Gesicht. Ich dachte an Brians Worte: »Du bist das Beste, was mir je passiert ist« – wie sehr ich mich darüber gefreut hatte! Doch jetzt erfüllte mich ein bisher unbekannter Zynismus, und ich begriff, was diese Worte bedeuteten. Es war immer nur um ihn gegangen. Er war ein menschliches Wesen, ich lediglich eine Art Zubehör.

Die Nacht kam. Durch die mit Klebeband verunstalteten Fenster beobachtete ich, wie der Tag verblaßte. Ich zündete eine Zigarette an und bemerkte seltsam klar und unbeteiligt, wie meine Hände zitterten. Von unten ertönte die Türklingel, dann ein hartnäckiges Klopfen.

Einen Augenblick später kam Lucien nach kurzem Anklopfen zu mir herein, warf einen Blick auf die Zigarette, durchquerte mit großen Schritten das Zimmer und zog die schwarzen Vorhänge zu.

»Das war der Luftschutzwart. Wahrscheinlich hat er das Licht gesehen, als du die Zigarette angesteckt hast. Diese Leute sind manchmal ein bißchen allzu diensteifrig – Nullen, die sich an ihrer Macht berauschen.

Außerdem können sie Franzosen nicht leiden«, fügte er traurig hinzu.
»Tut mir leid. Gibt es dafür eine Strafe? Ich zahle sie.«
»Pssst«, machte er nur.
Dann knipste er die kleine Nachttischlampe an und setzte sich neben mich.
»Ma pauvre, komm herunter zum Abendessen. Du mußt etwas zu dir nehmen. Ich habe ein schönes Stück unvergleichlichen französischen Käse, den ich heute in Carlton Gardens bekommen habe, und dazu frisches Brot und Wein.«
»Wenn ich nur ans Essen denke, wird mir schon schlecht.«
»Aber einen Tee trinkst du doch bestimmt«, entgegnete er und ging hinaus. Nach kurzer Zeit kehrte er mit einem Tablett zurück. Darauf standen eine Kanne Tee, eine Schale mit Marshmallows und etwas Brot und Käse. Lucien schenkte mir Tee ein, gab ein Marshmallow dazu und reichte mir meine Tasse. In diesem Moment hörten wir die Sirenen aufheulen. Sie dröhnten immer lauter über die Stadt und erstarben schließlich wieder. Ich spürte lediglich eine wilde Freude – mir war es nur recht, wenn die ganze Welt in Flammen aufging; ich war bereit zu sterben.
»Wir müssen in den Keller!«
»Geh ruhig.«
»Ich gehe nicht ohne dich, Peg.«
»Wie du willst!«

Ich trank den Tee, rührte den Käse, der ziemlich reif und geruchsintensiv war, jedoch nicht an. Lucien löschte die Lampe; dann saß er neben mir in der Dunkelheit, legte die Hand auf mein Gesicht und zeichnete mit dem Finger die Konturen meines Gesichts nach. Die zweite Sirene erscholl, und er ließ die Hand in meine Bluse gleiten, suchende, kühne Finger umfaßten meine Brüste, während die Erregung durch meinen Körper zuckte wie elektrischer Strom. Und dann fühlte ich seinen Mund auf meinem, hart und drängend. Wie der Kuß damals am Bahnhof, doch jetzt, im Angesicht des Todes, hatte er ungeahnte Intensität. Ich hörte, wie die Sirenen leiser wurden, hörte über uns das Dröhnen der Flugzeuge, das Pfeifen der Bomben und die ersten Explosionen im Osten, die Antwort der Flak, das wilde Bimmeln der Feuerwehr. Zwischen den zu schmalen Vorhängen sah man weiße Lichtblitze, Qualmwolken, hochgeschleuderte Schuttbrocken, den gelben Schein des Flakfeuers am Nachthimmel. Draußen fand ein Totentanz statt. Ich aber erfuhr eine Unmittelbarkeit des Daseins, als besäße Lucien den Schlüssel zur Welt und zum Leben.

Ein Traum, der durch die Dunkelheit trieb, durchsetzt von seinem Duft und seinem Atem, emporgetragen von Wut und plötzlich entflammter, wilder Leidenschaft. Mit zynischer Klarheit ließ ich zu, daß er mir die Kleider vom Leib zerrte, spürte seine Hände und Lippen auf meinem Körper, und ich gab mich ihm hin, bitter und bedingungslos und bis zur absoluten Erschöpfung. Ich wußte, daß draußen die Suchscheinwerfer den Himmel abtasteten und der Wahnsinn seinen Lauf nahm.

»Tu me donnes la paix«, flüsterte Lucien, mit den Lippen meine Wange streifend, sein Körper feucht und süß an meinem. Ich lauschte der Tragödie, die sich nicht weit von uns abspielte. »Du bist eine Hure«, sagte eine innere Stimme beiläufig, aber eine andere antwortete frech: »Lieber eine Hure als ein Schatten.«

»Sind alle Franzosen so wie du?«

Ich spürte sein leises Lachen.

»Nein, meine süße Peg. Ich bin einmalig. Genau wie du.«

Aber dann fragte er schüchtern, beinahe besorgt: »Hab ich dich befriedigt, kleine Peg?«

Ich antwortete nicht, denn seine Frage traf mich tief, sowohl mit ihrer Fürsorglichkeit als auch mit ihrer Arroganz. Mir ging es nicht um Befriedigung. Wütend dachte ich: ›Es wird keine Schuldgefühle geben, das will ich nicht. Auch ich muß meine Leidenschaft leben.‹ Aber ich konnte es drehen und wenden, wie ich wollte – als die Wut verraucht war, blieb nur eine tiefe Trauer zurück.

Trotzdem war der Überlebenswille da; noch im Schlaf der Erschöpfung hörte ich die Explosionen, das Pfeifen der Bomben, die immer näher kamen; dann spürte ich, wie mich jemand auf den Boden zerrte und kroch unters Bett. Einem plötzlichen Instinkt gehorchend, hatte Lucien uns vor der Fensterscheibe gerettet, die kurz darauf auf dem Bett in tausend Stücke zerbarst. Wir rannten in den Keller, in Leintücher gehüllt, hinter uns Scherben, Federn und Mörtelstaub. Ich merkte, daß meine Nase blutete, fühlte aber keinen Schmerz.

Am Morgen verschleierten braune Wolken die Sonne, es roch nach verrauchten Ziegelsteinen und verkohltem Holz; verbrannte Papierfetzen wirbelten durch die über Nacht entstandene Wüste.

Die meisten Fenster des Hauses in Knightsbridge waren eingedrückt worden und zerborsten. Das Bett, in dem ich mit Lucien gelegen hatte, war ebenso voller Glassplitter wie meine Kleider. Lucien lieh mir ein Paar Männerschuhe, damit ich das Zimmer betreten konnte, ohne mir die Füße zu zerschneiden, und so rettete ich meine Reisetasche und die Kleider. Allerdings war die Bluse, die ich tags zuvor getragen hatte, von einer Glasscherbe zerfetzt. Wir zogen uns an, verriegelten die Fensterläden und verließen das Haus.

Das Bild der Zerstörung war entsetzlich. Westminster Abbey, die Gerichtsgebäude, das Unterhaus, Münzamt und Tower waren getroffen. Im British Museum waren eine Viertelmillion Bücher verbrannt. Fast eineinhalbtausend Menschen waren tot und noch mehr verletzt.

Wir wanderten durch die Trümmer und halfen, wo wir konnten. Vor der Westminster Abbey sahen wir in der Menge einen kleinen, rundlichen Mann mit Hut, Zigarre und Stock. Er hatte Tränen in den Augen. »Zahl's ihnen heim, Winnie!« rief jemand und ballte die Faust, zwei Finger zum Siegeszeichen gespreizt.

Obwohl ich ursprünglich vorgehabt hatte, gleich wieder nach Nottingham zurückzukehren, blieb ich nun noch drei Tage bei Lucien. Er führte mich zum Carlton Gardens in St. James, dem Hauptquartier des Freien Frankreich, und dort lernte ich einen uniformierten Franzosen kennen, baumlang, die Haare links gescheitelt, Schnurrbart, sehr zuvorkommend und überhaupt eine beeindrukkende Erscheinung. »Enchanté, Madame«, begrüßte er mich höflich, als Lucien mich vorstellte.

»Peg, das ist Général de Gaulle.«
Manchmal ließ Lucien eine zynische Bemerkung über das Konsulatsgebäude in Knightsbridge Nummer 58 fallen – ein Katzensprung von dem Haus, in dem wir wohnten –, das nach wie vor in der Hand der Vichy-Regierung war.
Zum Mittagessen führte er mich ins Ritz, zum Dinner ins Savoy und danach in einen Nachtclub. Dafür borgte ich mir ein Abendkleid aus Marys Schrank, das ich ein wenig änderte: eine dunkelblaue Robe, in der ich – laut Lucien – aussah wie eine Märchenfee. Ich schminkte mir die Lippen dunkelrot, drehte die Haare auf, so daß die Locken mein Gesicht umrahmten, und lauschte seinen Komplimenten, während in mir der Selbsthaß tobte. Ich lebte wie im Traum, betäubt von einer Fülle von Ereignissen, die ich nicht verarbeiten konnte. Brian war tot, meine Ehe vorbei, der Platz, den ich für meinen Mann warmgehalten hatte, leer. Mir kam es vor, als wäre alles, um was ich gekämpft hatte, ein schlechter Scherz; meine Grundsätze von Liebe, Treue und Selbstbeherrschung, an die ich so gern glauben wollte, hatten mich im Stich gelassen. Jetzt versuchte ich nicht mehr, Luciens Avancen abzuwehren; meine einstigen Lebensgewohnheiten und Grundsätze vergaß ich einfach. Ich wollte nur den tiefen, unmittelbaren menschlichen Kontakt. Und ich fragte nicht nach dem Preis.
Ganz in unserer Nähe sprachen zwei Offiziere über Huren; lautstark, betrunken-kameradschaftlich unterhielten sie sich über ein Bordell, und einen Moment lang dachte ich, sie redeten über Tiere, so gemein und dumm hörten sie sich an.

»Warst du schon einmal in einem Bordell?« fragte ich Lucien wütend. »Ich bin ein Mann«, antwortete er achselzuckend, und ein kleines Lächeln umspielte seine Mundwinkel.

»Das heißt also, du hast das Recht, andere auszubeuten?« beharrte ich. Verstimmt sah er mich an, mit einem Stirnrunzeln, das ich schon oft bei Männern bemerkt hatte, wenn eine Frau in ihrer Gesellschaft sich weigerte, nett und gefällig zu sein. Als die Kellnerin erschien, bestellte ich einen Gin mit Limone und forderte Lucien betont keß zum Tanzen auf. Zu den Klängen von »We'll meet again« schwebten wir Körper an Körper über die Tanzfläche. Ich spürte, wie sich seine Begierde an mir entzündete, und spielte mit unterdrücktem Zorn die Femme fatale. Zurück in Knightsbridge liebten wir uns wild und leidenschaftlich. Alles nur, um die Finsternis abzuhalten.

Wenn er zu mir kam, klopfte er leise, trat dann sofort ein und schlüpfte neben mich ins Bett. Manchmal unterhielten wir uns, aber irgendwann erstarb das Gespräch, und dann gehörte die Nacht uns. In dieser seltsamen Traumwelt vergaß ich alle Hemmungen, jede Zurückhaltung, und ließ dem wütenden Strom des Lebens freien Lauf. Es war mir vollkommen gleichgültig, was Lucien von mir hielt – sollte er denken, was er wollte –, noch verschwendete ich je einen Gedanken an die Zukunft. Es schien ja auch nicht sehr wahrscheinlich, daß wir eine hatten.

Gewöhnlich ging Lucien früh aus dem Haus, aber ich war vor ihm wach. Dann lag ich still da und betrachtete ihn: seinen kräftigen Hals und die breiten Schultern, die dunkel behaarten Arme, den Hinterkopf, dessen schütter werdendes Haar seltsam rührend wirkte. Er sah so anders aus als Brian, und darüber war ich froh. Mir war klar, daß ich mich auf etwas anderes konzentrieren mußte, wenn ich weiterleben wollte.

Manchmal, wenn er sich unbeobachtet glaubte, spürte ich, daß er mich ansah, und wenn ich aufblickte, ruhten seine Augen fragend auf mir.

In unserer letzten Nacht lagen wir nebeneinander im Bett, und er erzählte mir von einem Château aus Sandstein, mitten im Wald, in Frankreich. Dort gab es ein blau-weiß eingerichtetes Zimmer mit weißen Fensterläden, mit Blick über eine Wiese und einen kleinen Teich. »Unter dem Fenster liegt eine Terrasse mit Geranien, Jasmin und Sonnenwinden, und nachts ist das Zimmer erfüllt von ihrem Duft. Nur jetzt haben es die Deutschen besetzt.«

»Gibt es Schwäne auf dem Teich?« fragte ich, und Lucien antwortete, früher habe es welche gegeben. »Es hat keine Ähnlichkeit mit Glenallen«, fügte er hinzu, da er erraten hatte, in welche Richtung meine Gedanken gingen. Aber allein der Name erschütterte meine Seele derart, daß mein gespielter Gleichmut zerbrach und mir die heißen Tränen aus den Augen schossen. Lucien schloß mich in seine Arme, küßte die Tränen weg und liebte mich.

»Das Château liegt nur hundert Kilometer von *La Belle au Bois Dormant*, dem Dornröschenschloß, entfernt«, erklärte er mir danach, »und es hat Türmchen wie ein Märchenschloß.«

»Vermißt du dein Märchenland?«

»Es war meine Heimat«, antwortete er nach kurzem

Zögern. »Aber wenn ich mich jetzt daran erinnere, denke ich mehr an die Geschichte von Dornröschen – wegen ihres langen Schlafs. Ich habe sie geliebt, die schlafende Schönheit, aber mein Kuß hat sie nicht aufgeweckt.«

»Frauen brauchen mehr als Küsse«, meinte ich scharf, unvermittelt eifersüchtig. Da hatte er mich gerade leidenschaftlich geliebt, und trotzdem sprach er von Mary – von wem sonst!? –, und zwar mit unverkennbarer Sehnsucht. ›Die schlafende Schönheit‹! Aber weshalb nannte er sie so? Ich sagte mir, daß ich ihn nicht für mich beanspruchte; er war ein Playboy, ein Mann, der so viel Erfahrung mit Frauen hatte, daß ich den Makel der Promiskuität spürte, ganz gleich, was er tat.

»Vielleicht hat sie gar nicht geschlafen«, setzte ich hinzu. »Vielleicht war sie hellwach.«

Ich spürte, wie er zusammenzuckte. Ich hatte ihn getroffen.

»Ich finde, du bist eine sehr zornige junge Frau«, murmelte er nach einer Weile.

Doch später hatte ich einen Traum. Ich sah Knockshee und das Haus im Schatten. Schweißgebadet schreckte ich aus dem Schlaf. Wovor hatte ich Angst? Es war doch nur ein Traum von einem Hügel und einem Haus – aber im Traum schienen sie einen brütenden Haß auszustrahlen, dem ich mich nicht entziehen und den ich nicht verstehen konnte. Und ich hatte auch Brians Stimme gehört, erstickt, verängstigt, die meinen Namen rief.

Auch Lucien wurde wach und nahm mich in die Arme, aber in dieser Nacht fand ich keinen Schlaf mehr; während Lucien wieder eindöste, lag ich da und lauschte seinem Atem.

Nachdem er gegangen war, wanderte ich in sein Zimmer, das einen Blick auf den Garten hatte, setzte mich an seinen Schreibtisch und versuchte mir sein Leben, seine innere Welt, seine Sicht der Wirklichkeit vorzustellen. Auf dem Schreibtisch lagen Landkarten, ein Tintenfaß, ein Brieföffner, französisch beschriebene Papiere. Rechts unter einem gläsernen Briefbeschwerer lag ein Dokument mit dem Briefkopf *Forces Françaises Libres* und darunter *Acte D'Engagement – Officier*. Neugierig, wenn auch mit entsetzlich schlechtem Gewissen, las ich das Dokument, sah, daß es Luciens Namen trug und er sich verpflichtet hatte, *à servir avec Honneur, Fidelité et Discipline dans les Forces Françaises pour la durée de la guerre*. Unter der Schreibtischunterlage lugte ein Blatt mit geometrischen Kritzeleien und ein paar französischen Notizen hervor. Ich las sie mit großer Rührung; zwar konnte ich Französisch nicht sprechen, aber immerhin lesen, dank dem Konvent von St. Catherine und Mother Xaviers Paukerei. Da stand:
»Que la vie est courte! Sans elle je m'eteindrai. Les jours sans elle sond néant et les jours avec elle la vie.« Weiter unten fand ich:
»Mon Dieu, laissez moi revenir dans le sein de mon pays bien aimé.«
Ich steckte das Blatt zurück an seinen Platz, in dem Bewußtsein, daß ich in eine reiche innere Welt eingedrungen war, in der ich nichts verloren hatte.
O Mary, dachte ich, dieser Mann fühlt sich ohne dich wie ausgelöscht, die Tage ohne dich sind leer für ihn und die Tage mit dir das Leben. Wie konntest du soviel Hingabe in den Wind schlagen? Um eine solche Leidenschaft zu entfachen, hätte ich alles gegeben; statt dessen hatte ich

zweite Geige gespielt, an den Rand gedrängt von einer fixen Idee, kleinlichen Familienintrigen und der Verschlossenheit eines Introvertierten.
Der Gedanke an Brian und seine Sensibilität, seine Verwirrung angesichts der kontroversen Gefühle, die er in seiner Familie auslöste, überwältigte mich, und ich wollte in die Vergangenheit zurückgehen und ihn beschützen, ihn mit Liebe und heilenden Kräften umhüllen. Doch die Vergangenheit war tot, ich wußte, daß Brian mich verlassen hatte, und dennoch verfolgte mich die Erinnerung an ihn und einen Ort in Irland, der ihn vollkommen in seinen Bann gezogen hatte. Und wie stand es um meine eigene geistige Gesundheit? Würde ich jemals Frieden finden?

Jeden Morgen kontrollierte Lucien gewissenhaft den Briefkasten. Aber es kam kein Brief von Mary. Am Sonntag, dem Tag meiner Abreise, forderte er mich noch einmal auf, ihre Sachen mitzunehmen – jedenfalls soviel ich tragen konnte. »Ich bin nicht mehr lange hier, dann ist das Haus geschlossen.«
»Wohin gehst du?«
Er lächelte. »Wir haben Krieg. Du kannst mich immer in Carlton Gardens erreichen, wenn du mich brauchst.«
Beleidigt schwor ich mir, von diesem Angebot nie Gebrauch zu machen.
Als wir Marys Sachen zusammenpackten, stapelte ich ein paar ihrer Bücher neben meine Handtasche und warf sie dabei versehentlich um. Zusammen mit Kleingeld, Streichhölzern, einem Päckchen Zigaretten und ein paar Haarnadeln fiel auch Marys Brief heraus. Bevor ich ihn an

mich nehmen konnte, hatte ihn Lucien bereits in der Hand, als hätte er so etwas geahnt. Er las den Brief sofort, und sein Gesicht wurde finster.

»Aha«, murmelte er. »Sie hat also gedacht, es wäre ein Spiel.«

»Das hat sie nicht«, versicherte ich ihm, denn ich konnte es nicht ertragen, daß er so verletzt war. »Irgend etwas hat sie durcheinandergebracht. Jedenfalls hatte ich diesen Eindruck, als ich damals mit Brian hier war. Ich wundere mich sehr, daß sie dir nicht geschrieben hat. Ich weiß, daß du ihr sehr viel bedeutest, Lucien. Bist du sicher, daß sie dir nicht wenigstens eine Nachricht hinterlassen hat? Hast du nach einer gesucht?«

»Sie hat mir eine Nachricht hinterlassen«, entgegnete er trocken.

Er faßte in seine Brusttasche und reichte mir ein ordentlich gefaltetes Blatt Papier. Ich klappte es auseinander; in der Mitte standen drei Zeilen in Marys Handschrift:

Mittwegs auf meines Lebens Reise fand
In finstren Waldes Nacht ich mich verschlagen
Weil mir die Spur vom graden Wege schwand.

Verblüfft starrte ich erst das Papier, dann Lucien an. »Dantes ›Inferno‹«, sagte er. Unten auf der Seite standen noch zwei Worte: *»Verzeih mir.«*

»Vielleicht ist sie Nonne geworden«, murmelte ich, denn das Gedicht schien mir fast religiös – die Spur vom graden Weg.

Lucien lachte kurz auf.

»Das ist mein Ernst«, entgegnete ich. »Vielleicht möchte sie mit Frauen zusammensein. Mit Frauen war sie immer glücklich.«
Ich beobachtete, wie sich sein Gesicht anspannte, sah, wie sein Kinn sich trotzig vorschob, und verfluchte die Wut, die seit Brians Tod von mir Besitz ergriffen hatte. Aber Lucien sagte nichts und war auch auf dem Weg zum Bahnhof sehr schweigsam. Diesmal küßte er mich zum Abschied nur flüchtig.

Im Gedränge des Bahnhofs bedankte er sich bei mir, und das traf mich wie ein Peitschenhieb. So ging ein Mann mit seiner Mätresse um.
»Soll ich dich in Nottingham besuchen?« fragte er, als er meine Fassungslosigkeit spürte.
»Nein«, erwiderte ich, immer noch verletzt.
So stieg ich in den Zug, vorbei an einem eng umschlungenen Pärchen. Lucien folgte mir, begleitete mich zu einem freien Platz und verschwand. Ich starrte durchs Fenster auf das inzwischen vertraute Plakat des Soldaten in Uniform, die rechte Hand mahnend erhoben – und die Schlagzeile über seinem Kopf *Ist Ihre Reise wirklich notwendig?*, bis der Zug aus dem Bahnhof fuhr.

13. Kapitel

Bei meiner Rückkehr nach Nottingham telegraphierte ich nach Glenallen: »Bedaure Euch mitteilen zu müssen, daß Brian vermißt wird. Peg.«

Tom informierte ich in einem Brief.

Mrs. Burton war sehr nett zu mir und versuchte mich zu trösten.

Aber sie war auch neugierig. »Wo haben Sie in London denn übernachtet, Liebes?« fragte sie. Ich antwortete, bei einem Freund, und sie wollte wissen, ob es etwa der Franzose gewesen war. Als ich bejahte, warf sie mir einen seltsamen Blick zu. Dann erkundigte sie sich, ob ich etwas Neues von meiner Freundin Mary wisse, was ich verneinte.

John war für vierzehn Tage nach Bristol gefahren. Seine Mutter war krank geworden, und er hatte freigenommen, um bei ihr sein zu können.

Am 9. Mai war Nottingham, als ich in London weilte, bombardiert worden. Belvoir Castle und seine Umgebung waren betroffen: Moot Hall, Lace Market, die alte Universität in der Shakespeare Street, um nur einige Stellen zu nennen – es gab viele Opfer.

Mit traurigem Gesicht erzählte mir Mrs. Burton von der

Zerstörung, vor allem am Lace Market und an der Universität. »Dieser Hitler ist ein Teufel. Ich hoffe, sie kriegen ihn und bringen ihn um«, verkündete sie, und ich stimmte ihr als junge Witwe insgeheim zu. Aber nicht einmal Hitler konnte ich hassen; selbst für den Haß war ich zu ausgebrannt.

Claire und Ellen taten alles erdenkliche, um mich aufzumuntern, sie versuchten, mich zum Ausgehen zu bewegen, mir Süßigkeiten aufzudrängen. Aber ich wollte bloß arbeiten und stürzte mich auf die Bücher, wie ich es seit den Wochen meiner Prüfungsvorbereitungen nicht mehr getan hatte. Ich blieb zum Heftekorrigieren oft lang in der Schule; eines Abends schloß mich der Hausmeister versehentlich ein, und ich mußte aus dem Fenster steigen.

John kehrte mit der Nachricht aus Bristol zurück, daß seine Mutter Krebs hatte und im Krankenhaus lag. Ab jetzt würde er jedes Wochenende nach Bristol fahren müssen, denn die Ärzte gaben ihr nur noch sechs Monate zu leben. Er erzählte mir das traurig, aber sachlich; unter den Augen hatte er tiefe schwarze Ringe. »Ich kann es gar nicht glauben, es ergibt einfach keinen Sinn«, sagte er. Ich fühlte mit ihm, denn ich wußte, was für eine leere Zeit vor ihm lag.

Eines Nachts schreckte ich aus dem Schlaf und blickte in die Gesichter von Claire und Mrs. Burton, die in Morgenmänteln vor meinem Bett standen. Vom Korridor hörte ich Johns Stimme: »Was ist los mit ihr?«

Claire beugte sich über mich.

»Peg! Peg, es ist nur ein Traum!« Ich versuchte den Schlaf

abzuschütteln und merkte, daß ich zitterte und meine Laken feucht und verschwitzt waren.
»Sie haben im Schlaf geweint und geschrien, Peg. Das war sicher ein Alptraum.«
Aber das Traumgespinst löste sich bereits auf und hinterließ nur den Schrecken und den Klang der Stimme meines Mannes. Ich entschuldigte mich bei allen. Claire bot an, eine Weile bei mir zu bleiben, aber ich beruhigte sie, es sei alles in Ordnung. Den Rest der Nacht ließ ich mein Licht brennen.
Während die Tage an mir vorüberzogen, ohne daß ich von Lucien hörte, merkte ich, daß ich ihn vermißte. Genau das hatte ich vermeiden wollen, aber es funktionierte nicht. Er hatte sich nicht bei mir gemeldet, er hatte nicht geschrieben. Ich sagte mir, daß ich ihn nicht sehen wollte. Ich redete mir ein, daß ich ihn haßte, diesen Mann, der meine Schwäche ausgenutzt und die ganze Sache dann abgetan hatte, als wäre sie nur eine Episode im Drama seines eigenen Lebens. Ich stellte mir vor, wie er unsere Beziehung wohl gesehen hatte. Er hatte eine Frau erobert, jetzt interessierte sie ihn nicht mehr. Aber bestimmt hatte ich auch seine Gefühle für Mary verletzt, und es wäre mir lieber gewesen, wenn ich mir das nicht hätte vorwerfen müssen.
Warum mußten wir nur uns und anderen dauernd etwas vormachen, um zu überleben? Der Schmerz, der mich überrollte, verblüffte mich, denn er war so heftig, daß er meinen Willen lähmte.
Ich erinnerte mich an die beiläufige Art, in der Lucien mich damals in Knightsbridge manchmal im Vorübergehen angefaßt hatte, mit den Gedanken ganz woanders –

als hätte er ein Recht auf eine oberflächliche, herablassende Vertraulichkeit, als wäre ich sein Besitz. Rückblickend empfand ich Übelkeit, wenn ich an seine Freundlichkeit dachte, denn es schien mir, als hätte ich sie mir erkauft. Allem Anschein nach verlangten die Regeln, nach denen er lebte, eine gewisse Rücksichtnahme einer Frau gegenüber, aber er hatte sich hinter einer Mauer aus Egoismus verschanzt und sich keinen Millimeter vorgewagt. Das jedenfalls versuchte ich mir jetzt einzureden.
Deshalb begriff ich auch nicht auf Anhieb, daß er es war, der auf einer Bank auf dem Schulgelände saß und Zeitung las, als ich an einem Freitag abend, etwa zwei Wochen später, die Schule verließ.
»Nottingham gefällt mir sehr gut«, verkündete er und stand auf. »Ich glaube, es ist die gute Luft.«
Ich lachte. Die Freude, ihn zu sehen, ließ sich unmöglich unterdrücken, sie fegte alle Vorbehalte hinweg. Er küßte meine Hand. »Ich habe das Wochenende frei. Und du?« erkundigte er sich ganz beiläufig.
Sag diesem eingebildeten Kerl, er soll abhauen, befahl ich mir. Sag ihm, er soll verduften. Aber ich gehorchte dieser inneren Stimme nicht. Die Stimme der Vernunft schien so banal zu sein angesichts des Lebens, das mich anstrahlte.
Er nahm mein Schweigen als Zustimmung, und wir gingen zusammen zum Black Boy – »auf einen Drink«, wie er es ausdrückte. »Wir sollten miteinander reden«, meinte er. »Wir haben eine Menge zu besprechen.«
Er bestellte einen Gin mit Limone für mich, und wir sprachen über alles, über Brian und Mary, den Krieg und meine Alpträume.

»Heute nacht wirst du keine schlimmen Träume haben. Ich werde sie verscheuchen.«
Ich sah ihm in die Augen. »Heute nacht?« flüsterte ich entgeistert. »Lucien, ich weiß nicht, wofür du mich hältst, aber ich bin es nicht gewohnt ... das zu tun, was ich in London getan habe.«
»Ich weiß.«
Nach kurzer Pause fügte er hinzu: »Du möchtest gern deine Stärke in Schach halten – stark wie du bist. Du möchtest deine Leidenschaft dazu benutzen, deine Leidenschaft zu zähmen – und das ist eine schreckliche Kraftverschwendung. Aber willst du mir nicht wenigstens erlauben, deine Alpträume zu vertreiben?«
Wo war meine Willenskraft geblieben? Warum schickte ich Mrs. Burton eine Nachricht und teilte ihr mit, ich verbrächte das Wochenende bei einer Freundin? Lucien hatte bereits ein Doppelzimmer gebucht, und nachdem wir gegessen hatten, gab ich mich ihm hin – diesmal ohne Zorn und Wut, ohne emotionale Barriere, nur mit meinem zerbrechlichen Selbst.
Am folgenden Wochenende kam er wieder. Und wir verbrachten erneut zwei Tage im Bett.
»Gibt es eigentlich einen heiligen Lucien?« fragte ich, im sommerlichen Dämmerlicht neben ihm auf dem Bett liegend.
»Aber selbstverständlich«, erwiderte er ernst. »Er war ein frühchristlicher Märtyrer; er ist verhungert. Zum Glück schlage ich ihm nicht nach.«
Ich lachte. Später sagte er mir, er müsse wegfahren und könne eine Weile nicht nach Nottingham kommen. »Ich

weiß nicht, wann ich zurück bin. Ich gehe nach Frankreich und schließe mich der Résistance an.«

Anfang Juni bekam ich einen Brief von Harriet.

Liebe Peg,
entschuldige bitte, daß ich so lange nicht geschrieben habe. Wir sind sehr traurig wegen Brian; Peter und ich haben eine Messe für ihn lesen lassen. War er nicht außerordentlich tapfer? Sicherlich bist Du durcheinander, aber zum Glück hast Du ja Freunde in England, die sich um Dich kümmern können.
Und Du weißt ja, daß Du jederzeit willkommen bist, wenn Du nach Glenallen kommen möchtest.
Vermutlich wirst Du rasch einen anderen Mann kennenlernen – bei Deinem Aussehen bist Du sicher im Handumdrehen wieder verheiratet!
Und die Zeit heilt alle Wunden, weißt Du.
Es ist sehr traurig, daß Brian so jung sterben mußte; Peter und ich werden ihn sehr vermissen.
Nun zu einem anderen Thema – gewiß wirst Du mir nicht verübeln, daß ich es erwähne: Da die Zeiten bei uns momentan hart sind, wollte ich Dich fragen, ob Du mir eventuell etwas Geld leihen könntest. Du hast doch sicher etwas auf die hohe Kante gelegt. Bestimmt bekommst Du ein gutes Gehalt und dazu noch die Witwenrente (nehme ich an), so daß Du vielleicht etwas übrig hast. Das Dach hier ist in einem Zustand, daß unbedingt etwas Grundlegendes unternommen werden muß. Unglücklicherweise hat sich in ein paar Wandplatten die Trockenfäule festgesetzt und

von dort ausgebreitet – deshalb ist die Sache auch ziemlich dringend, wenn wir das Haus retten wollen. Ich bin am Ende mit meinem Latein vor lauter Sorge.
Augenblicklich gibt die Bank keine Kredite, aber ich kann Dir versichern, daß Du das Geld nach dem Krieg sofort zurückbekommst.
Deine Dich liebende Schwägerin
Harriet

Ich antwortete ihr, ich sei schwanger und brauche mein Geld selbst. Sie würde doch sicher irgendwie zurechtkommen. Umgehend erhielt ich einen Brief, in dem sie mich aufforderte, »nach Hause« zu kommen: »Es muß sich doch jetzt jemand um Dich kümmern, Peg, und Brians Kind sollte in Glenallen geboren werden.«
Diesen Brief beantwortete ich nicht. Der einzige Mensch in Glenallen, mit dem ich reden wollte, war Murty, denn ich hätte ihn gern gefragt, ob ihm Brians Geist in den Bergen begegnet war. Wenn ich geglaubt hätte, Brian in Glenallen zu finden und lang genug mit ihm sprechen zu können, um ihm Lebewohl zu sagen, wäre ich hingefahren.
Aber meine Gedanken waren auch zu sehr mit dem beschäftigt, was ich lange nicht hatte wahrhaben wollen, weil ich so fest darauf vertraut hatte, daß die ›sicheren Tage‹ tatsächlich sicher waren. Und jetzt war ich schwanger! Der Schwangerschaftstest, den ich hatte machen lassen, war positiv.
»Herzlichen Glückwunsch, Mrs. Fitzallen«, hatte der Arzt gesagt. »Ihr Mann wird sich bestimmt freuen.«

Als ich entgegnete, ich sei seit kurzem Witwe, machte er ein mitleidiges Gesicht. Dann hörte er Herz und Lunge ab, legte das Stethoskop weg und verkündete, ich sei kerngesund. »Ruhen Sie sich soviel wie möglich aus, und kommen Sie in vier Wochen wieder. Ihr Blutdruck ist ein wenig hoch, das müssen wir im Auge behalten.«
Dann erkundigte er sich: »Haben Sie jemanden, der sich um Sie kümmert? Ihre Mutter vielleicht?«
»Nein. Sie ist tot.«

Es wollte mir einfach nicht in den Kopf, daß ich tatsächlich schwanger war. Die ganze Zeit hatte ich mir vorgenommen, meinen Mut zusammenzunehmen und zur Beichte zu gehen, und jetzt trug ich den lebenden Beweis für meine Todsünde in mir. Ich wußte, daß Brian nicht der Vater sein konnte, und damit war alles andere klar. Morgens wachte ich auf und überlegte, weshalb ich mich so gräßlich fühlte, und wenn es mir dann wieder einfiel, spürte ich die Last des neuen Tages, die Strafe, der ich mich nicht entziehen konnte, die Sünde, für die jede Buße zu spät kam.
Ich ging zur Beichte, und Vater Riordan sah mich durch das Sprechfenster von der Seite an; als er hörte, was ich getan hatte, wurde er starr vor Entsetzen.
»Oh, Allmächtiger! Wie konnten Sie so etwas Gräßliches nur tun? Einen Ehebruch zu begehen, gleich nachdem Ihr Mann gefallen war! Gott so zu verhöhnen! Sie haben sich von einem Scharlatan mißbrauchen lassen.«
Zutiefst gedemütigt, starrte ich durch das Gitter, sah sein Kopfschütteln, seinen weißen Kragen, und seine Stimme

war so laut, daß ihn bestimmt jeder in der Kirche hören konnte.
»Das war mein Kontakt zum Leben, als ich ihn dringend brauchte«, zischte ich. »Das verstehen Sie nicht. Und Sie werden auch nie, niemals schwanger sein.«
»Hören Sie auf damit, hören Sie bloß auf. Ziehen Sie das Kind als Kind Ihres Ehemanns auf, zu seinem eigenen Wohl. Gott der Allmächtige wird den Unterschied zwischen einem Bastard und einem ehelichen Kind erkennen, aber die Welt braucht nichts davon zu wissen. Und beten Sie zur Heiligen Jungfrau, daß das Kind Ihnen ähnlich sieht und nicht dem Vater!«
Bleich, zitternd und reuig trat ich aus dem Beichtstuhl. Die wartenden Frauen musterten mich neugierig, während die Männer das Gesicht abwandten.
Doch die Beichte änderte nichts an den Tatsachen, auch wenn ich sie in Gedanken neu zu erfinden versuchte: Brian würde zurückkommen, es war sein Kind, und wir würden uns ein kleines Haus mit Garten kaufen. Aber wollte ich wirklich noch ein kleines Haus mit Garten? Ich war mir gar nicht mehr so sicher.
Konnte ich mir trotz meines schlechten Gewissens eingestehen, daß das, was ich mit Lucien erlebt hatte, wunderschön gewesen war? Hatte ich den Mut, die körperlichen und spirituellen Qualitäten dieser Erfahrung als solche anzuerkennen? Nein. Ich war viel zu sehr mit dem angeblichen Willen Gottes beschäftigt. Doch obwohl mich die Schuldgefühle so in Anspruch nahmen, vermißte ich Lucien, vermißte ich seine Energie, die Komplizenschaft mit ihm. Er war mein Verbündeter, und zwischen uns hatten

sich Freundschaft und Vertrauen entwickelt, was ich noch mehr vermißte als die Liebe.

»Du kannst mich immer in Carlton Gardens erreichen, wenn du mich brauchst«, hatte er mir beim Abschied erneut versichert. Jetzt wurde mir klar, daß er dabei wahrscheinlich sogar an eine mögliche Schwangerschaft gedacht hatte. Doch gerade das empfand ich als demütigend, ich wurde wieder wütend auf ihn, weil er so weit weg war, und ich redete mir ein, daß er sich mit dem Problem nur aus *seiner* Perspektive auseinandersetzen würde.

Ich wußte, daß er ›zu mir stehen‹ würde, daß er mir Geld anbieten und mir vielleicht eine Abtreibung nahelegen würde, daß er das tun würde, was er für ›richtig‹ hielt. Aber ich wollte das ›Richtige‹ gar nicht, ich wollte nicht nach seiner Pfeife tanzen. Wenn er die Wahrheit erfuhr, würde ich meine Unabhängigkeit verlieren. Er würde Rechte einfordern – schließlich war es auch sein Kind – und mit an Sicherheit grenzender Wahrscheinlichkeit versuchen, die Kontrolle zu übernehmen.

Mrs. Burton wollte wissen, weshalb ich so kränklich aussah.

»Ich bin schwanger!«

Sie warf mir einen schiefen Blick zu.

»Sie Ärmste. Und Ihr Mann ist nicht mehr da. Wann ist es denn soweit?«

Mit puterrotem Gesicht log ich ihr etwas vor; ich war sicher, Argwohn in ihrem durchdringenden Blick zu erkennen.

Später fragte sie mich: »Wollen Sie das Baby behalten, Liebes? Falls nein, weiß ich jemanden für Sie. Sie ist

Hebamme und alles. Und wenn Sie es bald machen lassen, merken Sie kaum was davon. Es ist nicht leicht, wieder einen Mann zu finden, wenn man ein Kind hat.«

Die Poren ihrer Nase waren von Puder verstopft, und sie machte ein sachliches, etwas verkniffenes Gesicht. Ich unterdrückte die aufkeimende Hoffnung. Abtreibung war eine Sünde! »Ich glaube, ich werde es behalten, Mrs. Burton.«

Aber insgeheim zog ich ihren Vorschlag durchaus in Erwägung, denn eine Abtreibung schien mir der einzige Ausweg. Zu lang konnte ich zwar nicht darüber nachdenken, aber trotzig kehrten meine Gedanken immer wieder zu der Lösung zurück. Schließlich war ich ja ohnehin eine Sünderin. Andererseits war eine Abtreibung doch etwas anderes – es war eine noch schlimmere Sünde. Gott würde mich endgültig verdammen.

Mir fiel ein Gespräch ein, das ich eines Abends mit Claire, Ellen und John geführt hatte, und zwar darüber, daß ich so auf dem freitäglichen Fasten beharrte. Ich hatte die beiden als Ketzer abgetan, denn sie fragten, warum man sich das Leben schwermachen sollte, wenn es doch gar keinen Beweis dafür gab, daß Gott von den Menschen etwas Derartiges verlangte? Es gab ja nicht einmal einen Beweis, daß Gott überhaupt existierte!

Claire hatte mich über den Rand ihrer runden Brille angesehen. »Religion braucht keine Beweise, sie kolonisiert einfach das Denken.« Diese Bemerkung hatte mich schockiert, aber jetzt mußte ich oft daran denken. Wo war Gott gewesen, als ich ihn brauchte, als Brian ihn brauchte? Vielleicht gab es ja das Gute und das Böse gar nicht als absolute Werte. Vielleicht ging es immer nur darum, daß man unter den gegebenen Bedingungen sein Bestes gab? Und ich konnte ja auch immer zur Beichte gehen. Gleichgültig, was ich mir zuschulden kommen ließ, ich konnte beichten und danach von vorn anfangen. Aber dann stellte ich mir vor, wie Father Riordan im Beichtstuhl herumbrüllte, und mir wurde klar, daß ich mir einen neuen Beichtvater suchen mußte.

Eines Abends raunte ich Mrs. Burton zu, daß ich an ihrem Vorschlag interessiert sei. Sie nickte nur und legte den Finger auf die Lippen, mit einer Kopfbewegung zu Claire und Ellen, die schon mit dem Essen fertig waren und im Wohnzimmer saßen.

Wenig später kam sie herauf in mein Zimmer und setzte sich auf mein Bett. Durchs Fenster sah ich den warmen blauen Himmel des Juliabends. Seit Mai waren die Nächte relativ ruhig gewesen; Hitler konzentrierte sich auf Rußland und ließ uns mehr und mehr in Ruhe.

»Ich frage Sie am besten ganz direkt, Liebes ... Wollen Sie das Baby loswerden?« Sie klang nüchtern und praktisch, und ihr Gesicht – heute ohne Puder – wirkte ernst und offen. »Es ist nicht billig, Liebes – fünfundzwanzig Pfund.« Sie senkte die Stimme, als hätten die Wände Ohren: »Es ist gegen das Gesetz, wissen Sie.«

Ich machte ein langes Gesicht. Meine gesamten Ersparnisse beliefen sich auf dreißig Pfund.

»Gewöhnlich bezahlt ja der Mann«, fuhr meine Vermieterin fort. »Aber in Ihrem Fall macht sie es vielleicht ein bißchen billiger, wo Ihr Mann doch gefallen ist und so.«

»Könnten Sie noch einmal genau nachfragen, bitte?«
Am folgenden Abend kam Mrs. Burton wieder in mein Zimmer und erzählte mit leiser Stimme, sie sei bei der Hebamme gewesen und diese sei bereit, die Abtreibung für zwanzig Pfund durchzuführen, aber ich müsse noch im Lauf dieser Woche kommen. Und ich solle Handtücher mitbringen.
»Ich habe ihr gesagt, ich komme am Freitag abend mit Ihnen vorbei. Dann haben Sie das ganze Wochenende, um sich zu erholen.«
Ich nickte.
»Es wird vorbei sein, ehe Sie's richtig merken«, versprach Mrs. Burton und tätschelte meine Hand. »Und dann sind Sie frei wie ein Vogel.«
Der Freitag kam. Nach der Schule stieg ich mit Mrs. Burton in den Bus. Während ich unsere Karten bezahlte, betrachtete ich voll Neid die junge Schaffnerin, die lächelte und eine Bemerkung über die Hitze machte. Schweigend brachten wir die Busfahrt hinter uns, nur gelegentlich nickte mir meine Vermieterin ermutigend zu. Bald hatten wir die Stadt hinter uns und fuhren durch die Vororte, die Gegend der Kohlebergwerke.
Hier gab es endlose Straßenzüge mit ärmlichen kleinen Häuschen für die Bergleute, mit blanken Fenstern, geschrubbten Vortreppen, abgetreten von Generationen armer, stolzer, hart arbeitender Menschen.
East Anglian Terrace Nummer 43 sah nicht anders aus als alle anderen. Als wir uns näherten, bewegte sich die Tüllgardine am Erdgeschoßfenster, und ich spürte den Blick einer unsichtbaren Beobachterin auf mir ruhen. Ich hatte

das Gefühl, man müßte mir mein schreckliches Vorhaben ansehen – und ich hatte Angst. Auf dem Gehweg spielten ein paar Kinder Himmel und Hölle, ein paar kleine Mädchen in Sandalen hatten ein Springseil an einen Laternenpfosten gebunden und hüpften zu einem alten Kinderreim hin und her. Unsere Schuhe klickten laut auf dem Pflaster. Aus einem Haus in der Nähe hörte ich Babygeschrei. Für die Heimfahrt hatte ich wie abgemacht einen Regenmantel dabei, außerdem eine Tasche mit zwei großen, dicken Handtüchern.

Die Frau, die uns hereinließ, war dünn, hatte trockene, gelbliche Haut und sah müde aus. Sie trug eine weiße Bluse, einen schwarzen Rock und eine Wolljacke. Wir gingen ins Wohnzimmer, einen kleinen Raum, in dem drei Porzellan-Wildgänse an der Wand hingen. Ich zog das Geld aus der Tasche; die Frau zählte es nach. Dann nahm sie Mrs. Burton beiseite und flüsterte ihr zu, sie müsse mich, wenn alles erledigt war, sofort heimbringen. Außerdem hörte ich irgend etwas über eventuelle Blutungen. In normalem Ton bat die Frau dann Mrs. Burton zu warten und führte mich die Treppe hinauf.

Das Zimmer, in das sie mich brachte, lag ganz hinten im Haus. Darin stand ein schmales, mit einer Gummiunterlage bedecktes Bett; darunter lugte bedrohlich ein Eimer hervor. Auf der einen Seite stand ein Tisch mit einem Emaillebecken und einem Stapel grober, verwaschener Handtücher. Am Fenster, von dem man auf den kleinen Hinterhof sah, hingen vergilbte Gardinen. Hinter dem Hof lag wieder ein Hof, dahinter noch einer und noch

einer, soweit das Auge reichte. Zwei Häuser weiter sah ich eine Frau auf dem Weg zum Außenklo, dessen Tür sie mit einem Knall hinter sich zuschlug. Auf der Gasse hinter den Höfen spielten Jungen in kurzen Hosen Krieg; die Holzgewehre im Anschlag, schrien sie: »Peng, du bist tot.« Die Schornsteine mit identischen Keramikhauben marschierten in militärischer Formation über die Schieferdächer und verloren sich in der Ferne. In einer Zimmerecke stand ein Radio. Die Frau schaltete es an. Die sehnsüchtige Stimme von Vera Lynn erklang und erzählte der Welt von den Vögeln über den weißen Klippen von Dover.
Die Frau, die sich mir nicht vorgestellt hatte, zog die Verdunkelung vor und verriegelte die Tür. Ohne den Blick aus dem Fenster kam mir das Zimmer noch kleiner vor – wie eine Zelle. Es stank nach Desinfektionsmittel und nach etwas, das mich an meine Zeit im Labor von Galway erinnerte, als ich kleine Haie seziert hatte. Außerdem roch es nach Schmerz, Übelkeit und Angst.
Nervös wich ich zurück, stieß dabei den Handtuchstapel um, und etwas fiel mit metallischem Klirren zu Boden. Die magere Frau bückte sich hastig, aber ich sah, daß es eine lange Stricknadel war, spitz und glänzend. Die Frau warf sie in eine Tischschublade, in der ich außerdem ein paar Gummischläuche und eine Spritze entdeckte. »Ziehen Sie Rock und Unterhose aus, Schätzchen, und legen Sie sich aufs Bett.«
Das Zimmer begann vor meinen Augen zu verschwimmen. Ich starrte die Frau an, sah die Schweißperlen auf ihrer Oberlippe, roch den Fischgeruch, gemischt mit Desinfektionsmittel und Angst, sah den Zynismus in ihrem

weltmüden Gesicht. Hier, in diesem Zimmer, mitten in diesem Dunst der Verzweiflung, sollte ich das Leben umbringen, das Lucien und ich zusammen erschaffen hatten.
»Ich kann nicht. Ich kann es einfach nicht. Bitte geben Sie mir mein Geld zurück.«

Schweigend kehrte ich mit Mrs. Burton nach Hause zurück. Ich sah ihr auf der Fahrt nicht ins Gesicht, aber aus den Augenwinkeln bekam ich mit, wie sie immer wieder den Kopf schüttelte und die Lippen mißbilligend aufeinanderpreßte. In der Eingangshalle kam uns Queenie entgegen, und ich hätte sie am liebsten umarmt: Sie wirkte so beruhigend normal in ihrer Arroganz und Selbstzufriedenheit.
Wieder stürzte ich mich in meine Arbeit. Die Prüfungen zum Schuljahresende hatten begonnen, und ich hatte viel zu korrigieren. In der Schule merkte niemand etwas von meinem Zustand, und es gab ja auch noch nichts zu sehen. Wenn überhaupt, war ich eher dünner geworden. Ich erledigte weiter meinen Feuerwachdienst mit den anderen, verschlang die Zeitungsberichte und verfolgte aufmerksam den Verlauf des Kriegs. Aber die ganze Zeit über peinigte mich ein Selbsthaß, der sich durch nichts vertreiben ließ.
Ich wünschte mir sehnlichst, endlich wieder von Mary zu hören. Ob sie wohl nach Knightsbridge gegangen war und das Haus abgeschlossen vorgefunden hatte? Aber sie wußte schließlich, wo ich war, sie würde bestimmt Kontakt mit mir aufnehmen. Würde sie mir verzeihen, was mit Lucien passiert war? »Ich liebe ihn nicht«, hatte sie damals gesagt,

aber das sprach mich nicht von meiner Schuld frei. Wie konnte ich ihr erzählen, daß ich schwanger war von einem Mann, der sie geliebt hatte und immer noch liebte? Die beiden Koffer mit Marys Sachen standen in einer Ecke meines kleinen Zimmers. Ich hatte sie noch nicht geöffnet.

Eines Abends jedoch hievte ich einen der Koffer auf mein Bett, holte ein paar von Marys Blusen heraus, die nach Chanel dufteten, und augenblicklich hatte ich das Gefühl, sie wäre bei mir, fast, als könnte ich sie berühren.

Danach nahm ich eines ihrer Bücher heraus, und plötzlich rutschten ein paar gefaltete Papierbögen zwischen den Seiten hervor, ausgefranste Blätter, die jemand aus einem Heft herausgerissen hatte – wahrscheinlich um sie wegzuwerfen. Sie trugen Marys Handschrift, und ich kam zu dem Schluß, daß es eine Art Tagebuch gewesen sein mußte, allerdings ohne Datum und unvollständig. Ich suchte zwischen den restlichen Büchern nach weiteren Seiten, jedoch ohne Erfolg. Schließlich legte ich die Blätter zurück in das Buch und verstaute es in meiner Tischschublade.

An einem Sonntag abend fuhr ich mit Claire zum Bahnhof, um John abzuholen, der übers Wochenende wieder bei seiner Mutter in Bristol gewesen war. Da entdeckte ich im Gedränge auf dem Bahnsteig eine schlanke junge Frau mit üppigen roten Locken, die sie sich mit einer nervösen, trotzigen Gebärde aus dem Gesicht strich. Mein Herz tat einen Freudensprung, und ich rannte den Bahnsteig hinunter, drängelnd und schubsend, ohne auf die Leute zu achten, die mich ermahnten: »Immer mit der Ruhe!« Von

hinten war die Ähnlichkeit frappierend – die junge Frau hatte sogar die gleiche Kopfhaltung wie Mary. Neben ihr ging eine ältere Frau, die ihren Arm nahm, als ich mich endlich durch die Menschenmassen gekämpft hatte und vor der vermeintlichen Mary stand.
»Mary!«
Die junge Frau war wunderschön, aber ihre blauen Augen starrten mich ausdruckslos an, und es war nicht Mary. »Sie ist bei einem Bombenangriff erblindet«, erklärte mir die ältere Frau und sah mich mit einem Gesichtsausdruck an, den ich in England schon so oft gesehen hatte: »Der Krieg ist fürchterlich, aber wir halten durch«, sagte er.
»Ich habe sie mit einer Bekannten verwechselt«, entschuldigte ich mich und benutzte dabei die dritte Person, als wäre die junge Frau taub oder geisteskrank. Als ich wieder zu Hause war, rannte ich in mein Zimmer, riß die Schublade auf und holte die vier Seiten mit Marys Schrift hervor. Dann setzte ich mich aufs Bett und las sie in aller Ruhe, immer wieder von vorn, erfüllt von Trauer und Verwunderung.
Dann kamen die Alpträume wieder. Ich träumte von Brian, eine Nacht, zwei Nächte, immer die gleichen Träume, wie er vom Knockshee herabstieg und auf mich zukam. Es war dunkel. Ich sah die Zweige über seinem Kopf. Im ersten Traum trug er seine Fliegerjacke, aber im zweiten war er ein wandelnder Toter im Leichenhemd. Beide Male wartete ich auf ihn, aber er wandte sich ab und ging zum Haus, in dem ich die Umrisse von Glenallen erkannte. In einem Fenster im oberen Stockwerk brannte Licht;

es war Harriets Zimmer. Ich schreckte hoch, gepeinigt von der namenlosen Angst eines Traumes.
Kurz darauf erhielt ich einen Brief von Tom in seiner energischen männlichen Handschrift.

Liebe Peg,
was mit Brian passiert ist, tut mir sehr, sehr leid; er war ein guter, anständiger Mann und hätte ein langes Leben verdient. Ich weiß, daß Du ihn sehr geliebt hast. Ich habe Father O'Dea gebeten, eine Messe für ihn zu lesen. Wie ich höre, bist Du in anderen Umständen, und ich wünsche Dir soviel Freude, wie unter den gegebenen Bedingungen eben möglich ist.
Der arme alte Onkel Matt ist gestorben; er hat mir alles vermacht, mit Ausnahme des Bilds mit dem Gänsemädchen, das Dir immer so gut gefallen hat. Das ist für Dich!
Ich habe noch andere Neuigkeiten, die ich aber in einem Brief nicht erzählen kann. Ich hoffe, Du kommst nach Hause – das ist doch das Vernünftigste in Deinem Zustand.
Dein Dich liebender Bruder
Tom

Ich starrte den Brief lange an. Onkel Matt war also tot und hatte Tom erwartungsgemäß sein ganzes Hab und Gut vermacht – außer dem Kupferstich mit dem Gänsemädchen. Äußerst passend, dachte ich. Wieviel das Anwesen wohl wert war? Jedenfalls hatte Tom jetzt mit Sicherheit keine Geldsorgen mehr.
Inzwischen war das Schuljahr fast vorüber, und ich schrieb

meinem Bruder, daß ich zu Ferienbeginn Ende Juli nach Hause kommen würde.
Am Schuljahrsende informierte ich den Direktor von meiner Schwangerschaft und fragte, ob sich damit im neuen Jahr etwas ändern würde? Er ließ mich auf dem alten Roßhaarsofa in seinem Büro Platz nehmen und erklärte, die Stelle stehe für mich zur Verfügung, solange ich sie haben wollte. Das Kollegium würde mir helfen, so gut alle konnten. Hatte ich schon Pläne für die Zeit, wenn das Baby geboren war? Vielleicht wäre es ja besser für mich, wenn ich mit dem Baby nach Irland zurückkehrte. Aber ich konnte, wie gesagt, gern zurückkommen, denn ich war eine gute Lehrerin, und die fand man nicht alle Tage. Er bat mich, ihm Bescheid zu geben, sobald ich meiner Sache sicher war; er würde meine Entscheidung in jedem Fall verstehen.
Mr. Drenchers Gesicht war väterlich und besorgt; er hatte keine Ähnlichkeit mehr mit dem ›Löwen‹, vielmehr saß mir ein Mann gegenüber, der alles daransetzte, mir zu helfen und freundlich zu sein. Ich sah mich in seinem Büro mit den Bücherwänden um, sah die Photos der Crickettmannschaften samt dem dazugehörigen Schnickschnack und natürlich die Gefallenenliste.
Aber bevor ich einen Entschluß über meine Zukunft fassen konnte, überreichte mir Mrs. Burton einen Brief. Er war ganz verstaubt und zerknittert.
»Tut mir furchtbar leid, Liebes. Er ist im Mai gekommen, als Sie in London waren. Wahrscheinlich ist er hinter die Garderobe gerutscht. Hoffentlich nichts Wichtiges.«
Ich antwortete nicht, denn ich hatte die Handschrift mei-

nes Mannes erkannt. Eilig verschwand ich mit dem Brief in meinem Zimmer. Er enthielt nur eine kurze Notiz.

Meine liebste Peg,
Danke für Deinen Brief. Ich werde mich bei Dir melden, sobald ich kann. Ich muß nach Hause. Dad hat mir zu Händen der RAF geschrieben und mich gebeten, ihn zu besuchen, anscheinend geht es ihm ziemlich schlecht.
Ich werde mich mit Dir in Verbindung setzen, wenn ich zurück bin.

Alles Liebe, Brian

Der Brief trug das Datum des Tags, bevor er vermißt worden war. Am selben Tag hatte ich ihm den Tod seines Vaters mitgeteilt.

Ich fuhr nach Ballycloghan. Die Zugfahrt nach Crewe schien kein Ende zu nehmen; immer wieder gab es Verzögerungen. In Holyhead mußte das Schiff warten, und unter den Reisenden wurde gemunkelt, U-Boote seien gesichtet worden. Ich blickte in den blauen Himmel und auf das Meer, dachte an die Vergangenheit und grübelte über die Zukunft nach.
Ich verstand Brians letzten Brief einfach nicht. Bedeutete er, daß Brian tatsächlich heimgekehrt war? Es konnte ja sein, daß er am Tag, als er den Brief geschrieben hatte, nach Hause geflogen und sofort wieder zu seinem Stützpunkt zurückgekehrt war. Aber wenn das stimmte, hätte Harriet in ihrem Brief doch etwas davon erwähnt. Statt dessen hatte sie mir lediglich ihr Beileid ausgedrückt.

Vielleicht war der Besuch zu Hause ja auch nur etwas, was Brian sich für seinen nächsten Urlaub vorgenommen hatte – und was dann durch den Gang der Ereignisse vereitelt worden war? Oder war er vielleicht – und dieser Gedanke verschlug mir beinahe den Atem –, war er vielleicht gar nicht vermißt, sondern nach Glenallen zurückgekehrt? Nach reiflicher Überlegung verwarf ich diese Möglichkeit jedoch: Die RAF hatte mir mitgeteilt, er sei seit jenem Kampfeinsatz vermißt, und Brian hätte selbst mit mir Kontakt aufgenommen, wenn er am Leben gewesen wäre. Und Tom – welche Neuigkeiten hatte er, die er mir nicht in einem Brief erzählen wollte? Was würde er von mir denken, wenn er die Wahrheit über meine Schwangerschaft herausfände? Inzwischen wurde mir jeder Taillenbund zu eng, ich litt unter Übelkeit, meine Brüste waren schrecklich empfindlich, und die Venen in meinen Beinen schwollen an. Aber ich war wild entschlossen, das alles durchzustehen. Was hätte es geholfen, wenn ich schwach wurde und versagte? Ich wußte ja, wohin mich schon diese eine blinde und gedankenlose Episode meines Lebens gebracht hatte. Was von meinem Glauben an die Beziehung zu Lucien noch übrig gewesen war, hatte Marys Tagebuch endgültig vernichtet. Ich war eifersüchtig auf sie, das mußte ich mir eingestehen. Ich liebte sie, und ich war eifersüchtig auf sie. Und sie tat mir leid – daß sie eine solche Liebe entfacht hatte und selbst innerlich so verkrüppelt war.

Die undatierten Tagebuchblätter hatte ich in eine Reihenfolge gebracht, die mir chronologisch schien, und ich las sie immer wieder, bis mir kalt ums Herz wurde. Ich wollte Lucien auslöschen, mich vollkommen von ihm lösen. Er war anderweitig verpflichtet, daran ließ das Tagebuch keinen Zweifel – diese vier Seiten sprachen eine kristallklare Sprache:

Ich wünschte, Peg würde aufhören, wie ein verschüchtertes Karnickel herumzulaufen. Sie hat sich von diesen gräßlichen Fitzallens fertigmachen lassen – sie sah so traurig aus, als sie gestern abend ankam.
Warum läßt sie sich so leicht von den Ansichten anderer Leute, vor allem von solchen wie den Fitzallens, beeinflussen? Warum konnte Brian sie nicht mitnehmen? Er läßt sie einfach allein, bricht ihr das Herz und kommt vorbei, um mir zu sagen, es gehe ihm bestens.
Mir ist nicht entgangen, daß L. sie attraktiv findet, das ist ja nichts Neues – anscheinend kann er einfach nicht anders, wenn's um Frauen geht; sie fliegen ja alle auf seinen umwerfenden Charme und fühlen sich geschmeichelt.
Peg wäre sicher gewaltig vor den Kopf gestoßen, wenn sie wüßte, wie sorgfältig ihr sexuelles Potential hier taxiert wird. Sie reagiert auf ihn, gegen ihren Willen, obwohl sie schockiert und entsetzt ist, daß ich mich von ihm aushalten lasse. Wenn sie wüßte!
Heute hat er mich wieder gefragt, ob ich ihn heiraten will – und ich habe ihm einmal mehr erklärt, wie ich darüber denke. Er will es einfach nicht akzeptieren. Ich denke, es wäre nicht leicht, seine Frau zu sein und immer von Zweifeln gequält zu werden. Soll ich Peg warnen? Ich könnte es nicht ertragen, wenn er ihr weh tut. Aber sie fährt nach England, sie verläßt sozusagen die Gefahrenzone

(schrecklich, so was zu sagen, wo in England Krieg herrscht); L. wird ihr mit dem Visum helfen, und ich habe schon den Hinweis fallenlassen, daß sie Geld brauchen wird. Er ist wirklich ein guter Mensch, wenn er nur nicht so hinter den Frauen her wäre.

Die Seite mit den zerfetzten Rändern sah aus wie eine Hausaufgabe vom letzten Jahr, die mit knapper Not dem Lagerfeuer entgangen war.
Auch die drei anderen machten nicht viel mehr her – bis man sie gelesen hatte.

London, ich komme! Über den Mond. Lucien hat ewig über die Bomben gefaselt und daß ich in Dublin sicherer wäre, aber ich habe ihm gesagt, ich würde sterben vor Langeweile, daß ich Gefahr aufregend finde und mit dem Hotelpagen durchbrennen würde, wenn er mich nicht mitnimmt. Ihm gefällt der Gedanke, daß ich etwas aufregend finde (die Sache mit dem Pagen hat er mir allerdings nicht abgenommen). Vielleicht hilft uns die Abwechslung, besser miteinander zurechtzukommen, oder, besser gesagt, es hilft vielleicht mir, besser mit mir selbst zurechtzukommen. Ich wäre gern normal, was immer das bedeuten mag.
Und ich werde Peg wiedersehen, die jetzt so vernünftig und glücklich klingt – und wieso auch nicht, mit ihrem guten Job, Brian halbwegs in der Nähe und Glenallen tausend Kilometer weit weg.
L. sagt, wir werden in einem Haus in Knightsbridge wohnen. Freunde von ihm, die Davon-Warrens, haben sich für einige Zeit in Schottland verkrochen.

Oh, Gott, falls es dich irgendwo gibt, dann laß alles gut werden, dann laß mich ihn lieben.

London! Es wäre unvorstellbar, wenn man es nicht mit eigenen Augen sehen würde. Ich habe angefangen Dante zu lesen. Ich frage mich, welche Inspiration er aus der gegenwärtigen Situation bezogen hätte – die Bombenangriffe auf London in der Nacht und manchmal auch tagsüber; die Qualmspuren am Himmel, die absolute Verdunklung, das Inferno von Krach und Flammen und Brandgeruch, die Angst und der Humor und die Menschen, die alle so wundervoll sind. Es fehlt nur noch Satan persönlich, der sich im siebten Kreis breitmacht, aber der ist in Deutschland und wird irgendwann klein beigeben müssen. Davon bin ich fest überzeugt.
Gestern abend hat mich L. ins Savoy Theatre ausgeführt: ›The Man who came to Dinner‹. Robert Morley – hinreißend. Danach haben wir im Savoy gegessen und sind im Daimler zurück nach Knightsbridge gegondelt. Reichlich angeheitert – die Aufregung und der Wein – fiel ich auf mein Bett. Sofort war L. neben mir, das Abendkleid auf, der BH runter, der Slip verschwunden; so vollkommen hauchzarte Küsse, gerade noch spürbar. Und die Angst war plötzlich weg. Ich wußte, daß er sich ebenfalls auszog, aber ich ließ die Augen geschlossen, ließ mich auf meinem Schwindelgefühl treiben. Es war schön, daß sich alles drehte, es war wie ein Traum, die Wirklichkeit weiter nichts als die abstrakten Spiralen in meinem Kopf. Doch dann wurden seine Hände schwer und brachen den Bann, ich war plötzlich hellwach, und es gab nur noch Verlangen

und Macht und einen so raffinierten, entsetzlich erfahrenen Mann, daß mir schlecht wurde und ich mich wegdrehen mußte. Er dachte, ich spiele die Kokette, und ließ nicht locker, seine Hände jetzt viel zu grob auf meinen Brüsten, das Drängen seines Körpers hinter mir. ›Es wird mir nicht schlecht‹, befahl ich mir und rief mir den Garten zu Hause in Erinnerung und den Wind, der im Winter vom Sandymount herabweht, und ich wollte das herausschreien, was so offensichtlich ist und er nie sehen wird. Irgendwann spürte er dann doch meine Spannung, ließ von mir ab und deckte mich mit dem Bettüberwurf zu.

»Du kommst mir vor, als wärst du in Ketten geschlagen«, flüsterte er mir ins Ohr. »Warum läßt du dich nicht von mir befreien? Ich werde dir nicht weh tun.«

»Ich kann es nicht ertragen, daß du schon mit so vielen Frauen zusammen warst.« Aber ich wußte, daß es nicht nur die anderen Frauen waren, auch wenn es ein Teil des Problems ist – es liegt an mir.

»Für mich gibt es nur dich. Die anderen spielen keine Rolle. Es würde immer nur dich geben, wenn …«

Das war eine Lüge, aber vielleicht wußte er das selbst nicht. Dann sagte er, mit der Zeit würde alles gut werden, aber daß die Initiative von mir ausgehen müsse.

»Von jetzt an werde ich dich nicht mehr belästigen. Komm einfach zu mir, wenn du bereit bist, ich möchte nur bei dir sein. Ich stelle keinerlei Ansprüche.« Er klang sehr ernst, wie jemand, der eine offizielle Erklärung abgibt.

Seine Haltung verblüfft mich immer wieder; er behandelt Sex nicht wie etwas, dessen man sich schämen muß. Ich glaube, er denkt auch wirklich nicht so darüber.

Ich habe einen Vorsprechtermin für den ›Sommernachtstraum‹ bei einer neuen kleinen Truppe, die das Stück in einem kleinen Theater namens The Walpole in Kensington auf die Bühne bringen. Das könnte eine echte Chance sein!

Ich dachte, ich könnte spielen, Gott, ich dachte tatsächlich, ich könnte es. Wir haben den ›Sommernachtstraum‹ in der Schule gelesen, und ich kannte das meiste schon auswendig, bevor wir mit den Proben anfingen; die Rolle der Titania gefällt mir. Warum mußte ich die Kostümprobe dann verderben und so herumkreischen? Aber als Puck auf mich zukam, konnte ich diese Ziegenfratze einfach nicht ertragen, diese Maske. Der arme Simon hat sie gleich abgenommen und ist zu mir gerannt. »Alles in Ordnung? Tut dir was weh? Was ist los?«
Ich kann nicht mal den Gedanken an dieses gräßliche Ding aushalten. Sie haben mich heimgebracht; ich habe mich an L. geklammert, und er hat mich beschwichtigt, es sei alles in Ordnung. Er hat mich ins Bett gebracht und mich behandelt, als wäre ich ein Kind.
Ich habe ihn gefragt, ob ich verrückt bin; er hat den Arzt geholt, der mir etwas zur Beruhigung geben wollte. Im Handumdrehen hat er eine riesige Spritze rausgeholt, aber ich wollte sie nicht, und L. hat ihn nicht an mich rangelassen. Aber von den Pillen, die der Arzt dagelassen hat, habe ich eine geschluckt, worauf ich einschlief. Als ich aufwachte, war L. immer noch da, er hielt meine Hand, und sein Gesicht war voller Liebe. Wie immer, wenn er sich unbeobachtet glaubt.

»Was hat dich so erschreckt, mein Liebling?« fragte er. Ich habe versucht es ihm zu erklären und dabei geweint, weil mir Pucks Gesicht vorkam, als gehörte es einem Dämon. So was Blödes – es war doch nur Simon mit einer Maske! Und ich glaube nicht mal an den Teufel.
Bestimmt glaubt L. jetzt, er hat sich mit einer Hysterikerin eingelassen. Irgend etwas gärt tief in meinem Innern, etwas Schreckliches. Aber ich erinnere mich an nichts. Ich wünschte, Daddy wäre noch am Leben. Ich möchte so gern mit ihm reden …

Ich sah hinaus aufs Meer, die kabbeligen Sommerwellen, die Leute um mich herum mit ihren müden, angespannten Gesichtern, Iren auf dem Heimweg, die Visa in der Tasche. Sie machten Urlaub von den Munitionsfabriken, den Schulen, dem Militär.
Ich blickte wieder auf die letzte verbliebene Seite des Tagebuchs und wünschte, ich könnte die Zeit zurückdrehen.

Ich glaube, L. fängt an zu akzeptieren, daß unsere Beziehung ein hoffnungsloser Fall ist. Ich sollte nicht hiersein. Aber auch ich hatte erwartet, daß sich etwas ändert, daß alles gut wird. Ich glaube, ich bin dazu verdammt, ewig unschuldig zu bleiben.
Heute abend habe ich es wirklich versucht; ich wollte ihm danken. Wir sind nach der Entwarnung spät heimgekommen. Ich zog die extravagante Seiden-Spitzen-Robe über, die er mir neulich gekauft hat, und ging in sein Zimmer. Es roch angenehm nach Rasierwasser; ich sah seinen

Körper, massiv und dunkel auf dem großen Bett. Sofort bekam ich Angst. Aber ich kämpfte sie nieder, setzte mich auf den Bettrand und zwang mich, ruhig zu bleiben. Er lag ganz still, als schliefe er, aber dann griff er nach meiner Hand. Er hob die Bettdecke hoch, zog mich an sich und deckte uns wieder zu. Das Bett war warm, er war nackt; wir schwiegen beide, und ich fühlte, wie sehr er sich über mein Kommen freute. Wortlos, ohne sich zu bewegen, hielt er mich an sich gepreßt, streichelte mich sanft, flüsterte zärtliche Worte in mein Ohr, küßte meine Lippen, meinen Hals, meine Schultern, meine Brüste. Ich versuchte mich zu entspannen, aber dann spürte ich etwas Bedrohliches hinter seiner Zurückhaltung, biß aber die Zähne zusammen und betete, daß es schnell vorüber sein möge. Nach einer Minute legte er sich zurück, schweigend und zutiefst enttäuscht. »Ma chère, ich kann dein Geschenk nicht annehmen, weil du es nicht geben kannst.« Er hat eine Vorliebe für dramatische Gesten. Er seufzte, strich mir übers Haar, als wäre ich ein Kind, und ich fühlte mich grenzenlos erleichtert.

Aber seit ich wieder in meinem Zimmer bin, sitze ich im Dunklen im Sessel und horche auf das Klingeln der Feuerwehr in der Ferne. Es dämmert. London erwacht. Was stimmt nicht mit mir? Ich komme mir minderwertig vor, und ich schäme mich. Ich muß etwas tun, ich darf mein Leben nicht so verschwenden.

Tom holte mich von der Bahnstation ab. Als der Zug mit quietschenden Bremsen anhielt, entdeckte ich ihn durchs Fenster. Er blickte auf, lächelte, und seine Augen strahlten vor Freude. Tom war frisch rasiert, sauber und ordentlich. Zu meiner großen Erleichterung stieg er kurz ein und war mir mit meinen schweren Koffern behilflich. »Es tut gut, dich zu sehen, Peg. Willkommen zu Hause.«

14. Kapitel

Tom hatte Pony und Einspänner vor der Bahnstation abgestellt. Er lud meine Koffer auf, und wir quetschten uns neben sie. Mit einem energischen »Hüh-hott« nahm er die Zügel, und los ging die Fahrt. Im Vorbeifahren betrachtete ich die frisch gemähten Wiesen, die weißen und grauen Wolken, die sich wie ein Gebirge in der Ferne auftürmten und zwischen denen immer wieder die Sonne durchbrach. Die Atmosphäre überwältigte mich; dieses Gefühl von Raum und Freiheit, das es in England nicht gab, und vor allem auch die Tatsache, daß es keine Sirenen gab, keine dröhnenden Bomber, keine unmittelbare Lebensgefahr. Auch die Luft war anders: weich und feucht, regenschwanger, mit einem Duft nach Ginster und frischem Heu.

»Es ist wunderbar, wieder hierzusein.«

Tom sah mich von der Seite an und grinste.

»Du hast dich verändert.«

»Nein, überhaupt nicht!«

Meiner Meinung nach war Tom derjenige, der sich verändert hatte, auf eine ganz eigene Weise, in seiner Art zu reden, die selbstsicher und überlegt und ganz untypisch für ihn war. Überhaupt strahlte er großes Selbstvertrauen aus.

Selbtsicher war er zwar schon immer gewesen – abgesehen von der Zeit unmittelbar nach Cissies Tod, als alles in ihm zerbrochen schien –, aber jetzt war aus dem Selbstvertrauen eine unerschütterliche Gewißheit geworden.

»Wie geht es denn zu Hause?«

»Könnte nicht besser sein.«

Gerade wurde das Heu eingefahren. Tom hatte drei Heuwiesen, und es hatte eine gute Ernte gegeben, wie er mir erklärte. Jetzt mußten seine Männer sich allerdings sputen, denn es sah nach Regen aus, und bis dahin mußte alles eingefahren sein. Als wir im Einspänner die Allee entlangfuhren, erhoben sich überall grüßende, winkende Hände. Einer der Männer, Pat O'Regan, den Tom ganztägig beschäftigte, kam gerade aus dem Tor und grinste breit, so daß man seine schlechten Zähne bewundern konnte, während Tom das Pony anhielt. »Sogar das Gras hat Sie vermißt, Ma'am.«

»Danke, Pat.«

»Und es tut mir leid, daß Sie so ein schlimmes Unglück erleben mußten«, fügte er hinzu.

Mir fiel auf, daß er meinen Bruder mit einem verhaltenen, wachsamen Blick musterte.

»Hast du Mella zum Hengst gebracht?« erkundigte sich Tom sachlich.

»Jawoll.«

Das Haus war sehr sauber. Vor der Küche hatte ich mich regelrecht gefürchtet, denn ich dachte an den Zustand, in dem ich sie das letzte Mal vorgefunden hatte: im Spülbecken Stapel von schmutzigem Geschirr, auf dem Tisch

und der Anrichte jede Menge Abfall unterschiedlichster Sorte. Aber jetzt war sogar das Glas vor dem Bild des Heiligen Herzens neben dem Geschirrschrank saubergewischt und der Docht der kleinen roten Lampe ordentlich zurechtgeschnitten, so daß sie ohne Flackern brannte. Auf dem zum Nachmittagstee gedeckten Tisch lag ein frisches weißes Tischtuch. Im Sessel am Kamin entdeckte ich ein neues grünes Kissen, an den Fenstern neue Vorhänge. Der Herd war gerußt, die Kessel blank geschrubbt.
»Wer hat dir das alles so hergerichtet?«
»Niamh Houlihan. Ich gebe ihr ein paar Shilling, und sie kommt jede Woche.«
»Wie geht es ihr?«
»Großartig. Sie ist in anderen Umständen, genau wie du.«
»Also hat sie tatsächlich Packy Rafferty geheiratet?«
»Ja.«
»Da hast du deine Chance verpaßt, Tom!«
Er grinste.
»Setz dich lieber hin. Peg, statt dauernd auf mir rumzuhacken«, meinte er gespielt betreten.
Als er meine Koffer in den Flur tragen wollte, stöhnte er, wie schwer sie waren.
»Da fährst du mit einem Koffer los und kommst mit zweien zurück, die einem mit ihrem Gewicht das Kreuz brechen!«
Er kochte Tee und stellte ohne Umstände einen Laib braunes Brot samt Butter und Marmelade auf den Tisch.
»Kommst du mit hinaus, wenn du fertig bist? Ich muß dir etwas zeigen.«

Als ich meinen Tee getrunken und das dicke Marmeladenbrot aufgegessen hatte, zog ich mir eine alte Hose an, fand unter der Treppe ein Paar Gummistiefel und stapfte mit Tom zu den Ställen. Die Türen der Pferdeboxen waren alle offen, und der Misthaufen in der Ecke des Hofes verströmte einen durchdringenden Geruch. Auch die Tür zum Wagenschuppen stand offen. Als ich Pat darin herumwerkeln sah, streckte ich den Kopf hinein.

»Hallo, Pat«, rief ich und sog den vertrauten Geruch ein. An der Wand gegenüber hing das große Heumesser; die Klinge reflektierte das Licht, das durch die Tür hereinfiel.

»Schön, hier mal wieder Ihre Stimme zu hören, Ma'am!«

Auch aus dem Heuschober, in den das Heu auf einem Wagen gebracht und zu einer großen Miete aufgetürmt wurde, hörte ich Stimmen.

Auf den beiden großen Weiden, die sich bis zum Fluß hinunterzogen, bemerkte ich eine Menge neues Vieh, alles rote Hereford-Ochsen. Ich folgte Tom zur Pferdekoppel, auf der ich sechs Pferde entdeckte.

»Du hast ein neues Pferd gekauft.«

Er lachte, laut und dröhnend wie früher.

»Stimmt. Komm und lerne es kennen.«

Wir gingen um die Koppel herum. Der neue Braune hatte einen weißen Fleck auf der Stirn; offensichtlich war er etwas nervös, denn als Tom ihm die Hand hinstreckte, wich er tänzelnd ein Stück zurück.

»Wie heißt er?«

»Jupiter.«

Ich lachte. »Ziemlich hochtrabend.«

»Gibt es daran etwas auszusetzen?«

»Nein. Du warst ja sehr beschäftigt, Tom. Der Farm geht's anscheinend genausogut wie dir, stimmt's? Übrigens herzlichen Glückwunsch zu deiner Erbschaft!«

Er schien sich zu freuen. »War das nicht anständig von Onkel Matt?«

»Doch, das war es wirklich«, antwortete ich. »Und es war auch hochanständig von ihm, daß er bei dem Bild an mich gedacht hat.«

»Meinst du das ironisch?« fragte Tom mit einem raschen Seitenblick.

»Aber nein. Ich wußte ja von Anfang an, daß er sich nur für dich interessiert hat. Du mußt jetzt ziemlich wohlhabend sein, wenn nicht sogar reich.«

Er lachte, das zurückhaltende, geheimnisvolle Lachen eines Menschen, der gern etwas für sich behält. »Über ein paar Shilling hin oder her brauche ich mir jedenfalls keine grauen Haare wachsen zu lassen.«

»Willst du mir nicht endlich sagen, was du in deinem Brief angedeutet hast ... die Neuigkeiten, die du mir nicht schreiben wolltest?« Ich sah ihn an, aber sein Gesicht blieb eine ganze Weile ausdruckslos, bis es schließlich mit einem schelmischen Lächeln aufleuchtete.

»Ich habe vor zu heiraten.«

»Großartig, warum hast du es mir nicht verraten?« rief ich. »Wer ist die Glückliche?«

Wieder lächelte er wie jemand, der sicher ist, eine Überraschung parat zu haben. »Das errätst du nie, Peg, und wenn du dich noch so anstrengst!«

Ich lachte. Dann ließ ich mir die Mädchen aus der Gegend

durch den Kopf gehen, die in Frage kamen, fand aber nicht die Richtige.
»Na, komm schon, spuck's aus! Wie soll ich das denn rauskriegen?«
»Harriet Fitzallen!«
Ich zuckte zusammen. Aber da stand mein Bruder, die Hände in den Taschen, blickte auf seinen Grundbesitz, seine Tiere, seine Ställe, lauschte den Stimmen von den Weiden und der Scheune, dem Rumpeln des Heuwagens, dem Klappern der Geschirre, dem gelegentlichen Schnauben der Pferde. Er war weder betrunken noch verrückt, und er hatte auch nicht den mir von früher vertrauten Gesichtsausdruck, wenn er mich für dumm verkaufen wollte.
»Das kannst du doch unmöglich ernst meinen. Du kennst sie ja kaum.«
Er drehte sich zu mir um. »Natürlich kenne ich sie. In den letzten Monaten hat sie mich oft besucht. Wir sehen uns mindestens einmal pro Woche! Sogar in Dublin waren wir zusammen! Was meinst du denn, weshalb ich Jupiter gekauft habe?«
»Du hast immer davon gesprochen, Cissie ein Pferd zu kaufen«, meinte ich vorwurfsvoll.
Er antwortete nicht und starrte ins Leere.
»Cissie ist im Himmel, Peg«, meinte er dann und seufzte. »Sie ist von uns gegangen, aber ich bin hier und habe mein Leben noch vor mir. Harriet und ich verstehen uns ausgezeichnet, sie ist ein großartiges Mädchen. Sie will das riesige alte Gut unbedingt erhalten. Und damit hat sie ganz recht. Ich würde so einen Hof auch nicht vor die

Hunde gehen lassen, und wenn ich alles andere drangeben müßte!«
»Du meinst Glenallen?«
»Was sonst? Es ist wirklich erstaunlich, wie Harriet daran hängt. Es ist eine richtige Leidenschaft.«
»Und wie ist es mit der Leidenschaft, die sie für dich empfinden sollte?«
Tom lachte. »Ach, darüber brauchst du dir nicht den Kopf zu zerbrechen, ganz bestimmt nicht!«

Später erzählte er mir, daß Harriet ihm, kurz nachdem Brian als vermißt gemeldet wurde, geschrieben hatte. In dem Brief hatte sie angefragt, ob sie ihn einmal besuchen dürfe. Er hatte ihr den Hof gezeigt, und sie hatte ihn um Rat gebeten, weil sie irische Zugpferde züchten wollte. Er hatte ihr alles über die Kreuzung mit Vollblütern erklärt, durch die man gute Springer bekam; daraufhin hatte sie ihn nach Glenallen eingeladen. Er war der Einladung eine Woche später gefolgt, und damit kam der Stein ins Rollen.
»Glenallen verfällt allmählich und braucht dringend die Hand eines Mannes, der zupacken kann«, hatte sie ihm gesagt. Das erzählte mir Tom mit einem verlegenen Lachen und kaum verhohlener Freude über das darin enthaltene Kompliment. Nach mehreren Wochen Hin und Her, und weil er kein Mann war, der ›um den heißen Brei herumredete‹, hatte Tom Harriet mitgeteilt, was er auf der hohen Kante hatte, und ihr »in diesem phantastischen roten Speisesaal von Glenallen« einen Heiratsantrag gemacht.
Ich fragte mich, wie er wohl geklungen hatte, dieser Hei-

ratsantrag. »Was würdest du davon halten, wenn wir uns zusammentun?« Oder etwas Derartiges. Wie ich Tom kannte, hatte er sich bestimmt nicht besonders romantisch ausgedrückt. Er hatte sich schon immer und in jeder Lebenslage pragmatisch verhalten – außer wenn es um Cissie ging.

»Nach dem Essen bin ich mit ihr ausgeritten, zu diesem Hügel hinter dem Haus.«

»Meinst du den Knockshee?«

»Ja. Ein guter Aussichtspunkt. Man überblickt die ganze Gemeinde.«

»Seid ihr bis hinauf auf den Gipfel gestiegen?«

»Nein, nein. Ich mußte ja meinen Zug erreichen.«

»Wußtest du, daß sich eine Menge Aberglaube um Knockshee spinnt? Anscheinend steht in der Gegend vieles in Beziehung zu den alten Druiden.«

»Ach ja? Dort herrscht wirklich eine absonderliche Atmosphäre, das stimmt schon.«

Wir schwiegen.

»Kommt sie denn bald mal hierher?« fragte ich schließlich.

»In ein paar Tagen.«

»Habt ihr schon ein Datum für die Hochzeit festgesetzt?«

»Nächsten Monat.«

Ich entschuldigte mich und ging zurück zum Haus. Als ich die Küchentür erreichte, hörte ich den Kessel auf dem Herd zischen, der Deckel klapperte, Tropfen explodierten auf der heißen Herdplatte. Ich schob den Topf weiter nach hinten. Neben dem Torfbehälter schlief Tiddles, gemütlich zusammengerollt, den Kopf auf die Brust ge-

drückt. Offensichtlich war er in eine Rauferei geraten: Sein rechtes Ohr war zerfetzt und darum herum alles kahl. »Hoffentlich hast du wenigstens gewonnen, du dummer Kater«, sagte ich.
Draußen war es noch hell, obwohl die Wolken sich immer weiter herabsenkten; die Stimmen aus dem Heuschober drangen schwach durch die Tür, Rufe und Gelächter, herbeigetragen vom Wind.

Ich wanderte durchs Haus, durch die Stätte meiner Kindheit und hing Erinnerungen nach. Ich betrachtete das Rautenmuster der Kacheln im Flur, wo ich heimlich Himmel und Hölle gespielt hatte, in der stetigen Angst, daß Annie in der Küchentür erschien und mit dem Geschirrtuch nach mir schlug. »Raus mit dir! Ich hab den Flur doch grade erst gewischt!«
Ich ging zur Salontür; hier auf dem alten Ledersessel hatte mich mein Vater, an den ich mich kaum mehr erinnerte, auf die Knie genommen, hier hatte es sich meine Mutter an Weihnachten bequem gemacht, wenn Tom und ich das Geschirr abwuschen. Da saß sie dann am Feuer und strickte, trank ein Gläschen dunkles Bier oder einen Sherry und verging fast vor schlechtem Gewissen, weil sie ausnahmsweise einmal nicht arbeitete. Mein Zimmer war unverändert: die alte weiße, selbstgenähte Tagesdecke, Wände, die dringend einen neuen Anstrich nötig gehabt hätten, der einfache Frisiertisch aus lackiertem Kiefernholz und der dazu passende Schrank. Ich ließ mich auf dem alten Eisenbett nieder und hörte die Bettfedern quietschen, genauso wie früher, als meine Mutter sich zum Gutenacht-

sagen auf der Kante niedergelassen hatte. Der Gutenachtkuß – Gute Nacht, Liebes – Gute Nacht, Mam – und schließlich ihre Schritte, die sich entfernten. Da ich Angst vor der Dunkelheit hatte, blieb die Tür immer einen Spalt offen, damit ich das Flurlicht sehen konnte.

Und jetzt kam ich hierher zurück, als Witwe, schwanger dank einer kurzlebigen Affäre, aber wild entschlossen, die Sache durchzustehen. Wo war das junge Mädchen mit seinen Idealen, das hier geschlafen, geträumt und endlose viktorianische Romane von tugendhaften, duldsamen Frauen und unverbesserlichen, heldenhaft verklärten Männern verschlungen hatte? Ich sah hinüber zur Statue der Madonna von Lourdes auf dem Kaminsims, die die Augen zu den himmlischen Mächten emporhob. Plötzlich irritierte sie mich so, daß ich aufstand und sie zur Wand drehte.

Der Gedanke an die Vergangenheit, die mir so rasch entglitt, machte mich nostalgisch – diese Vergangenheit, in der noch alles möglich gewesen war, bevor die Zeit unwiderruflich die Seiten im Buch meines Lebens beschrieben hatte.

Dieser Abend meiner Heimkehr war seltsam, bitter und doch süß. Bei Einbruch der Dämmerung begann es zu regnen. Irgendwann hörte ich Toms Schritte in der Küche. Er rief mich: »Pe-eg, Pe-eg.«

Also verließ ich das dunkle Zimmer, ging hinunter in die Küche und stand blinzelnd im hellen Licht. Tom erzählte, die Männer seien heimgegangen und das Heu ohne Schaden eingefahren.

Ich überreichte Tom das Geschenk, das ich ihm mitgebracht hatte – eine dunkelblaue Seidenkrawatte –, und er bedankte sich überschwenglich. »Die ziehe ich zur Hochzeit an«, versprach er. Dann machte ich mich an die Zubereitung des Abendessens: Speck, Würstchen, braunes Brot und Butter – nach englischen Maßstäben ein wahres Festmahl. Eine Weile erwähnte keiner Glenallen oder Harriet, und ich merkte, wie ein gewisser Fatalismus von mir Besitz ergriff. Ich erzählte vom Krieg und von den Bombenangriffen, von meinen Freunden in Nottingham und von Brian. Tom lauschte aufmerksam und warf nur gelegentlich ein »Also wirklich!« ein, kopfschüttelnd und voller Mitgefühl. Auch von Marys seltsamem Verschwinden berichtete ich, allerdings ließ ich die beunruhigenden Tagebuchseiten unerwähnt, die ich zwischen ihren Büchern gefunden hatte. Zu gern hätte ich ihn weiter über seine Verlobung ausgefragt, wollte aber eine passende Gelegenheit abwarten. Mein Kopf schwirrte zwar schon von den vielen Neuigkeiten, aber ich hätte Tom gern noch einiges über Harriet erzählt und darüber, für wie aussichtslos ich sein Vorhaben hielt. Nur wollte ich auf keinen Fall den Eindruck erwecken, daß ich eifersüchtig war oder meinem Bruder sein Glück nicht gönnte.

»Das Essen ist wunderbar«, begann ich nach einem längeren Schweigen. »In England sind solche Sachen kaum aufzutreiben.« Tom erwiderte, dieser Meinung seien auch manche deutschen U-Boote. Sie liefen die Westküste an, um Vorräte zu laden, und eine Menge irischer Lebensmittel ging auch nach England. »Gott möge den armen Hunden beistehen.«

»Hin und wieder stürzt auch mal ein deutsches Flugzeug

hier ab. Die Piloten werden dann im Militärlager im Curragh interniert. Anscheinend leben sie dort wie die Maden im Speck. Wenn sie ihr Ehrenwort geben, läßt man sie sogar ins Kino nach Dublin.«

»Versucht denn keiner abzuhauen?«

»Die wären schön blöd! Sie wissen doch, daß sie ein angenehmes Plätzchen gefunden haben.«

Ich lächelte und stellte mir die Deutschen im Curragh vor.

»Tja, Peg, du hast mir überhaupt noch nicht gratuliert. Ich weiß, es ist eine Überraschung und vielleicht auch ein bißchen schwer für dich. Aber du wirst immer ein Zuhause bei uns haben, weißt du. Da kannst du ganz sicher sein.« Er beugte sich zu mir und tätschelte meine Hand.

»Sie will mich wahrscheinlich gar nicht haben!«

»Aber nein, da irrst du dich gewaltig. Das lasse ich außerdem nicht zu«, entgegnete er mit Nachdruck. Schließlich war er weiterhin der Herr im Hause. Aber er hatte ja keine Ahnung, worauf er sich einließ. Und wenn ich es ihm zu erklären versuchte, würde er nur denken, daß ich eifersüchtig war oder log – oder beides.

Später holte Tom den Whiskey heraus und bot mir ein Gläschen an. Ich trank es aus, spürte, wie die Hitze mich durchströmte und sich in meinem Kopf eine verschwommene Tollkühnheit zusammenbraute. Unvernünftigerweise ließ ich mir noch ein zweites Glas einschenken.

»Wahrscheinlich denkst du, sie hat dich sehr gern, ja?« fragte ich bitter und hörte dabei, wie meine Stimme schwankte.

»Ach komm, Peg. Natürlich hat sie mich gern!«

Ich lachte zynisch und dachte an den ›gräßlichen Bruder, der sich immer am Kopf kratzt‹.
»Für sie warst du nichts anderes als ein Hanswurst«, zischte ich, plötzlich furchtbar wütend und verzweifelt. Tom sah mich zornig an. »Was meinst du damit – ein Hanswurst?« wollte er wissen und nahm die Arme vom Tisch.
»Ach, um Himmels willen. Diese Leute halten doch jeden für einen Hanswurst, der nicht mit den gleichen Privilegien auf die Welt gekommen ist wie sie. Glaubst du denn auch nur eine Sekunde daran, daß Harriet Fitzallen dich wirklich heiraten will?«
Tom stand auf. »Was ist eigentlich los mit dir? Du benimmst dich äußerst seltsam. Das Blut in unseren Adern, meine Liebe, ist genausogut wie alles, dessen sich die Fitzallens rühmen können, mit ihren ganzen Allüren und Manieren. Wieso bist du auf einmal so bitter?«
Er langte in eine Schublade der Kommode hinter ihm und zog einen Brief heraus.
»Lies das!«
Ich betrachtete das Papier, das er mir unter die Nase hielt, und erkannte die Schrift auf dem Umschlag sofort.

Lieber Tom,
ich hoffe, es geht Dir gut. Ich freue mich sehr darauf, Dich zu sehen. Wir haben momentan schrecklich viel zu tun mit dem Heu, und vermutlich geht es Dir in Ballycloghan nicht anders.
Auf der Bank hat man mir gesagt, wenn Du für den Kredit bürgst, bekomme ich das Geld. Du brauchst bloß ein Formular zu unterschreiben. Die Arbeit läuft wie verein-

bart; jede Verzögerung wäre fatal. Ich habe dem Bauunternehmer mein letztes Bargeld als Anzahlung gegeben, teilweise stammt es noch aus der Erbschaft meiner Mutter.

Rebecca lahmt zur Zeit und braucht Deine heilende Hand. Die Gute sieht richtig niedergeschlagen aus. Der Tierarzt hat das Bein bandagiert.

Peter kommt bald über die großen Ferien nach Hause. Diese Anwälte führen ja wirklich ein lockeres Leben, während wir uns hier das ganze Jahr über krumm schuften. Aber ich komme demnächst vorbei, damit wir unsere Pläne endgültig schmieden können. Ich habe noch einen Tropfen Benzin im Tank, das ist ein großer Vorteil.

Herzlichst

Harriet

Ich las den Brief zweimal, mit dem flauen Gefühl im Magen, das ein Mensch hat, der sicher ist, daß er Schiffbruch erleidet.

»Würde eine Frau mir einen solchen Brief schreiben, wenn sie denkt, ich bin ein Hanswurst?« fragte Tom triumphierend.

»Nein, keine, die dich für einen Hanswurst hält. Sondern eine, für die du ein Blankoscheck bist! Was ist das für eine Bankbürgschaft? Du könntest damit die ganze Farm verlieren!«

Tom funkelte mich wütend an. »Willst du dich etwa in meine Angelegenheiten einmischen? Ich weiß genau, was ich tue. Du scheinst zu vergessen, daß ich diese Frau heiraten werde!«

»Hoffentlich wirst du nichts unterschreiben, ehe sie dir das Jawort gegeben hat!«

Tom lachte, und die Spannung ließ ein wenig nach.

»Peg, Peg, du hast einen Verstand wie eine Rattenfalle. Du hättest Anwältin werden sollen.«

Doch dann runzelte er die Stirn, zögerte einen Augenblick und fügte sehr ruhig hinzu: »Natürlich werde ich vorher nichts unterschreiben, ich bin ja nicht gerade erst vom Himmel gefallen! Aber Harriet ist ein großartiges Mädchen, und es gibt keinen Grund, weshalb ich mein Geld nicht in die Renovierung von Glenallen stecken sollte, wenn wir erst verheiratet sind. Es wäre auch rein geschäftlich gesehen kein guter Schachzug, das Gut verfallen zu lassen. Selbstverständlich werde ich es mir genau ansehen, bevor ich mein Geld investiere. Ich passe genau auf, was sie mit dem Geld macht, da brauchst du dir keine Sorgen zu machen.«

»Ist sie in dich verliebt?« fragte ich, weil ich unbedingt wissen wollte, wie er die Situation einschätzte.

Er lächelte.

»Peg, Harriet und ich passen gut zusammen. Wir mögen uns. Wir arbeiten gut zusammen. Was will man mehr? Ich mache mir nicht vor, daß sie meine Traumfrau ist, aber sie ist in Ordnung.«

Als er aufstand, um ins Bett zu gehen, sagte ich noch: »Tom, du hast das Recht zu tun, was du willst. Es ist dein Leben und deine Farm. Aber ich möchte dich gern noch eins fragen.«

Ich senkte die Stimme, denn ich fürchtete mich vor meiner eigenen Frage. »Als du in Glenallen warst, als ihr auf den Hügel gestiegen seid, hast du da irgendwo eine Spur von Brian entdeckt?«

Tom blieb wie versteinert stehen. Dann drehte er sich um. »Ob ich eine Spur von Brian gesehen habe?« wiederholte er, fast flüsternd. »Was ist denn das für eine Frage? Brian ist tot, oder etwa nicht?«

»Gib mir nur eine Antwort, Tom, bitte.«

»Nein. Da war keine Spur von Brian. Warum fragst du so etwas? Du glaubst doch nicht etwa, daß er noch lebt, oder?«

Seine Stimme klang erschrocken, vorsichtig, unvermittelt argwöhnisch.

Ich winkte ab, weil ich kaum ein Wort herausbrachte.

»Nein, nein. Aber er hat einen Brief hinterlassen, in dem steht, daß er seinen Vater besuchen wollte, und mich verfolgt dieser scheußliche Traum, in dem ich Brian auf dem Knockshee sehe.«

Tom sah mich an, während mir die Tränen über die Wangen liefen. Sein Gesicht wurde weich, er zog einen Stuhl neben mich, legte den Arm um meine Schulter und drückte mich an sich.

»Reg dich bitte nicht so auf, Peg. Das kann ich nicht ertragen, vor allem, weil Brian Glenallen geerbt hätte, wenn er nicht gefallen wäre. Das hat Harriet mir gesagt.«

Fast beschämt stand er auf und blieb einen Moment unschlüssig neben mir stehen. »Du hättest ausgesorgt, wenn Brian noch lebte.«

15. Kapitel

In dieser Nacht träumte ich wieder vom Knockshee. Ich sah, wie Brian den dunklen Abhang herab auf mich zukam und sich dann dem Haus zuwandte. Aber diesmal erschien noch ein zweites Gesicht in der nächtlichen Dunkelheit.

Das Gesicht meines Bruders tauchte auf, starrte zu mir herüber und folgte dann Brian in Richtung Glenallen. Mit wild klopfendem Herzen erwachte ich in der mondlosen Finsternis. Zuerst wußte ich nicht, wo ich war, dann lag ich lange Zeit wach und lauschte dem Regen, der ans Fenster klopfte.

Nachdem ich endlich wieder eingedöst war, schlief ich wie ein Murmeltier und erwachte erst spät. Im Zimmer herrschte Dämmerlicht, obwohl schon fast Mittag war. Draußen rauschte noch immer der Regen. Ich stand auf, fand den Herd beinahe erloschen und nirgends eine Spur von Tom.

Also schürte ich das Feuer und kochte Tee. Meine Gedanken waren immer noch bei meinem Bruder. Daß er sich mit Harriet Fitzallen verlobt hatte! Ich hörte das metallische Geräusch der tanzenden Regentropfen auf dem Blechdach des Torfschuppens und das Rauschen, mit dem das Wasser aus der Regenrinne in das Faß neben der Hintertür strömte.

Gegen zwei Uhr kam Niamh. Man sah deutlich, daß sie schwanger war; sie trug ihren Bauch wie ein rundes Fäßchen vor sich her. Ich bot ihr den Platz im Kaminsessel an, und sie ließ sich mit einem Seufzer nieder.
»Es tut mir schrecklich leid um deinen Mann, Peg.«
»Danke. Ich hab gehört, daß du auch was Kleines erwartest.«
»Stimmt.«
»Erinnerst du dich noch an die guten alten Zeiten? Gott, wir wußten damals gar nicht, wie gut wir es hatten. Vollkommen unbeschwert waren wir.«
»Ach, komm schon. Wir hatten eine Menge Sorgen. Kleine vielleicht, aber die waren damals genauso wichtig für uns.«
Niamh lachte und tätschelte ihren Bauch.
»Und jetzt sind noch mehr kleine Sorgen unterwegs!«
»Wann soll das Baby denn kommen?«
»Ich bin im fünften Monat. Packey freut sich schon sehr. Er will unbedingt einen Jungen.«
Ich sah ihr blasses, müdes Gesicht, die strähnigen Haare und dachte an das strahlende, fröhliche Mädchen, das ich früher gekannt hatte.
»Eins steht fest, in deinem Zustand kannst du hier keine Hausarbeit mehr erledigen. Du brauchst Ruhe.«
»Ich brauche Ruhe, meinst du? Peg, ich brauche das Geld, weil ich doch die Arbeit bei Percival's nicht mehr habe. Du weißt ja, wie die Männer sind. ›Tu dies, Frau, tu

jenes‹, und keinen Penny kriegt man dafür. Ich hab die Hühner, das schon, und von den Eiern kann ich hin und wieder was zurücklegen.« Sie seufzte tief und fuhr fort, halb zu sich selbst: »Aber dafür hab ich ja auch ein Dach überm Kopf und genug zu essen. Geht's mir nicht gut?«

»Behandelt er dich schlecht?« fragte ich etwas ungehalten, aber sie schüttelte den Kopf, plötzlich nur noch darauf bedacht, ihren Mann in Schutz zu nehmen.

»Auf seine Art ist er der beste Mann der Welt. Nur daß er sich immer mal wieder betrinkt.« Sie lächelte entschuldigend. »Ich hab keine Mitgift, weißt du, deshalb kann ich mich eigentlich nicht beklagen.«

»Is fearr bean ná spraoi«, antwortete ich mit einem Zitat, der alten irischen Maxime, daß eine Frau in jedem Fall mehr wert ist als eine Mitgift. Und ich wußte selbst, wieviel Niamh wert war.

»Erinnerst du dich an das ganze Zeug, das du immer so mühelos auswendig gelernt hast – die Gedichte, die Mr. Clancy uns aufgegeben hat? *Paradise Lost* und Shakespeare, und damals waren wir noch Kinder.«

Niamh nickte und lächelte. »Das habe ich geliebt. Manchmal hilft mir die Erinnerung daran, nicht den Verstand zu verlieren. Ich sage es mir im Kopf vor, immer wieder von vorn, wie eine Droge …

Wenn ich in süßem, ruhigen Gedenken
Erinnerung an Vergangenes
heraufbeschwöre …«

Ich sah sie an, wie sie rezitierte, lächelte ihr ermutigend zu und dachte dabei an jemand anderen, dem die Reime auch so leicht von der Zunge gegangen waren, damals, in Connemara, an einem Sommertag.
»Freust du dich, wieder hierzusein, Peg? Du vermißt doch bestimmt dein feines Leben in England, oder nicht?«
Ich schaute mich in der Küche um, hörte das Feuer prasseln und im Schornstein fauchen und von draußen das einsame Lied des Regens.
Zeit, die Ofenklappe zu schließen.
»Ich vermisse meine Freunde. Ich habe in England einige gute Freunde gefunden.«
Niamh neigte den Kopf ein wenig zur Seite und blickte mich mitfühlend an.
»Ich erinnere mich an die beiden netten Freundinnen, die du im Sommer immer mit nach Hause gebracht hast. Du hast mir auch erzählt, wie die Dunkelhaarige gestorben ist. Wo ist eigentlich die andere, die mit den roten Haaren?«
»Ich weiß es nicht, Niamh. Sie hat sich seit Monaten nicht mehr gemeldet. Sie ist bei einem Bombenangriff in London verschwunden, seither hat niemand mehr etwas von ihr gehört.«
Bei der zweiten Kanne Tee fragte sie mich schüchtern, ob ich an Tom eine Veränderung bemerkt hätte.
»Ja, ich glaube, er ist sehr glücklich. Vermutlich weißt du ja schon, daß er heiraten will?«
Niamh wandte die Augen ab, weil ich nicht sehen sollte, wie verletzt sie war.
»Ja. Er hat es erwähnt. Und auch noch deine Schwägerin. Ist das nicht ein bißchen seltsam? Ich hab sie ein paarmal

gesehen, und danach war hier alles irgendwie anders – aber ich meine das nicht respektlos oder so.«

Ich betrachtete sie nachdenklich. »Inwiefern war es denn danach anders?«

»Ich weiß es auch nicht. Einfach anders!« Niamh wurde rot. »Und ich glaube nicht, daß sie ihn liebt, Peg. Sie ist habgierig, das sieht doch ein Blinder.«

Nach etwa einer Stunde ging Niamh wieder. Ich hatte nicht zugelassen, daß sie ihre üblichen Putzarbeiten erledigte, und steckte ihr zum Abschied eine Pfundnote zu. »Ist schon in Ordnung. Leg's aufs Sparbuch.« Außerdem gab ich ihr Palgraves *Golden Treasury*. Ich hatte das Buch eines Tages in einer Buchhandlung in Nottingham entdeckt und gekauft, weil es mich an Niamh erinnerte.

Entzückt schlug sie das kleine Buch auf. Dann umarmte sie mich herzlich. »Gott segne dich dafür, daß du an so etwas denkst.« Dann brach sie auf, den Schal überm Kopf, *Golden Treasury* in der Tasche. Als ich ihr durchs Fenster nachblickte, sah ich, wie sie am Tor stehenblieb, sich den Stiefel auszog und ihn umdrehte, um ein Steinchen herauszuschütteln, bevor sie den bloßen Fuß wieder hineinsteckte.

Um die Mittagszeit erschien Tom. Erwartungsvoll sah er sich um, als müßte sein Essen bereits dampfend auf dem Tisch stehen. Statt dessen fand er nur seine Schwester im Kaminsessel vor, die die Katze streichelte und gedankenverloren ins Feuer starrte. »Gibt's nichts zu essen?«

Seine Enttäuschung war so groß, daß ich ein schlechtes

Gewissen bekam. »Himmel, das tut mir leid, Tom. Ich weiß auch nicht. Ich koch dir schnell ein Ei und mache dafür Speck und Kohl zum Abendessen.«
»Mit leerem Magen kann man nicht arbeiten«, brummte Tom verärgert, und ich fühlte mich wie immer, wenn ein Mann seine schlechte Laune an mir ausließ: Angst packte mich, als müßte ich jederzeit damit rechnen, daß der Betreffende gewalttätig wurde und seine Wut an mir ausließ. Ich glaubte nicht wirklich, daß Tom mich schlagen würde; es war etwas viel Tieferes und Älteres, es war der Instinkt, um jeden Preis für Harmonie zu sorgen, damit man mich weiterleben ließ.
Tom holte einen Laib braunes Brot aus dem Schrank, legte es auf den Tisch und schnitt eine dicke Scheibe ab, die er zentimeterdick mit Butter bestrich.
Ich stand auf, kochte die dritte Kanne Tee dieses Tages und stellte sie vor ihn auf den Tisch. Wenn wir so weitermachten, hatten wir bald keinen Tee mehr. Wenn Tom vor dem Krieg doch mehr gehamstert hätte.

Als mein Bruder dann zu den Ställen zurückgegangen war, wischte ich den Boden, wusch das Geschirr ab und fuhr mit dem Fahrrad ins Dorf, um Lebensmittel einzukaufen. Den Speck hatte ich bereits zum Einweichen ins Wasser gelegt, also brauchte ich nur noch Mehl und Zucker. Ich hatte Toms Lebensmittelmarken dabei und wollte gleich für mich selbst welche beantragen.
Bei Percival's arbeitete jetzt eine neue Gehilfin – ein junges, etwa sechzehnjähriges Mädchen. Sie bediente mich und war ziemlich neugierig. Ich war doch Miss Donlon,

die geheiratet hatte und in den Krieg gezogen war, oder? Sie überlegte, ob sie auch nach England gehen sollte – wie sie gehört hatte, wurde man in den Fabriken gut bezahlt. Ich erzählte ihr ein wenig von England, und sie hörte gespannt zu. Danach fuhr ich nicht direkt zurück nach Ballycloghan, sondern radelte und radelte, schneller und immer schneller, als könnte ich, wenn ich es schaffte, die Grenze von Zeit und Raum durchbrechen, die Antwort auf die Fragen finden, die ich kaum zu stellen wagte. Die Reifen zischten auf der nassen Straße. Der Regen hatte aufgehört, die Luft war sehr kühl und frisch. Überall sah ich nasse, frisch gemähte Felder; das Heu war zu Haufen zusammengerecht und mit Strohseilen festgebunden.
Einmal kam ich an zwei rothaarigen Mädchen vorbei, die schwatzten und lachten. Sie hatten etwas hellere Haare als Mary und kleine braune Sommersprossen.
Als ich heimkam, setzte ich den Speck auf, ging in mein Zimmer, stellte meinen schweren Koffer auf den Boden, holte die vier Seiten von Marys Tagebuch hervor und las sie noch einmal. Dann nahm ich sie mit hinunter in die Küche und steckte sie ins Feuer. Sie gingen nur Mary etwas an und hatten bei meinen Sachen nichts verloren. Und sie stellten eine Verbindung zu Lucien her, die ich voller Zorn auszulöschen versuchte.

Waren nur ein paar Tage oder schon eine Woche verstrichen, als Harriet auftauchte?
Ich stand in der Küche, als ich einen Automotor hörte, dann das Quietschen des Tores und Schritte, die sich über den Hof der offenstehenden Küchentür näherten.

»Hallo! Ist jemand zu Hause?« Ich war noch unterwegs zur Tür, um nachzusehen, wer da im Auto vorgefahren war, und trocknete mir gerade die Hände an der Schürze ab, als sie mich entdeckte. Vor Überraschung riß sie die Augen auf.

»Peg!« rief sie. »Wie wundervoll, dich zu sehen! Ich dachte, du wärst noch in England.«

Sie trug ein schickes zweiteiliges Kostüm mit einem Blumenmuster auf altweißem Hintergrund, die Jacke im Kutscherstil. Ihre Haare glänzten in der Sonne; sie hatte Lippenstift und Puder aufgelegt.

»Ich wollte Tom besuchen.«

Obwohl ich gewußt hatte, daß sie irgendwann auftauchen würde, hatte ich es nicht glauben wollen, und deshalb brachte ich jetzt kein Wort heraus. Und sie machte sich in meinem alten Zuhause breit wie eine fremde Macht.

»Bitte, geh wieder, Harriet. Geh weg.«

»Aber liebe Peg ... was habe ich dir denn getan? Warum bist du so zornig ...? Wo ist Tom?«

»Laß meinen Bruder in Ruhe.«

Stille trat ein, nur durchbrochen vom Ticken der Uhr auf dem Schrank und einem plötzlichen Stakkato-Geräusch, als Tiddles sich kratzte. Harriets blaßblaue Augen waren eiskalt. Einen Moment lang stand sie reglos da, dann lachte sie, selbstbewußt und melodiös, und der fremde Klang hallte durchs ganze Haus. Ich war selbst verblüfft über meine Reaktion; ich hatte nicht vorgehabt, mich so zu offenbaren, aber ihr plötzliches Auftauchen und die Angst, die in mir aufstieg, hatten mich einfach überwältigt.

»Meine liebe Peg, du scheinst nicht ganz auf der Höhe zu

sein, du Ärmste. Tut mir leid, daß ich dich erschreckt habe. Und das in deinem Zustand.«

Besorgt musterte sie meinen Bauch, als wollte sie abschätzen, wie weit die Schwangerschaft fortgeschritten war. Dann blickte sie sich in der Küche um, als erwarte sie, daß Tom unvermutet auftauchte, und sah mich dann betrübt an.

»Peg – das Leben verändert sich eben! Ich weiß, daß Toms Verlobung ein Schock für dich gewesen sein muß. Aber es ist jetzt alles anders als früher. Versuch das doch zu verstehen.«

Endlich näherten sich Schritte über den Hof. Offenbar hatte auch Tom das Auto gehört. Strahlend kam er in die Küche, legte den Arm um Harriets Schulter und drückte sie an sich.

»Na, wie geht's meinem hübschen Fratz?«

Warum nur spürte er Harriets Reaktion nicht, ihre Empörung, die für mich so eindeutig war, wie ein elektrischer Stromstoß, so, als hätte sie laut aufgeschrien? Aber sie lächelte und hielt ihm die Wange hin, die er unbeholfen küßte, wobei er leicht errötete und mich nicht aus den Augen ließ.

»Ich bin todmüde, Tom Donlon.« Sie warf mir einen raschen Blick zu. »Es macht dir doch hoffentlich nichts aus, wenn ich mich setze? Ich fürchte, ich habe Peg durcheinandergebracht, weil ich einfach so reingeplatzt bin«, wandte sie sich wieder an Tom, der ihr einen Stuhl hinschob und mich mit hochgezogenen Augenbrauen musterte.

»Machst du Tee?«

Die Aufforderung war unverschämt, aber Tom sah mich dabei fast flehend an. Ich schob den Kessel auf den heißen Teil der Herdplatte und stellte Tassen und Untertassen auf den Tisch.

»Bleibst du denn ein paar Tage?« erkundigte sich Tom eifrig. Harriet zuckte die Achseln und sah mich an.

»Ich will mich nicht aufdrängen. Das wäre Peg gegenüber nicht fair.«

Mit rotem Kopf machte ich den Tee. Tom verkündete, daß auch ich mich im Grunde sehr freute, Harriet zu sehen, und flüsterte mir ins Ohr, ich solle ein Bett für sie zurechtmachen. Ich verstand den Wink mit dem Zaunpfahl und entschuldigte mich, ich hätte oben noch zu tun.

»Hast du dich inzwischen für einen Termin entschieden?« erkundigte sich Tom mit gedämpfter Stimme, als ich hinausging. Ich blieb vor der Tür stehen, um Harriets Antwort abzuwarten.

»So bald wie möglich, denke ich. Und ich fände es schön, wenn wir in Dublin heiraten könnten.« Dann senkte sie die Stimme, und ich hörte Tom laut und herzlich lachen.

Das Bett für Harriet machte ich im alten Zimmer meiner Mutter. Als ich die Schranktür öffnete, um die Patchworkdecke herauszuholen, schlug mir der Geruch von Mottenkugeln entgegen, der mich sofort wieder in meine Kindheit versetzte. Das Fenster ließ sich nur schwer öffnen, da es frisch gestrichen war und die Farbe klebte. Nach einer Weile hörte ich Harriets und Toms Schritte auf der Treppe, und kurz darauf kam Harriet herein, blickte durch das offene Fenster in den sonnigen Nachmittag hinaus und machte eine Bemerkung über die Aussicht, die nicht mehr zu bieten hatte als flache Felder mit Steinmauern, den Fluß und den weiten Himmel. Sie bestand darauf, mir beim Bettenmachen zu helfen.

»Vielen Dank übrigens, Peg.«

Sie sah mich an, und einen kurzen Moment lang wirkte sie beinahe verletzlich. Tom brachte ihren kleinen Koffer und stellte ihn auf den Stuhl.

»Ich ziehe mich nur rasch um und bin gleich wieder bei euch«, verkündete Harriet. Tom und ich verließen das Zimmer und schlossen die Tür hinter uns. Jetzt fühlte ich selbst, wie sich die Atmosphäre im Haus veränderte, wie sie sich auflud mit Spannung und Erregung, mit Harriets energischem Auftreten.

Kurz darauf kam sie in Hemd und Reithose wieder herunter. Toms Augen folgten ihr, wie sie einst Cissie gefolgt waren.

»Nun, Madam«, meinte er, »Ihr Hochzeitsgeschenk steht draußen und erwartet Sie!« Harriet starrte ihn an, mit offenem Mund, in dem schneeweiße Zähne blitzten.

»Mein lieber Tom, was hast du dir jetzt wieder ausgedacht?«

Ganz offensichtlich gefiel es meinem Bruder, »Mein lieber Tom« genannt zu werden, jedenfalls strahlte er übers ganze Gesicht. »Na, willst du es sehen oder nicht?«

Harriet wandte sich an mich: »Komm mit, Peg, dann kannst du auch gleich sehen, was dein Bruder ausgeheckt hat.«

»Ich kann es mir schon vorstellen.«

Mir fiel es schwer, meine schlechte Laune von vorhin aufrechtzuerhalten; die Ballycloghan-Harriet kam mir ganz anders vor als die von Glenallen. Außerdem warf mir Tom wieder einen bittenden Blick zu. Ich holte also meine Gummistiefel und wanderte mit den beiden zu den Ställen, vorbei am Heuschober, der jetzt mit frischem Heu gefüllt war, hinaus zu der Koppel, wo Jupiter graste und seine Mähne schüttelte – eine aristokratische Erscheinung inmitten der anderen Tiere.

»Oh, er ist ja wunderbar! Wie alt ist er und wie groß?«

»Siebzehn Handbreit, drei Jahre alt, amerikanisches Jagdpferd«, brummelte Tom stolz.

Man sah Harriet an, daß sie sich aufrichtig freute. Sie berührte Toms Wange hastig mit den Lippen und hauchte, sie könne es gar nicht abwarten, ihn auszuprobieren. Als Tom etwas steif reagierte, fügte sie gespielt tadelnd hinzu: »Das Pferd natürlich, du Dummkopf, nicht dich!«

Tom zuckte zusammen, als hätte ihn etwas gestochen, und sah mich an. Aber ich stellte mich taub.

Dann zogen die beiden los, den Braunen einzufangen. Tom holte eine Kartoffel aus der Tasche und versuchte das Tier damit zu locken. Er achtete darauf, daß es nicht merkte, woher der Leckerbissen stammte, und führte es dann am Stirnhaar in den Stallhof. Harriet ging auf der anderen Seite, begutachtete Jupiters Brust, sah nach, ob er beschlagen war, und fragte Tom, ob er Beschlagnägel trug. Jupiter sabberte und ließ ein Stück Kartoffel fallen; Harriet hob es auf, stopfte es mit der Handfläche zurück in Jupiters Maul und wischte sich den Speichel an seinem Hals ab.

Im Hof sattelte Tom das Pferd für Harriet; sie stieg auf und ritt im leichten Galopp um die Koppel herum. Die

anderen Pferde sahen ihr nach, hoben die Hufe und liefen ihr nach, kreuzten von hinten ihren Weg, und als Jupiter sie in die Flanken zu beißen versuchte, schlugen sie nur verächtlich mit dem Schwanz.
»Nun, Schwesterchen?« fragte mich Tom, als Harriet außer Hörweite war. »Was hast du an ihr auszusetzen?«
Ich schüttelte nur den Kopf.
»An ihm, meinst du? Er ist zu groß.«
Verärgert schnalzte Tom mit der Zunge und musterte mich durchdringend.
»Ich meine natürlich Harriet.«
»Ich will sie nicht noch einmal als Schwägerin!«
Tom schnaubte verärgert.
»Warum?«
»Sie haßt mich!«
Tom brummte verächtlich und warf einen Blick auf meinen Bauch, womit er wohl andeuten wollte, daß mein Zustand an meiner geistigen Verwirrung schuld war. »Ich frage dich später noch mal, wenn du wieder bei Verstand bist.«
Als Harriet im Schritt auf das Tor zuritt, an dem wir warteten, eilte ihr Tom gut gelaunt entgegen, um ihr beim Absteigen zu helfen. Er spielte den Clown, tippte sich unterwürfig mit dem Finger an die Mütze, und ich sah einen Augenblick lang, wie verächtlich sie auf ihn herabblickte und wie sie gelangweilt den Mund verzog.

An diesem Abend schrieb ich Mr. Drencher, daß ich die Absicht hätte, nach Nottingham zurückzukehren. Ein paar Tage später jedoch erhielt ich einen Brief, der sich offensichtlich mit meinem gekreuzt hatte, in dem er mir mitteilte, Mr. Warren habe aufgrund einer Verletzung ein lahmes Bein und sei aus dem Militärdienst entlassen worden; er wolle seine alte Stelle wieder antreten und man brauche mich deshalb nicht mehr. Mr. Drencher wünschte mir viel Glück und alles Gute und legte ein Empfehlungsschreiben bei, in dem er mich in den höchsten Tönen lobte. »Ich werde mich melden, sobald eine Stelle bei uns frei wird«, fügte er als Postskriptum hinzu.

Ich legte das Zeugnis beiseite und zerknüllte den Brief. Es gab andere Schulen. Aber würde jemand eine offensichtlich schwangere Frau einstellen? Denn jetzt sah man mir meinen Zustand an, man sah die kleine runde Beule, in der ein neuer Mensch heranwuchs, das Kind von Lucien und mir. Wo mochte er sein?

Am 16. September 1941 heirateten Tom und Harriet in der University Church am Stephens Green. Nach der Trauung gab es einen kleinen Hochzeitsempfang im Shelbourne Hotel. Harriet trug ein altrosa Wollkleid und einen kleinen Hut mit Krempe. Abgesehen von einem nervösen Blitzen in den Augen wirkte sie sehr ausgeglichen. Claire de Lacy – Harriets Freundin, die jetzt verheiratet war und in Dublin lebte – war Brautjungfer, Toms bester Freund Christy Moran Trauzeuge; auch Peter war gekommen. Die O'Shaugnessys waren zwar eingeladen worden, sagten aber mit Bedauern ab. Nach dem Empfang gingen alle im Park spazieren, und es wurde photographiert. Tom machte einen glücklichen Eindruck, war aber viel zu korrekt, um Zärtlichkeit oder gar körperliches Begehren zu zeigen, und so gingen die Frischvermählten nebeneinander her, plauderten ein wenig und benahmen sich wie gute Bekannte. Irgendwann sonderte sich Harriet dann ab, um sich vertraut und intensiv wie immer mit ihrem Bruder zu unterhalten. Tom wechselte unterdessen etwas gehemmt ein paar Worte mit Christy und Claire de Lacy. Wir posierten für den Photographen, lächelten und lobten das gute Wetter.

Später sprach mich Peter sehr höflich an, drückte mir sein Beileid wegen Brian aus, erkundigte sich nach meiner Gesundheit und meinte, er werde mich doch hoffentlich einmal in Glenallen begrüßen dürfen. Mit kühler Höflichkeit antwortete ich: »Selbstverständlich, gern«, aber mein Herz schrie sofort: ›Nie und nimmer!‹ Doch das brauchte Peter ja nicht zu erfahren. Ich fand, daß er sehr schmal und blaß aussah, was ich seiner vielen Arbeit zuschrieb.

Bevor wir das frischgebackene Ehepaar seinem Glück überließen, nahm Harriet mich beiseite, dankte mir, daß ich »so wunderbar« gewesen sei, und meinte, sie verlasse sich ganz auf mich.

»Du bist meine einzige Schwester. Tom hat mir gesagt, daß du nach England zurückwillst. Aber warum? Du bist in Irland schließlich sogar an zwei Orten zu Hause, und du brauchst jemanden, der sich um dich kümmert.« Sie küßte mich auf die Wange. »Bitte bleib bei uns, Peg.«

Sie hatte den Kopf ein wenig schiefgelegt, lächelte flehend, beinahe demütig, und einen Augenblick lang hatte ich trotz allem fast das Gefühl, daß ich sie liebte.

Das junge Ehepaar blieb, wie Harry es sich gewünscht hatte, für den Rest der Woche im Shelbourne Hotel, während Pat O'Regan unter meiner Aufsicht die Farm führte. Ohne Tom war es in Ballycloghan sonderbar einsam, denn ich fühlte mich in meiner ehemaligen Heimat nicht mehr so wohl wie früher. Schon bald würde Harriet hier die Hausherrin sein – wenn sie einzog –, und deshalb kam mir bereits alles ein wenig fremd vor.

Am Tag vor der Hochzeit hatte Tom ein ernstes Gespräch mit mir geführt und mir gesagt, ich solle bleiben, solange ich wollte, und ich sei hier immer willkommen; dies sei mein Zuhause und würde es bleiben.

»Ich muß Arbeit finden, Tom, ich will unabhängig sein.«

»Aber du hast doch deine Witwenrente. Und du bist schwanger, um Himmels willen. Wer soll dich denn einstellen?«

»Ich kann hier nicht bleiben; das Haus gehört jetzt auch deiner Frau.«

Er musterte mich zornig, mit gesträubtem Schnurrbart.

»Hör doch auf mit diesem Unsinn, Peg. Das bringt nur Unglück. Du hast irgendwas gegen Harriet. Vielleicht ist sie ja tatsächlich ein bißchen anders als wir, vielleicht stammt sie aus einer privilegierteren Schicht. Aber sie ist in Ordnung!«

Er zögerte. »Und auf alle Fälle ist es *mein* Haus.«

Du glaubst also, du bleibst der Herr im Haus, dachte ich. Du glaubst, so einfach ist das. Du glaubst, Harriet Fitzallen wird sich deinem Willen beugen.

»Du weißt nicht, was sie getan hat, was für ein Mensch sie ist!«

Tom stöhnte ärgerlich und verschränkte die Arme. »Na gut, was hat sie denn getan? Erzähl mir von ihren Verbrechen.«

»Sie hat einiges auf dem Kerbholz!«

An den Fingern meiner linken Hand begann ich aufzuzählen: »Sie ist schuld daran, daß ich die Fehlgeburt hatte. Sie hat mich des Diebstahls bezichtigt. Sie hat versucht, Brian umzubringen, indem sie seine Sattelgurte durchgeschnitten hat. Sie hat einer Stute ein Auge ausgeschossen und behauptet, es sei Brian gewesen.« Meine Stimme erstarb. Ich wußte, wie sich das alles anhörte.

Mit gerunzelter Stirn und verkniffenem Mund musterte mich mein Bruder.

»Sonst noch was?« fragte er leise.

Ich schlug mit der Faust auf den Tisch.

»Was bringt das denn? Du glaubst mir sowieso nicht.«

»Kannst du auch nur eine dieser monströsen Anschuldigungen beweisen?«

Ich schüttelte den Kopf.

»Dann sei lieber vorsichtig mit dem, was du von dir gibst, Peg«, sagte er streng – ein Mann, der seine Ehefrau vor Verleumdungen in Schutz nimmt. »Es gibt nämlich Gesetze gegen Rufmord!«

Pat erledigte die Arbeit auf dem Hof; ich hatte außer dem Haushalt wenig zu tun und beschloß deshalb, gründlich sauberzumachen und Schubladen und Schränke auszuwischen – eine Arbeit, die ich haßte. Aber so konnte ich mir wenigstens die Zeit vertreiben. In den Küchenschubladen herrschte ein entsetzliches Durcheinander: verschiedene

Schnurreste, Packpapier, alte Briefe, Tierarztrechnungen, Quittungen vom Schmied und vom Sattler, Rechnungen für Kleie und Siegelwachs. Ich nahm den ganzen Wust heraus, sortierte alles auf getrennte Häufchen und entdeckte dabei einen Brief mit Paddys Schrift, der an mich adressiert war. Er war zerknittert und geknickt, denn er hatte sich zwischen der Rückwand der Schublade und dem Rahmen verfangen. Zuerst dachte ich, es sei sicher ein alter Brief, aber dann merkte ich, daß er noch ungeöffnet war. Das Datum auf dem Stempel war der 13. März 1941; also war der Brief nach meiner Abreise angekommen und mir nie nachgeschickt worden.
Ich verscheuchte Tiddles, der verdrießlich miaute, aber sofort wieder auf meinen Schoß sprang, als ich mich in den Kaminsessel gesetzt hatte, und riß den Umschlag auf. Es war eine Antwort auf meinen letzten Brief, in dem ich Paddy von meiner Hochzeit erzählt hatte.

Meine liebe Peg,
Herzlichen Glückwunsch! Von einem ganz egoistischen Standpunkt aus tut es mir zwar leid, aber ich freue mich für Dich, wenn Du das tust, was Du willst, und dabei glücklich bist. Dein Mann ist ein Glückspilz, und ich hoffe, er weiß das. Ich kann nur sagen, in meinem Herz wird immer ein Plätzchen für Dich reserviert sein.
Die Navy bildet einen Bautrupp, und ich gehöre zur Reserve. Wenn Amerika in den Krieg eintritt, komme ich wahrscheinlich an die Front.
Alles Gute,

Paddy

Die vertraute Unterschrift erfüllte mich mit einer tiefen Sehnsucht nach unbeschwerten Sommernachmittagen am Ufer der Garryogue. Warum nur konnte ich die Zeit nicht zurückdrehen, meine Mutter wieder zum Leben erwekken und noch einmal Kind sein? Sofort holte ich mir Stift und Papier und schrieb Paddy, daß mein Mann vermißt wurde, daß ich schwanger war, daß Tom meine Schwägerin geheiratet hatte und ich nicht wußte, wie es mit mir weitergehen sollte. »Manchmal ist es wirklich eine Strafe, eine Frau zu sein, denn wenn man schwanger ist, will einen niemand mehr einstellen. Und das bedeutet, daß ich hier festsitze und mich wie das fünfte Rad am Wagen fühle. Ich hoffe, Amerika tritt nicht in den Krieg ein und Du bist in Sicherheit.«

Ich dachte viel an Tom und Harriet, an das Gespräch, das ich nach der Hochzeit mit meiner Schwägerin geführt hatte, daran, wie Tom betont hatte, daß ich keinen von meinen Vorwürfen beweisen konnte. Ob ich Harriet wohl unrecht tat? Sie kam mir verändert vor, weicher, menschlicher. Vielleicht war es wirklich an der Zeit, daß ich mich von der Vergangenheit verabschiedete.
Eines Tages besuchte mich Father O'Dea, der Gemeindepfarrer, und fragte mich, wie ich ohne meinen Bruder zurechtkam. Und was hielt ich denn von meiner neuen Schwägerin? War es nicht seltsam, daß mein Bruder ausgerechnet die Schwester meines Mannes geheiratet hatte? Sie war ja wirklich ein hübsches Mädchen. Er hatte sich einmal mit ihr unterhalten und ihr erzählt, daß er Hilfspfarrer in Ballyharris gewesen war, allerdings vor ihrer Geburt.

»Sie waren Hilfspfarrer in Ballyharris? Dann kennen Sie also Glenallen?« fragte ich überrascht.
»Ich erinnere mich sehr gut an Glenallen. Die Fitzallens sind eine gut katholische Familie, auch wenn sie auf eine bewegte Geschichte zurückblicken.«
Er nippte an seinem kleinen Glas Sherry.
»Wie meinen Sie das – eine bewegte Geschichte?«
Der Priester zögerte. »Das müßten Sie doch besser wissen als ich! Es gibt dort diese seltsamen unterirdischen Gänge – haben die Fitzallens Ihnen nicht davon erzählt? Die Druiden haben sie gebaut, und man hat dort Menschenknochen gefunden – ein paar Jahre bevor ich in die Gemeinde gekommen bin.«
Ich setzte mein Glas ab. »Von den Knochen habe ich nichts gewußt. Brian hat mir erzählt, daß Archäologen dort gearbeitet und Ausgrabungen gemacht haben.«
»Stimmt«, nickte Father O'Dea. »Vielleicht hat es auch vom Haus aus einen Zugang gegeben. Aber vor dem Eingang auf dem Berg steht ein alter Ogham-Stein, hinter dem man die Knochen gefunden hat.«
»Von dem Stein weiß ich, Brian hat mir von ihm und seiner sonderbaren Inschrift erzählt. Als Kind hat er sich in den Gängen verlaufen und ist erst nach eineinhalb Tagen gerettet worden – eine traumatische Erfahrung! Später hatte er immer wieder Alpträume, die sicher darauf zurückzuführen sind.«
Mich schauderte, als ich das sagte; die hallenden Echos in den dunklen Gängen konnte ich mir dank Brians Beschreibungen nur allzu lebhaft vorstellen, genauso wie das Kind, das einsam und verrückt vor Angst in der Finsternis

herumirrte. »Wußten Sie auch, daß auf dem Stein eine Inschrift eingraviert war?«

Wieder nickte der Geistliche. »Ich erinnere mich nicht genau, aber ich habe gehört, daß es etwas sehr Seltsames war.«

»Ich kenne die Meinen, und die Meinen kennen mich«, flüsterte ich.

Er fuhr zusammen. »Das ist sicher ein Übersetzungsfehler, denn das Zitat stammt aus dem Neuen Testament. Es gab noch einen zweiten Stein – den haben die Archäologen ins Museum von Dublin gebracht. Auch er trägt eine Inschrift.«

»Was stand darauf?«

»Es war eine Warnung, die Gänge zu öffnen«, meinte er achselzuckend.

Eine Weile saßen wir uns schweigend gegenüber. Ich war froh, daß die Sonne durchs Fenster schien. In der Ferne hörte man einen Hund bellen. O Gott, dachte ich, was muß ich nur tun, um endlich von Glenallen loszukommen?

»Natürlich gerieten die Leute aus der Gegend in helle Aufregung, als der Stein entfernt wurde, denn sie glaubten, jetzt würde das Pech – das *miádh* – herauskommen und sie verfolgen. Deshalb ließ der alte Fitzallen den Eingang mit Geröll zuschütten. Aber man sollte sich wirklich nicht von all dem Unsinn, den man in diesem Land so hört, verrückt machen lassen, Peg. Sprechen Sie einfach Ihre Gebete, nehmen Sie die Sakramente, und führen Sie ein gutes, christliches Leben. Mehr kann man nicht tun.«

Als er schon im Gehen begriffen war, wandte er sich noch einmal um und sagte: »Vermutlich wissen Sie ja, daß Mrs. Fitzallen sich schon seit langem nicht wohl gefühlt hat; die Nerven machten ihr zu schaffen, sie hatte einen Zusammenbruch nach dem anderen. Die Familie hat zu lange Inzucht betrieben. Das bringt Ihr und Toms Blut jetzt wieder in Ordnung!«
Dabei warf er einen bedeutungsvollen Blick auf meinen runden Bauch.
»Ich nehme allerdings nicht an, daß die Menschen an so etwas denken, wenn sie heiraten!«
»Ganz bestimmt nicht«, meinte ich und wurde rot.

Gelegentlich plauderte ich mit Niamh und besuchte sie auch in ihrem Cottage, besichtigte die Verbesserungen, die ihr zu verdanken waren, die frisch gestrichenen Wände, die Blumen in dem von ihr angelegten Garten, die kleine Hecke an der Hausmauer neben dem Tor. Zum Essen tauchte dann auch Packey auf. Manchmal setzte er sich auf seine Bank, paffte seine Tonpfeife und stellte Fragen über England und den Krieg. Das Herz tat mir weh, wenn ich daran dachte, daß Niamh jetzt an einen fast sechzigjährigen Mann gebunden war. »Ich hatte keine Mitgift, weißt du«, erklärte sie immer wieder. Gab es denn keine Liebe auf der Welt?
Einmal brachte ich zwei Flaschen Guinness mit, was für Schwangere bekanntlich gut sein soll. Außerdem hatte Niamh mir gestanden, daß sie es gern trank. Eine Flasche stellte ich auf den Kaminvorsprung und öffnete die andere. Mit schlechtem Gewissen goß ich das Bier in die Tee-

tassen, die Niamh hervorholte, und wir kicherten beide wie Schulmädchen.

»Er würde schrecklich erstaunt sein, wenn er mich so sehen könnte«, meinte Niamh. »Die Männer glauben immer, sie wären die einzigen, die das Recht auf ein Schlückchen in Ehren haben.«

Da erschien Packey tatsächlich in der Tür, die Schultern von lebenslanger Feldarbeit gekrümmt, die fettige Tuchmütze tief in die Stirn gezogen. Ich schickte ein Stoßgebet zum Himmel, er möge das Bier nicht riechen. Säuerlich betrachtete er uns und die kalte Teekanne, die Niamh zur Vorsicht auf dem Tisch hatte stehenlassen. Dann wandte er sich wieder zum Gehen.

»Da süffeln sie von frühmorgens bis spätabends ihren Tee, und das bei den Preisen heutzutage!« brummte er finster. Im selben Moment sprang der Korken aus der noch ungeöffneten Flasche, mit einem Knall wie ein Pistolenschuß, und ich spürte, wie Niamh neben mir zu zittern begann – teils aus Angst, teils, weil sie Mühe hatte, das Lachen zu unterdrücken.

Packey reagierte nicht sofort. Eine Weile stand er reglos unter der Tür.

»Habt ihr auch einen Schuß gehört?«

»Das war sicher einer von den Caseys, der wieder mal auf Karnickel schießt«, antwortete ich mit ruhiger Stimme und deutete durch die offene Tür auf die Felder.

»Sososo«, sagte Packey klagend. »War es das?« Ich hielt ihn für ein wenig taub und glaubte, er würde nicht hören, wie wir in der Küche lachten, als er über den Hof ging.

Während wir unser verbotenes Bier weiter schlürften,

erzählte ich Niamh, daß ich mein Baby in Ballycloghan bekommen würde.

»Du gehst also nicht zurück nach England?«

»Vorerst nicht.«

»Na klar, wozu brauchst du denn auch einen Job, Peg? Dein Mann – Gott hab ihn selig – hat dir doch sicher etwas hinterlassen, oder? Wenigstens ein bißchen Geld?«

»Er hat keinen roten Heller besessen!«

»Aber sind seine Eltern nicht tot?« wollte sie wissen und runzelte erstaunt die Stirn. »Haben die ihm nicht was vererbt?«

»Seine Eltern hatten nur das Gut, Glenallen, und das haben sie Harriet vermacht.«

»Ach so«, nickte Niamh und fügte nach kurzem Nachdenken hinzu: »Ganz schön komisch, wo er doch der Sohn war und auch noch verheiratet!«

Ich zuckte die Achseln.

»Und jetzt bekommt Tom das Gut!«

»Meinetwegen kann er es haben«, meinte ich und blickte hinaus auf die stille Landschaft, weit weg von Knockshee, wo Balor in seinem ewigen Halbschlaf ruhte. »Gern sogar.«

Als ich gerade gehen wollte, kam Packy zurück, beide Jackentaschen prall gefüllt. »Ich hab euch zwei schöne Karnickel mitgebracht«, verkündete er mit ausdrucksloser Stimme, zog zwei Flaschen Guinness heraus und stellte sie auf den Tisch, während er uns beide mit verschmitzter Genugtuung musterte.

16. Kapitel

Tom und Harriet waren noch in Dublin. Ich beschloß, ein wissenschaftliches Experiment durchzuführen. Wenn ich schon das nächste Jahr oder länger in Ballycloghan festsaß, wollte ich in dieser Zeit wenigstens etwas Sinnvolles tun. Mit ein paar alten Bechern und einem Thermometer aus meiner Studienzeit bastelte ich mir neben dem Heuschober eine Art Wetterstation. Vielleicht konnte ich Freiland-Tomaten züchten, denn sie waren gute Vitamin-C-Lieferanten, und ich dachte an die Rachitis überall in den Städten.

Ich beschloß, zuerst die Höchst- und Tiefsttemperaturen und die Regenmenge zu messen und die Wetterbeobachtungen über den Winter und bis in den Sommer hinein weiterzuführen. Auf diese Weise war mein Verstand beschäftigt, bis das Baby geboren war, ich hatte etwas, was meine Gedanken von Brian und Lucien abhielt, denn das ständige Grübeln kostete mich sehr viel Kraft.

Die Erinnerung an meinen Mann überfiel mich in unregelmäßigen Abständen mehrmals am Tag. Plötzlich mußte ich daran denken, wie er sich bewegte, wie er gesprochen hatte, an seine Verletzlichkeit, an die Spannungen zwischen ihm und seiner Familie. Hätte man seine Leiche doch nur gefunden – dann hätte ich unsere Geschichte abschließen und ihn wirklich für tot erklären können. Doch jetzt verfolgte er mich und mit ihm das ungute Gefühl, daß etwas nicht stimmte. Ich hatte Harriet bereits gefragt, ob Brian vor seinem Tod noch einmal bei seinem Vater in Glenallen gewesen war, was sie mit überraschter und mitleidiger Miene verneint hatte. Trotz allem aber konnte ich den quälenden Zweifel nicht abschütteln, den Wunsch, etwas zu finden, womit ich dieses Kapitel endgültig abschließen konnte.

Die Träume waren alles andere als hilfreich. Immer wieder sah ich Brian, wie er den Hügel herabschritt und aufs Haus zuging, und stets verfolgte mich dabei das Gefühl, daß mich etwas Mächtiges und Fremdes beobachtete, bis ich schwitzend vor Angst aus dem Schlaf hochschreckte. Obgleich ich in die Welt des Tageslichts gehörte, wußte ich im Traum, daß ich den Blicken dieses Beobachters ausgeliefert war. Ich fürchtete diese Träume so sehr, daß ich mir beim Einschlafen verbot zu träumen, doch es half nichts.

Was Lucien anging, so hielt mein schlechtes Gewissen die Erinnerung an ihn in Schach. Bestimmte Gerüche, wie das Kölnisch Wasser meiner Mutter, beschworen jedoch die Erinnerung an sein Rasierwasser herauf, und dann stand er plötzlich vor mir, willensstark, lebendig und erotisch, und versprach ein intensives, packendes Leben. Im Umfeld der streng katholischen, irisch-ländlichen Umgebung kam er mir vor wie ein Abgesandter aus einer anderen Welt. Wie war es möglich, daß ich so gesündigt, mich ihm so rückhaltlos hingegeben hatte? In dem verschlafenen

Dörfchen Ballycloghan konnte es doch keine so Gebrandmarkte geben. Ich sehnte das Ende meiner Schwangerschaft herbei, damit ich wieder ein halbwegs normales Leben aufnehmen, mir eine Stelle suchen und alle Träume hinter mir lassen konnte. Doch meine Entschlossenheit wurde durch einen vom Zensor gekürzten, aus Nottingham nachgesandten Brief von Lucien heftig erschüttert.

Ich bin wieder in … für eine Weile jedenfalls, und ich denke an Dich, liebe Peg.
Leider habe ich keine Zeit, nach … zu fahren, und Dich zu besuchen, aber ich hoffe, Du erinnerst Dich noch an mich. Vielleicht könnten wir ja irgendwann einmal ein gemeinsames Wochenende in … verbringen, falls Du Lust hast. Inzwischen hoffe ich, daß Du Dir an den Feuern, mit denen Du so gern spielst, nicht die Finger verbrennst.
Ich umarme Dich,
Lucien

Ich sah an mir herunter, auf meinen schwangeren Bauch, dachte an die kommenden Monate, das Leben, das vor mir lag. »Daß Du Dir an den Feuern, mit denen Du spielst, nicht die Finger verbrennst.« Gott, dieser Mann hatte ja keine Ahnung!
Offenbarte er mir damit die wahre Natur unserer Beziehung? Für ihn war es ein Spiel, das ihn amüsierte, und er hoffte, daß es mir genauso ging. Wieder kam ich mir vor wie eine Mätresse, eine Kurtisane, eine Frau, mit der man ins Bett gehen und die man dann vergessen konnte. Ich zerknüllte den Brief und warf ihn ins Feuer, wütend

über die Tränen, die mir aus den Augen schossen. Hatte sich Mary genauso gefühlt? »Ich habe beschlossen, keine Spielchen mehr zu spielen«, stand in ihrem Brief. Aber aus ihrem Tagebuch und aus Luciens Erzählungen wußte ich, daß das Spiel, das sie meinte, in *ihrem* Kopf stattfand, nicht in seinem. Ich war eifersüchtig, was ich zutiefst verabscheute. Für Gefühle kann man nichts, sagte ich mir schließlich, nur für das, was man tut.

Eine Woche nach der Heirat kehrte das junge Paar nach Ballycloghan zurück. Tom schickte ein Telegramm aus Dublin, und ich ließ Pat mit dem Pony und dem Einspänner zur Bahnstation fahren.

Pünktlich fuhr Pat los, ziemlich wichtigtuerisch wegen der ›Missus‹. Er hatte das Pony gestriegelt, den Einspänner poliert und war anscheinend sehr aufgeregt über die Aussicht, die ›Missus‹ heimzuholen. Er hatte sogar seine gute Jacke angezogen und eine dicke Decke in den Wagen gelegt, um sie vor der Unbill des Wetters zu schützen. Dabei war es ein zwar wolkiger, aber recht warmer Tag; meiner Meinung nach bestanden gute Aussichten, daß Harriet auch ohne Decke überleben würde. Doch trotz meiner verdrießlichen Gedanken und ohne daß ich es eigentlich wollte, freute ich mich darauf, sie zu sehen. Es war höchste Zeit, mit ihr Frieden zu schließen. Der Gedanke, daß ich ihr vielleicht unrecht getan hatte, beschämte mich zutiefst. Jetzt war soviel Zeit vergangen, ich lernte sie ganz neu kennen, und es schien mir immer unwahrscheinlicher, daß sie tatsächlich die Urheberin all der grotesken Vorkommnisse war, die damals in Glenallen stattgefun-

den hatten. Nur ein geistig schwer gestörter Mensch hätte all das inszenieren können.
Pat blieb lange weg; der Zug hatte Verspätung. Die Reise von Dublin hatte acht Stunden gedauert, denn die Züge wurden wegen des Krieges nur mit Torf beheizt.
Ich schaute aus dem Fenster meines Zimmers, als der Einspänner vom Bahnhof zurückkam, auf das Tor zufuhr und einbog. Tom beugte sich vor, um die Farm und das Haus zu sehen, aber sein Gesicht war ernst und müde. Dann sagte Harriet etwas zu ihm, er begann zu strahlen und machte irgendeine lustige Bemerkung, worauf beide lachten. Jetzt fuhr der Einspänner unter den Kastanienbäumen durch, die bereits ihr goldenes Herbstlaub trugen. Ich lief die Treppe hinunter, um sie zu begrüßen.
Harriet trat in die Küche, umarmte mich, gab ein erschöpftes »Aah« von sich und sank in den Kaminsessel. Sie trug eine schmale Hose und einen braunen Pulli, den ich in Glenallen oft an ihr gesehen hatte.
»Schätzchen! Es ist so schön, wieder dazusein. Der Zug ist gezuckelt wie ein Leichenwagen.«
Tom brachte das Gepäck, sah sich in der Küche um und stieß einen Seufzer der Erleichterung aus, daß er endlich daheim war. »Alles in Ordnung?« fragte er und wollte nicht warten, bis der Tee fertig war, sondern zuerst in den Stall, nach den Pferden sehen und mit Pat sprechen. Harry sah ihn an, wie er seine Gummistiefel anzog, und lächelte. Doch sobald er ihr den Rücken zuwandte, erstarb das Lächeln. Tom sah sie ein wenig verletzt an, und bevor er die Küche verließ, faßte er ihr zärtlich unters Kinn.
Harriet musterte mich matt, den Kopf auf die Sessellehne

zurückgeworfen. »Mach mir eine Tasse Tee, dann erzähl ich dir das Neueste.«

Ich gehorchte, brühte den Tee auf und stellte ihn mit ein paar Keksen, die ich für ihre Rückkehr erstanden hatte, vor sie auf den Tisch. Sie öffnete ihren Koffer, nahm ein in braunes Papier gewickeltes Päckchen heraus und überreichte es mir.

»Ein Geschenk für dich, oder vielleicht eher für deinen kleinen Passagier.«

Ich entfernte das Band, schlug das braune Papier auseinander und fand eine Schachtel mit einer weißen Babydecke. Ich hielt sie hoch. Sie war weich und zart, am Rand mit einem Satin-Band verziert.

»Für die Taufe. Wir haben ein wunderschönes Taufkleid in Glenallen, aber die Decke, die dazugehört, ist vergilbt.«

»Aber das war doch nicht nötig, Harriet. Vielen Dank.«

Ich wurde rot, faltete die Decke zusammen und legte sie zurück in die Schachtel. Dann machte ich mich daran, die Lampe anzuzünden. Es wurde allmählich dunkel. Warum war ich so nervös? Harry schlürfte ihren Tee, ihre langen Beine vor sich ausgestreckt. Dann und wann liebkoste sie mit dem Zeigefinger die Katze und kraulte sie am Kinn. Tiddles liebte sie; er betrachtete sie durch die schmalen Augenschlitze und leckte die Kekskrümel von ihrer Hand. Unsere Blicke trafen sich. Sie lächelte.

»Warst du in letzter Zeit beim Arzt?«

»Nein.«

»Das solltest du aber. Du siehst nicht besonders gut aus. Du mußt auf dich aufpassen, wenn du schwanger bist.«

»Mir geht's bestens.«

Sie beugte sich zu mir, nahm meine Hand, drückte auf einen Fingernagel und inspizierte das Ergebnis. »Du bist anämisch!«

»Nein danke, auf rohe Leber kann ich verzichten!« schnaubte ich.

Eine Weile schwiegen wir beide. Ich befaßte mich mit der Zubereitung des Abendessens. In der Küche herrschte eine nervöse, bedrückende Atmosphäre.

»Wie war es in Dublin?«

»Wie immer. Zu viele Menschen, und die wenigsten sind gut ernährt oder gut gekleidet. Ich hab mir ein paar Anziehsachen bei Countywear gekauft. In der Grafton Street habe ich James Regan getroffen. Er hat jede Menge Ideen für Conneely, aber das wird alles warten müssen, bis der Krieg zu Ende ist und er das große Los gewonnen hat. Er steckt bis zum Hals in Schulden.«

Sie lachte, verfiel dann aber gleich wieder in Schweigen.

»Fahrt ihr bald nach Glenallen?« fragte ich.

»Du willst mich wohl loswerden, Peg?« Harriet lächelte, um mir zu zeigen, daß sie es nicht ernst meinte. »Natürlich muß ich nach Glenallen. Tom hat versprochen, eine Bankbürgschaft für die Renovierung zu übernehmen – vor allem brauchen wir ein neues Dach –, aber bis jetzt hat er noch nichts dergleichen getan. Und wenn das Haus gerettet werden soll, muß bald etwas geschehen.«

Sie ballte die Fäuste, entspannte sie wieder und ballte sie erneut. Auf einmal wirkte sie sehr erregt.

»Kannst du ihn nicht davon überzeugen, daß er sich beeilen muß, Peg? Auf dich hört er vielleicht. Zu mir sagt er immer nur: Was soll die Eile? Ich möchte zuerst mit den

Bauleuten sprechen.« Dabei imitierte sie Toms sachliche, ruhige Stimme. »Weißt du, der Hausschwamm breitet sich im Nu aus. Es ist ein schleichendes Übel – lange, spinnwebartige Fäden ziehen sich durch die Wände, befallen jedes Stück Holz, das sie finden können, Deckenbalken, Türpfosten, alles. Ich habe Angst, daß es bald zu spät ist, und die Handwerker rühren keinen Finger mehr, bevor sie Geld sehen. Dann ist das Haus womöglich nicht mehr zu retten. Der Regen kommt auch überall durch, weil das Dach noch nicht vollständig neu gedeckt ist.«

»Ich spreche mit Tom.«

Vor meinem inneren Auge sah ich Glenallen, eine mit grauen, wuchernden Ranken bedeckte Ruine, hinter der sich zeitlos der Knockshee erhob. Eine Art Mahnmal, und keines, dessen Verfall mich übermäßig traurig stimmte.

»Träumst du immer noch von Brian?« erkundigte sich Harriet leise. Wahrheitsgemäß bestätigte ich es und fügte hinzu, das schlimmste daran sei das Gefühl, von etwas beobachtet zu werden, was ich selbst nicht sehen könnte.

»Ich wünschte, ihr hättet mir nicht so viele Geschichten über Glenallen erzählt. Über Balor und so weiter. Deswegen habe ich die Alpträume. Und Father O'Dea hat es auch nicht besser gemacht!«

»Warum? Was hat er damit zu tun?«

»Neulich hat er mich besucht und erzählt, daß man menschliche Knochen in den unterirdischen Gängen des Knockshee gefunden hat.«

Harriet fuhr zusammen und starrte mich aus schmalen, wachsamen Augen an, ihr Mund war nur noch ein Strich. Doch vielleicht war es auch nur eine optische Täuschung,

denn sie lächelte sofort wieder, zeigte ihre weißen Zähne und schnaubte verächtlich. »Daß er auch immer tratscht wie eine alte Frau! Das ist doch alles eine Ewigkeit her.«
Ich schwieg irritiert.
»Wußtest du, daß er vor vielen Jahren Hilfspfarrer in Ballyharris war?« fragte sie.
»Ja, er hat es mir erzählt. Anscheinend weiß er eine ganze Menge über eure Familie.«
»Ach, wirklich? Was hat er denn gesagt?«
»Nur daß ihr eine bewegte Geschichte hinter euch habt. Jedenfalls würden meine Alpträume bestimmt aufhören, wenn ich Knockshee vergessen könnte.«
Nach kurzem Schweigen erwiderte Harriet ganz leise: »Arme kleine Peg. Meinst du, das ist so einfach? Glaubst du wirklich, daß du von Glenallen loskommst?«
»Was meinst du damit?« fragte ich. »Ich habe Glenallen verlassen, und ich habe nicht die Absicht zurückzukehren.«
Sie lächelte. »Aber du wirst zurückkommen, und sei es nur, um dich zu verabschieden. Du kannst nicht anders.«
Woher wußte sie das? Immer wieder ging mir durch den Kopf, daß ich mich von diesem Ort nie würde freimachen können, obwohl ich es mit allen Mitteln versuchte.
»Hat Brian ein Testament hinterlassen?« erkundigte sich Harriet unvermittelt im gleichen sanften Ton, und ich blickte überrascht auf.
»Nein, ich glaube nicht. Er hatte ja nichts, was er jemandem hätte vererben können.«
Sie senkte die Augen. »Der arme Brian«, murmelte sie mit einem leisen Lachen, und als ich ihr ins Gesicht schaute,

waren ihre Augen wie die von Tiddles, wild und berechnend. Mit dem einzigen Unterschied, daß in Tiddles' Augen nie diese unbändige Intelligenz geschimmert hatte.

In dieser Nacht hörte ich die Neuvermählten in ihrem Zimmer, hörte die Bettfedern quietschen, während ich wachlag und in die Dunkelheit starrte. Ich stellte sie mir zusammen vor, nackt, leidenschaftlich. Verzweifelt versuchte ich meiner rastlosen Gedanken und meiner Einsamkeit Herr zu werden. Leider war mein Türgriff kaputt, so daß ich die Tür nie ganz schließen konnte.

»Harriet«, hörte ich plötzlich die Stimme meines Bruders durch die Stille. »Was ist los? Wir sind verheiratet!«

Dann erklang Harriets gedämpfte Stimme, die etwas zischte, was klang wie: »Und was ist mit ... Du hast es versprochen.«

Schweigen. »Ich lasse mich nicht erpressen«, sagte mein Bruder dann ärgerlich. Am Ton seiner Stimme erkannte ich, wie er um Selbstbeherrschung rang.

Ich hörte, wie die Tür aufging, Schritte auf der Treppe, gefolgt vom Schlüssel in der Hintertür. Dann waren die Schritte draußen, unter meinem Fenster, gingen die Hauswand entlang in Richtung Straße. Schnell sprang ich aus dem Bett und zog den Vorhang zurück. Tom marschierte die Allee entlang. In der Hand hielt er einen Schlehdornstock, mit dem er auf die mondbeschienenen Büsche einschlug.

Am nächsten Tag herrschte im ganzen Haus dicke Luft. Mit bleichem Gesicht kam Harriet zum Frühstück herunter, würdigte Tom aber keines Blickes. Danach ging sie weg, um auf Jupiter auszureiten, und kehrte erst gegen Mittag zurück. Tom fand seine gute Laune im Lauf des Vormittags wieder. Gegen elf erschien er in der Küche, um eine Tasse Milch zu trinken, und meinte etwas spöttisch, seine Frau unternehme wohl eine Landpartie. Seine Stimme klang stolz, aber irgendwie auch ratlos.

»Sie läßt mir keine Ruhe wegen Glenallen«, erzählte er. »Ich soll für einen sagenhaften Kredit bürgen, damit die Renovierung weitergehen kann.«

»Ich weiß. Sie macht sich schreckliche Sorgen wegen des Hausschwamms.«

»Aber ich will erst bürgen, wenn ich mir genau angesehen habe, in was ich mein Geld stecke«, meinte Tom. »Im Moment kann ich die Farm nicht verlassen. Winnie wird bald fohlen.«

Eine Weile saß er trübsinnig am Herd.

»Sie ist schon ein seltsames Mädchen«, brummelte er. »Keine Sekunde kann sie sich entspannen oder mal an was anderes denken als an dieses Haus.«

Stirnrunzelnd blickte er zu mir empor. Dann fuhr er sich mit der Hand über die Stirn, als wollte er zukünftige Falten vertreiben.

»Sie hat etwas in sich, das ich nicht ergründen kann, Peg. Meinst du, sie mag mich überhaupt?«

Was sollte ich darauf antworten? »Sie mag Glenallen, wie du selbst schon gesagt hast. Und zur Zeit ist sie sogar regelrecht besessen davon!«

Als Harriet zum Mittagessen auftauchte, war er sehr nett und zärtlich, aber sie ließ sich nicht besänftigen.

Der Abend kam. Ich entzündete die Küchenlampe, und Harriet half mir schweigend bei der Zubereitung des Abendessens. Schließlich kam Tom heim, legte die Stiefel ab, ließ sich mit einem erleichterten Grunzen im Kaminsessel nieder und zog seine Frau zu sich auf seine Knie. Er war gut gelaunt und erzählte uns lachend einen Witz, den Pat O'Regan zum besten gegeben hatte. Der Geruch von gebratenem Speck erfüllte die Küche.
Einen Augenblick blieb Harriet auf Toms Knie sitzen, stocksteif, etwa mit demselben Gesichtsausdruck, den O'Shaugnessys Katze gehabt hatte, als David mit ihr den Fußboden aufwischte. Dann schob sie seine Arme weg und sprang auf.
»Was ist denn los?« fragte Tom entgeistert.
Wutentbrannt drehte sich Harriet zu ihm um.
»Was meinst du wohl? Du machst Versprechungen, die du nicht hältst! Und ich warte und warte und warte, aber nichts passiert!« Ihre Stimme wurde laut, schrill und verzweifelt. Auf einmal packte sie eine Tasse vom Tisch und knallte sie auf den Boden, wo sie in tausend Stücke zerschellte.
Stille trat ein. Tom war wie vor den Kopf geschlagen. Seine erste Reaktion war Wut gewesen, doch jetzt gewann Ratlosigkeit die Oberhand. »Um Himmels willen, ich kann doch nicht einfach alles stehen- und liegenlassen, Harriet!«
Doch sie wandte ihm den Rücken zu und rannte aus der Küche. Die Tür fiel hinter ihr ins Schloß, daß der Rahmen wackelte. Wortlos sahen Tom und ich uns an.
»Ich glaube, sie ist mit den Nerven am Ende«, sagte Tom

schließlich, offenbar unfähig, mit der Situation umzugehen. Zwar hätte er ihr sicher am liebsten gezeigt, wer der Herr im Haus war, aber er erkannte instinktiv, daß Harriet sich in ihrer momentanen Verfassung mit Zähnen und Klauen wehren würde, hätte er in irgendeiner Form Gewalt ausgeübt. Jetzt wußte er genau wie ich, daß Harriet nicht nachgeben würde, um keinen Preis, und wenn sie dafür sterben mußte.

In dieser Nacht schlief Tom unten. Am nächsten Morgen war er sehr still; beim Frühstück sagte er kaum ein Wort. Als er gerade gehen wollte, erschien Harriet. »Ich fahre heim nach Glenallen«, verkündete sie. Ihr Gesicht war kreidebleich, ihre Augen loderten. Unter dem Vorwand, oben noch etwas Wichtiges erledigen zu müssen, floh ich vor ihrem Streit.

»Du bist meine Frau! Du kannst dich nicht einfach so aus dem Staub machen!« Sein Einwand klang eher verzweifelt als wütend.

»Meinst du, ich bin dein Eigentum? Du kannst ja nicht mal ein einfaches Versprechen halten!«

»Um Gottes willen, Harriet«, schrie Tom, »willst du mich wohl in Frieden lassen? Ich werde mich um Glenallen kümmern, sobald ich kann!«

Dann hörte ich, wie die Küchentür aufgerissen wurde und Harriet die Treppe heraufgestürmt kam. Sie rannte in ihr Zimmer und begann mit einem Koffer zu hantieren. Nach einer Weile folgten Toms Schritte. Zuerst war seine Stimme noch zornig, dann überrascht, und nach einer Weile nur noch besänftigend.

»Komm schon, Harriet. Du brauchst dich nicht so in diese

Sache reinzusteigern. Ich hab dir doch nur gesagt, daß ich mir Glenallen anschauen möchte, ehe ich für den Kredit bürge. Ich riskiere jetzt schließlich auch etwas damit, weißt du. Sei bitte vernünftig.«
»Ich bin vernünftig. Und ich glaube nicht, daß du den Ernst der Lage auch nur ansatzweise durchschaust.«
Hörte ich etwa Tränen in ihrer Stimme? Stille zog jetzt durchs Haus, unterbrochen von gelegentlichem Gemurmel. Tom konnte es nicht ertragen, wenn sie weinte. Das wußte ich, und offensichtlich hatte auch Harriet es gelernt.
»Weine doch nicht. Wäre das genug? Freust du dich jetzt? Weine nicht, bitte.«
Etwas klapperte, die Bettfedern quietschten. Dann schloß sich die Tür zu ihrem Zimmer.

Beim Mittagessen sah Harriet fröhlicher aus, allerdings aß sie nur wenig. Tom war so entspannt und gut gelaunt, wie ich ihn schon lange nicht mehr erlebt hatte.
»Der Zug geht um halb drei. Wir müssen los«, verkündete Harriet und sprang auf.
»Ich möchte, daß du hierbleibst«, sagte Tom langsam und sah sie dabei eindringlich an. »Winnie wird bald fohlen, und ich brauche dich, damit du sie im Auge behalten kannst.«
Harriet drehte sich zu mir. »Das kann doch Peg machen; außerdem ist Pat auch noch da.«
»Nein«, entgegnete Tom. »Peg kennt sich mit Pferden nicht aus, und Pat trinkt allzuoft einen über den Durst!«
Harrys Gesicht wurde finster; sie senkte den Blick, aber ich spürte, daß sie vorsichtiger geworden war.

»Sei nicht traurig«, setzte Tom hinzu. »In ein bis zwei Tagen bin ich zurück, und in der Zwischenzeit gehe ich in Ballyharris auch zur Bank. Versprochen! Alles wird gut werden.«
Tom ließ sich von seiner Frau zum Nachmittagszug fahren. Als sie sich in den Einspänner setzten, war sie zärtlich und vergnügt, aber bei ihrer Rückkehr sah sie nachdenklich aus und sprach den ganzen Abend kaum ein Wort.
Nachts hatte ich wieder einen Alptraum, den ersten seit einiger Zeit; wie die meisten Träume verflüchtigte er sich beim Aufwachen, aber diesmal beugte sich Harriet mit einer Kerze über mich. Sie fragte mich, was los sei, was ich geträumt hätte, und ich antwortete, es sei um Tom gegangen, dem irgend etwas Schreckliches zugestoßen war, aber daß ich nicht mehr wußte, was. Sobald ich den Traum in Worte fassen wollte, war er plötzlich nicht mehr greifbar. Harry trug einen dunklen Morgenmantel aus Wolle, und das Gesicht über der Kerze sah überhaupt nicht aus wie ihres, so verzerrt wirkte es im schwankenden Schatten.

War es zwei Tage später, daß Tom zurückkam? Jedenfalls war es gegen Abend; es dämmerte. Harriet hatte Jupiter geritten und war zum Stall gegangen, um ihn abzusatteln. Jetzt war das Pferd draußen auf der Koppel, während Harry von den wenigen Obstbäumen, die eine kleine Hecke bildeten, Äpfel pflückte. Ich war im Garten auf der anderen Seite der Apfelbäume bei meiner selbstgebastelten Wetterstation, um nachzusehen, ob die Setzlinge, die ich Ende Juli gepflanzt hatte, Wurzeln geschlagen hatten. Plötzlich hörte ich das Tor quietschen und Stiefelschritte,

die auf den Stall zugingen. Kurz darauf vernahm ich Harrys eifrige Stimme.
»Oh, hallo, mein Schatz! Warum hast du kein Telegramm geschickt? Ist alles in Ordnung? Warst du schon auf der Bank?«
Gerade wollte ich mich zu den beiden gesellen, da hörte ich Toms Stimme, laut, verschwommen und offensichtlich betrunken. Er wollte wissen, warum sie ihm nicht die Wahrheit gesagt hatte. Er haßte Lügen! Behutsam kroch ich zu der Baumreihe und spähte durchs Geäst. Harry hatte die Äpfel auf dem Boden zu einem kleinen Haufen gesammelt und stand jetzt breitbeinig, die Hände auf die Hüften gestützt vor Tom, der mit zornrotem Gesicht auf sie zukam.
»Du hast mir gesagt, Brian wäre nie nach Glenallen zurückgekommen«, schrie er. »Aber er war dort, daran gibt es keinen Zweifel!«
Harriet antwortete nicht. Reglos verharrte sie, während er auf sie zuging, ausholte und sie mitten ins Gesicht schlug. Als seine Hand klatschend ihre Wange traf, konnte ich das Brennen und die Demütigung beinahe fühlen. Harriet schwankte und versteckte sich hinter der Heumiete, aber Tom verfolgte sie und schrie, sie wolle doch, daß er ein Vermögen in Glenallen investiere. »Und wohin hätte mich das gebracht?« brüllte er. Harriets Antwort war unhörbar, aber Tom schrie: »Schließlich bin ich auf diesen Hügel gestiegen. Hab ich es da nicht selbst gesehen? Steckt er mit dir unter einer Decke? Was seid ihr bloß für Menschen?«
Ich hörte Harriets verächtliche Antwort. Dann schnappte sie laut nach Luft, wieder vernahm ich die Geräusche

eines Handgemenges und plötzlich Harriets eiskalte Stimme: »Trau dich bloß nicht!« Jetzt erwachte ich endlich aus meiner Trance, kletterte über die Hecke, drängte mich zwischen den Bäumen durch und stolperte in das knöcheltiefe Heu vor der Miete. Die Zeit schien stillzustehen; ich hörte Tom schreien: »Du sagst mir jetzt die Wahrheit, meine Liebe, ich will die Wahrheit hören«, dann einen kehligen, überraschten Schmerzensschrei, und plötzlich war alles still.

Als ich den Heuschober erreichte, fand ich meinen Bruder gegen die Miete gelehnt, den rechten Ellbogen an seine Seite gepreßt, wo das riesige Messer eingedrungen war. Jetzt lag die Klinge auf dem Boden, blutverschmiert, und von Toms Kleidern tropfte es rot ins Heu. Er wankte und glitt langsam, mit schmerzverzerrtem Gesicht, zu Boden. Harriet, die auf die Knie gesunken war und die Hände vors Gesicht geschlagen hatte, stürzte zu ihm, bleich und fassungslos.

»Wir brauchen einen Arzt, sag Pat Bescheid!« rief ich ihr zu, und sie rannte davon, in Richtung Stall.

Ich riß mir die Jacke vom Leib, kniete mich neben meinen Bruder nieder und versuchte die Blutung mit einem Druckverband zu stillen. Aber ich sah sofort, daß meine Bemühungen vergeblich waren. Tom zitterte, seine Haut fühlte sich sehr kalt an.

»Es war ein Unfall«, wisperte er. »Ich bin in das Heumesser gefallen.« Seine Zähne klapperten, sein Atem ging schwer und keuchend. Ich flüsterte ihm das Reuegebet ins Ohr; weinend und am ganzen Leib bebend flehte ich ihn an, nicht zu sterben.

Tom wollte noch etwas sagen, doch die Worte blieben blubbernd und unverständlich in seiner Kehle stecken. Er öffnete die Augen, die schon glasig wurden, sah mich an und versuchte den Kopf zu drehen. Aber plötzlich wurden seine Pupillen groß und schwarz, und das Keuchen erstarb.

Als der Arzt eintraf, war es schon vorüber. Ich ging ins Haus und sah mich im Spiegel: die Mänade von Ballycloghan, besudelt mit Blut und Tränen. Schließlich machte ich mich auf die Suche nach Harriet, die verschwunden war, sobald der Arzt Tom für tot erklärt hatte. Im Zimmer meiner Mutter fand ich sie; im Dunkeln, bei zugezogenen Vorhängen, lag sie mit dem Gesicht nach unten auf dem Bett, ein Kissen über den Kopf gepreßt. Sie bewegte sich nicht und gab keinen Laut von sich, doch als ich sie berührte, hob sie den Kopf und sah mich mit wilden, rotgeränderten Augen an, das Gesicht zu einer schmerzlichen Grimasse verzerrt.

»Eigentlich müßte ich dich jetzt umbringen«, sagte ich. »Aber ich muß wissen, was Tom gemeint hat. Was hast du mir verschwiegen über meinen Mann?«

Entsetzt blickte sie mich an, die Hand gegen die Stirn gepreßt. »Er war betrunken, Peg. Ich habe keine Ahnung, was er gemeint hat. Es war ein Unfall. Er ist gestolpert und in das Heumesser gefallen. Es war ein Unfall. O Gott!« schrie sie plötzlich. »Mein Kopf bringt mich um.«

»Hoffentlich tut er das«, antwortete ich durch zusammengebissene Zähne.

Drei Tage später beerdigten wir Tom im Grab meiner Eltern. Der Leichenwagen wurde von zwei Pferden mit schwarzem Kopfschmuck gezogen. Es regnete; zischend fielen die Tropfen in das offene Grab, als die Erde hineingeworfen wurde, die Klumpen polterten mit einem widerlichen Geräusch auf das Eichenholz. Father O'Dea betete den Rosenkranz. Es war ein Wechselgesang, Heilige Jungfrau Maria, Mutter Gottes, dann die Antwort der Gemeinde, und wieder Heilige Jungfrau Maria, Mutter Gottes. Wir standen im hohen Gras, mitten zwischen nässetriefenden Grabsteinen, keltischen Kreuzen, weinenden, zum Himmel weisenden Engeln, Marienstatuen und alten, schmucklosen Steinen, die in alle Richtungen kippten wie kaputte Zähne. Alle meine Bekannten aus der Gegend waren anwesend, sogar Niamh; nach der Beerdigung schüttelten sie Harriet und mir die Hand und sprachen uns ihr Beileid aus. Es war ein gutes Gefühl, diese freundlichen Hände zu halten, denn ich war mir allmählich schon vorgekommen, als stünde ich auf einer Welle und alles, was ich kannte, sei ins Wanken geraten, so daß ich keinen festen Grund mehr unter den Füßen spürte.

Danach fanden sich viele Trauergäste noch zu einem Whiskey bei uns ein. Mr. Clancy erinnerte sich an Toms ersten Schultag. »Ein selbstbewußter kleiner Schlingel – er hätte das Zeug zu einem Gelehrten gehabt. Ein großartiger Kopf. Es ist wirklich eine entsetzliche Tragödie.« Inzwischen hatte Mr. Clancy eine Menge kleiner Fältchen um die Augen, und sein Gesicht war etwas eingefallen. Wie er mir je hatte Angst einjagen können, war mir jetzt völlig unverständlich.

Ich fand Father O'Dea, der Harriet gerade etwas über den Willen Gottes erzählte, zog ihn weg und sagte, was ich zu sagen hatte: »Das Gut ist verflucht; jeder, der etwas mit Glenallen zu tun hat, wird vernichtet. Sie sollten dafür sorgen, daß es exorziert wird.«

Eigentlich wollte ich noch hinzufügen, was ich Tom an jenem schicksalhaften Abend über Brian hatte sagen hören, aber im letzten Moment überlegte ich es mir anders. Jetzt war nicht der richtige Zeitpunkt, und dies war nicht der richtige Ort. Am Gesichtsausdruck des Priesters erkannte ich, daß er mich ohnehin nicht ernst nahm.

»Kommen Sie, Peg. Sie sollten auf sich aufpassen, schließlich müssen Sie auch an Ihr Baby denken.«

Der Sergeant befragte Harriet und mich über Toms Tod. Ich erzählte ihm genau, was ich gesehen hatte, daß er sich mit Harriet gestritten und mir noch im Sterben versichert hatte, es sei ein Unfall gewesen. Harriet lauschte meinem Bericht aufmerksam und fügte hinzu, Tom sei angetrunken gewesen, aus irgendeinem Grund sehr erregt, er sei gestolpert und in das Heumesser gefallen. Dann wollten die Polizisten noch wissen, ob das Messer sich an einer Stelle befunden habe, wo man sich leicht an ihm hätte verletzen können, und Harriet antwortete, das wisse sie nicht, alles sei so schnell geschehen.

»Sie stecken die Messer immer zurück in die Heumiete, statt sie wegzuräumen«, meinte Sergeant Duffy mitfühlend. »Er ist nicht der erste, der sich mit seinem eigenen Heumesser umgebracht hat, und er wird auch nicht der letzte sein.«

Etwa eine Woche nach Toms Tod reiste Harriet ab. In der Zwischenzeit versuchte sie sich nützlich zu machen, half beim Kochen und beim Putzen. Jetzt stand sie auf der Küchenschwelle und streckte mir die Hand entgegen. Draußen wartete Pat, der sie zur Bahnstation bringen sollte.

Ich nahm ihre Hand nicht.

»Ich weiß, daß du mich schon immer gehaßt hast«, meinte sie traurig. »Ich weiß, du bist in unsere Familie gekommen, und ich weiß, daß danach alles schiefgegangen ist. Es kommt mir beinahe so vor, als wärst du vom Pech verfolgt. Du solltest sehr vorsichtig sein, vor allem jetzt, da du schwanger bist!«

»Mein Leben war glücklich bis zu dem Tag, an dem ich nach Glenallen gezogen bin«, entgegnete ich.

»Vielleicht bist du ein Unglücksbringer«, flüsterte sie. »Hast du schon mal darüber nachgedacht?«

Sie sagte das in einem scherzhaften Ton und sah mich dabei spöttisch an, als wollte sie nicht, daß man ihr das Gesagte später einmal vorhalten konnte. Weshalb überfiel mich also plötzlich mit Macht die Erinnerung an jenen Tag im Nähzimmer, als der Wind im Schornstein heulte und das Glas auf der Alphabettafel zerbrach?

»Komm zurück nach Glenallen«, wisperte sie. »Es wartet auf dich.«

Später fragte ich Pat zum fünften Mal, ob er ganz sicher war, daß er das Messer nicht im Heuhaufen hatte steckenlassen.

»Ich kann mir überhaupt nicht erklären, wie es dort hinge-

kommen ist, Ma'am, ich bin mir hundertprozentig sicher, daß ich es weggeräumt habe – wie immer.«
Nachts konnte ich nicht schlafen. Ich ließ das Licht brennen und weinte bitterlich. Das Baby bewegte sich heftig, aufgeschreckt von soviel seelischem Aufruhr. Vor meinem inneren Auge sah ich den steifen, blutverschmierten Körper meines Bruders und erinnerte mich an die letzten Worte meiner Mutter: »Paßt aufeinander auf.« Was hatte ich für ihn getan? Wie hatte ich auf ihn aufgepaßt? Wieder hörte ich Toms Stimme: »Wo ist er? Was seid ihr bloß für Menschen?« Konnte es denn sein, daß Brian heimgekommen und in Glenallen geblieben war? Wenn es so war, warum nahm er dann nicht Kontakt mit mir auf? Und warum log Harriet mich seinetwegen an?
Am nächsten Tag besuchte mich Father O'Dea. Ich saß auf dem Kaminsessel in der Küche und grübelte über die Ereignisse, die zu Toms Tod geführt hatten. War es wirklich ein Unfall gewesen? Vor der Hochzeit hatte Tom ein Testament gemacht, in dem er Harriet als Alleinerbin eingesetzt hatte. Jetzt, da Tom aus dem Weg war, wozu brauchte sie da noch einen Bürgen? Es gehörte ihr doch ohnehin alles, was er besessen hatte.
»Sie sehen schlecht aus, Peg. Sie sollten zum Arzt gehen.«
»Mir geht es auch schlecht.« Jetzt berichtete ich ihm, was ich Tom an jenem schrecklichen Nachmittag zu Harriet hatte sagen hören. Ich sagte ihm, daß ich mir den Kopf darüber zerbrach, was es bedeuten könnte. Tom hatte behauptet, es gebe keinen Zweifel, daß Brian nach Glenallen zurückgekommen war, andererseits hatte ich nichts von ihm gehört.

Der Geistliche lauschte aufmerksam.

»Peg, Peg, die RAF hat Ihnen doch mitgeteilt, daß er vermißt ist. Was wollen Sie denn noch mehr? Aber wenn es Sie beruhigt, sollten Sie nach Glenallen zurückgehen, nur auf einen Besuch. Tom war betrunken, das haben Sie selbst gesagt. Deshalb würde ich der Geschichte nicht zuviel Bedeutung beimessen. Und seien Sie nicht so hart zu Ihrer Schwägerin. Sie ist in Ordnung und hat mir auch eine ordentliche Summe für die Armen gespendet.«

Als ich mir das Gespräch später noch einmal durch den Kopf gehen ließ, mußte ich mir eingestehen, daß Father O'Dea wahrscheinlich recht hatte. Wenn die RAF sagte, Brian sei nach einer Kampfhandlung vermißt worden, dann mußte es auch so sein. Es war ja nicht das erste Mal gewesen, daß Tom ein paar Gläser zuviel gekippt hatte. Die Vernunft ließ keine andere Erklärung zu als die offensichtliche. Und Tom war auch nicht der erste, den auf dem Berg das Grauen überfallen hatte.

Am nächsten Tag bekam ich plötzlich Blutungen. Zuerst verstand ich gar nicht, was das sein sollte – dieser Strom, mit dem mein Leben davonfloß. Dann legte ich mich auf den Küchenfußboden und versuchte, die Blutung mit einem Handtuch zum Stillstand zu bringen. Zum Glück war Niamh gerade im Haus, vorgeblich, um sich ein paar von den Büchern meines Vaters zu borgen, in Wirklichkeit aber, um auf mich aufzupassen. Sie stürzte sofort aus dem Salon herbei, als ich sie rief, und Pat holte Dr. Tierney, den ich zuletzt am Todestag meines Bruders gesehen hatte, als er im blutigen Heu kniete.

»Sie müssen sofort ins Krankenhaus, junge Frau.«

Er fuhr mich in seinem Wagen zur Klinik in Galway. Man gab mir eine Transfusion und sagte mir, ich müsse dableiben – ich brauche Ruhe. »Ich möchte aber nach Hause«, widersprach ich.

»Wenn Sie heimgehen, besteht die Gefahr, daß Sie wieder Blutungen bekommen, und dann verlieren Sie das Baby und sterben wahrscheinlich«, erklärte mir die Stationsschwester mit hochnäsiger, nüchterner Stimme. »Die Plazenta liegt falsch, das gibt immer Probleme.«

»Ich kann es mir nicht leisten, hierzubleiben.«

»Sie können es sich auch nicht leisten zu sterben«, sagte sie. Ihre Augen unter dem gestärkten Häubchen musterten mich grimmig, während sie meinen Puls fühlte und dabei auf die Uhr sah, die an ihrer Brust festgesteckt war. »Die Friedhöfe sind voll von Leuten, die es sich nicht leisten konnten, im Krankenhaus zu bleiben. Haben Sie denn niemanden, der Ihnen helfen kann?«

Später schrieb ich mühsam sechs Worte auf ein Blatt Papier und adressierte den Umschlag an *4 Carlton Gardens, London SW1.*

Lieber Lucien,
ich brauche Dich.
Peg

Am 29. Januar 1942 wurde Dan geboren, nach vierundzwanzig Stunden Wehen, die mich meine ganze Kraft kosteten. Kurz bevor das Leben, für das ich mich so anstrengte, das Licht der Welt erblickte, verabreichte mir der Arzt Chloroform, und ich versank in Dunkelheit, während ich mich fragte, ob das Gefühl zu ersticken von dem roten Flanellappen rührte, den man mir auf Mund und Nase drückte. Mitten am Vormittag wachte ich auf, in einem Bett, Kissen im Rücken, herrlich, luxuriös und gemütlich. Um das Bett herum war ein Vorhang gezogen, und ich hörte leise Frauenstimmen, das Klappern von Teewagen und Tassen. Zuerst wußte ich gar nicht, wo ich war.

Die Schwester brachte mir meinen Sohn, der in ein blaues Handtuch gewickelt war. Ich setzte mich auf und nahm ihn in die Arme.

»Sieben Pfund! Und beim ersten Versuch gleich ein Erbe!« Er bewegte sich ruckartig, mein kleiner Sohn, zog die Knie beinahe zum Kopf, der wackelte, wenn man ihn nicht stützte; seine Finger und Zehen sahen aus wie die einer Puppe, die Nägel makellos, als wären sie manikürt. Er hatte schwarze Haare, oben auf dem Kopf ganz dünn, im Nacken länger, und weich wie Seide; die Fontanelle vibrierte leise im Takt seines Lebens. Er war so hilflos, so winzig, so neu. Und er hatte den Mund seines Vaters, ganz ohne Zweifel. Ich dachte an die Nächte in London und in Nottingham, die ich mit Lucien im Bett verbracht hatte, die leidenschaftliche Suche nach einer endgültigen Realität, als es noch ein Leben gab, in dem ich sie hätte finden können. »Nun, Lucien, was würdest du dazu sagen?«

Am Abend besuchte mich Harriet. Zusammen mit den O'Shaughnessys war sie schon mehrmals im Krankenhaus gewesen und hatte sich ausgesprochen nett verhalten. Allmählich glaubte ich, daß ich geistesgestört gewesen sein mußte, daß ich je in der Lage gewesen war, ihr etwas Böses zuzutrauen. Ihre Besuche heiterten mich auf; sie war stets gut gelaunt und erzählte mir von den Reparaturen in Glenallen, die fast fertig waren.

»Das ganze Klopfen und Hämmern hat bald ein Ende, aber das Haus sieht seltsam aus mit den Schutzplanen und dem rosa Putz und brandneuen Decken im oberen Stock.«

Sie hat keinen Grund, nett zu mir zu sein, dachte ich, abgesehen von echter Freundschaft und familiärer Verbundenheit. Die Geburt des Babys versetzte mich in eine geradezu euphorische Stimmung, als wäre ich jetzt endlich von den Fesseln der Vergangenheit befreit.

Ich hatte noch einmal mit ihr über das gesprochen, was Tom an seinem Todestag zu ihr gesagt hatte. »Ich habe ihn nie zuvor so betrunken gesehen, Harriet. Er muß einen Grund gehabt haben, daß er sich dermaßen hat gehenlassen.«

Aber sie zuckte nur die Achseln. »Wahrscheinlich hatte er irgendeinen Grund. Dein Bruder ist nicht der erste Mensch, dem Knockshee einen Schock versetzt hat.«

Auch als sie kam, um das Baby anzusehen, wirkte sie wieder wie das blühende Leben. Gespannt beugte sie sich über das Bettchen.

»Ja, wen haben wir denn da?« flötete sie und steckte einen Finger in die kleine geballte Faust. Als Dan daraufhin unruhig wurde, meinte sie: »Uuups, ich sollte dich wohl lieber nicht aufwecken.«

Dann wandte sie sich zu mir, legte einen Strauß Christrosen auf den Stuhl und streifte die Handschuhe ab. »Schön, dich zu sehen, Peg, und zu wissen, daß alles gutgegangen ist. Du bist wirklich großartig.«

Eine Schwester kam herein und erwiderte Harrys bezauberndes Lächeln, so gut sie konnte. Harriet knöpfte den Mantel auf; sie trug Tante Ritas Perlen und ein warmes Wollkleid mit weichem Gürtel. Wieder musterte sie meinen Sohn. »Ganz der Vater«, sagte sie, und ich schlug die Augen nieder. Mein Sohn atmete leise, fast unhörbar und bewegte sich im Schlaf. Seine winzigen Fäuste waren ganz faltig, und sein Anblick weckte in mir einen heftigen Beschützerinstinkt.

»Wie willst du ihn nennen?«

»Daniel Lucien.«

Überrascht sah sie mich an.

»Nicht Brian?«

»Nein«, meinte ich errötend, »ich nenne ihn nach meinem Vater.«

Auch das schien Harriet zu wundern. »Na ja, er ist schließlich dein Sohn«, meinte sie achselzuckend.

Wir schwiegen beide. »Wann kommst du nach Hause?« fragte sie schließlich leise.

»Ich gehe zurück nach Ballycloghan. Ich kann ja wohl davon ausgehen, daß es noch steht?«

»Ach, Peg«, seufzte sie und schüttelte den Kopf. »Natürlich steht es noch. Aber jetzt bin ich deine Familie«, fügte sie hinzu. »Du solltest erst eine Weile nach Glenallen kommen, wenigstens, bis du dich ein wenig an das Leben mit dem Baby gewöhnt hast.«

»Das ist sehr nett von dir, danke. Aber ich glaube, das möchte ich lieber nicht.« Ich war nicht in der Verfassung, mich mit den Rätseln von Glenallen auseinanderzusetzen. Ich konnte es nicht ertragen. Noch nicht. Überhaupt nie, wenn es sich irgendwie vermeiden ließ.

Harriet ließ mir eine Flasche Orangensaft und Pralinen da. Als eine Schwester mir ein Glas voll einschenkte, fiel mir auf, daß die Flasche bereits geöffnet zu sein schien. Aber ich sagte nichts darüber. Ich sah kleine Stückchen im Saft herumschwimmen, die ich für Orangenschalen hielt. Ich trank trotzdem etwas davon und bot den Schwestern die Pralinen an.

Ich verlor den Überblick über die Zeit. Irgendwann danach – vielleicht war es schon am nächsten Tag – kam ein Besuch, den ich nicht erwartet hatte, über den ich mich aber sehr freute. Daß ich ihn eigentlich nicht hätte sehen dürfen, vergaß ich völlig. Später erzählte ich der Nachtschwester, mein Bruder sei dagewesen. Sie meinte, das sei aber nett, und runzelte dann plötzlich die Stirn. Ich hatte ihr doch gesagt, mein Bruder sei tot. Hatte ich vielleicht zwei Brüder? »Dann muß es wohl ein Traum gewesen sein«, entgegnete ich, schlief wieder ein und träumte von London und von Lucien und Mary, die im Qualm eines Bombenangriffs verschwanden. Marys rote Mähne flatterte hinter ihr her, bis sie die ganze Stadt bedeckte. Als ich aufwachte, war Tom wieder da, er starrte mich an, blutüberströmt und mit gerunzelter Stirn, und die Schwester kam mit dem Arzt angerannt, als sie mich schreien hörten.

Als mich die O'Shaughnessys ein paar Tage später besuchten, hörte ich, wie die Stationsschwester ihnen gleich berichtete, wie seltsam ich mich benahm. Sie tuschelte lange mit ihnen, und ich wußte, daß sie die beiden über meine Halluzination informierte. Dr. O'Shaughnessy warf mir über die Schulter einen prüfenden Blick zu, professionell und taxierend, was ich fürchtete und haßte – vor allem von ihm. Dazu murmelte er etwas von postnatalem Syndrom. Dann hörte ich, wie die Schwester sagte: »Ihre Schwägerin würde sich gern um sie kümmern, aber sie möchte zurück auf die einsame Farm, wo sie keine Menschenseele um sich hat.« Daraufhin setzte sich Mrs. O'Shaughnessy zu mir ans Bett und fragte mich mit mütterlicher Stimme, ob ich nicht doch lieber mit Harriet nach Glenallen zurückwollte. »Sie würde sich um Sie und das Baby kümmern.«

Ich musterte die Puderflecken auf ihrem Gesicht, den feinen Flaum auf ihrer Oberlippe und dachte an Mrs. Burton, mit der diese Frau ansonsten überhaupt keine Ähnlichkeit hatte.

»Es ist Harriet so wichtig, sie ist ganz erpicht darauf, das Baby bei sich zu haben. Und Sie brauchen doch zur Zeit wirklich jemanden, der sich um Sie kümmert – und um das Baby.« Sie zögerte, aber ich konnte mir leicht denken, was sie über meinen Geisteszustand sagen wollte.

Dann erkundigte auch sie sich, wie ich meinen Sohn nennen wollte.

»Daniel«, erklärte ich, »nach meinem Vater, Daniel Lucien.«

Sie nickte, machte aber ein überraschtes Gesicht.

»Aber weshalb Lucien?«

Ich antwortete nicht, schloß die Augen und tat so, als hätte ich nichts gehört.

»Harriet kommt gleich«, erklärte meine Besucherin darauf. »Sie ist mit uns gefahren, hatte aber noch ein paar Besorgungen zu erledigen. Aber sie wird sicher bald da sein.« Dann erzählte sie mir von dem wunderhübschen Taufkleid der Fitzallens, das Harriet ihr neulich gezeigt hatte. Ich erschrak. Ein Taufkleid der Fitzallens mit Spitze und Seide für meinen illegitimen Sohn!
»Ich möchte das Taufkleid nicht.«
Mrs. O'Shaughnessy musterte mich, halb lächelnd, halb stirnrunzelnd. »Aber das ist doch so Tradition, Peg. Es wäre eine Beleidigung, wenn Sie es ablehnten.«
Dann kam auch Dr. O'Shaughnessy und beugte sich über mich, so daß seine Weste mir fast im Gesicht hing; ich konnte das Ticken seiner Taschenuhr hören.
»Aber was soll denn das alles, Peg? Seit das Baby da ist, sind Sie ja gar nicht mehr Sie selbst.«
Schließlich erschien Harriet, ganz plötzlich wanderte sie in den kleinen Krankensaal, schenkte den vier anderen jungen Müttern ein freundliches Lächeln, und ihre Gegenwart machte alles strahlend und lebendig, so daß selbst die erschöpften jungen Frauen munterer wurden und sich die Haare glattstrichen. Harriet trug ein Tweedkostüm und verströmte Kompetenz, gute Laune und eine Spur Herablassung. »Wie geht's denn heute meiner Lieblings-Schwägerin?« wollte sie wissen, während sie sich über mich beugte und meine Wange küßte. »Wo ist mein Neffe?«
»Im Säuglingszimmer.«
Dann wandte sie sich an die O'Shaughnessys.
»Haben Sie ihn auch gesehen? Ist er nicht entzückend?

Du mußt ungeheuer stolz auf ihn sein, Peg. Ich kann es gar nicht erwarten, ihn wiederzusehen. So ein gutaussehender Bursche. Und du willst ihn wirklich nach deinem Vater nennen? Ziemlich ungewöhnlich für einen Iren – Daniel Lucien.«

Ich antwortete nicht.

»Kurz und gut, er ist einfach göttlich«, verkündete sie abschließend. Damit ließ sie sich auf der Bettkante nieder und plauderte mit den O'Shaughnessys über wichtige Dorfneuigkeiten wie die Kosten der neuen Gemeindehalle. Irgendwann wandte sie sich wieder mir zu und redete darüber, wie wundervoll es sein würde, wenn ich nach Glenallen zurückkäme. »Dann wären wir wieder eine Familie. Wie in den guten alten Zeiten.«

Die O'Shaughnessys lächelten sie wohlwollend an. Ich spürte, wie sehr sie Harriet mochten, wie sie sich von ihr bezaubern ließen. Sie wirkte stets interessiert und unterhielt sich gewandt und klug mit ihnen; doch als das Ehepaar ein paar Worte unter sich wechselte, schwenkte Harriets Blick seitwärts in meine Richtung, und dabei waren ihre Augen so kalt und berechnend, daß ich sofort annahm, ich bildete es mir nur ein.

Inzwischen hatte ich richtig Angst vor meinen eigenen Wahrnehmungen. Ich traute meinen Augen nicht mehr; die anderen mochten denken, daß ich an einer postnatalen, hormonell bedingten Störung litt, aber ich wußte es besser. Ich hatte etwas gesehen, was nicht dagewesen war, als mich Toms ›Geist‹ heimsuchte, etwas, vor dem ich mich mehr fürchtete, als ich es mir je eingestanden hätte. Was es alles nach sich ziehen könnte, war nicht auszudenken. Ich war bereit, alles zu tun, nur damit es nicht noch einmal passierte.

Da Dr. O'Shaughnessy darauf bestand, erhob ich mich aus dem Bett und ging ein wenig umher.

»Ich bin so müde. Und mein Rücken ist so schwach, er fühlt sich an wie Wackelpudding.«

»Du wirst dich gleich besser fühlen, wenn wir erst mal zu Hause sind. Du brauchst Ruhe.«

»Ich möchte aber zurück nach Ballycloghan.« Sehnsüchtig dachte ich an das Haus, den Hof, die Garryogue mit der alten Brücke, an den großartigen Wolkenhimmel.

»Tja, wie du willst«, meinte Harry. »Aber das Angebot besteht.«

Als sie gingen, sagte ich Harriet, daß ich nicht genug Geld hatte, um die Krankenhausrechnung zu bezahlen.

»Ich kümmere mich schon darum, sei nicht albern. Hast du dir deshalb Sorgen gemacht?«

Von Lucien hörte ich nichts, und ich schämte mich, daß ich ihm geschrieben hatte. Im Dezember war Amerika in den Krieg eingetreten. Ich fragte mich, ob Paddy wohl eingezogen worden war.

Kurz bevor ich entlassen wurde, erschien Eilie im Krankenhaus, im warmen Wintermantel, gestrickten Schal, in der Hand eine kleine Schachtel Pralinen. Sie schnaufte vom Treppensteigen, und ich mußte sofort daran denken, wie sie mir immer mein Essen gebracht hatte, als ich in Glenallen das Bett hüten mußte.

»Ich hab von dem Baby gehört, Ma'am. Gelobt sei der

Herr«, sagte sie, während sie Dan in seinem Korbwägelchen eingehend betrachtete. »Er sieht Ihnen ähnlich, Ma'am, aber viel von seinem Vater kann ich noch nicht entdecken. Vielleicht in einem halben Jahr.«
Lange verharrte sie so, über das Baby gebeugt, und als sie aufschaute, waren ihre Augen tränennaß.
»Es ist furchtbar traurig, was mit seinem Vater passiert ist. Das arme kleine Ding.«
Ich nahm ihre Hand. Selbst durch die Fäustlinge spürte ich, wie kalt es draußen war. Eilies Gesicht war fleckig und von geplatzten Äderchen durchzogen.
»Setzen Sie sich, Eilie, und erzählen Sie mir das Neueste.«
Mit einem Seufzer ließ sie sich auf den Stuhl sinken. »Meine Füße bringen mich noch um.«
»Es ist sehr nett, daß Sie mich besuchen«, sagte ich. »Wie sind Sie denn hergekommen?«
»Ich hab eine neue Stelle. Ich mache jetzt bei zwei Pfarrern den Haushalt, in der Gemeinde Killbeg. Ich hab den Bus genommen. Ich wollte Sie unbedingt besuchen, Ma'am, und Ihnen gratulieren.«
»Warum sind Sie weg von Glenallen?« fragte ich erstaunt.
»Miss Harriet hat gesagt, wir müssen gehen, Nora und ich. Sie hat gesagt, sie hätte nicht genug Geld, um uns zu bezahlen. Nora ist geblieben, bis sie in England Arbeit gefunden hat. Ich wäre auch gern geblieben, aber Miss Harriet wollte nichts davon wissen. Kurz nachdem der alte Herr gestorben ist, bin ich weggegangen. Noch auf dem Sterbebett hat er nach Master Brian gefragt. Es war schrecklich traurig, weil sie sich ja im Unfrieden getrennt

haben. Und kurze Zeit später hat mir Miss Harriet dann geschrieben, daß Master Brian vermißt wird.«
Sie nickte, und die Tränen begannen wieder zu fließen.
»Wo ist Nora? Was arbeitet sie in England?«
»In der Fabrik. Sie baut Bomben oder so was. Sie hat mich besucht, bevor sie weggefahren ist.« Eilie sah sich um und senkte die Stimme. »Sie hat mir was gegeben und gesagt, das hätte sie im Keller von Glenallen gefunden. Sie hat gedacht, es stammt von einem Geist.«
»Was war das?«
»Es ist ziemlich seltsam«, antwortete Eilie leise und faßte in die Tasche. »Ich weiß nicht, was ich davon halten soll.« Damit zog sie etwas aus den Tiefen ihrer Manteltasche und legte es in meine Hand: einen kleinen, harten Gegenstand. Neugierig betrachtete ich ihn und fuhr erschrocken zurück. So etwas hatte ich schon einmal gesehen – und zwar auf einer graublauen Uniform: Es war ein vergoldeter Knopf mit dem RAF-Adler, der unter der Krone die Flügel spreizte.
»Wie ist das in den Keller gekommen?«
Eilie bekreuzigte sich.
»Ich weiß es nicht, Ma'am«, flüsterte sie. »Aber ich weiß, was Murty gesagt hätte.«
Als die O'Shaughnessys das nächste Mal kamen, bat ich sie, Harry zu sagen, daß ich ihr Angebot annahm.

17. Kapitel

Zusammen mit den O'Shaughnessys brachte Harriet mich nach Glenallen.
Die Schwester trug das Baby zum Auto, ließ mich einsteigen und legte mir meinen Sohn dann in die Arme. Er trug eine weiße Strampelhose aus Flanell mit drei kleinen Kobolden auf dem Latz und eine blaue Ausfahrgarnitur mit Jacke, Mütze und Stiefelchen, die Harry als Geschenk mitgebracht hatte. Während sie die Rechnung beglich, saß ich im Wagen, wiegte meinen Sohn im Arm, und Mrs. O'Shaughnessy hüllte uns fürsorglich in warme Decken.
Schließlich stieg auch Harriet ein. Sie fröstelte. »Gott, es ist so kalt«, meinte sie mit klappernden Zähnen. »Friert er auch ganz bestimmt nicht?«
Das Baby schlug die Augen auf und starrte sie an.
»Kuk-kuck«, sagte sie zu ihm, neigte ihr Gesicht zu seinem herab und legte ihm den Zeigefinger in die Hand, damit er ihn greifen konnte.
»Danke, daß du für mich bezahlt hast. Ich gebe dir das Geld zurück, sobald ich kann.« Ich sagte das ganz leise, weil ich mich schämte, daß ich mich in einer solchen Notlage befand.
Harriet runzelte die Stirn. »Mach dir doch darüber keine

Gedanken. Und laß dir Zeit. Dafür hat man schließlich eine Familie.«

Verlegen sah ich sie an, und sie lächelte herzlich.

Den größten Teil der Fahrt verschlief Dan. Harriet saß neben mir, lächelte hin und wieder das Bündel auf meinem Schoß an und kommentierte den ersten Teil unserer Reise ununterbrochen. Irgendwann verfiel sie jedoch in ein grüblerisches Schweigen.

Auch Mrs. O'Shaughnessy drehte sich mehrmals besorgt zu uns um.

»Haben Sie es denn auch bequem, Peg? Soll Harriet den Kleinen vielleicht ein Weilchen halten, oder ich?«

»Nein danke. Alles bestens.«

Harry holte ein Päckchen Gold Flake-Zigaretten heraus und hielt es mir hin. Da ich schon länger aufs Rauchen hatte verzichten müssen, nahm ich dankend an. Im Nu erfüllte der Geruch des abgebrannten Streichholzes und der Zigarettenrauch den Wagen. Gierig inhalierte ich und dachte dabei an Mary, die dieselbe Marke rauchte – wie damals in Knightsbridge, an dem Tag, als ich sie das letzte Mal gesehen hatte.

»Ich mag den Geruch von Streichhölzern«, meinte Mrs. O'Shaughnessy, die selbst nicht rauchte. »Ich habe Zigaretten nie versucht, und Jim meint, sie sind höchstwahrscheinlich schlecht für die Lungen.«

»Ach, und wenn schon«, murmelte Harriet. »Es geht einfach nichts über eine Zigarette, wenn man eine braucht. Peg wird mir da sicher recht geben.«

»Stimmt«, bestätigte ich.

»Wie dem auch sei«, meinte unser Fahrer. »Es ist garantiert schlecht für die Lungen, wenn man inhaliert. Ihr kennt doch sicher alle den alten Reim über den Tabak, das Teufelskraut. Man versaut sich die Finger und verbrennt sich die Kleider, und die Nase wird zum Schornstein, so ist das nun mal leider!«

Alle lachten. Von hinten sah ich, wie alt Dr. O'Shaughnessy geworden war, wie faltig sein Hals und wie schütter die Haare. Ich begegnete seinem Blick im Rückspiegel, seine Augen wirkten besorgt und nachdenklich.

Einen Teil der Strecke fuhren wir am Shannon entlang, und Dr. O'Shaughnessy machte uns darauf aufmerksam, daß der Fluß Hochwasser führte und viele der angrenzenden Felder unter Wasser standen. Der bleierne Himmel spiegelte sich in den Tümpeln und zersplitterte, wenn der Wind die Oberfläche erzittern ließ. Die Gegend wirkte einsam und trüb; die Straße war grau und leer. Auf einmal war ich froh, daß ich Menschen um mich hatte; ich wurde schläfrig. Harriet öffnete das Fenster einen Spalt und warf die Zigarettenkippe hinaus, kurbelte die Scheibe aber rasch wieder zu, denn die Luft, die hereinwehte, war eisig. Auch ich rauchte fertig, drückte den Stummel aber im Aschenbecher aus.

»Warum schläfst du nicht ein bißchen?« schlug Harry vor. »Ich nehme das Baby solange.« Schon klappte sie die Armlehne herunter, und ich reichte ihr mein Baby, ganz behutsam, eine Hand immer unter dem Köpfchen. Harriet musterte das Baby, doch jetzt lächelte sie nicht mehr, sondern blickte streng und kalt auf meinen Sohn hinab. Ich legte den Kopf zurück und schloß die Augen, aber die

Müdigkeit war verflogen; ich bekam alles mit und beobachtete durch die halb geschlossenen Lider meinen schlafenden Sohn auf Harriets Schoß. In meiner Tasche lag der Goldknopf mit dem Adleremblem. Ich hatte niemandem davon erzählt.

Nach einer Weile sagte Dr. O'Shaughnessy leise: »Ich glaube, Peg schläft. Schlafen Sie, Peg?« Als ich nicht antwortete, fuhr er fort: »Sie braucht jetzt sehr viel Ruhe und muß wieder zu Kräften kommen. Soweit ich weiß, hat sie sich in letzter Zeit sehr seltsam verhalten, und das ist kein Wunder, wenn man bedenkt, was sie im vergangenen Jahr alles durchgemacht hat. Es ist ganz wichtig, daß sie keine Aufregung hat, denn sie steht am Rande eines Nervenzusammenbruchs.«

Harriet murmelte bestätigend. »Arme Peg. Aber machen Sie sich keine Sorgen, ich kümmere mich um sie.« Ich lauschte dem Brummen des Motors und warf gelegentlich durch halb geschlossene Lider einen Blick auf die Gegend draußen. Unzählige Fragen gingen mir durch den Kopf. Vielleicht warteten irgendwo in Glenallen die Antworten auf mich.

Jetzt waren wir beinahe da. Vor uns ragte der Knockshee auf, dunkel vor dem Winterhimmel. Ich setzte mich auf, fröstelte, und Harriet erkundigte sich sofort besorgt, ob mir kalt sei. Ich schüttelte den Kopf. Dann kam das Tor von Glenallen in Sicht, die kahlen Bäume an der Allee, das Haus mit den glänzenden, neuen Ziegeln und Dachrinnen. In meiner Brust schien sich plötzlich eine Leere auszubreiten, als hätte jemand mir das Herz herausgerissen.

»Genauso schön wie eh und je«, murmelte ich.

»Ja«, pflichtete Harriet mir bei, so leise, daß ich sie kaum hören konnte, aber voller Leidenschaft.

Dr. O'Shaughnessy fuhr den Wagen auf den Stallhof bei der Hintertür, man half mir beim Aussteigen, und Harriet trug das Baby ins Haus. Ich blickte hinüber zu den Boxen, wo ich Brian so oft gesehen hatte, mit aufgerollten Ärmeln, das im Nacken gewellte Haar zerzaust, ganz versunken in seine Arbeit.

Wo bist du nur, mein armer, geliebter Mann? Du hast gesagt, du wolltest nach Hause!

Da erschien Murty, die Kappe tief in die Stirn gezogen, ein breites Grinsen im Gesicht, so daß die schlechten Zähne zum Vorschein kamen. Er schüttelte meine Hand.

»Willkommen zu Hause, Ma'am.« Er sah zu meinem Sohn auf Harriets Arm hinüber. »Ich wünsche Ihnen Glück«, sagte er ein wenig schüchtern und fügte dann aus vollem Herzen hinzu: »Schrecklich, was Master Brian zugestoßen ist. Er war doch ein echter Held, der gegen diesen Hitler gekämpft hat. Sein Vater war stolz auf ihn.«

Ich merkte, wie Harriet zusammenzuckte; sie ging vor mir her, das Baby immer noch im Arm.

»Danke, Murty.«

Ich erwartete, Eilie und Nora in der Küche vorzufinden, denn ich hatte einen Moment ganz vergessen, daß sie nicht mehr hier waren.

»Ich mußte sie wegschicken«, erklärte Harry. »Nur noch Murty ist hier und zwei Halbtagskräfte. Ich werde es so belassen, bis der Krieg vorbei ist und es wieder aufwärts geht. Ich habe mit der Ponyzucht angefangen, um über

den Krieg zu kommen; es gibt eine große Nachfrage für vierzehn bis fünfzehn Handbreit hohe Ponys.«
Ich nickte. Daß Eilie mich besucht hatte, verschwieg ich wohlweislich.
Da es in der Küche so angenehm warm war, nahm ich Harriet meinen Sohn wieder ab, setzte mich in den Stuhl neben dem Herd und wiegte ihn sanft.
Murty kam mit meinem Koffer herein; auf Harriets Anweisung brachte er ihn nach oben.
»Ich habe dir dein altes Zimmer zurechtgemacht. Ich schlafe gleich nebenan, damit ich in der Nähe bin, wenn du mal Hilfe brauchst mit deinem kleinen Mann«, meinte sie und deutete auf Dan.
›Mein kleiner Mann‹ wachte auf, starrte Harriet schläfrig aus seinen runden Augen an, verzog das Gesicht zu einer Grimasse und begann zu schreien. Ich schaukelte ihn an meiner Schulter.
»Ich glaube, er hat Hunger.«
Die O'Shaughnessys verabschiedeten sich, sie wollten nicht länger stören, da wir doch sicher müde seien. Auch eine Tasse Tee lehnten sie ab; ich hörte sie über den Hof gehen, hörte, wie die Autotüren zuschlugen, das Aufheulen des Motors, das Brummen, das in der Ferne verklang. Dann war es still, nur noch der Wind seufzte im Hof und pfiff um die Hintertür.
Ich brachte Dan zum Stillen nach oben in das Zimmer, das ich einst mit Brian bewohnt hatte. Nostalgie überfiel mich, und mir wurde voll Schrecken klar, wieviel sich seither verändert hatte. Die Atmosphäre im Haus war völlig verändert, kalt und abweisend, als hätten hier nie Men-

schen gelebt und gelacht. Überall waren noch die Spuren der Renovierung zu sehen: hellrosa Mörtel an den Decken im Obergeschoß, die noch gestrichen werden mußten, Gipsstaub in den Ecken.

Das Bett war gemacht, im Kamin glommen die Reste eines Torffeuers, und neben dem Bett stand eine wunderschöne, weiß gestrichene viktorianische Wiege mit einer Patchworkdecke und einem weißen Himmel. Aber es war etwas zu spüren in diesem Zimmer – eine bösartige, spannungsgeladene, gequälte Aura. Ich versuchte es zu ignorieren und das Gefühl meiner ersten Zeit in Glenallen wiederaufleben zu lassen. Jetzt war ich eigentlich eine Hochstaplerin, wenn auch allem Anschein nach eine erfolgreiche: Ich hatte mir eine Ruhepause verschafft, die Chance, das zu suchen, wovon Tom gesprochen hatte, und – wenn möglich – herauszufinden, wie ein RAF-Knopf in den Keller gekommen war. Eine Chance, Glenallen ein für allemal aus meinen Gedanken und meinem Herzen zu vertreiben.

Ich ging zum Fenster und sah hinaus auf die Wiese und den kleinen Teich, auf dem jetzt kein Schwan zu sehen war. Dann betrachtete ich das Zimmer noch einmal eingehend, das glänzende Mobiliar, die Vase mit den Mondviolen auf dem Tisch, Brians Reittrophäen, die frisch poliert auf dem Kaminsims standen. Ich hob eine kleine silberne Schale hoch und las die Inschrift: »Gewonnen von Brian Fitzallen auf Trixie; 1934.« Wie nett von Harry, dachte ich. Sie hat sich wirklich viel Mühe gemacht. Ich warf ein paar Torfstücke aufs Feuer und setzte mich aufs Bett, um mein Baby zu stillen. Dan schnappte

gierig nach der Brustwarze und ballte ekstatisch Finger und Zehen.
Ich hörte, wie die Tür aufging; Harry kam herein, setzte sich in den Sessel und sah eine Weile zu.
»Es macht dir doch hoffentlich nichts aus, Peg, oder?« Dann murmelte sie noch, daß es früher ja nicht Sitte gewesen sei, Babys zu stillen, das machten doch nur die Zigeuner. Aber sie sagte das so freundlich, daß ich mir albern vorgekommen wäre, wenn ich es ihr übelgenommen hätte. Nach einiger Zeit begann Dan auf einmal unwillig zu strampeln, und er saugte wild und frustriert.
»Ach, wie dumm«, sagte ich. »Ich glaube, ich habe heute nicht genug für ihn. Ich muß noch etwas zufüttern; die Packung steht in der Küche.«
Eigentlich hoffte ich, Harry würde anbieten, etwas für Dan zuzubereiten, aber statt dessen erklärte sie, sie wolle auf ihn aufpassen, während ich nach unten ging. So schnell ich in meinem immer noch geschwächten Zustand konnte, eilte ich die Treppe hinunter. Warum hatte ich auf einmal nicht mehr genug Milch?
In der Küche machte ich das Fläschchen fertig, kühlte es unter dem Wasserhahn und wollte gerade wieder hinaufgehen, als Murty mit einem Korb voller Torf durch die Tür trat.
»Bitterkalt heute, Ma'am.«
Ich pflichtete ihm bei, und plötzlich überkam mich das Bedürfnis, ihn das zu fragen, womit ich mir das Gehirn zermarterte.
»Wie geht's denn so, Murty?«
»Ach, Glenallen hat sich nie ganz von Master Brians Aus-

zug erholt«, brummte er. Dann schielte er vorsichtig über die Schulter und fügte mit gesenkter Stimme hinzu: »Aber er ist ja zurückgekommen, wissen Sie.«
Ich fuhr zusammen. »Wo ist er?«
»Weg.« Er verzog das Gesicht, als hätte ich etwas Verrücktes gefragt.
Ich versuchte, seine Augen unter der Schirmmütze zu erspähen. »Um Himmels willen, Murty, erklären Sie mir doch bitte, wovon Sie reden.«
Murty hustete, und der Schleim rasselte in seinem Hals. Schließlich flüsterte er heiser: »Ich möchte Ihnen bestimmt keinen Schrecken einjagen, aber ich hab ihn gesehen. Ich hab's auch sonst keinem erzählt, damit sich keiner drüber aufregt.«
»Wo haben Sie ihn denn gesehen, Murty?«
»Es war Nacht, ungefähr um die Zeit, als er angeblich gestorben ist, und er ist über den Hof zum Haus gegangen. Er hatte eine seltsame Fliegeruniform an, und ich hab seine Stiefel auf den Pflastersteinen gehört. Ungefähr um die Zeit, als er gestorben ist.« Er deutete mit dem Daumen in Richtung Knockshee. »Der Berg ruft sie immer zurück!«
Ich lehnte mich an die Wand und spürte, wie sich eine Gänsehaut über meinen ganzen Rücken ausbreitete. »Er ist vom Knockshee heruntergekommen. Ich hab ihn im Traum gesehen.«
Murty nickte, als überraschte ihn das nicht besonders.
In diesem Augenblick ertönte Harriets Stimme von oben, laut und dringlich.
»Peg! Er ist naß!«
Rasch stieg ich die Küchentreppe hinauf. Meine Schritte

hallten im Korridor; und ich warf unterwegs noch einen flüchtigen Blick in den Speisesaal und den Salon. Die riesigen Räume wirkten leblos und kalt, alles war mit Planen bedeckt, und aus irgendeinem Grund hatte ich schreckliche Angst.

18. Kapitel

Harriet und ich kamen recht gut miteinander aus, denn wir bemühten uns beide, diplomatisch zu sein und Schwierigkeiten zu vermeiden. Anfangs nahm mir meine Schwägerin alles ab; ich durfte lediglich das Baby füttern und wickeln. »Ich mach das schon«, rief sie immer und sprang auf, wenn ich Torf fürs Feuer hereintragen, den Boden fegen oder etwas vom Regal herunterholen wollte. Es war angenehm, daß sich jemand so um mich kümmerte; mein Rücken fühlte sich in den ersten Wochen immer noch an, als wäre er aus Wackelpudding.

Als ich andeutete, in ein oder zwei Monaten könnte ich gut wieder allein für mich sorgen, schüttelte Harry entrüstet den Kopf. »Du kannst doch hierbleiben! Warum willst du dich gleich wieder ins Berufsleben stürzen? Du bist noch nicht wieder auf der Höhe, du brauchst Ruhe.«

»Mir geht es gut. Ich bin nur ein wenig müde, und das wird sich mit der Zeit auch geben.«

Harriet lehnte sich auf ihrem Küchenstuhl zurück. Sie hatte die langen Beine übereinandergeschlagen und den Kopf zurückgeworfen, ihre blonden Haare wellten sich auf den Schultern nach innen. Einen Augenblick lang erinnerte sie mich an Mary, nur daß Harriet einen Pullover mit mehreren Mottenlöchern anhatte und dazu eine alte Skihose, die schon bessere Zeiten gesehen hatte. Vieles, was auf der Farm zu tun war, erledigte sie selbst, und oft kam sie mit dreckverkrusteten Stiefeln und von der Kälte geröteten Wangen zurück. Wenn sie dann gebadet hatte, wirkte sie allerdings wieder so elegant und gepflegt wie eh und je.

»Du bist mir sehr wichtig, Peg«, verkündete sie eines Tages nach dem Mittagessen. »Von meiner Familie ist ja nicht mehr viel übrig, und hier kann es manchmal ganz schön einsam sein.«

Ich war gerührt und hätte ihr nur zu gern mein Vertrauen geschenkt. Aber ich wagte es nicht, ich durfte mich nicht in diese behagliche Kameradschaftlichkeit hineinziehen lassen, die sie mir vorgaukelte. Sie kam mir vor wie ein Hypnotiseur, der mir eine verführerische Phantasiewelt als Ersatz für die Realität anbot. So verdrehte sie mir immer wieder meine Eindrücke und schwächte meinen Willen.

Hinter ihr auf dem Herd sang der schwere Aluminiumkessel, auf dem Kaminsims darüber glänzten die Kupfertöpfe, die ich gestern blank poliert hatte. Trotz Harrys Protest hatte ich inzwischen das Kommando in der Küche übernommen und dabei kulinarische Begabungen in mir entdeckt, die mir vollkommen neu waren. Ich werkelte und wirkte, meinen Sohn neben mir in dem Sportwagen, den die O'Shaughnessys als Geschenk vorbeigebracht hatten.

»Er hat einmal Cissie gehört«, erklärte Mrs. O'Shaughnessy melancholisch.

Wo ich auch war, es ging mir immer nur darum, meinen

Sohn um mich zu haben – es war mein größter Wunsch, bei ihm zu sein, gleichgültig, ob er schlief, wachte, lächelte, brabbelte oder strampelte. Manchmal, wenn ich etwas zu ihm sagte, blickte er mich an, und dann erschien auf seinem Gesicht das gleiche Lächeln, das Lucien mir oft geschenkt hatte, wenn er so tat, als hörte er eine große Neuigkeit. Allmählich begriff ich, daß ich die Erinnerung an Lucien nie würde abschütteln können; ich mußte ihn in die Sparte ›Erinnerungen‹ einordnen, mehr konnte ich nicht tun. Ich mußte ihn nicht vergessen, ich mußte nur aufhören, mich nach ihm zu sehnen.
Aber wieso sehnte ich mich eigentlich nach ihm und nicht nach Brian? Wann war diese Veränderung eingetreten? Es war einfach passiert, ohne daß ich es gewollt hatte; aber es hatte natürlich etwas damit zu tun, daß die Beziehung zu meinem Mann meine Kräfte überfordert und meine Energie vollständig verbraucht hatte. Und es hatte etwas zu tun mit Freude – mit dem Zusammenklang von Geist und Körper, den ich dank Lucien hatte erleben dürfen, obgleich er mir nie wirklich gehört hatte. Obwohl Harriet es mir ausreden wollte, schrieb ich einen Brief an Mother Mercy. Ich berichtete, daß ich inzwischen Witwe war, vor kurzem ein Kind bekommen hatte und dringend Arbeit brauchte. Gab es vielleicht in ihrer Schule eine freie Stelle für eine Naturkundelehrerin?

Ohne meine Alpträume wäre das Leben auf Glenallen durchaus erträglich gewesen. Aber die Träume wurden immer schlimmer. Nacht für Nacht erwachte ich schweißgebadet, hörte Brians Stimme, die nach mir rief, hörte ihn

an meiner Tür kratzen. Ich sah ihn den Knockshee herabsteigen, mit seiner ledernen Fliegerjacke und -mütze, dann dröhnten seine schweren Schritte auf der Treppe.
Einmal erzählte ich Harry von den Träumen. »Ich habe immer wieder diese Alpträume von Brian, ich sehe sogar, wie er hierher zurückkommt. Und Murty behauptet, er hätte seinen Geist gesehen.«
Sie fuhr zusammen. »Murty sieht alle möglichen Geister«, meinte sie kopfschüttelnd und fuhr fort, ich sei bestimmt wegen Brian immer noch sehr mitgenommen. Doch wenn sie von ihm sprach, vermied sie sorgfältig meinen Blick.
»In meinen Träumen rät er mir jedesmal, von hier wegzugehen.«
Sie reagierte nicht, nur ihre Augen verengten sich.
»Du kannst nicht einfach weggehen, nur weil es dir im Traum jemand befiehlt«, sagte sie nach einer Weile. »Schließlich leben wir im zwanzigsten Jahrhundert, nicht im Ägypten der Pharaonen.«
Ich lachte. »Das weiß ich.« Dann nahm ich meinen Mut zusammen und setzte hinzu: »Gibt es eigentlich einen Tunnel oder einen Gang unter dem Haus?« Darüber machte ich mir schon lange Gedanken, denn mir war eingefallen, was Brian mir an unserem ersten gemeinsamen Abend in Glenallen erzählt hatte.
Auf diese Frage schien sie nicht gefaßt zu sein. Sie schwieg, machte aber plötzlich einen nervösen Eindruck. Nach einer Weile entgegnete sie leise: »Warum fragst du das?«
»Brian hat mir einmal erzählt, du hättest den Eingang dazu gefunden.«

»Ach so. Stimmt, es gibt einen Tunnel. Wir können ihn bei Gelegenheit mal anschauen; es ist nicht leicht, ihn zu öffnen, aber ich zeige ihn dir gern!«

Dabei setzte sie ihre Tasse so heftig auf den Tisch zurück, daß der Tee herausschwappte. Ich sprang auf, um einen Lappen aus der Spüle zu holen. Während ich Tisch und Fußboden aufwischte, mußte ich daran denken, wie David vor langer Zeit die Katze zu diesem Zweck mißbraucht hatte, und wie Cissie, Mary und ich darüber gelacht hatten.

Immer wieder überkam mich die Sehnsucht nach ihnen, zusammen mit dem seltsamen Gefühl, daß die Zeit ein Ding war, etwas Materielles, das alles, was dem Leben Sinn und Bedeutung gab, unter sich begrub, so daß es unwiederbringlich verloren war.

»Glaubst du, Mary McElligott ist tot?« fragte ich übergangslos, während ich den Lappen über dem angeschlagenen alten Spülbecken auswrang – immer darauf bedacht, daß Harry nicht sah, wie mir die Tränen übers Gesicht liefen. Ich hatte ihr erzählt, daß Mary während der Bombardierung in London verschwunden war.

»Wenn sie tot wäre, hätte Murty sie bestimmt auf dem Berg gesehen!«

Nach kurzem Nachdenken stellte ich ihr leise eine Frage, die ich ihr schon lange hatte stellen wollen: »Was ist eigentlich hier mit ihr geschehen, an dem Tag, als die Ziege sie verletzt hat? Damals, als sie noch klein war.«

Harriet stand auf und warf die Haare zurück. »Um Himmels willen, das willst du bestimmt nicht wirklich wissen!«

»Doch!«

»Na gut, wenn du darauf bestehst. Ein Kerl, der hier arbeitete, hat sie vergewaltigt. Aber man hat die Sache vertuscht, denn es war wichtiger, Marys guten Ruf zu wahren, als den Mann zu bestrafen.« Sie hielt einen Moment inne. »Wie es eben in diesem Land so üblich ist.« Ihre Stimme klang kalt und zornig.

»Er ist ungeschoren davongekommen?« hakte ich nach. »Dieser Mann, der Marys Leben zerstört hat?«

Harry lachte bitter.

»Das ist meistens so ..., daß sie ungeschoren davonkommen. Aber bei dem war es anders«, fügte sie hinzu und lachte wieder.

»Was ist mit ihm geschehen?«

In diesem Moment hörte ich Murty auf dem Hof mit einem Eimer klappern und schickte ein Stoßgebet zum Himmel, daß er nicht hereinkommen möge.

»Er machte den Fehler, dasselbe bei mir zu versuchen.«

Ich sah in ihr Gesicht. Offenbar war sie ganz in der Vergangenheit versunken, und dennoch beschleunigte sich ihr Atem. »Was hast du getan?«

Harriet lächelte in sich hinein und gab mir keine Antwort.

Laut hustend trat Murty durch die schlecht geölte Hintertür, nahm den Hut ab und wusch sich am Spülbecken die Hände.

»Es ist noch Eintopf da, Murty.«

»Danke, Ma'am.«

Am Abend ging ich mit einer Taschenlampe in den Keller. Es war kalt und feucht, eine gottverlassene, bedrohliche Atmosphäre umfing mich; ich konnte es kaum aushalten.

Hier unten waren allerlei ausrangierte Haushaltsutensilien abgestellt: alte Besen, Flaschen, Waschbretter, eine handbetriebene Wringmaschine, kaputte Küchenstühle, rissige Wannen und Krüge. Genau wie das obere Stockwerk war auch der Keller in einzelne Räume unterteilt, aber die Wände bestanden hier unten aus feucht glänzendem Granit, dessen Glimmerteilchen im Licht der Taschenlampe funkelten. Ich ging rasch vorwärts, denn die Dunkelheit jagte mir Angst ein; in jedem Schatten glaubte ich etwas Bedrohliches zu erkennen. Mit der Taschenlampe leuchtete ich sorgfältig die Bodenfliesen ab, ohne jedoch etwas Außergewöhnliches festzustellen. Keine Spur von einem weiteren Knopf oder von anderen Gegenständen. Ob Nora den Knopf wirklich im Keller gefunden hatte? Oder hatte sie sich einen schlechten Scherz erlaubt? Schließlich hatte ich auch nie nachweisen können, daß Harriet im vergangenen Jahr die Kette in meinem Zimmer versteckt hatte und nicht Nora. Womöglich hatte Nora das Ganze inszeniert.

Nachdem ich den Keller inspiziert hatte, suchte ich systematisch jedes Zimmer im Haus ab, ob es nicht doch irgendwelche Hinweise darauf gab, daß Brian nach Glenallen zurückgekommen war. Allmählich kam ich mir reichlich albern vor. Tausende von Frauen hatten im Krieg ihren Mann verloren, aber wie viele stöberten wohl in alten Häusern herum und fahndeten nach Beweisen, ob sie doch noch lebten? Sollte ich Harry das Beweisstück zeigen? Sie würde mich nur auslachen. Nora konnte den Knopf überall aufgelesen haben. Es gab schließlich genug Iren, die zur RAF gegangen waren.

Die Möbel in den Zimmern waren alle mit Schutzbezügen abgedeckt. Ich sah mich selbst im Salonspiegel und dachte an den Abend, als ich jung verheiratet zum ersten Mal hier gestanden hatte. Die einstige Behaglichkeit war verschwunden, jetzt wirkte alles bedrückend und unheimlich. Ich versuchte es mir damit zu erklären, daß alles verhüllt, eingepackt und unbewohnt war.
Noch einmal blickte ich in den Spiegel und war plötzlich schockiert über meine Figur – mein Bauch wölbte sich noch immer deutlich nach vorn. Ich brauchte Bewegung. Als ich später mit Harry darüber sprach, meinte sie, ich solle ein wenig reiten, das sei doch genau das richtige, um den Bauch wieder zu straffen. »Für den menschlichen Körper gibt es gar nichts Besseres als den Rücken eines Pferdes.« Also ging ich zu Murty und sagte ihm, daß ich am nächsten Tag ausreiten wollte. Schon seit einer ganzen Weile hatte ich vor, zum Knockshee zu reiten, aber ich fand einfach nicht den Mut dazu. Doch jetzt war die Zeit reif.
»Ich nehme Joey.«
Murty war dabei, das Pferdegeschirr aufzuräumen und blickte mich über die Schulter an. »Großer Gott – haben Sie nichts dazugelernt?«
Ich lachte. »Ist schon in Ordnung. Es war damals ja nicht Joeys Schuld, sondern meine! Und wenn nicht ausgerechnet die Jagd in vollem Gang gewesen wäre, hätte er sich bestimmt nicht so aufgeführt.«
Als ich mich schon zum Gehen wandte, fiel mir ein, was Harry mir beim Mittagessen gesagt hatte.
»Murty – darf ich Sie etwas fragen?«

Er schaute mich unter seiner schmutzigen Schirmmütze an. »Schießen Sie los.«
»Ich habe gehört, daß vor ein paar Jahren hier etwas Schreckliches geschehen ist – ein kleines Mädchen wurde von einem Stallburschen überfallen. Was ist mit dem Mann passiert?«
Murty beschäftigte sich schon wieder mit den Sätteln, die er mit Sattelseife reinigte.
»Na, er ist tot!«
»Wie ist er gestorben, Murty?«
Er zuckte die Achseln. »Ein Hengst hat ihn umgebracht. Der Mann war schon entlassen, aber dann hat ihm der Hengst den Schädel zertrümmert. Ist ihm nur recht geschehen.«
»Und Sie sind sicher, daß es der Hengst war?«
»Natürlich. Ich hab ja selbst gehört, wie das Tier sich aufgeführt hat. Obwohl ich bis heute nicht weiß, weshalb es so verrückt geworden ist.«
»Miss Harry war sicher nicht in der Nähe, als es passiert ist, oder?«
Murty drehte sich zu mir um und musterte mich eindringlich.
»Sie war in der Nähe. Aber glauben Sie jetzt bloß nicht, daß sie etwas damit zu tun hatte. Man hatte den Knechten ausdrücklich eingeschärft, sich von den Hengsten fernzuhalten.«
»Natürlich habe ich das nicht gedacht.«

In der Kirche saßen die O'Shaughnessys zwei Reihen hinter uns. Sie lächelten mir zu, und Mrs. O'Shaughnessy

flüsterte: »Wie geht es dem Baby?« »Gut«, flüsterte ich zurück.
Nach der Messe ging ich ins Pfarrhaus und sprach mit dem Hilfspfarrer über Dans Taufe. Er schlug den kommenden Samstag vor und schrieb sich mit verwunderter Miene die Namen auf, die ich für meinen Sohn ausgesucht hatte. Aus der Küche roch man Kohl und Roastbeef. Das Wohnzimmer des Pfarrhauses war makellos sauber, das Torffeuer glühte, an der Wand hingen Photos vom Papst und von Männern in langen Gewändern und schwarzen Biretten. In einer Ecke stand ein großer Bücherschrank mit Glastüren und dicken, ledergebundenen Bänden. Ein großer Stahlstich in einem schwarzen Holzrahmen zeigte irgendeine erdgeschichtliche Katastrophe: Halbnackte Menschen versuchten sich vor feuerspeienden Bergen in Sicherheit zu bringen und flohen vor den Erdspalten, die sich vor ihren Füßen auftaten. Unter dem Bild stand: »Das Öffnen des Siebenten Siegels«.
Als ich aus dem Pfarrhaus kam, sah ich Harry, die im Einspänner auf mich wartete und gedankenversunken über die Felder in Richtung Glenallen und den dahinter liegenden Hügel blickte. Im Wechselspiel von Licht und Schatten leuchtete der Knockshee olivgrün und braun. Ich stellte mir diesen Blick mit der Bildunterschrift vor, die ich im Pfarrhaus gesehen hatte. Ein todbringender Berg. Im Vergleich dazu wirkte der Knockshee jetzt vollkommen harmlos.
Harriet hielt das Gesicht in den Wind, und ihre blonden Haare wehten unter dem Hut hervor. Langsam ging ich auf den Einspänner zu. Sie bemerkte mich nicht, und ich

war nicht gefaßt auf die Woge von Haß, die mich bei ihrem Anblick plötzlich überflutete: die Erinnerung an Toms toten Körper im Heu, an Brians Gesicht beim Lesen ihres Briefs in Knightsbridge, die Porzellanwanne mit dem winzigen Körper meines ersten Babys unter dem blutdurchtränkten Handtuch. Ich versuchte, meine Wut hinunterzuschlucken. Womöglich war ich verrückt; ich konnte mir selbst nicht mehr trauen, denn ich sah auch Dinge, die nicht vernünftig zu erklären waren. »Vielleicht bist du ja vom Pech verfolgt«, hatte Harry einmal zu mir gesagt.
Endlich wandte Harriet sich um, sah mich mit zusammengekniffenen Augen an und lächelte. »Ach, da bist du ja. Beeil dich, wir wollen noch bei den O'Shaughnessys vorbeischauen.«
Ich stieg ein, zog das Treppchen hoch und schloß die Tür.
»Deine Hände zittern ja«, bemerkte Harriet. »Hat der Priester etwas Unangenehmes gesagt?« Sie blickte mir so scharf und durchdringend ins Gesicht, als könnte sie in meiner Seele lesen. Ich ballte die Fäuste, damit das Zittern aufhörte.
»Nein.«
Sie knallte kurz mit der Peitsche, und los ging die Fahrt. Der Einspänner zuckelte die Straße entlang, und Harriet winkte den Leuten zu, die sie freundlich begrüßten.
»Guten Morgen, Pat! Guten Morgen, Molly.«
»Hallo, Miss Fitzallen. Schöner Tag heute!«
Niemand nannte sie Mrs. Donlon.
Hier und dort waren große Büschel Narzissen aufgeblüht; die Bäume hatten kleine, harte Knospen, und ein paar Kirschbäume blühten bereits. Lämmchen stolperten hin-

ter ihren Müttern her; manche hatten schwarze Gesichter und schwarze Beine.
Ich dachte an mein eigenes kleines Lamm, das in Glenallen auf mich wartete. Peter, der übers Wochenende da war und die Frühmesse besucht hatte, spielte heute den Babysitter. Ich kam mir vor wie ein Häftling, der für einen Tag freigelassen wird. Ein verwirrter Geist, der mit seiner eigenen Wut und Gewalttätigkeit zu kämpfen hatte.
»Nun, hast du die Taufe arrangiert?« wollte Harriet wissen. Ich antwortete, sie solle am folgenden Samstag stattfinden.

Wenige Minuten später kam die Auffahrt zu Cissies Zuhause in Sicht; ich sah mir jede Kleinigkeit auf der Straße genau an und ließ meinen Erinnerungen freien Lauf. Jener erste Tag stand mir noch klar im Gedächtnis: Des fuhr uns, Cissie lachte, es nieselte, und dann bremste der Wagen scharf, daß der Kies nur so spritzte – das war mein Eintritt in eine neue Welt gewesen.
Jetzt bogen wir in die Auffahrt ein, vorbei an der gelb leuchtenden Forsythienhecke. An der Tür erwartete uns bereits Mr. O'Shaughnessy, denn mit seinem Auto war er natürlich schneller gewesen. Er reichte mir die Hand, half mir beim Aussteigen, und ich betrat das Haus, in dem ich so glückliche und zufriedene Tage erlebt hatte. Fast fühlte ich mich wieder, als wäre ich vierzehn.
Unser Gastgeber führte uns ins Wohnzimmer, das beinahe unverändert war, abgesehen von zwei Porträts, die Cissie und Des als Teenager zeigten, einem Photo von Des in der Uniform der Luftwaffe – es erinnerte mich an Brian –

und einem Bild neueren Datums, auf dem die Zwillinge David und Barbie zu sehen waren. Erstaunlich, wie erwachsen die beiden geworden waren – sie hatten gar keine Ähnlichkeit mehr mit den beiden wilden Schlingeln von damals. Jetzt waren sie im Internat, und das Haus kam einem richtig leer vor. Im Kamin brannte ein munteres Torffeuer, und wir standen eine Weile davor und rieben uns die kalten Hände.

Harry trank Whiskey mit Wasser und ich einen Sherry, der mir sofort zu Kopf stieg. Wenigstens half mir der Alkohol, mich von dem Gefühlsausbruch zu erholen, den ich vor einer halben Stunde durchgemacht hatte. Ich beantwortete die Fragen nach meinem Baby mit der Begeisterung einer jungen Mutter, und Harriet lauschte betont geduldig, bis sie mich irgendwann doch unterbrach und meinte, sie würde sehr gern einmal den Garten sehen.

»Wie kommen Sie denn jetzt mit Ihrer Schwägerin zurecht?« fragte mich Dr. O'Shaughnessy, als seine Frau und Harry im Garten verschwunden waren, um die neuen Blumenrabatten zu besichtigen, in denen die Narzissen gerade zu blühen begannen. Er beugte sich hinüber zu der Holzkiste und warf ein paar Torfstücke aufs Feuer. Sofort erfüllte der aromatische Duft des Rauchs das Zimmer.

»Wir kommen ganz gut miteinander aus«, antwortete ich. »Nur habe ich dauernd diese gräßlichen Alpträume. Ich lasse nachts schon das Licht brennen, aber es hilft nichts. Manchmal höre ich beim Einschlafen sogar Brians Stimme.«

Er musterte mich.

»Was sagt er denn?« fragte er vorsichtig.

»Geh weg von uns, sagt er, nimm das Kind, und geh weg.«
»Macht Ihnen das angst?«
»Ja, furchtbar. Aber dann wache ich auf und merke, daß es nur ein Traum war.«
Ich wandte die Augen ab. Obwohl ich den Zorn von vorhin noch in mir spürte, waren die Gewalt und der Haß verflogen. Die freundliche Atmosphäre dieses Hauses hüllte mich ein.
»In letzter Zeit bin ich ein bißchen seltsam«, sagte ich, so leichthin wie möglich. »Allmählich mache ich mir Sorgen. Ich habe so etwas noch nie erlebt.«
»Wie meinen Sie das, Sie sind seltsam?«
»Ich spüre eine Wut in mir, eine schreckliche, gewalttätige Wut.«
Schweigen trat ein. Dr. O'Shaughnessy sah mich aufmerksam an, und ich begriff, wie gefährlich es war, ein solches Geständnis abzulegen. Ich lachte, um zu zeigen, daß es nicht ganz ernst gemeint war.
Dr. O'Shaughnessy wechselte prompt das Thema.
»Und dem Baby geht es gut?«
»Sehr gut.«
»Schön«, meinte er. »Ich komme bald mal vorbei und sehe es mir an. Gibt es Probleme beim Füttern?«
»Nein. Er ist ein guter Esser.«
»Vermutlich wissen Sie ja, wie wichtig es ist, die Anweisungen für die Fertignahrung genau zu befolgen – die richtige Wassermenge und so weiter.«
Ich blickte ihn von der Seite an. Sicher machte er jetzt Konversation, weil er Zeit gewinnen wollte, um mich insgeheim genauestens zu taxieren.

Er begann zu lachen.
»Entschuldigen Sie, Peg. Ich vergesse immer wieder, daß die Kinder von gestern die Wissenschaftler von heute sind. Ich werde eben alt! Aber Ihre Träume beunruhigen mich etwas, ich habe den Eindruck, Ihre Nerven sind ziemlich überreizt. Ich hoffe, Sie haben Ruhe in Glenallen. Und ich hoffe, Sie trinken keinen Tee vor dem Zubettgehen. Warme Milch wäre das beste – oder Kakao, falls Sie welchen kriegen können.«
Seine Stimme klang allzu sanft, aber gleichzeitig hörte ich seine ärztliche Sorge.
Dann beugte er sich vertraulich zu mir herüber und sagte leise: »Ich bin froh, daß Sie mit Harriet Frieden geschlossen haben. Es ist ganz natürlich, daß Ihre Schwägerin sich um Sie und das Baby kümmert – schließlich ist Ihr Sohn ja der zukünftige Erbe.«
Ich verschluckte mich an meinem Sherry und mußte husten.
»Nein«, entgegnete ich hustend und kopfschüttelnd. »Das ist er nicht.« Ich hustete immer noch, als Harry und Mrs. O'Shaughnessy vom Garten hereinkamen. Wir stiegen in den Einspänner und fuhren über die holprige Straße nach Glenallen zurück, fast ohne ein Wort zu wechseln.
Als wir schon fast angekommen waren, sagte Harriet plötzlich: »Ich werde Ballycloghan verkaufen müssen. Aber ich räume natürlich zuerst deine Sachen heraus.«
Am liebsten hätte ich sie mit einem Faustschlag aus dem Wagen befördert. »Das kannst du doch nicht machen! Es ist mein Zuhause!«

Sie zuckte die Achseln. »Du bist hier zu Hause, Peg. Jetzt gehörst du hierher.«

»Nein. Ich werde mir Arbeit suchen, und dann werde ich dir Ballycloghan abkaufen!«

»Reg dich doch nicht so auf«, meinte sie freundlich. »Die Entscheidung ist ja noch nicht endgültig gefallen.«

Peter saß in der Küche, vor sich auf dem Tisch einen Wust von Papieren. Er schrieb emsig; einen Fuß hatte er auf Dans Sportwagen gestützt und schaukelte ihn sanft. Als wir hereinkamen, sammelte er die Papiere zusammen und verkündete, er werde in der Bibliothek weiterarbeiten. Ich warf einen Blick auf die Dokumente, die er in der Hand hielt: mit rosafarbenem Band zusammengebundene Stapel, die Briefköpfe trugen wie ›Das Hohe Gericht‹ und in denen ständig von ›Kläger‹ und ›Verteidiger‹ die Rede war. Ein Blatt mit der getippten Überschrift ›Fall zur Beratung an den Anwalt mit der Bitte zur Einleitung des Verfahrens‹. Wie hart er arbeitete! Es interessierte mich, was dieser verschlossene, kalte Mensch eigentlich machte; aber ich hatte Angst vor ihm, Angst vor seinem Hochmut, Angst vor der Seele, die in ihm wohnte und die fähig war, solche Briefe zu verfassen wie den an Cissie. Wegen dieses Briefs haßte ich ihn, aber trotzdem machte er mich neugierig.

Beim Mittagessen sprachen wir über die bevorstehende Taufe, und zu meiner Überraschung erklärte Peter, er werde auch dabeisein.

»Daniel Lucien paßt wirklich ganz hervorragend zu ihm«, meinte er und deutete dabei auf das Baby im Sportwagen,

das mit seinen dicken Fäustchen in der Luft herumfuchtelte.
Betretenes Schweigen.
»Ich habe ihn nicht Brian genannt, weil der Name mir zu weh tut«, sagte ich schließlich. »Außerdem wollten wir das Kind, das ich vor zwei Jahren verloren habe, so nennen.«
»Das ist doch alles Schnee von gestern«, warf Harry ein und rieb sich mit der Hand über die Augen.
»Nicht für mich!« Wieder schwiegen alle und widmeten sich ihrem Essen.

Bei seiner Ankunft hatte mich Peter genauso überheblich begrüßt wie immer. Aber er hatte noch überarbeiteter und müder ausgesehen als sonst; die graue Strähne an einer Schläfe war nicht zu übersehen.
Ich fragte mich, in welchem Maße er, und nicht Harriet, als graue Eminenz an den Ereignissen mitgewirkt hatte, die sich in Glenallen abgespielt hatten, und deshalb mied ich ihn, wenn er daheim war, soweit wie möglich. Ein paarmal hatte er mich allerdings abgepaßt, um unter vier Augen mit mir zu sprechen. Und einmal hatte er sogar Cissie erwähnt. »Du erinnerst dich doch an Cissie, Peg – ich glaube, ihre Familie ist nie über ihren Tod hinweggekommen.« Aber ich ließ mich nicht auf seine Seite ziehen. Die Verzweiflung in seinen Augen schob ich auf sein schlechtes Gewissen.
Nach diesem Gespräch war er früher als geplant nach Dublin zurückgekehrt. Wieder einmal wünschte ich mir, ich könnte mit ihm reden und ihm vertrauen. Er war Anwalt, bestimmt hätte er mich über vieles aufklären

können. Aber wenn ich ihn jetzt beim Mittagessen ansah und dieses stumme Einverständnis zwischen ihm und Harriet spürte, dann wußte ich, daß ich nicht offen mit ihm reden konnte, daß es völlig ausgeschlossen war, ihn um irgendwelche Erklärungen zu bitten. Trotzdem ging von ihm keine Feindseligkeit aus.

Nach dem Essen merkte ich, wie er mich fragend anblickte. Harriet legte sich mit Migräne ins Bett, und ich wusch in dem großen alten Spülbecken das Geschirr, das ich systematisch für Peter zum Abtrocknen auf dem großen Holzbrett stapelte. Er behandelte das Geschirr mit derselben Sorgfalt wie seine juristischen Schriftstücke.

»Du bist so schnell. Ich komme da nicht mit.«

Ich schrubbte die Töpfe, und er nahm mir einen nach dem anderen ab, trocknete ihn und stellte ihn weg. Dann hätte er die Küche normalerweise verlassen, aber heute fragte er: »Kann ich noch was tun?«

»Nein, danke.«

Gerade wollte er die Tür hinter sich zumachen, da sagte ich: »Peter …«

Er drehte sich um und wartete höflich.

»Wahrscheinlich weißt du, daß ich schreckliche Alpträume habe, hauptsächlich von Brian. Harry ist in den letzten Wochen schon mehrmals nachts an mein Bett gekommen, weil ich im Schlaf geschrien habe. Siehst du, Brian hat mir nämlich einen Brief geschrieben, daß er unbedingt nach Hause wollte. Murty sagt, er hätte Brians Geist gesehen. Wahrscheinlich weißt du nicht zufällig etwas darüber?«

Ich wurde rot, weil mir klar war, wie lächerlich das alles klang.

Bei der Erwähnung seines Bruders wurde Peters Gesicht genauso verschlossen wie das von Harry, und die alte Herablassung tauchte wieder auf.

»Nein. Er ist nicht zurückgekommen. Tut mir leid, Peg, aber du solltest wirklich nicht auf Murty hören oder auf irgendwelche anderen abergläubischen Geschichten, die hier in der Gegend erzählt werden. Du hast eine schwere Zeit hinter dir. Wenn du dir Murtys Märchen zu Herzen nimmst, machst du es dir nur unnötig schwer.«

»Hat Dr. O'Shaughnessy eigentlich recht mit seinen Andeutungen, daß mein Sohn später einmal alles erbt?«, platzte ich gleich mit der nächsten Absonderlichkeit heraus. Das ganze Mittagessen über hatte ich darüber nachgegrübelt, wie absurd das war. Und wie unendlich peinlich.

Peter fuhr auf. Dann sah er mir fest in die Augen und sagte bedächtig: »Ich glaube nicht, Peg. Und ich denke, das weißt du auch. Schließlich wissen wir alle, wer Brian war – aber wer ist Lucien?«

Das Blut wich mir aus dem Gesicht, und mir blieb die Luft weg.

»Versteh mich nicht falsch«, fuhr er fort. »Ich will dich nicht verurteilen; Brian hatte seine Chance, aber er hat sie nicht genutzt. Weißt du eigentlich, ob er je ein Testament gemacht hat?«

»Soweit ich weiß, nicht«, antwortete ich. »Er hatte ja nichts zu vererben.«

Peters Augen wurden wieder unergründlich.

»Ach ja?«

Wieder wollte er hinausgehen, und wieder hielt ich ihn in

letzter Sekunde davon ab. »Peter, weißt du, wo der unterirdische Gang ist?«
»Das ist eine alte Familienlegende«, antwortete er nach kurzem Nachdenken. »Weiter nichts.«
»Harriet hat gesagt, daß ein solcher Gang existiert. Sie wollte ihn mir sogar zeigen. Ich dachte, er ist vielleicht im Keller, aber als ich neulich unten war, konnte ich nichts entdecken, was aussah wie ein Eingang.«
Peter schüttelte den Kopf. »Ich glaube, da hat sie dir einen Bären aufgebunden, Peg.«

Als Dan fest eingeschlafen war, zog ich mir eine lange Hose an und ging hinaus zu den Stallungen. Murty sattelte meinen alten Freund Joey und half mir beim Aufsteigen. Ich konnte mich nicht mehr wie früher auf den Pferderücken schwingen, indem ich einen Fuß in den Steigbügel setzte und den Sattel umfaßte. »Ich komme mir vor wie eine alte Frau«, jammerte ich.
»Das wird schon wieder, Ma'am. Machen Sie sich da mal keine Sorgen.«
Die beiden Hunde erschienen, schnüffelnd und jaulend, mit wedelndem Schwanz und hängender Zunge.
»Sie kriegen Gesellschaft.«
Die Hunde sausten vor mir her aus dem Hof. Joey trottete gemächlich hinter ihnen her, was mir gerade recht war. Einmal verfiel er in Trab, doch das unterband ich rasch.
Es war ein milder, feuchter Tag, die Luft roch würzig und süß. Die Krokusse blühten, lila im feuchten Gras, und die Narzissen streckten ihre schlanken grünen Blätter überall aus dem Boden; in ein bis zwei Wochen würden sie in

voller Blüte stehen. Ich ritt an roten Feldern mit Winterweizen vorbei, an Äckern mit Mangold, die Blätter vom Frost verfärbt. An einer der offenen Mieten blieb Joey abrupt stehen und schnappte sich ein paar Wurzeln der süßen Pflanze, mahlte und klirrte mit dem Gebiß. Dann wandte er den Kopf nach rechts und links, wobei er den grünen Sabber an meinen Beinen abwischte.
Ich stieß ihn in die Flanken und trieb ihn weiter, immer am Rand der Felder entlang und hielt dabei Ausschau nach der Egge. Schließlich entdeckte ich sie, überwuchert vom hohen Gras, gleich beim Tor zur Pferdekoppel. Jetzt fühlte ich mich etwas sicherer und schlug die Richtung zur Langen Wiese ein, an deren Rand ich weiterritt, bis ich zum Anfang des Pfads kam. Doch Joey war nervös, und es war schwierig, ihn in eine günstige Position zum Schließen der Tore zu bewegen, obwohl sie alle eiserne Riegel hatten, die man von oben öffnen und schließen konnte, so daß ich wenigstens nicht jedesmal absteigen mußte.
Die beiden roten Setter tollten vorneweg, jagten allem nach, was ihnen über den Weg lief, steckten die Nase in Mauselöcher, pinkelten und beschnüffelten sich gegenseitig am Hinterteil. Plötzlich hoppelte ein Kaninchen aus der Hecke übers Feld, überlegte es sich dann aber anders und rannte wieder zurück. Die Hunde setzten ihm nach, kehrten jedoch enttäuscht zurück, weil ihre Jagdbeute einfach im Bau verschwunden war, das weiße Schwänzchen hoch erhoben. Weiter oben auf dem Feld entdeckte ich zwei andere, neugierige Kaninchen mit langen, zukkenden Ohren, die uns vom Eingang ihres Baus beobachteten, bevor sie sich zur Beratung unter die Erde zurück-

zogen. Saatkrähen saßen wie dunkle Wachtposten auf den Weißdornbüschen, und die Eschen ächzten warnend. Die Krähenschwärme auf den Feldern beachteten mich gar nicht, weil ich keine Flinte bei mir trug. Direkt vor mir lag der Berg, sein Abhang in Nebel gehüllt.
Am oberen Rand der Langen Wiese ließ ich Joey grasen, stellte mich in den Steigbügeln auf, um meinen Rücken zu entlasten, und blickte über die Hecke ins Tal. Der Schnepfensumpf war überschwemmt, und die Hohe Wiese lag im Nebel. Es hatte keinen Sinn weiterzureiten. Aber die Hunde waren anderer Meinung, sie drängten sich durch die Hecke und rannten vergnügt, in großen Bögen, immer hin und her über die Wiesen. Endlich kam der eine zu mir zurück. Er hielt etwas im Maul, was aussah wie ein Stück von einem alten Gummistiefel. Mein Rücken tat verteufelt weh, deshalb machte ich kehrt; Joey trabte ein Stück, daß es mich nur so durchrüttelte. Ich mußte möglichst schnell wieder in Form kommen. Aber jetzt sehnte ich mich nur noch nach einem heißen Bad.

Als wir vor dem Stall ankamen, zog ich beide Füße aus den Steigbügeln und rutschte vom Pferderücken herunter. Meine Beine fühlten sich an wie Pudding, ich konnte mich kaum aufrecht halten und lehnte mich einen Moment an Joey. Murty kam, um mir das Pferd abzunehmen. »Was hat der Hund denn da im Maul?« fragte er, aber Rex drehte sich schnell weg und kam zu mir. Auf dem Heimweg hatte er seinen seltsamen Fund zwar immer wieder fallen lassen, aber er hielt ihn noch im Maul; das Ding war tropfnaß von seinem Speichel, denn er hatte es eifrig durchgekaut. Ich nahm es ihm ab und erkannte sofort, was es war. Schließlich hatte ich es oft genug im Kino in der Wochenschau gesehen, wenn über die Luftwaffe berichtet wurde: Es war die Schutzbrille eines Piloten. In diesem Moment hörte ich, wie die Küchentür aufging, und steckte die Brille rasch in meine Tasche.

19. Kapitel

Daniel veränderte sich; von Woche zu Woche wurde er munterer, und allmählich wirkte er nicht mehr ganz so zerbrechlich. Seine Augen waren inzwischen eindeutig braun; er hatte sich eine ordentliche Fettschicht zugelegt, und wenn er lächelte, bekam er Grübchen. Immer wieder mußte ich an seinen Fäusten die Knöchel suchen und sie mit meinen eigenen Händen vergleichen. Jetzt war er beinahe acht Wochen alt, und Murty meinte, er werde sich bestimmt bald selbst vom Bauch auf den Rücken drehen.

Eines Morgens kam ein Brief aus Galway, von St. Catherine's. Mother Mercy sprach mir ihr Beileid aus, daß ich verwitwet war, aber sie habe im Moment leider keine freie Stelle. Das Briefpapier war steif, mit Wasserzeichen und dem Schulwappen: ein durchstoßenes Marienherz, von dem Strahlen ausgingen wie von einer Sonne, darunter aufwendig verschlungene Zierbänder.

Ich hoffe, Sie werden eine andere Stelle finden und uns mit Ihrem kleinen Sohn bald einmal besuchen.
Immer in der Liebe Jesu Christi

Mir fiel ein, was Brian gesagt hatte, als Mother Mary uns zur Hochzeit geschrieben und gratuliert hatte. »Warum können die denn den toten Jesus nicht ein einziges Mal aus dem Spiel lassen?«
Damals hatte ich ihm vorgeworfen, das sei eine Gotteslästerung, aber er hatte nur gelacht. »Merkst du denn nicht, wie gut es in ihr Konzept paßt, jemanden der Gotteslästerung zu bezichtigen? Wenn Blasphemie nämlich ein Verbrechen ist, dürfen bestimmte Fragen von vornherein nicht gestellt werden. Und wenn man etwas nicht hinterfragen darf, ist man machtlos.«
Harry sah mich beim Frühstück den Brief lesen und fragte, von wem er kam. Ich reichte ihr das Schreiben und beobachtete ihr Gesicht, während sie es überflog.
»Du denkst doch wohl nicht daran wegzugehen? Das ist unmöglich! Was soll denn aus deinem kleinen Entchen werden?«
Seit einiger Zeit hatte sie sich angewöhnt, Dan ›Entchen‹ zu nennen, was mir durch Mark und Bein ging.
»Du könntest dich doch gar nicht um ihn kümmern ..., wenn du den ganzen Tag arbeitest.«
»Ich weiß nicht, Harry. Ich möchte deine Gastfreundschaft nicht überstrapazieren.« Ich mußte vorsichtig sein. Ich hatte ihr bewußt verschwiegen, was Rex draußen gefunden hatte. Ganz bestimmt hatte Peter ihr von seinen Zweifeln an der Legitimität meines Sohnes erzählt, die er vor mir so unmißverständlich formuliert hatte. Doch sie ließ sich mir gegenüber nichts anmerken.
»Unsinn. Aber wenn du wirklich weggehen möchtest, kannst du Dan natürlich gern hier bei mir lassen.«

Dan bei Harriet lassen! Seine kleinen dicken Fäuste und geballten Zehen nicht mehr sehen! »Danke, aber ich will ihn bei mir behalten. Und wenn ich in Irland keine Stelle finde, muß ich eben zurück nach England. Dan ist inzwischen alt genug für einen Umzug.«
Das stimmte allerdings nicht ganz. Die Vorstellung, ein Baby mit nach England zu schleppen, begeisterte mich nicht im geringsten.
Harriet beugte sich hinüber zum Herd, angelte die Teekanne und schenkte sich nach. »Morgen kommt übrigens dieser Anwalt, ich soll irgendwelche Papiere unterschreiben. Könnest du ihn vielleicht reinlassen und in den Salon bitten?«
»Was für Papiere sollst du denn unterschreiben?«
Sie blickte auf, und einen Augenblick fiel das Licht auf die feinen, fast unmerklichen Linien um ihren Mund, die sich später einmal, wenn die Zeit Harrys Geschichte in ihr Gesicht eingemeißelt hatte, als Falten eingraben würden.
»Hast du das schon vergessen? Die Sache mit Ballycloghan? Du weißt doch, daß es verkauft werden muß!«
Ich war wie vor den Kopf geschlagen; ich war wütend auf Tom, weil er für diese Situation verantwortlich war, und gleichzeitig auf Harry, die noch vor kurzem so getan hatte, als wollte sie den Verkauf von Ballycloghan erst einmal auf die lange Bank schieben. Warum tat sie so etwas? Der Gedanke, daß mein altes Zuhause bald nicht mehr existieren würde, war beinahe, als verlöre ich einen geliebten Menschen.
»Peg, ich weiß ja, wie du dich fühlst. Aber Ballycloghan hat Tom gehört, nicht dir. Du hast mit dem Studium dei-

nen Anteil verbraucht, und Tom hat geheiratet. Ist es wirklich so furchtbar, wenn seine Witwe sein Haus erbt? Die Dinge verändern sich eben!«

So sanft und vernünftig sie auch sprach und obwohl es ja die Wahrheit war – ich war dennoch zornig. Zornig und zutiefst verletzt.

»Natürlich lasse ich deine Sachen zuerst herausholen«, fügte Harriet hinzu.

»Ich möchte das Haus noch einmal sehen, ehe du es verkaufst!«

Sie schenkte mir einen mitleidigen Blick.

»Dafür ist keine Zeit mehr! Ich unterschreibe morgen die Verträge. Bitte versuche das zu verstehen!«

Auf einmal überfiel mich das Heimweh und ein abgrundtiefer, blinder und – das wußte ich – unbegründeter Haß. Harriet war Toms Witwe. Ballycloghan gehörte ihr. Sie hatte recht. Irgendwann hätte Tom geheiratet, wenn nicht Harriet, dann eine andere. Ich hatte studiert und damit alle anderen Ansprüche verwirkt.

Aber als ich so dasaß und die Leere in mir spürte, den Verlust von Ballycloghan und vor allem, was es für mich bedeutete, da starb etwas in mir. Vielleicht war es mein Mitgefühl, vielleicht die Nächstenliebe oder der Rest an Glauben, der mir noch geblieben war. Sei vorsichtig, Harriet, dachte ich. Paß auf, wenn du mir in Zukunft den Rücken zuwendest.

Sie frühstückte ausgiebig und in aller Ruhe: gekochte Eier und Toast. Draußen regnete es, und der böige Wind trieb die Tropfen immer wieder heftig prasselnd gegen die Fensterscheiben. Der Hof war naß, die Bäume schwankten im Wind. Draußen entdeckte ich Murty, mit eingezogenem Hals, einen Sack über der Schulter, eine Papiertüte über dem Kopf. Auf dem Küchenschrank tickte die alte blaue Uhr. Dan lag in seinem Wagen und betrachtete das bunte Spielzeug, das über ihm hing; er war ruhig und friedlich, fuchtelte mit den Händen und gab gelegentlich ein Glucksen von sich. Auf dem Herd summte der Wasserkessel, ansonsten war es still in der Küche.

»Wie geht es dir eigentlich zur Zeit, Peg?«

»Großartig«, log ich. Wenn sich nur das Wetter endlich ändern würde! Ich wollte noch einmal auf den Berg steigen und alles gründlich absuchen. Und jetzt traf mich die Nachricht über den Verkauf von Ballycloghan wie ein Schlag in die Magengrube. Alles, was mir einmal gehört hatte, war verschwunden, alles aus unfaßbaren Gründen: Zufälle, Katastrophen, Kriegsfolgen. Oder wollten mich die Schicksalsgötter, die mir dieses Leben zugeteilt hatten, das nur glauben machen? Ich glaubte längst nicht mehr an das Schicksal und ein zufälliges Zusammentreffen von Ereignissen.

Harry schien zu zögern.

»Wenn du so gut in Form bist, könntest du Murty vielleicht beim Ausmisten helfen. Er ist momentan ziemlich überlastet, weil die anderen beiden mit Grippe im Bett liegen.«

Ich zuckte die Achseln. Eigentlich hätte ich ihr gern gesagt, sie solle sich zum Teufel scheren, aber ich verordnete mir Besonnenheit. Irgendwann würde der Tag der Abrechnung kommen. Ich mußte nur den richtigen Moment abwarten.

»Ich helfe ihm, sobald ich den Frühstückstisch abgeräumt habe.«

»Danke. Ich kümmere mich dann ums Mittagessen.« Damit stand sie auf, reckte sich und beugte sich dann noch rasch mit ihrem üblichen kühlen Lächeln zu Dan hinunter.

»Schätzchen«, wisperte sie. »Du wirst deine arme Tante doch nicht verlassen, oder?« Dan brabbelte und wedelte mit den Fäusten in der Luft herum.

»Außerdem, Peg«, fuhr sie mit gesenkter Stimme fort, »außerdem bekommst du sowieso kein Visum für euch beide. Das Baby ist wohl kaum ein kriegswichtiger Einwanderer.«

Dan begann zu weinen, ein verdrießliches, ärgerliches Gewimmer, das immer lauter wurde. Da er bereits gegessen hatte, nahm ich ihn hoch und wiegte ihn, legte ihn an meine Schulter und klopfte ihm sanft auf den Rücken. Er seufzte zufrieden, doch sobald ich Anstalten machte, ihn in den Wagen zurückzulegen, ging das Gejammer von vorne los.

»Ach, sei doch in Gottes Namen endlich still«, sagte ich ungehalten, und in diesem Moment wurde mir wieder einmal klar, wie ich an ihn gebunden war und wie sehr er meine Bewegungsfreiheit einschränkte. Ich drehte mich um: Harry stand mit hochgezogenen Augenbrauen in der Tür und bot sofort an, auf das Baby aufzupassen. Beanspruchte er mich im Augenblick zu sehr? War es in Ordnung, wenn sie ihn mit nach oben nahm?

Später, als ich im Stall schuftete, dachte ich wieder daran, daß Peter mir bestätigt hatte, Brian sei nicht zurückgekommen. Eigentlich hatte ich schon lange akzeptiert, daß das stimmte – er war nicht zurückgekommen, er war seit jenem Gefecht über dem Ärmelkanal vermißt. Was hatte also diese Fliegerbrille auf dem Pfad zu suchen? Und wie kam ein Knopf mit dem Wappen der RAF in den Keller?

Im Lauf des Vormittags ging ich kurz in die Küche und fand dort Harriet. Sie war dabei, mit einem Löffel etwas in einer Porzellantasse zu zerdrücken. Als sie mich entdeckte, hielt sie schnell den Arm so, daß ich nicht sehen konnte, was in der Tasse war. Am Löffelstiel entdeckte ich eine Spur weißes Pulver.

»Was ist das?«

»Bloß was für einen von den Hunden.«

Harriet kochte das Mittagessen: Irish Stew, ihre Spezialität. Sie nahm die Teller mit zum Topf auf dem Herd und schöpfte den Eintopf hinein. Er war heiß und lecker – jede Menge Karotten, Zwiebeln, Kartoffeln und zarte Stückchen Lammfleisch. Aber ich glaubte einen bitteren Nachgeschmack zu bemerken.

»Hast du irgendein anderes Gewürz hineingetan als sonst?«

»Oh, nur eine Prise von dem Muskat, das ich noch in der Speisekammer gefunden habe!«

Als wir gerade fertig gegessen hatten, erschien Sergeant Tony Aherne von der Polizei. Er war ein großer, kräftiger Mann mit eckigem Kinn, der beinahe den ganzen Türrahmen füllte. Höflich nahm er seine Schirmmütze ab und trat in die Küche. Ich gab Dan gerade die Flasche, und er machte eine scherzhafte Bemerkung über den Appetit meines Babys.

Harry bot ihm etwas von dem restlichen Eintopf an, aber er lehnte dankend ab.

Allerdings hatte er nichts gegen einen heißen Tee einzuwenden – mit viel Zucker. Ich sah, wie Harriet jedem Löffel nachblickte, der in seiner Tasse verschwand. Mit ernster Stimme verkündete er schließlich sein Anliegen: die Hundemarken seien abgelaufen, und wenn sie nicht bald erneuert würden, müsste er Strafmaßnahmen einleiten.

»O Gott, das habe ich vollkommen vergessen. Ich habe soviel im Kopf. Gleich morgen kaufe ich neue. Ist das in Ordnung?« Harry lächelte ihn an, ihr altes, munteres Lächeln, das zu sagen schien: »Ich armes Ding, mir kannst du doch nicht böse sein.« Auch Aherne nickte und schmolz dahin. Dann wandte er sich an mich.

»Wie geht's Ihnen denn so, Mrs. Fitzallen?«

»Mir könnte es gar nicht besser gehen. Wieso?«

Er warf Harry einen kurzen Blick zu. »Kein besonderer Grund, Ma'am«, antwortete er unbehaglich. »Ich habe nur gehört, daß Sie im letzten Jahr 'ne Menge durchgemacht haben.«

Hinter seinem Rücken äffte Harry seine bekümmerte Miene nach, aber als er sich umdrehte, schlug sie ernst die Augen nieder, wobei sie ein wenig hervortraten – wie immer, wenn sie nachdenklich war.

Dan sabberte. Ich wischte ihm den Mund ab, ließ ihn aufstoßen, und er starrte den Gesetzeshüter an, mit hängender Unterlippe, eine Speichelspur auf dem Kinn.

»Wie soll er denn heißen?« fragte der Polizist.

»Daniel Lucien.«
»Sehr ungewöhnlich!« meinte er stirnrunzelnd. »Lucien! Das klingt ausländisch.«
Ich zuckte die Achseln.
»Gibt es denn einen Heiligen Lucien?«
»Selbstverständlich.«
Mir fiel ein, wie ich Lucien dieselbe Frage gestellt hatte, in der Sommerdämmerung, als er nackt neben mir im Bett lag. Bei dieser Erinnerung hätte ich auf einmal am liebsten laut losgelacht. »Er war ein Märtyrer und ist verhungert.«
Ich merkte, wie Harry herumfuhr und mich durchdringend musterte.
»Es war der Name meines Schwiegervaters«, murmelte sie, ohne mich aus den Augen zu lassen. »Daniel Lucien. Stimmt doch, Peg, oder?«
Ich brummte etwas Unverbindliches, ganz damit beschäftigt, das Baby bei Laune zu halten.
»Ist es nicht schön, daß unser altes Taufkleidchen endlich wieder einmal zu Ehren kommt?« fuhr Harry nach einer kurzen Pause fort. »So viele Fitzallens haben es schon getragen.«
Der Polizist nickte.
»Es ist gut, wenn man alte Traditionen aufrechterhält.«
Ich spürte, wie mir das Blut ins Gesicht stieg.
»Das ist nicht nötig.«
Harry blickte mich erstaunt an.
»Natürlich ist es nötig ... Möchtest du einen Fitzallen vielleicht lieber in einem Flanellhemdchen taufen lassen?«

Plötzlich herrschte betretenes Schweigen; Harry wartete auf meine Antwort, der Polizist schlürfte seinen Tee.
»Du hast es dir ja noch nicht mal angesehen!« rief sie schließlich und sprang auf. »Es ist wunderhübsch! Ich hole es schnell.« Sie lief aus dem Zimmer, und ich hörte das Klicken ihrer Absätze auf den Fliesen der Halle, dann verhallten ihre Schritte auf der Treppe.
Sergeant Aherne lächelte.
»Miss Fitzallen ist eine großartige junge Frau.«
»Sie meinen wohl Mrs. Donlon«, verbesserte ich ihn.
»Ach ja, natürlich. Ich hab gehört, daß sie geheiratet hat, und dann ist dieser schreckliche Unfall passiert.«
Ich wiegte Dan, und als der Wasserkessel auf dem Herd zu kochen begann und die Tropfen zischend auf die heiße Platte fielen, drehte ich mich um und wollte ihn wegschieben. In diesem Augenblick sah ich die Gestalt in der Ecke, das bleiche Gesicht – dann war es wieder verschwunden. Ich schrie laut auf und packte das Baby, das anfing zu weinen. Dann spürte ich die schwere Hand des Polizisten auf meiner Schulter, Harry war wieder im Zimmer, ließ den Karton fallen, den sie gebracht hatte, und nahm mir mein Kind aus dem Arm.
»Sie müssen ihn auch gesehen haben«, sagte ich zu Sergeant Aherne. »Er war dort drüben!«
Harry stand da wie angewurzelt.
»Beruhigen Sie sich, Mrs. Fitzallen. Ihre Nerven sind angegriffen.«
Der Polizist sah Harriet an, die fast so bleich war wie der Geist, den ich neben dem Herd gesehen hatte: Brian, mit totenbleichem Gesicht, die Augen hohl und entsetzlich

leer. Oder war es etwa ein Schatten gewesen, dieses Gesicht und diese Augen? Wie war das möglich?
Harriet legte Dan vorsichtig zurück in seinen Wagen und drehte uns dabei den Rücken zu.
»Sie sollten sich ausruhen«, riet mir der Sergeant und sah sich unbehaglich nach seiner Mütze um. Er wollte nur noch weg von hier. Mit seinen langen, knochigen Fingern zog er sich die Mütze tief in die Stirn, verabschiedete sich und ging durch die Hintertür hinaus.
Ich sank in den Schaukelstuhl und fragte mich, weshalb die Welt sich auf einmal von mir zu entfernen schien; alles kam mir vor wie ein Traum, eine verführerische Vorstellung, denn ein Traum war eine Fluchtmöglichkeit. Ich sah, wie Harriet Dans Wagen schaukelte und mich dabei nachdenklich ansah. Aber auch sie war ein Traum. »Alles in Ordnung, Peg?«
Ich hörte ihre Stimme aus weiter Ferne, hörte, wie Murty hereinkam und mich musterte. Ja, murmelte ich, alles in Ordnung. Dann mußte ich ein bißchen lachen, denn mein Traum war angenehm, die Farben so leuchtend, wie ich es mir nie hätte ausmalen können. Solange ich in der Küche blieb, war ja auch alles in Ordnung, nur draußen warteten die Monster.
Murty und Harry tuschelten miteinander. Dann nickte der alte Knecht, wusch sich die Hände, häufte den Rest des Eintopfs auf seinen Teller und begann gierig zu essen. Ich hörte sein geräuschvolles Kauen; es hatte einen ganz bestimmten Rhythmus, und ich begann ein kleines Gedicht zu singen, das ich vor langer Zeit gehört hatte:

»Kommt, ätherische Wesen,
Luftbewohner, die ihr über der Menschheit Los
Euch betrübt und erfreuet,
Aeols Saiten erwarten euch.«

Ohne mich weiter darum zu kümmern, merkte ich, wie Murty Harriet einen seltsamen Blick zuwarf, als wäre mein Benehmen irgendwie absonderlich.

Später am Nachmittag erschien Dr. O'Shaughnessy. Er wollte nur »kurz mal vorbeischauen«, erklärte er. Er war unterwegs zu seinen Krankenbesuchen und hatte etwas mit Harriet zu besprechen. Er betrachtete mich prüfend, als wollte er mich mit seinem Blick durchbohren.
»Wie geht es Ihnen, Peg?«
»Warum fragen mich das alle? Mir geht es gut, das heißt, ich habe Kopfweh, aber ansonsten geht es mir wirklich gut. Harry ist oben mit dem Baby.« Ich stand auf und ging in die Eingangshalle, um sie zu rufen. Vorhin war ich in meinem Stuhl eingeschlafen, aber jetzt war ich hellwach, obwohl ich innerlich zitterte und am liebsten vor mir selbst die Flucht ergriffen hätte – vor der Last, die mich bedrückte und die ich nicht identifizieren konnte. Ich fühlte mich benommen; die Vision, die ich nach dem Essen gehabt hatte, war mir ungeheuer peinlich und machte mir angst. Es war doch erschreckend, wie rasch ich der Welt der Vernunft entglitten war.
»Dr. O'Shaughnessy ist hier!« rief ich durchs Treppenhaus und hörte kurz darauf Schritte im oberen Stockwerk.
»Ich komme!« antwortete Harriet.

Der Arzt eilte ihr entgegen, während ich zur Tür ging, in der Absicht, auf dem Stallhof ein wenig frische Luft zu schnappen. Vielleicht bekam ich dadurch ja wieder einen klaren Kopf. Doch als ich die Tür aufmachte, sah ich, daß es wieder angefangen hatte zu regnen. Also ging ich zurück zur Garderobe, um mir einen Regenmantel zu holen. In diesem Moment hörte ich, wie in dem Gespräch zwischen Harriet und Dr. O'Shaughnessy im oberen Stockwerk mein Name fiel, und ich blieb stehen, unsichtbar unter der Treppe.

»Es war wirklich beängstigend«, sagte Harry gerade mit gedämpfter Stimme, in der sich Trauer mit Zorn mischte. »Und dann spricht sie auch noch davon, daß sie das arme Kind von hier fortnehmen will, wo es doch ein gutes Zuhause hat. Es ist wirklich erschütternd, aber für das Baby ist es vor allem gefährlich. Sie hat ihn vorhin beinahe fallen lassen.« Die Antwort des Arztes war schwer zu verstehen, aber auch sie klang höchst besorgt. »Ich habe gehofft, sie würde sich erholen.«

»Aber meinen Sie denn, man müßte sie irgendwohin schikken ... in ihrem eigenen Interesse und zum Besten des Babys? Jedenfalls für eine Weile. Sie hat den Kleinen angeschrien, kurz bevor sie ganz den Verstand verloren hat.«

Dr. O'Shaughnessy räusperte sich.

»Ich glaube nicht, daß das angemessen wäre. Sie ist doch nicht gefährlich, oder? Behalten Sie sie einfach im Auge. Schließlich hat sie eine Menge durchgemacht. Sobald es aber irgendein Anzeichen für Gewalttätigkeit gibt, liegt die Sache natürlich anders.«

Ich lehnte mich an die alte Wandvertäfelung; mein Herz

klopfte wild, Tränen brannten in meinen Augen. Dann hörte ich, wie Harry den Arzt um ein neues Rezept für ihre Migränetabletten bat.

»Aber die können doch noch lange nicht alle sein. Sie wissen doch, daß das Mittel schädlich sein kann – es enthält Mutterkorn –, und Sie dürfen es nur so einnehmen, wie ich es verschrieben habe. Das habe ich Ihnen doch gesagt.« Er klang betroffen.

»Keine Sorge, ich habe nur das Fläschchen verloren.«

Ich stolperte in den Regen hinaus, wanderte in den Geräteschuppen, wo es nach Sattelseife und Leder roch, und beobachtete von dort die Hintertür.

Als Dr. O'Shaughnessy endlich herauskam, rannte ich zu ihm. Beinahe wäre ich auf dem Kopfsteinpflaster ausgeglitten, aber ich erreichte den Wagen noch rechtzeitig. Er ließ gerade den Motor an, und ich hob die Hand, um ihn aufzuhalten.

Er öffnete die Beifahrertür und ich stieg ein.

»Ich bin nicht verrückt.«

Er zuckte zusammen. »Natürlich nicht. Warum sagen Sie so etwas? Aber Sie haben Halluzinationen, Peg. Heute hatten Sie anscheinend wieder einen Anfall.«

»Was ist mit mir los?«

»Ich weiß es nicht, mein liebes Mädchen. Ich denke, Sie sind sehr sensibel und haben im letzten Jahr zuviel durchmachen müssen ... der Tod Ihres Mannes, die Geburt Ihres Sohnes, der Verlust Ihres Bruders – so etwas kann einen Menschen schon überfordern. Ich möchte Ihnen gern ein Beruhigungsmittel verschreiben und sehen, wie es anschlägt. Dazu viel Ruhe, gutes Essen – und keine

Sorgen! Sie sollten vorerst nicht von hier weggehen und sich auch nicht den Kopf darüber zerbrechen; warum nutzen Sie Harriets Gastfreundschaft nicht einfach aus – sie mag Sie und Ihr Baby wirklich sehr gern.«

Ich sah hinaus auf den Hof, hinüber zum Küchenfenster, wo Harriet stand und uns beobachtete. »Sie will mich aus dem Weg schaffen!«

Er schnalzte tadelnd mit der Zunge und schüttelte den Kopf. »Es ist schade, daß Sie unser Gespräch gehört haben. Das waren doch nur Spekulationen; Harriet meint, Sie sollten ins Pflegeheim, aber das wäre sehr teuer.«

»Dr. O'Shaughnessy?«

»Ja, Peg?«

»Könnte es an etwas liegen, was ich gegessen habe?«

Er überlegte.

»Sehr unwahrscheinlich. Natürlich gibt es Substanzen, die Halluzinationen hervorrufen – das wissen Sie ja selbst –, Medikamente und auch bestimmte Pilzsorten. Aber so etwas kommt ja in diesem Fall nicht in Frage.«

Wieder dachte er nach. »Sie haben nicht zufällig Harriets Migränetabletten geschluckt?«

»Nein!«

Er öffnete seine schwarze Tasche und holte aus einer der kleinen Schubladen eine Tablettenschachtel. »Nehmen Sie eine davon, bevor Sie zu Bett gehen. Das sind Beruhigungstabletten, damit Sie besser schlafen.«

Dann drückte er mir noch ein leeres Fläschchen in die Hand.

»Außerdem hätte ich gern eine Urinprobe – nur, um ganz sicherzugehen, Peg. Ich warte so lange.«

Später, nach dem Abendessen, stellte ich das Geschirr in die Spüle und brachte Butter und Milch zurück in die Speisekammer. Dabei bemerkte ich eine Butterdose mit einem gelben Deckel; gewöhnlich stand sie beim Porzellan im Schrank. Ich hob den Deckel. Darunter lagen getrocknete graue Pilzstücke. Rasch riß ich ein Stück braunes Papier von einer halbvollen Zuckertüte ab, packte die Pilze hinein und steckte sie in die Tasche.
»Wen hast du eigentlich heute vormittag in der Küche gesehen?« wollte Harriet wissen, während ich den Tisch fürs Frühstück deckte.
Ich umfaßte die verdächtigen Pilze in meiner Tasche. »Brian. Ich weiß, daß du mich für verrückt hältst, aber das stimmt nicht!«
Bei der Erwähnung ihres Bruders wurden ihre Pupillen groß und schwarz.
»O nein, ich glaube nicht, daß du verrückt bist.«

Abends besuchte uns James Regan, der kühne Jäger, Eigentümer von Conneely House und anerkannter Hundedresseur.
Ich war in der Küche, als sein gebieterisches Klingeln erscholl, lief die Treppe hinauf, wieder hinunter zur Eingangshalle und öffnete die Tür. Da stand dieser große Mann mit dem Schnauzbart, stocksteif, zu seiner vollen Länge von ein Meter siebenundsiebzig aufgerichtet vor mir und blickte auf mich herunter. Ich hatte ihn lange nicht mehr gesehen, und offensichtlich erinnerte er sich nicht mehr an mich.
»Ist die Herrin zu Hause?«

Ich führte ihn in den Salon, wo es ziemlich kalt war, und ging wieder hinunter in die Küche.
»Mr. James Regan möchte Ihnen einen Besuch abstatten, Madam!«
Harriet blickte von der Zeitung auf und sah mich fragend an.
»Er wollte wissen, ob meine Herrin da ist!«
Sie lachte, überrascht und ehrlich amüsiert. »Arme kleine Peggy, arme kleine, beleidigte Peggy!« Dann erhob sie sich gemächlich, ging hinauf in den Salon und kehrte zehn Minuten später wieder zurück. Man sah ihr an, daß sie zufrieden mit sich war. Die Pralinenschachtel, die James ihr geschenkt hatte, legte sie in den Küchenschrank. Dort stapelten sich bereits mehrere dieser Schachteln, die ungeöffnet in der Dunkelheit allmählich vermoderten.
»Er wird wiederkommen«, meinte ich. »Du hast ihm den Kopf verdreht.«
Schweigen. »Natürlich hab ich das. Wenn du ein Mann wärst, würdest du dich nicht von den Frauen verrückt machen lassen?«
»Doch, ich wäre fasziniert von ihnen.«
Sie schnaubte verächtlich und sah mich interessiert an.
»Wirst du ihn heiraten?« fragte ich nach einer Weile. »Er scheint ganz nett zu sein ... die ganzen Pralinenschachteln ...« Ich sehnte mich nach etwas Süßem und wünschte, Harry würde mir eine der Schachteln anbieten. Aber Harriet aß das Konfekt weder selbst noch verschenkte sie etwas davon.
Jetzt gähnte sie ausgiebig. »Kleine verrückte Peggy,

habt ihr eigentlich den ›Macbeth‹ in der Schule durchgenommen?«
»Ja. Aber was hat ›Macbeth‹ damit zu tun?«
Ich wollte gerade eine neue Reihe bei dem Bettjäckchen anfangen, das ich strickte, ließ die Nadeln aber aus Versehen fallen, so daß sie klappernd auf den Fliesen landeten. Sofort mußte ich an jenen Sommernachmittag in Nottingham denken, an langgezogene rote Reihenhäuser aus Backstein, den Geruch nach Desinfektionsmittel und Verzweiflung.
Ich schauderte und sah hinüber zu dem Sportwagen, in dem dieses kleine anspruchsvolle Leben jetzt friedlich schlief.
»Erinnerst du dich an die Zeile: ›Sie gewinnen uns durch ehrlich Spiel im Kleinen, um uns in größten Dingen zu verraten‹?« antwortete Harriet mit einer Gegenfrage.
Ich durchforschte mein Gedächtnis.
»Waren das die Hexen? Aber was hat es mit dem Heiraten zu tun?«
»Ach, sei doch nicht blöd.«
Nach kurzem Schweigen fügte sie hinzu: »Könntest du mal den Whiskey bringen?«
Ich öffnete das Schrankfach, holte die Flasche heraus und starrte dabei wieder auf die Konfektschachteln.
»Hol zwei Gläser, wir feiern.«
»Was feiern wir denn?«
»Wir feiern die Tatsache, daß ich dabei bin, mich aus den Klauen des ehrwürdigen James Regan zu befreien.«
Ich sah sie an. Meinte sie das vielleicht als Witz? Aber ihr Gesicht war vollkommen ernst.

»Warum willst du dich von ihm befreien? Er ist doch recht wohlhabend und auch ganz nett.«

»Wohlhabend? Mein gutes Kind – Conneely House ist so mit Hypotheken belastet wie früher Glenallen.«

›Damals, bevor du meinen Bruder geheiratet hast‹, beendete ich den Satz im stillen.

Ich schenkte uns ein.

»Hast du eigentlich je einen Menschen wirklich geliebt?« fragte ich. »Oder warst du schon immer so zynisch? Hast du Tom geliebt?« Ich kannte die Antwort – in diesem Fall war ich die Zynikerin. Aber ich reichte ihr das Glas und sah ihr dabei ins Gesicht. Sie trank den Whiskey pur, lehnte den Kopf an die gepolsterte Rückenlehne des Schaukelstuhls. »Ich werde nicht mit dir über Tom diskutieren«, murmelte sie. »Aber soviel will ich dir sagen«, fügte sie mit angespannter Stimme hinzu, »ich habe in meinem ganzen Leben nur einen einzigen Menschen geliebt.«

»Und wer war das?«

»Meine Mutter.«

Ich antwortete nicht. Verstohlen schielte ich nach einer Weile zu ihr hinüber, aber sie hatte die Augen geschlossen.

»Aber ich glaube, sie ist gestorben, bevor ich geboren wurde.«

Ich spürte die Hitze des Alkohols im Magen, spürte, wie er mir allmählich zu Kopfe stieg.

»Das klingt ziemlich unwahrscheinlich. Du wärst dann jedenfalls ein Kind des Todes.«

Ich versuchte mir das Ende des Satzes noch zu verkneifen,

aber die Worte hatten eine solche Wucht, daß ich sie nicht zurückhalten konnte. Dann herrschte Stille.
»Du wirst tollkühn, kleine Peggie«, murmelte Harriet schließlich, so leise, daß ich es kaum hören konnte. »Aber vielleicht hast du sogar recht. Meine Mutter ist sehr früh tot gewesen für alles, außer für meinen Vater«, fuhr sie nach kurzem Zögern fort. »Als Brian zur Welt kam, ist sie noch einmal zum Leben erwacht, aber es war ein bruchstückhaftes Leben, denn sie lebte einzig und allein durch ihn. Ich bin ihr oft nachgelaufen, halb blind vor Liebe.« Wieder wurde ihre Stimme so leise, daß ich mich vorbeugen mußte, um die Worte zu verstehen. »So blind vor Liebe, wie sie mir gegenüber blind war.«
Ihr Kopf lehnte noch immer am Polster, und ihre Augen waren geschlossen. Doch unter den Lidern sah ich die Tränen, die schimmernd auf ihre Haare hinabfielen.
Ich trank meinen Whiskey aus, nahm mein schlafendes Baby aus dem Wagen und sagte gute Nacht.
Harriet reagierte nicht. Entweder schlief sie, oder sie hatte sich aus ihren eigenen Gründen von der Welt zurückgezogen. So ging ich nach oben, den schlafenden Dan an meine Schulter geschmiegt, und wie jedesmal, wenn ich mein Zimmer betrat, fröstelte ich. Selbst mit dem Feuer im Kamin war es kalt hier.

Ich fühlte das große Haus um mich herum, als wäre es lebendig, die knarrenden Dielen, die dunklen Ecken, die mondlose Nacht, die sich ans Fenster preßte, bis ich die Vorhänge zuzog. Meine Einsamkeit war unermeßlich, eine hallende Leere, wo einst Erfüllung gewesen war. Ich

erinnerte mich an die Pilze, die ich aus meiner Tasche genommen und in einer Kommodenschublade verstaut hatte. Obwohl ich nicht viel von Pilzen verstand und sie mir eher unauffällig erschienen, war ich nicht sicher, ob sie unschädlich waren. Sollten sie sich als giftig herausstellen, hatte ich gute Gründe, in Frage zu stellen, ob ich tatsächlich nur mein ›seelisches Gleichgewicht‹ verloren hatte.
Als ich Dan in seine Wiege legte, begann er zu wimmern. Eigentlich war sein nächstes Fläschchen erst in einer Stunde fällig, aber ich brauchte Schlaf, und zwar traumlosen festen Schlaf. Dafür hatte mir Dr. O'Shaughnessy die Tabletten gegeben. Deshalb hielt ich es für das beste, ihn jetzt zu füttern und mich dann schlafen zu legen.
Die Flasche stand fertig vorbereitet unten, ich mußte sie nur noch in heißem Wasser aufwärmen. Müde ging ich also noch einmal die drei Treppen hinunter in die Küche, leise und auf Socken, um die hallenden Echos nicht zu wecken.
In der unteren Halle stand eine große Holzkiste mit Sägen, Hämmern und Nägeln, die ein Handwerker dort stehengelassen und bisher noch nicht abgeholt hatte. Warum ergriff mich plötzlich der fast überwältigende Drang, den schweren Hammer zu packen und mitzunehmen? Es war, als flüsterte mir eine innere Stimme zu, ich solle den Hammer aufheben und zu Harriet gehen. Als ich widerstand, säuselte die Stimme, ich brauchte ihn doch nur zu berühren, ich müsse ihn ja nicht unbedingt aufheben. Aber wenigstens berühren! So stand ich vor der Kiste, starrte den schweren, stumpfen Hammer an und fragte mich, was es wohl schaden könnte, wenn ich ihn anfaßte. Ich wollte ihn

bloß berühren, weiter würde nichts geschehen, und ich konnte damit vielleicht diese gräßliche Stimme in mir zum Schweigen bringen, die mich so bedrängte, ja beinahe im Würgegriff hielt. Zögernd streckte ich die Hand aus, berührte den Hammer, und einen Augenblick später lag er in meiner Hand. Benommen starrte ich ihn an und lauschte dabei dem dringlichen Geflüster der Stimme, die mich jetzt ermunterte, Harriet zu suchen. Es war vollkommen harmlos, wenn ich einen Hammer in der Hand hielt, aber ich mußte ihn unbedingt zu Harriet tragen.

Die Küchentür stand einen Spaltbreit offen, und als ich näher kam, sah ich Harriet. Sie hatte den Kopf immer noch an die Sessellehne gelegt, die Augen geschlossen, die Beine übereinandergeschlagen, und sie schaukelte vor und zurück, auf und ab. Und dann ertönte durch die Stille plötzlich ein bitterliches Schluchzen. Das erstickte Weinen hallte durch das Haus und den Keller und brach den seltsamen Bann, der mich gezwungen hatte, mitten in der Nacht mit einem Hammer zu meiner Schwägerin zu gehen. Ich rannte zurück, warf das Ding zurück in die Kiste, als wäre es glühend heiß, und rannte nach oben, zitternd, weil ich und Harriet so knapp einem entsetzlichen Schicksal entgangen waren. Lange Zeit saß ich auf meinem Bett, die Hände vors Gesicht geschlagen.

Schließlich schlief Dan am Daumen nuckelnd ein. Nachdem ich Harriet hatte zu Bett gehen hören, holte ich seine Flasche.

Am nächsten Morgen, als ich Murty allein erwischte, holte ich die Pilze aus der Tasche und zeigte sie ihm.

»Was für ein Pilz ist das?« fragte ich ihn.
Er nahm ein Stück zwischen Daumen und Zeigefinger. »Das sind ganz gewöhnliche getrocknete Feldpilze«, erklärte er und sah mich etwas verwundert an. »Sie schmekken gut im Eintopf oder auch gekocht mit ein bißchen Milch.«

20. Kapitel

Peter kam zur Taufe aus Dublin. Die O'Shaughnessys holten uns im Auto ab; mein Baby trug das nach Kampfer duftende Fitzallen-Taufkleid aus Seide und Spitze und war in die weiße Wolldecke gehüllt, die Harriet mir damals aus Dublin mitgebracht hatte. Mit runden unschuldigen Augen starrte Dan mich an; er lag auf meinem Schoß, und gelegentlich wanderte sein Blick fasziniert zum Himmel hinauf, wo die Wolken trieben und sich ständig veränderten. Neben mir auf dem Rücksitz saßen Harriet und Mrs. O'Shaughnessy, Peter und der Doktor vorne.

Harriet und Peter hatten die Patenschaft übernommen. Während Father Moran mit einer Kerze in der Hand das Kreuzeszeichen auf der Stirn des Babys machte, das Salz der Weisheit auf seine Zunge sprenkelte, den unreinen Geist austrieb, Wasser aus dem Meßkännchen auf das Köpfchen träufelte und ihn mit geweihtem Öl salbte, hielt Harriet meinen Sohn auf dem Arm. Im Namen meines Kindes schwor Peter dem Teufel und allen seinen Werken ab. Dan brüllte lautstark und füllte die ganze Kirche mit seinem Geschrei, das von den Wänden widerhallte: Schreie der Angst und Empörung.

Es roch nach Weihrauch und Wachs; vor der Marienstatue

brannten knisternde Kerzen, und die Muttergottes trat den Kopf der Schlange mit Füßen, die Augen zum Himmel emporgewandt. Hinter den bunten Glaswänden war die Welt unsichtbar und ließ uns allein mit den Darstellungen der Märtyrer.

Als die Taufe vollzogen war, wandte sich Father Moran an mich und meinte, er werde mich jetzt wieder in die Kirche aufnehmen. Das gehöre dazu, erklärte er und erwartete offenbar, daß ich sofort einwilligte. Er deutete auf die Hinterbank, wo ich mit einer brennenden Kerze vor ihm auf die Knie gehen sollte.

Ich hatte den Brauch völlig vergessen; schon zu Hause hatte ich ihn gehaßt und auch mit meiner Mutter darüber gesprochen. »Es ist doch nur ein Gebet«, hatte sie mich beschwichtigt. Aber ich wußte, daß es mehr war, denn das hatte ich in ihrem Gebetbuch gelesen – es war eine Reinigungszeremonie, bei der eine Frau auf Knien wieder in eine von Männern beherrschte Welt aufgenommen wurde, der sie ferngeblieben war, um dem gottlosen weiblichen Geschäft des Gebärens nachzugehen. Ich betrachtete den Priester in all seiner frömmelnden, fraglosen Selbstsicherheit.

»Nein danke.«

»Aber Sie müssen es tun, Mrs. Fitzallen, das machen alle Frauen, wenn sie ein Baby bekommen haben«, wisperte er.

Ich schwieg. Am liebsten hätte ich geantwortet: ›Dann sind alle Frauen verrückt! Es wäre angemessener, wenn die Männer uns mit Blumen bekränzen und uns die Füße küssen würden!‹

Der Priester nahm die brennende Kerze aus Peters Hand und reichte sie mir. »Es ist doch nur ein Segen«, meinte er. Weshalb klang das in meinen Ohren so falsch? Und warum konnte ich nicht sagen: ›Wer sind Sie, daß Sie sich einbilden, Sie hätten die Macht, mich zu segnen? Was bedeuten denn schon Ihre Stola und Ihre Kerze und Ihre Worte im Vergleich zur Macht der Frauen?‹
Ich zögerte; zufällig begegnete ich Peters Blick und war erstaunt, wieviel Einfühlungsvermögen ich darin entdeckte. Mrs. O'Shaughnessy senkte die Augen, und ich konnte auch ihre Gedanken erraten. Ist Peg vielleicht wirklich nicht ganz bei Trost? Sie wird sich doch wohl nicht weigern? Natürlich wußte ich, daß Frauen, wenn sie Unannehmlichkeiten vermeiden wollten, Verrat an sich selbst begehen mußten. Deshalb kniete ich nieder, berührte den Rand der Priesterstola, wie es den Vorschriften entsprach, und antwortete den Gebeten, die meinten, mir und meinem weiblichen Körper überlegen zu sein.

Schweigend verließen wir die Kirche. Father Moran lehnte die Einladung nach Glenallen ab. Mrs. O'Shaughnessy wirkte schrecklich nervös und flüsterte ihrem Mann etwas zu, worauf dieser entschieden den Kopf schüttelte. Seine Bewegungen und die Art, wie er den Mund verzog, erinnerte mich an jemanden.
Draußen drückte ich meinen Sohn Mrs. O'Shaughnessy in die Arme. »Bitte halten Sie ihn doch einen Augenblick«, bat ich sie, drehte mich um und ging auf den Friedhof zu Cissies Grab.
»Cissie«, sagte ich, »ich glaube, ich stecke in Schwierig-

keiten. Ich sitze in der Falle. Ich finde einfach nicht heraus, was wirklich mit Brian passiert ist. Womöglich bin ich dabei durchzudrehen. Falls du mir von dort, wo du bist, irgendwie helfen kannst, hoffe ich, daß du es tust. Ich liebe dich wie immer, ich vermisse dich, und ich werde dich nie vergessen.«

Als ich zu der kleinen Gruppe vor der Kirche zurückkehren wollte, traf ich Peter am Friedhofstor. »Warst du an Cissies Grab?« fragte er leise, und ich nickte.

Die O'Shaughnessys fuhren uns zurück nach Glenallen, tranken etwas mit uns und gaben mir als Taufgeschenk einen Silberbecher, in dem der Name ›Daniel‹ eingraviert war. Zum Mittagessen wollten sie jedoch nicht bleiben und machten sich wieder auf den Rückweg nach Ballyharris. Ich ging mit Dan nach oben und sah dem Auto nach, das die Allee hinunterfuhr und verschwand; dann streifte ich meinem Sohn das Taufkleid der Fitzallens ab. Spielte es denn letztlich eine Rolle, daß er es angehabt hatte, dieses Kind, in dessen Adern kein Tropfen Fitzallensches Blut floß? Ich legte ihn in die Wiege, und mir fiel auf, daß er darin schon wesentlich mehr Platz einnahm als am Tag unserer Ankunft in Glenallen. Ich zog mir wieder meine alte Hose an, setzte mich auf den Bettrand und überlegte, was ich als nächstes tun sollte.

Ich sehnte mich nach Cissie, nach ihrer ruhigen Art und ihrer bedingungslosen Freundschaft, und nach Marys beißendem Humor und gesundem Menschenverstand. Eins stand fest: Ich mußte Glenallen so bald wie möglich verlassen. Das wußte ich, ohne es mir genau erklären zu können; ich hatte mich hier nie wohl gefühlt, und in letzter Zeit war das Unbehagen noch größer geworden – einerseits wegen der Träume, andererseits wegen meiner zunehmend instabilen Verfassung, die mich enorm beunruhigte. Aber seit dem Besuch an Cissies Grab spürte ich jetzt auch noch eine unterschwellige Panik, der mit Logik nicht beizukommen war. In meinem Zimmer herrschte eine Spannung, eine Aura der Verzweiflung und Hoffnungslosigkeit, die immer stärker wurde und der ich allmählich eine Realität zugestand, beinahe, als handle es sich um ein lebendiges Wesen. Ich suchte das Blatt Papier mit Cissies Abschiedsbrief, über den sich ihre Mutter damals so aufgeregt hatte. Ich fand ihn in der alten Pralinenschachtel bei meinen anderen wichtigen Papieren, zu denen auch mehrere Briefe von Brian und von meiner Mutter gehörten, und steckte ihn als eine Art Talisman in die Tasche.

Als ich den Deckel auf die Schachtel legte, fiel ein zusammengefalteter Brief aufs Bett. Ich glättete ihn: Es war Brians Brief, in dem er mir schrieb, daß er plante, nach England zu gehen. »Du und ich, wir sind hier seelisch zerstört worden.« Plötzlich sah ich ihn vor mir, wie er mir in der Küche erschienen war: totenbleich, mit leeren Augen. Ich mußte Glenallen verlassen, aber ich wollte erst gehen, wenn ich wenigstens etwas Ordnung und Sinn in das verwirrende Chaos gebracht hatte, das mein Leben war.

Das Mittagessen brachte ich schnell hinter mich; nach dem Hauptgang entschuldigte ich mich, ohne auf den Biskuitkuchen zu warten, den Harry tags zuvor mit dem schwindenden Vorrat an Eiern gebacken hatte, ›zur Feier der Taufe‹.

Sie war gut gelaunt, ausgesprochen freundlich zu Peter und mir und überschwenglich fürsorglich zu Dan, der in dem langen weißen Taufkleid aussah wie ein kleiner Engel. Zum Essen kredenzte sie eine Flasche Wein, die sie noch im Keller gefunden hatte, aber ich lehnte dankend ab. Nachdem ich meinen Sohn gefüttert und gewickelt hatte, legte ich ihn schlafen, bat Harriet nach ihm zu sehen, falls er anfing zu schreien, sattelte Joey und ritt hinüber zu Reilly's Bank, getrieben von dem Wunsch, mit allen Mitteln, die mir zu Gebote standen, eine Verbindung zu Cissie und zur Vergangenheit herzustellen. Ich mußte mir ins Gedächtnis rufen, daß die Gegenwart durchaus kein geschlossener Kreis war, sondern daß es eine Vergangenheit gab und auch eine Zukunft geben würde.

Es war, was die Bauern als einen ›lauen Tag‹ bezeichneten; das knospende Grün und die milden Temperaturen kündeten von der baldigen Rückkehr des Sommers. Ich ließ Joey im Schritt gehen, wandte mein Gesicht dem Himmel zu, dankbar für die frische Luft, die mir half, das Grauen abzuschütteln, das mich bedrückte.

Als ich noch etwa hundert Meter vom Graben entfernt war, entdeckte ich eine Gestalt, fast direkt an der Stelle, wo Cissie unter ihrem toten Jagdpferd gelegen hatte – die Hand hilfesuchend ausgestreckt nach uns, die wir ihr nicht mehr hatten helfen können. Es war Peter. Mit gesenktem Kopf stand er da, das Pferd am Zügel. Zögernd hielt ich an, denn ich wollte ihn nicht stören. Der Graben

war voller Wasser, wie an jenem Tag, aber der Stacheldrahtzaun war seit langem wieder repariert.
Anscheinend hatte Peter mein Kommen gespürt, denn er wandte sich um und kam auf mich zu.
»Du trauerst immer noch um sie«, sagte er.
Ich nickte. Gerade wollte ich weiterreiten, da beugte sich Peter vor, legte eine Hand auf meine Zügel und fuhr fort: »Bitte ... da gibt es etwas, was ich wissen muß ...« Seine Stimme klang plötzlich heiser. »Warum hat sie es getan?«
In diesem Augenblick vergaß ich das Versprechen, das ich ihr vor langer Zeit gegeben hatte. »Was glaubst du? Sie war jung und hoffnungslos verliebt. Und sie war schwanger. Und der Vater des Kindes hat sich einen feuchten Kehricht darum geschert und sie behandelt, als wäre sie ein billiges Flittchen!«
Ich sah, wie er erschrak, sich aber sofort zusammenriß. »Aber das wußte ich doch nicht«, sagte er mit schwacher Stimme. »Ich hätte alles für sie getan.«
»Nun, dann hast du es ihr großartig gezeigt! Du hast den schrecklichen Brief geschrieben, der sie umgebracht hat.«
Er blickte zu mir empor. Seine Augen waren rot, und er sah nicht mehr arrogant aus, sondern sehr verletzt.
»Welchen Brief? Was für einen Brief habe ich ihr geschrieben?«
»Das weißt du besser als ich. Und jetzt laß bitte meine Zügel los.«
Aber er hielt sie fest und zog Joeys Kopf nach unten, während ich versuchte, ihn zum Gehen zu bewegen. »Ich habe keinen Brief geschrieben. Du solltest mir das lieber erklären.«

Ich schluckte meine Zornestränen hinunter und erzählte ihm von dem Brief, in dem er sie verleugnet und beleidigt hatte. Dann zog ich das zerknitterte Stück Papier mit Cissies Schrift aus der Tasche, das Mrs. O'Shaughnessy mir und Mary am Tag nach Cissies Tod gezeigt hatte. Ich kannte die Worte auswendig. »Du verzehrst mich, fesselst mich und nimmst mich nur halb wahr. Tu etwas Abscheuliches, nicht Wiedergutzumachendes und laß mich los.«
Ich überließ ihm den Zettel und wandte mich dem Berg zu.
Was hatte ich zu befürchten? Es war doch nur ein Berg, dieser Knockshee, Feenhügel, Balors Auge, etwas, was in vorgeschichtlicher Zeit von der Erdkruste aufgeworfen worden war. Es gab keine Feen, die Geschichte von Balor war nur eine alte Legende. Auf diesem Hügel konnte man die Aussicht genießen und einen wohltuenden Ausritt in der frischen Luft unternehmen. Toms Worte kamen mir in den Sinn: »Schließlich bin ich auf den Hügel gestiegen. Hab ich es da nicht selbst gesehen?« Was immer er gesehen hatte, ich würde es auch sehen.
Ich überquerte die Felder. Weit hinter mir hörte ich eine Männerstimme: »Nein. Nein. Nein!« Ich drehte mich um und schaute zurück. Zwei Felder von mir entfernt stand Peter immer noch mit gesenktem Kopf am Graben. Mit der rechten Hand schlug er wild in die Luft; sein Pferd hatte die Ohren angelegt und wich vor ihm zurück. In seiner erhobenen Faust sah ich das Stück Papier, das ich ihm gegeben hatte.

Zuerst dachte Joey, er dürfte zurück zum Stall, aber als ich ihn unerbittlich vom Haus weg in Richtung Knockshee lenkte, war er enttäuscht und wurde widerspenstig. Der Weg war anfangs recht angenehm, und ich war froh, daß mir das Reiten nicht mehr so schwerfiel wie noch vor ein paar Wochen. Gelegentlich machte Joey einen abrupten Satz zum Gras am Rand des Grabens, und wenn ich ihn wegzog, rollte er die Augen und zeigte seine großen gelben Zähne. Ich brach einen Zweig von einem Busch, aber er war so stark und grün, daß ich mir fast die Hand verrenkte. Doch ich wollte um keinen Preis loslassen, denn ich mußte Joey zu verstehen geben, daß er sich zu benehmen hatte. Tatsächlich wurde er so folgsam, wie er es wahrscheinlich selbst nicht erwartet hatte.
Ich ritt über die Lange Wiese, erreichte den Pfad und suchte mit den Augen sorgfältig die Stelle ab, wo Rex die Pilotenbrille gefunden hatte. Von hier führte der Pfad zur Oberen Wiese und dann auf die Allmende am Fuße des Berges.
Dort, außerhalb der Gutsgrenzen, war der Boden mit Farngestrüpp und Heidekraut bedeckt; Joey stolperte immer wieder und warf mich ein paarmal beinahe ab. Zwischen dem Heidekraut entdeckte ich immer wieder welke Grasbüschel und blasse vertrocknete Blüten.
Ich dachte an die Jagd und den Sturz, an Lucien, der kam, um mir zu helfen, an Brians Schrei, den der Wind herüberwehte: »Cissie, nicht!«, an Luciens blutverschmierte Stirn, wie er neben Mary stand, hilflos wie wir alle. Wo war er jetzt wohl – in Frankreich bei der Résistance? Lebte er noch, dachte er an sein Märchenschloß mit den weißen

Fensterläden, an Mary, die er liebte? Und wo war sie? Obwohl ich sie so gern hatte, war ich eifersüchtig auf sie. Ich dachte an Brian, den ich geliebt und der ›nach Hause‹ gewollt hatte, der so unvermittelt von mir getrennt worden war und der vielleicht eine Pilotenbrille am Abhang des Berges und einen Knopf im Keller hinterlassen hatte. Ansonsten gab es kaum noch Spuren seiner Existenz.

Ich ritt weiter; hin und wieder drehte ich mich um und sah, wie das Haus immer kleiner und das Panorama um mich herum immer beeindruckender wurde. Drüben im Westen war das Grundstück der O'Shaughnessys, die Hecke an der Straße, dahinter die Nebengebäude, die Straße, die sich zum Teich hinunterschlängelte, der in der Ferne glitzerte. Auf der Straße bewegten sich Menschen auf Fahrrädern und in Einspännern. Der Platz vor Gogarty's wirkte belebt, mehrere Wagen standen dort. Die Kirchturmspitze ragte aus den Bäumen hervor, hinter denen sich der Friedhof versteckte, daneben die halbfertige Gemeindehalle. Hundegebell erklang, gedämpft, in der Ferne.

Ich stellte mich in den Steigbügeln auf, um mich zu strekken und zu entspannen. Die Lederriemen ächzten. Joey beugte den Kopf und kratzte sich das Vorderbein mit dem Kinn. Allmählich senkte sich der Nebel herab. Ich war allein, fast unsichtbar, selbst wenn jemand den Abhang mit einem Feldstecher abgesucht hätte. Warum hatte ich dann auf Schritt und Tritt das Gefühl, beobachtet zu werden? Es war das gleiche Gefühl wie in meinen Träumen, daß ich sichtbar war für etwas, was ich meinerseits nicht sehen konnte, wie hinter einem Einwegspiegel. Aber an-

ders als in den Träumen hatte ich jetzt keine Angst, denn ich hatte ein Ziel vor mir, und das gab mir das Recht, hierzusein. In der Ferne sah ich die Stelle, an der mir Brian damals den Eingang zu den unterirdischen Gängen gezeigt hatte, und ich dachte an die Worte auf dem Ogham-Stein: *»Ich kenne die Meinen, und die Meinen kennen mich«*.
Allmählich veränderte sich der Untergrund und wurde morastig; kleine Bäche flossen über den schwarzen, sumpfigen Boden. Ich fand einen Pfad und folgte ihm bergauf.

Das Hochmoor auf ›Balors Auge‹ war beinahe so flach wie ein Brett, das hatte Brian mir einst erklärt; es war ein Sumpf, der in dieser Jahreszeit von Regenfällen so durchweicht war, daß es sich nicht empfahl, darüber zu reiten oder zu wandern. Der Boden war klumpig, vernarbt vom Torfstechen, mit Heidekraut überwuchert.
Die Wolken hingen tief, manchmal trieb der Wind Nebelschwaden um meinen Kopf. Dann umhüllte mich der Dunst mit dem unheimlichen Gefühl, losgelöst zu sein von Zeit und Raum, von allem Vertrauten, bis ich mir vorkam wie ein Teil der Elemente ohne menschliche Identität.
Langsam ritt ich am Rand des Moors entlang und fragte mich, ob es wohl verrückt war, hier hochzukommen. Inzwischen sah ich nicht mehr genau, wohin ich ritt, und ließ die Zügel locker, weil ich wußte, daß Joey den Heimweg schon finden würde. Im Nebel war es ganz still, nur die schmatzenden Geräusche von Joeys Hufen auf dem feuchten Boden, sein schwerer Atem und das Klappern des Gebisses waren zu hören. Kleine Wassertropfen hin-

gen in seiner Mähne. Ich rieb meine Hand an seinem Hals, um seine tröstliche Wärme zu spüren, und schnupperte den scharfen Pferdegeruch.
Joey stolperte; ich zog die Zügel an, die so schlaff waren, daß ich meine Beine ausstrecken und mich zurücklehnen mußte, um seinen Kopf nach hinten zu ziehen. Zum Glück fand er sein Gleichgewicht wieder und trottete weiter. Ich spähte durch den weißen Nebel, der uns umgab, ohne etwas Außergewöhnliches zu entdecken, inspizierte den Boden, soweit ich ihn sehen konnte, und dann, als ich schon beinahe nicht mehr daran glaubte, den Zweck meines Ausflugs zu erfüllen, sah ich im Nebel links von mir etwas Gestalt annehmen, was nicht in die natürlichen Umrisse dieser Landschaft paßte. Es ragte aus einem Sumpfloch und war schmutziggrün. Lange starrte ich es an, blinzelnd, um möglichst klare Sicht bemüht, legte ich die Hände schützend um die Augen, um jede Ablenkung der Umgebung zu vermeiden und mich nicht von dem weißen Licht blenden zu lassen. Ich ließ Joey darauf zugehen, soweit ich es wagte, bis ich ganz sicher war, daß ich mich nicht täuschte. Fast triumphierend und doch ungläubig erkannte ich, daß ich auf das abgerundete Heck eines Flugzeugs blickte.

Als ich zum Haus zurückkam, fand ich in meinem Zimmer Harry, die mit Dan spielte. »Wir sind gefüttert, gewickelt und sehr zufrieden.« Sie sah mir ins Gesicht.
»Wo warst du? Warum zitterst du denn so?«
Ich nahm Dan auf den Arm, und er begann zu weinen. Harry erwähnte noch kurz, er sei ein bißchen quengelig,

dann ging sie hinaus. Dan sperrte den Mund weit auf, so daß man sein rosarotes Zahnfleisch und seine kleine rosarote Zunge sehen konnte, und brüllte nach Herzenslust. Es dauerte eine Weile, bis ich ihn beruhigt hatte. Er ließ sich nichts vormachen – er wußte, daß wir uns in einer Krisensituation befanden.

Auf dem Rückweg vom Berg hatte ich beschlossen, Harry und Peter momentan noch nichts von meinem Fund zu erzählen. Ich war noch zu unsicher, was er genau bedeutete, war nervös und überwältigt. Möglicherweise war der Pilot noch im Flugzeug, aber vielleicht auch nicht, vielleicht wußten meine Schwägerin und mein Schwager mehr, als sie vorgaben. Ich würde zur Polizei gehen. Ich wußte zwar, daß Sergeant Aherne mich für verrückt hielt, aber was ich gefunden hatte, ließ sich nicht bestreiten. Seinen Augen würde er ja wohl trauen.

Beim Abendessen sprach Peter ausgesprochen kühl mit seiner Schwester, und seine Stimme klang gepreßt und fast tonlos, wie bei jemandem, der Wut oder Haß oder ein anderes mächtiges Gefühl zurückhielt. Verwundert blickte Harriet ihn an, versuchte es aber auf die leichte Schulter zu nehmen.

»Stimmt irgendwas nicht, Peter?«

»Das müßtest du eigentlich am besten wissen.«

Später hörte ich, wie sie sich stritten. Dan schlief. Ich hatte vor, mit dem Rad zum Polizeirevier von Ballyharris zu fahren und dort meine Geschichte loszuwerden. Als ich die Küchentreppe hinunterging, vernahm ich Peters zornig erhobene Stimme und Harriets wütende Antworten.

Je näher ich zur Küchentür kam, desto deutlicher verstand ich, was sie sagten; Harriets Stimme schwankte.
»Warum sollte sie alles bekommen – alles, was unsere Familie seit Generationen aufgebaut hat? Das ist mein Haus. Daddy hätte es sowieso mir vermacht – wenn Brian nicht abgehauen wäre und den Helden gespielt hätte.«
»Was passiert ist, kannst du nicht rückgängig machen«, entgegnete Peter. »Und du kannst sie dir nicht einfach vom Hals schaffen, weil dir ihre Existenz nicht paßt.«
Er hielt inne.
Vorsichtig spähte ich durch den Spalt zwischen Tür und Türrahmen. Peter hob gerade sein Glas an die Lippen, trank einen Schluck und stellte es mit einer nervösen Handbewegung wieder ab.
»Vielleicht sollten wir einmal darüber reden, was du bisher angestellt hast, ja?« sagte er mit monotoner, gepreßter Stimme. »Du hast einen Brief an Cissie O'Shaughnessy geschrieben – versuch erst gar nicht, es zu leugnen! –, als Antwort auf einen Brief an mich. Hast du auch nur eine Sekunde darüber nachgedacht, was du mit diesem Brief anrichten könntest? Hat es dich auch nur im geringsten gekümmert, als du vor ihrem Grab gestanden hast? Ist dir klar, was ich seither durchgemacht habe? Existiert für dich auf dieser Welt überhaupt irgend jemand anderes außer Harriet Fitzallen?« Anscheinend wollte Harriet etwas sagen, aber er hob die Hand und fuhr fort: »Laß mich ausreden. Was hast du sonst noch alles getan? Hast du zufällig auch die Rattenfalle zu den Geschenken für den Kindergeburtstag getan? Damit jemand sie findet und du dich ein bißchen amüsieren kannst?« Seine Stimme klang

unnatürlich ruhig. »Damit man Brian die Schuld in die Schuhe schiebt?«

»Nein«, erwiderte Harry. »Ich hab das nicht gewollt. Die Falle war für Brian gedacht, aber er mußte ja ins Bett. Es tat mir leid, daß ausgerechnet Cissie sie finden mußte. Ich hätte sie selbst rausgebracht, aber Eilie war da und hätte mich erwischt. Ich war damals ein Kind!« fügte sie fast trotzig hinzu.

»Ach so«, meinte Peter leise. »Man hätte dich erwischen können. Also hast du lieber Cissies Hand verstümmelt! Vermutlich hast du nicht mal bemerkt, wie sie sich ihr Leben lang bemüht hat, diesen Makel zu verstekken? Und du hast Brian siebzehn Jahre lang die Schuld dafür tragen lassen, bis sich die Rollen verfestigt hatten und das Familienleben für ihn nur noch eine Qual war.«

»Er zählt doch überhaupt nicht«, lachte Harry höhnisch. »Jetzt jedenfalls nicht mehr. Und er war immer so ein Schwein! Wie Mummy und Dad ihm immer nachgelaufen sind, um seinen Rat einzuholen – als würde sich in der Familie sonst keiner mit Pferden auskennen! Du und ich, wir waren unsichtbar in seiner Gegenwart, sogar Eilie war verrückt nach ihm. Und dann heiratet er auch noch die niedliche kleine Miss Muffat, und wir haben dieses ganze junge neuvermählte Glück unter der Nase, während Daddy sich anschickt, ihm das Gut zu vermachen. Ich fand das alles zum Kotzen.«

Sie atmete heftig, und die Tränen strömten ihr übers Gesicht. »Die Farm war mit Hypotheken belastet. Du solltest die Hälfte des Kapitals erben, das Mutter in die Ehe

gebracht hat, das wußtest du. Und als sie gestorben ist, hast du es ja auch bekommen.«
Harry schnaubte verächtlich. »Ja! Und mit dem Geld konnte ich mit Müh und Not einen Teil der Hypotheken abbezahlen! Außerdem wollte ich das Gut, nicht das Geld. Brian und Peg hätten meinetwegen hier wohnen bleiben können. Das hätte mir nichts ausgemacht. Sie hätten jede Menge Kinder kriegen können. Aber ich lasse mich nicht aus meinem eigenen Haus werfen, lasse mir nicht meine Macht nehmen und mich in eine Ehe zwingen.«
In diesem Moment stieß ich die Tür auf und trat in die Küche. »Wo ist Brian?« fragte ich flüsternd.
Dabei warf ich den Goldknopf und die Pilotenbrille vor Peter auf den Tisch.
Der Regen trommelte gegen die Fensterscheiben. Auf dem Tisch stand eine Flasche Jameson. Peters Gesicht war kreidebleich, und er umklammerte sein Glas so fest, daß ich Angst hatte, es würde zerspringen.
»Das Flugzeug steckt im Hochmoor von Knockshee«, fügte ich hinzu.
Schweigen.
»Warst du heute nachmittag dort?« fragte Harriet.
Peter starrte die Gegenstände an, die ich auf den Tisch gelegt hatte, untersuchte den Knopf und sah zu mir auf.
»Es ist tatsächlich da oben!« wiederholte ich.
Blitzschnell drehte sich Peter zu seiner Schwester um und packte sie unsanft am Handgelenk. »Sag mir die Wahrheit! Oder muß ich dich jetzt sofort zum Hochmoor hinaufschleppen?«

Harriet sah von Peter zu mir und zurück zu ihrem Handgelenk. Ihr Bruder lockerte seinen Griff ein wenig.

»Glaubt ihr etwa, das hat etwas mit Brians Verschwinden zu tun? Haltet ihr mich für fähig, so etwas zu tun?«

Mit dem Handrücken wischte sie sich über die Augen, die vom Weinen feuerrot waren.

»Weiter«, drängte Peter.

Sie griff sich mit Daumen und Zeigefinger an die Nasenwurzel. »Ich wußte, daß er mit dem Flugzeug auf dem Knockshee gelandet war. Er hat es mir gesagt – es war Juni und das Moor völlig trocken!«

»Dann ist er also doch zurückgekommen!« flüsterte ich.

»Er ist zurückgekommen, um Dad zu besuchen, aber es war zu spät.«

»Warum hast du mir das nicht gesagt? Warum hast du es abgestritten?«

»Weil du dann geglaubt hättest, ich hätte etwas mit seinem Verschwinden zu tun. Deiner Meinung nach bin ich doch zu allem fähig!«

Sie wandte sich an Peter. »Es war eine Woche nach Dads Tod. Du warst wieder in Dublin, und ich war allein hier. Nora war zu Eilie gegangen, um sich von ihr zu verabschieden, weil sie ja diese Fabrikarbeit in England annehmen wollte. Es war eine klare Nacht, aber dunkel. Ich war in meinem Zimmer, und da habe ich unten etwas gehört. Dann schlugen die Hunde an und wurden wieder still. Ich dachte, du wärst es, Peter.

Ich bin fürchterlich erschrocken, als Brian plötzlich vor mir stand, in seiner Pilotenausrüstung, mit Stiefeln, Lederjacke – wie jemand aus der Wochenschau!

Er wollte wissen, wie es Dad ging, und ich habe ihm gesagt, er sei tot. Er hat sich furchtbar aufgeregt. Daddy hatte ihm anscheinend geschrieben, er solle zurückkommen.«

»Wo ist er dann hingegangen?«

Harriet sah wütend zu mir empor.

»Woher soll ich das wissen? Er ist einfach verschwunden; er hat mir gesagt, er würde sonst Schwierigkeiten kriegen. Zwei Kanister hat er mitgenommen, um sich Benzin aus dem Tank zu holen. Dann war er weg.«

»Und das war alles?« erkundigte sich Peter nach kurzem Schweigen.

Harry gestikulierte. »Das war alles. Er ist wieder hinauf zum Knockshee – jedenfalls habe ich das angenommen! Schließlich behauptet Peg ja auch nur, daß das Flugzeug immer noch da oben ist!«

»Hat er dich nach Daddys Testament gefragt?« fragte Peter.

»Nein. Er ist nicht so lang geblieben!«

Peter stützte das Gesicht in die Hände. »Also ist er noch irgendwo da draußen?«

»Ich weiß es nicht. Er kann genausogut woanders sein.« Sie blickte uns beiden direkt ins Gesicht, die Augen wieder tränennaß. »Warum glaubt ihr denn, ich hätte all diese furchtbaren Dinge getan? Was hätte ich denn mit ihm machen sollen? Nebenbei bemerkt, Peter, ich habe nicht an Cissie O'Shaughnessy geschrieben. Ich weiß überhaupt nicht, wovon du gesprochen hast! Zeig mir doch den Brief, den ich angeblich verfaßt habe! Oder handelt es sich wieder mal um eins von Pegs Hirngespinsten?«

Ich sah den Zweifel in Peters Augen.
»In meinem ganzen Leben habe ich mir nur eine einzige schlimme Tat vorzuwerfen«, fuhr Harry fort. »Ich habe die Rattenfalle zu den Geschenken gelegt. Damals war ich sieben Jahre alt. Und ihr behandelt mich, als wäre ich die böse Hexe aus dem Märchen! Es tut mir leid, daß es so übel ausgegangen ist, aber ich war ein Kind, ein kleines Kind! Ich wußte nicht, was ich tat.«
Jetzt brach sie in heftiges Schluchzen aus und legte die Hand über die Augen. »Ich gehe ins Bett, ich habe Kopfschmerzen.«
Als sie aufstand, fragte Peter: »Wo ist eigentlich der Gang unterm Haus, den du Peg zeigen wolltest?«
Harriet fuhr zusammen. »Welcher Gang? Um Himmels willen, das war doch nur ein Scherz!« Damit ging sie an mir vorbei zur Tür, doch ich sah, wie sie mich noch einmal aus den Augenwinkeln musterte, bevor sie sich endgültig abwandte. Ihr Gesicht war tieftraurig.
Nachdem sie weg war, wandte ich mich wieder an Peter.
»Glaubst du ihr?«
»Nein! Ich habe jahrelang Menschen beim Lügen beobachtet.«
»Aber vielleicht hat sie die Wahrheit gesagt. Es gibt für nichts einen Beweis, es gibt nur das Flugzeug auf dem Knockshee.«
»Die Polizei soll sich das morgen anschauen.«
Doch es brannte mir noch eine Frage auf der Seele: »Worüber habt ihr gesprochen, bevor ich hereingekommen bin?«
Peter antwortete nicht, sondern stand auf und ging hinaus

in die Halle. Kurze Zeit später kam er mit einem riesigen Schlüsselbund zurück – den Schlüsseln, die Harriet im Schrank neben der Hintertür aufbewahrte. Er reichte sie mir.

»Die gehören dir. Dir müßte doch inzwischen klar sein, daß du die Besitzerin von Glenallen bist. Brian hat in England ein Testament gemacht.

Harry hat bei der RAF Nachforschungen angestellt, und man hat die Ergebnisse an dich geschickt. Sie wurden in Nottingham nach Ballycloghan umadressiert, aber Harry hat dir die Unterlagen vorenthalten. Ich habe es auch heute erst erfahren.«

»Aber wie werde ich dadurch die Besitzerin von Glenallen?«

»Ganz einfach. Mein Vater hat Glenallen an Brian vererbt. Das wollte er ohnehin, und er war tief beeindruckt, daß Brian zur RAF gegangen ist. Außerdem glaubte mein Vater fest daran, daß Brian Glenallen retten könne. Und Brian seinerseits hat dir das Gut vermacht.«

Die Schlüssel glitten mir aus der Hand und fielen klirrend zu Boden.

»Aber ich will Glenallen nicht. Ich wollte immer nur von euch akzeptiert werden. Das wollte ich, und ich wollte Brian. Warum war denn alles so kompliziert? Ihr könnt Glenallen gern haben. Ich überschreibe es euch wieder!«

Er zuckte die Achseln; sein Gesicht war kreidebleich.

»Du möchtest Glenallen nicht, und ich kann dir versichern, daß auch ich gern darauf verzichte.«

»Aber Harry will es«, sagte ich.

Er schwieg und starrte mit unbeweglichem Gesicht aus

dem Fenster, über das die Regentropfen rannen. Sein Blick schweifte in die Ferne.
»Willst du es ihr überlassen?« fragte er schließlich.
Ich dachte an die Vergangenheit, an Cissies Tod, Brians Verschwinden, an den steifen Körper meines Bruders auf dem blutdurchtränkten Heu. Ich dachte an die Zukunft, an all die Jahre, die vor mir lagen, zahllose Tage und Stunden. Wie mußte es sein für Harry, wenn sie das nicht bekam, was ihrer Existenz Sinn verlieh und das Leben für sie erträglich machte, das einzige, was sie wirklich wollte? Glenallen hatte sie in seinen Bann geschlagen und sie unfähig gemacht, irgendeine andere Liebe zu empfinden. Wie mochte es für sie sein, wenn sie für immer aus diesem Ort verbannt würde?
Ich wandte mich zu Peter und schüttelte den Kopf.
Er sah mich an, ohne Überraschung, als hätte er nichts anderes erwartet und als gefiele ihm meine Antwort. »Auch du kannst dich dem Bann nicht entziehen«, sagte er.

21. Kapitel

Es regnete die ganze Nacht. Ich lag wach und lauschte dem prasselnden Regen draußen vor dem Fenster und dem Wasser, das aus der Regenrinne rauschte. In Gedanken versuchte ich die Schritte zurückzuverfolgen, die Brian gegangen war, nachdem er das Haus verlassen hatte, die lange Wanderung hinauf zum Knockshee. Wäre ihm innerhalb der Gutsgrenzen etwas zugestoßen, hätte man ihn gefunden. Die einzige Gegend, die niemand zu betreten wagte, waren der Eingang zu den unterirdischen Gewölben und der Berg. Bestimmt war Brian noch auf dem Berg, bestimmt würde man dort seine Leiche finden. Aber dann fiel mir ein, daß sich die Raben dann dort versammelt hätten und jemand darauf aufmerksam geworden wäre.

Wegen der Ereignisse der letzten Monate hatte ich den wirklichen Brian, den Mann, den ich gekannt hatte, beinahe vergessen – so sehr hatte ich mich darauf konzentriert, das Rätsel seines Todes zu entschlüsseln. Doch seit gestern fühlte ich seine Gegenwart wieder, sah sein Gesicht vor mir, über das sein typisches schelmisches Lächeln huschte, die Lachfalten um seine Augen. In meinen Gedanken jagte er mich noch einmal über die Allee, warf mich aufs Gras und kitzelte mich, atemlos vor Lachen. Ich erinnerte mich an Lettergesh, an den Duft seines Atems, seine Haut, seine Unschuld.

Auch am nächsten Morgen hatte der Regen noch nicht nachgelassen. Ich zog meinen Regenmantel über und radelte mit Peter zum Polizeirevier. Die Straße war voller Pfützen, und wir unterhielten uns höchst einsilbig. Als ich Sergeant Aherne meine Geschichte erzählte, schenkte er mir einen mitleidigen und Peter einen verwunderten Blick.

»Aha, Sie haben also ein Flugzeug gesehen, Ma'am? Auf dem Knockshee?«

»Ja. Brian ist nach Hause gekommen, das kann Harriet Ihnen bestätigen. Seine Leiche muß sich irgendwo auf dem Berg befinden. Würden Sie wohl eine Suche organisieren?«

Wieder sah Aherne zu Peter hinüber, als wollte er sichergehen, daß auch er Mitleid für meine Geistesverwirrung hegte. Wie leicht die Glaubwürdigkeit eines Menschen doch zerstört werden konnte! Dieser Polizist war sich ganz sicher, daß er es mit einer Person zu tun hatte, die geistig nicht ganz auf der Höhe war. Jetzt konnte ich sagen, was ich wollte, er würde alles mit einem mitleidigen Achselzucken abtun. Ich zog die Pilotenbrille und den RAF-Knopf aus der Tasche und legte ihn vor Aherne auf den Schreibtisch.

»Das hat man in Glenallen gefunden.«

Unverbindlich, aber doch überrascht, inspizierte er die Sachen. »Bei allem Respekt, Ma'am – das bedeutet noch lange nicht, daß sich ein Flugzeug auf dem Knockshee befindet!«

»Bitte schicken Sie einen Suchtrupp los«, sagte Peter mit der Juristenstimme, die er auch gestern abend im Gespräch mit seiner Schwester benutzt hatte. Der Sergeant runzelte die Stirn, reichte mir das Protokoll zum Unterschreiben und versprach, er werde sehen, was er tun könne. Während er das sagte, musterte er uns nachdenklich. Heute waren nur er selbst und Garda McGraw im Dienst. Vielleicht konnten sie sich morgen um die Angelegenheit kümmern, wenn der Regen aufgehört hatte.

Am Abend erschien Sergeant Aherne, um Harriet zu besuchen, aber sie war nach Dublin gefahren, ohne uns vorher zu informieren. Lediglich einen Zettel hatte sie hinterlassen, auf dem stand, sie sei bei Claire de Lacy. Der Sergeant schien wenig geneigt, sich weiter zu bemühen, aber Peter bestand darauf, daß eine Suche durchgeführt wurde. »Sie können ja ein paar Männer von der Local Defence Force bitten, uns zu helfen, wenn Sie wollen.«

»Stellen Sie sich doch bloß mal vor, wie peinlich es wäre, wenn man da oben nichts findet!« meinte er leise und mit abgewandtem Kopf, weil ich ihn nicht hören sollte.

Am nächsten Tag ritten wir also in Richtung Knockshee los: nur der Sergeant, Peter und ich. Es war ein frischer, kalter Tag, der Boden war vom Regen aufgeweicht, der Himmel klar bis auf eine graue Wolkenbank, die sich im Westen zusammenballte.

Ohne Zwischenfall erreichten wir das Hochmoor; unterwegs legten wir immer wieder Pausen ein, um die Gegend genauer in Augenschein zu nehmen. Peter hatte einen Feldstecher dabei, mit dem er ständig den Berghang absuchte. Unter den Hufen der Pferde gluckste der durchnäßte Boden. Es war unmöglich, das Moor zu durchqueren, und ich wußte nicht mehr genau, wo ich das Flugzeug gesehen hatte, weil der Nebel alle Orientierungspunkte in der Landschaft verhüllt hatte, die ich mir hätte merken können. Schließlich war ich ja nur durch Zufall auf meine Entdeckung gestoßen; ich hatte Joey einfach laufen lassen. Das grüne Heck war völlig unvermittelt aus dem Nebel vor mir aufgetaucht, in einem Winkel von fünfundvierzig Grad aus der Erde ragend, so bizarr in dieser Umgebung, daß ich mich unmöglich geirrt haben konnte.

Als der Sergeant mich fragte, wo ich denn das ›fragliche Objekt‹ nun gesehen hätte, erklärte ich ihm all das. Er hörte mich kommentarlos an, aber je länger wir am Rand des Moors entlangritten und den Boden absuchten, desto deutlicher wurde, daß wir nichts Ungewöhnliches finden würden. Nach dem Regen war das Hochmoor ein Sumpf mit eckigen Löchern, in denen morastiges Wasser schwappte.

»Wahrscheinlich ist es versunken; man hat ja nur noch ein Stück vom Heck gesehen«, versuchte ich mich zu rechtfertigen. »Aber es war da, ich habe es mit meinen eigenen Augen gesehen.«

Der Sergeant rutschte unbehaglich in seinem Sattel herum. »Ein Flugzeug würde nicht so schnell versinken«, brummte er. Sein Gesichtsausdruck zeigte, daß er mit seiner Geduld fast am Ende war. Inzwischen sah er Peter gelegentlich genauso argwöhnisch an wie mich, als zweifelte er auch an seinem Geisteszustand. Ich versuchte mich in ihn hineinzuversetzen. Die sonderbaren Fitzallens, eine alte Familie, in der bekanntermaßen viel Inzucht getrieben worden war, glücklos auch in der neuen Blutlinie. Und jetzt suchten sie ein Flugzeug auf dem Knockshee!

Peter, der die Gegend genau inspiziert hatte, schien in Gedanken versunken; er hielt den Kopf tief gesenkt. Joey rasselte mit dem Gebiß. Der Wind trieb mir die Tränen in die Augen und strich durch die Binsen und das Heidekraut.

»Reiten wir lieber zurück. Hier gibt's nichts zu sehen, Ma'am!« Sie wendeten ihre Pferde; ich blieb ein Stück hinter ihnen zurück. Behutsam setzte Joey einen Fuß vor den anderen. Wo ich auch hinschaute, überall bot sich mir der gleiche Anblick: Binsen, Heidekraut, Narben vom Torfstechen, Sumpflöcher voller Wasser, das Pfeifen des Windes. Ich würde ihn nicht wiederfinden. Unter uns erstreckte sich die Allmende; links lagen am Fuß des Berges der Erdwall mit dem Eingang zu dem Ganggrab und der Ogham-Stein mit seiner uralten Inschrift.

Als wir auf dem Stallhof abstiegen, hörte ich, wie der Sergeant zu Peter sagte, seiner Meinung nach sollte sich ein Arzt um Mrs. Fitzallen kümmern. »Es ist falsch, alles zu glauben, was Ihnen Leute erzählen, deren Nerven nicht mehr die besten sind.« Noch leiser fügte er hinzu: »Wissen Sie, wenn sie ein Baby gehabt haben, sind sie ein Jahr lang aus dem Gleichgewicht.«

Peter dankte ihm kurz angebunden für seine Bemühungen. »Das bringt bloß unnötig Aufregung, Ma'am«, lautete Murtys geflüsterter Kommentar, als er Joey wegführte. »Es hat keinen Sinn, etwas da oben auf dem Knockshee zu suchen. Wenn der Berg nicht will, daß man es findet, versteckt er es eben. Und wartet ab.«

Im Haus kochte Peter erst einmal Tee, und ich fütterte Dan, den wir in Murtys Obhut zurückgelassen hatten.
Wir schwiegen beide und vermieden es, einander in die Augen zu schauen.
»Vielleicht glaubst du mir jetzt auch nicht mehr?« sagte ich schließlich. »Ich frage mich manchmal selbst, ob es an mir liegt oder an der Situation. Ich verstehe einfach nicht, wie es vor zwei Tagen noch dort sein konnte.«
»Ich glaube, daß du es gesehen hast. Ob es jetzt noch dort ist oder nicht, steht auf einem anderen Blatt. Oder ob es sogar irgendeine optische Täuschung war! Du weißt ja selbst, daß die Torfstecher oft Holzkreuze als Markierungen hinterlassen, damit sie die Stelle später wiederfinden. Womöglich hast du so etwas gesehen.«
»Es war aber keine Täuschung! Und es war auch kein Holzkreuz.«
Eine bedrückende Atmosphäre hatte allmählich vom ganzen Haus Besitz ergriffen. Am stärksten war sie in meinem Zimmer, doch jetzt war sie überall zu spüren, in den hallenden Korridoren, den mit Planen abgedeckten unbenutzten Räumen, in der Küche.
Peter holte zwei Fahrradlampen aus dem Schrank neben dem Herd und gab mir eine.
»Sollen wir den Keller erforschen?« schlug er vor. Ich legte Dan in seinen Wagen, folgte Peter in die untere Halle und von dort die Steinstufen hinunter. Das Haus schien uns zu umfassen, uns in seinen Griff zu nehmen. Modergeruch

und Feuchtigkeit schlugen uns entgegen, durchsetzt mit einer Aura der Verzweiflung. Ich konnte nicht weitergehen und setzte mich auf die Treppe, während Peter den Keller mit seiner Lampe absuchte. Hinter den inneren Stützmauern verschwand er aus meiner Sichtweite; seine Schritte hallten auf den Steinfliesen, das Licht der Taschenlampe tanzte in der Dunkelheit, bis ich nur noch ein schwaches Glimmen erkennen konnte und schließlich ganz im Finstern saß. Ich knipste meine eigene Lampe an und leuchtete damit auf den Haushaltskram, der überall herumlag. Geräusche kamen aus der Tiefe des Kellers, die ich wegen der Wände nicht überblicken konnte; es klang, als stampfte Peter mit den Füßen auf den Boden. Dann hörte ich ihn den Namen seines Bruders rufen – »Brian, Brian!« Seine Stimme schwoll an, das Echo hallte und kam zurück, zog hinauf durch das leere Haus, bis es sich anhörte, als seufzte das ganze Gebäude und riefe Brians Namen.

Danach stellte sich gespannte Stille ein. Ich konnte kaum Luft holen, so bedrückend war die Traurigkeit, die mich umgab. Wie versteinert hockte ich auf der Treppenstufe, und erst als die Schritte und das Lampenlicht wieder bei mir ankamen, war der Bann gebrochen.

Ich floh hinauf in die Küche, selbst überwältigt vom Aufruhr meines Herzens. Dan war aufgewacht und jammerte; ich nahm ihn hoch und wiegte ihn an meiner Schulter. »Hast du etwas gefunden?« wandte ich mich an Peter, als er hinter mir hereintrat.

Er ließ sich auf einen Stuhl fallen und schob die Lampe von sich weg über den Tisch.

Sein Gesichtsausdruck erschreckte mich, aber ich wiederholte meine Frage.

»Nur das!« war die Antwort.

Peter zog sein Taschentuch hervor und faltete es vor mir auseinander. Es war teilweise von einem braunen Schleim bedeckt.

»Was ist das?« fragte ich und traute einen Moment meiner eigenen Urteilsfähigkeit lieber nicht.

»Ich bin mir natürlich nicht hundertprozentig sicher«, erwiderte Peter, ohne mich anzusehen. »Aber würdest du nicht auch sagen, es ist Blut?«

Die Stille überflutete uns. Am liebsten hätte ich das Taschentuch in allen Einzelheiten untersucht, aber ich konnte mich nicht überwinden, es anzufassen. Ich hörte nur die Stimme in meinem Kopf, die unablässig wiederholte: »Laß mich hier raus, lieber Gott. Laß mich hier raus.«

»Es gibt keinerlei Hinweis auf einen unterirdischen Eingang«, fuhr Peter nach einer Weile fort. »Und das Blut könnte sowohl von einem Tier als auch von einem Menschen stammen.«

»Vielleicht ist es auch überhaupt kein Blut«, meinte ich. »Manche einzellige Algen wachsen auf feuchtem Gestein, und wenn es naß genug wird, sehen sie aus wie Blut. Wir sollten zur Polizei gehen und das Zeug analysieren lassen.«

Er sah mich mitleidig an.

»Wozu? Was sollen wir ihnen diesmal erzählen? Und gleichgültig, was dort unten geschehen ist, wir kommen zu spät. Aber eins steht fest – Brian ist nicht hier.«

»Ich gehe weg«, verkündete ich. »Ich will sofort weg von hier.«
Wenig überrascht entgegnete Peter: »Wohin willst du gehen? Und was willst du mit Glenallen machen?«
»Du kannst es haben.«
»Nein, ich kann hier auch nicht bleiben.«
»Ich werde eine Weile bei den O'Shaughnessys unterkommen. Ich weiß nicht, was ich mit Glenallen anfangen werde. Aber ich werde es nicht deiner Schwester überlassen. Sie hat mir schon zuviel genommen.«
Wir schwiegen einen Moment lang.
»Ich bin fertig hier«, fügte ich dann abschließend hinzu.
»Vielleicht«, erwiderte er und seufzte. »Aber wieso glaubst du, daß Glenallen mit dir fertig ist?«

Die O'Shaughnessys nahmen mich mit offenen Armen auf. Peter hatte mich im Einspänner zu ihnen gefahren und erklärt, er müsse zurück nach Dublin und Harriet sei eine Weile nicht da.
»Natürlich können Sie nicht allein mit einem Baby in diesem riesigen alten Haus bleiben, Peg«, sagte Dr. O'Shaughnessy. »Und weshalb haben Sie mir nicht die Wahrheit gesagt wegen Harriets Medizin? Wenn Sie die genommen haben, ist es doch kein Wunder, daß Sie Halluzinationen bekommen. Ist Ihnen denn nicht klar, daß das Zeug Mutterkorn enthält? Das hätte ich wirklich nicht von Ihnen erwartet. Wenn Sie Kopfschmerzen haben, nehmen Sie doch einfach ein Aspirin.«
»Wie kommen Sie denn auf die Idee, daß ich Harrys Tabletten genommen habe?«

»Weil ich das Zeug in Ihrem Urin festgestellt habe, in einer gefährlichen Konzentration«, antwortete er lächelnd.

Ich blieb nicht lange bei den O'Shaughnessys. Trotz der Proteste meiner Gastgeber nahm ich mein Baby und fuhr nach Dublin.

»Ich muß mir meinen Lebensunterhalt verdienen. Ich kann hier nicht bleiben. Ich muß mein Leben wieder in die Hand nehmen, und ich muß einen Käufer für Glenallen finden.«

»Sie wollen es verkaufen?«

»Selbstverständlich!«

Mrs. O'Shaughnessy sah mich überrascht und entsetzt an. »Und was ist mit Harriet? Das wird sie nicht überleben!«

Ohne Mary wirkte Dublin grau und trüb. Im Vergleich zu den ländlichen Gegenden gab es hier wenig zu essen, man sah rachitische Kinder mit spitzen Gesichtern, in schwarze Schals gehüllte Frauen, Bettler, lange Schlangen vor den Kinos. Auf den Straßen war nur wenig Verkehr, zum großen Teil Pferdegespanne; die meisten Leute fuhren Fahrrad.

In einem kleinen Haus im Norden der Stadt, gleich am Tolka, fand ich ein möbliertes Zimmer mit Kochnische; das Badezimmer und den Hof durfte ich mitbenutzen. Peter hatte mir Geld gegeben, so daß ich mich eine Weile über Wasser halten konnte. Ich war allein – allein mit meinen Träumen.

Inzwischen hatte ich mir einen Plan zurechtgelegt. Glenallen mußte verkauft werden. Aber an jemanden, der es

behalten wollte und nicht gleich wieder an Harriet weiterverkaufte. Das Gut mußte für alle Zeiten für sie unerreichbar bleiben.
Ich ging ins Büro der Land Commission am Merrison Square. Glenallen sollte in Landobligationen verkauft werden, die ich Peter überlassen wollte, und ich würde endlich mein eigenes Leben zurückfordern.
Ich suchte einen Anwalt auf, schrieb an Harriet, die inzwischen zurückgekehrt war, sie solle Glenallen für den bevorstehenden Verkauf räumen. Sie antwortete über den Anwalt und bat mich, nicht zu verkaufen, sondern das Gut an sie zu verpachten oder es ihr zu verkaufen. Angeblich besaß sie genügend Geld, um meinen Preis zu bezahlen. Ich reagierte nicht darauf.
»Glenallen ist mein Leben, Peg«, schrieb sie. »Tu mir das nicht an. Wenn du Glenallen verkaufst, werde ich Dir das nie verzeihen.«
Der Anwalt war ein älterer Mann mit einem weißen Haarbusch; sein Büro, das in der Middle Abbey Street lag, hätte aus einem Roman von Dickens stammen können: Selbst die Fenster waren verstaubt, und die Wände schienen nur dank der an ihnen aufgestapelten Aktenordner nicht einzustürzen. Die Sekretärin hämmerte im Vorzimmer auf ihre Schreibmaschine ein, neben sich Regale voller dicker Bücher mit Lederrücken und Aktenbündel, die von einer groben rosafarbenen Schnur zusammengehalten wurden.
Er hielt nicht mit seiner Meinung hinterm Berg: Meine Art, Glenallen loszuwerden, erschien ihm höchst seltsam.
»Also, mein Kind, warum verlangen Sie denn nicht wenigstens einen gescheiten Preis dafür? Wenn Sie schon

verkaufen, warum dann nicht wenigstens soviel Geld rausholen, wie Sie können? Und warum wollen Sie kein richtiges Geld, sondern Landobligationen? Ihre Schwägerin scheint über genug Bargeld zu verfügen, und ihr Geld ist so gut wie das von jedem anderen.«

Doch ich wußte ja, von wem dieses Geld stammte, und schüttelte entschieden den Kopf. »Ich werde Glenallen nicht an Harriet Fitzallen verkaufen. Und ich möchte auch nicht, daß sie dort wohnen bleibt. Das ist das einzige, was ich mir noch von Glenallen wünsche.«

Ich konnte mir Harriets Gesicht beim Lesen meines Briefs genau vorstellen. Wohin würde sie jetzt gehen? Was würde sie machen? Würde sie James Regan heiraten und sich in die ohnmächtige Stellung einer Ehefrau fügen, die sie so haßte? Meine Rachegelüste waren befriedigt – ich hatte Harriet das einzige genommen, was ihr wirklich am Herzen lag. Ohne Glenallen war sie ein Nichts. Und das sagte nicht ich, sondern sie selbst.

»Was hat diese junge Dame Ihnen eigentlich angetan?« wollte der Anwalt wissen, mit hochgezogenen Augenbrauen und einer Stimme, die vor Verwunderung beinahe quietschte. »Immerhin ist es das Familiendomizil der Fitzallen, das sie behalten möchte, und dafür müßten Sie doch Verständnis haben. Ihre Einstellung erscheint mir nicht christlich, wenn Sie mir diese Bemerkung verzeihen wollen.«

»Sie haben vollkommen recht. Meine Einstellung ist nicht christlich. Setzen Sie jetzt die Überschreibungsurkunde auf, oder muß ich einen anderen Anwalt damit beauftragen?«

Endlich fand ich eine Stelle als Aushilfslehrerin an einer staatlichen Schule, wo ich für eine Kollegin einspringen mußte, die im Krankenhaus lag. Die Schule wurde von den Nonnen des Heiligen Glaubens geleitet. Zwar war es nur eine zeitlich begrenzte Arbeit, und ich wurde schlecht bezahlt, aber wenigstens war es eine Überbrückung, solange ich mich in England um eine Stelle bewarb, die ab September frei werden sollte. Bis dahin war Danny schon acht Monate alt und der Umzug kein Problem mehr. Jetzt kümmerte sich Mrs. O'Leary, meine Vermieterin, für ein geringes zusätzliches Entgelt um mein Baby.

Dann wurde es wieder Sommer – der Sommer 1942. Mit dem Ferienbeginn Ende Juli trocknete meine Einnahmequelle aus. Also mußte ich wieder Arbeit suchen, irgendeine Arbeit, die Leib und Seele zusammenhielt. Schließlich fand ich eine Stelle als Kellnerin im Royal Hibernian Hotel in der Dawson Street. Mein Arbeitstag war lang, und ich hatte weniger Zeit für Dan. Morgens, wenn ich aus dem Haus ging, jammerte er, aber ich versuchte mich gegen sein Geschrei abzustumpfen. »Es hilft doch nichts. Was denkst du denn, wie wir uns über Wasser halten sollen?« fragte ich ihn dann, aber er ließ sich nicht beschwichtigen. Abends begann die Heulerei von neuem, sobald ich einen Fuß über die Schwelle setzte.

»Er war den ganzen Tag friedlich wie ein Engel«, wunderte sich meine Vermieterin. »Er weint nur, wenn Sie da sind.«

Jeden Tag sah Dan seinem Vater ein wenig ähnlicher: Luciens Augen, der gleiche Mund, die gleiche Sicherheit, daß die Welt ihm gehörte. Den ganzen Tag über dachte ich an ihn und an unsere Zukunft, während ich zwischen dem Speisesaal und der Küche hin- und herflitzte oder Geschirr abwusch. Meine Hände wurden rot und rissig, meine Nägel brachen ab, und meine Füße taten weh. Ich hatte kein Geld, um mir neue Kleider zu kaufen, meine Haare verwilderten und zeigten keinerlei erkennbaren Schnitt mehr außer meinem eigenen, den ich mir mit der Nagelschere verpaßte. Als meine Schuhsohlen Löcher bekamen, bastelte ich mir Pappeinlagen und war froh, daß wir Sommer hatten.

Jede Woche legte ich vier Shilling für den Umzug nach England beiseite. Nach Abzug der Miete und der Extraausgaben für meine Babysitterin blieb mir nicht mehr viel für das tägliche Leben. Aber das störte mich nicht. Ich baute mir jetzt ein Leben nach meinen eigenen Vorstellungen auf, Schritt für Schritt.

Nachdem ich Peter die Landobligationen geschickt hatte, brach der Kontakt zu ihm ab. Weil ich keine Almosen und auch keine Vorschriften von ihm wollte, hatte ich ihm meine Anschrift verheimlicht. Aber ich war glücklich. Ich hatte mich endlich von Glenallen befreit.

Es war Samstag. In der nächsten Woche hatte ich Termine für Vorstellungsgespräche in England, wofür ich mir etwas zum Anziehen kaufen mußte. Ich überlegte krampfhaft, wieviel ich ausgeben durfte.

Der Speisesaal füllte sich. Ich war für fünf Tische zuständig, einer davon ein kleiner Tisch für zwei Personen. Während ich die Bestellungen aufnahm, grübelte ich dar-

über nach, ob Mrs. O'Leary wohl mit Dan in den Park gegangen war.
Der Raum duftete nach Essen; man hörte leise Stimmen und das Klappern des Bestecks. Der Oberkellner führte einen Gast zu dem kleinen Tisch, und ich wandte mich zu ihm um.
»Schwarz und Weiß steht Ihnen sehr gut, Madame«, sagte eine Stimme, und im selben Moment erkannte ich das Gesicht. »Aber Sie sehen sehr müde aus. Vielleicht könnten Sie sich freinehmen und mit mir essen?«
Ich sah in Luciens Augen.
Er war makellos gekleidet wie immer, lehnte sich in seinem Stuhl zurück und kostete meine Überraschung aus. Er schien eine ganz andere Welt mit sich zu bringen, eine Welt, die ich hinter mir gelassen hatte, an die ich mich nicht erinnern und in die ich auch nicht zurückkehren wollte. Ich hatte die Brücken hinter mir abgebrochen, und vor mir lag meine Zukunft, neu und unbefleckt. Lucien gehörte in die Abteilung ›Erinnerungen‹. Das hatte ich mir alles genau zurechtgelegt.
»Ich dachte, du wärst in Frankreich«, sagte ich, lief dabei aber feuerrot an und wünschte, er hätte mich irgendwo anders gefunden als ausgerechnet beim Bedienen in einer Kellnerinnenuniform. Doch offenbar durchschaute er meine Verlegenheit, er wirkte sehr sanft und freundlich – nur seine Augen leuchteten neugierig.
»Hast du gedacht, ich würde einfach so verschwinden?« fragte er kopfschüttelnd. »Hast du gedacht, ich würde deinen Brief unbeantwortet lassen?«
Dieser gräßliche Zettel: *Ich brauche Dich*. Hätte ich ihn

doch zurückholen können! Wenn ich meine unwillkürliche Reaktion auf ihn betrachtete, meinen Körper, das Karussell meiner Gedanken, die freudige Überraschung in meinem Herzen, dann kam es mir vor, als wäre überhaupt keine Zeit vergangen, seit ich ihn das letzte Mal gesehen hatte. Doch ich wußte ja genau, daß ich mich verändert hatte. Nicht nur, weil ich so hart hatte kämpfen müssen, um meinen Platz zu finden, meine Nische in der Welt, wo ich in Frieden leben konnte. Meine Fähigkeit zu glauben war mir abhanden gekommen, mein Glaube an die Liebe, mein Glaube an ihn.

Er bat mich, den Tag freizunehmen.

»Das kann ich nicht. Ich brauche das Geld.«

»Ich könnte dir das Geld doch geben.«

Ich lachte. »Nein, ich glaube nicht, Lucien.«

»Dann führe ich dich aus, wenn du hier fertig bist.«

»Nach der Arbeit muß ich nach Hause.«

Aber er ließ sich nicht abwimmeln; je mehr Entschuldigungen ich vorbrachte, desto ruhiger und beharrlicher wurde er. Und die ganze Zeit versuchte ich zu entscheiden, was ich ihm eigentlich sagen wollte. »Na gut, dann begleite ich dich eben nach Hause.«

Als wir dann am Abend im Taxi saßen, nahm er meine Hand, sah sich die abgebrochenen Fingernägel an und sagte: »Du hast mir einen Brief geschickt. Ich habe ihn erst vor vier Wochen bekommen und dich seither gesucht. Warum hast du mich damals gebraucht? Warum hast du dich so sehr verändert? Was ist passiert? Warum siehst du so dünn und erschöpft aus und gar nicht wie die unbezwingbare Peg, die ich früher gekannt habe?«

Seine Schmeicheleien ärgerten mich. Sie kamen mir fehl am Platz und fast sarkastisch vor. Peg war nicht unbezwingbar. Sie war krank im Herzen und todmüde und besaß auch all die anderen klischeehaften Eigenschaften eines ausgebrannten Menschen, der sich nur noch ans bloße Überleben klammert. Diese neue Peg hatte in sich keine Kraft mehr, um sich benutzen zu lassen, keinen Platz für romantische Kinkerlitzchen, für irgendwelche Spielarten der Wirklichkeit, die unstet waren wie Treibsand und der Seele die Kraft raubten.
»Ich habe das Problem in den Griff bekommen, um das es damals ging«, erklärte ich.
Mein Ton schien ihn vor den Kopf zu stoßen.
»Ach so. Soll ich also lieber wieder verschwinden und dir nicht weiter auf die Nerven gehen?« fragte er leise. »Ist es das, was du möchtest?«
Ich antwortete nicht. Er würde wieder gehen. Ich sah die Zukunft vor mir: trüb und kalt. Ohne ihn, im Vergleich zu ihm würde sie ohne Leben sein, ohne Sinn. Am liebsten hätte ich ihn angeschrien: ›Warum bist du zurückgekommen? Ich habe nichts mehr, was ich dir geben kann. Ich bin leer. Der Zauber, den du mit dir herumträgst, hat mich schon einmal im Stich gelassen. Ich wäre wunderbar zurechtgekommen, wenn du nur weggeblieben wärst! Und jetzt muß ich alles neu planen!‹ Doch auf einmal dachte ich: ›Was wird Dan eines Tages sagen, wenn ich dich jetzt gehen lasse, ohne daß du die Wahrheit erfährst?‹
Das Taxi hielt, und Lucien stieg aus, um mich zur Tür zu begleiten. »Möchtest du hereinkommen? Da ist jemand, den du vielleicht kennenlernen solltest.«

Mein kleines Zimmer schien zu schrumpfen, als er es betrat. In einer Ecke lag Dan fest schlafend in seinem Bettchen, die Hände neben dem Kopf ausgestreckt, mit erhitzten roten Wangen und Schweißperlen auf der Stirn.
»Er heißt Daniel Lucien«, sagte ich.
Zum ersten und einzigen Mal sah ich Lucien nach Worten ringen. Der schockierte Ausdruck wich der Ungläubigkeit, dann wurde sein Gesicht plötzlich nachdenklich, Staunen breitete sich aus und schließlich eine große Freude. Eine Weile stand er schweigend neben dem Bettchen und starrte zu Dan hinunter, dann berührte er ganz sacht die Babyhand mit seinem Finger.
»Ein wundervoller Junge«, sagte er.
»Ja, das ist er.«
Sein seltsamer Gesichtsausdruck erinnerte mich an Peter Fitzallen – an dem Tag, als er zusah, wie Cissie auf Banner die Gymkhana gewann.
Schließlich setzte er sich aufs Bett. Es war stickig im Zimmer, und ich öffnete das Fenster zum Hof, um die kühle Nachtluft hereinzulassen. Sein Blick wanderte von dem Baby zu mir; kopfschüttelnd murmelte er etwas auf französisch vor sich hin.
»Warum hast du mir das nicht geschrieben? Ich hatte doch ein Recht, es zu erfahren!«
»Der Grund, warum ich es dir nicht mitgeteilt habe, hat etwas mit der Todsünde namens Stolz zu tun«, antwortete ich, »und auch mit dem Wunsch, mir meine eigene Existenz aufzubauen, ohne daß mich jemand beeinflußt.«
»Nach allem, was zwischen uns war?«
Ich schwieg und dachte an Marys Tagebuch.

Kurze Zeit später ging er hinaus, um das Taxi wegzuschikken. Als er zurückkam, begegnete er auf der Treppe Mrs. O'Leary.

»Kein Herrenbesuch«, zischte sie ihm ins Ohr und sah ihn überrascht und mißbilligend an.

»Ich bin ein Verwandter«, versicherte Lucien mit seinem üblichen Charme. »Ich muß bald wieder gehen, aber ich habe noch etwas sehr Wichtiges mit Mrs. Fitzallen zu besprechen. Seit Tagen schon bin ich unterwegs, um sie zu suchen, und jetzt bin ich sehr froh, daß es ihr gutgeht und sie sich in Ihrem bezaubernden Haus wohl fühlt.«

»Na gut, aber nur kurz«, brummte sie und ging wieder nach oben.

Während ich Tee kochte, setzte sich Lucien wieder auf mein schmales Bett. »Du rührst mich zutiefst, kleine Peg. Du wohnst in diesem winzigen Zimmer, arbeitest dir buchstäblich die Hände wund, und du bist dünn und müde. Erzähl mir, was geschehen ist. Komm her, und erzähle es mir.«

Ich schenkte uns zwei Tassen ein und setzte mich neben ihn. Während wir unseren Tee tranken, berichtete ich kurz, daß ich Glenallen geerbt und an die Land Commission verkauft hatte. Ich sagte ihm, daß Harriet mir das Gut abkaufen wollte.

»Warum hast du es ihr nicht gelassen?«

»Ich hatte meine Gründe«, erwiderte ich.

Ich saß auf dem Stuhl, aber jetzt klopfte Lucien neben sich aufs Bett.

»Nein. Du bist gefährlich für mich, Lucien, und ich muß mein Leben leben.«

Ich hatte falsche Bußfertigkeit von ihm erwartet, aber sein Gesicht war so ernst, wie ich es noch nie gesehen hatte. Das Baby bewegte sich in seinem Bettchen; man hörte leise seinen Atem. Im Stockwerk über uns ging Mrs. O'Leary umher. Lucien lehnte sich an die Wand, musterte mich eingehend, die Hände verschränkt. Hin und wieder wanderte sein Blick zu dem Babybettchen in der Ecke. Er wirkte sehr ruhig und gefaßt. Ich sah die Haare auf seinen Handgelenken, seine gepflegten Fingernägel, seine blasse Haut und roch den leichten Duft seines Rasierwassers.

»Mir scheint, du bist die Gefährliche von uns zweien«, meinte er nach einer Pause. »Du bist absolut skrupellos mit Harriets Leben umgesprungen und auch mit deinem eigenen. Und du warst durchaus bereit, mit dem unseres Sohnes genauso zu verfahren.«

»Das verstehst du nicht, Lucien.«

Bestimmt dachte er dabei an den finanziellen Vorteil, den ich mir so einfach hatte entgehen lassen, bestimmt war er schockiert über den Bruch der Familienloyalität. Was wußte er schon von Glenallen, vom Knockshee, von Balor, der einen im Halbschlaf beobachtete? Er kam aus der wirklichen Welt mit ihren unmittelbaren praktischen Problemen und ihren allgemein anerkannten, sicheren Perspektiven. Was wußte er von geistiger Inzucht, von der komplizierten, verträumten, grausamen Seele Irlands?

»Hast du Mary gefunden?« fragte ich, um das Thema zu wechseln.

Erst nach einer langen Zeit antwortete er: »Ja und nein.«

»Wie meinst du das?«

»In der Nacht des 10. Mai, als du und ich in Knightsbridge

waren, wurde nach einem Bombenangriff eine junge rothaarige Frau vermißt. Sie hat sich als Hilfskrankenschwester um die Verletzten gekümmert, hat Bahren geschleppt und so weiter. Dann ist ein Gebäude über ihr zusammengebrochen und hat sie unter sich begraben.«

»Das kann nicht Mary gewesen sein«, sagte ich, während ich mühsam meine Tränen zurückhielt. »Ihr wäre so etwas nie passiert. Es muß eine andere Frau gewesen sein. Hatte diese junge Frau keinen Namen?«

»Nein. Es kann auch jemand anderes gewesen sein. Aber ich habe ein paar Sachen, Kleinigkeiten, einen Stift, den ich nie gesehen habe, einen Allerweltskamm und ein kleines Andenken. Ich habe alles mitgebracht, falls du etwas davon erkennst.«

Er zog einen Umschlag aus der Tasche; darin waren ein brauner Füllfederhalter, ein brauner Schildpattkamm und ein kleines Papierpäckchen.

»Das kommt mir alles nicht bekannt vor«, sagte ich.

Dann nahm ich das Päckchen, wickelte es auf und sah hinein.

Es war eine kleine Papierfigur, mit Haarsträhnen umwickelt: rot, dunkel und aschblond, miteinander verschlungen, die Taille der Figur mit rotem Faden eingeschnürt, der Kopf aus einer weichgekauten Papierkugel, an dem die Strähnen einen Knoten bildeten. Das Püppchen war etwa sieben Zentimeter groß.

»Das war mit den anderen Sachen in ihrer Tasche.«

Ich hielt die Figur in der Hand und streichelte die seidigen Haare. »Es gab drei von der Sorte«, erklärte ich nach einer Weile. »Ich habe fast einen ganzen Tag gebraucht, um sie zu basteln – für drei Freundinnen, die dachten, sie wären unbezwingbar.«

Eine lange Zeit saßen wir schweigend nebeneinander. Und irgendwann ergriff ich Luciens Hand.

Epilog

Jahre später fragte Lucien: »Gehst du zurück?« Er blickte von dem Brief auf, den er in der Hand hielt; das Licht, das durch die hohen Wohnzimmerfenster fiel, schimmerte auf der kahlen Stelle an seinem Kopf. Draußen warfen die Zypressen ihren Schatten über die Veranda und den Rasen. Ich sah auf die Sonnenuhr in der Mitte des Hauptwegs, den dahinter liegenden dichten, verträumten Wald und in den klaren Himmel Frankreichs. Das Zimmer war kühl; die Türen zur Veranda standen offen, und die Vorhänge bauschten sich im Luftzug, der zwischen den Fenstern und der ebenfalls offenstehenden Tür entstand. Auch unsere beiden Kinder konnte ich sehen; sie spielten draußen auf dem Rasen.

»Sie ist jung gestorben«, sagte er.

Ich spürte seine Mißbilligung, sanft wie immer. Der zivilisierte Menschenfreund in ihm ließ sich längst auf nichts anderes mehr ein. Ich hatte Lucien den Brief gezeigt, den ich am Morgen erhalten hatte. Er kam von Peter, der damit den abgerissenen Kontakt nach langer Zeit wieder aufnahm.

»Harriet macht uns allen große Sorgen. Sie kommt von Conneely herüber und verbringt den Tag in der Nähe von

Glenallen, starrt übers Tor zum Haus, wandert den Knockshee hinauf oder schlendert einfach über die Felder. James ist fürchterlich besorgt. Manchmal spricht sie vom Keller in Glenallen, und dann murmelt sie dauernd: ›Es war ein Unfall.‹ Niemand weiß, was sie damit meint, aber wenn es so weitergeht, müssen wir sie noch zu ihrem eigenen Schutz in ein Pflegeheim geben.«

Und jetzt war sie tot – man hatte ihren Körper aus dem Saleen-See gezogen. Jahrelang hatte ich mir vorgestellt, wie sie Glenallen heimsuchte – bis sie mich schließlich in meinen Träumen verfolgte. Jetzt war alles vorüber. Das heißt, es wäre vorüber gewesen ohne Luciens leise Ermahnung: »Ma chère, du hast keine Beweise, daß sie das alles wirklich getan hat!«

Auch mich hatte meine Gewißheit verlassen. Je weiter ich mich von Glenallen entfernte, je mehr Jahre verstrichen, desto stärker wurden die Zweifel an mir selbst. »In meinem ganzen Leben habe ich mir nur eine einzige schlimme Tat vorzuwerfen«, hatte sie gesagt. Aber jetzt war es zu spät, um irgend etwas wiedergutzumachen. Die Land Commission hatte das Land unter den Nachbarfarmen aufgeteilt, und das Haus war zusammen mit etwa fünfzig Acres an einen Nonnenorden verkauft worden. Harriet hatte den von ihr zutiefst verachteten James Regan geheiratet, hatte sich dem Joch der Ehe gebeugt und auch der Mutterschaft: Ihr einziges Kind war ein introvertiertes kleines Mädchen.

»Ich fahre nicht zu der Beerdigung«, erklärte ich Lucien. Er sah mich aufmerksam an. Du hattest recht, Harriet, dachte ich und wich seinem Blick aus. »Meinst du denn, alles ist so einfach? Glaubst du wirklich, du kannst Glenallen entfliehen?« hatte sie einmal zu mir gesagt.

Von Paddy hörte ich nie wieder etwas. Er schloß sich den Seepionieren an und fiel in der Schlacht im Pazifik. Nach dem Krieg nahm ein Anwalt aus Chicago mit mir Kontakt auf und erklärte mir, im Testament von Mr. Patrick Stapleton sei eine besondere Klausel, die besagte, aus seinem Besitz sollten für mich ungeschliffene Diamanten im Wert von dreißigtausend Dollar erworben werden – »als Einlösung eines alten Versprechens«, wie das Testament es ausdrückte. Überwältigt dachte ich an den glücklichen Sommertag an der Garryogue, an das Spiel von Licht und Schatten auf den Feldern, an Paddy, der am Ufer lag mit seinen langen Beinen, die unter der flickenbesetzten Hose hervorstaksten. »Wir werden reich sein, und ich schenke dir Diamanten so groß wie Drosseleier.«
In einer impulsiven Anwandlung hatte ich Lucien damals vorgeschlagen, ich könnte Glenallen jetzt doch zurückkaufen. »Ich könnte es ihr überlassen, sie könnte wieder dort wohnen; ich kann den Gedanken nicht ertragen, daß sie verrückt wird. Wenn ich sie vergessen könnte, dann könnte ich endlich mit allem abschließen.«
»Wenn sie verrückt wird, ist ohnehin alles zu spät«, hatte er achselzuckend geantwortet.
Dann war der Brief mit der Nachricht von ihrem Tod gekommen. Ich schrieb einen kurzen Beileidsbrief an Peter, fuhr jedoch nicht zur Beerdigung.

Das Leben ging weiter. Ich begrub die Vergangenheit so tief, daß ich überzeugt war, niemand könnte sie je wieder auferwecken. Ich vernichtete alle Andenken aus Glenallen. Nicht lang nach dem Tod seiner Schwester erlag Peter einem Herzinfarkt, und so blieb nichts mehr übrig, was mich an die alten Geschichten erinnerte. Nur die Träume ließen sich nicht so einfach vertreiben – das Glas, das auf der Alphabettafel in tausend Scherben zersprang, Brian auf dem in Nebel gehüllten Berg, die Gesichter meines Bruders und meiner Freundinnen schemenhaft in der Nacht. Harriet – lächelnd, das Heumesser in der Hand. Harriet, die verloren in Glenallen umherirrte.
Meine Kinder wuchsen heran, doch die Träume verfolgten mich weiter.

Vor ein paar Wochen schrieben mir die Nonnen, daß im Zuge von Renovierungsarbeiten die sterblichen Überreste eines jungen Mannes in einem Tunnel unter dem Kellerboden von Glenallen gefunden worden waren, »in einem unterirdischen Tunnel, der mit dem alten Ganggrab verbunden ist«. Dann bekam ich einen Brief von der Polizei in Ballyharris, in dem ich gebeten wurde, die Leiche zu identifizieren. Ich wollte nicht zurückgehen, aber Dan, inzwischen ein Mann mittleren Alters und sehr neugierig, sagte, er wolle unbedingt dieses geheimnisvolle Haus kennenlernen, über das ich nie gern gesprochen hatte. Da dachte ich, daß es vielleicht einen Schlußpunkt unter meine Erinnerungen setzen konnte, wenn ich das Haus zusammen mit meinem Sohn noch einmal besuchte. Außerdem mußte ich erfahren, wessen Knochen dort un-

ter dem Kellerboden lagen. Es war für mich wie eine endgültige Rechtfertigung und Entlastung.
»Geh nur zurück, wenn du es wirklich mußt«, mahnte Lucien.

Ich trat in die Leichenhalle, in die man die sterblichen Überreste des jungen Mannes gebracht hatte, und betrachtete sie einen Moment. Es war nicht mehr viel übrig außer einem Skelett – wo war das Leben geblieben, die Verschlossenheit, der jungenhafte Charme? Was bedeuteten diese erbärmlichen, von Ratten zernagten Knochen? Sie waren nicht mehr zu identifizieren. Doch die vermoderten Überreste einer ledernen Bomberjacke aus der Zeit des Zweiten Weltkriegs waren noch vorhanden. Ich weinte bitterlich. Wie lang hatte Brian dort gelegen, bevor die Ratten sich über ihn hermachten? Wie hatte sie ihn in den Keller gelockt? Wie hatte sie all diese Jahre gelebt in dem Bewußtsein dessen, was sie getan hatte?
Ich sagte den Polizisten, wessen Leiche meiner Meinung nach vor ihnen lag, und traf Vorbereitungen für die Beerdigung. Ich fragte noch, ob man einen Ehering bei ihm gefunden hatte, den Ring meines Vaters, den ich Brian geschenkt hatte. »Er hat ihn immer getragen, und mit ihm wäre seine Identität klar erwiesen.« Doch man sagte mir, er hätte keinen Schmuck bei sich gehabt. »Keinen Ring und auch sonst nichts, Ma'am. Nur das, was Sie hier vor sich sehen.«

Der Coroner stellte das Vorliegen einer Straftat fest, ohne den Täter zu benennen. Dann fand die Beerdigung statt, und ich legte Blumen auf das Grab. Nicht weit davon war ein Gedenkstein, auf dem stand: »Harriet Regan, geborene Fitzallen, geliebte Frau von James Regan«. Ich sah mich nach Peters Grab um, bis mir einfiel, daß er auf dem Deansgrave-Friedhof in Dublin beerdigt worden war, wie er es in seinem Testament ausdrücklich gewünscht hatte. Über dem Friedhof ragte der Knockshee auf und beobachtete uns. Unter der jüngsten Aufforstung verbarg sich der Wall vor dem Ganggrab mit seinem Ogham-Stein – *»Ich kenne die Meinen, und die Meinen kennen mich«*.

»Ich bin Glenallen als einzige entronnen!« erzählte ich Brians Grab beinahe trotzig. Aber ich kannte die Wahrheit.

Danach fuhr ich zurück zum Haus, denn die Nonnen hatten uns sehr herzlich eingeladen.

Warum ging ich zurück? Vielleicht aus Nostalgie, aus dem wiedererwachten Wunsch, die Vergangenheit neu zu schreiben, auch wenn es unmöglich war? So saßen wir dann im Salon, Dan und ich, schlürften Tee, und der kleine Michael wurde von einer der Schwestern in den Gemeinschaftsraum gebracht, um das Aquarium zu bewundern. Ich schaute mich in dem vollkommen veränderten Raum um, der jetzt roch und aussah wie in einem Kloster, mit religiösen Bildern an der Wand, aber noch einem Großteil der alten Möbel, dem Sofatischchen, dem Chippendaleschränkchen. Einen Augenblick stellte ich mir vor, eine junge Peg und ein junger Brian würden zur Tür hereinspazieren, das Haus würde von Gelächter widerhallen, Harry niemandem mehr etwas vormachen, Cissie und Mary zu Besuch kommen, während Tom sicher zu Hause bei seinen Pferden weilte. Wäre die Zukunft anders verlaufen, hätten wir ein ewiges Arkadien des Friedens erschaffen können?

»Im Hotel hat man uns gesagt, Sie hätten ein Gespenst hier«, meinte Dan zur Schwester Superior.

»Oh, wir hatten schon einige seltsame Vorkommnisse, aber wir beten für die ewige Ruhe der armen Seele.«

»Die Empfangsdame im Hotel hat behauptet, es wäre Harriet Fitzallen!«

Die Nonne sah mich fragend an. »Mrs. Regan? Ich kannte die arme Frau«, sagte sie leise. »Aber sie hat Glenallen zu Lebzeiten bestimmt wesentlich häufiger heimgesucht. Wir haben sie am Tor gesehen, im Hof oder hinterm Haus, auf dem Steinwall beim Eingang zu den unterirdischen Gängen. Sie war ein seltsamer Mensch, und sie ist nie mit sich ins reine gekommen. Wir beten für sie, daß ihre Seele endlich Ruhe findet. Es ist wunderschön hier, und wir sind sehr glücklich.«

Und das stimmte. In Glenallen herrschte eine freundliche Atmosphäre; andere Menschen, die ein heiteres, wohltätiges Leben führten, hatten sie geprägt.

Ich merkte, daß Dan froh war, wieder wegzukommen. Am nächsten Tag erwartete ihn ein Termin in Paris, und auch ich wollte zurück, mich mit Lucien unterhalten und die Normalität genießen. Der kleine Michael wurde ebenfalls unruhig. Also verabschiedeten wir uns und gingen zurück zum Auto. Mein Enkelsohn hatte das Interesse an seinem roten Feuerwehrauto verloren, saß ganz still da und starrte aus dem Fenster. Ich bat Dan, langsam an dem efeu-

bewachsenen Hause vorbeizufahren, das den O'Shaughnessys gehört hatte.
»Halt doch bitte mal einen Moment an.«
Vor dem Tor stoppte Dan den Wagen, ich stieg aus und ging auf das Haus zu. Eine junge Frau öffnete die Tür.
»Wohnt Mr. Des O'Shaughnessy noch hier?« erkundigte ich mich.
»Niemand mit diesem Namen lebt hier – schon lange nicht mehr.«

Michael kauerte weiterhin schweigsam auf dem Rücksitz.
»Hast du dir die Fische angesehen?« fragte sein Vater. »Waren sie hübsch?«
»Ja, es gab gestreifte und einen ganz komischen mit einem langen Schwanz und einen schwarzen. Dann hab ich mich verlaufen und bin aufs Klo gegangen.«
Dan lachte. »Alles auf einmal?«
Michael antwortete nicht, sondern schwieg wieder, den Kopf über etwas in seiner Hand gebeugt.
»Was hast du denn da?« fragte ich und drehte mich zu ihm, um es mir anzusehen. Es war ein Ring, den er an den Daumen gesteckt hatte und auf und ab schob.
»Woher hast du den? Laß ihn mich mal anschauen.«
Gehorsam legte er den Ring auf meine ausgestreckte Hand, und ich hielt ihn gegen das Licht. Es war ein schlichter goldener Ehering. Die Gravur auf der Innenseite lautete: »Daniel und Maura, 16.6.1914«.
»Woher hast du ihn?« fragte ich noch einmal, und meine Stimme klang heiser. Dan sah mich an; offenbar spürte er, daß etwas nicht stimmte. Dann lenkte er den Wagen an

den Straßenrand und hielt an. Auch er inspizierte den Ring, und wir wandten uns beide zu dem kleinen Jungen, der auf dem Rücksitz saß und uns anstarrte mit großen dunkelbraunen Augen im bleichen Gesicht.

Er drehte die Handflächen nach oben, runzelte die Stirn, und seine Augen füllten sich mit Tränen, weil er die Spannung um sich herum nicht ertrug.

»Ich weiß nicht«, antwortete er schließlich. »Jemand hat ihn mir gegeben, ich weiß nicht, wer.«

Dank

Allen, die mir bei meiner Arbeit an diesem Buch unschätzbare Hilfe geleistet haben, möchte ich meinen Dank aussprechen:
Mrs. Kitty Cunningham und Mrs. Anne Forde, die mich mit reichhaltigem Hintergrundmaterial über Nottingham und Galway in den dreißiger und vierziger Jahren versorgt haben; Sean Dior, der mir Material über die Freien Franzosen in London beschafft und mir bei meinen Abstechern ins Französische geholfen hat; sowie dem Imperial War Museum, London, der britischen Botschaft und dem Pressebüro des Abbey Theatre, Dublin, die auf meine Bitte um Informationen umgehend und äußerst zuvorkommend reagiert haben.
Außerdem haben mich die Mitarbeiter der Attic Press nach Kräften unterstützt, und ihnen möchte ich für ihre gewissenhafte Arbeit und ihre Ermutigung ganz besonders danken.
Vor allem aber gilt mein Dank meinem Mann, John Hederman, denn er hat mit seiner Unterstützung, seinen Vorschlägen und Anregungen erheblich zum Entstehen dieses Romans beigetragen.